当代文学名家长篇精品书系

巨澜（上）

叶辛 著

当代中国出版社
Contemporary China Publishing House

2017年·北京

图书在版编目(CIP)数据

巨澜 / 叶辛著. -- 北京 : 当代中国出版社,
2017.4
(当代文学名家长篇精品书系)
ISBN 978-7-5154-0759-3

Ⅰ. ①巨… Ⅱ. ①叶… Ⅲ. ①长篇小说—中国—当代
Ⅳ. ①I247.5

中国版本图书馆 CIP 数据核字(2016)第 297947 号

出 版 人　曹宏举
策划编辑　王延新
策划支持　文钻图书·傅兴文
责任编辑　王延新
责任校对　康　莹
封面设计　信宏博·张红运
出版发行　当代中国出版社
地　　址　北京市地安门西大街旌勇里 8 号
网　　址　http://www.ddzg.net　邮箱:ddzgcbs@sina.com
邮政编码　100009
编 辑 部　(010)66572264　66572154　66572132　66572180
市 场 部　(010)66572281　66572161　66572157　83221785
印　　刷　北京润田金辉印刷有限公司
开　　本　880 毫米×1230 毫米　1/32
印　　张　26.875 印张　2 插页　718 千字
版　　次　2017 年 4 月第 1 版
印　　次　2017 年 4 月第 1 次印刷
定　　价　92.00 元（上、下册）

长篇创作之路

1975年深秋

连绵无尽仿佛永远落不完的秋雨仍在下，茅草屋里光线昏暗，灰色的泥土墙上留着数年污垢的水痕，我趁着雨天仍在写作。

这已经是插队落户当知青第七年了。

房东家的儿子小水发，大名叫袁臣发的，从公社邮局给我带回了一封信。看见我桌子上写好的一迭稿子，拿起来翻了翻，说：

"你写得这么辛苦，以后会不会出版噢！"

语气完全是怀疑的。

我用一句大俗话答覆他："功夫不负有心人，你看到的这些稿子，有一天会印成书的。"

他瞪大了将信将疑的眼睛，叫起来："你这么有把握？"

我肯定地回答："有这信心。我还相信，有一天我会出版厚厚的英文版的书。"

小水发在久长公社中学读初中二年级，课文中有英语，他时常抱怨，当农民，学英语有啥子用？他还不喜欢我读书写字，放学以后，希望我和他聊天、摆龙门阵，要不跟他上山坡去玩耍，抓鸟雀儿。

2016年5月18日22:56

澳洲的网络上发了一条消息。全文如下：

叶辛小说《孽债》英文版在悉尼首发成功

2016年5月18日，澳洲华人迎来了文化生活中的一件大事和喜事，中国作家协会副主席、著名作家叶辛抵达悉尼，应邀前来参加澳大利亚悉尼作家节活动，出席《孽债》英文版的新书发布会。

会场在悉尼CBD最大的老字号文学书店，出席发布会的有西悉尼大学副校长赫尔姆斯教授，人文学院院长彼得教授，出版社社长印迪克教授，中国驻悉尼总领事馆张英保文化领事，悉尼怀阳市长伊松先生和夫人，澳大利亚中国知青协会会长李燕文、名誉会长许明辉、孙青福等。

澳大利亚中国知青协会的知青和华人华侨都慕名前来，纷纷到场祝贺。知青和嘉宾们踊跃购买书让叶辛老师现场签名，场面非常热烈。叶辛老师的新书发布会取得了圆满成功。

《孽债》英文版由西悉尼大学、SBS电视台总字幕师韩静博士翻译，澳大利亚最大的文学出版社Giramondo出版发行，书名为《Educated Youth》，封面采用了叶辛青年时期在贵州拉手风琴的照片，上半部分是风起云涌的天空，喻示着波澜壮阔上山下乡运动造就了一代知青。《孽债》英文版的发行是中澳文化交流的一个重大成果，对于澳大利亚及西方读者，还有我们的下一代了解知青的历史和故事有着重大的意义。

· ·

网络上同时配发了26张照片，把书店里挤满了读者和许多社团的华人、华侨的情形，传送给了网络读者们。

据旅澳生活20多年的黑龙江知青孙永新告诉我，书店经理一再对他说：想不到，想不到会有这么多读者到来。我们书店搞作家的新书首发，就是来七八个人，大家围坐在一起，就双方感兴趣的话题，聊一聊，喝点咖啡，让作家签个名，然后就散了。

我得实事求是地说，首发这天挤满在书店里的读者，约七成是华人、华侨，三成是澳洲的西人。

我以为接下来的两场活动，可能也是这样。但是事实上不像我预料的。

2016年5月19日23:08

隔开一整天，19日的晚上，网络上又发出一条消息：《孽债》英文版悉尼受捧，一日内首批书籍销售一空。全文作照录如下：

. 今天在悉尼北区的车士活图书馆（Chatswood Library）举办了中国著名作家叶辛先生在悉尼《孽债》英文版发行的专题演讲，悉尼的读者对叶辛先生"孽债"英文版充满兴趣，网上预约报名参加人数超过限额，会场人数爆满，演讲过程中作家与读者互动气氛热烈，《蹉跎》小说不仅中国人喜欢，英文版也受到外国读者的热捧，他们也想了解知青历史，大家争相购书，排队请叶辛签名，首批出版书籍在一天内已销售一空。

讲座由悉尼国际作家节凯斯女士主持，她首先向读者介绍了叶辛先生以及《蹉跎》英文版的翻译者韩静博士。

现场播放叶辛先生生平的纪实片，由韩静博士制作英文字幕，片子讲述了叶辛先生知青时代及其写作之路，全场观众看得聚精会神。

叶辛先生向读者讲述了《蹉跎》这部小说的时代背景、故事起源、构思的意向和情节的创作过程，韩静博士做现场翻译。

悉尼的外国读者们从澳洲社会和生活的理解角度出发，就什么是知青？为什么会有上山下乡运动？知青时代教育资源是否缺乏等各自关心的问题，向叶辛先生求答。

叶辛先生逐一给予解答，既深层次的

帮助读者解析问题，又不乏诙谐风趣，给大家留下了深刻的印象，在场听众对叶辛先生的小说创作感言和问题解答报以热烈的掌声。

同时配发了现场的17张照片；在场的观众百分之九十是西人，华人华侨仅占了百分之十。

2016年5月22日 20:23

三天以后的5月22日，网络又发出第三条和我有关的消息：著名作家叶辛与著名作家贾佩琳悉尼对话，因也和《孽债》的英文版有关。全文照录如下：

为期一周的悉尼作家节（Sydney Writers' Festival）是全球最盛大文学节之一，今天在美丽的悉尼大桥湾作家协会会场，中国著名作家叶辛先生与澳大利亚著名作家贾佩琳进行了一场文学对话，叶辛以他精彩动人的演讲圆满成功地结束了在作家节的最后一场活动」他的三次演讲均受到澳洲文学爱好者的高度评价和认可。

今天的"对话叶辛"活动是收费的(每张入场券15澳元)但出乎意料的是，慕名而来的几乎全部都是澳大利亚本地的文学爱好者，全场爆满。澳大利亚著名作家贾佩琳(Linda Jaivin)主持了这场对话，她是一位有名的中国通和汉学翻译家。《孽债》英文版的翻译韩静博士担任现场翻译。

贾佩琳女士先向大家介绍了《孽债》这本书，并依据她本人对中国的了解，就这本书的内容、环境、和叶辛先生本人的经历提出了一系列深入而又尖锐的问题。例如，是怎样的一种情形？一种状况？一种历史背景下？使得那些知青可以舍下丈夫妻子和孩子而义无反顾地加入到返城大潮中去。这是不是跟中国传统的以家为重的家庭观念背道而驰？叶辛先生从知青运动的始末，当时的城乡差别，返城政策和有关规定、上海的生活环境和压力等方面，回答了这个问题。让澳洲的读者深深感受到这部小说的真实性生动性。对话过程中，作家们还就伤痕文学及时代大背景等问题进行探讨，在有限的时间里，听众提问举手的非常之多，积极性非常之高，最后主持人不得不限制每个人提问时间，遗憾的是仍然有很多举手的听众因为时间关系没有机会提问。这是一场高水平的文学与思想的对话，韩静博士非常专业的现场翻译，准确快速地表述了叶辛的回答，真可谓天衣无缝，非常圆满。听众们报以了热烈的掌声。

活动结束后，叶辛先生还接受了墨尔文学文艺广播电台和澳大利亚国家电视台SBS"事实栏目"的记者采访。

报道配发了现场的三张照片。

41年过去了，小水发，当年房东家的儿子，今年已经五十多了，他还是一个农民，我们仍保持着联系。我把以上新浪博客的三篇报道，都转发给了他。

他很爽快，及时地回复我："当年你说胡扯，今天你如愿了。"

直到现在我才知道，他当年以为我的话是胡扯。

其实，在《孽债》翻译成英文版之前，我也有过作品译成外文，中篇小说《玉蛙》翻成过英文，《家教》译成斯瓦西里语，部分散文、随笔曾翻译成英语、日语，《孽债》在上世纪九十年代，由越南中央新闻社的吴彩琼女士翻译成越语出版。《蹉跎岁月》《孽债》两部书，多次被告之要翻成外语，但是始终没有如愿。九十年代时，一对美国夫妇曾动手译过《孽债》，前后历经三年，最后给我写来一封抱歉的信，终于放弃了。他们甚至还给译成改了名《五子寻亲记》……经历了这一切，看到厚厚一本《孽债》的英文版放在眼前，并且进行了首发活动，我终于忍不住把这几条书讯，转发给了我的农民伙伴袁亚发，不是向他炫耀，只是告诉他，厚厚的英文版的书，出版了。

原稿纸20x20=400

GuangBo

我也想借此告诉所有的读者朋友，长篇小说的创作之路，长篇小说的走向世界之路，是艰辛的，漫长的。

也以此作为这一套长篇小说丛书的序吧。

2016.6.12、澳洲归来于上海

叶辛

原稿纸20×20=400

GuangBo

内容简介

这是著名作家叶辛，继《蹉跎岁月》、《孽债》之后，又一部优秀的长篇小说。

小说紧扣时代的脉搏，深切地关怀人民的命运，以浓郁的乡土气息，简捷而抒情的笔触，描绘了山乡农村、县城直到省城的广阔画面，较深刻地反映了我国农村的巨大变革，揭示了当代生活中的重大题材。

小说塑造了众多的形象鲜明，各具特色，栩栩如生的新人形象。如作者着力刻画的主人翁景传耕和女主角丁慧芸之间的爱情，历时经久，坎坷多磨，屡屡生变，既扣人心弦，又令人揪心，充分展示了男女主人翁在爱情生活中，丰富、复杂、细腻的内心世界。女主角丁慧芸在爱情上，更是几起几伏，大起大落，写的很有光彩。她既是今天农村中，朴素、健美的先进妇女，又具有中国妇女的传统美德。

小说中所描写的另外几对青年男女的爱情生活，如全大良和费瑞娟、贡晓婷和盛雍、纪明洁和贡建湘，也都写得很有特色。尤其是寡妇华碧芳，在重新追求幸福的过程中，所经历的辛酸和欢乐，读了令人怦然心动。

原序：永在流动的青春河

不知不觉，知识青年上山下乡，已经快五十年了。

近年来，不断地有人发来请柬，让我参加编撰与知识青年有关的丛书；不断地有人来约稿，希望我写一些和当年的上山下乡有关的文字；不断地有人发出邀请，要我参加与知识青年话题有关的座谈会、研讨会；不断地有人送来一厚沓的电视剧本，让我读一下这些准备投拍的、接近完成的本子，写的都是知识青年们的故事。仅近半年多，光这样的本子，我就拜读了好几部。就在上个月，我去黑龙江图书馆演讲时，还收到了哈尔滨知青们送给我的厚厚两大本哈青文选。为的是纪念上山下乡五十年。

有关知青当年的故事，有关知青返城后的沉浮，有关美丽女知青坎坷命运及恋人的故事，有关知青的子女们和他们的父母间的故事，还有侧重写今日的知青子女在都市里闯荡的故事。

最近以来，一些有了空闲、一些事业有成、一些发了点财的知青们，经常以“永难抹去的记忆”、“难忘的岁月”等题目，对中国知青的命运进行思考、回眸和述评。让人不由得会引出“时间是不是风化了情绪，历史能否沉淀出真谛的思考……”

一切迹象都在提醒着我，二十世纪六十年代至七十年代时中国发生的知识青年上山下乡运动，并没有从人们的记忆里抹去。有些剧本和丛书的编撰者则开宗明义地宣传，他们今天提起笔来描绘充满苦涩和辛酸的往昔，就是为了纪念即将来临的插队落户五十周年。

五十年了，半个世纪啊！真是人生易逝，弹指一挥间。

读着这些充满感情的文字，看着一部又一部描述往昔岁月的剧本，接触着一批批原先认识和不认识的老知青们，我不由得一次又一次地扪心自问：是啊，这一段历史是翻过去了，很多很多今天的少男少女，已经很难理解我们经历过的那段貌似奇特的生活。我接受过的几次电话采访，问出的一些话题，不得不引起我的思索。比如有一个问题是：曾经上山下乡的知青，究竟是多少人数？为什么有的说是一千四百万，有的说是一千八百万，有的则号称三千万？又比如还有一个问题是，描绘女知青遭受凌辱的故事，是不是为了迎合今天市场的卖点？

当然，提出这些问题的记者都很年轻。但是，时间只是过去了四五十年，事实却令人产生如此大的误解，这一现象本身就让我愕然。除了尽我的可能作出了回答和解释，又不得不引起我的沉思。那么，这一段难以忘怀的岁月，究竟留给了我们一些什么样的东西呢？重复地、喋喋不休地有时甚至是不厌其烦地去回顾以往，在今天究竟还有些什么样的意义可以探讨呢？

有人说，知识青年，是20世纪中国史册上一个无法抹去的凝重印记。

有人说，沉浸在知识青年们的如烟往事之中，是一辈子也走不出那条青春河。

有人说，频频回首风雨人生中知青们的故事，是在努力寻找青春的足迹。

有人说，知识青年的自省、忏悔和反思，是我们民族自省、忏悔和反思中一个重要的组成部分。因为这一代人已是社会的中坚……

有人说，什么中坚啊，随着岁月的流逝，这一代人正在退出历史的舞台。不是吗，再过二十年，我们都难相会了。

有人说……

各种各样层出不穷的话题和议论，搜集拢来几乎可以编成一本大书。

我也曾是一个知青，和成千上万的同时代人一样，经历了“文革”中那段长达十年之久的知青生涯。眼见耳闻了许许多多伙伴和同时代男女的故事。可能正因为自己当了整整十年半的知青，故而对于那段生活，对于同时代知青的所思所想所虑，我都有较为深切的体验。即使时间过得再久远，我也仍记得，自己曾是一文莫名的知识青年。我也想忘却，但我不会忘却。

在和读者的见面会上，在盛情相邀我去讲课、座谈文学的那些大学和城市，只要对方告诉我说他当年是一个知青的时候，我总是这么回答他们。当他们希望我说些什么和写些什么的时候，我往往就重复这句话。

我觉得有这句话就够了。

我在偏远蛮荒的贵州山乡整整待了十年又七个月的时间，一天也不多，一天也不少。我想，对于这么一截漫长的日子，我能说些什么呢？

能说的我都已写进了那些小说。插队十年，直接描绘知识青年命运的长篇小说，我一共写了七部：《我们这一代年轻人》、《风凛冽》、《蹉跎岁月》、《在醒来的土地上》、《爱的变奏》、《孽债》、《客过亭》。另有一些中短篇小说和散文、随笔。还有我和当年的恋人，今日的妻子王淑君分离时的书信，汇聚拢来竟有近10本。这些作品的汇集出版，我想，无论是对于我，对于曾经有过这段经历的知识青年读者，对于知青的下一代，无疑是一件十分有意义的事情。每当我参加图书馆、文化局组织的读者见面会，每当我应邀到各省去参加读书节、书市，每当我在又一部新书的发布会上，总会遇见一些和我年龄相仿的热心读者，挤上前来，遗憾地对我说：他是一个知青，很想买齐我所有描绘知青的书，可惜一直没搜齐。我想，叶辛长篇小说书系八卷本的出版，会受到这些情有独钟的读者的欢迎吧。

在这些书里，我说过我希望那样的日子再也不要回来了；我说过我的青春、我的追求甚至于我的爱情，都是从那时候开始的；我说过就是在那样的岁月里，我才真正了解了栖息在祖国大地上日出而作、日落而息的农民，他们渴望过上基本温饱、祥和美满的生活，但他们的愿望实现起来往往又是那么困难。

二〇〇五年秋天，当由我牵头筹资的“叶辛春晖小学”在当年插队的砂锅寨落成时，老乡们把我曾经栖身的一间小小土地庙恢复成了当年的样子，挂了一块“叶辛旧居”的牌子，当人群散去之后，我的儿子叶田在这间四五平方米的小屋门口站了足足四五分钟。看到的老乡把这一情景告诉我时，我想，尽管我从未对他讲过自己青春年代受过的苦，但他站在那里看一看，他会从潮湿、幽暗的小屋，从当年的煤油灯，读出他该读懂的东西。

更多的时候我不是说而是在回忆，默默地静静地回想那些已经逝去的却又是那么清晰地留在我脑海中的画面。粗犷的远山连绵无尽地展示着古朴原始的高地，苍茫的云空中有鹰在盘旋，从绿得悦目、绿得诱人的山林里，传来小伙子奔放的时而又是逗人的歌声，传来姑娘们嘹亮得飞甩到谷地深处的歌声，这歌声和恢弘的大山、和轻柔的蒙纱雾、和郁郁葱葱的大树林和谐地交织在一起，撩拨着人的心情，搅动着人的思绪。

哦，多少文思就在这样的冥冥中涌现出来。

我在一篇创作谈中写过：创作，是我生命意味的体现。而我生命的根，就是孕育在由高山河谷树林村寨组成的大自然中。我对大自然的情愫，对生活于广袤大地上的人民的感情，就是在上山下乡的插队落户岁月里从切身的体会中培养起来的。

知识青年的五十周年，是中国二十世纪历史中一道独特的风景。

我们今天又来叙说这一段往事，叙说关于昨天的话题，为的是更好地着眼于今天，迎来愈加美好的明天。愿这套文集的出版，能给历史留下一道印记。

2016 年 10 月改定

第一章

1

鸣过汽笛，特快列车拐弯了。车厢像摇篮般晃动着，催人昏昏欲睡。

毫无睡意的景传耕断断续续听到播音员报告：“第三次播音……结束……进入夜间行车……请……”接着，车灯关熄了大半，车厢里顿时晦暗下来。

白天的喧嚣消失了。头一次坐旅行长途列车的景传耕仿佛才发现车厢内的拥塞、混乱。行李架上的袋子、网篮、提包、硬纸箱顶到了天花板。自己这一排座位不知什么时候挤坐了四个人。周围的旅客，有的趴在茶几上打瞌睡；有的缩着肩膀，头靠在身旁素不相识的人肩上；有的仰头靠着椅背，闭着眼，张着嘴，打着呼噜。过道上，互相挤靠着的人丛中，一个中年妇女在给怀里的娃娃喂奶。

真没想到，向往已久的长途旅行，会是这个样子。早知车票那么难买，车厢这么拥挤，空气污秽难闻，传耕真不会出这趟远门。嘎多寨偏僻是偏僻，可寨上夜间多么安宁，空气多么清新。

都怪大哥，偏要让他走这一趟，真正的活受罪。但是，不来也不行啊！谁叫他和传耘过去给大哥写信，总说乡间的穷呢，谁叫他们老向大哥、二哥伸手要粮票呢。是大哥考虑到爹娘年纪大了，乡间生活艰难，才有传耕今天这一趟出远门哪！唉，有啥办法，来都来了，花那么多钱买一张硬纸壳票子，癞蛤蟆拴床脚——硬挨吧，熬过这一夜再说。

传耕不想睡，也闭上了眼。

突然，车厢里起了一阵骚动，像蜂子归巢般嘤嘤嗡嗡，一片议论。传耕陡地听到了三个令他吃惊的字眼：

“人贩子！”

他顿时瞪大了双眼，朝左右前后张望，人们都醒过来了，在互相探询：“人贩子？在哪里？”

“在前面那节车厢。”有人在往那边走去。

啊，解放二十八年多了，打倒“四人帮”也一年多了，早听说有些人以介绍恋爱对象为名，暗地里拐骗年轻妇女，从中赚钱。没料到，在这么挤的火车上，竟然就碰到这种人！

“你、你让我下车呀！”前面，隐隐传来一个姑娘尖厉的叫喊。

传耕坐不住了，他把自己随身携带的那只人造革提包放在座位上，穿过拥挤的过道，走进了前面那节车厢。

车厢里的灯全都打开了。许多人站起来望着车厢的那一头。景传耕好容易挤上前去，看见一个面庞黝黑、瘦高个儿、穿着一身华贵衣裳的姑娘，约莫十七八岁，正拉开嗓门吵嚷着：

“你、你不是说一两个钟头就到嘛！咋个过了半天还不到？咋个还要在车上过夜？我不去了，你、你让我下车，我要回家，我要回家！”

这姑娘讲一口景传耕熟悉的山区话。只见她穿一件绛紫色的格子呢大衣，露出金黄色毛线衫的高领圈，这时兴的打扮，给人一种不伦不类的感觉。在她身边，坐着个衣着远比姑娘朴素的中年妇女，穿件藏青的呢大衣，留着短发，样子像是城里坐办公室的干部。她在众目睽睽之下，脸上略呈尴尬之色，委婉地对那吵闹的姑娘低声说着什么，传耕一句也听不清楚。

“吵啥吵，再吵统统赶下车去！”白天以莽撞的态度给旅客们送开水的列车员出现了，他粗暴地推了一下那位吵嚷的姑娘，气咻咻地说，“看到钞票眉开眼笑，跟人到了外头又想回家，活该，谁叫你们贪图享福啊！”

奇怪的是，气势汹汹吵闹的姑娘，端坐不动的中年妇女，一个也不敢同他顶嘴。

列车员扫了她俩一眼，推搡着围在过道里看热闹的旅客："散开，散开！有啥好看的？妈的，碰到这种人贩子，晦气！依得我的脾气，捞起一条扁担，统统把她们赶下去。"

列车员把景传耕的身子往旁边一推，踅过去了。

那个姑娘不再闹了，服服帖帖坐在中年妇女身旁，嚼着一块插在竹签上的豆腐干。围观的人们散开去，啧啧连声地议论起来。有的在诅骂人贩子的可恶；有的说这不是人贩子，是千里牵线人，从中捞钱；也有的说愿意出卖自己的人，不见得是什么好人；也有人怪偏僻的山乡实在太贫穷、太落后。有一个人振振有词地讲起了《中国妇女》杂志上登过的一件事，说一个妇女忍受不了苦日子，上了人贩子的当，丢下丈夫儿女，跑到沿海某省嫁了人，后悔莫及……

景传耕像吞进了一大口酸刺藜挤出的苦汁，脸也变了色。那吵闹的姑娘，他并不认识。可凭她的口音，他听得出，她是嘎多寨团转寨子上的人，方圆最远不会超过三十里。

他家乡的姑娘呀，像商品似的让人买卖着。一根刺狠狠地扎进了传耕的心。

嘎多寨，嘎多寨，有山有水、有田有土的嘎多寨哪，为啥这么贫穷，为啥要出这样的事？是啰，大哥这回叫他去，不也是看到家乡穷，才打算让全家搬出去嘛。而那姑娘被人买卖是出于什么呢？

景传耕的眼睛瞪直了。

"什么，这种事还有自愿的！"离传耕不远的座位上，一个年轻人惊讶地叫着。

"当然，不信你去看，这车厢里还有好多呢。除了那个姑娘之外，谁也不闹。听说，不好办就在于她们是自愿的，手头有大队、公社的证明，说是去相亲……"

传耕心里一怔，不觉用目光扫视着车厢。不错，这节车厢里像那个姑娘一样穿着的人不少，足足有十多个，十几个呢？一个，两个，三个……五个……八个……十三个，那儿还并排坐着三个。这三个后面，还有没有呢？噢，没有了。

景传耕心里沉甸甸地转过身来往回走，到了车厢尽头，他又站下了。

噫，这儿还有一个，脑壳枕在臂弯里打瞌睡，刚才匆匆走进这车厢时，没注意到她。这人也是那身打扮，看来她们穿的都是人贩子给的衣裳。只是，这个姑娘梳着一条粗松的辫子，瞌睡中，辫子垂落下来，随着列车的前行晃荡着。

景传耕拧紧了眉头。十七个，足足十七个姑娘啊，将被带到连她们也不知道的远方去。她们离乡背井，果真是贪图享福么？

“喀噔”一声，疾驰的列车猛地一个刹车，景传耕一趄趔，差点跌到那姑娘的身上。

“旅客们，现在是临时停车，临时停车……”停息好久的广播喇叭，响起了播音员瞌睡迷离的声音。

当景传耕站定身子的时候，那瞌睡中的姑娘被惊醒了。她坐直了身子，习惯地把粗松的辫子撩到肩后，伸手揉了揉眼睛。

“啊！——”景传耕差一点惊叫起来。

慧芸！丁慧芸！卡多寨的丁慧芸。她竟也走上了这条路。

景传耕目不转睛地盯住她，气喘得又粗又短。面对着丁慧芸憔悴的脸，诧异的眼神，他吃惊得不知道该怎样招呼。往事，差不多遗忘殆尽的往事，一下子跳到了眼前。

……

工地上挂起了雪白的银幕，要放电影啦！

这是水库工地男女民工们最大的乐事了。一吃过晚饭，大家就走出低矮的油毛毡工棚，朝篮球场走去。景传耕去得晚，走进球场，天黑了，灯也熄了，放映员正在试着放映机子，喇叭里响着一首朝鲜电影的插曲。

“传耕哥，快来这儿坐。”

昏暗中，景传耕看见一条手臂，对他扬着白手帕。他听出那是邻寨的丁慧芸在唤他。

他挤了过去。丁慧芸移了移身子，露出半截板凳。他刚坐下，便发现周围没有同一连队的姑娘或是小伙子。

他觉得那半截板凳烧屁股了，想离去又怕猛站起来会使丁慧芸跌跤。他转过脸正要打声招呼，丁慧芸伸过手来，撒了一把葵花籽儿在他的掌心里。

“谢谢。”他想说的话变成了这两个字。

“一把葵花籽儿，也值得谢，嘻嘻。”

“丁慧芸，我不习惯……坐。”

“今天放两场电影呢，站久了会累。”

丁慧芸的声音温柔体贴，他答不出话了，也不敢再说什么。两个人就那么静静地坐在那儿等着电影开映，静静地看电影，直到电影散场谁也没敢再说一句话。散场的时候，人群一涌动，丁慧芸扛起板凳就被推搡到前面去了。人流自然地冲开了他俩。

可他俩的关系却没被冲断。

铲沙子、扛石子、打炮眼、推碴石，一周的重体力劳动过后，传耕总要到那条袒露着白岩石的溪流旁去洗衣裳。从看电影之后，传耕发现，每个星期天的早晨，只要天晴，丁慧芸总在那里搓衣服。不是比他早到，就是在他后面到。见了他，丁慧芸总会笑着招呼：

“传耕哥，我帮你搓，你替我清。”

“不，我自己来。”

“瞧你洗的，汗渍都没去净。传耘来玩的时候，早跟我说了，让我在这些小事上帮你一手。”

再争反而不好了。

水库工地的民工，是强令各区、各社、各大队摊派来的，每个生产队一个，或是两个。挨邻寨子的民工们，总是互相帮助，互相关心的，工地上见惯不惊了。嘎多、卡多、扎多三多大队的民工，就来了景传耕和丁慧芸，他俩比旁人挨近一些，也没人说闲话。只是景传耕自个儿心里的闲话，一箩又一箩。

有一天，慧芸又来找他，眼里噙着眼泪："传耕哥，我要回卡多了。"

"哦，为啥？"

"我家遭了难。"慧芸的话音里透着忧伤，"秋后，成家才两个月的哥，同爹妈分家了。一进腊月，三多大队喊学大寨，砌坎子，爹让大石头砸断了脚杆，弟弟妹妹……"她哽咽着，泪水夺眶而出。

她走的那天，是个雪天，水库工地不干活，却又不准许民工们散伙回家。传耕替慧芸提着铺盖卷，默默地送她离开工地。走上回寨子去的山道，在山垭口上，吼啸的西北风卷着雪米，打得人脸上奇痛。

"不送了，传耕哥。"丁慧芸拦阻着他，从他手中接过铺盖卷儿，低头沉吟了片刻，问，"你还有话对我说吗?"

传耕张了张干哑的嘴，只觉得喉咙里火烧火燎的，说不出话来。慧芸期待地、紧张地盯着他。几天工夫，她就瘦了，眼睛又大又无神。他非常同情慧芸，她在工地上实心实意干活，那么弱的身子，能抬两筐沙子，连日地干，很能吃苦；他也知道她心挺善，对自己好。但传耕却不能说她盼他说的话。那句话，要说出来也非常简单："你回去吧，待我回家，派人去你家里。"

乡间的恋爱，再自由、再相熟，到了一定的时候，还得按章程办。这章程没有文字，可比有文字的章程更有权威。传耕知道，话虽简单，一旦出口就会决定他和慧芸的一辈子，他不能轻易说。同情是同情，同情激起人的怜悯，可要变成爱，还没那么容易。况且，他心里还有喻慎哪。他踌躇半晌，终于说：

"代问大伯大妈好。等完了工，我去看他们。"

话没说完，丁慧芸的脸色就"刷"一下变了。她把铺盖卷朝肩头上一扛，迈着碎步，踏着稀湿溜滑的山间道，急急地跑远了。

雪花在飘飞，狂风在呼啸，景传耕看到慧芸的脚印，长长地迤逦到山脚。是他看花了眼，还是仅仅是他的错觉，慧芸的身影已成了个小黑点了，他仿佛看到她的肩头还在耸动……

一晃眼，好几年过去了。自那以后，传耕再没和慧芸单独照过面，没想到竟在这里碰见她。她没闹，难道她是自愿的？她为什么要自愿离开卡多，她为什么非要去嫁个见都没见过的人？

你看她那眼神，是多么惊慌而又凄迷啊！

2

这都是命，都是命！

丁慧芸对她所遭遇的一切，不论感觉多么苦，多么不可理解，她都用这几个字来安慰自己。

这都是命。

爹自从砸伤了腿，没及时医治，从此失去了劳动能力。因为爹是学大寨受的伤，费大伯出头说情，爹总算吃上了五保。可他再不能养家，再不能挣一个强劳力的工分了。

妈在爹残了以后，仿佛也一下老了十岁，说话啰唆了，动作迟钝了，放东西丢三忘四，做事情磨磨蹭蹭，还常摔碎碗儿。到了夜间，悄悄地哭泣。

一个屋头，笼罩着阴郁的气氛。

分家出去单门独户过上日子的哥一走，慧芸就是大姐，挑起了一家人过日子的担子。

爹因公致残，救济粮来了，回销粮来了，有他们的一份；冬天评寒衣，也有他们家的一件。可过日子，总不能指望救济、回销，总不能指望人家什么都给你呀！丁慧芸出工争着干，拼命赚工分，回到家里也双手不停地操劳，洗衣做饭，养鸡喂猪。卖了鸡蛋买盐巴；母猪下了崽，卖了钱给弟弟置一身卡叽布衣裳。听说又要来鸡瘟了，屋头六七只鸡赶紧卖掉，给妹妹添一件花衬衣。回销粮要钱，灯油要钱，爹吃要钱。茅屋漏了，要翻盖新草，请人割草、砍竹、划篾条；在乡间请人不花钱，但要给人家煮吃的，吃的就全是钱。大肥猪病了，要找兽医打针，又得花钱。一家人的眼睛都盯着她，好像她会变出钱来。青黄不接的五黄六月来了，谷子吃光了，包谷吃光，只得吃刚收的洋芋。躺在床上的爹叫肚里气鼓气胀，妹妹和弟弟说没力气出工，妈不叫不哼，可整日苦着脸。慧芸硬着头皮去买议价粮，议价粮又贵得咬人，包谷卖到三角五、四角，米要六七角一斤。一斤米管什么用，一家人每个还盛不上一碗，慧芸只得拖着疲惫的身子，失望而归……

她很快地变憔悴、变老了。生计啊生计，你是那样的磨人，催人衰老，夺去人的青春啊！她到了出嫁的年龄，但是这个穷困的家离不开她。山旮旯里的习俗，姑娘过了二十五，就难得找到人家了。她张罗着让妹妹先出嫁了。

她呢，她得等待。

她曾经怀着希望等待过传耕，她是那么焦灼、那么急切地盼过传耕呢。可是，她很快就知道了，传耕心上有人。怪不得他在水库工地那么拘谨，怪不得他始终没向他表示一点感情。他心上有人哪！一个远方来的知青，叫喻慎，就住在他们寨上，这是她无意中听传耘讲的。

她还借口找传耘去看过那姑娘呢。慧芸自信自己的相貌是盖人一头的；可是见到喻慎，她脸红了。人家那才是真正的漂亮姑娘，真正的美。身段挺直而又苗条，乌黑的秀发，深邃墨黑的大眼睛老像在想着什么事，眼波一闪，多招惹人哪。动人的长眉毛，不说话也会动，紧抿着的嘴巴，一嚅一动，比说多少话儿管用。最怪的是她的下巴有一道柔柔的曲线，会动，那才叫富有表情哩。而自己，算啥呢，一个贫穷的乡下姑娘。

就这样，慧芸把自己的心事埋掉了，一心撑持着家庭。只是这两年，弟弟慧明长大了，要身架有身架，要力气有力气，他干一年可以捞四千个工分，比慧芸多一倍。慧芸在屋头的地位不知不觉让给了弟弟，什么事都是弟弟说了算。这时候，她才迫切地感到自己该找一户人家了。

可是，她已二十七岁，容颜憔悴，难了。

也不是没有媒人登门，有的。扎多寨一个死了婆娘的汉子，三十四岁，拖着两个娃崽，迫切需要讨个煮饭、带娃崽的，曾托人来求过慧芸。还有隔邻公社一个热心的老婆子，拄着拐杖到卡多寨来，替慧芸说亲事，对方三十一岁，长得牛高马大，壮实得吓人，就是背有点驼……

慧芸当面都是那么客气地陪着媒人，还浮着笑，说着道谢的话儿。一到了夜间，她就只有捂着被子哭啊。她二十七岁了，还没一户人家，人们怎不把她和丧了妻的和驼背麻子归在一起呢。她心里有多少委屈啊！

她拿定了主意，宁肯死也不嫁人。

决心好下，日子难熬啊。妈有话没话总在唠叨，将就些吧，将就些吧，是个姑娘总得嫁人，屋头穷，还挑啥拣啥呢？

爹的喘气声、呻吟声，在她听来也特别粗，特别响。每当她柔声去问候爹的时候，爹那枯黄的眼神，多怕人哪。那不明摆着厌烦她嘛。

更要命的是弟弟慧明。他也说了一户人家，姑娘生得矮小粗实，相貌也丑，但她还嫌丁家穷，公开说要等老姑娘姐姐嫁出去，她才愿进门。

不用说，慧芸也清楚，爹妈、弟弟打的是啥主意。他们是要等着她出嫁，敲回一笔钱来，才能给弟弟娶亲哪。

活到这步田地，慧芸灰心失望到了极点，生命的光全黯淡了。学生时代的憧憬，青春时代的向往，挑起家庭重担时的勇气，全消失了。有的只是周而复始，天天如此地熬着日子的辛酸。

硬熬也熬不下去了。

一九七七年，风调雨顺，老天爷也开眼，真像有线广播里说的，打倒“四人帮”后的第一年，农业获得了特大丰收。三多大队各家各户都比往年多分了几十斤粮。卡多寨人，有人家在清屋基，准备变茅草屋为砖瓦房；有人家在准备给老辈子做寿。慧芸的弟弟，也想趁着这好时辰，把婚事办了。

事情刚开头酝酿，一道命令下来了，要开展轰轰烈烈的农田基本建设，大张旗鼓地搞以“改土为中心”的平整土地运动。所有劳动力，冬闲时间都要上阵。青壮劳动力，还要以公社、大队编队，去重点工地。像丁慧芸家，两个年轻人，非去一个不可。

原先巴望着丁慧芸出嫁的爹妈、弟弟，这一来脸色更难看了。她要是早出嫁，弟弟不但能留在家里，还能省下口粮，办成婚事，一举多得呢。

听着一家人的埋怨，慧芸忍气吞声，只恨没个人家。

这当儿，忽然刮来一股风，说是广东、福建沿海省份，姑娘们眼界高，眼睛都盯着那些港客、城里那些有“南风窗”的小伙子，不愿嫁农民。即使无奈何嫁了，彩礼钱最低不能少于两千块。因此，那里的农民愿意娶内地姑娘，只要吃苦耐劳又能干活，他们贴上车费也愿意。

这风声是怎么传进慧芸耳里的，她也说不清。她只听说，去了那里，房子有住的，饭是有吃的。那些个省份是产稻区，一年四季都吃白米饭。只要舍得劳动，粗茶淡饭的日子会过得很顺当。

这有啥不好嘛，就是离爹妈、离家乡、离亲人远些。远就远吧，她这一辈子总算对得起家里了。可这两年家里人对她，真叫她寒心。

当她一认真打听，就有人上门来了。

“不骗你，慧芸姐，你不信，就看我吧。我就是两年前李婶介绍嫁去的。”公社所在地屏源镇上的婉芳热情地给慧芸介绍情况。她说，她嫁的也是农村，在当地不算富裕，不过比三多大队强多了，一年到头，粗茶淡饭管饱。婉芳那一身呢子衣裳，那胖胖的脸庞，仿佛都在替她证明一切都是真实的。慧芸不再犹豫了。

过了两天，端庄的、留短发的李婶由婉芳陪着到慧芸家去了一次。慧芸进自己的小屋去整理很少的几件替换布衫，妈跟李婶低声细气地在另一间屋子里交谈。慧芸偶尔听到几句，心头很不舒坦。

“给这个数，太少了。”妈的口气似乎很为难。

“四百，还少哪！”不大说话的李婶讲的是一口沿海省份的南方普通话。

“你晓得，拉扯大一个姑娘，不容易啊！”

“就是她太大了，我还怕没人要她哪。”

“添个数吧，我屋头还有个儿，要接媳妇。”

“……”

慧芸只听到窸窸窣窣数钞票的响声，李婶又塞给妈多少钱，她不得而知，也不想知道。听到这几句对话，像一条蛆虫爬上了她的胸口，已经够恶心了。她绝没想到这一点，婉芳也从未跟她说及这一点。这不是像在出卖自己吗？慧芸想嚷，想叫，想阻止妈收那钱。但一走出小屋，她就沉默了。她看到嘴里叼着一支烟的弟弟慧明，仰脸斜睨着她，一副不耐烦的神情。唉，家里早等着她出嫁，要一笔彩礼钱嘛！

慧芸的眼里含着泪，强制自己不让泪流出来。

她就值四百几十块钱吗？

好在公社管民政的干部蒋学谦一点也没怀疑，慧芸最担忧的，就是怕他不给打证明。自从妈接受了李婶的钱，这证明就显得重要了。婉芳怂恿她去，她迟疑了好久，才犹豫不决地走进了蒋学谦的小屋。

“来干啥？”蒋学谦耳朵上夹一支烟，脚跷在长板凳上，歪着脑壳在掏耳屎。

“开证明。”慧芸的声气低得像蚊子叫。

“开什么证明？”

“相亲……”这两个字说得更轻了，以至蒋学谦根本没听见。他一皱眉，把掏出的耳屎弹到墙角落里，粗声说：

“说大声点，开什么证明？”

“相亲。”

“相亲，好啊！”蒋学谦黑长的脸全皱了起来，一双眼睛也挤到了一块，他笑得浑身都来了劲，“你是哪个寨子的？”

“卡多。”

“噢，三多大队的。”蒋学谦放下翘在长板凳上的腿，站起身子，随手掩上了办公室的门，掏出一叠信纸，旋开钢笔刷刷地往白纸上写起来。

“叫什么名字?”

“丁慧芸。”

“今年多大了?”

“二十七。”

“是自愿去相亲的吗?”

“自愿。”

“好，好，恋爱自由，婚姻自主嘛。祝你运气好，嫁个如意郎君啊。嘿嘿!”

“哧”一声，蒋学谦把盖好大红印章的证明撕了下来，递给慧芸。慧芸折叠起来，告辞了。

事后，她发现证明上把年龄写成了二十五岁。真奇怪，她明明说的是二十七岁嘛，怎么成了二十五岁呢？也许，他天天开证明，心不在焉，写错了吧。她想去找蒋学谦重新写一张，转念一想，再去找他，又得忐忑不安一阵。干脆，错就错吧。她的耳朵里响起李婶的一句话：“就是她太大了，我还怕没人要她哪。”

离开卡多是昨天的事。今天大清早上了火车，在车上才待了一天，慧芸觉得已经离家好久好久了。病卧在床的爹，这会儿在干咳吧？妈还在苦着脸叹气吧？弟弟还在阴沉着脸，为家里太穷，修不起一间新房生闷气吗？这一切的一切，都是因为穷，都是命。

要是爹当年不被大石头砸伤，要是寨上有饭吃、有钱花，要是……啊，这些“要是”都是只是梦，不可能了。事实证明，她的命太苦，太不吉利。但愿下半辈子，会如意些，会过得好些。

活到二十七岁，坐那么长时间的火车，还是头一回。白天，她靠窗坐着，老是把脸对着窗外，望着青山，望着草坡，望着满坡的牛羊，望着峡谷里的流水和两岸之间的石桥，望着星星点点、远远近近随处可见的泥墙茅屋，以及茅屋前的小院坝。千年相传的泥墙茅屋，咋个和卡多寨上的那么相像呢！啊，火车开得这么快，开得这么远了，还是稀落的村庄，还是低矮的茅草屋，还是那些透风的泥墙、零乱的院坝。穷的，不只是卡多寨，不只是三多大队啊！穷的地方还多着哪。看，那屋檐下挂的红薯藤，那风干的辣椒，那发了黑的屋脊草，和卡多寨自己的家多像哪。

看多了，厌了，也麻木了。天一黑下来，慧芸就靠在椅背上打瞌睡，列车的碰击声倒是像能给她催眠。从岩寨来的秀玉和李婻吵闹，她听见了，既然是命，吵有啥用呢。慧芸不去看，不去劝，她连听也不想听，照样打瞌睡。

是什么使得她抬起头来的呢？

是播音喇叭里的响声？列车陡然停下时的冲撞？她不很明白。总之，她是抬起头来了，撩辫子、揉眼睛，都是她习惯的动作。

车厢里真暖和，空气污浊，还有股厕所的臭气。有人在小声说话。秀玉已经不同李婻吵了，她们的争吵是怎么平息的，慧芸不晓得。她睁开惺忪的眼睛，想朝前面看看，忽然碰到一对探询的目光，她怔住了。

啊！传耕，景传耕，嘎多寨的景传耕，他咋个会在这节车厢上？

慧芸的惊讶，不下于传耕看见她时的愕然。她望着他，心里涌起一阵波涛。

这是不是命呢？

列车又继续前进了，硬座车厢又摇晃起来。一个人离开座位，推了景传耕一下，推开厕所的门。一股恶臭冲了出来，门“哐当”一声关上了。

慧芸凄迷地盯着传耕。

传耕的脸比几年前在水库工地上老成多了，也严峻得多了。他紧抿着阔长的嘴，一双眼睛盯着她。啊，不光是盯着她，那眼神在招呼她，要不，他为什么不时地眨着睫毛。他似乎有什么话要对她说。

慧芸怕自己的猜测有错儿，两眼不离传耕的脸，怯生生地站了起来。

景传耕转过身子，走向上下列车的过道门那儿。

慧芸猜对了，他是有话要对她说。

他为什么坐火车，是故意跟踪来的？还是……慧芸来不及多加思索了。她站直身子，离开座位，跟着景传耕走去。

“呜——”列车又高声地长鸣汽笛，略略减慢了速度，看样子，又要钻隧道了。

3

“咯噔咯噔……”

“喀嚓喀嚓……”

列车好像是在换轨，车厢的接头处震荡得厉害，扶着把手也难以站稳。门边的过道上，熄了灯，晦暗晦暗的，从车厢里射来的那一路灯光，也因为隔了一层玻璃，而变得淡弱昏浊。

靠车门口，一个倚壁席地而睡的中年人，大概是在车厢里实在找不到座位，就地躺在那儿，一条粗壮的腿横伸过来，脚丫子一摇一摆地晃动着。

在这儿说话是令人放心的。

传耕的眼神凝滞地停留在身旁的丁慧芸头上。她缩着肩膀，俯着头，神情像个被传讯的女犯，也不仰起脸来瞅他一眼。

“去哪儿?”

“不知道……听说——很远……”

车轮愈加急促地猛切着钢轨，列车驰得更快了，好像是行驶在平坦地带。

“唉，”传耕自己也闹不清，他的叹息声竟会那么沉，“你为什么要走这条路?”

丁慧芸陡地抬起头来，仰脸望着景传耕。她憔悴的、布满倦容的脸上，重压着一层忧伤的阴云，那双眼角散布细纹的眼睛里，透出的是怎样绝望的光啊！岂止是绝望，似还有着另一层意思。那一闪一眨的睫毛，那拧起的眉毛，不都像是在反问传耕：

“你还需问这……”

景传耕的心变得沉重了。他垂下了眼睑，低沉地问：

“你妈收了人家多少钱?”

“四百……几……”

几十呢？慧芸不知道。传耕的询问，使她的心怦然一阵剧跳。啊，在人们眼里，她就是被人贩子花钱买来的。她的脸扭歪了，嘴角的纹路辛酸地折皱起来。她想否认，想说自己一分钱也没收。可不知为啥，面对着传耕，面对着这个宽肩膀、厚胸围，身架足足比她高出一个脑壳的人，她说不出来。为了让弟弟结婚，让弟弟不被叫到重点工地去，妈妈确实收了人家四百几十块钱，她有什么好说的呢?

“不，你不要去，别跟人贩子去。”传耕的话说得低而又低，慧芸听来却是那么响亮震耳，那么坚定。

“那我……”

“回去!”

慧芸无声而缓慢地摆动着脑壳：“不……”

传耕又重复两个字：“回去!”

“回去？……你……你娶我?”

一道雪亮的光射进车窗，又倏地消失了。列车好像是驶过了一个不停靠的小站。就在那一眨眼间，景传耕看到慧芸的脸上有了神采，眼里有了灵光。可是，那眼神又忽然变得暗淡了，仿佛在说：“不，这是不可能的。”景传耕觉得自己的心跳突然加快了。

慧芸也为自己脱口而出的话吓了一跳，她怎么能说出这样的话来。这不是等于要挟传耕，威胁传耕吗？不是等于要从喻慎手里夺走传耕吗？她为自己的失言感到羞愧。她可怜巴巴地望着传耕那张严峻的脸。幽暗中，他咧开嘴角笑了，朝她轻轻地点了点头。

是的，传耕在点头，庄重地朝慧芸点头。这就是说，他答应了，他答应要娶她!

慧芸突然睁大了眼睛，她根本不能相信命运会出现这样的转折。她连连摇着头，慌忙说：“不，不，传耕哥，不能！我是瞎说一气。”她耸动着肩膀，双手捂住脸，啜泣起来，转过身子，就要回车厢去。

景传耕抢先一步拦住了她的去路。

慧芸惊惧地抬头望了传耕一眼，传耕正定眼瞅着她，慧芸只觉得他的双眼活像两面小镜子，把光反射到了她的心灵深处。

她站立不稳地摇晃了一下，哽咽着吐出一声：“传耕哥……”便一头扑到传耕厚实的胸怀里。

“慧芸，慧芸哪！”车厢那一头传来李婶的呼唤。

“嗳！”慧芸尽力抑制自己抽泣的嗓门，拖长了声气答应。

“你怎么离开座位那么久呀？”

“厕所里老有人。”

好像证实慧芸的话，厕所门开了，一个人走出来，另一个紧候在门旁的走了进去。

“守着点，别让座位叫人占了。”

“嗯。”

这时候，传耕才意识到，慧芸这一路上是被人监视着的，要让她回去，不那么容易。他开始明白，人贩子李婶为什么要让这些乡间的姑娘都穿上那套港服了。

“下一站，还有二十分钟就到了。”列车员走出乘务室，朝着车厢里昏昏欲睡的旅客们嚷叫起来，“在二道站下车的旅客，快准备好，小站，只停三分钟。”

“传耕哥……”

“听着，慧芸。”景传耕以不容置疑的语气说，“我们就在这个站下车……”

慧芸浑身颤抖了一下：“啊！”

“别怕！”

“传耕哥，我不……”

“一定要下。”

“那要连累你。”慧芸又抽泣起来。

“不要哭，慧芸。”传耕近乎耳语般急促地说，“听好了，带上车票，出站要查票。最好把你这身衣服换掉，下车后换，带上换的衣裳。”

“嗯。”慧芸忍住啜泣，点了点头。

“要装得没事似的，千万不要哭了。”

“嗯。”慧芸抬手抹掉了眼泪。

“我马上回去拿提包，从那边的门下，下了车就到这扇门旁来等你。”

“嗯。”

“再莫犹豫了。”景传耕紧紧地捏了捏慧芸的手，离开了幽暗的过道，朝拥挤的车厢里走去。

回到自己的座位跟前，人造革提包已被人放到了茶几下，座位上坐了个年轻军人。看到景传耕走来，那军人含笑站起身：“对不起。”

“不，你坐，我马上下车了。”传耕拎起提包，朝军人点点头，挤出了车厢。

不一会儿，二道站的白色站牌子从窗口一掠而过，缓冲器刺耳地响着，车在站台前停下了。

这是个陌生的车站，景传耕做梦也不会想到来这里。他一下车，深深地呼一口清凉的空气，便急急地朝慧芸将要下车的车门走去。他的心在怦怦怦地跳着。慧芸会下车吗？她会让人贩子李婶察觉吗？她不下车怎么办？

传耕走到那个车厢门前，两眼一眨不眨地盯着敞开的车门。一个挑着担子的旅客趺趺撞撞下了车，他后面是一个老太太，那脾气很暴的列车员正小心翼翼地扶着她下车。接着一个扛着旅行袋的中年人，往后就没有人了。只见上车的旅客你推我拥地往上挤。

传耕的心往下一沉：怎么，慧芸没下车？

怎么办呢？慧芸不下车，他一个人在这冷清的小站上下来了，怎么办呢？

列车员在催促："要上车的，快呀！快开车了。"

传耕不见慧芸的影子，着慌了。他只好再上车，刚要迈步，有人扯了扯他的袖子。他转脸一瞅，嗨，是慧芸，她早下车了。

"你怎么……"

"我跟在你后面，从你那头下的车。"她的眼里闪出笑意。

一声汽笛长鸣，列车启动了，轰隆轰隆驶出了二道站。

"我们怎么办？"慧芸转脸四顾，小小的车站四周全是黑黝黝的山野，荒僻无人，她有些害怕。

"出了站，在候车室等着，有往回开的车，我们就买票。"

"我身上没得钱。"

"我有。"传耕宽慰着她，"走吧。"

站台上空空荡荡的，紧挨着水泥柱栅栏栽了一排整齐的冬青树。他俩跟着下车的旅客朝出站口走去。

检票的是个中年瘦子，他身旁还站着一个民警模样的人，目光炯炯地打量着每个出站的人。

"你的，票！"轮到传耕了，传耕侧身让慧芸先检。慧芸有点慌张地把票递上去。

检票员扫了慧芸一眼，把票翻来覆去地看了两遍，对身旁的民警一阵耳语，将票递给了她。

"你到鹰潭，为啥在这儿下车？"

"这……我……"慧芸的脸色刹那间变了，支支吾吾答不出话。

"她到这儿有点事……"传耕接上话头，迎上一步说。慧芸跟着直点头。

"少啰嗦，你的票呢？"

"给。"传耕惴惴不安地把票递过去。

"嗬，到株洲，你为啥也在这里下车？"

"我也有事。"

“有什么事？公事还是私事？”站在一旁的民警插了嘴。

这情形是传耕和慧芸绝没想到的，两人面面相觑，不知说啥好。

已经检票出了站的人，也回过头来，望着这两个年龄相仿，服装不一的男女。

“走吧，跟我走一趟。”民警把两张票抓在掌心里，一本正经地说。

“呃，民警同志，我是探亲的，我……”景传耕走前一步，竭力解释。

检票的瘦子狠狠地推了他一把：“别来狡辩，告诉你，拘留所逃了犯人，正追捕呢！快去老实交代！”

4

慧芸的两眼始终盯着桌角上的那只墨水瓶子，瓶子上四个黄颜色的仿宋字体清晰可辨：高潮墨水。她不敢正面望审讯她的人，害怕得直颤抖。她老想着传耕，为自己把传耕连累了懊悔不已。这会儿，传耕被关在哪里呢？他也在受审吗？他们会不会放他呢？由于跑了神，审讯人员的询问总要重复一遍，她才能听清。

“你说呀，证明上写你是二十五岁，你怎么说是二十七岁？”

“呃……”这叫她如何答呢，这是蒋学谦写错的，讲出来人家信吗？慧芸惶惑地垂下了头，粗松的辫子滑到了胸前。

“说。”审讯人员的声音严厉了，“这证明是你自己的吗？”

“是的。”

“你去福建相亲，为什么在二道站下车？”

“我不想去了……”

“为什么？”

“我想家。”

“你不老实！”

“是真的，同志。我不想去，我是被人家骗了。”慧芸突然来了勇气，一手抓住粗松的辫子，仰起脸来望着坐在三屉桌后面的两个民警，放大了声音，“我碰到了邻寨的景传耕，他劝我回家，他……”

“慢着，你说的景传耕，是个什么人?”

“就是同我一齐被你们抓的人。”

“他是你什么人?”

“邻寨的……我们……”慧芸结结巴巴地说，急得脸红了，“我和他一同上过县中，到工地当过民工……我……他……”

“你不用急，慢慢说。”

慧芸吁了一口气，沉吟片刻，泪水涌了出来：“我是被拐卖的，我……他、传耕碰见了我，劝我不要去，我们就……”

两个民警交换了一下目光，耳语了两句什么，就让人把慧芸送回拘留室去了。

拘留室里晦暗潮湿，屋角的谷草谷上，好像躺着什么人。慧芸没有睡意，没铺没盖的，她也不想睡。她倚墙站着，心里忐忑不安，脑子里只有一个念头：她害了传耕，早知如此，真不该答应跟他下火车。

她差不多站了一夜，临近天亮的时候，实在熬不过，才就地坐下，脑壳挨着墙睡着了。好像刚合眼，又被冻醒了。睁眼一看，天已大亮。

她被关了两天。第三天下午，她被带出拘留室，发还了衣物。她环顾四周，欣喜地发现，传耕和她都被释放了。

“吶，这是回家乡的火车票，半个小时以后就过二道站，你们抓紧点。”那天抓他俩的民警态度平和地说，把钱退给传耕，申明扣去了回程的车票钱。

“总算把我们放了。”顶着凛冽的风往车站上走去时，传耕舒了一口气说，“唉，不知费了多少口舌，才叫他们相信我们不是坏人。”

“咋个又信了我们呢?”慧芸两眼盯着传耕问。

“他们打长途电话到月光县去查询了，县里说了我们不是坏人，要他们放人，还要我们回去后，到县行委办公室去一趟。”传耕一面说话，一面左右环顾，发现了一个卖饮食的小摊，“你等等，我去买两个油饼来。”

传耕买回油饼，两人一边吃一边往火车站走去。风儿扬起砂砾，公路上的尘沙，朝他俩扑面刮来。慧芸背过身子，用背脊挡着风沙，张嘴咬了一口油饼，油饼是热的，很香。待风沙刮过，她问放慢了脚步的传耕：“你咋个碰巧也在火车上呢?”

传耕大口嚼着油饼，说：“大哥让我去他们那儿市郊看看，说那里的农村比我们山沟沟里强多了。要我看过以后，回老家给爹妈说说，劝他们迁去……”

“太好了!”慧芸脱口叫了起来。

传耕偏过脸来，瞥了慧芸一眼。见她眼里闪出憧憬的光，抿了抿嘴问：“咋个好?”

“你想嘛，你们全家搬去，我也随你们，那么……”慧芸含情脉脉地瞅了传耕一眼，“要不，回到三多大队，咋个办呀?”

传耕的眉头皱了起来，放快了脚步，一声也不吭。

“我讲得不对么?”慧芸低低地柔声问。

景传耕只顾朝前走，不答话。

慧芸疑惧地望着他，小心翼翼地说：“回到寨上，你还去你大哥那里吗?”

“不。”传耕毅然决然地摇了摇头。

“为啥?”慧芸的询问几乎让人听不到。

“就为遇见了你。”

“我?”

“嗯。”传耕说话的声音不高，但情绪很激动，两条眉毛紧蹙在一起，“原本，我就不那么想去，是大哥一再来信催，队里又硬要人去搞啥农田建设，我才买了车票出门的。我爹和我妈一辈子都在三多大队，咋舍得离开本乡本土。‘美不美，乡中水；亲不亲，故乡人。’爹嘴巴头老叨念这两句话哩！大哥想要我们搬家，还不是因为穷……”

“穷……”

“对。你让人拐卖，不也是因为寨上穷嘛！慧芸，要是三多大队田土贫瘠，要是寨邻乡亲们个个是懒虫，那还叫人想得通，可你晓得，三多大队的田土肯长粮食，寨邻乡亲们一年累到头，巴掌上起茧儿，汗珠儿摔八瓣地干哪。为什么还那样穷？”

慧芸从未想过这个问题，答不上来。她惊异地瞪着传耕，感到他身上像揣着一团火，把她的心也烘暖了。

前面就是火车站了，从敞开的大门望进去，候车室里的旅客已经在排队。看样子，治安民警说得不错，火车很快要到了。他们快步走进肮脏的候车室，慧芸抿着嘴，跟在传耕身后，排在上车的队伍末尾。

她不理解传耕的心思，不过细细想来，觉得传耕的话说得对。不讲远的，就说今年，一九七七年吧，打倒“四人帮”，老天爷也开眼，风调雨顺，谷子、包谷、黄豆，啥都长得好，男女老少谁不说年成喜人，盼望过个好光景。谁知到末了多分的那些粮食花销了，化成寒冬腊月的汗水洒在工地上，娶亲、盖房的希望落空了，多少人家又在愁春天的口粮。唉，这穷日子啥时候才到头啊！

电铃响了，列车轰隆轰隆进了站，人们纷纷拥向车门。慧芸让传耕推着挤上了车，见过道上站满了人，正不知往哪儿挪脚，传耕拉了她一把，转脸一看，车厢头洗脸漱口的地方堆着麻袋，有一点空隙，他们便靠着麻袋站下了。

列车又开了。车轮子轧着钢轨的响声，搅得慧芸的心一阵比一阵烦躁。离家乡愈近，她的心儿愈是悬乎乎的没着落。她拉了拉传耕的袖子，忧心忡忡地问：

“回去后，你爹妈……”

传耕的眼神透出丝丝柔光：“不碍事。”

“还有寨邻乡亲们，他们又该咋个说呀。”慧芸凄怆地低语着。

“就怕他们不说呢！”传耕说，两眼盯着镜子上面一盏白瓷灯，

“就是要他们说说，我们山乡的姐妹让人拐卖，我们该咋个办？对这种事能不想一想吗？”

慧芸骇然望着传耕，觉得眼前这个人，已经不是几年前在水库工地上的那个传耕了。那年头，小伙子们爱同姑娘们开个玩笑，爱为了点小事争个脸红耳赤，爱吵吵嚷嚷地叫骂，闹不和，还爱拔出拳头相见。可是他少言寡语，只晓得干活，见到姑娘们就脸红，待人好客气。而今天，他老像有什么心事，说起话来也沉甸甸的。

“我们该咋个办？”慧芸猜不透传耕的心思，但她分明觉得，回到山寨之后，他是会干些什么的。他会干什么呢？瞅他脸上愤激的模样，慧芸也不敢贸然问他。

但有一点她是明白的，自听从传耕的话，跟着他下火车那一刻起，她就把自己的命运和传耕紧紧地连在一起了。她多么想知道，传耕的心里想些啥，他将怎样安置她？他们一道回到三多大队之后，他打算咋个回答人家的问询？她多想听传耕讲讲这一切啊！可是传耕不说，两眼凝神地盯着车窗外面那一掠而过的景物：山野、蜿蜒的小河远处的村庄。看着这些景致，他在想什么呢？

“咋个办，”慧芸忍不住喃喃自语着，“你说咋个办呢？”

传耕回眸瞅了慧芸一眼：“我在想……”

他说了三个字就顿住了。想什么呢？显然他还没想明白。那就不打扰他，让他想吧，想个明、想个透。

车过了一个大站，慧芸和传耕才找到两个座位。那已是下半夜了，人困乏得不行。传耕伏在茶几上打瞌睡。慧芸先是头靠在椅背上打盹，列车摇摇晃晃，渐渐地，她的脑壳一歪，不由自主地倒在传耕背上。传耕的背宽厚、结实，慧芸在朦胧中让自己靠得更舒坦些，随着列车的前行，睡着了。

到月光县城时，慧芸醒了。她不好意思地捋着一绺鬓发，直起身子。这时，她发现传耕早就醒了，只是为了不惊动她，才保持着不动的姿势，让她枕着他的背直睡到醒来。意识到了这一点，她的心头甜滋滋的，又有点难为情，朝他羞涩地一笑，脸颊微微红了。

“快进站了，我们准备下车吧。”传耕说，站起身子，拎起人造革提包，朝车门那边走去。慧芸一步不落地跟在他后面。

下车后，在站外的小摊上，他们一人吃了一碗豌豆凉粉。搁下碗筷，慧芸问：“去哪儿？”

“县委办公室。”

慧芸心头很怕，去那个地方干啥呀？但她不敢违拗，随着传耕朝县委大院走去。

县委大院里，呈现一派上班前后的忙碌景象。一辆拖拉机拉着坐满县委机关干部的拖斗，突突地从大院里开出来。拖斗上贴了一条标语：干部群众一条心，大搞农田基本建设。人们闹嚷嚷地喊着：“出发了，出发了！”

传耕和慧芸让在路边，等拖拉机开过，才一齐走进宽敞的县委大院，只见弧形的围墙上，赫然写着十个遒劲有力的大字：层层抓样板，组织大会战！

传耕出神地望着这条大幅标语，几乎停了步子。慧芸轻声催他：“走呀。”

传耕应声转过身子，看到从楼房台阶上匆匆跳下一个精瘦干练的中年人，他的眼睛顿时一亮，扬手招呼：

“常书记，常叔！”

“好家伙，真是你呀！”刚刚走到吉普车前，正要上车的县委第一书记常爽，听到喊声回过头来，一眼见了景传耕，三脚两步走过来，右手的食指点着传耕，嗓音洪亮地说，“不参加大会战，坐火车往外头跑，让人拘留了，怎么回事呀？”

传耕不知常书记咋个都会晓得的，有点尴尬地承认：“是啊，我是出去探亲的，半路上……”

“好啦！”常爽挥手打断了传耕的话，“幸好办公室同志接到外地查询的电话，请示了我一下，我还算认识你，为你打了包票，让对方放人。要不，真得让你们公社派人去接你呢。好，好嘛，这会儿回来了，快回寨上去好好干！瞧你的身架子，力气不小吧，哈哈。”

传耕也勉强笑了笑：“常书记，我……我有话要同你讲……”

“她就是那个出去相亲的姑娘吗？”常爽发现怯生生地癯在传耕身后的慧芸，又问，“怎么会被拐卖呢？……”话音末了，身后吉普车的喇叭，“嘀嘀”响了两声。

“就为这个事，我想和你谈谈……”

常爽的眉头皱了皱：“今天不行了，你看我，马上要到蹲点的公社去。抽空吧，抽空再……”

像在证实他的话，吉普车喇叭又响了两声：“嘀嘀！”

传耕瞪了吉普车一眼，带点恳求地说：“常书记，我有话……有情况要同你讲……”

“同何羽讲吧。哦，你还不认识他呢，他是你们那一片的工作队长，有情况，你向他汇报。要不，找尹毓秀也行。她是妇联主任，管这姑娘的事。”常爽结束了谈话，又一指慧芸，“她是哪家的，我在嘎多寨时，咋没见过她？这样吧，办公室不用去了。去也没得人，都忙乎着呢。煤管站有去你们公社的卡车，你们去那儿搭车，个把小时就到屏源镇了。我要赶着上路。”说完，常爽转过身子，急急地走向吉普车，走了几步，又回过头来叮嘱一句，“回到嘎多寨，替我向你爸爸问个好！”

景传耕茫然地点了点头，望着吉普车驶出了县委大院，直到车影消失了，他仍然呆痴痴地站着。

自始至终，慧芸都站在传耕身后，直听到常书记说，不用去办公室了，她心上压着的一块石头才落下了。她怕人问，问她是怎样被拐卖的，问她为什么要被拐卖，答起这些话来，有多难堪啊！

“走吧，传耕，我们搭车去。”她见传耕不动，悄悄地说。

传耕拎着提包，像拎着很沉的东西似的，缓慢地转过身子，和慧芸走出了院门。慧芸见他有气无力的样子，主动伸出一只手去帮他拎着提包。两人并肩走着，慧芸瞟了传耕一眼，试探着问：“你想和常书记讲啥呀？”

“讲你……”

“讲我？”

“是呀！”传耕几乎没有看见慧芸惊骇得变了色的脸，没听见她诧异的语气。他抬头凝视着县城外那座大山的脊梁，思忖着说：“乡间穷，穷得让人贩子来钻空子，还不该同他讲嘛！”

“讲，讲有哪样用处！”慧芸噘起了嘴，赌气地说，“你以为干部不晓得吗？都晓得的。”

“哪个晓的？”

“公社的蒋学谦就晓得嘛！”

“他晓得？蒋学谦晓得……”景传耕的目光逐渐变得深邃逼人，他又在思索什么了。

一看到他这副脸相，慧芸就知道，传耕又在想心事了。想什么呢？要猜透他的心思，真难啦！

5

湿冷的风吼啸着刮过山野。岭巅山腰间的树枝、灌木、荆棘、刺藜上，都挂满了冰凌，远远地望去，白花花的一片，倒有几分诱惑。

挨着嘎多寨那一片屏风般的褐色山岩上，新刷了一条大标语：社社队队摆战场，山山岭岭展红旗。雪白的石灰粉浆顺岩流下来，给每个字添了无数条细脚，很影响气势。

在那屏风般的山岩脚，有好些突出地面的石子。一个戴眼镜的瘦汉子站在石头上，嘴里含一只塑料哨子，鼓起瘪陷的面颊“嚁嚁嚁”地使劲吹着，尖厉的哨音在整个嘎多寨上空刺耳地回响。

山岩前一块空地上，稀稀拉拉地站着些提十字镐、挖锄、铁铲、背篼、扁担、杠棒的寨邻乡亲们。随着哨音隔一两分钟响一次，不断地有人急匆匆跑来，逐渐把空旷的山地填满了。

县革委会副主任、屏源区农田基本建设工作队队长何羽把塑料哨子朝裤兜里一塞，背着双手，脸色阴沉地扫视着好不容易集合起来的农民们，提高了嗓音说：

“看看，你们看看，到底成何体统。哎！你们看呀，现在是几点了？……”

“何队长，我们没得表。屋头穷，也没只钟。”人堆里，响起一个毫无畏惧的声音，透露着揶揄的语气。

“你们可以看嘛，都下午二三点钟啦！”何羽撩起左手的衣袖，露出一只亮闪闪的金壳表，“二点四十五，不，二点四十七分啦！十一点半收的工，一顿中午饭吃去三个多小时，你们是在吃酒席啊……”

“没那份福气。何队长，你请我们是不是？”

“胡扯！”何羽的脸一沉，大吼一声。

“全大良，不许你乱插嘴！”人群里响起费正明粗大的嗓门，跟着，一个矮壮粗实的老汉出现在人群前头，他的双手背在身后，以训斥的口气说，“何队长讲话，由得你全大良一个毛孩子一次一次插嘴吗？跟我学乖点。”

“怕学不乖。”中等个头的全大良夹在人群里，他那张快三十岁的脸上露出明显的讥诮，“学乖了更没得法填饱肚皮。你费正明当着大队干部……”

“阿全！”一个不年轻的妇女挤到全大良身旁，偷瞥了人堆前的费正明一眼，局促不安地劝道，“你闭嘴吧，为啥尽惹爹生气……”

全大良不往下说了，脑壳往下缩了缩，朝身旁的年轻小伙子们撇撇嘴，做了个怪相，小伙子们嘿嘿嘿地笑了。

这笑声惹恼了何羽，两眼从镜片后面射出一股冷光。山地上顿时静寂无声，众人都等待着他的训斥，但他竭力克制住自己，费劲地咽下一口唾沫，左手举到肩膀高，晃动着说：

“我提醒你们，嘎多寨冬腊月间土变田的任务是三十亩，平整土地二十亩，加起来是五十亩。照眼下这个速度，到春节期间，一半都完不成。同志们哪，懦夫懒汉思想要不得呀……”

“何队长，你息怒。”全大良又不客气地喊了起来，“你能听我说一句吗?”

何羽再次被打断了话头，恼怒地瞪着全大良，厉声问：“你有啥话?”

“请何队长打听打听，嘎多寨老百姓是不是懦夫懒汉？跟你说，不是在你何队长面前吹，你跟前这些人都勤快得很……”

“那你们为啥姗姗来迟？我就看见你全大良来得最迟。”何羽振振有词地说。

“看。”全大良身后的妇女再次扯了扯他的衣角，“你还跳！名字都让人记住了。快莫讲了……”

全大良似乎没听见她的嘀咕，伸手往身后一拨，高声道：“道理也简单，何队长，只因为你们那瞎指挥的土变田，平整土地的计划，实在不合大家的心思。也不看看，这五十亩田土有没得水源……”

“嗬，露出狐狸尾巴来啦!”何羽像抓住了全大良的把柄，嗓门提得更高了，“我问你，要哪样才合你的心思？跟你明说，今冬明春搞农田基本建设，也不是我何羽的发明。这是县委、地委、省委的决定。省委书记还亲自扛着锄头下地呢！你全大良胡搅蛮缠，是想反对县委、省委吗?”

全大良还要说什么，身旁的那个女子又使劲地扯他衣裳，哀求说：“阿全，听我瑞娟一句话，莫惹事闯祸了……”

全大良回头望了费瑞娟一眼，她眼角的泪光使他的心为之一动。他不吭气了。

何羽的嘴角露出一丝讥讽的笑纹，刚要趁着全大良理屈词穷的当儿继续发挥，人群后面走来两个青年人，引起了他的注意。大家见他直愣愣盯着前面，纷纷回头张望。

“传耕!”有人兴奋地高叫一声。

顿时，小伙子和姑娘们呼啦一下散开了，迎着传耕和丁慧芸，七嘴八舌地问：

“你咋个回来了?”

“你大哥那儿好吗?”

“为啥只住一两天就回来了?”

“你咋和慧芸走一路呢?”

“嗨，回来干啥哟，该在你大哥那里多耍几天。”

“……”

传耕被围在人群中间，脸色微显潮红，一时不知如何答复大伙儿的问询，只不住地点着头。

“哥，见着大哥大嫂了吗?”一个姑娘使劲儿挤到传耕身前，抬眼看见慧芸，圆鼓鼓的脸上露出股惊讶的神色，“慧芸姐，你……”

“传耘，”传耕说话的声音有点不自然，“大哥那儿我没去成……”

“你去哪儿了?县里面打电话来查问你呢，出了什么事吗?”传耘诧异的目光又在慧芸尴尬的脸上停住了。

传耕本想回到家里再说，但见众人疑惑不解地望着他们，觉得不说不行了。他沉吟片刻，指了指慧芸，说:“她被人贩子拐卖了。在火车上，正巧让我撞见了，我劝她回来，别上人贩子的当……”

话没说完，如同蜂群归巢，山地上的人堆里，响起了一片营营扰扰的议论声。人们似乎忘记了出工的事，围着景传耕说个没完，使得何羽窝了一肚皮的火，冲着传耕吼道:“景传耕，你有啥话说不完?回去歇息，明天开始，扛锄头出工，参加农田基本建设大会战!”

景传耕被呵斥走了，人们仍然安静不下来。大家望着他和慧芸远去的背影，发出一片感叹唏嘘。

“传耕把丁慧芸喊回家，咋个安顿她呢?”

“回丁家么!”

“难哪!听说丁家是收了人贩子钱的，怕不敢让她回家。”

“传耕是菩萨心肠，怕要娶慧芸哩。”

“这事难得说呀!”

“……”

“不许说话了！”何羽猛吼一声，压住了人们的议论，“你们看，已经三点钟了，马上给我……”

话刚说开头，“哎呀呀！”全大良忽然双手捧着肚皮，哀叫起来：“我的肚皮痛，痛唷，痛死我了，肠子像刀绞一样痛，哎唷，哎唷……”

人群又混乱了，手忙脚乱地把全大良围成了一圈，费瑞娟急得脸色煞白，失声叫着：“这咋个办呀？咋个办呀？”

“先把他抬回去躺倒！”费正明大喝一声，提醒了几个小伙子，慌慌张张地把全大良抬回寨去。费瑞娟跟在他们身后，一步不落地小跑着。

何羽气咻咻地撇着嘴，直瞪着被抬去的全大良，一句话也说不出来。

“出工吧，出工吧！”费正明瞅了他一眼，招呼大家。平整土地的队伍稀稀拉拉地出了寨子。

全大良刚被抬进自家院坝，就打雷样叫了一声：“快把我放下！”

众人不知所措地松了手，全大良双脚一落地，直挺挺地站在几个小伙子面前，哈哈哈地放声大笑起来：

“我这肚皮，说痛就痛，说好马上好！你们几个，愿去干那冤枉活混工分的，就去混半天。不愿去的，回屋头猫着，睡大觉养精神。”

几句话把小伙子们逗乐了，嘻嘻哈哈一阵笑。

费瑞娟又好气又好笑，皱紧眉头嗔道：“阿全，你、你这耍的啥花招呀？”

“啥花招？他何羽一说话就给老子扣大帽子，老子硬的不行，就跟他来软的泡。”全大良理直气壮地说。

瑞娟担忧地说：“阿全，要是工作队晓得了，你……”

“顾不上那么多了。”全大良豪爽地一挥手，两眼朝墙外一溜，陡地压低了嗓门，神情诡秘地说，“我也不是闹着玩，传耕回来了，我得找他去。”说完，撇下瑞娟和几个小伙子，大步跑出了院坝。

“嗳，你……”瑞娟一把没有把他抓住，急得一跺脚。

全大良一步跨进传耕家茅屋前的院坝时，出乎他的意料之外，茅屋里静悄悄的，丝毫没有传耕回家的欢乐气氛，他不由迟疑地站住了。

原来，在传耕和慧芸回家之前，传耘已甩着双手急急地跑回了家，惊诧地把传耕带回慧芸的事告诉爹妈。

乍听到这消息，妈妈急得连连把手往围裙上搓：“咋个是好，咋个是好？这才叫人在屋头坐，祸从天上落哩！好好让他去大哥那里，他却带个相亲的姑娘回家来。算个啥，算个啥呢？”

“寨上人又该咋个说呢！”传耘跟着唉叹，“风言风语传起来，景家的脸面丢尽了！”

爸爸景气闲在一旁划篾条，听明了事情根由，倒很沉着地对母女俩说：“莫瞎叨叨了，传耕不是个憨娃儿，他那么干，总有他的道理。等他回家来，问清了再说也不迟。那个姑娘进屋，你们可不要冷着脸瞅人。”

话刚说完，院坝里传来了脚步声，传耕和慧芸回来了。传耘拉了妈一把，母女俩刚想退出堂屋，传耕和慧芸已经跨进了门槛。

“爹，妈。”传耕喊着父母亲。

慧芸憔悴的脸上浮起窘迫的笑，也跟着招呼：“大伯，伯妈，传耘。”

“噢，回来了，进屋头歇息吧！”景气闲满脸笑容地朝儿子点头，又向慧芸指了指里屋。

慧芸跟传耕走进里间屋，显得有些不知所措。堂屋里不时传来景气闲刀划篾片的“嗞嗞”声，更使她感到忐忑不安。她站在屋中央，环顾四周。木架床，齐腰高的柜子，一张三屉桌，两张凳子，石灰刷的白粉墙上挂着一幅油画，描绘崇山峻岭间淌过一条弯弯的河流，天空中的浓云紧挨着山头。

“坐吧。”传耕放下提包招呼她。

“你会画画？”慧芸羞涩地问。

“不。这是原先在寨上插队的上海知青宗妮娜画的。你看，画得好吗？”

“好。”慧芸的目光移到一张嵌满了照片的镜框上，指着一张合影问，“是这个人吗？”

“不，是这个，高个儿，近视眼。宗妮娜前面那个，叫盛雍。他跟我很好，照片就是他送的。现在，这帮知青都抽调了。”传耕显然是要慧芸不必过于拘谨，详尽地介绍着。

慧芸听着，无意间在镜框上角发现了喻慎的照片，心头不免一跳。尽管她曾听传耘说喻慎同传耕挺好，却从来没有听到传耕自己谈起过喻慎。她偷偷瞟了传耕一眼，仿佛不经意地指着喻慎的照片问：“她呢？”

“她叫喻慎，在区里工作。”

传耕回答得自然平静，慧芸自己反倒脸红了。她忙转过半边身子，望着木架床边一只大大的未上漆的书架，说：

“这么多书，你都从哪儿得来的？”

“陆陆续续买的，大哥、二哥也给我寄过一些。”

“一年累到头，勾起脑壳种田地，你还有闲心读书？”

“越种越穷，还不教人想想嘛！”传耕笑笑说，“书本教人长知识，也教人长志气，读一点好。”

慧芸无话可说了，凑近前去，细看那些书名。

谈话一停，屋里就显得特别静。传耕明显地感到，无论是父母和传耕，还是随他回家的慧芸，都觉得很不自然。他们之间，毕竟是生疏的。他不无惶惑地想，慧芸和他们的关系今后会怎么发展呢？会不会和睦相处？

恰在这时候，全大良在院坝里叫起来了：“传耕，在家吗？”

“在屋头，快进来！”传耕跑出里间屋，迎了出去。

“嗬，你们都在屋头呀？”全大良走进堂屋，看到景大伯在划篾片，伯妈拿一把笤帚呆痴痴站着，传耘坐在木椅上卷着衣角，他一边同他们招呼，一边乐呵呵地说，“我走进院坝，没听到屋头有动静，还以为你们都不在屋呢！侧耳听了半天，才敢大着胆子问一声。我怕没头没脑闯进来，让你们当小偷抓呀！”

全大良几句话，把一家人都逗笑了。景气闲削去一根竹枝的结疤，说：“你那张嘴，哪个敢抓你小偷呀！”

“我就服你景大伯，可惜你又不在寨上当权，偏让那学舌老汉费正明当官……”

“莫贬你家老丈人啊！”伯妈截断了全大良的话头。

“我这不是贬他，他实实在在只有那本事。”全大良辩解着，“上头的官咋说，他就跟在后头咋嚷。”

景气闲横过竹枝，在全大良腿上轻轻拍打两下：“你这个未过门的女婿，真该挨屁股。跟你说，阿全，说齐天道齐地，费正明总是瑞娟的爹，你得好好地尊敬他。有话，打一壶酒找他慢慢讲嘛。”

“撞鬼啰！我打酒给他喝？我灌马尿给他喝差不多。”全大良喊了起来，“他当年那样子整我……”

“好了好了，陈谷子烂芝麻的账，抹去算了。我不听，不听！”景气闲连连摆手，还要去捂耳朵。

传耕拉了拉全大良的衣袖，两人一先一后进了里间屋。全大良一眼看到慧芸站在书架前，愣怔了一下，刚要张嘴，传耕先发问：“你们不是正要出工吗，你咋个跑回来了？”

“我耍了个金蝉脱壳计。”全大良眯缝着眼得意地一笑，“那种马屎表面光的活路，我才不愿干呢！”

“有意见为啥不提？”

“提意见，何眼镜听得进吗？”全大良忿忿地说，“大伙儿只好消极怠工，出工不出力。”

传耕沉吟道：“那也不是个办法呀！”

“就是这句话。传耕，实话跟你说，寨邻乡亲们早就憋不住了。私底下不知扯了多少回，现在，就是缺个领头的。”

“你呢？”

“我吗？你还不晓得，我是张三爷卖豆腐——人强货不硬。人家一看是我领头，马上想到我坐过牢，敢跟着干的也缩脑壳了。”

“那你又打个啥主意呢？”

“我想……我直说了吧。只要你带个头，我为你敲边鼓，管保一呼百应，众人都不会去干那冤枉活路。”全大良的声音压得很低，摩拳擦掌地说，“传耕，你说一声，你有没有这个胆子？”

“这倒不单是个胆子的问题。”传耕望着阿全那一对闪烁发亮的眼睛，思忖地说，“急是不成的。要干，总还得做到心中有数，有把握。要真干起来的时候，还得齐心呢！”

“只要你肯干，传耕，我全都听你的。”阿全一拳砸在传耕的肩上，轻声笑了。

尽管这一对好朋友说话的声音很低，外间堂屋里的人听不分明。但站在书架旁的慧芸却一字不漏地听了去。他俩谁也没察觉，慧芸那双惊惧的眼睛瞪得老大，正骇然而忧虑地注视着他们。

第二章

6

喻慎疑讶困惑的脸，吃惊的眼神，尹毓秀很快就觉察到了。她谅解地一笑，把搪瓷茶杯顺着桌面轻轻推到喻慎跟前，细声柔气地说：

“是啊，想不到吧，带头违背县委指示，煽动三多大队民工不去水库工地的，竟会是景传耕！他还是老土改根子、老党员景气闲的儿子呢，乍看起来简直是一出悲剧。有人说他反党，可我总觉得恐怕不那么简单。听说，你当知青时在嘎多寨待过，和景家老少都熟悉，是吗？”

喻慎点点头，蹙眉看了尹毓秀一眼。她不明白，县委书记的爱人为什么会问起她和景传耕一家的关系。

“熟悉就好。”尹毓秀微微笑了，“这次调你来，就是希望你去嘎多寨认真作一点调查研究。你跟景家熟悉，就可以住到他们家里去，好好给景传耕做点工作。摸一摸他的真实思想，了解一下他们究竟想干啥。应该告诉他，扩大月亮坝水库蓄水容量，是为了灌溉去冬今春新平整的田地，这是县委多少年来不曾有过的重大决策。景传耕不顾大局带头闹事，是不允许的。其实，月亮坝水库修好了，受益最多的就是他们三多大队。三多大队不想出民工，那些受益少，甚至不受益的大队，还愿意往外派民工吗？所以，一定要做好他们的工作，懂了吗？”

有什么不懂的，尹毓秀一句话不说，喻慎也懂。三多大队闹事的消息，整个屏源公社、屏源区都传遍了。面对着这件轰动全县的风波，喻慎真佩服尹毓秀还有这样的耐心。

到区妇联工作以后，喻慎听到过县妇联主任尹毓秀的一些轶事。“文革”初期，县里一帮跳得凶的人物抄了县委副书记常爽的家，把他们夫妇的一些信件也抄去了。那些信里，有着尹毓秀对下乡蹲点的丈夫的思念、关切，也有恩爱夫妻间常有的情话，温柔体贴的爱。造反派如获至宝，在喇叭里广播，抄成大字报贴在街头，还给尹毓秀加上一顶帽子：修正主义的风骚女人。因为这个缘故，尹毓秀比县里其他女干部更出名，更惹人注意。

如今，她那样平和地在同喻慎谈话，好像把说服景传耕的希望完全寄托在喻慎身上，喻慎不免感到了一种压力。

“你有啥困难吗？”尹毓秀客气地问。

“暂时还说不上什么。”喻慎淡淡地一笑，“对我来说，我是很愿意回嘎多寨看一看的。只是，只是……别在我身上寄予太大的希望，我在工作上还很稚嫩。”

尹毓秀微微侧转了半边脸：“你预感到很难么？”

“好像是……”

“小喻，我喜欢你的坦率。”尹毓秀白皙的脸上出现了满意的笑容，眼角边那些细细的皱纹也变得挺美了，“告诉你，我料理一下片上的工作，也要去嘎多寨，我们一起来克服困难吧。”

离开尹毓秀借宿的小屋，喻慎断定，尹毓秀并不知道她同景传耕的关系，更不知道她很快就要调回省城去了。正因为很快就要离开山乡了，她希望再跟传耕见一次面。特别是现在，她也想了解，他为什么要带头抵制县委的决定呢？他想过这会给他带来什么后果吗？

不需要任何准备，喻慎重新背起铺盖卷，拎上装了牙刷、牙膏、毛巾、肥皂的塑料小包，动身到三多大队去了。

三多大队是嘎多、卡多、扎多三个寨子的合称。可以说，喻慎在那儿度过了自己的青春年华，留下许多辛酸和甜美交织着的记忆。记得，她第一次去那儿，是个阴雨天。今天，当她怀着难以言状的心情准备去向那块土地告别的时候，又碰上了漫天洒着牛毛般的细雨，好像一袭薄纱笼罩着连绵无尽的山岭。阴霾的天空灰莹莹的，叫人想起哭丧着的脸。碰上这种鬼天气，带伞吧，太费事；不带吧，走上三四里路，浑身上下都淋湿了。崎岖山道旁的大树上，还不时滴落下一颗、两颗凝聚起来的雨珠，掉在颈子里冷得浸骨。

午后上的路，要是不下雨，四点来钟就能到嘎多寨，可这会儿近五点了，喻慎还没踏上三多大队的土地。“进三多，出三多，前后要用半天多。”地处三多大队最偏僻的嘎多寨，还有好长一截路呢。为了赶在天黑以前落实住处，喻慎加快了脚步。雨鞋的脚跟上沾满泥，她也顾不得蹭了。

久没来三多了，爬这个坡特别累，气喘得那么急，连喻慎自己都为这种变化吃惊。当年，她还要背着灰上坡呢。正在这时候，从两山夹峙的垭口上，急慌慌地跑下一个人来。那么滑的路，跑得这么急，不怕摔跤嘛！喻慎收住了脚步，定睛朝那人望去。哦，踉踉跄跄跑下来的，是个女的，一张愁惨惊惶的脸，白白净净的；水灵灵光闪闪的眼睛里，透出不安的神色，她的衣着也同绝大多数山寨妇女的不一样，烫贴而又鲜艳，保持着腰身，显得苗条，妩媚。喻慎依稀记得，她是卡多寨上出名的窖师于炳贵的婆娘，好像是叫华碧芳。只因华碧芳好梳妆打扮，出工劳动三天打鱼、两天晒网，寨上的人都不叫她的名字，而直接唤她“懒婆娘”。这会儿毛雨飘洒，她要到哪儿去呢？

华碧芳来得近了，带来了脸上擦的“百雀羚”油脂的香味。她一点也没放慢脚步，只是掠了喻慎一眼，又微倾着身子，跑下坡去了。

喻慎疑惑地转过身来，望着华碧芳的背影消失在坡脚的几株树干后头，才又继续往上爬坡。好容易登上了垭口、险些被刮倒。她站稳脚跟，捋着散乱的头发，俯视着面前的一大片山岭土地。

米色的稠雾中，隐约可见那些熟悉的山巅，久违的树林。哦，倚着坡脚而建的寨子，一个、一个、又一个，扎多、卡多、嘎多，每个相差一二里路远。那条路，那条后来拓宽了的马车道，湿漉漉的，还能分辨出来。茅屋、茅屋，连片的茅屋中夹着一幢两幢砖瓦房，反更衬出那些茅屋衰败、颓圮、无生气。巨网似的雨雾弥漫在静寂的山岭，冬末初春的寒风偶尔送来几声老牛的哞叫，也是凄凄凉凉的看不见人影，只隐约见到那些茅屋顶上的炊烟，在黄昏里袅袅飘散。它们飘得那么迟缓，几乎凝滞在雨雾中了。

荒僻、闭塞、冷寂，跟喻慎插队时看烦了的景色一模一样，几乎没有什么变化。她的心抽紧了。

喻慎是在一次危难中认识了景传耕，才转点到嘎多寨来的。她在上海知青的集体户里生活了两三个年头，同说话滔滔不绝、喜欢画画的宗妮娜十分要好。有趣的是，这个个儿瘦高、戴副眼镜的上海姑娘，却暗中喜欢着沉默寡言、三天不说两句话的盛雍。在喻慎看来，觉得真是不可思议。这些都是遥远的往事了。后来，他们的命运都发生了变化。宗妮娜和盛雍先后调去了省城。不久前还听说宗妮娜画了一幅题名《勿忘》的油画，引起了争论。她喻慎已离开嘎多寨好几年了，不久也要调回省城去。可是嘎多寨呢，好像处在生活的激流之处，并没有变化。她觉得自己的心情，跟沾满湿泥巴的雨鞋一样，愈来愈沉了。

她步履艰难地朝寨子走去，细雨扑上她的脸，冷风灌进她的脖子，她似乎都感觉不到。满是蹄印的泥泞路，坍塌的黄泥墙，滴漏的烘房，没遮没拦的粉房，一切都是老样子。多么贫困的山寨啊！前头溜滑的田埂上走来一个老人，他还会认得喻慎吗，认得当年在这里落户的知青吗。

不认识了，淡忘了，他有什么必要记住她呢？

老人走近了。在嘎多待过多年的喻慎看得出，他是从煤场下来的，穿一身沾满煤灰和稀泥的衣裳，如果能说这是衣裳的话。其实是用手套拆下的线织成的一身线衫裤，谁知有多少年了，不但脏，而且百孔千疮，湿滋滋地贴在老人身上，露着皮肉，连一条条肋骨也能数得分明。他冷得打哆嗦，双臂紧抱在胸前，两条枯瘦的长腿一沾地就蹦起来，跳跃似地往前走。他勾着脑壳，从喻慎身旁擦过的时候，略微抬了抬那张像干枯的老树皮似的脸。喻慎看清了，他不是嘎多寨的人，她也叫不出老人的名字。

碰到这么个老人，喻慎凄凉的心境更感压抑了。

啊，那是什么地方，一眼看去这么熟悉。多少次醒着躺在床上，喻慎不也回想到这儿嘛！

林子，坡背上的小树林子，春末的晚霞染得树梢梢金红发亮，一片片树叶像是闪光的金片，在微风中摇曳。树林边飘来烧燃的灰堆的烟火味。蓝青色的烟，一缕缕缭绕在林子的上空，像萦绕着一条条彩带。

喻慎收拾起铲灰的锄头、撮箕，侧耳倾听着布谷鸟温柔的啼鸣，忍不住自言自语：

“多么静寂、安宁，多么美，一种深沉的美。”

“好吗？”去竹林砍来几枝青竹的景传耕路过坡背林，帮助喻慎点燃最后一堆灰，站在她身边。

“好极了，简直是一种古典美。我真愿意一直这样待下去，大地永远这么宁静，天永远不会黑……”

“嘿嘿，可在你说话时，暮色渐渐浓了。”

“是啊，我心愿的，只是一种幻想，一个梦……”

“不过看得出，你爱上了这儿。”

“真的，我对嘎多寨已经有了感情。”

“对寨上的人呢？”

“当然。”

“对我呢？”

听到这话，喻慎才发觉，景传耕正神情紧张地盯着她。

她的脸顿时涨得绯红，羞涩地瞥他一眼。瞬间，她突然想起了什么，目光变得黯淡了，树林、晚霞、鸟啼、暮色全都罩上了一层阴影。她垂下眼睑，看见自己的胸脯在起伏。

树林里，只有他们两个人。他目光烁烁地期待她的答复。她把锄头扛上了肩，低声嗫嚅着：

“传耕，我、我觉得……”

“觉得啥?”

“这事太急了些。”

“还急呀！我都憋了很久啦。”

他有这个权力说这句话。多少日子来，喻慎也早隐隐约约地意识到，或者说凭着姑娘敏感的心灵察觉到，朝朝暮暮，在同一块田土上劳动，在同一个场坝上说笑，传耕总用他那双眼睛，默默地注视着她。每当这种时候，她心里就会泛起一种交织着兴奋和不安的震颤。现在，面对他炽热的目光，她像个初学游泳的人，头一次来到水边一样，望着那一泓碧水，既想跳又害怕，简直手足无措了。

“喻慎，不可能吗?”传耕低声恳切地问。

“哦，不！传耕。”喻慎急促地说，显得有些语无伦次，“不能急，这需要时间，时间有时候能衡量一切。你再看看，团转寨子上，兴许、兴许还有比我更好的姑娘……”

这一段话，是突如其来地冒出来的，喻慎没有时间细加考虑。不久前，她已得到消息，爸爸很可能将重新出来工作，也就预示她很快就要离开农村，在这样的时刻，她能给他什么明确的答复呢?何况，在她的心里还残留着初恋的伤痕……

起风了，傍晚的风吹得树叶发响。喻慎打了一个寒噤，抬起头来，她这才发现，传耕早走得不见人影了。

轰一声，喻慎的脑袋像要爆炸，身子摇晃了一下。树林里的一切都在旋转，嗡嗡的呼啸声使她晕眩。她使劲抓住一根树枝才没有跌倒。传耕是第二个向她表白爱情的人，比起那个背信弃义的饶余能来，不知好多少倍。但是，她却推开了他。她做对了吗? ……

两个月后，正如喻慎预计，一份调令通知她去区里报到。离开嘎多寨时，她未能向传耕道别。那个傍晚他独自跑下坡背林后，第二天就报名到电站工地去了。

事后，喻慎冷静地想了想，觉得当时只能那样回答传耕。她并不认为自己思想落后、格调低下。在她看来，只有在那些简单的报道文章里，在那些宣传性的通讯中，才能看到一个城市姑娘毅然决然冲破传统观念的罗网，下嫁一个普通农民的事迹。现实生活是严峻的。城乡之间的差别，有工作和无工作之间的界限，毕竟像鸿沟一样横亘在人们之间。她承认自己还缺乏勇气，没有决心为了爱情而放弃工作，一辈子和传耕厮守在贫穷落后的嘎多寨上。她不能欺骗自己，更不能欺骗传耕。当然，她也有些懊恼，遗憾当时自己没有把话给传耕讲明白，问问他："要是可能的话，你愿意离开嘎多寨，随我去吗？"可她却没有问，这成了她几年来的一块心病……

暮低压了，淡紫色的雨雾湿度更重，喻慎冷得直打颤，好在嘎多寨已在眼前了。

工作队的同志住在哪儿呢？

虽然尹毓秀要她在景家借宿，喻慎有想先见一见屏源区工队的负责人何羽，听听他的指示。

"我求求你，阿全，这件事你千万别出头。"

一声哀求传进喻慎的耳朵里，她抬头四顾，周围一个人也没有。怪了，是谁在说话呢，话音那么熟。

"不出头咋个行，瑞娟，你没听说嘛，卡多、扎多的人，都在四下里嗡嗡，说要去讨米要饭，一直讨到省城去。"

"你管得着那么多吗？你！"

"我这心头憋着一团火哪。"

"你呀，阿全，你就是喜欢找祸事惹！"

喻慎听清了，说话声是从那个废弃的砖瓦窑里传出来的。她不由得停下脚步。在喻慎插队时，嘎多寨的这个砖瓦窑子，还曾兴旺过一阵子哩！寨上的劳力打了砖坯、做了瓦坯，就请卡多寨的于炳贵来烧。远近团转的寨邻乡亲都晓得，窑师于炳贵有一手堪称"绝了"的烧窑技术。三多大队尽管偏僻，四邻八寨来请他去烧窑的人，还不少哩。嘎多寨的机灵小伙康文达，就常常帮于炳贵当小工，学烧窑手艺。也不知咋个搞的，当大队革委会主任景仁清请于炳贵烧时，技艺高超的于炳贵却烧出了一窑花花砖，惹得景仁清大发雷霆，过不久就在群众大会上宣布，不准于炳贵走资本主义道路，不准他出去揽烧窑活路；勒令他在田土上劳动，只许他规规矩矩，不许他随便离开三多大队。从那以后，嘎多寨的这个砖瓦窑子，就被废弃了，再没人出头烧过砖瓦。这会儿，咋个有人在这里躲着说悄悄话呢？而且，喻慎还有点纳闷：阿全前些年因顶撞“割尾巴”工作队，说牢骚怪话，被公社的蒋学久抓住把柄，三整两整送进了县监狱；大队主任费正明的姑娘费瑞娟，又恰恰是嫁给蒋学久的，这两个人咋会凑到一起了呢？

“你恼了？瑞娟，不睬我了？”

“跟你说，爹就是不许我同你好。”

“为啥？”

“他说你是癞蛤蟆德性，没事也要跳三跳。”

“我啥时候跳了？”

“就是刚才，你还要当出头椽子呢！”

……

哦，他们躲在砖瓦窑里说情话哩，不要去打搅他们吧。喻慎转过身，径直朝嘎多寨去了。

牛毛细雨飘得繁密起来，喻慎乌黑的头发上沾满了银亮的水星子。离嘎多寨那密密簇簇的茅屋，还要走一会儿呢。冒雨赶去，浑身上下非淋成落汤鸡不可。衣裳好换，铺盖里浸透了水，就麻烦了。这时，她才后悔没带把伞，忘了披雨衣。她从衣袋里掏出一块手帕，抹了抹脸颊的雨水。还扎起四个怪角，戴在头顶上，埋头赶路。

雨渐渐下大了，雨点子打在泥地上“嗒嗒嗒”发响。正巧路边有一个草棚，那是做砖的搭来暂避风雨的。冬末春初时节，霜重，凌冻大，没人做砖瓦坯子。喻慎顾不得多想，几步冲进了草棚子。

草棚子里有一股发了霉的谷草味儿。喻慎刚要卸铺盖，角落里站起一个人来。

“啊!”喻慎吓得简直要扔下铺盖往外逃，“你，你咋个猫在这里?”

站起身来的，正是拒绝去月亮坝水库出工的带头人，正是尹毓秀要喻慎来说服的景传耕。

7

“是你?”

“是我，传耕……”

“你来干啥?”

“工作队……”

“工作队?”

“原先我在岩寨，今天领导才上调我来嘎多寨。事情我都听说了，是你带的头？传耕。”

“是我。”

“你为什么要带这个头?”

传耕又蹲下了。他手里拿着一根竹枝，拨着面前的一堆火；火苗舔着干脆的竹片，噼啪作响。他低着头，眼睛并不望喻慎，嗓音干哑地问：“岩寨上有个叫秀玉的姑娘，你知道吗?”

“听说过，工作队进岩寨以来，她到外省相亲去了。”

“相亲？嘿嘿!”

“你冷笑什么?”

“你们就相信她是去相亲？她是被人贩子拐骗走的!”

“人贩子?”喻慎惊呼起来，“拐骗走的?”

“小声点，喻慎。说是被拐走的也可以。”

“拐走的?”

“不要惊慌。总之，人贩子在她家留了点钱，把她带走了。你说吧，这叫什么?”

喻慎重重地喘了一口气，默默地卸下背上的铺盖，一屁股坐了下来。她上午从岩寨赶到屏源镇，午饭后谈过话，又冒雨赶来嘎多寨，两条腿像灌了铅似地沉重，又酸又疼，一步也走不动了。尤其想不到，还没进寨子，迎头就听到这个消息，更使她觉得颓丧、疲惫。她在岩寨差不多过了一冬，为什么不知道秀玉被拐卖的消息?

传耕面前的那堆火，总算被他拨弄大了。火焰照亮了草棚，喻慎这才发现，角落里还堆着一捆干柴。

“你了解秀玉家的情况吗?”他又发问了。

“她家姓宋……姊妹七个，算起来，秀玉该是老三。老大是个姐姐，嫁给邻寨一个青年，听说已经有了两个娃儿，很穷，娃儿大人都有病。老二是个哥，二十五了，讨不起婆娘，秀玉下面还有弟妹……”喻慎说不下去了。在山寨上，这样的家庭还少了吗？她记得最清楚的是宋秀玉的父亲，每逢工作队开会，这个老人总是驼着背进门，脑壳上包一条黑布帕子，一个劲地咂巴叶子烟，把呛人的烟雾吐得满屋都是。他不说话，低着头，垂着眼睑，好像总在打瞌睡。为养活一群子女，为儿子能讨上婆娘，他一天到黑钻进煤洞挖煤。低矮、潮湿、阴暗的煤洞，使他染上了一身风湿，天气一变，他就浑身喊痛，痛得冒汗珠子，在竹笆床上打滚。可天稍一晴，他又下床挖煤炭去了。秀玉的母亲，喻慎也在寨上见过。她脸容慈祥，穿着一身补丁衣裳，不停地在做事、干活。喻慎从没想过，他们会把秀玉卖了。

“你说说，喻慎，这是为什么?”

“为什么?”喻慎喃喃自语道，盯着摇曳的火光，一时答不上来。

“我们建设社会主义新农村，建设了快三十年了!”景传耕突然仰起脸，把手里的竹子往火里一扔，激动地晃着巴掌，“叫啊，吼啊，今天大干，明天大上，今年叫山岭让道，明年重新安排山河。一年一个新道道，一年一个新花样，吼破了喉咙，累弯了腰。结果怎样呢，喻慎，你插过多年队，难道还看不清楚?”说到这里，他两眼盯着熊熊的火焰，不吭气了。

愤激的话音，轰轰地往喻慎耳朵里钻。乍听有些刺耳，可喻慎找不到一句反驳他的话。她舔了舔发干的嘴唇，尽可能平静地问："这就是你们拒绝去月亮坝出工的原因？"

景传耕闭一闭眼："嗯。"

"这样妥吗？传耕，这是公开和县里唱对台戏呀！"

"你为啥不说，县里面那些当官的总和老百姓唱对台戏？"

"月亮坝水库扩充了，对远近的老百姓都有利。今冬平整的那么多地就能变成水田，开春后栽上秧子，秋收能增加多少粮食啊！传耕，这叫和老百姓唱对台戏？"

"那就叫做梦！"

"你说什么？"

"光天白日做大梦，你听不懂吗？你呀，当了官，贵人多忘事啦！"

声调中的讽刺口吻显而易见，喻慎气得涨红了脸。他是因为当年她拒绝了他，而故意嘲弄人吗？不像。他脸上的神情是那么严肃而又坦然，不带个人恩怨。

"我忘了什么？"喻慎平静下来，问。

"在嘎多寨插队时，你和传耘到月亮坝水库去干过活吗？"

"抬过泥巴。"

"那水库修完了，披红戴绿，敲锣放鞭炮，县革委的吉普车在坡背后抛了锚，那些官老爷们还兴致勃勃步行到水库剪彩庆贺。你还记得吗？"

"记得。"

"那好。水库是漏的，蓄不上水，远近的老百姓哪个不知道。你为啥忘了？"

"呃……不是说，后来把漏的地方堵上了吗？"

"那是公社干部哄骗区里的，区里的又拿这谎话去骗县里的。"

喻慎无话可说了，木然呆坐在铺盖卷上。是的，如果真是水库漏，花几千几万劳动日去扩充它，也是白耗工。怪不得，离月亮坝最近的三多大队社员，都不愿到水库工地去呢。

“你刚才还说，今冬平整了多少土地，你也不是没见过。肥沃的黑土填下去，黄泥巴、干土翻上来，这样平出来的地，有什么用？栽下去一锅，收不上一碗。没办法，上面压下来的，干也得干，不干也得干。当真是中国的劳动力资源丰富，农民的汗水就那么不值价？冰天雪地，下雨下凌，过年过节都在干。那种重体力活，你也是干过的……”传耕这番话说得愤激、大胆，可听不出什么错处。是的，那种繁重的无效劳动，抬石头、挖泥巴、推平板车，喻慎确实干过，无论叫建设山区人造小平原，还是叫改沙土为熟地，其实都是一码事。她审视传耕一眼，不觉产生了一种陌生感。

“砰”一声，一根竹枝在燃烧中炸了，喻慎吓了一跳。

景传耕抓过几根干柴，架在火堆上，随即放缓了口气，继续说道：“一冬干下来，结果咋个样子呢？你们干部眼里看到的，是统计表上的几个数字，是几块平顺了的土地。老百姓得些啥呢，除去破坏了原先的好土，就是吃光了口粮。若听你们工作队的，再往月亮坝上派强劳力，那留在屋头的人，只好吃红薯、挖野菜了。人们都说，去年风调雨顺，夺得个丰收年，除去高指标、高征购，家家多少多分了点口粮。到现在，连留待春耕吃的口粮都吃得差不多了。春耕栽插，你看吧，大伙儿都会伸手要粮食，到时候你们给不给？”

“不知道，我不知道。”喻慎被传耕说的这一切震惊了，讷讷地说。

“哈哈，这倒是句实话，老实话。”传耕笑了，笑声也有点刻薄，“你想，你是工作队员，到这儿来做我们工作的。你也不知道，那还能说服我们什么呢？非顶不可。”

“不，不能。传耕，你听我说，你不了解情况，冬季动员劳动力搞以改土为中心的农田基本建设，也不光是县里的意见。”

“那是谁的意见？”

“省里的指示。”

景传耕的大嘴抿紧了，没再说话，两眼紧盯着蹿起的火焰，火光在他瞳仁里闪烁，他的脸庞，呈现出一种异乎寻常的严峻之色。

雨愈见大了。看样子，春天很快就会来，从淅淅沥沥的雨滴声中，也听得到它的脚步。

有一点希望了。喻慎心里想，传耕不说话，就是说，她讲的话起了作用。她这时候才想起，自己头顶还遮着一块扎了四个角的手帕，心想，久别重逢，一见面就给他个滑稽的印象，觉得有些不好意思，忙伸手把帕子取下来，解开帕角，声音低柔地说："对具体政策和工作方式方法有意见，有不同的看法，可以讲，可以通过各种途径向组织上反映，但不能硬顶啊!"

"你以为工作队的干部都不知道水库是漏的?"传耕又毫不客气地给喻慎提了个棘手的问题。

喻慎愣怔住了。

"可怕就可怕在这里，他们都知道水库是漏的。你们工作队的队长何羽，他也知道。寨邻乡亲们都给他讲了。结果怎么样呢，还要逼着我们出工。"传耕朝喻慎苦笑了一下，"你算好一些，你不逼我，只是劝我。你为什么不去劝劝你们的领导呢?我老实跟你讲，喻慎，你把口水说干了，也劝不了我。"

完了，喻慎的心往下一沉。她还自以为能够说服传耕呢，看来全估计错了。她怎么会忘了呢，传耕的脾气就是这样，认定了的理，他决不退让；认定了干的事，九头牯牛也拉不转他。这回，看来他是铁下心了。

喻慎扭着湿潮潮的手帕，字斟句酌地说："你认定了这么干对，我自然无法干预你。不过，我为你担心……"

"谢谢!"他的回答冷淡极了。

"唉，"喻慎辛酸地叹口气，嗓音也变了，"上午从岩寨赶到屏源镇，听说派我来嘎多寨，铺盖也没解，脸也顾不上洗，我就赶了来，你知道是为啥吗?传耕。"

"你工作积极嘛!"

“不，不是，传耕。”喻慎呼吸急促地说：“我是想再见见你……们，我，我要走了，要调走了……”

“调走？”

“是呀。”

“调哪儿？”

“调到省城去。”愉慎意外地发现，景传耕抬起头来紧盯着她。火的光焰在他的脸上飘动，他那双眼睛悠悠地闪烁着一股捉摸不透的神情。喻慎解释着：“我爸爸调到这个省里来了。家里来信告诉我，准备调我到省城去工作。你知道……”

“去吧。”传耕眼里闪出的火焰熄灭了，“你的好运气来了。”

“为什么听到这事儿的人，都这么说？”听了传耕的话，喻慎蹙紧了眉头。

“你是该走嘛。”传耕淡然地说。

“有时候，我也这么想，”愉慎缓慢地说，仿佛每一个字都是费劲吐出来的，“该走。和爸爸、弟弟分开多年了，每次探亲离家，心头总有股依恋之情，舍不得走，真想同他们在一起过安定的生活，有个归宿……”

“每个老百姓都有这种愿望。”传耕嘴角咧开一丝苦笑，“比如我刚才讲到的被拐卖的秀玉姑娘。可惜，有这种愿望的人，不见得都有一个好爸爸。”

“不要用这种语气跟我说话，传耕。”喻慎几乎用恳求的口气说，“我晓得你心头不满、有气，不过，别把气出在我身上。你听我说，上次我调去区上，你不在，我就走了。我这次答应下来，就是……就是希望见到你。”

传耕脸上掠过一道惊讶的光：“见到我？”

“是啊，有话同你讲。”

“我们之间还有什么话可讲呢？”

“有的。我有话同你讲。”喻慎说，注视着对方的反应。她意识到，这时候敞开自己的心思，是不合时宜的。但她担心进了寨子，恐怕就更难有机会了。她见传耕不再反问，便垂下眼睑道："我很早就想问你，传耕，要是有一个机会，能使你得到一个工作，使你的农村户口变为城市户口，你愿意去吗？"

"哈哈哈，"传耕突然大笑起来，"真有这么好的事吗？你讲得未免太悬了。恐怕是有人见我带头闹事儿，故意用这手段来诱惑我吧。喻慎，你想我能答应吗？能抛下这么多寨邻乡亲去独自谋一个工作吗？"

他误会了，他全搞错了。喻慎急忙解释："不，不是你想的那么回事，这只是我自己的意思。你还记得吗，传耕，几年以前，在坡背林子里，你……我……"她在心里问着自己，他能听懂我的话吗？这个传耕，这截木头……

"我都忘了，忘得干干净净了。"传耕截住了她的话，漠漠而平静地说，"喻慎，听我说，你该走，你必须走，不要卷进这儿的漩涡中去。我没有恶意，没有。如果我刚才那些话刺痛了你，请你原谅。那是因为我的心情不好。祝你的未来美好，幸……不要忘记这里的寨邻乡亲。你走吧，连铺盖也不用解，我看你就走吧……"

"不！"喻慎感到委屈，蓦地站了起来，"我还要进寨子，和大伙儿告个别呢，你连这也不要我做？"

"我没这个意思。没得……"景传耕的脸色发白，惶悚地否认。

"工作队的领导，让我借宿在你家，行吗？"

"不成。"传耕的脸色倏然一变，冷冷地说，"何羽他们，都住在保管房里，女同志屋里，只一个人……"

喻慎紧紧地咬住唇角，下巴扭成一条辛酸的曲线。她拼命抑制着，才没让泪水淌下来。还有什么好说的呢？没有了。她使劲抓起铺盖，带起一股风，煽动了上蹿的火焰，头也不回地跑出了草棚。

雨还在下，山野已是黑黝黝的一片。喻慎冲得太猛，脚底下连连打滑，险些跌倒。待她扶住一棵粗大的树杆，辨别进寨子的方向时，草棚那儿，传来阿全说话的大嗓门：

"传耕，传耕，你来好久了吗，哈，把火都烧起了。"

喻慎没听到景传耕回话的声音，她迈开步子，踏着泥泞的道路，朝嘎多寨走去。

黑漆漆的稀泥路好难走，喻慎只能试探着一脚深、一脚浅地挪动，好容易走拢了寨上的石砌围墙，喻慎正想蹭蹭雨鞋上的泥，迎面又出现几个人影，边走边说着话：

“快走吧，传耕怕等急了。”

“这回把事扯出一个眉目，我们就干起来。”

“工作队喊开会，一个也不要去。”

“让那几个龟儿子去守着油灯干熬夜。”

“哈哈哈！”

踢踢踏踏的脚步声，随着一阵粗野的大笑，渐渐远去了。

喻慎的双手扶着围墙，望着远去的黑影，心里像密布着浓云。嘎多寨给她的印象，复杂起来了。不仅荒僻、闭塞、贫穷、悲凉，这个寨子上似乎正酝酿着一个什么事件，一场什么风波。

偏偏那个领头人，又是给她带来许多忧虑和烦恼的传耕。喻慎啊，你来干什么呢？

8

听说何羽天黑之前要从邻近的大队赶回来，喻慎摊开天蓝色封面的工作手册，守着一盏油灯，匆促地清理着纷乱的思绪。同何羽见一次面是免不了的。她准备在向他汇报了今天接触群众的情况之后，就正式请求离开工作队，回省城去办理调动手续。她心里老在重复着一句话：该走了，该到爸爸和弟弟的身边去了。

是啊，为什么不走呢？在这儿，她还有什么可留恋的呢？

昨天傍晚，在草棚子里同景传耕意外的见面，那番艰难的谈话，像一盆冷水浇到她头上，把她兴冲冲赶来嘎多寨的激动和希望，几乎全给浇灭了。她进了寨子，工作队的艾振兴、穆大姐和小黎同她谈起群众对他们的冷淡，如何敬而远之，如何默不作声。当时她还想，群众大约不会这样对待自己吧。她毕竟在这里插过队，至少那些姑娘嫂子们是愿意和她讲一些知心话的。她不能说服传耕，能不能说服群众？也许群众能帮助她把传耕拉回来吧？

可是，今天一早跨出保管房的门槛，一步踏上寨路，她又胆怯了。要是碰见传耕，谈什么呢？

幸好，她在杨槐树脚首先遇见了传耕爹景气闲。老人肩上挑着马草篮，稀眼大篮篮里，洗净了的嫩马草不住地滴着水，在他走过的青岗石板上，留下了一路水渍。

“景大伯，你洗马草吗？”喻慎笑吟吟地上前招呼。

景气闲看到喻慎，愣怔了一下。他抬手揉了揉眼睛，站在杨槐树脚，说：“是你吗？喻慎，你也到嘎多来了。为传耕闹事来的吧？”

景气闲的直率，使喻慎颇感意外。她绕个弯子说：“传耕带头不去水库工地，真叫人想不到呢！”

“我也没想到。”老人放下了担子，盯着喻慎，“你们为啥要等闹了事，才到寨上来呢！要是先来寨上问一下，不就好了吗？大人娃儿，老汉丫头，哪一个不晓得水库是漏的，还扩充它干啥！”

“大伯，若仅是这回事，满可以找领导反映嘛。”喻慎委婉地说，“硬顶硬撞，传耕怕要吃亏。”

景气闲皱了皱眉，眯缝起两眼望着寨子外头的田坝，脸上的皱纹刹那间全显出来了。

“喻慎，话是好说呀！”他叹了口气，“两张嘴皮，翻起来轻巧得很。告诉你吧，传耕在县城见到过常爽，满肚皮的话想同他摆一摆。可人家忙呀，吉普车在旁边‘嘀嘀嘀’地催，他坐上车，一趟就跑没了影。唉，他当年在这寨上监督劳动的时候，还亲口对我说过，乡间穷啊，要想法改变这穷貌。如今官复原职，他怕把穷百姓都忘了！”

喻慎摇着头，想帮常书记说几句，可嘴巴张了张，却没说出口来。

“话扯回来讲。这水库漏水，哪个没给工作队反映过。开会动员，就有人同何羽顶嘴。”景气闲继续说，“你们那个何羽又不是聋子，明明听见大家在说水库是漏的，他还要硬逼着人去干！大家还有啥好好说。喻慎，人不是牲口哪！就是牲口，看见前头是条绝路，你拿鞭子赶它，还不愿走呢。你来了就好，你把这些话，朝上头反映反映。”

除了点头，喻慎还能说什么呢。她只好问：“传耘在家吗？”

“一早就上坡干活了，屋里没个闲人。夜间得空，你来屋头耍。”景气闲又担起马草篮，转过身子走了。

望着景气闲微微有点驼的背影，喻慎犹豫了：还要不要进寨子呢？景大伯是寨上出名的喂马能手，很受群众尊敬的老人。他对传耕闹事都这样看，满寨老百姓的态度可想而知。但是她不能转去，她对穆大姐说过，她要设法了解一些真实的情况，只好硬着头皮往前走去。

快进寨子的时候，喻慎忽然听见背后有人喊她：

“哟，这不是喻慎吗，你来得好，我这心头正闷得慌，要找人问问哪！”

她回过头，见费瑞娟正向她跑来，忙迎过去，抓住瑞娟的手臂，热情地说：“你要问啥？”

费瑞娟把喻慎往围墙边一拉，低声说：“阿全是县公安局在群众大会上，宣布平反的，说他是冤枉。工作队何队长，为啥还讲他是劳改释放犯呢？喻慎，你说说，这到底是啥意思，平反算不算数呀？”

喻慎惊愕地呆站着，怎么回答她呢？

喻慎知道，当年，全大良对三多大队“割尾巴”工作队不满意，在田头土边发牢骚，说什么锅儿都倒吊起来啦，哪有这么多资本主义啊。硬是要把嘎多寨人都割穷了，心头才安逸！他不但牢骚怪话多，还同大队副主任费正明硬顶。事情反映到了公社，公社主任蒋学久叫蒋学谦带了几个背钢枪的民兵，一绳索把阿全捆进了学习班。进了学习班，他那张嘴巴还是不饶人，天天痛骂蒋学久。蒋学久使了狠心，编了假材料往县里一送，七弄八整就把他判了刑，罪名大得吓人，说他攻击中央首长，攻击党的政策。后来，打倒“四人帮”，给他平反的时候，他硬不愿出监狱，一定要叫鱼肉百姓的蒋学久，也来尝尝坐班房的滋味。直到蒋学久果然被拘捕了，他才回到嘎多寨。真奇怪，何羽怎么还把阿全看作是劳改释放犯呢？

“恐怕何羽不晓得底细吧。”喻慎说，同情地瞥了费瑞娟一眼。

“他不晓得，鬼才相信！”费瑞娟噘着嘴说，“他脑子里清楚得很，我看他光是想整人。你想嘛，喻慎，阿全有个劳改释放犯的名声，我，我……”

喻慎明白费瑞娟的心思，劝慰她说：“不急，瑞娟，我把这意见向上转告。”

“还有呢，喻慎。”费瑞娟的声音更低了，“你再劝劝工作队打消那个主意吧，水库上的冤枉活路，是不能去干呀！你们一催二逼，还不定要逼出些什么事呢。”

“是么？”喻慎惊疑地问。

“还怕不是。”费瑞娟神秘地说，“我看传耕他们要把事越闹越大……”

喻慎还要细问，一帮年轻的姑娘媳妇看见了她们，呼啦一下围了上来，你拉我扯地把喻慎拖进一户人家，在台阶上坐定，喊喊喳喳，七嘴八舌，抢着和她说开了。

“喻慎，你来了就好，把我们的心里话给上头说说吧，你说了他们会重视。”

“这样瞎闹腾下去，去年的丰收，算是白收了。”

“牲口都经不起折腾，人哪能经得住这些折腾啊！”

“让我们老百姓过几天安定日子吧！”

“啥改天换地，大变面貌，总得让人先吃饱肚皮，才干得动呀！”

……

整整一天，喻慎听到了各种各样的呼声，归结起来，就是一句话：不要再往那个水库工地派工了，让老百姓养息一阵子，好好准备春耕大忙时节的栽插吧。听着，听着，她渐渐明白了，传耕不是在胡乱闹事，他是勇敢地站出来代表群众说话的。他们是在争取一种摆脱贫困的权利。这时候，她才感到自己处在工作队员的地位，实在尴尬极了……

油灯的火焰腾跃着，喻慎还没有把纷乱的思绪理出个头来，就听到保管房外头响起一个略带嘶哑的嗓音：

“小喻，小喻来了吗？听说你昨天就来了，真抱歉，我这会儿才赶回来。”

喻慎慌忙站了起来：“进来坐吧，何队长。”

何羽跨进屋，带来一股风：“怎么样，小喻，岩寨上的工作，还顺手吧？”何羽亲切地笑着，寒暄般问道。

“那个寨子倒没啥扯皮事，只是……”喻慎想起了传耕对她提起过的秀玉，觉得语塞了。

“我晓得，我晓得。”何羽自得地仰起脸，手一摆道，“岩寨上的支部书记沈平，是个年轻有为的人物吧！很有才干哪。”

“我们接触不多。”喻慎淡淡地说。其实，她觉得农学院毕业的工农兵学员沈平，虽然有魄力，能说会道，工作抓得很紧。但是不够细致踏实。秀玉姑娘去外省相亲，就是他告诉喻慎的。

“屏源公社的两个头头，蒋学久进了班房，郝老虎被常爽逼进了县医院，工作差不多由区里代管着。我想把沈平提起来。”何羽进一步谈出了自己的设想，“你看咋个样？”

“我没得啥意见。”

何羽见喻慎神色有些疲倦，就把话引入了正题：“小喻，你来了以后，劝过景传耕了吗？”

喻慎迟疑地望着他。何羽比下乡前更瘦了，瘪陷的双颊愈见瘦削，一说话，脸皮都皱起来。镜片后面那双眼睛，布满了血丝。许久没理的头发，蓬蓬乱乱的，全像鸡冠样直竖着。他也是够辛劳的，可他是否晓得，老百姓对他的辛劳，是咋个议论的吗？

“何队长，很难劝啊。”喻慎摇摇头，“景传耕认定了他有理……”

“我早料到了，早料到了！”何羽的声调顿时提高了，背着双手，在屋里来回走动，“我写条子叫尹毓秀调你来嘎多寨，无非是想把景传耕这头死马当作活马医。作为我，做到仁至义尽。其实，我早看穿他的心思了，他是不到黄河心不死……”

“何队长，能不能再平心静气地听听景传耕和群众的意见呢？也许……”

“小喻，你别上了他的当，他还能说出啥正经话来！我已经听说了，他连你借宿他家也不同意，这就说明他在顽固对抗。据我所知，到目前为止，景传耕还在活动，和他勾得最紧的，是坐过班房的全大良。莫小看了他们呀，这几个家伙能量大得很，在三多大队有煽动力。看来不对他们施加一点压力是不行的。……”

喻慎明白了，要叫何羽听取寨邻乡亲们的意见，是不可能的，他有自己的一套看法。喻慎只得默默地仰起脸来，听着他滔滔不绝地说下去：

“必须开大会批判他。材料是现成的，别说他顶撞县委，公开闹怠工，单是他拐带妇女这一条，也足可以治得他趴下来……”

“你说什么，拐带妇女？”喻慎听糊涂了，不知何羽指的是谁，颤声问道。

“嘿嘿嘿，”何羽取下眼镜擦了擦，又重新戴上，不无得意地笑了几声，“小喻啊，别看你下过乡，当过几年知青，对农村，你还是没得我熟悉啊！农村里的怪事多着呢！我一到嘎多寨，就摸清底了。”

“你是说景传耕？”

“就是他。去年冬天，也就是一个半月前吧，他到他大哥那儿去探亲，走到半路就回来了，还带回一个姑娘……”

“一个姑娘？谁？”

“卡多寨上的丁慧芸。人家是去相亲的，他在火车上碰到了，连哄带骗拐下了车。嗨嗨，也真巧，一下火车，就给送拘留所去了。”

喻慎觉得两眼一黑，慌忙靠着床沿，喃喃地自语：“有这种事……”

“什么怪事都会有啊！你莫诧异，这个姑娘，现在还住景家呢。卡多寨丁家不敢要她回家，说她坏了丁家的名声。景传耕已经放出风来了，他要娶她……”

噢！喻慎倒抽了一口凉气。脑子就像炸裂了似的，耳畔响起传耕在草棚里冰冷的回绝声：“不成！”哦，怪不得，他不让我借宿，原来传耘那间房里已经另住了一个人。喻慎的胸脯急剧起伏着，要不是何羽站在屋里，她早扑在床上，放声哭出来了。

“哼，别看他跳得凶，有他哭的一天！”何羽干瘪的瘦脸拉得更长了，眼镜片上闪着两点寒光，“对方追问过来，丁家再一告状，景传耕吃不了也得兜着走！”

保管房惨白的石灰粉墙，突然晃动起来了，何羽映在墙上的身影，他的眼镜片，咧开的嘴，都在不住地摇晃。喻慎的脑子里嗡嗡发响，怎么也支持不住，一下伏倒在三屉桌上。

“走，我必须走，离开这个地方！”她的头脑里，始终盘旋着这句话。

何羽纳闷儿地瞪着忽然趴在三屉桌上的喻慎，怎么搞的，这个小喻，好好地说着话，她……何羽嚅动着嘴唇，自己也不知道咕哝了几句什么，轻手轻脚退出屋去。

喻慎根本不知何羽是怎么走的。她恶心，想呕吐，是太累，还是太紧张了，她说不上来。反正，自从昨夜到了嘎多寨，她的心一直处在剧烈的大起大落之中，亢奋、矛盾、忧虑和失望，一再向她袭来。

喻慎今年二十八岁了。她十六岁离开在北方的家，十二年来，差不多都过着孤寂的生活。在区妇联工作，不了解底细的乡间妇女见到她，总会问：“喻大姐，你几个娃儿了？”在她们看来，她早该是妈妈了，可她还没结婚呢。她是怎么耽误了光阴的，她说不上来。

几年前，传耕进入了她的心灵，可他们之间却又隔着一堵难以逾越的墙。这一次，她怀着一种复杂的希望回到嘎多寨。不过一天时间，她的一切希望就被击得粉碎了。她像置身在秋末冬初那弥漫山野的重重浓雾之中，浑身感到冰凉。

她不知在桌上伏了多久，听到屋檐下滴滴答答的响声，雨又下大了。料峭的寒风吹开了贴在窗框上的报纸，她抬起头来，看见油灯的火苗正在风中颤抖。她仿佛又看到了草棚里的那堆火，蓦地想起传耕谈起秀玉拐卖的事。当时，他那脸是多么愤激啊！他怎么可能去拐骗丁慧芸呢？他明明知道丁慧芸的家就在三多大队，怎么能用欺骗的手段公开地把她带回自己家里呢？不，不可能。何羽讲的一切是不可信的，喻慎毕竟了解传耕，她从他对自己的诚实态度，就可以相信传耕绝不是一个骗子。

可是，何羽却要拿这件事情去“治”他，这公平吗？传耕有什么错呢？他跟寨邻乡亲们一样，并没有居心反对工作队、反对县委。他们只是不情愿去那漏水的水库工地上白耗工，这要求并不过分呀！传耕爹说得多好：就是牲口，看见前头是条绝路，你拿鞭子抽它，它还不愿走呢！为什么何羽就听不进这些呼声，还要叫传耕“吃不了也得兜着走”？

“这太可怕了。传耕又会成为第二个全大良了！”喻慎在心里说，痛苦地闭上了眼睛。

能让历史的悲剧重演吗？自己是个工作队员，何羽听不进，为什么不可以向其他领导反映呢？可以跟尹大姐讲，跟常书记讲。对了，最好到省城去告诉爸爸。他是个老党员，长征时候在这一带养过伤，他对这一带的群众有感情。要不，为啥千里迢迢让自己的女儿到这个苦寒的山乡来插队？他现在调到了省里，应该关心群众的命运……

喻慎终于平静下来了。她站起身来，忽然发现窗外掠过一道手电光。接着，两扇门板被擂得“咚咚”响，有人在门外呼唤她：“喻慎姐！喻慎姐！”

“哪个?”喻慎两步跳到门闩边，问。

隔着门板传来一声回答:“我，传耘呀!”

“哐当”一声，喻慎开了门，一股冷风夹着雨丝扑上了她的脸。景传耘披着件厚厚的蓑衣站在门口，大大的竹篾斗笠下，一张圆鼓鼓的脸蛋露出紧张的神色。

“进来呀!”

“不，你出来一下。”

“屋头没得人。”

传耘脱下蓑衣、斗笠，甩掉些雨水，一步跨进屋来:“哟，你这屋里好冷，也不生火。他们呢?”

“艾振兴、穆大姐和小黎去扎多寨了，何羽住在保管房那一头。你有啥事?坐嘛!”

传耘把蓑衣、斗笠挂在钉上，随手关上了门，转过身来，一偏脑壳说:“好啊，当干部了，下乡来，连我家也不去了，怕脏了你的脚?”

“不是。”喻慎淡淡一笑，摇摇头说，“传耘，昨天进寨子前，我遇到你哥了，他不欢迎我。今天想去，你爹又说一家人都干活去了……”

“我哥!”传耘脸上那一丝逗笑的神情倏然消失了，她把嗓门压得低低的，说得又快又急，“我就是为他来的。”

喻慎两眼睁大了:“为他……”

“是啊，你还不知道，他领头闹事，妈都急坏了!直劝他，不管用啊!昨天早早地吃了晚饭，约起一帮人不知钻到哪里，扯到大半夜，又生出新花样了。”

“啥新花样?”喻慎眉头一蹙，问。

“他说了，不但不往月亮坝派工，还要从撒谷种开始，就把田土划成片、划成块，一片片，一块块责任到一家一户，责任到人脑壳上……”

“闹单干?”

“就是这顶帽儿。前些年，有人偷偷搞，都还被抓呢！我哥这回还要在会上说……”

“他是疯了？”

“都说他是吃了疯子药，妈气得快急出病来了，喻慎姐。”

“那咋个办？”

“只有一个办法。”

“你快说说。”

“你去劝劝他。”

“我？”

“就是你，只有你去！”传耘肯定地说，双手拉住了喻慎的手臂。

草棚里的那一幕倏地在喻慎眼前掠过。她慢慢地挣脱了传耘的拉扯，摇了摇头说：“我……怕不行……”

“行，一定行！”传耘的语气肯定极了。

喻慎不由得有点疑讶：“你咋晓得？”

“我晓得，”传耘诡秘地一笑，“我哥就听你的话。”

“瞎胡扯。”

“正经，就是正经话！”传耘不服气地噘起了嘴，“我看过哥的日记。他在日记上说，说，说……”

“说啥？”

“说他喜欢你，愿意听你讲话。”

“腾”地一下，喻慎的脸上热烘烘的，她转过身子，竭力用平静的口吻道：“这是哪年的皇历了……”

“哪年的？就是你调到区里去的那年。”

喻慎突然觉得，自己的胸膛里像在擂鼓，她竭力抑制着自己波动的感情，坦然地说：“你看，这不是过去的事了吗？今天，我听说他把丁慧芸带回……”

“对，他是把慧芸姐带回家来了。可你知道为什么吗？慧芸姐被人贩子拐卖了，恰巧在火车上碰到我哥，我哥劝她不要去受罪，慧芸姐就跟我哥回来了。丁家又不准她回去，慧芸姐多可怜啊！……”传耘说着，声音变得哽塞了，“喻慎姐，不管咋说，这件事你千万别怪我哥。我求求你，就看在我的面上，看在我爹妈的面上，看在你曾住在我家的面上，去劝劝我哥，去劝劝，劝劝……”

传耘的话低弱下去，忽然被掐断了。她陡然发现，油灯闪烁的光影里，喻慎姐的眼睛含着晶莹的泪水。有一颗，已经溢出眼眶，挂在她的睫毛上。

“砰”一声，没闩上的门被推开了。

两个姑娘不约而同地转过身去，何羽冷冷地站在屋檐下。没待两个姑娘开口，何羽把手一挥，对喻慎说：

“话我都听见了，不是故意来偷听，是景传耘的打门声把我吸引过来的。你一个人在这里，我有责任留心你的安全。小喻，不看僧面看佛面，你就走一趟，劝劝景传耕，千万把他从危险的道路上拉回来。照理，我该陪你去。不过，隔邻大队有个会议，我还要赶去。再说，我去了，怕反而不好。还是你一个人去吧，我这儿有电筒。”

一只电筒递了过来。

一系列意想不到的情况，急剧地推到喻慎跟前，比忽然而至的骤雨还来得快。不容她仔细思索，传耘已接过何羽手中的电筒，塞到她手里，声气轻柔地说：

“喻慎姐，走吧。”

9

这又是喻慎没料到的，景传耕家那幢茅屋里竟聚满了人，一道昏黄的光从半开的堂屋门里漏出来，叶子烟的缕缕烟雾在光影里缭绕。屋檐水“嘀嗒嘀嗒”响。

还没有走拢，就听见一阵烟杆脑壳猛敲桌面的“笃笃”声，同时，一个大嗓门吼着：

“……清匪反霸，打土豪，分田地，互助合作，公社化，搞了二十多年集体，你景传耕要生着法儿分开干，走资本主义老路，那除非不是共产党领导，除非我费正明死了差不多!”

“你死了还不是那么多!”喻慎听出是全大良接了腔，“跟你说实话，你要死了，我拍着巴掌笑他三天……”’

“你，你嘴上积点德!”

“你死了，省得人整我。”

“我啥时间整过你?”

“还没得整?我进班房就有你一份功劳!”

“当着众人，我把话讲明白，你全大良进班房，吃了几年冤枉官司，是我费正明整的吗?我是看你顶得凶，上级的命令贯彻不下去，才给公社汇报的。整你吃官司，那是学习班的事……”

“上级，哪个上级?还不是你那乘龙快婿蒋学久，他是‘四人帮’的狗爪牙，你就听他的。”

“全大良，你、你欺人太甚!那个时候，我咋个晓得他是爪牙?”

“等你晓得喽，又赶紧叫女儿跟他离婚。反正，结婚是你逼的，离婚又是你说的，你人老眼不花，跟形势还跟得紧。”

“胡扯!全大良，瑞娟和蒋学久离婚，是她自个儿的意思。‘四人帮’还没倒，她就住回家来了。你莫青口白牙乱说，朝瑞娟脸上抹灰。你对老子有意见，朝着老子来。”费正明简直气得嗓音发颤了。

“我还怕你?比你凶的景仁清，一拱都顶翻了呢!”

“他是什么人，我是什么人?你把我和他扯在一起，你、你、你龟儿是背鼓上门——讨打!”

“嘿嘿，费老伯，动起手来，只怕你那十根手指，抵不住我这两个砣砣拳哩。”

“老子不跟你嚼牙巴，反正只要我费正明在三多大队当权，我就要做主，不准你们胡作非为。传耕啊，你年轻气盛，千万不能同全大良勾扯在一起。大伯我读的书没得你多，吃得盐巴可比你多，波折风浪、教训，说啥都有一点。”费正明显然是把脸转向景传耕了，口气也缓和了好多了，还重重地叹了口气，“你以为就是你生着眼睛，大伯我就是瞎子？前些年那种干法，我心头就舒坦？手脚捆着，土地荒着，肚皮饿着，我有啥办法，只好开会逡角角，大气不吭，一声不响。饿肚皮，不单饿我一个，满天大雨落到我头上没有几颗儿。唉，反正锅儿朝天了，有救济粮大家得，没救济粮，出去讨吃我打证明。我只求你们莫闹事，莫想新花招，该好了吧！”

喻慎站在三合土院坝里，听入了神。细毛雨淋湿她头，也不知觉。费正明讲得很动情，屋头的人都静了下来。她正在迟疑要不要进屋去呢，衣袖被扯了两下，她一转脸，传耘拉着她的手，绕过茅屋的山墙走到后屋檐下，打开后门，进了传耘睡的小屋。

“哧”一声，传耘点亮了油灯，照亮了收拾得干干净净的小屋。黄泥墙上糊着报纸，靠窗搁一张三屉桌，两边分放着两张单人木架竹笆床，屋里散发着微潮的湿气。啊，这一切喻慎都是多么熟悉。她曾经在这小屋里住过，她的青春，她内心深处重新燃起的爱，都是同这间小屋纽结在一起的。可是现在，另一个姑娘住进来了，喻慎不禁感到有些酸楚，觉得周身的血液涌到了脸上。

“喻慎姐，你看咋办？”传耘转过身来，显得有些焦急，“事传开去，寨邻乡亲们都来了。”

喻慎未及开口，隔壁又有人说话了。

“听着，传耕，费大伯这是心里话，他是为你好！当农民就该老实巴交地种地，你要好生想一想。”

喻慎听出来了，这是传耕的爹景气闲的声音，眼前不由得浮现出老人挑着马草篮的微驼的背影。她握住传耘的手，悄声问：“你爹身体还健吗？”

“还健，成天闷头干活路。”

“还是老样子？”

“不，话少多了，有时从早到晚一整天不吭一声。眉头皱老深。”

“这是为啥？”

传耘眼里掠过忧悒的光，默默地摇头，半晌才说：“日子过得不顺心呗！”

堂屋里又响起一个瓮声瓮气的嗓门：“照你们这么说，我们农民苦该苦，干该干，饿也该饿，那不是同老牛差不多吗？”

喻慎细辨了一下，搞不清是谁，又低声问：“这是哪个？”

“扎多寨的于老古，外号老牯牛。”传耘叹息一声说，“老牯牛真遭孽，生了两个儿子一个女儿，都是娃崽成群了，也养不活他这个老人。六十三岁的人还每天钻进煤洞去挖煤，穿一身稀脏稀脏的线衫裤，满身都露出皮肉……”

喻慎顿时想起了昨天傍黑，踏上三多大队土地时，敏感一眼见到的那个满脸皱得像老树皮似的老汉。她握着传耘的手，一下抓紧了：“他这几天在挖煤吗？”

“还怕不挖，不挖他吃啥？”

一摇一晃的油灯火焰吐着缕缕黑烟直往上冒，喻慎感到自己的心仿佛在凝缩。

“……我说那跟坐着等死差不多！”于老古的嗓声提高了，显得有些嘶哑，“传耕这娃儿的主张对我心。为啥要去那漏水库白出工？田土为啥不可以包给大家经管？费正明费老哥，我于老古同你一道参加民兵剿匪，一道参加土改分田，而后我一个，你一个，景气闲一个，我们三个在三多大队带头搞互助合作，奔社会主义。满指望日子越过越红火，掀掉茅屋盖瓦房。开头那几年倒好，往后呢，到而今快三十年了，我们的日子，哪个过红火了？你是老当家，你的日子好过了？你还不是蜷在茅草棚里睡。景气闲福气好，大儿子奔朝鲜，在部队上当了官，而今又在大城市里当副局长。二儿硬考状元，大学毕业成了工程师。三儿、幺女，都在队上，算是好劳力。要说钱，两个儿子常给他汇来，要讲劳力，他一家四口强弱四个，他的日子过红火了？他还不是住在这幢茅屋里，比你强的就是多翻盖了两次屋顶草，院坝侧边盖了两小间砖瓦厢房。还有一个就是我，我……我就不用讲了……费老哥，你说说，这是哪样道理？今晚上来的人多，你们都说说，究竟是哪样道理？”

是啊，是什么道理呢？喻慎头一次这样问自己。她在山寨当过多年知青，亲身体会过劳动的艰难，亲眼看到偏僻山乡的落后、贫困，可她从没想过，这是什么道理。后来，她离开了嘎多寨，吃上了供应粮，拿上了工资，当了干部，就更少想这个问题。此刻，听到这番话，她感到惭愧了。

隔壁堂里，传过来阵阵嘤嘤嗡嗡的议论声。许多人同时在说话，听不清楚在说什么。

传耘透过壁缝，朝隔壁望了望，噘起嘴巴说：“唷，来的人真不少呢？喻慎姐，屋都挤满了。”

喻慎心里着实震了一下，在岩寨时，工作队喊开会，从早上就打过招呼，吃过晚饭，队长、会计、支书轮流去吹哨子，点着名喊，开会的人还是姗姗来迟。到了会议室里，不是闷倒脑壳打瞌睡，就是一个劲地抽叶子烟，要不就在下头开小会。妇女们叽叽喳喳，小伙子嘻哈打闹，还夹杂着婴儿的啼哭。把沈平急得只好宣布，开会也得评工分。她当了几年的妇女干部，对农村开会的这种冷淡场面早就习以为常了。可这会儿，不叫开会，没人吹哨子，不但嘎多寨的人来了，连卡多、扎多的农民都冒着雨赶夜路来了，这是为啥呢？

“你说嘛，于老古，你说这是为啥？”有人大声问，议论声低下来了。

“对，老牯牛，不要卖关子了，你肚皮里有多少话儿，都倒出来！”有人应和着。

“我说呀，那都是瞎胡闹？乱整出来的。”于老古瓮声瓮气的声音听去有点滑稽，好像他是在随便说笑，“出工一条龙，干活一窝蜂；出工不出力，大小十分工。这不是我编出来的吧？反正手长手短一锅舀，再加上前些年景仁清那样的大嘴老鸹伸长了舌头舔，把小伙都舔寒心啰。有些人又喜欢红旗插满山，大兵团作战。你们还记得嘛，修那个要命的月亮坝漏水库，挖泥巴抬石头，不说小伙子，我于老古一顿也吃它一斤米的饭哪！放开肚皮吃口粮，吃了好大干哪！干部们说，吃吧，吃吧，吃完了口粮领导会补助。到头来，补助个鬼！还不是要你我回到寨上来，躬起屁股挖蕨苔、野菜、苦蒿！我们从来没得喊过冤枉。寨邻乡亲们，三多大队的农民都没喊冤枉吧？”

“哪个喊了嘛！”

“认命！”

“都相信干部！”

“哪个又敢喊呢？”

“……”

于老古一声问，景家堂屋里外，叽叽喳喳，七嘴八舌，好些人应了声，把屋檐的滴水声都淹没了。

“还有哪，前头那几年，天天斗资本主义，批修正主义，斗得你皮脱嘴巴歪，批得你眼红脑壳胀。我们饿起肚皮，也在跟着喊口号啊！”于老古说得上了兴头，嗓门愈发大了，声音愈发嘶哑了，“我们没有回转脑壳往家跑，没说不搞社会主义。只是快三十年了呀，这个社会主义咋搞法，你费老哥找上级问问清，不要再让我们白费力气、饿肚皮好不好？你要问不出个一、二、三，你要不敢问，你就放开手，让传耕他干一回试试，睁一只眼闭一只眼嘛！”

“哄”的一声，堂屋里爆发出一阵哈哈大笑，仿佛要把茅草屋掀起来。

“老古伯一定是边说边扮演，把人逗笑了。”传耘像解释似的悄声对喻慎说。

喻慎点点头，眼角里也闪出了一丝笑意。不知为啥，于老古这番话，她句句都听进心了。别看他是不识字的老农，他提的问题，真深哪！

堂屋里的笑声好一阵才平息下去。接着又响起一个陌生的声音：“哥，嫂子去得早，娃儿们又不管你，你独身一个，倒是可以在这儿穷欢乐，讲风凉话啰！我咋个办啊，屋头一大家子人，遭不得横祸。要依我说，传耕侄儿，算了吧，你心气再大，大不过国法。人在屋檐下，不得不低头。做一天和尚撞一天钟吧，莫给你爹妈惹事了。”

“这是哪个？”喻慎又问传耘。

“于老善，老古伯的弟弟，富裕中农。”

“富裕中农？”

“现在也穷了。”传耘叹了一口气，“头三胎生的都是女儿，老善伯两口子硬不甘心，一气生了八个娃儿……”

“都是女的？”

“七个都是姑娘，老八才是儿子。到如今，报应到了，一大家子人，大的要出嫁，小的要穿衣，宝贝儿子还要吃白米饭、嘎嘎肉，都指望老善伯变出钱来。难哪，有一回幺……”

喻慎听得入神，小屋门“吱呀”一声被推开了，进来一个瘦弱的姑娘。

“慧芸姐，你看！”传耘跳了起来，拉着她的手，指了指喻慎。

慧芸的神情有点呆滞，木痴痴地瞅着喻慎。她认识，这是那个使她感到自己的相貌平庸的人，那个知青。

喻慎没料到慧芸会突然出现，她的心跳得急了，一时竟不知所措。过去，她不熟识慧芸。这会儿，在油灯光影里，才看清慧芸相貌端正，梳着两条疏松的辫子，脸色憔悴，眼皮底下，黑乌乌的一圈，格外显得衰老。喻慎不由生起一种同情，她竭力控制住自己奔突的心，朝慧芸招招手：

“来，这儿坐。”

慧芸朝她笑了一下。慧芸的本意，是想向她表示亲热吧，可脸上的笑纹扭曲了，就变成了苦笑。

喻慎望着她苦涩的笑，心里抽紧了。像慧芸这么大的姑娘，遭到拐卖的命运，寄居人家，要顶住来自四面八方的各式各样的议论，是种什么滋味啊！在我们偏僻的山寨上，为啥会出现这种事呀？

“你来多久了？”慧芸坐在喻慎身旁，近乎耳语般问。

“噢，听大家摆谈一阵了。”喻慎回答着，伸手过去抓住慧芸的一只手，这只手宽大、粗实，摸上去毛糙糙的，但是挺暖和。慧芸主动向她搭话，倒是她想不到的。她偏转脸，竭力想看清慧芸脸上的表情，说：“你的事，我听传耘讲过了。人贩子们的活动，简直太猖獗。区里面是要管的，你能给我详细讲讲吗？”

“讲啥呢？”慧芸讷讷地问。

“是哪个人找你的，哪个人牵线的？哪个人……”

“是我自己找上门去的……”

“你主动上门的？”

“我不晓得是拐卖，还以为那是人家热心办好事。听说，沿海那些地方，饭是管饱的，衣裳是有穿的，当然也要劳动，劳动我不怕，我还怕啥呢！……”

慧芸眼里闪着泪光，话里有着一股深沉的哀愁。喻慎觉得心上压了块石头。

“哐当”一声，不待喻慎再问，外面堂屋的门被什么棍子捅开了，一个像卡住骨头样的嗓音，凄惨地叫着：

“传耕……”

慧芸的身子突然一震，陡地转过身去，推开了小屋的门。喻慎正在奇怪，堂屋里的人纷纷惊呼着：

“丁老伯来了！”

“根元哥，你那脚不方便，快来这儿坐……”

“根元哥……”

“他来干啥？”

喻慎拉住传耘的手问：“哪个来了？”

“慧芸爹。”传耘答完，也顾不上陪伴喻慎，紧跟在慧芸身后，追了出去。

喻慎也沉不住气了，但又不能在堂屋里露面，咋个办呢？她环顾了一下，立即趴在壁缝上，朝堂屋里望去。

堂屋里坐满了人，一片烟雾腾腾。骨瘦如柴的丁根元，像是从烟雾中钻出来似的，拄着拐杖，两眼直瞪，“的笃的笃”直向传耕走去。走了两步，他干脆一放拐杖，双手摸索着旁边一个人的肩头，怔了片刻，一个踉跄扑到坐在对面的传耕跟前，整个身子倒在地上，伸出双手抱住传耕的膝盖，哀声叫着：

“传耕，传耕，我求求你，你千万不能那么干，千万不能划分田土干哪！你把田土划分给我，我咋个做啊？你看看，我看看我这脚杆，咋个做啊？你是要逼我往死路上跑吗？传耕，我、我在这儿求你啦……”

喻慎抓着壁笆的手揪紧了，两眼睁得老大。

“爹，爹！”慧芸忽然奔进堂屋，扑到丁根元身旁，搀扶着他的手臂，失声哭叫，“爹，看你在干啥呀，快起来，起来！”

“滚开！”丁根元的胳膊一抬，甩开了女儿，又朝传耕哀求，“传耕，我求你哪！不要划分田土干，你、你要娶慧芸，你就娶吧！只要人贩子不来纠缠，不来要那四百多块钱，你尽管娶她。我只求你、求你……”

堂屋里坐着的好些人都站了起来，去扶劝丁根元。喻慎的视线被遮住，看不到景传耕了，只听见声音传了过来：

“根元叔，八字还没一撇呢。这不，大家都为这事在争闹呢，你急啥？你咋听到风声的？”

“啊……”喻慎舒了口气，心想，丁根元这一闹，也许可以提醒传耕吧。真要划分田土干活，不会出现两极分化吗？

“再说，”景传耕的声音又清晰地响了起来，“真划分田土干，能不想到烈军属、五保户吗？”

“传耕，你这话当真？”

传耕的回答毫不含糊：“当真，根元叔，你宽心吧！”

堂屋里的寨邻乡亲们，你一言我一语地议论开了，说话声又听不真切了。

传耘回到了小屋，一把扳住喻慎的肩：“喻慎姐，听见了吗？闹死人了。没得一个人想走。今晚上，你怕劝不成哥了。”

喻慎莫可奈何地点点头。

“嗳，我有一个主意。”传耘的眉梢一扬，又像想起什么似的，凑近喻慎耳边说。

“啥?”

“明天早晨，哥要去碗口块犁秧田，那块秧田僻静，也很少有人过路。你趁那工夫……”

不知什么时候，屋檐滴水的声音停息了。风吹得紧起来，山墙上面遮风挡雨的鞭笆杆，被刮得“吱扭吱扭”发响……

传耘轻手轻脚打开后门，伴送喻慎走出来。喻慎看得出，传耘为传耕的所作所为，担着很大的心事。她用手臂挡着传耘，低声道：

“你回屋头去吧……”

“不，我送你回去。”

“不用，短短的一段路，不用送。”

“天黑哩，喻慎姐，你不怕么?”

喻慎“扑哧”一声笑了：“熟门熟路的，我怕啥。闭上眼睛，我也能摸到保管房。”

“那我就不送了，喻慎姐。”传耘的双手紧紧地抓了抓喻慎的肩，叮嘱道，“不要忘记呀，明天早上，碗口块秧田……”

“忘不了。”喻慎答应一声，绕过传耕家院墙。沿着拐向寨子中心保管房去的寨路，缓缓地走去……

喻慎的心情愈加沉重了。到传耕家里听了那么多农民的争辩、议论，她敏锐地觉察到，在这些农民中间，有着一股情绪，一股不满于现状的情绪。传耕的种种胆大妄为的设想，他领头和工作队顶，就是来自于这股情绪。看样子，这股情绪的势头还在发展着。而作为工作队头头的何羽，是绝不会容忍这股情绪的。事态往前发展，很可能要酿成一场悲剧，引出可怕的恶果。到了那时候，作为领头人物的传耕……

喻慎简直不敢再往下想。她深深地为传耕惋惜，为他忧心。

“哪个？是小喻吗?”

随着何羽的一声问，一道雪亮的手电光，横扫过来。喻慎答应了一声，朝着何羽走去。不知不觉间，她已走近保管房了。

“咋个样，喻慎，劝成了吗？景传耕有点点回心转意的念头没得？”何羽迫不及待地问。

喻慎摇了摇头，让她答啥好呢？把传耕家堂屋里那些农民的话照实汇报吗？喻慎凭直觉就晓得，这只会给传耕惹来更大的麻烦。

“没啥收效，噢，这完全能理解。我早说了，景传耕这个人，比茅厕里的石头还要硬，对他呀，只有来更厉害的！”何羽把手臂一挥，像要驱走啥烦恼似的，说，“把他摆一边吧。这会儿，你能不能随我去一户人家？”

“哪户人家？”

“卡多寨上的农户……”

“你说哪一户呗。”喻慎对何羽的故弄玄虚有点不耐烦了，急急地说，“时间不早了，黑更半夜去敲人家的门，不怕影响寨邻吗？”

“就因为时间不早了，才要你陪我去呢！”何羽解释道，“是卡多寨上的华碧芳，我也是刚才去隔邻大队才听说，她那出外干甩手副业、专替人家烧窑的丈夫，出事故了……”

“啥事故？”喻慎的眼前浮现出昨天在山道上撞见华碧芳的情形，急促地问。

“听说死了……”

“那我们走。”喻慎毫不迟疑地一挥手，“快去看看。”

“瞧你，到底是小青年，一说走，又那么急。”何羽笑了，跟在喻慎身后边三脚两步地追上来，边说，“不忙、不要太匆忙吧。小喻，我们去，一来嘛，当然是去安慰她一番，表示组织的关怀；二来嘛，你走慢点，听我说呀……”

10

接到口信，华碧芳就有种不祥的预兆，可千万莫出事啊，千万莫出啥大事情啊！刚刚翻梢有点起色的日子，千万又莫让横生出来的祸事冲了呀。

她呆痴痴地站立在屋子中央，两眼发直地喃喃自语道。待她回过神来，扑到门槛边，再想问问捎口信的赶马车的汉子，那汉子早退出了院坝，赶着马车走了，走得远远的。站在门槛边，透过寨子上刚冒出嫩苞的树枝，只能依稀看到马车在垭口上一摇一晃的影子了。哪里还喊得应啊！

华碧芳懊悔得直跺脚，心里愈发起了疑心，赶马车的汉子走得那么匆忙，不更证实于炳贵出事了嘛。要不，他为啥不踏上台阶来，他为啥不进屋头坐一坐，喝口水？为啥转身阴悄悄地就跑远了？对了，他的脸色有点尴尬，眼神也有点着慌，他一定是怕我询问啊！华碧芳想到这儿，简直要哭出来了。

“于炳贵在大猫冲窑子上出了点事，大猫冲的寨邻让我捎个口信，喊你赶紧去，赶紧！”赶车的汉子就是这样对她说的。

“出了啥子事？”

“我是顺路去拖砖的，也搞不清楚。只是受人之托……”

“受人之托？”

“是啊，是啊！你收拾一下，赶紧去吧！”

“你连一点风声也没得听说吗？”华碧芳的两眼直直地盯着赶马车汉子。

“好像……耳边好像说，”赶马车汉子的目光移到院坝里的一堆碎煤块上，支吾其辞地说，“是砖坯压住了他的脚背……”

“啊！”华碧芳惊叫出来，傻了似的呆站在那里。

赶马车汉子就是趁着她失望的这一瞬间，悄没声息地退出院坝去的。此时此刻，华碧芳愈想心头愈不是个滋味，她想到赶马车汉子回避的目光，断定这个汉子是知情的，他把真情瞒下了，不忍心讲出口来。

华碧芳的心忐忑不宁地骤跳着，她坐卧不安地在屋头不停地走来走去，手忙脚乱地套上一身出门的衣裳。当一切收拾完毕，跨出门槛的时候，娃崽小笋笋穿过院坝跑了进来：

“阿妈，阿妈！我要你带我去四娘家玩，和小秋儿玩！”

一眼看到宝贝儿子小笋笋，华碧芳陡地想起，要出门了，小笋笋还没安顿呢！瞅着小笋笋那双大大的水灵灵的眼睛，华碧芳情不自禁地暗忖着，要是于炳贵真有个三长两短，她和小笋笋势单力薄的俩娘崽，该咋个办呀！

华碧芳温顺地牵起小笋笋的手，强作笑颜地道：

“走吧，去找小秋儿玩。”

华碧芳领着小笋笋走进隔壁四娘家院坝时，长得蛮头憨脑的小秋儿扑了上来，欢天喜地嚷道：

“小笋笋，快来看，快来看呀！我家老母猪下崽崽了。”

小笋笋和小秋儿手拉着手，双双跑到猪圈的栏板旁边去了。华碧芳趁着这当儿，一步跃上台阶，隔着菱形的窗棂，对灶屋里的四娘简单说了要出门的缘由。

“去吧！快去，不是急事，不会让赶马车的人捎口信的。”四娘一口应承了代华碧芳照看小笋笋，连判断加猜测地说，“光是砖坯压着脚背，敷点药，包一包就会好的，哪还非得要你去不可呢？是出了啥子拐！”

四娘的话使得华碧芳更加心慌意乱了。她的脸色当时就变得刷白，只朝猪圈栏板前的小笋笋瞥了一眼，也顾不上去亲他一下，转身一溜小跑，就冲出了卡多寨。

大猫冲离卡多寨有十三四里地，冒着满天飘洒的细毛雨，华碧芳爬坡下坎，翻山越岭，顾不得坡陡路滑，顾不得气急心慌，迈开两条腿，只管朝着大猫冲赶去。

一路上，擦身而过的寨邻乡亲，华碧芳视而不见；细雨把她的头发、衣裳淋湿了，她毫无感觉。她只觉得脑壳晕乎乎的，层层堆叠的稠雾中，那些高耸的山峰在朝她压过来。她的眼前不时地映出种种可怕、骇人的景象：于炳贵一条壮实的腿，被坍塌的砖块压得血肉模糊；伤成了跰子，走路非得拄一支拐棍；于炳贵的手臂被捅火的铁钎子烫伤了，成了独臂汉子；脸被烫成个丑八怪，眼睛陷在肉疙瘩里，鼻梁塌了，嘴撇歪了……哎呀呀，吓死人啰！华碧芳不断地把这些恐怖的念头驱赶出脑壳。但是，这些令人毛发倒竖的念头，仍然固执地一个连一个冒出来。

连华碧芳自己都吃惊，十三四里崎岖不平的山路，她只走了一个小时零十分钟。当她一眼看到坐落在山腰间的大猫冲寨子，在霏霏细雨中没啥异样情形时，她不由得吁了一口气，下意识地撩起衣袖，瞅了一眼于炳贵替她买的，那只小巧玲珑的上海牌女表。哦，要是真像她想象的，出了那么怕人的事情，寨子上绝不可能这样安宁的。瞧啊，一缕缕淡蓝色的炊烟和凝沉的米色的雨雾消融在一起，初春雨天里早早垂落下来的暮霭，笼罩着以一棵巨大的漆树为显著标志的大猫冲寨子。不说嘶声拖气的喊叫，啊吼喧天的哀嚎听不到，就连一点慌乱的迹象也看不见。

华碧芳绷紧了的心弦松弛下来了。也许，真像赶马车汉子说的那样，炳贵只是被砖坯压了脚背，走路碍事罢了；也许，真没得啥吓人的事发生。阿弥陀佛……

沿着上坡的麻石道朝大猫冲寨上走去时，华碧芳感到从未有过的疲乏，两条只顾紧走快赶的腿，酸痛难忍。要晓得，懒于干活路、出工劳动，总玩偷奸耍滑的华碧芳，从来不曾用这么快的速度赶过路呀！

走过那棵足有八九米高的大漆树时，华碧芳迎面碰见了一个老伯妈。

“娘娘，你晓得烧窑的于炳贵在哪里？”

老伯妈手里那只放菜的簸箕还在滴水，眨动了两下眼睛，瞅着华碧芳问：

“你是……”

“我是他屋头的……”

“哎呀，你来得还真快嘛！”老伯妈的声气顿时提高了，伸出手朝寨路旁一条岔道指指，说：“快，顺着这条路走，拐个弯就到窑子上了，你快去吧，快去吧！”

老伯妈的神态和声气又使华碧芳惊慌起来，她迈开腿，顺着岔道疾速地跑去。

只拐了一个弯，华碧芳便看到了窑子。远远的，那个拱在坡边的圆形窑顶，首先映入了她的眼帘。咋个搞的呢？窑子四周聚满了人，一眼望去，全是蓝色的、灰色的衣裳，全是一顶顶竹篾斗笠、麦草帽。看样子，大猫冲满寨的男女老幼，都涌到窑子上来了。怪不得寨子上这么安静哩！

华碧芳的心一下提到了嗓子眼上，她朝着人堆扑了过去，拼命地推搡着挡住她的人群，拨开人家的肩膀，她拉开了嗓门，喊叫着："于炳贵，炳贵……"

如同这声音真有啥魔力似的，呆站在她前面的人群自动地让出了一条窄窄的道，华碧芳踩着碎瓦、烂砖，穿过这条人廊，直冲到窑门右侧敞开的窝棚里，她朝窝棚里的竹笆床瞥了一眼，就高高举起双臂，凄厉地惨叫了一声，瘫痪似的倒了下去……

好些骇人的后果都想到了，华碧芳唯独没得想到，大猫冲这只能装四万块砖的窑子，会发生坍塌。坍塌下来的窑顶石，刚熄窑、摸上去还烫手的砖块，把于炳贵埋在了砖瓦窑里。

事故发生的时候，大猫冲的干部马上请赶马车汉子来叫华碧芳。同时，满寨人都涌到了窑子上，用十字镐、用锄头挖，用手搬，把于炳贵血肉模糊的尸体，从砖堆下刨了出来。

华碧芳赶到的时候，他们刚把于炳贵抬到窝棚里的竹笆床上放平，匆忙间准备的细白布，还没遮住他的身子。

于炳贵一个健壮结实的活人，陡然间成了不忍目睹的一具死尸，华碧芳哪里经受得住这样的打击，她脑壳里头轰一声炸开，随着惊呼惨叫，昏厥过去了。

从昏厥中醒过来，华碧芳的神智始终处于麻木状态。她只看到大猫冲的寨邻乡亲在面前走来走去，好些人的目光，都朝她脸上扫过来。她的身旁，一直有两个女的陪伴着，一个是俊俏的姑娘，一个是比她稍大几岁的嫂子。有个黑脸膛的中年汉子，头上缠着一条白孝帕，站在她面前，掀动着两片厚厚的嘴唇，同她说了半天话。

可她啥也听不明白，光是机械地点着脑壳，她啥都答应。

人都死了，话说得再多，又有啥子用呢？她是懂得山乡古朴的风俗的，人死在外头，是不兴抬回寨子里去的。

当天夜里，她就在那个陪伴她的嫂子家睡。半夜，她几次三番被噩梦惊醒。第二天早晨起来，她的脸色憔悴，眼睛边有两圈青晕。

丧事倒是办得还热闹，送葬的人站满了半坡。华碧芳哭哑了喉咙，若没得人搀扶，她都站立不稳了。

一切都料理停当后，她惦念着小笋笋，执意要回卡多寨去。熏黑脸膛的中年汉子又来到了她的跟前，再次安慰她一番，还往她手里塞了一包东西。

大约是陪伴的嫂子断定她没得听清楚，凑近她耳朵边，喊一样地嚷道：

“给你两百块，两百块哪！”

这话她听清楚啦，想到于炳贵这么个强壮汉子，死了仿佛只值两百块钱，她的泪水扑簌簌地直往下落，嘴巴张开，发出一声声嘶哑的哀嚎。她已经哭不出声了。

中年汉子迟疑了片刻，又把包包拿回去了。隔开一会儿，包包重又递到她的手里，这回包包厚了一点，陪伴的嫂子又在她耳朵边喊：

“添了一百，给三百块。”

好些人的面孔在华碧芳的眼前掠过，她被搀扶着上了一辆马车，离开了大猫冲。

马铃声脆响脆响地传进她耳朵。回到卡多寨上，屋里又聚满了寨邻乡亲，人们在叽叽咕咕地交头接耳，有人在打听着窑崩的详情，有几个老伯妈陪着她伤心地掉眼泪，还有两三个年龄相近的女人，抚着她肩膀，劝慰着她。

凄凄惨惨的场面延续了足有半天，华碧芳照样木然呆坐着，眼泪一串一串往下落。她既不招呼人坐，更不给人抽烟喝茶。大猫冲陪送她来的人告辞了，一批批来探望的人进屋来安慰她一番过后，又一批批地退出去。卡多寨上的人总算都来看望过了，再没得人来了。华碧芳还是孑然独坐在堂屋里。她心里说不出的孤寂和疲乏，只感到人世的空漠和缥缈。耳朵里会陡地响起一声两声炳贵的说笑，她也会情不自禁地频频朝着门口望。

静寂能使得人的心灵渐趋安定，意识逐渐地回到了华碧芳的心里。

哦，从今往后，她成了寡妇。她将在卡多寨上，和还幼小的小笋笋相依为命，度过无数个恹恹地枯坐屋头的日子，熬过一个又一个寂寞而凄凉的夜晚。这日子，咋具熬得出来呀！

雨点子落在香头上，为啥偏那么巧呢！苍天为啥偏要夺去于炳贵的性命呢？噢，苦命的于炳贵啊，苦命的小笋笋啊！一家人的日子刚刚过得像个样子，为啥会有这飞来横祸？

随着记忆的恢复，华碧芳感到了揪心的痛苦。

十四五岁，华碧芳的胸脯微微隆起的时候，她就意识到了自己的漂亮，她敏感地接受着年轻小伙们投到她脸上来的目光，格外地留神着自己的服饰打扮。也许是过分自持美貌的力量了，到挑选对象的年龄，她挑花了眼，总巴望着更好的小伙子出现。结果呢，她的年龄在这种挑挑选选中，一岁一岁地增长，而可供她选择的小伙子，却一个不如一个，恰在这时候，于炳贵出现了，人长得壮实，又有一手高超的烧窑技术，四面八方都来请他去烧窑，收入比起普通工人、一般干部，要高得多了。说实在话，华碧芳根本瞧不起卡多寨，离屏源镇远不说，还是出了名的穷寨子，人都说三多大队是干枯的竹子，榨不出点水水。而她家呢，寨子富不说，离屏源镇只不过二里地。她嫁给于炳贵，纯粹是看上他那一手烧窑手艺，看他的收入高，看他一个人有着一幢房子。

嫁到卡多寨之后，她倒是过上了几年安乐的日子。于炳贵的活路钱来得多，她从来不曾把出工当作一回事，在屋头闲要得烦闷了，扛起一把锄头上坡去，摘点花、摆摆龙门阵，和婆娘媳妇们嘻嘻哈哈打闹一阵，三混两混就得一天工分。再说，于炳贵岂止有一手好手艺，他在屋头也勤快得很，背煤、砍柴、做自留地；编篾、烧火、煮饭、炒菜，他也样样会做。每回从外头烧窑回来，他都要整几个菜尝尝，海带丝丝拌粉皮，麻辣鸡丝，花生肉丁，珍珠圆子……多丰盛的菜肴哪！

都只怪于炳贵收下了嘎多寨的康文达当徒弟，做下手，在替革委会主任景仁清烧那一窑砖时，得罪了这尊恶菩萨。景仁清点着名儿要烧一窑青砖，康文达在挑窑田水时，没留神，让几个娃娃胡乱使掏钎子捅洞洞，把一窑青砖烧成了花砖。等于炳贵歇完气赶回窑门前，要挽救已来不及了。出窑以后，那些花砖一分钱一块卖给人家，也没得人要。气得景仁清一口咬定，这是专走资本主义道路的于炳贵，向他这个一心奔社会主义的革命左派挑战。他一声令下，喊于炳贵去公社集中，参加学大寨学习班，白白干了两个月的义务工。两个月义务工干回来，景仁清又勒令他，只准规规矩矩在集体田土上出工劳动，不许乱说乱动，尤其是不许离寨出外重操旧业。要离寨出门，一定得经他亲自批准。

一道紧箍咒，把于炳贵箍在卡多寨上。那几年，真把华碧芳憋苦了。钱的来路堵死了，工分又得不到啥收入，一家三口人，和寨上好些人家户一样，过着勤扒苦挣还愁温饱的日子。

幸好景仁清没得当成一辈子的革委会主任，“四人帮”一倒台，他也跟着滚下了主任宝座。于炳贵找着了费正明去磨嘴皮子，费正明略表默许，于炳贵又操起了旧业，专替人家烧窑，当起窑师来了。

四周团转的村寨上，连着几年不曾烧砖，看到于炳贵重又当上了窑师，到处争着请他去啊！

于家渐渐恢复了元气，华碧芳的闷愁和怨气也跟着消散了。她也没得更大的奢望，只巴望这样太太平平的日子，顺顺当当地过下去，随着小笋笋一天一天长大成人，日子也一年比一年地富裕起来了。哪晓得，晴天里响炸雷，一声霹雳，把华碧芳的生活道路，连根带梢改变了呢。

透衫的冷风从门洞里吹进来，木呆呆地坐着的华碧芳，连连打着寒噤。

“碧芳，去我家吃顿晚饭吧！”

隔壁的四娘迈进门槛，细声柔气地招呼着，一直走近她身边，挽起她的手臂，走出堂屋。

小笋笋也在四娘家里，已经和小秋儿端起饭碗，在桌上刨起饭来。华碧芳忧惨的眼睛感激地望着四娘，嘴唇嚅动着，一句话也讲不出来。这一二天，多亏了四娘替她照料看管小笋笋。

华碧芳吃不下，象征性地端起碗，把几颗饭粒扒进嘴里。四娘的老伴是个石匠，一天只晓得凿石头，从早到晚难得讲三句话。他们家娃儿多，拖累大，吃的是米拌包谷饭，满满一桌人，只吃一个饭，清水煮白菜，蘸辣椒水。穷成这个样子，四娘在华碧芳遭难时，还来喊她吃饭哩，她能不勉强吃点嘛。

“听人说，你到了大猫冲，光是哭，老是不说话，也没找他们寨上的干部闹。”吃着饭，四娘询问起来，“当真吗？”

华碧芳默不作声地点一下脑壳。

“他们……或许我不该问，小笋笋他妈，给、给了你好多钱……”

“三百元。”

“咋只给这么点，你……为啥不同他们讲理呢？人是他们请去的，出了事故，三百块钱就轻轻巧巧打发啦！”四娘忿忿不平了，“虽说大猫冲也不是啥富裕的寨子，但一个集体，多拿出几百块钱来，总还是有的嘛。小笋笋他妈，就是替小笋笋着想，你也该闹嘛。”华碧芳垂下脑壳，长长地叹息了一声。

人都说，懒婆娘十个有九个是泼妇。华碧芳偏偏是一个泼不出口的懒婆娘。她性情是懒散，不爱刨弄泥巴坨坨，喜欢穿着打扮，图过轻闲快活的日子。但她不善于和人吵架，更不会跑到寨上撒泼，骂那些好多农村婆娘都骂得出口的脏话。再说，那时她的脑壳里头一片昏糊，哪里还想到要钱呀！

“不是我怂恿你去敲人家的集体的钱，于炳贵一死，你也真是恼火呀！”四娘见她不吭气，解释似的说，“你还不晓得吧，三多大队都传遍了，嘎多寨的景传耕领头，闹着要划分田土，分到户、分到人脑壳上来种。对我们这些人家来说，这当然是好事。可对你……唉……”

华碧芳手中的碗筷，“笃”一声搁在桌子上，她再也吃不下饭了。四娘讲的这件事，不是卡着她脖子来的嘛！

晚饭后，华碧芳牵着小笋笋，在四娘一迭连声的劝慰下，回到了自己家里。小笋笋乖巧得很，看到阿妈的脸色不好，早早地蜷起身子钻在被窝里去了。

屋头黑咕隆咚的，华碧芳懒心无肠，也不点灯，只是靠在床头上，痴痴地凝想着。

风在后门外刮得很凶，听那声音，风向像是变了。后门的门闩有点松，被风吹得咚咚地响，好怕人呀。

华碧芳的心头空落落的、空落落的，空寂得她直发慌。于炳贵出门烧窑，她和小笋笋在屋头过夜，是常有的事。可今晚上，她怎么也抑制不住自己发慌的感觉。

木然枯坐着，也不知过了多少时间，反正夜已经深沉了，听那风声一阵一阵刮过，她的耳朵里，幽幽地响起了一首小时候就听过的丧歌：

藤子牵着瓜，
石头连泥巴，
当家的魂归阴，
为妻的多牵祛。

华碧芳自己都感到奇怪，多少年了呀，这丧歌的词和调，竟会在这一刹那间浮上心头。她正为丧歌调牵心挂肠的音韵，倍觉恻凄，有人在台阶上发问了：

“华碧芳在屋头吗?”

是个男的，还是个陌生人。人家都上了台阶，她却没听到脚步声。华碧芳警觉地站起来身子，擦燃火柴，点亮油灯，讷讷地问：

“你……是哪个?”

“是我们哪，工作队的。”门外头的声音又清晰地传进屋来。

华碧芳端着油灯走到门边，打开门，她一眼就认出来了：来人是那个大名鼎鼎的工作队长何羽，戴着一副眼镜，鸡冠头发。没得错，就是他。前些天在催逼寨邻乡亲们去扩充水库时，还气势汹汹地当众点于炳贵的名字，说他不回来参加集体生产劳动，性质是严重的，必须限期回寨子。

这会儿，人都死了，莫非他还要来缠炳贵的魂灵吗?

11

喻慎简直不敢相信，何羽在短短的时间里，能说服沉授在悲痛之中的华碧芳，劝她去向景传耕进言。

但是，他确实是用了不长的时间，几段真诚恳切的话，把华碧芳说服了。看嘛，在电筒打出的光影里，华碧芳缩着肩膀，像怕挨打似的佝偻着腰，随着何羽和喻慎，离开了卡多寨，到嘎多寨找传耕来了。

喻慎不由得想起，在一些区、社干部中流传的关于何羽的一些话：只要何羽鼓动他的三寸不烂之舌，就没得说不翻的事。你要坐，他能说得板凳上长刺，弄得你坐不住。你想走，他能说得你脚底板生钉子，站在原地走不了。

过去听到这些话，喻慎只是淡淡一笑，半信半疑。心里说，那不过是一些人添油加醋地胡诌罢了。喻慎不是没有见过世面的姑娘，能说会道的人，她见得多了。哪有像人们吹嘘的这种神啊。

今天她亲眼见了何羽劝说华碧芳，这才算真正地信服了。要晓得，刚刚踏进华碧芳家时，完全看得出，她的态度是反感的、戒备的。况且，她的眼神，她的脸色，她的精神状态，都说明于炳贵的死这一意外的打击，把她彻底击倒了。她对人世间的其他任何事，都不会再有啥兴趣的。

何羽还是把她的心说动了。细细想来，他也没有说很多的话。只是先代表组织、代表工作队，向华碧芳的突然丧夫表示关切，拍着胸脯表示，今后一定要嘱咐区、社、大队、生产队的干部，多多照顾华碧芳母子。国家和集体，对她这样的孤儿寡母，一向是要保护和帮助的。当然啰，也相信他们这一些老弱病残、五保户，也是会和党同心同德的……何羽的话说得真是巧妙极了，他的言语之中，透出了那层意思，像华碧芳和小笋笋母子，将来总要遇到些困难、碰到点麻烦的，而能够全力帮助她克服困难，渡过难关的，必然是党、是组织、是国家和集体。但他决没有忘记华碧芳刚失丈夫的悲痛心情，他的话说得十分委婉，仅仅是点到而已，一点到之后，马上就把话题转到另一方面去了。

“你想想嘛，景传耕搞分田包干，把集体甩到一边，很明显，是要把你们这样的人家，当成包袱扔下嘛！”何羽最后带点愤然说，“要不，他就是根本把你们给忘了。所以，才会想到走那么一条错误的路子。看到你的现状，我想到，作为集体的一员，作为一个寨邻，你完全有责任去提醒景传耕，劝阻景传耕不，不不！不是喊你去讲大道理，也不需费多少口舌，你在他面前一出现，这件事本身，就能起到点抑制他的作用。咋个样，你愿不愿和我们一道去辛苦一趟。一道去，我们陪着你。”

从何羽对华碧芳说的那些话里，喻慎实在听不出有啥恶意。相反，她倒是感到，何羽并不是一心要整人，把景传耕往火坑里推。他的目的，还是想劝传耕回心转意。

哪晓得，传耕是不吃何羽这一套的呀！

他们陪着华碧芳走进景家院坝时，传耕家堂屋里自发的聚会刚散，满屋的叶子烟雾，随着人们走出屋头，在油灯的光焰里悠悠地飘散开来。

“传耕，景家兄弟！”华碧芳一眼认出了台阶上送寨邻的景传耕，不需何羽暗示，就嘶声喊着，跑上去，呜咽着说，“你干不得，干不得呀！没有了集体，我……我和小笋笋活不出来了呀……”

华碧芳泣不成声地站在院坝里，耸动着肩膀直哭。

借着屋里透出来的灯光，喻慎看得分明，传耕吃了一惊。华碧芳家遭祸的事，有的人听说了，有的人还没听说哩。

景家台阶上下，响起了一阵窃窃私语声。

“看到了吧，景传耕，华碧芳的话，在给你敲警钟啦！”何羽的声音盖住了人们嘁嘁喳喳的议论，“这是在提醒你，千万走不得那条让穷人更穷、富人更富的老路！你该悬崖勒马了。”

喻慎注意到，所有的目光，都朝着何羽转过来了。唯独传耕，只朝他瞥了一眼，便一步跨下台阶，双手提到胸前，对华碧芳道：“于家嫂子，炳贵的事，我这会儿才听说，不晓得你家遭了那么大的祸事……”

“那你……你看在我们孤儿寡母份上，看在寨邻乡亲中那些病弱户份上，顾着集体吧。景家兄弟……”华碧芳抹着泪说。

何羽几大步走上前去，接着说：“看看，景传耕，看看一个普通农家妇女的觉悟吧。她说得对极了，就看在烈军属、五保户、老弱病残的人家份上，我们也应坚持奔社会主义，听党的话，照着党指引的路走。”

传耕仍然没理睬何羽。这会儿，他连瞥何羽一眼的兴致也没有，只是俯首望着华碧芳说：

“于家嫂子，你莫哭。听我说、你……你信得过我吗？”

“嗯……”华碧芳带着哭音点了一下头。

“信得过我就好，于家嫂子，在卡多寨上住了多年，你是晓得的，我们这里穷啊！满寨人的生活都喊艰难。”传耕的话微带着颤抖，一字一顿地说，“要是真能划分田土干起来，寨邻乡亲们有了饱饭吃，决不会落下你一家。我把话说在前头，到时候你家没得饭吃，尽管带着小笋笋，就坐到我家饭桌上来吃。”

华碧芳糊满了泪水的两眼，疑惧地瞪着景传耕。

传耕缓过一口气说：“要是仍旧像原先那么干下去，你拖着小笋笋，一年到头究竟能出多少个工？嫌进多少工分？就凭分那几颗谷子，你们娘儿俩够吃吗？炳贵在的时候，你们靠他的手艺钱买议价粮吃。这会儿他不在了，你还能买议价粮吃吗？你就不盼着秋后挑回家的粮食，够吃一年吗……”

“国家会照顾华碧芳母子的，年年给她救济粮、返销粮！”何羽大声打断传耕的话，“景传耕，不许你在这里胡说八道，蛊惑人心。”

“算了吧，何队长！”全大良一个箭步从传耕身后站出来，侧着半边脸，用讥诮口气说道：“多好听的词儿啊，救济粮。我们农民生得有一双手，不吃救济，该多好呢！”

“哼，救济。”于老古瓮声瓮气地说，“每月给我七斤救济粮，那你快把购粮本本改一改，每个月不要三十天，改成七天一月。”

一声哄笑，景家台阶上下的农民们都笑开了。

“好啊，景传耕，”何羽的手伸到传耕面前，食指颤抖地指着他，恼羞成怒地说，“你纠合一帮顽固走资本主义道路的乌合之众，搞地下黑串连，公开和工作队唱对台戏。唱嘛！我何羽奉陪到底。喻慎，我们走。”

说完，何羽气冲冲地扶了一下眼镜，猛地一个转身，背起双手，大踏步地走出了景家院坝。

喻慎迟疑了一下，见哪个也未搭理她，她跟着何羽，走出了熟悉的三合土院坝。

沿着寨路朝工作队住地走去时，喻慎发现，块石垒起的院墙后头，农家的朝门口，都有寨上的农民静悄悄地站着，静听景家院坝里发生的争执。

“你看看，你看看，喻慎，你都看到了。”何羽气不可抑地疾走出一截路，大概是意识到了自己的失态，终于放慢了脚步，等喻慎走近他身旁，他摊着左手的巴掌，激动地晃着说，“不是我们不做工作。能想出来的法子，我都想了。结果如何呢？哼，我看呀，只有同他来硬的了。”

喻慎一惊：“来硬的？”

“对。不但要来硬的，还得快!”

“快?”喻慎的嗓音有点异样。

“是啊。”何羽听出喻慎的声气变了，转过脸来，两眼透过镜片，极力想要看清喻慎的脸，“你的意见呢?”

“我……呃……”

“说吧，直率地说。”

喻慎犹豫不决地停下来，感到难言了。说啥呢，要说何羽他们不够尽心，没把工作做到家，那实在是冤枉了他们。要任凭传耕他们把事闹大，任其发展下去，那也是和县委、省委定下的政策相违背的。要求何羽再设法做工作呢，连喻慎也知道是白搭。她太熟悉传耕的脾气、个性了，要劝转他，恐怕是不可能了。

“哈，小喻，真看不出，你还这么谦虚，有话都存在肚皮里不说。”何羽又在催了，话虽然好听，咀嚼一下，却不是滋味。

“我的意思是，能不能再做做工作。”明知说出来无用，喻慎还是用征询的语气，“景家在嘎多寨上……”

“我知道。”何羽把手一挥，截住了喻慎的话，继续朝前边走边说，“和景传耕的父亲——那个老土改根子，做过工作。他讲了，乡间穷，录传耕要想日子过得好些，不是无理取闹。他还说，党章上写了，共产主义就是要让人人过上好日子。亏他是个老党员，这么护着儿子！看得出，他暗中是支持儿子的。光靠讲道理，和风细雨的劝说，恐怕不行了。今天我给地委的苏副书记通过长途电话，他明确指示：决不能让这股歪风刮起来，要采取有力措施制止。必要时要采取专政手段，一定要刹住这股走资本主义的歪风，确保去冬今春农田基本建设取得重大进展……”

“进展得了吗?”喻慎打断何羽喋喋不休的话头，怀疑地问，“咋个会没得进展呢……”

“我听说，要扩充的水库是个漏的。”

“对。这事我也听说了。景传耕拒绝上水库工地，就是搬出这条理由来煽动群众，来堵我们的嘴。看来，你劝他时，他也肯定会拿这条来辩解了。是吗？”

“嗯。”

“他哄得了鬼呀！”何羽愤怒地提高了嗓门，“水库漏，就不能堵嘛！我们是党领导下的革命群众嘛，除了有勤劳的双手，还有聪明智慧嘛。把漏水的地方堵住了，蓄上水，受益的不是我何羽，是方圆半个公社好几个大队的老百姓。这话，我大会上讲，小会上讲，到了社员家里，还是这样讲，讲得我这嘴皮子上都要起老茧啦。他们就是不听。我还说了，有啥困难，尽管提，县委有决心，要水泥给水泥，要支援有支援，可还是无用。都是这个景传耕在里头作怪、捣鬼！莫看他还是年轻小伙，他的能量大得很哩！”

听听何羽的话，似乎句句在理，振振有词的。传耕为啥听不进这些话呢？偏要顶着牛，憋着劲唱对台戏。弄得双方针尖对麦芒，互不相让。到头来，不是你传耕吃亏才是怪事呢。喻慎暗忖着，不由得问：

“对景传耕作出了处理，寨邻乡亲们都会听话了吗？”

“你看着，小喻，对景传耕采取了措施，局面很快就会打开，月亮坝水库工地上，马上会出现一番大干的景象。”何羽很有把握地说，“令人欢欣鼓舞。要知道，我们整个月光县的农田基本建设，增加蓄水库容，由常爽和我在抓；而整个石桥地区的这一工作，是由地委副书记苏维山抓的。知道苏副书记吗？”

喻慎摇了摇头说：“没听说过。”

不说地委的干部了，喻慎连月光县里的好多负责干部，都不熟悉。平时，她只晓得干好区妇联的本职工作。

“哈哈，孤陋寡闻，孤陋寡闻！小喻，你这可要不得。”何羽的情绪在说话间变得兴奋了，“跟你说，名义上，苏维山是副书记，实际上他是石桥地区的一把手。”

“为什么？”喻慎好奇地问。她和何羽已经走到保管房跟前了，但看到何羽的谈兴很浓，喻慎也不回女同志借宿的屋里去。

何羽朝喻慎跟前凑凑，说：“其实，也很简单。原来的地委书记调任省委宣传部长，还没得任命新的正书记。石桥地委的工作，由苏副书记一手主持。”

“噢。”喻慎心不在焉地应了一声。

“莫小看苏副书记呀！”何羽大概是觉察了喻慎淡漠的神态，认真地说，“他原先是眉光县书记，由于工作出色，一家伙就提起来当地委副书记。听说，还是省委第一书记卓然点着名儿提的。”

喻慎只是放大了点声音应着，丝毫不感兴趣。她还能说些啥呢，说她头一次发现，何羽对官场上的升迁、宦途上的沉浮，如此津津乐道，说她对此感到惊讶吗？当然不能说啰。她半开玩笑地说：

“嗬，何队长，你的消息真灵通呀！”

“这，啥消息灵通呀，都是石桥地区每个干部都知道的事。”何羽正经地说，“我的意思是说，作为我们下级干部，应该认真贯彻执行苏副书记的指示。”

喻慎忖度着，放低了声音问：“对景传耕，准备采取啥措施呢？”

“先游斗，再押到屏源公社去，开批判大会。”何羽显然是早有考虑，嗓门压得低低的，毫不容情地说，“我给他来个双管齐下。一手揪斗景传耕，一手抓住费正明不放，喊他率领群众上水库工地。”

喻慎的脑子里关心着传耕的命运，忍不住问：

“游街批斗之后，咋个处理他呢？”

“看他的认罪态度。态度好，押回寨来监视劳动，不计工分；态度仍是那么顽固不化，我这里现成的材料整理一份，送他进班房去。”

一股冷风顺着保管房前的大院坝贴地吹来，钻进喻慎的裤管，喻慎只觉得双腿在打抖，背脊上也是冰凉冰凉的。

“小喻。”大概是见她没吭气，何羽轻轻地关照说：“这事，我请示过苏副书记，他在电话上答应。目前，还得保守机密，你可万万不能泄漏出去呀！”

“我晓得，何队长。”喻慎嘴里答应着，心里却在为传耕发愁。她为了掩饰自己的情绪，没话找话：“你说要押着景传耕游街，三多大队的人，愿干这事吗？”

“嗬，到底是女同志，想得周到。”何羽夸奖着喻慎，眼镜片上闪出两点暗光，说，“不过，我都想好了，自会有人来对付他的，你放心吧。小喻，时间不早了，你也该休息啰！明天还有事哩。”

说完，何羽不等喻慎有所表示，径直朝男同志借宿的那幢保管房走去厂。

喻慎没有动弹，她木呆呆地站在大院坝边上。风儿撩拂着她已显蓬松的乌发，她仰着脸，愣愣地瞅着曾是那么熟悉的嘎多寨外的山岭。心里默念着：传耕，传耕！你是否晓得，你正在危险的泥坑里越陷越深啊！

寨子里静谧得啥声音都听不到，有谁知道，此刻，喻慎在为传耕的命运忧心呢。

第三章

12

人总算散尽了，景传耕望着堂屋里横七竖八的板凳，地上的烟灰、痰迹，头脑热烘烘的。寨邻乡亲们的话还在他耳畔回响；大伙儿对他提议的事，表现出来的忧虑、关切，深深感动着他。他俯身把几条板凳挨墙放齐，顺手又捞起扫把，把地上的烟灰、痰迹扫去。扫完地，他向灶房走去，准备舀水洗脸，而后回屋睡觉。

灶房里还有灯光。同时传来“嚓嚓嚓”的响声。

这是谁呢？下半夜了还在忙碌。是爹，阿妈，还是传耘？传耕进一步跨进灶房，便看见丁慧芸手持一把长柄的宰刀，在昏暗的油灯下剁着木盆里的萝卜。她头也不抬地剁着，“嚓嚓嚓，嚓嚓嚓”！

看得出，她是在等他。

传耕心里淌过一股涓涓细流，他轻声关切地说：“该睡了，别累坏了身子。”

慧芸仰起了头，一对忧郁的眼睛望着他。

传耕的心头一惊：“你怎么了？”

慧芸放下了宰刀，柔声问：“传耕，你真要那样干？”

景传耕庄重地点了点头。

慧芸的眼里闪出了泪光：“要有个三长两短，爹妈……”

传耕沉吟了片刻，说：“不上月亮坝工地去，事已经闹大了。横顺要担罪名，干脆把老百姓心头想干的事，一家伙干开来。”

“不上月亮坝工地，还有个理，是因为那水库漏。”慧芸满脸忧戚，“你这回想干的，可是上头不允许的呀！”

传耕刚要说话，隔壁屋里传来爹在竹笆床上翻身的声音，跟着响起一阵咳嗽。

传耕和慧芸不由得把脸转向里屋那边，咳嗽声停了。传耕拉起慧芸的手，“噗”一口吹熄了灶台上的油灯，在慧芸耳边说：“到后门外去。”

后门外，有几蓬竹子。下半夜的风吹来，冷飕飕的，摇曳得竹枝沙沙发响。慧芸紧紧地靠近传耕，仰望着他。

“慧芸，我问你一句话……”传耕望着竹丛，声音很沉。

“问啥?”

“你为啥会被拐卖?”

“屋头穷嘛。”慧芸垂下了眼睑。

“屋头为啥穷?”

“爹身子残废了，家里挑大梁的……”慧芸的喉咙哽咽说不下去了。

“你爹不是有一手编箩筐的好手艺嘛！听说，他还会做笛子、做箫哩!”

“这是哪年的皇历了。他编了也不许卖，县里面的民乐商店，‘文化革命’砸烂后，就再没开过张。”

“这就是啰，不怪我们农民呀。”传耕收回目光，热烈地望着慧芸，“你家穷，多少还扯得出一个理。那么，嘎多寨，三多大队，屏源公社，为啥都穷呢？为啥都有姑娘被人拐卖呢?”

“呃……”慧芸答不出了，她唉叹了一声，“这，这……都是命吧。”

“不，不是命！慧芸，新社会不讲究迷信，不相信命!”

“那又是啥原因呢?”

“都是一些人瞎胡整造成的。看嘛，月亮坝水库明明是漏的，逼着我们去扩充。土变田越变越板结，还能长粮食吗？慧芸，你想过没得，我们为啥要老干这种傻事呢?”

“不晓得，不晓得……传耕，我不晓得……”慧芸急得呜咽起来了。

“你别哭，哭啥呀！”传耕抓起慧芸的手，轻轻抚摸着，“唉，只怪我们太老实了呀！有件事，还记得吗？”

“啥事？”

“那天，我同你一道回来，路过县城遇到常书记，他望着你问我，这就是那个出去相亲的姑娘，发现被拐卖，跑回来的？还记得吗？”

“记得。”

“对了。这说明他是知道这件事的。这样严重的事，他该不该问一问，管一管？可你看看，他那个忙乎劲，话还没说上三句，吉普车喇叭就嘀嘀嘀地催他，催命样地催。催他去干啥呀？”

“我不晓得。”

“你不晓得，我晓得。”

“你晓得他去干啥？”

“何羽在我们屏源区嘎多寨工作队，他在下头不也要抓个工作队嘛！他们尽干这，就是不听一听我们老百姓的话。”

“老百姓那么多，你叫他听哪个的呀？”

“听大家的。”

“你这是在横扯哩。传耕，要听大家的，他听得全吗？”

“就因为他们不听，才干出那种荒唐事，漏的水库还逼我们去扩充。他们要是听一听，就不会有那种事了。拿何羽来说吧，他就啥也听不进，只管眼睛盯着上头。我看，该给他改个名字叫何唯上。上头咋个作揖，他就咋个勾腰。不替老百姓反映情况，只管逼着老百姓干冤枉活路。劳民伤财，不穷才见鬼哩！”

“你领头闹事，就不穷了吗？”

“慧芸，你没听说嘛，三年自然灾害那阵，嘎多寨也搞过包产到户，一年时间，粮食产量就翻起来了。这说明那办法灵啊！”传耕兴冲冲地说，“只要大伙儿坚持不上水库去干冤枉活儿，节省下劳力、口粮，把田土责任到人，我敢断定，嘎多寨的光景就会慢慢好过了，再不会穷得让人拐卖。”

“我晓得，传耕，你是为寨邻乡亲们、大伙儿好。”慧芸抬起头来，一双泪眼目不转睛地瞅着传耕，“我晓得，要劝你也劝不住。只是，只是……爹妈的心头，传耘的心头，还有我，我的心头，都担忧哪！你看不出吗，爹……”

望着慧芸的忧虑的泪眼，传耕被深深地感动了，他把慧芸的手抓得更紧，情不自禁地往身前拉了拉，深情地说：“慧芸，别担心，我们闯出一条路来就好了。”

“难哪。”

“不难，你没看到大家憋着的那股劲……”

“我爹还反对呢！还有窑师于炳贵的婆娘华碧芳……”

“他们反对得好。他们提醒了我，真要划分田土，该想到五保户，烈军属，想到你爹那样的人，想到劳力弱的人家，还有那些男人在外头当工人、当职工的农户。”

“传耕，你生得武高蛮大，心真细。”慧芸动情地说，埋下了头，声音更低了，“我只唯愿你平安。”

传耕没有说话，心头奔涌着一股柔情，他急切地想要对慧芸表示点什么。如果说，在列车上，他对慧芸点头，表示愿意娶她，是一时冲动，是想尽快地救慧芸的话，那么，在慧芸随他回家住下之后，寨上的舆论、家里的态度，以及慧芸时时刻刻对他体贴入微的关怀，已使他心里泛起一种强烈的感情，为了挣脱那不公正的命运，他和慧芸已经不可分离了。

下半夜的风，还在晃动着的竹枝树梢，从寨外的山林里，传来雀儿的一声两声梦呓。传耕又一次情不自禁把慧芸往自己身前拉了拉，想把她拉进自己的怀里。可是慧芸却往后退缩着，想挣脱他的手。

“汪汪汪！”寨子上哪家的狗，在远处吠了起来。传耕一惊，慧芸顺势抽回了自己的手。传耕疑惑地轻声唤着：

“慧芸。”

“跟你说，”慧芸的语气变得难以捉摸了，“你们在堂屋里谈得热乎那时候，喻慎来了。”

“噢。”

“她是来找你的……”

“她说了什么？”

“我想，她是来劝你的。”

“她已经劝过了……”

“劝过了？”

“昨天傍晚，我在寨外草棚里遇见了她，她就劝过我了。”

“你该听她的劝，传耕。”慧芸的声调有点古怪。

“为什么？”

“她有工作。她，她还没……”

“还没啥？”

慧芸抽泣着把话勉强说完：“传耘说她还没成家。”

传耕陡地挺直了腰，愣住了。他一下子明白过来，慧芸一定听说过关于他和喻慎的一些议论。当年，慧芸曾对他有过表示，而他装聋作哑，故意冷淡了她，她不会不打听原因的。今天，不把这一点向她说明白，就讲不过去了。

传耕有点惶惑，又有点急促地说：“慧芸，你听我说。你在听我说吗？”

“嗯。”声音低得像蚊子嗡嗡。

“喻慎……是啊，这个喻慎，那年，我的心是在她身上，我……我还跟她提过……”

“提过什么？”

“我想跟她好……”

“她答应了？”

“不。她拒绝了。”传耕觉得自己的气仿佛有点接不上来，“她拒绝之后，我慢慢地才想明白，我是昏了头。人家是知青，大城市来的，早晚要安排工作。而我呢，我算什么，一个回乡青年，生在山寨，长在山寨，将来还要死在山寨。山寨又那样穷，哪个人发了疯愿嫁个山寨的穷农民。果不然，这件事发生不久，她就调到区里去了。从那以后，我的心也收回来，再也不想了。慧芸，事情的经过就是这样。”

“那……”慧芸的问话声有点颤抖，“这些年你为啥不娶……娶一个……”

“娶得起吗？那些待嫁的姑娘，要起衣裳来，哪个不是十套八套的？再说，再说，”传耕咽了一口唾沫，“我的心思也不在这上头。虽说大哥二哥常汇钱给爹妈，我总不能用他们孝敬爹妈的钱，来给自己接婆娘啊！我老在想，一个人穷，让人瞧不起；一个寨子穷，队里办啥都办不起；一个国家穷，不同样也是这个理嘛！我们总得想个法，让山乡富起来。山里老百姓的汗珠子掉进田土里去，不能老是连吃饭穿衣都管不上啊！”

“你尽在想这些道道，连我要出远门，也没听说？”慧芸的语气带着一点嗔怪。

传耕憨厚地笑笑，拉起她的手，说：“慧芸，在火车上相遇，也不算迟。”

“传耕哥，你真愿娶我？”

“愿意。慧芸，一百个愿意。”

“传耕哥……”慧芸轻唤一声，倒在传耕宽阔厚实的胸怀里，啜泣起来。

竹梢梢轻柔地在风声里闪悠着，寨子尽头的哪户人家屋里，一个婴儿在梦哭。天空不见星星，也不见月亮，后门外头，一片墨染似的黑。

传耕紧紧地搂着慧芸，他感觉到慧芸的手在他的肩头打颤。

“慧芸，你衣服穿单了？”

“不。”

“那你咋个打抖？”

“我愁……”

“愁啥?”

“愁我们的命……”

“又是命，别说了，慧芸。”传耕安慰着她，“我们都还年轻，要争个好日子。”

一声轻轻的咳嗽传进他俩耳朵。跟着，一道电筒光从屋里射到后门那块平整光滑的青石板上。两人受惊地松了手，分开了，回头朝门洞里望去。

“爹!”慧芸眼尖，掩饰地叫了一声，举手指着传耕，“我劝过他了，他不听……”

“我都听见了。”景气闲身上披一件满是补钉的棉衣，脸色困倦，手里握一只生锈的电筒，朝慧芸和善地点了点头，“他铁了心要闹，让他闹吧!”

“爹!”传耕激动地叫了一声，“你也赞同……”

景气闲朝儿子摆了摆手，自顾讲下去：“你们俩这件事，该有个了结。既是你两个人有了心，婚事还得正经办。办之前，先得把丁家那一头安顿好。我存了点钱，再给你大哥二哥写封信，把事情讲明白，让他们寄点来，凑齐那四百多块留着。那些人贩子付了钱得不到人，还是要来逼还钱的，不要给人落下话柄，这是一。第二，你不忙闹，等我去找一趟常爽，把事情跟他摆个一清二楚，摆明了，他解决不了，再闹也不迟。听清了?”

“听清了，爹。”传耕满怀感激地望着父亲，恭恭敬敬地说。

“多谢你，爹。”慧芸更是感动得掉泪，一下跪到地上。

“干啥，这是干啥？快莫这个样。”景气闲着慌了，“传耕，快扶她起来，时间不早了，歇吧。”

13

半夜里刮起的风，刮来了一个晴天。太阳光透过云层和百年老树的枝椏，照在嘎多寨上，好亮哟。

差不多一夜没睡的景传耕，只觉得阳光好刺眼睛，眼皮上沉甸甸的。

“啊嘘！——”

大牯牛腆着吃饱了的肚子，一摇一晃地走岔了道，走上了那条被风吹干了的青岗石级路。传耕挥着哨鞭，嘴里吆喝着，大牯牛昂起生着一对油亮黑弯角的脑壳，咕起牛眼转过身，朝通向碗口块秧田那条满是稀泥烂浆的道上走去。

景传耕把扛在肩头的犁铧顺了顺，刚想随大牯牛走去，背后传来一阵踢踢踏踏的脚步声，有人在喊他：

“传耕，传耕兄弟！”

传耕转过身子，见费瑞娟踩着泥浆水洼，满脸焦急地朝他跑来。跑近跟前，她那丰满的胸脯一起一伏，浑圆的肩头微微耸动，脸都涨红了，不住地喘着粗气。

“啥事？”传耕搁下犁铧，不解地问。

“传耕兄弟，昨晚上，阿全、阿全他……”费瑞娟说得上气不接下气，“阿全他又同爹顶撞了？”

传耕点点头：“怎么啦？”

“唉呀，这个人哪，真拿他没办法！”费瑞娟眉头皱起老深。这几年个人生活上的不幸，使得她原很俏丽红润的脸庞都变长了，一皱眉就现出好几条皱纹。“你看他嘛，又要同我好，又要同爹顶撞，真不会做人。传耕兄弟，你、你得空劝劝他吧。要不，我、我咋个办呢？”说着，眼角滚出泪珠来，她忙不迭地掏出手帕去拭眼泪。

“要得。”传耕皱皱眉应道，“今天我就同他讲。不过，瑞娟姐，你比我清楚，阿全就是张嘴，其实，他心头有一面镜子。他只是恨费大伯脑壳僵化……”

“我正要同他讲这个事呢，传耕兄弟。”费瑞娟打断传耕的话，急切地说，“我不懂你们那些道道，只晓得你们闹那些事是犯忌的。不要闹吧，传耕兄弟，你不闹，阿全没个伴，也就不跳了。前几年，阿全为说几句话，就坐了班房，害得我一步走歪了道，嫁给了那个挨千刀的蒋学久。我，我……”

瑞娟说不下去，哽咽起来，直拿手帕擦眼泪。

传耕站在费瑞娟跟前，心里很不平静。他知道在阿全挨整之前，瑞娟就同他好了。只因为阿全那张嘴老爱顶费正明，费大伯无论如何不同意瑞娟嫁给他。后来，阿全无故被关了班房，瑞娟被公社主任蒋学久缠住了，费大伯不敢碰，只得让女儿嫁给了他。哪晓得蒋学久是个人面兽心的家伙，结婚不到一年，瑞娟就被抛弃了。直到蒋学久被逮捕了，才算结束了这场噩梦。这时候，阿全回到了寨子。他回寨的头天晚上，瑞娟去找他，他说啥也不理睬。还是传耕告诉阿全，他在狱中时，他的老妈气归了天，是瑞娟去给老人送的终，他们才又和好了。他俩的相好真是不容易，确实不该让阿全再担风险了。传耕沉吟了好一阵，对瑞娟说：

"好，瑞娟，你的心我都晓得。我跟阿全说，让他不要出头闹……"

"你也不要闹呀，传耕兄弟。要被抓了去……唉，你们这些人，咋个懂得女人的心哪!"瑞娟的脸在白花花的阳光下，显出真诚的忧悒。

传耕一怔，联想到昨晚上慧芸对他的担忧，被她们的一片真诚感动了，郑重地说："多承你，瑞娟姐，出了事，我一个人承担。"讲完，他不再看瑞娟的脸，俯身扛起犁铧，大步踩着稀泥浆路，追赶走到前面的大牯牛去了。

一脚深一脚浅地走过稀泥浆路，拐进一个山湾湾，到了碗口块秧田。这块秧田离寨子有一段路，又很僻静，只因土壤特别肥，不撒粪就能育秧子。嘎多寨人宁愿多走几步路，年年都在这块"糯米田"里育谷秧。

传耕套上犁铧刚要开犁，秧田坎边那棵枫树上传来一阵悦耳的鸟鸣，他不由侧转脸望去，唷，好一只漂亮的金画眉！颈边那一圈金色的羽毛，在朝阳下闪闪放光，它的啼鸣尤其婉转清亮，撩得传耕心痒痒的。他俯身拾起一颗石子，趁着金画眉不备，一抡胳膊，石子飞了出去，不偏不倚打在它身上，一个倒栽葱跌落在秧田坎子边。

“是传耕打的!”

不待传耕从田头拔脚上坎，青竹丛边，一个嗓门惊喜地叫起来。跟着，一男一女两个年轻人，飞快地跑到枫树脚，小心翼翼地捧起了踢蹬着腿的小鸟。

“哟，好准呀!”女的欢叫着。

“你新到嘎多寨来，不晓得。传耕就有这一手本事，什么珍奇的雀儿，他一石子打去，神得很，百发百中。打伤了又能叫它不死，回家养两三场时间，就能提到鸟雀市上去卖钱。”

“真神哪!”女的吃惊地叫着。

传耕一看，这是嘎多寨腊月间刚结婚的康文达夫妇。小两口结了婚，啥事都一块儿做，感情特别好。女的生得纤小伶俐，模样儿挺俊，听说可会持家呢。只是传耕叫不出她的名字。康文达也长得文静。人聪明，爱动脑筋，心眼多着哪！听说他只跟于炳贵学了几年烧窑，就把于炳贵的那手技术，学会了大半。只因为婚前婚后忙碌，他才没出去烧窑。这会儿，他捧着金画眉，走近田边，说：“传耕哥，这画眉雀儿……”

“送你吧!”

“唉呀，那就多承你啦!”女的欢天喜地说，左手一摆挎着的竹篾提篮，催着康文达，“快，快送在提篮里。哎唷，这里有一小块血乌了，啧啧啧……”

“你们到哪里去?”传耕一挥哨鞭开了犁，随口问道。

康文达扬扬手中的小挖锄说：“上坡呀，我们上坡去挖点泡参，顺便看一看去年我在坡上发现的那窝天麻，看它今年还开花不。若开花，挖出来准是一大窝。”康文达津津乐道，继而又苦着脸叹气，“冬腊月间，那样子干法，吃去多少口粮呀！眼看开春了，又得种田栽秧，拿什么填肚皮？这时候，还不上坡抓点钱，待粮食吃完了，没办法。”

传耕敷衍着：“你真会打算，康文达。”

“我哪能跟你比。传耕，你手巧，会编箩筐背篼，还有打雀儿的绝技，能着哪。”康文达收了传耕送的金画眉，话也特别多，“听说你们昨晚商量划分田地种庄稼，那当然好，就怕行不通哪！有那些精力，你编一副箩筐，赶场天就能卖得几块钱，再不，光凭你打雀儿那一手，专打珍奇雀儿卖，像这个金画眉，抚养好了也值五六块钱呢。一年光打雀儿，收入的票子也不少啦！传耕我说你又何苦去担那些风险。”

传耕朝康文达淡淡地一笑：“是啊，我也晓得难哪……”

“那你就趁早收脚。传耕，你又不是不晓得，那些工作队，整起人来凶得很啊！走吧，顺瑛。”康文达一面劝着传耕，一面扯婆娘的袖子，两人顺着山路走了。

听康文达招呼他的新婚妻子，传耕才晓得她叫顺瑛。挥着哨鞭，传耕犁转了头，望着这一对小夫妇的背影远去，心里翻腾起来。

难哪，真难！

在火车上，拦住了丁慧芸，毅然决定不去大哥所在的城市了，回家，回嘎多寨！跨下车厢的铁梯时，他觉得，只要下了决心，干起来就会像下梯子一样顺利。

哪晓得，一下梯子就不顺利哪。先在拘留所平白无故被关了两天。回到寨子上，又碰上大搞以改土为中心的农田基本建设，吃的是自带粮，干的是冤枉活。刚回来那天，阿全就鼓动他带头不干。传耕想，再看看吧。结果，一直干到大年三十，光三多大队投工就是两万个劳动日，刚过了年，家家户户的囤箩就见了底。恰在这时，县里又通知集中强壮劳动力扩充月亮坝水库。山寨上哄闹开了，到处都是听到牢骚怪话，喊冤叫苦。还要大干，吃什么？漏水的水库，扩充到天边去也蓄不了水啊！哪个心头也不想去，可谁也没有胆量公开说不去。

传耕久憋在心头的气，再也捂不住了。他同阿全串联起满寨年轻力壮的小伙子去找工作队，公开表明他们不去水库工地。这个头一起，周围好些大队的民工都观望了。工作队长何羽气得拍桌子，集中全力攻他，又是帮助，又是谈心，好言善语地相劝，和疾言厉色地威胁恫吓，什么办法都用上了。

传耕想不通，既是社会主义的集体所有制，劳动农民就该有自己当家做主的权利。为什么办不到呢？既然闯了祸，干脆一不做二不休，趁大伙儿眼前正团得紧，要争就要把农民真正当家做主的权利争到手，才能真正掌握自己的命运啊！

事情是前天傍黑在寨外避雨的草棚子里说开的。传耕提出了划分责任田试种的主张，还没有想成熟，哗啦一下，消息就让阿全传开了。嗬呀，三多大队像陡然掀起了轩然大波。昨晚上，满寨、满大队的代表人物，不约而同地涌到传耕家来了。说啥的都有啊！慧芸和他交了心，爹一锤子定了音，说找过常爽再决定是否拉开架势干，传耕总算稍稍安了点心。今天清早出来，瑞娟对他央求，康文达对他劝告，传耕的心头又不平静了。

难哪，真难！

书本里、电影中那些领头人物，为啥总能一呼百应，总那么顺当呢？他传耕办一件事，为啥处处都踩着地雷，处处都难呢？他提出的不正是满寨、满大队人心里的要求吗？为什么他们明知对，又劝莫干、收脚呢？

“嗨，看你犁的啥子田，歪歪扭扭，不怕人笑话？”

传耕正陷入苦恼的沉思，不防头顶上传一声讪笑。他如梦初醒般仰起脸来，碗口块秧田边的青竹林子一阵哗啦哗啦响，喻慎撩开几片竹叶出现在竹林边上。

传耕不由得一愣，她咋个来了：“你找我？”

“对。”喻慎坦率极了，态度也十分镇定，“你晓得的，昨晚上就去你家了，人太多，无法同你谈话。”

“那么，大伙儿说的话，你都听见了？”

“听见了。我现在想知道的，是你的态度。”

“你猜不着吗？”

“你不想改变？”

“不！”

“传耕，你太冒失了。”喻慎下巴上的那条曲线变直了，她陡地提高嗓门说，“如果说你们不去月亮坝工地，还有些道理；可划分田地，不就是闹单干吗？你这样下去，是要犯政治错误的！”

景传耕冷冷地瞥了她一眼，心平气和地说：“你不是要走了吗？走吧，回省城去。这里的事你最好不要管……”

“不。”喻慎带点粗暴地打断了他，“我不能走！我不能眼看你在错误的道路上越走越远，我不能看着你滑下去。陷进污泥坑拔也拔不出来！不能，传耕，你为什么不耐心地听我们的劝？你为什么非要这样干？”

景传耕愕然地望着突然激动起来的喻慎，她脸上是那样愤激，眼里是那样焦虑。她的神情是真挚的，真为他在担忧。传耕一时不知该怎样回答他，他喝住了牛，把哨鞭随手插进田头，一步一步走到田边，身子一跃，坐在青竹林边。

“嗳，地上潮湿。”喻慎提醒他。

传耕就着田水，洗净了脚杆上的泥巴，站了起来，一手抓住青竹枝桠，放沉了嗓门说：“你可能记不得了，算起来是五六年前的事了。”

“什么事？”喻慎莫名其妙，不知他为什么提起五六年前的事。

“就是一九七二年，那年大旱，县里逼着全县推广珍珠矮良种。我记得非常清楚，当时何羽也是吼得最凶的一个。秋收以后，那些栽下去的珍珠矮怎么样了，你没忘记吧？”

“没忘记。”喻慎回答的声音不由自主地放低了。

“是啊，怎么忘得了呢！满坡满坝的珍珠矮，齐刷刷地长着，不说勾头，就是谷穗都没得结。白露到了，连种子也收不起呀。天干，包谷果果还没娃儿的小巴掌大。看着让人心寒哪！喻慎，农民辛苦一年，劳动、汗水换来的是没得收成的秋天，你不心痛吗？”景传耕的手扳着青竹枝桠，眨着布满血丝的两眼，声调愈加低沉地说，“记得，那次我同于老善一道犁泡冬田，细毛雨飘大了，我们俩冷得索索抖，跑进避雨的棚子烧起一堆火。于老善蹲在那儿烤火，两眼失神地望着山野里的雨雾，嘴里不清不楚地唠叨着他那七个姑娘。那时，他的幺儿子还没出世。我看得那么清楚，他的眼里闪着泪光，火星子溅到他脚背上，也不觉得。他是在为灾年的口粮焦虑啊！我问他，老善叔，我们农民为啥这样穷啊？他只是不住地摇头，不吭气。我又问他，老善叔，到底有没得办法，让大家吃上饱饭，日子过好一些？他马上说有！我紧跟着问，啥办法？他瞅我一眼，悄悄凑到我耳边说，把田土分到人脑壳上种，就有饭吃，一九六二年就是那样干的。那年头，我经历得少，人也单纯。听了他的话，我心里还直嘀咕：毛主席的话就是一针见血啊！你看于老善这个富裕中农，屋头那么穷，拖累着七个姑娘，还想着走资本主义道路。合作化都快二十年了，他还念念不忘闹单干呢。喻慎，不瞒你说，这几个月来，我经常想着这件事。到底是这个穷得年年愁口粮、愁衣着的老善叔，想走资本主义道路呢，还是他的话有点道理？”

喻慎显然被传耕娓娓叙述的故事吸引住了，她两眼盯着传耕，听得入了神。不远处，那块地里哗哗地放着田水，林子里小鸟的啁啾，她都听不见。她的眉头蹙紧了，下巴上那条曲线像刀刻的皱纹。

“是啊！”传耕感慨地叹了一口气说，“我是在嘎多寨土生土长的青年，从小，我们就晓得山寨上穷。进了学校，我们都受到共产党和毛主席的教育，我还记得毛主席说过的话，一张白纸，好写最新最美的画图。我们总说，用我们的双手，建设社会主义新农村，改变山乡贫穷落后的面貌。我们这样说了，也这样做了。寨邻乡亲们在团转的山山岭岭上，撒下的汗水，付出的劳动还少了吗？可为啥山乡还那么穷呢？满寨人一窝蜂上阵做活路，一队人伙在一堆拖大帮，到底好不好呢？大家你看着我，我看着你，田块还是那么几块，收成一年比一年少。早几年，我脑壳里头就盘着好些问号了。”

“早几年你就想过这些？”喻慎蹙着眉问。

“光是心里头暗自思忖，不敢讲出来。”

景传耕凝神望了她片刻，接着说：“打倒‘四人帮’，开始允许人说实话了。喻慎，你在乡下待过多年，也知道农民是相信只有社会主义才能救中国的，是愿意跟党走的。谁不巴望国家富强起来？昨晚上你也听到了，乡邻们说，吃饱饭，有衣服穿，没得剥削压迫，没得大嘴老鸹吃我们的汗水粮，这才是社会主义，要求不高吧。要吃饱饭还是得靠农民，对吗？农民最熟悉自己的土地。我问你，我为啥老远到碗口块来犁田，你知道吗？”

喻慎摇摇头，传耕笑了：“你看，你在嘎多寨几年也不知道，可见还是农民熟悉。这是因为这块田特别肥，能育壮秧，有利增产。那么，农民要求你们工作队不要瞎指挥，逼大家去扩充那个漏水库；要求按农民自己的心愿种田，好一心扑到土地上，为啥就大逆不道呢？你是来帮助我、劝我的工作队成员，你回答我吧！”

喻慎张口结舌，直觉得一股热血在奔涌。传耕的话，唤起了她多少回忆啊！刚下乡时，她曾虔诚地相信一切，农业学大寨，改变穷乡僻壤面貌，重新安排河山。为这些美好的理想，她曾流着大汗挥锄苦干、奋战。一年过去了，几年也过去了，不说农民了，就是她本人分的口粮也不够吃。那时候，她也暗暗怀疑，难道这就是自己憧憬的社会主义新农村吗？后来，她对褴褛的衣衫、蕨苔、洋芋、糠菜拌的饭食，看得太多，也就习惯了，麻木了。这有什么奇怪的呢？吃不饱饭，谁还顾得上文化、卫生、文明生活？她在区妇联，不是每天都要碰见一字不识的大姑娘、封建迷信、买卖婚姻，以及种种不幸的家庭悲剧吗？

看来，传耕没有麻木，这些事肯定老是盘旋在他脑子里，要说服他改变自己的认识，实在太困难了。只是，只是还得劝他，有什么办法，人活在世界上，总得面对现实啊！

“传耕，我回到嘎多寨来，看到寨上的情形，昨天听到好些人的议论，又和你谈了两次，我不认为你在捣乱。”喻慎的话满含着感情，说得很委婉，“只是，我还得劝你。时机未到，时机未到啊！传耕，前天傍晚，我就对你说了，有些事，不仅仅是县里的决定，不仅仅是哪个人一定要整你，而是省里的指示。你懂这话吗，阿全前些年吃过亏啊！”喻慎联想到何羽要对传耕采取的措施，觉得有必要提醒他。

“多承你提醒我，谢谢。”传耕说，不再有讥讽的口吻，“不过，你也知道我的脾气。”

“你还……”

“是的。我相信三多大队的群众，我也相信那些和三多大队群众一样的老百姓。他们苦头吃够了，尽管也还有许多顾虑，他们是要求改变现状的。再说，难道我们的党就不会总结经验吗?”

“传耕，你的想法我能理解。可、可不允许你胡来呀！不等你放开手脚干，一顶帽子压下来，一道命令传下来，后果……”

“啪嗒”一声，传耕手中的竹枝桠被折断了。他把断了的竹枝猛地往竹林里一扔：

“所以我在想，先得给划分田土、责任种田摘掉帽子。”

“摘啥帽子?”

“资本主义的帽子呀!”

“可能吗？……”

“错戴的帽子为啥不能摘呢？这帽子不摘掉，理不直，气不壮，大伙儿背着个大包袱，也无法干。”

“你、你为啥就不能听我一句?”喻慎的脸气得发了青，举起的手在颤抖，“传耕，我可要提醒你，工作队的领导，决不会像我这么来央求你。”

“我知道。何羽那家伙，就是为整人才到嘎多寨来的。”

“你……”

“难道一百年后，他还是正确的？……”

“哗啦”一声，不等传耕说完，喻慎撩开几枝竹子，转身离开了碗口块田边。她的身影在青竹丛里一闪一闪……

景传耕的身子摇晃了一下，似要跌倒。他伸手抓住了一根粗粗的竹竿，才支撑住自己。他吁了一口气，昂起头来两眼一眨不眨地盯着喻慎远去的背影。他的眼里，闪耀出晶莹的泪光，心里在呼喊：

“你，你为啥要到嘎多寨来，为啥来扰乱我的心绪，为啥?”

“布谷，布——布谷!”一只杜鹃雀儿，停在不知哪棵树梢上，一声声温柔地啼叫着。

14

早春时节是难见那么好看的晚霞的，黄金色的、橘红色的、澄蓝色的，交织在一起，那么艳，那么惹人的眼，像是老天爷故意翻箱倒柜，把他最美的绸衫都抖出来了。

薅了一整天洋芋的费瑞娟，一点也没心思欣赏天边的景致。想趁收工后这一段时间，上坡去挖些野苕、蕨根，储备在屋头。春荒时真断了粮，还得靠它填肚皮哩。

阿全跳也好，传耕主意再大也好，在瑞娟眼里，这样闹腾，最终总是胳膊扭不过大腿。县里来的工作队住在寨上，还能由着你们闹事？早晚，你们总得听工作队的，跟着爹去月亮坝水库工地。到水库工地去，粮食就会更紧了，不抓紧挖蕨根，还等啥时候。

瑞娟的妈死得早，自小跟着爹长大，里里外外的家务活她样样精。寨子上的人都说，瑞娟是个理家的好手。别人家没想到的事，她早规划好了。只可惜，理家好手瑞娟，婚姻上遭厄运，如今年岁不饶人。婆娘、媳妇们都在说她又瘦又黄，老了，快找个人家吧。人家愈是这么说她，心头愈是挂牵着阿全。阿全成了她的希望，成了她精神上的支柱。

她脑壳里早早地想到挖蕨根，就是想替阿全也准备一份。阿全很可怜，他娘死了，三间泥墙茅屋东倒西歪。他平反回来，挖些黄泥巴把龇牙咧嘴的壁缝堵了堵，就住进去了。平时，没个人煮饭，补衣衫。

瑞娟脚步快，脑壳里想着阿全，身子已经进了麻石铺的小院坝。院坝收拾得干干净净，一只芦花鸡，两只九斤黄在院角落啄食。瑞娟家的盐巴、酱油、针线，全靠这三只母鸡下蛋卖钱来买。她正要跨上台阶，堂屋里传出工作队长何羽的声音：

“费正明，这个二流子，我把他交给你了。听着，邹启春，你被押回山寨来，那是公安局宽大你，在嘎多寨上，你可得夹紧尾巴，老老实实做人。费正明，你给我多敲打敲打他。”

瑞娟收住脚步一看，嗬，卡多寨上出名的“漂流客”邹启春，一个脸貌俊俏的小伙子，满不在乎地抖着大腿，嬉皮笑脸地斜着何羽，嘴里连声答道：“我一定听话，守规矩。”

瑞娟厌恶地一侧身子，避到院坝角去了。只听何羽又在屋头说开了：

“县里这文件好好学一学，抓紧下通知。明天给一整天时间，准备锄头、镐子、扁担、杠棒、绳索、箩筐、鸳箕，后天一大早，队伍就要出现在月亮坝工地上。”

“唉，唉……”爹答复的声气不那么干脆。

何羽注意到了：“又唉个啥了？”

“人人都在说，”爹壮着胆子回答，“月亮坝水库是漏的……”

“你以为我是聋子，没得听说嘛，费正明。”何羽的声气陡然放大了。

爹的声音顿时变得讷讷的：“你……你也听说了。”

“当然！就因为这水库漏，才要派工到水库上去，先把那漏洞堵上，再向四方扩充，连这么点简单的道理也不懂。快把这点给大家说清楚。”

“要得，要得，我挨家挨户去关照，嘎多、卡多、扎多三个寨都去吹哨子。”这是爹顺从的口气。

“还有啥困难么？”

“嘿嘿，这个，何队长，要说困难么，就是口粮。年也过了，这救济粮、回销粮是不是……”

“什么什么？”何羽没好气地打断了爹的话，“你还要粮食？”

“想要点，好些人家……”

“莫来蒙哄我！去年风调雨顺，粮食大丰收，刚过了年就吃完了？费正明同志，你可别来诓我。你问我粮食，我问哪个要？粮店又不是我开的。”

“嗯，就算我没提，就算没提，我们自己克服，自己克服。”

费瑞娟对何羽简直恼透了。去年大丰收不假，可是高指标、高征购，交了公粮又卖余粮，增产的那两成也交了。一到冬天，就大搞农田基本建设，天天从早干到晚，吃的都是白米饭，一人二百多斤谷子，经得住吃多久。他只晓得吃供应粮，逼人上工地，自己呢，戴一副玻璃眼镜，背起双手，啥都不干。

“嘎”一声，堂屋门被拉开了。瑞娟不想同何羽照面，一个闪身，避到山墙后面。

何羽走到麻石院坝里，还在回头对爹关照：“各家各户，一定要通知到。”

“晓得，晓得，何队长。”

何羽的脚步声刚消失，“漂流客”邹启春也懒懒地说：

“费大伯，何队长走远了，该轮到我走了。”

“慢着!”

“唷，声气那么大干啥，费大伯，你对那何队长，咋个慢声细气的？客气点嘛，都是一个寨子上的。”

“跟你讲清楚，浪荡子，该像模像样做人啦，再不能像以前那样，漂流在外头，吃喝嫖赌样样来，那不是正经人走的道。懂吗?”

“懂，懂。大伯，我不是不想干活路，实在话，在集体田土头干活路，填不饱我这肚皮呀!”

“胡扯!”爹一声吼，又喝住了浪子邹启春，继而叹息了一声，“唉，都怪景仁清当年让你出外搞啥子甩手副业，让你学坏了。从今往后……”

“是啰，是啰！我明白了，费大伯。”邹启春不耐烦地打断了爹的话，“让我走吧!”

瑞娟等邹启春走出院坝，顺着寨路走远了，才从山墙后出来，跨进堂屋。爹正戴着一副断脚独腿的老花眼镜，歪拿着一份文件，念念有词地读着：

“县革委文件，（1977）0081 号，坚决打击煽动单干，破坏集体经济的阶级敌人……哟，瑞娟，你回来了?”

“爹，何队长来说啥，还是要扩充那个漏水库吗?”瑞娟进了屋，听到爹念的文件，忘记挖蕨根的事了，拉过一根板凳坐下问。

“我早说了，要派工。”费正明先从耳朵上取下一截橡皮筋，又把另一只眼镜腿取下，小心翼翼地把眼镜放在桌子中间。

瑞娟看了眼桌上的文件问:“那文件上说的啥?”

费正明望了女儿一眼，没有作声，过一会儿才问:“瑞娟，爹问你，你这一辈子究竟是个啥打算?”

瑞娟的脸涨红了，迟疑地说:“爹又不是不晓得。”

“我晓得啥?”费正明的声气放粗了。

“你不晓得!”瑞娟噘起了嘴，“阿全一回寨上，我就找他去了……”

“哼!”

“费了好多口舌啊，他才原谅我……”

“你要他原谅什么?”

“原谅什么，爹，我是离了婚的呀!”

“离了婚也比他坐过班房强，我不准你跟他打堆了!”

“爹!”瑞娟的泪水扑簌簌掉下来，捂着脸哭了。

有谁知道瑞娟所受的屈辱和辛酸啊!阿全平反后，回到寨上的那一天，她去看他。见他头发蓬乱，脸庞瘦削，胡子拉碴，她的心都看痛了。可是，阿全不理睬她。一回、两回，她去阿全家里，阿全一句话不说，提起篾刀扦担，各自走了。第三回，他们在青枫林的小路上撞见了，避也避不开，阿全抽身要朝荆棘丛中跳，被她拉住了。

“阿全，你，你当真不理我?”

阿全站定了看也不看她:“我为哪样要理你?那个造反当官的游乡货郎，脸白白的，坐在公社革委会的头把交椅上，多威风哪!有人送鸡蛋，有人送礼盒，那日子多安逸，你咋不跟着他过下去了?”

“你，你……”瑞娟的眼泪一下泉涌出来。这个狠心的人啦，别人哪里痛，他就往哪里刺。

“怎么，他对你不是很好吗?”阿全无情地讥诮着。

“阿全，阿全，你听我说……”

“哼!”阿全脸一沉，“我早就知道蒋学久不怀好心，他就是因为听你说你同我好，才狠心把我往死里整。你，你瞎了眼睛不算，还顺从你那糊涂的爹，竟，竟嫁了他！你那个没得主见的豆腐性子啊！……唉!”

阿全恼怒地跺着脚，就像狠狠地踏在瑞娟的心上，瑞娟感到无望了。阿全对她已情尽义绝，永远不会原谅她了。她羞愧地转过身，失声哭着，朝青枫林外跑去。

“转来!”忽然一声猛喝，她吓得停下了脚步，只听得几句硬邦邦的话掷了过来，“你要同我好，先要把你那没得主见的豆腐性子改过来，心头要有把尺子！……”

瑞娟并不知道，为了重建阿全对她的感情，传耕费了多少唇舌。自那以后，瑞娟的一颗心完全拴在阿全身上了。尽管爹还是不喜欢阿全那张不饶人的嘴，令她又忧心焦虑，可爹到底没有公开表示反对。今天爹发那么大的脾气，又是为了什么啊！

“哭，哭管啥用啊！瑞娟。”费正明压低了嗓门，显得很焦急，“听我说呀，我的憨姑娘，你活脱脱一个大人，咋这么不懂事哩，爹是为你好啊!”

瑞娟一下抬起头：“当年，你让我嫁蒋学久，也说，爹是为你好啊！好吗？你说呀!”说完，又忍不住哭了。

“啊，瑞娟，你顶我？你也学起全大良的样子，顶起老子来啦。瑞娟，你变得好快哟!”费正明又气又伤心，双手颤抖，“听我说，你那个阿全，跟着景传耕瞎胡闹，还要坐班房!”

“啥?”瑞娟大吃一惊，脸上掠过一道恐怖的阴影，猛地直起身子，问，“你说啥?”

费正明慌忙抬手制止女儿，朝门外觑一眼，走过去关严了门，又回到女儿跟前，俯下身子，焦虑地说："这事你可不要传出去啊！工作队何队长批了条子，公社的蒋学谦带了六个民兵，背了钢枪到嘎多寨来了啦！马上要抓景传耕。"说罢，拍了拍桌上那份县革委文件。

瑞娟惊吓得张大了嘴，什么话也说不出来。她只觉得，被烟火熏得黑苍苍的楼笆竹，顷刻间，就会压倒下来了。

费正明背着双手走了两步，叹息说："嗨，传耕这个娃儿，不听我的话，真是不听老人言，吃亏在眼前哪。跟你说，头一个抓传耕，第二个就逮全大良……"

"啊！"瑞娟尖叫一声，脸倏地变得煞白，眼睛惊惧地瞪得老大。

"你还想同他好吗？他要坐二回牢呢！蒋学谦和民兵这会儿就在工作队的保管室里，县委常书记的婆娘尹毓秀也来了，只等他们收工回来，马上就抓……"

爹的话还没讲完，瑞娟疯了似的跳起来，冲到门边。费正明敏捷地一个箭步拦住了女儿：

"你要到哪里去？"

"你不要管！"瑞娟回过身来，穿过灶房倏地跑进院坝，飞奔出去了。

费正明在背后，嚷着："你，你疯了……"

快，快，快跑！山峰、树枝都像在她的眼里旋转。

瑞娟根本没听到爹的喊叫声，她脑子里只有一个念头，快把这事告诉阿全，叫他躲一躲。她知道，阿全今天是在庙脚大田翻犁，传耕好像是在碗口块秧田翻犁，得赶快找到他们。

瑞娟一口气冲到寨边瓢儿湾堰塘，抬眼看见几个婆娘、媳妇在塘边洗菜、清衣；阿全在另一头，正弯腰洗着脚杆上的泥巴，只是不见传耕。

瑞娟喘吁吁冲到阿全身后，顾不得婆娘、媳妇们在场，尖脆地叫了一声："阿全！"

“嗳！”阿全闻声直起腰来。

“看见传耕吗？”

“他先回家了。”

“哎呀！”

“咋个了？”

瑞娟一把拉起阿全的手，低声地说：“快，快随我来！”

她憋红了的脸色，慌里慌张的神态，使阿全觉得异样，顺从地跟着她跑去。

堰塘边，一个婆娘扬着洗衣刷取笑道：“看喽！瑞娟急得抢男人啰！”

“哈哈哈！”堰塘边响起一片欢笑声。

瑞娟啥都没听见，拉着阿全一口气冲进了慈竹林子，急喘着气说：

“阿全，你……你快躲一躲，他、他们要抓你们！”

“什么，谁说的？”

“爹说的，蒋学谦带民兵来了，你、你快躲躲吧！”

“那传耕咋办？我得去跟他讲一声。”

“我去。你快跑吧，阿全！”瑞娟眼里汪满了泪，快要夺眶而出。

就在这时候，寨路上，传来一个娃崽惊风火扯般的叫喊声：

“不好啦！传耕哥被抓走了！不好啦，传耕哥被抓走了！”

瑞娟的嘴唇哆嗦着，刹那间脸色变得苍白，她的手在衣袋里颤抖地掏着什么。

“好啊！”阿全紧咬着牙说，“这些龟儿子真的下手了。老子可没那么憨，等你几年后再来给我平反！”

“慢着，把这带上。”瑞娟一把拉住阿全，往他手里塞着几张零票、零粮票，泪水糊了她一脸，“能吃一顿也好。”

阿全牢牢地捏紧了那几张揉皱的零票子，猛地张开双臂抱住了瑞娟，在她糊满泪水的脸上，重重地吻了一下。

瑞娟浑身都在打颤，她用既恐惧又幸福的声气催促着："快躲躲吧，阿全，快走。我等你。"

15

背着枪的民兵出现在院坝门口，丁慧芸头一个预感到不妙，不由自主地惊叫了一声。

"嘿嘿嘿，嘿嘿嘿，丁慧芸，你躲在这里啊。嘿嘿，害人家找得好苦！"领头的公社干部蒋学谦，黑长脸上堆着阴笑，嘴角叼着一支纸烟，一眼看到慧芸，晃着脑壳走了过来。

"呃……"丁慧芸不知所措了。这么说，背枪的人不是来找传耕哥的，是来找她的。意识到这点，她倒反而心安了些。她盯了蒋学谦一眼，目光朝两边溜了溜。

天色晦暗，暮色浓了。

鸡归了窝，猪在圈里拱着槽板。慧芸提来的一满桶猪潲，热腾腾地冒着气。说实在，这是啥潲呀，一大堆酸气味，莫说米粒了，一片包谷花花也没得，纯粹是在地窖里过了冬的萝卜拌野菜，就这也喂不了几天了。传耕爹说了，下一场去把猪卖了，买议价粮来吃。慧芸在景家争着做屋头事，知道得最清楚，传耕两个哥哥寄粮票来买的米，又吃得剩不多了。她一个寄居在景家的姑娘，心头不是个滋味啊！就冲这，她觉得传耕闹的事也是对的。不过，她更为传耕忧心，怕干部们伙同工作队整他。从火车上跟着传耕下来之后，她早把自己的一切和传耕拴在一起了。尤其是经历了昨天后半夜的谈心，景气闲对她和传耕关系的确认，她更把自己看成了传耕的人。这会儿传耕刚回家，湿透的犁辕犁盘还挨墙放着，民兵就出现在门口，慧芸咋不心惊啊！

听蒋学谦的口气，她倒宽心了，迎上前去："找我么，走，有话到外头去说。"

她不想连累传耕一家。

"嘿嘿，"蒋学谦的脑壳晃得更厉害了，"找你嘛，当然是要找的。先跟你打声招呼，婉芳和李婶又到屏源镇上来了，正四处找你呢。你倒好，自己找好人家了。哈哈，骗得四百几十块钱，让人家一场空欢喜，你真有本事。”

“我一分钱也没得。”慧芸的眼皮一垂，冷冷地说。

“哼，没得？不是你得就是你家得，你还赖得了？我问你，证明可是你来找我打的吧？”

慧芸咬着嘴唇不吭气。

传耘的脸在门口一晃，人还没出来，声音先传来了：“哪样事气汹汹跑到我家来吼啥？”

蒋学谦朝慧芸撇撇嘴，脸一沉说：“今天嘛，不跟你多扯，先给你捎个口信，等人家找上门来，乖乖地跟人家走，省得嚼牙巴骨。”说着，出其不意地一个转身，面对着走到跟前的景传耘，疾言厉色吼道，“人呢，你家那个闹事的哥呢？”

慧芸的心往下一沉，糟了，蒋黑脸是来抓传耕的。传耕啊，你听到声气，快从后门跑呀。

“他不在家，你找他干啥？”传耘一怔，继而尖声脆气地顶着蒋学谦。

慧芸明白，传耘也是要让传耕听到，好趁机逃走。

蒋学谦盯了一眼挨墙放着的犁铧，挤挤眼睛，把嘴角的半节烟蒂“呸”地一吐，说：“扯鬼，刚才有人看见他扛着犁铧回家了……”

话没说完，茅房屋檐下，景传耕突然打断了他：“蒋黑脸，你又出场了！你弟蒋学久当公社主任的时候，你是惯于干这行当的，这会儿又来了。”

“废话少说，景传耕，往常我同你井水不犯河水，现在是公事公办，我奉命请你到工作队去。”

“要是我不去呢？”景传耕上前一步问。

“那就别怪我蒋学谦失礼了。”蒋学谦笑了笑，把手一抬，“抓起来！”

蒋学谦身后六个民兵，持枪的持枪，提绳的提绳，呼地一下往前拥来。

“凭什么抓人!”传耘张开两条手臂，挡住几个民兵，厉声叫道，“你们凭什么抓人?”

慧芸脸色苍白，脚弯子一阵阵打抖，无力地靠在猪圈柱子上，心“怦怦枰”骤跳着。

蒋学谦把脸一仰：“凭什么，你还不晓得?你家哥公开闹事，省委有指示，绝不许搞包产到组、包工到户。你家哥凶得很哪，硬要顶着干，名声大得很，全区都晓得。根据‘对煽动单干，破坏集体经济的阶级敌人要坚决打击’这一条，抓他去洗脑壳。”

传耘脸色泛青，回头瞅了哥一眼，不知所措。

“怎么样，”蒋学谦把脸一歪，“乖乖地让开吧。”

这当儿，闻讯而来的左邻右舍的男女老少，纷纷围在院坝里外，冷冷地注视着这一幕。蒋学谦扫视着人们，不耐烦地皱皱眉头，猛地一跺脚，朝跟来的民兵们，吼道：“一个个站着干啥?又不是木桩桩杆。给我抓呀!”

“慢着。”屋檐下的门洞里，响起一个苍老的声音，跟着，传耕的爹景气闲，身上披一件补丁叠补丁的棉布袄，出现在传耕身旁，一只手搭在儿子肩上，平心静气地说，“传耕，既是工作队请，你就走一趟吧，省得他们动手脚……”

话未说完，蒋学谦厉声打断了他：“不行，非得捆起来不可。这小子身强体壮，一甩手跑了，我们到哪儿找去?”

“你不是说工作队请吗?”景气闲一仰皱纹满布的脸，“我的儿子，我担保，他不会逃……”

“说的比唱的还好听。”

“你这算什么话，说是请，跟着去还不成吗?”人群中一个小伙子，悻悻地插了一句。

蒋学谦一个转身，刚要看是谁在插话，院墙外又一个嗓门忿忿地道：“这又不是‘四人帮’横行那阵，动手就绑人。”

“跟你说，那一套吃不开了。”另一个人又高声说了一句。

一时间，景家院坝里外，寨邻乡亲们七嘴八舌哄了起来。

“传耕，别跟他去，看他敢捆!”

“他要敢动绳索，我们就敢动手脚。”

“妈的，没得犯法，凭啥抓人!”

听到这些气恼的训斥，蒋学谦的脸一阵红一阵黑，眼珠骨辘辘转了起来。一个、两个好吓唬，围观的人都在嚷，吓唬哪个？……

景气闲老汉把脸一仰，下巴上灰白色的胡子茬茬一动一动，伸出巴掌拍了两下，说：“大家莫闹了，让传耕去吧。”

院坝里外，嘈杂的喧哗声平息下去了。堵在院门口的人默默地让开一条道，传耕转过脸来瞅一眼爹，瞅一眼传耘，瞅一眼倚在猪圈柱子上泪汪汪盯着他的慧芸，朝大伙儿点点头，走了出去。

二个不懂事的小娃崽，吓得在青岗石铺的寨路上，一溜烟快跑着，拉长了嗓门叫喊起来：“不好啦，传耕哥被抓走了！不好啦，传耕哥被抓走了!”

浓重的暮色稠雾般压在寨子上空，寨路上的树枝在不住地晃动。倚在猪圈柱子上的慧芸听到这喊声，只觉得头晕目眩。

啊，传耕被抓走了，传耕被抓走了。她如同被抽去了脊梁骨一般，要不是柱子撑着，早软瘫在地上了。

猪拱槽板的“咚咚”声把她从极度的悲伤中唤醒过来。她转过身去，一块一块抽去槽板，没待她把最好那块槽板抽去，圈里的黑毛猪就跳了出来，脑壳拱向潲桶。

天黑了，茅屋里没点灯。慧芸把猪潲倒进食槽，拎着潲桶回到屋头。残存在锅里的猪食煮糊了，发出一股焦臭味。慧芸抽出未烧尽的柴火，把猪食舀出来搁在一边，摸摸索索抓到一盒火柴，点亮了油灯。

油灯一跳一闪的光亮，照着屋里一张空落落的小方桌。景气闲靠在桌边，嘴里咬着一根三尺长烟杆，烟火已经熄了，他还在咂巴着。传耘脑壳倚着墙壁，两眼无神地盯着小窗框。里屋，传来老伯妈一长一短声的哭泣。

要在往常，这时候，一家人正围坐在方桌旁吃晚饭。可这会儿，哪个有心思吃饭呢？

吃饭，一想到这，慧芸马上想起，传耕犁了一天田，回到屋头水还没喝上一口呢。他会饿的，午饭吃的是啥呀，包谷面搅的糊糊，酸菜汤。他那样强壮的身子，早该饿了，那些人才不会想到给他吃呢！

慧芸找出一只竹篮，拿了一只大海碗，盛了一满碗包谷糊糊，又抓了些酸菜、几只泡海椒，放在一只小瓷碗里。她把碗筷放进提篮，用块毛巾遮住，挽在手上，蹑手蹑脚往外走。

"你去哪里？"景气闲闷声闷气开了腔。

慧芸转过身，畏惧地瞅了老汉一眼："给他送饭。"

"那地方，你去不得。"景气闲抬起头来，眉毛、胡子在抖动，眼睛里亮晶晶的。

慧芸沉吟片刻，柔声说："他要挨饿……"

"我去！"传耘跳了起来，争夺提篮。

慧芸伸出左臂，轻轻拦住她："人，都要吃饭。这事我不怕，我去。再说……"

她没说完，迈步跨出了门槛。她本来想说，这也是我的责任。话到嘴边，又咽了回去，她觉得不妥。难道说，爹妈、传耘不是传耕的亲人，送饭不是他们的责任吗？这话不能讲出口。不过，这确是她的心里话。自她踏进传耕家以后，即使在昨夜传耕爹谈那些话之前，她已感到这个家庭给她的温暖。传耕爹对她过分的客气，传耕妈时时射向她的爱怜的目光，传耘对她坦率的同情和关切，都说明他们对她没有一丝一毫的嫌弃，事实上承认了她是这个家庭里的一员。她还指望什么呢？记得，她回来了好长一段时间，妈才到景家来看她，在菜园子里流着泪向她诉说，人贩子那四百几十块钱，为给弟弟操办喜事，花得差不多了，实在还不出来了。慧芸听得明白，她已不可能再回到那个家里，伤心透了……现在，她心灵的主宰传耕突然被抓走，更使她心乱如麻。他们要把他关多久呢，会不会打他呢？会不会放他呢？天哪，万一他们不放他，咋个办啊！……在灶房里强忍着的眼泪，这会儿像泉水一样不断线地涌出来了。

慧芸挽着提篮，沿着弯弯拐拐、高低不平的寨路，走近了保管房。她撩起衣角揩掉了眼泪，四下张望。

嘎多寨的保管房，有三幢：一幢是镶着地板的谷仓，专门堆放谷种、油菜籽、良种包谷等金贵的粮食；一幢是一溜平顺的泥墙茅屋，有四间，竹笆楼上堆放果果包谷，楼下堆放化肥、水泥、石灰、风扇车、灌斗、篾席等杂物；这幢保管房年久失修，泥墙坍塌，屋顶上茅草枯烂，下雨就漏，眼看不能用了，寨上又兴修了第三幢砖木结构的保管房。房子刚修起还没堆放东西，工作队开进了寨子。费正明想把工作干部摊派到各户去，可哪家都喊供不起这些贵客；其实是这十多年来，那些割尾巴、搞批斗的运动干部，和寨邻乡亲们的关系搞僵了，谁都不欢迎。无奈何只好把女同志全安置在新修的保管房，让男同志住在快倒塌的那幢茅草房楼上。

慧芸不知道传耕被关在哪里，站在保管房前的院坝边，迟疑地不知该往哪儿走。幸好她看见新修的那幢保管房里有亮光，便硬着头皮朝亮着灯光的窗户走去。

“站住，你到哪里去?”慧芸还没有走近窗户跟前，茅草房那头响起了蒋学谦的喝叫。

慧芸的心“怦怦”乱跳，站下来转过脸说：“我来送饭。”

“送饭，给哪个送?”蒋学谦几大步走过来，冷不防揭去了慧芸提篮的毛巾，“嗬，做得倒真像，还没过门，先送起饭来了。你倒是溜得快呀！四百几十块白揣进腰包了。拿来，我检查一下！”

“不。”

“你拿不拿来?”蒋学谦威胁起来了。

慧芸朝后退了一步：“这有啥可查的，包谷糊糊老酸菜……”

“你敢不拿过来！老子……”话没说完，蒋学谦一把抓住了提篮，用力逮去。

慧芸吓得惊叫起来："哎呀……"

"松手！"蒋学谦咬着牙正要使劲扯，一声喝叫制止了他。蒋学谦气咻咻地放开了手，乜斜着眼睛朝后望去。

慧芸抬头一看吁了口气。又来了两个女同志，一个她认识，是喻慎；说话的那个脸庞白皙端庄，衣饰干净整齐，她不认识，但一看就晓得是个干部。

"我看看。"女干部伸出手，向慧芸提出要求。

慧芸面对她柔和的目光，不好拒绝，把提篮递了过去。

女干部接过提篮，亮起手中的电筒，蹙起眉头细细地看了一阵。真是一阵子，慧芸还在心头说，酸菜、包谷糊，咋要看这么长时间。莫非怀疑篮子里放了啥东西？她看完了，重重地吐出一口气，把提篮递给喻慎，然后问慧芸：

"这是给景传耕送的？"

"嗯。"慧芸急忙解释，"他刚收工回家，还没吃饭。"

"好吧，我们交给景传耕……"

女干部的话没说完，慧芸就追着加了一句："一定要送到哪，人是铁，饭……"她把目光移到喻慎的脸上，那凝望的眼神仿佛在说你在嘎多寨待过，得过景家的照顾，这一回……她见喻慎微微点了点头，才施礼一般朝女干部勾了勾腰，"多承了，同志。"

说完，慧芸转过身子，一眼也没看蒋学谦，离开石院坝，沿着黑漆漆的寨路，走回景家去。身后，蒋黑脸用讨好的口气，在告她的状：

"尹主任，这女人是骗子，骗子！"

"骗子？"

"对头，十足一个骗子！冬月间，她到我这里来打证明，说是去外省相亲……"蒋黑脸陡地把嗓门压低了。

后面的话慧芸听不见了。她想转去申诉一番，又怕横生出事来。她气得浑身打抖，心中憋着一股闷气，眼窝里委屈得汪满了泪，蹒跚的步子愈来愈沉，不晓得哪里会横伸出一块挡路的石头。哦，她的命真苦，好苦的命啊！

她心绪纷乱地走回了景家小院坝，走近了那幢她希望栖身一辈子的茅屋，啊，屋里是哪个在说话，这不是阿妈吗？她咋个来了，她在说些啥？

“……我家是一点办法也拿不出了，介绍人婉芳就在屋头等着。她说了，退不出那四百几十块，慧芸就得跟她走，唉，让慧芸走吧，她在你家也是添累赘……”

慧芸收住了脚，骇然听着阿妈的抽泣。哎呀，蒋黑脸不是恐吓，婉芳已经逼到了家门口，阿妈找她来了。咋个办？害怕和恐惧攫住了她，吓得凝神屏息一点声气也不敢出，只听得自己的心在怦怦地跳。她知道，只要一走进屋，阿妈就会痛哭流涕地央求她走，她太了解自己的阿妈了。不，她不能随阿妈去，不能跟着婉芳走，不能被人当牛马贩卖。山墙那边，黑洞洞的，慧芸踮着脚尖走了过去，消失在阴影中……

这一会儿，她能躲过去。以后呢？怎么办？天长日久的，怎么办啊！她到哪儿栖身，她去哪儿求生?!

一弯月亮，悠悠地钻出云层，把惨白的光投射在嘎多寨团转的山岭、田坝、树林、茅舍上。

寨子那一头，一条狗凶猛地狂吠着：“汪汪汪，汪！汪！”

16

前面就是箐湾区地界了。翻过垭口，拐上拦腰新开出的临时公路，景气闲的脚板底下又增了劲。还看不到工地在哪个山坳里，不过眼前的景象说明已接近工地了。

公路上停着一辆拖沙的翻斗车，景气闲越过它，自顾不急不慢地往前走。

“嘘嘘——”

才走了五六步路，一声急促的哨音惊得他抬起头来，蒙蒙的细雨中，半坡上站着一个中年汉子，手里拿一面三角小红旗，朝着他连续挥了几下：

“嗳，老汉，快退到汽车后头去，要放炮了！”

景气闲醒悟过来，忙转身退到翻斗车侧边站下了。

“嘀嘀！”后面又有一辆拖水泥的卡车停了下来。

看光景，月光县地盘上，四处都在大干呢。这箐湾区是干的啥玩艺儿呢？该不会同扩充月亮坝水库一样，又是个劳民伤财的事吧？景气闲思忖着，直觉得心头毛焦火辣。

昨天傍黑，传耕被工作队喊了去，不是寨邻乡亲们在旁吼几声，为他助威，蒋黑脸肯定是要把传耕绑起走的。跟着，趁他去找费正明打听消息，慧芸的妈又跑来找这苦命的姑娘了。景气闲急得直在屋头打转转，连连地跺脚。好端端的一对年轻人，莫非就该让人拆散了，一个往牢房里送，一个拿去卖嘛！景气闲眼睁睁地躺在铺上，一晚上都没睡着觉。传耕领头是反对上月亮坝水库工地，反对扩充那个漏水库，有啥错？他提出把田土划分到人脑壳上种，胆子是大了点，可他还没干起来呀，凭这也能抓人吗？再说，他是为了啥呢？还不是希望山乡的老百姓日子过得好一点。这些工作队为啥不问青红皂白就抓人呢？

景气闲窝了一肚皮的火，一大早就出门了。他听说县委书记常爽在箐湾区的农田基本建设工地，决心去找他，横顺也得扯出个理来。天阴着，时不时飘飞下稀稀拉拉的毛毛雨。景气闲在补钉叠补钉的棉衣外头，披了一件草蓑衣，戴一顶竹斗笠。天蒙蒙亮起身，路上进一家茅屋要了几口水喝，嚼了两只包谷粿，算是把午饭对付过去了。七十里弯弯拐拐的山路，爬坡下坎子，能在这午后一二点钟赶到，他的脚力不算差哩！

“轰隆，轰隆隆……”炮声陡地响了起来。景气闲仰起脸来，伸手抹去烟灰色胡须上的雨珠珠，眨巴着眼睛往左侧山岭上望去，只见半空中腾起一股冲天的气浪和烟雾，爆出的石头像雨一般哗啦啦地落下来。大约过了二三分钟，那个站在半坡上的汉子长长地吹了一声口哨，挥动手里的小红旗，表示允许通行了。景气闲心头踏实了，不用问人，工地肯定在那山坳里。

他沿着一条新踩出来的小道，攀上左侧的山岭，往山坳坳里一看，嗬，好热闹的场面。半山腰里插着红旗，数不清的人在忙碌着。撬石头的，打炮眼的，挖土的，都光着膀子；挑箩筐的，抬石头的，推手板车的，穿梭般你来我往，川流不息，真是一派热火朝天的景象。景气闲顺着下坡的山道走进工地，迎面一坨褐色的山岩上，站着个戴顶呢帽，穿着棉衣的干部，正拿只电喇叭哇哇地作着鼓动人心的宣传：

“同志们，党号召我们，把农田基本建设当作伟大的社会主义事业来办。愚公移山，改造中国。我们响应党的号召，在区委的领导下，在县委常书记的亲自带领下，集中兵力摆开战场，荒山秃岭红旗招展，天大寒，人大干……”

景气闲三脚并作两步跑上去，一把拽住了他的手臂：“请问你，同志……”

“你干啥?”那干部被人一拉，回头看清是个衣着贫寒的老农，眼珠子一瞪，吼道，“干什么，你要破坏吗？老汉!”

景气闲的手松开了，也没好气地说：“我破坏你啥啦?”

“那你要干啥?”那干部不肯示弱，又一声吼。声音通过电喇叭传开去，引得干活的人们都往他们这边瞅。

“我要找个人!”

“你找哪个?”

“我懒得问你了。”

“说，你找哪个?”

“不要你多费心了。”

“我问你，”那干部更恼了，“你到工地上来找哪个?”

“常爽。”

“什么，你找常书记?”

“对，就是找他。”

“你、你找他干啥?”那干部的目光显然带着怀疑，把景气闲从头到脚打量了一番，“你认识常书记?”

景气闲一看他那副模样，从心眼儿里不舒服。他带点不耐烦地问：“他在哪里嘛?”

那干部看不出景气闲同常爽是什么关系，又觉得不好得罪，不冷不热地说：“常书记在工地上，你等一等，我替你看看。”他站直了身子，四处张望起来。

景气闲眯缝起眼睛，到处是密密麻麻的人群。心想：往哪里找呀！正在犯愁，忽然听见背后有人喊：

“老哥子!”

好熟悉的声音！景气闲猛地一转身，只见精瘦干练的常爽笑吟吟地向他跑过来，连声说：“老哥子，你腿脚还健壮啊！那么远的路，你咋个跑来的?跑到箐湾这边来，有啥事呀?想找哪个?”

“找你。”景气闲见到常爽，心中的一块石头落了地，吐出这两个字，两眼盯着对方。

“找我?”常爽想起了什么似的，一拍自己的后脑勺，眨眨眼睛，“哦，对了，你是来找我的，找我的。为你那宝贝儿子的事吧?走，走，到那边找个地方谈谈。”

景气闲随着常爽，朝刚放过炮，还没清理的地方走去。

“看看，老哥子，你看看!”一边走，常爽一边指着工地说，“这场面多壮观，多有气魄。我们的宣传员说得好，这叫作：冲破干扰大治坡，山区面貌大改变。”

“真能大改变?”

“当然啰，老哥子。这一带，原来有这么首歌谣：荒山石板坡，土少石头多；雨来漫坡水，无雨干透脚。经过去冬今春的大干苦干，这可怕的景象是一去不复返了。我们砌了坎子，清除了石头，引来了水。开春打田的时候，这里将出现几十亩旱涝保收田。噫，你咋个在摇头呀?”

“我怕……”

“怕个啥?”

“我怕你说的只是梦一场。”

“老哥子……”

“你莫喊，常爽常老弟，你当了县委书记，一县的父母官，我照旧叫你老弟，你心头会不安逸吧?”

“哪里的话，就是老弟嘛。老哥子，你往下说呀。”

“刚才一路走过来，我都看了。干劲是当真大，气势也好壮。只是，这情形叫我想起好些年前发生过的事了。”

“哪一年发生的事?”

“五八年，搞深翻，你还记得吗?挖地三尺还嫌浅，结果深翻出个欠收年。”

“呃……”

“确实像啊，常老弟，你看嘛，这都是在你的指挥下干的成绩，你看看那边，石头、石块清除了倒是真的。可填上去的土都是些啥土啊?一点肥气也没得，尽是黄泥巴和坡上刮下来的沙土，这沙石泥巴混在一起，莫说是谷子，只怕包谷也不长嘛!”

“老哥子，”常爽望了他一眼，“你不是吓我?”

“我这一大把胡须的人，”景气闲捋着胡须搓，“吓你干啥?你天天工地上干，长得有眼睛，你自己心里该清楚!”

“改造这一片坡，是箐湾区委的决定，我下工地来也问过这事。干部说，填在下头的土不碍事，填到上头盖一层肥泥就行了。”

“这周围团转，你到哪儿去找那么多肥泥?就是有肥泥，盖在上头，下面的瘦土把肥吸收了，照样是空事。”景气闲叹了口气，“你就只晓得问干部，为啥不找些老农民问问呢?”

常爽不作声了，望着成百上千川流不息、干得热火朝天的农民们，不禁皱起了眉头，喃喃自语：

“那、那这个场面，咋个收场法呢?”

“赶紧刹车，还有办法补救。”

“补救?”

“对啰。你不是说这一片坡有水源嘛。有水源，将就山势，把坡土改成一块块梯田，老百姓是欢迎的。莫光图好看，搞大片大片的田土啦。那玩艺儿光是好看，不长庄稼。其实，这种主意，凡是种庄稼的老农，哪个也能出。”

“老农民?”

“是啰。”

景气闲又补了一句：“只怕是老农们也不愿来跟你讲。”

“为啥?”

“你们吼得那么凶，口号喊得震天响，哪个还敢提意见？去年风调雨顺，得了丰收，本该让吃了十多年苦头的农民将息一下，可你们一见丰收，就以为兵强粮足，放开了手脚大干，也不问问老百姓受不受得了。”

“老哥子，”常爽站住了，盯着景气闲问，“你跑来找我，就为了说这些话?”

“也为了传耕。”

“他带头不上水库工地，影响了整个屏源区的农田基本建设。我刚接到县里转下来的条子，说他又生出新花样，要闹单干。真有这些事?”

景气闲点点头。

“你咋不劝住他?”常爽诧异地问。

“劝他干啥？那个水库是漏的，远远近近的老百姓，都喊它烂提篮水库。”

“漏的?”

“你又是不晓得。”

“倒听说是漏的。”常爽一本正经地说，“何羽讲了，先动员人把漏洞堵上，再扩充嘛。”

“嘿，你又听他瞎胡吹！他晓得个啥子，他懂修水库这一行吗?这水库是当年蒋学久蒋白脸当革委会主任时，逼着全公社人去修的。修成了，只见水流进去，不见水淌出来，水都漏光了。光是有点点漏，早有人想法子给堵上了。坏的是漏洞在哪里都找不到，堵也无法堵。前几年，盲目地去填过一回，花费还少了嘛，一百多万人民币，几百吨水泥，只见灌进去，不见水蓄起来，有人猜，水库底下有大溶洞，是个无底的深坑。想请水利工程队探个明白，听说光是钻探费也大得吓人，负担不起啊！常老弟，老百姓不是憨包，有办法，早都想啦！你看看，就是这么个水库扩充它有啥用？扩充得愈大，漏的水不是越多嘛。常老弟你想啊，个个大队都能受益的事，传耕一个人领头闹，众人会听吗？老百姓都是明眼人，嘴不说，肚皮里头清楚啊！”

“那么，他闹单干呢，也有理？”

“他只是有些想法，还没闹嘛！”

“那你快回去同他讲讲，决不能搞单干！那是不允许的。”

“要闹也闹不成了。”景气闲闷闷地补了一句。

“咋个了？”

“他被抓起来了。”

“哪个抓他了？”

“何羽队长嘛。空气也放出来了，要游他的街，开他的批斗大会，叫他坐班房。”

“又是那一套，这个何羽……”眼看景气闲全神贯注盯着他，常爽收住了嘴，搓了搓双手，说，“这样吧，我问问再说。你老哥子也莫焦心，身子骨最要紧。歇一会儿，我帮你找辆车，你先回屏源公社去。”

“车倒不忙找，先给我找点吃的吧！”

“那好办，走，我们到伙房去，我拿饭票给你打饭。”

“工地上吃的是啥饭呀？”

“白米饭，农民从家里带米来，干部交粮票。”

“你晓得老百姓在屋头吃啥？”景气闲没头没脑地问。

“吃啥？”常爽觉得蹊跷，站定了问。

景气闲也停下来，眼睛望着工地上的人群说：“我家的情况你晓得，在乡间不算穷的。这些天吃啥呢，包谷糊糊！你会问，去年丰收分的谷子呢？我不跟你说假话，年前平整山地，也是像眼前这样的重活路，顿顿白米饭，全吃完了。大家正在发愁，春耕大忙一来，农活一重，顿顿喝包谷糊糊，咋个抵事啊！……”

“老哥子，你今天是拿着竹篾条来抽打我呀！”常爽木然站着，眼神变得凝重了。

“只望你莫见外，俗话说：良药苦口，忠言逆耳。常老弟，我说重了吗？说多了吗……”

“不，你说迟了。”

“怪我吗？常老弟，自那年你解脱监督，离开嘎多寨以后，多少年了，你来过一天吗？你来看过我老哥子一眼吗？这样子，老百姓哪个能来找你们？”景气闲也有些激动了，“就拿我来说，几次去县城，走过你们县委大院门口，心头说，去看看常爽吧。转念一想，又不敢去了。又怕你在开会，又在忙吧！不忙，咋个不回嘎多寨呀！嘎多人对你不错呀。算了，打回转吧，真进去了，说不定还怕我这身粗衣服弄脏了沙发哩！”

“老哥子，你说吧，说吧！”常爽两眼发亮了，“在我屁股上多点几把火烧烧，也许能把我烧醒些。”

景气闲闭紧嘴，反而不说了。他挪动脚步，慢慢朝前走。

常爽紧跟上两步，说：“老哥子，你刚才那几句话，叫我想起一件事来。前些天，我和区里的干部去踏勘长渠的水道，路过半山腰间的一个寨子。口渴了，有人说去要点水来喝。走进一户农家，地炉火的三脚架上放了只锑锅，锅里的水正好开了。区上的干部让农家的老伯找只杯子来，放点茶叶，冲杯茶来喝。那老伯像聋子，好像一句话也没听见，只顾把荞麦面倒进开水锅里，咯笃咯笃地搅啊搅啊，看我们围着他老是不走，他才闷声悄气开了腔：‘要喝水，缸里头有，自个儿舀吧。’区上那干部好没趣儿，想要发作，我阻止了他，舀了一瓢冷水，我们几个喝了。走出寨子，我心里好几天不舒服，辛辛苦苦地爬山越岭，治坡找水，不就是为的老百姓嘛。

可老百姓怎么对我们这个态度，这是为了啥呀？老想不出个道道。现在看来，那老伯不聋，他那样对我们有他的道理。”

景气闲转过身说：“常老弟，你能想到这层，算不简单啦。好些人，比如你说的那个区干部，怕心头只晓得恨那老伯呢！”

常爽沉思着点了点头，自言自语地说：“看来，我得马上采取措施，结束这盲目地乱干的局面了。先回县里去，不，在回县之前，得在箐湾区开个会，请几个像你这样的老农来，听听他们的意见。你说行吗，老哥子，这会儿纠正，不迟吧？”

“不算迟，总比乱折腾下去强。”景气闲两眼一闪，沉吟片刻，问，“常老弟，你真要开会？”

“对。你不相信我会开？”

“不是那意思，我是说，这话我不知该不该讲。”

“有啥不该讲的。”

“你当真要找老农开会？”景气闲凑近常爽，声音压得只让他一个人听见，“最好莫让干部参加。”

常爽一怔，景气闲马上连连摆手，提高了声音：“就算我没说，算我没说。这在你们是犯忌的吧。”

“不犯忌，老哥子。我明白你说这话的意思。”

“我的意思，我的意思是……”景气闲迟疑了半天，才说出来，“你们有些干部，比如像何羽队长，像刚才那个提只电喇叭哇哇叫的，实在……实在不咋样。你说呢？”

“我说你尽管放胆讲吧，老哥子，没人割你的舌头。”常爽在景气闲肩头亲热地拍了几下，声音洪亮了，“走，到伙房吃饭去。”景气闲笑了。见到常爽后，头一回舒心地笑了。

第四章

17

嘎多寨骤然卷起一场风暴，是喻慎做梦也不曾料到的。

怪谁呢？怪传耕吗？他已被押起来了。像前些年的隔离审查一样，任何人也不准接近他。他呢，闭紧了嘴，一句话不讲。

怪何羽吗？他也是为了贯彻县委和上级的指示精神呀！是的，他有些急躁、粗暴，抓了传耕，还想抓阿全；公开说要对传耕进行批判、斗争，对煽动单干的“反社会主义分子”，决不手软。要不是喻慎亲眼看到，她真难相信，这是发生在打倒“四人帮”一年半之后。

就在抓了传耕后，约莫半小时，坦率耿直的于老古一阵风般扑到费正明跟前，当着众乡亲的面吼道：“费老哥，牯牛离了料，犁得动田土吗？”

“你开啥子玩笑？”

“我问你，人都没得吃的，哪来的饲料？没得饲料，牛犁得动土吗？”

“那还用问。”

“那好，拿条子来……”

“干啥？”

“我好去公社要救济粮。”

“我开的条子管屁用！”

“你找工作队开嘛！”

“找了。何队长吼了我几大声，说去年风调雨顺，粮食增产，还要救济，搞什么鬼名堂？粮店又不是我开的。”

“那就请你给何队长传个话，我于老古明天不去那烂提篮水库。”

“那咋行呢？于老古。”

“我要你给我开张证明。”

“开什么证明？”

“要饭讨吃的证明。你那晚上不是说了吗，不要闹事，没得吃了，你打证明给我们出去讨吃。打呀！”

“这阵儿不能打。”

“你说话不算话，费老哥，你还当啥干部？”

“我怕工作队怪罪……”

“那好，不用证明，我也去讨饭，一直讨到省城去。家里没得吃了，总不能等死！”

于老古的牯牛脾气发了，他说到做到，第二天一大早，锁了茅屋的门，拄一根拐杖，挽一只提篮，里面放两只土钵钵，离开寨子走了。

于老古走的第二天，卡多、扎多寨接着传来令人心惊的消息，那些青壮年，那些强力，都离寨出走了。有的说是去讨饭；有的说是去打短工混饭吃；有手艺的木工、篾匠、泥瓦匠、石匠，偷偷带上家什，出去找工做，但怕人讲走资本主义道路，他们也喊着：讨饭去。寨上只留下些老人、娃崽和体弱的妇女。

这样一来，根本没有人去月亮坝水库工地了。急得尹毓秀连夜跑到屏源镇，给县委挂电话汇报。

面对这严重局面，何羽决定狠抓“阶级斗争”，游斗景传耕。喻慎更是忧心如焚，幸好尹毓秀回来了。

“老何，这个时候，不妥当吧。”尹毓秀从屏源镇赶回来听说这个决定，委婉地提出不同意见。

“阶级斗争，一抓就灵。尹主任，你瞧着，一游一斗，这股外出讨饭的歪风准能刹住。”何羽胸有成竹地打着包票。平心而论，这些天来，他也为了工作推不开而吃不下饭，熬夜熬得眼睛里布满血丝，面颊瘦得只剩下皮包骨了。

“恐怕……”尹毓秀似乎还想说什么。

“老百姓有句话，你听说过吗？”

“什么话？”

“杀鸡给猴看。”

“对广大群众……”

“在成语辞典中，又叫杀一儆百！”

尹毓秀未能说服他，因为她在向县委汇报的时候，常爽不在家，深更半夜别的领导同志一时也找不到，接电话的秘书只答应及时转报，不能给她明确的指示。而何羽这个人历来就固执而自信，特别是在他自认为是在捍卫党的利益的时候，是很难改变他的决心的。何况，他手里还握着打击煽动单干的文件呀！

尹毓秀回到女同志住的屋子里，喻慎眼巴巴地望着她，胆怯地问：“怎么样？”

尹毓秀摇了摇头，忽然扬起两道细长的弯眉，柔声说：“小喻，你收拾收拾，快走吧！”她去屏源镇的时候，得到了省妇联调动喻慎的通知，一回来就告诉过喻慎了。

喻慎没有作声，她这次到嘎多寨，本是怀着一丝希望来的，希望能和传耕畅谈一次，希望他能接受她的建议，听取她的劝告。但是，她的一切努力都白费了。就在前天晚上，她还打算向何羽提出来她要到省城去。可是没想到传耕忽然身陷囹圄，她的心思全给搅乱了，以至于听到盼望已久的省妇联调动她的消息，她也感到木然。现在，传耕马上就要被兴高采烈的蒋学谦押出去游斗了，她怎么能够就这样离开！

“有什么困难吗？”尹毓秀见她不说话，关切地问。

喻慎摇摇头，答非所问：“这儿不是很需要人吗？”

“不，小喻，你还太年轻，不必留在这儿。”尹毓秀眼神忧郁地凝望着窗外，“就是我，面对这个局面……大批的人涌出去要饭，我也……”她说不下去了。

喻慎看得很清楚，这个在下乡期间，仍很注意衣着整洁的县妇联主任，眼眶里闪烁着亮晶晶的泪花。喻慎深深被感动了，掏出手绢来捂住自己的眼睛。

“小喻，你走吧。”尹毓秀竭力抑制着自己的感情，“我来帮你收拾行李。你路过县城的时候，去找找常书记，要是他回来了，好好把这里的情况跟他谈一谈。”

也许就是最后这句话，使她觉得眼前一亮，她点点头，下决心离开寨子了。

谁知道是什么鬼使神差，好像是命运注定了，在喻慎背着铺盖离开山寨时，非要同被游斗的传耕碰面不可。其实，只要她避一避，放慢脚步，或者退回保管房去坐一会儿，或者干脆加快脚步，抄小路穿田埂拐到马车道上去，她是可以不同传耕照面的。但是，当寨口上传来“镗镗镗”的锣声，听到蒋学谦嘶哑地喊着“打倒煽动单干的阶级敌人!”的口号，看到景传耕那魁梧的身影在远处出现，喻慎的脚不听话了，竟身不由己地朝大樟树脚走过去。

双手绑着的传耕被押过来了。大概是何羽关照过，为了体现政策，不能绑得太厉害，所以绳子勒得并不紧。冬末春初的寒风吹乱了传耕的头发，他脸色发青，眼窝深陷，眼睛里闪烁着一股深邃逼人的光。他看到她没得？喻慎不敢断定，因为在他的目光中，有那么一种视而不见的神色，他好像还在想什么。想什么呢？

恰在这时，嘎多寨出外讨饭的人群，来到了大樟树下。那些穿着破衣烂衫、挎着提篮、拄着棍子、背着包袱的寨邻乡亲们，一见到被游斗的传耕，发出一阵哭喊，呼啦一下拥了上来。

“你们要干啥?”蒋学谦一看这架势，从身旁的民兵手里抓过一支钢枪，挡住人群，粗声吼着，“你们要跑出去诬蔑社会主义新农村，去向党示威吗？都给我回去!”

喻慎想走也走不开了。她痛苦地看着那些扶老携幼的嘎多寨乡亲。年老的五六十岁，裹着露出白絮的棉袄，戴着积满尘垢的棉帽，套在草鞋里的脚板上溅满了泥点子；年幼的才十来岁，穿着过于肥大的衣裤，小小的光脚丫子踏在湿泥地上，一双双乌溜溜的眼睛困惑地瞪着蒋学谦，好像听不懂他的话。

不知什么时候，毛毛雨又飘起来了。从峡口那边吼啸着刮来一阵风，冷得人们直缩脖子。

沉默了片刻的人群涌动了一下。看到蒋学谦仍虎视眈眈地瞪着他们，一个五十出头的老汉走上前一步，脸上的肌肉抽搐着，嘴角挤出两道苦涩的、表示歉意的笑。

“蒋、蒋、蒋助理，”他憋了半天，才想起蒋学谦的官衔，可怎么也记不起来，只好按照过去蒋学谦在公社当过助理员的职务称呼了，“哪个敢诬蔑，哪个敢示威呀？实在是肚皮害人，它要天天有饭填下去哪！”

“于老善，你这个富裕中农，你敢兴风作浪，老子有账同你算！”蒋学谦一下认出了面前的老农，像抓住了把柄一般吼道，“还不给我滚回去，把藏起的粮食拿出来，上月亮坝工地去！”

“我的粮藏在哪里，你说，你说呀！”于老善一把拉过身后的六姑娘，一个十二三岁的娃崽，悻悻地道，“你要说不出来，今后一家人跟着你去吃饭！”

蒋学谦把钢枪一横：“你敢……”

“寨邻乡亲们，”被绑着的传耕突然放开嗓门说话了，“听我说几句……”

“不准你煽动群众！”蒋学谦回身喝斥着他。

景传耕根本不看他，照样往下说：“寨邻乡亲们，我晓得你们屋头快断粮了，有难处。找公社去吧，找公社郝老虎，他会相信你们的话，拨给救济粮、回销粮。他手头没得，会向县头去要。千万……你们千万莫出去讨吃，千万别出去要饭……”

“不行啊，传耕。县头的工作队不给粮……”于老善晃着一只粗黑的巴掌，打断了传耕的话。

“暂时不行，也不要出去。只要不上水库工地，顶住劲，能熬几天的……”

“嗨，传耕，你就是带头不上工地的。看看，你不是在被游斗嘛！”于老善老泪纵横地哭了，“大伙都说啦，等着挨游斗还不如要饭去。”

传耕的嗓音提高了：“可是，我带头不上工地，不是要让大家出外讨吃啊！……回吧，寨邻乡亲们……”

奇怪的是，不怕蒋学谦威胁的群众，被传耕这几句一说，喊喊喳喳私议了几句，抹着泪，回转身朝寨子上退去了。这不但令喻慎震惊，连蒋学谦和那几个持枪的民兵，也惊讶地盯着传耕，不知发生了什么事。

喻慎木然呆立着。她绝没想到，她会在这儿看到这样一幕。冷浸浸的霏霏细雨飘落在她脸上，她竟毫无知觉。

锣声镗镗敲了几下，蒋学谦又嚎叫了一声，传耕被押着朝卡多寨走去了。

喻慎的眼里溢满了泪水，瞅着这一行人在雨雾中渐渐远去。她的心像被刀绞着，巨大的悲恸伴着极度的失望，袭遍了她的全身。这一切的一切，都是咋回事啊？

“喻慎姐，喻慎姐，你都看到了，看到了！”景传耘不知什么时候，冲到了背着铺盖的喻慎跟前，紧紧抓住她的双手摇着、央求着，“你救救哥吧！你知道，你心里知道，哥不是坏人，哥不该去坐牢！你不能走，喻慎姐，不能就这样离开啊！你到县头为哥说几句话吧，我求你了，喻慎姐。哥不是坏人啦！呜呜……”

18

传耕当然不是坏人，这还需要传耘来对喻慎申明吗。喻慎太清楚了，在山乡的青年中，传耕是个有理想、有追求的青年。他眼前的所作所为，再明白也不过了，是在抗议那些一平二整、虚报浮夸的大干苦干，是切实地想让山寨农村摆脱贫困。

但是，谁曾料到，这么一个满腔热血的人竟会遭到如此厄运！

何羽早表示了，传耕被关，那只是个手续问题，他的材料稍加整理就能送出去。想到阴暗的监狱正等待着传耕，愉慎感到不寒而栗。刚才，传耘求她救救哥哥，为什么非要等传耘来求她呢？当年，当她遇到危难的时候，她还不认识的传耕竟挺身而出，难道也有人求他吗？不，不！她得赶紧走，去为传耕出点力，说几句话。

喻慎蒙着塑料布的铺盖上满是雨珠，蓝布罩衫也淋湿了。翻飞的毛雨，像群蚊子似的扑向她的脸，她的乌发、额头、鼻尖、面颊上凝满了细细的雨星。路难走极了。她越往前走，思绪越是深深地陷入到往事的回忆里，怎么也拽不开去。仿佛有人硬要把那逝去的年代再拉回来审度一番。

那是她精神上最痛苦、最郁悒的一段岁月。当初，投入“大革命”时的狂热和盲目的虔诚，已为严酷的现实生活磨蚀了。在她眼里曾是那么绚丽多彩的初恋，像过眼烟云，仅仅给她留下了一只苦果。她仿佛走进了一条看不到尽头的隧洞。明天怎么过？她不知道。将来怎么样？她无法预测。命运会把她领向何方？她连想都不敢想。

她唯一知道的，就是按照队长的布置去出工，撒粪、背灰、薅土、铲田埂，挽高了裤脚下水田，顶着烈日挑重担……直干到精疲力竭。这样，夜里躺倒在竹笆床上，才能够什么也不想，把理想、未来、抽调、上大学、温暖的家、离去了的男朋友，统统挤出睡梦。她甚至觉得只有麻木才是治疗自己受骗的药方。

可是命运似乎忽然出现了转折，她被派去看管河滩上散乱的林木，这是完全不费力气的活路。只要站在高坡上，一眼可以望很远很远，而浸透了水的林木又是那么沉，力气再大的人扛一棵也无法健步如飞，哪个也不敢在值班的人眼前盗木料，真是再轻松也不过了。是谁，又是为什么这样照顾她呢？她不知道。她只觉得生活好像又变得明亮了。白天，坐在为值班人员搭的三角窝棚里，瞭望着亮闪闪的河湾，听着附近松树林子里的鸟鸣，简直令人心旷神怡。耀眼的太阳把山野、河滩地都晒得热烘烘的，更催人入睡。

这一天，喻慎却不想瞌睡，她早打算好了，趁着午后炎热、河滩地团转的安宁，痛痛快快跳到河湾里洗个澡。她已试探过，河湾的水温暖适中，地势也极好，两边都是陡峭的河岸，远近的路人都看不见。

回寨吃午饭时，她就躲在帐子里把插队时带来的游泳衣穿在里面了。午后到了窝棚，她留神观察了一番，除了远远的河滩地那边有人在验收林木之外，四周团转，只有风吹松林的声响，什么人也没有。她匆匆脱了衣裳，带上浴巾药皂，穿着那身醒目的天蓝色游泳衣，沿着窝棚边的小路，连跑带跳地扑进了河湾。

她洗得多欢，游得多畅啊！水花在她的眼前闪烁，四肢变得轻盈有力。多少疲劳、困倦、郁闷，全给洗掉了。

她仰着绯红的脸庞，轻快地上了岸，喜吟吟地跑回窝棚，感到从未有过的轻松。

是太轻松、太惬意了吧，她刚探头进窝棚，突然发现一对贪婪的眼睛正垂涎欲滴地盯着她，她惊骇得尖叫了一声，不由自主用浴巾遮盖着自己天蓝色的游泳衣。

“你……快滚出去！……”

“哈哈哈，这儿多清静哪！”不知何时钻进窝棚的大队主任咧嘴发出一阵邪恶的笑声。他那乌黑的花斑牙，活像是野兽的利齿。

喻慎想找自己的衣裳，而衣裳统统让这家伙坐在他屁股底下了。她又羞又恼地嚷着：

“你滚不滚？不滚我喊啦！”

“喊吧，喊破了喉咙也没人听见。你以为让你来照管木料，是让你享福吗？嘿嘿，那个让你伤心的小情人走了，你不觉得孤独？……”说着，那家伙慢慢站了起来。

喻慎退了一步，浑身像着了火。不待那家伙扑上来，她举起手里的肥皂盒猛地砸了过去……

“噢哟，快看哪，快来看哪！”突然，紧挨着窝棚的松林里，传来一阵惊叫，同时伴着一阵重重的脚步声。

刹那间，喻慎的眼睛变得雪亮，转身高呼起来：“救命哪，救命哪！”

一个高大壮实，脸膛黝黑红润、线条粗犷的年轻小伙子应声跑了过来，大队主任已经跑得不知去向了。

“哈哈哈！十足的一头笨猪，他还以为树林里真会有新鲜看呢。哈哈。”年轻农民仰头大笑着，倏地看见了喻慎的穿着，脸上顿时涨成茄子色，慌忙往后退，“对，对不起……”旋即跑进了松林。

整个一下午，痴坐在窝棚口的喻慎，老驱赶不走那片刻间的恐惧，也老想那穿着红色汗褂的年轻小伙爽朗的笑声和他说过的两句话。经过细细琢磨，终于意识到，他放开嗓门喊叫，正是为了救她。

“他是谁呢?”喻慎心里有一种说不出的感激。

这天晚上喻慎失眠了，朦胧中听见一阵凄厉的惨叫，一声又一声敲着她的耳膜。她惊醒过来，听出惨叫声是从不远处堆放粉桶、豆秆草的屋子里传来的。她翻身起床，悄悄走了出去。

惨淡的月光洒满山野，寨路上的青岗石板路依稀可辨。喻慎凝神屏息地倾听着惨叫声不时划破夜空。刚走近那屋子的窗口，就听见一阵恶狠狠的咒骂：

“妈的，老子叫你骂我是十足的笨猪！老子要你狗逮耗子多管闲事！……”

喻慎一征，忙从紧闭着的木窗的缝隙望进去，她简直惊呆了：那个被吊着的人不就是他吗！他怎么会落到了大队主任的手里?

喻慎慌忙回到自己的屋里，眼前老闪现那个陌生小伙子脸庞上的血痕。她的心狂跳着，耳朵紧张地捕捉着屋外的声音。那凄厉的惨叫声渐渐听不见了，消失了。山寨上的狗咬声疏落了。只有山风吹拂着梓木树的叶子在沙啦啦沙啦啦地响。不知等候了多久，她抓住身边的篾刀，悄无声息地打开了门，消失在薄云遮住的月色里。

她最熟悉那间堆粉桶、豆秆草的屋子，知道后泥墙上开着一扇竹笆上敷满牛屎做成的小门，用篾条绑在柱子上。只要割断篾条，就能进那间屋子。

清淡的月光下，从坡上收回寨来还没干透的麦子堆放在大院坝里。为防止人偷，有两个社员在麦堆旁值夜。他们在高高的麦垛旁烧了一堆火，煮着抓来的石蛙儿，正吃得津津有味。满意的咂嘴声伴着轻轻的嬉笑，不时地传过来。

喻慎借着山墙阴影的掩护，蹑手蹑脚踅到后门边，两三下就把几根篾条割断了。她轻轻移动着牛屎敷的门，侧身进了屋。

听到响声，看见一个黑影摸摸索索地钻进屋来，那个倒在一堆干麦草上的青年几乎喊出了声。喻慎扑了上去，用手捂住了他张开的嘴，凑近他耳朵边说：

“别嚷，是我。”

他好像认出了喻慎，屏声敛气让她割他身上的绳索。

漆黑之中，喻慎怕锋利的篾刀伤着他，割得很慢。割断了臂上的绳索，只剩手腕上的了。喻慎正用手摸索着，试着把篾刀尖勾住绳扣，门外响起了守夜社员的说话声：

“啃，莫光顾吃得欢，那个关在屋头的人逃走了没有?”

“又吊又打的，他还能跑得动。吃吧！这汤太鲜了。”

“主任关照了的，不能让他跑了，我去看一眼。”

听到说话声，喻慎停止了动作，想从后门跑出去，脚步声已响到了门边，来不及了。她急中生智，往麦草上一倒，紧挨着躺着的小伙子，隐在他那高大粗壮的身躯遮下的阴影里。她听到他局促不安的喘气声，用手重重地按了他一下，粗重的喘息顿时变成了低微的呻吟，热烘烘的气息，直冲到她的面颊上。她的心“怦怦怦”擂鼓样跳着。

两扇板门推开了一道缝，电筒光射到他背上。她凝神屏息紧靠他的身子，听到了他的心在“咚咚”地剧跳。

电筒光移开了，跟着，两扇板门“砰”一声被拉拢。门外又传来说话声：“那家伙被打得够惨，直呻唤呢!”

喻慎顾不得害怕了，一骨碌翻身坐了起来，几下割断了那小伙子手腕上的绳子，低声问：“能走吗?”

“还行。”

喻慎拉了他一把，试探地往前迈着步子，小心翼翼地带他走到后门边，轻轻移开了门，走了出去。

只怪喻慎心头太急了，只想着赶快送他出寨子，忘了提醒他屋檐后是一块水田。小伙子才走了几步路，一失脚滑倒在翻犁过的水田里，失声叫起来："哎呀！"

喻慎的心一沉，闻声转过身来，立即伸过手去，压低了嗓门说："快，快上来！"

小伙子拉住喻慎的手，一使劲爬了上来，两人撒腿就跑。但是已经惊动了两个社员，他们在院坝里吼叫起来：

"不好啦，盗窃犯逃跑了！"

"快起来追啊，人跑啦！"

紧跟着，各家各户院坝里的狗，也"汪汪"地叫开了。

小伙子挨了打跑不快，又不熟悉寨路，喻慎不得不一再停下来招呼他：

"快，跟我来！"

她想把他带到一个隐蔽的地方，先躲一躲再说。但是不行了，他们的身后已亮起了火把和电筒光，人们追上来了。

"看，他们在哪儿，追啊！"有人发现了他俩。

"追啊！"追来的人齐声喊着。

喻慎慌不择路，拉着小伙子朝寨子外直跑。清淡柔和的月色，照着他俩到平整舒缓的河滩地上来了。

追的人又叫了起来："站住，你们逃不了啦！"

"再逃抓住了狠打！"

他俩跑到河边，河水泛着粼粼波光，已无路可逃了。

喻慎调头看看追上来的人群，急促地说："会游水吗？跳吧！"

说完，"扑通"一声她跳进了河里。小伙子却没跟着她跳，沿着河岸紧跑了十几步，跳上了一支木筏。喻慎划着双臂，费劲地在冷彻骨髓的河水中游出了二三十步，才回头看到他双手抓着一支竹篙，把木筏撑离了河岸。

好险哪，筏子刚离岸，追来的人们已经蜂拥到了河边。喻慎在水中，还能听到他们的惊呼怪叫：

"哎唷，跳河了！"

"有个人像是喻慎。"

"那怎么追呀？"

"撑着筏子追上去，追呀！"

"人家拿着篙头朝你身上戳来咋个办？"

花斑牙大队主任的嗓门，气咻咻地嚎叫："逃嘛，看你逃！你逃跑了，河滩上的木料就全是我们的！"

其他的叫嚷声，喻慎就听不见了。她在河里使出全身力气游着，离河岸愈远愈好。只是，游到河中心她就力乏了，怎么也划不开双臂。衣裳浸透了水，沉甸甸地巴在身上，钮扣不知什么时候全散开了，头发也乱了，全蒙在脸上。她只觉得眼前飞迸着金星，冰冷的河水在向她猛扑过来。脚也不灵活了，好像有个什么人，在逮住了她的脚往河底猛拉。她脑子里闪过一个恐怖的阴影，惊惧地张开嘴，想喊一声，没喊出来，倒饱灌了一口水，整个身子不由自主地朝下沉……

19

喻慎能忘得了吗？

她是在体会到了死的恐惧中，猛然听到那一声喝叫："快，快抓住篙子！"

她本能地伸手抓去。头一次刚抓住，又滑脱了，第二次她才牢牢地抓住了长篙，她只觉得长篙拖着她浮出了水面。月色里，一只木筏近在她的身旁，和她一同逃出寨的小伙子，俯身伸过手来，拉她上了木筏。

远远的，那闪着火把、电筒光影的河岸，只看见些黑影了。他们在叫喊些啥，咒骂些啥，已经听不见了。木筏子随着缓缓的水流滑行，一会儿浮起，一会儿沉落。喻慎不再那么心慌了。

“你不是本地人吧?”撑筏的小伙子问，轻盈地把长篙插入河底，铁篙头碰上鹅卵石，发出咕噜咕噜的响声。

喻慎蹲在木筏上，右手紧抓住爪钉，腾出左手撩开搭在前额上的那一绺湿淋淋的乌发，答道：“不是。”

“是上海知识青年?”

“也不是。”喻慎说，扭着衣裳的水。

“那……”

“我是从北京来的……”

“北京知青!”

“我爸爸长征时，受伤掉队，在河滩寨谷果大爷家养过伤。解放后，爸爸还请谷果大爷去过北京。六九年，爸爸给谷果大爷写了信，送我到这儿来插队落户……”

“你是老红军的女儿，那个家伙还要侮辱你!”小伙子忿忿地骂了起来，“真该撕他的嘴巴！他还诬蔑我偷了你们的东西。”

“老红军的女儿。”喻慎苦笑了一下，她没把爸爸正被隔离关押的情况告诉他，只说，“谷果大爷原是贫协主任，可这两年，也挨了那家伙的整。连帮助我，也只能悄悄地……嗳，你叫啥名字，到河滩寨来干啥?”

“景传耕。我是这条河上游嘎多寨的人，离这儿一百多里地呢!我们那儿也有知青，上海知青、省城知青……”

“那你怎么到这儿来了?”喻慎愈加好奇了。

“说来话长了。我们团转几个大队，都在杉木林区的边缘。唉，这些年，外头世道一乱，林区乱砍滥伐也愈发严重。仅仅两三年，我们四周那些绿荫覆盖的山头，都剃了光头，砍伐下来的林木，堆积在河道两岸。今年春讯一来，洪水把两岸的杉木冲了不少到下游的河滩上来了……”

河道上一阵阵夜风吹来，喻慎穿着湿衣感到冷得彻骨，不住地打着寒颤。

小伙子撑着篙，仍在往下说：“你没见过，山洪卷走河岸上那些林木，真是惊心动魄。哗啦一下杉木垮下来，铺满了整个河道，一根根你挤我挨，冲击着，拥挤着，有的还冲撞得直立起来，远远看去，简直像是滚沸的油锅里炸了满满一锅油条，眨眼之间就卷光了。几个大队莫法，只好派出一些人，沿河而下，清查林木……”

“能清查到吗?”

“你们河滩寨的滩头上，不是就有好多嘛!”

“那怎能证明是你们的呢?”

“伐木的时候，每根杉木上都盖了钢印。见了那钢印，就证明我们的。林业站和县里都给我们打了证明。”

“那你跑了，杉木怎么办?”

“不怕，再派个人来就是了。”

喻慎忽然发现，木筏并不是在逆流而上，而是顺着水流划去。她疑惑地问：“这会儿，我们到哪儿去?”

“顺着这水流，划到支流上去。”景传耕挺有主意地说，“天亮以后，从支流的场街上，搭客车回屏源镇。只是你……”

“我回河滩寨去。”

“那家伙不会整你吗?”

“看他敢把我咋样?”

景传耕不吭气了，只是不住地奋力撑篙。

喻慎一时没有说话，抬眼看看四周，河岸上的山岭，耸然雄峙着，像泼黑染过的剪影贴在夜空。残月把褐色的河水染上一层银光，泛着点点粼光。夜愈来愈深了，气温也愈来愈低。她不仅冷得浑身直打哆嗦，而且感到针扎一般地头痛，几乎快要倒在筏子上了。

天亮前最黑暗的时刻，喻慎吃力地随景传耕在一处长满青草的河边上了岸。她直觉得昏昏沉沉，额头发烫，不说站立不稳，连坐也支持不住。后来，传耕是怎样带她到嘎多寨的，她完全记不清了。

喻慎绝没想到，命运从此出现了转折，竟会导致她在嘎多寨生活那么多年。几年以后，她问自己，这是什么原因呢?

当然是因为她当时在发高烧，人事不省，也因为她回河滩寨会遭到花斑牙主任的报复。可在她内心深处，感觉到的决不仅仅是这两个理由。难道她精神上的孤寂，不是一个原因嘛！难道已经抽调回省城去的饶余能轻易毁了他们之间的初恋，使得她倍感失望和颓丧，不也是一个原因嘛！难道她在失恋的痛苦中渴望身边有个关心她、安慰她的人，不更是一个原因嘛！

朴实，忠厚，满身男子气的景传耕，是什么时候开始打动她的心的呢？是在他吓走了花斑牙，转身发现穿游泳衣的她，慌忙逃进松林的那一刻吗？是在他同她回到嘎多寨，只向爹妈讲述她如何救他出险的那一刻吗？他为什么不讲是他使她免遭凌辱呢？还是后来，她连日高烧中的那些日子，他那忧虑的眼神深深打动了她的心？还是在蒋学久追问她的来历时，他挺身而出说明她是老红军的女儿，迫使蒋学久无言可对的那一瞬间？……

喻嗔说不清楚了。总之，当他提出要她转点到嘎多寨的时候，她几乎没有什么犹豫就同意了。当然，转点也并不那么容易，幸而当时喻慎的爸爸已由隔离关押转到五七干校，她才得以在嘎多寨上海知青集体户里落了户。

从此，喻慎的心情舒畅多了。集体户里固然有酗酒抽烟的知青，有整天牢骚怪话不断的人，但总的风气还算正，好几个知识青年出工在二百天以上，比起农民们当然算不了什么，对知青来说，已是很大的成绩了。尤其是那个爱画画的宗妮娜和那个沉默寡言的盛雍，给喻慎的印象最深，他俩在这样的日子里仍在追求。宗妮娜得空就画速写、画素描，嘎多寨上的老人娃崽，差不多都上过她的画本；嘎多寨团转的景致，也差不多被她画熟了。她的画集中起来足够开一个画展。盛雍则喜欢读书，凡是能找到的书他都读，还学习创作，不颓丧，不消沉，那刻苦学习的精神就不简单。人活着，不就得有这么股精神么！

喻慎进了这样一个环境，忘掉了许多苦恼。况且，出工之余，她还常到景家去玩。在养病等待转点的日子里，她借住在景家，和传耘成了好朋友。那一年，传耘才十五岁。她一去，传耘总要给她看新绣的袜垫，看鞋样，还给她谈些山寨姑娘们的趣事。景家两位老人也总要留她吃顿饭。虽是包谷饭，老粑菜蘸辣椒水，可喻慎每回都吃得津津有味。她常常觉得，景家老少对她，不比河滩寨谷果大爷对她差。特别是当她每次见到景传耕，那颗因失恋而破碎的心又在怦怦跳动了，使她觉得生活还有盼头。

盼什么呢？她说不明白。

她只是感到愿意同传耕接近，愿意和他在一起，久不见他，心头会觉得空落落的。

可真到了传耕向她表白的时候，她又说了什么呀："你了解我吗?"

天哪，她也是在事后才明白，这句话刺伤了他的心。可她当时能说什么呢？她正陷在矛盾和犹豫之中，爸爸的政策已经落实了，她无疑将会上调。山寨太穷了，要她在这儿扎根一辈子，她还没有决心，她不能说假话。她想找他解释，但第二天他就走了，去了电站工地，一去就是半年……

如同一流河流，过了这个湾，就看不到那座山了。几年以后的今天，她还试图最后一次来挽回和传耕之间的关系，实在太迟了。传耕身旁已经有了慧芸，另一个苦命的姑娘。这几天她的所见所闻，也使她明白，传耕完全不可能像她所希冀的那样离开山乡。不可能。他的命运和山乡的命运紧密地联系在一起的。要走，他早可以到大哥那儿去了。往事依稀如流水，一去不复返了……

光顾着回首往事，埋着头机械地朝前迈步，竟忘了认路，直到在一块突出地面的石头上绊了一脚，踉跄了几步，喻慎抬头来才发现自己走岔了，走了二里多冤枉路。

喻慎只得再转回来，重新走上通往屏源镇的小道。风搅着早春时节的雨丝冷飕飕的。俗话说，桐子开花泡谷种。是今年的春天来得迟，寒意重，还是桐子树今年是个小年，远远近近，雨雾缭绕的山坡、梯田、坝子里，竟看不见一朵醒目的桐子花。按理，在这个节气，农村里的寨邻乡亲们该忙起来了。备耕、犁秧田、泡谷种。

但是，嘎多寨、三多大队的农民们在干啥呢，在同工作队顶牛，在无法可想的情况下，出外讨吃要饭！喻慎忍不住叹了口气。

屏源镇上二层楼的板屋已经历历在目，愈是离镇街近，泥泞愈多，喻慎看看表，近十二点了。

“嘀嘀!”一辆漆成红白两色的过路客车拐进了街口，放慢速度，顺着镇街开来。

喻慎停下来，转身望见搭车的客人们提着旅行袋、挎包，背着背篼，迎着车跑去。车轮溅起街上的泥泞，飞到行人的裤脚上。一个念头突然在喻慎的脑子里闪过：要不要就搭这趟车走呢？那样，回屋里擦洗一下，换件干净衣裳已来不及了。明天走吧，她耳边仿佛又响起了传耕被押着游乡的锣声……

过路客车已经停了，客人们争先恐后地在车门口往上挤。屏源镇百货商店一个中年女售货员迎面朝喻慎走来，微笑着点头招呼她。

喻慎猛地解下身上的铺盖，朝那女售货员一递：“帮我放到宿舍去，我要赶车。”

女售货员还没弄清是怎么回事，喻慎夹着挎包，踢踢踏踏地跑了，泥沫星子溅满她两条裤腿，她也没在意。

急促地喘着气跑近汽车，司机正要关门，喻慎叫了一声，赶紧把沾满了泥浆的脚跨上去，刚回过身来朝那女售货员招了招手，车门便“砰”地关上了。

20

这祸是闯大了。

景传耕在淋着毛毛雨，被蒋学谦带领持枪民兵押着一个寨一个寨游斗的时候，才清醒地意识到了这一点。

他倒不是没有料到过自己的遭遇。最初，同阿全商量抵制去修水库的时候，他就说过：“弄不好会遭批判、游街、坐班房，风险总是要担的。”使他想不到的是，事情会引出这样的结果，那么多寨邻乡亲跑出去讨吃要饭!

传耕知道，乡亲们是眼看到他被抓，才真正寒心了。要是还有一线希望，要是何羽认真听听他们的呼声，给大家一口喘息的机会，他们怎么会挎起要饭提篮离乡背井。那是受尽屈辱的事呀！

传耕为眼前发生的事感到深深的痛苦。他在内心谴责着自己，责怪自己想得太简单，太理想化，只知道硬碰。他为啥先没想到去找一找郝老虎呢？为啥又不可以再去找一找常书记呢？他再忙，缠住了他，未见得就不听一听自己的心里话吧？现在，一切都晚了，祸闯大了。不但给乡亲们带来了灾难，自己也丧失了自由。爹妈不知有多焦急，慧芸也恐怕……

传耕闭上了眼睛，不敢再往下想。

飘悠悠的细毛雨，拂在脸上凉丝丝、凉丝丝的。传耕的心沉到了深渊里，几乎迈不动脚步。

“快走！”蒋学谦伸出巴掌，在他肩头推了一把。

传耕睁开了眼睛，这才发现他们走在一条不是回寨子的路上。他转脸问：“我们去哪儿？”

“去公社。过两天，开公社的批判大会！”蒋学谦没好气地斥道。

这就是说，又将有两天的安宁，两天以后，再被押到全公社的大会上去。批斗他倒不怕，今天的游斗就说明没有人感兴趣。手握锄头把的农民，哪个心头不明白他传耕是为啥挨批斗啊！

怕的倒是家里，现在怎样了呢？慧芸又怎样了呢？蒋学谦来抓他的那会儿，不是说了嘛，人贩子又回到屏源镇了。要找她算账哩。她将怎样躲脱这厄运？

慧芸，慧芸，想到慧芸，传耕的眼前闪过了慧芸的脸，那天晚上根元叔瘸着腿扑到他跟前哀求的情景，传耕一辈子也不会忘。正是老人的哀求提醒了他，要是将来，真有可能实行他所想的划田种地，一定不能忘记烈军属、五保户，不能忘记他们的困难。你看根元叔多可怜哪，他一心以为砌起那些土坎子，会长出好庄稼，多分几颗粮食，卖命地干，结果砸断了腿。他恐怕还不知道，那块土连苦荞也不长吧。他弄得更穷了，只能卖慧芸……

慧芸，多好一个姑娘呀，正是为了帮助她摆脱不幸，传耕才没到大哥那儿去。要是他去了，他的生活道路也许就是另外一个样子了。他们一家将会搬离穷困的嘎多寨，在一个陌生的市郊农村，当一户新落户的菜农，得到较富裕的经济收入。但是，慧芸呢，嘎多寨的乡亲们呢，他们的生活道路，能改变老样子吗？

传耕并不后悔他同慧芸一起回到了家乡，也并不后悔他回来以后的作为。何羽给他的打击倒使他清醒了，使他意识到个人力量的渺小，看到了变革道路的艰难，在他心里产生了一种决不罢休的愿望。

在飘洒着毛毛雨的山路上，这愿望在他心里燃烧；被押到屏源镇，关进公社办公室后面的一间小屋里，这愿望燃烧得更加炽烈了。

他被游斗了大半天，押到屏源镇已是下午。关进小屋也没有人送饭来。窗外仍在飘飞着细雨，他感到又冷又饿，不禁想起刚被抓不久，慧芸给他送来的包谷糊。饭还没有送到他那里，他就听到保管房外蒋学谦对慧芸的阻拦和嘲笑了。当他捧着温热的碗时，像捧着慧芸的赤诚的心。他和慧芸的关系还没有公开明确，也知道她一向怕事、胆小，但是，她却给他公开送饭来了，这是多么深沉的爱他呢，他也那样深沉地爱她吗？

他曾经真正爱过的姑娘只有喻慎，但被她拒绝了，这爱情早已冷却了。

就在他跑离坡背林的那天晚上，他想了很久，发现自己太傻。喻慎尽管在嘎多寨和普通农民一起劳动、生活，过着清贫的日子，她毕竟是大城市长大的姑娘，是老红军的女儿。他和她是有差别的，生活的道路是不同的，她怎么可能爱上他呢？果然，不久就证明了这一点，喻慎终于离开了嘎多寨，调到区里当干部去了。这曾经使传耕感到怅然若失，但他竭力克制着自己。屏源镇距嘎多寨不过半天路程，喻慎却几乎一次也没有回到寨子上来过。倒是传耘去赶场，有时捎回来喻慎给爹的棉帽，给妈的毛巾，甚至还给传耕带来过一个垫肩，并传话说：“哥，喻慎姐让你顺便去玩哪！”可是传耕一次也没有去。既然他们之间的差别是如此分明，又何必让冷却了的感情死灰复燃呢？

但是，妹妹并不理解哥哥，也可能她从喻慎那儿听到了些什么，当传耕带着慧芸回家，宣布他答应了娶慧芸的时候，传耘急得一跺脚问：“哥，那喻慎姐呢？”她倒不是反对慧芸，而是同情喻慎。唉，这妹子，她毕竟还年轻啊！

传耕沉着脸，一声不吭，他能说什么呢？在火车上他向慧芸点头的时候，他的确已在自己的心里把对喻慎的感情埋葬了。不管当时是出于什么原因，是同情也罢，是急于要让慧芸摆脱那些人贩子也罢，他点了头，也就是对一个饱受生活折磨的姑娘的命运作出了承诺。他不能欺骗她，不能在她受伤的心上再戳一刀啊！何况，慧芸早就对他表白过自己的感情哪……

但是，想不到喻慎又会突然出现在他的面前。开始，他感到惊讶。后来，听到她的那些劝告，他觉得他们之间曾经有过的感情相通的桥梁，已被岁月冲毁了。最后，他终于明白了她的来意，她心里充满一片柔情，想把他带走。

这一回，是他拒绝了她的好意。

嘎多寨再偏僻、穷困，到底是生养自己的地方，但也不能离开它啊！而且，他已经真心诚意地爱上慧芸了。

慧芸，慧芸，你现在干什么？在为我传耕担忧、流泪吗？人贩子来向你逼债了吗？是谁来帮你挡住他们？不，人贩子的吸血钱不能还，要控告他们！……

一股风从装着铁条的牛肋巴窗户里刮进来，传耕愈加觉得寒冷。身上的衣裳是潮的，像裹着一块冰。天不知什么时候暗下来了，屋子里黑乎乎的。他坐不住了，站了起来，搓着双手，跺着冻僵了的双脚，心里充满了愤懑。

小屋外的走廊里传来了脚步声，跟着，“啪嗒”一声，有谁拉响了门外的开关，屋子里的电灯亮了。在开锁的声音响过之后，门被推开来，尹毓秀端着一只大海碗进了屋。

“吃饭吧。”她把大海碗和一双竹筷递给传耕。

传耕默不作声接了碗筷，碗里盛着巴山豆米饭，上面盖着一层辣椒炒白菜，比家里的强多了。他望了尹毓秀一眼，大张着嘴吃起来。

尹毓秀站在屋子中央，注视着他，问：“冷吗？”

“嗯。”传耕嘴里塞满了饭，只哼了一声。

尹毓秀出了屋，传耕心里奇怪她为啥没把门锁上。

没等他把饭吃完，尹毓秀转来了，端进来一只炭盆，烧着红红的炭火。尹毓秀挨着小屋的门，拉过一条板凳坐在炭盆边，用火钳夹着炭，似乎漫不经心地问：“听说你劝那些离寨讨饭的人回去？”

传耕吃完了饭，把碗筷搁在桌上说：“坐在这屋里都这么冷，他们出去讨吃……”

“你过来坐。”尹毓秀挪了根凳子在火盆边，招呼他，“这事你做得对。那么其他方面呢，你想通了吗？”

传耕疑惑地望着她那张端庄白皙的脸，他知道她是常爽的爱人，但过去没有见过她，也摸不透她的用意。

“其实，只要你认个错，表示个态度，也就没事了。”尹毓秀进一步明确地说，“县里、省里都有文件规定，不能搞变相单干，不许搞包产到组、包工到户，更不许搞包产到户。这就是说，你的那个想法，是错误的。错了就改嘛。你还年轻，身强力壮的，听说还没成家，何必走上歧路呢！”

“不是歧路，尹主任。”传耕摇摇头，断然答道。他见尹毓秀的脸色沉了下来，陡地问：“那些跑长途运输的汽车，是国家的还是私人的呢？”

尹毓秀一怔，不知他问这个干啥，迟疑片刻说：“我们国家还没有私人汽车……”

“对，汽车不是私人的。”传耕笑了，“那开车的司机呢？”

“司机？司机是工人。”

“好了，汽车不是私人的。田土属农民集体所有，也不是私人的，不对吗？那么，请问：国家让一个司机开着一辆汽车去完成任务，没得人说他是单干；为什么集体划一块田土让一户农民去种，也完成国家规定的任务，咋个又变成单干，变成走资本主义了呢？”

传耕说得很激动，尹毓秀瞪直了眼，愣住了。她工作这么多年，还从来没听到过这种理论哩！她一时竟不知如何回答他，苦笑了一下，说：“你很会辩。不过，我不是来同你辩论的，我只是想劝劝你，闹僵了问题更难解决。”

“我也不是同你辩论，我是申诉理由呀！真的，尹主任。我不是要走资本主义道路，哪个农民还愿再吃二遍苦呢？哪个农民不想奔一条能过上好日子的阳光道呢！”传耕看到尹毓秀的脸色和缓下来，转了话头说，“我也求求你，帮我捎个话给常书记，请他下来看看，我们有很多话跟他说。再不能去修那个漏水库了，那样的苦头还没有吃够吗？农民是很想种好庄稼的。一窝蜂出工，出工不出力，种得好庄稼吗？既然承认土地属劳动农民集体所有，让他们自己安排试一试吧！农村的生产关系实在需要调整了。……今天，我和你也说不清楚。”

“你真不简单哪，景传耕。”尹毓秀仰起脸来，望着急切地盯住她的传耕，“看来，我们对你的估计很不足。你不是胡闹，也不是出风头，你脑壳里还有一套一套的东西呢。好吧，要转告常书记的话，我负责转到。只是……”她收住话头，站了起来，“还有什么事吗？”

“有事件，你能不能管管？”传耕想起了慧芸，同时也想到尹毓秀是县妇联主任，买卖婚姻、贩卖妇女，是该她管的事。

尹毓秀把细长的淡眉毛一扬，表示愿意听听。

“我被你们抓来了，住在我家的丁慧芸，很可能还会被拐卖到外省去……”

“被拐卖？”尹毓秀惊骇地插问。

“是的，被拐卖，她已经被卖过一回了。听说，人贩子又来了，就住在屏源镇上。你……你们……求求你们管管吧……这都是因为穷啊！”传耕低下头，感情激动起来，泪水涌出了眼眶，嗓音变得哽咽了，“什么时候，你们这些吃老百姓种的粮食的干部，顾一顾穷山旮旯里的老百姓啊！”

“这事，我记下了。”尹毓秀说话的声调也变了，有些歉疚，有些不安。记得，她是第三次听说丁慧芸这个名字，头一次是何羽介绍景传耕情况时，说景传耕个人品质恶劣，年岁大了，讨不到婆娘，拐带妇女。第二次是丁慧芸来给景传耕送饭，公社行政干部蒋学谦说她是个骗子，骗人家的钱。今天是第三次听说了……到底是哪个说的正确呢？尹硫秀当然不能马上表态，不过她凭着一种直觉，相信景传耕说的是实际情况。要真是那样，还能说他是个坏人，是坚持走资本主义道路，公开煽动单干的现行反革命？连尹毓秀也动摇了。

转过身走出了小屋，又一次忘了关门。

景传耕抓起桌上的饭碗追到门口说：

“尹主任，碗筷……还有，你别忘了锁门。”

21

门上，响起了钥匙插进锁孔的声音。传耕警觉地抬起头来，又会是哪个来了呢？尹毓秀离去之后，快一个小时了。其间，除了有个人在牛肋巴窗户探头探脑瞅了两眼之外，谁也不曾来过，门外连脚步声也没得响过。

门被推开了，昏浊的灯光下，站着两个陌生人。稍站在前头的那个，五十来岁，瘦长身材，脸色黄黄的，一双眼睛热诚地瞅着传耕。他缠着头帕，帕沿里插着一根六寸长的短烟杆，黄铜的烟嘴嘴擦得发亮，两只手自然垂着，巴掌大得惊人。一看就晓得是个劳动汉子。站在他身后，是个比传耕还年轻的小伙，脚上穿一双黑皮鞋，咖啡色裤子的精神缝儿，隐约可辨，肩头上披着一件八九成新的棉大衣，海虎绒领子圈住了他的脖子。这小伙好英俊，饱满丰润的脸庞红彤彤的，挺直的鼻梁，一双眼睛明亮有神，柔软疏松的头发梳得整整齐齐。

虽然都不认识，但这两个人脸上都没啥恶意。他俩定眼瞅了传耕一会儿，互相交换了一下目光，似乎还有点犹豫，迟疑了一刹那，脸上带着几分笑意，双双走上前来。

“不认识，不过我早听说你景传耕了。”年轻的那个先开口，他把炭盆边的板凳往后挪了挪，和年长的那个并肩在板凳上坐下，双手握在一起，嗓音不高不低地说，“先自我介绍一下，我叫沈平，是和你挨邻的岩寨大队的人。”

“噢。”传耕点了点脑壳。一听名字，还是熟悉的。沈平是整个屏源区唯一的拿工资的大队党支部书记。大学毕业后到山寨上来锻炼。哪个都晓得，他当大队支书只是过渡一下，镀点金，要不了多久就会提上去当干部的。

沈平把手指一指年长的那位：“他是……”

“我叫金元盛，和你家爹景气闲认识。”金元盛说话慢声慢气的，看上去比沈平质朴得的多，“我是城关区城北公社跃进大队的……”

“哎呀，金伯，我晓得，我晓得你。”传耕截住了金元盛的话，带着点笑说，“你是鼎鼎大名的支书呀！”

城关区城北公社跃进大队，是在“大跃进”的年头闻名全县，并且在省里挂上号的。而金元盛呢，则是清匪反霸时期就出了名的。那年头，他刚二十出头，在追捕大匪首金元豹的时候，他徒手从半坡的岩石上跳下来，跃到金元豹骑的白马上，一脚把金元豹蹬下了马，活捉了这个大匪首，立了一大功。还是很小的时候，传耕就听爹说过金元盛的这段故事。后来稍大些，经常听到金元盛的名字。是金元盛领头，办起了全县第一个互助组，第一个合作社。公社化那年，也是金元盛所在的城北乡，头一个成立了人民公社。他所在的跃进大队，用紫木树做灌斗，远销省内外的村村寨寨，副业收入相当高。成立了人民公社之后，年年的分配都能在年终兑现，一个劳动日的工分值，最差的年份也在一元四角以上。有这坚实的经济基础做后盾，跃进大队一直是全县的样板，先进典型。“文化大革命”之前是红旗大队，“文化大革命”中是农业学大寨的典型，“四人帮”批唯生产力论那几年，他们受了点冷落。“四人帮”垮台以后，他们又被树起来了，成了坚持集体经济的活动样板。只要一提跃进大队，少不了就要讲到大队支书金元盛。这人也经得起夸，红得发紫的时候，他一年出工在三百天以上；遭冷落那几年，他照样带头出工。不管外头的形势咋个变，他认准一条：粮食生产得抓紧，灌斗制作要紧抓，一年四季供应县城的蔬菜，不能短缺一个季节。粮食能管饱，灌斗和蔬菜能换来钱花，跃进大队稳稳地坐在先进的宝座上，咋个摇也摔不下来。由于他们承担了供应县城的蔬菜任务，可以免交一部分公余粮。而那些春耕、秋收时下乡抓“三催”① 的干部，也不敢随便往跃进大队加征购指标。这杆先进红旗，牢牢地插在城北公社的土地上。至于金元盛的先进事迹，那就多得数不清了。只要公社、区、县不通知开会，只能在田土头找到他。他头一个吹着哨子喊出工，最后一个扛着锄头、犁铧回寨子。有啥事找他办，一律在田间土边歇气时，三言两语解决问题。人们开玩笑说他：“金元盛，你是支书，咋个把生产队长的权夺了?”真是的，他督促着几个生产队长，生产队长督促着社员，生产还有搞不上去的?节气紧、活路忙的时候，金元盛常把饭带到坡上吃，吃完了埋头就干活。回家吃饭的人，能不抓紧点填饱肚皮，往田头赶嘛！好些大队、公社办饲养场，都赔本、倒贴，金元盛让他的婆娘、儿子经管大队饲养场，年年给集体嫌几千块人民币来……自然条件好，领头人作风正。上头派下来的干部到了寨子上，样样得听听他的意见，搞不起瞎指挥，跃进大队的生活水平，在全县农村确实是首屈一指的。

所有这些，传耕都晓得。他正眼望着金元盛和沈平，心里忖度着，这两个稍有名气的人，跑到他被关押的屋子里来，想要干啥?

“我犯胃气痛，医生嘱咐我服中药，一天，躺在床上，愁得我

① 三催——催种、催收、催征购。

直想喊。”金元盛慢悠悠地说开了，好像他同传耕原先就是无话不谈的好朋友，打了多少次交道一样，“听说了你的事，我这胃再痛，也躺不下了。我找到县革委会，给何主任挂电话，说我想来给你摆谈摆谈，何主任一口答应了，还让县里派了车。说来我就来了，传耕，你不会说我多管闲事吧。”

金元盛说了这一句，笑眯眯地望着传耕。

传耕摇了摇头：“不会，金伯。”

“不过，你要这么说我也不在乎。要晓得，这不是闹事，这是大事，太大的事情！”金元盛说话的调子还是慢拖拖的，语气却是凝沉得多了，诚挚中透着谨严，“传耕，我赞同你要让穷困山寨富裕起来的想法，赞同你要改变家乡面貌的决心。老像三多大队那么穷下去，真令人寒心。你说是啵，小沈。”

“是啊！”沈平立即微笑着点头，“在这一点上，可以说我和传耕的想法是一样的。当了几年工农兵学员，大学毕业回来，我为啥不愿在县革委办公室当干部，一定要回寨上干呢，就是想叫家乡的面貌变一变嘛！”

“要叫家乡变面貌，咋个变？”金元盛接着道，“是铁匠绣花、使出软硬两手功夫，还是通百行不如精一艺、专攻一样？我看都要得。干啥都行。只是，万万不能丢了一条，走社会主义共同富裕的道路。啥都可以丢，独有集体经济丢不得。大道理我没得你们两个会讲，也讲不圆。我只讲一点，要富，要叫家乡改变面貌，得像跃进大队那样干。肚子管饱，身上穿得像个样子，劳动日工值摊上一块多。我走到哪儿说话，跃进队这杆红旗风吹不倒，关键的关键，是坚持了集体经济，坚持了社会主义道路。”

金元盛从头帕上取下六寸长的短烟杆，掏出一只小塑料袋，从袋内抽两张黄烟叶，扯碎一张，慢条斯理地裹好后，装在烟杆脑壳上，俯下身子，就着炭火，吧嗒吧嗒咂了好几口，又坐直了身子，瞅着传耕。

传耕垂下了眼睑。盆里的炭火烧得通红通红，不时爆裂出一些火星子来。听取这一番话，传耕已经摸清了金元盛和沈平两人的来意。他们是像喻慎一样，来劝他回心转意的，只不过换了一种方式罢了。

“传耕。”金元盛咂巴了好几口烟，继续说，“要像你那么干，可不行啊！先是听到你领着社员不愿上水库工地，我就吃一惊。脑壳里头在打转转，景气闲的儿子，咋个不听党的话呢？后来，又听说你要划分田土闹单干，嗨，我先是不相信，说这是越传越邪啦！后来，得到确切消息，说这是真的，我在床上咋个也躺不住了。你还年轻，我得赶到这里来，对你大喝一声：此路不通。传耕，我要问问你，一个贫下中农的儿子，不要社会主义，要啥？”

“我是要能让寨上乡亲吃饱饭的社会主义。”传耕两眼盯着炭火，回答了一句。

金元盛从嘴里拔出烟杆，朝着板凳脚“笃笃笃”地敲，敲落了烟头，把烟杆朝横里一指，说：

“嘎多寨、三多大队的百姓差欠粮食，那不怪社会主义，不怪集体经济。那得怪寨上干部的工作没得做好！要不，为啥跃进大队的社员丰衣足食，同是一个县领导的三多大队，就缺吃少穿呢？”

“全县有几个跃进大队呢？”传耕真想这么问问金元盛。话到嘴边，他又咽了下去。他看到金元盛又黄又瘦的脸上，像抹了层霜，显然是生气了。传耕不想和这个自小尊敬的人发生冲突，保持着沉默。真要讲起来，他有好多话说呢。

见传耕不再说话，金元盛的语气又缓和下来，慢声慢气地说：

“当然，传耕，你还年轻，俗话说：路不走不平，事不经不懂。走点歪歪道，也是难免的。可也得听劝啊！我金元盛比你爹小几岁，比你们大队的费正明小几岁，总比你大得多吧。这二三十年来，我没啥其他本事，只认准了一条，听党的话，紧紧依靠广大群众，我们山旮旯里的老百姓，就有好日子过。你听我金伯一句话，认个错吧，向何主任表示个态度，要得啵？”说到这儿，金元盛还在传耕的肩膀上轻轻地拍了两下。

炭盆里一根粗圆的枫炭“噼啪”炸成两半。传耕纹丝不动地坐着。屋里出现一阵难耐的沉默。

“我想想吧。”半晌，传耕才低低地说了四个字。他拿定了主意，不和金伯发生争吵。

沈平咳了两声说：“传耕，想想是可以，但最好赶紧拿定主意，我们年龄相当，是同时代人，我能理解你的心情。哪一个不想在青年时代，干出一番轰轰烈烈、震天动地的事业来呢。不过，我们毕竟年轻啊，传耕。常言道：一失足成千古恨。走错了道，再不回头，摔下深渊去，那就无法挽回了。听了金伯的话，我都很受教育，这是过来人的肺腑之言啊！传耕，照着金伯的话做，我相信，像我们的岩寨，你们的三多大队，也都会逐渐富起来的。”

“你们岩寨上，有个叫秀玉的姑娘吧?”传耕瞥了沈平一眼，出乎意料地问。

“有。”沈平感到莫名其妙地眨巴着眼睛，“宋秀玉。你认识她?”

“不认识。”

“我是说嘛，宋秀玉到外省相亲去了，你咋会提到她。”沈平自言自语地说。

“我不认识她，但是见过她。”

“见过她?”

“是的。在她到外省去的火车上，她吵着闹着要回家，她发现受了骗。”

“受骗?”

“嗯。她被拐卖出省了。”

“你越说越怕人了，传耕。”

“可惜是事实。”传耕冷冷地说，“你这个大队支书领导下的寨子里，有人被拐卖了，你是咋个想呢？沈平。”

“这不可能。宋秀玉去外省相亲，岩寨上好些人都晓得。”

“这就更可悲。”传耕严正地说，“你想过没得，沈平，即使像你说的，宋秀玉是去相亲，她一个年轻轻的姑娘，为啥非要坐上火车，到几千里之外、人地生疏的地方去相亲呢？”

沈平仰着脸，振振有词地说：“婚姻自主，恋爱自由嘛！我咋个能干涉。”

“好轻飘的一句话，沈平。”

“那你要我咋个办？”

“只要稍稍了解一下，就会晓得秀玉为啥出远门去相亲。”

“我忙得脑壳都转晕了，哪里有时间管这些婆婆妈妈的事。”

“婆婆妈妈的事？沈平，我看你怕是只想混过这段镀金时期，早点回去当官吧……”

“胡扯！”沈平一声厉喝，打断了景传耕的话，嗓门陡地提高了，“景传耕，今天我不是来跟你讲这些鸡毛蒜皮的事的，我也不要你来教训，我是来奉劝你……”

金元盛粗大的结满老茧的巴掌，在沈平的手背上拍了两下，沈平才勉强息了怒气，冷眼乜斜着传耕。

金元盛手里拨弄着六寸长的短烟杆，哪个也不瞅，一字一顿地说：

“这种事，我听说过。沈平，当真像传耕说的那样，你回去倒是该查一查。拐卖妇女出省，这是犯罪行为。抓到罪犯，就押送公安局去，不用跟他讲客气。传耕，在这件事上，我同你观点一致，你的是非观念很清楚。可为啥在走什么道路的大是大非问题上，你又糊涂了呢？闹单干，不要集体经济……”

“不是不要集体经济，金伯，是不要一窝蜂似的集中干活……”

“你说啥？”传耕一顶他，金元盛显然有点惊疑，他把脑壳一伸，皱紧了眉头，故意问，“讲清楚点。”

看他那副神态，传耕放缓了语气说：“金伯，开头我是拿定了主意，只听你讲，不同你掰嘴。从小就听过你的事迹，我敬重你……”

“莫给我灌米汤啰。”金元盛打断了传耕的话，“你认个错，比讲一百句恭维话还强。”

“不是恭维话，金伯，是实话。可你们一句一句地逼上来，我不得不解释几句了。”传耕双手扶膝，坐直了身子，朗朗地说，“事实证明，在三多大队，在岩寨，在我们团转的村村寨寨，集中田土、集中劳力、集中干活路、集中分配的方式，实在干不下去了。再这样干下去，只会越来越穷。你不要打断我，金伯，听我讲完。我晓得你要说，那为啥跃进大队能搞得这么好呢？是的，跃进大队确实是一面红旗，是先进。你金伯吃苦在前，享受在后，任劳任怨，先公后私，关心群众疾苦。为跃进大队，你操碎了心。只是，金伯，你晓得啵，正因为跃进大队是一面红旗，是典型，是先进，它有好多特殊哩。”

“特殊?”

“田土里发生了虫灾，包谷土里出现了土蚕，水田里出现了稻花螟，要农药了。你们跃进大队总有吧?”

“嗯。”广金元盛勉强沉住气，不时翻起眼睛瞅传耕一眼。

“田土的肥料不足了，需要化肥，你们能买到吧!”

“能买到，全是正当路子买来的，不是开后门。”金元盛郑重地申明。

“我晓得。金伯，你是不是晓得，所有的寨子，要农药、要化肥，是统一平均分配的呢？数量也少得可怜。你不开后门就能买到化肥、农药，而好些大队、生产队，开后门都还买不到哩！还有，县里干部义务劳动，各行各业支援农业的时候，不都找到你们大队来吗?”

“那是他们主动来联系的……”金元盛的声气不那么响亮了。

“是的，金伯，那一点都不怪你。他们都是冲着你这块样板，这个先进而来的。”传耕淡淡的一笑说，“再有，跃进大队有满坡的紫木，有打灌斗的能工巧匠，有离县城很近的地理优势，所有这些好条件凑在一块儿，再加上你这么个好领导人。当然搞得比其他地方强啰！说来你不要生气，金伯，我承认你跃进大队先进，但我不稀罕。只要让我照着乡亲们的愿望干上三五年，我敢说保证超过你！”

沈平冷笑道：“好狂妄！”

“啥？你说啥子？”金元盛两眼睁得好大，“超过跃进大队？”

“对！你敢不敢和三多大队比赛？”

“光天白日做大梦！”沈平斜了传耕一眼道，“你得放明白点，你这是被关在小屋子里，弄不好还要进班房。”

“岂有此理。”金元盛也愤然地拿起烟杆，指着传耕道，“我坚持走社会主义道路的跃进大队，同你走资本主义道路的人竞赛，哼！”

传耕也正色道：“你先莫胡乱扣帽子嘛！真要赛，我谅你赛不赢。”

“我看你真是疯了，硬要见了棺材才落泪。”稳扎谨严的金元盛，这会儿也沉不住气了，他抓着短烟杆的手微颤地指着传耕，提高嗓门道，“景传耕，你一个老土改根子的儿子，我为你可惜啊！走，沈平，这种人连我也无法劝了。”

金元盛和沈平，瞪了传耕一眼，一前一后，气冲冲地走出了小屋。

门砰的一声重重地关上了。小屋内又恢复了沉寂。传耕两手抱膝，目光炯炯地瞪着已不那么旺炽的炭盆，陷入了沉思冥想之中。

第五章

22

下午两点钟光景，客车到达县城。喻慎在车过县委机关大院时，请求司机停了车，独自先下来了。她急忙奔去找常爽。常爽还在乡下，也不知道他什么时候回来。

怎么办呢？喻慎站在收发室门口没有了主意。她知道何羽已下了决心要“治”传耕，在乡下，没有人能阻挡他。尹毓秀要她来向常书记汇报，常书记又偏偏不在。她抬眼四望，想找一个熟人为传耕申诉，却没有人认识她。

蓦地，她发现收发室墙上贴着一张火车时记表。下午两点三刻，有一列慢车路过这里去省城，一下把她提醒了。对，直接到省城去找爸爸，把情况详详细细告诉他，只要他表个态，写一张条子，或者让秘书给县里挂个电话，传耕不就可以获得自由了吗？

但是，当她搭上拥挤的列车的时候，她的心里又不安了。自己事前没打声招呼，突然跑回去，爸爸在不在省城呢？要是他到北京开会或者去下面调查蹲点了，那又怎么办？心里的焦急，使她不断望着窗外，快到了吧？快到了吧？

五点半，她终于出现在省城车站的广场上了。在山乡住久了，乍一来到这宽广平坦的地方，竟使她产生了一种陌生感。

好容易挤上了公共汽车，心里禁不住怦怦地跳。她想象着，自己突然出现在爸爸和弟弟面前，他们会多么惊异啊！爸爸一定会问：你怎么连行李也没带回来。她就会抓住这机会告诉他一切。

汽车过了三站，便到了市中心的山荫路，街道很拥挤，车速减缓了。喻慎从车窗望出去，道路两边在修盖大楼，建筑用的预制块、水泥板、砖、钢筋和砂石，堆在人行道上。那些还没有拆除的老式住房，东倒西歪，竟然还住着人家，从一扇窗口里，正传出倍司很足的收音机喇叭声。

嚣杂、喧闹、声浪不绝。这就是省城，是她将要调来工作的省城吗？

突然，汽车停下了，很久都没有启动。

“怎么回事？”有人问。

“前面堵住了。”售票员冷淡地说。

“倒霉！”有人喊了一声，“开门，我们下去。”

不少人下了车。喻慎在车上等了一会儿，终于坐不住，也下了车。她这才看清，前面十字路口拥塞着挤挤挨挨的人群，都踮起脚跟、伸长脖子，在朝前面张望。她好奇地走了过去，才发现马路上停着一长排闪闪放光的小轿车、面包车、大轿车，旁边还有摩托车护送。这是咋回事呢？

“哈，这下闹笑话了！”人群里有谁讥诮地说，“省委欢迎客人的车队让讨饭的叫花群堵上了。”

讨饭的叫花子？喻慎心里一动，想起了嘎多寨的于老古，他扬言要到省城来讨饭，来没来呢？她抬头张望，除了车就是人，啥也看不清。

“喻慎，喻慎。”冷不防有人在她肩上拍了一下。她回头一看，嗬，太令人惊喜了！原来是宗妮娜。她身材高瘦，乌黑的头发梳成两条辫子，略显长了些。白色脸庞上戴一副近视眼镜，说话的嗓门活像男子汉，胸脯显得有些平板。

喻慎一下抓住她的双手直乐：“哎呀，瞧你，一点没变，还是那副样子！”

“不，你不要恭维我，我可是老多了。”宗妮娜把头朝后一仰，额头上果然出现了好几条皱纹，“你啥时候来的？来干啥，出差吗？”

“刚到。算出差吧，我想去省委……”

“去省委？”宗妮娜那双小小的眼睛，在厚厚的近视眼镜后面瞪得老大，“去省委干啥？”

喻慎支吾着：“呃……”

“没意思。”宗妮娜轻蔑地说，“也想去走走路子吧？告诉你，那儿门卫森严，光盘问就够受的。算了，跟我到家去，吃了晚饭找老知青们去聊天。今晚就睡我那儿。”

“我是受人之托来的。”喻慎委婉地说。

“那又当别论了。找得到吗？我陪你走一截路。走吧，这里没啥好看的。”宗妮娜说着，伸出手臂拨拨身旁一个胖子的肩膀，“喂，请让让，让过路。”

她俩一起挤出了人群，到了人稀的地方，宗妮娜问：“看见我发表在杂志上的那幅油画了吗？”

“是《勿忘》吧？听说了，没见到。”喻慎说，“不过，从报上的争论来看，我相信你画得很好。画了些什么？”

“画面上是个衣衫褴褛的山寨老妇，搂着小孙女……算了，以后我拿本杂志给你，你自己看吧。”宗妮娜手一挥，说，“现在各方面思想都很活跃，美术界要求大胆创新的呼声很高，大家都渴望冲破禁区。只可惜，冲来冲去，好像只有画裸体女人才算思想解放。我决不这么干，我们这一代人对生活有深切的体验，我要把当年感受到的东西好好画一画！”

“对！”喻慎不由得赞同地直点头。

宗妮娜微微一笑：“我这幅画算什么，告诉你，我们集体户的盛雍写了一个短篇小说，如果能发表出来，才真会轰动呢。”

“他写了啥？”

“就是前两天，他在市中心的红都大饭店门口，遇见了我们落户那个区出来讨饭的一个老农民。当天晚上，他一夜没睡，写出了一篇小说，题目叫《三十年来……》。稿子送到《清泉》编辑部，听说编辑部本身就有争论。这会儿，纪明洁主编已把稿子送到市委宣传部去了。”宗妮娜讲得眉飞色舞，兴致勃勃，“要是这篇稿子发表出来呀，你看嘛，省里的文坛准会闹成一锅粥。”

喻慎不禁心里一沉，早上在嘎多寨看到的情景，又浮现在眼前，如果把这一切告诉了盛雍，他会写出什么呢？然而，她婉转地说：“你看这样写妥当吗？老贫农要饭……”

“有啥不妥的？”宗妮娜扶了一下眼镜，激动起来，“难道你没有看见吗，那就是现实。一边是省委欢迎邻省对口赛检查团的车队，大大小小上百辆车；群众说，对口赛，对口赛，标标准准的‘对口赛’，一边是几十个讨吃要饭的农民，坐在那儿要求给‘对口’的救济粮。邻省一个省委书记带个检查团来，算个什么事呢？也要叫省市两级的文艺团体集合去机场，载歌载舞地欢迎。还有笑话呢，原说飞机十二点钟到，结果因为天气不好，晚点四个小时才能到。大家十一点就到机场去了，都喊肚子饿，机场餐厅又没准备，只好派车回来到糕点厂去提糕点，每人一斤。糕点还没提来，飞机倒已到了，客人下了飞机，接客人的轿车又被司机开走，司机到外面混吃的去了，真是乱成了一锅粥。害得我在那儿站了几个小时的电线杆子，点心一到手，对不起，‘拜拜’了。看，我这儿还有两个桃酥没吃完呢，尝尝吧！”

说着，宗妮娜从粗呢上衣袋里掏出一只塑料袋，递给喻慎。喻慎从嘎多寨赶到屏源镇，没吃午饭又一路赶来，早饿得饥肠咕咕了，接过塑料袋，掏出桃酥就嚼。

“还真香呢！”

“是啊，香的是钱，人民币。反正是国家的，也不掏哪个的腰包。”

宗妮娜的牢骚很盛，句句都露着锋芒。喻慎听了，隐隐感到不安。这不都是在发省委领导的牢骚嘛。爸爸新从北方调来，名字已见过一次报，紧挨着省委第一书记。宗妮娜是不知道她的爸爸的。但喻慎真担心，要是爸爸听到了群众的这些牢骚，他会说什么呢？她不敢把自己的心思暴露在宗妮娜面前，只淡淡地一笑说：

“我整年待在乡下，知青都走光了，很久没听到你这样火药味浓浓的牢骚了。”

“这不是牢骚怪话，”宗妮娜一本正经地把脸转向喻慎，额头上又显出了几条皱纹，“这是老实话。当代青年爱发牢骚，也不能全怪他们，谁让他们的日子过得不顺心呢。我们十八九岁的时候，上山下乡；现在十八九岁的青年待业。其实是一回事。你说呢？”

喻慎不置可否地点点头，她还没考虑过这个时代的题目。走了一程，她换个话题问：“你成家了吗？”

“我这副尊容，谁敢来高攀。比我高的男子，大概只有篮球队里才有。老大难啦！”宗妮娜白皙的脸上掠过一丝苦笑。

喻慎瞥了一眼微显沮丧的宗妮娜，不禁想起当年在嘎多寨，宗妮娜对盛雍就是有意的。盛雍不大爱整洁，常常受到姑娘们的奚落，宗妮娜就是奚落他最厉害的一个，偏偏又是她经常替盛雍洗衣裳。姑娘们取笑她是盛雍的“奴隶”，她也不在乎。想到这些往事，喻慎忍不住问：

“那么，盛雍呢，他有对象了吗？”

“有了。”宗妮娜冷冷地回答，“市委宣传部副部长的公主，是个标准的保守型姑娘。”

“保守型姑娘？”

“对了。一个思想僵化得和这个时代不合拍的姑娘，人倒是长得很漂亮……”

“你见过？”

“哦，不，盛雍给我看过照片。你想嘛，送给对象的照片，还是穿着身公安制服拍的。未免严肃过分了。”

喻慎忍不住一笑，随口问：“她在公安局工作？”

宗妮娜点了点头。

“她叫什么名字？”

“贡晓婷。”

“嗳。你起先不是说，盛雍写了一篇会引起轰动的小说，他的对象思想保守，会赞同他写?”

宗妮娜笑了：“这就是他们恋爱中的怪事了！两人的个性很相投，可就是思想深处认识不一致。盛雍写小说的事，还没告诉对方呢。”

“真奇怪。”

“说怪也不怪，这也可以说是当今人与人关系中的一种新情况，值得研究、探讨。”宗妮娜滔滔不绝地发起议论来，“反正，关键的关键，对恋爱双方来说，重要的是物质基础。你不敢赞同吧？那么你呢？对象……”

“彼此彼此。”喻慎连续截住宗妮娜的话，淡淡地回答。

“哟，你这样漂亮，还不赶紧找个主儿？怕是你瞧不起人家吧?”

喻慎有点尴尬，窘迫得不敢睨一眼宗妮娜，只讷讷地说：“主要是身边没合适的……”

下面的话，是她说得太轻，还是被一阵嘈杂的汽车喇叭声淹没了，宗妮娜没听清。她似乎也没认真听，光顾着自个儿在考虑什么了。喻慎说完好一阵，她才回过神说：“要是真这样，就想个法儿调进省城来。再怎么说，大城市总比屏源镇那夹皮沟似的一条街强。调进来了，再解决个人问题。不过，调到省城来，难哪！”

“难吗?”

“你当真是从夹皮沟来的吧，连这点国情也不摸。”宗妮娜又恢复了俏皮的口吻，“我们这个社会主义国家的母体，是长达几千年的封建社会，百多年的半殖民地半封建社会，陈规陋习源远流长，政治上的专制性，社会上的等级性，思想上的保守性，经济上的依附性，劳动上的强制性，产品上的自给性，人事上的复杂性，啥杂七杂八的名堂多哪。今天不跟你多讲，既不是地方，也没有时间。以后，我们再讨论吧。只说一点，你要找到一路子，只需当官的一句话，就能调来了。要不呀，你就等着瞧吧。好了，不陪你多走了，去省委，顺着这条街一直走到明园路，看到门岗，那里面就是。办完事，去我家玩。我住姐姐家，解放路铁路新村一号，好记得很。”

宗妮娜走远了，瘦高瘦高的身影消失在人群中，喻慎装了一脑壳宗妮娜带给她的庞杂印象，照她指的方向，朝明园路走去。

明园路和城区的其他街道显然不一样。S 形的路面紧挨着绕城而过的柳河，两岸栽满了水桶粗的柳树。那婀娜多姿的垂柳，随风轻拂着，把湿润的花香草气送了来，令人觉得空气清新爽洁。路面由于经常清扫，看不到什么灰尘污水。马路两旁种着冬青树。一路走去，在绿树浓荫中，一幢一幢精巧别致的红砖小楼，隐约可见。

喻慎倒没有碰到宗妮娜说的那种盘问。听说她找喻帆的家，门岗给她指点了一幢小楼，就让她过去了。小楼外有一圈人高的围墙，警卫问明她是喻书记的女儿，看看相貌相像，笑着请她进了屋。

倒是个头高得令喻慎吃惊的弟弟不认识她了。他躺在客厅的长沙发上转过脸望了她一眼，懒懒地说。

“找我爸爸吗，他还没回来，到隔壁坐会儿吧。那儿有茶有烟，自个儿动手。”

喻慎站在客厅门口，伫立不动了。客厅里铺着棕红色厚地毯，红木裙墙衬着奶黄色的墙壁，墙上挂着字画，玉米状的壁灯，瓷钵状的吸顶灯，喇叭花形的吊灯，琳琅满目，皮沙发围成一圈。所有这一切，既熟悉又陌生。青少年时代，她就在这样舒适的环境里长大，那时候家里还有妈妈。一刹那间，学生时代的情景、妈妈的脸，都闪现在眼前。这些年来，喻慎什么时候感觉到家庭的温暖啊？她把过去的一切，都淡忘掉了。裂缝的知青屋，传耕家的茅屋，区妇联的木板屋，十几年来她住的就是那样的房子。眼前的一切真使她感到生疏、触目。

啊，这就是她的家。茶几上那架盒式录音机正在唱着什么，歪躺在沙发上的弟弟，跷着腿随着歌声一颤一颤地合着拍子：

天边一颗星星流，

淡淡的云儿愁，

怎舍得恩情付水流，

泪儿是太难收。

是她伫立不动的样子，还是弟弟醒悟到了什么，他终于支起身来，抬头盯着她。

弟弟，一个英俊时髦的弟弟，一个长得多么像妈妈的弟弟，一个好久没见面的弟弟。喻慎的泪涌了上来，她抑不住了，嘶声喊着："喻坚！"

"姐姐！"喻坚跳了起来，张开双臂扑到喻慎跟前，拉起她的手就往客厅里拖，边拖边嚷，"姐姐，你可回来了！可把爸爸和我盼死了！噫，你的行李呢？"

喻坚把姐姐拖到一圈沙发中央，目光投向门外，看见一行刺目的泥脚印。

喻慎吓了一跳。自己的鞋子沾满了山道上的泥，坐了几个小时的车已经干了，走在马路上不觉得，一踏上地毯上，一步就是一只触目的泥灰色的脚印。她脸红了，支吾说："没带……"

"你还不想来省城啊。那山沟沟里到底有什么吸引着你？"喻坚长得挺美，五官端正，脸庞丰润，头发油黑，只是说话没轻没重，"你说，是不是那儿有个亲爱的？"

"喻坚！"喻慎的目光移到那只盒式录音机上。

有人是不愿走，
有人是不愿留。
一定要走，
我请你记住我一片情柔。
……

是那缠绵悱恻的歌声，还是弟弟的话讲得太粗鲁，喻慎的脸涨得绯红，嗔怒地瞪着喻坚："这鬼盒子里唱些什么呀？"

"情歌，时髦的流行曲，或者叫时代曲。"喻坚把录音机揿了一下，那软绵绵的歌声停了，“有什么办法呢；爸爸不让我出去，怕我闯祸，只好闷在家里听这玩艺儿。姐姐，你快来省城吧！要是真有对象，把他一起调来；要是没有，到了省城再找。省委书记的公主还怕选不到如意郎君？”

“看你，越说越没边了！”喻慎这会儿的口气严厉了。喻坚满不在乎地抹了抹油浸浸的头发，做了个鬼脸：

“息怒，姐姐息怒。原来你还像当年那样，是个清教徒啊！给你吹吹新时代的风吧，这会儿可是解放啦，和你们那阵儿傻呵呵地上山下乡不一样。不信，你再在这一代小青年中动员动员看，谁还愿插队落户？”

喻慎能说什么呢，跟宗妮娜不一样，这是又一类自誉思想解放的青年。那么，自己算什么呢？保守派，清教徒，受伤的一代？思考的一代？

“姐姐，你怎么不说话？给我讲点你在乡下的事吧。噢，对了，有个人来找过你。”

“谁？”

“他说是同你一道插队的，姓饶……”

喻慎的脸一下泛了青：“以后他再来，请他滚！”

“那还不容易！”喻坚讪讪地答着，疑惑地瞥一眼生气的姐姐，不敢再说笑了。他朝窗外望了望：“瞧，天黑了，我去关照炊事员，多准备点饭。”

喻慎呆痴痴地跌坐在沙发里，望着弟弟拐出了客厅。她的脸顿时罩上了一层重滞的阴影，胸脯在微微起伏，眼角莫名其妙地掉下两颗泪来……

23

过去，只听说父母干涉儿女的婚事，从没听说过儿女干涉父母的婚姻。而这样的咄咄怪事，偏偏让贡建湘摊上了。有什么办法呢，但愿老首长能给女儿做点工作，把她说服了。

吉普车拐上了明园路，开得更快了。贡建湘又有些忐忑不安，这个时候到省委书记喻帆家去，不正撞上人家吃晚饭嘛。他不禁瞟了女儿一眼，晓婷端坐在后排座位上，无沿软帽、公安制服穿得整整齐齐。一个俏丽端庄的女儿，循规蹈矩的女儿，却也是惹得贡建湘愁绪满怀的女儿！

论对爸爸的照顾，论品性，晓婷是再好也没有了。只是，她为什么不像当今一些小青年那样，思想活跃，看法独到，观点新颖，善思善辩呢？她为什么那样墨守成规，思想僵化得简直不像个青年呢！

“嘎”的一声，吉普车在小红楼的院墙前停下了。晓婷动作利索，先一步下了车。贡建湘向司机道了谢，才从车里出来。

自从老首长调来任省委第二书记，贡建湘这个当年的秘书，已经来探望过几次了。警卫让他和晓婷进了幽静的庭院。

一阵脚步声传来，喻帆的宝贝儿子喻坚出现在台阶前：“哟，贡叔叔，晓婷姐，快请进。”说着，滑稽地鞠了一躬。

“爸爸回来了吗？”贡建湘含着笑，也逗趣地说，“请便请便。”

喻坚直起腰，笑吟吟地说：“你真是贵人多忘事，爸爸今天欢迎对口赛检查团，正大宴宾客呢，能这么早回来吗？”

“哦。”贡建湘想起来了，邻省的检查团来访，省里今晚举行宴会，也通知他去，他因为《清泉》编辑部送上来一篇难以定夺的稿子《三十年来……》，正头痛呢。他连连拍着额头：“哎呀，我倒忘了！”

“没事，你进东边小客厅坐吧！”喻坚热情地邀请道，“爸爸没回来，姐姐倒回来了……”

“喻慎？”贡建湘快步朝里面走去，“那个懂事的小姑娘。”

“刚吃晚饭，正洗澡呢。”喻坚把贡建湘父女让进东厅，自己往沙发上一靠，指着大茶几说，“要喝茶，请自便。”

东厅的沙发是柚木大理石靠背，藤编坐垫，很雅致。贡建湘坐了下来，拿过烟厅抽出一支，边点烟边问喻坚：“喻慎回来几天了？”

“晚饭前刚到，我都不认识了，完全是土包子打扮，比晓婷姐还要‘革命’。”

贡建湘不由转脸望了晓婷一眼，她坐在单人沙发里一声不吭。贡建湘又问喻坚：“那喻慎的思想呢，开放吗?”好像是故意问给女儿听。

“难说了，可能共同语言不多。”喻坚换了一个姿势，两手抱着膝头问，“贡叔叔，市里面那帮青年搞的什么‘自由论坛’结社，怎么样了?”

“难剃的刺儿头。”贡建湘把火柴梗丢进烟灰缸，吐出一口烟说，“那是一帮借侈谈思想解放而另有所图的家伙，气焰嚣张得很。”

“早晚要被抓。”始终没说话的晓婷冷冷地插了一句。

贡建湘吁了一口气：“唉，真是黄河长江，泥沙俱下呀！思想解放运动如滚滚洪流，什么样的人物都蹦出来表演一番，什么样的思潮都有。”

“那不很好嘛!”喻坚呵呵一笑，“让大家辨识辨识。”

“还好呢!”晓婷一噘嘴，“已经有人说了，农村分田分地，城市大做生意，知识青年闹着要回故里，党政机关里有人争权夺利！再‘好’下去，无产阶级专政还要不要?”

喻坚惊愕地瞅瞅晓婷，又转脸看看不动声色的贡建湘，知道这父两俩意见不合，他伸伸舌头，把手往上一举：“对不起，少陪了，爸爸回来我叫你们。”

不待贡建湘起身，他跳起来走了出去。

贡建湘责备地乜斜女儿一眼，心里说，瞧你，把主人得罪了。不料贡晓婷正怨尤地瞪着父亲，那脸色仿佛在说，怎么，他是省委书记的儿子，我就不能表示相反意见了?

到了嘴边的话，贡建湘又咽了下去。他要一说出口，女儿必定会驳斥他，那不就在老首长家里争执起来了。唉，都是因为那幅画，因为纪明洁。

贡建湘叹了口气，仰靠在沙发上，默默地抽着带过滤嘴的塔山牌高级香烟，徐徐地吐着烟圈。父女俩都不说话，小客厅里就显得静寂了。哪像他的家，说起来是个市委宣传部副部长，住的却仍是三间平房大杂院，家家户户的煤堆放在院子里，一到下雨天，雨水把乌黑的秽水冲得满院子都是，穿过院子走进屋，不管你多么勤快地拖地板，屋里总是有沾了煤屑的脚印。这还不算，十几家市委机关的干部家属住在一院，同事多年，谁都认识谁，家家的窗户都朝着院子，家里来个客人，不是这家知道，就是那家看到。纪明洁不就是因为这个缘故而不敢到他家来嘛！不来，又要保持接触，有什么办法呢？只好去公园，或者在柳河边散步。

散步，本不是什么叫人难为情的事情。他五十出头了，妻子早在“文化大革命”中被整得抑郁而死。纪明洁的丈夫，歌舞团的一个小提琴手，也在前些年因病过世。他和纪明洁，在文化系统的五七干校里建立了感情，老来互相作个伴，这本是光明正大的。可是女儿大了，怎样跟她谈这件事呢？她自己也在恋爱了，并且郑重其事地宣布过：“爸爸，我交了朋友，男朋友！”

“好啊，他……”贡建湘想细问问。

“才开始呢！等有了进展，我会一五一十都向你坦白。”

女儿对他这样开诚布公。他呢，偷偷摸摸，难于启齿。事情糟就糟在这里。那天近郊的柳河岸上格外僻静，走半天也没个路人。轻风吹拂着那秋末的柳叶，送来阵阵郊野里清新沁人的空气。纪明洁的手挽着他的臂膀，脑壳信赖地倚在他肩头上，他俩都沉浸在晚来的爱情中。偏巧，迎面驰来一辆自行车，嘎一声停下了。两人还没有反应过来，穿着公安制服的晓婷已跨下车，恭恭敬敬地叫了他一声：“爸爸。”

贡建湘参加革命三十多年，平时在任何场合都很有自制力，很能适应环境和气氛，这会儿，他的涵养再好，也憋不住红了脸。纪明洁呢，那就更不用说了。她几乎是遭了雷击一般松了手，脸涨得比秋茄子还红。

“这……这位是……”贡建湘不知所措地说。

“我叫纪明洁。”倒是纪明洁爽快，向晓婷伸出手去。

晓婷含蓄温厚地一笑，握住了纪明洁的手：“你好，有空去我们家玩。”又很得体地说声“有事”，看了父亲一眼，便跨上自行车走了。

“几年了，你为什么不告诉她呢?”望着晓婷骑车远去的背影，纪明洁有些埋怨贡建湘。

“唉!”贡建湘除了叹息，还能解释什么呢?

那天回到家，在晓婷面前，他总像偷了东西的人被揪住了一样尴尬。要知道，晓婷是他和亡妻于蔚文唯一的女儿，他们这个家庭是经过许多磨难的。

于蔚文在大跃进的浪潮中，参加调查组、慰问团去过农村，参观了公共食堂、敬老院，看到了大炼钢铁。回来在给组织汇报时，如实谈了自己对一些具体问题的看法，还举了一个例子，说敬老院里的一些老人原是有子女的，是上头为应付调查慰问，把他们强迫弄在一起，白天去慰问时，他们乐呵呵地有说有笑，夜间走到敬老院外面，就听到里面传出老人们的啜泣声。就因这样一次汇报，于蔚文成了右倾机会主义分子。当时，贡建湘的心头多么痛苦啊！他必须在批判会上表态，当着众人、当着妻子的面，慷慨激昂地表示同她划清界限。于蔚文被定性之后，领导接二连三地找贡建湘谈话，为了彻底划清界限，他们终于离了婚。要论感情，贡建湘是舍不得的，当年在战场上，贡建湘受伤的身体，不就是卫生员于蔚文背下来的嘛！但是革命哪能讲感情呢，私人的缠绵的感情，必须割断。当时，于蔚文只提出一个要求，女儿要跟着她，贡建湘答应了。直到“文化大革命”初期，于蔚文在牛棚里旧病复发，死在批斗会上。晓婷正好初中毕业，无家可归，贡建湘闻讯，才让女儿回到他身边来。那年头，贡建湘在当市文化局的副局长，造反的恶浪正冲击着他，“走资派”“执行修正主义文艺黑线”“网罗牛鬼蛇神”一类帽子，给他扣了不少，在省市文艺界的批斗会上，宣读他的罪行时，总要提到他是右倾机会主义分子、死有余辜的于蔚文的丈夫，表面上两人脱离了夫妻关系，实际上是一脉相通、臭味相投，现成的罪证就是，他收留了他们的女儿。

后来，晓婷在省城市农村插队落户，当了知青。父女重新相处，贡建湘才发现这姑娘循规蹈矩，沉默寡言，使他着实感到惊讶，为什么实事求是，敢于大胆直抒胸臆的于蔚文，会教育出这么一个女儿。

打倒"四人帮"这一年多来，思想活跃，回顾历史，总结经验教训，重新评价以往历次政治运动，成了一股思潮。贡建湘已听到些传闻，说要给当年错划的"右派"平反。要真是那样，于蔚文的彻底平反，也势所必然。正因为如此，贡建湘的内心深处总有点隐隐的不安，他已经意识到当年离婚是一步错着，他对不起于蔚文，而想挽回却永远也不可能了。他就尽其可能尊重晓婷，力求不伤她的感情，好像唯有如此才能弥补他的过失。他甚至还考虑过割断与纪明洁的感情，后半辈子就同女儿、女儿将来的一家生活。但是，纪明洁又是那样豁达大度，那样吸引着他。她理解生活，理解人的感情，就是对贡建湘怀恋亡妻的歉疚心理，她都表示着真挚的同情。贡建湘离不开她！他怎么可能离开她呢，她对他是那么信赖、尊重，那么爱……

他必须处理好纪明洁与晓婷之间的关系。

太难了。

坐在女儿跟前，贡建湘几次想表示歉意，都没说出口来。

"爸爸，那个人真有风度，是大学毕业生吗？"结果倒是晓婷在晚饭桌上先挑起了话题。

"是的。"贡建湘惊愕女儿说话的语气那么平静，他惴惴不安的解释，"我们是在干校认识的，后来我调到市委宣传部，她去编刊物。"

"她不到四十吧？"

"四十出头了。"

“哦，那她显得真年轻。”

“太年轻了吧?”贡建湘完全是征询的口吻。

“年轻才好呢!”

“嗯。我可是老了……”

“哈哈哈！哈哈哈!”贡建湘的话逗得女儿一阵敞怀大笑，“爸爸，你不老，一点不老，我插队时那些知青，现在的同事，都跟我说，你爸爸高大魁梧，红光满面，长得真帅。”

“嗬，哈哈……”

一场贡建湘估计得非常严重的谈话，就这样轻松愉快地结束了。贡建湘卸下包袱，已经在同纪明洁商量什么时候办喜事了。

谁料到，事情竟会突然变化，演变得那么严重呢。

“爸爸，听说社会上争论得非常激烈的那张油画《勿忘》，就是纪明洁主编的《清泉》杂志发的?”

“是啊，你听到些什么反应?”

“把这张画发在封面上，你点头了?”

“我没过问，编辑部有权自己决定。”

“这就好。”

“怎么了?”

“根本就不应该发这张画！纪明洁这人，看上去知书达理的，思想怎么这样糊涂?”

贡建湘愣住了，从来还没人在他面前这样直率地批评过纪明洁，他讷讷地说：“看来，这件事，你们看法不一……”

“哪里是看法不一，我是坚决反对!”

“坚决反对?”贡建湘奇怪了，一张画，跟在公安局工作的晓婷有什么关系，“为什么?”

“你看那画面，色调阴沉晦暗，没有一点明朗的调子。那个农村老太太穿件破衣服，抱个小孙女又那么瘦，她脸上的表情可怜无告，那眼神看了令人揪心。她坐在屋檐下，垂落下来的那一束屋檐草，简直像根上吊绳。这不是诬蔑社会主义新农村吗?”贡晓婷着说着，站了起来，满脸是愤愤的表情。

贡建湘惊讶的不是女儿的话，而是她气愤的态度，脸上的神情。这决不是故意挑剔的，找着话头儿寻事，这确是她的观点。

贡建湘觉得问题棘手了。他端起茶杯，呷了一口茶，慢慢腾腾地开了腔：“晓婷，你在乡下插队，没见过衣衫破旧的老妇，消瘦的农村娃娃，茅草房？”

“这是两码事！”

“生活中有的，画家画了……”

“生活中阴暗、消极、肮脏的东西多了，画家怎么能画这些！”

“为什么又不能画这些东西呢？”

“爸爸，看来你不但当了感情上的俘虏，还当上了思想上的俘虏。我说纪明洁胆子咋这么大，原来有你这个撑腰的。”晓婷话里的锋芒，直指着父亲而来，“你忘了，爸爸，当年，妈妈只是如实反映了一下亲眼所见所闻的情况，就挨了整。现在，纪明洁她……她竟把这样的画……爸爸，你主管杂志，这样下去当心犯错误！”

贡建湘仿佛被女儿兜头泼了一盆冷水：“犯错误？”

“就是要犯错误。你别笑，爸爸。”晓婷的脸冷若冰霜，眼神严厉，“你要把这样一个纪明洁带进我们家来，我坚决不同意！”

又是一个“坚决”！女儿走进她屋里，“砰”的一声关上了门。

“轰”，贡建湘的脑子直要炸开了。真没想到，社会上对这张画的争论，竟会出现在自己家里，发展成了女儿对父亲婚姻的干涉了。

自那以后，纪明洁的名字，在这个家庭里再没被提起。而她又么明显地横亘在父女之间。

贡建湘陷入了苦恼之中。他极力往好处想，女儿的话是说得过些，不过用心是可以理解的。他把思忖的结果，归纳成一句话对纪明洁说了：“以后，你再发可能引起争议的作品，给我看一下。”

“那太好了。”纪明洁答应得那么爽快，她一点也没想到父女俩争执。

果然，仅仅过了一个多月，纪明洁就送上了署名石中的短篇小说《三十年来……》，并且附了一封短信，说明小说的主题有深度，写的人物事件触目惊心，发人深省，编辑部争论激烈，本人意见准备采用。

读了小说以后，贡建湘一夜未睡好觉。

小说写的是一个老贫农出门要饭的故事，但勾起了贡建湘深深的思考。他思考的，岂止是一个老贫农的遭遇。他也下过乡，到过农村，看到在偏僻闭塞的山乡，农民生活贫困的状况并没有发生根本性的改变；三十年了，有的地方还同解放初期差不多，生产力落后，管理水平也低得可怜。其实，何止农业战线，在其他战线，经过十年内乱的破坏，不也存在着许多亟待解决的问题吗？

“发！”贡建湘开始想到的就是这一个字。他完全赞同纪明洁的观点，把小说发表出来，这对拨乱反正，解放思想，对所有的读者来说，都是有启迪作用的。

继而一想，他又犹豫了。上次杂志封面发了一张油画，晓婷反感得几乎发了怒。要是再发这篇小说，她会怎么想呢？要知道，晓婷的观点不只代表她一个人，也代表了社会很大一部分人的想法啊。再说，打倒了“四人帮”，到处都在说形势一派大好，省里去冬今春也在竭力宣传大好形势，激励全省人民大干四化的信心。在一个发行十几万份的刊物上，发这么一篇小说，会产生什么效果呢？会不会动摇人们的信念呢？

这么一想，贡建湘又把小说读了一遍。毕竟是青年作者的作品，锋芒太露，有些话也说是太偏颇，即使要发，也得好好磨一磨。他决定搁一下。纪明洁打电话来问审查意见，他推诿说，忙着应付会议还没考虑出个头绪来。纪明洁又问他对稿子的直觉，他只好说，写得很大胆，要斟酌。

不料，晓婷见到稿子，拿去读了，劈头就问：

“爸爸，这篇稿子要发表吗？”

“你看呢？”贡建湘反问。

“我看纪明洁这个人，不是头脑发热，是头脑发昏！不是思想解放，是乱鸣乱放，危险得很！”晓婷的意见也很尖锐，“你是主管刊物的副部长，决不能给这样的毒草开绿灯！”

“这几天，马路上，饭店、点心店里，市中心红都大饭店门口，不都有一些要饭的农民吗？”贡建湘委婉地问。他奇怪，晓婷读了这篇稿子，怎么不像他那样激动呢？

“这么说，你是赞同发表的……”

“不是这个意思。我是说，现实生活中……”

“那是支流嘛，爸爸，你连这点辩证法也不懂？”晓婷不屑地昂昂头，“这么大个国家，哪里没点自然灾害。”

贡建湘不吭气了。是啊，晓婷不是没有道理。《清泉》杂志创办伊始，在省里面很有影响，还是稳着点好。只是，不让发，纪明洁那儿怎么说呢？要说明她并不容易。她很善于思考呢，和她说话，比对付晓婷还难哪。

翻来覆去，左右思想，两件事扯成了一件，贡建湘决定来听听老首长的意见。他要表了态，不论是赞同发或不发，贡建湘对哪方面都有话讲了：请示了老首长，他的态度是……。至于晓婷反对他娶纪明洁，他倒相信老首长肯定会劝说晓婷的。只是，老首长什么时候回来呢？

“爸爸，稿子的事，你一定要问问喻伯伯吗？”

“嗯，请示一下，稳妥。”贡建湘的沉思默想被女儿打断了，“你喻伯伯在北方，就担任过省委主管农业的书记。他在这方面，比我们看得透。”

“你想过吗，爸爸，喻伯伯可能会怎么回答？”

“呃……”

“要是喻伯伯不同意发，然后又要你组织批判，那你怎么办？执行不执行？”

贡建湘倒抽了一口凉气：“嗯……这……怕、怕……？”他吞吞吐吐，正不知如何回答女儿的问题，小客厅的门被推开了。

“贡叔叔，你好！”喻慎走了进来。

“啊，小慎啊，你可到省城来了，你爸爸盼你来，盼得晚上睡不着觉啊！”贡建湘真感激喻慎的出现解了他的围，他跳起来，迎上去握着喻慎的手，“你可真会打埋伏，在这个省里插队多年，也不来看看贡叔叔。”

“我不知道地址啊！”

“不怪你，不怪你。来来来，认识一下，你们是同时代人，这是我女儿晓婷，这是你喻慎姐姐。”

喻慎一进屋，晓婷就微笑着站起来了。爸爸一给她介绍，她点了点头：“你好，喻慎姐姐。”

“你好，光荣的公安战士。嗳，喻坚呢，他把你们扔在这儿，自己跑哪儿去了？”喻慎听到晓婷的名字，马上想起她就是宗妮娜说的那个保守型姑娘，盛雍的对象，哈，都凑到一起了。她格外留神地打量着晓婷，而后才转身寻找弟弟，又抱歉地说：“瞧，真不好意思。我进来的时候，你们正谈什么？”

“噢，谈一篇难以定夺的稿子。”贡建湘随口答道。

“什么稿子？”

“短篇小说。”

“是不是叫《三十年来……》？”

“你怎么知道的？”贡建湘和晓婷几乎是异口同声地问。

喻慎含蓄地一笑：“我知道。那是我认识的一个知青写的……”

“石中。”贡建湘兴奋了，伸出食指点着喻慎，道出作者的名字。他想，正好趁此机会了解一下情况。

喻慎疑惑地摇摇头，瞥了晓婷一眼：“石中？不对！哦，那可能是他的笔名。”

“那他真名叫啥？”贡建湘坐回沙发，又点了一支烟问。

“盛雍……”

“盛雍？”刚坐下的晓婷惊叫起来，双手紧握着沙发扶手，脸色顿时变得刷白。

“是啊，是叫盛雍。”喻慎转过脸来瞅了晓婷一眼，蓦地想起宗妮娜说过，盛雍写小说晓婷是不知道的。

贡晓婷两眼发直，怔怔地盯着小客厅里的笔筒形美玉壁灯，嚅动着嘴唇。这时，门外响起了红旗牌轿车的喇叭声，喻坚的声音从楼上传来：“爸爸回来了。贡叔叔，姐姐，爸爸回来了。”

喻慎和贡建湘对望了一眼，先后走出屋去。贡晓婷呆坐了片刻，脸色像大病初愈的人一般苍白，见爸爸和喻慎已经出了客厅，她才勉强站起来，步履蹒跚地迎出去。

24

延续了两个多小时的宴会总算结束了。送客人回到宾馆，客人又送主人到门口的台阶前，这才互相握别。喻帆刚钻进红旗牌轿车，顿时便收敛了脸上的笑容，他那张国字形的脸变得非常严峻。为今天碰到的事，他有一肚子的火。

在机场上，一宣布飞机晚点，那帮文艺团体的演员们，立即像一锅粥似的哄闹起来，吵着要回家、要吃饭、要休息。有的女同志干脆拿出毛线来织，还有些年轻人在机场上四处乱钻，影响了班机起飞，有个人竟然跑上来质问文教书记，师范大学的教学楼究竟什么时候归还。简直乱透了。欢迎一个外省检查团，来这么多人干什么？但以这样的规格欢迎对方，是早在他来之前就定下的，喻帆只好皱着眉头不作声。

好容易客人到了，安排给客人坐的轿车又让司机开到餐厅去，真是乱弹琴。好不容易接了客，大大小小几十辆车浩浩荡荡开回城，实在够引人注目。偏巧，刚到闹市区，车队突然停了，一停竟是半个多小时。秘书跑下车去询问，回来悄悄在他耳边说，有二十几个讨饭的农民，看到了这支车队，不知怎么认定里面有大官，坐到了十字路口，堵住了去路，请求救济。警卫人员、公安人员和省委工作人员正在劝说……真是糟糕！喻帆一下红了脸，对身边的客人竟找不到半句话来解释。

车队终于蠕动了，按计划路线，应该穿过省革委大院去宾馆。

眼看车快开进那宽敞的大院门了，突然又停下，然后莫名其妙地拐个弯，绕了一个大圈子。喻帆心里很纳闷，步入休息厅的时候，他拉住秘书询问，才知道是下面一个地区的农民，正集体在省革委办公大楼前面“请愿”。要是退回去十几年，他早就拍起桌子来了。

进了宴会厅，面对丰盛筵席，听到欢声笑语，他莫名其妙地觉得窝火，却又不得不摆出一副微笑，劝菜、碰杯，陪客人议论各种名菜的风格、流派……没有比这更叫他受罪了。

此刻，总算摆脱了那令人难受的局面，但他并不轻松。

轿车拐进了明园路，秘书对司机说：

“是不是去一下办公室，那儿还有几件急事。”

话是对司机说的，其实是在向喻帆请示。靠在后座闭目思索的喻帆听见了，他虽然很疲倦，仍默默地点了一下头。车子便直接向绿荫深处的省委办公楼驶去。

在圈手椅上坐定下来，喻帆绝没料到，秘书在他面前摊开了几封加急电报和长途电话记录。

电报和电话都是挨邻的几个省份打来的，内容大同小异：你省难民若干千人，流落我省，在大中城市乞讨要饭，我省已作了临时安置措施，望速派人领回。……

喻帆的头刹那间炸了。这个省和四个省接壤，打电话、电报来的却有三个邻居。他重新看了一遍，措词不一样，有的称“流落”，有的说“逃来”，有的客气一些，讲“跑到”。不管什么措词，都使喻帆感到一种耻辱。

秘书站在一边，静候着他的批示。

喻帆抓起笔来，今晚这支笔怎么如此沉哪！他曾在千百份文件上作过圈阅的符号，作过批示，每回都是字迹雄浑遒劲，阅者一目了然。今晚是怎么了？想写几个字竟会感到吃力。秘书不是说，有几件急事嘛！这还只是头一件呢，不能受情绪的影响，得尽快处理。

他匆匆写了批示：请民政局、农业局迅速派干部领回外流要饭的农民。签罢名，心里像压着一块铅，真没想到，刚调来，才开始接手工作，作出的竟是这样晦气的指示。

电话记录和电报移开了，第二份材料上第一书记卓然同志已有批示，要下面及时贯彻执行。喻帆翻阅了一个材料，讲的正好是农民来省城“请愿”、讨饭的问题，顺便介绍了外流到邻近省去的农民，共有一万好几千人。跑到南面省份去的最多，竟有一万出头。可能是南面这个省特别富裕吧。

卓然同志的指示很明确。一九七七年是丰收之年，去冬今春，六百万人参加“改土为中心”的农田基本建设大会战，全省农村形势喜人。在大好形势之下，竟有人逃避这样一场会战，出来讨饭，这是省内的“阶级斗争新动向”，要对这样一些人进行批评教育，教育不听的，要处理。

怎么会跑出来一万好几千人？农村的形势到底怎样呢？的确，去年风调雨顺，年景很好，征购任务也加了二亿斤，省委才提出“要把吃‘进口粮’的帽子甩到太平洋里去”的口号。怎么会出现这种现象呢？这是个什么问题呢？唉，只怪自己初来乍到，对省情不甚了解，既然卓然同志作了批示，想来不会错。喻帆画了个圈，签了字。

第三份被秘书称为急件的材料，是石桥地委报送上来的情况反映。材料说：石桥地区月光县屏源区屏源公社三多大队，以青年农民景传耕（回乡知青）和全大良为首的一伙社员，抗拒扩修月亮坝水库，并公开叫嚷要划分田土，包干耕作。县委农田基本建设工作队和景传耕、全大良等人发生了尖锐的矛盾。工作队深入细致地做思想工作，闹事的农民不但不听，反而在景传耕的煽动下，外出讨饭，给上级施加压力。

嗬，这个材料就像给卓然同志的批示作了注解。看来，流落外省、跑进省城“请愿”的农民，不是没吃的了，而是在胡闹，在给省委施加压力，在反对大搞农田基本建设。是这样吗？

按逻辑推论是这样。不过，喻帆的心头总有些隐隐的不踏实。胡闹、给省委施加压力，又拦车、又到省革委办公大楼“请愿”，而且有人“为首”、“煽动”，岂不说明这些农民是有组织、有步骤……但看来又不像。如真是那样，还能任其闹下去吗，公安部门早该有报告了。

喻帆搁下笔，往椅背上重重地一靠，问秘书：“在省革委大院‘请愿’的农民，有人接待了吗？”

“信访处的干部全出去了。”

“那些农民……”

“可怜哪！我去看了一下，拖儿带女的都有，一片哭嚷声。”

秘书姓周，一张娃娃脸，工作态度严谨，说话一贯敢负责任。他四十来岁的人，都这么说，看来不纯粹是瞎胡闹。下面的工作，难道不出些差错吗？尤其是在偏僻山乡。

喻帆的脑子里掠过了一丝疑惑。他双手交叉着，搁在微微隆起的肚子上，垂下了眼睑。

喻帆被调到省里来，原是想让他从第一书记卓然手里接下整个工作的。卓然年初去北京开会，检查出了癌症，急需治疗。但这位老同志精神状态极佳，曾兴致勃勃地向喻帆介绍了全省的情况，谈到了准备以“大跃进”的步伐来改变全省经济的落后面貌。去冬今春动员六百万人大搞农田基本建设，力争今年增加蓄水库容十亿方。同时，计划在年内动员全省力量，组织钢铁、柴油机、拖拉机、汽车、水电设备、凿岩机六项大会战，为在一九八〇年基本实现农业机械化打好基础。喻帆初来乍到，对这个规划自然提不出什么意见。他只是觉得，有些设想、作法，似乎也跟外省差不多，看不出本省的特点。但敢于这么规划，也说明这个省的潜力是很大的，可以让人看到一派灿烂的前景。卓然动了手术回来以后，自我感觉良好，仍在尽心竭力抓工作，这使喻帆很感动。他们合作得不错，似乎一切都很顺利。谁料到，一下子会冒出这样许多问题……

“喻书记，”周秘书见喻帆凝坐不动，俯身说，“这份材料是不是带回去，你今天很累了。”

喻帆默默地点了一下头。下楼上车的时候，有几颗雨点子落在他脸上，冷冰冰的。他站在车边，仰脸望了望乌黑的天空，皱紧了眉头："下雨了，那些省革委大院的农民……"

"真够呛。"警卫员拉开车门，插了一句。

"是啊！不管他们是怎么来的，总得安置一下。"

"你的意思是……"周秘书问。

"你给信访处挂个电话，就说是我的意思。如果他们还在院里，务必给他们找个睡处。实在没地方，饭厅、接待室，临时避避雨也好。"

"我马上办。"

周秘书利索地走回办公楼。他也挺辛苦的，这么晚了，打完电话还得骑自行车回去。

喻帆回到家，听到喻坚一声欢叫，简直不相信自己的眼睛，除了贡建湘父女，女儿喻慎也迎了出来。啊，女儿，可回家了。有多少天，他回家头一句话总是问，喻慎回来了吗？没有，没有，公务员、炊事员、喻坚都这样回答。喻慎总是没回来，他都盼得心焦了。老伴因病过世之后，喻帆一片深情寄托于两个孩子。六十出头了，工作又那么忙，他不想续弦，只巴望在晚年能和两个孩子生活在一起。喻坚年少，沾染了一些当代青年的习气，嘴里常吐出些奇谈怪论。喻帆把他管得很紧，除了上学读书，回家后就不让他出门，别刚新到一个地方，就给当老子的出丑。喻帆更钟爱的是女儿，去年女儿回北京探亲，他曾问过她，想不想调首都工作，出乎意外地她谢绝了。这一点，喻帆是暗中赞赏女儿的，在乡下上山青年拼命想回大城市的风头上，她能这样表示，这思想境界就不低。这会儿，他到省里来工作，把她调上来，该是顺理成章的事了吧。去了信之后，喻慎久不回家，又没复信，喻帆心头起了疑。女儿不小了，在那个偏僻的山乡，什么东西吸引着她呢？会不会是对象？

哈，现在她终于回来了，这回一定得畅畅快快地谈谈，一定得谈个明白。

郁闷在心头的不快消散了，喻帆和女儿、贡建湘父女一同走进了小客厅。明亮的灯光下，喻帆端详着女儿，他脸上的皱纹水波一样扩散开来，眼里充满了慈爱之情。

十多年了，一晃眼竟是十多年了。这十多年来，父女之间除了探亲假期，总是处在分离状态。这回他调到省里来，盼了这么久，总算同女儿团聚了。看得出，喻慎也很激动，脸上红润红润的，头发还是湿的，她刚洗了澡吧，衣服穿得那么朴实，和她弟弟简直是鲜明对照。

喻帆沉浸在感情的漩涡里好一阵子，才想起了贡建湘，当年的秘书小贡，如今也是半老头儿了。当他转过脸来，马上发现了父女俩的神色和上次来时大不相同，尤其是贡晓婷，脸色白得难看。噫，怎么啦？

“建湘，”喻帆笑吟吟地问：“市委宣传部的工作，干得顺手吗？”

“正抓了只刺猬，难办呢！”

“什么事呀？”

“不知你注意没有，省城里这几天出现一些农民讨饭……”

“噢。”喻帆的眉梢一皱，又是这件事。

“有个青年作者，就这件事写了一篇小说。《清泉》编辑部要发，稿子送到我手上，要我表态。读了那篇小说，我觉得那作者很有才气……”

“才气？什么样的才气？”喻帆的话音严厉了。农民要饭已经够丢脸的了，还要写小说扩大影响，岂有此理！“你和编辑部去交换一下意见，要慎重！”

“好，好，我找他们。”贡建湘答应的同时，不住拿眼瞅女儿。

喻帆心里说，父女俩难道是为这事争执？他转脸问晓婷：“看过那稿子吗？晓婷。”

“看过。”

“你的意见呢？”

“喻伯伯说得对，要慎重。但要我说，就是不能发！”

喻帆微微一笑，看样子，父女俩的意见是不一样。可小贡，他为什么偏向编辑部呢？喻帆又转向贡建湘：

“你有些什么看法？”

“我的看法嘛……这个，稿子……”

“他呀，早被编辑部主任牵着鼻子走啦！”贡晓婷不客气地打断了她爸爸的话。

“编辑部主任，谁？”喻帆问。

“嘿嘿，我跟你说过，纪明洁。”贡建湘一笑，略有些发窘地说，“就是那个、那个……”

“噢。”喻帆想起来了，他曾听贡建湘谈起过他俩的关系，当时他还表示过，既然又有了对象，就尽快解决吧，他不禁笑了，“那就更好商量啰，对吗？”

贡建湘尴尬地笑笑，手指着女儿：“可她，晓婷她还不同意我、我和纪明洁……”

“哈哈！”喻帆一下子明白了父女俩的脸色为啥这么难看，他把身子整个儿转向贡晓婷，“真有这种事吗，晓婷。你这么年轻，头脑里还有封建意识？”

“不，喻伯伯，爸爸再找个伴，我并不反对。”晓婷正色道，“我反对的是他找这么个女人，她思想太出格了。上回在杂志封面发表了一张引起争鸣的油画《勿忘》，这次又要发写打倒‘四人帮’后，老贫农讨饭的小说。我觉得她立场有问题，灵魂深处有不健康的情绪。她主张发这些东西，是想助长读者心灵中的什么东西呀？”

贡建湘惊愕地侧转脸望着女儿。她这些看法决不仅仅是对纪明洁的成见啊！

喻帆沉吟着点点头：“看来，还挺尖锐的呢。不过，思想的认识问题，是不能强求她同你一样的，晓婷，你说对吗？关键还在于爸爸嘛。认识不一致，可以通过交换意见、谈心，甚至可通过争论，达到一致嘛！”

贡建湘连连点头，脸上露出了微笑："你听听喻伯伯的话……"

晓婷噘着嘴，不知是听从了劝告，还是因为喻伯伯是省委书记，不好辩驳，她不再吭气了。相反，她扫了父亲一眼，示意他可以告辞了。

贡建湘明白女儿眼神中的意思，瞅瞅喻慎，又望一眼喻帆，欠身站起来说："老首长，你们父女俩久别重逢，好好谈谈。我们告辞了。"

贡家父女走了，喻坚嬉皮笑脸地评论："嗬，贡叔叔和晓婷姐也真有意思。人家家庭里，都是子女思想解放，父母亲保守。她们家倒过来了，真怪!"

喻帆瞪了他一眼，喻坚吐吐舌头，赶紧转身退了出去。

望着弟弟走了，喻慎在沙发上移动了一下身子，动情地叫了一声："爸爸……"

喻帆端详女儿，眼睛有点湿润了。女儿叫得那么亲切，微微拖着尾音，就像她小时候一样叫他。要是在小时候，她一定会扑上来，抱着他的脖颈。可今天女儿成年了，她的妈妈已经不在世上了。

小客厅里很静。纱窗外，风摇曳着院里的花草树木，雨声淅沥，喻帆抑制着自己的感情，放柔了嗓音问：

"小慎，东西都搬回来了吗?"

"没有。爸爸，我什么也没带。"

"呃……"喻帆惊异地望着她。

"这次来，我是有急事找你。"

"什么急事?"

"关于农村的，关于三多大队，关于……"喻慎的声音有些局促，又有些结巴。

"什么，你说三多大队?"喻帆蓦地想起刚才看过的材料上提到这个大队的名字，插了一句。

喻慎不明白父亲为什么插问，解释说："就是我后来转点去的那个寨子。"

"哦，"喻帆难怪自己刚才见到这个大队的名字觉得好熟悉，一时记不起来了，他给女儿倒了一杯开水递过去，"你慢慢说。"

"谢谢爸爸。"喻慎接过茶杯，随便喝了一口水，放下杯子继续说，"三多大队有个农民，带头不上水库工地，又提出……又提出划分土地，把土地责任到人来种的主张，遭工作队抓起来了，游斗，还要开大会批斗。最后，县里面还要判他刑，送他进班房。爸爸，其实，他还是有道理的……"

果然讲的就是材料上的那件事。喻帆蹙起了眉头，打断了女儿仍然很急促的讲述："这个农民叫什么名字?"

"景传耕。"

"你认识他?"

"认识。"女儿的神态有些激动，"插队的时候，他救过我，帮着联系转点，也是他……"

"哦，你是来为他说情?"

"嗯。"女儿并不否认，点着头，"他是个有理想有追求的人，爸爸，这我了解……"

"但他领头怠工，又煽动单干，你还说他有道理?"喻帆一字一句地说着，眼睛眨也不眨地望着女儿。

"爸爸，你都知道了。"喻慎吁了一口气，"他是有道理的。要他们修的那个水库，是漏的，投再多的工也没用。"

这情况，是材料上没有的。喻帆不动声色地问："他煽动三多大队的农民出外讨饭，给工作队、给上级施加压力，这又……"

喻慎脸上的表情是那么吃惊，嘴张得老大，她连连摇摇头，眼里掠过惊慌的神色："不对。爸爸，他没煽动农民们外流，他还劝社员不要离开寨子。这是我亲眼看到的。亲眼！就在他被游斗的路上……不过，寨子上农民们确实是快断粮了。他们每天喝、喝的是包谷糊糊……"

女儿的眼圈红了，一点也没掩饰自己的感情。从她的话音里听得出，她对插队落户的山乡，对那个领头闹事的人，有着很深的感情。意识到这点，一股酸溜溜的滋味在喻帆心上掠过。他的双臂支在沙发扶手上，不自觉地抚摸着柔滑的沙发罩子。

“你说这些，是想要我干什么呢?”

“是想让你了解，爸爸，了解事实真相。不要抓他，不要送他进监狱。不要!”女儿的声音显得有些哽咽了。

小客厅里变得异常地静，气氛有点沉闷，也有些紧张。喻帆思忖了片刻，吁了一口气，声调徐缓地说：

“喻慎，爸爸初来乍到，许多情况还在熟悉、了解之中，不能贸然干涉基层组织的具体工作。特别是这件事，景传耕要闹单干，连你也承认了。你一定还记得，去年，省委第一书记明确指出，坚决纠正单干、半单干和变相单干。省委文件还规定，绝不许搞包产到组，包工到户；对煽动单干、破坏集体经济的敌人，要坚决打击。在这件事上，我能因为你介绍的一些情况，就随便表态，给下面打招呼，置省委、第一书记于不顾吗?”

“这么说，”喻慎的眼睛骇然睁大了，脸色十分难看，“爸爸，你不能救他?”

“喻慎，景传耕和你年龄相当?”喻帆没回答女儿的话，单刀直入地提出一个问题。

“嗯。”

“你和他……你和他之间是……”

“啊，爸爸，没什么，没什么……”

“不要瞒爸爸，喻慎，你对他有感情，是吗?”

喻慎慌乱了，嘴唇哆嗦，苍白的脸上掠过一阵红晕：“曾经……我，爸爸……”

“那你们……”

“啊，没有，爸爸。他、他要不被抓，快、快成亲了，娶一个农村姑娘。”

“那又是为什么?”喻帆双眼瞪大了。

“他、他……当初向我表白，我、我回绝了他……”

“什么原因?”

“爸爸……”喻慎眼里满是晶莹的泪。

喻帆望着女儿变了色的脸和惶惶的神态，心情格外沉重，低声说：“喻慎，你妈妈已过世了。你应该把一切告诉爸爸，爸爸有义务了解……”

“啊，不，不能！爸爸，那说起来话太长，现在不能……”女儿掩上脸，失声地哭了起来。

喻帆怎么也没有想到，父女间久别重逢，竟是这么一个场面。女儿有什么难言之隐呢？有什么不可以告诉父亲的呢？啊，要是她妈妈在，这一切就都不用他来操心了。

喻慎还在啜泣。喻帆重重地吁出一口气，劝慰道：“别哭了，喻慎，去休息吧。”

喻慎站了起来，步履滞重地慢腾腾走向门口。到了门外，她又转过半个身子抽泣着断断续续地说：“爸爸，请原谅，惹，惹你心烦了……你……你也……”话不及说完，喻慎的泪像泉涌般流了出来，小跑着奔上楼去。

一切又都安静下来，女儿愁惨的脸容，女儿惶悚的眼神，女儿的泪水，女儿急迫地说出的话，都一一闪现在眼前，响彻在喻帆的耳畔：景传耕是有道理的，水库是漏的，他没煽动人出来流窜要饭，他反而还劝寨上的乡亲，农民们确实是缺粮……

纱窗外的雨愈下愈大了，沙沙沙地发响。在省革委大院的农民们是在雨中呢，还是已经找到了避雨的地方？我为什么不能去见见他们，面对面地了解一下呢？哦，快半夜了，不可能了。警卫员不会同意。要车，会惊动司机。自己悄悄地去呢，不说要冒雨步行穿过整个城区，就是明园路上值勤的警卫连战士也会询问：首长，你去哪儿?

喻帆的脑袋仰靠在沙发背上。双眼怔怔地盯着墙上垂挂着的条幅上的两句唐诗：“纷纷暮雪下辕门，风掣红旗冻不翻。”哦，这是那个因身体太差而赋闲在家的老战友书赠他的。字迹浑圆，很有点美感。身体差，还真讨得清闲了，练练书法，写写诗，画一点竹枝、梅花。身体健康的，就得挑起担子朝前走，烦恼、不快、忧虑、决断，那是免不了的。对了，明天早晨要做的第一件事，就是让周秘书了解一下，省革委大院里那些农民是哪儿来的，他们是在什么情况下跑到省城来的，山乡的情况究竟怎么样。至于喻慎嘛，她还得在家住几天呢，有些话慢慢说吧。看来，这些年来，生活在她的心灵上也刻下了不易磨灭的伤痕……哦，以往她回来探亲时，竟从未涉及到这类话题，看来是疏忽了。

25

躺在柔软的席蒙丝床上，喻慎腮边仍浸着泪水。

和爸爸的谈话，怎么会引向探索她心灵深处埋藏的东西，喻慎自己也弄不明白。但有一点是清楚的，她所尊敬的爸爸实际上是委婉地拒绝了她的请求，她估计错了，传耘也估计错了。不但喻慎救不了她的哥哥，连喻慎的爸爸目前也无能为力。爸爸说得很清楚，他不能置省委、第一书记于不顾。事情远不是想象的那么简单啊！

那么，是传耕错了么？这个人为啥就听不进自己的一句劝告呢？自己又为啥那么心焦地替他奔走呢？为了爱情？不，那已经是一颗不会开花结果的种子了。自从那天傍晚，在嘎多寨保管房的院坝里，她看见慧芸来给传耕送饭，看见慧芸那双深情而又忧郁的眼睛，她就仿佛看清了自己在生活中的位置，她把绵延数年的感情，在心底里深深埋葬了。慧芸的命运系于传耕的命运，而等待传耕的却是监狱……

心乱如麻，喻慎自己也说不清楚了。

蓦地，一张像老树皮样的脸跳了出来，一个穿着黢黑破烂的线衫裤，在风雨中瑟瑟发抖的影子老在她眼前晃动。于老古到省城讨饭来了。今天，他是不是也坐在十字街头，加入了拦堵省委车队的行列呢？不知为啥，她总觉得盛雍那篇小说的主人公似乎就是于老古。这小说还引起了贡叔叔和晓婷之间的争论，又牵涉到《清泉》

杂志的主编和宗妮娜那幅油画。好像偏僻的嘎多寨发生的一切，和外界的形势有着千丝万缕的联系，人们都被卷进了一种感情激流之中。

对宗妮娜和盛雍，喻慎是了解的。宗妮娜带有几分男子气，因为她戴副眼镜，嘎多寨的乡亲们都亲昵地叫她“宗瞎子”，她也满不在乎，答应得很干脆。盛雍平时不言不语，什么脏活累活都抢着干，钻进煤洞拖煤，在烘热的土砖里出砖瓦，二月春寒天下水田敷田埂，从不叫苦，博得了乡亲们的称赞。他俩先后调离了农村，宗妮娜在省城的市文工团作美工，盛雍在省建筑公司当工人。他们离开山寨几年了，看来，对山寨的贫苦农民仍怀着一种很深的感情，在思考、关注他们的命运。不然，宗妮娜画《勿忘》，盛雍写《三十年来……》，怎么解释？

那么，纪明洁主编和贡叔叔为啥也对这些引起争论的作品很感兴趣呢？喻慎对纪明洁一点也不了解，贡叔叔她可是知道的。他参加革命三十年了，作为市委宣传部副部长，不能说他没有头脑、没有水平。他面前就站着个反对这些作品的对立面，晓婷的意见多么尖锐呀，难道他没有考虑？可是，看得出来，他仍然支持发表这样的作品，他哪儿来的这种勇气？

对了，传耕也是很有勇气的。他勇敢地放弃了去他大哥那儿，把慧芸带回了家；勇敢地抵制修那漏水库，勇敢地提出改变现状的主张；勇敢地在自己被游斗的时刻，站出来劝告乡亲们不要离开家乡……

喻慎觉得，憋闷在心头的疑团逐渐解开了，这些互相之间丝毫没有个人联系的同志，甚至是毫不相知的同志，他们的所作所为，他们的勇气都是来自一个信念，来自他们看到了人们渴望改变现状的愿望……

窗外隐隐传来雨滴声。住在这间挂着金丝绒窗帘的屋子里，连听到的雨声也不一样。在屏源区的木板房里，在嘎多寨，雨声是清脆的、嘈杂的，有时还是震耳的：滴滴嗒嗒滴滴嗒嗒……

“喻慎姐，你都看到了，看到了！你救救哥吧！你知道，你心里知道，哥不是坏人，哥不该去坐牢！你不能走，喻慎姐，不能就这样离去啊！你到县头为哥说几句话吧！我求你了……”

雨声中，传耘的声音竟是那么戮人地响彻在喻慎耳畔。喻慎不由闭上了眼睛，两行泪水从眼眶溢出来，顺着脸庞往耳边淌去。唉，要真能离去就好了，离不去啊，人离开了，心还在那儿。喻慎怎能把消磨了她多少青春岁月的地方，轻易地抛置脑后而去呢！

“你到县头为哥说几句话吧！……”

哦，为啥要匆匆忙忙跑回来找爸爸呢，为啥不在县里等一等常书记呢？听传耘说，他被监督劳动的年头，就待在嘎多寨，了解传耕，也了解寨子里的情况。他跟爸爸的地位也不同，是能够处理基层的问题的。难怪尹毓秀叮嘱她路过县里的时候，去找常书记汇报，为啥自己就忘了这个叮嘱啊！

对，应该去找常书记，把一切都摊开和他谈。明天就赶回县城，要是他还没有回来，就追到乡下去找他。非得把他找到不可！

一团乱麻理出了一个头绪，喻慎的心焦灼地盼望着天亮。

天亮了，喻慎在朦胧中醒过来，她是按习惯醒的。金丝绒窗帘遮得严严实实，房间里没有一丝光。她奇怪了，难道天还没亮？直到看了表，她才手脚利索地起了床。

多年来睡惯了山寨的竹笆床，睡惯了区妇联的木板床，睡了一夜席蒙丝，喻慎反觉得腰疼腿酸，有点不舒服。

她出了卧室。公务员在清扫大客厅，今天上午好像有个碰头会；警卫在院里做操，炊事员在厨房里炒着啥咸菜，香喷喷的。

盥洗之后，喻慎在台阶上碰到穿着驼色开衫的爸爸，她向爸爸问了早。

睡过一夜之后，喻帆的脸皮有些松弛，他仔细端详着喻慎，关切地问：“没睡好吗？起得这么早。”

“不，爸爸，今天我想走。”

喻帆的眉梢一挑：“走？”

“赶到月光县城去。”

“去干啥？调令不是已经下了。”

“给县里反映景传耕的情况，如实反映……”

“喻慎……”

“爸爸，在调回省城之前，我是县工作队的一员，我有责任。”

喻帆想说什么，但微微张了张嘴，一个字也没吐出来。其实他不好，喻慎也全知道，她只回家住了一夜，还没同爸爸、跟弟弟好好谈一谈就走，她做得有些过分了。但她……她的肩上还负有责任，她不能辜负了传耘的委托，不能看着传耕遭受厄运，不能让慧芸忧伤，不能让乡亲们人心惶惶。只要有一缕希望，她也愿意去争取、去奔走……她坦率地回望着爸爸，眼神里透露出这一片心意。爸爸神情黯然，无声地吁了一口气，点了点头。

早饭后，喻慎离开了小红楼，像一个客人离开了高级宾馆，她惊奇自己竟没有什么留恋的心理。

雨后初晴，柳河岸上的明园路更显得缨静、雅致。柏油马路上，婀娜多姿的柳条下，省委机关一些高级干部，在背着双手散步，在徐徐地打着太极拳，在做着深呼吸，凝视着清澈的河面出神。警卫连的战士在篮球场上出操，喊着雄壮的口令，走了很远还能清晰地听到。

去客车站要搭7路公共汽车，还有很长一截路。弟弟说，到月光县的长途客车每天开两班，赶不上早晨八点半的，就只能坐下午一点半的了。喻慎走得很急，正要拐出明园路，一个小心翼翼的嗓门带点畏惧地在她耳边响起：

“喻慎！”

喻慎触电般站停下来，她听出了这是个熟悉的嗓音。喻慎极力抑制着自己的情绪，愣怔了片刻，慢慢地转过身子。她的脸色刹那间变得如此严峻，眼神里透出明显的厌恶，目光像要穿透对方心肺似的，盯到喊她的那个人脸上。

是他。

高矮适中的身材，衣着时新而不俗气，浅灰的大尖角领纯涤纶上装，笔挺的烟灰色法兰绒直筒裤，一双青年式皮鞋油光铿亮。整个人看去潇洒、飘逸，极有风度。他的五官也匀称端正，长眉下那对晶亮晶亮的眼睛，透着女性般的温柔。隆起得恰到好处的鼻梁，抿着的两边微翘的嘴，给人一种甜甜的感觉。多年的城市生活，使得他的脸皮白净、细腻，更添了几分俊气。乍一看到他的姑娘，谁不会为他的相貌吸引呢。

是他，一点不错，就是他！

“你喊我干什么？”喻慎冷冷地问。

他笑了。听到喻慎答话，三脚两步奔了过来。

“喻慎，我找过你几次了。”他讨好地说。

“最近？”

“是啊，就是最近。过去……嗯，在河滩寨的时候，听你说过你爸爸的名字，我近来看报，无意中看到了，估计你们就住在明园路。我一找，果然找到了。”他兴奋地说，柔柔的男中音很悦耳。脸上的笑容荡开来，更动人了。

喻慎望着他的脸，这神情多么熟悉啊！在河滩寨集体户里，她冒雨赶扯黄豆秆，感冒病倒了，他给她煨粥、烧开水、煮蛋汤、冲麦乳精、送药，每回坐在她床边，他不就是这么副神情嘛！当她用虚弱得发颤的嗓音向他道谢时，他又露出了这副神情，抓住了她的手，抓得那样紧，趁她想挣脱的当儿吻了她。从那以后，她把一个年轻的姑娘，热情地、纯真的爱，都倾注在他的身上。她相信他的誓言，相信他也像她一样爱得很深很深。她自认为，在插队落户孤寂的岁月里，找到了一个理想的对象，未来只要顺着今天开始起步的这条路走下去就行了。

不能不说他们的恋爱有时是颇有诗意的。

他们一同攀登过高山之巅，他们一道在树林子里散步。他们还常常怀着美好的希冀憧憬未来：有朝一日，他们双双被抽调，过幸福美满的小家庭生活。她还常为他洗衣裳，补衣裳……都是因为他有一副怜人的表情哪。

喻慎体内的血由于这些往事的闪掠而奔涌着，她冷冷地一笑：“你的记性倒真好!”

“啊，不，不!”他急忙否认，脸上毫不流露难堪，认真地解释着，“我纯粹是去找你的。”

“你倒记着当年的诺言……”

“我时时刻刻放在心上，从来没忘记过。”

“哼!”喻慎重重地发出一声鼻音，下巴上那条柔柔的曲线激愤地嚅动了一阵，倏地伸展得笔直。她低低地厉声道，“只是晚了，晚好几个年头了!”

“这……呃……”他保养得很好的白净脸庞上，掠过一丝阴影。右手在法兰绒裤袋边，不自觉地来来回回摸挲着。

这动作，在喻慎的记忆里也留下过难以磨灭的印象。

那年，他被抽调到县化肥厂去当工人，在离河滩寨不远的招呼站上，看到客车从盘山公路上远远地开来，他不也是重复着这个动作嘛！右手在拉链衫的衣袋边不自觉地来来回回摸挲着，眼睛也不望她，讷讷地说：“喻慎，你、你回吧。我……我去了，会来信……”

“努力工作，不来信也可以。”

“哪会呢。信，一定写的，一定。”

车来了，他上了车，又开走了。车轮带起的一阵尘烟，把后车窗都遮得看不见了，把他俩有过的往事也全遮去了。

他说话倒是算数的，在化肥厂报到后，果然来信了，还来得格外勤，每隔三五天就来一封信。每封信上，除了向她重复那些缠绵的情话，就是向她诉说自己的苦恼。他那在物资局当劳资处长的爸爸，知道了他的恋爱以后，怎样地干涉他，怎样地向他施加压力，他怎样受到了精神和肉体的双重折磨，在一个月里瘦得变了形，体重骤降了多少斤，他痛苦到了极点。她真相信了，并且为他担忧，特地请了假去县化肥厂看他，意外地发现他其实胖了，一个漂亮的姑娘还殷勤地替他从食堂打饭来招待她。送她回寨子时，他涨红了脸，右手又在劳动服上来来回回地摸挲着说：

“这个……我……眼下是学徒工，工厂有纪律，学徒期间禁止恋爱。否则……要延长学徒期。你知道，你懂，喻慎，为了我们共同的……未来，嗯、嗯……信……你以后别……别……”

喻慎回到河滩寨，心头什么都明白了。他不再来信，她也再没去信。后来，一个偶然的机会，寨上去化肥厂拖硫酸氨的农民回来说，他调出化肥厂了。再后来，她知道他已调进省城了。不久，喻慎也离开了那个给她留下了伤心记忆的河滩寨。

“喻慎，不晚，一点也不晚。”他的话把喻慎从沉思中拽了回来，“我打听过了，你并没结婚。而我……我也没成家。这些年，我从化肥厂调到发电厂，从发电厂调进省城电厂，电厂保送我进大学进修，工作一直在变动，没个落实，我，我总想，等落实定了……”

怪不得，好事都让你们这一类人挑上了。喻慎的脸勃然变了色，不耐烦地打断了他的絮叨：“够了，饶余能，你在我面前表演得够了，请住嘴吧！我的感情，不是廉价的商品。”

饶余能白净的脸上，一下失了血色：“喻慎，你……”

“你给我滚得远点，省得我见了你恶心！从今往后，决不许你来找我!”

“喻慎，我，我……”饶余能哭丧着脸，举起双手连连晃着，还想申辩什么。

喻慎一个转身，急急地朝7路车站走去。她愤怒得浑身发抖，再在这个欺骗过她感情的人面前站下去，她保不定会伸出巴掌赏他两个耳光的。

上了7路公共汽车，喻慎看看表，八点过五分。这个家伙足足耽误了她十分钟的时间，还不知能否赶上八点半的班车。

一想到班车，喻慎脑子里顿时浮现出景传耕的形象，哦，和饶余能这个事事如意、平步青云的家伙比起来，景传耕的身上有多少富有光彩的东西啊。这两个人，难道能够放在一起比吗？

饶余能引起的心灵上的不快逐渐在消失，离省城客车总站越近，喻慎的心越是迫切地想到了月光县城，想到了她寄予一线希望的常书记。

第六章

26

“什么什么，他说什么？……司机……单干……哦，哦，不忙，你等等，毓秀，我得把这话记下来。”

月光县委第一书记常爽脸上显出少有的兴奋，用肩膀和耳朵夹住话筒，从衣兜里掏出一本黄皮封面的工作手册，移过笔架，抓起蘸水笔，又对着话筒大声说：

“你说慢一点。对了，后面呢……哦，……什么？集体把土地划给社员耕种，完成一定任务……看来他还动了一点脑筋呢。……你怎么回答？……你们准备怎么办呢？”

常爽记完，合上工作手册，放回蘸水笔，仔细听着妻子从话筒里传来的柔柔的声音：

“何主任的意见，公社、区里批判游斗完，就往县上送，让公安局……”

“太急了吧！思想问题嘛，怎么能压服呢？”常爽打断了妻子的话头，冲着话筒高声说，“……什么？那个喻慎？……没见到。好。你听着，毓秀，我马上到屏源来，见见这位景传耕大人，这个胆大包天的青年农民。”

“欢迎啊，欢迎你来指导工作。”毓秀半开玩笑地说，“我在这儿简直是如坐针毡，待不下去了。明天一早能来吗。”

“一早来不了，明天上午，常委会讨论县里的五小工业问题，工业局里吵翻了天，这也是一手难抓的泥浆啊。明天下午来，一定来，没车我爬也要爬来，想见你得很呢！”常爽说着说着，又同妻子开起玩笑来，他们这一对模范夫妇，在县级机关是出了名的。常有人说，哪天有人要评模范家庭，一定评常书记和尹主任。

“瞧你，”妻子的嗔怪带着笑声，从话筒里传来，“别给总机接线员听去了。”

“那怕啥，常爽又多一件轶事罢了。”常爽哈哈一笑，继而又用严肃的口吻道，“记着了，我明天下午来。明天上午，就别押着那个景传耕游斗了。”

电话挂断了，常爽把工作手册“啪”的一声摔在宽大的办公桌玻璃面上，便背着双手在办公室里踱起步来。在县里，他是个出了名的坐不住的人，精瘦、干练，干事情风风火火，比一个五大三粗的蛮汉还急躁。实际上呢，在他表面的急躁下，掩藏着一颗非常细致的心。

“这家伙，看不出还有点不简单，直朝我将军哩！”一边踱步他一边叨咕着，“明天得去见见他，景气闲的这个不声不响的儿子，居然不怕坐牢，倒是敢说敢为。”

他一闭紧嘴，办公室里就只剩下他那高帮毛皮鞋踏得地板咯咯的声音。才晚上八九点钟，县委大院已静得如一潭池水。日光灯泛着柔和的光，更衬托出了这山区小县城春夜的宁静。

正像赶夜路似的边踱快步边思索，常爽陡地又停下了脚步，仄耳细听着。仿佛有谁在县委大院后门口哇哇地嚷叫，但听不真切，他伸手把窗户打开，几名疾言厉色的吼叫随着一阵凉气扑进窗来：

“妈的，老子要饿就饿死在这官衙门前，你看不下去就快拨救济粮来。瞎，大官爷们，你们还要不要老打姓活了？还要不要我们泥脚杆了？”

常爽刚探出窗户的脑壳，像挨了一棒似的缩了回来。今天傍晚他就碰见这个农民了，满脸胡茬子，一身破衣裳，听说他在县委大院门口叫骂了大半天，办公室打电话要公安局拘留他。当时，常爽刚回来碰上了，制止公安局抓他，改叫办公室派人送他先去招待所吃顿饭，然后，了解一下他有什么要求。怎么到了这会儿，他又出来骂了？心头正疑惑，叫骂声又传进窗来：

“哼，把我哄到招待所吃了顿饭，就喊我回家！我是三岁小娃娃不是，哄也哄得动？说得倒好听，调查调查，调查到牛年马月猴日子去啊！我不信。”

噢，原来是这么回事。常爽吁了一口气，转过身子，正想下楼到后门口去会会他，叫骂声再次响了起来，还带点威胁的口气：

“喂，本县的父母官，你莫猫在被窝头不见人啊！跟你说，躺在床上挺尸，二天脱不了爪爪的。我等你们三五天，三五天不见调查人下寨子来，我喊起满寨人到这儿来骂！”

一边骂着，那声音一边渐渐地远去了。看来，这耿直粗鲁、敢吵敢骂的汉子，对办公室同志的话还是将信将疑的。对了，明天一早，开常委会前，先得了解一下他反映了什么情况。

叫骂声消失了，常爽刚才的兴奋也跟着消失了。他那精瘦的身子无力地跌坐在沙发上，双手摸挲着木把扶手，两眼直勾勾地盯着办公桌上的玻璃板出神。

今天中午，送走了景气闲，他当即在工地召开了老农座谈会，只邀了区委的主要干部参加。老农们果然对建所谓旱涝保收田，提了同景气闲一样的意见。常爽震惊之余，和箐湾区委的主要干部交换了意见，决定将图花俏图热闹的农田基本建设工地立即下马。在有水源、土质好、工程量不大的地方，修一部分梯田。其余的劳动力，马上各自回寨子去。同时打电话回县里，要他们通知五个区的负责人如实汇报当前农民的思想状况和生活情况。他在同箐湾区委的主要干部研究了有关善后工作之后，傍晚时分便回到县里来了。

对箐湾区的农田基本建设，他可以当机立断，让他们停下来。对全县的这项工作，他就不能不小心谨慎地行事。特别是电话里听到尹毓秀汇报景传耕事件和屏源的情况，开始他被景传耕的思想吸引，现在冷静下来就感到棘手。在月光县领导班子里，常爽同何羽在不少问题上是有分歧的，常常争得面红耳赤。比如，对如何贯彻省委关于去冬今春农田基本建设的部署，常爽认为根据本县的情况，每个区只要抓好一个两个卓有成效的样板，全县五个区有那么六七个样板就不错了。广大农民看到了旱涝保收田的作用，自会在秋后仿照着干。何羽却认为这是对省委指示阳奉阴违，他主张全面铺开，“社社队队摆战场，山山岭岭展红旗”，奋战一冬春，打开月光县农田基本建设的新局面。两种意见各有支持者。结果，何羽在他负责抓的屏源区，搞的是遍地开花；常爽在箐湾区只抓了一个样板，现在看来他抓的这样板，也是劳民伤财，白误了工。何羽那遍地开花就可想而知了。

但是，要否定何羽的做法，谈何容易。何羽这个人，常爽是太了解了，他对自己的工作能力，是有着超出常人的自信的。

一个人过于自信，往往是很难转弯的。常爽自己就有所体验。他今年四十五岁，在许许多多的县委书记中，他是年富力强、精力充沛的一个。六十年代初，他是团县委书记，以后每隔一年，他的工作就有一次调动，“四清”结束后，他被提为县委副书记。“文化大革命”中，他也免不了成为“走资派”，监督劳动。打倒“四人帮”后。他又担任了县委第一书记。他的生活道路基本上是顺利的，因而他也很自信，对自己的工作能力，对这些年来的农业政策，从来都是深信不疑，坚决执行的。以压倒一切之势的学大寨，“不堵死资本主义的路，迈不开社会主义的步”，“一批二干三带头”，修水库，挖长渠，天大旱，人大干……他都毫不迟疑地干了，并以叱咤风云的气势去组织，去动员，他虔诚地相信这样就可以“重新安排‘月光’河山”，给广大农民铺平通往幸福的康庄大道。可是效果呢，看来并不是这样。他担任县委第一书记以后，感到责任重大，开始思索了。

是月光县的地理条件特别差么？不错，全县山多坡陡，除了城关区有一半公社是产谷子的平坝之外，其他四个区的耕地都比较分散，大多土质瘠薄。解放前，农民处于赤贫的境地。但解放后，随着土改和合作化运动的开展，情况改变了。生产发展起来，上交公粮和卖粮的队伍，从粮店门口直到一里多长，墟场上的肥肉，四指膘还没有人买。足见那个时候的政策是很得人心的，至今农民还在怀念那个黄金时代。

后来呢，情况又逐渐变了，农民的汗流得越多，收成越少；所谓“资本主义的路”堵得越死，农民越贫困；“大寨田”越增加，土地越贫瘠；越向“高级过渡”，“三靠队”① 一年比一年多。生活的本身不能不使他产生一种怀疑。但是，他还没有勇气公开地说，只能在私下里向尹毓秀发出一些慨叹。

特别是不久以前，在赶场时，他亲眼看见一个衣衫褴褛、形容枯槁的老婆子，手牵着一个十来岁的瘦弱姑娘。随着老婆子手中的竹竿敲击在地的响声，那瘦弱的小姑娘瞪大一双眼睛，合着竹竿击地的节奏，忧声唉气地唱着自编的叫花调儿：

婆婆们，
婆婆们，
慢慢走，
慢慢行，
有钱给两分，
有粮给一两，
孤儿寡婆没能耐，
但求叔叔伯伯……

啊，这首叫花调儿的行腔，和解放前穷苦百姓要饭讨吃的调门儿差不多一样，只是词儿改了。除了要钱，还要粮票。常爽只觉得一颗钉子打进了骨髓般痛，他陷入了深深的痛苦。这是发生在他所领导的县里啊！他为人民做了些什么呢？他有什么值得自诩、自傲得呢！刚才那个在县委大院后门口叫骂的农民，不过又是一个证明，证明自己远未尽到人民公仆的责任。

---

① 指吃粮靠返销，生活最救济，生产靠贷款。

是的，目前的情况是不容盲乐观的。他回来以后，已经听到一些汇报。吃晚饭时，城关区委书记亲自来找他，谈到城厢公社靠近公路的几个大队，已经发生了社员开上证明，坐着拖拉机出去揽工做，混吃饭的事件……他怎能不感到心急火燎！

“出路在哪儿呢？”此刻，他跌坐在沙发里凝目沉思，自然而然地想到了景传耕。

常爽是在他被押到嘎多寨监督劳动的时候，认识景传耕的。当时，他亲眼看到土改老根子，当过劳动模范的景气闲的家境并不好，时常要靠在外工作的两个儿子往家里寄粮票接济。但是，景气闲却常叫传耕给他送吃的，泡海椒、泡豇豆或别的蔬菜，有时还送来鸡蛋。这使他特别感到，在那样的年代，传耕回乡种田，十分勤奋，常见他读书自学，凝目沉思。当时常爽觉得这个青年很可爱。有一次他俩闲谈，传耕问他，生活为啥这样艰难，他一时竟问答不出来，只好说：“往后会好起来的。”现在，多年过去了，没料到当年沉默寡言的景传耕竟带头抵制扩建水库，还提出划分田土责任耕种。不管他这么干的方式方法如何，有一点恐怕是肯定的，那就是他们的日子仍然过得很艰难，他们迫切地要改变这种状况。……

“笃笃笃”，有人敲门，打断了常爽的沉思默想，这么晚了会是谁呢？他对着门应了一声：“进来。”

门悄没声息地被推开了，门口站着一个近六十岁的老头，虚胖的脸，皱巴巴的灰卡叽布衣服，头戴一顶蒙满了泥土灰尘的呢帽，微张着嘴，“呼呃呼呃”喘着粗气。

“郝老虎！”常爽受了惊般跳起来，冲到来人跟前，“你不给我好好地在医院躺着，跑到这儿来干啥？”

“像这样躺下去，还不如死了好！”郝老虎掏出一只喷雾器，朝着自己的嘴巴“扑哧扑哧”喷了几下，“常猴子，你让我回屏源公社吧。听说那儿的农民，出外要饭哪！”

“可你……”常爽嘴张了张，到了嘴边的劝告都咽了下去，变成了一句询问，“你的病……行吗？”

"唉，贫穷人生富贵病，穷对付吧。"郝老虎皱了皱眉，举起那只喷雾器，扬了扬，"有你送的这个，还能接上气儿。"

"那好，明天……"

"明天一早?"郝老虎迫不及待地问，喘气声愈加粗了。

"不，明天中午，我跟你一块去。"

"为啥不一早赶路呢?"

"上午还有常委会。你不也要办办手续嘛，吃了午饭，在医院等我。"

"一言为定!"郝老虎说完，转过身走出门去，刚到门外，又回过头来眨巴眨巴眼睛问，"常猴子，下头闹事，听说了?"

"听说了。"

"咋个办?"

"你说呢?"

"咋个处理都行，就是斗不得，游不得街呀!"

"为啥?"

郝老虎又把喷雾器举到嘴前，"扑哧扑哧"了几下，说："景传耕这小伙领头闹事，不为名，不为利，图的是寨邻乡亲吃饱饭，一整他，就把人心整寒啰!"说完，不待常爽答话，转身走了。

常爽站在办公室门口，望着郝老虎的身影在走廊尽头消失，心头颇不平静。

郝老虎是屏源公社的党委书记，名字十分文气，叫郝秉建，只因他生了个哮喘病，发作起来喘得呼呃呼呃，像老虎叫，人家就给他取了个绰号——郝老虎。乍一听到这绰号的人，还以为他是个凶神恶煞的官哩，其实他为人直爽随和，不过也确有凶的时候，走乡串寨时，碰到大队、生产队的干部喊他"老虎"，他答应得爽快；喊他"郝书记、郝主任"，他当场就会垮下脸来，吼道："我的大名叫郝老虎，你不晓得?"弄得喊他的人下不了台。事情传开去，屏源公社上上下下，老人娃崽，都对他直呼"郝老虎"，他的真名倒没几个人知道了。

常爽挨整时，就是郝老虎安排他在嘎多寨的。那半年多，常爽没少得到景气闲的照顾。后来，常爽解放了，出任月光县化肥厂负责人，办的第一件事，就是联系给郝老虎治哮喘病，还给他买了只喷雾器。哪晓得，他这病拖了一辈子，不好治，每到冬天，发病特别厉害。常爽当了县委书记，就逼他来县医院半休养半治疗。屏源公社三多大队闹事，常爽本不想去惊动他，却不想没有不透风的墙，住在医院的郝老虎已经听到风声了。他的态度倒是鲜明，一回到公社，准会同何羽针锋相对地顶牛，看来得先给他打个招呼。……

一系列的问题搅着，常爽又是一夜未好好入睡。起床后，到办公大楼的第一件事，就是问明了昨夜那个农民反映的情况，安排了办公室立即派人去核实、调查，然后才去主持常委会。

常委会开了整整一上午。一年三百六十五天，常爽有差不多三百天时间要耗在各种大大小小的会议中。一坐就是半天，他怎么也按捺不住，坐在椅子上如坐在火炉盖上，直想蹦起来。这也许就是他瘦的一个原因吧。

不过，今天的常委会倒是非开不可的。工业局里吵翻了天，早等着县委常委会拿主意了。县化肥厂建厂八年，共亏本三百万元，亏得凶的年头高达五六十万，亏得最少的那年，也就是常爽在化肥厂当头头的那年，亏了十一万。地区工业局的意见，化肥厂有两条出路，一条是并入地区的化肥厂，一条是停产整顿，逐步逐步在整顿中寻找出路。

不论是停产整顿，还是并入地区工业局，对月光县来说，都是难办的。化肥厂尽管亏本，但厂里生产的硫酸氨，深受农民欢迎，一是它有实效，提高农作物产量，二是比进口的尿素便宜得多。如果并入地区工业局，它生产的化肥就归地区支配，一个地区十多个县，派到月光县头上那就少得可怜了。另外，化肥厂受县委领导，对干部的安排，对招工的指标，县里都有主权，换句话说，县里一些需要照顾的干部子女，还有个出路，反之就没有回旋余地了。因此有人主张保留，并问："既然地区工业局能叫化肥厂扭亏为盈，县里为什么又不能派得力干部把化肥厂办好呢?"

但是反对者指出："化肥厂能不能扭亏为盈，能不能办好，事实已经胜于雄辩。八年亏三百万，差不多把年年的农业税收统统赔了进去，其他应该投资建设、扩充兴办的企业，比如说月光县出的窖酒，这几年在省里打开了销路，酒厂急需更换设备，增添人员，县里却拿不出钱来。派出得力干部更谈何容易？常爽算是得力干部吧，他在化肥厂干了一年多，还亏本十一万呢！谁敢去挑这副担子？至于安排干部，招工指标，那纯粹是闹地方主义，不正之风，早该煞一煞了。化肥厂不并到地区去，至少也得停，决不能让县里再背着这么个大包袱了。"

公说公有理，婆说婆有理，争得不亦乐乎。常委会从上午八点半开到十二点，烟灰缸里的烟蒂堆得像座座小山，公务员进来加了三次开水，不抽烟的常爽，被呛得直想咳嗽。可双方的意见就是统一不起来。

常爽没有说话，也没有表态。他能说什么，能表什么态呢？这个厂上得匆忙，先天不足，能拖到今天实在不容易。这难道仅仅是一个月光县化肥厂的问题吗？一会儿说建，一会儿说停、说并；上马时有上马的理由，下马时又有下马的理由。我们的工业布局、规划，是不是也像农业一样，需要大力整顿、改革呢？这就不是他一个小小的县委书记能决定的事了。当然，就他个人来说，他对化肥厂是有感情的，他毕竟是在那儿干了几百个日日夜夜，他不希望化肥厂关闭、停产，他希望化肥厂的烟囱冒烟，兴旺发达；只要能蓬勃发展，它受地区领导，还是受县里领导，那是次要的问题。

十二点一刻了，与会者的肚子提醒常委们该休战了，会议没有作出什么决定。只是在结束之前，常爽要求主管工业的书记，把会上的两种意见尽可能详尽地给地区和省里写出一份汇报。他想，这对上头也许会有些参考价值。

吃饭时，办公室秘书告诉他，屏源区有个女同志找他。

“姓什么?”

“姓喻……”

“喻慎?”

“她昨天也来找过你，我跟她说了，常委会中午才能结束，她说午休时来。这会儿，又找不到人了。”秘书有点懊丧。

常爽放慢了吃饭的速度，想等等这个喻慎。他还是在妻子的电话里听到这个名字的。

细嚼慢咽地吃完了饭，喻慎还没来。郝老虎的身影在院坝里出现了。他还是那副病恹恹的样子，右手拿着喷雾器，左肩扛一只塞得鼓鼓囊囊的帆布大书包。他虽没吭气，可那副神态，似在表明他实在等不及了。

常爽跳了起来，对秘书说：“喻慎再来，你告诉她，我到屏源公社去了。”

北京吉普载着常爽和郝老虎驶出县城的时候，常爽从反光镜里看到有个人在车后的街上跑着，一个黑点子，是男是女都分不清。常爽前倾着身子正要细辨一下，吉普车拐弯了。

27

安静，静得人心里发慌。灰土色的墙壁，加了铁栏杆的窗户，潮湿的泥地，两三条板凳，铺着干谷草的竹笆床，还有尹毓秀拿进来的炭盆。多亏了这盆炭，昨天晚上，景传耕才没挨冻。竹笆床上只有一条被子呀。这会儿，木炭已烧成了灰。牛肋巴窗户里，不时地吹进寒冽冽的风来，小屋子里又变得阴冷阴冷的了。

传耕把这小屋里的一切打量了又打量，都看得厌了，小屋外面还是没得动静。是工作组的干部们把他忘了吗，今天怎么还没人来找他？早饭、晌午饭，都是公社食堂那烧火老当端来的。伙食还好哩，早上是包谷稀饭，肉馅包子；晌午是米拌巴山豆，面上盖着辣椒炒白菜，饭底下埋着两大片回锅肉，传耕吃得直咂嘴。现在已快半下午了，不是说要开全区大会批斗吗，咋个没有响动？工作队那些干部自然是不会忘记他的，他们都干啥去了呢？传耕猜不出来。

在这小屋里住过一夜，传耕已经分辨出来，玻璃窗外就是屏源镇上那条狭窄的麻石铺的小街。镇上的居民大多都居住在这条街上，入神细听，能听到涮锅声、推干包谷的磨子声、夜里哄娃娃入睡的轻吟低唱声。

很少这么空闲的传耕靠在被窝上，又想打瞌睡了。被关在这里，想得再多也是白费劲，不如不去想。反正是挨批、挨斗、游街，完了就去县里蹲班房……

“景传耕，你好大的胆子！带头闹事，公开同县委唱对台戏！……”

刚闭上眼睛，就听到一阵吼声，景传耕受惊地跳了起来。他做梦也没想到，县委第一书记常爽会来到他跟前。哦，还有老虎叔。吼声就是他发出来的，还在“呼呃呼呃”喘着粗气直骂：

“向党示威，你小子无法无天了！你、你眼里还有没有党纪国法啦！”

郝老虎手里扬着一根六寸长的烟杆，在传耕脑壳旁边挥舞着，那发亮的铜烟锅，简直就要敲到传耕头上来了。

这么说，尹主任还是把他的话给常书记捎到了，传耕不由吁了一口气。郝老虎训斥他的话，他像是没听见，心想：要骂，你们骂吧，反正祸是闯了。待你们骂完，我再说话。

“哼，轮得到你癞蛤蟆样地乱跳嘛！”郝老虎的怒气伴着哮喘，“呼呃呼呃”的声音特别响，“有话你找我来说嘛！没得粮吃了，还能饿死你？你跟我说，我还有嘴、有手，可以向常猴子要嘛！”

哈，真新鲜，郝老虎管县委第一书记叫常猴子，传耕还是第一次听见，差点忍不住笑出声来。

“你还笑，笑啥？你有本事！”郝老虎更生气了，越说气越粗，“这下好，跌下悬崖了，看你如何爬起来？我问你，月亮坝水库漏，这话是你说的？”

“是。”

“漏了就不能堵吗?”

“堵?说得倒轻巧。堵得住吗?跟你说，老虎叔，堵了还是漏!”

“当真?”

“老虎叔，老百姓的话你为啥不信呢?就信蒋学谦那龟儿子的!”

“你为啥不早说?”

“找得到你吗?老虎叔，你一进十冬腊月，就钻到医院去疗养啦!”传耕开始还击了，语气也不软，仿佛他压根儿不晓得郝老虎有严重的哮喘。

郝老虎转过虚胖的脸，瞥了常爽一眼。传耕觉得，那眼神好像是在责怪县委书记。

常爽显然也察觉到了，他微微一笑，息事宁人地说：“这不怪郝老虎嘛，有病还是该医治……”

“该医该医!”郝老虎噘起嘴，明显地表示出了不满，“我没违拗你的关心，去年一进秋计划挞谷子、栽小季，你就撵鸭子一样撵我进医院。下头的事，啥道道都不知，脑壳里头，只记着秋前估产时是个丰收年。唉，丰收年、丰收年，整成个这样子，倒叫满公社的人对我有意见。”

“老虎叔有病，进医院治疗，没得人有意见。”传耕放缓了口气，“哪个也没说郝老虎是养尊处优。不过，干部们的心，和寨邻乡亲们离得远，这是不假的。常书记，你一定还记得，那年你在嘎多寨被监督劳动的时候，是个什么情形。”

常爽弄不懂传耕指的是哪件事，含糊地点了点头。

“那年头，景仁清当着权，他听公社蒋白脸蒋学久的，把你往死里整。十冬腊月逼着你下泡冬田敷田埂。烂泥田呀，水冰、风大、田埂长，你敷了半天时间，脚杆冻紫了，手指僵直了，脸皮发青了。一离开水田，你就往火边跑，想去烤烤火。真一烤，你的手脚就会患下风湿症。那就正中了景仁清、蒋白脸他们的下怀。是哪个不让你烤火的？是哪个劝你赶紧先找点温水擦洗的？是寨上的群众吧。下凌天，你住的那间茅棚冷得能冻成冰棍，是哪个给你草帘子，给你悄悄地在茅棚子里打上地炉火的？也是寨上的穷百姓吧。你那样精瘦的身子，挑不起一百二的担子，背不起六七十斤背篼，景仁清逼你下煤洞拖煤，一船煤二百五十斤，不说叫你拖一船，半船你也拖不动。你咋个把一船一船的煤拖出来的？不是有人在后头帮着你推嘛。常书记，帮你推煤的人，你叫得出名字吗？”

“呃……这……”常爽决没想到，此时此刻，景传耕会撇开自己的处境，来讲他的往事。传耕动感情了，睁大了双眼说：“报纸上常说，十年‘文化大革命’，十年折腾，瞎胡闹，乱整乱斗。你想过没得，要是没得八亿农民，要是没有农民们勒紧了裤腰带交公粮、余粮、忠心粮，要是农民们也像好些厂矿一样停工停产，这个国家经得起十年的瞎折腾吗？你们这些干部……”听着这番话，常爽不知不觉想到了那些落难的日子，是啊，当年，要不是寨邻乡亲们暗中同情他，常常在他感到为难时助他一臂之力，他不知被整成什么样子，哪里还会有今天这样的精力。的确，他叫不出那些帮助过他的人的名字，事后他也没想到去打听打听，因为这样的帮助太多了。传耕尖锐地提出这个问题，他有些窘迫了，血在往脸膛上涌，面颊火辣辣地发烫。

景传耕淡淡一笑：“常书记，你莫睁大眼瞪我，我晓得，那些帮过你的人名字，你是叫不出的，我晓得你叫不出那些人的名字。跟你说，那些当初中暗中帮你的人，一个也不指望你记住他们的名字。对你说是这样，对其他挨整的干部，也是这样。不过，我知道你心中很感激大伙儿的暗中相助。记得有个雨天，你到我家台阶上躲雨，我爹给你裹叶子烟，你咂巴着兰花烟，感叹地对我爹说：‘老哥子，这回挨整遭贬，我才真正地看清了，我们这些寨邻乡亲们的心，都是金子做的呀！二天……’我爹打断了你的话，说：‘莫讲二天了，将就避过眼前的恶势头，就是好事啰。’常书记，还记得这件事吗？”

常爽依稀记得有过这么件事，详情却忘了。他睁着双眼茫然望着景传耕，不知这小伙绕那么大个弯说这些话，最终要落到哪个点上。

“不管你记得不记得，反正我是记得的，常书记。”景传耕的嗓门有点激动了，“你们这些干部，为啥总要在挨了整、遭了贬，才晓得群众的心呢？为啥一当了官，说的话、干的事，又离群众那么远呢？”

常爽瞅着传耕，没答上话来。郝老虎却扫了传耕一眼：“算你那十几年的书没得白念，会耍嘴皮子。我不同你扯那么远，我只问你，你瞎跳乱闹事，自认为有理，那县委的决定，又算个啥呢？”

“一定要我讲吗？老虎叔。”

“你讲！”

“那叫瞎指挥，乱整，拿乡间的劳力乱投工，反正掉不了乌纱帽……”

“你给我住嘴！”郝老虎厉声打断了他的话。

传耕镇定地问：“难道不是这样么？逼着全公社的农民去扩充一个蓄不起水的水库，还不够荒唐吗？常书记，你那县委的决定就是铁板上的钉钉，错了也硬要错到底吗？老百姓就该跟着你这样的县太爷受苦受累吗？你不信我的话你总该相信自己的眼睛吧。坐上小车，你到水库边去转一转，又费得了多少力？看一眼你就明白嘛！”

“看样子，你是一心想进班房了。”郝老虎瞅着传耕，连连摇头。

“为这，就得坐班房，我也只有坐。”景传耕口气也变了，“郝老虎，要是怕坐班房，我就不同你斗嘴了。”

“不仅仅是为你带头不上水库工地，”常爽在板凳上坐定了，叉开双腿，一字一句地说，“还因为你公开宣扬闹单干，搞资本主义复辟。有这回事吗？”

“莫拿资本主义的大帽吓我，我不怕坐班房，也不怕这大帽子。”景传耕承认得好爽快，“事是我领头的，要算账，朝我一个人头上算。要整人，单整我一个，不要找其他人麻烦！”

郝老虎气极了，“呼呃呼呃”喘得像拉风箱：“你还当真像个英雄好汉哩！”

“郝老虎，我不是英雄好汉，英雄好汉的办法更多些！要整人要算账由你们，话我还是要说清楚的。”景传耕寸步不让，“我可不愿像全大良那样吃冤枉官司。……”

“还要说，还要说！”郝老虎怒气冲冲打断了他，跺着脚吼了起来，“你是个农民，管的是种地吃饭，要你管那么多干啥？你、你就只管听我们的，好好干活就是啦！”

景传耕激动起来：“听你们的，还不是那一套！”

“什么那一套，你说，你说！”

“明摆着的嘛！从去年冬天到这会儿，你们叫干的，不就是‘一窝蜂’涌上平整土地的山坡；不就是你也十个工分，我也十个工分，干多干少一个样；不就是像何羽那样，明知水库是漏的，还下死命令，逼着老百姓上阵嘛；不就是……”景传耕拉直了嗓门，说得慷慨激昂，陡然间，他的声音低了下来，干脆不说了。因为他发现，常爽坐在板凳上，脸上竟露出了笑意。这是咋回事，莫非他真是来听我们的呼声的？……还有，郝老虎一进门就提高了嗓子吼，表面上凶得怕人，眼睛里却没有何羽那样的凶光，这又是咋回事？

传耕一时拐不过这个弯来，但他觉得这倒是一个好兆头。他不再那么激愤和感到委屈了，平心静气地向常爽和郝老虎掏出了心里的话：“你们常说，贫下中农、社员群众当家做主，说我们是国家的主人。可你们看，群众哪里得当家做过主？水库是漏的，苦苦哀求，何队长还在逼人上哪，谁不听话，绳子一捆，就抓人！到底哪个是主人，哪个是仆人呀？”

“颠倒了主人与仆人的关系。”常爽沉吟着接上了话头，语气里透着沉痛，“是啊，生产劳动上的‘一窝蜂’，分配上的平均主义，指挥上的命令主义，或者干脆是瞎指挥，再加上‘一平二调’，吃

‘大锅饭’，干部多吃多占……我们还虔诚地认为这是天经地义的社会主义。每当要去省里、地区开会，每当要写总结汇报了，我们总习惯地说，看形势，首先要看方向路线，要看大局。……有人说，形势大好没得肉卖，红旗招展农民怠工，我们还硬说这是诬蔑社会主义。看起来，眼下，是到了想想这个问题的时候啦！”

传耕几乎不相信自己的耳朵，这是常书记嘴里吐出来的话吗？他目不转睛地盯着常爽，眼前顿觉一亮。常爽的话一完，他就不住地点着头，急切地说：“对，对，常书记，说得对啊！就是这么回事。”

“你莫要得理就跳，即使是这种情况，也不允许你单干，闹资本主义复辟！”郝老虎插了一句。

景传耕不以为然地说：“老虎叔，啥叫资本主义复辟呀？肚皮都吃不饱，还复辟资本主义？屏源公社一大半人你都认识，这些人哪个见过资本主义啦？那么喜欢复辟它？老百姓倒是怕大嘴鸹吃凶，景仁清当三多大队支书的时候，他一个人年终结算得八九千个工分，抵两个最强的劳力……”

“有这些理，你就该搞单干了？”郝老虎还“呼呃呼呃”喘着，不过声气小多了，“该走回头路了？”

“不是回头路，老虎叔！”

“坟旮卖晃布——鬼扯！不是回头路是啥？”

常爽朝郝老虎摆摆手：“听他讲，听这胆大包天的小伙讲……”

“当真走回头路，哪个不怕？”得到常爽的鼓励，景传耕浑身来了劲，他坐端正了些，双手比画着说，“老百姓也怕生产资料归私人所有，怕重新出现土地兼并，富者良田千顷，贫者无立足之地，一句话，怕穷，怕肚皮受罪，怕没得好日子过……”

郝老虎又忍不住嚷道：“那你还要划分田土？还要公开闹单干？”

“那办法灵啊！你们年岁比我大，一定记得，三年自然灾害过后偏僻山寨上都搞过包产到户。只一年工夫，就翻过来了。那年头我还小，记不清了，都是听叔叔伯伯们说的，你们该记得呀!”

“记得，记得!”郝老虎没好气地说，“记得后来‘四清’运动，一阵阵批判斗争，险些送我蹲大牢。可你一个毛猴子，屁事不懂，还要往那条路上奔。”

“我说的划分田土，不是把田土分给私人。”景传耕振振有词地说。他发现，这话一出口，常爽和郝老虎交换了一下目光，眼里闪出了光彩。他说得更来劲儿了：“互助以前的私人田土，允许出租、允许买卖，那就容易产生贫富不均，两极分化。我说的划分田土，主要是让社员负责种好划给他的田土。田土的所有权还是集体的，个人只有种植权，没有买卖、典当和任意处置的权利，不许出租，不能继承，队上可以根据情况调整、抽回。这就同工厂里一个工人管一台机器，公路上一个司机开一辆卡车差不多，是一种责任制的形式。工人这么干，没得人说他们单干，走回头路；农民这么干，咋个就是单干，就是走回头路呢？老虎叔，你说呀!”

“就数你的鬼扯筋多!”郝老虎被传耕问得瞠目结舌，答不出话来，悻悻地道。

“你就只会摆老资格。”景传耕也不客气地说，“要依我讲啊，这不是走回头路，这是甩开原先那条弯路，要往前走新的路。”

“能不能这样说，”常爽举起左手，竖起食指点着景传耕，征询地说，“这是一个新的起点。要是敢于朝前走，走下去，能走出一条适合我们山区农村情况的路。”

“对，常书记，就是这句话!”景传耕兴奋地叫了起来，早忘了自己是处在被关押的地位。

常爽瞅了背着双手站在一旁的郝老虎两眼，用商量的口吻，对景传耕说：

“你再讲讲，要是那么干，有些啥好处?”

“嗨!”景传耕舒心地吁了一口气，眉毛扬了起来，眼里闪出希望的光，“要我说呀，只要让我在寨上试一年，我敢说，嘎多寨人肚皮能管饱。过去，出工一窝蜂，口号喊得再响，指标定得再高，那产量联不到社员的心，再叫大干也难干好。即使干好了，劳动果实放进大锅里，当着干部的掌瓢，碰上一个、两个大嘴老鸹，舔也把人心舔寒啰！田土责任到人，我提出三句话：交够国家的公粮，留足集体的储备粮，剩下的归自己支配。这么一来，那产量联系着群众的切身利益，叫联产联心。这不也是按劳分配吗？你对田土尽到了责任，付出了汗水，多花了劳动，增产的就归你……”

“慢着，慢着！让我把这句话记下来，联产联心，说得好！”常爽打断了他。

传耕说得兴致勃勃，没发现县委书记早已掏出黄皮封面的工作手册，刷刷地往本子上记着他的话。他愣怔了一下，疑惑地说：

“这……这……”

“放心，这不是给你记黑材料。”常爽脸上的表情诡秘中带着揶揄，亲切地对景传耕说，“讲吧，把你想到的全讲出来，讲出来。景传耕，你这小子，为啥非跟我闹突然袭击呢？闹事前你来找我一趟，不更好嘛！”

“我不是找过你嘛。”传耕振振有词地为自己辩解，“那天碰到你了，吉普车喇叭嘀嘀地催，你又忙慌慌地跑了，一跑就没个影子。”

常爽的脸又躁热了。起先，景传耕那些关于往事的话，已经直打在他的心上，使得他直感不安。这会儿，他更有一种愧疚感，同时，他又有些惊奇：

“什么什么，那一次你来找我，心头已经想闹事了？”

“不是想闹事，是想把心里的话跟你说说。”

“就想说今天这些话？”

“不。那时我是想跟你汇报另一件事。”

“什么事？”郝老虎在一边插嘴问，“传耕，你爽快点讲好不好！”

“拐卖妇女的事……”

“啥？”传耕一句话还没讲完，郝老虎就像火烧屁股样跳了起来，瞪起一对眼睛，盯着传耕，“你别给我瞎编胡扯，景传耕，我也不是好哄的。”

“别打断他，郝老虎。”常爽阻止着公社书记，两眼诚挚地望着景传耕，问，“你讲的是那个姑娘吗？我记起来了，那天她就站在你身边。”

“快讲呀！”郝老虎又急又不可待地催促着。

“让我进去，让我去见见他！让我去吧！”

景传耕咽了一口唾沫，正要继续讲，陡然，公社院坝里，传来一个尖厉的叫喊。他的脸色刹那间变了，心里吐出了两个字：慧芸！

怪了，她咋个会到这里来的呢？

“滚出去，这儿是你来的地方吗？快滚！”蒋黑脸的声音又粗野又凶狠，丝毫没商量的余地。

丁慧芸的声音几乎是在央求：“求求你，求求你啊！我只看一眼，一眼呀……”

景传耕呼地一下站了起来，他再也坐不住了。

常爽不解地望着他：“怎么啦？”

景传耕把脸转向常爽和郝老虎：“让我出去一会儿。”

郝老虎侧转脸望着常爽，常爽合上工作手册，点了点头。

景传耕以年轻人特有的敏捷，一个箭步冲到门边，拉开了门，跑了出去。

28

处在绝望中的慧芸，发现阿妈坐在景家等她，几乎不假思索地隐到漆黑的山墙后面，顺着七高八低的石级路跑出了寨子，茫无目标地跑到了山野里。

到哪儿去呢？不晓得。

在哪儿睡呢，也不晓得。

她只是怀着极度的恐惧要躲起来，不能让人贩子再把她带走，拐卖给一个她根本不认识的人。那是一种多么可怕的命运啊。不，她不能再走这条路了。决不能！尤其是在景家住了这将近两个月以后，她更认准这一点了。

天空中没有月亮，连星星也不见一颗。山野里像泼散的浓墨一般黑，看不见路，看不见几步外的任何景物，只能听到沟渠水在轻淌着，山风发出尖厉的嘶鸣。慧芸极慢极慢地走着，只觉得自己是在朝着悬崖的顶上走去，仿佛随时有可能一脚踩空，跌下万丈深崖，令人毛骨悚然。

她心里恐怖极了，试探地迈出一步，又迈出一步。磕膝盖碰着茨藜丛了，尖尖的茨藜果扎得她微痛微痛。这就是说，她走到寨外的半山坡上来了。慧芸想起，茨藜旁边有一座小小的人工培植的松林，倒是个躲人的好地方，松林里的地平坦，落下的针叶把地上铺得软绵绵的，可以过一夜。她辨别了一下方向，小心翼翼地朝松林里走去。

"不，你不能回寨子，不能回！"

没待慧芸走进松林，林子里突然传出低低的说话声，还是个女的。慧芸吓得站定在原处，心头怦怦乱跳，一动也敢动了。这女的是谁呢？

"哎，憋死我了，躲在那个洞子里，真憋死我了！"一个男子的声音气忿忿地抱怨着。

慧芸一下听出来了，这是传耕的好朋友全大良的声音。在慧芸住到景家后的日子里，阿全常来找传耕，慧芸听熟了他的嗓音。不用说，那个女的必定是费瑞娟了。虽说在景家住了将近两个月，慧芸很少在寨上抛头露面，费瑞娟不常来景家，所以她不熟识，但听传耕谈过她同阿全的关系。怪了，他们为啥要在这么乌漆墨黑的夜晚，躲在松林里会面呢？阿全不是有家嘛，为啥要躲在山洞里呢？

"阿全，听我说，你听我说，你就躲一躲吧！"费瑞娟急切的劝慰声又响了起来，"你不能再给他们抓走啊！反正，只要我活一天，就想办法给你送一天饭。"

"这不活得像鬼一样嘛。"阿全气得直跺脚。

“哎呀，你轻点，轻点。阿全……”

一切都明白了，他们也要抓阿全。是啊，阿全一个男子汉，躲在山洞里，尚且需要瑞娟送吃的才能活下去，她一个无依无靠的弱女子，靠啥活呢？再说，跑出来的时候，她只想到自己，想到自己不遭厄运，却没想到要是她不回去，不露面，人贩子是要逼爹妈交出那四百多块钱的，说不定还要景家拿出钱来！虽说景大伯说过，他要凑钱给人贩子，但这会儿，他能顾上凑钱？传耕被捉走了，他们一家人，心头像针刺样难受！不，她不能在他们一家痛苦忧伤的心灵上再加一块磨盘。她得回去，回去，再苦再难耐的命运，由她一个人去承受，一个人……

慧芸转过身，悄悄地朝山坡下走了。

黝黑的山野浸透了压抑的气氛，慧芸的心仿佛离开了的自己的躯体在随风飘摇，风把它吹到哪里，它就飘向哪里。她在崎岖的山路上颠踬，终于拖着疲惫不堪的身子走进了寨子，走回了景家院坝。狗的吠叫，她听而不闻；寨邻乡亲的茅屋里透出的灯光，她视而不见。

推开堂屋的门，阿妈还在屋头坐着。她一见慧芸就像看到一只被猎手捕获了的麂子，几步跑过来抓住她手腕，抓得那么紧，仿佛生怕她又跑掉。

景大伯不在屋头。伯妈不忍看慧芸惨白的脸色，避进里屋，低声地啜泣。传耘脱下身上那件八成新的、绛紫色灯草呢衣裳，塞进慧芸的怀里。慧芸知道这衣裳是传耘的二嫂特意为传耘做的，传耘也格外喜欢。这阵儿她脱给了慧芸，慧芸像棒着一团火，眼睛湿润了，哽咽着泣不成声。

阿妈几乎是紧紧扯住不放地把慧芸拖出了景家院坝，拖出了嘎多寨，拉回了卡多寨自家屋头。

果然，脸庞圆胖圆胖的婉芳在她家坐着，脸沉得像结了一层寒霜，冰冷的眼神射出凛凛的凶光，直叫人身上起鸡皮疙瘩。

“人，我是第二回交给你啦，你带走吧，再跑走，丑话说在前头，我们丁家是管不着啦!”阿妈把慧芸牵到婉芳跟前，一字一句地说。

婉芳嘴里哼了一声，并不答话，却当着阿妈的面，伸出右手狠狠地在慧芸脸上拧了一把，拧得慧芸嘴唇哆嗦着咧开来，痛极了。

头一回，慧芸只隐隐有一种上当的感觉。这一回，阿妈的话，婉芳当着阿妈放肆地拧她，使她强烈地感到自己像牲口一样被卖了。

婉芳是有准备的，她带着一支三节头的长电筒，一路照着亮，连夜带慧芸到了屏源镇。

进了婉芳娘家那间后厢房，婉芳既没斥责她，也没骂她，只催她睡觉。当慧芸脱去衣裳，刚躺上床，婉芳进来了，猛地掀开被子，抡起手中细篾条拧成的鞭子，一鞭一鞭朝慧芸身上抽上来，直抽得慧芸在床上连声叫唤，不住地打滚。

慧芸的身上，大腿、手臂上，好几处皮破肉绽，一翻身就痛。她只能一动不动地躺着，口渴了，没得水喝；肚里饿了，没得饭吃。直到第二天夜间，婉芳才端进来一碗饭，顺手还抓住她的头发，把她的脑壳朝墙上碰了几下。

又过了难熬的一夜，身上的红肿在消了，破了绽的皮肉结了乌红的痂，慧芸醒过来，听到隔壁屋头李婶在同婉芳说话：

“别再打她了。人一齐，买好票就要上路。再说，这里是公社和区的所在地，听人讲，县里一个姓尹的女干部，正在查访这件事呢？……”

“怕个球!”婉芳平时那股贤淑温柔早扔了，恶狠狠地说：“上次拐骗她的景传耕，已被公社抓起来了，这会儿正关在公社后面的小屋里哪！还怕啥?”

慧芸浑身都烘热起来，哦，原来传耕已押到公社来了。我要去看他，要去看他，一定要去看他。屏源镇有好大呀，脚头快的十几分钟就能走个遍。而婉芳家离公社院坝只隔着一小条横街，没得几步路，慧芸身上虽是烧灼一般地痛，还能走到的。即使走不到，她爬也要爬去看传耕一眼，她不能就这样糊里糊涂、莫名其妙地同传耕分手。只是她怎样脱身呢？整个上午，外间屋里都有人说话、做事、走动，慧芸根本莫法找机会出去。吃午饭了，外头好热闹，慧芸的心焦急得发痛。等啊，等啊，半下午了，她才听到婉芳娘的脚步声走出了外间屋子，像是到厨房去了。好半天，没再听到有人在外面走动，只是镇街上偶尔传来一阵马车过路的得得声和车轱辘的滚动声。

慧芸的心头急骤地跳着，像升起了一团火。也不知哪里来的一股劲，她支撑起身子缓慢地起了床，穿上传耘送她的那件绛紫色灯草呢衣裳，几步走到门边，顾不上细听细辨，顾不得多假思索，她“呼”一下拉开后厢房门，外屋里空落落的，一个人也不见。她慌忙跨过门槛，一阵风般冲了出去。

直冲到镇街上，她才听到身后婉芳娘慌慌张张地追出来，喊道：

“嗳，慧芸，你跑哪里去？……婉芳呀，快出来，慧芸跑啦！……”

慧芸忍着身上的伤痛，没命地跑着，慌慌张张穿过小横街，扑进了屏源公社所在的院坝。

这院坝只半个篮球场那么大小，四面全是房屋。除了右侧是一幢二层楼的板屋外，其他三面都是红砖黑瓦的平房。两只鸡在院坝角落里刨食，没个人影儿。

传耕被关在哪里呢？

慧芸睁大一对惊慌的眼睛，不知所措了。

“砰”一声响，慧芸受惊地转过半边身子，左边平房中的一扇玻璃窗推开了，蒋学谦粗黑的长脸露出在窗口，正向她招着手。慧芸见他的脸相不像往常那样凶，眼神也和善，迟迟疑疑地朝窗前走了几步。

“你找哪个？”蒋学谦压低嗓门。

“呃……传耕、景传耕关在哪里？”慧芸也轻声问。

蒋学谦的脸沉下来了：“你找他干啥？”

“看他。”慧芸的声气比蚊子叫还低。

“嘿嘿，”蒋学谦讪笑着，“还真有情有义哩！跟你说，景传耕是案犯，不准见。”

“让我见他一面吧。”慧芸几乎是在央求蒋学谦了。

蒋学谦的脸勃然变了色：“不准见！”

话音刚落，慧芸的身后传来急促的脚步声。她转脸一望，圆胖脸的婉芳怒冲冲地追进了公社院坝。她再顾不得了，拉开嗓门尖厉地叫起来：

“让我见见景传耕，让我见见他吧。”

“滚出去，这儿是你来的地方吗，快滚！”蒋学谦也厉吼了起来，边吼边朝扑上来的婉芳直递眼色。

婉芳像母老虎一样扑过来，揪住了慧芸的衣襟，伸手直往她身上拧。慧芸顾不得痛，哭号着：“求求你，求求你啊！我只看他一眼，一眼呀！……”

“你这只烂母拘，黑心烂肠的臭婊子，你还有脸跑到这儿来找野男人，我不捶死你，哼！”婉芳粗声喝骂着，一面拧慧芸，一面硬把她往院坝外拖。

莫看这女人不干农活，身上力气大得惊人，慧芸被她拖得接连几个踉跄。正挣扎间，蒋学谦从办公室走了出来，帮着婉芳推搡，慧芸禁不住两个人一推一拖，连着朝院坝外挪了好几步。眼看见传耕的希望要落空，慧芸着急了，撒开了性子，猛一使劲挣脱了婉芳的揪扯，大喊道：

“我要见传耕，只见一面呀……”

喊声未止，婉芳扑了过来，慧芸猝不及防，一个巴掌打到了她的脸上：“你再撒这股骚劲，老娘捶死你！……”

婉芳的第二个巴掌正要打下去，她只觉身子被重重推了一下，连连倒退了几步，迎面冲来一声猛喝：

“你再打人，我给点厉害你看看！”

“传耕！”慧芸一侧身，看见是景传耕，惊喜地叫了起来。她万没想到，被关押着的传耕会听到她的呼叫，会冲出来解她的围。她一下扑过去抓住传耕的手臂哽咽了："传耕，我还能见到你!"

传耕听出慧芸的声气异样，柔声问道："咋个了?"

慧芸的眼里涌满了泪珠，只把手一指婉芳，什么话儿也说不出来。

婉芳被人从旁一推，只见一个膀粗腰圆、高大魁梧的汉子站在眼前，起先还惊了一惊。待听清他就是被公社抓起来的景传耕，她脸上顿时显露鄙夷的神情，一步跳过来，抓起慧芸的衣袖就要走。

"慢着!"传耕一个箭步挡住了婉芳的去路，"你要把她带到哪儿去?"

"你管不着!"婉芳盛气凌人地一昂头，只顾拉着慧芸往外走。

"不许走!"景传耕厉喝一声，眼里喷着火，紧握拳头，拦住了婉芳，"要走，有这么方便吗?"

"哟，你一个罪犯，还管到老娘头上来啦！老娘不屙泡尿撒你一脸，算对你客气的了!"婉芳撒开泼劲，满嘴喷开了蛆。

景传耕镇定地冷冷一笑："人贩子，今天你撞在我手里，能放你轻轻巧巧地走吗?"

"人贩子"这三个字一下击中了婉芳的要害，她的脸唰地变得煞白，眼神掠过惊惶之色，紧抓着慧芸的手不觉放松了。慧芸看到婉芳在威严的传耕面前显得那样慌乱、狼狈，她感到很快意，一甩手挣脱了婉芳，站到传耕的身旁。

"嗬，你倒真是狗胆包天!"一旁的蒋学谦不阴不阳地插了嘴，"景传耕，哪个喊你跑出来的？你拐跑了丁慧芸还不够，在这儿胡闹啥？我问你，你是想罪加一等吗?"

"哈哈，蒋黑脸，你明明是个黑脸，在这儿装啥红脸!"景传耕嘲弄道，"你和人贩子勾搭不清，有跟你算账的时候!"

"胡说八道，你给我回到屋子里去!"

听着传耕和蒋黑脸你一言我一语地争执，慧芸不知将惹出个什么样的后果，心里怦怦直跳。蒋黑脸的凶狠和厉害，是整个屏源公社出了名的呀!

“只怕由不得你了。”

“这会儿你别凶，我马上喊民兵！”

慧芸惊慌地一把抓住了传耕，传耕笑道：“喊吧，快喊民兵来，先把这人贩子看管起来！”

“小子，你别嘴硬，有你晓得厉害的一天！”

“蒋学谦，闹啥子？”传耕还没回敬蒋黑脸，郝老虎的嗓门在背后响了。

在县医院疗养的郝老虎突然出现，显然使得蒋黑脸愣了一下。他马上堆起笑脸，迎上两步：

“嘿嘿，郝，郝老虎，唷，还有常书记，是、是、是……是这样的事，事情是这样的。”蒋学谦转过半个身子，伸手指着神色大变的婉芳说，“呶，屏源镇上的婉芳回娘家来探亲，给卡多寨的丁慧芸介绍了一个对象。丁慧芸自愿跑到我这里打了一张证明，跟着婉芳去相亲。不料半路上，这个闹事的景传耕，把丁慧芸拐骗到自己家里去了。嘿嘿，你们看嘛，这会儿丁慧芸要跟婉芳走，景传耕又出来阻拦，成何体统？”

郝老虎“呼呃呼呃”地喘了两声，转脸盯了婉芳一眼，又问传耕：“是这样么？”

“她是人贩子！”景传耕指着婉芳说，“她花了四百几十块钱把慧芸买到手，又叫慧芸找蒋学谦开了假证明，好带出省去。两个月以前，她带走的姑娘连慧芸一共有十七个。我去大哥那儿探亲，恰巧在火车站上碰上了，把慧芸劝了回来……”

“你别血口喷人！”婉芳陡地尖声叫着，打断了景传耕低沉的陈述，“我这纯粹是当介绍人！”

景传耕针锋相对地反问：“那我问你，你付了钱没得？”

“那四百三十块钱，是慧芸的爹妈硬要的。”

景传耕冷冷一笑：“哼，当介绍人，还贴钱？”

“那是人家男方给的。”婉芳回答得理直气壮，“女方要，男方只得给嘛！”

公社院坝的喧闹争吵吸引了屏源镇上的区社干部，来往行人，百货店、供销社的营业员，一会儿工夫，小小的院坝里已经站满了人。慧芸的脸色不由得一阵红、一阵白。要晓得，这争执，这吵嚷，都是为了她呀！事闹大了，传耕能辩得赢婉芳和蒋学谦吗？传耕一口断定蒋黑脸和人贩子勾搭不清，倒叫她想起一件事来。当初，她找蒋黑脸去打证明，清清楚楚地告诉他是二十七岁，蒋黑脸没喝酒，也没有人在旁边打岔，为啥把她的年龄写成二十五岁呢？这里面有没有蹊跷呢？慧芸直觉得心口像揣了只松鼠，跳得那么凶。

“你的皮条拉得可真宽、真长啊!”景传耕倒是十分镇静，“一个慧芸，你给了四百三十元，十七个人，你带的现金不少呀?”

“那你管得着吗？人家那里是光棍村，难找婆娘。听说我娘家这里的山寨上穷，托我的人多嘛!”婉芳的理由更足了，“话说到这里了，干脆我把事情挑个明白，也好让干部群众一道来评个理。反正我也是受人之托，你景传耕要娶这下贱的丁慧芸，我就得找她要四百三十块钱，好还人家；拿不出钱，我就得把人带走。”

“是嘛!”好一阵没吭气的蒋学谦帮腔说，“也不能拿个姑娘骗呀!”

慧芸的脸色变得惨白了，心直往下沉，不觉退到传耕的身后。

“哦，拿起票子来当介绍人，你才会做生意哩!”景传耕不屑地瞪了蒋学谦一眼，照旧盯着婉芳道，“哪有这种介绍法!”

婉芳也不示弱：“哼，婚姻法规定，只要是中国人，两厢情愿，离得再远都能成亲。你管我哪样介绍法!”

“啥子两厢情愿？你连骗带拐，从中捞钱，当人贩子!”景传耕直戳到婉芳的痛处。

婉芳被戳痛了，撒起野来：“你这个污泥脚杆，我告诉你，不许你诬赖人。你说我从中捞钱，当人贩子，你拿出证据来！拿来，拿证据来！我介绍的那些人，哪个不是自愿去的？你说，你说!”

传耕到哪里去找证据呀？慧芸焦虑了，看到婉芳又泼又跳，直担心她会跳上去撕他、扯他。听到围观的人群里发出一阵阵嘤嘤嗡嗡的议论，慧芸心头更慌了。当初，她不也是认了命，自愿跟着婉芳走的吗？婉芳那么起劲地当介绍人，不从中捞钱，才撞鬼呢！只是，证据，证据……这虽是公开的秘密，真要证据，哪里找呀？

“不许你泼！”景传耕的脾气也上来了，粗声喝叫道，“你看准了山乡穷，就一次一次跑回来当人贩子，屏源镇上哪个不晓得？你一个农村婆娘，哪来的这么多车费钱？”

“头回，我是回娘家探亲。这一回，人家男方逼着我要钱，我是专来找丁慧芸的！”

“你回娘家探亲，带一个叫李婶的干什么？”景传耕一针见血地问，“你娘家当真那么富裕呀？”

“她……她……”婉芳显然没料到景传耕会提到李婶，有点慌神了，两只眼珠滴溜溜地直转动，“她，李婶也是介绍人。我不跟你多扯，我只问你要证据，你说我从中捞钱，你把证据拿出来！拿不出证据，我同你拼了！”

婉芳的头发在争吵中披散开来，两眼瞪得老大，嘴角冒着唾沫，一边叫嚷，一边朝景传耕扑过来。

景传耕不防婉芳还会来这一手。证据，他在这当儿确实拿不出来，可他决不能在这个女人面前认输。婉芳一揪住他的衣袖，他真恨不得狠狠地教训这个女人。可他要是一动手，婉芳一定会当场在地上打滚，甚至做出更下流的动作来。他抑制着自己的愤怒，往后退了一步。

一看到景传耕后退，婉芳泼得更凶了。她伸出手爪，朝着传耕脸身上又抓又抠地嘶叫着：“我叫你混小子诬赖老娘，我叫你诬赖，你这个龟儿子，你拿证据出来，拿呀，龟儿子……”

“别耍无赖了，你又泼又跳，想尽办法地表演个够吗？”围观的人群里响起了一个清亮的声音，口气严肃而又充满了激愤，“跟你讲，人贩子，我正要找你呢！没想到你倒跳出来了。劝你别泼得那么凶，这里又不是没人管的地方？”

这是哪个呀？

心慌意乱的慧芸听到有人站出来帮传耕说话，惊喜地转过脸去。啊，她，是她！慧芸认出来了，这人正是县妇联主任尹毓秀，那天傍晚给传耕送饭时，慧芸见过她一面。真没想到，她会站出来帮传耕说话。瞧呀，气势汹汹的婉芳一看清尹毓秀，像被击了一棍似的木然呆住了，脸上那股肆意寻衅胡闹的神情顿时收敛，眼睛也溜到一旁去。无奈围观的人们都愤怒地瞪着她，她只得故作镇定地昂起脸来朝人群外头张望，突然间，她失声叫了：

“啊！”

围观的人们也纷纷转过脸来，只见人群里挤过来两个人，慧芸踮起脚来一看，不由诧异地扬起两道眉毛，喊了一声：

“唷，秀玉！……”

一点不错，挤进人群来的，正是慧芸认识的喻慎和宋秀玉。

29

追啊，追啊！喻慎撒开腿拼命地追赶开远去了的吉普车，几乎拼出了全身的气力。吉普车一拐弯，再也追不上了。

真晦气！

上午十点半，省城的客车到达月光县城，喻慎从车站出来就直奔县委大院。可接待的同志说，常爽正在开常委会，好容易熬到中午，在县城街上的面馆吃了碗面条，她又来找常爽，接待的同志却指着正开出大门的吉普车说，常爽刚刚离去。喻慎喊了一声，转身就跑，扬手嚷着朝北京吉普追去，可哪里还追得上。仿佛是命里注定的，她这次奔波全是徒劳。她为危难中的景传耕，使不上一点力。

这下该到哪儿去呢？

回省城？回屏源镇？

喻慎拿不定主意，她为自己的际遇感到颓丧。不管去哪儿，反正得去县城客车站搭车。

午间，去省城的客车已经开出，得等两点钟那一班；一点钟开往屏源镇的客车，正在售票。小窗口前只有五六个人在排队，喻慎踌躇着走了过去。回屏源镇去吧，铺盖、生活用品、箱子啥的，都还在那儿，反正得去一趟。这么想着，她排到了队伍的末尾。

有人扯扯她的袖子："阿姨！"声音怯生生的。

喻慎转脸一看，身旁站着个十七八岁的瘦高姑娘，面庞黢黑，憔悴，眼圈发乌，一双眼睛出奇地大，闪着乞怜的光。她穿着的那身衣裳还是新的，咖啡色隐条直筒裤，藏青的涤卡尖角领两用衫，米色毛线衣，花衬衣的领子翻在外面。只是里外衣裳都很脏了，泛着黑幽幽的光，好像她刚从啥地下室里钻出来一样。脚上那双搭扣黑皮鞋糊满了泥巴，几乎变成了灰皮鞋了。

听到这样大的姑娘喊她阿姨，还是头一次呢。喻慎扬了扬眉毛，正要发话，姑娘又羞怯地问："你去屏源镇么？"

喻慎点了点头，反问："怎么啦？"

"你、你……你替我买张票吧！"姑娘不好意思地涨红了脸，结结巴巴的，最后，还是把话吐出来了，"多承你！我，我没得钱了，肚皮又饿……"

喻慎看得出，这姑娘说的是真话。她一边说，那双秀丽的眼睛里已溢出泪来。喻慎的心感到被啥压迫似的沉重，她赶紧使劲点头："不要哭，我给你买张票……"

姑娘的脸上放出了感激的光。

喻慎前面还有三个人，有两个不住地回过头来望她俩。喻慎低声问：

"你是屏源区哪个公社的？"

"屏源公社。"

"哪个大队的？"

"岩寨。"

"你……你姓啥？"

"宋……"

"宋秀玉？"

这会儿轮到央求喻慎的姑娘吃惊了："你咋个晓得的？"

哦，果然是宋秀玉。一刹那，许多事全翻到喻慎跟前来了，人贩子……丁慧芸……和景传耕的谈话……她在岩寨当工作队时，了解到的宋家的情况……

秀玉上前来要求买票的时候，喻慎猜不透她是什么人，绝对没想到她会是宋秀玉。她是怎么回来的，逃回来的吗？她穿越了几个省，经历了怎样的长途跋涉啊！怪不得那样疲惫不堪哩！

“嗳，你买不买票呀？”

光顾着思忖，喻慎竟没察觉她前面的三个人都已买好了车票，售票员不耐烦地催起她来。

她连忙掏出钱来递上去：“买，买两张去屏源镇的票。”

接过售票员递出的票，喻慎转过身子，朝宋秀玉点点头：“走吧。”

宋秀玉顺从地跟在喻慎后面，走出了客车站售票厅。

车站的停车场外面，摆着十来个卖吃食的小摊，每个摊贩手里都持着一把蝇拍，不时轻轻地拂动着，驱赶刚到春天就活跃起来的苍蝇。喻慎径直走到摊子前，买了四只一两重的油炸粑，递给身后的宋秀玉。

宋秀玉一点也没推辞，接过油炸粑，既顾不上手脏，也顾不得刚出锅的油炸粑烫嘴，张开嘴巴就贪婪地连连咬了几口。头一个油炸粑，她几乎是没加咀嚼就吞咽下去的。

喻慎不忍看她的馋相，辛酸地转过了半个身子。

停车场里，一个穿着红球衣的小伙子，拿着电喇叭哇啦哇啦嚷着：“去屏源镇的，上车啦，上车啦！去屏源镇的上这辆车。”

喻慎拉拉宋秀玉的袖子，一先一后走进停车场。

上了车，对号入座，喻慎和宋秀玉的座位在车厢后排。客车已疾驰在山间的公路上了，宋秀玉还在吃着剩下的两只油炸粑，像生怕吃完了似的，在慢嚼细咽着。

喻慎始终不敢看宋秀玉，眯缝起双眼，望着车窗外公路边的山岭，连绵不断的山岭；峡谷，幽深幽深的峡谷；茅舍，黄泥墙垒起来的茅舍；嵯峨起伏的山山岭岭之间的田坝、坡土、树林、山野。啊，我们的人民，像宋秀玉、于老古这样的善良的人民，就生活在这块土地上。他们本可以生活得更加好些，可他们生活得好吗？此时此刻，喻慎似乎更加懂得了传耕闹事的原由。

客车在盘旋的山间公路开了将近二十分钟，喻慎才听不到宋秀玉的咀嚼声了。她收回目光落在宋秀玉脸上，见她正在用手背抹着油津津的嘴，脏乎乎的反而把嘴唇抹黑了。喻慎掏出自己的手帕递给她，小心翼翼地问："你，你是咋个回来的？"

"跑回来的。"

"为啥要跑回来？"

"为啥？"宋秀玉反问了一声，明亮的眼睛罩上了悲凉的阴影。喻慎看得那么真切，她的脸在抽搐，眉心在颤动，胸脯也在急剧地起伏。喻慎怕她哭出来惹得车上乘客注意，便把手轻轻放在她的肩上，低声地劝慰着："慢慢讲，别太伤心了。"

在长途客车的喇叭声中，在客车不时地减速、加速的变档声中，在同车乘客们的议论声中，宋秀玉缩着肩膀，眼里闪着泪光，在喻慎耳边轻声地讲起了自己的经历。

还是像秀玉吃东西时一样，喻慎不敢望她。喻慎只是端坐着，双手紧抓着前排靠背的扶手，随着客车的颠簸摇晃着身子，她目光平视，尽可能抑制着自己激愤的心情，尽可能地装得平静。唯有她下巴上那条曲线，早在不知不觉间拉长、变直，好像刀刻下的一条皱纹。

啊，竟会有这样的事！才十八岁的宋秀玉，竟会有这样的遭遇。这是喻慎做梦也不会梦到的呀！要不是在客车上，要不是以极大的理智抑制着自己，她简直想嚷嚷，嚷得所有那些对乡村现状视而不见的人都能听到。

这会儿，她再不想马上回省城了，回省城去干啥呢？今天，她就该到屏源区去。如果说，这两天，她只是因为过去对传耕的了解，只是因为过去对那些山寨的认识，才站在传耕一边，同情他，想替他说几句公道话，那么这会儿，她才真正明白景传耕为啥会把丁慧芸带回家乡去了，更理解他为啥要出头替三多大队的农民争一份民主的权利了。要是丁慧芸也被人贩子带到那遥远的地方，她的命运不也同宋秀玉一样吗？也许，比宋秀玉还不如。丁慧芸比宋秀差不多大十岁，那她的遭遇必然会更惨！

此时此刻，喻慎恨透了那些拐带妇女的人贩子，岂止是恨啊，她还深深懊悔她在屏源区做了几年的妇女干部，干了几年的妇女工作，开了多少次妇女会，却让这些人贩子神不知鬼不觉地从乡间、从山寨，连哄带骗，连骗带拐地带走了那么多年轻姑娘。这是她工作上的严重失职啊！还有屏源公社那个民政干事蒋学谦，这个长着一张又粗又黑又长的脸庞的人，难道没有半点责任吗？通过他的手，开出那么多所谓的去外省相亲的证明，他在这丑剧中扮演了什么角色呢？不，不能轻易地让这件事滑过去，非要弄个水落石出不可，看看是个什么性质的问题。

从月光县城到屏源镇，路途本来就不远，在思绪翻腾的时候，尤其觉得车开得快。喻慎脑子里塞着一团麻似的，只觉得还没理出头绪，屏源镇已经到了。

走进公社院子，半个篮球场大小的院坝里挤满了人，在看什么热闹，还有人在那里交头接耳地议论。

喻慎不知公社里起了啥风波，又挤不到前面，只得拉着宋秀玉的手，站在人群后面细听。好在景传耕和婉芳的嗓门都大，只听了几句，喻慎就听出他们争的是啥事情了。喻慎同时也敏锐地发现，宋秀玉一听见婉芳的声音，就吓得往后直缩，怎么也不敢往前挤，几次想挣脱喻慎抓住她的手。

喻慎顾不得细细揣摩宋秀玉畏惧的心理了，只有一个念头，好啊，我还正在发愁找不到人贩子的踪影哩，你倒在这儿公开叫嚣，虚张声势地哄骗人呢！她决定让婉芳尽情地作一番表演，看她还有多少理诡辩。

听着听着，眼看婉芳占了上风，景传耕一时拿不出确凿的证据倒显得有些理亏了。幸好尹毓秀站出来，喝斥住了婉芳，才压住她的嚣张气焰。喻慎再也忍耐不住了，拉着宋秀玉就往人群中挤去，要当众揭露婉芳的面目。

婉芳遭了尹毓秀的怒斥，正惶惶地东张西望，一眼看到喻慎身后的宋秀玉，顿时张大着嘴，说不出话来了。

“秀玉！”丁慧芸待喻慎走近了，三脚并作两步扑了上去，拉过宋秀玉的双手，颤声叫着，“秀玉，你、你也回来了？”

秀玉看见了原先同她一样被卖的慧芸姐，听到了她的呼唤，泪水顿时涌了上来，直往下掉。

喻慎挤进人群，和惊异地瞪着她的尹毓秀悄悄耳语了几句，而后两眼犀利地盯着婉芳，放大了嗓门说：

“这个女人不是要证据吗？岩寨上的姑娘宋秀玉就是证据。秀玉姑娘两个月前被这个女人拐卖到沿海省份，不堪忍受被卖的痛苦，才千辛万苦地逃了回来。秀玉，你讲，把你在车上同我讲的话，给大伙儿讲！”

宋秀玉微张着嘴，眼睛茫然若失地望着慧芸姐。丁慧芸也在她身旁耳语。

“讲，秀玉，你讲……”

“讲，我讲……”宋秀玉嘴唇颤抖着，声气极低地吐出了几个字，昂起头来，刚要讲，陡见婉芳正狠狠地瞪着她，她吁了一口气，又惊骇得说不出话了。

“你讲！”喻慎鼓励道，严厉地扫了婉芳一眼，“人贩子婉芳，还有你的同伙李婶，还有什么暗中勾扯的人，我奉劝你们老老实实，再要威吓善良的姑娘，只能是罪加一等！秀玉，你讲，不用怕，有党、有组织、有领导，人贩子卡不住你。”

在众目怒视之下，婉芳垂下了眼睑，不敢再瞪秀玉了。

宋秀玉得到鼓励，舔了舔干枯的嘴唇，饱含着泪，声气不高地说：“这个婉芳……还有李婶，给了我妈五百块钱，把我卖到远方去，说是嫁个才貌双全，心肠又好的小伙，有饭吃，有钱花，不饿肚皮。……坐了好久的火车哟，到了一个叫鹰潭的地方，换了趟车，而后就直接开到沿海那个省份。一到了那里，我们同去的那些人都分散了。我就跟着婉芳走，她把我带到乡下去，这家住两天，那家住两天，真害人啊！那些地方的话，我一句也听不懂，不晓得他们是讲价钱。隔了几天，李婶也来了，这两个无心无肠的人，把我卖给了那里的一个穷汉子。那人三十九岁了，婆娘死了才一年，屋头有三个娃儿，大的九岁，小的两岁，一天到黑地哭……我、我不干，我死也不干，她、她婉芳和李婶对我又骂又打呀，足足饿了我两天，硬把我拉进那汉子的家。我不能依那汉子呀，听不懂话，整天还要我煮饭、洗衣、管娃儿。我要跑，那汉子拖住我头发往墙上撞，还说，说……花一千五百块钱，决不许我跑啊……呜呃呜呃……”

起先，秀玉只是一个劲地淌着眼泪，说着说着，巨大的悲恸猛地袭了上来，她再也克制不住，一头扑倒在丁慧芸怀里，失声痛哭起来。

公社院坝里一阵静寂。所有人的眼光，都喷着火射向婉芳。婉芳胖圆的脸吓青了。

陡地，一个愤怒的嗓门粗声吼道：“把婉芳抓起来法办！”

“干脆揍她一顿！”马上有人附和。

刹那间，整个公社院坝里都嚷了起来：

“撕烂她的嘴！”

“这个可恶的人贩子！”

“吸血鬼！她那身膘就是喝姑娘们血养肥的！”

“捶死她！”

喻慎几步冲到婉芳跟前，厉声喝问道：“你刚才气汹汹，现在还有什么话讲？”

“她……”婉芳浑身一抖，伸出食指朝秀玉那儿一指，“她瞎编胡扯。那汉子，只交给我五百块钱。我、我也从没打过她……”

“你还要鬼扯！”丁慧芸陡地一个转身，跑了过来，朝婉芳喝了一声，又抬头对围观的人们说，“伯妈、叔，她、她婉芳这两天还在逼我跟她走！只因为我妈收了她四百三十块钱！只因为我跑了回来，前天晚上，她还用条条抽我……”说着，慧芸撩开自己的衣袖，把手臂上的条条血痕，露给院坝里的人们看。

“抽还她！”

“呸！”

“拉她去游街示众！”

“蒋学谦，你快喊民兵来呀！”

院坝里的人们又怒吼起来。

触目惊心的事实燃起了人们心头的怒火，有人拾起泥巴坨砸婉芳，有人朝她的身上一口口吐着唾沫，还有人伸出拳头朝她背上打去。她吓得不敢作声了。

喻慎的脸转向蒋学谦，看他这会儿咋个处置。

“蒋学谦，你聋了吗？先把女人看起来！”郝老虎突然大吼一声，“她跑了，我找你算账！”

喻慎这时才看到，公社党委书记郝老虎也在场，哦，还有县委常爽书记也沉着脸站在一边。喻慎不由得暗忖着：这个县委第一书记，心头将做何感想呢？

蒋学谦翻眼瞅了瞅郝老虎，站在原地，声调平和地说：“郝老虎，私自扣人，证据又很不充分，这……”

“滚你妈的蛋！”不待他讲完，人群里就有人粗声骂着，“你蒋学谦黑脸就是整老百姓心狠手辣！”

“你游斗景传耕，有啥证据？”

“婉芳同你睡过觉，还是给你塞过包袱？你怎么下不得手？”

“他俩平时就勾勾搭搭的！”

“他俩穿的是连裆裤！”

人们你一言我一语地咒骂。

郝老虎的脸色涨得通红，“呼呃呼呃”了好一阵子，也没想起掏出喷雾器朝嘴巴里头喷几下。好容易喘过一口气，他朝蒋学谦吼道：“我是公社党委书记，我说的话我负责，把这臭女人扣起来！

整好材料再往司法机关送。民兵呢……”

不用民兵出场，也不用蒋黑脸动手，几个怒不可遏的小伙子，不知从哪儿找了一根绳索，三下两下把婉芳绑了起来，推进了公社公安员的屋里。

这一急剧的变化，显然是慧芸做梦也想不到的，她面露喜色，几步蹦到景传耕跟前，欣悦地唤了一声：

“传耕……”

“你回家吧，就回嘎多寨我家，把这里的事跟爹妈、跟传耘说……”

“那你……”

“我？”传耕苦笑了一下。

一旁的喻慎看到他无可奈何的笑容，才想到传耕的事，还没完呢。她情不自禁地从侧面望着传耕和慧芸，又听他对慧芸说：“我还得回那个小屋去，你回寨子去吧……”

“回去，一道回去！”郝老虎沉着脸，又带着气喘吁吁的共鸣音，嚷了一声，“还回那个小屋干啥呀？”

喻慎看得那么清楚，仿佛有一道雪亮的光，掠过慧芸沉郁的脸庞，掠过传耕正欲安慰慧芸的眼睛。就是她自已，听到这话也不由愣住了，郝老虎是什么意思？公开推翻了何羽作出的决定。

“郝老虎，郝书记。”蒋学谦又插话了，话音虽是委婉，却带着骨头，“扣押景传耕，可是工作队何队长的意见！”

“我晓得！不是说了嘛，”郝老虎怒气冲冲时，喘得愈发频繁，“我说的话我负责，走！”

慧芸扯了扯景传耕，催他快走。

传耕却站在那儿没动。他在望什么！喻慎顺着他的目光瞅去，啊，传耕正征询精瘦的常爽书记呢。常书记几乎让人不易觉察地点了点头。

几天来始终悬在喻慎心上的石头落下了。从郝老虎和常爽的神情，从事态的发展看，情况已经有所改观。传耕面临的危险已经消除。他闯下的祸，他掀起的那场喻慎看来不亚于风暴的事情，有了新的变化。

景传耕解脱了。

他是不是知道，为了他的命运，为了他不至于进班房，喻慎曾为他焦虑、为他失眠、为他奔波呢？他肯定是不知道的。瞧他，几乎没朝喻慎看过一眼。

喻慎不由得有些忧悒，心里泛起一股淡淡的哀愁，莫名其妙的颓丧和惆怅。

公社院坝里，人们的窃窃私议渐渐变得大声起来，嘤嘤嗡嗡的，直往喻慎耳朵里灌。喻慎环顾着围满了整个院坝的人们，感慨地寻思：啊，所有这一切变化，都是原先想象不到的。

30

眼看翁婉芳被推进了公安员的屋头，要挨批斗的景传耕却被放了，蒋学谦的心直往下沉，呆呆地站在院坝里，眼皮一翻一翻，有点不知所措了。他妈的，事情咋个会在眨眼工夫颠倒过来了呢？

“蒋学谦！”

被郝老虎点到了名字，蒋学谦的心一惊，眼珠一转，赶紧转过身去，黑长脸上堆满了笑：

“嘿嘿，郝老虎，有啥指示？”

“你还愣着干啥？”

“这……”蒋学谦意识到自己方才的神色失态了，连忙征询地问，“你是说……”

“没得听讲吗，群众都在说，和婉芳同来的那个李婶，还在翁家……呼呃呼呃，”郝老虎喘着，把手往街上一指，“你带几个民兵，去把她喊到公安局那里头去。”

“是。”蒋学谦心头在喊拐，嘴里答应得十分利索，“我马上去，马上！”

众目睽睽之下，蒋学谦不敢怠慢，他放声喊了两个民兵，一帮爱看热闹的人跟在后头，浩浩荡荡向婉芳家涌去。

生过一场肺病的婉芳家爹翁老汉，下巴上的黑胡子一翘一翘，堵在屋门口，惊诧地问：

“出啥子事了，蒋学谦，那么多人朝我家跑来。”

“你莫管！”当着众人，蒋学谦把翁老汉往旁边一推，使劲地对他挤着眼睛，“外方来的李婶呢？喊她出来，有要紧事，快！”

话音刚落，李婶的声音从里屋传了出来：“有啥紧要的事啊？蒋助理，你……”

她边说话边走出来，刚迈出门槛，一眼看到大门口站着那么多人，惊得说不出话来了。

“走吧，跟我们走一趟。”蒋学谦的手指着李婶，“到公安局那里去。”

“凭啥喊我去公安局那里？”李婶操着一口南方普通话，忿忿地嚷着，“我又没得犯罪。”

“这是公社书记的命令。”蒋学谦眼一瞪，说。

“我不去！”李婶的脑壳一甩，回头就走。

“站住！”蒋学谦大喝一声，“你想溜，也不想想，这会儿，你跑得脱吗？”

李婶浑身一颤，迟疑地停下来。

“她不去，把她绑起来，押着走！”蒋学谦身旁左右的群众，吼起来了。

一个带了头，其他人跟着你一言我一语地道：

“哼，人贩子，气焰还那么嚣张！”

“不要对她客气，把她绑起来！”

“婉芳都绑起来了，把她也绑起走！”

“扇她几耳巴子！”

……

“还是乖乖地随我走吧。”蒋学谦放缓了语气道，“硬顶下去，你没得好处。”

李婶呼的一个转身，狠狠地盯了蒋学谦一眼，蒋学谦朝她点点脑壳，使个眼色，把手向门外一指。李婶嘴里咕噜着："人正不怕影子歪，走就走，莫非我还怕。"

一出翁家屋头，围观的群众有的喊打、有的跺脚，吓得她垂着脑壳，头发披散下来，遮住了脸，再也不敢吭声了。

蒋学谦把李婶叫到公社大院坝里。郝老虎、常爽正忙着要在天黑之前，赶到嘎多寨去。蒋学谦谄媚地走近郝老虎，刚想请示，郝老虎盯了李婶一眼，手朝公安员屋门口一指，说：

"先看押起来，再同区派出所一道来审这个案子。反正不能便宜了这两个贼女人。常爽……呼呃呼呃……我们是不是就走啊？"

"走吧，三十里路，赶到怕要擦黑了。"常爽点了点脑壳，目光从李婶身上，转移到蒋学谦脸上，又从蒋学谦脸上，转到站在他身旁的景传耕、丁慧芸、喻慎、尹毓秀几个人身上，"你们看呢？"

众人点头表示同意。

"那么，我呢？"宋秀玉胆怯地插话，"我能回家了吗？"

"你在公社歇一夜吧，呼呃呼呃……，把你这几个月的遭遇，详详细细地给公安员摆一摆。"郝老虎说，"事情讲清楚了，再送你回去。"

胖胖的公安员站在屋门口，点头道："是的。我马上带着她一道去区派出所。这两个女人，先让她们坐在小屋里。蒋学谦，你先代我看管一下。"

"要得。"蒋学谦回答得好爽快，转身指着两个民兵："你俩就留在公社，值几天班，看管她俩。误工补贴，误餐费，我替你们办。"

说完，蒋学谦跑回办公室，拿出一把拳头大的铁锁，举得高高地说：

"我先把这两个女人锁起来，看她们还敢不老实。"

片刻工夫，大院坝里的人们四散走开了。

蒋学谦带着两个民兵，先把李婶推进小屋，让她和婉芳一起坐在屋角落的板凳上，而后大声吼道：

“听着，只许你们老老实实，不许在屋里哭闹叫喊，更莫想要奸诈脱逃。跟你们说，这门前屋后，都有人看守着，想逃，你们也逃不脱。翁婉芳家就在街上，你逃得了和尚、逃不了庙。”说完，“砰”一声拉上了门，“啦哒”一声锁上了。而后，指着大铁锁对两个民兵说：

“看到了嘛。这扇门朝着大院坝，又有这么把大铁锁，要想从门这边跑脱，是不可能的。你们的任务，是盯着后边那扇窗户，谨防她们从那扇倒高不高的小窗户里爬出来。”

两个民兵连连称是，蒋学谦把大铁锁的钥匙交给他俩，独自回到办公室去了。

在办公桌前的藤椅上坐下来，蒋学谦就像瘫了似的，歪倚在吱吱发响的藤椅上，点燃一支烟，两眼盯着桌面上的玻璃板。

一阵恐惧强烈地袭上了他的心头，这两个女人会坦白交代吗？会把他供出来吗？他和婉芳、李婶之间的勾扯，他们讲定的价钱，他们心照不宣的默契，他们互相之间的利用和照应……统统招供出来，莫说他蒋学谦这公社干部的铁饭碗成问题，只怕还要被送进班房和他的弟弟蒋学久作伴哩。不，不会，婉芳和李婶都不是憨包，她俩会那么老实交代？要晓得，交代得愈多，自家的罪恶就愈大呀！只是，不招供，不坦白交代，公安局、派出所，会放她俩轻易过关吗……

蒋学谦的黑长脸阴沉沉的，两眼闪出凛凛的寒光，完全沉浸在猜测之中。指缝间挟着的那支烟，只抽过两口，烟灰燃了一长截，他也顾不得弹一下。

哦，不能听任事态发展。那样，他蒋学谦就会被蒙在鼓里，就会日夜处在忐忑不安的猜疑之中，太被动了。他要采取主动，要设法叫这条线就在此一刀两断。机会多好呀，常爽、郝老虎去嘎多寨了，工作队的人也都去了。这帮人到了三多大队，和何羽一见面，自会有一台戏唱，三两天是不回来的。公社里，就他一个民政干部和一个公安员在家，手脚巧妙一点，事后把责任一推，啥把柄也不会落在人家手里。对，要干就得赶快下手，最好是今天晚上……

蒋学谦陡地觉得指缝间热乎乎的，他慌忙一甩手指，把燃剩下的一小截烟头扔在地上，猛地一下站起身来，双手背在身后，惴惴不安地在办公室里，来回不停地踱着步子……

天近黄昏的时候，蒋学谦从屋角落斜放的文件柜下边的抽屉里，拿出吃剩下的小半瓶董酒，摇了几下，然后，把茶壶里的凉开水，灌满了酒瓶子，拧紧了盖子，举起酒瓶，高高擎起，偏着脑壳，左端详，右察看，直瞅得他嘴角上露出一丝狡黠而又自得的狞笑来。

挨到了下班时间，蒋学谦锁上了办公室的门，提着董酒瓶子，沿着屏源镇的大街，朝那家既供应面食、包子、客饭，又卖酒菜的饭馆走去。

站在柜台前，饭馆的营业员讨好地瞅着蒋学谦那瓶董酒，故意张扬地叫着：

“唷，蒋助理，好酒哪！今天你咋有兴致，来我们这里喝酒，你可是个稀客呀！”

“嗨，一天闷在三多大队，跟着工作队钻山旮旯，肚皮头的油水都刮光了。今天，我豁出去了，喝它个畅快，舒舒筋骨。”

蒋学谦也把嗓门提得高高地说：“好在今晚没得啥子事，酒醉饭饱后，就好好地睡它一大觉。”

“要得，要得，蒋助理，你点哪几个菜呀？”

“我那点工资，能吃啥好菜。来啊，炸花生一小盘，卤豆腐干一盘，麻辣胡豆一盘，还有、还有……”

“来点荤的吧！”

“好嘛，就来个猪舌头吧。”

营业员利索地端来点的冷盘小菜说：“这几盘小菜，不多不少，合起来正好是两块钱。”

蒋学谦掏出两块钱，递给营业员。然后，斟上酒，细嚼慢咽地品尝起来。

黑长脸蒋学谦好酒贪杯，喝酒爱上脸。今天，他喝的虽然是掺了大半瓶水的董酒，但毕竟是烈性酒，他又喝得急，一仰脖子，一小杯酒就下了肚皮。三四杯之后，他的脸辣乎乎地发烫，不用照镜子，他晓得，已唱起红脸关公来了。

他一直慢慢地喝到吃晚饭时候。饭馆里进进出出的人不少，他是故意要让别人看到，他蒋学谦喝过了量，回到家去，就像头死猪一样地睡着了。这样，婉芳和李婶逃跑了，他才有推托的理由。

天色黑下来了，屏源镇街上的行人逐渐稀少。不少人家，已亮起了灯。蒋学谦还在一杯连一杯地喝酒。他达到了预期的最佳效果，脸上红得透出了紫色，两颊闪着光，一对红得怕人的眼睛，醉昏昏地盯着人。

到饭馆歇店的时候，一瓶董酒喝得尽光，几只小盘子里，剩下几颗花生、两三颗麻辣胡豆。蒋学谦双臂趴在桌子上，醉得坐不住了，嘴里不时地哼哼出声。

营业员先过来收拾盘子、酒杯、筷子，然后，拍着他的肩膀，凑近他耳朵边说：

“蒋助理，你、你还能走吗？不能走，我扶你回公社去……”

“我……我我我……我能走，走……”他的手一甩，嘴里的舌头僵硬了，话都说不清楚，“我……我我……自家……走……”

他挣扎着站起身子，刚要迈步，身子一软，又趴倒在桌上。这会儿，是半个身子趴了上去。

“这龟儿子，喝得太多了，醉成了一团泥。”

他耳朵里清晰地听到营业员在骂他，说：

“哪个说我醉了，再拿一瓶董酒，我照样、照……照样灌、灌灌灌进肚肚皮……”

他刚要站起来，身子一歪，手臂有气无力地做出一个喝酒的姿势，话还没得出来，就醉倒在营业员身上。

“对，你没醉，你是没得醉，蒋助理。”营业员一把扶住他，说，“你只不过是脚杆站不稳了，我来帮你使点劲，陪你一块儿回去吧。”

“也……也要得。”蒋学谦将全身的重量，整个儿朝营业员身上压去。心里说：哈哈，到时候，你这个饭馆营业员，就是一个最好的证人。

蒋学谦不时错乱地迈着步，使得营业员费了好大的劲，才把他扶回公社办公室后头，他睡的小屋里。营业员扶着他来到床边，刚松手，他的嘴里呼呼地喘出几口酒气，一头栽倒在床上，就不动弹了。

他听到营业员问了两声：“要不要喝水？”他故意不回答。他又听到营业员轻手轻脚走出房间，“砰”一声关上了门。

嗨呀，这场戏算演成功了。剩下的事，就只等熬过时间来干了。

营业员的脚步声刚一消失，蒋学谦就翻过身子，脑壳枕在被窝上，瞪大一对眼睛，寻思起来……

公社院坝里亮着的那盏灯，把他的玻璃窗映上一层暗红色，一道淡弱的光，斜斜地射在窗户的侧边。夜逐渐深沉了，屏源镇街上，时不时传来的人声愈来愈稀疏。最后，很长很长一段时间，听不到一点声音。

蒋学谦蹑手蹑脚下了床，走近窗户边，伸出左手腕，借着窗外射来的那道光，撩起衣袖瞅了一眼手表：十二点过十分。

时间差不多了。蒋学谦打开抽屉，拿着大铁锁的又一把钥匙，轻轻地打开屋门，窜到了门外，贴墙站着。屏源镇上的大半灯火都熄灭，石板铺的街上隔好远才有一盏路灯闪烁着寒光。

蒋学谦凝神朝街的两边看看，不见一个人影。再屏息静听，也没听到窄巷子里有啥动静。他贴着墙，直往公安助理员住的小屋后面走去。

小屋那扇比人脑壳高半尺的窗户外，是公社食堂喂猪的小院坝。蒋学谦走到小院坝的墙边，仄耳细听，探听那两个值班守夜的民兵，是不是就在窗户下来回走动。

静寂无声。除了公社食堂喂的那两头肥猪在发出鼾声之外，啥声音也听不见。

蒋学谦暗自欢喜，他绕了一个小圈子，大起胆子走进了小院坝。一切都如他所料，白天，他要两个民兵注意守住那扇窗户。那两个民兵听从他的命令，到小院坝来值班了。只要一走进小院坝，就会发现，猪圈旁边堆柴的小茅草棚子，里头堆满了干透的柴棒和谷草。此刻，那两个民兵怀里抱着钢枪，歪靠在几捆谷草堆上，正在打瞌睡。

蒋学谦迅疾转过身离开小院坝，一直走到公安助理员的小屋门前，掏出钥匙，打开了大铁锁，推开了小屋的门。

“听着。”他刚推门进屋，就朝乌漆墨黑的屋里，压低了嗓门道，“我是蒋学谦，你两个听我招呼。”

黑暗中，蒋学谦感到两个黑影站起身来，走近他身边。

蒋学谦伸手抓住了一个，悄声问：“公安员和区派出所的人，审问过你们了吗?”

“晚饭前后都在审……”这是李婶不满的声气，“蒋助理，你倒好……”

“废话少说。”蒋助理把抓住的手臂一甩，又问，“你们招供了吗，婉芳。”

“招供，老娘才没那么憨呢!”婉芳愤愤地说，“你说，蒋黑脸，我们能逃吗?”

听她俩没有招供，蒋学谦的心安了。他瞅了一眼比人脑壳高的窗户，蹲下去，说：

“你们用脚踩在我的肩头上，从窗户口翻出去，快点。”

两个人贩子照着做了。

“走吧”! 蒋学谦一推两个人的屁股，“听清楚了，天亮以前，一定要逃离屏源镇，逃得远远的。”

两个人答应一声，一先一后翻了出去。

蒋学谦没听到啥动静，又把小屋里的板凳移到窗户下，脱了鞋子站上去。窗外小院坝里，照样静悄悄的。蒋学谦吁了一口气，穿上鞋子，退出小屋，又把大铁锁锁上。

第七章

31

晓婷支好自行车，办好存车手续，她看了一眼腕上的“星纳斯”表，指针指着两点过十分。约定了三点钟同盛雍见面，她足足提前了五十分钟。太早了。

晓婷揣好自行车钥匙，抖抖米色雨衣上的雨珠，双手插在雨衣袋里，慢悠悠地信步走去。

隐峰山公园的宏观寺和云中殿，坐落在半山腰里的绿树浓荫间，从停车处望去，寺庙金殿的葫芦顶和飞檐，清晰可见。雨中的隐峰山，是省城的一大奇景。朦朦胧胧的雨雾升起，轻纱薄绫般的乳白色雾气，一缕缕一簇簇，你挤我挨、推推拥拥地缭绕着岭巅峰尖，随着峡谷里的风一阵阵刮来，那山头上的蒙纱雾，时而笼住了奇秀的山峰，时而又拂去面纱露出了那满布藓苔的面目。就在这雾去雾来之中，每回看到的山巅景色，截然不同。

现在正飘洒着霏霏细雨，该是观赏隐峰山奇景的最好时刻，晓婷却丝毫没有兴致。省城里的居民看惯了这景象，也多半没啥兴趣了。公园里的游客寥寥无几，偶尔看到一对一对情侣走进宏观寺，去看市里举办的画展，或是借寺里回廊幽径谈情说爱。

晓婷约盛雍来，不是谈情说爱。在这种时候，她哪还有那样的心思。

一个偶尔的机会，她从省委喻书记女儿嘴里，听到她坚决反对的那篇小说《三十年来……》，竟然是化名石中的盛雍写的，她是用了怎样的毅力才克制着自己内心震惊啊！只有她自己知道。

想不到，想不到，万万想不到。

真挚、诚恳，那么忠厚老实的建筑工人盛雍，会写这样一篇小说。这个盛雍的性格，真有点深不见底呀！

省建筑公司有一批青工酗酒、赌博，时常流窜到社会上胡作非为，扰乱治安。晓婷接受了任务去省建筑公司保卫科了解这些青工的情况，并想作些深入细致的调查工作，保卫科推荐盛雍协助她。在工作中，两人增进了了解，久之，晓婷对盛雍有了好感，期待着他对她有所表示。但不知是胆怯呢，还是因她在公安局工作感到碍难，盛雍有些畏缩。晓婷只好自己放出试探气球。一次谈完工作，她从衣袋里掏出两张电影票，微笑说："感谢你多次帮助我们。明晚上我们公安系统放新片，你和你的……去看吧。"

盛雍有些慌张，然后默默接下了两张票。

晓婷的心正在往下沉，转身要走，盛雍却喊住了她，迟疑地从衣袋里掏出两张票，撕下一张，讷讷地说："呃，这，这是省歌舞团演出，今晚七点十五分……"

晓婷的眼里闪出了光，她看得那么清楚，盛雍拿着票子的手在微微颤抖。这么说，这个不露声色的盛雍还没对象，他不声不吭，对自己却也有意。晓婷的脸刹那间涨得通红，接过票，急急地走了。

看了省歌舞团的演出，看了在省公安厅礼堂放的电影，晓婷告诉爸爸，她交朋友了。不过详情细节，她一点没谈。不是她没有把握，她还是有眼力的，从盛雍平时对她的态度，从他看她时的眼神，她深信盛雍爱她，爱得很深，尽管他嘴上不说。

特别是那天在市郊的柳河边上，意外地撞见爸爸和纪明洁在散步，那么亲昵，那么缠绵，使晓婷觉得生活真有趣，爸爸和自己都那么幸福。

谁能料到，他和爸爸之间，会发生意见不合；谁又能想到，爸爸的恋爱和她的恋爱之间，会发生这么一种微妙的关系呢！同爸爸相爱的纪明洁主张发表的稿子，她坚决反对；而这篇稿子，偏偏又是她所爱的盛雍写的，真是不可思议。

几天来，晓婷明显地消瘦了，眼窝下陷，下巴略有些尖，脸色也微泛苍白，常常陷入沉思。她想得太多了，太多了！不知为什么，出了这样的事，晓婷常常想起妈妈——爸爸与之离婚的妈妈于蔚文。多少年来，任何人都在用赞扬的、同情的，或是贬斥的、冷漠的语言议论妈妈，评价妈妈，晓婷都不为所动。对她来说，妈妈是亲切的，不论人家怎么讲妈妈，不论是妈妈在被打成右倾机会主义分子，还是在甄别平反后的日子里，晓婷都深爱着妈妈。她懂得妈妈的心，妈妈从小教育她爱党、爱祖国、爱人民，要她在学校听老师的话，刻苦学习，还鼓励她读马列主义、毛主席的书，常给她讲唯物辩证法，讲九个指头和一个指头的关系，讲为人要正直、诚实，讲对社会主义的信仰……妈妈受了那么多冤屈，仍然能这样忠诚，这使得晓婷既感动又痛苦。像妈妈这样可敬可爱的人，偏偏落下一个可怜的下场，这对她的影响实在是太大了，随着妈妈在抑郁中死去，随着她逐渐走上社会，接触生活，她变得拘谨了，认为有许多不合时宜的话，不合时宜的思想和观点，哪怕是对的，也不应该随便说出来，否则，会像妈妈一样惹祸遭灾的。她老有一种担心，反对爸爸对《清泉》杂志放任自流，反对很快要同爸爸结合的纪明洁在刊物上发引起争议的作品，反对盛雍写《三十年来……》，她是怕呀！

经过几夜的失眠，几天的思虑，她写了一封短信，约盛雍来见面。她要说服盛雍抽回那篇稿子，她相信，盛雍会听自己的话，会答应的。以往，在散步、在谈心时，他对她的哪怕是些极微小的要求，不都是言听计从的嘛！

"扑落、扑落"！连着两颗雨珠从树叶上滚落在晓婷的雨帽上，那声音非常清晰。她看看表，两点半，还有半个小时盛雍才能来呢。她迈步朝宏观寺后面走去，那儿有一条幽径，游人很少，是她约定的见面地点。

寺后的空气凉爽清新，湿度很大。一条涓涓细流从山岭间顺坡淌下来，发出汩汩的响声。晓婷刚拐过弯，不由得抿着嘴儿甜甜地笑了。

盛雍撑着一把尼龙黑伞，站在幽径旁的大树脚下。

“你也早来了？”晓婷乐滋滋地问。

“嗯。”盛雍向晓婷迎上来，“吃过午饭没事，我就来了。”

晓婷端详着他强健的体魄，瘦削的有棱有角的脸，发现他眼里布满了血丝，脸色也有点憔悴。

“怎么不睡一会儿？”她关心地问。

“睡不着。”

“为什么？”

“有一件……一件烦心的事。”

“可以告诉我吗？”

盛雍默默地点了点头。他仰起脸来，炯亮的眼睛朝远处望去，嘴边的唇角肌微微鼓着。每当这样的时刻，他的身上总显出一股少见的男子气。头一次见到他，晓婷也像好多人一样，以为他的体魄同他清癯的脸一样瘦弱，是个文秀的青年。哪晓得，这完全是个错觉。有一次她到建筑工地找他，他正穿着汗衫，脸上汗津津的，湿透了的汗衫紧贴着他一身健美的肌肉；有力的肩膀，隆起的三角肌，结实的胸脯被太阳晒得黑黝黝的。当他重新套上工作服站在她面前时，他又显得文静清瘦了。

“是这样，”盛雍说话了，语气低沉，“我写了一篇小说，《清泉》编辑部的同志说了，要发表……”

“发表？”

“是的。主编表的态。不过，她找我去谈话了……”

“说些啥？”

“要我作好准备，可能会有很大的压力。”

“你咋个办呢？”

“跟你说这件事，是要你也有思想准备……”

“我？”晓婷大吃一惊。不料到，自己还没劝他，他倒反做起工作来了。不，不能再装聋哑了，得明确表示态度。“盛雍，听我说；一个偶尔的机会，我读了你的小说。说实话，我非常震惊，简直是不可理解的。今天约你来……”

“就是为这事?”

“还能为其他什么事呢?”

“你的意思……”

“我希望你慎重，慎重，三思而后行。”

盛雍收了尼龙雨伞，垂着头走了几步。晓婷紧张地窥探着他脸上的表情，心头怦怦直跳。

“晓婷，你不知道，提笔写这篇小说，把它送到编辑部去，我是想了又想，最终才下定决心的。”

“要是……”晓婷的脸色严峻，明显地感到问题的难度了。她极力保持着镇定，放慢了说话的速度：“要是我希望你……哦不，要是我要求你把这篇小说抽回来……”

“干吗要抽回?”盛雍愕然地瞪着晓婷。

“盛雍，你为啥要写那样的作品呢？你不觉得你描写的景象太可怕了么？……我认为不应该发。”

“是这样!”盛雍倒抽了一口凉气，转过脸问，“这是你的真心话?”

“你别管这个。我是为你好，为我们今后……总之，你要想法抽回稿子。”

盛雍沉思着点了点头，继而又重重地摇着头：“不！晓婷，在其他事情上我什么都可以依你，唯独这件事……”

“没有考虑的余地?”

“没有。”盛雍肯定地说，凝视着晓婷，“没有。你不知道，对我来说这不仅是一篇小说，这是我多年插队落户生活的强烈感受，是我对祖国农村的一片心意，我有多少话想吐出来啊！……小说发出来，会有压力，甚至会……为此我睡不着。我还想到了我们之间的关系……但我决不后退，决不……抽回……晓婷，你到哪儿去?你……你、你……”

晓婷没待盛雍把话讲完，一个急转身，疾步离开了寺庙后的幽径。盛雍惊讶地呼唤她的声音，也没有使她停步。拐过了弯，她几乎是小跑一般地冲向自行车存处。

白搭，白费劲儿，全没用处！在他心目中，我的意见算什么，他丝毫不为所动。你看他那副神情，那自信的目光，他是不会改变主意的，他真是铁石心肠呀！……

骑上自行车，顺着盘山而筑的水泥马路飞冲而下的时候，晓婷双手紧紧地抓住龙头，觉得眼前像罩着一层薄雾，气恼、委屈，以及一种从未体验过的痛苦，交织在一起啃啮着她心。

难道自己不是在替他担忧，不是在为他设想吗？他怎么就不理解这种心情，那么断然拒绝了这一番好意！……

自行车疾驰着冲出了公园大门，直冲到了马路上。晓婷忘了应在门口停一下车，引得公园里一个看门的妇女在后面尖声叫骂。

雨下大了，豆大的雨点子无情地打在晓婷米色的雨衣上，晶亮的雨珠直往下滚。是为了约会，晓婷才特意穿雨衣的，要不，她骑车完全可以用塑料雨披。可她想到过吗，想象中很甜蜜很顺当的约会，会是这么个结局。

自行车拐上了热闹的山荫路，马路上车来人往，喧哗嘈杂，迫使晓婷放慢了车速。这时候，她才朦胧地意识到，她还没有真正了解他，也低估了他。转身离开的时候，她也许因一时的激怒、冲动，走得步履匆匆，可她心里何尝不盼望盛雍会追上来，向她表示让步啊！但是，没有，他甚至没有放大嗓门喊她一声。他是固执的，有男子汉的自尊心。但姑娘们就不应该有自己的自尊心么！看来，这含苞欲放的爱，大约要就此枯萎，晓婷伤心极了。

风吹翻了晓婷头上的雨帽，急倾狂泻的雨仿佛全浇洒到了她的头上，她似乎也无所感觉。雨水顺着颈项淌进她温热的胸脯，淌到她浑圆的肩膀上，冰凉冰凉的。她的脸上满是雨水，不，已经分不出哪是雨水，哪是泪水了。幸好有这场雨，幸好风吹翻了雨帽，要不，她准被人看出失态的样儿来。

她哭了。她哭初恋的夭折，她哭……她曾对自己的恋爱有过多少美好的憧憬，有过多少绚烂的向往，而这一切，现在都结束了。为的是一篇稿子，一篇写要饭农民的稿子，一篇肯定会引起争论的稿子。正是这个，引起她的忧虑，而盛雍又那么固执。……

晓婷垂头丧气，像被人打了一顿似的回到了家。院坝里像所有的雨天一样，煤屑污黑的秽水淌得遍地都是。自行车的轮胎滚过，就把两道触目的胎迹带进屋里。在过道里支好自行车，她懒洋洋地走进屋子，费劲地解开雨衣的钮扣。

蓦地，晓婷听到爸爸几乎是哀求般的声音从他房里传出来。

“明洁，你、你就不能看在我们这几年的感情上，做一次让步吗？”

晓婷愣住了。她没想到，在她离家去会盛雍的时候，从未到过他们家里的纪明洁，也来同爸爸见面了。

“不能，建湘。”这是纪明洁清亮的声音，虽然轻柔动听，却柔里带刚，“我不能拿原则作交易，不能！短篇小说《三十年来……》是不可多得的好作品，作者很有才气，很有胆识，这你也承认。为什么一篇优秀作品的发表，竟这样困难呢？”

“你不是不清楚，这样的作品发出来，要惹麻烦！”爸爸的语气还是那样无可奈何，好像他不是纪明洁的上级，倒像是纪明洁的下级。要照以往的脾气，晓婷早不客气地冲进去，“呱呱呱”向纪明洁开火了。可这会儿，不知是啥原因，她觉得浑身乏力，脚弯子里没一点劲，痴呆呆地伫立在屋中央，倾听着爸爸的话：“对你，对我，对作者都没好处。”

“只要对人民有好处，担这样的风险，值得！”

“那也只是说说罢了……”

“你放心，我一个做事一人当，决不会连累你。”

“明洁……”

“作品发表以后，要批判、要撤职，你尽管朝我来。但眼下，只要我还在编辑部，我就一定要发这篇稿子，作者也有这样的勇气！”

爸爸的语调生硬些了："决不改变吗?"

"可能吗?"

"那么，我们之间的关系，该画句号了。"爸爸的声调有些凄切，"你知道，我和女儿为这……

"这，你看着办吧。"听得出来，纪明洁哽咽着说话。晓婷的心也抽紧了。"如果为了这篇稿子，我们该分手，那，那就……"

晓婷又听到一声低低的啜泣。没待她醒过神来，里屋门被拉开了，纪明洁踉跄地出现在她跟前。乍一眼看见晓婷，纪明洁陡地站定下来。晓婷看得那么分明，她的鬓发稍显零乱，眼睛里闪烁着泪花，脸在抽搐，嘴角在颤抖般嚅动。晓婷正惊惧地瞪着她，只听爸爸"砰"一声推倒了椅子，颤声叫着：

"明洁……"

纪明洁浑身抖了一抖，举起一只手来掩住自己的嘴巴，头一横，从晓婷身旁擦身而过，跑出了屋子。

爸爸从里屋追了出来，刚到门口，冷丁瞅见晓婷泪汪汪地站着，他又骇然地朝后退了一步，要缩回里屋去。

"爸爸!"晓婷再也按捺不住自己深受刺激的感情，呜咽着叫了一声。

爸爸瞧着她，嗟叹了一声，摊了摊手说："晓婷，你都听见了?"

晓婷点了点头，牙齿紧紧咬着嘴唇，才没让自己哽咽出声。

爸爸继续说："听见了就好。为了你，我、我已经……已经……"

"爸爸快别说了，别说了!"不知一股什么力量，促使晓婷把久憋在心头的话倾吐出来，"我、我何尝不爱看那些反映现实生活的画和小说，我何尝不喜欢思想解放。我、我是怕，怕你们太大胆了，惹祸遭灾呀。我是怕，怕妈妈的遭遇又在自己的亲人中重演啊！爸爸，为啥总没人理解我呢?"

爸爸起先是惊异，继而是留神细听，最后两眼闪亮，脸上泛出光来："晓婷，有你这句话就好，有你这句心里话就好呀！我得出去一趟了，出去一趟……"

爸爸的态度突然改变，使得晓婷重又陷入恐慌之中。她呆痴痴地睁着一双泪眼，讷讷地说："你、你去哪里？"

爸爸从衣帽钩上取下雨衣，利索地披上了肩，一边往外走，一边说："有你这句真心话，那篇稿子还得发。我这就给你喻伯伯打电话，把问题和他摊开来谈……"

晓婷大惊失色地望着爸爸，她想讲点什么，嘴巴张了张，终究没讲出来，爸爸已经跨出了门槛。她双手掩住脸，踉踉跄跄地跑进自己屋里，湿漉漉的雨衣也不脱下，一头扑倒在床上，嘤嘤地哭起来。

32

还是在前几年靠边赋闲、心情不愉快的时候，喻帆听一个老战友讲过复杂的老年心理。

老战友的女儿二十八岁了，还没个对象，遇到相熟的人，说不上几句话就要谈到这个话题，显得比他的女儿更急。而他那个女儿呢，倒并不在乎，问起她时，总是说不愿出嫁，要守着父母过一辈子。每当这种时候，老战友总会情不自禁地吐出一句："傻姑娘！"后来，当"傻姑娘"顺利地找到了对象，并且向父亲宣布准备结婚的时候，老战友却不由自主地露出了冷漠的神情，而且明地表现出不悦。这种感到孤独、心情抑郁的心理竟然还会延续了好久，使他对各方面都很不错的女婿，总是亲热不起来，以致女儿为此掉了眼泪，和父亲显得疏远了。

当时，听到这桩事的时候，喻帆简直不能理解。他在心里暗忖，这位老战友的心理，肯定是极少数进入老年的父亲才有的；无论如何，他不会在喻慎将来出嫁时，产生这种复杂的、差不多可以称作变态的老年心理。

奇怪的是，自从喻慎这次回家以后，喻帆只要稍一闭眼，就会想起这位老战友来，并且，莫名其妙地有一种忧虑：

那个带头闹事的景传耕，为什么有那样大的吸引力，使得喻慎为他上下奔波、申辩？他是个什么样的人？时间久了，喻帆竟产生了一种强烈地想要见见这小伙子的欲望。

这是不是那种复杂的老年心理呢？

喻帆很难回答。

好在这种心理不是难以克制的。急件、要件、密件，需要他阅读、画圈、批示；一个接一个会议、报告、公开场合，需要他出席；还有一些重要的决定、难题，需要他表态。他不可能总是沉浸在思念女儿的冥想之中。

喻慎竟然来信了。女儿的来信重又燃起喻帆因忙碌的工作抑制下去的欲望。她在来信中向爸爸道歉，还提醒弟弟，要学会体贴爸爸。在喻帆看来，更主要的，是喻慎讲到乡间的新情况，她在字里行间透露出的欢欣和喜悦以及那种按捺不住的兴奋。她报告说，那个领头闹事的景传耕，被公社党委书记和县委书记放回了寨子；县委撤销了集中劳力扩充水库的决定；工作队集中到了三多大队，正在进行农村政策大辩论。这些实事求是的做法，深受广大农民的欢迎。哦，对了，女儿在信中还顺便提到，抓住了两个变相拐卖妇女的人贩子。只因民兵看守不严，让这两个人贩子逃走了。

衣袋里揣着女儿的信，喻帆觉得像揣着一团火。他有那么一种明显的感觉，女儿是处在湍急的生活河流中，而他呢，则像是站在彼岸上的人。喻慎来信中哪怕是三言两语，讲到的事情，都有着一股扑面而来的生活气息，都有着一股新鲜味儿。在女儿的信里，可以感受到现实生活的节奏，感受到时代脉搏的跳动。

从这个意义上讲，喻帆有点羡慕女儿了。处在他现在的地位，他很难再像女儿一样感受生活。生活浮泛的表层，生活急遽的漩涡，生活那气象万千、五光十色的内涵，今天对他来说，全部变成了文件、汇报。不论到哪儿，不论走到哪个基层单位，人们都对他笑脸相迎，都请他坐在中间，都用热情的语言欢迎他作指示。

指示，真可笑。有时候他去一个工厂，到一个科研单位，走进某一个基层办公室，纯粹只是想接触一下基层的群众和干部，以一个普通人的身份和他们谈谈，结果也变成了指示。他对这个工厂，这个科研单位，或者基层机关的工作一点都不了解呀，至多只是在事前听了点汇报，看几份材料、情况汇编罢了。他能说什么呢，于是只能泛泛而谈，笼统而原则，很难说真正讲到了点子上。偏偏就是这些泛泛之论，这些在哪儿听去都不会错的话，这些有头脑的人都会讲的话，会得到某些人的称道：喻书记的指示非常深刻，非常贴切，要认真领会、贯彻，要好好学习、讨论……

有什么办法呢？他总不能打断人家的话，发一个声明，说这是随便谈的大家不必当回事。倒不是他没有勇气这样讲，而是他也老老实实这样讲过，人家却说："喻书记很谦虚，值得我们学习。"唉，谁让他身居要位，是个省委书记呢。

正因为身居要位，女儿感受到、接触到的一切，他是不易感受、接触到的。不说其他了，就看这封短短的信吧，难道是他在一些文件、汇报和会议简报上，能看到的吗？"人贩子"指的是什么？变相贩卖人口，又究竟是怎么回事？农村政策大辩论，农民们、基层干部们都在辩论些啥？漏水的水库是怎么回事？那闹事的小伙子，这么说来，闹得是有点道理的。

喻帆想起前不久批下去的那份材料，就是石桥地委把景传耕闹事作为严重情况反映上来的。喻慎上次回来说景传耕被抓了，现在县委书记亲自下去放了人。这县委书记还真有几分勇气嘛。那天晚上，喻慎要求他出面干预这件事，他虽然没有答应，但在第二天作批示的时候，对地委打算"严加处置"的意见，还是慎重地批下了"深入调查研究，了解农民群众的具体要求。酌情作出处理"。他的批示还没传下去，下面的情况已经发生了变化，生活的步子真叫人些赶不上趟了。

喻慎的信，最后是怎么说的？对了，她说，她感觉到她生活、工作多年的山乡农村，正面临着一个重大的变革，而这个变革的进程，深深地吸引着她。因此，她还想在那儿待上一阵，她不愿意在这个关键时刻离开山寨，她不愿意脱离沸腾的生活。

这一点，喻帆倒是谅解的。只是喻慎的信中，为什么只字不提她关心的那个景传耕和她之间的关系呢？到底是沸腾的生活在吸引着她，还是景传耕在吸引着她呢？或者两者兼而有之？她不是说景传耕快要结婚了吗，这又是怎么回事？真令人莫名其妙。

“叮铃铃铃……”桌角上的那架外线电话机响了。喻帆伸手抓起话筒：

“喂？”

“喻书记吗？”

“建湘，”喻帆马上听出了这是贡建湘的声音，“有什么事吗？”

“有，有啊，喻书记，很想同你谈谈，你有空吗？”

“什么事使得你这么激动？说话声音都同平时不一样。事情急，你就直说吧，我这儿听着。”

电话里沉默了片刻，又响起了贡建湘的声音：“喻书记，上次你家讲起过的那篇稿子，还是要发……”

“和编辑部商量不通吗？”

“不是。”

“那你爽快讲，别吞吞吐吐的。”

贡建湘在电话里把话都说了。喻帆只讲了一句“你考虑着办吧”，便把电话挂断了。一篇稿子，惹得恋爱双方之间，父女之间横生风波，是喻帆事先想不到的；贡晓婷反对这稿子不是她觉得稿子有错，而是稿子发表后惹祸，又是喻帆想不到的。一个年纪轻轻的姑娘，为什么始终记着她妈妈挨整的往事呢？还有，贡建湘这次不厌其烦地把稿子的内容讲了一遍，明确表示要支持发这篇稿子，看来他确实经过了一番思想斗争。

喻帆比较了解贡建湘这个人，以往，只要他一句话，贡建湘是决不会表示异议和反对的。这次，喻帆事实上已经表过态了，他还敢打电话来，证明他坚持了自己的看法。从他刚才讲的内容听来，这稿子倒不是热心于揭露阴暗面，而是想通过农民进城讨饭这一现象，对历史作一回顾。小说名叫《三十年来……》就是那个意思。发这么篇稿子也不值得大惊小怪，发就发吧。

不过，引起喻帆注意的，倒是贡建湘在讲完稿子内容后说的那段话：

“……这篇小说告诉我们，贫困落后、长期停滞不前的山乡农村，再不能维持现状了。那儿迫切需要一次变革。从这个意义上来认识，我觉得小说是有其积极意义的。”

“需要有一次变革”这句话，和喻慎来信中说她感觉到山乡农村正面临着一场重大的变革，仅仅是偶然巧合吗？不，这值得思索。

喻帆深深地思索起来。

长着一张娃娃脸的周秘书来了，他照例把文件、材料呈送给喻书记：“喻帆同志，月光县的事态有了变化。”

呈上材料，他在一旁的皮椅子上坐下了。

“噢。”喻帆把材料移到跟前，原来是一封告状信。

信的语气非常愤怒，措词十分激烈。在简述了月光县屏源区屏源公社三多大队农民抵制农田基本建设、消极怠工、坚决不上水库工地、煽动农民外流讨饭、公开叫嚣闹事单干等事实以后，信里指名道姓地控告县委第一书记常爽、公社党委书记郝秉建，利用手中掌握的权力，释放带头闹事的要犯景传耕，向消极怠工、出外讨饭吃的农民让步，明确支持自发思想严重的社员划分田土单干。这不但是严重的右倾，还公开地违背了省委关于抓好农田基本建设、增加蓄水库容，以及打击煽动单干、破坏集体经济的阶级敌人的指示，实际上是在走回头路，走资本主义道路。希望省委领导高度重视，派出得力的工作组尽快到月光县来纠偏。

喻帆的眉头打成了结。他留神地看了信尾的署名，是月光县革委会副主任、月光县屏源区工作队队长何羽。再看日期，信是前天发出的，周秘书处理得快极了。

看来事情还有点复杂哩。这封告状信和女儿捎回来的情况是那样截然相反。这又是怎么回事？倒是一只值得解剖的麻雀。喻帆一耸眉毛，发现周秘书在留神瞅着自己，他便把告状信朝厚玻璃板上轻轻一推，靠在椅背上问：

“小周，信你看了？”

“嗯。”

“你有什么意见？”

“月光县的情况我没有调查，不能乱说。从信上讲的情况看，确实比较出格。不过……”

“坦率说吧！”

“信上控告的县委书记，倒是个有骨气的人。”

“你认识他？”

“见过。去年小季收获时节，省里在碧云宾馆召开县委第一书记会议，我在那儿编简报，就是这个常爽，放弃了一次升官机会。”

“噢？”

“前年冬天，气候适宜，风调雨顺，真有点老天爷开眼的样儿。到了春天，全省的油菜籽都呈现增产的趋势，上上下下一片雀跃欢腾。打倒‘四人帮’后的头一季庄稼夺得了丰收，那政治意义可大呢！县委会议上，卓然同志点着名儿问：‘常爽，你们县的油菜籽，能不能多上交一百万斤？’常爽站起来说：‘增产不了那么多，我不敢下这个保证。’卓然同志又问眉光县委书记苏维山，苏维山拍胸脯答应下来，说只会超额完成卓然同志提出的数字。数字他完成了，去年夏天，人也调到地委当了副书记。”

周秘书说这件事的潜台词是什么呢？喻帆沉吟着，偏转脸问：“就是这么回事？”

“我有个同学在省委宣传部，”周秘书不急不慢地说，“去年恰巧到眉光县去过，后来他告诉我，眉光县的农民为完成这一百万斤的高征购，除留种子，每人头上只摊分到一斤多菜籽，一年干到头，连半斤菜油也没吃上。老百姓把苏维山骂了个狗血喷头。这人刚在地委上任，眉光县的揭发信也到了省委组织部，说他才出了生活问题，怎么倒升官了?”

喻帆的眉头又微微皱起来了，没有讲话。默默思索了片刻，拿着红蓝铅笔，点点周秘书，又提出一个问题：

“前些天，在省城要饭、到省革委大院请愿的农民，都妥善处理了吗?”

周秘书点了点头：“信访处、民政局、农业局，会同团省委、省妇联一些同志，做了不少思想工作，给他们发了路费、粮票，现在基本上都回农村去了。我还请地、县办公室的同志作了调查，出外讨吃要饭的，大多是贫下中农、普通群众，有一部分中农，富裕中农很少。没有地富分子，他们也不敢出来。这情况，和卓然同志的批示有点出入。近两天，地、县要求拨救济、回销粮的报告，也递到省委来了。”

喻帆垂了一下眼睑，目光又落到那封告状信上。看来，实际情况在逐步地露出真面目。而他作为一个省委书记，对这个省委的农村情况，到底怎么样，却没个实在的底儿。只凭看材料、听介绍、听汇报，那显然是不够的。

从首都机场坐飞机来这个省的时候，喻帆就想过，稍一得闲，马上去河滩寨看望当年救护过他的谷果大爷，同时了解一下乡间的实际情况。到了省里，千头万绪的事一冒出来，这个念头压下去了。喻慎回家以后，他又起过这念头，想在适当的时候去看望谷果大爷，再去一下女儿插队锻炼过的寨子。这会儿，女儿的来信，贡建湘打来的电话，眼前的这封告状信，尤其是月光县正在发生着的事件，使得喻帆又起了这种愿望。农业战线的情况复杂多变，告状信说三多大队在走回头路；女儿的信上又预言农村正面临着一场变革。究竟是谁对谁不对呢？作为省委的一个书记，作为省委这一级领导机关，面对这一局面应该持什么态度呢？旗帜鲜明地支持，断然阻止，还是持一种放任自流、模棱两可的态度?

这一瞬间，对谷果大爷的思念，由于女儿只在家里住了一宿就离去而泛起的老年心理，以及喻慎那晚和他进行的不痛快的谈话，全都浪涛般涌上心来。喻慎似乎是爱那个景传耕的，却又拒绝了他；景传耕现在又同另一个姑娘要成亲了，而女儿，还舍不得离开那儿……这些扑朔迷离的关系，使他觉得很难放心。

到下面去走一趟吧！这种种社会的、政治的、形势的、个人心理的原因，在催促喻帆，在鼓动他尽快地作出决定。

喻帆搁下了红蓝铅笔，问周秘书："这两天，有重要会议吗？"

"没有安排常委会。"周秘书回答，"团省委的省青年联合会、学生联合会的筹委会议，倒是请了省委的几位书记。秘书长的意思，去一个主管青年工作的书记就行了。"

"好。"喻帆的声音不由得有些兴奋。他知道，邻省对口寨检查团刚回去，卓然同志准备在半个月后，去外省参观杂交水稻育秧。近期他身体尚健，一时也不会离开省城。这正是他到农村去转一圈的好时机。他把厚玻璃板上的告状信夹进卷宗，以商量的口吻说：

"小周，我想到月光县跑一趟。"

"好啊！我马上给月光县委挂电话……"

"别惊动县委，我直接到屏源公社出事的那个大队去。"

"那我陪同你去。"

喻帆把手轻轻一摆："不用，我不想带随员。"

周秘书坚决地摇了摇头："微服出访，可不行！警卫员至少要带着。"

喻帆无可奈何地苦笑了一下："好吧。你给我挂卓然同志的电话。"

卓然同志听说喻帆要去乡间走一趟，很赞同，关切地问准备工作做得怎么样，和下面联系好了吗。喻帆简单地答道：

"都差不多了，请放心吧。"

"你怎会有这样的兴致啊？"卓然同志在挂断电话前顺便问道。

"我的女儿，就在月光县工作。"

"哦，我还是头一回听说哪！老喻啊，你可真保密，哈哈。好啊，预祝你们父女愉快团圆。"

电话挂断了，喻帆下乡的事就这样决定了。

33

事情变化得快极了，仅仅几天工夫，局面就不推自开，三多大队像换了一个天地。

今天，满大队的寨邻乡亲们，凡是满了十八岁的，都聚在由解放前的祠堂改建的会议室里，就要民主选举大队干部，选举他们心目中满意的当家人了。

这也是一晃十几年来没有的大事。

“文化大革命”前，在大队里主事的是老土改根子费正明、景气闲。闹起“文化大革命”，景仁清造反上台，一掌两颗印，景气闲靠了边，费正明挂个有职无权的副职，年年有一次形式上的选举，年年还是造反夺权时的班子。打倒“四人帮”，贪污挪用、多吃多占的景仁清下了台，费正明重新当权，算起来，前前后后，他可以说是当了近三十年的老干部了。

这回选举，倒不是哪个要撤换他，而是他自个儿摔乌纱帽，不愿干。根据他的要求，工作队通过广泛听取意见，民主协商，决定重新选举。奇怪的是，听取意见、协商产生的候选人名单，赫然列在第一位的，还是费正明，而他也没有推辞。

这是怎么回事呢？

这事得从郝老虎在常爽的默许下，放回景传耕说起。

景传耕从屏源镇一回到嘎多寨，浮动的人心顿时安宁下来了。酝酿着呼群结伴地出外讨吃的农民们，纷纷说不出去了。接着，一个一个要求提了出来：不上月亮坝水库工地，不搞出工一窝蜂；照传耕说的，划分田土，把责任定到人脑壳上；对眼前缺粮的农户及时供应回销粮。

郝老虎“呼呃呼呃”地当众表了态，这些个要求都可以考虑。常爽下了令，县委派到屏源区的工作队，统统住到三多大队、嘎多寨来。工作队来的当天，常爽领着所有的干部，到了月亮坝水库大坝检查，漏水的情况属实，漏水的原因一时找不到。就在水库大坝上，新的决定一致通过了，撤销县委原来那个扩充水库容量的决议，先向群众宣布，再由常爽和何羽回县向常委会汇报。有些工作队员提出异议，这样先斩后奏，是否妥当？常爽表了态，责任由他一人承担。他的理由很简单，只有四个字：实事求是。

还没来得及召开群众大会，消息传开了，嘎多寨、三多大队就欢腾起来，甚至隔邻大队的社员们也跑来打听情况，一听属实就喜形于色。

给缺粮农户拨救济、回销粮的报告，工作队也起草了，几乎没有人提出异议。

规划春耕和今后的工作时，景传耕提出的划分田土，责任到人脑壳的经营办法刚说了个大概，"哄"地一下，就全乱了。何羽坚决反对，这是常爽预料得到的，工作队中有不少人支持，常爽却没有估计到。于是，召开了全体工作队员的辩论会，接连辩论了两天，竟出现三种观点。

赞成景传耕意见的同志说，要讲究实事求是，我们就该面对现实，不要面对本本，面对条条框框。今天的现实是，农民的温饱问题没有解决，他们对我们以往摇来摆去的具体政策缺乏信心，想按自己认为可行的办法来干，应该允许。这是农民自发地调整生产关系。

反对者认为，坚持集体生产和统一分配才是社会主义。景传耕提出的办法，根本不符合这两条，实质是分田单干，是批了多年的走回头路。不管他主观意图如何，照他那么干，就会改变所有制的性质。即使目前为了解决温饱问题向农民让步，也必须指出，这是一种倒退。

还有一种意见，完全介乎两者之间。不主张戴大帽子，即不应断定景传耕提出的经营方式就是搞资本主义。因为不论从他的出身、经历和为人表现来看，他不是坚持要走资本主义道路的人。但也不能说他的办法就是社会主义的，只能说是"特殊情况下的特殊措施"。为解决农民的温饱问题，可以试一试，但不宜提倡。

常爽兴奋了，辩论会的情况比他预料的要好。畅所欲言的同志很多，这些经常下乡串寨的区县干部们，在提出自己的观点时，常常举出许多令人信服的例子，说的多半是真话、实话。毕竟是打倒“四人帮”快一年半了，说假话哄骗人的情况，已大有改变。就从会上的意见来看，赞同者和持中间意见者，实际是同意让景传耕放手干的，即使反对者，也有人承认，这办法对解决温饱有益，只是要指出是一种倒退，要随时注意“刹车”。

意料不到的是，辩论会的内容传开去，三多大队的费正明摔开了乌纱帽。他找到常爽和何羽，明明白白表了态：

“你两个，都是县里的头头，一个公，一个婆，公说公有理，婆说婆有理。我跟你们说清楚，意见不统一，你们不要喊我干。”

“为啥呢？”常爽满有兴趣地问。真是怪癖的老汉！

“到时间，干得汗爬水流，好处不得一点，你两个不管哪个对，我在中间吃夹沙糕。这糕，我不吃。”

何羽不说话，深深地吸口烟，一双眼睛，从镜片后面乜斜着常爽。

常爽倒不为难，坦然地说：“看情况，意见一下统一不起来。而事情，倒真是要干。”

费正明一偏脑壳，追问道：“照传耕那种方法？”

“嗯。”常爽肯定地点头。

“那我无法干。你常书记另找一个人来大队主事。要不，就叫郝老虎替干着，要吃夹沙糕，叫他郝老虎吃！”

何羽的鼻沟纹深了些，隐隐地显出一丝冷笑。

常爽装作没看见何羽脸上的表情，两眼凝望费正明，郑重其事地说了一句他平时最不愿讲的话：

“好吧，你这要求，我们考虑考虑。”

费正明一怔，眉毛拧了起来，背着手，躬着背，垂着脑壳，没朝常爽和何羽招呼，步履沉沉地走了。

重新在三多大队选举干部的事，就这么定下来了。常爽何尝看不出来，费正明这个老贫农、老土改根子、老基层干部，他是不赞同景传耕的办法的。三十年来，他已经习惯了自己的工作方法，已经习惯了上头咋个说，他咋个做。他有他的思想观点，有他的群众基础。但为了让景传耕放开手脚来干，大胆摸索出一些新的经验，必须重新选举，或者说必须撤换费正明。是的，撤换一个既没犯政治立场错误，又没有生活作风问题，更没搞贪污盗窃的基层老干部，这也是没有先例的。群众通得过吗？同类干部通得过吗？县、区、社三级干部们又将怎么看待这个问题？

事情还没有头绪，重重压力无情地压到了常爽心上。

“你觉得心沉吗？”就在作出重新选举决定的那个晚上，尹毓秀陪着他在嘎多寨外的山间路上散步，关切地问他。

“沉，就因为心太沉了，我才下决心干。”常爽借着清淡的月色，瞅着妻子说。他近来一直在思索，如何理清眼前的一团乱麻，好不容易从景传耕那儿受到了启发，看到了生机，预见到了前景，他决不愿意轻易放弃它。尽管有好些话，不能对所有的人都讲，但是对亲爱的毓秀，那是必须讲清楚的。他希望毓秀一定要支持他，至少也不能干扰他，扯他的后腿。他向妻子坦露思想：“景传耕给我的启发太大了，我和干部不敢突破的框框，景传耕敢于突破，敢于大胆怀疑，大胆冲击。刚听到他闹事的消息，我老在思忖，这小伙是不是疯了，为啥这么胆大妄为？我老在怀疑，他是不是受了当年一帮造反人物的影响。和他一接触，我不得不承认，自己错了。这小伙子的胸怀宽广，他心头存的是万家忧乐。毓秀，一个青年农民，尚且如此，我们共产党人，不更应该时时刻刻把万家忧乐放心头吗？”

“说的是啊，下乡来，看到衣衫褴褛的农家娃崽，看到农民们碗里盛着的包谷糊糊，我的心头总是沉甸甸的。”尹毓秀赞同丈夫的话，她思索地垂下头，仿佛是在数着自己的步子，“可是，可是真要带头改变现状，肩上的担子，身上的压力……常爽，我们都是人，也不能不想到呀！”

“想到，该想到，毓秀，以往正是我想得太多了。”常爽说着说着，有些激动起来，“不能老是想着自己，怕这怕那，就是不怕农民饿肚皮。景传耕都不怕的事，我还怕什么呢?”

尹毓秀呆呆地凝望着抹上月色清辉的树梢，声音明显地变低了：“话是这么说啊，只怕……”

常爽一把抓住了妻子的手：“毓秀，你忧心了?”

“忧。常爽。”月光下，尹毓秀的眼眶里闪着泪花，“怎能不忧呀？多年来的教训，一栽跟头就爬不起来的现实，再有，具体的农业政策，不是你一个县委书记能制定的呀。你想过吗?”

“想过，毓秀，我都想过。但我这些天想得更多的，是农民们紧巴巴瞅着我的期待的眼神，是我耳畔听到的叫花调，是嘎多寨闹事的消息。尤其是那天，在公社院坝里，看到那个被拐卖的年轻妇女，我真痛心。那天，我站在一边，一声没吭。可我的心，却像浸在滚沸的油锅里一样。变相贩卖人口，追究起来可以有很多原因。其中主要一条，不就是因为乡间穷吗？不，我不能容忍这样的罪恶，哪怕它是极个别的。争执结束了，郝老虎自作主张，放了景传耕，我默许了……”

“这我觉得对。”

“觉得对就好，毓秀，你知道我的脾气……”

“我知道。”

“拿定了的主意，我决不反悔。干开了头，就得一杆子插到底!”

“嗯，我懂。”

“只是添了你心上的忧愁。”

“你干吧，既是这样，你干吧，常爽。”尹毓秀哭了，她掏出手帕抹着眼角的泪，抽泣着喃喃地说，“至于忧虑，那是免不了的。只怪压力太大了。走在路上，就是人家的脸色、眼神，也能叫人忧……忧虑……”

“要真正干一番事业，担点风险也是正常的。”常爽把手搭在妻子微微耸动的肩膀上，“自然，我们应当尽可能谨慎。”

尹毓秀把自己的手放在丈夫的手背上，轻轻摩挲了两下，温柔地把丈夫搭在她肩膀上的手移开了。这是在乡间，在嘎多寨外。毓秀是很注意影响的。

也许是他们夫妇把问题看得太严重了。

正式选举三多大队干部的今天，望着满天洒落的春雨，望着祠堂里外挤满了的寨邻乡亲们脸上的笑容，常爽感到一种宽慰。瞧，这些披着蓑衣、戴着斗笠、打着光脚板，给怀里的娃崽遮着塑料雨披的农民们，对民主选举中意的干部，多么热心啊！只是，他们要选哪个呢？是选赫然列在候选人名单第一名位置上的费正明，还是选不是党员、刚因闹事被游斗过的景传耕？常爽猜不透了。

从常爽身侧的角落里，传来几个农民不高不低的商量声：

“嗳，二叔你选哪个？”

“当然是费大哥啰！那年我家粮食不够吃，差三天就断粮了。是费大哥扛着铺盖卷到公社，说是不拨救济粮给我，他就在公社吃睡，这才要来了粮。选干部嘛，就得选这样的！”

“是啰！我家爹那件寒衣，也是费大伯评给他的。人都讲个知恩图报嘛！”

“景传耕不也很好嘛。”

“嗨，好是好，只怕嘴上无毛，办事不牢啊！”

“再说，他干的那种事，太冒险。选了他，只怕也是害了他！”

“听说……有人支持他哩！”

“你真是，尝了点盐巴就叫咸。长眼睛的，哪个看不出，上面的头头，也各唱各的一台戏！”

无意中听到这么番话，常爽对这次选举结果更没把握了。景传耕能不能当选呢？他要选不上，还是费正明主事，他的那一套经营方式，能推行吗？

穿着雨鞋的、打着光脚板的，套着草鞋、球鞋的脚，越来越多，台阶上堆满了涂着桐油的斗笠，木钉上挂满了蓑衣。祠堂里，被踩得稀湿稀湿的。雨还在下，屋檐水滴得嘀哒嘀哒响。

人来得差不多了。几乎每家每户，都来了选人，有的还来了不止一个。

工作队长何羽响亮地拍了几下巴掌，把抽得极短的烟屁股朝地上一扔，宣布开会了：

“静一点，静一点！马上要投豆子了。我在这儿不多说了，只说一点，投豆子的时候，各家各户的代表，都要把豆子投在那些靠得住的、经验丰富的人的缸子里，不要乱投了，事后又懊悔。候选人可以上来了，一字排开，坐这儿，背对着群众，不许转过身来看投豆子的人。”

常爽在一旁端详着何羽。这人几天来是上了火，还是心中不悦，眼睛熬得通红，说话的嗓音嘶哑了。但扔在拼命吊高嗓门，他的话里，潜台词是很明白的。

除了费正明和景传耕，群众提出的大队长候选人，还有七个，经研究协商确定了五个。在何羽的招呼指点下，五个候选人在两条长板凳上坐下来，而对着板壁。他们的身后，放了一张长条桌，每个人背后，放了一只白瓷茶缸子。充当选票的黄豆，盛在畚箕里，搁在另一张小方桌上。

一阵喧哗过后，在屋外淅沥淅沥的雨声伴奏下，选举正式开始。头几户人家投豆子时，还不时招来几声讪笑。几分钟过后，气氛就严肃起来。拿起那一颗颗圆溜溜的黄豆，仿佛有千斤重，有几个农户，总要在白瓷缸前站好一阵，才把手中那颗黄豆投进自己想选那人的缸子里。

约投了三分之一，也就是一个寨子的人户后，常爽就看出来了，黄豆多半是投进了费正明和景传耕的白瓷缸子，另外那三个人背后的缸子里，只有疏疏落落的几颗豆子。想必连他们也感觉到了，真正地竞争对手，就是费正明和景传耕。常爽虽没法细数，却也发现，景传耕那茶缸里的豆子要比费正明少些。

一阵浓烈的叶子烟味飘过来，常爽听到一声轻轻的耳语：“生姜还是老的辣呀！”

他刚要转过脸去瞅瞅这是哪个说的，祠堂里外响起了一嘤嘤嗡嗡的说话声。常爽仰脸看去，费正明的女儿费瑞娟走上前来投豆子了。

"嗳，费瑞娟，你爹是候选人，你咋个也来投呢？"有人不客气地问。

费瑞娟一个转身反问："我咋又不能来投呢？我就没一份民主权利吗？"

说话的人哑了。

费瑞娟也不多计较，俯身从畚箕里捡了一颗黄豆，毫不犹豫地投进了景传耕身后的缸子。

"嗨，看哪，她把豆子投给景传耕了！"有人大惊小怪地嚷着。

费正明转过脸来，瞪了女儿一眼。费瑞娟是没得看见呢，还是故意不朝爹望，转过身子，退下去了。有人问她：

"费瑞娟，你咋不投给你爹？"

"我爹呀！"费瑞娟说得那么响，像是故意要让爹听见，"他年岁大了，当了那么多年干部，该歇息啰！"

又一对年轻男女走了上来，一人拿一颗黄豆，分别投进费正明和景传耕的茶缸里，转身退回去了。

"嗨，康文达，你一对小夫妻，咋个可以两颗豆子分别投两个人呀？"人丛里一个中年妇女问。

康文达眨眨眼，朝他妻子顺瑛会心地一笑，又狡黠地环顾众人，慢条斯理地说："我俩争了好几天，咋个也说不拢，只好各人投各人的。"

"鬼，这康文达才奸哩！两个人，他一个也不想得罪！"

"哪里，他是既想得费正明大伯的回销粮、救济粮照顾，又想跟传耕种责任田土。"

几个人你一言我一语，当众贬起康文达来。康文达倒也不生气，满有理地说："嗳嗳，不要把我说得那么坏好不好，哪个又不晓得，上头干部的意见都拍不拢呢！费大伯他都怕吃夹沙糕，我们这小民百姓不更怕嘛！”

“嗬，这没得出息的还有理呢！”

“也有道理啊！”

“难怪，难怪！”

在人们的一阵议论声中，一个五十出头两眼瞪得发直的老农站了起来。他像是没戴斗笠，披蓑衣来的，一件露着白絮的破夹袄淋得透湿，脑壳上的花白头发还没干透，黑苍苍的脸上露出股兴奋的神情。他走近畚箕抓起一大把黄豆，数了一数，转过身来沙啦啦全投进了景传耕身后的茶缸。

他的举动使人们惊诧了，纷纷叽叽喳喳地交头接耳。坐在一旁监视的何羽气愤地跳了起来：“于老善，你破坏选举吗？为什么投一大把黄豆？”

“不多，不多。”于老善转过半边脸，一本正经地说，“十一颗黄豆，一颗不多，一颗不少，十一颗！”

何羽的眼睛在镜片后面闪着怒光：“你一个人，凭啥投十一颗黄豆？”

“凭啥？我们有十一张嘴呀！”于老善振振有词地嚷了起来，“你又不是不晓得，七个姑娘一个儿，加上我婆娘和我，十张嘴等着要吃饭。我指望传耕侄儿当了干部，把我一家人肚皮箍圆哪！人人要吃饭、人人都有一份权利，为啥不能人人投一颗黄豆？”

“你胡闹！”何羽气不可抑地怒斥道，“就算人人有权利，你家十口人，为啥投十一颗？”

“还有我哥于老古呢，我也代他投一颗呀！”

“你咋晓得他会投景传耕？”

“就是晓得。”于老善嘴角边露出一丝苦涩的笑，“不光我一个人晓得，大伙儿都晓得。我哥屋头没得粮了，找费大哥要救济、要回销。费大哥说，是你何主任讲的，没得粮，粮店不是你开的。我哥无法，才挽起提篮出去要饭……你说说，他的豆子会投哪个？再说嘛，来开会前，我哥跟我讲了，他病倒在床上，起不来，让我替他投一颗豆子，选传耕。”

何羽听到这番回答，眨巴着一双眼睛，凹陷的面颊一鼓一瘪，说不出话来。祠堂里外一片静寂，屋檐水的滴落声格外响了。

于老善转脸向着大家，抖着一双粗糙的大手说：“莫说我瞎胡闹，莫说我来逗乐呀！这实在是手中无粮，心中发慌，六神无主，愁眉苦脸哪！一个庄稼汉，一年干到头，肚皮也吃不饱，说来脸上也不光彩啊！这样的日子，还不该变……变嘛，传耕他就能带着我们变哪！”

“老善叔说得对头！”

就像挨屋炸响了落地雷，于老善的话音刚落，一个洪亮的声音在人群背后响了起来。常爽循声望去，一个浑身淋得透湿的青年站在祠堂门口，咧开嘴朝众人笑着。

费瑞娟头一个惊叫起来：“阿全。你、你咋来了……”

“全大良！”

听着人们的惊呼，常爽这才明白，这个青年就是和传耕一道闹事的全大良。到嘎多寨来了几天，名字早听熟，只因他跑了没见着人，想不到却会在这个场合冒出来。

“在那洞子里，我憋不下去了，我是回来投传耕一颗豆子的。”阿全脸上洋溢着一股灵气，兴奋地走到前面，伸手抓了一把头发上的雨水往地甩一甩，“乡亲们，不是我记着费老汉的仇，他可是公开说过，他当干部只许我们听他的话，没得吃了，他开证明让我们去要饭。我们选个开要饭证明的干部做什么？传耕放回来了，工作队不逼我们去修漏水库了，这功劳是哪个的？费老汉的吗？他呀，何主任何队长说一他不敢说二，他脑壳头装的是豆腐渣……大伙不要笑，我这张嘴巴不饶人，说的是实话嘛。昨天听说要选举，瑞娟劝我在洞子里多待几天，看看再说。我顾不得了，我得来给传耕助威，帮他吼几声！”

说完，他三脚两步走近条桌，抓起一颗豆子，高高举过头顶，又重重地丢进传耕身后的白瓷缸茶杯里。

选举形势急转直下，跟着上来的人，纷纷把黄豆丢进景传耕身后的茶缸，再也没人选费正明了。

常爽吁了一口气，看来，原先的担忧完全是多余的。景传耕在三多大队主了事，他要干的事业，也就能顺利地推行了。但是，这儿开了头，回去以后在县委会里，在常委会上，又将面临怎样的挑战呢？地委、省委、甚至中央的领导同志，会怎么对待这一棵石头缝里钻出的苗呢？

常爽低头沉思着，没留神祠堂里已安静下来，有个工作队员拍了拍他的肩头。他抬起头来，发现人们的视线都望着门口站着的两个陌生人，一个二十五六岁，穿一身军装，腰间扎了条皮带，一个看上去六十来岁，国字形的脸，神情庄重沉稳，他已跨进屋来，打量着祠堂。这人在哪儿见过？

哎呀，常爽猛然想了起来，这不是一个月前去省里开县委书记会议时见过的省委喻书记嘛。他急忙站了起来，疾步向门口迎去，朗声招呼着：

“喻帆同志！”

“爸爸！”差不多同时，常爽听到沿板壁坐着的工作队员喻慎欢叫了一声，抢在他前面扑了上去，“爸爸，你怎么来了。你，你……”

常爽看到，喻帆同志在微笑，并伸手出来，拉着喻慎的手，紧紧握了一握。

哦，这喻慎，原来是喻帆同志的女儿！真没想到，没想到。他痴呆呆站在那儿，情不自禁地想：是啊，喻帆同志怎么会在这样的雨天到嘎多寨来呢？

34

听常爽说省委书记要同他谈话，景传耕的心情不自禁地“怦怦怦”骤跳起来。倒不是他没见过这么大的官，不知咋个说话好；实在是他不知省委书记将问他些什么，怕答错了话，把好不容易争取来的联产联心责任制断送了。省委书记掌握多大的权力，传耕的心头是清楚的。

“去吧，心头咋个想的，就咋个说。”常书记似乎看透了传耕的心思，鼓励般拍拍他的臂膀，“这个老头儿，没大官架子，随和着哪！”

传耕表示明白地默默点着头。

喻书记到的时候，选举已近尾声。他让大家继续选举，直到宣布景传耕当选，他微微笑着看了传耕一眼，便调转头同乡亲们谈话。不知什么原因，大家都望着省委书记只顾“嘻嘻嘻、哈哈哈”地憨笑，没有人答腔。当常爽介绍费正明给他时，他开了一句玩笑：“民主选举没选上你这个老当家，你心头不舒坦吧？”

“没，没得。”费正明结巴了，涨红了脸，“这回，是我自己不想当了。老了，腿脚跑不过年轻人啦！”

“你不老嘛，健得很哪！给年轻人当顾问，多出些好点子。”喻帆说话的声音挺清晰，周围的人都听得见。他转换了话题问：“走近寨子的时候，我看到路边半坡上的田土里长满了草籽籽，是怎么回事呀？没锄草？”

“呃……哪里，”费正明先是一怔，继而连忙申明，“那块田土就是喜欢长草籽籽。”

话一出口，招来满祠堂的哄堂大笑，喻书记也笑得合不拢嘴。费正明憋不住了，也为自己的荒唐辩解傻呵呵地笑起来。空气顿时变得轻松了。

后来，喻书记讲起喻慎当年在这儿插队落户，感谢寨邻乡亲们对女儿的教育，特别向传耕的阿爸阿妈表示道谢。随着景气闲夸赞喻慎之后，大家的嘴上就像撕去了封条，七嘴八舌地称道起来：

“你这姑娘硬是好，同男娃儿一样能干哩！”

“福气，福气！”

“你当那么大官，我们就从来没在她嘴头听说过。”

“插队那几年，她劳动的时候，同我们寨上的姑娘不分上下。”

“喻慎的心，同我们贴得紧啊！”

对这些称赞、夸奖的话，省委书记只是专注地听着，并不笑，似乎也不感兴趣。传耕甚至还觉得，喻书记眨眼时的神色，对这些众口一致的顺耳话，还有点隐隐的怀疑。这给传耕留下了很深的印象。

但是，传耕始终没有主动同喻书记讲话，他觉得窘迫、别扭、尴尬。当常爽在众人面前把他介绍给喻书记时，他甚至感到有点难为情。喻书记伸出手来，他笨拙地把自己满是老茧的巴掌张开，喻书记绵软的手抓住他的巴掌，握得很有力、很重，还摇了两下：

“噢，景传耕，你很不简单哪！”

景传耕没敢答话，也不知怎么回答。他只是难堪地一笑，急忙抽回了自己的手。他感到喻书记说话、握手的时候，脸上、眼神里都有笑意。

“你很不简单哪！”这是啥意思呢？传耕觉得这话里似乎包含着喻书记对联产联心责任制的某种态度。弄清这话的意思，对传耕来说实在是太重要啦！

可事后，传耕费足了心思琢磨，也没琢磨出个道道来。可以说喻书记是在赞扬他有勇气，有胆量，敢说敢为，只是喻书记为什么丝毫没露点笑容呢？也可以讲喻书记严峻的脸色就在给这句话添注解，责备他目无组织纪律。更可以理解为喻书记看到他这么年轻，带有点嘲弄的口吻在隐隐地讥诮他。

总之，喻书记的态度难以捉摸。

直到常爽告诉他，喻书记要同他聊聊，他还有这么个感觉。传耕记得，同大伙儿见过面之后，喻书记走进嘎多寨几家农户看了看，还到喻慎养病时住过的小屋看了看。看完了，分别找何羽和常爽两个头头单独谈了话。省委书记和他们谈些什么，传耕自然不可能知道。凭直觉，感到喻帆对嘎多寨发生的一场变革，并没有明确表态。要是省委书记坚决反对，工作队长何羽和他谈过话后，脸上的气色一定会有显著的变化，不是趾高气扬，至少也是洋洋自得。但何羽谈完话出来，神情异乎平静，矜持地板着脸，一双眼睛在镜片后面冷然地扫视着寨上的农民。要是省委书记坚决支持，常爽至少也该向传耕交个底，好让他放开手脚，大胆地去干，去实践。可常爽却啥也没说，只简短地告诉他喻书记要同他谈谈，叫他心头想什么就说什么。

这是怎么回事呢？传耕简直像坠入五里云雾中了。

划分田土，责任定到人脑壳上，联产联心，这么干的好处是显而易见的。传耕具有十足的信心，难道喻书记就看不到？即使他看不到，这几天嘎多寨、三多大队、工作队那么多干部，辩论了那么几天，常爽总该把辩论的情况向他汇报了吧。他是个聪明人，听听这些意见，也能知道是好事嘛，为什么他就不表态？他不表个态，这联产联心责任制到底是姓“资”还是姓“社”，人们还是会悬着颗心。对此，有看法的人，完全可以说，省委书记不表态就是不赞同，岂不糟糕！

唉，他要是不来也罢了。县委常书记已经有了态度，老百姓心头就有了底，就可以放手去干。省委书记一来，不表态就离去，反而会弄得人心惶惶不安。这些年来，老百姓的脑子也复杂起来了，政策不断变化、反复，使得他们也爱打听，大官们讲了些什么话，报纸上提些啥精神，可千万别冒了头，出了格，犯了忌。照着上头说的去做了，粮食不够吃，日子不舒心，也比当了出头鸟挨批、挨斗、挨关押强呀！传耕最了解天天在一起干活的寨邻乡亲们，这些勤劳憨厚、老实巴交的庄稼汉子，总希望自己干的事，被大官们认可，这样才更放心，他们不会不问省委书记的态度的。

不，不能让喻书记不表态、模棱两可地走掉。变着法儿也要他有个鲜明的态度。在去见省委书记的路上，景传耕就是这么想的。

天蒙蒙亮时，雨已停息了好一阵子。天上的乌云散开了，云端深处透出一层烁眼的光亮。远山近岭上笼罩着的雾，徐徐地一缕缕地升腾、飘散。地上升起了一股热烘烘的气息，看样子，下午很有可能天晴。

传耕在石级路上拐了弯，朝嘎多寨的保管房走去。

喻书记喝过了包谷糊糊，就在保管房工作队的住处休息。他同何羽、常爽的谈话，都是在那里进行的。传耕愈走近，愈觉得保管房、大院坝团转，有股不同寻常的气氛。平时，大院坝、寨路、坝墙边，细娃崽们总喜欢聚在一起玩耍、打闹，年轻的后生也爱凑在寨中心摆龙门阵，连老伯妈、中年的媳妇们，也习惯了隔着坝墙闲扯上几句。这会儿，啥人影子也不见，不说娃崽，连爱到大院坝躺下四肢打瞌睡的守夜狗也没一只。传耕稍一留神，便发现这是啥原因。原来，越走近保管房，工作队的干部越多，他们像是在站岗，又像是闲站在屋檐脚、山墙边、坝墙旁，有的抽烟，有的静观四周情况。怪不得，老少寨邻一个也不见呢！

传耕心头不由得万分感慨。喻书记坐在保管室里，怕不晓得这个情况吧。他晓得了，会咋个想呢？这些个工作队员前些年间到乡下来，对老百姓是怎样的一副脸相啊！要是有个寨邻乡亲们有事要找喻书记，看到这种阵势，哪里还敢去找呀。

“嗳，不要到这边来玩，到那边去！”

传耕正在寻思，忽听到一声喝斥。他寻望去，见何羽在向一帮追着春倌儿的娃崽们挥手。娃崽们愣了一会，便转身撒开光脚板哄笑着跑开了。

传耕的心头涌起一股辛酸意。喻书记有警卫员，何羽为啥还非要这样呢？他怕孩子们吵了喻书记的休息，怕他们打乱了喻书记的思索？在大祠堂里，喻书记同大伙见面时，也曾问起过社员屋头的吃粮情况。众人静了静，刚想张嘴说话，何羽就响亮地干咳了两声。这咳嗽声，使得大家识趣了，都没敢回话。农民们懂得何羽咳嗽声的意思，喻书记莫非会不懂吗？这个何羽，为什么总要这样把那么难得见到一回的省委书记同山寨的老百姓隔开呢？他是好意？是爱护喻书记？

抱着这样的心理走进保管房时，景传耕的脸色忧郁，笑不起来。他看到喻书记正在翻着一本什么统计表册，壮起胆了说了一句：

“喻书记，你找我？”

“哦，你来了，坐，随便坐。”喻帆仰起脸来，笑呵呵地朝景传耕招招手，指着小方桌边的板凳，“我们聊聊。”

传耕有些拘谨地走近小方桌，小心翼翼地在板凳上坐下。喻书记合上了正在看的表册，传耕看清了，那是三多大队、嘎多生产队近些年来的社员口粮分配册。

“你很大胆呀!”喻帆竖起左手的食指点点传耕，微笑着说，“谁都不敢闯的禁区，你敢闯。哈哈，有人说你无法无天，你承认吗?”

传耕摇摇头，抿紧了嘴不吭声。他想听听喻书记往下的还会说些什么话，再趁机逼他表态。

“我知道你不会承认，还振振有词呢!”喻书记并没为他不开腔生气，停顿了片刻，接着说道，“理由不少，对吗?”

传耕点着头，仍然不吭声。

喻书记的眉头皱了起来，脸上呈现出一股沉思的神情，放缓了口气说：“年轻人，我佩服你的闯劲。只是，你懂吗，有的禁区是闯不得的。拿我来说吧，从年轻的时候接受革命思想熏陶开始，就有一个认识，中国是小农经济的汪洋大海，是一个落后的农业国。要改变中国农业的落后状态，就要走集体化的道路，就要把土地连成片，好让拖拉机、康拜因，在田野上实行机械化操作。青年时代的理想啊！闹一辈子革命，在某种意义上，也可以说就是为实现青年时代的理想吧。这会儿，你在我老头儿的心上扎了一刀，提出什么联产联心、划分田土、责任到人头上的办法。我脑子里转得过这个弯吗？我能轻易地让你干吗？咹!”

景传耕的心在往下沉。喻书记的这话里潜台词儿再清楚也不过了，他是不赞成搞责任制的，他反对的理由，远比传耕想象和猜测的要深沉得多。

咋个办呢？就此放弃这个念头，照旧按部就班地吃大锅饭，搞一窝蜂出工，混下去吗？景传耕绝不愿就此罢休。只是，这回面对的是省委书记啊!

传耕急了。他舔了舔发干的嘴唇，没多加思索，就匆匆地说道：“喻书记，你说的都对，农民们也都信。快三十年了，省委的指示、地委的文件、县委的命令，农民哪回都照着干哪。一没怨言，二无争辩，说干就干，召之即来，挥之即去。不说远的啦，就说近的吧。当年在‘社会主义看工程，没有工程等于零’的大旋风下，满寨子、满大队的强劳力、青壮年统统被拉上去干，平整土地，炸山头，搞人造小平原，修漏水的水库，挖了填，填了挖，生土翻上来，熟土翻下去，山峰变秃岭，树林变荒坡。勒紧了裤腰带，挥汗如雨地干，结果是什么呢？人们的心凉了，希望一次次变成了失望……是我在瞎说么，今天你走进寨子都看到了，茅草屋，干打垒的黄泥墙，午饭喝的是包谷糊糊。我不向你诉苦，我们已经照着上头说的干了快三十年了呀！我什么要求也没有，只要求你答应我，让农民按自个儿想的方式干一年试试。只试一年，前头那近三十年都试得，这一年……”

说着说着，传耕动了感情，眼睛瞪大了，嗓门升高了，几乎忘了身前坐的是省委书记。直到看清喻书记在向他摆手，他才收住了口，两眼恳切地望着喻帆。

喻帆的目光变得格外的深邃，语气凝重得令人动心：“小伙子，你误解了我的意思。我向你坦露自己的思想，不是反对你去试……”

景传耕扬起眉毛：“这么说，你支持?”

“我是说，对一个事物的看法，尤其是对新鲜事物的认识，得有一个过程。”喻帆的两道眉毛蹙在一起，放低嗓门一字一句地说，“我是个省委书记，尚且要转一个弯子，要在心灵上、思想上经历一个痛苦的认识过程。那么，其他人，这其他人里，除了成千上万忠心耿耿跟着党走的农民，还包括领导我们农业战线工作的省、地、县、区、社的干部，他们是不是也需要一个认识过程呢？你仔细地想想。”

喻书记的脑壳微偏，抿着嘴唇，皱紧眉头，双眼闪烁着思索的光，使得他的神态看上去格外深沉。景传耕深深感动了。

保管房里平静了下来。山寨上，哪家的一个老伯妈远远地在呼唤着自家的狗；院坝那边的一家农户堂屋里，隐隐传来石磨推包谷的隆隆声。

响鼓不用重锤敲，景传耕陡间明白过来，喻书记不明确表态也有他的难处。省委还有第一书记，其他书记、副书记、常委，省委下面还有地、县、区、社的各级干部。他怎能轻易对一个刚提出设想的事物表态呢。况且，传耕只是大胆地提出了设想，八字还没有一撇，啥都没干呢！一切，得在干了以后见分晓；一切，要在实践中才能真正地检验呢。

转过了这个弯，景传耕心头豁然开朗，来见喻书记前要逼他表态的想法自然打消了。相反，他倒觉得喻书记亲切起来，省委书记的肩头上也是有压力的。但喻书记默许了他去实践，这已经够了。

想明白了这一点，景传耕浑身都热烘烘的。他觉得自己的肩头、臂膀上骤长着力气，他急切地要去干，去实践。他坐不住了，他得回去把自己想到的、感觉到的，同阿全，同信赖他的青年小伙子们、寨邻乡亲们摆一摆，谈一谈。

他站起了身子，刚要告辞，喻书记嗓音低沉地问：

“听说……你要成亲了?”

传耕不由一怔。他绝没料到喻书记会提起这个话题，这未免太突然了。他为啥问这个？传耕暗自忖着，明显地感到喻书记的两眼一眨不眨地盯着他。

“是的。”传耕低声回答。

“和一个险些被拐卖的姑娘?”喻书记又追问一句。

“嗯。”传耕看到喻书记的目光那么温存、那么柔和地瞅着他。他承受不住这种目光的关注，急急地说：“喻书记，我、我回去了……”

不待喻书记有所表示，景传耕转过身子，急促地走出了保管房。

到了寨路上，看到朗开的天空，看到明洁的山野景致，传耕的脑壳像被人捶了一下，才联想到喻书记的问话可能是同喻慎有关的。他突如其来的发问，他变柔了的嗓音，他目不转睛的眼光，都在提醒传耕这一点。

喻慎……

传耕垂了头，是啊，喻慎！

有人轻轻扯了扯他的衣袖，景传耕转脸一看，喻慎，竟然就是喻慎站在身边。

乌黑的秀发扎成了辫子，深邃墨黑的大眼睛酷似喻书记，动人的眉毛，挺直而又苗条的身材，所有这些都显示着她性格中的温柔、恬静。唯有下巴上那道刚毅的曲线，透露着她性格中的坚强、固执。她在向传耕噘着嘴。

传耕疑惑地睁大了双眼，不明白喻慎想干什么。

“去走走，寨外走走。”喻慎伸手指着寨路边的慈竹林说。

传耕顺从地随她走去。

撩开还带着雨珠的竹枝椏，喻慎领先走进慈竹林间的小径。回身看清传耕步入了小径，她才松手把竹枝椏弹回去。竹叶上的雨滴掉在传耕颈子里，他觉得冰凉凉的怪难受。

穿过慈竹林间的小径，是嘎多寨娃崽们放牛放牧马的草坡。雨过天晴，草坡上虽然还湿滋滋的，看去却绿茵茵的，令人惬意。

“有事吗?”喻慎不开口，传耕忍不住问。

喻慎郑重地点着头，轻吁了一口气：“我要走了……”

是的，她要走了，喻慎真的要走了。自县委常书记和公社郝老虎把传耕放回寨子来，因为始终处在事件的漩涡中，尽管明知喻慎也在寨上，他却无暇想到她。这会儿，事态几乎推进了一大步，传耕醒过神来，喻慎却要离去了。

喻慎真正地要离去了！

“走吧！”传耕近乎耳语似的说。

喻慎竟然听到了，她瞪着一对眼睛：“这……这就是你唯一的回答?”

景传耕像没听见她的发问，喃喃自语般说：“你、你从未提及你爸爸是省委……”

“那有什么意思呢?”

喻慎说得那么真挚、诚恳，景传耕不由得仰起脸来望她。她也正用一对明眸凝视着他，眼神中包含着那么多言说不尽的东西。像喷涌的地下水，像不可阻挡的海潮，景传耕内心深处紧紧抑制着的感情，陡然间翻腾起来。他这时才察觉，他过去曾经那么深沉、那么刀斩不断地爱着喻慎，不全是错的，只怪在他们之间有一条鸿沟。如今，她要走了，她身上那些宝贵的东西，更似金子般地闪着光，镌刻在他的记忆里。他微张着嘴，想说什么，却什么也没说。

“这是最后……一次……”喻慎的话传到传耕的耳朵，她的气很急，停顿时间出奇地长，但仍能听出，她是在宣布一件重大的事，“过了滩头的水，是永远流不回转的。传耕，我希望你理解，我从来没瞧不起你，只是……”

传耕骇然地瞪着喻慎。

喻慎的胸脯剧烈地起伏着，说话很费劲儿:“我恭喜你，终于……终于争得了……按你那套方式种庄稼的权利。我恭喜……我想，你准能成功，准能！一年以后，两年以后，要是你真成功，大伙儿过日子好了，慧芸她能、能……我知道你们会……会幸福……”

传耕终于听明白了。他终于理解了喻慎这些断断续续的话，他急遽地从感情的浪头上滚落下来，思绪转到现实面前。他带点局促地打断了喻慎的话:

“哦，不，不要把这话说得这么早，还得干哪！喻慎，你走吧，安心地走吧，回去，回到你爸爸身边去。你爸爸是那么好，每个人活在世上，都有他自己的位置，你的位置不是在嘎多寨上，我是在后来才想明白的。我们两个的位置缝不到一根针脚上，是真的，喻慎。我、我、作为我，该考虑更多的是责任、义务……慧芸……她，我们每个中国人，平时想得更多的，不就是肩头上的责任、义务吗……”

“你……你是对的。”喻慎截住了传耕的话，睫毛一眨动，滚落下几颗泪珠，转身就往坡下走，草坡上的雨珠打湿了她的鞋。

“你、你去哪儿?”景传耕惊喊着。

喻慎并没停步，也没回头，她的声音哽咽着传来：“爸爸的车停在那边，我、我同他一道走……”

顺着草坡上一条下山的小路，喻慎疾如风般地跑了下去，她的身影在慈竹林边一闪，便再也看不见了。

远处，山寨上通马车的砂石道上，停着一辆黑得发亮的小轿车。车子周围，已经站满了工作干部和山寨上的农民、娃崽们。

省委喻书记要走了，喻慎同他一道走。她陪着爸爸去其他县?去其他山寨?不管去哪儿，她都要随着喻书记回省城去。此一去，就是永远、永远地去了……

山峰、竹林、田坝、马车道，小轿车全在景传耕的眼里乱成了一片，他觉得自己的心仿佛在紧缩，血液一下凝住了，眼前一阵晕眩。他赶忙闭上了眼睛……

“滴滴!”小轿车一声清晰地鸣号，景传耕又睁开眼来。黑色发亮的小轿车顺着马车道爬上了山垭口，倾斜着翻过山岭。传耕的眼里，只留下了那马鞍形的山垭口，那一角亮得耀眼的天空。

景传耕顿时觉得阳光有些刺目，他沉浸在感情的波涛中，没觉察阳光是在什么时候透过云层，挥洒到山野大地上的。只见远方那山巅上的云空，一层玫瑰色的雾霭在浮动飘拂，像是舞动着彩绸。偏西的天空中，一缕绚丽的云霞，随意地一抹，凝成一团绛红。雨后放晴，阳雀掠过树梢梢，金画眉雀儿在枝头啼鸣，喜鹊喳喳地绕着百年的老树翻飞，叫天子啁啾着双双追逐嬉戏，灵巧的点水雀到处蹦跳。寨上哪户人家喂养的鸽子，腾空而起。山林、田坝间，处处浮动现出一种活跃的、欢乐的气氛。

啊，这气氛，这充满山野色彩的画面，就是颤动人心的节奏，就是迎接未来的光明。

景传耕面对着这一派景致，油然升起一股激情，喻慎离去带来的愁绪逐渐消散，而责任感使他顷间振作起来，挺起了胸膛，迸发出渴望放开手脚干一番的力量。

第八章

35

走过慈竹林旁的这截路，前头就是那条小道了。哦，秋夜的月光把小道上的煤碴砖屑照得清清楚楚。这煤碴砖屑，还是爹没伤脚之前，怕雨天路滑从砖瓦场拖来垫的。自己的家，朦朦胧胧地掩映在几株李树、樱桃树后面，就在小道尽头。

不知咋搞的，离家愈近，丁慧芸的脚步放得愈慢，心也咚咚地跳得急骤起来。仿佛她不是回自己家，而是去一个陌生的地方。

是啊，从去年秋末跟着人贩子婉芳离开，到这阵儿，快一年了，她还没有回过卡多寨。这一年来，生活的变化有多么大呀！去年离家的时候，她是被人贩子拐卖的；而这次回家，她是……她是要同家里讲、讲……四周团转没得人，慧芸还羞得脸上直发烫哩！

煤碴砖屑铺的路，脚踩上去有轻微的声响，慧芸刚踏上没几步，李树、樱桃树阴影里，腾地蹿出一条乌光光的黑狗，朝着她一声狂吠："汪汪汪，汪、汪汪……"

这是她离家后喂的狗，不认识她。她收住了脚，低低地斥骂：

"瘟狗，不准咬！"

狗的狂吠引起屋头人的注意，低矮的屋檐下，那两扇薄杉木板门"砰"地打开了。一个牛高马大的壮小伙子站在院坝里，吃惊地喊起来，说话的声气好粗：

"姐，你、你……回家来了……"

"啥，慧芸回来了？"不待慧芸应声，屋里传出阿妈惊讶的尖叫，跟着一阵板凳倒地的声响，阿妈和两个妹妹从昏黄的油灯光里扑了出来，跟到慧芸面前。两个妹都出落成大姑娘了，冲着慧芸尖脆地喊了两声姐。

“妈……”慧芸瞅着阿妈，嗓音发颤地叫了一声，就哽咽住了。

毛色乌亮的黑狗像是觉察出了来人的身份，绕着慧芸的身子直打转转。

一家人在屋前的小院坝里僵持地站着。好一会儿，昏黄的门洞里传来爹爹苍老嘶哑的吆喝：“都胀憨了吗，站外头干啥？进屋头坐嘛！”

“呃……噢，慧芸，你快进屋呀。”阿妈这才如梦初醒般招呼着慧芸。

屋头似乎比慧芸离家时更紧窄、更零乱了。不知是箩筐、背篼、家什没挨墙放齐整呢，还是弟弟妹妹都一下子长高大了，总之，乍一进屋，慧芸觉得有股窒息感。坐在灯前的爹望了她一眼，接着便唠叨起来：

“看这几个龟儿，哪像你在屋头时爱收拾啊！做完田土头的活路，回家来就当老爷了，最好饭也喂给他们吃……”

听着爹数落弟妹，慧芸不觉有些凄然，隐隐地意识到，她已经不是这家的人了，在爹妈弟妹眼里，她显然是个客人。

她刚在一条板凳上坐定，阿妈便端来一杯苦丁茶，那多半是盛夏时节吃剩的茶叶泡的。她接过茶，爹的数叨也停下来了，满屋的人都小心翼翼地盯着她。慧芸没想到，她回到屋头竟会这么别扭。

“田土头的庄稼，长得好么?”一时间找不到话，慧芸随口问道。

“那还用问!”弟弟以不屑作答的口吻哼了一声，“三多大队今年的田土，哪家不是像绣花样精耕细作。”

“俗话说，交易人不离行头，庄稼人不离田头。”骨瘦如柴的爹接着说，“哪年了，哪一年卡多人也没像今年这样尽心。”

不知为啥，阿妈不明不白地叹了一声。

她为啥叹息呢？庄稼不是种得很好，日子不是在好起来嘛！慧芸怕阿妈又会像她在家时那样哭穷，她挺直了腰，决定把来意给家人道明。

“今天我回家来，是想跟你们说，嗯。这个……”回来之前，慧芸想过多少道了呀，她一定要说得随和，一定要像平时摆家常那样，顺理成章地把话说出来。为此，她在心头默默地演习了多少回啊！可不知为啥，一启口她语气也变了，神情也变了，甚至语塞了，不晓得咋个往下讲。

爹瘦削的脸仰了起来，妈不安地朝她眨眼睛，两个妹妹双手背在身后挨门边站着，弟弟的脑壳仰得半天高，用厌恶的、斜睨的目光瞅着她。乌毛狗在他脚边转来转去，殷勤地舔着他的脚背，他不耐烦地一脚踢去，踢得乌毛狗可怜地叫了两声，退到屋角。

全家人都预感到，慧芸要讲的事，是很重要的。

慧芸觉得不能再迟疑了，她咽了一口唾沫，直通通地说：“收了谷子，我和传耕的事，想办了……”

似乎说得不明不白，但慧芸看得出，全家人都听明白了。爹和阿妈相互对望了一眼，没吭气。弟弟撇了撇嘴，似笑非笑。两个妹妹面面相觑，更是不出声。

屋里的沉默令人憋闷。

什么样的反应慧芸都设想过，唯有全家人哪个也不吭气这场面，她未曾想到。

是的，她今晚上到卡多寨来，传耕不晓得，是老爹景气闲在晚饭前关照她的。老人家站在院坝一角，望着薄暮中正在饱浆的晚米谷子，不停地翕动着鼻子，如同他已经闻到了谷米的甜香一般，他用油黑的烟杆指着满坝丰收在望的谷子，对慧芸说：

“交了国家的，看来，明年管肚皮的粮，尽够了。”

“嗯。”

“慧芸，我思量着，收了这季谷子，把你同传耕的事，堂堂正正地办了。”

“爹……”

“咋个，你不愿意?”

“哦，不，愿、愿意……”

“愿意就好。我们没阔气可摆，但也得把事办得不给人落下话柄。”

“爹，你的心意我懂。只是，我、我啥陪嫁也没得……”

“提这个干啥？你在这屋头一年，干得还少了吗?”

“那是应该的。”

“我是说，我们不要嫁妆。可也得跟你爹妈通个气，你说呢?”

“嗯。”

“那你……吃过晚饭回去一趟吧。这几晚大月亮，不用照亮也能走。”

“嗯。”

晚饭后，趁着传耕出门找人议事，慧芸在景气闲老爹的目送下，悄悄离开嘎多寨，到卡多寨上来了。她曾想，听到这消息，爹妈、弟妹会高兴，会露出笑脸的。哪晓得，竟是眼前这么个尴尬场面。

“要得不嘛?”慧芸忍耐不住了，带着哭腔催促，“景家老爹的意思，不要陪嫁，不需丁家出一分钱，只要你们一句话。”

没有人做声，弟弟的眼睛倒睁大了。

“当然，”爹伸出瘦筋筋的手，摸摸索索地抓过一条篾索，在手心里揉搓着，终于用干涩的嗓音开了腔，“树大结果，人大成家。慧芸，你也不小的啦，今年二十七了吧……”

“二十八。”

“噢，二十八了。只怪你爹无能，害你二十八还悬在半空中。只是，这……”

爹支支吾吾地说不清，阿妈截断他的话：“照理，传耕这样的小伙，白天打起灯笼也难得找到，我们还有啥话讲，只盼你过上好日子哩。只是，慧芸，你们嘎多寨那头，该没听说吧……”

慧芸转过脸去：“听说啥?”

“唉，话多了。总叫人不安心……”阿妈的话还没说完，乌毛狗倏地从蜷伏的屋角蹿到门口，朝着月色里的小院坝，“汪汪汪”一阵狂叫。

像是有陌生人来了。一家人都把脸转向门外，只见几支电筒光在院坝里晃来晃去，有一支光柱射进屋里，直刺爹的眼睛。

“丁根元，在家吗?”

慧芸陡然一惊，咋个搞的，蒋学谦啥时候从屏源街上跑到卡多寨来了?

“在，在屋头哩!”爹答话的声气顿时显得谦和了。

几支电筒光一齐聚到门槛边来，蒋学谦黑长脸上挂着点虚笑，一步跨进了屋。在他身后，紧随着月光县革委会副主任何羽和两个三十来岁的干部。

慧芸更加惊愕了。县上的干部到了三多大队，传耕咋个一点不知呢？莫非是因为他不在党？要不，来了干部，传耕在饭桌上总要提到的呀！再说，来的又是蒋黑脸、何羽这帮人，会有什么好事。

蒋黑脸朝前走了几步，手中的电筒在屋里乱晃一阵，而后环顾着屋里的人。他一眼看到慧芸，明显地一怔，随即咧开嘴，露出两排黑黄的牙齿，故作惊讶地招呼道：

“唷，慧芸，哪阵风把你从传耕家吹回来的呀？瞧你，比去年显得更年轻了。哈哈，何主任，你看，这位就是丁慧芸，大名鼎鼎的景传耕扬言要娶的那位姑娘。”

慧芸感觉到，何羽和他身后两干部，都把目光移到她的脸上来了。要在以往，她早慌得不知所措。可一听到蒋黑脸用轻飘的口气说到传耕和她的关系，一想到他们这帮人都是专门来整治传耕的，她带着一股气，愤然地仰起了脸，毫不掩饰对他们的轻蔑。你们不是生着法儿要整传耕嘛，整传耕就是整我慧芸，慧芸何必对你们客气。

“哈哈，久仰你的大名，丁慧芸。”何羽走前一步，挨着蒋黑脸站定，笑眯眯地说，“你还很年轻嘛，咹!”

四个干部都笑了。

慧芸心里好反感，年轻，年轻关你哪样事？你几个干部，尽盯在我脸上看，是个啥意思？特别是何羽身后那个没戴帽的，看模样不上三十，脸貌倒挺俊，就是不害臊，瞅着她连眼皮也不眨一下。慧芸忍不住，鼻子里哼了一声。

“丁老伯，屋头有些啥困难么？”见慧芸气咻咻地不答腔，何羽才把脸转向丁根元，温声和气地问。

爹顿时局促不安地搓着双手，苦笑道：“困难么，我们这穷家小户的，啥都是难。划分了田土做这一年活路，最大的难处，不就是缺少劳力嘛。俗话说，地是同样地，经营分高低。我这跰子残废了……”

阿妈说：“不过嘛，传耕还是想……”

话未讲完，蒋学谦就插了进来：“何主任可是千载难逢来一趟，有了难处，当面向上级反映，上级也好照顾贫困户嘛。”

何羽庄重地点点脑壳，一本正经地环视着屋内陈设，又问：“照你们估算，你家同三多大队劳力强的户相比，收入差多少呢？”

“那就差得大啰！”爹扳着手指头说，“肥料、灰粪，家庭副业，能干的人家户，赶马车、开石头、烧石灰、烧木炭，啥不是收入啊！像我们家，唉，田土也种不赢……”

弟弟冷冷地说道：“要这么比呀，一个天上，一个地下。”

“嗯，好，说得好，说得好。”何羽微眯着镜片后面的眼睛，称赞道。

慧芸发现，这位何主任的神情，比起去年逼着三多大队人上月亮坝水库时，是大不相同了。大概是保养得好，他脸上添了不少肉，去年老是鸡冠样耸起的头发，现在已梳得油光水滑，举止也很有气派。他显然不想在低矮的茅屋里多待，抬头扫了蒋学谦一眼；蒋黑脸忙一揿电筒，朝丁根元淡淡一笑，说：

“何主任还要去其他人家，有空再来。”

一行人退出屋去，阿妈说着客气话，送他们到门口。

慧芸心中的疑团，随着这帮人离去，愈发大了。何羽和蒋黑脸领着人来家头问这些话，是关心农民的生活呢，还是走个过场？或是……

阿妈和弟弟回屋来，慧芸忍不住问："蒋黑脸他们是哪天来卡多寨的？"

"何羽是今天才来的。"弟弟说，"蒋黑脸和那两个干部，来四五天了。"

"他们一来，寨上就传开了话。"阿妈补充说，"人心也不安定了。"

"传些啥话？"慧芸转过脸望着阿妈。

"说收谷子的时候满寨子还得统一收，统一分。"爹叹了一口气说。

什么？这不是要把传耕坚持了一年的责任制种田，全掀翻嘛！慧芸急忙问：

"这是他们开会讲的？"

"也跟开会讲差不多。"弟弟走近两步，在板凳上坐下来，摸出两张叶子，撕开裹起来，按在烟杆脑壳上，划燃火柴啪哒啪哒咂巴着，皱起眉头说，"跟在何羽身后那个不戴帽儿的俊小伙子，叫沈平。听说是个农学院毕业生，在岩寨上尚了几年支部书记，今年夏天刚调到公社，任副书记。满寨子传说，他是来接郝老虎那一角的。"

"人倒是个和气人。"阿妈在弟弟再次划燃一根火柴时，发表自己的看法，"到了寨上，还帮缺劳力的人家干活哩。"

"是嘛，他帮华婆娘家干过活。"弟弟似乎嫌阿妈多嘴，盯了阿妈一眼，接着说，"有些话，就是华婆娘传出来的。"

"蒋黑脸也说了不少！"一直没讲话的两个妹妹，差不多异口同声地说。

"只怕这是头一着棋，往后还有第二着、第三着。"爹不知啥时已经抓了一把篾刀在手里，刷拉刷拉地划着篾片，头也不抬地说，"那么，三多大队人起早贪黑地干了一年，又是竹篮子打水，一场空！”

弟弟狠狠地往地上吐了一泡口水，粗声大气吼道：“已经讲了嘛，要纠偏！”

“你听听，你听听，慧芸。”阿妈侧过脸来，对慧芸叹了一口气，“真是这样，那传耕还脱得了爪爪？你们的婚事，只怕……”

慧芸的腰陡地挺直了。她终于明白过来，为啥家里人听到她谈婚事那么冷淡，为啥他们用那种复杂的目光盯着她。原来，他们是听到好些于传耕不利的风声呀！

她一下子对家里人都谅解了。此时此刻，她早把回家来的目的忘了，只是想着，传耕还蒙在鼓里，还不晓得这些风声，她得赶紧、赶紧回去告诉他。

慧芸坐不住了，呼地一下站起身来，用歉然的目光扫视着爹妈，急急地说：

“我、我得回去，赶紧回嘎多寨去。”

不待家人有啥表示，慧芸好似逃遁般地跑出了屋，冲进朦胧的月色里……

36

是心头焦急，还是为传耕忧心，慧芸只顾着踢踢踏踏地往回跑，以致弟弟在身后连连叫了好几声，她也没听见。直到弟弟追到跟前，堵住了去路，慧芸才醒过神来，觉得自己有点失态了。

是啊，传耕遇到事决不会是这样的。年初，他被押去游街、关进黑屋子，都不曾慌神，她这会儿慌个啥呢？他那么大的风险都担过，眼下点点流言蜚语能奈何他吗？

慧芸收住了脚，看着面前气喘吁吁的弟弟，心头思忖着慧明为啥来追她。

月色清朗，田坝里，飘浮着一缕如纱似的夜气，草丛里的小虫子，叽叽喳喳地鸣响成一片。早谷的稻香味，那么浓烈地弥漫在秋夜的空气中。

“姐，我送你回嘎多寨。”慧明喘过气来，憋了半天，只讷讷地说了这么一句。

慧芸愣怔地瞅了慧明一眼，几乎不相信自己的耳朵。这是慧明说的话么？她很难忘记，自从慧明的劳力超过她，挣的工分比她多之后，在家里，弟弟总傲慢地仰着脸，从不正眼看看慧芸。特别是当他也说了这一门亲事，而那个矮小粗实、相貌丑陋的姑娘又公开扬言，慧明的老姑娘姐姐不嫁出去，她决不过门之后，慧芸和弟弟的关系更冷下来了。到了婉芳和李婶来付钱给阿妈，慧芸心头像爬过虫子样的难受，而弟弟却露出不耐烦的神色，他们姐弟间的情分便彻底断了。她很少再想起这个身强力壮的弟弟，很少挂念他。尽管她就在嘎多寨，也晓得她离家之后，弟弟并没把那个对象娶进门，她也懒得去打听。这会儿，慧明追出来，主动要送她回嘎多寨，是想改善同姐姐之间的关系，还是另有什么话要说？

慧芸垂下了脑壳，顺着嘎多寨和卡多寨之间的马车道，默然向前走去。慧明紧随在姐姐身旁，像是她的保镖。

道旁沟渠里，流水在咕噜噜轻响着，早谷成熟八九成了，晚米也饱了浆，水田里不需太多的水，田缺都扒开了，沟渠里日夜都有流水在淌。

前面不远，就能看到嘎多寨上的灯火。慧芸稍侧身子，说道：“慧明，没得几步路，又有大月亮，不用送了，你回去吧。”

慧明固执地朝前走着，沉默了片刻，说：“姐，我想同你摆一下。”

“说嘛！”

“有件事，你听说了吗？”

“啥事？”

“就是拐卖你的婉芳，那黑心烂肠的臭女人，被抓起来之后，又跑掉了。”

“跑了？”

“抓起来那天夜里，她就偷跑了。这事好些人都晓得，你没听说吗?”

“跑了?”慧芸简直不能相信，咋个会让婉芳跑了呢?这么重要的消息，她竟没听说，传耕也没跟她提起过，这是咋回事呢?她以为，婉芳既犯了贩卖人口罪，早由政府法办了；不惩治她，也早该押回她嫁去的地方，劳动改造了。却不料，她跑掉了。慧芸感到深深的失望。

“我原先说的那个婆娘，也听说了这件事。”慧明显然不晓得姐姐的心思，停顿了一会儿，自顾往下说，“她收了我三百块钱礼金，才几个月呀，又放出风来，说你这件事没个了结，她还是不过门。我追上门去，她干脆翻了脸，把三百块钱扔给我，还冷言冷语说，她不想用骗来的钱成家……”

“这是什么时候的事?”

“今年端午节。”

“你们就此散了?”

“散得好。这一散，倒把我脑壳散清醒了。”慧明有点激动，“姐，说来说去，说穿了不就是一句话，我们家穷嘛！人一穷，尽受窝囊气。经历了这回事，我算是认准了，传耕哥硬起腰杆的事，真正合我们的心。怕的是，这秋来收庄稼，上头又拿绳索来拴我们手脚呀。”

慧明一不说话，沟渠里的流水声就像支幽婉的乐曲般，又铮铮淙淙响起来，把这寂静的山野衬托得愈加寂静。

慧芸放慢步子，像要重新认识似地转过脸望着弟弟，声调低柔得像是自言自语：“老百姓的手脚就那么好拴么?”

“是呀！哪个人不拥护传耕哥的办法呢?不说劳力强的人家了，单讲我们家，两个小妹长大了，传耕又喊人来帮助老弱病残家干活，我们今年的田土比哪年都种得好。爹的脚虽跰了，可他手上有功夫，会竹篾活路，前些时，寨上差不多家家都来请他编箩、编背篼、编囤箩。来拿编好的竹器时，哪个不丢下个三块五块的。”慧明今晚的谈兴特别浓，滔滔不绝的，“照此下去，我家也会慢慢好起来。”

清朗的月色里，嘎多寨的泥墙茅屋已近在眼前了。说话间，姐弟俩踏上了寨子里铺出来的青岗石级路。

慧芸邀道：“去传耕家坐一坐吧。”

“要得。”慧明一口答应。

慧芸看得出，弟弟今天是借送她的机会，向她表示歉意、表示和好的。她嘴里虽没说啥，但慧明向她一掏心里话，她就原谅他了，往日对他的怨恨不满，都烟消云散了。慧明说得对，都是一个“穷”字把他家整成这样的。她对弟弟产生了一种感情，想让传耕跟他摆一摆，让他明白更多的道理。

进了传耕家屋头，传耕和传耘兄妹俩都不在。堂屋里，老爹和伯妈各坐在一条板凳上，看到慧芸和弟弟进屋来，两位老人赶紧起来让座，老爹掏出几片叶子烟，伯妈用白瓷杯倒来一小杯清茶。慧芸这时才发现挨壁还坐着两个人，原来是寨上的康文达小夫妇俩。那纤小伶俐的顺瑛，挺着个大肚子，忧心忡忡地凝视昏暗的灯光。慧芸心头奇怪，前几天，听传耕说，康文达被人请去烧砖了。才出去没得几天，他咋又回来了呢？

慧芸征询地望着老爹：“传耕呢？”

“还没回来。”老爹灰白色的胡须动了动，闷声闷气地说，“今晚，他去察看关口山湾湾里的几块冷畈田，听人说那几十挑田的谷子都勾头了，要不一场，就能收了。”

“传耕哥操碎了心，只怕到头来没好报。”康文达的婆娘嘴一噘，抱屈地说。

慧芸关切地问：“咋个啦？”

“你还没听说嘛，”康文达端起桌角上的白瓷茶杯，喝了一口水，紧皱着眉头说，“上头已经放出风来，说是种的时候，允许各家各户种，收的时候，还得合起来收，决不许单干到底。我在邻近公社的窑子上烧砖，听到这个消息，闭了窑，赶紧跑回来的。噢，对了，听说公社、县里，都有干部来你们卡多寨，当真的吗？”

慧明点点头："真的。我们寨上也是，流言传得纷纷扬扬，说啥的都有。"

"这不是把我们农民当猴儿耍嘛！"康文达婆娘又忿忿地发起牢骚来。

"顺瑛，你怀着娃娃，少惹些气来生。"伯妈细声细气地劝慰道，"要不，二天娃娃的气性也大哩！"

"就是要生下个气性大的娃娃，将来专替农民争口气。"顺瑛领会伯妈的好意，半真半假地说。

"景老爹！"康文达一点也没说笑话的情绪，仍皱着眉头说，"你听听，你听听，眼看谷子该收割了，上头干部又下来了。你刚才还不信呢，这下该信了吧。"

景气闲手中那根三四尺长的烟杆，被烟油浸得乌闪闪发光，他没答话，只顾埋着头吧哒吧哒咂着叶子烟。一团团、一缕缕烟雾，从他嘴里吐出来，在他脑壳顶上缭绕着。一股令人沉闷的气氛，也像叶烟雾般，弥漫在景家堂屋里，再没人说话，大家的心都沉甸甸的。

一阵脚步声响，众人刚抬起头来，院坝里便传来了传耘清脆的嗓音：

"我哥回来了。不是我吹呀，山野田坝里，清凉的空气中那股子谷香味，不喝酒的人也会醉。我谙事好些年了，哪年有像今年这样的好收成哟！"

话音未落，传耘冲进堂屋来。她一眼看到慧明这个陌生人，伸了伸舌头，圆鼓鼓的脸蛋上露出俏皮的神情，将双手抱着的一只大葵花盘，朝康文达夫妇面前一送，说：

"来，尝尝新葵花籽儿，饱实得很！"

康文达伸手过来，在大葵花盘儿上轻轻一抹，熟透了的葵花籽扑落落掉下一片。他抓了几颗，扔进嘴里嚼着，说："传耘，你倒提醒我了，不让私自收谷子，还不让收葵花吗？明天我到包谷土里，先把葵花收回家再说。"

"偏你的消息最灵通。"传耕进屋来了，他跨进门槛，半转过身子，蹲身卸下背篼，笑着揶揄康文达，"手脚也最利索。"

康文达眼尖，一眼瞅准了传耕背回来满满一背篼葵花盘，笑道："我手脚利索，刚在嘴上说。你呢，都把葵花盘收回家了。"

"这是自留地上的！"传耘解释道，"我白天就收下了，晾在篱笆边，哥顺路帮我背回家来。"

传耕站直身子，转过脸来。慧芸瞅着他，心里不知是股啥滋味。那张脸映着昏黄的灯光，显得瘦多了。真是不可思议，三多大队的生产搞好了，传耕却瘦了。近一年来，他哪天不在奔忙，哪天不在为三多大队千多口人、几百户人家的事操劳啊！到头来，还要说他这么干是错的，要纠偏，要整他。想到这些，慧芸泪水在眼眶里直打转，直想落下来。

传耕伸出手，在平平短短的头发上搔了搔，坐在小方桌边的板凳上，说：

"讲讲吧，听到些啥风声了。"

"你当真不知道？"康文达疑惑地问。

"你是说那些流言吗？"传耕从背篼里抓过一只葵花盘，轻轻一抹，葵花籽落在桌面上扑笃笃直响。

"就是这流言搅得人心烦嘛。"康文达瞥了身旁的顺瑛一眼。

顺瑛说："传耕哥，你莫怪我们眼光短浅，眼看到碗的肥砣砣肉，又要让人夺去，怎不叫人心头慌？"

"要说流言嘛，从三多大队早春开始兴新章程，责任到户种田土，就没断过。每回去公社、区上、县里开会，各级干部中，当面对我说危险的也大有人在。危险个啥，是多产了粮食危险？笑话！"传耕十分坦然地说着，把抹光了葵花籽儿的盘盘往桌上一扔，又抓过一个继续抹着，"心头把着一杆秤，两个字：不怕！说到底，无非是冲撞了条条框框。"

"你听慧芸家弟说说嘛，蹲点的工作组又下来了。"康文达激动了，为了引起传耕的重视，把巴掌敲击得脆响。

慧芸紧跟着补充："是那个戴眼镜的何羽带头。"

传耕的目光移到牛高马大的慧明身上。慧明点着头说："何羽是今天刚到的，蒋学谦和沈平，还有县里办公室那个艾振兴，到了四五天了。"

传耕眉头一耸，额头上推出一排皱纹。这时候人们才会发现，岁月的风霜在他那张黝黑红润的脸上留下了多深的痕迹。他的脸色沉郁下来，陷入了沉思。

堂屋里沉寂了，景气闲和伯妈望着传耕；慧芸和传耘眼巴巴地盯着传耕；康文达和顺瑛在等着他拿主意。头一次来景家的慧明也瞪着一对眼睛，观察着这个在他心目中很了不起的姐夫哥。

这好像成了一条不成文的规矩，自从年初传耕领头闹事，惹出一大场风波以后，三多大队的寨乡亲们一遇到重要的事情，都要来向传耕讨主意，等他表态。这不是他脑壳上有顶大队长的乌纱帽，也不是他用啥手段建立起来的威望，更不是他通过笼络人、讨好人得来的，这是自然而然形成的。轮到传耕也皱着眉头不吭气，那就说明，事情当真是棘手了。

"你不要拉拉扯扯嘛，我会走!"

"那就快，快呀!"

院坝外头，响起了两个熟悉的嗓音。除了丁慧明，屋里的人都分辨得出，这是快要成家的全大良和费瑞娟。

"传耕，"全大良一个箭步跃进堂屋，劈头就拉开嗓门喊，"有这个事吗？说各家收来的谷子，最终得堆在一起，像往年那样统分。"

传耕不露声色地问："你听哪个讲的？"

"瑞娟……"

全大良的话音未落，费瑞娟走进屋来，接上话头说："是我爹讲的，他说，这是根据几十年的经验，判断出来的。传耕，你听说了吗？"

传耕摆摆脑壳，双手停止了抹葵花籽儿，搓了搓染乌了的巴掌，声气凝重地说：

“庄稼刚种出个样子来，三多寨子的面貌还没啥改变，可以说，贫困，仍旧像个隐藏的鬼影，在每家每户的茅屋檐下打转转，有人又想出新花样来，划框框定条条了。你们说，我们该咋办?”

“传耕哥，我们听你的。”康文达在膝盖上重重地一拍，“你咋个说，我们咋个办。”

全大良挥舞着一对拳头，更吼得凶：“只要你传耕喊声挞谷子，天皇老子派出的工作组来干涉，我也不理!”

传耕的眉头舒展开了，心平气和地说：“我们原先的要求就不高，只是想给满寨人有碗饭吃。这会儿，遍坡满坝的庄稼告诉我们，饭是有吃了。可有人要来夺我们手中的碗，我们能依吗？俗话说：石看纹理山看脉，人看志气树看材。连找碗饱饭吃的志气都要被人吓退，还算个什么男子汉大丈夫？活着不是冤枉嘛!”

“好啊，传耕，有你这句话，我全大良就敢骑虎降龙，啥也不怕!”

费瑞娟斜了全大良一眼，忧心地说：“只怕事有些搅呢。传耕，我听爹说，你给支部递了入党申请书。”

传耕并不否认，微一点头。

“你晓得么，争取入党的人，啥都要听党的。”费瑞娟蹙起眉头，“由不得个人生二心，这是爹说的。”

“我晓得。”

“这就是了嘛。”费瑞娟踩着了理，又瞥了全大良一眼：“要是党让你统一收粮食，统一分粮食，你就不能违背。不能像年初那样领头顶撞上级，违背上级指示。”

屋里一片静寂，原先晓得和不晓得传耕递了申请的人，都眼睁睁盯着传耕。

传耕淡淡一笑，以肯定的语气说：“党的话我当然不折不扣要听。不过，党是为人民服务的，老百姓都吃不饱，当党员的不惭愧吗？你们放心吧。”

全大良脸上荡开了笑纹："听到了吗，瑞娟，我说传耕不会被你爹那些紧箍咒箍死，你不信，这会儿信了吧。"

费瑞娟瞪他一眼，噘着嘴说："反正，我觉得，事情不会那么简单。"

全大良还想说什么，寨路上响起一片狗叫声，自远而近，直响到院坝前来了。大伙儿不约而同地往外望，只见，几支手电筒的光在传耕家院坝里晃动着。

"哪个?"传耕跳起来，跑到台阶上问。

"景传耕，景传耕，快，快出来!"蒋黑脸的声气，惊风火扯地响到台阶前来，"县革委何主任找你。"

慧芸心里一惊，何羽、蒋学谦他们的手脚倒是快，刚才还在卡多寨上，一眨眼又跑到嘎多寨来了。这伙人，想干啥呢?她想用眼色提醒一下传耕，传耕已经应声出了堂屋，迎上台阶前去了。

"找我什么事?"

"抓鸦片贩子。"院坝里的薄暗中，费正明粗大的嗓门不避嫌疑地嚷着，"传耕，这坏蛆的筋筋脉脉，都被我们按住了。我已向公社沈主任、县革委何主任汇报了，他们批准我们抓。你点上两个人，我们赶紧走。"

堂屋里外的人，都被这横插出来的事闹得面面相觑。嘎多寨上、三多大队，哪时来的鸦片贩子呢?慧芸更是被搞得丈二金刚摸不着头脑，猜不出个所以然来，传耕已在那儿布置了：

"阿全，康文达，你们俩随我走一趟吧。"

37

飘悠悠的云朵，伴着皎洁的月亮，移到尖耸耸的峰巅后面去了。峡谷里黝黑黝黑的一片，几步开外就看不很分明。芭茅草笼笼里，一丛丛一簇簇的茨藜、荆棘，几只不知名的小虫子鸣叫声渐轻渐弱，终于感觉疲倦而不叫了。风吹得紧起来，树林子上空盘桓着一片嗡嘤嗡嘤的低啸声。

鸦片贩子会是哪个呢？持一根木棒棒的传耕隐在大松树后面，费劲地猜测着。

大半年来，三多大队，出现了一些新情况，忙完了承包的那几块田土，多数人家时间宽裕了。有跑出去包木工、石匠活做的；有赶流流场，做点小生意的；有专门去四乡八寨，打听高产耐旱耐涝良种的；也有人计划着收了谷子，小季多栽油菜籽，明春好增加收入的。这在传耕看来，都很正常。农民也是人哪，当他们确信吃饭的事有了保障，也想把日子过得更好一些。莫非电视机就该是住在城里头的人看吗？莫非砖瓦大房间只配给城里人住吗？那才荒唐哩。可万万没想到，竟然有人去钻歪门邪道赚钱！这是传耕忽略了的，他简直没往这方面去想过。

他实在太忙了，谁叫他被大伙儿选作大队长呢！从划分田土开始，棘手的难题就一个一个推到他跟前来了。

首先是划田定产。哪个不愿意自己包的是好田好土？哪个又不想把自己承包的产量往下压个三十斤、五十斤？大家的眼睛都盯着寨子中心、紧挨沟渠边的那一旱涝保收的水田，看划给谁家；看新当选的干部如何运用自己的权力。

在众目睽睽之下，传耕经受了一场考验。他第一个承包了离寨子最远、别人都怕沾手的田土，又把产量定得稍稍偏高于人们平时的估产。这样一来，那些想伸手捡便宜的人也不好意思启齿了。讲公道的人一多，本来扯不完皮的事情，都得到了合情合理的解决。

接着春耕大忙，打田栽种季节来了。更多的麻烦事一齐冒了出来：东家的犁铧裂了口，西家没得棕绳；这家撒下的谷种烂了秧，那家的水田被大雨冲来的细沙壅了……。传耕简直忙得没空做自家的活路。他要解决这些难题，还要派人帮助丁根元家、华婆娘家这些老弱病残、孤寡五保户赶栽赶插。秧子栽下去了，洋芋还没收上来那一阵，各家各户都在嚷嚷，小季的麦子收上来，先得管肚皮，顾不上交公余粮了。他又带着这些呼声去公社找郝老虎，去区上、县里反映，争取上级领导的支持。洋芋、麦子收完，该歇口气了。

哪有这么安闲，包谷土出了虫子，要买药水；好些承包了瘦土的农户来请他帮忙买尿素，传耕家门槛差一点被人踩烂了……

真是看人挑担不费力，过去，看着那些“甩手干部”，好多人眼红，都以为当干部清闲。传耕自己当上了干部，才晓得锅儿是铁铸的，才晓得要当个让社员吃饱饭、过上安心日子的干部，多么不容易！

就是这样，传耕还是有没想得周全的地方。看，就有人钻空子做起鸦片买卖来了。这还了得！

幸亏费正明大伯在悄悄地帮着传耕堵漏洞，及时发现了这个犯罪勾当。

就凭这，传耕从心里感激他。是的，群众大会上，大伙儿把费大伯选下去了，他不当大队长了。他满可以和瑞娟两个种好承包的田土，过上安心日子。可他到底是老土改根子、老党员啊！传耕忘了，在县委书记常爽和公社书记郝老虎离去时，曾召开了三多大队党员会，传耕作为大队长列席了这次会议。就在这次会议上，费正明当选大队支部书记，明确了党支部要支持传耕的工作。从那个时候起，多少排难解纷的事，费正明不声不响地替传耕做了。划分责任田土时，党员们纷纷主动承包贫瘠的田土，支持他闯过了第一关。这使传耕受到了深刻的教育，看到了榜样的巨大力量。在往后的一系列工作中，他几乎无时无刻不感到有一双有力的手，在扶持着他前进。传耕觉得自己的视野开阔了，不管前面的道路还有多少曲折困难，一个宏伟的目标在吸引着他去攀登、奋斗。两个月前，他找费正明谈了一次心，激动地递了自己的入党申请书。

随后，新提升的公社副书记沈平，找他谈了一次话，说得也够坦率：

“传耕，这回我们是第二次打交道啰！你是晓得的，我一向佩服你的勇气，从心眼里巴望你进步得更快。你要求入党，这很好，党的大门始终是为先进分子敞开着的。不过，我听说你的个性很强，去年顶撞县里的领导？……当然，我刚来，不太了解详细情况。入了党，要注意，不能犯自由主义。我们欢迎你进步，你也要准备接受考验。我们还要征求一下群众的意见……”

现在，在自己眼皮底下冒出个鸦片烟贩子，群众会怎么说呢？传耕为自己的失职感到难过了。

“传耕，你猜得出吗，要抓哪个？”

传耕的思绪被全大良打断了，他答不上来。

“依我猜呀，”全大良打了个呵欠，对传耕咬着耳朵，“抓的怕不止一个。”

“不止一个？”

“你看嘛，只抓一个人，需要这么多人吗？”全大良有板有眼地分析给传耕听，“我、康文达、你三个人，加上蒋黑脸、沈平，县上的何羽、艾振兴，还有费老爹，足足八个人哩！说少点也要抓两个。”

传耕默默地点一点头，心头像被茅草撩着似的烦躁，要是有几个人，那就更糟糕！嘎多寨咋尽出这样的败类呢。

全大良又说：“我倒是猜出了个眉目。”

“你猜哪个？”

不等全大良回答，前头的沈平低声地传话过来：“不要讲话，听着，有脚步声。”

全大良身子一闪，避到另一棵大树后面去了。传耕凝神屏息地朝前头望去。

这是离嘎多寨一里半路的山垭口。在嘎多寨上生活的人都晓得，翻过这个垭口，顺着弯弯曲曲、绕坡过涧的小路，走五六十里就到邻县广宁区地界。那一带到处都是高山陡坡，地势险恶极了，比月光县屏源镇更荒僻、闭塞。去过那儿的人回来讲，广宁的好些地方还没形成寨子，多半是山腰住一家，山脊住一家，坡脚又是一家，一个生产队绵延三四十里，喊开会都得支付工分。最典型的莫过于这种情况了，两户人家住在挨邻的两座山头上，相距不过几十丈，鸡啼狗叫都听得见。但要交往串门，却得下坡拐大弯，盘山过河，最后还得往上爬。真正应了一句古话：鸡犬之声相闻，老死不相往来。

这种特殊的地势，也造成了一些特殊的情形。据说住在广宁区深山里的农户，就有偷偷摸摸做鸦片烟生意的。看来，今晚要抓这家伙，必定和那里的人有勾搭。费正明让大伙儿埋伏在这个垭口两旁，十有八九是盯住了他们的行踪。

沈平传话过来说有脚步声，传耕半天没有听到，直到山垭口那边飘来几声压低了嗓门的小调，传耕才断定是有人来。

三月里来菜花黄，
农哥老二下田庄
看到前头俊姑娘，
误把田庄当锦床，
浪呀浪呀浪……

一听这醉醺醺的小调声，传耕眼前就浮现出一张脸来，那白净的脸庞惹得好些姑娘心迷眼花。这不是卡多寨上出了名的“漂流客”邹启春嘛。传耕思忖着。邹启春又换了词儿，放开他那圆润悦耳的嗓门唱起来：

昨夜等郎尽不来，
烧了许多冤枉柴，
子鸡炖汤都干了，
油煎豆腐起青苔。
哎哟哟，你个……

一首充满诙谐俏皮色彩的民歌，在他嘴里唱出来，也变味了。传耕舔了一下嘴唇，心里说：这个龟儿，整天喝醉了酒寻花问柳，莫非又缠到鸦片案子里去了？不待传耕想个明白，山垭口上传来了喝斥声："闭嘴，憨包，离寨子只有几步路了。"

听到这低声喝斥，传耕脑壳里的血液直涌，这不是打倒"四人帮"后下了台的景仁清嘛！怪不得，这家伙老往外跑，居然把拖欠集体的款项还了一大半。他是趁着大伙儿不注意，在伸手捞大钱呀！

"嗨呀，景仁清，你怕个啥呀！三多大队的人早都搂着婆娘入梦啰！还会想到……"

邹启春的话未说完，四五支电筒光差不多同时射了过去。景仁清和邹启春顿时手忙脚乱，惊慌失措地来回打了两个转，正要分头向垭口和茅草笼笼里窜去的时候，埋伏在大松树林后的人，从四面跑了出来，堵住了两个家伙的退路。

"不许动！"沈平威严地吼了一声，顺手举起木棒，"再动不客气了。"

景仁清和邹启春垂着双手，半歪着脑壳，在众人面前站定了。

何羽走到沈平前面，手里的电筒朝景仁清上上下下、前前后后照了一遍。只见他空着双手，啥也没拿，衣袋、裤袋也不见鼓胀，神色平静又透出惊异。何羽转过脸，电筒照着邹启春。

"好啊，是你……"沈平重重地一推邹启春，夺下他肩上的人造革黑挎包，嘲讽道，"你本事真不小啊！"

借着电筒的光，邹启春看清了沈平，顿时变了脸色，恐惧地惨叫一声：

"啊！……"

沈平利索地拉开人造革挎包的拉链，露出了两饼油褐色的鸦片，厉声问：

"这是什么？"

邹启春把脑壳一歪，说："药……"

"什么药？"

"治肚皮痛的，听说，也治胃痛……"

"你哄鬼去吧！"蒋学谦拿手中的钢枪抵了邹启春一下，"你以为我们没见过？"

“老实说，这鸦片哪儿来的?”费正明粗大的嗓门喝道。

“广宁街上买的。”

“买来干啥?”何羽一晃电筒，紧接着问。

“卖呀，卖了好赚钱!”邹启春一仰脸，直率地答，露出股破罐子破摔的神情。

“这是违法犯罪的事，你晓得吗?”费正明教训道。

邹启春乜斜了费正明一眼：“我没得办法呀，我要用钱，要饱肚皮，要过日子呀!”

“胡闹!”沈平气得脸色泛青，“我问你，你是咋个从碎石场跑掉的?”

“脚生在自己身上，想咋个跑就咋个跑。”

“二流子!”沈平忍不住斥骂道。

“三流子也得吃饭。”

沈平正想让他晓得点厉害，何羽把手一摆，众人的脸又都转向景仁清。何羽放缓了点口气问：“你呢，你带的鸦片?”

四五支电筒光又在景仁清的身上扫来扫去。景仁清坦然地一抬双手：“没得”。

“那你咋和他走在一起?”

“我是去广宁街上赶场，听说那里的棕特别便宜，想买点拿进城去卖。”景仁清平平静静地答着，神情镇定而又自然，满是络腮胡子的脸上竟无一丝惶恐，“城里人不是喜欢做沙发嘛，那玩艺儿赚钱得很。”

一直不说话的艾振兴追问：“你买的棕呢?”他的声音像是个孩子，脆生生的。

“真不巧，广宁那一带正忙着收包谷，没人剥棕来卖。”景仁清淡淡一笑，“我也莫法。回来路上碰到邹启春，我们就一路跑回来了。”

何羽没词儿再问了。费正明仍不放松：“你晓得邹启春包包里有鸦片吗?”

景仁清扬起了两道粗浓的眉毛，惊讶地说："我哪里敢拉开他的包包看呢！"

邹启春在一旁嘿嘿地笑出声来。

景传耕从一开始发现景仁清身上啥也没有，就觉得奇怪。他让别人询问，自己亮起电筒在周围团转细细地寻找，只片刻工夫，就在草笼笼里找到一只帆布包，一提，沉甸甸的，解开一看，全是红色的陈烟土。他举到景仁清面前，厉声问："这是啥？"

"呃……"景仁清眼皮一翻，哑了。

全大良狠狠骂道："好奸猾的家伙！"

邹启春又嘻嘻地笑了："景仁清，我的'主任兼支书'，我是讲义气的，你把责任朝我头上推，我都照挨不误，一口也没咬你！只怪你把帆布包包扔得太近了点，也怪传耕心细……"

"快走！"蒋学谦伸出巴掌一推邹启春。

"不能小看这件事情！"回去的路上，何羽郑重其事地对费正明说，"景仁清这么个'四人帮'的爪牙，要开大会批！"

费正明连连点头："该批，该斗！"

38

批斗贩卖鸦片犯景仁清大会，第三天召开了。

震耳的哨子是公社副书记沈平吹的。他先通知了扎多、卡多寨，晚饭前，又在嘎多寨吹响了哨子，一面吹一面喊：

"嘿嘿——开大会啰！吃过晚饭就开，早开早结束！嘿嘿——开大会啰！在大祠堂里开，吃过晚饭家家户户都来人哪！"

沈平的嗓音清亮圆润，随着哨音传得老远。嘎多寨上家家户户都听到了。

自从划了责任田土，这样的会开得很少了。天刚擦黑，大祠堂会议室里就有了灯光，有了娃崽们的喧嚷声。

传耕到的时候，大祠堂里已经是人声鼎沸了。年轻小伙们六七个围成一堆，用一盏马灯照亮，吵吵嚷嚷摔着牌。那几棵大柱子周围，照旧是老汉们占的地方，他们姿势不同地倚在大柱子上，抽着长长的叶子烟杆，把一团团浓烈呛人的烟雾，向寨邻乡亲们脑壳上空吐去。

“哥，开会是整那个浪子邹启春么?”生了七个姑娘的于老善同于老古坐在一根柱子旁，悠闲地吐着烟雾，半闭着眼睛问。

于老古瓮声瓮气的嗓门一下子盖过了阵阵喧哗：“浪子，浪子后头还有人，一尊大菩萨，景仁清!”

“这龟儿子贼胆硬是大，人家都拿汗水换钱，他敢去碰王法。”于老善发表起自己的议论来，“该整，该整!”

于老古“叭哒叭哒”抽着烟，附和道：“这种人，嘴巴甜如蜜，肚皮一包蛆。眨眨眼睛，一个歪主意就出来了。他能像我们这样安分吗？看看，自己陷进去不算，他还要害人，拖上个邹启春……”

“你也莫可怜这个浪子，不给他点厉害尝尝，他不会晓得鸡爪辣角是辣的。”于老善一点也不同情邹启春，斜眼瞟着于老古，“仗着他那脸盘子漂亮，尽干缺德事。前几天，险些闹出风流事来，听说了吗?”

“我忙都忙不赢，哪里听得到闲话。”

“嘻嘻，”于老善未说先笑了，“亏他干得出来。喝醉了酒，借酒醉去敲华婆娘家的门，华婆娘吓得直发抖。幸好公社那个沈书记，把浪子逮起来了……”

“真该拿阎王刺条抽，抽出血来才好!”

老哥俩一人一杆烟，云天雾地的，你一言我一语，倚着大柱子发着与已无关的议论。他们的说话声，融进祠堂内嘈杂声音里，一点也不引人注意。可他俩的每一句话，都传进坐在不远的传耕耳朵里了。

传耕不动声色地寻思着。乡间村寨上的会议内容，总保不住秘密，还没开会，大概满大队的人都晓得会上将说些啥了。也许所有的人，都和整天只晓得勤扒苦做的于老古兄弟一样，认为这会议和自己没啥利害关系，到会只是来凑一份热闹，看看被批判人的丑相，愤慨地吼几声吧！多半是这样的。

可传耕不这样想，他总觉得有点蹊跷。倒不是何羽、沈平他们没找他商量，他才起这个疑心。这点自知之明他还是有的，他晓得自己不是党员，不让他过问的事，他从不多问。他只是奇怪：这次何羽下来得那么突然，事先没跟大队打招呼，他就来了。他来干啥呢，专为抓鸦片贩子、开批斗会来的？再有，沈平、艾振兴、蒋学谦三个，到了卡多寨四五天了，也不跟大队通个气。他们下来干啥？光是为侦破贩卖鸦片的案子？怕不是那么简单！抓景仁清之前，三多大队不是传遍了纷纷扬扬的流言嘛！……

传耕心头存着个谜……

不过他没跟人讲，只是默默地在那里观察，默默地在那里思考。他怕和别人一讲，传开了，人心会更加浮动，没啥好处呢。

祠堂中央陡然间亮堂起来，传耕抬头望去，公社沈平副书记不知从哪里找来一盏马灯，灯罩擦得亮晃晃的，映得出人脸。他把大马灯搁在一张三抽桌左侧，双手按在桌面上，便笑吟吟地开始讲话了：

“乡亲们，开大会了。在正式开会之前，我先自我介绍一下，我姓沈，叫沈平，沈阳的沈，平平常常的平，沈平。在公社工作，为全公社的老百姓服务……”

马灯光影里，何羽的眼镜片闪动了一下，露出他气色很好的脸来，插话说：

“沈平同志是公社党委的副书记，沈副书记。”

“说那些干啥。”沈平谦虚地回过头，低低地咕哝了一句，继而又转过脸来，保持原姿势，继续说，“我下乡来，住在卡多寨上。主要想了解一下，三多大队搞了所谓责任种田，社员群众有些什么想法。哪晓得，事情刚有起头，就发现有人搞邪门歪道，发现有人仗着自己有一技之长，出外揽工做。更严重的，发现景仁清和邹启春两个在做鸦片买卖。这是犯罪的！乡亲们，不开个大会不得了……”

沈平真会讲话，不愧被提升副书记。他那副样子也真有风度，真潇洒。看嘛，他的头发梳得齐齐整整，脸庞丰润红亮，一双眼睛明亮有神；上身穿件雪白的涤确良长袖衬衣，衬衣下摆塞在有两条精神缝儿的灰条裤里面，一条窄窄的牛皮带，铜扣扣映着马灯光烁烁发亮。听说他是省农学院的毕业生，分到月光县委工作，他不愿坐办公室，主动要求到基层去，干得很有成绩。这才是个新干部的样儿呢！

沈平讲话时，他身后板凳上坐着的何羽、艾振兴、费正明三个人都严肃地望着会场，脸色格外庄重。

不过，也许是沈平清亮圆润的嗓音里夹杂着些普通话，也许是他说话的声气太平稳，大祠堂里自始至终都像蜂子朝王般，“嗡嗡嗡”的说话声不断。直到沈平宣布把两个贩卖鸦片的汉子押到桌前来时，那萦萦绕绕不绝于耳的声音才低弱下去。

景仁清和邹启春，一先一后，在蒋黑脸的喝斥声中，垂着双肩，勾着脑壳，小心翼翼地走到马灯前头站定了。对他俩既没捆绑，也没吊打，光是关起来审问了两天。毕竟不是前几年了，一整人就搞体罚。

邹启春刚在桌前站定，就仰起脸来朝大伙儿龇牙咧嘴地憨笑。他那满不在乎的样子，逗得一些小伙和娃崽也嘻嘻地笑出声来。

“严肃点！”沈平蹙起眉头瞪了邹启春一眼，“邹启春，你给大家说说，你都干了些啥！”

“我嘛，”邹启春双手背在屁股上，叉开左脚，肩膀一耸一锋地说，“贩卖鸦片。还没得卖出去，就给你们抓住了。”

人堆里又响起了笑声。

传耕真为他难过。看，好端端一个小伙子，脸貌多俊，也不是没劳力。就是前几年耐不住山野的荒寂，撒个谎说出去做“甩手副业”，赚钱交给队里评工分。景仁清批准了他的要求，一出去，就学坏了。听说他吃喝嫖赌啥都会，就是不肯下田土干活，成了个名副其实的“浪子”。三多大队搞联产责任制后，仍游荡在外，传耕约起全大良、康文达几个要好的伙伴给他下种，薅草，施肥，经营管理。庄稼都快要收割了，划给他的田土是哪几块，他怕还不晓得哩。唉，也难怪，他十五岁那年爹害病死了，他妈带着个小妹妹改嫁了，他不愿跟着去受后爹的气，独自在卡多寨守着破茅屋过日子，从那以后就没人管他了。瞧他现在这副样子，哪知道点人间的羞耻啊！

“我警告你，邹启春，在这儿不要耍你那套浪子脾气！”沈平的语气里带着点恼怒，“你给大家交代，为啥要贩卖鸦片？”

“那玩艺能赚钱呗，一转手，嗨，轻轻巧巧二三百块钱就进了腰包！”邹启春挤眉弄眼地说，举起双手耍猴似的比画着，“这比顶烈日、冒风寒，光脚板踩在泥田里干活强多了！”

沈平猛地一声喝：“喊你挖思想根子！”

“噢，噢，”邹启春搔搔头皮，眼睛骨碌碌转了几下，如梦初醒般翻了翻眼皮，背书似的道，“实在的，实在的呀，我是想学好，是想回到卡多寨来干活路的呀！外头有啥好混的，这些年我算是尝够了。哪晓得，回到寨上一看，嗨，田土划开了，要我一个人去种田薅土，和尚守孤庙啊！我不干。我喜欢热闹，喜欢满寨人团在一起干活路，说说笑笑的，一混就一天……”

“你这是想混工分！”于老古不满地大喝一声，打断了他的话头。

于老善附和道：“你混小子还想占大伙的便宜！”

“他说得像那么回事！”角落里，不知哪个咕噜了一句。

“嘿嘿，不管你们咋个说，”邹启春嬉皮笑脸地说，“我反正是在挖思想根子，是真实思想。让我一个人苦挣，我不干！我情愿去做生意，去赚点快手钱！”

沈平像是松了口气，问道：“你这些话，是真是假？”

“全是肺腑之言哪！沈书记，在你这真神面前，我敢烧假香吗？”邹启春连忙点头哈腰地表白着。

大祠堂里，来开会的男女老幼喊喊喳喳、七嘴八舌地议论开了：

“这龟儿，全是在演戏。”

“真像他说的，这人倒有救啦!”

“信他的话，才是憨包哩。他这人，会有句真心话?”

“哄鬼去吧，反正我们不信!”

……

沈平把手一挥，对邹启春道：“行啦，你先退下去。等景仁清坦白了，一块儿处理!”坐在三抽桌旁边的蒋黑脸站起来，不客气地推了邹启春一把，“走，放老实点。”

邹启春斜了蒋黑脸一眼，一摇一晃地在众目睽睽之下退出了大祠堂。

景传耕的眉头蹙了起来，手托着下巴，警觉地盯着会场中央。对邹启春这番清算，既没批判他违法乱纪，又不教育他改过自新，却让他挖些思想根子，算个啥名堂呢?

下面该轮到批判景仁清了，三多大队人都晓得这人的奸猾。待邹启春走出了祠堂，会场上的议论声渐渐低下去，成百双眼睛转过来静悄悄地盯着他。

“景仁清，”沈平一个字一个字地喊出了景仁清的名字，疾言厉色地道，“你是‘四人帮’的爪牙，旧愤还没有跟你清算，你倒又犯下新罪了。我问你，你为啥要贩卖鸦片?”

景仁清勾着腰，谦恭地仰起络腮胡脸，朝会场上望了一眼，好像不明白人们为啥要批判他似的，惊讶地反问一声：

“噫，不是兴自由了嘛!”

“兴啥自由，你讲明白点!”沈平的手往他一指，命令道。

“田土划归私人了，让各家各户自己去种，不是允许自由单干了吗?我种好了划归我的田土，保证交足公粮，不会错吧?”景仁清振振有词地说，“那我为啥不可以自己去做点生意，赚几个钱呢!”

沈平责问道：“就因为这，你出去贩卖鸦片吗?”

“是啊!我想赚点钱……”

“放你的屁!”沈平不客气地怒斥道，“你倒还有理呢。赚钱，算你有劳力，是不是?”

“是啊，种好了划归我的田土，我总不能甩起双手闲逛哪！前头那些年，我贪污挪用了集体八百多块钱，实在对不起寨邻乡亲啊!”景仁清诚恳地申辩说，“我欠大家的债心头不安，老想着还啊!”

“废话少讲。”沈平不耐烦地打断了他，“我问你，你贩卖了几回鸦片?”

“天理良心，这是头一回。”

“头一回?”

“我敢对天盟誓!”

“以往几回，是贩卖的啥子?”

“叶子烟，上等的兰花烟叶；桐籽，能榨油的桐籽。还有蛋啊、鸡鸭啊，深山旮旯里，这些东西便宜嘛。你们也都晓得，木耳、蕈子、蘑菇，城里头的人最喜欢。”景仁清扳着手指头，干脆一项一项摆起生意经来，“我脚头勤快，找来的钱，我都交给了会计，已经还了六百，还差二百。这回只怪我贪心了，碰到有人出手鸦片，就想赚它一大笔，还清了欠账，还可以剩几文……”

“少在这儿放毒了!”沈平大吼一声，讥讽道，“看来，你还很得意嘛!”

“呃……呃，这……不敢，不敢……”景仁清的舌头僵了，嗫嚅地回答，眼光避到一边去。

“这个龟儿，奸猾的德性，是蛤蟆不长毛，天生的!”于老古粗声道。

老古身边的于老善不住点头：“是啰，地怕荒，人怕私。这个奸客私心重，啥邪门歪道总干在人家前面。”

“怪不得有人说，不三不四的家伙赚大钱哩！看看景仁清，像耗子偷油，阴悄悄地捞了一大笔哪!”费正明坐在板凳上，气呼呼地说。

这几个人带头一讲话，会场上三个一堆、五个一伙，你一言我一语，纷纷议论起景仁清赚大钱的事来。

传耕环视着会场上津津乐道的寨邻乡亲们，心里浮起了一丝隐隐的不安。他把目光移向三抽桌后面，只见何羽嘴角挂着一丝微笑，默不作声地注视着烟雾弥漫的会场；大马灯照着沈平直挺挺的身子，双手抱在胸前，似在侧耳听人们喋喋不休的交谈。待嘤嗡不息的交谈略低一些，沈平又将两条手臂撑到桌面上，对垂手站在一侧的景仁清斥责道：

“跟你说，景仁清，别以为你聪明机灵，会赚钱，你这是晾衣杆想勾星星，痴心妄想！在社会主义制度下，决不允许你这样的人挖墙角。现在我宣布，你景仁清和邹启春的鸦片，全部没收！你和邹启春，明天起到公社去彻底交代罪行，视你们的坦白交代程度，再作出处理。蒋学谦，把这家伙带下去！”

“快滚！”蒋黑脸一脚踢在景仁清屁股上。景仁清身子一歪，向前一扑，幸好身前坐个中年汉子，伸手挡住他，才没摔倒。

景仁清退出大祠堂之后，沈平清了清嗓子，往地上吐了口痰，清脆地拍了四五下巴掌，示意会场静下来。不待人们的窃窃私议声完全平息，他陡地提高了嗓门道：

“寨邻乡亲们，你们都亲眼看到了，问题不少啊！这几天，从公社来到三多大队，接触了一些群众，思考了一些问题，我在为大伙儿发愁哪。三多大队别出心裁，划分田土闹单干，结果是什么呢？我喜欢讲实话，严重的两极分化：穷的穷、富的富……”

“你怕是喝醉了酒，眼睛看花了！”沈平刚讲到兴头上，冷不防人堆里窜出了一个汉子，不客气地顶撞道，“我全大良可不管你是啥书记，你乱说一气，今天不让你走出祠堂！”

沈平当干部到今天，从来还没碰到过这种场面，愣怔住了。他眼睁睁地瞪了全大良半晌，才回过神来，一字一顿地说：

“我这样讲，是有充分证据的嘛……”

“你把证据拿出来！”全大良伸出一只粗大的巴掌，像讨债般毫不让步。

沈平话锋一转，祠堂里开会的群众就预感到事态的严重，原先没停息下来的轻声低语，顿时消失了。人人都闭紧了嘴，望着这位年轻的公社书记，会场上清风雅静。全大良跳起来一闹，眨眼之间，就使会场上的气氛变得紧张起来。

景传耕从会议开始蹙紧的眉头，舒展开了。他总算摸清了何羽、沈平他们的意图，批景仁清、邹启春也好，开大会也好，原来是要借个由头，绕个弯子，把矛头对着联产责任制呀！一旦弄清了这一点，传耕的心头反而坦然了，且看他们怎样表演吧。

“证据还需我讲嘛，看看，景仁清何许人也？一个‘四人帮’的爪牙，下了台的坏干部，划分田土才半年多，就赚了多么大一笔钱。要是任其发展下去，他不发大财？他靠啥发的财？靠的是闹单干！”沈平忽然变得慷慨激昂起来，敲击着桌子，滔滔不绝地说，“邹启春又是个什么人？出了名的浪子，县公安局、公社都指望他变好，他也希望回到大队来参加劳动。可是回来一看，闹单干了，集体名存实亡了。他灰心丧气，只好又去走邪路！全大良，不许你再打断我的话，我这儿还有证据。丁根元，丁根元来了没得？”

大祠堂里一片可怕的寂静，抱着来凑热闹的心理乡亲们，这时候才恍然明白过来，今晚上这会，和自己的命运休戚相关哩。当家的汉子，埋头抽烟的老汉，奶娃崽的妇女，挤在一起的小伙子，纳鞋底、打毛线的大姑娘，还有受惊后骇然望着沈平的淘气孩子，都把脑壳昂起来了，愕然地盯着三抽桌旁边的几个干部。

“我爹没来。”一阵难耐的沉默后，青年小伙子堆里，传出丁慧明的声音，“有啥事，你冲我说吧！”

“你来了也好。”沈平又提高了嗓门，“丁根元的脚杆是咋个跛的？为集体出工砸跛的，多可怜的一位老人，三多大多队一闹单干，哪个还管他呀！他一个走路都得靠拐杖的老人！咋个去下水田？那不是自认晦气啊！前两天我们去访问过他，他亲口说，和富裕的人家比起来，一个天上，一个地下。这是什么意思，就是贫富不均，天壤之别！这不是两极分化又是什么？全大良，你仗着自己是单身汉，劳力强，闹单干闹得凶，一心想发家致富！你一个人富起来，成千上万家人要穷下去，你懂不懂？你还要证据吗？”

全大良清脆地冷笑一声：“嘿嘿，我看你还有啥证据拿出来。”

沈平胸有成竹地踮起脚跟，朝人群里东张西望，大约是没找着要找的人，他亮开嗓门喊道：

“华碧芳，华碧芳你站上来，站上来给大家说说呀！……”

整个大祠堂，静得同没个人一样。三多大队的群众，一个个面面相觑，左右环顾，等候卡多寨的寡妇华碧芳站出来。谁也猜不准，她要给大伙儿说些啥……

39

这一年多，华碧芳老在怨，怨她的命不好，过早地死了丈夫；怨卡多寨荒僻、闭塞，可供选择的改嫁对象太少；怨寨上搞起了责任制，她实在没得那么多劳力去耕种田土；怨她拖个不懂事的儿子小笋笋，走村串寨也不方便。

她简直是怨死了。

山旮旯里的日子，又是那么寂寞。寨邻乡亲们除了谈田坝坡土的庄稼，谈山岭里的出产，谈赶场天的时价，再也谈不出个其他了。又能指望他们谈出个啥来呢，他们天生的，天生的抓泥坨坨的命。

而她华碧芳呢，和他们不一样啊！她天生该吃得好些、穿得好些。丈夫于炳贵活着的时候，每隔十天半月，总会给她揣回赚来的票子，带回衣料。于炳贵在屋头的日子，收拾自留地、砍柴、背煤、手脚勤快得很，不用她操心；于炳贵出外烧窑去了，她也不发愁，成天牵着小笋笋逛田埂，爬坡，钻树林，捡蘑菇、香蕈，捡松果玩。实在腻味啦，她也扛一把锄头到田头去，龙门阵摆半天，歇气歇半天，工分好混得很。当真该干活路了，她也有办法混，大热天约个伴去找水喝，下雨天她领头去躲雨；实在没得借口了，她说要解溲。薅土的时候，她来一手“猫儿盖屎”，刨些松土把杂草盖上便成，不费力气一混就过去了。反正是拖大帮干活路，事后查出来，她一口咬定这不是自己干的，嗨，一年下来，还多多少少有一千多工分，多轻松啊！

于炳贵一死，华碧芳的晦气就跟着来了，没有钱进了，她像倒了靠山。正巧，景传耕闹成功了种责任田。这小伙子心胸宽，肚皮里能行船，照顾华碧芳刚死了丈夫又拖个娃崽，划给她的尽是好田土，紧挨寨子边上，去干活不需走几步路。一开春到了撒种栽插时节，景传耕又领头组织全大良、康文达一伙小青年，来帮五保户、孤寡户、困难户干活。华碧芳这才感到有了新的希望。

那几天来帮华碧芳犁田栽秧的，是嘎多寨上的单身汉全大良，华碧芳就免不了动心了。

全大良虽不像于炳贵那样会一手烧窑绝招，能赚大钱，但他浑身都是力气，能把庄稼种好，养家糊口，是毫无疑问的。何况他五官端正，上无老，下无小，一个单身汉子无牵无挂，这样合适的人到哪里去找啊！头天全大良在她的责任田里翻犁，当晚她心头就动了。刚起那点意思，她也有些犹豫。卡多寨和嘎多寨田挨田、土连土，嘎多寨上的事，卡多寨上都晓得。华碧芳也曾风闻，全大良和费瑞娟是一对儿。人家两个相好，她从中插一手，讲不过去吧！但继而一想，对了，全大良和费瑞娟相好，费正明不是摇着脑壳反对吗，谁不知道，费正明反对的事，要想办成，那是要多难有多难！你费瑞娟有老子反对，我华碧芳没得老子来干涉；费瑞娟离了婚能找男人，华碧芳死了男人为啥不能另找一个？再说，论相貌，论模样，论聪明灵气，华碧芳哪点又在费瑞娟之下呢。管他的，就装作不晓得他们那些关系，找上去再说。

华碧芳打定了主意，设法去接近全大良了。咋个接近法呢？来帮工之前，景传耕已经打了招呼，他们是义务帮工，不喝酒，不吃饭，只望困难户不要错过季节，免得让人说搞了责任制庄稼也种不下去了。全大良是景传耕的贴心好朋友，景传耕定下的规矩，他是不会违反的。当然，硬要请他来吃饭，也不是出师无名，只怕光是嘴巴上喊喊，会喊他不动，在田塍上拉拉扯扯的，反而惹出闲话来。

思来想去，华碧芳只有一个办法，给全大良送茶水喝。你发扬风格，替我们劳力弱的人家犁田栽秧，我给你送杯水喝，还不应该嘛！于是她穿上一件素净的衣衫，背上一只背篼，左手挽一只提篮，一块雪白的毛巾，遮盖着篮子里的雀嘴瓦罐和细瓷茶杯，右手牵着自己的娃崽小笋笋，若无其事地给全大良送水去了。

到寨边那块肥水田旁，只见田埂挖了个缺口，从沟渠里淌来的流水，“哗啦哗啦”地流进她的责任田里。明亮耀眼的太阳光下，流水溅起雪白的珠玑。全大良在田里勾着腰，抓起早几天挑到田头的牛粪，向四处撒开去。牛粪沤久了，散发出一股呛鼻的臭气。一头健壮的大牯牛，脖子上套着犁，安安静静地站在田埂边反刍，等着主人来驾起它干活。

华碧芳不禁受触动，从心底深处感谢起全大良来。虽说是开春天气，沟渠里的水不冰脚，但也冷啊。他挑来粪，敷田埂，撒牛粪，牵牛来犁田，最后还得把秧子栽上，为的是啥呢？不就为的让她这个寡妇和小笋笋能收一季谷子嘛。这种感情从心头一浮起来，原先脑壳里想的那些念头，不知跑哪里去了。再说，这紧挨着寨子的田块旁，不时有人走来走去，也由不得她随着性子说话哪。

“全大良，幺叔，过来喝口茶水吧！”华碧芳卸背篼，真心诚意地招呼着。

全大良回过头来瞅了一眼，说：“多谢了，不渴。”

“不渴还累嘛，上田埂来喝口水，歇个气吧。”华碧芳看他又抓起一把牛粪，向四处撒去，不由得心头有点急了。

“刚下田干了一会儿，咋就累了呢。”全大良笑呵呵地直起腰，转过身子，朝田埂边走来。

华碧芳赶紧揭开提篮上的白毛巾，拎起瓦罐斟一杯茶水，恭恭敬敬端在手上。

全大良走到田缺旁，就着流水净了手，又踩着齐小腿肚的泥巴，来到华碧芳跟前，并不上田埂，伸手接过了茶杯说：

"多谢了。"

"瞧你哟，一口一个多谢了，你要这么谢我，我该咋个磕头作揖谢你们哪！"华碧芳一双妩媚的眼睛朝两边一瞟，这阵儿路上没得人，她放柔了声音，轻声道，"你不是故意羞人嘛。"

全大良一口把茶水喝光了，美美地吁了一口气，用手背在嘴边角上一抹，说：

"帮助五保户、孤寡户、困难户，这是应该的。实行责任制，是传耕冒着坐牢杀头的危险争来的，我们不能让有些人在这件事上挑刺，说搞了责任制，集体不存在了，劳力弱的人家活不出来了。"

华碧芳站在田埂上，居高临下地瞅着全大良宽阔的肩膀，肌肉发达的胸脯，一双有力的大手，她两眼似凝定住了一般。听到他诚恳的几句话，华碧芳有点惭愧了，瞧人家的心地多明净哪！她由衷地说："那也是你们的心好，看着我们孤儿寡母的可怜……"

"劳动让人生志气。"全大良牛头不对马嘴地回答着，把杯子递还给华碧芳，他也许是听华碧芳说话声气里的哽咽吧，想尽快转过身子去干活，"大家帮着你把承包的田土种好了，秋后有饭吃，就不可怜了。这几天，也是种包谷的好时候，今天一早，传耕在你的坡土上打好了犁沟，趁着天气好，你去把包谷种了吧。"

"噢，我就是想去种包谷呢！"华碧芳指指卸下的背篼，她晓得，再在田埂上站下去，就让人觉得是磨缠了，"那么，幺叔，干完活路，请来家里吃饭……"

"不用了，不用了！"全大良连连摆手，转过身又朝着一小堆牛粪走去，"到秋后，你家的粮食收进屋头，我再来你家里吃。"

华碧芳望着他的背影，两眼直勾勾的，似有点茫然地说："一定，一定！"

当着全大良面说要去包谷土干活，华碧芳不好意思转回寨子。她背上背篼，挽起提篮，牵着小笋笋的手，朝寨外去了。

来到划给她的包谷跟前，当真的，一条条直直的犁沟整整齐齐，连一小窝一小窝灰肥也给她撒好了，只需她撒下包谷种子，壅上土，就算种下了一季庄稼。

华碧芳心头一阵阵热起来。好人，景传耕和全大良真正是好人哪！在这些好人的行为面前，她感到羞愧，感到自己太讲不过去了。她让小笋笋站在包谷土边，守着背篼、提篮，自己抄小路跑回寨子，拿上包谷种子，扛起锄头，赶来种包谷了。

夕阳西斜，大山的脊梁上抖出几抹好看的晚霞时，累得腰腿疼的华碧芳，总算点完了包谷种。她捋捋头发，拍了拍自己衣衫上的灰尘，背上背篼，扛起锄头，挽着提篮，牵着小笋笋，故意从全大良翻犁的水田旁走过，回寨子去。

全大良已经把华碧芳那块责任田犁翻耙平，犁铧犁盘和耙子都扛上了田埂，大牯牛正在田埂上啃着嫩草。他勾起腰，双手抱起大坨大坨的泥巴，在堵那挖开的田缺，一抬头，远远地看到华碧芳和小笋笋，他先咧开嘴乐了。

“喊幺叔。”华碧芳挺直了腰，转脸对小笋笋说。小笋笋喊了几声，华碧芳又客气地邀请：“去我家宵夜吧!”

“还早，还早哩!”全大良模棱两可地答道，不知他是说离吃晚饭还早呢，还是说离秋收还早。他问：“包谷土种完了?”

“种完了。”华碧芳嗓音清亮地回答，声气里透着她的自豪和欢乐。

全大良直起腰来，放声笑开了：“哈哈哈，好，好，好!”

他一连说了三声好，累得脚杷手软的华碧芳听了，恰像喝了一杯蜜糖那么甜。她不就是要让他晓得，她也能劳动，也是个勤快人，要在他心里留下个好印象吗?

这天夜里，是她干活太累了，还是她心头乐，她睡得非常熟，非常沉。是的，她要使全大良对她有好感，她要同他自自然然地好起来，而不是像原先想的那样，怀着一种什么目的去挑逗他，让他对她感兴趣。

这以后的几天，她都给全大良去送茶水，也扛着锄头去自留地、去她的责任田里干活。她不再邀全大良吃饭，也不在全大良面前多嘴多舌。她期待着以后的机会……

生活往往如此，当一个人急切期待某件事的时候，这件事偏偏不成；而当他已不抱希望的时候，事情恰恰又产生了。

那是春雨天，雨声淅沥淅沥，一会儿停，一会儿落。华碧芳晓得，全大良在她的田头栽秧，她的心头全在他身上，不过她找不出借口到田头去。落雨天，哪个人也不兴给田头的人送茶水。小笋笋到隔壁婶娘家去了。婶娘家害了鸡瘟，七八只鸡全杀了，拖小笋笋去吃鸡扒腿。她孤零零地待在屋里，心头实在烦躁。她不喂牛，只喂了两头猪，猪食早煮好了。给小笋笋补了件衣裳，就愁着没事干。从门洞里望出去，总是那一片景，寨边一座青岩山，青色的岩石中间夹杂着几蓬草；对门是一家茅屋的后门，后门边栽着几棵树，其中一株桃树，花已经开过了。几枝青竹懒洋洋地摇动着竹梢。灰蒙蒙的天空，被风吹斜了的雨丝，扑落扑落的滴水声，使华碧芳感到一股难耐的寂寞和凄凉。她倚在门框边，呆痴痴地望着这一片看厌了的景色出神。

天色已近黄昏，对门那家茅屋里升起了缕缕淡灰色的烟。卡多寨上显出少有的寂静。不知啥时候，雨突然下大了，雨点子落在坚实的青岗石级路上嗒嗒发响。老天爷疯了似的，整天都是一忽儿飘毛雨，一忽儿停，眼看一天要过去了，忽然下起大雨来了。

华碧芳正这么腻烦地想着，一阵光脚板踏着石级响，一个人影冲进了她家院坝。

“哟，你在家，我来躲一阵雨！”

华碧芳又惊又喜地迎着全大良。她万没想到，全大良会在此时此刻跑她家躲雨。她脑壳里突然掠过一个念头，自己咋个这么笨，下了整天的雨，竟没想到去请他到屋头来躲雨。她的责任田不是离她家最近嘛！是不是前几天，她被全大良的正直震慑住了；还是她忘了，全大良也是个血气方刚的男子汉。

“唷，稀客，稀客！”华碧芳慌忙招呼全大良进了灶房，请他在灶孔后的板凳上坐下，“快，抽出火来，烤烤，烤烤，看你呀，髁膝盖这儿全打湿了。”

全大良除下斗笠，脱掉蓑衣，坐在板凳上，从灶孔里抽出火来，抓一把干豆秆烧大了火，烤着髁膝盖上湿透了的裤子。

火焰蹿起来，映红了全大良的脸。华碧芳站在灶台前，偷偷凝视着他，心里升起一股快意。她利索地烧开水，抓了一把干面条，下到锅里。

“幺叔，你烤烤火，吃过夜饭再走。”

“呃，我不吃，不吃……”

“啥话，面条都下到锅里了。”

“那你们自家吃。”

“我们咋吃得下这么多。你要让面条烂在锅里吗？那就浪费了。”

“一会儿雨停了，我还要去把剩下的一角田栽完哩！没得几窝了。”全大良解释说，“争取在天黑前，把你家的秧子全栽上。”

“还早哩！吃碗面条要得了多少时间，保证不等雨停……”

“反正我不吃。”

“你不吃，哼，那我就不让你去栽！”华碧芳嗔怒着，三步两步走过去砰一声关上了灶房的栅子门，双手放在背后，背脊靠在门上，偏着脑壳说，“看你往哪里逃！”

全大良抬头瞥了她一眼，尴尬地笑笑，无可奈何地摇了摇头，继续烤起火来。

面条滚沸了，华碧芳跑过去揭开锅盖，掺了一点凉水。她马上拿筷、端碗、放盐巴、倒酱油、舀油辣椒、撒葱花儿。一忽儿工夫，她双手端着一满碗鸡蛋葱花面，递到全大良面前，柔声道：

“全幺叔，吃吧。”

面条上漂浮着诱人的红油，全大良道过谢，接过碗来，美滋滋地吃了一口。

华碧芳就势蹲下身子，顺手把全大良烧的豆秆草往里头拨弄，豆秆草的火焰已燃过了势，只剩几朵亮亮的火苗了。华碧芳好似的无心、实是有意地将左手搭在全大良的膝盖上，全大良忙往旁边移动。华碧芳用劲一按膝盖，自然地站起身来问：

“全幺叔，咸淡合适吗?”

“正好。”

“辣椒够不够?”

“够了够了。”

全大声只顾埋头大口大口吃面，并不抬起头来。雨天的黄昏，屋里本已晦暗，栅子门一关，灶房里更无多少亮。华碧芳只觉得心怦怦怦地跳得凶，她移动了一下脚步，一眼看到全大良肩头上的衬衣撕开一条缝，她眼睛一亮，又找到了话题：“幺叔，瞧你，衬衣都撕烂了，脱下来我替你缝几针。要不，你就这样坐着，我站着替你缝。”

说话间，她的手搭上了全大良的肩头，在他结实的肩膀上摩挲着，摩挲着。全大良似乎没有反应，她便轻轻地朝他颈子里一摸……

“壳笃”一声，全大良手中的面碗和筷子一下落在灶孔后的灰堆里。华碧芳还没看清是咋个回事，全大良霍地把她往旁边一推，站起身来，抓起蓑衣、斗笠，几大步跑到门边，打开栅子门，冲进了倾盆大雨中。华碧芳顿时像浑身抽去了筋骨，扑倒在全大良刚才坐的长板凳上，嘤嘤地抽泣起来。

她恨，恨全大良不领她的情；她怕，怕全大良把这件事给她张扬出去，寨邻乡亲们对她指指戳戳；她怨，怨全大良已同费瑞娟串上了对儿；她忧，忧这件事发生之后，再没人来帮她干农田里的活路了。

华碧芳忧和怕的事，一件也没发生。几天之后，路过她那块责任田，她意外地发现，田头的秧全栽上了，并没缺一个角角。这么说，那天，全大良气冲冲夺门而出之后，仍旧帮她把秧子栽完了。

华碧芳的心头略略好受了些。

薅头道秧，护秧根，有人帮她干了。

薅二道秧，除杂草，还是有人帮她干。

只是，帮她干活路的人，再不来跟她招呼了。好像他们干的是自家田土头的事一样。

该薅三道秧了，那景传耘碰到她说，薅三道秧，就是除毛稗，很轻松的，放了田缺水，请她自家动手干。

她爽朗地答应了，可她没有心思下田。

自从在全大良身上碰了一鼻子灰，她心头刚燃起的那一点劳动的热情，便熄灭了。大半年，她懒心无肠地混着日子，种下的包谷不去薅，杂草和包谷秆竞相生长。到了眼下这秋收天，别人家土里的包谷胀鼓鼓的，露出一排排大白牙。她土里的包谷像一只只僵芋头，比鸡脑壳还小。人家的黄豆都是荚满颗圆，她的毛豆荚还是瘦瘪瘪的，煮盐水毛豆荚吃都不行。

愈懒愈无力，愈无力精神愈空虚，愈空虚那枯燥的白天和漫长的黑夜愈难消磨。整天待在她居住的一半砖瓦、一半茅屋的房间里，华碧芳的脸色苍白，眼神呆滞，日子过得就像清水里泡久了的酸菜，乏味透了。

要不是沈平的出现。她这种怨天、怨地、怨命的生活，不知要过到哪天才是尽头。

40

那是前几天的一个夜晚。

小笋笋咳嗽，喉咙里有痰，喝过了菲那根药水，天刚黑他就睡了。刚睡熟就打呼噜，华碧芳扶正了他歪在枕头上的脑壳，呼噜声才低弱下去。

随着小笋笋酣睡过去，华碧芳一阵比一阵忧郁，她最害怕的时刻又来了。夜寂静而漫长，寨路上的风，发出像豺狼被关在笼子里拼命挣扎似的撞墙声，树叶子簌簌地响，竹梢哗啦哗啦摇曳着，连狗的狂吠也显得单调：汪、汪、汪……

华碧芳没点灯，她怕灯光会招来寨子上的野汉子、二流子、不怀好心的人。她又没得看书的习惯，虽说读过几年书，讲起来也算是屏源镇上区中学的初中生，但她从小就不爱看书。她也不喜欢做针线，实在没办法了，才拿起针线缝几针，要是富裕些，她早把破衣裳扔了。她不爱穿打补丁的衣裳，也不爱自己的娃娃穿打补丁的衣裳。她出生在山寨，却同好些山寨上的妇女不一样。只怪她娘家挨屏源镇太近了，她的眼光自小就比山旮旯里的妇女们高，性情也跟她们不同。

她痴呆呆地坐着，孤寂，凄清，眼眶里泪水在打转转。

"砰砰砰！"有人在敲她家的门，拳击声粗重而没有礼貌，"砰、砰砰砰、砰砰……"

这是很少有的事情。

于炳贵死了之后，有些想贪便宜的汉子，偷偷摸摸找上门来，都是绕到后门边，或者摸到窗子底下，压低了嗓门，悄悄地唤她的名字。今晚这个人，咋个这么胆大妄为。

华碧芳惊惧地站了起来，立在屋中央，嗓音发颤地问："是哪个？"

"嗬，华碧芳，我晓得你没睡哪，哈哈，长夜难熬啊！快，快开门……"

华碧芳听出来了，这是卡多寨上出名的浪子邹启春，一个脸貌长得十分俊美、满身都是坏德性的小伙。论年龄，他比华碧芳还小几岁，可他只要一回到寨上，就来缠她。前些天，她趁着天气好，去松树林里捡干树枝，他不知咋个跟了来，还厚颜无耻地缠了她半天哩。

"你、你要干啥？快滚开！"

"我给你，哈哈，给你送钱来啦！你快来看哪，三百一十块，还有一大把零毫子。你……你不是说我穷、穷嘛！嗬嗬，这会儿老子不穷啦！赢，赢，赢了一大笔……"邹启春敲不开门，转到方格格窗棂前头来了。

华碧芳骇然地瞪着窗棂上的黑影，只见邹启春咧开嘴，得意洋洋地笑着，举起双手果真捧着一把钱。华碧芳脑海里顿时闪过那天在松林里的情形……

当时，她正低头捡起一根干脆的松枝，刚要丢进身侧几步远的背篼里，冷不防，邹启春像条狼似的扑上来，从她身后一把抱住了她，涎着脸皮把嘴凑上来。

华碧芳顺手抡起松枝，朝他脸上打去。他非但不恼，还嘻嘻地笑，乐呵呵地说："不痛，不痛。再打我一下再来一下……"一边说，一边伸手来摸她的前胸。

华碧芳又气又恼，挥起松枝朝他眼睛扫去。他终于松了手，可仍旧不离开，跟在她身旁死缠。华碧芳忍住受辱的泪，几乎要喊叫起来。可喊叫有啥用，树林里静悄悄的，四周团转没个人影，只有布谷鸟儿一声一声地啼着："布谷、布谷……"

华碧芳只得抹下脸，施以缓兵之计。她委婉而又坚决地喝住了邹启春：

"邹启春，我跟你明说，不许你胡来！你要真有心，把你自家打扮成个人样子，我是寡妇，还有小笋笋一个独儿，你养活得了吗？等你像模像样挣起了一份家业……"

当初是把浪子哄过去了。却没想到，这个龟儿赌博赢了钱，又找上门来了。他把我华碧芳看成个啥样的贱人哪！

"碧芳，你不是说等我有了钱就答应我嘛！看呢，钱在这里。"邹启春又浪声浪气地叫了起来了，"你快开门呀！"

从方格格窗棂外，传来一股股浓烈的酒气。哎呀，这个二流子，他是借着酒醉来胡搅蛮缠呀！华碧芳满眼里含着泪，浑身像被火灼般烦躁焦急。要是被寨邻乡亲们听到了浪子的话，长嘴长舌的婆娘们不知又将传出些什么污言秽语呢。华碧芳急了，她伸出颤抖的手，点亮了一盏油灯，气冲冲地喝道：

"邹启春，你滚开，我是不会给你开门的！"

"会的，会的。你不是把灯也点起了嘛，乖乖，你一个人寂寞，我一个人心慌，快、快开门……"

这龟儿是真的喝醉了，华碧芳干脆吼了起来："你快给我滚!"

"你给我滚个样子看看，我好学呀……"

"你再不滚，我要喊啦!"

"你喊嘛，喊嘛，喊破喉咙来了人，我说是你白天约我来的……"

对这样的一个二流子，华碧芳有啥办法呢，她为预防不测，从门背后抓起了一根棍子，紧紧地握在手里。邹启春看她不吭声，又冲到门边，用整个身子撞起门来。

华碧芳正准备喊救命，门外传来一声怒喝："你在这儿干啥?咹?好啊，你个烂流氓，不安好心!"

"呃……呃……没啥，没得啥，我是……是……"邹启春话不成句地应着，一阵跌跌撞撞的脚步声响，跑远了。

"哐啷"一声，华碧芳打开两扇堂屋门，手中举着一盏油灯，木然伫立在门槛边，泪流满面地望着解她急难的人。

"是你!"来人先认出她来，惊讶地叫着，"你是华碧芳?"

"你是……"

"我是沈平。"

"噢。沈平，快，快进来。"

还在屏源中学读书的时候，华碧芳同沈平就是同班同学。那时候，来自岩寨上的沈平，经常穿一身打补丁的学生装，在华碧芳看来是很不起眼的。今晚，可不一样了，沈平雪白的涤确良衬衣外面，套一件黑色的毛线背心，俨然是个干部。

沈平在门槛外迟疑了片刻才跨进屋，又随手掩上了两扇堂屋门。他疑惑地瞪着华碧芳："你咋个了，哭得这么伤心?"

不问尚可，一问华碧芳更是悲切。她刚才受到的屈辱、恐惧，以及往日说不出口的烦恼，以一股狂猛的势头涌了上来，她哭得更伤心了。手中捧着的油灯，不住在她打颤的手里摇晃。

沈平抓住她微颤的手，取过油灯，随手搁在迎风的桌角上，而后扶着她，走近靠壁的一条板凳坐下，说："不要哭，出了什么事，你尽管跟我说。”

华碧芳啜泣着，一头垂倒在沈平的肩上，哽咽地哀诉道：“我的命好苦呀，沈平。小笋笋他爹一死，我在这山旮旯里，受够了气……呜嗯……活不出来了呀……”

这天夜里，躺在床上一回想，华碧芳脸上火烧火辣地发烫。她受尽了邹启春的欺侮，沈平意外地赶来救了她的难，她一头栽在人家肩上，是有些失态的，可这是她控制不住自己，是她悲愤得无所适从呀。他为啥任凭她靠呢？他为啥又扶住她的双肩，一面低声安慰她，一面掏出他的手帕给她抹去脸上的泪呢？莫非他……他……

华碧芳还记得，在初中读书时，沈平对她是有点异样。他还莽撞地问过她，毕业后回到寨子里，他请人到她家里去说亲好么？当初华碧芳想也没多想，就回绝了他。岩寨是屏源区出名的穷寨子，沈平相貌虽端正，可他家没得多大的名堂。有一点办法的人家，会像他那么穷得没一身新衣裳穿嘛。哪里会想到，几年之后，沈平会被人推荐去读大学，会当上屏源公社的副书记；哪里会想到，他又作为调查工作组成员，到卡多寨上来蹲点。这一切，是巧合，还是命里有缘？

不管是啥，华碧芳这一夜又悲又喜，又惶惑又盼望地期待着明天来临。

第二天，华碧芳看到沈平在她的田头薅三道秧，除毛稗。她向他道谢，邀他去屋头坐，当着一寨邻乡亲的面，他婉转地谢绝了。华碧芳心头开始了猜测，他可能成了家，没成家也该有对象了。对象至少也是个工作干部、商店营业员、银行会计或妇女干部。他毕竟是个公社书记呀。华碧芳觉得自己简直是在痴想，她的心头空落落的，有股莫名其妙的惆怅……

第三天，沈平在华碧芳的责任田里薅草，华碧芳扛着一把锄头去了。这天，他们薅了整整一天的土，除尽了杂草，壅了土，还铲了田埂。沈平细心地问她，划了责任田土之后，有些啥难处。华碧芳说了自己的苦恼，没得劳力，只能求人帮助，没人相助她半季庄稼也种不出来。一个人在田土里干活路，乏味极了。如果有个一痛二病，那更是不堪设想。她发现，谈起这些时，沈平听得特别专注，几次停了锄头，凝神盯着她，眼里露出怜悯的神情。话来话去之间，在讲到小笋笋时，她心一动，自自然然把话题一转，问："你的娃娃多大了？"

沈平笑了："我连个对象也没找到，哪里来的娃娃！"

"还怕找不到哩，你年纪轻轻当个官，只怕身后有一群姑娘追哩。"她半开玩笑地试探。

"在岩寨当个书记，整天忙得摸不着脑壳，哪里有闲空。不是不想找，是难得找个合适的。"

明了这一点，华碧芳心头特别欢。这天薅完包谷土，她格外热情地邀他去屋头坐，吃顿便饭。

"饭不吃了。"他认真地答道，"你家我是要去的。抽空去。"

有这句话，华碧芳就满足了。她笑吟吟地说："你一个大忙人，哪时会有空？"

这就等于是约定了！华碧芳顾不得薅一天土后的劳累，回家后清扫堂屋，整理屋头，性急慌忙地整了晚饭吃。小笋笋的咳嗽差不多好了，但她还是喂了一小勺菲那根药水给他喝。天擦黑了，安顿小笋笋入睡之后。她换上了一身新衣裳，一边梳理头发，一边静候沈平到来。

新衣裳是于炳贵生前替她买的，说是省城里年轻妇女时兴的样式。她穿上身，既新鲜又熨贴。油灯光映着她镜子里那张绯红绯红的脸。她细细端详着自己，皮肤是白净的，身腰也没粗成水桶样，一双眼睛水灵灵光闪闪的。和沈平比，她自然还差得远，她有过丈夫，有了娃崽。不过，不正是因为这，她更需要一个丈夫嘛！要是沈平不那么关心她，为她除毛稗、薅土，她还敢有那么大的非分之想。要是沈平不答应来她家，她的心也许会平静一点。沈平说晚上到她家来，倒撩起了她心中的希望，使她心中萌动着的欲望愈发强烈了。他晚上来干啥呢，光是闲扯扯么？薅一整天土，他们的话说得还少了吗！华碧芳听说过这种事，有些人，年轻时候心目中有过一个人，隔开多少年还想这个人。也许，沈平就是那样的人……

头发梳好了，沈平没来。

天已经黑尽了，华碧芳坐卧不安。风拂动竹梢梢，她会莫名其妙仰起脸来倾听。院坝外的寨路上响起脚步声，她会情不自禁地站起身来迎到门口去，以便他一敲门立即把门打开。邻家的狗汪汪地一叫，她会凝神屏息地侧转脑壳分辨。她的心，始终处于急骤的跳动之中，仿佛啥沉重的东西在敲击着她的胸腔。啊，等一个人的滋味儿，真是不好受的。华碧芳从来不曾怀着这样急切的心情等待过一个人。甚至她等待于炳贵，也从来不曾有过种焦灼、火烧火燎般的感觉。当年，于炳贵来她家提亲，她连眼角也不想瞥他一下。只是阿妈告诉了她，这个于炳贵有一手绝招，会烧窑，县里县外，四乡八寨，到处都请他，一年到头活路钱不比一个领工资的干部少；家庭也简单，父亲死了，母亲被在部队医院成了家的姐姐接去，他一人住着一幢房子。华碧芳这才对他另眼相看，接受了他的求亲。结婚以后，即便于炳贵出门久了，她也仅仅是有点怨罢了。哪里有过此刻等待沈平的情怀呢？……

华碧芳等得快绝望了，脑壳里头跑马似的飞速而过种种离奇古怪的念头，她认定，沈平是不会来了。哪晓得，偏巧在这时候他轻轻敲着后门，敲了好一阵，她才听见。

她忙把油灯端到后屋，抽开门闩喜吟吟地迎着他，头一句话就泄漏了她的心事：

“你总算来了……”

“吃饭了吗？”沈平微笑着，平静地问。

“早吃了，坐吧。”她递过去一条板凳。

沈平掩上了后门，在她递来的板凳上坐下，顺手拍拍凳面：“你也坐。”

板凳像长了嘴巴要咬她似的，华碧芳愣怔了一下，才在沈平身旁坐了下来。

“这些年来，你的情况，我一点也不晓得。”沈平心平气和地说开了。华碧芳和他隔开那么几寸，半转过脸瞅着他。油灯的光亮射在他笑眯眯的脸上，额头、面颊、鼻梁，都泛着一层暗光。除了于炳贵，她从来不曾挨得这么近地瞅过一个男人。华碧芳的心跳得更凶了。

“我不也是。我难得出门，不晓得你调到我们公社来了。”碧芳柔声说，“那天你站在门口，我惊得险些叫起来。”

他轻轻笑出了声，谦逊地说：“我一点也没想到会让我当公社副书记，多亏了领导培养，今年才由大队调上来。”

华碧芳叹息了一声：“看看你再对比自己，我只好把泪水往肚里吞……”

“你那娃娃的爹是咋个死的?”

“窑崩砸死的。唉，都说他是窑师，赚钱多，哪晓得……”

“华碧芳，这两年，你受了不少苦吧?”

一听他温柔甜润的嗓音，华碧芳那丈夫死后所受的委屈、肚里的辛酸，一齐涌了上来，她眼里噙涌着泪，勉强抑制住啜泣，哽咽地答了一声：“嗯。”

就在这当儿，她感觉到，她搁在板凳上的手被他握住了。她试着想抽回自己的手，没闩上的后门被一阵风呼地吹开了，“砰”一声撞在墙上，吓了她一跳。

她慌忙抽回了自己的手，站起身来朝黑黝黝的门外望去，只见风摇着竹枝叶，哗啦啦地响，并不是有人把门推开的。她吁了一口气，讷讷自语着：“这鬼风，好大……”

她走过去，关上了后门，抽紧了门闩。回转身来，她才发现，刚才那一阵风，把油灯吹熄了。

“我去点灯。”她说，声音有点颤抖。

刚刚迈开两步，她的手又被沈平抓住了，她站停下来。这回他抓得很紧，她想挣脱也挣不脱。同时，她觉得他的另一只手，搂住了她的腰。

“干啥?”她的心儿几乎要从嗓子眼里跳出来，急促地喘着气。

沈平有力的双臂把她拉近他身旁，仰起脸来说：“不点灯了……”

她鼓起了嘴，娇柔地说：“黑咕隆咚的。”

“碧芳，还记得中学里的时候吗?”沈平的声音低得只有她听得见。

“嗯。”她全身上下一阵颤栗，仿佛没有一点气力了。当真的，当真是这么回事，他还记着中学里的事，他还想着她。

他出其不意地站了起来，险些把她推倒。就在她要倒下去那一霎间，他忘乎所以地抱紧了她。

华碧芳慌乱地抓住了他的双臂，像是防止跌倒，又像是要推开，嘴里杂乱无章地喃喃着：“噢，沈，沈平，别……噢，我……慢点……”

她任凭沈平吻着，只觉得他的吻落在额头上、眼角边、面颊上，最后紧紧地贴在她的嘴唇上。

一股灼热的气浪掀了上来，华碧芳终于不顾一切紧紧抱住了沈平，任随他半抱半拽地移动着脚步……

这件事以后，华碧芳就像获得了新生，完全变了一个人。她的眼睛里熠熠闪光，面颊上一片绯红，整个人变得容光焕发，喜气洋洋。尽管那天晚上，沈平只待了一阵子就离去了，使她感到有点遗憾；但他答应她，他还要来的，待以后工作组撤走，他一定来娶她，一定和她白头到老过幸福的日子。而且，过两天，他果然又来了。

她已经是沈平的人了。在经历了那么寂寞艰难的岁月之后，她又有了依靠，又能过上安乐舒心的日子了。沈平的话，她自然句句都听，沈平让她干什么，她自然愿干。尽管沈平让她在群众大会上诉单干的苦，她曾犹豫过片刻，但一眼看到沈平冷下去的脸色，还是答应了。她怕失去他，她解释说，她是不好意思当众讲话，怕羞。沈平还搂着她，鼓励了她一番。他郑重关照她，有几句话，必须要讲。

她讲了：

“……一闹单干，我就愁啊！论劳力，孤儿寡母没得劳力；论农具，大家都晓得，我那死去的于炳贵只会烧窑子，屋头啥农具都不全。叔叔伯伯们，寨邻乡亲们，看着人家屋头红红火火，看着大伙劲头十足地种庄稼、赚钱，我心头老想，闹起了单干，像我们这种孤儿寡母，像那些五保户、劳弱户，还有碰上病痛的人家户，只怕要越来越穷下去，到头来连饭也吃不上，拄着拐棍去讨吃哟。”

话是这么说了，不过，费劲地说了这些话之后，面对着三多大队的乡亲，华碧芳的心也随之悬到了半空中。她晓得，她是被沈平挟裹着，卷进她闹不清的是非中去了。

果然，没待她退到人群后面去坐定下来，全大良就嗓门高高地嚷道：

“华碧芳要穷下去，怨不得搞责任制，那是她自家懒造成的。”

紧接着一个不高不低的声音说：“亏她讲得出。今年这一季庄稼，不都是传耕让我们帮着她干的嘛？”

“胡说！”沈平断然道，“说得倒好听，帮着人家干，帮人咋个她那田土头那么多毛稗、杂草？”

“那是华婆娘懒！”马上有人顶嘴说。

“你怕不晓得，”沈平来不及喝斥，又有人怪声怪调地说，“她是出名的懒婆娘。”

这句话引起了一阵哄笑。

华碧芳低垂着头，缩在前边一个人的肩膀后头。这就是她当众说话的后果，这就是她答应沈平的报应。沈平听到这些话，做何感想呢？几天来华碧芳的喜悦心情被一阵新的忧郁代替了。

“不许侮辱妇女！”沈平一句话把那些闲言闲语压了下去，他声气朗朗地宣布，“下面，请县革委会副主任何羽同志讲话，大家欢迎！”

沈平带头拍了几下巴掌，整个大祠堂里，没一个人响应。他的掌声孤单单响了几下，自觉无趣，不拍了。

何羽站起来，摆了摆手：“都是熟人啰，小沈你不晓得，在三多大队根本无需这些客套。”

华碧芳心里暗忖，他真会给自己找下台阶的梯子。而她呢，她往后咋个在寨邻乡亲们面前说话，咋个下台呢？

“这次故地重来，我很有感触，很有感触啊！”何羽说话的声音渐渐大起来，“三多大队搞了一年的所谓责任制，实效怎样呢？我刚到，还来不及深入调查。不过也听说一些了。康文达，寨上有个叫康文达的吗？”

“有哪样事吗？”康文达在人堆里懒懒地应了一声。

“点你的名，当然是有事啰！”沈平不客气地喝斥道。

何羽习惯地扶扶眼镜，两眼透过镜片，盯着康文达道：

“你出外去揽工干了没得？听说你烧窑技术不错呀，是跟华碧芳死去的男人学的。”

“我到外头去烧窑，是人家上门来请的！”康文达答得振振有词，“再说，传耕和费大伯都同意了的。”

“没得那样撇脱吧！”何羽冷冷地一笑，说，“我明确给你打招呼，这是不许可的。念你是初犯，不给你多扯。我还是把话题扯回来，仅从这个会议来讲，仅从我看到、听到的一些情况来讲，可以说，问题很多，问题成堆堆呀！最触目惊心的，就是贫富不均，两极分化！不得了啊，同志们，富的富得流油，穷的穷得讨饭。社会主义的农业，咋个可以这样搞法？跟你们明讲，这是不允许的！绝不许社会主义的土地上出现这种咄咄怪事。”

三多大队的寨邻乡亲们被何羽这一番突然袭击般的讲话震住了。整个大祠堂里鸦雀无声，一缕缕、一簇族的叶子烟雾飘悠着，弥漫着，笼罩在人们头顶上。

何羽咽了一口唾沫，把手激动地一挥，提高了声音说：

“趁这当儿，我代表工作组，也代表县委和地委的领导宣布，三多大队的大季秋收，决不允许继续单干。一定要在工作组的领导下，集中秋收，集中分配！……”

“你那个工作组算老几?”全大良不冷不热地问了一句,“年初常爽在嘎多寨定下的章程,就不作数了?”

何羽刻薄地冷笑一声,连名带姓地点出了全大良的名字:“你全大良的骨头痒,牢房还没坐得够,我早就晓得了。借这机会,跟你们说明了,哪个吃了豹子胆,敢于坚持走资本主义道路,死不回头,那么这一回,就不是我何羽来管的问题,而是公安局的事啦!这不是吓唬人,也不是我何羽发明的,邻县有人带头复辟资本主义,已经请他进班房。”

说完,何羽左右环顾了一下沈平和艾振兴,跨着大步,背着双手,昂然走出大祠堂。艾振兴、蒋学谦、费正明紧随在他身后。沈平提起马灯,走了几步,站在人群中间,又放声说:

“都听明白了,没得工作组的命令,哪一个人也不许私自开镰收割!”

脚步声在祠堂外消失了好一会儿,祠堂里仍是一死寂,空气像凝固了一般。突然,不知是谁被久聚不散的叶子烟雾呛住了,爆发出一阵猛烈的咳嗽。

第九章

41

死一般的静寂有时会像极大的喧哗一样扰乱人的心。猛烈的咳嗽像一颗火星把人们烦乱的情绪点燃了。不知哪个最先打破了沉默，唉叹了一声，说：

“唉，一季多好的庄稼呀！实指望来年有顿饱饭吃了，哪晓得，镜子里照相，看得着，得不到。”

马上有人应和他的话：“看起来，我们这些山旮旯里的农民，只配同‘穷’字结伴打堆啰！”

一有人叹息，垂头丧气的议论顿时从四处响起来：

“说啥子争一份农民当家做主种庄稼的权利，到头来，还是竹篮子提水——一场空。”

“何羽那些官，看到农民有饭吃了，心头会安逸吗？”

“莫鬼扯啦！”

于老古实在听不下去了，第一个爆炸开来：

“传耕，这到底是咋个回事？”

满祠堂里的人都向传耕这边转过脸来。传耕仰起脸，严峻地默默地回望着大家。

“咋个回事，这还不清楚嘛！”全大良气冲冲地叫道，“何羽这龟儿反扑过来了！”

“啥反扑，我说啊，那是这拨干部的瞌睡睡醒了。”于老善苦笑着说，“他们一觉睡醒，还在揉眼皮的时候，陡地看到三多大队的庄稼出奇地好，心头不安逸了，眼红了，又生出法子要来

‘纠’了！”

一个中年妇女急慌慌探过脑壳来：“啥‘揪’？又要揪哪个？”

“唉，不是揪，是纠，纠正大方向的纠。”康文达朝中年妇女摆摆手，不耐烦地说，“连这个也不晓得！”

康文达的婆娘、腆起个大肚子的顺瑛推了丈夫一把：“你也莫逞能。要我说，‘纠’和‘揪’写法不一样，实际也差不多。哪回纠正大方向不揪斗人。”

于老古气咻咻地说：“真没想得到，批斗鸦片贩子，七批八斗的，到头还是冲着责任制来的。”

全大良瞅了于老古一眼：“那是你耳朵遭堵住了，风声前几天就漏出来了。”

“明摆着的事嘛，”康文达摊开一只手说，“这个批斗会咋开法，那些当头头的早画好了谱子！”

景传耘拉着费瑞娟的手，挤到人前来说：“这会儿我全信了，那天晚上，你们在我家说的话，都是有人故意放出的风。”

“我爹像感冒前打喷嚏一样，刚听说工作组到了卡多寨，就晓得风向要变了。”费瑞娟愁绪满怀地说，“果不然，又被他说中了。”

于老古长长地叹了口气：“再变回去，那硬逼着我们又要出去讨饭。唉，这些人，为啥见不得老百姓的日子过好一点呢？”

“我说那个龟儿沈平，舌条打滚不费力，张嘴‘啵啵啵’就放屁！”卡多寨的丁慧明怒不可遏地骂道，“他胡乱说我家穷，他咋不说我家今年的日子比往年好过呢！”

全大良吼道：“你当时咋个不顶他？”

“嗳，不要瞎叨叨了。俗话讲，难将一人手，掩尽天下目。何羽带来那几个干部，还能把我们压垮了？”于老善朝众人摆摆手，瞥一眼始终未说半句话的景传耕，提议道，“我们还是听听传耕的吧。”

召集会议的工作组离去很久了，大祠堂里竟然没得一个人回家，这使传耕清楚地看到，联产联心的责任制真正把群众的命运紧紧系在一起了。这一年来，三多大队的寨邻乡亲们，在自己承包的田土上洒下了多少汗水，付出了多少心血啊！大家辛辛苦苦种出来的丰收粮食，怎能容忍由这帮和群众不贴心的干部们随意处置呢。不能，不能啊！现在大伙儿眼巴巴望着他，他该说些什么呢？

“何羽的话吐出了口，沈平又在一旁帮腔怕不是来跟我们嬉玩的，他们也是代表着一些领导的思想。”传耕的手托着腮帮，思索着说，“拿刚才一些人的话来说，他们又来纠偏了。不过，年初闹着划分责任田土的时候，县委常书记是支持我们的。省委喻书记也找我谈过话，我还记得很清楚，他允许我们试一年，干到秋后看成效。眼下，这一季庄稼快收上来了，试干一年快见分晓了，到底是集中种田土好，还是实行责任承包好，把庄稼收上来，一比就明白。咋个恰恰在快收割时，又不让我们收了呢……”

“用眼睛看嘛，这伙人又不是憨包，三多大队的庄稼比团转哪个大队的都强。”于老善忍不住插嘴说，“不是吹啊……”

“不要打岔，听传耕讲嘛，老善叔。”有人截住了他的话头。

景传耕停顿了一下，又接着说：

“我在寻思，上级的政策是不是又变了呢？要不，何羽何主任的态度，咋个又这么凶呢？公社副书记沈平，看去是个年轻人，原先当过岩寨的支部书记，不会不晓得老百姓的心思。他的态度咋又这么坚决呢？猜不透。我想，该去县里头问一问……”

“问个鬼哟，当官的要整你了，哪个还来理你！”全大良气呼呼地道，不屑地一挥手。

“传耕想得对，该问。”人堆里，传出景气闲苍老的声音，话很简短，但他说得很慢，一个字一个字都很凝重、深沉。

景气闲的话顿时得到一帮上了年纪人的赞同，他们你一言我一语地议论开了。

“是该问个明白呀，莽撞不得。”

“年初那阵子，传耕被游斗，我们心头焦，也莫法子。”

“犯不上乱来，横顺也得活下去。”

“有理说在明处，他何眼镜不讲理，我们找讲理的官儿去。”

“哼，他们这些人绑起游斗一圈，明明是错的，他们不就是轻轻巧巧把绳索一松，啥事也没得了。吃亏的还是自己。”

“常爽不会哄百姓，要问，就找他。”

“那就得找个人去。只是，哪个人去好呢?”景传耕接过话头说。

“你去最好!”丁慧明说。

不待传耕回答，于老善连连摆手反对：“要不得，要不得！工作组在三多大队，这一头还得由传耕顶着。不然，传耕一离开，费正明这杆枪让何羽一拨弄，大伙儿又得吃亏。传耕，你说一声吧，哪个去合适。”

“我说嘛，”传耕脸上微微带笑，目光朝众人扫了一眼，落在眉清目秀的康文达身上，“康文达去合适……”

“哎哟，传耕，你饶了我吧，这抛头露面的事，我干不了。”康文达伸出双手，不断地摇晃着，连声反对。

顺瑛尖脆的声音也央求道：“传耕哥，你为人正派、厚道。这年把，只要是你喊干的事，我都催康文达跟着你干。这一回，走州闯县的，让他一个人去，怕他承担不了。再说，再说我这身子……”

顺瑛的大肚子这会儿挺得特别高，姑娘和小伙们中间响起了几声嗤笑。

“康文达怕去，我不怕!”于老古拍着自己的胸膛，自告奋勇地说，“县上的官老爷会吃人不成，我去。传耕你说，到了县里找到常爽，咋个问他?”

“瞧你，”有人马上委婉地反对，“连咋个问也不晓得，我看算了吧。”

“老古叔，你年岁大了，让年轻人去吧。”传耕劝道，“寨上有的是年轻人。”

“我去!”全大良站了起来，一拍胸膛。

费瑞娟急急地摆着手：“你那毛躁性子，去不得!”

“嗨，瑞娟，他性子毛躁，也不如我毛躁。”于老古笑道，“让他去吧，误不了你和他的婚期！”

“再说，”一个小伙子在黑暗中油腔滑调地嚷着，“不问出个是非曲直，承包田土的粮食收不进屋，你们的婚事也办不成呀！”

马上有个中年汉子训斥那小伙子：“你懂个啥，这叫摘瓜总要把藤牵，瑞娟是为阿全担心。要知道，风吹连檐瓦，雨打出头椽。出头露面的人，事后总吃亏。”

“这算啥话，把我看成怕事鬼了！”全大良的脸色垮了下来，一本正经地说，“你们这么说了，我倒非去不可。”

“传耕，”瑞娟叫了，“他去不得。”

“不怪瑞娟反对，”景传耕对全大良说，“阿全你去啊，还真叫舌头舔鼻子，差着点哩！”

全大良不服气地问：“差在哪里？”

“你那一点就着的火爆脾气。”

“我这回保证不犯，还不行吗？”

传耕还想说啥，景气闲又说话了：“行了，阿全能去，我和他结伴同行。”

景传耕迟疑地唤了一声：“爹……”

“事情就这么定了。”景气闲不容置疑地说。

大祠堂里了出现了片刻沉默，继而又响起一番议论。

“这不妥了嘛！”

“景气闲去找常爽，常爽不会不露面。”

“有景大伯一道去，可以放心啰，瑞娟。”

“那就讲定了，明早就动手，得不到回音不打回转。”景传耕见瑞娟也不再吭声，断然地说，“至于寨子上嘛，大家的心也莫乱，稳着点，听候回音。我看，就这么散了吧。”

祠堂里响起一片赞同声。人们拍打着衣袖、背脊、屁股上的灰尘，纷纷站起来，有的勾腰端板凳，有的提起马灯往门口赶，有的亮起电筒照人的脸，有的嚷着找火柴点亮蒿，你推我挤地向祠堂门口涌去。

祠堂里走空了，留下几块垫屁股的砖，零零落落散在那儿。工作组抬来的三抽桌、长板凳，孤零零地留在会场上。传耕走过去，弯下腰用背脊顶起三抽桌，又伸出手去抓板凳，却被一双手拿起来了。传耕微侧过脸来，看清是丁慧芸，便扛着三抽桌往祠堂外走去。丁慧芸在他身后打着电筒，电池快用完了，只亮出一圈淡淡的光晕，照着传耕脚下的寨路。

把三抽桌和板凳放回大队办公室，锁上门，传耕和慧芸刚往家那头走了几步路，大队那间小办公室的屋檐下，传出费正明低低的嗓音：“我晓得，会散了，你要把桌子板凳送回来。”

传耕转过脸去，只看见屋檐下一点微光，那是费正明抽叶子烟燃着的烟头。

“费大伯，你找我？”传耕走了过去。

“只同你讲一句话，传耕。”费正明的声音压得很低，只有传耕和慧芸听得见，“这回的势头来得很凶。你自个儿事事小心。”

传耕想说什么，费大伯一个转身，头也不回地走了。

传耕和慧芸伫立了片刻，才默默地沿着寨路走回家去。

云层很厚，不见一点月光，寨路上黑得啥也看不清。慧芸偶尔亮一亮手电筒，也只能看到一块块青岗石板模糊的影子。

走到院坝门口，传耕的袖子被慧芸扯了两下。他转过身来，见慧芸默不作声地踅进了屋侧的园子。她像是有话要说，传耕跟了过去。

园子的院墙，用石块砌得齐胸那么高，周围栽了一圈包谷，一圈葵花。秋天了，葵花结了籽儿，包谷叶长得撩人。两人离院墙很近地站着，生怕踩着了土里的蔬菜。起风了，摇动一张包谷叶子拂着了慧芸的脸，她把脑壳一偏，抓住包谷叶，仍不吭声。

传耕憋不住，悄声问：“慧芸，啥事？”

“费大伯说的话，你记心上了吗？”

“嗯。”

“我看这回的势头，不比年初差多少。这伙人整起人来，啥手段也要得出。”

“慧芸，你听说啥了?”

“也没听到啥。”慧芸叹口气，“只是，坐在人堆里，我耳朵边也刮进几句……”

“咋个讲的?”

“好几个人在传，说那个何眼镜是有后台的，他是奉了他的上级的命令……”

“他的上级……”

“说是在地委，是个姓苏的书记。”

“地委?”

“那姓苏的书记，还有后台。”

传耕轻轻地一笑：“真硬火呀！后台的背后还有后台。”

“传耕，你莫笑，是正经话。说姓苏的背后是一个姓卓的，全省就数他大。比上回来嘎多寨的喻慎她爹，还要大。”

不知哪里传出的流言蜚语、小道消息，害得慧芸担惊受怕。传耕从慧芸的话音里，听出她在为他担忧。

“不怕，慧芸。”传耕抓过慧芸的手来轻轻摩挲着。慧芸的手冰冷冰冷，手指在传耕的巴掌里颤动。传耕深知，慧芸已把自己的一切同他的命运系在一起了。他深情地说：“江河不曲水不流。读书的时候，老师不是说过嘛，人生没有笔直的路，你刚才那么一说，倒叫我想起一个人的话来。”

“哪个的话?”

“喻书记。那次，他好像就看到会发生今天这样的事……”

“他是咋个说的?”慧芸急切地问。

“他说，他是个省委书记，尚且要转弯子，要有个痛苦的认识过程。其他，包括各级干部，也需要一个认识过程。这些人认识不到时，自然要反对啰!”

“唉，”慧芸有些失望地叹息了一声，“那你、你咋个办呢?”

“我在想，我该干三件事。”景传耕胸有成竹地说，“头一件，是把三多大队这几年的情况，写封信寄到报社去……”

慧芸大为不解：“干啥呀？”

“问问报社，既然年初允许我们承包田土地，秋后该不该让我们收上来看个成效？”

一阵风吹来，葵花叶和包谷叶一齐沙啦啦响着。秋夜的空气里，浸透了凉意，慧芸忍不住打了个寒噤。

“人家报社会理你么？”

“我也想过，想直接写信给喻书记问一问。转念一想，万一这事上头确实反对，那不给人惹麻烦嘛。还是写给报社吧。”

“呃……”慧芸没说出话来。她这时才感觉到，传耕心头也是悬的，要担大风险。她的心不免缩紧了。

景传耕听出慧芸的嗓音在发颤，伸出双手，扶住她的肩头，安慰说：

“慧芸，你又在怕了……”

“哦，我没得……”

“莫怕，慧芸，我要干的第二件事，你猜得出吗？”

“你的心眼那么多，我咋猜得出。”

“这事与你有关。”

“是啥？”

“我们得赶紧成亲……”

“传耕……”慧芸惊骇地转过身来，靠紧了他的身子，“这个风头上，咋个成？”

“成的，准定能把这婚事办成的，准定能办得闹闹热热……”

“传耕……”慧芸垂下脑壳，轻声啜泣起来，伸手抹着泪。

景传耕小心翼翼地扶着慧芸，沉思说：“不要流眼泪，要高兴才好。我们要赶紧成亲，这才会让寨邻乡亲们安心。你看到了，工作组一下来，大伙儿的心多乱呀。”

“我懂了，传耕。”慧芸怕冷般缩着肩膀，偎倚在传耕的怀里，轻柔地说，“由你做主吧。”

传耕搂抱着慧芸，像是要温暖她：“为了把婚事办好，我还要干第三件事。”

“第三件又是啥?”

“你瞧着吧，这会儿我不说。”

一张葵花叶子，遮着传耕的脸。风不住地把长长的包谷，吹得摇来晃去。

42

“这……这就走了吗?”

华碧芳话音里的依恋，沈平是听得出来的，他吁了一口气：“我也不想走啊!”

这是真话。在这儿，在偏僻的卡多寨上，在华碧芳的家中，华碧芳把一个孤寂女人的爱，热辣辣地奉献给了他，使他得到从未有过的满足，他是舍不得离开她的。

“那……那你咋个还要走呢?”华碧芳把一双温热的手送过来，疑惑地问。

沈平抓住她的手，捂在自己的耳朵下边。她服从地挨近了他，把柔软的胸脯贴了上来，食指轻拨着他的耳垂。他惋惜地叹了一口气：“你晓得，县里的何主任来了。他同我睡在一个屋里。”

“哦，听说这人好凶，你怕他吗?”

“不怕。”

“他有时也训你么?”

“不。他对我好得很。”

“那你咋忙着走?”

“在你屋里待久了，不好。”

“啥不好?”

“何主任等着我回去汇报呢！再说，再说我是下来蹲点的干部。”

“蹲点的干部又咋样？反正，我是不在乎的，我把啥都给你了。”华碧芳紧贴着沈平，叫他几乎喘不过气来。

“轻点，你听！”沈平警觉地一堆。华碧芳离开了一点，屏住呼吸，仄耳倾听。

隔壁屋里，小笋笋在床上翻了个身，竹笆床吱嘎嘎响着。他睡梦中叫了一声：“妈妈！”继而，一切又都安静下来。只听见屋外风吹树叶的响声。

沈平沉吟着，扳过华碧芳的肩膀，柔声细语地说：“碧芳，你听我说，要是这一回我不是到三多来蹲点，不是刚提为副书记，我们好成了这样……”

“这不是有缘嘛。你说，是不是啊？”

“是的。”

“真是前世有缘。”

“有缘分，还得好好爱护这姻缘。”

“咋个了？”华碧芳的声气有点急。

“你不晓得，上头有规定，干部下乡蹲点期间，不许犯这种事。”

“真的？”

“要是有人晓得了我俩好，上头会不准我们来往……”

“那咋个办？”华碧芳失声问。

“会把我往回一调，再派往其他乡旮旯里，那就……”

“想见也见不上了。”

“是啊。”

“你说咋个好呢？”

“不要让人晓得我俩相好……”

“往后呢？”

“等我回去之后，正儿八经来提亲。”

“沈平，我依着你，依你说的办，该走，你就走吧。”华碧芳捧着沈平的脸，贪婪地久久地吻了吻他，垂下手来在他肩膀上摩挲，又移到他胸前拨弄着一颗钮扣，“我都由着你。今天祠堂里开会，我不也照着你要我讲的说了嘛。你满意吗？”

“满意。”沈平点着头，奖励她似的俯身亲了一下她的脸颊，“那我走了。”

“去吧，走黑路小心些。”尽管内心里舍不得，华碧芳仍推着他，陪他走到后门口。

离开了华碧芳家，沈平伸手抹了抹自己的脸，轻松地吁了一口气。是的，这女人真好。她不但比一般乡下女人白净妩媚，她那可怜的样儿也令人动心。特别是他一眼就看透了，她那样急切地渴望幸福，极其柔顺，容易驾驭。要不是今晚他有更紧要的事，他确实不想离开她。

他兴冲冲地往回走，心里很佩服何羽的高明。本来，今晚祠堂里开的会，像预计的那样开得很顺利，很成功。何羽非常满意，对他也十分赞赏。谁知他们离开祠堂以后，三多大队的人却没有马上回家。何羽立即警觉了，必须弄清楚景传耕这伙人在搞啥鬼。沈平便自告奋勇出来打听，一头钻进华碧芳家，很快就把情况弄清楚了。他原来有些担心，怕华碧芳缠着他难以脱身，不料只费那么一点口舌，就放他离开。多容易拨弄的女人啊！

此刻，他觉得心情格外舒畅。他有那么多话要同何羽讲，向何羽请示。他私心盘算，要趁何羽高兴，打听些背景方面的情况。这对他来说，实在太重要了。

他是何羽一手提拔起来的，自然对何羽有着本能的好感。但他也不无思虑。他知道，何羽和常爽的观点不一致，两人在县委会上时常争执。他曾听说，刚打倒“四人帮”，月光县的第一书记调离后，何羽升任第一书记的呼声很高，但是偏偏没有提他，反而提了并不引人注目的常爽。这在沈平的心里，便不免产生了把筹码押在哪一边的问题。要知道，何羽毕竟是个副主任，要没有更深更可靠的背景，跟着他办事，非得小心些不可。这次来卡多寨前，他听何羽漏过口气，说地委苏副书记支持他们；而苏副书记是省委第一书记一手提拔上去的，这在石桥地区是公开的秘密。不过，苏副书记的支持，是真是假？有几分把握呢？是不是何羽故意说来给他壮胆呢？沈平吃不准。他历来是个现实主义者，能不把这底牌摸清楚么？

山里的人都已安睡，

已静静安睡入梦乡……

一阵抒情歌声，在静夜中清晰地传来，沈平不由愣怔了一下。这不是外国歌曲的曲调嘛。在偏僻的山旮旯里，怎么会有人收听这个？略一辨识，就听清楚了歌声是从他们借宿的破烘房里传出来的。这是何主任在用他那架咏梅牌袖珍半导体收听音乐。

沈平迟疑地放缓了步子，脑子里在猜测，何主任是心情愉快，在随便收听广播，还是喜欢听这样的歌？电台为啥播放这类歌曲呢？是不是预示着形势又在发生某种微妙的变化？

沈平慢慢朝烘房走去。这烘房原是队里的，烟管漏气，废弃不用了。景传耕搞责任制，把土划给了农户承包，烟农自己新砌了一座小巧的烘房，这座烘房就更没人管，门被娃崽们拆烂了，茅草顶让风掀起了半边。沈平、艾振兴、蒋学谦三个来卡多寨时，寨上把小小的队长办公室让出来，可以安顿两个人。还剩一个人无处安排，队长派人把烘房顶修补了一下，又重新扎了一扇竹笆门，说烘房里也能住两个人。三个人推让了半天，沈平执意让艾振兴和蒋学谦住办公室，独自搬着铺盖来这儿睡，既清静又自由。今天何主任来了，也住进了烘房，沈平觉得很兴奋，又可以单独和何主任深入地交谈，增进私人间的关系；但他又感到不方便，不好在华碧芳那儿久留久待了。

是听到他的脚步声了吧，沈平刚走到矮矮的烘房门前，啪哒一声何主任便把半导体关了，朗声问：“是沈平吗？”

“何主任，你还没睡。”沈平弯了一下腰，进入烘房。

何主任倚在临时搭的铺上，双手枕着脑壳，悠然自得地晃着翘起的腿，见沈平进了烘房，他坐直了身子，问："怎么样?"

"景传耕摸不着我们的底细，打算派他爹和全大良明天去县里找常书记。"

何羽诡谲地一笑，冷然说："好嘛，一有事就找常爽。"

沈平看何主任镇定自若的样儿，说出话来又深不可测，忍不住问："要是常书记表态和我们不一样，那咋个办?"

"他不可能说得同我们一样。"

沈平期待地盯着何主任，盼他说下去："我们如何着手呢?"

"放心，小沈，他们找不到常爽。"

"找不到?"

"这么紧张干啥？小沈，坐下，你坐下，坐下说嘛。"何羽挺有涵养地朝沈平摆了摆手，略微压低了一点声音，"实话跟你讲，派你们下来之前，我就预计到这一点了。为此，我去石桥探望了苏书记，他的态度很明朗。你也知道，他是卓然同志点名提拔的，有消息说，在地委干几年，还要往省里调。石桥地区有十二个县，一个市，那么多干部，为啥偏偏提拔苏书记呢?"

"听说他那年油菜籽任务完成得好，足足比我们月光县多交了一百万斤……"

何羽轻轻摆着手，微微一笑："这都是表面的。关键是苏书记的路线站得对，和卓然同志思想上合拍。"

"噢——"沈平拖长声气应了一声，表示自己总算明白了。

"去年冬天，千军万马上阵，大搞农田基本建设，苏书记还指示眉光县派五百个强劳力来支援月光县。"何羽今晚上的谈兴颇浓，他从衣袋里掏出烟来，慢悠悠地说，"人家那头队伍都要出发了，常爽这里私自作出决定，一家伙把基本建设全停了。你想想嘛。"

沈平明白，这是何主任在向他交底。原来，常书记和苏书记也是各唱各的调啊！

何羽停顿了一会儿，忽然想起似的把手头的烟递了过来："抽一支。"

“我，我不会。”

“我看你抽过的嘛。”

“那是和群众在一起，瞎抽的。吸一口烟，全吐出来。”

“哈哈哈！”何羽自己点燃烟，放声笑了，“探望苏书记的时候，我表示担心，常爽可能会不同意纠偏。苏书记把手一摆，说：‘这好办嘛！地区正要开个县委书记会，指名让常爽来就行啦。’小沈，你说两个农民到县里能找到常爽吗？哈哈，哈哈哈！”

“嗬嗬嗬。”沈平完全放心了，也跟着何主任笑起来。笑毕，他又轻声问：“要是县里的干部用电话向常爽汇报了这事，常爽不会赶回来吗？”

“这个，你就不用操心了。”何羽漫不经意地一挥手，“你只要负责抓好三多大队这一头的工作。其他方面么，由我……”正说着，何羽突然警觉地偏起脑壳，对着门口大声问，“哪个？”

“是我们。”沈平转脸一看，住在队办公室的艾振兴和蒋学谦，一先一后走了进来。

“什么事？”何羽仰起脸来，手指着床沿，示意两人坐下。

“何羽同志。”艾振兴干巴巴地说，“刚才我们听到广播，天气预报说，从下周起，气候要发生变化，就要进入秋天的雨季了……”

“我也听到了。”何羽冷淡地说。

艾振兴瞅了蒋学谦一眼，接着说：“刚才我和老蒋正在摆，雨季要来，成熟的谷子不收，怕要受到很大损失。”

“是啊，你们看咋个办呢？”何羽皱起了眉头，目光从艾振兴的脸上，移到蒋学谦的黑长脸上。

“今天你在会上宣布，不准群众收……”

“我哪里说不准收！”何羽不高兴地打断了艾振兴的话，“我是说，不许闹单干，各收各的，收进自家屋头。现在天气要变，可以下通知嘛。”

艾振兴赶紧问：“通知咋个说？”

“就说天气要变，让他们赶紧集中起来收谷子，成熟一块，抢收一块。但是，”何羽的脸色，说话间变得严峻起来，“必须强调，收来的谷子一定要在大院坝集中过秤，以后再集中分配，哪一个也不准拿回家去。你们看怎么样?”他的目光，透过镜片扫到沈平脸上，沈平立即点头。

“那就这么定了吧。”何羽淡淡地一笑，解释似地对艾振兴说，“其实，我怕你们今天累了，想明天早晨再同你们讲这事件，不料你们倒先赶来了。”

艾振兴脸上没啥表情，只点了点头，说：“老蒋，那我们赶紧去通知。”

两人离去之后，沈平问何主任：“艾振兴在县里，是干啥的?”

“革委办公室的秘书。”何羽打了个呵欠，“你们不熟悉吧，这几天也没聊聊?”

“他不好说话。”沈平顺手拉开了被子。

“在办公室就是这样。复员军人，让他当干部，他好像不愿意，提出要去工厂当工人。这次下来，是我提出的，让他来锻炼锻炼。他对农村工作不熟悉，你可以当他老师啰。”

“我算啥呀，何主任。人家在部队上大小是个官儿吧。”沈平边说边解开上衣扣子。

“排级干部，党员。”何羽结束了谈话，脱下上衣，一口气把油灯吹熄了。

两人躺在床上，正要合眼，寨路上响起了“当当”的镗锣声，紧接着，蒋学谦的嗓门粗声粗气喊了起来：

“寨邻乡亲们，社员同志们，各家各户的大人娃崽，都给我听着，听着：工作组有通知，工作组有通知……”

在这更深人静时，蒋学谦的声音显得又大又威严。

“还真快呀，嘿嘿。”何羽在黑暗中说。

“真快。”沈平机械地重复了一句，闭上了眼睛，他脑壳里装满了乱七八糟的印象，直想快点睡着。

43

在省妇联接受了任务，喻慎的心情竟然有些激动，连她自己都想不到。

到山寨去了解计划生育的情况，这件事早定了。前些天，她就给月光县的尹毓秀去过信，她相信，一切都会安排得很顺当的。根本没啥可激动之处，但她的心为啥又平静不下来呢？可能是因为要去屏源区吧。

她没有特别需要准备的，只需给陈喆挂个电话，回家和爸爸打一声招呼。

离开办公室，她就到楼下传达室挂了个电话。

23523，地质局宣传处这个电话号码太容易记了。电话一拨就通，不过接电话的不是陈喆，他去市郊地质队了，明天才回来。

“那麻烦你转告他，就说我下乡去了。什么？哦，我姓喻，他知道的。谢谢，谢谢！”

挂上电话，喻慎有股莫名的轻松感。轻松什么呢？对了，免去了一次例行的告别。要是陈喆在办公室里，他准表示要来送她，准会有一次见面，那太乏味了。

这不是说陈喆令人讨厌，相反，他的身材、个头、相貌，都是属于够条件的，为人也很老实。没有一定的条件，了解喻慎和她家庭情况的人，不会给她介绍这么个对象。

那么问题出在哪儿呢？

主要是感情，喻慎总对他激不起感情。半年多前，热心的贡叔叔给她介绍了陈喆，他们相识了。第一个印象喻慎觉得还可以，谈谈看吧，大约陈喆也是这样认为，他们便开始接触了。每周看一场电影或戏，看完他送她到车站。她从来不让他送回家，他尊重她。半年过去了他们还是这样，喻慎要是没有进一步的表示，也许谈几个半年也仍是这样。但让喻慎作进一步表示的动力，现在还没有。

她总在心里说，他们是处于一种若即若离的状态。要是明天他们分手，她的心里决不会有什么波动，他可能也是如此。这有什么意思呢？她几次想，算了，给他挂个电话或是写封短信，把这件事画个句号罢了。

临到真要写信了，她又犹豫起来。她扪心自问，也许，平静生活中的恋爱就是这样的吧。自自然然，水到渠成，哪里都会像电影、戏剧、小说中那样呢。不要见异思迁了。再说，她也快三十岁了，不，已经是三十岁了，没有时间再折腾了。从各方面看，陈喆也并不错，何必挑剔呢？万一再像过去，又遇上个饶余能，或者遇上个对她有所求、但内心深处并不爱她的人，那怎么办呢？她毕竟是省委书记的女儿啊，不能不慎重。

有一次，喻慎的邻居、省委一位副书记的女儿，曾对她说："我们这种家庭的姑娘，恋爱婚姻上弄到最后，往往是高不成，低不就。有什么办法呢，唉——"

她只差一句话没说出来，社会上十全十美的男子太少了。不过喻慎已经意识到了。意识到这一点，她又想，再看看吧，终于没有给陈喆写信，把这件事画上句号。

因为明天要动身，她提前离开机关，坐上公共汽车，回明园路省委大院去。

午后三四点钟，不是上下班时间，公共汽车不算挤，但也没多大空隙。喻慎上了车，出示了月票，抓着车扶手，紧挨一个单人座位站着，忽然觉得有人推搡了她一下。她回头一看，一个穿银灰色西装、嘴里叼着根烟的小伙子，从她身后挤过去。喻慎伸手摸摸衣袋，一块原来放在衣兜里的手帕竟挂在口袋边了。她警觉地瞥了那小伙子一眼。

那小伙子面朝她站着，叼着的烟扔了，眼神忧郁，倒像是个报刊上说的思考型青年。喻慎不露声色地盯着他，他垂下了眼帘，背过身去，好像若无其事地挪开了一步。

公共汽车到了站头，下去一些乘客，又上来几个乘客。其中一个，二十八九岁，一手拎只提琴盒，一手提一只沉甸甸的两用包。

一上车，他放下两用包，用标准的普通话喊道："同志，买一张去长途汽车站的票。"

那小伙子立即盯住了这个外地人，车刚开，就靠了过去，抬起手来在外地人咖啡色的宽条灯草呢上衣袋边轻轻一碰，迅即缩回了手，挤到车门边去了。

什么思考型青年，一个标准的小偷！喻慎连忙跨过去，拉了拉外地人："你被盗了东西。"

外地人敏捷地伸手摸摸衣袋，失声叫起来："钱包！"

"是他！"喻慎指着小偷，揭露道。

"呸！"小偷啐了喻慎一口，骂道，"臭婊子，你诬赖！"

外地人扑过去，扳过小偷的肩来，车上的人也都围上去，从两旁夹住他。有个人把小偷的西服衣兜一顶，钱包顶出来了。

外地人一把抓过钱包，伸手重重一拳，打在小偷面颊上："你还啐人家，混蛋！"

小偷哀叫一声，双手捂住面颊，身子朝后一缩。到了明园路站，车门一开，小偷头一个下了车，紧跟着，下去三四个衣着相仿的人。有的蓄长发，有的穿涤棉军服，有的穿一身西装、脑壳上却套一顶军帽。

"这是一伙的。"车上有人说。

喻慎从另一道车门下了车，果然，一脚跨上街沿，挨打的小偷和他的三个同伙，站在车牌边，朝她冷笑着。

喻慎不愿跟他们纠缠，想穿过马路，几个家伙围了上来：

"你不要走，老子们有话说！"

喻慎迎过去："怎么，没揪你们进公安局，你们心子痒？"

"滚你妈的！"小偷怒冲冲地朝喻慎挥拳打来。

"住手！"喻慎身后传来外地人的喝斥，同时眼疾手快地抓住了小偷的手腕。另外三个家伙正要上来，外地人把小偷的手腕轻轻一扭，小偷痛得转了个身，而对着他的同伙，歪咧咧地撇着嘴。

"告诉你们，"外地人把小偷的手腕往上一提，小偷哀叫着勾下腰去，“不要说你们四个脓包，再来几个，我揍你们也不费事。”

他的手一扬，脚膝盖一抬，小偷一个踉跄，倒向他的同伙。他们愣怔地盯着外地人，仿佛这时候才看清对方长得魁伟壮实。

“怎么，想试试吗?”外地人微微一笑，手一招，“来呀!”

四个家伙看到围上来的人愈来愈多，嘟噜了几句污言秽语，气咻咻地走了。围观者都笑起来。

“你先走吧。”外地人站在原地未动，盯着那远去的四个家伙，对喻慎说，“我盯着他们，看他们还敢来。”

喻慎这时才注意到，外地人的嗓音浑厚圆润，普通话说得动听悦耳；脸庞黑红得像整天在烈日下干活的农民，眼睛明亮而有神采，两排牙齿白得像瓷釉；最令人注目的是他的胸膛，看去比一般人宽阔、厚实，但又丝毫不觉臃肿。

“你不是说要去长途汽车站吗?”喻慎没迈步，笑着说，“坐车去吧。我家就在前面不远，不怕那些家伙赶来。”

“那好啊!”外地人提起地上的拎包、提琴盒说，“真该谢谢你。要不是你，我简直连坐车的钱也没有了。”

“也谢谢你，再见!”

“再见!”

喻慎向他一摆手，朝明园路上走去。

出乎意料，爸爸竟然在家，坐在东边小客厅里看什么文件。夏天高中毕业、名落孙山的弟弟当然也在家，不过他歪躺在客厅的大沙发上看小说。喻慎直接走到东边小客厅门口，笑着说：“爸爸，不打搅你吗?”

喻帆随手把文件放在沙发扶手上，取下老花眼镜，脸上笑微微的，拍了拍沙发扶手道：“进来坐吧。”

爸爸宽阔微秃的额头上亮光光的，白衬衣外穿件烟灰色开司米衫，显得格外精神。

喻慎走进小客厅，在爸爸对面的沙发上坐下，兴致勃勃地说：“省妇联想了解农村计划生育的执行情况，明天我要下乡去。”

“好啊!”喻帆的眉梢一耸，爽利地说，“去哪儿?”

喻慎感觉到，爸爸对这个话题感兴趣，接道：“去原来我插队的月光县屏源区。”

“太好了，喻慎。”

爸爸说了这句话，没下文了，眼睑微垂，沉吟着什么。

喻慎猜测着，爸爸是不是有话要同她讲。她双手搁在沙发扶手上，静候了一阵，爸爸没有做声。她又怀疑自己的判断错了，也许爸爸正有要紧的事考虑，或是正在看重要的文件。她瞥了一眼搁在沙发扶手上的文件，一行大字映入她的眼帘：关于实践是检验真理标准讨论情况汇编。

这也算不上啥重要文件啊！自从《光明日报》发表文章提出这个问题以后，引起各方面热烈的讨论。最近，讨论正在深入，有些省的主要领导同志也发表了讲话。也许，爸爸正在思考这方面的问题吧。喻慎觉得没有必要打扰爸爸，便站起来，准备悄悄退出去。

“噢，你别走!”爸爸的手抬了一抬，思忖着说，“坐吧，坐下。”

喻慎又带点拘谨地坐下了，这么说，爸爸是有话要和她说。只是他为啥久久不开腔呢，亲父女，难道也有啥难言之处。

“还记得年初我们离开嘎多寨，去看望谷果大爷的情形吗?”爸爸这一次没沉默多久，主动挑起了话题。

“记得。”喻慎点头答。

她怎么会忘记那次河滩寨之行呢。谷果大爷老态龙钟，形容枯槁，伸出的手粗糙、多皱而无力。他的头发差不多全白了，好像满头扑上了尘垢。谷果大爷的老伴，年纪虽说比大爷小十来岁，脸也皱成了一团，满口牙齿落剩了三颗，下面两颗，上面一颗。一年四季，他们只能靠吃包谷糊糊度日，即使过年过节，也不过推点水豆花吃。爸爸问她，为啥不去配副假牙，她哼啊哈呀，含含糊糊推托过去了。其实不用问喻慎也知道，那是大爷家穷啊。要不，谷果大爷为啥临时会去借米，为啥只能将就请爸爸吃老粑菜蘸辣椒水。在谷果大爷家隔壁，有一户农家，夫妇俩拉扯着三个娃崽，赡养着一个年近七十的老奶奶，穷得连洗脸帕也买不起。每天清早起来，一家人就用水瓢舀起凉水，手浸在水瓢里，掬点水到脸上抹几下，而后呢，就撩起黑巴巴的门帘子擦脸。只要稍稍过得去的农民家庭，哪家没得一挑水桶呀！可谷果大爷家隔壁这户，一挑水桶，两只分开用，一只用来挑水、装潲、喂猪，另一只用来洗衣裳。穷得真到家了。喻慎注意到，爸爸站在谷果大爷家院里，总要往那家农户的茅屋张望，他的两眼透出点带忧郁的光。后来，在回省城的路上，爸爸一直注视着山乡公路两侧连绵逶迤的山岭，望着分布在山野间疏疏落落的寨子，眉头紧锁，一句话也不曾说。爸爸那心事重重的辛酸神情，深深绣刻在喻慎的脑子里，她怎能忘记！

“是呀，想忘也忘不了啊！”喻慎的思绪被爸爸的一声感慨打断了。她仰起脸来，爸爸的额头上又推出了显眼的皱纹，脸色沉郁。“谷果大爷住的茅屋，喝的包谷糊糊，穿的补钉衣衫，不能说他们的日子过好了，距离丰衣足食更遥远。可贵的是，几次三番问他们有什么困难、有什么要求，他们总是摇头，总说日子好过多了。喻慎，面对这样好的老百姓，爸爸心中有愧啊！”

听到爸爸最后这句话，喻慎才发现，爸爸动了感情。他那双半张半合的眼里，闪着晶亮晶亮的泪花，这可是极少见的情形啊！

喻慎惊骇地望着爸爸。

从爸爸的话里，她似乎能摸到点爸爸的思路。她仿佛更能理解爸爸回到省城以后，为什么急急匆匆地催她去给谷果大爷寄钱，为什么再三地问，信上写了让老伯妈去配假牙没有。是的，爸爸的心里自然明白，在乡旮旯里，在山乡的村村寨寨，谷果大爷这样的情况，绝不是一家两家。

“爸爸。”喻慎劝慰道，“你岁数大了，也别太往心里去。我在山旮旯里待了十来年，看得多了。老想着这些，永远也不会安宁。”

“怎么可能不想呢？”爸爸苦笑了一下。喻慎从爸爸脸上那缕辛酸的笑纹中，感到了他没说出口的那句话：我是一个省委书记哪，我有责任！爸爸接着说："我让周秘书查了一下，这里有两个数字：去年，我省农业人口的平均分配收入，是四十六元七角；一九五七年，是四十五元四角。二十年来，增长了一元三角。是增长了吗？如果实事求是地讲，扣去物价的上涨因素，那明显地是在倒退。"

喻慎的双手不自觉地抓住了沙发扶手，两眼目不转睛地望着爸爸。爸爸说完话，郑重地瞅着她。喻慎在心里说，这么严峻的话题，爸爸跟她交谈，是什么意思呢？

小客厅里出现了一阵沉默。

陡地，从隔壁大客厅，传来了弟弟喻坚的朗诵：

啊！你这浓密的卷发，
究如波浪一直蔓延到颈旁；
啊！你这翻卷的发花，
蓬乱中微泛着芬芳。

倦怠的亚洲，火烫的非洲，
所有这遥远，消失在世界……①

弟弟不知从哪儿弄来了好些书籍，凡是一读到他喜欢的现代派、象征派诗歌或是小说，他就会激动地朗诵起来。他还宣称，他要当一个现代派诗人，一个崭新的小说家，先在家里博览群书，当用知识武装起来之后，他就要挣脱爸爸的羁绊，冲向社会、冲向人生，去追求他自己的未来。

爸爸的眉梢耸动了一下，眼角朝大客厅方向瞥了一瞥，重重地咳嗽一声。大客厅里，弟弟的朗诵顿时低了八度。爸爸的目光重又转到喻慎身上，说：

"这两个数字说明什么呢？近三十年来，我们的农业绕了很大

① 注：法国现代派诗歌的创始人波德莱尔的情诗《吻着你的卷发》。

一个圈子，走了弯路，教训太深刻。现在看来，只有在实践中摸索，闯出一条新的符合我国国情、我省省情的社会主义路子来，才是一个办法。”

喻慎一下领会了爸爸的意思，认真地点了点头：“嗯。”

“年初，嘎多寨出了个闹事的景传耕，月光县出了个有魄力的常爽，他们在三多大队搞联产责任制，兴致勃勃地要闯新路。你忘不了吧?”

“这怎能忘呢，爸爸。”

“转眼，已经是秋收季节了。”爸爸眨着眼睛，朝窗口那边瞅了一眼，放缓了一点语气说，“不知为啥，没点消息。按理说，干了一年，该见个分晓了。”

喻慎完全领会了爸爸谈这番话的意思，她笑着说：“爸爸，我懂了。到了月光县屏源区，我一定争取多了解些情况。”

爸爸的眉眼舒展开了：“你们应该学会作社会调查。”

“我明白。”

“不过要注意，这回去，你的身份当地人都知道，万事不要轻易表态。”

“爸爸放心，我不会给你惹麻烦。”

喻帆略一点头，拿起老花眼镜，掏出一块细绒布抹拭着，两眼慈爱地端详着女儿。

大客厅里，又传来了喻坚大声的朗诵：

> 别以为我恪守山盟海誓！
> 我仅仅对爱情本身忠贞。
> 你要不可爱我就离开你，
> 再飞步去追逐“美”的后尘。
> 你要不满足我爱的饥渴……①

---

① 注：美国女诗人 埃·圣·米莱的诗《我仅仅对爱情本身忠贞》。

话谈完了，爸爸又要重新阅读文件，喻慎也想去整理一下自己的行装。她柔声问：“爸爸，还有什么事吗？”

“还有……”爸爸迟疑地放低了嗓音，“你到省城也有七八个月了吧。听你贡叔叔说，他给你介绍了一个对象，怎么样？”

“呃……”喻慎没想到爸爸话锋一转，会提出这个问题，她显得有点窘，“还在谈着，爸爸。只不过，好像……嗯……”

“郑重些是对的。”喻帆截住了喻慎的话头，提醒说，“不过，也要想想你自己的年龄。爱情嘛，总要受社会、受时代、受国情的制约。反正，这件事你得重视起来。”

“谢谢爸爸。”喻慎说着站了起来，爸爸朝她微微颔首，她离开了小客厅。

弟弟还在昂扬地念着他喜爱的诗句：

到了我了解的事物中间，
我将会比以往都幸福。
你眼里流露一时的情爱，
你口中涌现一时的情话
终归是转瞬即逝的东西。
少一点实惠，多了点浮夸。
然而阴沉的海空和峭岩，
当我容颜衰老时它仍不变。

喻慎不想打搅弟弟的兴致，走过大客厅前只稍停了片刻，就朝楼梯口走去。不料喻坚却在大客厅里喊她了：

“姐姐，今天怎么这样早回来了？你这个循规蹈矩的人，也学会迟到早退啦？”

喻慎转过身来，说：“不是，我明天要下乡去，早点回来作准备。”

“什么？你在乡下还没待够？啧啧啧……”喻坚朝姐姐做着鬼

脸，“和农民究竟有什么交道好打？又脏又落后……”

“没有农民，你哪来吃的?”

“用机械化操作啊，播种机下种，飞机撒化肥，联合收割机负责收。人家美国，一个农民养活五十多人，我们中国……”

“可你别忘了，你还是个中国人!”

喻慎不耐烦地抢白了喻坚一句，噔噔噔地上了楼。不知为啥，自从弟弟没考上大学，天天待在家里，喻慎和他一讲话就要争辩，两人之间很少有共同语言。喻慎暗中也为此发愁。

当夜，躺在床上，喻慎还在想这件事。爸爸那么大年纪了，弟弟一点也不懂得照顾他，还尽惹爸爸生气。像社会上那些小青年，不是高谈阔论，就是奇谈怪论。一提起爸爸他们，总爱说他们老了，保守、僵化，搞特权。他们哪里晓得爸爸的胸怀、爸爸的心境。爸爸尽管年龄大了，可他心里装着祖国的命运、人民的利益、社会主义的前途。而弟弟他们这些人呢，老觉得社会欠着他们点什么，他们为啥不想着也创造些什么呢。

第二天早晨，喻慎身背挎包，手提人造革旅行袋，坐 7 路车到了长途汽车站。

省城的长途汽车站，每天早晨是最热闹喧哗的时候。马路两侧，候车大厅外的院坝里，摆满了各种各样的小吃摊摊，卖牛肉粉的、素面的、香烟糖果的、抄手的、汤圆的、米豆腐的，各不示弱地拉长嗓门招徕食客。

喻慎穿过这些小摊摊摆成的八卦阵，走进了候车大厅。

候车大厅里也挤满了人。从省城开往各专州、各区县的长途车，都在这个时候发车，几个出入口前，全排着长龙似的队伍。车站工作人员拿着电喇叭维持秩序，一会儿喝斥站在长条凳上的人，一会儿哇啦哇啦喊着“谨防扒手”，一会儿又去调解纠纷。喻慎是卡着时间来的，正好到月光县去的车快开了。她顾不上排队，挤到进口处，检了票，匆匆忙忙跑进站里。

她上了车，刚在自己的座位上搁下包，便听见一个浑厚圆润的嗓门惊喜地招呼她：

“嗬，是你呀！真巧极了。”

喻慎循声望去，嗨，隔着一尺宽的过道，就在她座位左侧坐着那个“外地人”，还是带着那只沉甸甸的两用包和一把提琴。

44

常爽从一开始就不明白，石桥地委开这么个会，为什么要通知他一定按时赶到。会议讨论“文革”十年中，各县兴办的“五小工业”① 的出路问题，他是完全可以不必参加的。会已开了六七天，就跟月光县讨论化肥厂的问题一样，扯了一大堆皮，谁也拿不出个解决问题的方案来。常爽烦透了。

开会的地点倒不错，在石桥市郊的乐湖宾馆。这宾馆虽小，周围团转的景色却相当宜人，碧水青山，幽雅恬静。推开宾馆的窗户，一片鸟语花香，远可以眺望乐湖彼岸的山岭，漫山幽绿的松杉柏枝，郁郁葱葱，格外爽心悦目。近也可以俯瞰碧波浩淼的湖水，特别是那几块奇秀的湖心石，引人遐想。有说像下凡的仙女，有说像望夫石，也有说像纤弱多病的西施。反正，开过一天会，闲暇之中，尽可去猜测；或是沿着细沙铺垫的小径，绕乐湖徐徐散步，倒也不乏闲情逸致。

可常爽没有这种闲情逸情。别人在午睡，他在走廊上来回踱步；别人晚饭后稍作散步就去看电影、看电视、会朋友，他却给月光县挂长途，询问情况。一个星期来，他的心根本没在会上，而是在屏源区的三多大队。

临来开会前，为了摸清三多大队实行了一年责任制，究竟是个啥成效，县委决定派个调查组下去。调查组成员的名单是何羽定的，县委会通过了。常爽也同意。临行前，常爽找艾振兴谈过话，让他

---

① “五小工业”，指20世纪70年代至80年代初我国县级及县级以下单位兴办的小型厂矿的总称，分类为：小钢铁厂、小水泥厂、小化肥厂、小煤矿、小农机厂。

随时汇报三多大队的情况。同时，也请他对未实行责任承包的大队作个调查，以便两相对照。转眼之间，下去十来天了，咋个一点消息也没有呢？

要是他们下乡后一切顺利？还是……常爽那风风火火的个性使他焦急万分。他心里再清楚也不过了，由于去冬今春的大折腾，月光县今年的收成决不会比风调雨顺的去年强，很可能又将是一个歉收年。秋收在望，收获过后，马上就是冬耕，迫使你要规划明年的生产。明年怎么办？还同今年一样？不行啊！常爽急迫地想要寻找条新路子。

会开到第八天，秋日里的小阳春天气变了。昨天晚上，宾馆花园里风摇着树木花草，沙啦沙啦地响了一夜，气温骤降了。从会议室窗户望出去，乐湖彼岸的山头上，浓云压了下来，乌黑的云层紧裹着山峰。开了一个多小时会，常爽不知道人家讲了些什么，只是紧锁眉头坐在那儿。

看来，年年必将光临的雨季到了。三多大队的粮食收了没有呢？要是收了，艾振兴该有个音讯啊，出田谷每亩多少？折合干谷子多多少？包谷亩产几百斤？是不是比其他队有较大幅度的增长？……

常爽望着乌云密布的天空，心焦如焚。

服务员进来换热水瓶，顺手递给常爽一封信。常爽看到信封上写着：寄自屏源公社三多大队，连忙撕开了信封。

先看末尾，是艾振兴写的。信上写着：

常书记：

十万火急！

三多大队派人去月光县城找你，没有找到，说是你在地区开会。我赶到屏源公社地区挂长途电话，地革委办公室的人说，你在开重要会议，不给你转电话。急得我莫法，只得给你写这封信。

我们下到卡多寨没几天，何羽同志就来了。他抓住三多大队出现的一些问题，认为是严重的两极分化，必须纠“偏”。屏源公社的沈平和蒋学谦，都赞同何羽的判断，事就定下了。目前，宣布纠“偏”的群众大会已经开过。由于雨季迫近，何羽又下了一道命令，让全大队集中所有劳动力赶紧抢收谷子，成熟一块抢收一块，收来的谷子，统一过秤，统一分配，谁也不许把田土头的庄稼收回家去。哪个敢带头违抗，就是走资本主义道路的急先锋，将用专政手段处理。

可是，三多大队的社员群众，没有一个人下田收割挞谷，好像是有意抵制何羽的命令。何羽他们也正在考虑新的对策。截至我写信时，这种不声不响的顶牛状态，仍在僵持之中。

常书记，这一来可把我急坏了。谷子成熟了，雨天就要来临，时间不等人，庄稼不收，风吹雨落，就是损失啊！你下来看看就晓得，一季多么诱人的庄稼啊！不管它是怎么种出来的，总是粮食吧，总是老百姓的汗水换来的。望你收到信之后，快快赶回来！

十万火急！此致

敬礼！

艾振兴

常爽读罢信，顾不上看写信的日期，他的心紧缩了。调掉一看窗外，远处的山脊上空无声地扯过一道火闪，漫天雨云罩住了乐湖，不知什么时候起，已经下起雨来。一扇没关严的玻璃窗，被风吹得直拍打窗框。

石桥地区已经在下雨了，月光县的屏源区是什么时候下的雨呢？两地相距将近三百里，但气候没有多大差异。要是三多大队的粮食至今还没收上来，那损失将是重大的！要是粮食照何羽的意思收上来了，那么景传耕年初冒着风险争来的责任承包的自主权，不又给夺回去了吗？

三多大队眼下到底是怎么个情况？

常爽脑壳里热烘烘的，一股火直在胸口蹿腾，他再也坐不住了。顾不得有人正在发言，他离开沙发，走近主持会议的苏维山身旁，凑近他耳朵说："县里有点急事，我要提前赶回去。"

苏维山仰靠在沙发背上，没有动弹，只是翻起眼皮瞅了他一眼说："会议后天就结束了，什么急事啊？"

"十万火急，我向你请假。"

苏维山垂下眼睑，结实而宽阔的脸庞上掠过一丝不悦。他的左手在沙发扶手上轻轻拍打了几下，环顾了沙发围圈成的会议室一眼，见发言者已不说话了。他用带着浓重喉音的声调慢腾腾地说：

"我看——休息一会儿吧。"

会议室的气氛顿时活跃起来。

"老马，外面下雨了，散步散不成，我们还是来斗牌。"

"走走走，到我屋里去。"

"嗳，这宾馆小卖部的酒齐全极了，茅台、习水大曲、董酒，还有古蔺郎酒……"

县委书记们邀约着，纷纷走出满是烟气的会议室。

常爽看得出，苏维山不想让他请假。他心里说，难缠了，免不了得费一番口舌。

苏维山双手搭在沙发上，一使劲儿站了起来："去我屋里坐坐吧。"

说着，背着双手，朝会议室外走去。

常爽无可奈何地跟在苏维山身后。他想快刀斩乱麻，请准了假就上路，苏维山却偏偏给他来个慢慢腾腾。常爽和苏维山在一起，感到极不协调。不讲其他了，就是看外表他们也长得绝然不同。常爽个子矮小，精瘦干练，行动敏捷得像个年轻人，说起话来一干二脆。而苏维山呢，身材高大壮实，宽肩膀大头颅，一头乌发梳得整整齐齐，高高的鼻子和紧抿的嘴唇，使他五官端正、线条明晰的脸显得格外庄重。他行动迟缓但却有力，往哪儿一站，都会给人以一种力感，令人觉得不可忽视。

他走到一扇门前，伸手抓着门把旋开了门，转过身来对常爽做了个“请”的手势，风度潇洒自如。

常爽几步走进屋内，环顾卧室、会客室、盥洗间齐全的套房，心想：好家伙，他差不多天天回石桥市的家里去住，只在这儿午休，竟占了这么一大套房间。

“坐吧。”苏维山喉音很重地向常爽指着一张单人沙发。

常爽在窗台边的沙发上坐了下来，便直率地问：“怎么，你不想准我的假?”

苏维山背朝着常爽，沏了一杯茶，放到常爽身边的茶几上，自己才在对面的皮转椅上坐下，居高临下地望着常爽，不慌不忙地说，“哪里。不过，我总想知道，你县里出了什么事，比这个会议还重要。”

“我真看不出这个马拉松一样的会，有什么重要之处。”常爽真想脱口而出，但他忍住了。他毕竟同苏维山不熟，况且，老苏原先也是个县委书记，太随便了，会显得不尊重他，常爽双手抱在一起，身子前倾，说：

“你大概也听说了，月光县有个大队，今年搞了责任承包……”

“哈哈，就是人家传的闹单干。”

“不是单干，是集体所有制下面的一种生产形式。”常爽郑重地说，“可以讲，这是一个大胆的闯新路的试验。眼下，正值收获季节，试验到了见分晓的时候，我们县里有位老兄竟然跑下去纠偏……”

“哦，县里也有不同的看法。”苏维山插了一句。

“有不同看法，你也别去干涉农民收庄稼啊！他偏偏要去。这下好，他一纠偏，顶上牛了，这一季庄稼要毁在田头。你说，老苏，我能不赶回去吗?”

“你的责任心很强，当然好。”苏维山乜斜着常爽，既像是藐视，又像是挑战地说，“不过，一个大队的事，真比整个县里的

‘五小工业’还重要吗？别急，老常，都说你是急性子，看来一点不错。一个大队的农业税收，充其量万把块钱吧。一个县的‘五小工业’，动辄就是几十万、几百万哪!”

“不，老苏，这个大队是月光县的希望!”常爽有点激动了。

“希望?”

“是啊!”

“你倒是讲讲看，什么样的希望?”

这是明显的官腔了，但为了请准假，常爽无暇顾及这类小节。他镇定了一下，说：“自从去冬今春，出了三多大队的事以后，半年多来，我一直在全县作调查研究。你在眉光县待过，月光县的地理环境、自然条件，和眉光县差不多，耕地分散、土质瘠薄、山多坡轫，这方面我就不详说了。只讲一讲全面调查的结果吧。……”

“形势喜人，对吗?”

“恰恰相反，月光县绝大多数生产队，都戴着‘三靠’队的帽子。吃粮靠回销，生活靠救济，生产靠贷款，集体经济极其脆弱。这些三靠队经不起风吹雨打、天灾人祸。”

“那么严重?”

“你不相信?”常爽吃惊地望了苏维山一眼，“我都有数字。月光县今年，基本上还是这种状况。说来你更不相信，有好些生产队，不是找不到生产队长、轮流坐庄，就是大嘴老鸹当干部。群众编起顺口溜唱：该是大嘴老鸹，还是大嘴老鸹，你越训他，他越狡猾。农民一年辛勤劳动的成果，相当一部分被这些大嘴老鸹叼走了。箐湾区几个农民，插秧时数着秧苗说，这第一株是给支部书记栽的，第二株该是大队主任的，第三株是大队会计的，第四株是大队保管的，第五株轮到生产队长，第六株是副队长……一直要插到第八、第九株，才归他本人。这仅仅是个笑话吗？老苏，从上到下的瞎指挥，违背农民意愿的决策‘男十、女八、姑娘六’这类刻板的记分方式，种种原因造成了广大农民多劳不能多得、好劳不得好报，老实巴结的农民干活提不起劲。有个寨子的老汉，跟我讲知心话儿，说现在山寨上有三多。”

“三多？”

“投机取巧的人越来越多。在集体的田土里干活，好点的有十分力出七八分，奸点的出四五分，有的干脆在那里混工分，混上一工是一工，管它一工值几个钱。这是一。二是假懒汉越来越多。本来一些勤劳的人，现在也提不起劲了，反正是干不干十分工，你也这么多，我也这么多，乐得学懒一些。三是假老汉也越来越多了。年纪刚上四十，就喊腰酸腿疼，蓄起一把胡须，要求队里安排些轻松活路，或是干脆不出工，在家搞点家庭副业，赶场天随便卖出去，也比出工强。总而言之一句话，通过调查，可以明显地感到，土地集中、生产资料集中、劳动方式集中、分配集中这样的干活，不适合山区农民，尤其不适合我们县贫瘠山乡农民的生产。下去走马观花看一看，也能听到农民迫切希望改变现状的呼声。要改变现状，就得走新路。新路咋个走，三多大队在试验……”

“那是新路吗？常爽同志。”苏维山半眯着眼插话道，“会不会是老路？”

“咋会是老路？老苏，你在领导机关，会不知道，四川、安徽放宽农业政策，不是取得显著效果嘛！”

“外省是外省，我们地区是我们地区，情况不一样嘛！”

“且不说它是老路、新路，人家试了一年，庄稼总得让收啊！”

“庄稼是要收。”苏维山沉吟着点了点脑壳，“让风雨吹落在田头，那就不像话了。不过，得看怎么个收法。”

“那你准我假吧。”

“好吧。”苏维山离开皮转椅站了起来，常爽随即跟着站起，苏维山又向他连连摆手，“不急，不急。常爽，你的勇气，你的胆量，你敢说敢干的气魄、雷厉风行的作风，我一直是很赞赏的。”

常爽见苏维山一松口，本想马上告辞，却不料苏维山踱着方步，悠悠然地又说起来。出于礼貌，他不便离去，只得硬着头皮，听苏维山往下讲。

“不过，我不赞成危言耸听。当然，我不是说没有问题。只要不忘记党的路线和政策，有什么问题不能解决呢？既然你执意想赶回去，即使强留你在这儿，你也不会安心在此开会。”

“这倒是真的。”常爽坦率地一笑。

“临别之前，”苏维山把他那宽大温暖的手伸出来，握着常爽的手，左手拍着常爽的肩头，一字一顿地说，“我赠你四个字：履霜之戒。”

“这位老兄，也不看看我急成了个啥样，还来这一套！”赶回住处，常爽稍作整理，离开乐湖宾馆，坐上市郊进城的公共汽车时，心里在暗忖，“履霜之戒。好嘛，踩着霜就想到结冰下凌的日子将会来临。哈，苏老兄，你是在提醒我，还是隐隐地威胁我？你还以为我是走在悬崖峭壁边呢。我可不像你那样稳得住劲，卡下老百姓一百万斤菜籽升了官，还那么心安理得。我的心还悬在半空中，不知道三多大队眼下的局面，是个啥样呢！”

第十章

45

一阵鸡叫过后，就听见有人在寨路上担着水走过。哪个勤快人已从煤场上推回了一车煤，鸡公车压着青石板路咕噜咕噜地响。

方格格窗棂外头，先是灰白，跟着敞亮，再后来洒满了明亮的阳光。

费正明还躺在竹笆床上不想起来。

活了大半辈子，费正明从来还没睡过懒觉。是嘛，俗话说：力气用不尽，井水挑不干，勤来勤去搬倒山嘛。往常，他哪天不是天蒙蒙亮，就在屋头、院坝头、寨子头忙起来了。当了个干部，不抓紧点时间把屋头的事干一干，哪能腾出空来为集体跑路。可今天，天大亮了他还不想起床。

灶房里倒是早有动静了。他一听声响，就晓得瑞娟在干啥，蒸饭、煮猪潲，涮洗锅底、瓢儿，往灶孔里添柴。费正明的勤快，耳濡目染，早传给了瑞娟。

“爹，你哪里不舒服?”瑞娟推开了里间屋的门，一步跨了进来。她见爹反常地没起床，以为爹病了。

“没得，没得!”费正明忙从床上支起身来，有点难为情地连连摆着手，“哪里都好好的，就是心头闷得慌。”

“是心口痛?”瑞娟的脸陡地变了色，“我陪你去公社医院看看。唉呀，偏偏阿全和景大伯去县上了……”

“不用，不用!”看瑞娟慌乱的样子，费正明心头有些不忍，解释道，“常有人讲，少不惜力，老不歇心。我这是七想八想想得多了，心头烦乱。”

“哦。”瑞娟细细瞅了瞅爹的神色，猜出点眉目了，“你是为寨上的事烦心？”

“是啰。本来嘛，该捎的话，昨晚上我已悄悄捎给了传耕，该得安心睡一觉了。”费正明坐起身来靠在床上，一边要女儿递给他几匹叶子烟，一边往下说，“哪晓得，刚睡在床上，让那个蒋黑脸一阵锣声，敲得我心直往下落，一晚上没睡得好。”

“他敲他的，你睡你的，管他呢！”

“嗨，你懂个啥。”费正明把裹好的叶子烟，小心翼翼地插在烟杆脑壳上，说“我估谙，昨晚那个通知，是工作组的一招棋哩。他们想来个长竹竿捣鸟窝，一家伙捅到底，只要庄稼收来混在一起，人心就散了，而后嘛……”

“他们想得倒好！寨上哪个会听他们的呀！”瑞娟忿忿地说，“种了一年的责任田，家家都有一把算盘，哪个愿再混在一起。”

“就是这句话啰。”

“那你愁个啥呢？”

“我说你年轻，不会算计嘛！”费正明把横起的长烟杆放直，瑞娟赶紧从桌上拿过火柴，擦燃了去点烟头。费正明咂吧了两下，吐出一口灰蓝色的烟雾，叹口气说：“昨晚上这一阵锣敲过，你看着嘛，嘎多、卡多、扎多三个队，不会有一个人听招呼出来收割的。麻烦哩！”

“有啥麻烦？我看何眼镜才麻烦。”

“你把他们看成是憨包啰，瑞娟，何羽这个人，肚皮里的道道得很，他能被牵起鼻子走？”

“他又能咋个样呢？”

“你看好，今天早上没得人听他们的，他们马上就会来找我……”

“找你？”

“我是大队支部书记，不找我找哪个？”

“找你干啥？去撵人家下田？”

“撵人家倒不一定，他们会让我带头啊！瑞娟，你说我咋个办？去还是不去？”

“去啊！”

“去？”

“对啰！往天，上头来了人，指东你不敢往西。何眼镜让你干啥你就干啥，今天还照样啊！”瑞娟调皮地一笑，偏起脑壳说。

“哎呀，瑞娟，都是什么时候了，你胡说些啥！你想，我能带这个头吗？”

“为啥又不能带呢？年初，传耕主张搞责任制，你不是还反对吗？”

“年初是年初，这会儿是秋收时节了。我就是再老眼昏花，也看得出这责任制好不好嘛！”

“你说好不好呢？”

“呃……不管好不好，反正三多大队今年的收成，不会比去年差。在屏源公社，在全区都是数一数二的。”

“那你还数落人家阿全呢！”瑞娟噘起嘴，不无埋怨地说。

“嗨，这些日子来我唠叨过没得？”费正明见瑞娟埋怨他，急急地说，“你说收了谷子就成亲，我嚼过舌头没得？就是原先说几句，那也不是要害他，是为他不出事嘛。从我心里讲，我还不是巴望你们早早地……”

“爹！”瑞娟含羞带娇地叫了起来。费正明就此住了嘴，不往下讲了。

父女俩沉默了。院坝里传来猪拱槽板的响声。费正明瞅了女儿一眼，见瑞娟也正望着他，赶紧把目光移开，吁了一口气。

“爹，你不想带这个头，躺在床上也不是一回事啊！”瑞娟开腔了，认真地说，“他们要来找你，照样会闯进屋来。”

费正明无可奈何地摊开一只布满老茧的手：“是嘛。难哪。”

“我倒有个主意。”

“啥主意？”

“你去找传耕……”

“不成，瑞娟。”费正明皱紧了眉头，举起长烟杆往门外头指一指，“你还看不出嘛，这回何羽带着工作组来，矛头就是冲着传耕来的。年初那盘棋，还没下完呢！我这时候去找传耕，不给他们抓住把柄？”

“啊呀，你就是顾忌多。支部书记找大队议事，光明正大，有啥把柄可抓的？”瑞娟不以为然地说，“再说，你不可以哄哄他们嘛，说你是去劝传耕……”

“这倒也是。”一句话提醒了费正明。他把长烟杆往瑞娟手里一递，一掀铺盖利索地下了床。

“我给你整点吃的。”费瑞娟退出里屋，跑进了灶房。

费正明穿着停当，走进灶房抹了一把脸说：“不吃了，早去早回。嗳，瑞娟，工作组来找我，你就说……”

“就说你上坡去了。”

费正明满意地点点头，走出茅屋，在屋檐下抓过一只背篼背在肩上，出了院坝。

虽有瑞娟那几句话垫底，费正明心头还是虚的。他经历得多，愁的事也多，总觉得年轻人把世事看得太简单了。要是人世间的事都那么简单，是金便赤，是银便白，人和人之间就不会有那么多扯皮事啰。

幸好，寨路上过往的人不多。路上碰见人，他都在心头掂一掂，估计他们也不会去工作组告他的状。这会儿也见不到工作组干部的影子。几十年来，下来的工作干部都是些夜猫子，喜欢晚上开会，熬夜，过了半夜不睡，一大清早还困在床上。

还没到传耕家院坝外头，费正明一眼看到，传耕割了一大挑草，沿着寨路走来了。这小伙，硬是勤快，昨晚上会散得那么晚，今早晨已去坡上割回垫圈草来了。

费正明看着传耕转弯走进自家院坝，不露声色地跟了进去。景传耕刚把草卸在牛圈门口，抽出扦担，正在开牛圈的门。

费正明踏进院坝，就听到丁慧芸脆生生的招呼："费大伯，你来了，快进屋头坐。"

"噢，我来找传耕扯一点事情。"费正明慌忙应道。这才看见丁慧芸正蹲在台阶上宰猪草，身旁放一只沾满露水的背篼，鲜嫩的猪草堆得溜尖尖的，好勤的一对儿！

传耕已闻声转过脸来："大伯，屋头坐。"

"不坐了，说两句就走。"费正明顺手帮着传耕解开了两大捆草的篾索，把嫩草松松地撒在牛圈里。一头黑色的黄牛和一只小牛崽寻着嫩草咀嚼起来。

"大伯，有啥急事？"传耕不知道费正明为啥那样慌张，关切地问。

"他们敲锣你听到了？"

"嗯。"

"寨邻乡亲们反正是不会听的。"

"你说得对。"

"大家都不动，何羽就会找上我的门。传耕，你说我咋办？"

传耕的眉头微蹙，思忖了片刻，露出两排雪白的牙齿，微微一笑：

"办法倒是有一个，只怕你不干。"

"只要是办法……"

"费大伯，这办法倒简单，回家去以后，你就装病……"

"装病？"费正明愣怔了一下，继而眼里闪过一道亮光，"要得，要得！事到如今，我也只有这么避一下啰。"

"一躺下去，你就不忙起床。"传耕补充说，"我爹和阿全去县头如果找到常书记，得到一句肯定的回话，或是常书记直接到寨上来，就不要紧了。要是一切都不顺利，事闹大了，你就干脆把病装到底，让瑞娟送你去医院。"

"传耕！"费正明了把抓住了传耕的手，他为传耕不让自己卷进漩涡激动了，"你估谙这事情会闹大么？"

传耕默默地一点头，眼里透出股深邃的光："大伯，你是晓得的，要替山旮旯里寨邻乡亲们堂堂正正争一碗饱饭吃，难哪!"

"唉……"费正明握着传耕的手放松了，沉重地垂下了脑壳，吐出一声长叹。

是难啊，几十年来，他在三多大队当干部，只晓得照着上头说的干，不问干的事对不对群众的胃口。汗流了，冤枉活干了，群众连包谷糊糊也吃不饱，他只好伸手找公社要，要救济、要回销、要贷款，年年要吃去国家千斤甚至上万斤的救济、回销粮，要用去国家几千块钱贷款。这是为啥？他没去多想。可是传耕不一样，他想、他问，为什么我们山旮旯里农民这么穷、这么苦？为什么连碗饱饭也吃不上？他还顶着干，决心同乡亲们一道，用自己的双手改变三多大队的现状。如今刚刚舒一口气，何羽又跑来念紧箍咒了。为啥明明办了好事，还要受这么多夹磨呢？

站在传耕面前，费正明觉得愧对这个年轻人。世界上的事真滑稽，费正明历来喜欢按部就班，求稳怕事，却偏偏又让他和传耕这个胆子大得骇人的小伙共事。他理解传耕为啥这么干，却不敢同传耕一道去冲闯。他颤声说道："传耕，你要事事小心留神。"

不等传耕再说什么，费正明勾着脑壳出了牛圈，匆匆走了。

"费老伯，上坡回来了。"寨路上，康文达怀孕的婆娘顺瑛客气地同他打招呼。

"嗳，嗳。"费正明不防人家问话，慌不择词地答，"倒是……倒是想上坡，嗨，走到半路，也不晓得是咋个搞的，肚皮痛起来了，像有把刀在绞。你看，小猪儿的嫩草草也吃不成了。唉……"他一边说，他一边呻唤，那愁眉苦脸的样子，活像是犯了肚皮痛。为了证实自己的话，他还把空背篼转过来，让纤弱文秀的顺瑛看。

顺瑛同情地点点脑壳，扬起两条细长的眉毛说："小猪儿的嫩草草，瑞娟姐也能去割。你闹肚皮痛，快回去吧。要不要我扶你一把？"

"不用，不用。"费正明摆摆手，急匆匆地走了。他没看见，顺瑛在他身后笑哩。

“爹，啷个这么快就回来了？”费正明刚走进自家院坝，瑞娟就从灶房里迎出来，“讨到好办法了？”

费正明赶紧做个手势，左右环顾了一下，朝瑞娟努努嘴，走进堂屋，搁下背篼，俯在跟进屋来的瑞娟耳边，把传耕替他出的主意告诉了她。

“要得，要得啊！”费瑞娟欢声喜气地叫了起来，“一年到头，也没得个歇气的时候，就趁这会儿，你安安心心睡两个大觉。我去给你做吃的，吃饱了你尽管睡……”

“睡不踏实啊！”费正明一屁股坐在板凳上，真有几分病恹恹的样子了。

费瑞娟转过身来，诧异地望着爹：“又是咋个了？”

“传耕……”费正明忧心地说，“传耕这回遇到的事，不会比年初那次轻松啊。你想想，有过年初那回事，何羽这次下来，他会没有几下杀手锏？”

“那……”瑞娟眨巴眨巴眼睛，认真地说，“那你莫装病，挺身出来，替传耕分点忧，也给大家说几句真心话。”

“我、我咋个成？”费正明当即又生气了，咕起一双眼睛道，“你晓得个啥哟！人家当真要整你，只怕骨头再硬，也得低头勾腰挨棒棒。话我先说来摆在这里，我装病，你也得管住全大良……”

“爹，”瑞娟打断了他，舀过一碗饭来，“你先吃饭吧。”说完，走出屋去了。

太阳升起来了，满院坝都是白灿灿的阳光。天气那么好，却要躺在床上装病，实在不是个味儿。要是工作组不下来，这么好的太阳，倒是收割挞谷的好时辰。这会儿，太阳再大，阳光再好，也晒不到谷子了。

好天气不收谷子，雨季却过不了几天要来了，坡上田头，熟透了的谷子和包谷，不去收就是损失啊！

也不晓得传耕将咋个办？

想到这些，费正明手里那碗洋芋伴米蒸成的饭，虽然均匀地撒了点盐花，吃去也干巴巴的难咽。

费正明抱着饭碗在那里寻思，瑞娟气急心慌地跑了进来："爹，爹！他们来了，何眼镜领头，朝我家这儿走来了！"

费正明把手中的碗筷往女儿怀里一塞，赶紧跑回里间屋，脱衣裳、掀铺盖、蹬鞋子，顷刻工夫，便躺倒在床。

杂沓的脚步上了台阶，工作组干部还没进屋，就听到了费正明"唉哟唉哟"的呻吟。

46

"你去哪儿?"

"月光县。"

"哎呀，那巧极了，我也到月光县去。正愁人地生疏呢。你呢，也是第一次去吧?"

喻慎憋不住微微一笑："我是那儿的人。"

"太好啦！这回找到向导了。不过，你的口音不像呀。"

喻慎补充说："我在那儿插过队。"

"插队落户，当过知青，这就对了。要不，我怎么总觉得你不像当地人呢。那么，你一定认识宗妮娜啰!"

喘慎的眼前闪过宗妮娜瘦高瘦高的身影，略一点头："认识，在一块儿插过队。"

"啊呀，巧事儿都凑在一块儿了。前天我还去找过她。"

"你们也熟?"

"哦，不，初次相识。我是慕名找到她的。"

"慕名?"

"是啊！她画的那幅《勿忘》，太棒了。第一次看到这幅油画，我就想，以后有机会一定要见见这位画家。看名字，宗妮娜，我当时认定了，这八九不离十，是个知青。"

"你也插过队?"

“不，在黑龙江军垦农场待了几年。反正，和插队没多大差别，我们这一代人，走过的道路是相同的。或者说，都是从那么条路上爬过来的。”

“你是个美术爱好者?”

“纯粹外行。我是中央音乐学院的进修生，你看看，我姓范，在天津工作。”

喻慎接过他递来的证件，相片上的他，一头乱发，支着下颏沉思着，一对眼睛炯炯地盯着斜前方的某处。他二十九岁，叫范诚忠。

喻慎把证件递还给他，随口问：“你在音乐学院进修，到月光县去干什么?”

范诚忠坦然地一笑，宽阔的背脊朝长途车的椅背上一靠，说：“我是学作曲的，我们进修生每年有那么几个月时间，下去体验生活，进行创作。这些年来，我老想用音乐语言来表达我们这一代人的感受，创作一部组曲，写出我们这一代人的悲欢……”

“真值得一写。”喻慎深有同感地插道。

“是啊。关于这一代人，总是有种种议论追随着他们。”范诚忠感慨地说，“先是说他们破除传统观念，开创一代新风，是大有希望的革命小将。跟着说他们上山下乡如何光荣，如何大有作为。时间一长，不行啰，开始议论他们怎样调皮捣蛋，怎样坐车不掏钱，偷鸡摸狗，乱谈恋爱，简直不可收拾了，成了新的‘社会问题’，得引起警觉。最后，说这一切都已过去，该画句号了。这一页历史已经翻过去了，不必再提了。真的都已过去了吗?这一页历史留给整整一代中国人的创伤呢，教训呢。有人就亲口对我讲过，我们是被时代抛弃的一代，因为我们当年听信了某些人的话，做了些蠢事。”

起先，喻慎只是同范诚忠一般地交谈着。谈着谈着，她不知不觉地让范诚忠的思想吸引住了，目不转睛地望着他黝黑红润的脸膛，以致长途客车在盘山公路上疾速拐弯时，她竟忘了去抓住前座的扶手身子一歪，险些靠到邻座的身上。

“噢，你得抓住扶手。”范诚忠提醒着她，继续说，“前不久，我还在火车上遇着一帮上海知青，他们都是我黑龙江的战友。这几个人刚刚办好户口迁移手续，情绪甚好，谈兴很浓。久别重逢，自然会讲起以往的生活，感慨、叹息、悲愤，会心地笑，发不尽的牢骚，你自然能想象的。其中一个同学对我说，十年之前，我们扛着红旗，唱着红卫兵战歌，怀着改造世界的雄心壮志，上山下乡去闹革命，去屯垦戍边。十年之后，我们又背着背包，喊着向上海进军的口号，回老家去待业，去求一个工作。啊，生活真会开我们的玩笑。他的话深深触动了我，是生活开我们这一代年轻人的玩笑吗？……”

长途客车一声尖锐的鸣号，盖住了范诚忠的话音，他停顿了一下，伸出舌头，舔了舔微微发干的嘴唇。喻慎略有同感地说：

“真有点那种味道。”

客车连连鸣叫几声之后，停下了。透过驾驶室前的玻璃窗望出去，公路“之”字形的拐弯处停着几辆马车，十来个农民正在从马车上往路边卸砖。马车把公路挡住了，那一头还停着几辆拖煤的卡车。看样子，客车一时开不了。

“其实，这十来年间，生活岂止是开我们这代人的玩笑啊。”范诚忠接着往下说，“对整整一代中国人来说，岁月不也是白白流逝过去了嘛。知识青年，这个六十年代末七十年代中，时常被人提及的词，普通得不能再普通了，也许随着岁月的流逝，会被人们淡忘。但是，想想看，它曾经凝聚着整整一代中国青年的多少汗水和眼泪、希望和追求呀！它包含着多少年轻人的希冀和期待、犯罪和过失、探索和憧憬呀！现在提起它，很容易只让人想起艰辛，想起回到城市的待业青年，其实它还应该让人想到更多的一点东西。我们这些人，不就是经过了多少蹉跎才成熟起来的嘛！”

范诚忠炯炯有神的目光掠过一丝苦涩的阴影，他在说话间，眉头蹙紧了，整个神情都显示出一种深沉的凝思。

喻慎颇感意外地发现，不但她自己，就连前座的一位军人，后座一个抱着娃娃的妇女，都被范诚忠的话吸引住了。军人转过脸来盯着他，妇女倾身向前仄起耳朵听着。她呢，听了范诚忠的话，竟感到一种少有的萌动，血液仿佛在全身奔涌！哦，和陈喆在一起，是决不会有这么种感觉的，哪怕同他谈上十年的恋爱，他也说不出这些直抒胸臆的话。陈喆只会讲一些人人都可能讲的话，只会冷静地、理智地处理每一件哪怕是极小极小的生活琐事。

汽车鸣了两声短促的喇叭，又慢慢地朝前开了。

“你想写的组曲，就是这个内容吗？”喻慎关心地问，入神地望着范诚忠。

范诚忠瞥了她一眼，思忖着说：“这只是我要表现的一部分。”

“那另一部分呢？”

“还需要进一步充实内容，补充生活。这就是我下来的目的。”范诚忠浑厚圆润的嗓门提高了一些，“到了你们省城，找到宗妮娜聊了聊，收获很大。她给我介绍的一些山乡农村情况，正是我最需要了解的。所以我急匆匆就下来了。也得感谢你，昨天要是钱包被盗了，那我就没情绪下乡，也不可能下乡了。”

喻慎的脸微微红了，不禁又想起陈喆。这个人每次提到去基层地质队，总是抱怨那里的条件差，总是愁眉苦脸的，不愿去。而范诚忠呢，千里迢迢、不辞辛劳地赶下来，一头就想扎到偏僻的山乡去。他在军垦农场待过，当然知道山乡的生活是艰苦的，条件要比大城市天津、北京差得多，他是为啥呢？……想到这里，喻慎不由钦佩地凝视着他。他也正望着她，那双明亮得很有神采的眼睛里，闪烁着令人心颤的光。喻慎的心头一热，赶紧把目光错开了。她问着自己，怎么搞的，竟会一再地把个萍水相逢的人同陈喆相比较，而且，总觉得陈喆差着一大截。这算啥呢？

这么一闪念，喻慎的心怦怦地跳，似乎耳根子也在发烧。她再也不敢瞅他一眼，也不敢主动问话了。

幸好，从开车起，一直喧鸣的马达声被不断震颠的门窗声压下去了。这说明客车已从柏油公路驰上坑洼遍地的砂砾公路，要想交谈也不可能了。

喻慎知道，虽说已走了四分之三路程，但最后这段路，是最难受的。车身不断地跳跃颠簸着前进，后座的旅客不断地被撞击得弹起来。必须全神贯注地紧抓着扶手，坐稳了身子，才有一种安全感。

尽管她全神贯注于坐稳身子，脑子里却仍在想着范诚忠刚才说过的话，情不自禁勾起了许多往事。她的插队落户生活，她和饶余能的初恋，她对传耕的拒绝和后来的期待，她今天的归宿。唉，回想起来，这一切都像是梦，一场恍惚迷离的梦。不幸的是，这场梦却是真的，是她的经历。她觉得，原先存在心底的许多朦朦胧胧意识到的东西，今天都被范诚忠用清晰和有条不紊的语言叙述得清清楚楚了。她能想象得出，他即将创作的组曲，一定会激起许多听众的共鸣。她真希望能听到这样一支组曲。

喻慎的思想跑了野马，连客车驰进了月光县城也没注意到，直到车开进了县城客车站的大院坝，她才醒过神来。

下了车，她客气地问范诚忠："你去哪儿?"

"当然是解决住宿和吃饭问题啰!"

"那行，你跟我走吧。"

范诚忠一手提两用包，一手拎提琴盒，信赖地跟在喻慎身后。

喻慎到了县妇联办公室，尹毓秀热情地邀她在县城住一夜，明天陪她到屏源区去。喻慎摆着手谢辞了：

"离开屏源快一年了，真想去看看。我下午就搭班车去，倒是要请你给他找个住处。"

喻慎介绍了范诚忠的身份，尹毓秀一口应承："那好办，就住县委招待所吧。"

不料范诚忠又改变了主意："既然你们今天就下去，那我也跟你们一块儿走。有了义务向导，我可以少走弯路。"

"也行。"喻慎爽快地答应下来。

尹毓秀请他们分别坐下，倒上两杯茶，顺手从抽屉里取出一份材料，递给喻慎说：

“你信上要的材料，我让各区都报上来了。总的来说，山乡的计划生育工作，都做得比较差。而且，愈是偏僻、贫穷的寨子，出生率愈高。有些三十来岁的年轻夫妇，竟有多达六七个孩子的。反正，各类情况，材料上都有详细说明。”

“谢谢。”喻慎没想到，尹毓秀会替她准备得这么细致，她把材料放进随身带着的挎包，看看室内没其他人，便轻声问，“三多大队搞责任制近一年了，情况怎么样?”

“我也同你一样，年初离开那儿以后，还没下去过，不甚了解。”尹毓秀起身关上了房门，放低了声音说，“听老常说，直到上个月估产，庄稼长势还是很喜人的。”

喻慎心头感到一阵欣慰，这么说，传耕在这一年里干得很成功。虽然，临行前爸爸没详细告诉她该调查了解些什么，但她觉得，向相熟的人多打听点情况，总不是坏事。

“常书记在县里吗?”

“他到地区开会去了。”尹毓秀见范诚忠喝完了水，忙拿过暖瓶给他添了水，回过头说，“我听办公室的同志讲，昨天晚上他来电话，还问起三多大队工作组有没有消息。”

“又给三多大队派工作组了?”

“这次工作组，主要是去调查，没其他意思，你放心吧。”尹毓秀微笑着说，“讲心里话，我的心情和你这个当年在那儿生活过的人一样，总是忘不了年初的那场风波，总是想去那儿看一看。好在，今天下午陪你到屏源镇，明天我们就能到三多大队了。‘百闻不如一见，’我们亲眼看了再说吧。”

作为县委书记的妻子，尹毓秀说话很谨慎，不随便表态。喻慎当然也不便再问下去了。她仰脸望着县妇联主任，分别快一年了，几乎没有一点变化，熨贴而得体的衣裳，端庄而白皙的脸庞，镇定而温存的微笑，甚至眼角那些细细的皱纹，看去仍然挺美。喻慎呷了一口茶，站起来说：

“那好，我们去逛逛县城的街吧。”

“我陪你们去。”尹毓秀关上抽屉说，“顺便去把下午的车票买好。”

当天下午，他们三人搭客车来到屏源镇。趁着时间早，尹毓秀让区妇联的同志陪同，和喻慎一道去紧挨着镇街的一个生产队，了解了一下计划生育的情况。第二天一早，三个人就踏上了去三多大队的山间小路。

尹毓秀带着下乡的铺盖卷。范诚忠拎着两用包和提琴。喻慎带的东西最少，只一个挎包，但也因快一年没走山道了，太阳又大，累得直冒汗。走走歇歇，快到三多大队地界的那个垭口时，已经是晌午时分了。

爬坡气喘得急，站在垭口中，三个人不由得都收住了步子，放眼望着前面的一大片山岭土地。

明亮晃眼的太阳照射下，覆盖着座座山峦的树林上空，泛出一片油翠的光，又仿佛笼罩着一层淡蓝淡蓝的雾霭。倚着坡脚而建的寨子，扎多、卡多、嘎多，全都掩映在秋天茂盛的绿叶丛中。那条连贯三个寨子的马车道，像一条清晰的带子，直通到嘎多寨上。

喻慎的身上，顿时涌起了一股热潮。她仰着被太阳照得绯红绯红的脸，眼睛里布满了光辉，欢快地叫着：

“哟，多美的山乡，多好啊！尹毓秀，你嗅嗅，连空气中都满是稻谷的甜香。”

不待尹毓秀答话，喻慎抑制不住满腔奔放的感情，一甩手，顺着下坡道跑去。跑出了二十多步，她又回头向尹毓秀和范诚忠招手：“快，快下坡呀，马上要进寨子啰！”

等不到他俩赶上来，喻慎一口气直跑到坡下，在一口泉眼旁蹲下身子，用双手掬起清甜的泉水，咕嘟咕嘟喝了个饱。

待尹毓秀和范诚忠来到泉眼边，她又跳了起来，伸手指着坡土田坝，尖声地嚷着：

“看呀，谷子长得多好，沉甸甸的，谷秆秆都快撑不住了。看呀，那些包谷果果，一个个怕有尺把长。我插队落户那些年，从来没见过这么好的庄稼。”

尹毓秀喝过泉水，喻慎又帮她提着铺盖卷，一阵疾走，边走边说：

“看到了吗，尹毓秀，你看呀，沟渠挖深开宽了，田埂窄多了，田坎坎上看不到一棵杂草、刺蓬蓬，田头没有一株毛稗。不说和往年不同，就是同我们一路上看到的那些田坝、坡土，也大不一样啊！”

尹毓秀被喻慎催着，累得汗水满脸，喘得说话气也接不上：“小喻……我、我可不敢同你比！我、我都上年纪了，你再……再拖着我跑，我、我要倒在路边了。”

喻慎一听她的口气，转脸看到她的脸色也泛了白，慌得赶紧一伸舌头，停了下来，忙说：“你慢走，慢点走！”

尹毓秀深深地吁了一口气，停下来说：“小喻，我真没发现，你竟这么活泼。”

“是啊！她兴奋得连说话的嗓音都发颤。”饱饱地畅饮过泉水的范诚忠赶了上来。

“你们不知道，冬末春初，我背着铺盖卷走进三多大队时，是怎么个凄清、冷寂的景象。”喻慎感叹道，“今天来，真正是今非昔比，大不同啰！你们看嘛，看嘛，从踏进月光县地界，走进屏源区，哪里有整得这么横平竖直的畦沟，哪里有敷得这么严实的田埂。不说其他了，包谷土里一朵朵的向日葵，一个个硬有脸盆大呀。”说得尹毓秀和范诚忠都笑了起来。

直到快走进嘎多寨了，喻慎才稍稍冷静了点。她想到即将见到的寨邻乡亲们，想到那一张张熟悉的脸庞，想到传耕、传耘、慧芸和景大伯、伯妈，心里激动得怦怦直跳，脸色也逐渐沉静下来。

不知什么时候，范诚忠走到她身旁来了：“我看得出，你对这儿充满了感情。”

“是的。”喻慎庄重地点了一下头，两眼凝视着树叶的浓荫中露出的屋脊，“我的青春岁月，毕竟是在这儿度过的。我衷心地希望，这里一天比一天好起来。”

范诚忠理解地“嗯”了一声，又问：“听你和妇联主任的谈话，这里好像搞了点出格的新花样？”

“对，他们打破了一些框框。领头的是个年轻人，进寨子你就会看到他了。”

范诚忠沉吟着说：“我发现，这次碰到你，不仅仅是巧合。可以说，完全是撞到了点子上。”

“为什么？”

“我想要了解、想要补充的，正是祖国农村起着变化的人和事……”

“小喻，你听听，”走在他俩身后几步的尹毓秀，突然叫了起来，“大院坝那头，是不是有人在争吵？”

范诚忠停止了说话，喻慎放缓了脚步，仄耳细辨了片刻，困惑不解地自语道：

“当真的，像是在吵闹。”

他们加快了脚步，急忙朝大院坝走去。

47

这张挞斗是梓木打的，坚固、扎实，严丝密缝，寨上人说，灌上水它也不会漏，故而特别沉。即使像景传耕这样健壮结实的汉子，扛起它来，也腾不出手拿其他东西了。

景气闲和景传耘站在两边，把挞斗竖了起来，传耕微弯着腰，蹲下身，咬紧牙关一使力，挞斗被他扛起来了。他朝爹和妹瞥了一眼，迈开步子便朝院坝外头走去。

还没走到院坝门口，丁慧芸从台阶上飞步跨下来，挑起一副空箩筐，顺手把镰刀、篾席各放在一头，紧跟上了传耕。

“慧芸，你……”景气闲抬起手来，唤了一声。

传耘叫着：“慧芸姐，你不去！”

慧芸仿佛没听见，照旧往前走。

扛着挞斗的传耕慢腾腾转过半个身子，说：“不是讲好了嘛，你也不去！”

“我要去。”慧芸两片抿紧的嘴唇动了动，坚定地说。

传耕的身子朝后一仰，背脊上的挞斗卸了下来，堵在院坝门口。他直起身子，迎着走过来的慧芸说：“你留在屋头嘛。”

慧芸固执地说：“不！”

“慧芸，你莫去，闹不好要遭抓的。”站在台阶上的传耕妈，也柔声劝道。

“我晓得，伯妈！”慧芸扭扭身子，并没转过脸去。

“晓得你还去？”传耕上前拉住了慧芸挑的箩绳。

慧芸并不挣脱，瞅了传耕一眼，委婉地说：“传耕走到哪里，我也跟到哪里。”

“要不得，慧芸。”传耕劝道，“你一个姑娘家，受不了。”

“你受得了，我也受得了，我还怕啥哩？”

“你的脾气咋这样倔？”传耕眼里含着笑意，放缓了口气。

慧芸噘起了嘴：“那你为啥非要去挞谷子呢？”

一句话，把传耕问哑了。是啊，他为啥非要到自家的责任田头去挞谷子呢？他是莫法了，形势把他逼着往刀刃上走。雨季将要来临，工作组命令只准统收统分，群众不干，和工作组顶上了牛。他们曾巴望去县头找常书记的景气闲和全大良带回好消息。哪晓得，他俩乘兴而去，败兴而归，说常书记去地区开会了，开啥子会、在什么地方开，都打听不着，反倒遭人一顿抢白：“你们打听这干啥？咹！”气得全大良车转身子就骂娘。景气闲怕他在县城里惹事，拉上他当夜就赶回来了。

听到他俩这么说，满寨子的社员傻了眼，都眼睁睁盯着传耕，指望他拿出第二个主意。传耕眉头皱得老深，啥主意也想不出，只是双手揪住头发，找了根纸烟抽。纸烟抽完了，他长长地叹一口气，蹲在地上不吭声。寨邻乡亲们见他这模样，也晓得他为难，一个二个默默地离去了。

夜深人静，外人都走尽了，思忖良久的传耕走到爹跟前，沉缓地说：

“爹，只有一个办法。”

“你说说……”

“节气不等人。明天一早，我带上镰刀、箩筐，去把我家承包的那块冷畈田的谷子收回来，挑到家里摊开晒起……”

“你不怕又像年初那样遭抓呀！”妈先叫了起来。

传耕没回答妈的话，只凝神望着爹。

景气闲先是一怔，继而两眼目不转睛地瞅着儿子。他拿着烟杆的手微微有些颤抖，两片嘴唇扭动了几下，半晌，才从牙齿缝里迸出了几个字：“你认定了？”

“想过好一阵了。”

“眼前只有这个法子了。”景气闲说，勾下了脑壳，生怕眼里噙着的泪被人看见。

妈还不理解，喊道：“我们家又不短少这几颗谷子，大家熬得，我们也……”

“这不是我们一家人的事！”景气闲一声吼，妈再没吭声，只是捂着脸暗暗啜泣。

传耘气冲冲地说：“要去，一家人都去！哥挞谷子，我和慧芸去坡上收包谷。”

“要不得。”传耕严厉地瞪了妹一眼。

“风险大，”景气闲一锤子定了音，“让你哥一个人干吧。”

自始至终，慧芸拿着一只舀猪潲的木勺，背脊靠在竹笆壁上，站在门侧的阴影里，一句话也没说。传耕看不清她脸上的表情，只感觉到她的眼睛瞪得老大，不时眨动着，盯着他。他当时想，她是理解他这举动的意义的，所以她默不作声，也就是赞同。

却没料到，这会儿，她会挺身出来，固执地要求一道去收谷子。

院坝里沉默了片刻，传耕还想劝她几句，爹嗓音带点沙哑地说：“去吧，慧芸要去，让她跟着去吧。”

“你疯啦，她是没过门的媳妇呀!”妈大声反对说。

“你懂个啥。”景气闲转过身，朝台阶上走去。

慧芸嘴角露出了一丝笑纹。传耕瞪了她一眼，回到院坝门口，重新扛起挞斗，走出院坝去。慧芸一肩挑起装着镰刀、篾席的箩筐，跟在他身后。

穿过高低不平、七弯八拐的青岗石寨路，走过一家又一家院坝、门口，刚出寨子，踏上那条去冷畈田的泥路，慧芸唤了一声：

“传耕哥。”

“啊?”

“走过寨路的时候，各家各户院坝里，好多人看我们哪。”

“他们看见了……”

“看见了。我还看到，有人瞅了两眼，赶忙跑进屋去了。”

“噢。”传耕表示晓得了。挞斗又大又沉，四四方方的，比张八仙桌还大，他低头扛着，看不到寨上人的反应。

“传耕哥，”走出寨子一段路，慧芸又说话了，“挞斗那么沉，搁下歇口气吧。”

传耕气喘得有些急促，说：“不，得抓紧时间。”

“那我帮你扶一把吧。”

“不用不用，扶一把反而重心不稳了。”传耕急忙制止。不过，他感受到慧芸对他的深情，“你看，冷畈田离得不远了。”

冷畈田离嘎多寨足足三里地，是寨上水田中最差的。过去，一窝蜂出工干活的时候，从寨上给冷畈田挑粪，每挑一回就歇一次气，干一天活路，上半天挑三回，下半天挑三回，就算得一个劳动日了。离得远不算，这田块不远的山坡上有一个泉眼，终年四季泉水不断，年年春天打田栽秧，都放这泉水到田头来翻犁。泉水冰凉，秧子栽下去哪里经受得住，到了秋天，不是满田坝茅草，就是遍地瘪谷。这情形，嘎多寨上的人个个都晓得。所以，承包的时候，尽管一亩三分地折成六分半计算产量，也没得人要。但它终究是块田啊，没得人要，传耕要下了。寨邻乡亲们说折六分半算，他说算八分吧，栽一季试试。众人还有什么话讲。

分到这块冷畈田，传耘、妈、包括慧芸都怀疑，这块田能种出八分的谷吗？传耕在冷畈田旁边坐了半天，想出了办法。他在冷畈田前不远，将就凹地挖了个蓄水塘，先把泉水引进水塘，蓄在那里让太阳晒，提高了水温，这样一来，用水方便，冷畈田也不冷了。加这田地原本土质好，肥料足，传耕栽的又是能抗寒耐涝的“杂优二号”，严格按照科学的方法细心管理，如今田里的谷子，每一株每一穗都是颗圆粒饱，沉甸甸地垂着头。难怪乡乡亲们赞叹：“俗话说，田是一块土，在于人来务。这块冷畈田，往年打不起二百斤谷，今年啊，一千三百斤是稳拿啰!”

传耕和慧芸来到冷畈田旁边，两人先在田角割下一片谷子，腾出了放挞斗的地方，把挞斗拖进田里，围起篾席，这才一齐挥镰收割起来。

入秋以后，常有“秋老虎”天。火辣辣的太阳直灼割谷人的背脊、颈脖、两臂和脸庞。只干了一个来小时，传耕和慧芸都满身大汗了。这时候，他俩才发现今天出来得太匆忙，忘了戴草帽，也忘了带凉水。这也难怪，全家人都晓得，今天挞谷子担着多大的风险。也许是过分紧张吧，谁也不曾想起该带这些东西。

割下了一片谷子，传耕开始挞谷。“砰——咚，砰——咚”的挞谷声，在田野里响起来，像唱起了一支雄壮的歌。听到这歌声，慧芸感到既欢乐又沉郁，不时停下镰刀，直起身来看看周围的动静，又回头看看传耕。他完全沉浸在劳动中，仿佛把一切都忘记了。

约摸干了两个小时，挞斗里的谷子足有一二百斤了，传耕把谷子刨进了箩筐。

慧芸停下割谷，走近来拿起扁担说：“传耕哥，我来把谷子挑回去。你歇一会儿。”

“不，还是我挑，你歇一歇。”

“我来挑，你歇口气，挞谷子多累人。”慧芸说，“顺便我去拿毛巾、水来。”

传耕伸手抹了一把额头的汗，抓过扁担，沉吟着说：“慧芸，还是我去。万一回到寨子上，碰到工作组的人扯皮……”

慧芸松了手，垂下眼睑顺从了。

传耕旁若无人地挑着谷子，闪悠闪悠地穿过寨路。一路上没得人找他扯皮，倒是寨邻乡亲们纷纷从屋檐下、院坝里、院墙旁边惊喜地探出头来，看着他穿过原来集体分粮食的大院坝，向自家屋头去了。

自家院坝里，爹和传耘早把地上扫得一干二净。传耕倒了谷子，传耘立即拿耙把谷子摊开。院坝外头，已经来了一群娃崽、几个老人，探头探脑地往院坝里瞅。

传耕喝了口水，拿上两顶草帽，一瓦罐水，一只小搪瓷杯，一张黄白条纹毛巾，担起空箩筐又往回走。一到寨坝上，老汉、小伙子、中年人、婆娘、媳妇，见了他都热情地打招呼：

“传耕，收谷子啦!”

“传耕，冷畈田的产量不比寨门口的糯米田差啊!”

“传耕哥，这谷子挞起来爱落不爱落?”

“传耕哥，看你这一身汗哟，啧啧!”

“传耕，你家院坝里怕晒不下这么多谷哟!”

大伙儿就像约好了似的，笑吟吟地同他说话、寒暄，哪个也不夸他胆大，哪个也没露出大惊小怪的脸相，哪个也不提工作组的禁令，好像大家都不知道那条禁令。

传耕对所有的问候都报之以微笑，都以点头和一声接一声的，“噢、噢、噢!”表示回答。他没有停下脚步，人们也没有拦住他问更多的话，反而给他让开道，让他走出寨子去。

头上戴了一顶草帽，炫目的太阳光不是那样刺眼睛了。想到慧芸还在被烈日烤着，传耕加快了步子。

走出二里多路，远远地，传耕看到慧芸那件陈旧的花点衬衣在冷畈田里闪动着，她还在割谷子。

“慧芸，快来歇歇气吧!”走得更近了，传耕放声喊起来。

慧芸直起身子来，埋下脸在衣袖上擦了擦汗，羞涩地笑了一下。她的手里还抱着一捆割下的谷子。见传耕在向她招手，她弯腰把割下的谷子摊在谷茬上，将镰刀插进半湿的田头，甩着双手走上田埂来。

传耕站在田埂的一株大杨树脚，先把黄白条纹的毛巾递给慧芸，又倒了一杯凉开水，双手捧着送过去。慧芸的脸上顿时升起了红晕。

两人在杨树脚下默默地相对望了一眼，慧芸停止了擦汗，迟疑了片刻，才怯怯地接过凉开水，不安而又感觉幸福地悄声说：

"多承……"

"喝吧，你一定渴坏了！"传耕笑着说，在树荫里坐下了。

慧芸一口喝尽了杯里的水，有一抹水渍留在她的嘴角，她不好意思地用毛巾抹了抹，垂下眼睑不敢去碰传耕盯着她的目光。

慧芸的身上透出一股健朗的、热烘烘的气息。传耕仿佛头一次发现，慧芸的脸庞饱满红润了，眼睛里闪着水晶晶的灵光，结实的胸脯鼓鼓地隆起来，两条捋起衣袖的手臂，被太阳晒出了粉红的色泽。去年火车上邂逅的那个憔悴、忧郁的慧芸，再也不见了。她的身上，有着一股说不出的魅力在吸引着他。

慧芸被他望得不好意思，呼吸也变得急促了。她微微扭过脸去，眯缝起眼睛望着那被割去一片谷子的冷畈田。

为了挞谷，早几天就放干了田水的土蒸发出一股潮湿的泥土的芬芳。风从山垭口那边吹过来，未曾割倒的谷穗，摇头晃脑地碰撞着，发出刷刷的声响。太阳忽然被一块变幻不定的云彩遮住了，一阵凉风扑面而来，山野出奇地安静。

传耕心头涌上一股欢悦的浪头，这劳动歇气时间，是多么舒适、惬意啊。尤其是坐在慧芸的身旁，他的目光像燃着一团火。

慧芸的耳朵根都红了，她用毛巾拭着没有汗的额角，并不转过脸来，耳语般说：

"尽望、尽望人家……"

"咋也望不够。"传耕接上话说。

“扑嗤”一声，慧芸笑了，转过脸来，娇嗔地瞪了传耕一眼，在他身旁坐了下来。

传耕脸上没有一点笑意：“当真的，慧耘要是没有工作组下来管头管脚，要是没有不准自家收谷子的命令，这歇气时间该多好啊！我们俩……”

“要是那样，爹和传耘也都来收谷子啦！”慧芸笑道。

“倒也是的。”传耕点着头，默起神来。继而，又扯扯慧芸的衣袖问：“慧芸，你心头真不怕么？”

“怕啥？”

“那些人跑来管我们呀，夺我们的镰刀，挑我们的谷子，不准我们担回家去……”

慧芸的脑壳一扭身子，却朝传耕这边靠过去：“你都不怕，我还怕啥？”

“慧芸！”传耕激动地叫一声，双手搭上慧芸的肩头，在她的面颊上出其不意地吻了一下。

“哎唷，让人看见啦！”慧芸惊叫着跳起来，几步跑进田头，抓起了插进湿田的镰刀，“干活路吧！”她的语气，她回过头来瞅传耕一眼的神态，透露出她的满足和欣喜。

传耕拿起带来的麦秆编的草帽，走近慧芸，把草帽戴在她乌黑的、发光的脑壳上。慧芸柔顺地停止了割谷，任凭传耕把草帽给她戴稳。

当他俩又打满了两箩筐谷子的时候，太阳已经移到了当空。热得灼人的阳光，给传耕的肩膀、粗壮的手臂抹上了一层红釉。

这时，在紧挨着冷畈田不远的半坡小道上，传耘戴着草帽出现了。她拿一根扦担高高地扬起几片篾条，呼唤着他们：

“哥，慧芸姐，回家吃饭啰！我在坡上割草，替你们照看挞斗。”

他们双双答应了一声。传耕挑上一担谷子，慧芸一手拿两把镰刀、一手提着装水的瓦罐、杯子，走回寨去。

正要穿过大院坝，猛听得一声粗厉的、抑制着恼怒的吆喝：

“景传耕，你停一下！”

传耕搁下担子，撩起颈项上的黄白条纹毛巾，慢条斯理地擦了擦汗，侧转半个身子，慧芸靠近传耕，也顺着他的目光望去。

何羽和沈平从大院坝侧边一堵人高的坝墙后头，一前一后跑了出来。何羽的眼镜片在阳光下闪烁着点点银光。

总算察觉了。传耕笑笑，从脑壳上扯下草帽来扇着风。其实，他惹人注目地到自己承包的田块上去收谷子，到头来，不就是为了应付他们的出场吗！

“景传耕，前晚上的群众大会，蒋学谦的鸣锣通知，你不会没带耳朵吧！”何羽的声气不很高，但字字句句都很逼人，“你居然跑去收谷子，还往自己屋头挑，我不得不来追究一下你的责任了。”

传耕扇着草帽，点点头，诚恳地说：“我是有责任的……”

“哼，你还懂得责任！”何羽没好气地打断了景传耕的话。

“晓得有责任就好，传耕同志。”沈平的声音亲切而又柔和，“我们来，只是想提醒你，你是大队长，是三多大队的当家人。你今年还递交了入党申请书，既然要求做一个党员，就应起模范作用，给广大农民带好头。”

“是的。”传耕坦然地望着沈平，这会儿已经不扇草帽了，“可是我们应当说话算数。年初，各家各户同集体签订的承包合同，任何人都无权随意推翻。我有责任给群众兑现，群众也有权利找一碗饱饭吃。”

“社会主义的农村会没得饭吃？”沈平提醒说，“传耕，你这话讲得太不妥了。”

“我不喊大话，我讲实话。”

沈平的语气变得严肃多了：“你是站在什么立场上讲实话？景传耕，你这么做，是带头走资本主义的路！是煽动群众对抗工作组。”

“是资本主义还是社会主义，不是由你说了算。还得三多大队的群众说，还得让三多大队今年的实践来说话。”景传耕冷峻地回答道，“靠两张嘴皮子翻，还没翻够吗？”

何羽是领教过景传耕的雄辩的，眼看闻讯而来的寨邻乡亲们，围得越来越多，他感到必须直截了当地把景传耕的气焰压下去，于是上前一步说：

“闲话少扯，景传耕，我只要你干一件事，把收回来的谷子倒在院坝里。已经收到家去的那挑也挑出来。你答应吗？”

“答应了，就算你起了一个好的带头作用。”沈平补充说，“我们不但不追究你的责任，还要让大家向你学习……”

话没讲完，大院坝那头，就传来蒋学谦慌慌张张的嚷叫：“不好啦，何主任！不好了，嘎多、卡多、扎多寨上，都有人挞了谷子往家里挑，哪个也不听招呼。”

何羽脸颊上的肌肉受惊地弹跳了一下：“都、都有哪几户人家？”

“唉，数不清，紧挨着寨子的田坝里也有人挞。”蒋学谦哭丧着脸说，“你听嘛，这会儿也听得见。”

众人都闭紧了嘴，微仰着脸，仄耳听着，离嘎多寨子不远的田坝里，一下连一下地传来“砰——咚，砰——咚”的挞谷声，此起彼伏，很难分辨响声是从哪个方向传来的。

“好啊，景传耕，这就是你的阴谋诡计！”何羽恼羞成怒地垮下了脸，油汗顺着他的额角淌下，他把手猛地一挥，“蒋学谦，过来，给我把景传耕带走！”

景传耕神态自若，慢悠悠地扇着草帽，微带讥诮的脸上笑眯眯的，显得格外轻松。

慧芸冷不防把传耕往旁边一推，一步跳到何羽跟前，质问道：“凭啥把他带走？”

“呃……”何羽朝后退了一步，定睛一望，见是丁慧芸，他的火不打一处来，忿忿地说，“你也脱不了爪爪，一块儿走！”

“为啥要抓他们？”人群后头闪出于老古，他扒开寨邻们的肩头，挤上前来问，“你何眼镜看见农民有饭吃，又眼红了吧？又要像年初那样，随便抓随便斗吗？”

“哪个随便抓他了。他把群众往邪路上引……”何羽挺起胸脯，并不示弱。

“传耕什么时候引我们走邪路了？”于老古猛喝一声，打断了他，“你何眼镜引我们大干，引得我于老古出外去讨饭，才叫是邪路，才叫犯罪哩！”

何羽气得浑身颤抖：“于老古，你别自己跳出来。我今天只认准是他俩带头下田去挞谷的，决不放过……”

“嘻，这才是怪事哩！”于老古挤挤眼睛，做了个鬼脸，“哪个跟你说他俩带头下田的？我于老古天蒙蒙亮就磨起镰刀了，比传耕去的还早！你瞎了眼，没看见！”

“你……”何羽不知所措地瞪着眼前这个老农民。

于老古对他眨眨眼睛说“你不信吗？告诉你，岂止是我，还有我两个儿子，一个女儿，一共四家人，都下田挞谷了！要抓，你把我于老古一大家子十七口人全抓去吧，只要你管饭吃。”

“是啊，我家也是一早下的田，要抓，也把我们家六口人抓去。”马上有人跟着喊。

“我说是为啥抓传耕呢，”一个妇女尖声脆气地插话道，“就为收自家责任田土的谷子呀！跟你们说，工作组没下来，我家的包谷就扳下来尝新了，昨晚上还收了一背篼呢。”

一瞬间，围在四周的寨邻乡亲们，男的男，女的女，争先恐后地嚷着：

“我家第三挑谷子刚挑拢，说啥也比传耕早下田。”

“要抓，把满寨人都抓去，谷子不收了，田也不种了，让姓何的管饭吃！”

“熟了的谷子不收回家，堆在大院里干啥？又拿去孝敬大嘴老鸹吗？”

“不许他们抓！”

“他要乱整，我们也敢乱来!”

沈平年纪轻，从没经过这样的场面，不断地拿眼睛瞟何羽。何羽的脸色一阵青，一阵白，在明晃晃的大太阳下，额头上、脸颊上，布满了汗珠，他好容易镇定住自己，镜片后面射出恼怒的目光。

“都想造反啦!”他终于嘶声喊起来，“好嘛，你们都要闹单干，都想走发家致富的邪路！跟你们说，除非县委大院门口的牌牌换成国民党的，否则，我何羽决不允许你们朝这条路上走！蒋学谦，你给我以公社的名义，马上鸣锣宣布，集体田土上的庄稼，一颗也不准私自收回家去。有收回去的，赶紧交出来；胆敢不交的，我们要用强制手段!”

“要得!”蒋学谦答应一声，想往外挤，可是人们肩膀挨着肩膀，身子靠着身子，哪个也不让他走。他拱了两处，拱不出去。抬头一看，嘎多寨的老百姓一个个绷紧了脸，怒目瞪着他。他迟疑了，回头望着何羽。

正午的大太阳底下，当头的日光照得人心顶心发麻。大院坝前这局面僵住了。传耕把草帽戴在脑壳上，眯缝起眼冷冷地盯着何羽。他知道，何羽是说得出做得出的，年初抓他、游斗他、押他去公社，不是何羽干出来的？面对着这个专横跋扈的人，他真想啐他两口，只要他一有动作，满寨人都会动起手来捶他的。但是，传耕抑制着自己的愤怒，他不能这么干。

相持不下的局面使空气变得格外凝重。偌大的人堆里，笼罩着一种窒息人的静寂。

何羽向蒋学谦递了个眼色，蒋黑脸又气势汹汹地吼起来：“让开，你们让不让!”

“蒋学谦，你咋呼啥，又想压制老百姓吗?”一声喝问，从人群外头传来，蒋黑脸立即缩回去了。

“郝老虎!”好些人不用回过头去，就听出是公社书记郝秉建的声音。人们纷纷转过身子，让出一条路来。

传耕心头一喜，但又禁不住自问：郝老虎咋个来得这么巧，这么及时呢？

48

全大良还在瞌睡迷稀之中，耳畔传来熟悉的低低的呼唤：

“阿全，阿全，快起，起来！”

他呼地坐起身来，费瑞娟的脸庞在窗棂外头一闪。全大良掀掉被窝，一边穿衣裳，一边趿着鞋跑到窗户边，隔着窗户问：

“这么早，有事么？”

“还早，跟你说，传耕到冷畈田挞谷子去了。”

全大良正扣着钮扣的手僵住了，两眼瞪得老大，脱口而出：

“他怕了，向工作组认输了？”

“看你嘛，也不下细想想，传耕是这样的人吗？”

“倒也是。”全大良搔搔头皮，费劲地眨眨眼睛，“他平时常说，有理不怕势来压。那他……他去责任田挞谷子，事前咋一点风声也不透呢？昨晚上他都没有讲。”

费瑞娟轻轻敲击着木格格窗楼说：“我猜，他是怕连累众人，才一个人单枪匹马地干。传耕这个人心细，晓得这么干风险大，闹不好又要像年初一样挨整。”

全大良扣起衣裳，两眼定定地盯住一处，抿紧了嘴思忖片刻，而后问：

“你爹呢，他听说这件事吗？”

“听说了”

“他咋个讲呢？”

“传耕让他躺在床上装病哩，一听我跑回家讲这事，他当真像害了病一样哼起来了。”

“脓包……”

“你少骂几句。跟你说，爹不跟何羽他们跑，埋起脑壳装病，已经不容易了。”

“他那么个人……”

“你不晓得，昨天早上何眼镜、公社那两个干部，跑来动员爹带头下田收谷子，要他把收回的谷子堆在大院坝里，起个模范作用。他躺在床上，也不晓得是真急了呢还是会装，眼珠子闪着泪光，脑门心上全是汗，说一声叹口气：唉，要不是肚皮痛得坐不起，我这时候还会在床上嘛。唉，实在叫恼火，哎唷、哎唷，何主任，等我身体好了，一、一定……哎唷唷……哈哈哈，那几个人真被爹满脸的汗哄愣了，你看我，我看你，直瞪眼。”

隔着窗户，全大良看费瑞娟边讲边比画，也憋不住笑了：“后来呢?”

“后来，我爹见他们坐在板凳上不走，又唉声叹气说，要不，要不，你们拿上我的镰刀，去割我的谷子，带、带个头……”

“哈哈哈……”全大良放声笑起来，“你爹真会使法子，那几个人被他要得好!”

“你以为他们都是憨包吗?”瑞娟一努嘴说，“他们鬼得很，才不相信爹生了病哩。走出院坝时，我听沈平对何眼镜说：怪！早不病晚不病，偏偏今早晨生起病来……”

“是啰，你爹一躺下，他们那几个人就是龙门阵缺人——摆不起来，只能干嚎了。唉，传耕也是，他让你爹装病避过风头，他自己身上的压力更大了。”

“是这话嘛!”

“你等等，我扒点饭，马上到责任田头去挞谷子!”全大良忽然兴冲冲地说，“我一去，你就到各家各户串门，说我们去挞谷了，寨邻乡亲们……”

“还用我去传，嘎多寨上早传遍了。大伙儿你邀我约，走，挞谷去！工作组追究起来，就说满寨人都是今早晨下田的，看哪个敢把全寨子的人都抓起来。”

“对啰!”全大良高兴地一拍大腿，神情振奋地说，“这叫有福大家享，有祸大家担。我也得赶紧去……”

“莫忙!”瑞娟连忙向全大良摆手，“不需你去凑这份闹热。”

“你怕我惹事?”全大良不以为然了。

“我还怕你惹事!”瑞娟斜了全大良一眼,“我是有更要紧的事让你干。”

“还有比这更要紧的……”

“当然,你得赶紧跑到公社去,找郝老虎,把寨上的事跟他讲。”瑞娟把声音压得低低的,“这也是爹的意思。他说,传耕这么豁出来干,胆气是壮,不过,还是理亏一些。要是先给郝老虎打声招呼,将来扯起皮来,就有话讲了。”

全大良耐着性子把话听完,转着脑壳说:“生姜还是老的辣呀!你爹这主意出得好,你放心吧,我填饱了肚皮就上路!”

瑞娟朝全大良甜甜地一笑,叮嘱了一句:“不要咋呼。”身影在窗棂外一闪,离去了。

全大良不敢怠慢,自己填饱了肚皮,又撮了点包谷皮喂川马。吃过早饭,他牵出马来套上马车,顺着寨路慢悠慢悠走来,似乎自己要干的事并不急。

山寨上,有一股活跃的气氛。不时可以从一家一户隔开的院坝里,听到沙啦沙啦磨镰刀的声音。从院墙外望进去,有的爷崽俩在敲紧挞斗的榫头;有的把篾席铺在地上,补着围席上的洞洞,还有些人干脆呼朋结伴地上坡挞谷子去了。

瑞娟讲得一点也不错,寨子上已经动起来了。全大良觉得,在这些人面前无须隐瞒自己的行动,他吆喝一声,在川马结实的屁股上不轻不重地抽了两鞭,马车“轰隆轰隆”响着,驰向寨外。

“阿全,你到哪里去?”马车快跑出寨子的时候,从康文达家小巧的院坝里,传来一声问。

全大良转过脸去,只见康文达扛着挞斗,他那怀了孕的婆娘顺瑛帮着托了一手,两人正费劲地走出院坝。

“我嘛,到公社去干好事!”全大良想起瑞娟不要咋呼的叮嘱,朝康文达挤了挤眼睛,“看你们扛着那么费劲,干脆,把挞斗放上马车,我帮你们拖到田头去。你们那几块责任田,不都在路边上吗！”

康文达和顺瑛高兴极了，紧赶上前，把挞斗放在马车上，一左一右扶着挞斗的把手。

“阿全，去公社干啥？”康达文问。

“找郝老虎。”全大良见周围没得其他人，小声说，“我要想办法把郝老虎拖到寨上来！”

“那太好了！”康文达和顺瑛交换着兴奋的目光。年初，郝老虎对搞责任制的态度，他俩都是晓得的。

顺瑛佩服地说：“阿全哥，真看不出，你脑壳里还能转这么个弯弯！”

“那还用讲嘛！”全大良洋洋得意地昂起了脑壳。他不便说出这是费正明的主意，怕这对小夫妻讥笑他要做孝顺女婿了。

马车出了嘎多寨，顺着车道驰到和卡多寨相交的岔道上。刚要拐弯，从卡多寨口的大沙棠树脚传来一声喊：

“嗨，赶马车的，到哪里去？”

“是工作组的！”顺瑛低低地惊呼一声。

“糟糕！”康文达回头一看，工作组的艾振兴小跑着追过来了。

全大良不急不慢地赶着马车，头也不转地说，“我去公社。”

“好啊！”艾振兴跑到马车边，笑眯眯地说：“请你给我带封信去寄，行吗？”

全大良看他不是来拦道的，一口应承：“小事一件，拿来吧！”

艾振兴从衣袋里掏出贴上了邮票的信，郑重地叮咛道：“千万不能忘了呀！”

“忘得了吗，嗨……”全大良的话未说完，两眼往信封上一溜，看到“常爽”两个字，他抬起眼皮，朝艾振兴端正的脸上瞅了一眼，这人的神情好庄重。全大良不由得问：“这信是寄给常书记的？”

话一出口，引得康文达和顺瑛也直朝艾振兴打量。乍一看去，艾振兴的相貌太平淡了，向没啥突出的地方，眼睛不大不小，鼻子不高不低，嘴唇不厚不薄。但此刻，他眼神里闪着股深邃的光，使他平淡的相貌仿佛也变得引人注目的。

艾振兴迟疑了片刻，点点脑壳说："是的，寄给常书记。"

"嗳，你那信上写些啥?"全大良朝艾振兴身前凑凑，做出副亲热的样儿，"把三多大队的事跟常书记说了吗?"

艾振兴左右环顾了一下，没吭气。

康文达一推全大良的肩膀道："嘿，阿全，你也真是的，人家通信内容，凭啥跟你说？走吧走吧!"

全大良仍不甘休地说："问问有啥关系，嗳，同志你说是呗?"

"是的。"艾振兴诚挚地笑了笑。

"你看，我说的嘛!"全大良朝康文达一溜眼，装作神秘地说，"艾同志，你晓得不晓得，常书记是赞成我们搞责任制的?"

"听说过。"

"这就妥了。"全大良把手一扬，"放心吧，我准保把信送到邮电所。"说完，一逮马缰绳，马车又轰隆轰隆走去。

离艾振兴远了，顺瑛像提醒似的说："你们发现没得，这个工作干部看到马车上的挞斗，连问也不问一声。"

"我估谙，"康文达思忖着说，"他这人，和何眼镜、沈平、蒋黑脸不一样。"

马车把挞斗拖到康文达的责任田边，卸下挞斗。全大良同康文达夫妇打了声招呼。跳上马车，甩了两声响鞭，双手使劲扯住了缰绳，棕黑色的川马竖起鬃毛，发了疯似的在马车道上飞奔开来。

"小心点，"顺瑛在后面喊，"不要撞翻到沟里去。"

话音还没在田坝间消失，马车已经越过了垭口，无影无踪了。

全大良赶着空马车，只用了一个多小时就跑完三十里山路，到了屏源镇街上。他先在邮电所投了信，便一鼓作气赶着浑身冒汗的川马，跑进了公社大院坝，在公社办公室台阶前停了下来，气喘吁吁地跑上台阶、一边撩衣襟抹着满头满脸的汗，一边问迎头碰上的人："同志，郝老虎在哪里?"

“他在开会，”那人脚步不停，爱理不理地答，“这会儿他不接待来访。”

全大良忍住气，追着那人问了一句：“他在哪里开会？同志，我有急事啊！”

“急事也得等，你要有耐心，等到吃晌午散会吧，他就在走廊这头的会议室。”

顾不上道谢，全大良顺着他指的方向，直接走到会议室门口。

会议室的门没掩紧，全大良从门缝里望进去，里头烟雾腾腾，一个人正在讲话：

“……反正，交了大季的公余粮，明年一开春，我们大队还会递申请上来，要求拨回销、救济。丑话我先说在前头，你们不答应这一条，我这干部明天就不当了……”

全大良透过烟雾，转动着眼珠子挨个儿望过去，嗨，郝老虎坐在角落里，半仰着脑壳，手里拿着笔和本子，在出神地听那干部发牢骚。

这咋个办呢？当真要等到吃晌午吗？

全大良犯难了，他使劲地搔着头皮，眼珠一转，随即有了主意。他蹑手蹑脚地后退了好几步，直退到走廊转角处，看看左右都没得人，拉嗓门大吼一声：

“火灾，火灾！”

他一面吼一面朝会议室冲过去，撞开会议室的门，一个箭步跃到郝老虎跟前，逮住郝老虎的手腕，惊风火扯地叫：

“郝老虎，快，快跟我来！我们寨子发生火灾，大火灾！”

郝老虎还没回过神来，就被拖到了台阶前，看到门口停着的空马车，才挣脱了全大良的手臂，吼道：“放手！我跟你去就是。”又回头对跟出来的干部们说，“你们这会照常往下开，有什么话讲什么。”说完，他用老年人少见的敏捷，几步下了台阶，爬上了马车。

全大良心中暗自生喜，生怕郝老虎多问几句，他跳上马车，抓起鞭子就朝马屁股“啪啪”两下。那马脑壳一昂，又拖着马车跑出了公社院坝。

出了屏源镇，全大良一个劲地催马快行，不让郝老虎有问话机会。直到跑出了十几里，他才给郝老虎道出了真相，傻笑着，准备挨郝老虎的训斥。

“你这龟儿子，我还以为是出了啥人命关天的事了。真会哄骗!”郝老虎倒不曾骂他，只是板着脸责备了他一句，继而吁出一口气，“不过嘛，你报告的这件事，也同发生了火灾差不多，是该赶快下去，赶快下去。”

全大良一听郝老虎的腔调，眉梢一扬，心里说：有门儿！干脆，掏掏郝老虎的态度。他稍稍放慢了马车的速度，讨好地给郝老虎推过去一小捆谷草，让郝老虎垫在屁股下头，少受些颠痛。

“郝老虎，俗话讲，官有十条路，九条人不知。你们这些当官的，到底是咋个搞的嘛？年初讲得好好的，让传耕领着我们种一年责任田试试。这会儿，又要来纠偏了，说话算不算数嘛。”

“说话当然算数!”郝老虎埋着脑壳，闷闷地回答。

“你算数就好呀!”摸清了郝老虎的态度，不再深问下去，他站起身来，双手一抖缰绳，又催马快行，“郝老虎，你坐稳了。我这匹川马，跑起来车颠得好凶。”

马车拢嘎多寨的时候，正碰上景传耕和何羽在大院坝里争论。郝老虎让全大良把马车停在寨路上，两人走近人群，静观事态的发展。好几次，性躁气急的全大良想挤进人群去，都被郝老虎拦住了。直看到蒋学谦狐假虎威、气势汹汹的丑相，郝老虎才忍不住插进了话头。

寨邻乡亲们一看郝老虎来了，劈头第一句话就镇住了蒋黑脸，态度鲜明，人们顿时变得活跃起来。先是响起一阵兴奋的低语，跟着，有几个人干脆放开喉咙嚷开了。

“对了，郝老虎来了，听他说嘛!”

“郝老虎也是当官的，我们听他讲。”

“是嘛，这样压老百姓，算个啥名堂?”

"何主任也怪，回回都要抬出公社的招牌来发通知。"

"这有啥稀奇，出了漏子才好拿公社去抵挡。"

群众的讽言冷语，刺得何羽的脸色泛青，额头上冒着亮晃晃的汗光。郝老虎在嘎多褰的突然出现，使得他愣怔了片刻，脸上露出明显的惊愕之色，但他随即就镇定下来，并不看走过来的郝老虎，却对群众道：

"你们嚷些啥，我是县委驻三多大队的工作组长，没有权力发通知吗？出了偏差不该纠正吗？"

"对对，乡亲们，何主任是工作组长，不是扫把上戴草帽，冒充的。"郝老虎双手背在身后，走到人堆中间，冷冷地应了一句，引起了几声讪笑。但他自己却一点不笑，停顿一下，又说："不过，县里给公社打了招呼，说这次工作组下三多大队，主要任务是调查，是核定产量，是来看看搞了一年责任制的成效。我们没有听说下来纠正啥子偏差。"

"你了解三多大队的情况吗？"何羽忽然气急败坏地爆发了，"你下车伊始，哇啦哇啦发什么议论？告诉你，郝老虎，这里是工作组管事，你跑来干什么？我倒要问问你了，是你公社书记说了算，还是我县革委副主任说了算？"

"莫用你那官衔来吓我嘛。"郝老虎的声气不大，竖起眉毛，两眼忿忿地闪着光，毫不客气地反问，"请问，捕鱼用的渔网，能遮住阳光吗？你的官衔能吓退老百姓吗？说理嘛！俗话说：谷多出好米，人多出真理。当着这么多群众，你有理，你讲呀！我六十多岁了，公社书记也当得不耐烦了！我说过，今年一入冬，我的哮喘病一上来，脑壳上这顶乌纱帽就请别人戴。不过，我在任上一天，我就不许人在屏源公社乱整老百姓。三多大队的事情嘛，我不敢说全摸底，但是比你何羽何主任多了解些情况，倒是真的。"

"你了解啥子？你说呀！"何羽鼻子里哼一声，"你晓得他们这儿的两极分化吗？你晓得他们复辟资本主义的种种手法吗？"

"跟你说不要吓唬人，何主任。"郝老虎拖长了声调说，"两极分化啊，资本主义啊，我不晓得……”

“不晓得你就没有发言权！”

“不。我只晓得估产时的核算，三多大队今年除去全部完成公余粮、留够集体储备粮之外，人均口粮标准能达到四百斤。而其他大队，我到这儿来之前，正在听汇报，除了公余粮、储备粮、人均口粮标准达到三百斤的，那已经是很不错的了。有个大队支部书记还说，他们上交了公粮，就要请拨救济。你说，到底哪样好呢？”

何羽冷笑一声：“哼哼，你不要拿这些数字来掩盖问题的实质。三多大队产量高，就能证明他们的方向对吗？”

不待郝老虎说话，人群里的康文达揶揄说：“何主任这话，前些年好像听说过。”

“对嘛！”全大良接上话头道，“宁要社会主义的草，不要资本主义的苗。老调调！”

郝老虎淡淡一笑，朝何羽一点头：“听听群众的吧，何主任！”

全大良还想刺何羽几句，嘴刚张开，衣袖被人逮了逮，他转脸望去，惊喜地扬起了两道浓眉，叫道：

“是你，喻慎！”

这一叫，不但大院坝里的寨邻乡亲们看到了喻慎，看到愉慎身旁站着的陌生小伙子和尹毓秀，连何羽也认出了省委书记喻帆的女儿。不知为啥，何羽一看到喻慎，原先那股真理在握的劲头，眨眼间消失了大半。但他又不好就此罢休，只得来个回马枪，照旧盯住景传耕说：

“时间不早，大家要忙着吃晌午，我这儿也不想多讲废话。景传耕，话，我刚才全都说了。是把集体的粮挑回自家屋头，还是集中起来统一分配，两个办法，两条道路，何去何从，你自己郑重选择！”

说完话，何羽哪个人也不望，甩着双手，大踏步地离开人群，走出了大院坝。公社副书记沈平和民政干事蒋学谦，在他身后有点跟不上趟地紧追着。

正午的太阳，还是火辣辣地照着大院坝，照在大伙儿的身上。

49

上午，蒋学谦慌忙跑来报告，说景传耕闷倒脑壳独自个儿在冷畈田头挞谷子，何羽就意识到这是个不祥的预兆。如果说昨天去动员费正明下田挞谷，费正明装病躺倒，何羽还认为不碍大事的话，现在景传耕的行动，就是公开向他挑战了。

"他吆喝人了吗？"愣怔了片刻，何羽才吐出几个字来。

"没得。"蒋学谦摇着脑壳，黑长脸上一派紧张的神色。

何羽又追问一句："你打听确切了？"

"没得错。"蒋学谦急忙申辩，"他是阴悄悄去的，寨上好多人还惊奇哩！直到他挑回了两箩谷子，满寨子才传开了。"

好个奸猾的景传耕！他带头挞谷子，不招呼同伴，明明是怕落个煽动群众的罪名。可他这一动，满寨的人势必一涌而出。现在不及时把他抓住，到了下午，哪个也讲不清是谁领的头了。你景传耕敢公开挑战，我何羽绝不手软。

"走！"何羽搓着双手，在小烘房里踱了一圈，当机立断，朝沈平、蒋学谦一挥手，赶到寨上来揪景传耕这个头了。

哪晓得，出师不利，半路上接连杀出了程咬金，一会儿跳出个郝老虎，一会儿又来了尹毓秀和喻慎，真弄得何羽摸不着底细，险些儿下不了台。

气咻咻离开了嘎多寨大院坝，紧跟在身后的沈平追上来，急促地问：

"何主任，你说咋个办？"

咋个办？

一个郝老虎，对何羽来说，不在话下。就是尹毓秀下来，何羽也不会把她当回事，充其量不过是常爽的婆娘罢了。可偏偏在这节骨眼上来了喻慎，这就不得不叫何羽犯疑了。喻慎是省委喻书记的女儿啊！这姑娘离去不到一年，早不来，晚不来，为啥在这个时候来呢？她有啥背景呢？

何羽还清楚记得，年初，省委喻帆书记来到嘎多寨，在保管房里和他谈话的情形。

谈话之前，何羽就很兴奋，知道这是个难得的机会。他早就风闻，一些厅局级干部想往上提拔，总是千方百计地寻求机会，给省委领导同志留下点印象，博得个好评。而他区区一个县革委会副主任，能碰上省委书记亲自找自己谈话，何等难逢。

为此，何羽作了充分的准备，甚至想好了种种措词。但一当坐在喻书记眼前，他就显得紧张，说话也不流畅了。倒是喻书记随和，请他坐，请他敞开谈谈对景传耕带头惹起的那场风波的看法，他这才把自己的观点旗帜鲜明、振振有词地讲了出来。喻书记听得十分专注，不时地点头。何羽在谈话中，曾萌生过一种希望，希望喻书记听了他的话会支持他，会扭转由于常爽来到嘎多寨之后，对他不利的局面。这种希望愈到后来，变得愈加强烈。他谈兴正浓，喻书记心平气和插了一句：

“听说月亮坝水库是漏的?”

“呃……是的。”何羽明显地一怔，没料到喻书记会一下子问到点子上，问到他的痛处，他觉得非常有必要解释一下，静默了片刻，便道，“这是我工作不够细致的地方，事前不了解……”但一开始解释，他便刹了车，生怕解释不清。

“是啊，会有这样的事。”喻书记似乎十分谅解，这令何羽非常感动。接着，喻书记又带点感叹地说：“我们很多同志，常常出于好心办了违背群众愿望的事。要深入了解群众的要求和希望哪。要深入!”

谈话结束了。对三多大队的风波，喻书记没有明确表态。何羽感到失望，又感到茫然。这种茫然的感情他从未对人、甚至对地委副书记苏维山也没有谈过，一直埋在他心底深处。所以喻慎的突然出现，不能不引起他的警觉和思考。这也是他不愿意同郝老虎舌战下去的一个主要原因。

“咋个办?”何羽自言自语重复着沈平的话，沉吟了片刻，继而又道，“看看情况的发展再说。”

沈平不吭气了。以后每隔一天，他就要问一声：“何主任，我们咋个办？”

蒋学谦又很不识趣地在一旁添油加醋：“是啊，情况愈来愈不妙了。整个大队，差不多家家户户都把粮食收回家去了。”弦外之音，无疑是在讲：何主任的话，没得哪一个老百姓愿听。

何羽的肝火一天比一旺。养息了一年才好起来的气色，从他脸上倏然消失了，面颊瘪陷下去，两眼落眍进眼窝，两条鼻沟纹又显得深长起来。

还是艾振兴沉得住气。他对蒋学谦说：“怕个啥，老百姓把粮食收回了家，还会偷运出去卖吗？雨季一天比一天近了，让他们把庄稼收进家里，总比撒落在田土头强。”

“这倒也是。”下来几天，何羽几乎尚不曾明确赞成过艾振兴阴一句、阳一句的插言，这回是第一次表示赞同他的意思，“要收，让他们收。到雨季来临，歇了活路算总账。”

何羽说这话，倒不是推诿。几天来，他已经弄清楚了，喻慎这次下乡，是来调查农村的计划生育情况的，尹毓秀也只是来协助喻慎工作。摸清了这个底，何羽又不动声色地出现在寨上，这里走走，那里看看。

这些社员闹单干的劲头就是大，眨眼几天时间，他们差不多把坡上、田坝里成熟了的包谷、谷子都收回家了。何羽在心中暗自冷笑：让你们忙吧，到时间，我要你们把挑回家的谷子，原封原样挑出来！

唯独沈平看不出点苗头，仍在催问他：“何主任，一天天拖下去，我们不是愈来愈被动吗？你说咋个办吧。”

“嗨，小沈，你这是咋个了？急什么！”

“不瞒你说，何主任，”沈平苦着脸，朝他摊开一双手说，“你让我重点做工作的华碧芳，天天催我呢！”

“她催个啥？”

“人家是听我们招呼的，说不准私自收，她硬是没收一颗谷子回家。”沈平说。

“这很好啊！”何羽的身子往被窝上一靠，提高了声音道。

“可是满寨子、满大队的人都在往家里收，收得她心慌啊！眼看天要变，她急得老来追问我。说什么，云走西，骑马披蓑衣，东风往西吹，当下要遭雨淋。让秋风秋雨一刮一淋，成熟的庄稼就收不起几颗了。她要我们答应同意赔偿她的损失，她就敢硬到底，下再大的雨也不收。你看我……我咋个答复她呢？”

“我们拿什么来赔她一季庄稼。”何羽的眉头皱紧了。

“那就让她也收了？”

蒋学谦在旁插话道：“答应她收，我们不是自家打自家耳光嘛。”

确实难犯。何羽又在烘房里转起圈圈来，转了半天，他停下来对沈平和蒋学谦说：“收，答应她收，你们还要去帮她收。”

沈平和蒋学谦吃惊地盯着何羽。

何羽淡淡一笑，说：“她表现不错嘛，前些天在群众大会上的发言，讲得好极了！你们再去做一下她的工作，让她带头，把收回来的谷子、包谷，挑到集体的仓房里去。对了，沈平，你和她过去是同学，又做了不少工作，有这个把握吗？”

沈平眨了两下眼睛，思忖了一会儿，说：“怕要费一点口舌，不过，问题不大，我想能说服她的。”

“那就好。”何羽的腰板挺直起来，嘿嘿地笑了两声，“我要让三多大队的人都来看看，就在他们中间，也有坚持走社会主义道路的人。噢，你们了解吗，原先我们重点抓过的那几户，脚杆丁根元家，还有，那两个被批斗的景仁清和邹启春，表现咋个样？”

沈平手指着蒋学谦说：“这个，他比我清楚。这些天，他和艾振兴总是分头在三个寨子转悠。”

蒋学谦点起一支烟，抽了两口道：“丁根元家嘛，颠得很凶，差不多是景传耕挞谷那天，他家也动手了。”

"哦?"何羽似乎颇感意外,"发现丁慧芸回家没得?"

"这倒没得。"蒋学谦呼出一口烟,接着往下说,"那两个家伙嘛,根据你的指示,批斗过后,就让他们好好反省,三天之内,交检查上来。"

这些天心绪烦乱,何羽几乎把这件事忘了。他插问一句:"检查交了没得?"

"这几天事情搅成这副样子,我哪有心思去催。那个龟儿子邹启春,挨批斗后的第二天就离开寨子了……"

"他溜哪儿去了?"何羽皱起眉头问。

"多半又是去当临时工了。"蒋学谦道,"景仁清呢,倒是天天在寨上,检查没交。人家开始挞谷子了,他先还稳得起,稳了两天,看到寨子上差不多家家都动手了,他也干开了。这家伙劳力好,不到天公下雨,他家的谷子、包谷,全能收进屋头。"

何羽的眉头舒展开了,嘴巴撇了撇,撇成一个难看的笑容:"好嘛,这事情有个眉目了。蒋学谦,你去隔邻大队调三四个民兵,最好是带枪的基干民兵,行不行?"

"人家又不是三多大队,照样记工分吃饭,有啥调不动的。"蒋学谦自得地笑了,"不说三四个人,三四十个我也调得来。"

"只要三四个就够了。"何羽一挥手,对蒋学谦简短地下着指示,"这几天,你就跟着沈平去帮助华碧芳收谷子、收包谷,尽可能抢在雨天之前帮她收完。等到天一下雨,寨上的活路停下来,你就去调三四个民兵。"

"咋个下手呢?"蒋学谦把脑壳朝前一探,大感兴趣地问。

何羽扫视沈平和蒋学谦一眼,胸有成竹地一笑:"到时候你就晓得了。"

两天以后,雨就下起来了。开始,雨点不大也不急,缓缓的,被风吹得斜斜的,看去似乎下一阵子就会停。但是,重重的稠雾紧压着山头岭巅,稍有些观云测天经验的人都晓得,雾重雨必久。果真,下过半天之后,雨点密集了,屋檐水落起来不间断了。风雨声中，冷浸浸的寒意不知不觉袭了来，何羽赶紧给自己添了一件毛线衣。

头天下雨，山寨上的农民们就陆陆续续歇下了田土头的活路，转过身来忙屋头的，把收回家的包谷系在绳索上吊起晾干，扎起烘架来烘烤未干透的谷子……到了第二天，差不多所有的活路都歇下了。台阶上、朝门口、屋檐下，出现了持着长烟杆摆龙门阵的老汉。寨里寨外显得格外静寂。

山寨上这幅安宁的景象，激恼了何羽：哼，你们以为粮食收进屋头，事就算完了。没那么简单，等着瞧吧！

"何主任，你要的人，我调来了。"蒋学谦穿件胶布长雨衣，脑壳罩在大大的雨帽里头，跑来报告。

何羽朝蒋学谦身后的四个民兵瞅了一眼，四个人全披着轻便的草蓑衣，带着枪，脚上穿着草鞋，个个显得身强力壮，特别是为首的那个，比另外三个小伙子年长几岁，高大粗壮，满身的力气。

"辛苦了。"何羽同他们分别握了握手，满意地点着头，对蒋学谦说，"那我们就抓紧，马上动手！"

"要得！"蒋学谦爽利地答应一声，领头把肩上的枪横过来，转身便走。

"不忙。"沈平一面穿塑料雨衣，一面追上两步，对四个民兵关照道，"今天去嘎多寨，是抓'四人帮'的黑爪牙景仁清。这家伙，前几年跟着'四人帮'跳得凶，这两年又私贩鸦片，带头奔资本主义，不游他一下街，刹刹他那股气，不得了。"

为首的大高个儿听完，淡淡一笑，说："公社蒋助理员已经跟我们讲过了。"

"那就走吧！"何羽赞许地一点头，下了命令。

蒋学谦走在前头，四个民兵紧跟着，沈平和何羽殿后，一行人冒着秋雨，踏着泥泞的山道，朝嘎多寨上赶来。

看看嘎多寨快到了，何羽抖一抖雨帽上的水珠，心里说：我在景仁清头上开刀，看你哪个还敢跳出来。

景仁清看到院坝里突然涌进了这么多人，内中有工作组干部，有陌生的带枪民兵，还有围观的寨邻乡亲，脸色刷一下变青了，腿弯子直打抖，腰也挺不直了。

“这……这是要干啥?”

“这会儿你晓得慌了?”蒋学谦讥诮地反问一声，手中神不知鬼不觉地抖开一条绳索，从牙齿缝里迸出几句怒冲冲的话来，“喊你写检查交来，你不交，反倒带头往资本主义道上跑得凶。好嘛，你要跑，让你足足地跑个够！跟我们走一趟。”

“去、去哪儿?”

“游你的街!”

“你们批斗我过后，我服罪了。再没干过缺德事啊!”景仁清铁青的络腮胡脸上掠过惶恐之色，嘶声哀求般申辩着，“有左邻右舍为证，我哪里也没得去啊!”

“还要狡辩!”蒋学谦厉声斥责道，“工作组有命令，不准把谷子往屋头收，你为啥带头收啊?”

“我……我这是见大家都在收……”景仁清的脸涨成紫红色，两手指着院坝里外的围观群众，似乎是希望他们来替他说句公道话。可是没人理他，他就大声喊起来：“确实不是我带头的呀!”

“那是谁带头的?”蒋学谦猛一声喝问。

“呃……呃……”景仁清眼睛眨巴眨巴，开始意识到今天这事情的复杂性了。

“跟他啰嗦个啥，”何羽在蒋学谦肩头上轻轻一拍，“带他走！有话喊他到大院坝去当众说。”

“走不走?”蒋学谦一扬手中的麻绳，轻飘飘地问。

景仁清瞥一眼麻绳，像怕见毒蛇一般，朝院坝外迈开了脚步。

屋里，传出景仁清婆娘的哭声。

一群人走出景家院坝，寨上闻讯赶来看热闹的人越来越多，何羽不时听到几声议论：

“是要干啥呀?”

“游斗景仁清。”

“稀奇呢，刚打倒‘四人帮’该游斗他的时候，不游斗。这会儿揪住他不放了。”

“怕在这后头还有花样。你没得听到蒋黑脸那几句问话。”

何羽心里一笑：是还有花样，看你们哪个敢跳出来替景仁清说话。

四个民兵的押着景仁清，由蒋学谦引路，并没直接朝大院坝去，而是拐了两个弯，进了康文达家的小院坝里。

听到喧嚷的人声，腆着大肚子的顺瑛早站在台阶上了。她诧异地望着走进院坝来的蒋学谦，两条细长细长的弯眉扬得老高：

“出啥子事了？”

“你家男子呢？”蒋学谦不屑地瞪她一眼，根本不答她的话，大声吼道，“喊他出来！”

门“哐啷”一声响，手中拿着把剪刀的康文达迎到台阶上来，看院坝里涌进那么多人，也有点疑讶，含笑问道：

“找我干什么？”

“跟着走一趟。”蒋学谦把手中的麻绳扬得半天高，似乎是故意要让康文达看到。

“我没得空。”康文达扬扬手里的剪刀，指着顺瑛说，“她快生了，忙着裁娃儿衣裳呢。”

“你倒得闲啊，裁娃儿衣裳，过起舒心日子来了。”蒋学谦讽刺道，“跟你明讲吧，今天你愿走也得走，不愿走也得走。”说着，抖开了手中的麻绳，又扬了一扬。

“要走也得把话说清楚！”顺瑛朝前一步，拦住了康文达，脸一仰道，“哪里这么方便，说走就走啊！”

“要说清楚，也简单，你小两口是往资本主义道上跑的急先锋。”一旁沉着脸的沈平插话了，“还记得吗，你们是最早把谷子往家中收的人家。”

“这倒不假。”一听这事，康文达倒平静些了，“你们要咋个样呢？”

“少跟我废话，想要你咋个样就咋个样！”蒋学谦黑长的脸上露出一股凶气，话到手到，那条长长的麻绳已落到了康文达肩头上，“你嘴硬，我给你来个小青龙爬背，捆起来。来人帮一手，把他拖走！”

四个民兵随着他的吆喝，一齐跃上台阶，左右两边看住了康文达。只因为康文达手中拿了把剪刀，才没人贸然动手。

康文达把剪刀张开，咔嚓一声，剪断了蒋学谦扔在肩头的麻绳，随手把剪刀递给顺瑛，说：“要走我自己会走。一没偷盗，二没杀人，凭啥捆我……”

顺瑛把剪刀往地上一扔，身子朝前一扑，死命地抓住了康文达的臂膀，哭嚷着：“文达，我去喊传耕他们，你不能走，不能跟他们走啊！这帮人啥事干不出……”

何羽侧转半边脸，冷冷地环顾了一下院坝里外的围观者，把手一挥。蒋学谦一个箭步跃上台阶，把康文达往台阶下狠狠一推，顺手扯开了顺瑛。顺瑛猝不及防，一跤跌倒在地，尖声拉气地哭骂起来：“蒋黑脸，你黑心烂肠子，是吃猪狗屎长大的，你……”

康文达正要转身去扶妻子，却被两个民兵夹持住了。他双脚直暴跳：“放开我！”

“啪！”蒋黑脸一耳光打在顺瑛脸上：“我叫你烂婆娘骂人！”顺瑛尖叫一声，刚要扑过来，蒋黑脸捡起地上的麻绳，又顺手朝顺瑛肩上一抽，随即气汹汹地跳下台阶，喝道，“带走！我看哪个还敢领头闹单干！”

对突如其来发生的这一切，何羽皱了皱眉头，想用眼色示意蒋学谦收敛一些，可是蒋学谦没注意他的眼色。他转而一想，这些学刁滑了的农民，不用点高压手段，治得住他们嘛！既然他和沈平不可能亲手干这类事，蒋学谦出头干了，也不宜过分干涉啊！

凶神恶煞的蒋学谦吆喝群众让开了路，四个民兵押着景仁清和康文达往外走。背后台阶上，顺瑛在放声哭骂：“放手！你们不要拉我，不要拉！我要同蒋黑脸拼命，我看他还敢打！这个吃人饭干坏事的龟儿子，烂私儿……”

听到哭骂声，康文达气得脸色发青："蒋黑脸，你欺侮人，我康文达有账同你算！"

"就是要同你算账，才来抓你的，你还不服吗？还要用资本主义邪来……"蒋学谦粗大的嗓门忽然被一口浓痰堵住了喉咙，哑了，站住不动了。

走在稍后面点的何羽，听到蒋学谦的话戛然而止，不由得踮脚望去，只见矮小精瘦的常爽两手叉腰，站在寨路中间，堵住了去路。何羽的心头"咯噔"一下，急忙垂下眼睑，愣在那儿。

这太意外了，太让人想不到了。地委的会议，不是还没到结束的日子嘛！

蒋学谦和何羽脸色的变化，马上被人们觉察了。围观的人们不由得往寨路上望去，一眼看清是常爽，人群涌动了，大伙儿不由得惊叫起来：

"常书记。"

何羽发现人们在往前涌来，当即换上了一副笑脸，急急忙忙穿过前面一行人，朝着常爽大步走去。

50

从石桥市郊的乐湖宾馆出来，接二连三地换车，一刻不停地赶到月光县，已经是擦黑时分。

坐在车上，常爽把事情看得更明白了。主持地委工作的苏维山副书记，是不赞成他赶回来的。苏维山要是满心赞同他回月光县，又晓得事情十万火急，早就会想到给地委办公室打声招呼，派一辆吉普车送他。

常爽倒不是为自己坐长途客车、火车而不悦，他心头实在是毛焦火燎的，想尽快赶回月光县去，尽快赶到屏源公社的三多大队去。看这会儿，因为连续换车耗去不少时间，回到县城，也无法马上往山寨上赶了。

常爽的心头直觉得懊丧。

下了火车，常爽拎着提包，急急地走出了车站。

天在下着小雨，从火车站到县委大院去的直通大道上，这里一片水洼，那里一个水坑路灯闪烁着幽微的光，把这一切都照得清清楚楚。

没走多远，淅淅沥沥的雨就下大了，打湿了他的肩头，头发上也湿透了，直觉得难受。

常爽不想闪到路边的屋檐下、门洞里去躲雨，干脆顺着泛出暗光的路面小跑起来。

“常书记，常书记!”

跑过县医院门前时，有个人站在门廊下喊他。常爽停住脚步，转过脸去一瞅，擦黑时分的雨帘中，一个瘦瘦高高的人在向他招手。医院门廊里的光线暗，看不清是哪个。

常爽侧转身子，疾步朝县医院门口去。

“快来躲躲雨。”站在门廊里的瘦高汉子迎上前来，热情地说，“这样大的雨，还有一二里路，你跑回县委去，不淋成个落汤鸡才怪哩!”

走近了，听清了他的声气，常爽一下把他认出来了，这人是城关区城北公社跃进大队的支部书记金元盛。

“唷，你咋个会在这里?”金元盛的勤快是全县都闻名的，多少年来，他一直是全县支部书记中出工劳动最多的一个。看到金元盛左手里捧着几包药，常爽明白过来了：“老毛病又犯了吗？我说嘛，你得下个决心，去一趟省城，找家大医院，彻底治一治。”

“不碍事，吃点药对付得过去。”金元盛扬起手中拿的药，晃了晃，“这胃气痛的病，你就是找到再大的医院，也没得根治的办法，只盼它少犯几次，我多干几天活路。你走进来点呀，雨点子不小哩。”

常爽挨近金元盛站着，瞅着他又黄又瘦的脸色，说：

“现在，有能治疗胃气痛的药，我替你打听打听……”

“哎呀呀，常书记，你可莫操这个心，你的事多，责任大，该管全县的大事。”金元盛摇着他那只大巴掌，真切地说，“一天到黑地忙，只怕全县的事还管不周呢，是吗？常书记。”

“是没得管好。”常爽联想到三多大队正在起的风波，沉闷地回答。

“前两天，我去县委找过你。”金元盛慢悠悠地说，“说你开会去了，要隔头十天才回来，今天算碰巧了。”

“有事吗？”常爽听出他的话中有音。

“有点话，想同你摆一摆。”金元盛从他缠的帕沿上抽下短烟杆，把手中的几小包药揣进衣兜，裹上叶子烟，点燃后抽了一口，嘴里喷吐着呛人的烟雾，说，“屏源公社的三多大队，试着干了一年单干，我听说庄稼好得逗人喜爱，是吗？”

常爽没料到他会讲这个话题，掏出手帕擦着湿淋淋的头发，感兴趣地问：

“你也听说啦！哈哈，都听到了哪些反映？”

“群众的话，百人百嘴，说啥的都有。有说这不是明摆着不要集体了嘛。有人在背地里放风，讲啥子，只要让我们也这么干，我们准保比穷山旮旯的三多大队还干得好……”

“你的看法呢？”

“我吗？常书记，这话咋个讲呢，俗话说：一样的泥巴种出百样的花，就看你手脚勤快不勤快。三多大队嘎多寨那地方，我听景气闲老哥讲过，人懒地薄，历来穷。又加上前些年景仁清那龟儿子整坏了风气，集体干活路不见收效，分开来种，也可以试着干一干……”

“要是成效确实好呢？”

“我正要讲到了，就要讲到了。”金元盛的脾性正好同常爽相反，是个慢性子，说啥都稳得住口，“分开来干，庄稼长得好，那证明三多大队的人往常就是不爱集体，不是真懒。但这也引出了一个问题，种是划开了田土种的，分配咋个分法？”

“对。你看呢？”

“我说这是个大问题，顶顶紧要的大问题。”

常爽心里说：莫看他离嘎多寨那么远，问题看得还真准哩！他征询地问：

“依你看，该咋个分配呢?”

金元盛咂吧了一口烟，往地上吐了一泡口水，用肯定的语气说：

“当然是集中起来分配啰。要不，还算啥集体呢。是吗？常书记。”

常爽不觉一怔：“你觉得，只要把粮食集中起来，再分下去，才能体现集体吗?”

“对头，就是这个意思。”金元盛兴奋了，黄瘦的脸上泛起红光，“我就晓得，你会同我想到一处去的，常书记。”

“为啥?”

“我听说，县革委会副主任何羽，已经带着工作队下到三多大队去，引导群众搞集中收割、集中分配啦。”金元盛显得很满意地颌首微笑，“这一步棋正合我心意。那些一心想搞歪门邪道的人，再也找不到缝缝来钻了。是这样吗？常书记。”

“我不这样想。”常爽一摇头，低声地说。

话声虽轻，对金元盛来说，不啻是个晴天霹雳。

“啥，你不赞同何主任的做法?”

“不赞同，老金。”

“咋个回事?”

“这关系到我们说的话算不算数，关系到县委的信誉……”

“啥信誉，常书记。”金元盛有点激动了，“社会主义集体经济才是信誉，才是我们的根本。”

常爽微微一笑，他不想同金元盛争论，只想略微作些解释：

“你想想，三多大队的社员，在划分给他们的田上，洒下了汗水，辛勤劳动了一年，得不到自己生产的全部粮食，会咋个想?”

“满坡满坝的庄稼不都长得好嘛，集中收起来以后，再分下去，反正要比往年多。”

“这一不样。群众会认为我们哄了他们，他们会认为是上当受骗……”

“这是私心作怪。常书记，你不能迁就这种私心，农民的私心，小生产者的……”

常爽摇了一下头：“哦，不。”

“常书记，常爽同志。”金元盛的语气变得严厉了，医院传达室那头透过来的光，把他那张黄瘦的脸映出一个鲜明的侧影，他的脸色庄重严肃，两眼闪闪放光，“不怕你是县委书记，我……我是一个共产党员，我得堂堂正正地给你提出来，你的想法是错误的，错的！会把全县人民引导到邪路上的。俗话说：树有根就长枝，草有根就发芽！你允许三多大队搞单干，其他大队就要照着学，你允许不允许？”

“只好听其自然。”

“听其自然，这话是你说的？常爽同志。”金元盛激动的声气直发颤，手中的烟杆抖抖索索地指着常爽，“那么社会主义还要不要？集体经济还要不要？”

“老金，集体不是集中……”

“不。常爽同志，我从二十来岁开始，跟着党搞土改、互助组、合作化、人民公社，一步一步走过来，走了近三十年啦！跃进大队的事实证明，这是一条光闪闪、亮堂堂的大道。你……你今天要闹单干，搞包产，我、我不答应！”金元盛的胃气痛陡然间又犯了，他的一只手捂住胃部，脸上痉挛地抽搐着，声音暗哑了。常爽想去扶他，他摆摆手阻止了，烟杆脑壳指着常爽：“你、你不改，是要摔跤的，摔大跤的，常爽同志，记着吧！”

说完，金元盛气恼地一甩手，踉踉跄跄地离开了县医院的门廊，跑进了入夜后的风雨之中。

“老金，金元盛！”常爽连喊了两声，金元盛头也不回，跌跌撞撞地消失在雨夜的黑暗里。

常爽泥塑木雕般地站在门廊下，任凭横吹过来的风扑打着他的脸，陷入了沉思。

和金元盛发生的一场争执，可以说是他不曾想到的。金元盛是劳动模范，是全县的一杆红旗跃进大队的支书，是个忠心耿耿的共产党员，全县三十万人民都晓得，他是月光县里最年轻的老土改根子。他领导的跃进大队，可以说是集体经济的先进典型。他反对三多大队搞的那一套，和何羽、和苏维山是有区别的。他对农民、对田地也充满了深厚的感情。该怎样来说服像他这样的同志呢，唉，三多大队啊三多大队，嘎多寨的景传耕，有多多少少双眼睛在注视着你们哪。

一想到三多大队，想到那儿正在闹的风波，常爽再没心思在门廊下躲雨了。他得赶紧回到县委去，让办公室定好明天一早下乡的车，尽可能地倾听县委其他领导的意见。常爽顾不得雨还在飘洒，拎着提包，小跑着向县委大院急急地奔去。

第二天清晨，常爽坐上一辆北京吉普，直驰屏源公社的三多大队。

车过屏源镇的时候，驾驶员想停一下办点私事，常爽一挥手阻止道：

“到了三多，回程路上，你再办吧。”

吉普车拐上了乡间的马车道，虽然颠簸得很凶，驾驶员还是把车开得飞快，车轮子把泥浆溅起老高，直飞到车窗边来。常爽仍然觉得车开得太慢。

直到车驶进了三多大队地界，透过车窗，看到山野田坝间的谷子都已收割了，常爽的心才稍安了一些。不过，他的脑子里又浮起了一个念头，这些庄稼，到底是在何羽的压力之下，集中收割的呢，还是农民照自己的心愿收的呢？

吉普车在离寨一里路的马车道上停了下来，前面小石桥的石板拱翻了，车开不过去。常爽让车开回去，自己下了吉普，沿着田埂小路，直奔嘎多寨而来。

刚踏上寨路，常爽就听到康文达家院坝前传来的吵嚷声。他疾步赶到人群后头，正巧看到蒋学谦动手打人，气得他当时就沉下脸来。恰在这时，何羽看到了他，大步迎过来，还热情地伸出了双手："你好啊，常爽同志，地委的会……"

常爽一动不动，面孔板得铁紧。

何羽觉得尴尬极了，幸好背后响起一阵杂沓的脚步声，他趁机转身，才缩回了手。

"常书记！"常爽听到一声惊呼，抬头望去，只见一帮群众向他迎过来。何羽回头一望，跑在最前头的是全大良，紧跟在他后面的是景传耕、郝老虎、费瑞娟、尹毓秀、喻慎和那个据说是来体验生活的音乐工作者，他们后面还有一大帮嘎多寨的人。何羽顿时沉下了脸，看来，一场冲突是难以避免了。

"这是干什么？何羽同志。"常爽说话了，每一个字都来得很沉。不待何羽回答，他又愤慨地指着蒋学谦说："刚才的事，我全看到了。你、你怎么又对群众来这一套了？县里面让你带工作组下来，是干这种事的吗？"

"这样的招呼，呼呃呼呃，"噢，郝老虎早就来到嘎多寨了，常爽心里欣慰地暗忖着，细心倾听着他的话，"我……我在他阻止传耕收谷子那天，呼呃呼呃，就……就给他打了，他……呼呃呼呃……他硬是不听……呼呃呼呃……"

天气一变，郝老虎的哮喘病就犯了，乍一犯，比啥时候都要严重，说话特别困难。

喘死你！何羽在心底说。可恨的是他明明犯了病，还守在嘎多寨上不离去，这不明摆着要同我何羽唱对台戏嘛。

"我是一个共产党员，是县里面的负责干部。"何羽冲着郝老虎一拍胸膛，"看到三多大队背离了社会主义方向，看到三多大队出了这么多离奇古怪的事，不该管吗？"

"是这么个管法吗？同志。"常爽一把夺下蒋学谦手中的麻绳，扬了扬说，"你究竟看到了啥，非得用如此严厉的手段对付群众，对付一个孕妇呢？"

何羽冷冷地一笑。很明显，常爽是丝毫不顾情面了，这样倒好，省得费时间斟酌字眼。他伸手朝垂着脑壳的景仁清一指：

“他是群众吗？他是屏源公社出了名的‘四人帮’爪牙，过去专门整治群众，前些天还在那里私贩鸦片，刚批判教育了一顿，他又公开把集体田土上的粮食，收回家去。这位康文达呢，同样也是跳得凶的人物，不听劝告，带头收谷子……”

“这跟康文达无关，这个头是我带的。”景传耕走到何羽跟前说，“他看到我在收谷子，跟着我学的。”

“露出尾巴来了。”何羽冷冷笑，转向常爽，“你听到了吧，常爽同志，景传耕承认，这单干是他领头干起来的。我也明确当众表态，我决不允许！”

“何羽同志，县委会年初有过决定，对三多大队实行责任承包的做法，不要横加干涉，竖加指责，让他们试干一年。”常爽用提醒的口气道，“你是县委委员，你……”

“我保留了看法，但我仍然遵照县委的决定，容忍他们干了一年。”何羽截住了常爽的话，毫不觉为难地说，“记得你曾一再强调，责任田土的所有权，还在集体手头。但是今天，他们已经把集体田土上的东西收回家去，占为已有啦！难道我能容忍吗，不。常爽同志，我没有你那种气度。相反，我倒要问你，你想把群众引向哪里去？”

“引到一条正路上去，完成国家任务，给集体留足储备粮，让广大群众得个温饱。”常爽回答得理直气壮。

何羽“哈哈哈”地发出一串大笑：“常爽同志，你设想得倒是十分美好。不过我提醒你，这只怕是个梦！事实摆在眼前，三多大队除了极个别有觉悟的群众，其他人都在景传耕和这几个人的带动下，把所有的庄稼收进家里去了。你用什么来保证，这些不听话的人完成国家任务、留足集体储备呢？”

“用我们签订的合同。”景传耕抢在常爽面前，铮铮有声地回答，“你莫非不晓得？”

“他是晓得的。”常爽说。

“我晓得，但我信不过你们那个合同。”

“你也莫把我们这些农民的觉悟估计得太低了!”景传耕笑道。

“狗眼才看人低!”全大良尖刻地说，“你何眼镜啥时候看准过我们农民。”

“你少说几句。”费瑞娟急忙阻止全大良。

何羽不屑地扫了一眼全大良，见他不吭气了，又转向景传耕：

“景传耕，从我们初次打交道起，我就晓得你不简单。不过，要哄我也不是那么容易。在中国这块土地上，自从实行了集体化，几十年来，哪里不是把收获的粮食先集中起来，再实行分配的？哪一块地方像你这样，先把庄稼收回私人屋头，再假惺惺说什么完成国家任务、留足集体储备的？你年初不是有个理论，说什么司机开一辆汽车在外跑，工人固定一架车床让他干，都不是单干。那么我问你，有哪一个司机，哪一个工人，敢于把国家叫他拖的货物、叫他加工的零件，往家里拿的?”

“这……”传耕张了张嘴，没答出话来。

“怎么样，你带头干的难道还不是彻头彻尾的单干吗?”何羽见传耕答不上来，颇为得意地环顾了众人一眼，取下眼镜，掏出手帕抹去镜片上的雨珠，转而对常爽说，“常爽同志，面对如此明目张胆地单干，公开涣散集体经济，我一个领导农业的干部，能熟视无睹吗？能不站出来纠偏吗?”

雨一直在不急不慢地下着，雨点子从灰濛濛雾浓浓的空中洒落下来，落在人们身上，落在没戴雨具的人脑壳上、脸庞上，落在农民戴着的斗笠上，“笃笃笃”地像击着小鼓。可没有一个人注意到雨渐渐下大了，没有一个人想到去避一下雨。人们都被这场关系到切身利益的争论揪紧了心。眼见何羽一番滔滔不绝的高论占了上风，有人的神情显得忧郁了。

“我……呼呃呼呃……我说，你……你不要吓唬人。呼呃呼呃……你那玩艺儿饱不了肚皮……”

“什么叫吓唬人？郝老虎。”何羽两条深长的鼻沟纹翘了起来，露出一个嘲弄的笑，“有理由你说呀，你可以驳斥我。光吼又算个啥呢？”

“既然实行责任承包，农民完全可以把劳动果实收回家。”常爽并不觉得何羽的那些观点难以驳斥，他笑了笑，平静地说，“而后再按照合同规定交足国家的，留够集体的，这有什么值得大惊小怪？”

“什么，大惊小怪？”何羽轻蔑地重复了这四个字，“请问，在中国人民公社的土地上，哪里有这个先例？常爽同志，不用说中国没得，就是我们批了多少年的修正主义国家，也没得人敢这样干！”

常爽不介意地摆摆手：“何羽同志，难道原先没得的东西，现在不可以有吗？外国不曾干过的事，中国人不可以干吗？我倒觉得，如果其他地方没有，外国也没有，那么景传耕这样干，就是一个创举……”

“你太狂妄啦！”何羽差点跳起来。

常爽冷静地说：“不要急嘛。我看真正可怕的，不是把劳动果实收回了各家，而是季节到了，没得东西可收。多少年来，在我们的农村工作中，盛行着一个奇怪的观念，那就是富有罪、穷安稳，如同一根绳索，把千千万万的人套住，仿佛我们的国家，我们的人民，越穷越光彩。这样一来，我们的社会主义如何建设呢？亿万农民还指望什么呢？何羽同志，这样的观念我们应当抛弃了，不要看到农民的粮囤满了就瞪眼睛。”

“我不跟你争论什么观念问题，在这个问题上，我们扯不清。”何羽不以为然地说，又重新提出一个问题，“我只问你，县委派我们下来核实承包后的产量，大家都把粮食各自收回家了，不集中拢来咋个统计？谁来保证这统计的准确性？”

“这不难，挨家挨户问清数字，加起来就成了。”常爽把脸转向众人，高声问，“对不对呀？乡亲们。”

“对头！”人们雷鸣般答道。

何羽的眼睛咕得老大，怀疑地摇着脑壳：“不会准确，不会准确！好多人不会说实话……”

“放心吧！在这点上，哪个农民也不愿搞虚报浮夸。”常爽坦率地笑着说，“他们只会把产量往少里报，才不愿露富哩！”

“特别是在他何眼镜面前。”全大良不客气地补上一句。

“你何主任硬要让大伙儿把劳动果实收在一起，统统放进大锅里，寨邻乡亲们不放心啊！”景传耕补充了一句。

常爽点着头说：“是嘛，这年把我都在全县范围内调查研究，在法制不健全、民生不充分、物质不富裕的情况下，山旮旯里‘大锅饭’的掌勺者，权力是相当大的。‘大锅饭’往往乱了少数人的营养钵。分配不合理，苦乐不均，群众反感得很！”

常爽这鲜明的态度，深深吸引了群众。他说话间，寨邻乡亲们情不自禁地挨近过来，早把他里三层外三层地围住了。

何羽眼看着他精心导演的一场戏，又唱不下去了，心头好不气闷。

寨路上闹得不可开交时，一直缩在路边边垂着脑壳的景仁清，这会儿使劲地挤到常爽跟前，眨巴着两眼问。

“我跟着景传耕往屋头收谷子，说要游斗我。这会儿也可以回家了吧。”

“嗯。”常爽点了点脑壳。

“你贩鸦片的事，还没得交检查，得尽快交来？”景传耕指着景仁清，补了一句。

何羽见景仁清连连点着脑壳，应着要得，逡出了人群，嘴角不由露出了一缕笑纹。

“嗨，早知道你喊我们来是干这种事，我们才不来哩！”那个粗壮高大的民兵突然闹起来了，他忿忿地对贴墙而站的蒋学谦道，“哼，说得倒好听，抓‘四人帮’爪牙，哄着我们来。跟你讲清楚，二天这类好事，不要来找我们。”说完，他招呼着同来的三个小伙子，背起钢枪，离寨而去。

“嗬，这些民兵也是受蒙蔽的。”

“我说了他们咋个这么凶呢，是上当的呀!”

“全是蒋黑脸这龟儿骗人家来的。”

“再这样整人啊，没得人愿听他们的啦!”

望着那几个民兵离去，耳朵里灌满了群众带刺的议论，何羽恨不能赶紧离开。偏偏这当儿，缩在一旁始终未曾吭气的沈平又在他耳边问：“咋个办？何主任。”

“我找苏书记去。”何羽几乎是从齿缝里挤出了一声耳语。

“他还会支持我们么?”

何羽摆摆手，两眼瞅着被群众围住了的常爽，示意他听常爽的话。

“……从这个意义上讲，传耕领头搞的责任承包，比较合理地调整了责、权、利的关系，靠劳动而获，无情地剥夺了特权者的私利，也冲破了平均主义的束缚，好得很!”

常爽的话，博得了农民们一片叫好声。

他接着道：“庄稼收上来了，该有个是非功过的结论。我们就是想从三多大队的实践中，摸索出一套崭新的东西来，再在公社、区、县里面推广，机会难得，今天省报的记者也来了，就请他们一道参与我们的总结吧!”

何羽吃了一惊，一下子掀掉了脑壳上戴着的雨帽。常爽哪来这么大的神通，把省报的记者也拖到偏僻的山旮旯里来了？他不由得踮起脚跟寻找着，哪位是记者?

当代文学名家长篇精品书系

巨澜（下）

叶辛 著

当代中国出版社
Contemporary China Publishing House

2017年·北京

第十一章

51

她要去了。

真正地离去了。离开她就职的那个市文工团，结束她的舞台美工生涯，调到外省的一个刊物编辑部去当美术编辑。

盛雍不无怅然地瞅着宗妮娜。多少年过去了，他们互相都增长了十来岁，宗妮娜却像始终没变似的，还是高瘦高瘦的身材，还是梳两条辫子，还是在略显长了些的白脸庞上戴着一副近视眼镜，还是男子汉一般的嗓门。

箱子、旅行袋和随身提的拎包，都已进入了卧铺车厢，离开车还有十几分钟，盛雍劝她别再下车了，可她仍然跟着送客的他下了车，两人相对而站，伫立在站台上的一根柱子边上。

盛雍不是白痴，他看得出宗妮娜近视眼镜里透出的忧伤和无奈，他知道她的心。

大约两个月前，宗妮娜到他报社的单身宿舍找过他：

“我要走了，外省一个刊物编辑部，愿意要我。”她直率地对他说，一双眼睛透过镜片专注地窥视着他的神色。

“真的吗?”盛雍感到这消息来得太突然，在省城里，可交往的朋友太少，他觉得有些惋惜。况且，他们之间很谈得来，又是在同一寨子插队的知青。

“不过，只要你愿意我留下，我就……就留下来……”一向说话爽朗率直的宗妮娜，在说这几句话时，不知咋个搞的，却像犯了结巴病。她放低了声音，又讷讷地添了两句：“我……听说了，你、你同贡晓婷好久……好久没来往了……”

话没说完，她的脸已涨得绯红绯红，连眼角也不敢瞥一下盛雍。

盛雍完全理解她这些话的意思，还是在插队落户的岁月里，他就隐隐约约感觉到了，这个与众不同的有才气的姑娘，对他是有好感的。这种好感在近几年里一定又发展了。他呢，他对她也是有好感的，可他并不爱她，好感没变成爱。特别是当他认识了贡晓婷以后。尽管他同贡晓婷差不多断绝了往来，可他的心里还想着她，他还时时怀着忧郁和自责想到贡晓婷的音容笑貌。这么想着，他朝宗妮娜摇了摇头。

宗妮娜一抬眼的当儿，看到了他在摇头，啜泣一声，便转身走了。

于是乎，她的调动手续以出奇快的速度办妥了。当她打电话告诉盛雍，她将坐哪一次车在哪天下午离去时，盛雍当即就决定了，要到车站来送她。他估计她那种古怪的个性，不会有几个人相送的。

真像盛雍估计的那样，市文工团派了一辆车和两个女同志帮助宗妮娜把行李送到车站，一俟他们发现来相送的盛雍可以帮着她搬行李，便只送到候车室门口，就道别了。

盛雍觉得自己来对了。

“我没想到你会来送。”宗妮娜眼镜后面的近视眼，睁得老大地瞅着盛雍。

“你该想到的。”盛雍轻声说，“人与人之间，除却……”

起先他想讲一番道理，才启齿，他又觉得全是多余的了。他换了一个话题，用平稳自然的语气，请她在新单位安定下来后，就来信。他又说，他这些年写的十几个短篇小说，出版社已汇集发稿，出版后，他一定寄给她，请她提尖锐的批评。

十几分钟一晃就过去了，扩音喇叭里在催促旅客上车。上车前，宗妮娜向盛雍伸出手，久久地握着他的手，盛雍从她的手上感觉她的血脉在奔涌，盛雍也看到她的眼角闪着泪光。上车后，她又从车窗里伸出手来，再次同盛雍紧紧地握手。

列车启动了，缓缓地开出站去。盛雍看到宗妮娜一直在向他挥着手绢，盛雍也把双手高高地举过头顶，朝着远去的列车挥动着、挥动着……

出站后，回报社去的路上，盛雍总让一股惆怅的心绪牵扯着。在对待宗妮娜的态度上，他是不是太冷酷了呢？他在扪心问着自己。有什么办法呢，他不能把最珍贵的感情，同时交给两个人。

唉，生活。

回到报社，部主任让他赶紧到总编辑雷大同办公室去一趟。

会有什么事呢？

盛雍在向雷大同的办公室走去时，费神地猜测着。

他决没想到，报社领导会直接给他派出差任务。

坐在雷大同特大号的写字台侧面，刚听他把意思说完，盛雍旋即想到了他和晓婷的关系。这太突然，也太凑巧了。两件事为啥偏偏会碰到一起呢，是啊，要是接受领导布置的特殊任务，明天就出差，他和晓婷之间的和解，又不知将拖到何时了。他已经打电话约了晓婷，星期天上午去隐峰山公园看摄影展览，这几天来他一直怀着焦灼的心情等待这次见面。如果下乡去采访，这次约会肯定要取消，怎么向晓婷打招呼呢？打个电话讲一声，这倒方便，可她心里会怎么想呢？

盛雍感到事情难办了。

大约是看到他沉默着不表态，有点犹豫不决吧，雷大同打开写字台上面的卷宗，取出一份回形针夹着的信件，递给盛雍，说："你先看看这个。"

盛雍接过来，稿签上注明这是一封读者来信。再一看读者姓名，盛雍炯亮的双眸顿时闪出了异彩：景传耕。他的目光立即移到通讯地址上：月光县屏源区屏源公社三多大队嘎多生产队，这行长长的字一下子唤起盛雍难以言状的感情。这是他当年插队落户的地方，他曾经在多少封发自山寨的信封右下角，写下过这个通讯地址啊！

他把稿签翻得唰唰地响，急不可待地读着传耕的信：

编辑同志：

你好！

自从年初开始，我们大队争得了一种权利，一种跟以往出工拖大帮不同的种田方式，老百姓管它叫联产联心的责任承包。得到了公社、县的赞许之后，从春上到现在，我们已经干了快一年了。这几天，正面临着收获季节，成熟的庄稼摇头晃脑地催着我们该收割了。

虽然庄稼还没收上来，不过从粗粗的估计算来，今年我们大队能得个少见的好收成。就是说，除了交够国家公余粮，留足集体的储备粮，每个社员吃粮标准可以大大提高，人均口粮不会低于四百斤。和以往几年中我们一翻过年就打报告，伸手向国家要回销、要救济的情形，大不相同。我能担保，这季庄稼收了上来，明年春天或是五荒六月间，三多大队决不会有一户社员向国家要粮食。这该是个可喜可贺的大好事吧。

但是，眼下我们又碰到了难题。县里派下来的工作组，先是不准我们收庄稼；听到雨季要来，又命令我们集中起来抢收，统一分配。要照着这方式干，我们的责任制，既不联了产，也联不了心啦！满寨乡亲一年的巴望又白盼了。老百姓的积极性往后更难调起来了。

工作组说了，不照着他们说的办，就是走资本主义道路，闹单干。

我们都闹不懂，为啥实行责任承包，多打了粮食，就是资本主义呢？

请你们尽快解答我的问题，给予确切的回音。

此致

敬礼！

景传耕

信很短。可勾起了盛雍多少联想啊！他想起了自己插队落户的岁月，想起了“出工一条龙，收工打冲锋”的干活方式，想起了偏僻、闭塞、贫穷、落后的嘎多寨子，想起了冬末春初在省城街头碰到的讨饭老贫农于老古……他的那篇小说《三十年来……》就是受这件事的启发而写的。小说在争取发表的过程中，甚至惊动了省委书记。小说发表以后，在省内外文坛上引起了轰动，《清泉》杂志的发行数上升，他作为一个文坛新秀得到社会承认，受这一鼓舞，他又接二连三在省内外刊物上发表了几个短篇小说。正好省报在物色文艺编辑，便调他到报社，已有两个多月了。

作为一个文艺编辑、一个业余作者，作为一个当年插队落户的知青，无论从哪个角度讲，他都应该到嘎多寨去看看。从景传耕的信里，可以看得出，嘎多寨正在起着非常重要的变化。他能因为和晓婷间的感情纠葛，而放弃难得的机会嘛。

“小盛，你慎重地考虑一下，应该慎重地想想。”可能是他捧着信纸陷入了沉思，雷大同又说开了，“这不是一次普通的采访。信上提到的，是一件棘手的事，弄得不好，会惹上麻烦。不过，我们想到你写过那么一篇小说，当过知青……”

哦，雷总编辑以为他是怕惹麻烦而迟疑哩。盛雍把读者来信递还给雷大同，爽利地站起来，说：“雷总编辑，没二话讲，我去。刚才，我不是怕而不吭气，不是。”

“那你有什么困难之处？”雷大同双手交叉，肘弯撑在写字台面上，脑壳微微前倾，关心地问。

盛雍摇摇头。

“身体不舒服？”雷大同像闪着汗光般白洁的额头上推出几条均匀的皱纹。

盛雍自得地一笑：“我身体很好。”

“那么……”

“噢，刚才我陷入了沉思，是因为我认识写信的景传耕，我在嘎多寨插过队。”

“哎呀，那就是说，找你更是找对了！”雷大同兴奋了，笑容可搁地站起身子，离开写字台，背着双手在办公室内来回踱着。

雷总编辑看去总有五十七八岁，个头高得吓人，但温文尔雅，一挺胸、一昂首都显得很潇洒。他来回踱了十来圈子，在盛雍跟前站定，双手按着他坐下去，才说：

"你在那儿插过队，待过几年，熟悉那儿的情况，真是太凑巧了！下去以后，实事求是地作些调查，听听普普通通的农民们怎么说，他们怎么想、怎么干的。你不妨对比过去来加以研究。耐心住上几天，扎扎实实写个调查报告上来。他们真干得好，省报可以报道。即使一时不能见报，我们也可以作为情况汇报提供领导们参考嘛。"

雷总编的两眼一眨不眨地盯着盛雍，那目光，似在问他，理解这些话的意思吗？

盛雍庄重地点了一下头。

雷总编又踱起步来，一边走动一边说："听说过这两个数字吗，五亿块钱，十亿斤粮，这是省委喻书记时常挂在嘴头一句话。我们这个内地省份，年年要靠国家拨进五亿元，才能保持财政上的平衡；年年要靠邻省调进十亿斤粮，才能保证全省的吃饭问题。太落后了！我们大家都应该认真思考这个问题，如何把这两顶落后帽子甩掉。"

可能是盛雍刚从省建公司调到报社吧，他还是头一回听说这两个数字。过去，他只晓得嘎多寨吃粮靠回销，用钱靠贷款。万万没料到，整个省的经济状况是这个样子。五亿元、十亿斤，多么巨大的数字！盛雍陡然间感到，这次出差任务非同一般。他第二次站了起来，有点激动地表示：

"雷总编，你放心。下乡之后，我一定尽力深入调查、了解。"

雷大同伸出手来，紧紧地握了握盛雍粗大的巴掌："盼你早日回来谈谈下乡的见闻。"

这样一来，和晓婷的约会只得改期了。盛雍走出总编办公室，直接下到三楼的政文部，抓起走廊上的话筒，拨动了电话。

电话占线，盛雍搁下话筒，在走廊上踱了一个来回。尽管已经领受了任务，决定去嘎多寨，但他心头那种隐隐的不安，还是一阵比一阵来得厉害。

他脑子里又浮现了那天《清泉》杂志的主编纪明洁同他谈话的情景。

“怎么啦，你同贡晓婷，就此算啦?”读完稿子后，纪明洁像是不经意地问。

他顿时感觉到自己的脸蓦地一下涨得通红，要想掩饰也掩饰不了。他不明白，纪明洁是怎么知道他和晓婷之间的关系的，更想不到，平时一直对他很器重、很客气的纪明洁，会出其不意地提出这个问题。

“我……我和她已经半年多没联系了。”他垂了眼睑，讷讷地说。

“没有联系可以重新联系嘛。不要让人感到，你有点小名气，就有架子了。”纪明洁的话比她对稿子提意见还来得直率。

“不，不是这么回事。”盛雍这回是申辩了，“我是怕……怕……”

“怕什么?”

“怕她不理我。”

“不至于吧。”

“可能的。你不知道，我们最后一次谈翻脸时，她是多么愤怒。”

纪明洁微笑着，以一个过来人的口吻说：“女孩子生气，最好是你去告饶。你要永远不去讨饶，才真正要吹哩。依我看，你也不十分了解晓婷，你们还需要更进一步地熟悉。试试看吧，给她挂个电话吧!”

盛雍别扭地点了一下头，纪明洁又补充了一句：“按理，我不该来干涉你的私事。不过，我知道，你们吹，是同稿子有关。”

感于纪明洁对他的关切，盛雍硬着头皮在前几天给晓婷挂了一个电话。竟然一切都很顺利，就像他们之间没发生过摩擦似的。

“哪个?”电话接通后，话筒里传来晓婷的嗓音。虽然时隔半年多了，盛雍仍然一下子辨出了她那特殊的发音方式，心头怦怦直跳。

“盛雍。”

“哦，有事么?”

“我……我……”盛雍的声音发颤了。

“说嘛!”话筒里传来她既像安慰又似鼓励的声音。

“我想见见你……”

“现在才想起?”

“行吗?”

“什么时候?”

“星期天，上午九点，我在隐峰山公园门口等你，一起去看摄影展览，一帮二十多岁小青年的摄影。”

话筒里沉默了约有半分钟，盛雍觉得足有半个小时那么长，总算传来了她的声音：

“好的。”

“晓婷，是这样……嗯，这个……”他捧着话筒，怀着一腔感激的柔情，很想说些道歉和思念的话，但他嗫嗫嚅嚅说不成句。

她静候了半晌，终于委婉恳切地打断了他：“星期天再说吧。”

“咯哒”一声，那边的电话挂上了。

自这以后，只要稍有空闲，盛雍脑子里就会浮现了他们见面的情景，他甚至能想象出晓婷一笑、一抿嘴、一蹙眉的神情。眼看还有两天就是星期天了，现在又要推迟这个盼望了那么久的约会，盛雍心头有股不踏实的感觉。

他平静了一下情绪，想了几句措词，又拨动了电话。

“找哪一位?”声音是陌生的。

“贡晓婷。”

“请等一等。”

盛雍能从话筒里依稀听到：“晓婷，你的电话。”跟着，话筒里就传来了她的声音：

“谁呀?”

“我。”

“说吧，什么事？”

“晓婷，是这样，很突然地，刚才总编辑把我叫去，要我出差……”

“到哪儿去？”

“月光县屏源区，我曾经插过队的寨子。”

“那你去吧。”

“是啊，看来必须得去，明天就得动身，坐早上的车。这样的话，星期天……”

“回来以后再说吧。”

“嗳，晓婷，晓婷……”不待盛雍解释，晓婷已经把电话挂断了。一阵颓丧朝他袭来，直觉告诉他，晓婷不悦了。

他慢腾腾地把话筒搁下去，然后又机械地抓起来，拨了《清泉》编辑部的号码。

“我找纪明洁。”

纪明洁来接电话了，盛雍向她详细地叙述了总编辑布置的任务，接着说，短篇小说《风雪狮子坳》只有等他从乡下回来后才能动笔修改了，向她表示歉意。

“行啊。”纪明洁一口答应，然后话头一转，又约起稿来，“小盛，你这次下乡去，好好看个仔细，多抓点生动的材料，给我们写篇报告文学。现在太需要及时反映现实生活的东西了。怎么样，能答应吗？”

好家伙，纪明洁抓得可真凶，一个短篇没改出来，又约上一篇了。人还没下去，是写通讯报道，还是写内部情况，都还吃不准哪。她倒要发报告文学了。盛雍思忖着答：

“等我深入采访以后再说吧。”

“有这个态度就有希望。”纪明洁在话筒里笑着，笑声好脆，“嗳，你下乡去，给晓婷打招呼了吗？”

“刚给她挂过电话。”

“那行，行。”纪明洁又笑了，说了声再见，挂断了电话。

盛雍简直猜不透，纪明洁为什么要笑，为什么又说行。晓婷在电话上那口气，简直冷淡极了，行什么呀?

这天晚上，盛雍一夜未曾睡好，脑壳里七猜八想的，说不出的一种烦躁担心，恋爱重又产生波折的忧虑，始终重压着他。第二天清晨赶到长途客车站时，心里仍在后悔，总觉得昨天那个电话打坏了，还不如给她写封信，作个详尽的解释哩。跟着排成长队进站的旅客慢慢向前挪步的时候，他心头还在想，到了嘎多寨，住定下来必须给她写封信，补救一下。也只有这样了……

“盛雍!”

一个熟悉的嗓门在叫他。他几乎不相信自己的耳朵，茫然地仰脸四顾。

“盛雍!”

这回听清了，是她，是贡晓婷在叫他。盛雍的脸上顿时泛出光来，终于发现紧靠着进站口的栅栏边上，晓婷穿身公安制服，正举起手喜盈盈乐滋滋地挥着，招呼他过去。

盛雍扯紧了一下肩上的挎包，迟疑地走出队伍。啊，仅仅半年多点，晓婷变了。白色无沿软帽下，一绺烫成波浪形的刘海纷披在洁白如玉的前额上；脸上既有着羞怯，更带着股过去没有的活泼神色；那对眼睛泛波溢彩，晶莹透亮；脚上的皮鞋，也换成了目前最流行的那种带条豆纹边的半高跟鞋。怎么，她身旁还站着一个人，五十多岁，红光满面，高大魁梧，风度翩翩。莫非是……

“盛雍，快过来，你还愣着个啥呀!”贡晓婷迎上两步，一拉盛雍的手臂，直把他拉到那陌生人跟前，“这是爸爸。”

盛雍惊愕地眨了一下眼睛，万没想到，晓婷会在这么个场合，把他介绍给她的爸爸。他觉得心头发虚，赶紧笑着招呼：

“贡部长，哦，不，伯父……”

“哈哈，你还真拘谨呢!”贡建湘亲热地在他肩头拍了几下，随随便便地说，“我可是久仰你的大名啦。百闻不如一见，见上一面就有鲜明的形象感了。上车了，你们就一道进站吧。”

盛雍更是被弄糊涂了，怎么，贡晓婷也要跟他去乡下，她是特地请了假？

“瞧你，傻样！”晓婷嗔怪着，一扯他胳臂，又同贡建湘告别，“爸爸，再见！让她好好照顾你。”

“我还要哪个照顾呢！”贡建湘呵呵地笑着，看得出，他十分快活。

盛雍也同他告了别，随贡晓婷进了站。不等找到要乘坐的客车，盛雍就忍不住问：

“你同我摆什么迷魂阵呀？”

“知道你要问。”晓婷颇为得意地一笑，“跟你说吧，我为一个案子的事情，也要到月光县屏源镇去。事情决定得急，昨天上午刚给你写了封信，下午就接到你的电话……”

“原来是这样。”盛雍笼在心上的疑云顿消，喜不自胜地说，“太好了！嗳，你去了解什么案子？”

“拐卖妇女案……”

“什么？”

“看你大惊小怪的样子。”晓婷的声音放低了，“在省城查获一个拐卖妇女的窝，其中的要犯，涉及到屏源镇上的人。”

“哪一个？叫什么名字？”

晓婷把脸一沉：“跟你明说，不曾结案的案情，不能给你讲。你以后也得习惯起来，该问的问，不该问的，别张嘴！”

盛雍故意轻松地吐了吐舌头，还学着电影上外国人那样，耸了耸肩：

“哟，好厉害！”

“谁叫你刺探机密！这可不能往小说上乱写。我们上车吧，瞧，车门都开了。”

52

灰蒙蒙的天空中，无声地飘洒着霏霏细雨，风随意地把繁密的细毛雨横吹过来，吹湿了寨路边的坝墙，吹湿了茅草屋的土墙，吹得草茎、树枝上，都凝聚起一颗颗圆滚滚、亮晶晶的雨珠。

寨子上有着一股难耐的静寂。这静寂仿佛有力量似的，死死地笼罩在寨子上空，紧压着人的心。

好端端地坐在堂屋里，陡地会觉得心头沉甸甸、沉甸甸的，像被啥箍住了一般，烦躁而又无从发泄。

华碧芳的肩膀抵着墙，脑壳歪歪地靠在肩上，睁大一双失神的眼睛，茫然地凝望着院坝外头。她那对妩媚的眼睛，此刻望去空落落的、空落落的，像两小口枯井一般。

要隔开好久，从屋檐上滴落一颗雨珠，轻微地发出嘀嗒声。寨子外头，飞过一只觅食的乌鸦。

好难熬的时光呀！

华碧芳寂寞得直想喊出声来。自从她在群众大会上，照着沈平的意思说过那一番话之后，卡多寨和三多大队的姑娘、媳妇、姨妈、婶娘们，都像一齐约好了似的，对她冷淡下来。要不，遇上这样的雨天，总有三个五个姑娘或是小媳妇，带上袜垫、毛线、鞋底板，到她家来，一边做针线活，一边东拉西扯地说些闲话，白天的时光倒也过得好快。即使没得人来，她也可以牵上小笋笋的手、随便去哪家一坐，清耍闲聊也能消磨个半天。可现在，莫说接连几天没得人上门来玩，即使她主动去人家屋头，别人也没得好脸色给她看。不倒茶、不请坐不说，话语之中，还要露出几句指桑骂槐的话来。华碧芳是多么伶俐的人，还能听不出那些话里的刺吗。

可是，有几个人晓得，华碧芳心头的苦衷呢。她在大庭广众下这样讲话，完全是听凭了沈平在摆布啊。沈平，哪个喊她那么深地恋着这个英俊的小伙子，恋着这个过去的同学呢。她觉得，为了他，再难堪的事情，她也会硬着头皮去做的呀。从她心底来说，她也不情愿说那些口水话，但是沈平是咋个样叮嘱她的呀。她还是说了。她想得极简单，只要依顺他，讨得他的欢喜，他就会愈加爱她。像他常常在她耳边轻柔呢喃地说出的一样，娶她，和她一道过相亲相爱的快活日子……哦，为了这，她啥都愿意去干。

她当真相信，沈平对她，掏出的也是一颗赤诚的心。为此，她觉得心安，感到幸福。哪晓得，仅仅只几天呀，她的心头忐忑不安起来了。满大队的寨邻，没有听工作组的话，在景传耕带动下，把坡上的、田坝里的粮食，统统收到自家屋头去了。

眼看天色要变，节令也不等人，她要不要收呢？听到从寨外传来的“砰咚砰咚”的挞谷声，她心头直发毛。终于，她顾不得沈平叮嘱的不要当着众人去找他的话了，她顾不得那么多了！她公开地去找沈平，一次、两次、三次……一次比一次追问得紧，要不要收粮食？要不要挞谷子？这是粮食啊！明年整整一年的口粮。起先沈平敷衍着她，要她稳住劲。后来，看出沈平心头也没得底，她哭了，当着沈平抹起眼泪来了。沈平厌烦了，皱着眉、跺着脚，喊她不要急，他得去请示、请示！

华碧芳从他的语气中听得出，他对她不耐烦了。为此，她更伤心了。她在扪心自问，她在他的心目中，究竟算个啥呀！

总算何羽开了恩，答应她可以挞谷子、可以收粮食了。工作组的好几个同志，还帮着她一道来收割。

华碧芳欢了。

她替他们煮饭，炒了一桌的菜；她给他们煨茶，提着瓦罐直送到田土边。她讨厌蒋学谦那张黑长脸，她总是觉得蒋学谦那双直勾勾盯住她的眼睛，透出的是讥诮的、淫邪的光。但因为他是同沈平一道来的，华碧芳也对他笑，也给他端茶送水。她见了很少吭气的艾振兴，神情不由自主地会拘谨起来。这个沉默寡言的工作干部，在与不在，往往都引不起人们的注意，难得说几句话，声气也是脆生生的，拘谨得很，活像个十八九岁的腼腆小伙。可他干起活路来，却快得令人吃惊，常常是不等你多注意，一片稻谷割完了，一箩谷子撮起了。有好几次，华碧芳都想给他说上几句道谢的话儿，但只要一看到他那双平静中似乎在沉思一般的目光，话到嘴边，华碧芳又说不出口了。她觉得，对这个工作干部，说那些就太俗气了。对沈平，华碧芳的感激和温情那就不用说了。一站到他的身旁，瞅着他那因出汗而泛着红光的脸庞，华碧芳也像会受感染似的，身上烘热起来，心头怦怦地跳。望着他的脸，华碧芳会忘乎所以地盯住他看，把周围的一切都忘记了。有几次，沈平都带点急促地提醒她：

“碧芳，碧芳，莫尽盯住我呀!”

华碧芳这才醒过神来，莫名其妙地发出一连串清朗朗的笑声，一溜烟跑开了。

她太欢了。

只可惜仅仅欢了收粮那两天。粮食收回寨子，沈平要她把谷子和包谷全都挑到集体的仓房里去。她像背脊上让人捅了一下：

“那是干啥呀？发疯吗?”

语气里是老大的不愿意。

沈平倒答得心平气和地：“嘿嘿，你在群众会上说，不愿意单干，单干不好！你就得爱集体呀，有爱集体的表现呀!”

“那是我要说的吗？那是你……”

“我咋个?”沈平沉下了脸，噘起了嘴，车转脸去。

华碧芳的心怦怦地直跳，沈平一生气，她就觉得六神无主了。用眼角连瞟了他几眼，他也不搭理她。华碧芳终于憋不住，走近他的身边，扯扯他的衣袖，声气又低又柔地问：

“你咋个了，怄气了吗?”

“我是为你好。”他正色道，“你咋个连这也不懂……”

“我是不懂啊，我还怕哩！这是我和小笋笋一年的口粮呀!”

“听工作组的话，不会让你吃亏的。”他冷冰冰地说。

华碧芳斜了他一眼，娇嗔地说：“那……依你还不成嘛!”

他笑了。她悬着的那颗心也随之安定下来了。

于是乎，她收获的谷子和包谷，全都挑到了集体的仓房里头，还都是她亲自挑去的。

也是从这以后，沈平再也没有到她屋头来过。每天晚上，天一黑尽，华碧芳就急不可待地央着小笋笋入睡。小笋笋在她的哄拍下一睡过去，她就怀着一股难耐的心情等待沈平到来。她洗净了脸，梳理了头发，换上一身新衣裳，倚墙坐在板凳上，两眼睁得老大老大，灯也不点地静候着。一天又一天，从天黑等到深夜，从充满期待到深深地失望。头天晚上没有等到，她心里说，第二天晚上他是一定会来的；第二天晚上等不到，她巴望着第三天。可他没有来，没有来，一晚上也没有来，好像他早把她忘记了。唉，哪天夜里，她不是噙着满眶的泪水躺下的呀！哪天她不是孤伶伶地躺在床上，淌几颗清泪呀。有回吃早饭，连小笋笋都眼巴巴地盯着她的脸问：

"阿妈，晚上你哭啥呀？"

问得华碧芳脸色也变了，心慌乱得不知答啥好。她怕娃儿出去随口乱说，逗引别人生疑。她深切地感到一种遭受冷落的凄清，她开始体会到，沈平这么个人心深得很，摸也摸不着，她并不像原先所想的那样了解他。她对沈平产生了一种抓不住的疑惧心理。

由于沈平接连几天不来，华碧芳不但感到委屈，对听从沈平的劝告挑到集体仓房里去的粮食，也随之不放心了。挞来的谷子还没得晒干，就那么堆在仓房里，没人照管，会不会发霉变质呢？当真霉烂了，哪个来赔偿她的损失呢？她几次都想去烘房找到沈平，问问他，到底要把她的那些粮食咋个处理？几次她都已经离开家门，走出院坝，来到寨路上了。但每次她在寨路徘徊了一阵子，踟蹰着、犹豫着，最终还是回到屋头来了。她忘不了沈平在收完谷子时，晃着食指对她严厉地说出的话：

"记住了，莫再傻呵呵地跑来找我，听清了呗？"

"那……那是你不来呀……"

"我不来，是因为忙得脱不开身，你懂吗？脱不开身！再说，县委常书记来了。常书记的厉害，你又不是不晓得！你老来找我，是要害我的。"

华碧芳记得，沈平在说这几句话时，眼里迸射出的，是刺人的凶光，骇人得很。她当时就意识到了，如果她不听他的劝，再像催问该不该收庄稼那样去找他，他真会对她发怒的。

为这，华碧芳的心情更加抑郁了。

在漫长的、简直像永不会停的雨天里，华碧芳内心深处骚动着期待、忧虑和茫然无措交织在一起的感情。她只能在小笋笋出去耍的时候，痴呆呆地坐在堂房里，望着寨里寨外凝然不动的景致出神。

寨路上“踢踏踢踏”地响起了脚步声，有人要从门前过。是哪个呢？

华碧芳正暗自猜测，蒋学谦的声气传了过来：

“嘿嘿，沈副书记，我是怕这一盘，我们又输啦……”

华碧芳的心里一阵惊喜，这几天里的盼望和焦虑，全在这一瞬间消失殆尽了。她陡地站起身来，习惯地伸手去捋一捋鬓发，几步踅到窗户后面，朝院坝外望着。她无声地喃喃自语着：这就是说，他来了，他同蒋黑脸一道来了……

脚步声渐渐近了，院坝外的寨路上，先看到蒋学谦那探头探脑朝院坝里张望的黑长脸。紧跟着，就看到沈平稍在他后头两三步，走了过来。他那张漂亮的、令华碧芳一见就心颤的脸，并不朝着华碧芳家这边，而是瞧着相反的方向。令华碧芳惊愕而且气愤的，是他俩几乎不曾在院坝门口停留，就走过去了。

这是真的吗？几天不来，难得一次路过门口，他也故意不进来看一眼吗？

华碧芳瞪大了一双眼睛，双手捂住了胸口。只那么一刹那间，她就不顾一切地跳出了门槛，跑出院坝，追了上去，失态地喊了起来：

“沈平、沈平……”

她已经忘了，在他人面前，她该喊他沈副书记。

“干啥呀？”沈平倒稳得住，他甚至比蒋黑脸还要慢地转过身来，好像不认识她似的淡淡问道。

华碧芳被他这漠然的神态气得瞠目结舌，脸顿时涨得绯红，结结巴巴了一阵子，才找到话讲：

“呃……哦……我、我看到你、你们，我追出来，我是想、是想问一问，照你们的意思，挑到集体仓房里去的粮食，咋、咋个办？”

“啥照我们的意思！”蒋学谦抹起一张脸，伸出手指来抢白道，“那是你自觉自愿挑到集体仓房里去的，记住！憨包婆娘。”

“啥，我自觉自愿……”华碧芳还要喊，被沈平缓缓地一摆手阻止了，他莫测高深地一笑说，“就那几颗粮食吗？会处理、会处理的。你放心吧。”

华碧芳怕他又是敷衍了事，噘着嘴补充了一句：

“我屋头，快没得米了，锅儿都要吊起了……”

“晓得、晓得，华碧芳，我们这三五天里就处理，就处理。”说着话，沈平还朝华碧芳使劲地挤挤眼睛，随后向蒋黑脸一抬手，两个人一先一后地晃着肩膀，沿着寨路一步步走远了。

华碧芳愣怔地站在那儿，直望到他俩的背影在拐弯处消失，还猜不出沈平朝她挤挤眼睛是啥意思。她木呆呆地一步一步走回屋里，尽把沈平的这一挤眼往好处想。他是在暗示，莫急，他会到她这儿来的，来告诉她咋个办。他是在向她表示亲昵，意思是说一切都由他照顾着哩，放心吧。华碧芳只有这样，把事往好处想，心中才得些安慰，才不致焦虑得坐卧不宁。

寨路上又一次响起了脚步声，缓慢而又凝沉，好像是哪个人挑着担子在走路。在这样的雨天里，会有哪个人挑担干活呢？是在担水吧。

华碧芳呆滞的目光移到寨路上，只见丁慧芸挑着两大箩东西，走进院坝里来了。

这是干啥呀？

华碧芳诧异地盯着慧芸因挑担而憋红了的脸。只见她挑的两只箩箩上，用大大的竹篾斗笠盖得严严实实。

箩箩里的东西一定很沉，足有一百多斤呢！慧芸挑着担费劲地上台阶时，华碧芳看到，她发亮的额头，沁出一颗颗汗珠来，凝聚起密集的一小片，有一小绺乌发，紧贴在额角上。

丁慧芸是干啥呢？往常华碧芳几乎同她没啥来往呀！

见丁慧芸上了台阶，也不歇担子，仍在往屋里走，华碧芳一步迎上去，抓住箩绳，帮着她迈过了半尺多高的门槛。

“慧、慧芸，你挑的是啥呀？那么沉。”

“你的谷子。”丁慧芸嗓音清亮地答着，轻巧灵活地一躬腰，担子就搁在地上了。

“我的谷子？”华碧芳惊喜中似又有些不信。

“是啊，你看。”慧芸把箩箩上盖的竹篾斗笠一一揭开说，“你的千多斤谷子堆在集体的仓房里，没有晒干，都捂出霉热气了。传耕让过了秤，记数字之后，统统给你烘干了。他要我帮忙替你挑来。”

“传耕兄弟。”华碧芳讷讷地自语一声，俯身抓起一把烘干的谷子，在掌心里揉搓着，谷粒发出沙沙的轻响，手感到有点燥热。真的，真的，传耕烘干的谷子，简直和大太阳晒干的一模一样，倒进囤箩里回一回，马上就可以挑去打成米啦！人家对她如此关心，从犁田栽秧开始，直到现在收进屋头，哪一道工序，传耕兄弟没让人来帮助她啊！可她、她……她却恩将仇报，在会上说……说那种话……华碧芳心里阵阵失悔，望着手掌心里的谷子，嗫嗫嚅嚅的，说不出一句道谢的话来。她真正地感到了羞愧，垂下脑壳。

“你的心事我晓得，”华碧芳耳边传来慧芸低柔的声气，直落到她心底，“当真的，华碧芳，你为啥要在群众会上说那些话呢？那是你的真心话吗？是吗？传耕让我顺便问你一下，他、或是其他寨邻，有啥对不住你的地方，你尽管说。”

华碧芳的眼泪再也忍不住，扑簌簌滚落下来，她连连摆着手说：

“不，不！没得，没得呀……”

“那你又为啥……”

“莫问了，慧芸，我求你莫问了，好吗？”华碧芳颤声说着，泪汪汪地瞅着慧芸，像是央求，又似申诉般道，“我、我也是莫法，我一个人孤苦零丁可怜、可怜、真可怜啊……呜嗯……”

话没说完，华碧芳呜咽着哭开了。

“莫哭，华碧芳，莫哭了。”慧芸一只手握住华碧芳的手腕，劝慰着摇了两摇，又把谷子替她挑进了里屋，倒进囤箩。而后，走出来，拽了拽她的衣袖说：“莫伤心了，你歇息吧。还有好几挑谷子，我去挑来。”

不等哽咽着的华碧芳说出话来，慧芸挑着一对空箩箩，跨出门槛，下了台阶，走出院坝去了。

华碧芳颓然跌坐在板凳上，脸颊上的泪水也顾不得拭去。她脑壳里轰轰作响，完全被慧芸的举动震醒了。谷子堆放在仓房里，工作组根本没有管，沈平根本没有管！她白相信他了。他对她挤挤眼睛，纯粹是做着鬼脸来糊弄她，是要趁机脱身溜走呀。

泪水又溢出了眼眶，羞愧和感觉受骗后的激愤，一齐涌上心头，使华碧芳的眼前一阵阵发黑。

“阿妈，阿妈！”出去耍了好半天的小笋笋，这会儿满身糊着泥浆，脸上涂了一嘴稀泥巴，哇哇地哭叫着走进院坝来，“我跌倒在地上，全、全打湿了。”

华碧芳疯似的冲出门，用从未有过的凶狠态度。朝着小笋笋吼了起来：

“哪个喊你跌倒的，憨包儿，看我不打断你的脚杆，撕烂你的嘴……”

喊叫着，她把手高高举了起来。

小笋笋吓得嘶声大哭，回头就往外逃去。

华碧芳扑上去，几步把小笋笋抓在手里，拦腰抱起紧紧地搂着，母子俩一道失声大哭起来。

53

“常爽，你当真要把这儿的经验，在全公社推广？”

“全公社是没问题的。”常爽充满信心地仰起脸来，眯缝着两眼透过几株漆树的梢梢眺望西天边正在黯淡下去的夕阳，对尹毓秀说，

“我敢断言，局面一推就开。”

“怕不见得。”

“你有什么根据?”

“郝老虎喘得那么凶，你没看见？他那富贵病又发作了。”

常爽垂下了眼睑：“这倒也是。又该催他进医院疗养了。这老汉，还像个娃儿，进医院也要人催。”

“他一进医院，屏源公社这台戏就不好唱。”

“你咋个了，还没干就泄气。”

“你看不出呀，新提起来的沈平，是跟着何羽走的。”

“照你这么说，在屏源公社推不开局面，整个屏源区呢，想也不用想啰。”

“我总有一种预感，这件事，悬着哪。”

“跟你讲，我想的可不单单是一个公社，一个区……”

“那你还想在几个区推广?”

“全县。”

“全县?”尹毓秀目光中惊愕的神色，显见地是在说：你疯了!

常爽瞥了妻子一眼，坦率地笑着说：

“天塌了下来，有地接着。莫看眼前这件事似乎还悬着，毓秀，你放心，我心头有底。”

“你有啥底?”

“我的背后有两座大山……”

“两座大山?”

“两座大山撑着我的腰。一座是成百上千的普通农民，你看嘛，三多大队干了一年责任制，农民们认准了，这次何羽搞纠偏，有几个人听他的？连他们哄骗来的民兵，也抽身走了。”

“另一座呢?”

“另一座是党实事求是的原则。很明显，搞责任承包，国家、集体、农民三得益，农村这一盘棋活了。实践证明是件大好事嘛。”

“话是这么讲。可地委、省委哪个领导出头支持你了？年初喻帆下了一次乡。回去后，他在哪次讲话中为你说话了？”

“在这个特定的时期，我倒觉得，他晓得了这件事不来追究，就是支持。”

毓秀不再说话了，端庄白皙的脸上却仍是忧心忡忡的。常爽合着她的脚步，缓缓走去。

常爽从石桥市赶到嘎多寨来已有十来天了。夫妇俩虽然都在一个寨上，但不住在一处，各有各的工作，他们还没找到一次合适的机会谈谈心。今天，连着下了十来天的秋雨在早上停了，晌午过后又出了太阳，刮过一阵暖融融的秋风，山道、田埂路踩上去不溜滑了。常爽才趁着这夕阳西斜的时光，叫上尹毓秀陪他去卡多寨探望丁根元和华碧芳家。刚走出寨子，尹毓秀就端出了自己的忧思。

其实，常爽何尝不忧呢，苏维山就警告他注意“履霜之戒”，他何尝不知道自己这么干下去面临着风险呢。他极力宽慰尹毓秀，实际也是在鼓励自己。这些年来，他一直在寻找一条道路，希望月光县的农民不再愁粮，不再过苦日子。现在这条路隐隐出现在面前了，他能不在实践中去拓宽它吗？

太阳落到山脊后面去了，西边天仍残存着一抹耀眼的余晖。有人在田埂上牵着马走过，沟渠里湍急的流水翻卷着沟底的细沙。收割过的山野、田坝呈现出一派恬静、阔远的景色，暮霭一阵比一阵快地低压下来。

“常书记，两口子散步呀！”有人在招呼他们。常爽抬起头来，看到三多大队支书费正明笑盈盈地瞅着他，他身旁站着景传耕、艾振兴、沈平和郝老虎。

“倒真有闲情，怪不得我在县城听说，人家要评你两口子当模范夫妇哩，呼呃呼呃。”郝老虎半开玩笑地道。

尹毓秀脸上的红润烘了上来。常爽连忙把话题扯开去：“还在统计总产量吗？”

“大眉目的数字，已经出来了。”费正明掩饰不住内心的兴奋，满脸粗粗细细的笑纹挤堆在一起，“大家粗粗一算，刨去交够国家的、留足集体的斤两，人均吃粮标准能达到五百斤。”

郝老虎喘着说：“呼呃呼呃，和前头十几年比，真是翻倍啦！”

“拿寨子上农民们的话来讲，是翻梢了。”艾振兴补充了一句。

景传耕不以为然地摇了摇头，淡淡地接了一句：“刚够填饱肚皮。”

“是嘛，再说，这数字也不精确。”沈平插了一句。

“不准确？”常爽追问一句。

费正明含蓄地一笑：“怕露富。”

“对了，好多人家户，怕报多了露富，都把斤两数往下压。”艾振兴笑着道，“总要我们反复说明，决不给他们增加公粮、余粮、储备粮的数字，多收的粮食由他们自由处置，有些人才又多报一点。”

“哈哈！”常爽高兴了，瞅了尹毓秀一眼，仿佛在说，怎么样，事实同我估计的差不多吧。他留神着说话不多的景传耕，眉梢一挑问：“你这个带头人，在想些啥？”

景传耕用粗糙的巴掌搓了搓红润黝黑的面颊，说：“光管肚皮饱，只是迈了一步。”

“噢，那么你还想过第二步、第三步？”常爽大感兴趣地问。

传耕点了一下头：“还没想周全。”

“讲讲看，讲讲看！”常爽催促着。

传耕羞涩地笑笑，瞥了沈平一眼，说：“要叫三多富，我思量着，一手抓粮食，另一只手还要抓钱。”

“到哪儿去找钱呢？”艾振兴兴趣颇浓。

“坡上呀。靠山吃山，靠水吃水，找钱的门路多得很。”

“对对，有很多门路。”费正明点头说。

常爽眼睛一亮，赞赏地说：“传耕，你想得不错。这件事要好好同群众商量，让大家来出主意。你们的路子会越走越宽。”他顿了一下，又笑问，“你就光想这些，不想其他了？”

传耕摇摇头：“不敢妄想。”

“撒谎!”

传耕睁大下眼：“我哪里说了假话?”

“你就不想成亲吗?”

众人“哄”一下笑了起来。

“婚事要办的。”传耕的脸涨得通红，“你常书记能多住几天，就请你喝杯喜酒。”

“我走了，你捎句话，我也要赶来喝你这杯酒嘛!”常爽乐呵呵地道，“郝老虎，你不要笑，传耕这杯酒，没你的份。”

“你个常猴子，”郝老虎恼怒了，呼呃呼呃喘得好凶，“凭啥专门欺侮我?”

“你让大家看嘛，喘得这么凶，你得进医院……”

不待他讲完，郝老虎嚷了起来：“算了吧，我再不上你的当啦!”

“啥时我让你上当了?”

“你倒健忘。我进医院去，还让传耕指着我脊梁骂呀，我不讨这声骂啰。”郝老虎呼呃呼呃地说，“我参加了三多的产量核计，拿定主意了，三多大队今年的路子，就是屏源公社明年的路子。这一冬，我就在屏源公社推广联产联心的责任制，到明年这个时候，满公社达到了三多大队这个吃粮标准，不用你逼，我自家钻医院去，彻底治治这富贵病。”

“这个权不在我这里，郝老虎，”常爽诙谐地说，“这个权在医生那里。你去向他们磕头作揖吧。”

“呼呃呼呃，我偏不去找医生，”郝老虎把眼一瞪说，“看他们……呼呃呼呃，看他们会追着我屁股来。”

众人又一阵畅笑。常爽和尹毓秀在笑声中，告别了大伙继续朝卡多寨走去。一番交谈，把两人心头的愁云吹散不少。

“看到了吗，在新的实践中，不但我们的农民们在变，连我们的基层干部，郝老虎、费正明也都在变。”常爽对尹毓秀道，“这些天我借住在费正明家，听他讲装病躲避何羽的情景，肚皮也要笑痛。

要在一年前，费正明会这个样吗……”

“还不能忙笑，”尹毓秀打断了常爽的话，提醒说，“常爽，我总觉得，你把形势估计得过分乐观了。”

“你看看他们……”

“他们是他们，你是你，你是县委书记。”尹毓秀有些焦躁地说，“我问你，你来之后，何羽走了。他走哪儿去了，你晓得吗?”

“回县呗!”

尹毓秀朝一片桦树林子望去，枝叶扶疏的林子里，已是一片晦暗，从树林边的一条小径上，走来两个人影。看不清是谁。

尹毓秀放低了声音说：“我有一种直觉，总感到何羽此去，是去搬救兵的。”

“救兵?”常爽重复着，他的眼前掠过苏维山的脸，他不得不佩服毓秀的细心，点了点头说，“可能的。”

说实在的，他内心深处也有一种疑惑，为什么刚通知他去石桥市开会，何羽就到了三多大队。在何羽和苏维山之间，是不是有着某种默契。但这只是一种猜测，没有根据，不能说的。现在毓秀一提，他又想起来了……

“你看，喻慎。”常爽刚陷入沉思，衣袖就被毓秀扯了一下。常爽抬起头来，只见喻慎和范诚忠从那条林边小径上，并肩朝他们迎面走来。

“常书记，去卡多寨么?”喻慎主动和他招呼着。

“是啊，串串寨。你们呀?”

“尹主任晓得，我的事快完了，今天下午去扎多寨转了转。”

“这次回寨来，你的感觉怎么样?”

“一切都那么新鲜。”喻慎淡淡地笑笑，没多说什么，擦身而过走远了。

“你发现么，”尹毓秀放低了声音，“喻慎这次来山寨，除了调查计划生育的事，对寨上的责任制也很感兴趣，问了很多，可又不作任何表示。”

"是啊，现在谁都知道了，她是喻书记的女儿，她说话该谨慎。"常爽沉吟着低声道。

夫妇俩走进卡多寨的时候，天擦黑了。朦胧的暮色里，有的人家已在堂屋点起了灯。也许是他俩的衣着和农民不同吧，一路上，家家户户的狗都要朝他俩叫几声，提醒屋头的主人，有陌生人进寨了。拐进丁根元家院坝时，迎接他俩的也是那条黑狗的几声吠。

"唷，正要摆桌子吃饭。"常爽领头跨进屋，说，"看来，我们有口福。"

"吃饭！"丁根元坐在板凳上，看清是县里的大官进了屋，招呼声格外地洪亮，"慧明，快抬板凳过来。常书记，你真算有口福，今天我家是吃头一顿新米饭，尝新！"

有饭吃了，丁根元的神气也大不同。

"我不讲客气，说吃就吃。"常爽也爽快，伸出食指晃了晃道，"不过有一条规矩，你们吃啥我们也吃啥，不许添一个菜。"

"嗳，这咋个要得！"丁根元笑道，抓起一把筷子摆在桌子上，"你常书记，撇脱点，坐拢来。菜还是要添的。炒个鸡蛋切几片肉。"

"那我们就不吃了。"常爽说完就转身。

"嗨，莫走，莫走！依你不就行了嘛，我的县太爷。"丁根元慌忙拦住他，常爽这才笑眯眯地回到桌边。

常爽夫妇和丁根元一家围坐成一桌，守着老粑菜蘸辣椒水、一海碗泡豇豆，吃着油浸浸的新米饭，直觉得又上嘴又香甜。在县城里坐机关，是吃不到这样新鲜的出田米饭的。

丁根元一家人，吃得好快，常爽只觉得饭甑子边上，川流不息地没断过添饭的人。

丁根元瘦骨嶙峋的脸泛着层喜气，眼睛闪着光。他用筷子敲敲桌沿，对常爽道：

"常书记，让你见笑了！看这一家子，吃得多慌。跟你讲实话吧，像这样的白米饭，不要一筷菜，也能吃三大碗下肚。这些年来，顿顿都是包谷、杂粮掺着米下锅，哪曾敞开肚皮吃过这么顿白米饭呀。”

常爽咀嚼着清香四溢的新米饭，觉得难以下咽了。丁根元的话像一块石磨盘沉沉地压在他肚子上。我们偏僻山旮旯里的农民，对生活的要求是多低啊！他们想索的东西，是多么微不足道呀。可就连这样起码的要求，前些年也整得他们无从满足。常爽深感歉疚瞅着小方桌上的煤油灯焰出神。丁根元不时为难地偷看他，他也没觉。

“种了责任田，你们家困难么？”尹毓秀晓得丁根元误解了常爽沉思的意思，赶紧转脸来柔声问道。

“比起往年来，是好多啦！”丁根元的嗓音响得震耳，“凭良心说，比起劳力强的人家户我们是差些。可比起去年那光景，拿个慧芸去换四百多块钱来说，是好上天啦。我们不愁吃了，就巴望明年还让我们包下去，不要变。”

丁根元说起来，一句连一句，嘴里冲的气浪，把灯焰冲得晃悠晃悠地直闪动。

常爽关切地问：“劳力不够，那也是实情吧？”

“这倒也是。”丁根元刨了一口饭，话音里充满感激，“今年这一季庄稼，要不是传耕喊了人来相帮，我们家啊、华碧芳家啊，还有那个浪荡儿邹启春啊，哪里收得起这么好的庄稼呀！俗话说，田有四角，全靠人作。都亏了传耕这个心气大的娃崽。唉，不过嘛，话也得往回说，靠人家总不如靠自己，哪能年年指望寨邻来帮呢。”

“是这个话。”常爽咀嚼着酸溜溜的泡豇豆，皱着眉忖度着说，“特别像你根元这样的人家，该有个通盘考虑。怪我呀……”

“咋个怪到你呀，”丁根元叫起来了，“要怪也怪那块压我的大石头嘛。”

“爹，你莫打岔。听常书记讲嘛！”牛高马大的丁慧明干涉起老子来了。

“我听说，你原先会削制笛子、玉箫一类乐器，还会编竹器、囤箩、竹椅、提篮、背篼，是真的吗？”常爽问道。

“这倒不假。”丁根元两眼愈发闪烁出神采来了。他奇怪，这位县里的大官咋个晓得他会这手艺。他搁下碗筷，伸出一双筋脉暴突的手说，“今年的现金钱，全靠这双手给寨邻们编点竹器。你看看，这手上的血痕痕，全是篾刀、篾片划的。”

“是啊，这也是辛苦的劳动。”常爽放下碗，抓过丁根元伤痕累累的巴掌，抚摩了一下，说，“我今晚上来，就是要跟你讲这件事情。听说你的手巧，我想让供销社的竹器门市部跟你订合同，将来你编的箩箩筐筐，由门市部来收购……”

“哎唷，菩萨啊，”丁根元欢叫一声，声音都颤抖了，“这是哪方喜神下凡啰。”

“不要这么讲，丁根元。”常爽动情地隔着桌子角抓住丁根元的瘦肩膀，摇了摇说，“还有一个好消息，‘文化大革命’开始时，月光县城里被当成‘四旧’砸烂的乐器门市部，就要重新开张了。你得空削制了乐器，也可以……”

丁根元呵呵地笑：“要是那个样，我根元还能过上几年好日子啊！”

茅屋里的气氛顿时活跃起来，丁家的大人小娃儿，人人脸上都洋溢着喜悦，一顿简朴的尝新饭，吃得满屋都是笑声。

饭后，常爽说要去走访华碧芳家，向丁家老少告辞了。一家人挽留不住，齐刷刷涌到院坝里来送常爽夫妇，丁根元拄着拐杖，直送到院坝门口。在寨路上拐弯了，常爽还听到这位老人在喊：“走好，走好！”

尹毓秀感动地说：“这家人好热情。”

“他们住得好破啊，泥墙裂了口子，屋头简陋到不能再简陋的地步。”常爽的声调沉沉的，“大人娃儿都穿得那么破烂。”

“只是给他们捎去个消息，他们感激得把心也交给了你。”

“所以，”常爽提高了声调，“为他们担点风险，是值得的。”

天已经黑尽了，虽说是雨过天晴，下半天出过太阳，到了夜里，空中还是像阴雨天一样，不见月亮，也没有星星。寨外的山野里，墨水染过般地黑。

找到守寡的华碧芳家，她那半片是茅屋，半片是砖瓦房的屋头，已经熄了灯。不过，刚一敲门，华碧芳就来开门了。油灯光影里，看清是县委书记夫妇俩，她明显地一怔，失神地抿了抿嘴才说："进屋头坐吧。"

进了屋，她拖板凳，挑灯芯，倒开水，忙一阵后坐在尹毓秀对面，问：

"找我有事么？"

常爽看出她的神情有点局促不安，也许她守寡后，很不习惯在夜间接待来访的人吧。尹毓秀主动承担了和她谈话的任务。

"是想来问问，三多搞了责任制，你的困难大吗？"

"大。"华碧芳不假思索地答道，"你们看嘛，今年子，都是人家来帮工，才把一季庄稼对付过来的。要是人家忙，顾不过来呢？再说，过日子哪能尽央求人家呢！难死我啰。"

"你对承包咋个看？"尹毓秀进一步问。

"我不喜欢。"

"为啥呢？"

"原先靠集体，心头还稳实。一分田土干活路，心头空落落的，觉得没有靠头了。我们孤儿寡母的，万一有个三痛两病咋个办？想起就忧得睡不着……"华碧芳以深深地叹息结束了她的委婉的抱怨。

常爽发现，毓秀和华碧芳的对话，老是谈不开去，兜来兜去，就是一个意思，搞了责任承包，她的难处大，她忧虑，一点也不喜欢。常爽还觉察到，华碧芳的目光总是撩到一边去，不想多讲话，不想往深处谈。

聊了约莫二十分钟，毓秀征询地瞅了常爽一眼。常爽刚想开口同华碧芳谈谈群众会上的事，外面响起了脚步声，一个急慌慌的嗓门喊着：

"常书记，常书记在吗？"

常爽听出好像是蒋学谦的声气，连忙站起身迎出去："在哪！

什么事?”

“哎呀，可把你找到了，常书记，快快，”蒋学谦一面推门进屋，一面粗声说，“我有急事向你汇报，到外头去讲吧?”

和华碧芳的谈话，不结束也得结束了。尹毓秀离开板凳，轻声向华碧芳告辞。

一步迈到台阶上的常爽注意到，送他们到门边来的华碧芳，一点也没挽留尹毓秀的意思，“哐当”一声就把堂屋门关上了。

54

石桥地委常委以上的干部，都住在常委院里。常委院是统一格调的小型楼房，二上二下加十二平方米大小的一个院坝。刚开始建的时候，石桥市干部中传得纷纷扬扬，还有人写信告到中央去。信转到省里，省里派干部来调查，一时间，流言蜚语传得很远，连月光县里也有风闻。

接通苏副书记的电话，听说他不住在常委院里，何羽在心里暗自佩服，对了，是非之地住不得。就凭这，也能看出苏维山的水平来。谁说他生活作风不检点了?看来全是捕风捉影，人就是这样，见不得人家提升。苏维山从县委书记一家伙提升为地委副书记，是比较少见的，于是乎，嫉妒的人，眼红的人，就给他编聊斋了。说他在月光县里和组织部一位女秘书有不正当男女关系，还说那女秘书提升为副部长，是他一手操办的。可能吗，苏副书记要是这样的人，在住房问题上能这么谨慎小心吗。

吃过午饭，何羽踌躇满志地在地委第二招待所的院坝里散步。他感觉得到，苏副书记对他还是很器重的。前几回到地委来开会，他就听说，苏副书记是不轻易邀人去他家里的，谈话总在办公室。而他刚一给苏副书记挂电话，苏副书记就请他去家里坐，还在电话上不厌其烦地告诉他去的路径。何羽受宠若惊了，苏副书记一点也没为他不曾办好事责怪他，而他一点钟去，那不等于放弃了午休时间嘛。

绕着院坝走了一圈，看看表，十二点四十分，何羽觉得可以悠哉游哉地动身了。

照着苏副书记电话上指示的方向，他很容易地找到了那条背阴小路，没用上十分钟，就找到了苏副书记的住处。这住处在石桥市郊的河岸边，河岸上栽着大柏香树，离粗壮的柏香树不远，红砖圈起了一道围墙，墙脊上插着玻璃碎片，在秋阳下闪烁着银光。

十二点五十分，为了表示自已的准时，何羽故意不去敲门，而在围墙外逡巡着。他发现，从圈起的围墙看，这院子不会小，而且是独院，很清静。到一点，他才走近门前，刚要敲门，抬头看到门框上方有只电铃，便重重地按了几下，随即扯了一下自己的衣襟，恭候着。

门打开了，露出一张清瘦尖削的女人的脸来，鼓突的嘴巴，尖尖的鼻子，直瞪瞪盯着人的眼神，一头乌发乱蓬蓬的，像被棍子搅过的乱鸡窝。何羽没想到苏副书记家会有这么个女人，倒抽一口凉气。

“找哪个?”对方不客气地喝问。

“我找苏副书记。”何羽谦恭地说。

“他不在家!”那女人的脸一沉。

这时，院里传出苏副书记命令式的声音：“不要拦住我的客人，回你屋里去!”

那女人被喝住了，转身迈着机械的步子，头也不回地在树荫里消失了。何羽猜想，她可能有病，随手关了门，沿着铺设整齐的砖地，朝院内唯一的那幢平房走去。

苏维山在屋前招呼：“何羽，走这边。”

从外表看去，这幢小平房很不起眼，青砖青瓦，房前的砖地也是将就原先的砖地补的。何羽同苏副书记握过手，随他顺着走廊，进了客厅。

一踏进走廊，何羽才发现窗都是双层的，外层是纱窗纱门，里层是玻璃窗木门，地板上了漆，室内的墙用新式的涂料粉刷成淡黄色，一切都清爽悦目。客厅里的陈设也很讲究，两套沙发，一套是沙发布面弹簧扶手，一套是红人造革面子木扶手。挨墙的角落里，一架十四寸彩电放在角柜上，蒙着金丝绒套子。墙上，挂着一横二竖三幅字画，看署名都是石桥市的画家送的。

苏副书记指着一把单人沙发："请坐。"

何羽坐下以后，苏副书记在他对面靠在一把长沙发，架起二郎腿，指着茶几上的烟盒和茶具说："抽烟、喝茶，你自己动手。来我这儿，就得自己动手啰。没办法，连我回了家，也得靠自己。"

何羽给自己沏了一杯茶，点燃一支烟，不解地望着苏副书记宽阔而结实的脸庞。

"刚才那位，是我妻子。"苏副书记叹了一口气，声音低下去了，"她有病。你可能也看出来了，精神上的病。"

"看过吗?"何羽小心翼翼地问。

"运动初期，我受冲击时得的病，好不了啦!"苏副书记手撑住大大的头颅，"一拖，十多年。精神上的负担……"

是够重的。何羽不觉叹了声。真可谓家家都有一本难念的经啊!你看，苏副书记五十来岁，年富力强，提拔得又很快，正是一展鸿图的时候，谁能想到，他家中有个患精神病的妻子呢！即使住六七间房，又有什么安宁可言？何羽自愧找不到什么话来安慰苏副书记，只好给他倒了一杯茶。

"你呢，何羽，你爱人在哪儿工作?"倒是苏副书记很坦然，问道。

何羽记得，好像在哪一次开会时，苏副书记曾经问过这个话题，他答过。不过，贵人多忘事，他显然记不得了。何羽笑着说：

"我爱人是县商业局的会计。"

"几个孩子了?"

"两个，一男一女。"

"都工作了吧?"

"都在念大学。"这是何羽的骄傲了。他的两个子女，儿子在武汉大学，是何羽费了点劲争取来的末代工农兵学员。在省城师范大学的女儿倒是自己考上的。何羽这些年来，能腾出全部心力来抓工作，跟他家庭的良好状况是分不开的。

“噢，那还是你好啊!”苏维山搁在沙发扶手上的巴掌扬了扬，不无羡慕地说。

“好个什么，工作老是不顺利!”何羽喷出一口烟说，“就拿这次去三多来讲吧……”

“那也不能怪你嘛。”苏副书记打断了他的话，“你的工作态度，我是了解的。常爽这个同志的脾气，我也多少知道一点，生成的眉毛长成的相，难改了。”

“要是他这次不去三多，不公开和我唱对台戏，这股歪风刹得也差不多了。”何羽倾身向前，汇报起纠偏的前后经过来。

瓷杯里的茶水散发出一缕一缕清香，何羽口若悬河地汇报着。苏副书记微垂眼睑，倚在长沙发上静听，偶尔插进一句话来问一下，接着又听下去。

“我搞不懂的是，”汇报到最后，何羽摊开双手，摆出了满腹狐疑，“常爽这么干，背后是不是有什么人支持他?”

“不会吧!”苏副书记舒展了一下眉，以肯定的口吻道。

何羽紧了眉头：“那为什么不早不迟，他妻子尹毓秀陪着省委喻书记的女儿来了，省委记者、公安局的也跑来了。”

“噢，巧合嘛。”苏维山不以为然地仰了一下脸，“你不要神经过敏。”

何羽也觉得多半是巧合。但他对省报记者的采访很不放心，要是记者受了常爽影响，写篇肯定三多大队的报道在报上一登，那他岂不很被动了吗！这些人最会出风头，给你捅娄子了。他之所以急急忙忙赶到石桥来，除了想摸清常爽的背景之外，也包含提请苏副书记注意的意思。可苏副书记却批评他“神经过敏”。他难道是神经过敏吗！要知道，他从三多大队败兴而归，已经是第二回了！

“情况都很清楚了。”沉默了片刻，苏副书记端过茶杯轻轻地呷了一口，润润嗓子，慢条斯理地说，“看得出，你有情绪，肚子里还有股气。可以理解，但大可不必，不要去争一时一事的得失嘛！我可以明确地跟你说，我本人是决不赞同常爽搞的那一套的。这几天，地委在开常委会，部署今冬明春的农村工作，有个别人提出是不是搞点定产、定额到组的新花样，被否决了，意见基本上是一致的嘛！还明确提出，要解决集体经济内部的资本主义倾向和所有制倒退的问题。常爽那一套东西，怎么可能允许存在呢？”

听了这番话，何羽觉得眼前一亮，懊悔自己没带本子，无法把苏副书记这些话记下来。他坐直了身子，关切地问：

“那地委为什么不下个决心解决月光县三多大队闹单干的事件呢？”

“时间，很多事情需要时间，急躁不得，何羽同志。”苏维山硕大结实的身子往沙发上移动了一下，靠得更舒适些，举起左手说，“况且，现在讲思想解放，闹点出格的玩意儿算是时髦，有些人还在连声叫好！那就让他们时髦几天嘛。无产阶级难道连这点气魄也没有？”

何羽感情上虽觉得难以接受，但他还是理解了苏副书记的意思，庄重地点了点头。

“需要观察多少时间呢？”

“可长可短嘛。你不要急，耐心地等待一阵。你既然来了，就留下开个会吧。”

“什么会？”

“农村宣传工作会。开完会回去，该咋个工作就咋个工作。只当没同常爽有过矛盾。”

“难哪，苏书记，我离开三多时，常爽已经放出空气，要在全县推广三多经验，大刮单干风啦！我能熟视无睹嘛？”

“噢，这个常爽，干什么都喜欢出风头，显示自己和别人不一样。哼！让他把风头出够，栽个跟头，他才会晓得，中国的农村政策不是他常爽制定的。”

话讲到这里，何羽才看到，苏副书记那双始终漠然的眼睛里闪出了炯利的光，他那结实的生着一只鹰钩鼻子的脸上，呈现出一股愠怒之色。他仿佛受到一种鼓舞，苏副书记的态度这样的鲜明，尚能忍得一时之气，我何羽又怎么不能呢！好吧，你常爽要在全县大刮单干风，我就保留意见，让你刮，让你干，等你一个筋斗翻下去，嘿嘿……

这么一思忖，何羽的脸渐渐恢复了镇定，不再为三多大队受的一肚子窝囊气耿耿于怀了。他感激地说：

“经你这么一点，我的气也消多了。”

“哈哈哈，何羽，在这一点上，作为一个领导干部，还真应该学着点哪！”苏副书记张开大嘴，放声笑了起来。

“笑魂啊，轻点声，我的脑壳都让你笑炸了。”陡地，从隔壁传来一声呵斥。苏副书记的脸色顿时一沉，朝着隔壁瞪了一眼。但却立即顺从地不再吭声了。

何羽听出了正是给他开门的女人在吼，眼前闪现出那张清瘦尖削的脸，那双有点怕人的眼睛来。简直不可理解，如此有领导气派的苏副书记，会有这么一个精神失常的妻子。不知什么原因，何羽忽然想起关于苏副书记的男女问题的传言来了。是呀，家里有个这样的妻子，那样的事也难说。

苏副书记轻轻咳一声，何羽惊骇地抬起头来，顺手扶扶自己戴得端正的眼镜。他生怕脑壳里的想法，全让苏副书记窥探出来。幸好，苏副书记正站起身来，对他做手势，示意他们离开。何羽立刻起身，跟着苏副书记蹑手蹑脚走出了客厅。

顺着走廊往后花园走去时，何羽留神看着一间一间屋子的陈设，发现每一间屋子都像客厅一样，粉刷一新，布置得整洁幽雅。

“你看，我这套住房。还凑合吧？”苏副书记恢复了常态，手缓缓划了个弧形说。

“很不错的。”何羽马上答道，兴味很浓地端详着走廊里一盏筒形壁灯，下半句话他不曾说出口来，其实，从一进小院的门他就感觉到，苏副书记的住宅，比被外面传得纷纷扬扬的常委院强得多了。前几次来开会，他曾被邀去常委院组织部长家坐过，一家老少七口人住在二上二下四间屋里，不算挤，但也没啥宽的感觉。而苏副书记家呢，光正房就六间，还有前院后园。也许，这也是他不常邀他人来家的原因之一吧。

苏副书记走在头里，拉开了通后园的门，一步跨进去，说：

“快来看，何羽，我这儿的花还不少哩！倒挂金钟，蟹脚兰，十多盆兰花品种，开不败的太阳花，还有，还有……”

“哎呀！”何羽走进花园，被万紫千红的景象吸引得叫起来，“你简直可以办个花展啦，苏副书记。”

55

在决定要到嘎多寨来之后，喻慎多少想过，她将怎样与传耕见面，他们可能会谈些什么，他们之间会有好多话要讲的。毕竟，她是关心嘎多寨命运的呀。何况，她还接受了爸爸的委托，要详细了解寨上的一切情况呢！传耕一定不会向她隐瞒什么，会坦率地谈到一切的。

可是，绝没想到传耕会那么忙，忙得一点闲暇也没有。进寨那天就碰到传耕同何羽争论，以后喻慎每次去景家，不是有人找他，和他热烈地摆谈，就是被全大良、康文达一伙年轻人团团围住，细声细气地商量着什么；要不，家里根本就没他的影子。即使在寨路上、大院坝里，他也常会被人扯住，回答一连串问题：

“传耕，出田谷折合干谷子的比例，到底是以七五为标准，还是以六八为标准？”

“传耕哥。我家苞谷的那点点尾数，要不要照实报？”

“传耕，承包的田土在收光挞净之后，有没得要调整的？”

“要没得调整，我就翻犁了！”

“传耕哥，我家今年新添了一个娃儿，是不是该多划点田土呢？”

完全是些新问题。对山寨农村不算陌生的喻慎，竟也不知该如何回答。但是，传耕站停下来，能耐心而委婉地解释半天，有些问题，他几乎不假思索地就回答了。

喻慎看到，在日渐变化着的山寨生活中，传耕已经成为寨邻乡亲们包围的中心。她想像过去那样，同传耕在山坡上散一会儿步，或是坐在台阶上、后门口闲散地畅谈一番，看来已不可能了。但喻慎并不急，她准备在山寨上住好几天呢，总会找到机会的。

日子一天一天过去了。先是赶在雨之前抢收成熟的谷子、苞谷。雨天来临之后，传耕和郝老虎、常爽、艾振兴几个人，整天都分头忙着对责任制作出估价。天刚晴，他们又忙碌地准备秋耕秋种了。而喻慎预定要离去的日子也快到了。她不能光等了，决定郑重地约一下传耕，既不亮出爸爸的牌子，又要让他感到这次交谈是必须的。正好，范诚忠也向她提出了这个要求：

"喻慎，你能不能给我约一下景传耕，我想和他深入地交谈下。"

"你怎么会产生这个想法的?"喻慎眨动着双眼，大感兴趣地问。范诚忠提出这个要求后，她才想起，进寨子那天，她未曾把他介绍给传耕。当时何羽气咻咻地一走，传耕刚有机会和她打了一个招呼，他们两人就分别被大伙儿扯开、围住了。

范诚忠直率地道："我头一眼看到他，就被他吸引住了。这个是很内在的。"

"这真叫心有灵犀一点通了!"喻慎心中暗忖着，一口答应下来，"行，遇到他，我就跟他讲，我也很想跟他聊聊呢!"

这个机会的出现是很突然的。喻慎没料到，传耕会那样瞅她一眼，瞅得她心里一阵发慌。

这天一早，借宿在顺瑛家的喻慎被一阵歌声唤醒了，那歌声圆润、浑厚，带着一股温存的音韵美：

我的歌声穿过深夜，
向你轻轻飞去，

在这幽静的小树林里，

爱人，我等待你！……

喻慎一下子分辨出来了，这是范诚忠的歌声。他借住在全大良家里，全大良每天闻鸡即起，他也从不睡懒觉，每天早晨，在雨天潮润的空气中，总能听到他站在全大良家的台阶上，拉着悠悠的琴声。没想到，他还会唱歌，唱得这么动人。喻慎记得，这首歌似乎是《天鹅之歌》里的《小夜曲》，舒伯特的曲子，弟弟的磁带上就有这首歌。但范诚忠的唱法不同，唱得更富有感情。

在床上翻了个身，喻慎仰面舒展开四肢，入神地倾听着。歌声还在幽幽地传来：

愿你倾听我的歌声，

带来幸福爱情……

喻慎陡地觉得脸上一阵烘热，双手抚着面颊，一骨碌坐起身子起床了。

同屋的尹毓秀已不在，竹笆床上的被子折叠得齐齐整整。她也是个忙人，每天都是早出晚归，整个身心卷入到三多大队责任承包的收获上去了，几乎忘了她是陪伴喻慎下来调查计划生育情况的。好在喻慎在三多是熟门熟路，不需要什么人来当向导。

梳洗过后，喻慎为歌声所吸引，出了康文达家院坝，向寨子外走去。

寨外的空气爽洁清凉，微风拂来，一股清新而潮润的泥土气息，沁人肺腑。朝霞给竹梢梢抹上了一层绚丽夺目的色彩。晶亮亮的露珠，在随风摇曳的细草茎上滚动着，滴落进草丛里。啊，离开乡间久了，哪怕是些寻常的自然景色，也令人留恋难舍。

喻慎信步来到一片杂树林边，听到一阵滑畅的琴声。她走进林子，范诚忠一眼看见了她，对她微笑着一挥弓子："你早！"

“没想到，你还会唱歌。”喻慎说，“唱得真好。”

“噢，我原来就是独唱演员，”范诚忠坦然地一笑，“后来才学的作曲。今天看到放晴了，走出寨外进了树林，眼见这一派山野美景，憋不住就唱了起来。”

他兴奋地挥舞着琴弓，示意喻慎观赏树林里外的景色。太阳升起来了，林子深处，缭绕着缕缕轻绡般的雾岚。树枝上，这儿那儿都有雀儿在活泼泼地叽喳啁啾。

“怪不得，你一唱，空气里都含有感情了。”喻慎开玩笑地道。

“别恭维我了……哎呀，喻慎，”范诚忠的话讲到一半，突然把琴弓一举，指着坡上的山道，“你看，景传耕来了。趁这机会你跟他约个时间。”

果然，传耕挑着两大捆草，闪悠着扁担，从通向高山草坡的石级道上走下来了。

喻慎知道，高山草坡离嘎多寨有六七里路。上坡下坡一个来回还要割这么大两堆草，传耕一定是天蒙蒙亮就上山了。看着他悠悠地闪着扁担走来，联想她在省妇联按部就班地一天一天打发着日子，两人间的差距和悬殊陡地显出来了，喻慎的心里说不出是个什么滋味。直等到传耕走近了，喻慎才扬手叫着：

“传耕，你歇歇，来一下。”

传耕先把扦担换了个肩，看清是喻慎和范诚忠，才搁下两大捆草，用衣袖抹着额角的汗走了过来。

“给你介绍个人，”喻慎尽可能地显得自然亲切，“这是来体验生活的范诚忠，他是作曲的。”

“很高兴认识你。”范诚忠主动伸出了手。

传耕先是垂头看了看自己的巴掌，由于割了好一阵山草，巴掌上沾满了草汁泥迹，他在身上擦了擦才把手伸出来，平静地说：

“他住阿全家，我见过。”就是在这时候，传耕把脸转过来，深深地凝望了喻慎一眼。喻慎的心怦怦地跳了。

为什么要心跳呢，也许脸也红了吧？喻慎显得有些慌乱，好不容易才控制住自己，望着传耕消瘦了的、颧骨微突的脸说：

“范诚忠很想同你深谈一次，你能抽出点时间吗？”

“客气了。”传耕略显腼腆地一笑，“我啥时都有时间。”

“我是见找你的人多……”喻慎低低地咕噜了一句。

传耕瞥了她一眼，马上接口道：“那请你们晚上来屋头坐吧。”

说完，传耕朝范诚忠诚挚地点了点头，转回去挑起草捆，照样有节奏地闪悠着扁担，走了。

喻慎的目光一直追随着传耕的背影，直到他拐过一个弯，看不见了，她才若有所失地收回了目光，并不去望范诚忠，低声问：

“你为啥那么迫切地想和他谈谈？”

“说起来，话就长了。”范诚忠转过身子，把小提琴和琴弓放进盒里，一面合上琴，一面说，“还记得我在长途客车上讲的话吗？”

“记得。”

“我讲到我们这一代人的命运，讲到我们走过的路。那么，我们的路，是怎么走过来的呢？”范诚忠拎起提琴盒，靠在一棵桦树干上说。

喻慎转过身来，盯着他：“你说呢？”

“一般地讲，我们这一代人，在这十多年里，大致经历了这样三个思想历程。”范诚忠拎着提琴盒，顺着杂交林里一条曲径，朝里面走去，“第一个思想历程，是在六六年到六九年那个阶段，特征是虔诚、狂热。由于虔诚，我们轻信；由于狂热，我们一哄而起地闹革命，破‘四旧’，横扫一切牛鬼蛇神，打‘走资派’，我们随着一声号令，打起背包、举着红旗，忽隆隆跑进了广阔天地，自信要在我们的手里，重新安排祖国的山山水水，建设欣欣向荣的社会主义新农村。”

喻慎跟着范诚忠走去。林子里，比外面要更加凉爽些。淡黄色的金丝鸟，抖着那一身醒目的羽毛，不时在树椏枝之间跳来掠去，招惹着人的眼睛。相思雀儿的啼鸣，悦耳动听，撩起人的一阵阵思绪。

范诚忠昂着脑壳，盯着树枝上一只美丽的相思雀儿，一边等着喻慎跟上来，一边接着说：“紧跟着来的那个阶段，可以说是个沉重的时期。那就是从七〇年到七六年。接触到实际，严峻的生活现实在我们面前触目惊心地展现出来，我们都不同程度地消沉下去，感到迷茫、费解。这一时期的特征，可以说是颓丧、徘徊，思考。思考的开始，是在林彪摔死的时候；思考的深入，是在七五、七六年。第三个思想历程，就是七六年到现在了。打倒‘四人帮’，我们这一代人产生了希望，一天比一天好起来的形势，使得我们振作起来大踏步地奋进。经历了这样的三个历程，我们这些人都不再盲目服从，比较尊重自己了。这不是说我们失去信仰，相反，我们崇拜智慧、崇拜科学，我们相信自己的力量，希望脚踏实地地干一番事业。你说对吗？”

“有一定的道理。”喻慎沉思着点点头。范诚忠说话时，十多年来她所经历的一系列往事，都飞速疾逝地在她的脑子里闪过。但不知为啥，那些往事忽然幻化成传耕刚才的神态。传耕那深深地瞅她一眼的目光，仿佛像一根针刺着她的心，思绪被搅乱了。

范诚忠没有察觉喻慎又落在他后面了，还在自顾继续说：“我要写的组曲，这三部分是比较有把握的。但是，结尾部分，也就是我们这些人今天怎么样呢，他们怎么在奋进的道路上追求和探索，我就比较生疏。我觉得恰恰就是景传耕这样的人物能给我启示，他的所作所为，会引导我找到尾声部分的主旋律。”

“啊，”喻慎回过神来，“我想你会达到目的。”

“我想也是，冥冥之中，仿佛真有什么神明在指路把我带到了这儿。坦率地讲，应该真挚地谢谢你。”

喻慎苦笑了一下。她发现，已经穿过了稀疏的林子，来到了一条蜿蜒的山道旁，便说：

“那就讲定了，晚上我陪你去传耕家。”

“谢谢！”

喻慎略一点头，辨别了一下方向，独自朝嘎多寨上走去。范诚忠站在树林边上，疑惑地望着喻慎的背影。他不明白，是什么使得喻慎突然忧郁起来了。

喻慎自己也说不清这是怎么回事。她的情绪陡然低落，莫名的忧郁裹住了她。一整天里，她始终在问自己，这是为什么？

为什么呢？

就因为传耕那样深沉地瞅了她一眼。

她在传耕的眼神中看到了什么，不悦？责备？妒忌？不，都不是。哦，也许是一种抹不掉的苦涩，或者是一种遗憾。

仿佛心灵深处的阴河又在流动了，那似乎是已被埋葬了的、被捆绑住了的感情，在拼命地挣扎着。

喻慎带着恐惧意识到了这一点。为什么她会感到陈喆不尽满意，为什么她会觉得范诚忠的身上有着某个人的影子，而愿意与他接近。现在这一切全明白了。是她的心底深处，还存着传耕的形象。

难道这是可能的吗？她已到了省城，生活在爸爸身旁，自己在谈朋友。况且，她比谁都清楚，传耕要同慧芸成婚了。不是说，人是会变的嘛，不但相貌会变，连性情、心绪和无时不在的感情也会变。她是怎么搞的呢？

夜里，喻慎陪范诚忠到传耕家去。省报的盛雍在他家，连贡叔叔的女儿晓婷也在他家；盛雍说过晓婷要来，她果然来。喻慎一出现，传耕家的气氛格外活跃。景大伯、伯妈、传耘围住了喻慎，慧芸也站在她跟前，关切而羞涩地笑着。

“喻慎，你回去了。要多来信呀！”伯妈抓着她的手，半嗔怪半认真地说，“看你，上回走了才来几封信啊，太少了！”

“她呀，恋着城头的安乐窝，还会想到我们的山旮旯里吗？”传耘声气尖脆地嚷着，“早忘啦！”

“要忘得了，倒好了。”喻慎感慨地说。是的，她们没讲错，她回城之后，统共只给景家来过三封信。并不是她懒散，只要她一有闲暇，就在想该给嘎多寨去信了，该去信了，只是，写啥呢？难道能把那剪不断理还乱的情思吐出来吗？她无法解释，只好转眼去看慧芸，岔开话题道："慧芸，你们商定了什么时候成亲?"

慧芸眼里闪过出兴奋而喜悦的光，抿了抿嘴，埋下了头。

伯妈在一旁说："快啦，快啦！收完这一季谷子就办，你多住几天就喝上喜酒了啦!"

寒暄过一阵，大伙儿都静下来听范诚忠和传耕交谈。

话头是由范诚忠提起的，他那一口浑厚圆润的嗓音响起来，很引人注意，大家自然不吭气了。范诚忠谈起目前各大城市思想活跃，无处不在谈论解放思想，冲破禁区。美术、音乐、文学方面，提出了好些大胆的观点，思想界真理标准的讨论，正在向纵深发展。当然也有些问题，回城风刮得过猛过凶，城市秩序受到影响；有人提出什么要对七十年代末的中国群众，重新进行启蒙；财政上的赤字很大……末了，范诚忠问景传耕，为什么在这样的时期想到搞责任制，他主要考虑的问题是什么?

"说来你不要笑，是要填饱肚皮。"传耕答得坦率极了，"这是最实在的。你讲的好事情，回城风啥的听说一点，别的在报上也看到一点。不过。民以食为天，如果饿着肚皮，连路也走不动，怕啥也搞不起。过去三十年，不是说生产没有发展，可是吃饭的嘴巴也增加了呀，单是农民就有八亿哪！我看思想解放如果不想这个事，事情就难办。想想看看，为啥三十年了，我们农村的面貌改变不大呢？不是要我们读书、识字，学文化嘛！就在这山旮旯里，像我一样读过书的农民也比我们老一辈子多得多啦。读书我们要想啊，想多了就得干啊！……"

传耕的话，吸引住了所有在场的人。他讲的不是豪言壮语，没有那些时髦的新词汇，也听不到城市里一些青年时常挂嘴边的名人警句。乍一听，他似乎还有抱怨，肚里有着怨气，但你不得不承认他讲的是从实际生活中感受到的朴实的真理，就像他这个人一样，有着一股强烈的磁性。在喻慎看来，那些声嘶力竭地嚷嚷要彻底地向世界敞开大门、宣称月亮也是外国的圆的人，那些狂妄地叫嚣要对中国民众重新启蒙的人，未免滑稽可笑了；那些试图以自己的一幅画、一部小说、一篇什么宣言替代老百姓讲话的人，也显得微不足道了。他们中有谁能比传耕和普普通通的老百姓更接近呢？

思绪跑远了，传耕中间讲了些什么喻慎没听清楚。她定一定神，传耕这会儿已经讲到另外的话题上了：

“……彩色电视机，洗衣机，电冰箱，从来没注明只卖给城里人，农民也晓得那是好东西，到他们手里有票子的时候，他们也会使用的，他们当中也会出现家用电器修理工或别的什么人。可要是八亿农民穷，你那些东西就失去了最大量的买主，能有多大的发展？书里说中国农民勤劳、俭朴，这不错；不过他们有了钱，也会很大方哩。”

大家都笑了。这时候，传耕又转过脸来，借着油灯的光凝望了喻慎一眼。

喻慎顿时又不自然地怦咚怦咚心跳起来。真糟糕，满以为事情过去快一年了，一切都已画了句号，可临到两人相见，却又掀起了余波。不行，今晚上跟他详谈之后，得赶紧离去，离开嘎多寨，离开传耕，离得远远的。

56

晓婷接手这个拐卖妇女的案子，带来她同盛雍的和解，这是她做梦也想不到的。

那天她在刑侦队办公室值夜班，正是夜间十点过钟，市公安所在的玉灵路上，清风雅静。五十年代初栽下的英国梧桐，枝粗叶阔，比法国梧桐还要高出一头。徐风吹来，梧桐树叶簌簌有声。从早到晚不停地开出开进的吉普车、拖斗摩托车，这会儿都静悄悄地停在公安局大院里，在路灯下泛着暗光。办公室里，晓婷寂寞地守着一架电话机，从她接班时就沉默着，已足足有两个小时了。

晓婷有些乏了，连打了两个呵欠。看书看不进去，打毛线衣么，更无味儿。呆呆地坐着，眼睑往下垂，她老在想着盛雍。

真没想到，盛雍的短篇小说《三十年来……》会产生那么大的影响。省报上先后发过十七篇大大小小的文章讨论，说坏的，说好的，毁誉参半的，啥都有。晓婷上班就翻报纸，只要文艺评论和副刊版上有讨论文章，她每篇必读，读的时候总是悬着一颗心。要晓得，这篇小说关系到盛雍，关系到《清泉》的主编纪明洁，也关系到点头答应发表小说的爸爸呀！万一小说遭到批判，遭殃的都是她的亲人哪。幸好，讨论以肯定和赞扬小说结束，并且引出了出人意料的结果，盛雍从建筑公司调到省报去了。只是，在这半年多时间里，盛雍再也没有同她联系了。

他知道晓婷时常为他担心吗？他知道凡是他发的小说，她都读得津津有味吗？他知道她一空闲下来，眼前总会浮现他的影子吗？这个冷酷的人。前些天，晓婷坐着拖斗摩托去市郊察看从河底捞起的无名女尸，风击电掣般疾驰而去的摩托开过火车站的时候，她一眼看到盛雍和一个姑娘并肩走着，他手里提着一只包包，颜色很鲜艳，一看就知道是那姑娘的……摩托车拐了个弯开远了，晓婷的心里泛起了微波，久久地平静不下来……

“逮住他，不能让他跑了，拖他进去！”

一阵喧嚷打断了晓婷的凝思，她惊醒过来，走近临院坝的窗望出去。公安局大院门口，簇拥着一帮人，吵吵嚷嚷地涌动着，有位女同志正在向门岗说着什么。

门岗粗声的喝叫阻止了人们的喧哗：“和这件事有关的人进去！看热闹的，都请不要进大门。”

晓婷掠了掠鬓头发，双手把无沿帽扶正，在椅子上端端正正地坐下，准备接待正向她这儿涌来的人们。

但是晓婷绝对没料到，领头走来的竟会是纪明洁。她牵着一位神色慌乱、拘谨失态的姑娘，身后是五六个年轻力壮的小伙子，押着一个四十岁左右的中年男人。

纪明洁显然也没料到，会在此时此刻见到晓婷。她愣怔一下，一时竟没说话。

晓婷望着纪明洁，比以往那两次都要看得仔细。纪明洁是那种风韵合度的中年妇女，脸庞消瘦，五官端正，身材仍保持着一种优美的线条。她已四十出头了，看上去却显得年轻端雅，约莫三十六七的样子。也许这跟她的气质、风度有关，处处给人一种和谐、庄重之感。

“出了什么事?”晓婷抓起桌上的蘸水笔，拉过值班记录簿，客气地问。

“是这样，”纪明洁让人不易察觉地朝晓婷稍一颔首，沉静地说，“今晚我们编辑部召集十几个青年作者开了个座谈会。会后走出来，路过前面那条玉柱路时，从路旁一条僻静的小巷子里，传来声声姑娘的惨叫。”说到这儿，纪明洁停了一停，顺手指着身旁的姑娘。

晓婷打量了姑娘一眼，乍一看，乳白色的尼龙结领衫，米黄色的直筒裤，一双搭扣中跟皮鞋，衣着和省城的时髦女孩差不多。细一瞅，这姑娘脸皮黝黑，头发蓬乱，眼神惶恐，一身浅色衣裳沾满了油渍、水垢和汤汁。结领衫的两条飘带撕断了一根，裤袋边裂了一条寸把长的缝儿。晓婷端详她的时候，她两眼泪汪汪的，垂下了脑壳。

纪明洁瞪了那四十来岁的男人一眼，忿忿地道：“我们闻声跑进小巷子，看到他正恶狠狠地追打着这个姑娘。”

“她是我侄女!”被五六个小伙反剪着手臂的中年男子，蛮横插了一句。

“我、我……我不认识他!”那姑娘虽然惊慌，却也一甩手说。

纪明洁又把脸转向晓婷：“我们跑过去，喝斥这个男人的时候，他们也在这样地争吵。这男人当着我们的面，打了她一个耳光，他还想继续行凶，我们这几个业余作者就把他揪住了。我断不清他们之间的关系，就让他俩都到这儿来了。还有，一路上，这个男的几次想挣脱逃走，幸好小伙子们抓得牢。”

屋里出现了片刻沉寂。这么说纪明洁纯粹是路见不平，挺身而出的。晓婷沉吟了一会儿，觉得这事情确实蹊跷，又看到那中年男子还在扭动着身子，试图挣脱，便抓起了话筒，要总机接到刑侦队：

“请派几个人来。”

然后晓婷搁下话筒，指着一张椅子对纪明洁说：“你坐。”

纪明洁坐下后，晓婷朝那几个年轻小伙子摆摆手，说：“不要押着他，放手吧。请你们也坐下。”

那五六个年轻小伙不解地盯着晓婷，似乎是搞不懂，这个姑娘为什么如此坦然，不怕这个家伙回头逃跑吗。晓婷淡淡一笑。他们刚在长条椅上坐下来，便看到办公室门口已经出现了几个公安局人员。他们不知道，刑侦队总值班室就在楼上。

晓婷又走到那位神色不安的姑娘身旁，拉过一张椅子，柔声说：“请坐。”

转过身子，她才对中年男子说：“你也想坐吗?”顺手指着一条板凳。

中年男子狐疑地瞪着晓婷，退后一步，迟迟疑疑地在板凳上坐下，一低头的当儿，他看到几个公安人员走进来，刚才气势汹汹的神态顿然消失了，脸色变得一片灰白。

晓婷回到座位上，两条手臂撑着办公桌，平心静气地说：“现在可以讲了。你先说吧。”转眼望着中年男子。

中年男子倒是长得眉清目秀，除了一双眼睛大而昏浊之外，几乎没什么不顺眼的地方。他溜了坐在晓婷两侧的几个公安人员一眼，语气平和地说：

“她是我侄女，从乡下来我这儿，染上了吃喝打扮的恶习，晚上借口看电影、看电视，出去和一些流氓混在一起。今晚我说她几句，她不听，一转身就往外跑。我是忍无可忍，追着出来打了她。当然，我打人不对，不过……”

“他、他乱说，我不是他侄女，我也不认识他!”姑娘不等他说完，尖声否认。

中年男人把双手一摊，无可奈何地叹了口气：“你们看嘛，变成这样子了。”

“你说完了吗?”晓婷问一声。

“噢，还没得。我只要求，你们让她跟我回家，我可以保证，再不打她骂她。”

晓婷没有回答他，把脸转向姑娘：“现在该你说了，你讲吧。”

姑娘未开口先抹起泪来：“我……我不认识他。我是被卖的，有两个女人给我妈点钱……我家屋头穷哪，我妈跟我讲，说是随她们去，相一个好人家……”

“同志，她是在瞎编聊斋，千万信不得……”中年男子气急败坏地插进话来。

“不许你插嘴!”晓婷用笔杆笃笃敲击着桌面严厉地制止道。

“我说的是真话。真话!”姑娘急急地表白着。她见晓婷信赖地点着头，又鼓起勇气接着说：“我糊里糊涂跟着那两个女人到了省城，住在他家。两个女人走了，让我在他家等她们，我住了下来，偷听到他屋头来往那些人摆谈，才晓得我是被卖了，他们还要把我卖到外省去。我急坏了。他，这个挨千刀的。他还、还逼着我同他……嗯赫赫……”姑娘捂住脸，失声痛哭起来。

晓婷惊骇得几乎不能自已，这不是在拐卖人嘛！经过两个多小时的审讯，中年男子招认了，姑娘说的是实情。

从这个不寻常的晚上开始，晓婷接手了这个案件。她从心里感激纪明洁，是她路见不平，才牵出了案头，得以追查这帮犯罪分子。

领导批准正式立案以后，晓婷就忙碌起来了。这是她第一次独立负责办案，精力一投入紧张的工作，便把其他的事情都忘了。以致两天以后接到纪明洁的电话，晓婷才想起，她是来打听案情的发展吗？这是不能告诉她的，局里有保密规定。哪晓得纪明洁什么也没问，连那位姑娘的命运她也没提及，却提出一个晓婷意想不到的问题：

“还记得盛雍吗?”

晓婷像触电般麻木了，眼前浮现出火车站前广场上的那一幕，心里不知是个啥滋味，半晌才吐出两个字：“忘了。”

“永远把他忘记吗?”

“呃……”

“他可总在提起你呢!”

“他提,”半年多来,晓婷感受到的委屈,一下涌上来了,“他只会在背后提……”

“有你这句话就好啊,晓婷。他会来跟你当面提的。”

“我不稀罕。”

“是的。不过,但愿不是你的心里话。不是吧?”

“嗯……你真坏!”

纪明洁咯咯笑着,把电话挂断。晓婷自己也不知道,怎么会一脱口就说那句亲昵的话来的:“你真坏。”纪明洁只要一听到那种语气,就明白了。奇怪。只增加了这么两次接触,晓婷竟发现纪明洁很可爱。怪不得爸爸被她牵着鼻子走呢。

果然,盛雍来电话了,约她去隐峰山公园看摄影展览。她答应了。

但不料案情的进展会如此之快。经过调查了解,挨打的姑娘来自眉光县的偏僻山寨。那两位妇女,一个三十来岁,胖胖的,叫婉芳;一个四十多岁,叫李婶。那中年男子的家,是拐卖妇女贩子在省城落脚的一个窝,在那里还发现一位与丈夫吵嘴打架后扔下孩子跑回娘家的受骗妇女,也是婉芳和李婶拐来的。婉芳和李婶又流窜到哪儿去了,中年男子不晓得,只讲她俩平时行踪不定。但他供认了李婶是外省人,婉芳是月光县屏源镇上的人。这样,晓婷决定,一面派助手和居委会干部暗中监视中年男子的家,发现婉芳和李婶就依法拘留审查,一面由她亲自到月光县屏源区调查。

结果,她同盛雍在车站见面了。两个人都为一起到屏源区,感到喜出望外。

晓婷到了屏源区一了解,愈发震惊。她想不到婉芳和李婶拐卖妇女的罪行在年初早已揭露,当场被屏源公社押了起来,后来看管不严让她们爬窗逃走了。可恨的是，罪犯逃跑之后，屏源区公安派出所和公社公安员竟没有向县公安局报告，采取措施追捕逃犯。真是咄咄怪事！

晓婷找到公社公安员询问。公安员说，罪犯逃跑后公社经手这件事的民政助理写了份材料给他，他交给了派出所。区派出所的同志承认材料是交上来了，但材料上说，这两个女人是属于中间牵线搭线的人物，起的是“红娘”、“媒人”的作用，她们可能中间捞点外快，却不能断定犯了贩卖人口的罪行。因为男女双方一个愿娶，一个愿嫁，还属于自由婚姻。区派出所看材料这么写的，平时也听说过山乡姑娘愿嫁外省人的传闻，因而疏忽了，没引起重视，向县公安局上报。

“那份材料呢？”晓婷问。

“哎呀，”区派出所一位同志翻了半天，尴尬地说，“不知搞哪里去了，一时怕找不到。”

晓婷皱了皱眉：“写这份材料的民政助理，叫什么名字？”

“蒋学谦。”

“他在哪儿？”

“到三多大队去了。”

在到三多大队之前，晓婷对蒋学谦画了一个问号。这个人，身为公社干部、民政助理员，由他负责看押两名女犯，怎会轻易让她们逃跑了？两个女犯逃跑之后，他在写给公安员的材料中，为啥要替她们掩饰？是想减轻自己的职责？还是……

这样一想，晓婷到了三多大队，没有马上找蒋学谦。她先找到县妇联主任尹毓秀和景传耕、丁慧芸，证实了婉芳和李婶去年一次拐卖了十七个姑娘的事实。丁慧芸还说，这十七个姑娘个个都有去相亲的证明。

“你见过？”晓婷问。

“上火车前，我们互相问过。”慧芸答得有根有据，“再说，婉芳给大家分发火车票时，还关照了又关照，叫大家把证明都揣好。”

“你晓得吗，这些证明是哪个开出来的?”

“蒋学谦。”

“你咋一口肯定是他呢?”

“相亲证明，一定要公社开的才有效。”慧芸笑了一下，觉得这不是问题的问题，“我们公社就蒋黑脸一个民政助理，红砣砣也在他的抽屉里。”

晓婷心头的疑云更浓了。一次拐带了十七个妇女，蒋学谦明明知道得一清二楚，偏还说婉芳和李婶是“红娘”、“媒人”，起个牵线搭桥的作用，这不是故意为两名女犯开脱嘛！真是见鬼。

“还有件事，不知该不该说。”慧芸小心翼翼地望着晓婷道。

“啥事?”

“我去开证明，清清楚楚跟蒋学谦说我二十七岁，可他写成了二十五岁。”

晓婷扬起了眉毛：“你是说……”

“当时屋头没得旁人，他也没有喝醉酒。”

“不像是笔误?”

“我总疑心，他像是故意的。”

一旁的景传耕叹了口气：“这就难得说了。他一口咬定听错了或是讲你报的就是二十五岁，又没第三者证明……”

景传耕说得有理。但这件事，也引起晓婷的思考：这个蒋学谦是个什么人呢?

随后，晓婷访问了丁根元家，又向群众作些调查。在作周密和细致的考虑之后她才找蒋学谦谈话。

“我来，是想了解发生在屏源公社的妇女外流问题。”晓婷说得非常平和。

“请问吧，只要我了解的……”

“听说，你们公社凡到外公社、外县去找对象的人，都要在你这儿开证明。”

“是啊，我是民政助理，专管这些杂七杂八的事。”蒋学谦黑长脸挂着谦和的笑，殷勤地回答。

“这证明，由你直接开给他们吗？”

“一般地来说，先由大队写一个，到我这儿转一下，盖个章。也有直接来我这儿开的。”

“这证明，起个啥作用呢？”

“介绍信的作用嘛。”

“开过这些证明的人，来扯结婚证吗？”

“男的要是谈成了，多半是来扯结婚证的。你问的女的嘛，就很少来扯结婚证啰。你晓得，这地方的风俗，事事都得随男方。不过嘛，远隔个几十里、百把里的，互相之间不熟悉，拿个证明让人家了解自己的身份，用过也就完了。”

晓婷心想，这难道不是用合法的证明去干非法的勾当吗？但她没有说出，不动声色地转了话题：“听说去冬今春，这儿发生过拐带妇女的事。”

“出过，出过这种事。”

“拐带妇女的人查过没得？”

“查过，还抓起了两个。”

“怎么发现的呢？”

“那是两个上当的姑娘跑回来揭发了。一个叫丁慧芸，就在三多大队，一个叫宋秀玉，在岩寨大队。”

“就只有这两个人上当吗？”

“嘿嘿，那就不晓得了。”

“没有追问过拐骗犯吗？”

“嘿，说来怄人，还没来得及问，两个家伙就偷跑了。”

“跑了？”晓婷惊讶道，“怎么会跑了呢？”

“看管的民兵不重视嘛，心想反正是女人，又算不上啥大事，稀里糊涂的，下半夜蜷起身子睡瞌睡，就让那两个人跑了。”

“那两个人叫什么名字？”

“一个姓李，人家喊她李婶，我也不晓得她的真实姓名。一个叫婉芳……”

“婉芳姓什么？”

“姓翁。屏源镇街上翁家出了嫁的姑娘。”

“嫁在哪里？”

“我也讲不清啰！听说是沿海哪个省份。”

“她们跑了以后又回来过吗？”

“这，呃，”不知怎么，蒋谦突然变得口吃了，“哦，你想，她们哪有这么大的胆子？怕早就溜到外省去啰！”

“唔。”晓婷仿佛领悟似的应了一声。她不想看蒋学谦黑长脸浮起的讨好的笑容，又怕多问引起他的怀疑，谈话就此结束了。

为什么蒋学谦会突然变得口吃呢？难道他同那两个罪犯还有什么暗中的联系吗？晓婷觉得必须抓紧访问宋秀玉之后，赶到县公安局去一起研究，请他们加以注意，协助破案。

盛雍的采访还没有结束，晓婷便独自离开了三多大队赶到岩寨。不巧宋秀玉到邻近的眉光县她舅妈家去了。她失望地到了月光县城，同县公安局研究之后便回到了省城。回来以后，案犯的下落尚未查清，忽然从月光县公安局传来一个令人震惊的消息：正准备和景传耕结婚的丁慧芸失踪了！

第十二章

57

国务院的一位副总理到省里来视察，喻帆陪他去看一个厅局级的大型矿山机器厂时，副总理问这个万人大厂的厂长：

“现在，你有权任命你的副厂长吗?”

厂长疑讶地瞪大了眼睛连连摇头。看到厂长脸上掠过一丝窘迫之色，喻帆解围似的接过话头，轻轻拍着自己的胸脯说：

“那个权在我这里。”

副总理瞥了喻帆一眼，明亮得如同年轻人一样炯炯发光的双眸闪过一丝笑意，大有兴味地问：“你精通矿山机器工业吗?”

“呃……”这回轮到喻帆发窘了，他只得一耸肩膀。摇了摇头，“外行。”

副总理哈哈大笑：“我看你也不是三头六臂，样样精通。”

送副总理回宾馆休息以后，这几句对话仍然萦绕在喻帆的脑际。他和同时来作陪的省委宣传部副部长、省报总编辑雷大同步出宾馆时，两人彼此交谈起来。

“大同，副总理的问话，是不是可以理解为，在很多问题上，我们都被无形的条条框框束缚住了。思想完全可以再解放一点。”

“我有同感。”雷大同背着双手，放慢了脚步说，“副总理站在全局的高度看问题，当然要比我们想得更深远些。”

“那么，具体到我们省的农业，在汇报完以后，是否请副总理谈谈看法?”

“我赞成。而且我觉得应该详尽地汇报。甚至，”穿过楼厅，雷大同拉开了装有铜把手的大门，让喻帆先走出去，而后潇洒地一撒手，一步跨到台阶上，放低了点声音说，“月光县屏源区三多大队已经出现的情况，也不妨汇报一下。”

“我手头没有具体的材料、数字啊！”喻帆瞟了雷大同一眼。

“我有。”雷大同爽快地说，“我来谈。”

喻帆一展眉，在圆形的瓷白色阶灯下站停下来。喻慎从乡间回来之后，讲起过省报派了记者到三多去，据说是雷大同在处理景传耕给报社的信时，亲自派去的，就是那位写《三十年来……》的作者。喻帆离开山寨时，他还留在那儿采访。不过，这件事雷大同没跟喻帆讲过，喻帆也不曾问及。这会儿，他脑子里一转，秋收季节已过，那位记者该回来了吧，你雷大同也该给我交底了。

不料雷大同只轻描淡写地说：“碰巧我们有位记者去了月光县，刚作过一番调查研究，材料还挺丰富。”

嗬，这位雷总编辑，硬要搞一种心照不宣的局面，故意不漏底哩。继而一想，雷大同这么办是有他的道理的，看来他是不想让省委书记缠到这件事上去。说到底，三多大队的实践，毕竟是对久已确立的模式的冲击，是一种希图击破坚冰的大胆行为。在目前中央还没明确表态，省委还没明确决定的形势之下，何必拿这些担风险的事跟他通气呢？

喻帆感受到雷大同的良苦用心，嘴角露出一缕含意深沉的笑意，点点头说：

“那就这样吧。”

第二天，视察了省城市郊的一个公社回来，午餐后，在副总理住的客厅里坐下，由刚看过的市郊农村谈起，话题扯到了省里的农业。雷大同自自然然地讲起了三多的情况。

副总理听得十分专注，偶尔插问一句话。直到雷大同讲完了，他才想起了什么似的端过茶杯，呷了一小口茶水，脑壳靠在沙发背上思忖了片刻，才对着大家挺随便地谈了起来：

“是啊，看来，在经济上，老一套的政策、体制和办法，是越来越行不通了。现在中央提出实现四个现代化的伟大目标。怎么达到？不研究一下社会主义建设的客观规律，行吗？我们过去是吃了很多亏，像大跃进，大炼钢铁，到处搞土高炉，炼出来一批废钢铁，劳民伤财，忽视了客观的经济规律，结果也没有跃进。搞社会主义经济建设，必须按照客观的经济规律办事。从这个意义上讲，凡是符合客观经济规律的尝试、实践，都应当欢迎，得到鼓励，出点差错也不要紧，总结经验嘛。”

副总理的话略一停顿，室内显得非常寂静。喻帆和雷大同交换了一下目光，雷大同那双眼睛亮闪闪的，透着兴奋和欢悦。

副总理接着说：“我们的农村经济也很成问题，太落后。农村经济不全面发展，就不能保证国民经济的全面增长。现在有些地区温饱问题都没得解决，我们能够心安理得吗？是不是可以松动一下政策，让农民群众选择他们所乐意的方式生产，改变一下这种落后状况呢，我想可以讨论、可以试验一下嘛。你们看呢？”

“要真正让农民有生产的自主权，尊重他们的民主权利，目前来讲，还难哪！”喻帆深有感触地摊开一双手说，“特别像我省三多大队搞的那一套，认识就很不一致，至今为止，中央又没发红头文件，可以说，很难哪。”

雷大同笑微微地道：“犹如厚厚的一层坚冰。”

喻帆期待地望着副总理。

副总理坦然地一笑，眼里闪过善意的揶揄，一摆手说：“事物是不断发展的嘛！到了火候，中央也会对不断出现的新生事物表态的。”

喻帆看到副总理抿抿嘴，不往下说了，晓得谈话该结束了，站起来，和雷大同一起，向副总理告辞。

红旗和本茨轿车，一先一后开到台阶前来。上车前，雷大同笑眯眯地侧转脸问：

“喻书记。怎么样？”

“值得深思。”

雷大同呵呵一笑，钻进了本茨。喻帆拉开车门，坐上红旗轿车。

红旗鸣了两声喇叭，平稳地驶出了宾馆。倒不是含糊其辞，喻帆觉得，副总理说的那些话，确确实实值得他深思。其他不说，有一点印象是鲜明的，那就是中央的领导同志，鼓励我们党的各级领导干部，解放思想，独立思考，不要默守陈规，而应当创造性地工作。

回到办公室，桌子上已堆起一叠卷宗。周秘书正在翻阅一份什么情况汇编，见喻帆进来了，他憨厚的娃娃脸上笑微微的，先递过一份下周常委会议的有关材料。喻帆才想起来，经第一书记卓然提名，周秘书已是常委办公室主任了。他点点头。周秘书又递过第二份材料，说：

“这是宣传部报送的，关于月光县三多大队最近的一些情况，我想你会有兴趣的。”

“噢。”喻帆的手指轻轻击着材料，心里清楚，这是报社记者写的调查材料。这个雷大同，非要通过这种途径往上报，也真够他费心的了。他仰起脸来问：“小周，卓然同志的病情如何？”

“大有好转。”周秘书回答，“今天我去电话询问，说他已经能起床散步了。”

约在半个月前，卓然感觉身体不适，到部队的六〇六医院去检查，发现是手术后癌细胞扩散，马上采取了抑制性措施。省委这一摊摊工作，几乎全压到了喻帆头上。前两天陪副总理去看望卓然同志，他还躺在床上。今天能起床了，当然是好消息。

喻帆感觉轻松地吁了一口气，脸上带着点笑容，以商询的语气对周秘书道：“你是否能帮我查阅些资料？”

“哪一方面的？”

“农业。自互助组、合作化、公社化，直到今天的农业发展情况。有困难吗？”

“这方面的资料，大概还是齐全的。”

“那好。要费很多时间吗？”

“我请农业政策研究室的同志们帮忙，尽快整出来。”

“谢谢。”

周秘书走了。喻帆集中精力，埋头在各类文件、材料、情况汇编和请示报告中，一下午的时间，仿佛眨个眼就过去了。

天色晦暗下来，周秘书进屋来打开灯后半小时，又来催促：“喻书记，该回家吃饭了。今天晚上没什么安排。”

喻帆这才归拢卷宗，离开办公室。

回到小红楼，喻帆脑子里还在思考，一下午看文件、材料、情况汇编的印象塞满了脑子。是的，周秘书是个很称职的机关工作人员，他提供给喻帆的全是关于目前农业问题的材料。看完之后，喻帆便产生了一些想法。首先，像年初发生的农民因口粮不足出省讨饭要吃、到省革委大院坝请愿这类事，绝不允许再出现了。为了切实杜绝这种现象，今冬明春，一定要让农民休养生息；各专州、各县在秋收结束后如实呈报收获的数字，不允许半点虚报浮夸；要禁止在完成国家的公余粮任务外，再任意追加余粮数字，搞高征购。目前就是一个，保证农民能达到基本的口粮水平，实在达不到的，该免收公余粮的就得免收，该补助救济的还得补助救济。这一切，要在常委会上提出来研究，然后，是发一个文件，还是开个县委书记电话会议，或是双管齐下？……

“爸爸，吃饭吧。”喻慎的低唤打断了喻帆的沉思。

“哦。”喻帆应声仰起脸来，见女儿正伫立在客厅门口，对自己笑着。他嗅嗅鼻子，饭厅那儿一股菜肴的香味溢出来，他才觉得肚子有点饿了，不过他仍坐着未动，想起一件事来了：“小慎，你进来。”

喻慎猜测地望了父亲一眼，迟疑地迈进了小客厅：“有事么？爸。”

“前几天，我接到你贡叔叔的电话，他告诉我，你同那个……地质局的叫什么……”

“陈喆。”

“对了，说是你回绝了他。”

“是的，爸爸。”喻慎的脸色严肃起来。喻帆看得出，女儿就要说出一番话了，申诉她的理由。这正是他所希望的，他希望了解女儿。尽可能地理解她所做的一切。她回答很坦率：“从嘎多寨一回来我就决心，给他挂了那么个电话。”

“你还是不尽满意？”喻帆自己不觉得，他的眉头皱了起来。

“我想过了，仔仔细细想过了。爸爸，在这个问题上，我觉得，我还是不能将就，马马虎虎。尽管我年龄不小了。”

“具体原因是什么呢？你贡叔叔可能还会来电话问的。”喻帆委婉地问着，“是不是接触了那个搞音乐的？”他记得，刚从农村回来，女儿用赞赏的语气讲到过一个姓范的青年。

喻慎笑了：“怎么可能呢，爸爸，我们只不过是邂逅相遇，同志式的接触。但是，和他的接触，使我想到了，理想的人还是会有的，只是需要等待、需要寻找。”

“是不是还因为听到了传耕那个对象失踪的消息？”喻帆脱口而出，自己也没料到会把这个疑问提出来。他知道，前两天女儿听说这件事后，是很忧虑而激动的。

喻慎的眼帘垂了下来，蝉翼般颤动着，不自然地抿着嘴。沉默片刻，才说：“总之，我感到要听从心灵的呼唤……”

“简直像是写诗。”喻帆几乎说出声来，但他沉默着。他感到喻慎很忧郁，有思想负担，不过，她处理这件事还是慎重的，不是随意的。唉，可怜的女儿失去了妈妈，很少有人同她商量，给她宽慰。喻帆心里沉甸甸的，很想说几句安慰女儿的话，但还没说出就被门外跳进来的喻坚抢先了。

“当然啰！在这个问题上，我坚决地支持姐姐的观点，反对爸爸你的陈腐观念。与其嫁一个木乃伊，一个温性十足、四平八稳的男子，不如再耐心地等待一下。须知，爱情是心与心之间的召唤，不是价值交换，不是冰糖葫芦，更不是凑合，它应当是水乳交融似的结合，是……我也不想多讲了，因为我还没实践。爸爸，姐姐，吃饭吧。”

喻帆第一次没有用责备的语言或是严厉的眼神阻止儿子空发谬论，相反，他耐心地听完儿子的话，然后心平气和地说：“那我们吃饭吧，别让菜凉了。小慎，走。”

饭后，刚回到自己屋里，电话铃响了，喻帆拿起话筒，就听出了贡建湘的声音：

“我找喻书记。”

“建湘，”喻帆心里说，真是个热心人，又来问了，“说吧，是不是喻慎的事。”

“喻慎是什么意见呢？”

“建湘，年轻人的事，我看就随他们处理吧。记得有句话吗？”

“什么话？”

“强扭的瓜不甜。”

“对啦，这种事是勉强不来的。”

“你不会生气吧？”

“哪里。今天打电话，不是为这事。”

“噢，那是什么事呢？”

“跟你说呀，”贡建湘在话筒里的声音又振奋又带点神秘，“我那位……嗯，就是纪明洁，编杂志的，组织了一篇写农村的报告文学，写的是个出格的人，干的也是有点出格的事，不过写得好极了。作者就是写《三十年来……》的那位盛雍，也是……”

“你是要让我替你看稿子吗？”喻帆明白了，原来就是那位记者。看来，小伙子笔头来得快，整理了材料又写了报告文学。

“不是那么回事，我只是给你打个招呼，”贡建湘的语气很镇定，“等到在杂志上刊出以后，你顺便读一下……”

喻帆感到意外：“已经决定刊出了？”

“是嘛！纪明洁发稿前打电话问过老雷，老雷说，杂志发不发，他无权干涉。但是，盛雍的报道，报纸决定要刊出的。纪明洁搁下电话说，报纸敢发报道，她怎么还不敢发报告文学作品，发。于是，就定下了。怎么？你觉得有点问题吗？”

“稿子没读，不想发表意见。只是，建湘，”喻帆斟酌着措词，“事关重大政策，不能盲目地乱来。”

“放心吧，喻书记，有关政策的部分，作者都写得比较含蓄。”

“必要的谨慎还是要有。”喻帆郑重地说了一句，道了声再见搁下话筒。

坐回椅子上，喻帆支着额头，心想，这个雷大同，真是敢说敢干，竟然要登关于三多大队的报道了。

登出之后，全省农村将会出现怎样的反应呢？会不会泛起一股澎湃的春潮？

58

那天夜间，被郝老虎称作常猴子的县委书记一走出华碧芳家就问：

“出什么大事了？”

好不容易找到常爽的蒋学谦，一听这口吻，心头便冷了。他晓得，自从他当众打顺瑛耳光被常爽撞见之后，这个县委书记对他非常冷淡。他不得不小心，当即谦恭地一哈腰说：“常书记，你们不是决定，让我负责三多大队今年的公余粮上交工作吗？”

“嗯。”

“可这个……这个扎多寨的于老古，他，他……”

“咋个了？”常书记露出了明显的不耐烦。

“于老古当众宣扬，他就是不交公余粮，不买干部的账。”

“那你做了些什么呢？”

“我么？我跟他说下，实行责任承包，公余粮还是要上交的。”

“他不听，还……还谩骂干部……”

“骂你啰？”

“岂止骂我，公社沈书记，县革委何主任，他都骂啦！”

“还骂了谁呀？”

“前些年到三多来干过工作队的，他统统都骂。常书记，你看看嘛，这影响有多坏！他要带头不交公余粮，我们治不住他……”

“你又要治他?”

“哦，不不不！我是说，我们要是不能说服他，刹住他这股歪风，人人都跟着他学起来，三多大队家家不交公余粮，国家任务完不成，不是坏了责任制的名声嘛。”

常爽又哼了一声，背着双手在华碧芳家院坝外头来回踱了两步，而后对站在一边的尹毓秀说：“我们去看看吧。”

“要得。”尹毓秀同意。

“那就太好了，常书记亲自出面，去说服顽固的于老古，其他工作我就好做。”蒋学谦一迭连声地吁叹着，表示自己很受感动。常爽似乎没有听见，只顾和尹毓秀亮着电筒走了。

到了扎多寨于老古的茅屋门前，屋里射出油灯的亮光，于老古自在地哼着一首听不分明的山歌调调。

蒋学谦想赶上一步去叫门，常爽已经朗声叫开了：“于老古在屋头吗?”

“哪个?”屋里的歌声随即停下了，传出于老古雷鸣般一声喝问。

“县委常书记来看你啦!”蒋学谦提高了嗓门，喊得院坝里外都能听见。他唯愿于老古和常爽当众吵起来，这场戏才好看哩。

脚步声传到了门边，门闩一抽，茅屋门“哐啷”一声打开了。“嘀哟，县老倌驾到，有失远迎。请吧，常书记。来来来，你也进屋头来坐。”于老古瓮声瓮气的嗓音吊得老高。一听就晓得，他是故意要同常爽开玩笑。随即又招呼尹毓秀进屋。蒋学谦紧跟着走到了门口，于老古横起一条臂膀，拦住了他：“你来干啥?”

“呃……”蒋学谦窘得说不出话来。

于老古又来一句：“我还骂得你不够?”

蒋学谦脸庞上浮起尴尬的笑：“常书记，你……你你你看嘛……”

“让他也进屋吧。”常爽委婉地要求。

“要不得!”于老古瞪起一双眼睛，大声说，“我这茅屋虽破，也不让这种人进来。他进了我的屋，我怕脏。”

蒋学谦气得咬紧了牙关，脸色一阵红一阵白，一句话也说不出来。

常爽仍微笑着：“你不让他进屋，我们咋个谈呢?”

“他要听嘛，让他站在门口好了!”于老古是真正地不领情，直通通回答得好干脆。

蒋学谦只觉得一阵怒火直往上冒。换了前几年，他早就对这老汉不客气了，可眼下只得忍着。真料不到，原想看常爽和老牯牛的笑话，结果倒弄得自己下不了台阶。

常爽见于老古执意不让蒋学谦进屋，自己也不往里头走了，双手背在身后，说：

“我听说，你不愿交公余粮?”

“拒交公余粮，你安心违法吗?”蒋学谦气咻咻地喝道，借以报复于老古对他的无礼。常爽朝他投来阻止的目光，他也不顾了。

“我是拒绝交给你!”于老古一点不示弱地吼了起来，“我说了，当着满寨乡亲、满大队的寨邻，我都说了，让我把公余粮交给你，我偏偏不交。除非你给我跪，磕三个响头，你干不干嘛?”

可能是两个人都用粗大的嗓门在说话，扎多寨上的乡亲，闻讯都围到于老古家的院坝里来，黑压压地把个小小的院坝都堵满了。

蒋学谦一看来了这么多人，面子上更抹不开。他把手一指，连声叫着常爽：“常书记，常书记你看看，他是多么蛮不讲理！你叫我咋个负责上交公余粮这工作。”

他把难题给常爽推过去。常爽却像没听到他的话，把脸转向于老古：“交给他，你不交。那么，交给国家呢?”

“那还用你说嘛，常书记。”于老古转脸向着院坝里的寨邻乡亲们，回答得声声震耳，“庄户纳了粮，就是自在王。我为啥不交呢，种田交粮，天经地义。我跟传耕早就打过招呼，等他算清了，该我于老古交好多，我一颗不会少。传耕说了，摊到我孤老汉脑壳上也就百把斤罢了。哈哈哈，我拍着胸脯给传耕讲了，只要交百把斤吗，跟你讲，交个三五百斤，没得问题。”

常爽大有兴趣问：“你能交那么多吗？”

“哟，你县老倌也小看人啊！你晓得我于老古今年收了好多粮？”

“好多呢？”

“我承包的责任田，是十三挑……”

“相当于一亩三分水田。”常爽接过话头说，“土呢？”

“土是足一亩。传耕照顾我老汉一个人过日子，划的尽是好田好土。跟你讲吧，常书记，”于老古皱纹满布的脸上，露出洋洋得意的笑容，“光是谷子我收了一千四百多斤，打成米也得折个千把斤吧。我一个人一年能吃千把斤米吗？”

“那你的包谷呢，收了多少？”常爽听得也乐起来，笑眯眯地问。

“责任土和自留地加起来，也是一千斤上下。你说说，常书记，我交个三五百斤公余粮，啥稀奇？”

于老古的话，说得围观的寨邻乡亲们都笑了起来。

蒋学谦挨了于老古一通骂，被冷落在一旁，心头酸溜溜的。冷冷地用眼角瞥着常爽。常爽几乎把他忘了，只顾亲切地拍着于老古的肩膀，声音洪亮地道：

“好，于老古，你领头多打粮多交余粮，县委给你戴大红花，发金字奖状！”

于老古一把抓住常爽的手：“你常书记说话当真？”

“当真！”

“好啊，这朵大红花，我戴定了！”

“唷，于老古过了花甲之年，也要风光风光啰！”院坝里，一个年轻小伙故意油嘴滑舌说着俏皮话。

于老古一挺胸走出屋头，板着脸喝道：“咋个，就不准我风光风光吗？就只许你穿戴得周周正正去说婆娘、逛墟场么？”

院坝里爆发出一阵哄哄的笑声，洋溢着满足的自信和欢乐。可是却没有一个人对蒋学谦瞟一眼。

离开了扎多寨，蒋学谦勾倒着脑壳，跟在常爽夫妇后头，慢悠悠走着，灰溜溜的。常爽夫妇和扎多寨人交谈时的欢声笑语，仿佛还在他耳畔回响。好的，这些个穷胯子也像晓得干部中有两股思潮似的，对支持他们闹单干自发的常爽，多亲热啊。

前头就是卡多寨了，透过坡脚浓密的黑黝黝的树丛，隐约可见家家户户窗口的灯光。蒋学谦轻松地吁了一口气，总算可以同常爽夫妇分手了。

“蒋学谦，你想过没得?”不料，默默地走了这么长一截路的常爽，陡地转过身来说话了。

“想啥?”

“于老古为啥不信任你?”

“呃……嗯……”

“看得出你没想过。该静下心来，用几天时间想想啰！蒋学谦同志，那天，大庭广众之下，你打人耳光，用绳索捆人，你道了歉吗?”

“她、她先恶语伤人……”

“你先把怀孕的顺瑛推倒。”常爽不容他争辩，略略放高了嗓门，严肃地说，“即使农民真犯了错误，也不能如此粗暴地对待人家嘛！况且，她没得啥错处，你竟敢下手，太不像话了。”

“我是奉何主任之命。”蒋学谦内心不服，软中有硬。

常爽严厉了起来：“跟你讲清楚，这不是前些年了，决不允许对农民捆绑吊打。”

幸好尹毓秀扯了扯他的衣袖，常爽忍住了怒火，一拂袖，大步走了。

蒋学谦一直瞅着他俩的身影消失在山道上，才转身走回卡多寨去。一阵秋夜的风吹来，他不由自主地打了个寒噤。这时候，他才发现自己的背脊上湿潮潮的，淌了不少冷汗。

卡多寨烘房里还有亮光，蒋学谦一摇一晃拱了进去。懒洋洋的沈平正仰面朝天倒在床上，两眼巴巴地盯着天花板出神。

"你倒安逸呀，倒在床上大歇气了。人家把火烧到后院啦!"蒋学谦没好气地说。

"又出了什么事?"沈平转过脑壳来问。自从何主任走后，他被丢下来顶着。几天来神色不安，人也瘦了。

"刚才我在卡多寨转悠，亲眼看到，常爽同他婆娘去华碧芳家了。"

沈平呼地一下从床上坐起来，两脚一弯下了地，脸色也变了："去干啥?"

蒋学谦两眼一翻，冷眼瞅着沈平："我咋个晓得呀!"

沈平穿上鞋，在烘房里转了一个圈子，急急地说："不行，我要晓得常爽同华碧芳说了些啥子。"

"是啰!"蒋学谦在原先何羽睡的床沿上坐下，嘴上叼起一支烟说，"华碧芳要是把我们跟她讲的话，统统给常爽端出来……"

"好了，别说了。"沈平走到床边，翻起枕头抓过一只电筒，试了试亮说，"你去不去，我们一同找她问问……"

"我不去。"蒋学谦站起身来，"我摊上了这催交公余粮的受气差使，脑壳都忙昏了，要去你去吧。"

出了烘房，蒋学谦看着沈平的背影向寨边的小路踅去，嘴角不由得挤出了一缕笑纹。这小子，多半是从华碧芳家后门进去的。蒋学谦早已察觉沈平和华碧芳之间的暧昧关系了，但他一点不张扬。待病壳壳郝老虎退休，这小子当上了屏源公社一把手，他手头抓着这点把柄，兴许还有用哩。

确信沈平走远了，蒋学谦也试了一下自己的电筒，勾着腰溜出门，东瞅西望了一阵，然后顺着屋檐下的阴影，悄悄地绕过烘房，顺着一条出寨的上坡小路，连跑带颠地走去。

白天，蒋学谦就看准了，这条小路通向后头坡背，翻过坡顺着一条羊肠道走六七里盘山路，就能到翁家寨。今晚上，遭了常爽一顿训斥，又受了于老古的奚落，他觉得天色再晚，也得跑一趟黑路。

尖钩似的眉月时而被一层浓云遮去，时而又露出它那细细的腰身。蒋学谦借着朦胧的月色，尽可能地不亮电筒。直到翻过了后头坡，再也看不见嘎多寨了，他才亮起电筒，迈开大步疾走。

远远的，岭腰、山脚、树林边一些零零落落的散居农家，依稀地亮着一两点灯火，敏感的狗，大约是看见了蒋学谦的电筒光，气势汹汹地吠着。

心里焦急，脚步又快，六七里山路，蒋学谦半个多小时就赶到了。他傍着一路上东一丛西一蓬的钓鱼竹，在稀稀落落的狗吠声中又赶了一二里下坡山道，一直插到下寨那幢用石灰刷白了山墙的砖瓦房后门口。

“笃笃笃!”蒋学谦慢条斯理地敲着门。

“哪个?”屋内一个女人傲慢地问。

“是我呀!”蒋学谦已经听出了对方的嗓音，凑近门缝轻轻低唤，“婉芳，是我。”

门开了，蒋学谦一闪进了屋，门又被利索地关上了。借着油灯的光，他打量一下屋子，是婉芳和李婶借宿的那间。

“嗬哟，西北风把你吹来了呀!”婉芳推过一条板凳来，半开玩笑地招呼着。

蒋学谦瞅了一眼床沿上坐的李婶，笑着一点头，在板凳上坐下说：

“你让人捎信给我，我就想来了。”

“景传耕让你们整翻了吗?”婉芳直截了当地问，“我晓得，你们整起人来，是又快又狠的，嘿嘿嘿。”

蒋学谦笑不出声来，撇撇嘴，摇了摇头说：“我来，就是为了这事。”

“咋的，又抓了一手刺?”婉芳扬起了两道眉毛问。

这女人比起年初那时候，又发福了。蒋学谦真搞不懂，她做那生意东游西转的，竟然还胖得起来。倒是李婶看不出有啥变化，端正的脸庞白净细嫩，衣裳穿的朴实而又庄重，十足一个城里女干部的模样。

“也不是。”蒋学谦耸了耸肩膀，“我是来打声招呼，这一阵子你们千万不要露面，也不忙着去找丁慧芸和宋秀玉……”

“咋个了？不是你让我爹写信说，机会来了吗？”

婉芳确实是蒋学谦通知回来的。在到三多大队前，他从沈平那儿摸到工作队下去的意图后就借去婉芳家爹小摊摊上买烟的机会让他捎个信给行踪不定的婉芳。不久，她和李婶就回到这偏僻闭塞、连公社干部也很少光顾的翁家寨暗藏起来了。现在她带着一种不以为然的口气质问蒋学谦，蒋学谦只好仰起笑脸解释：“是啊，那是挞谷子前的事了。可眼下的形势又不同啦。”

“你不是同我爹说，有把握的嘛！”婉芳有点不悦了。

“是啊，当初以为何主任亲自坐镇刹单干风，会一抹不硌手，传耕纵使有三头六臂，这回也脱不了爪爪。哪里晓得，唉，事会在几天内砸锅呢？”蒋学谦连连叹气，十分懊丧。

“到底是咋个砸锅的。”一直没吭气的李婶，给蒋学谦倒来一杯茶，柔声问。

“一提起我就鬼火冒！”蒋学谦确实火气上来了，额头边青筋勃起，眼珠子通红，“茅厕里的石头，也没得景传耕这龟儿子硬。”

“他硬，还硬得过你吗？”婉芳笑着瞥了他一眼。

“这两年，”蒋学谦摆摆脑壳，“不是前头两年啰。他们后头又还有个常爽……”

“你是不是怕了哟！”婉芳伸手推了蒋学谦一把，眼里闪出一股凶光，“未必然老娘花在丁慧芸、宋秀玉两个贱货身上的千多块钱，就白白丢了吗？没得那么撇脱！”

一听这口气，蒋学谦也不无惊讶。当年婉芳不就是屏源镇上翁家一个风流姑娘嘛，身上穿得花俏俏，脸上搽得香喷喷，戴块小巧巧手表，穿上亮晃晃皮鞋，在屏源镇上招摇过市。那阵，她就爱在办公室闲坐，同蒋学谦勾勾搭搭，蒋学谦倒还摸得住她的心路。如今在社会上闯荡了几年，身上一股邪气，手里大把票子，反倒使蒋学谦觉得在她面前矮了一截。望着她那怒气冲冲的样子，他只得讨好地说："哪里会呢！"

"哎唷，婉芳，你听他说嘛，一句一句插话。"李婶有点沉不住气了，责怪婉芳，"人家蒋助理赶黑路来，多累人哪！再说，你一个劲埋怨，也不想想，年初，要不是他放了我们两个，我们今天有这么安逸嘛。"

说着话，李婶端过屋里的油灯，起身走到隔壁房间去了。随着她把门一关，屋里顿时变得乌漆墨黑。

"嘿嘿嘿，"蒋学谦非常感激李婶的用心，惬意地笑出声来，坐到婉芳身旁去。

婉芳的乌发撩着蒋学谦的黑长脸："哼，你放我们，还不是怕。"

"怕啥？"

"你每给我们开一张证明，得五十块钱哇！"

"轻点……"

"我说你怕嘛。怕我们会供出你来……"

"你当真会供？"蒋学谦把手伸过去，婉芳顺势靠了过来。

"大憨包，你想想，真被抓去审，我们会供出你吗？"

"我晓得你们不会供。我也舍不得你被抓呀，跟你说，放你们那天晚上，我是豁出去了，开除公职，进班房，全不顾了……"

话没说完，婉芳一把抱住他，他也顺势张开双臂，搂紧了婉芳丰满结实的身子。

这一刹那间，蒋学谦仿佛又听见婉芳出嫁前在他耳边说的悄悄话了："要不是你早有了婆娘，屋头还有一帮崽，我真愿意嫁你。"

噢，那年头，蒋学谦是完全抓得住婉芳的。婉芳的爹翁老汉，在街口合作饭店里当跑堂，害了一场肺病之后去上班，饭店里的生意大为清淡，农民们忌讳得过肺病的跑堂，都不愿来光顾了。饭店只好让翁老汉提前退休了。翁老汉一手拿着三十来块退休工资，一手在家门口摆个小摊摊，卖点烟、酒、糖果、瓜子、茶水混日子。

婉芳的妈本来就没得工作，专靠山寨上农民来赶场那天，摆起一个布篷摊摊，卖点米豆腐、米粉赚几块钱。婉芳哪来这么多钱打扮自己呀？原来她家私底下还在做一手倒卖粮票的生意。那十多年来，乡旮旯里不景气，粮食就特别金贵。秋收之后粮价低，翻过年粮价高。年年秋收以后，粮食最低的那一两个月，婉芳就出门了，去省城不公开的票证市场，去粮食不那么紧张的外省，低价购进粮票带回家来。到了来年，粮价升到最高的那一两个月，他家一面阴悄悄出售粮票，一面用粮票去粮店买些大米放在屋头，暗中高价卖给缺粮的农民。但不论做哪样，那需要同公社当权的干部搞好关系。蒋学谦手中掌着公社革委会的大红印章，自然就同婉芳勾搭上了。她有几条脉搏，蒋学谦是完全摸得清的。阴差阳错，这几年来时事变迁，特别是婉芳出嫁到沿海的省份去，隔开一年和李婶双双回娘家时，蒋学谦吃不住婉芳了，倒反过来是婉芳在支派他了。

门上起了响声，蒋学谦松了手，赶紧回到板凳上，婉芳也利索地在床沿边上坐直了身子，歪过脑壳，理着自己蓬乱的头发。门被拉开了，油灯光闪了进来，李婶笑盈盈地说："寨上的事讲完了吗？"

"正在讲呢，李婶你也听听吧。"蒋学谦干笑一声。说着，他讲起工作队下三多后的情况来。

"我管不到那么多，"听他讲完没把景传耕整住的经过，婉芳呼地站起身子，"这回我非把丁慧芸拖起走！"

"你咋个拖她呀？"蒋学谦见婉芳如同吃了豹子胆，有些吃惊了，"我不是说了嘛，省城公安局，来人问过你俩的事。你俩一露面怕就要……"

"怕个屎！"婉芳骂人了，"你不是说那公安局的已走了嘛。哪个像你这样憨呢！我们自己不出头……"

"你们不出头，咋个……"

"这你不用管。只要你答应我一件事。"

"什么事？"

"丁慧芸不是个死人吧。她总要离开寨子。"

"这倒是的。"

"你想法弄明她哪天离寨子，上坡割草呀，赶场呀，走亲戚呀，告诉我就成。"

"这倒不是难事，"蒋学谦两眼瞪着婉芳，沉吟着说，"只怕，我晓得了她哪天出寨子，来不及告诉你们呀！"

"不难，你跟嘎多寨上的一个人说就成了。"

"哪个？"蒋学谦又是一惊。

婉芳把嘴凑到蒋学谦耳边，低声说出一个名字。

蒋学谦惊骇地直起腰身来："是他？"

婉芳把双手搭上蒋学谦的肩膀，一歪脑壳，脸上的神色是又娇媚又露点恫吓：

"干不干？"

"干吧。"蒋学谦答应的声气不是很高，像个大病初愈的人。

"还要留神。"一直未插进话来的李婶，竖起一根食指说话了。

蒋学谦和婉芳把两个脑壳凑到李婶跟前，听她叽叽咕咕地说着，不住地点头。

59

是秋末冬初时节的老阴天，吃晌午时分，也不见暖和。刚犁了半天泡冬田的景传耕，洗净了脚杆，看看冻得发紫的皮肤，用手掌使劲摩擦了几下，赶紧放下了绾起了的裤脚管。

他扛起犁辕犁盘，吆着牛，走回嘎多寨去。刚拐进院坝，身后传来传耘的责怪声："哥，你还是让慧芸姐一个人去屏源镇啦？你看你嘛，一点点也不懂人家慧芸姐的心思。"

"不是你说的嘛，到了屏源镇也不一定扯得到结婚证。"传耕卸下犁辕犁盘挨墙脚放稳，转过头，对扛着锄头回来的传耘说。

"是我说的。昨天，我问过蒋黑脸，他在三多大队蹲点，公社是不是另外安排了人干他那一摊子民政事务。他问我有啥事，我说你要同慧芸姐去扯结婚证……”

“你跟他讲干啥。”传耕不高兴地打断了妹子的话。

传耘圆滚滚的脸涨得通红：“总要有人问的嘛。慧芸姐不愿问蒋黑脸，我就代她问了嘛。他跟我说，公社是另外安排了办理这些手续的。不过，几天前他回公社去，听说结婚证书用完了，不知是不是又去领了新的。传耕事情多，最好让慧芸先去公社问问……”

“对啰，咋个说是我让她一个人去呢。是她自己想先去打听个实在，顺便扯点布，买些新衣裳嘛。”传耕牵着牛鼻绳，卸下了牛圈的栏板。吆喝着牛进圈里去。

传耘“咚”一声搁下锄头，跺着脚说：“哥，你呀你呀，硬是憨！就是慧芸姐买新衣裳，你陪她走一趟，又有啥不该呢？”

“我还不是想着寨上的事多……”

传耕的申辩还没讲完，寨路上响起了一阵“壳隆壳隆”的马车滚动声。全大良的嗓门，像炸雷一样吼着：

“快来看报啊！好消息，快来看报上的好消息啊！快啊，快啊，大喜事哪！”

听到这欢叫，传耕和妹子交换了一下目光。在嘎多寨上，以生产队名义订的那一张报纸，历来是没得多少人关心的。平时，邮递员送报纸来，哪个拿到就算哪个得，拿回家去剪鞋样，包东西，凑多了糊壁头，谁都无所谓。阿全今天这么大叫大嚷，想必报纸上登了振奋人心的好消息。

“去，看看去！”传耕一挥手，兄妹俩一先一后跑出了院坝。一路上，只见寨邻们纷纷从屋檐下、坝墙后、园子土头跑出来，追着全大良的马车，赶到大院坝去了。

“啥好消息？”

“阿全大概又在逗满寨子人乐了！”

“去看看再说。”

传耕跑进了过去的分配点大院坝，看到郝老虎笑容满面地同沈平站在马车上。全大良正高高地扬着一份报纸，对着众人叫喊：

“嗳嗳，不要抢不要抢嘛！听我给大伙儿念，我不是个秀才，也识得一箩半字嘛，哈哈哈，莫急嘛，等人来多些念更好！”

围住了马车的寨邻乡亲们被全大良逗得心子痒痒的，你一声我一声地喊着：

“阿全，要念就快点念。”

“你把我们当娃儿哄啊！”

“真焦屎人！”

全大良那神采飞扬模样，不像是光逗个乐凑个趣。前些天，常书记离去时，尹毓秀、郝老虎、沈平也跟着走了，只留下了艾振兴和蒋学谦。才走没几天，公社两位书记又赶了下来，传耕断定一有好消息。

顷刻间，大院坝里人越聚越多，有的人干脆端着饭碗跑来了。阿全清了清嗓子，干咳一声，挥动手中的报纸说：

“今天，我一大清早就撵着马车，把嘎多寨多上交国家的最后一千斤包谷拖到屏源镇粮管所去。回来的路上，邮递员让我把大队、三个生产队和耕读小学订的五份报纸带下来。我打开报纸一看，哈，欢了，只想催马快回寨来，给大家都看看。马车没跑出屏源镇，就碰上了郝老虎和沈平这两个搭车的。他们上了车，我也顾不得两人坐稳了没得，啪啪朝马屁股上赏了几鞭子，马儿疯了似的往回跑。你们问问他俩吧，屁股颠得痛不痛？嗳，郝老虎，你的屁股痛不痛啊？还有你，沈、沈平……”

“哎呀，你啰唆得有完没得完啊？”

“快说正事吧，阿全。”

“看他把大伙儿憋得气也透不过来了。”

人们终于忍耐不了他的唠叨劲，纷纷指责起他来。他一点不在乎，照样一本正经地问郝老虎和沈平：

“痛不痛，痛不痛呀？说嘛。”

直到两人点了点头，满院坝响起一阵哄然大笑，全大良才挺起胸脯直起腰，出其不意地大叫一声：

“我们三多大队上报啦!”

他这一声吼，像惊雷似的把满院坝的人都震住了。一瞬间，人们都眼巴巴地盯着他，嘈杂喧哗随即消失。

“不信吗，哈哈，听我念吧。”全大良大约没料到反应是这个样，他抓起报纸，高声念道，“实行联产联心的生产责任制，是不是资本主义？本报今天发表的月光县屏源公社三多大队的材料是个很好的回答。”

就像有道璀璨的阳光，刷地照射到了寨邻乡亲们的脸上，大伙儿的眼里刹时闪出喜悦的光。

“嗳，当真上报纸了。”

“真灵哪!”

“肯定是盛雍那上海娃儿写的。”

“唉，不要讲了，听阿全往下念吧。”

人们营营扰扰的低语声静下去了。阿全双手捧着报纸，朗朗有声地往下念道：

“林彪、‘四人帮’极力推行极左路线，在各条战线设置了种种禁区，禁锢着人们的思想。长期以来，在农业战线上，人们一提到包产，就谈虎色变，直到今天，很多人也还是心有余悸。尽管各种形式的联系产量承包的生产责任制，已经破土而出了，仍然有同志视而不见，甚至横加指责。请看看三多大队的实践，他们坚持了生产资料的社会主义集体所有制，实行了生产的责任承包，极大地调动了社员的生产积极性。这难道是什么单干、半单干，或者走资本主义道路吗？……”

“说得好！报上给我们撑腰啦!”一个瓮声瓮气的嗓门，兴冲冲地打断了阿全。

一听声音，人们就晓得这是于老古闻讯跑来了。传耕回头一看，嗬，岂止是于老古一个呀，大院坝外圈，满满簇簇的，全是卡多和扎多的人。

“于老古，你慢点闹，听我念完。”阿全大声说，接着念道，

“实践是检验真理的唯一标准。三多大队的实践证明，联产联心的生产责任是正确的，效果是好的。……”

传耕环顾着前后左右的寨邻乡亲们，心里一阵阵翻腾。是呵，谁说我们农民不关心国家大事，不关心时事政治，不关心政策。全是瞎扯淡！今天中国大地上的农民们，对和他们的切身利益相关的政策、时事政治、国家大事比以往任何时候都更关心。看嘛，男男女女，一个个大睁着眼，聚精会神地听阿全念报，这就是有力的证明。现在，省报给三多大队撑腰了，明年更可以甩开手脚干一番啰！传耕欣慰地吁了一口气。

阿全还在念：“……现在，我省还有相当一部分生产队劳动力缺乏科学管理，出工人等人，干活人看人，收工人赶人，劳动时间短，生产效率低。这样继续下去，农业能够高速度发展吗？能够往现代化的道路上迅跑吗？因此，我们希望农村各级领导干部，一定要解放思想，深入调查研究，从实际出发，创造性地进行工作，大胆实践，在实践中不断总结经验，以利于调动广大群众的社会主义积极性，走出一条建设社会主义现代化农村的新路子。”念到最后，全大良兴奋地叫了起来，“听到了么，要走出新路子！”

“阿全，阿全！”大队支书费正明从人群里挤过来，举起一只大手问，“你念的那篇文章，叫啥名字？”

“名字？”全大良展开报纸，瞥了一眼，“名字叫编……”

“编者按。呼呃呼呃，”郝老虎在马车上插嘴了，“就是编报人说的话。”

“对了，对了，这上头还有几行大字哩！”全大良手舞足蹈地叫起来了，“听着：责任承包姓社不姓资。屏源公社三多大队实行生产责任制，调动了社员的积极性，国家、集体、个人三得益，粮食产量比去年平均增长四成。”

阿全刚念完，马车周围的青年农民们一个个把手向前伸去，叫嚷着：

“阿全，把报纸给我！”

“给我！”

“我也要。”

“我来接着往下念。”

“这张报纸给我家吧，我家往常都不拿报。”

“哪个也不准拿走！”费正明费了好大劲挤到了马车跟前，板着脸，厉声喝道，“报纸是集体出钱订的。阿全，你把这张报用塑料纸蒙起来，巴在大祠堂里头，哪个要看都到那里去看。另外几张，哪个生产队的就给哪个生产队，也叫他们学着嘎多寨做。大队那张，给我。”

“给你？”阿全身子往后一缩。

“不给我给哪个，我是大队支书！”费正明的话，说得庄重极了。

费瑞娟在人堆里朝全大良挥手：“阿全，你就依了他，把报纸给爹吧。”

“对啊，”康文达也赞同说，“把报纸给费大伯，没得错。二天再遇到何眼镜那样的干部，他好拿出来抵挡一阵啊！”

“好！”全大良把报纸递给了费正明。

费正明满脸都在笑，眼角闪着泪花。他双手颤抖着展开报纸，声气不连贯地说：

“这……这份报纸，来……来得是时候哪！它简直当得是‘冬月文件’哪！我要把它……把它好好保存下来，保、保……”

“寨邻乡亲们，呼呃呼呃，好好看报吧！”马车上的郝老虎，挥着双手高声说话了，他一提高嗓门，就如同老虎发威，说话的声音好粗，“这张报纸，呼呃呼呃，听它三遍五遍不算多啊！那个记者小伙，把三多大队的好些事都写上了，他总结了几点嘛。呼呃呼呃，一、往年出工要等干部喊破嗓子，今年干活是……呼呃呼呃……是社员带头打冲锋。不要人喊了！二、往年犁田犁地要甩大半边，今年是边边角角都犁到了，边头角脑挖得光溜溜，又犁得深，犁得好，真正做到了……呼呃呼呃……做到了三犁三耙、精耕细作，种田人都像大姑娘绣花。三、往年是偷奸躲懒的沾光，埋头苦干的吃亏，工分开得多多的，到了年终分不到钱。今年是偷懒的抽了懒筋，猛干的尝到了甜头，手头也有活络钱。四、往年群众有几怕，怕干部瞎指挥，流冤枉汗，怕大嘴老鸹吃大家的劳动果实，怕这怕那，今年是啥子也不怕了，一心埋头干。五、往年是拿我们的口粮顶余粮，呼呃呼呃，今年是卖了余粮有余粮。三多大队的新气象，报上登了一半多。不过，我看他写落了一条，那就是传耕领着青壮劳力，挤出时间去帮军属、五保户、孤寡户干义务工，呼呃呼呃……”

“那不是盛雍不写，是传耕不让说。”全大良插道。

“他不让说，也得写！”郝老虎一瞪眼，又喘起来，“呼呃呼呃……这不是哪一个人的事。人家看了报，要问，搞责任承包，劳力少的人家，该照顾的户，咋个办呢。呼呃呼呃……这一点，我要批你传耕。昨天，常书记打来电话也说了，叫把这方面的情况报上去，呼呃呼呃……不过，我不是来骂人的，我是来传好消息的，呼呃呼呃……”

郝老虎陡地提高了嗓门，一阵哮喘涌上来。他掩住嘴，背转半个身子，喘够了，又面向群众道：“常书记来电话说了，看了报纸，听到广播，县委会迅速地作出了决定，呼呃呼呃，今冬明春全县工作的中心环节，就是抓生产责任制。我郝老虎，也要回自家寨上去抓了，呼呃呼呃……”

“郝老虎，这个事，不用你回去动员。”于老古站在远远的石坎上，粗嗓大门吼道，“只要你回到寨子上，给自己家承包上几块责任田土，比你宣传多少都管事。”

“这话倒有点理儿！”郝老虎点头赞同，“我，呼呃呼呃，只巴望三多大队明年子，再夺个丰收。传耕，你有没得这个决心啊？”

“有！”传耕赶紧答了一声。他同大伙儿一样，一直沉浸在少有的欢乐之中。

“嗬，闹风波的时候，你的话像开了闸门一样，说个没得完，今天，呼呃呼呃，你咋个不吭气了。是怕我郝老虎吃了你？”

“真得感激你郝老虎来传这消息，有你和常书记那些话，我于老善这口气出得畅啦！”于老善接着郝老虎的话道，“实话实说，你们来问我收了好多粮，我是瞒下了好几百斤的，不是我老善奸，我是怕……”

“还怕个啥呀！”康文达脸上全是喜气，“有报纸上的文章，有了常书记和郝老虎的话，不用怕了。往后，不会有反复了，莫非，省委党报上的话，白纸黑字印那么多，也会不作数？”

“康文达不说，我倒忘了。”郝老虎举起手，朝下压了压，“常书记还有一句话，呼呃呼呃，希望大家不要怕。可也不要认为一切都好了，没有什么问题、毛病，也不会有什么困难、阻力了。自然界有风，社会上也有风，头脑要清醒，不能随风转。”

这番话，在传耕听来觉得很对劲。常书记在这个时候提醒大家，是很有道理的。不过，农民喜欢听吉利话，乍听这么说，脑壳转不过弯来，欢腾的大院坝沉寂下来了。

在这沉寂的当儿，忽然传来一阵嘶哑的哭嚷，一下子把大家的注意力引过去了。

哭嚷是从离大院坝不远，“浪子”邹启春那茅屋里传来的。自从秋收前他外出以后，不知啥时候又回来了。只是，他家就他一个人，哪来的女人哭喊声呢。

景传耕觉得蹊跷，决定去看一看，便朝那茅屋走去。

60

“浪子”邹启春的屋头，景仁清的婆娘正在哭闹。

“你、你还钱来！赶紧还来，你还要躲，还想，我提起刀同你拼了！”

“跟你说了，四婶，这会儿我手头没得钱。”邹启春立在屋中央，低声下气地说。

“你还会没得钱哪！”景四婶根本不听他的，“你说这话是哄鬼啰！你讨得起老婆，还不起钱呀！跟你放明了说，今天你不把钱还来，我情愿把命丢在你邹家的屋头。”

“有的那几文也花光了。隔两天……”

“花光了，你就不还啦！”邹启春的话未及说完，景四婶捶胸顿足地哭嚷起来，“你就放开肚皮吃我家的血汗钱呀！你大男子汉，亏你说得出口呀！”

“要钱，我没得！”邹启春被景四婶抢白得脸色一阵青一阵红，“浪子”脾气又犯了，他陡地吼道，“要命，我这儿有一条！随你景家来人咋个整。”

“好嘛，好嘛，你要流氓脾气，老娘也不睬祸事！”景四婶一把鼻涕一把泪，一屁股坐倒在地上，撒开了泼劲，“你不还钱来，今晚上我就在你俩口子的床上睡！”

景传耕走进邹启春屋头时，恰好看到这情景。他打量一下屋子，几张老辈子传下来的桌子板凳，蒙上了厚厚一层灰土，梁椽上、角落里结着好些蜘蛛网。屋里弥散一股久未住人的、发霉的潮气。邹启春俊俏的脸上，一副窘迫的神情，原先遇到批斗时嬉皮笑脸的模样，全然没有了。屋子里边，一位姑娘靠近一只米囤站着，二十出头年纪，衣裳洁净，长幺幺的身材，鹅蛋形的脸庞微显苍白，一双大大的眼睛里汪满了泪水。传耕瞅她时，正用手中帕子抹着眼角的泪。这个陌生的姑娘，是什么人呢？

跟在传耕后边的人，越来越多，但都迟疑着没进屋，光是站在台阶上，探头伸颈地往屋头瞅。门堵上了一大堆人屋内的光线愈加晦暗了。传耕走到窗口边，狠劲推了几下，把久未开启的木格格窗户推开了，透进一路光来。

“看，好俊个姑娘，是哪个寨上的？”

“鬼晓得。十之八九是浪子的相好。”

“没得听说嘛，浪子这龟儿，仗着脸盘子生得好，姑娘耍得多得很！”

“跟他一同去干过小工的人说，姑娘们就是爱同他谈笑。”

“只怕，一好上就会晓得他的底细，心头喊失悔啰!”

“这姑娘不也悔了嘛，在哭呢!”

听到这些喊喊喳喳的议论，刚抹去泪水的姑娘脸庞上又流下了两股泪水。

“出啥子事了吗，要这样的寻死寻活地闹。”传耕转过身来，放声问。

“传耕哥，你看这婆娘嘛，扫帚星，我前脚刚进屋头，她后脚就追来了。讨债鬼!”邹启春找到一个申诉对象，接嘴道。

冷不防，囤箩边的姑娘停止了悲伤的啜泣，迈出一步说话了：“你还有脸说哩！你这个哄人的骗……骗……”

她说不下去了，一阵从心底深处涌上来的悲恸，使她泪如雨下，泣不成声了。

门口又有人议论了：

“造孽，又是一个上当的。”

“这一回，怕要把这‘当’尝到底啰!”

“咋个了?”

“你们看嘛，那个姑娘的肚皮……”

“传耕，不消我说了吧!”景四婶看到传耕走进来，原先的泼劲收敛了些，但是仍然坐在地上，眼角挂着泪说，“收粮食前，邹启春借了我家钱，说三五天就还。这会儿，三五十天也过去了，他还在耍赖皮，不想还钱。嗳呀，我家的钱也是血汗挣来的呀……啊嗯啊嗯……”话没说完，景四婶又抹了一把鼻涕，干号起来。

“你先站起来再说，几十岁的人了，还往地上坐，不怕脏了裤子。”传耕拧紧了眉毛，“启春欠你家好多钱?”

“不多不少，二十五块。”景四婶站直了身子，拍拍屁股，眨巴眨巴眼睛说，“坐不坐，我都要讨到钱才得走。”

传耕没再理她，转过脸去问浪子：“启春，你是咋个借她二十五块钱的?”

“咋个借的?”邹启春把眼睛朝上一翻，“还不是听了景仁清鬼扯，说买卖鸦片有赚头。我身上没得盘缠，向他借的。”

邹启春的话一出口，景四婶犹如鹞子惊弓般嚷了起来：“鸦片烟都被收了去，那事早结啦！二十五块钱，是你拿去买吃喝的！想赖账，不要脸啊！”跟着又号开了。

茅屋外头的寨乡亲们木呆呆地看着，哪个也不接嘴。事涉及到景仁清和“浪子”，都是大家讨厌的角色，谁都不想去沾这件事。

“浪子”邹启春失神落魄站着。他带着这位有身孕的姑娘回寨上来原来确实是想回家来安个窝，和婆娘、未来的娃崽重新开始生活。不料回来就碰到这样的事，那刚萌生的念头像燃尽的蜡烛，快要在他心里熄灭了。

传耕瞅了瞅不争气的邹启春。这小伙有劳力，人也聪明，只因为走歪了道，才落到这步田地。传耕又把目光转到那姑娘身上，她仍在低头垂泪，啜泣有声，看模样倒不像是个轻佻的人。她显然是痛苦而后悔了。可邹启春为啥不丢掉她，反而大模大样地带回到寨上来呢？难道他想结束那浪荡的生活？

传耕的眼里闪出了亮光。

茅屋里潮滋滋的霉味、窒息人的呼吸，台阶上、院坝里围观的人们都不曾离去。事情逼到了刀口上，看样子，这会儿非得有个结果，这场纠纷才可能平息下去。看景四婶的脸色嘛，撇着嘴，斜瞪着眼，不讨还债，她是不会回去的。

传耕的手伸进贴胸的衣兜里，掏出了一叠钱。这钱折叠得很整齐，由大到小，票面上五块一张的，二块一张的，也有一块一张的。他用双手细心地数着票子。

屋里的三个当事者，屋外台阶上、窗口外的人，都猜出了传耕要干啥，目不转睛盯着他的一举一动。茅屋里外一片寂静。

“哥，”陡地，从屋外院坝里传来传耘一声喊，“你要干啥？这是爹给你结婚用的呀！”她从台阶上挤进茅屋，两眼惊讶地瞪着自己的哥。

院坝里有个人也故意提高声音说：“给‘浪子’垫了这笔债，他牛年马月也不会还！”

这话明明是说给传耕听的。

传耕数出了二十五元票子，递到景四婶跟前。不待传耘阻挡，他平平静静地说：

“你点一点，二十五块钱，还你了！”

传耕数票子的时候，景四婶贪婪的眼睛早看分明了。她一把抓过传耕递来的钱，数也不数就揣衣兜，转身就迈出门槛去了。

“嗬，走得这么急，小心绊倒哟！”人群中的全大良讥诮道。

屋里仍然很静。传耕把桌角上的灰尘用手掌一抹，将余下的二十五块钱放在抹干净的桌角上，既没瞅邹启春，也没望陌生的姑娘，声气低沉地说：“这些钱，留你们安个家吧。买两口锅，买几口碗，买点油盐。启春，别再出去晃荡了，做活路才有出路啊！”

“传耕哥……”眼泪汪汪的邹启春，嘴角蠕动着，哽咽地叫了一声，双手捂住了脸，蹲在地上呜呜地哭了。

一直啜泣着的姑娘挺直了腰身，抬起了头，端庄的脸上挂着泪，她跟着邹启春的称呼，泣不成声地喊道：“传耕哥，你……你真是个少见的好人。我，我们一定好好干活路……”

“不要哭了。”传耕安慰道，他不习惯于接受人们当面称道，黧黑的脸上掠过一丝羞涩，“今天晚饭，你们就到我家去吃。明天开始，就煮自家的粮吃……”

放声痛哭的邹启春仰起脸来，茫然失措地问：“自、自家的粮……”

陌生的姑娘一推那个空空的囤箩：“他这囤箩里头，一颗谷子也没得！”

“你莫愁！”全大良高声说，把台阶上的人们一推一搡，好几个人一起涌进了屋，“邹启春，算你小子有福气，摊上了传耕这样的当家人。划分给你的责任田土，从种到收，传耕都让我们几个代你包下了。你游荡了一年回家来，坐享其成。跟你说，账是我经手的，除去上交的粮食外，你还有八百斤谷子，七百多斤包谷，都放在集体仓房头的。”

“够你家两口了，哦，三口子饱一年肚皮啦！”于老古在门外，不客气地补充了一句。

邹启春张着嘴巴，睁大一双黑白分明的眼睛，像听天外奇闻一样地望着全大良，又瞅瞅景传耕，一脸的惊诧和羞惭。

传耕朝他点点头，鼓励道：“启春，你要记着，这是阿全、康文达和寨上的十来个小伙帮你干的。大家都盼你回家之后，回心转意，做个正派人。”

陌生的姑娘脸上垂挂着泪，眼里却闪出了自信的光，她走到传耕身旁感激地说：

“传耕哥，多承你，你对他太好了！我们……我们安了家，就去扯结婚证……”

先安家再扯结婚证，要在别的场合，早惹起一阵哄堂大笑了。可这会儿，哪个也没笑。倒是好些人涌了进来，把邹启春三间茅屋里外，挤得满当当的。

“传耕岂止对邹启春好啊，”一个四十来岁的妇女接上话说，“你姑娘是外来的，不晓得。我是个寡母子，三个娃娃都小。今年春种秋收，哪一阵传耕不领人来相帮呀！”

“不要说今年搞责任承包了，”于老善人没进来，声音传进屋来了，“就拿前些年来说吧，一到秋收挞谷子、扛挞斗到田头去的重活，我看到都是他干的。”

“是啰，年轻人干活路都像传耕一样，田土的出产还要多点哪！”费正明感慨地说，“早春天下冰冷扎骨的泡冬田犁耙，前几年哪个都不愿干，推三推四的，他总是一声不吭，绾起裤脚就下田啰！”

于老古瓮声瓮气的嗓门一下压住了众人的议论：“光说点干活路的事情算个啥。你们忘了，那年扎多寨上的烟叶采下来，遇上了老阴雨天，偏偏寨上没得煤了。煤场上的煤都订合同卖给了人家，到处找也没得。眼看新鲜烟叶要霉烂，哪个也没去问他，传耕把秋前自家拖来烧的煤让给扎多寨了。”

“要说这种事也多嘛!”费正明高声道，“那年修门前这条连通三个寨子的水沟，我病了，喊传耕代管管，他哪天不是早出晚归，豁出命在干哪。”

费瑞娟接着爹的话说：“这不是给传耕兄弟评功摆好，说点给你这新来的弟妹听听，是让你了解我们的传耕哥。他回乡后，当过记工员、保管员、会计和生产队长，从来没听人讲过他假公济私、多吃多占、偏袒亲戚朋友。倒是常见他批评那些不顾集体利益的亲友。那年收茶叶……”

“哎呀呀，瑞娟，这些陈谷子烂芝麻的小事，扯它干啥呀!”传耕打断瑞娟的话，脸色涨得红红地说，“我们还是各人伸伸手把启春这间屋头收拾收拾吧。看，满屋都是灰尘、蜘蛛网哩!”

“不忙。小事咋个了，呼呃呼呃，小事更能看出一个人的品性!”早就在外面院坝里静观了半天的郝老虎，推搡着沈平进屋来，一本正经地说，“我就是喜欢听这些小事。对啵，老沈，呼呃呼呃……”

沈平点点头：“当然，当然。”

“那么，呼呃呼呃，还要不要专门开个座谈会，征求广大群众的意见呢？啊？呼呃呼呃……”郝老虎笑嘻嘻地拍了拍沈平的肩膀。

不知为什么，沈平涨红了脸讷讷地说：“倒是可以不开了。”

围在四周的人听了这番话，搞不清是啥意思，都愣怔地望着他俩。呼呃呼呃的郝老虎，感到有必要解释一下，便说：

“不瞒你们讲，呼呃呼呃。今天我和沈平下来，一是送报纸，传达常书记的指示。呼呃呼呃，二就是想开个会，听听大家对景传耕同志的意见，公社好讨论他申请入党的问题。不想刚才讲了那么多，哈哈哈……”

这笑声很有感染力，大家跟着笑了。

“好啊，传耕进党，我们心头踏实。”有人大声说。

“不忙。”郝老虎亲切地瞅了传耕一眼，又说，“刚才大家讲的是传耕的优点，这很重要。呼呃呼呃，他有没有缺点、毛病呢？这也要请大家提，才能帮助他进步。所以，呼呃呼呃，大家考虑一下吧，另外找个时候，再请你们来谈一谈。好不好？”

人们高兴地散去了。传耕留了几个人来帮助邹启春收拾草屋。到傍晚，传耕又硬把邹启春和那位姑娘邀到自己屋头吃晚饭。

也是在这个时候，传耕一家人才发现，去屏源镇询问结婚证书、扯花布的丁慧芸，没有按时回家来。

61

要依慧芸的心思，她真希望和传耕一同到屏源镇去，三十里山路，一路上走走歇歇，谈谈讲讲来回一趟，他们可以说好多话哟。不是说在屋头就没得说话的机会，总不如一路上摆谈那样自在呀！

她想约传耕一齐去屏源镇，还有个原因，就是她自己屋头对这桩婚事的态度变了。秋收以后，爹和妈隆隆重重到景家来了一回。气闲大伯和大妈笑得闭不拢嘴，又是倒茶又是端瓜子，还硬留爹妈吃了顿晚饭。爹妈天冷地暖地扯了半天闲话，最后迟迟疑疑地说了一层意思：“希望慧芸在成亲的前一晚回家去住，好在出嫁那天从丁家的门槛迈出去。”气闲大伯和大妈爽快地一口答应了。

临走，爹硬给慧芸留下了一百块钱，要慧芸抽空去一趟屏源镇买点喜欢的东西。慧芸想把钱塞还给爹，爹妈怕景家屋头人听见连连摆手，慧芸拗不过才把钱收下来。

到了前两天，伯妈到堰塘边涮洗衣裳去了，传耘在园子里移栽菜秧，传耕照样在寨上忙。慧芸正蹲在灶孔后头，给煮猪潲的锅添烧大火，听见气闲大伯在厢房叫喊她：

“慧芸，来这里坐一坐。”

慧芸添足了柴，将就灶台上的盆水洗了洗手，走进厢房，隔着一张小桌，坐在气闲大伯的斜对面，柔声问：“爹，有事么？”

景气闲默默地一点头，咂吧着叶子烟，低声说：“听传耘讲，你同传耕要去扯结婚证了？”

慧芸只觉得脸上一阵烘热。她转过半边脸，不敢望老爹，只轻轻“嗯”了一声。

“是啊，要是屋头富裕，要是传耕不那么忙，这事早该办了。”景气闲轻叹了一口气，说，“幸好，今年的庄稼都平平安安收回来了，那就赶紧办了吧。”

景气闲说着话，慢吞吞地从贴身的衣兜里往外掏着什么。掏了半天，掏出用一块八成新的红布包的小包包，郑重地放在小桌上，朝慧芸推过来：“这个，你收下……”

“爹！”慧芸猜得到包里是啥，惊叫着站起身来，“这个要不得。”

老爹固执地说：“你收下。屋头穷，你也不是外人，一点点意思，你拿去买点啥吧。”说完，老爹不容慧芸推辞地一摆手，离开坐着的板凳，走出了厢房。

慧芸打开红布包包，新崭崭的一叠人民币，全是十元一张的。她数了数，竟然有二十张。这一辈子活了二十几年，慧芸的手里从来还没拿过这么多钱。加上娘家给的，她有三百块钱了。

接连几个晚上，慧芸的心里都在筹划，自己添点啥东西，给传耕添点啥。反正，新棉毛衫裤是要给传耕添一套的，他那件贴身的棉毛衫像被耗子咬过似的，好多小洞洞呀。还有，成亲那天，传耕总该穿一身崭新的衣裳吧，也得给他买。若没得合身的，就扯一丈五尺涤卡缝制一套。他当着大队长，冬腊月间在山野里干活、夜间开会，很需要一件棉大衣、一顶海虎绒帽子。往年，冰冷透骨了，他也只在脑壳上扎一块帕子挡挡风……

是啊，传耕和她一同到屏源镇去，他们可以商量着，把需要的东西一次就买回来。她晓得，传耕也是愿意去的，到公社民政办公室，交上大队证明，让民政干部给他俩双双打上结婚证。

恰恰是在想到打结婚证这件事上，慧芸迟疑不决了。她想起自己打相亲的证明，找的是蒋学谦，而蒋学谦不是在三多大队蹲点嘛！过去听说过，屏源公社民政上大大小小的事，都由蒋学谦一手抓的。

他下来了，公社有没有人打结婚证呢？她把这个疑惑告诉了传耘。

“那有啥犯难的，”传耘杏子般的眼睛瞪得溜圆，“你去问他一声嘛！”

“我懒得见他那张黑长脸。”慧芸一撇嘴。

“他能把你吃了？”

“不是。你想想嘛，他去年捆绑过你哥，这回又打过顺瑛，还……还给我打过……打过相亲证明……”

“那有啥。我替你去问他，看他能把我咋个了。”

传耘问过之后，回来告诉她，前几天，公社的结婚证书扯完了，不晓得代替蒋学谦办事的人，有没有到县民政局去领新的回来。最好慧芸先去一次，问个明白……

一听这话，慧芸就寻思，扯不到结婚证，传耕就不一定去了。他多忙哪，屋头的主要劳动力，嘎多寨上、三多大队的主心骨。一有点什么事，就有人说：“找传耕去……”家里的门槛都快踩断了。他在寨上当事这一年，人也忙得瘦了一壳。光为了买点东西，何必让他陪自己跑路。反正，慧芸平时替传耕缝补衣裳，早把尺寸大小量过了，记在心上了。再说，慧芸还担心，真把他一起叫去买衣裳，看到为他买多了，他一定会不依的，还不如让她先去一次屏源镇呢。要问明了，公社肯定有结婚证，她还可以同他一道去嘛。

事情就这样定了。吃过早饭，换上一身洗干净的、半新半旧的衣裳，慧芸跟老爹、伯妈打过招呼，同牵着牛、扛着犁辕犁盘的传耕，一道走出寨子。

“你先去一次也好。”传耕完全理解慧芸的心思。不过他一路上都在叮嘱，路上小心些，走累了，就在靠近寨子的路边坐下歇歇气，到屏源镇上，要挑她喜欢的衣裳多买上两件。他还提醒她不要忘记给阿妈扯一块围腰布，阿妈的围腰布破了；不要忘记了给爹挑一只铜烟嘴带回来，爹那根长烟杆上的瓷烟嘴已经裂开口子漏气了；还有，冬天要到了，他听传耘说过，她喜欢那种带红点点的真丝围巾，要是有，给传耘买上一块带回来……

传耕的话，慧芸一一记在心上。她在寨口岔道上和他分了手。这个人，啥都想到了，唯独不提他自己该买点啥！他去犁泡冬田了，其实，他家的责任田中也没泡冬田，这泡田是嘎多寨上那户军属家的。难怪寨上好些人说，传耕的身上确确实实有着过人一招的品质。

最先，在水库工地当民工的年头里，慧芸暗暗相中传耕，只是用一个山寨姑娘纯朴的眼睛看到传耕身强力壮，看到他为人随和、有文化，看到他家的老人在寨上受敬重，看到他们一家人的勤劳、朴实。那时候，她认为自己是了解传耕的。到发现传耕在和喻慎好，她醒悟到，传耕不像她表面看到的那样，他很深沉。但她仍不曾真正地了解他。真正地了解传耕，还是在她落难住进了景家之后。快一年了，天大的事情和芝麻样的小事，慧芸都看到传耕处理过。她开始晓得了，传耕的心头不仅装着屋头的事，装着寨上的事，还装着整个山乡农民们的事，他是把自己的事和山乡农民的事，放在一起想的。他的心胸里头，想得要比原先那些当干部的深远些。但是他每天做的事情呢，却又是那么实在，同一个勤快的农民差不多。大约，他就是用自己的心胸和言行，在三多大队赢得威信的吧。

是天天住在一起的缘故吧，慧芸对传耕的爱，由最初的感激、惶惑和忧虑，变得一日比一日更热烈、更深沉，也更执著。她爱，她就信赖；她信赖，就千方百计地想为传耕分忧、分担一些肩上的担子。她尽可能地多做一些屋头的事。山寨上的事，只要传耕认定了是对的，她也默不作声地随着他去做。夜深人静，不管传耕多晚了回家来，她都坐着等他，给他开门，给他倒上洗脸水，给他热一点吃的。她不问传耕意识到没意识到，不问他感激不感激，她把一个姑娘水一样的柔情融在日常生活的节奏里。她用姑娘单纯的心地感受着传耕对她的爱和关怀。她只觉得，传耕在愈变愈好，却没看到传耕也在一天比一天成熟。

翻过前面那个山垭口，就看不见嘎多寨团转的田土了。慧芸忍不住转过身来，朝嘎多寨旁的泡冬田望去。虽然隔得远，她一眼认出了传耕在翻犁的那块田。哦，好多人在翻犁、在耕耘冬田冬土啊。寨乡邻乡亲们种了一年承包的田土，尝到了甜头，都在为种好明年的庄稼作打算哩！

望着眼前熟悉的山野田坝，慧芸眼里闪出了喜悦的光芒。这山野田坝间的生气，三多大队夺到的丰收，她慧芸的命运的倏然变化，不都是传耕带头干的事业紧密相连着的嘛。

她留恋地瞅了一眼传耕犁田的身影，转过身子去，迈着轻快的脚步，翻过了山垭口。

走路去屏源镇，可以走羊肠道，比顺着马车道走要近些。是秋末冬初的老阴天，这种天气，没得明晃晃的太阳光，但也没得雾。从早上到傍晚，光是根据山岭上、田坝里的景象很难分辨时辰，看去不舒服。不过对赶远路的人来说，这样的气候最适合了，既不冷，又不热，走快点也不会出汗。

想起传耕对她嘱咐，要她走累了歇一歇，慧芸直想笑。空着双手走路，哪会累啊！那几年，在卡多寨当家的时候，背满满一篼磨芋、满满一篼萝卜去赶场，足足六十斤重哪，慧芸也不会坐下歇一口气。路途远，要赶到屏源镇街上，赶紧卖脱了萝卜、磨芋，好去打盐巴、买针线呀。买了就得往回赶。想起那些年，真是辛酸，磨芋卖三四分钱一斤，萝卜只卖到二三分钱一斤，背上六十斤上街去能卖到几个钱呀！六十斤重，三十里山路，那样的苦日子，简直是在熬呀……传耕说得好，放开手脚干活路，就是要叫这样的苦日子，一去不复返啊。

沿山路走着，慧芸又想起传耕平时对她一点一滴讲起的好些话了，山寨的过去，农村的未来，这一辈农民的希望……真不晓得，他忙成那样，脑壳里咋个还会装得下那么多东西的。有好几次，慧芸见传耕站在坝墙边，望着寨外的远山近岭出神。每当这时候，从旁瞅他的眼睛，慧芸总会觉得，传耕的那双眼睛仿佛能穿透那些重重叠叠的山峦，看到大山外头的世界似的。

窄长窄长的小路，往高高的岭巅上拐去。慧芸朝坡上爬的时候，在坡脚下的一株柏枝树旁，看到三个歇气的人。两个背靠着树干，悠闲地吸着纸烟，另一个人背朝着山路，拿着根树枝在地上画着啥。

慧芸走近这三个人的时候，他们都把脸转向她，盯着她望。慧芸见他们都是中年汉子，其中一个笑着，露出镶着一只金牙齿的门牙。她赶紧顺下了眼睑，加快了脚步，急急地往坡上走去。

爬上了岭巅，山路开始往下弯，一直弯进稀疏的桦林。

慧芸走进了桦林，听到林子里雀儿的啁啾啼鸣，她看清了那三个陌生人没有尾随上来，微显紧张的心情才松了一口气。想到自己的胆怯，不免又觉得好笑。

这一带的山高岭大，林木葱郁繁茂，人烟也比寨子密集的地方稀少。不是赶场的日子，几乎没得啥来往的行人。

顺着桦林里一条小路快走出林子时，迎面来了一个人，头上戴一顶咔叽布帽，帽檐垂得低低的。慧芸又一次垂下眼睑，准备同来人擦身而过。不料来人迎面挡住了她的去路，朗声问她：

“喂，姑娘，你晓得去翁家寨的路咋个走吗?”

“翁家寨?”慧芸迟疑了，脸微微一红，蹙起眉头思忖着：从这儿直接插到翁家寨，还真不晓得该往哪条路上拐弯呢。“这样吧，你顺着路走，走到……啊!”

慧芸说着话，抬起头来望着问路的人。只见他微笑着，似乎在耐心地听她的指点。但是，慧芸忽然看到此人嘴里的那只金牙齿，一下认出来了。他就是刚才坡脚下柏枝树旁歇气的人。他咋个跑到自己前头去了，他为啥又要迎上来问话。慧芸惊骇地叫了一声，不祥的预感袭遍了她的全身。她哆嗦着嘴，疑惧地瞪着对方。

“说呀，姑娘。”对方仍然客气地笑着，嗓音甜润悦耳，“我听哪!”

慧芸还没张嘴，陡地听到身背后传来一阵急骤的奔跑声，“咚咚咚”足音好似要踏到她脑壳上来。她回头望去，没待她看清楚，一只装谷子的大麻袋，张开大口子，兜头兜脑套下来，把她的脑壳、半个身子，全套在麻袋里。她拉开了嗓门，使尽全身力气喊着：

“救命——”

“啊”字还没喊出来，她脑壳上就重重地挨了一棒。慧芸只觉得脑壳像万针猛扎一样的痛，她在昏过去的一刹那，脑子里闪过一个念头：传耕。手一松，紧握在掌心的一张小手帕失落在地下。以后她便啥也不晓得了。

第十三章

62

阴历的早春二月天气，虽然还冷，毕竟不同于朔风凛冽的腊月间了。尤其是出太阳的日子，总有股暖融融的气息。

省城最高级的翠花宾馆里，深红色地毯几乎铺遍了各个角落，好像尚未觉察花园里明媚的春光，依然门窗紧闭，暖气开得足足的。一走进大门，人为升高气温的混浊的空气扑面而来，令人感到窒息。这对心情烦躁的常爽尤其不适应。吃过早饭他就解开了哔叽中山装的风纪扣、纽扣，敞露着米黄色的毛线开衫，在走廊里踱来踱去。

全省的地委、县委书记会议已在这里开几天了。今天上午是分组讨论。看到服务员打开了二楼小会议室的门，常爽端着自己那只直筒形的茶杯早早进入会议室，在角落里的一张单人沙发上坐下。他这样早来，是想安静凝神地思索一会儿。

他搁下茶杯，匆匆地扫了一眼分组名单，省委第一书记卓然同志也在常爽这个组。不过上一次分组讨论卓然同志未到，据这个组的召集人苏维山解释，当时卓然同志在和几个地委第一书记开会。今天卓然同志会不会来呢？常爽猜不出来。

他把分组名单往茶几上一放，展开了手里那张三月十五《人民日报》。今天已经是三月十九号了。在这内地省城，《人民日报》《光明日报》《文汇报》，总要迟几天才到。这张报是早饭前送到的，常爽见服务员在分报，一眼看到一行触目的标题，便先拿了一张。现在那行粗体黑字标题又跳进了他的眼帘：《“三级所有，队为基础”应该稳定》①。常爽心头说不出是个什么滋味。

其实，报上的内容，常爽早几天就晓得了。三月十五那天，他离开月光县城，毓秀提着装有漱洗用具的小包，送他到汽车站去。一路上，尹毓秀闷闷不乐，脸上的表情仿佛是在说：看嘛，我预料中的事说来就来了。早晨，她从电台的报纸摘要节目里，听到了《人民日报》的编者按语，已详尽地把内容转告了即将去开会的常爽。尽管常爽并非毫无思想准备，但《人民日报》用头版头条的显著地位，发表反对包产到组的读者来信，还加了态度鲜明的编者按，仍使他感到吃惊。

“《人民日报》不一定知道月光县的事。不过，报上这一登，人家不就可以说你在这一冬抓的联产联心责任制，包产到户，全是错的嘛!”尹毓秀的担心是有道理的。要晓得，这是党中央报纸的编者按啊!

常爽能对尹毓秀说些啥呢？说他没错，是报上错了，和敏秀争一场；或是低头承认月光县干错了，得赶紧纠偏，赶紧恢复老样子，那对他来说也是违心的。

毓秀到底是毓秀，她没再埋怨常爽，责备他好出风头。她默默地把常爽送到车站，临别时，握着常爽的手叮嘱：

“在会上要注意态度。你那个急躁性子，火爆脾气呀，最让人担心。即使要辩论，也要和风细雨……”

常爽从心里感激妻子，她总比他更细心些。她好像已经估计到这次会议的内容，估计到常爽决不会因一篇报上的文章而认输，在临别时提出了她的忠告。这大约也是一种体己的爱护和支持吧。

会议的中心正是讨论农业问题。卓然同志作了报告，明确指出，要搞好一九七九年全省的农业生产，必须坚决打击资本主义复辟势力，坚持社会主义道路。他着重谈到，去年以来，全省各地不同程

---

① 指1979年3月15日《人民日报》头版头条发表的署名张浩的“读者来信”，陈述了对农村分田到组或到户的不满。《人民日报》为此配发了编者按，认为“张浩同志的建议是正确的”。

度地出现了一些值得注意的资本主义倾向，什么“包工到组”、“包产到户”、“包干到户”，都是打着增产粮食的旗号，搞变相单干，削弱社会主义集体经济。对于这个严重的问题，有一些干部，特别是公社、区、县的主要领导干部，思想糊涂，丧失了警惕。他还强调对于这些单干或变相单干的资本主义倾向，必须在春耕大忙之前，全部纠正过来。地、县的主要负责同志一定要亲自抓这件事……

不说去纠正群众了，常爽思想上就没有通。他感到奇怪，为什么卓然同志就不具体分析一下这个事实呢，既然各地都同时出现了这种情况，难道是偶然的吗？如果这是反映了人民群众愿望的潮流，难道可以人为地阻挡吗？

想是这么想，但在分组讨论会上，自己该怎么讲呢？常爽不得不认真思考了。

会议室的门被推开了。常爽抬头望去，进来的是现任眉光县委书记王子羽，一位脸色红润饱满、满头白发的中年人。看到他那满头白发，会以为他至少有六十了；但当他戴上了帽子，又会以为他只有四十来岁；而他的确切年龄是五十挂零。

他在常爽身边的沙发上坐下，伸过手来，轻轻地拍了拍常爽的手背：“常爽，这气氛，对你搞的那一套，大为不利啊！”

常爽坦然一笑：“不是说实践是检验真理的唯一标准吗？”

王子羽两眼顿时闪出光来：“这么说，你准备在会上顶？”

“倒不是顶。”常爽摇摇头，“我是想据实反映一下农民的心愿。”

“实话跟你说，常爽。”王子羽的一头银发挨了过来，压低了声音，“你在月光县搞的那一套，会前就引起了纷纷议论。到了会上好多县的一把手都眼睁睁地看着你哪！不说其他，我们县好几个公社跟你们田连田、土挨土，那里的农民都学着你们干开了，县里有干部去干涉，群众就推出你这尊大菩萨来。”

“这我倒没想到。”

“这回，我本想到会上来探探口气。可是一听卓书记的报告，再加上《人民日报》那篇文章和编者按一发，就……”不知王子羽是故意刹的车呢，还是他感觉到有人来了，话说了一半就吞回去，没再讲完。

小会议室的门全打开了，参加分组讨论的地、县两级书记们陆陆续续地走了进来，分别在靠墙的沙发上坐下。外圈的沙发坐满了，人们才慢慢在里圈的沙发上就座，单留中心大茶几旁的几个座位空着。

门口传来一阵笑声。常爽转脸望去，苏维山的宽肩膀大头颅出现了，那线条明晰、五官端正的脸上，笑容可掬显得慈祥而又敦厚。他一进门就向在座的书记们点头招呼，只是在把脸转向常爽坐的角落时，才收敛了笑，抿紧了两片嘴唇略一点头。而后，就走到中心茶几的左侧，在一张单人沙发上坐了下来。

来开会之后，常爽就觉察到苏维山对他的明显冷落。“话不投机半句多”，常爽并不在乎这种个人关系。问题是，苏维山这个态度分明告诉了他将承受怎样的压力。

“老苏，”一个先入座的地委书记说，“我们开始讨论吧。”

“噢，讨论起来也可以。”苏维山给自己的茶杯里倒了开水，仰身靠进沙发里，慢条斯理地说，“不过，卓然同志今天要来参加分组讨论，我们等他一下吧。”他那志满意得的神情，仿佛在当众显示他同省委第一书记的亲近关系。

听说卓然同志要来参加分组讨论，会议室内嘤嘤嗡嗡的议论顿时停了下来，常爽立即发觉有不少眼光在偷偷扫向他，也不知是不是室内温度太高，他竟觉得热起来了。

不一会儿，传来一阵脚步声。第一个进来的是省委常委办公室的副主任，生着一张娃娃脸。常爽晓得他姓周，先前是省委办公厅的秘书。接着，省委第一书记卓然进来了。他中等个，脸庞削瘦，两眼雪亮有神，手里拿着一卷报纸。他一出现，室内的人都站了起来，苏维山忙迎上去，请他在中心茶几正面的长沙发上坐下。

“坐吧，坐吧！”卓然招呼大家，又问给他倒水的周秘书，“老喻呢?”

周秘书朝会议室门口瞅了一眼:“快来了吧?噢,来了来了!”

话音刚落,省委第二书记喻帆健步走了进来,国字形的脸上微微含笑,宽阔而微秃的额头上亮晶晶的。

卓然拍了拍身旁的空位:“来,这儿坐,这儿还宽敞。”

常爽看到喻帆进来,心情略微宽慰些。只见他在卓然的身旁坐下了,双手抱拳,双肘靠在膝盖上,环顾着满屋的地、县两级干部们,好像是在搜寻着什么。

省委的第一书记、第二书记,都来参加这个组的讨论,出乎大家意料,气氛不免有些拘谨,小会议室内静悄悄的。

卓然望了苏维山一眼:“怎么样,老苏,我们开会吧。”

“好的。”苏维山微微一笑,说,“很令人高兴,省委的两位书记都来参加我们这个组的讨论,大家不必拘谨,还是像上一回那样,畅所欲言。丑媳妇不怕见公婆,有什么想法,即使是不成熟的,也可以讲。”

苏维山不那么恰当的比喻,逗得大家都笑了。卓然同志的笑声很响,还转过脸去和喻帆讲了一句什么话。

笑过之后,气氛活跃些了。但仍没人自告奋勇讲话。苏维山等待了片刻,见会场要冷下去,只好干咳两声,自己又说:

“我来说几句,也算抛砖引玉吧。打倒‘四人帮’以来,我省农业战线的形势,在省委和卓然同志的正确领导下,可以说一直是大踏步前进。七七、七八两年,连续夺得丰收就是证明嘛。现在党的十一届三中全会提出,要加快农业发展,这是很英明的。问题是我们怎样来加快?卓然同志在会上的报告已讲得很了清楚了,关键问题是要坚持社会主义道路。可是很遗憾,目前农村确实出现了一种背离社会主义道路的偏向,公然把集体的土地划给私人种植,把这种倒退美其名曰解放思想。这怎么不值得我们深思呢?有些农民一有机会就想摆脱党的领导搞自发,这并不奇怪。所以,毛主席早在几十年前就教导我们:严重的问题是教育农民。可是我们有个别县的主要领导干部完全忘记了这一点。他不是批评、教育、引导农民，反而在全县推广包产到户，岂不是咄咄怪事！我看，这样的同志，是到了悬崖勒马，静心下来反省反省的时候了。”

苏维山并没有点谁的名，说话的时候甚至脸都不对着常爽这一边，但大家都清楚他是针对着谁说的。有好几次，常爽差一点就要跳起来打断他的话了，但忽然看见喻帆微笑着瞥了他一眼，想到临行前毓秀的谆谆嘱咐，他竭力抑制住了自己。及至苏维山讲完了，他细细一想，这番气势汹汹的话，除了吓唬人之外，又有多少实际、生动的内容呢？

一支支烟燃了起来，不时地有揭开杯盖的响声；再加上愈益热起来的暖气，室内的空气令人窒息难耐。挨窗坐着一位县委书记，忍不住打开了密封的纱窗和玻璃窗让花园里的新鲜空气透一点进来。

苏维山带了头，仍然没有人接着发言。室内一片沉寂。

“继续讲嘛，咹！”卓然同志说话了，他扫了身前几个人一眼，抬手指着对面的地委书记，“不要开哑巴会，老李，你讲。”

“讲几句吧。”被点到名的地委书记是个瘦小的老头，嗓门却洪亮得同他的形象不相称，他坐直了身子道，“我们的农业要继续前进，要加快发展，这是无疑的。再不能像前头一二十年那样，徘徊不前，老在原地踏步了。去年，我在云岭公社蹲点，作过一番细致的调查。历史上云岭最高的粮食产量是二百五十万斤，解放三十年来，只有五七、六五、七七年达到这个水平。十年动乱期间则老在二百二十万到二百三十万之间徘徊。徘徊不前说明啥呢，说明我们事实上在倒退。因为从解放初期到现在，我们的人口增加了，耕地也小有增加，各个生产队又或多或少要用点化肥、农药，种庄稼的成本也增加了，而产量仍然低于历史最高水平，不是倒退吗？不过嘛，说老实话，要叫我去担风险，当‘出头鸟’，带头闹什么包产到户，我是不会干的。”

“糊涂观念！老李头，你一个地委书记，思想上都这么糊涂，难怪下面要乱来了。”卓然同志紧接着老李头的话，不留情地批评道，“我问你，你们丰江地区，有没有搞那套歪门邪道的呀?”

老李坦率地答：“有是有的，少数。”

“哪个县？哪个公社?”卓然问。

“就是我讲的那个云岭公社……”

“你看看，你看看!”卓然把手点着老李，截住了他的话。

老李申辩似的说：“卓然同志，你听我讲完，云岭公社搞的包产到组，去年一年，一家伙粮食产量突到了二百八十五万……”

卓然不耐烦地道：“你是想用这数字来压住我?”

“哪儿的话呢。卓然同志，省报上不是登过嘛，联产联心，行之有效，责任承包姓社不姓资。”

“嗬，老李头，你真会缠!”卓然同志虽然脸色严肃，但话语还是委婉的。他展开了手中拿着的报纸，铺展在大茶几上。常爽尽管离得远，还是一眼认出来了，卓然展开的一张是三月十五日的《人民日报》，一张是刊登着姓社不姓资那篇报道的省报。卓然轻轻敲击着那张省报说：“顺便在这里说明一下，省报上这篇文章，是报社的态度，不代表省委。发表以后，我就批评了报社的雷大同同志。他也承认，事先未经汇报，只通过宣传部报上来一份材料。材料到我们手中时，省报的文章也出来了，起了不好的影响。如果说过去大家不清楚，现在该清楚了。《人民日报》三月十五日有了文章，很明确嘛，这上面连包产到组也反对，要求坚决纠正错误做法。老李头你怎么样啊?”

老李头闷声闷气地说：“当然以《人民日报》为准啰。”

“是嘛，是该有这么个明确态度。”卓然的嗓音一下子提高了，环顾着会场说，“包产到组要纠，其他把田土划分到人头上，搞包产、包干的，更要纠过来。一定要在春耕栽插之前。抓好这一工作，不允许各自为政。月光县委书记来了没有?”

省委第一书记脸色十分严峻，小会议室内一片寂静。

常爽站起身来说：“来了。”

卓然打量着常爽，沉默了一会儿才说：“我是记得你的。你讲过没讲过，责任田搞错了，你负责。”

常爽答得很干脆：“我讲过。”

“你是怎么讲的，我听听。”

常爽愣在那里，他不知卓然是真要听呢，还是仅仅一句气话。他沉默着，小会议室内的气氛顿时紧张起来。

卓然喝了一口茶水，咕嘟一声咽下肚去，催促着：“讲嘛，我听着哪！”

仿佛是要缓和一下气氛，喻帆插了一句：“坐下说吧。”

常爽看了两个省委书记一眼，卓然似乎也不便反对，他便坐了下来，既不躲闪也不畏怯地说：“我讲过，在县里的三干会上讲过，在好些公社、大队的群众会上讲过，搞联产联心的责任制，你们不要顾虑重重，有县委撑腰，县委负责！我是县委第一书记，错了，我检查；撤职，撤我；坐班房，我去！”

这些话，在下面群众和基层干部中讲，是常爽鲜明的态度。到翠花宾馆的地、县书记会上来说，就带着极大的煽动性和刺激性了。常爽明白，既然有人把这些话汇报了上来，他也无法躲闪，倒不如正大光明地当着省委两位书记复述一遍，至少让他们也晓得，他是准备着不要那顶乌纱帽的。

小会议室里鸦雀无声。

缕缕淡蓝色的烟雾在室内缭绕着，飘散着，拉长开来、徐徐地飘向那扇打开的窗子，一个人憋不住，咳嗽了两声；一个人揿亮了打火机，垂眼点着烟。

“你的胆子真不小。”卓然雪亮的眼睛一闪，说话的声音却很沉，“你说说，月光县搞了多少包产到户？”

“全县一千一百多生产队，实行责任制的，有九百多……”

小会议室内响起了一片唏嘘之声。

卓然冷冷一笑：“你不是还给闹单干闹得凶的，发了奖状吗？”

“奖励他多卖了余粮给国家。”

“怪不得月光县有人编起了顺口溜，说你县委书记三多，鼓励单干闹包产，你还真闹出名了。”卓然不无嘲讽地说。

有人愿意编这类蹩脚的顺口溜，常爽有什么办法呢。但事情是有的，他不想辩解。他记着毓秀的叮咛，要注意态度，态度！要克制自己的急躁性子，克制！他只说：“实行责任承包，和闹单干是两码事……”

“你还真有理了，常爽！”苏维山忿忿地插进话来，“卓然同志的话你也听不进去，我看你狂妄得真有点可以了！还记得吗，秋收前，你从石桥赶回月光县去，我劝过你，还赠你四个字：履霜之戒。可你……你听进去了吗？你不但不听，还变本加厉在全县范围内刮起单干风，甚至不惜打击持不同意见的同志。你错误的性质是够严重的。”

“报上一捧月光县的三多大队，你的尾巴翘到天上去了。”卓然接着苏维山的话道，“该醒醒了，常爽同志。会后，回到月光县去，在春耕大忙之前，由你带头，把这股歪风纠正过来。有没有这个决心啊？”

“没有。”常爽回答了两个字，声气不高，却直接震到了与会书记们的心里。他比哪个都明白，这是在当面顶撞省委第一书记。

卓然的脸变了色，环顾一眼人们的反应，抑制着自己的怒火，低沉地问：“那你想干什么？”

“联产联心的责任制，是群众摸索出的一条新路。县委决议在全县范围内推广。我不能对全县三十万群众出尔反尔……”

“别诡辩了！”卓然厉声打断了他的话，“你是年轻气盛，好出头，想别出心裁搞一套，显示你的能力和才干。把月光县引向邪路，你是要负责任的。我不相信，跟着党走了三十年社会主义道路的农民，会信了你那一套，跟着你跑……”

卓然说着，怒冲冲地站了起来。小会议室里，书记们的脸色变得格外沉郁了。

常爽沉默着，不再开口。他只是不解：省委第二书记喻帆为啥不说一句话呢？

63

“看到了吧，何羽，问题全在于我们怎么去引导。”

“看到啰。只是……”

“你心头还不踏实?”

“哦，不，我是在想，常爽这一年以后从省委党校回来，我们之间还要干架。”

“哈哈哈，你真是智者远虑，也不下细想想，他从省党校‘毕业’还能回月光县吗?”

“这么说，他是回不来了。”

“放心吧！何羽，这回你放心大胆地干吧，没人敢来干涉你。瞧县委常委扩大会，不是顺利地开过了嘛!”

“那是你苏副书记在座呀!”

“哈哈哈!”

“嗬嗬嗬。”何羽也随着苏维山心情舒畅地笑了起来。

奶油色的小轿车正迎着第一场春雨，在月光县城到屏源镇去的公路上疾驰，车轮磨擦着湿漉漉的盘山公路，发出沙沙沙的响声。雨点子飞溅到车窗玻璃上，两根雨刮子不停地晃来扫去。嫩翠的山野透出一股春意，远近的山岭被春雨刷洗得面目一新。小轿车后面紧跟着一辆北京吉普。那车上坐着艾振兴和县农办的一个干部，加上小轿车里的苏维山、何羽，地委办公室的两个干部，他们这支地委工作队的阵容已够强大了。到了屏源公社，还要添上副书记沈平和民政助理蒋学谦，足足八个人。何羽想象得到，这支队伍开进三多大队时，会在三个寨子上引起怎样的震动。

去年秋收时节，苏副书记暗示他要沉住气，要忍耐，他只认为那是苏维山安慰安慰他罢了。他几乎不再相信，整个形势真能扳回到对他有利的局面。谁知，还不到半年时间，一切都来了个兜底翻。真是想不到啊!

地、县书记会议结束之后，常爽被抽到省委党校去学习，没有回到月光县来，只见尹毓秀去省城探望过他，给他送去些换洗衣物和书籍。一时间，小小的月光县城，传遍了关于常爽出事后的消息。

“常爽在省里挨批了!”

“人都不放回来，关起来了。”

“听说他还敢顶撞省里的第一书记哩!”

“到底年轻啊，冒失，冒失!”

“我早说了，像他那么干，不出事才怪撞见鬼哩！现在看嘛。”

刚听到这些议论，何羽心中暗暗生喜，正准备往石桥市挂电话探探苏维山的口气，苏维山已带着地委办公室两个干部，坐着奶油色上海牌小轿车来了。一下车，就召开了县委常委扩大会，宣布任命何羽为月光县委副书记，在常爽离职学习期间，主持月光县委的工作。接着，苏维山传达了地、县书记会议的精神。在何羽主持下，常委会经过一番争论，通过了贯彻执行地、县书记会议精神的决议。会议一散，立即由五个常委各带两名干部，直接扎到五个区里去贯彻。而闹单干的发源地屏源区屏源公社，则由地委副书记苏维山和何羽亲自带队，一定要在春耕大忙之前，把一切错误偏向纠正过来。

这一紧骤的变化，使得何羽感慨万端，深深钦佩苏副书记的魄力。怪不得他会受到卓然同志赏识，会被提升得那么快呀！看来，他的眼光，胸怀就是要比一般干部远大。何羽又不由得想起了拜访书记家之后的感受，他住的比地委的其他负责干部好，但是受批评的却是住在常委院里的那些人；他在眉光县里有男女关系之嫌，听说还有人把状告到省里去了，但这丝毫也不曾影响他的提升。最近，石桥地委书记调任省委统战部长，看来，苏维山地委第一书记，只是个时间问题。听听他那口气嘛，在省里，他同卓然同志的关系多么密切。忽然，小轿车停了，何羽的思路也被打断了。

司机摇下左侧的窗户，朝后面的北京吉普挥了挥手。何羽明白过来，要进镇子了，司机不知驶进哪一个院坝，让县里的北京吉普在前面带路。“嘀嘀——”北京吉普闷哑地鸣了两声喇叭，溅起一个洼坑里的泥浆水沫，越到前面去了。

两辆车在屏源公社的院坝里停下了，不住地按着喇叭。何羽打开车门，下了小轿车，雨还在下。他刚要回头招呼苏副书记，民政办公室的门开了，民政助理蒋学谦的黑长脸上堆满亲切的笑容，手里撑着一把六十公分的大黑布伞，一颠一颠地跑过来。

“何主任，你咋个说来就来了，也不挂个电话……”蒋学谦说着将伞撑了过来。

何羽微侧过脸。努了努嘴角，低语着：“给地委苏书记撑。”

“哎呀，苏书记，稀客，真是稀客哪！”蒋学谦笑得更欢了。苏维山刚钻出小轿车，蒋学谦的黑布伞已经替他遮住了雨。

蒋学谦把客人迎进了民政办公室，一边手忙脚乱地搬动椅子、板凳，一边张罗着倒茶水，嘴里还不住叨念：“我是说嘛，何主任一去都快半年了，咋个还不下来，该来了该来了。这不是，说来就来……”

“公社的负责同志呢？”苏维山在蒋学谦抹干净的椅子上坐下，仰起脸来问。

何羽把脸转向蒋学谦。

蒋学谦先朝门外瞥了一眼，神秘地压低了嗓门，说：“苏书记是问公社两位书记吗？他两位啊，正在办公室吵架哩！”

“吵什么？”何羽了解郝老虎和沈平的情况，大有兴趣地问。

蒋学谦不及回答，苏维山摆摆手说：“走，我们去看看。”

何羽从苏维山的语气中，嗅到了一丝不悦的味儿。他明白过来了，苏书记是在为公社主要领导没出来迎候生气哩。

“那你们在蒋学谦同志这儿休息，喝茶。我们去去就来。”何羽对同来的人说。

“我陪你们过去，我陪你们过去。”蒋学谦急忙放下手上的暖瓶，拿起了大黑布伞。

三个人穿过公社院坝，上了台阶，走向公社的办公室。还没到门口就听到屋内传出郝老虎的声音。

“那你讲嘛，呼呃呼呃，为啥扣着县委会的奖状，迟迟不发给于老古。呼呃呼呃。”

这个老汉，一个冬天没进医院疗养，喘得愈加凶了。何羽看到蒋学谦抢先一步要去拍门，连忙在他肩上轻轻拍了两下，摆摆手，示意他不忙喊门。

“我觉得这个奖状，没得必要发。”这是沈平的声音。

“没得必要？呼呃呼呃，你不是不晓得，这是县委常书记亲自发下来的。”

“我晓得。但我不发。”

“为啥？”

“常爽同志的所作所为，未必都对。”

“那你为啥不当面跟他提？呼呃呼呃。”

“我提？哼，县里面何主任提了，也不管用，我提有啥用？”

“那你就采取这种阳奉阴违，呼呃呼呃，两面派手法来对待上级？呼呃呼呃。”郝老虎的声气一句比一句高了。

“我是公社副书记，我有这个权。”

“你滥用权力！”郝老虎大喝一声，“我是公社书记，讲权力比你多少大点。呼呃呼呃，跟你说，于老古上街来买犁铧，碰到我，扯住我的膀子，呼呃呼呃……一迭声连问奖状……你、你倒好，卡着不发……”

“不发！”

“这是损害县委和常书记的名誉，呼呃呼呃，你要负责！”

“我负责！我想到的是党的名誉！”

沈平的态度使何羽欣喜。站在一旁的苏维山也在微微地点头。

屋里沉默了片刻，郝老虎陡地一声怒喝：“把奖状交出来！”

“不交。”

“你拿不拿？”郝老虎大约又在使用常爽送他的那只喷雾器了，屋里发出了阵阵“呼哧呼哧”的声气。

何羽一步跨上前去，推开门，高声道：

“嗬，争得好热闹，争个啥呀？我来介绍一下，这位是地委苏书记，这两个，是公社的正副书记。”

沈平显然早有准备，一步迎上前来，笑盈盈地和苏副书记握手，连称“欢迎欢迎”。

郝老虎显然有点惊讶，迟疑地走过来，握着苏维山的手说：“辛苦了。”

何羽同沈平交换了个眼色，甚感满意。昨晚上他曾打电话给沈平，告诉了有关消息。沈平没问是否转告郝老虎，他也就不提。没想到这家伙真会动点脑子，让苏维山看到了刚才这幕戏，郝老虎还蒙在鼓里。

蒋学谦张罗着要给二位贵客泡茶，沈平拉开抽屉拿出一罐菊花晶，一瓶白砂糖，说：“来，老蒋，给苏书记和何主任泡这个。”

“唷，好，好！”蒋学谦笑嘻嘻赞道。

屋里的气氛有点僵。何羽喝了一口甜甜的菊花晶茶，清了清嗓子，望了沈平一眼：

“你们刚才说到的那张奖状呢？”

沈平微微一愣，马上省悟过来，从衣袋里拿出钥匙，打开大抽屉，取出一只四边镀金粉的镜框，递给何羽。

镜框里嵌着一张一尺六寸长、一尺一寸宽的金字奖状，烫金的齿轮麦穗图案下面，簇簇鲜花拥出了两行字：“奖给为国家多打粮、多交粮的老农民于古同志。”右下角盖着月光县革委大红印章。

何羽细细地瞅了两眼，把镜框递给苏副书记。苏维山不屑一顾，冷冷一笑，随手搁到桌子角上。

“把它取出来。”何羽指着镜框说。

“要得。”蒋学谦立即应声上前取过镜框。正当郝老虎狐疑地望着何羽时，他已经把那张奖状抽了出来，递给何羽了。

“嘶嗤”一声，何羽接到手里便把大大的金字奖状一撕两片，接着又撕成四片。

郝老虎大惊失色：“你……你这是干啥？”

“哼，一个闹单干的典型，还发奖状。”何羽鼻子里哼了两声，疾言厉色地说，“这是要批判、教育的对象！”郝老虎不知是气的还是喘哮当真发作得凶，喘得愈加厉害了：“呼呃——呼呃——呼呃——，可、可这是县委决定发的！”

“现在这也是县委的决定！不但不发奖状，还要批判、教育。要在全县范围内纠偏。”何羽镜片后面的一双眼睛，闪闪发光。

“那常书记说的……呼呃呼呃……”

“常爽主持月光县的工作，出现了很大的偏差。”苏维山慢吞吞地接上了话，沉凝的目光落在郝老虎胡子拉碴的脸上，“省地两级领导决定抽他到省委党校去学习。月光县的工作由何羽同志主持。”

何羽的两眼透过厚厚的眼镜片，傲然地盯着有些失措的郝老虎，拖着腔调说：“县委常委会议刚结束，全面纠偏的文件很快就发下来。目前，全省范围内月光县是重点，屏源公社又是全县的重点，地委苏书记亲自来挂帅。你说说，屏源公社划分了田土的比例是多少？”

郝老虎的惊疑是十分明显的，他好像不信任似的把目光从苏维山的脸上移到何羽脸上，纳闷地答道：“百分之百。”

“好利索的动作。”何羽嘲弄了一句，“这当然同你的领导是分不开的啰！”

“我照县委的决议办事，呼呃呼呃。”

“跟你说了，”何羽有点恼意了，“现在，这也是县委的决议，要纠偏。你听不听？”

“凭啥要纠偏，呼呃呼呃，偏在哪里？呼呃呼呃！”郝老虎沉下了脸，陡地从座位上站了起来，忿然质问。

“偏离了社会主义道路！”苏书记并不望忿忿的郝老虎，声调凝重地说，“你是老同志啰，会不晓得？”

“哼！”何羽鼻子里轻轻哼了一声，待把这一拜礼工作结束，就得让这老家伙退休，如若再顶下去，那就马上撤职。他藐视着郝老虎说：“常爽领错了道，现在，我们要把他干的那一套，全纠正过来。”

郝老虎举起那只喷雾器，朝着自己的嘴上连打了几下，冷然应道："我的耳朵还不聋。听你们说，常爽是进党校去了。呼呃呼呃，不是进班房去了。他干的那一套错不错，老百姓最清楚。呼呃呼呃。"

"不须你在这里替常爽辩护！"苏副书记的口气比一开始严厉多了，"省委第一书记说了，常爽的问题，是严重的。"

"我只跟你讲一件事，郝秉建同志。"何羽的声调也是冷冰冰的，像刀面敲在铁板上，"我记得，去年秋后，你回自己的老家带头划田分土。事情传开，哗地一下，整个屏源公社就全闹起来了单干。是不是这样啊？"

"是的。但不是单干……呼呃呼呃……"

"承认就好。"趁郝老虎喘气的时候，何羽打断了他的话，"现在我啥也不要你干，只要你遵照县委新决议，仍旧回到老家山寨去，带头纠偏，恢复集体经济，拨正方向道路。怎么样，你愿不愿干？"

屋里沉寂下来。窗外的屋檐下，在嘀嗒嘀嗒地掉着雨水。

苏维山、何羽、沈平、蒋学谦四个人的目光，从不同的角度射到郝老虎脸上。郝老虎两眼端详着喷雾器，朝着自己"哧啦哧啦"挤几下，两眼微合，深深地喘着，出乎意料地平静、镇定。

"呼呃、呼呃呼呃……既然又是县委决议，那我……呼呃呼呃，照办就是啰。"

何羽的嘴角露出了一缕不易觉察的笑纹。

苏副书记的手指在半空中点了一下，提醒郝老虎："纠偏是有时间的，限定在春耕栽播前全部纠完。"

"我马上下山寨去就是。"郝老虎带点不耐烦的情绪答着，也不给哪个打招呼，走出了办公室。

沈平瞅着他的背影，似故意要让他听见似的，说："他心里好像还不服哩！回到老家寨上，会不会耍花招啊？"

"他还能耍啥花招。"苏副书记不以为然地说着，举起双臂响亮地打了一个呵欠，"难道他还敢违抗？敢吗？"

“量他也不敢。”何羽赞同地道，又对沈平说，“苏书记昨晚上下半夜才睡，今天又坐了长时间车，太疲倦了。你……”

“老蒋，你带苏副书记去招待所休息。”沈平不等何羽讲完，接过话头道，“我打过招呼了，专门留了单间，换了床单被窝。”

“要得，要得！”蒋学谦的脸上喜吟吟的，双手一摊，弓着腰对苏维山道，“苏书记，请，请跟我来，请，请！”

屋里只剩下何羽和沈平两个人了。何羽哈了口气坐下来，手指笃笃敲着办公桌面，道：“趁这会儿空，我们来部署一下。”

沈平去关了门，回到何羽对面坐下，兴奋地问：“准备咋个办？”

“苏书记今天累了，先歇一天吧。”

“应该，完全应该。”

“明天一早，就准备下去……”

“去哪儿？”

“三多大队呀！景传耕是‘出头椽子’。”

“这么急？”

“越快越好嘛。”何羽自信地说，“我想让艾振兴和蒋学谦今天坐县里的吉普赶到三多大队，先给苏书记安排住处。”

“可以是可以……”

何羽感到沈平似乎有点犹豫，直截了当地问：“你呢，明天能不能下去？”

“我吗？这，呃……”沈平顿时脸露难色，“郝老虎走了，公社这一摊摊全堆在我头上哪。赶到三多大队，第一步咋个走？”

“找景传耕。”何羽愈加认定了沈平有点顾虑，便打气说，“常爽和郝老虎都搬开了，他景传耕还能成啥气候。开门见山，向他摊牌。”

“这倒是可以的，他已经入党了。”

“入党了？”

“入了。群众关系好，支部大会一致通过，公社里郝老虎又不断催……”

何羽一挥手，表示明白了：“那就要他服从组织决定。”

“既然这样，我倒有个主意。”

“说说看。”

“让艾振兴、蒋学谦给他捎个信，喊他明天到公社来，不是一样谈么！”沈平双手全撑在桌面上说，“公社去三多大队那条路，全是泥坑水洼，车轮要是陷下了路边的水沟，抬也难得抬起来。冒雨赶路下去，轿车弄脏了不说，人也颠得难受。到了山寨，走个道什么的也讨厌……倒不如在公社等到雨停放晴，缓几天再下去。”

何羽吃不准沈平真是为了照顾苏副书记和他呢，还是另有什么别的用心。但他已完全看出来，沈平对下三多大队，不像去年秋天那回踌躇满志、兴致勃勃了。他扶了扶眼镜，沉思片刻，不由皱了皱眉头说：“行嘛！就按你说的办，不过，天一晴，不管景传耕听不听招呼，我们还得立即下去！”

“好的。”沈平的回答并不那么坚定有力。

64

要不要告诉他呢？

人已经走出了寨子，朝屏源镇方向去了，华碧芳还在踌躇不决地问着自己。

天在下雨，是春天绵长的雨，一下起来就没个完，都已经第四天了，丝毫没有一点晴的迹象。稠雾笼罩着山岭，仿佛把整个世界都裹起来了。田土头是湿的，道路是湿的，猪圈牛栏里是湿的，连台阶下和屋子里，也是潮腻腻的。那缠人的念头，像露着须须的粗棕绳绑住了身子一样，萦绕在脑际，华碧芳一刻也不得安宁了。

啊，当她沉浸在狂暴的、爱的热浪里的时候，她可一点也没想到有这样戳心的烦恼。在和沈平相处的那些短暂的时刻，在偷偷摸摸地相互抚爱的时候，在熄了灯的夜间，早已因守寡冷却了的热情像蓬野火一样燃烧起来，她只是信赖地、毫无保留地把自己的一切奉献给了他。她被蜜一样的情爱陶醉了，憧憬着沈平许诺给她的幸福，哪里还会想到，后果是这样严重呢。

最初的迹象显示出来的时候，华碧芳大吃了一惊。呃，竟会来得这么快，她好食酸菜，见了油腻恶心，早晨起来想呕吐，整天懒神无气。一切都告诉她，她已为沈平孕育了一个小生命。

而这时候，沈平已经结束了三多大队的事务，离开了他所借住的烘房，回到屏源镇上去了。

临走时，他曾避开众人的耳目，悄悄地踅到她的屋头来道别。想到他前一段对她的冷漠，她噘着嘴，不悦地车转身去，把背脊对着他，耍开了脾气，不理睬他。可禁不住他一迭声地解释、央求和涎着脸皮告饶，她又转回身来，审度地，但又是冲动痴情地瞅着他。在她抱怨、责备和忧伤的目光里，他像知道冷淡她的罪过似的，表现得是那样缠绵，那样依依不舍，一再地拥抱她，不间歇地吻她。

“噢。碧芳，碧芳，真舍不得离开，噢，碧芳，我亲爱的……”

起先，华碧芳极力抑制着自己的感情，装作一点反应也没得，还两次摔开了他搂上来的手。她觉得真该狠狠地惩罚他一下，他前些天太薄情了。但在他闪烁星花的目光注视下，在他那么热烈而固执的吻抱下，她憋不住“扑哧”一声笑了。她毕竟爱他，指望他给自己带来幸福安宁的生活呀!

“憨包。”她故意嗔他，“你的工作在公社，不离开咋个成?”

“我不在乎，不在乎……”

“假话!”

“当真，当真的。我对天盟誓。”

“盟啥呀?”

“我情愿不要工作，守着你，守着你过日子。”

“这咋个可以啊！那就真成了大憨包啦!”她嘴里是这么说，心里却像灌了蜜一样，甜丝丝、甜丝丝的。

其实，被离情别绪搅得心慌意乱的华碧芳，比沈平更加难受，更加舍不得他离去。她偎依在沈平怀里，几次抬起汪满了泪水的眼睛，贪婪地凝望着自己心爱的人。

这时候，她是多么信赖他啊！他成了她生活中的唯一依靠和希望。

他离去了，终究还是离去了。留给她一串甜蜜语：一定要来探望她，一定尽快地和她结婚，想办法把她迁到屏源镇上去。

尽管华碧芳有些不安，还是十分相信沈平这些话的。她不能不相信他，他们相处得那样和谐，从未因任何事情拌过嘴、吵过架；她总是以自己的顺从、柔情去满足他所要求的一切。她比谁都清楚，在生活的天平上，他的分量是比她重的。

所以，当最初发现怀孕的惊愕和慌乱过去之后，她倒有了几天相对平静的日子。她想到，他会来的，只是，他刚离去了没有几天，不会马上来而已。当他来的时候，他会带来好消息。毕竟，他们两人谁都是自由的呀，他是未婚的青年干部，她是一个寡妇，只要双双一登记，她疑惧的一切就烟消云散了。

想象着他俩即将举行的婚礼，她的眸子里会迸射出怎样欣喜、甜醉的光芒啊！

脚下又是一截上坡路，既滑又费力，走一步华碧芳都要喘口气。累倒是其次，她是怕跌跤。她毕竟怀着小宝宝呀！一想到这是沈平的孩子，华碧芳的心头自然而然地升起了一股言说不清的柔情。

雨好像下得更大了，空气因为潮湿，也仿佛变得凝重起来。华碧芳裹着草蓑衣，直感到浑身闷热，每迈出一步路，都觉得费劲，觉得气喘得慌。快翻上垭口时，一阵风刮着雨迎头吹来，她脚一滑，心中一慌，不由自主抓住了路旁一株青棡树枝，才站定了脚跟，大口地喘着气。

沈平为什么不来呀？

临别时，他讲得多么诚恳、多么真挚啊！简直是要把心掏出来给她看哩。华碧芳曾经充满希望地、耐心地等着他的到来。白天，他怕人看见，也许会晚上来的。每晚上小笋笋睡着了，她都拖着时间不封火，不上床，独自坐在火塘边，静静地、急切地等待着，仄起耳朵倾听着屋外风的吼啸、山寨上狗的吠咬，凝神屏息地捕捉房前屋后响起的脚步声。好几次，她都觉得脚步声响到门前来了，跳到门边想去抽开门闩，但是，那脚步声又远去了，消失了。当那脚步声消失的时候，她心头会涌起一股怎样凄清的惆怅呀！她是觉得怎样地失望啊！

沈平到底不曾来，一次也不曾来找过她华碧芳。

随着时间的消逝，腹内的胎儿在发育，华碧芳沉不住气了。原先有过的，对他疑惑和种种猜测，对他产生过不信任，又无时无刻来骚扰她。由于忧郁，由于焦灼不安，由于生理的变化，她在消瘦下去，脸庞憔悴，脸上显出了蝴蝶斑纹。她怎么办呢？将来挺着个圆滚滚、胀鼓鼓的肚子，连小娃崽也瞒不住呀！

有几次，华碧芳从噩梦中惊醒过来，大睁着双眼，任凭泪水顺着眼角往下淌、往下淌。在梦中，她清晰地听到山寨上多嘴多舌的婆娘指着她背脊骂：

“骚女人，她招野男人哩！”

“伤风败俗，撵她出寨子去！”

“臭婆娘，把寨子的空气都熏臭了！”

“尼姑养儿子怕人晓得，她呀，啥都不怕！”

“臭婆娘，把寨子的空气都熏脏了！”

“这都是她偷懒耍妖惹来的！”

“拖她出来，给她颈脖上套双破水鞋！”

啊，不成！她忍耐不下去了，她不能在寨邻乡亲们的冷眼底下过日子，她不能背起这么沉重的包袱活下去。她要去找沈平，趁着人们还不那么看得出来。赶紧去找！

“四娘，四娘！今天，你代我看管一下小笋笋好吗？我要去屏源镇。”华碧芳犹豫了好几天，终于在今天大清早，催小笋笋起了床，牵着他的手，走进了邻居四娘家。

“你去嘛，让笋笋和小秋儿玩吧。”四娘一口答应下来，瞥了华碧芳一眼，随口问，“你去屏源镇干啥呢？下那么大雨！”

“哦，想去扯几尺布，顺便，顺便……”华碧芳心里慌，说话讷讷的，脸颊上也直发烫，“顺便去医院要些咳嗽药。”

四娘似乎一点也不怀疑，叮嘱着：“雨大路滑，慢点走。走大路，你听说丁慧芸去屏源镇失踪的事吗?”

华碧芳打心眼里感激四娘对她的关怀，从贴邻四娘对她的态度，她觉得，寨上的人好像还没看得出她生理上的变化。

瞒别人容易，瞒自己难呀。快走到屏源镇时，她只觉得镇上雨雾朦胧中的灰瓦房屋，全在她眼里晃悠着，晃悠着。几次，她都想扑倒在泥地里，就永远卧在那儿，再也不起来，她实在太累了!

进了镇子，她蹒跚到一家米粉铺子，在角落里坐了半个小时，吃完一碗牛肉粉。她不是肚里饥，是借此机会歇一歇，好缓过气来，有精神去找沈平。

为避免引起公社干部们的注意，她尽量不去打听沈平住在哪间屋里。只是凭着记忆，根据沈平跟她讲的位置，慢慢地寻去。进了公社大院坝，她还是被人认出来了。

“唷，这不是卡多寨上的华碧芳嘛!”

一听有人喊她的名字，不禁浑身颤了一下。她再怨沈平，也不愿意不顾及沈平的名誉。他是公社副书记哪！她慢慢转过身去，发现是蒋学谦，便淡淡地一笑，招呼道：“蒋助理，你忙么?”

“忙!”蒋学谦诡秘地一笑，眯起眼睛扫溜着她，华碧芳直觉得身上像爬过了毛毛虫。

“你找哪个?”

“沈平。”

“噢，找沈副书记呀！在，他在，就在那边当头一间屋里。”蒋学谦万分热情地指点着，“要不要我陪你去呀?”

“不用了。多承你，蒋助理。”

“那有啥嘛。嗳，你找沈副书记干啥?”

“有点事。”

“哦，哦，那去吧，去吧！嘿嘿。”

这笑声使华碧芳心里发憷。她害怕看蒋学谦那张狡黠的脸，一埋头慌慌张张地走了。

她来到沈平房间门口，轻轻推开了门。沈平正趴在桌上写着什么，一抬头看见了她，竟惊骇得说不出话来。愣怔一会，急忙跑过去关紧了门。

“你……你咋个来了？碧芳！”仿佛他也发现了自己的失态，回到桌边给华碧芳倒了一杯隔夜的开水，帮她脱下草蓑衣。

“我来看看你。”华碧芳喝了一口水，“你一走就不回来了。”

“没得空嘛。你要来，也不先打声招呼。”语气里显然带着不满。

华碧芳瞟了他一眼，迟疑着说：“我是来跟你说，我，我有了……”

“什么？”沈平的脸色倏地一变，“你说，那是我的？”

他的神情与其说是惊喜，不如说是带着恼意。

华碧芳吃惊了，感到浑身冰凉：不是你的还会是谁的呢？好像我和其他人也……真没想到。她所有的委屈一齐涌上来，但仍隐忍着。

“你自己想想，算算日子……”

“好了！”他不耐烦地打断了她嗫嗫嚅嚅的话，“你想要咋个办？”

“来找你，就是问你呀！”

“问我？我……”沈平摊开双手，“我能有什么办法？”

“你没得办法？”她急促地提高了声音。

“轻点，你……”沈平紧张地瞪了她一眼，“外面会有人听到的。上头的大官们都来了！”

“听到就听到，”华碧芳隐忍不住了，“听到怕个啥。你不是说，尽快地办结婚手续吗？”她质疑地望着他。

“不行！”沈平避开了她的目光，断然地摇摇头，“尤其是现在不行！”

“有啥不行的？”

“不行就是不行!”他勃然地擂得桌面砰一声响，“你一个婆娘家，懂个啥！要是这么干，会坏事的，你晓得吗？坏我的大事，说我在下乡工作期间乱搞，那不但公社干部当不成，还会开除公职。于你，于我，到底有啥好处？你想嘛!”

华碧芳被沈平的震怒吓坏了，看着他哇哇嚷了两声，恼怒地在屋子里来回踱着步，只觉得自己脑壳里嗡嗡作响，浑身的血液都在往头顶上涌。她最怕发生的事，还是发生了。是的，她是不懂干部们的规矩，也许，他是对的，事情闹开了，他真会被开除公职，那她……她还有什么靠头呢。

“你……你说一句吧！我……我……我咋个办?”她泪眼汪汪地哽咽着。

他在屋子中央猛地站停下来，抓起倒给她喝的那杯半热半温的开水，仰起脖子“咕嘟咕嘟”喝个净光，脸色发青地喘着气，一双逼人的眼睛直勾勾地盯着她。

“你……你……只有一条路……”

“什么?”她几乎是无声地问着。

“不……不要这个孩子……”

“啊!”她尖厉地惨叫一声，不等他反应过来，像碰见了魔鬼一样，双手捂着脸，一转身踉踉跄跄跑出了沈平的屋子。

打胎，打胎！这就是沈平的回答，这就是他许诺给她的幸福！可怜的女人啊，世界上的幸福能那么容易得到么!

雨还在下着，早春山野里的风，寒冽冽地刺着她的肌肤，铅色的云层和沉沉的浓雾紧紧地压着山巅、裹着岭腰，把空间压得如此低矮、灰暗。

华碧芳在通往卡多寨去的山道上跑着、跑着。她不知自己跑了多久。她已不怕在溜滑的路上摔跤、跌翻在泥泞里。她已经跑得气喘吁吁，胸脯在剧烈起伏，脸色纸一样苍白，还是顶着风雨跑着、跑着。

她浑身已经湿透了。深深的绝望使她觉得周身的雨水都在往腹部涌去，她感到自己的下身愈来愈沉、愈来愈沉。冰冰冷的雨点落在她的头顶上、滚烫的面颊上，使她感到麻木，脸庞上的肌肉不住地抽搐、抖动。

前面是好长的一截下坡路，下意识提醒她，该收住脚步，走得慢点、慢点，但她却收不住自己机械地奔跑着的双腿，反而越跑越快，越跑越急，越跑越猛。

雨雾在朝她身后掠去，树枝草木从她眼前闪过，前面耸立着的崇山峻岭在朝她倾倒过来，以不可阻挡的巨力压迫过来。她惊慌地举起了双臂，想发出一声呼救，但嘴巴刚张开，她的脚下一个趔趄，整个身子便沉沉地扑倒在山路上，像一块往坡下翻滚的石头，接连打了好几个滚，倒卧在稀湿的泥洼里。

被她的身子压过的一株嫩草，贴地紧粘着厚厚的一层泥泞，像被一只无情的雨靴狠狠践踏过一般。

绵长的春雨还像几天来一样下着，下着，下个不停……

65

常爽被扣在省城，月光县委改由何羽任头头，三多大队即将来大批工作队……一个消息不胫而走，传遍了嘎多寨，引起了满寨的慌乱不安。

这天一吃过晌午饭，景传耕在淅沥淅沥的春雨声中，趴在桌子上给喻慎写回信。

丁慧芸失踪的事发生后不久，喻慎就给传耕、传耘来过信，询问慧芸找到没有。当时传耕正处在焦虑的痛苦中，是传耘回信叙述了慧芸失踪前后的一些情况，告诉她只在三多大队去屏源镇的半路上，一个稀疏的桦林里捡到一块慧芸用过的手帕，估计慧芸就是在桦林遭了歹徒的抢劫。事情发生之后，马上报告了县公安局，公安局正在侦察之中。过了春节，喻慎又来了一封信询问慧芸的情况。传耘要哥给喻慎姐写回信，传耕答应了。今天他提起笔来，倒不仅仅是想跟喻慎讲讲慧芸至今杳无音信，还想提一提近两天里乡间传开的消息，说一说嘎多寨上人心惶惶的怕变心理，问一问喻慎这到底是咋个回事？难道省报上登过的事又要变卦了？县委常书记当真被省里扣押起来了吗？

写完信，传耕细细地看了一遍，刚把信纸装进信封，屋外台阶上传来费正明的嗓音："传耕在屋头吗？"

"在屋头，你进来坐。"爹在回答费大伯。

传耕把信揣进衣袋，走到堂屋里去。费正明的蓑衣、斗笠搁在台阶上，他刚进堂屋坐下，一见传耕，马上又站了起来："传耕，你看咋个办？风声是越来越紧了。"

"不理睬它！"景气闲把几匹叶子烟递到费正明手里。

"不理睬行吗？"费正明反问道，"老哥子，怕不行啊！人家就是要在鸡蛋里挑刺！"

景气闲挨着费正明身子坐下，展开一张兰花烟叶子："那你说咋个办？"

"我说是不是开个会，"费正明斟酌着说，"先给大家透个风，暂不忙在责任田土上栽种……"

"要不得，费大伯。眼下我们得稳住。"

"我也想稳住呀，传耕，只怕还是稳不住。"费正明皱紧了眉头，把裹好的叶子烟插进烟杆脑壳，"乱七八糟的传言像骡子大马蜂到处飞，把人心都搅散了！听说政策要变，寨邻乡亲们都慌了神。景仁清把那水母牛生下的小牛犊，都私下拖出寨子去卖哩！"

景传耕警觉地问："他为啥一个招呼也不打，偏偏在畜牧市场最冷清的这个时候，私自卖集体的小牛犊？"

"他散布空气说，这小牛犊是水母牛分到他家后生的，不属于集体，属他家。"费正明咂巴着叶子烟，垂下脑壳道，"他这一领头，在自留山上砍树子的，割豌豆苗的，杀鸡宰鸭的，你看嘛，啥子怪事都会出现。等天一放晴，田里土头会一个干活的人也找不到。"

"是啊！"景气闲深重地叹了一口气，鼻孔里喷出两股烟说，

“原指望，实行责任承包，上头有常爽、郝老虎顶着，下头只要稳稳地搞上三五年，日子就好过了，嘎多寨上一半茅草房屋都会翻盖成砖瓦房。哪晓得，才让干了一年，又要变了。唉!”

“你还看不清嘛，老哥子。说句难听的话，多少年的政策好比神鬼之事，难说。你不晓得哪天说变就变了，明知不对，可你舌头顶得穿腮帮子吗?”费正明摇摇头，“去年我装过一回病。这回只怕装不成了。”

“是啊，人心怕变哪。”传耕感慨地说，“变，给农民带来的痛苦还少吗？变，给党的威信带来的损失还小吗？马上就是春耕栽插季节，大忙天要来了，再乱一乱，又要像前些年一样逼着大伙儿拖大帮去干活，只怕全年不会有收成……”

“我就是这么想的呀。”费正明愁眉苦脸地说，“没得收成，吃不饱饭，罪责又该推到传耕你搞的责任制上了。”

景气闲脸上苦笑着：“那就正好抓传耕的辫子。”

“所以我说乱不得。”传耕断然说，“我们心头先得有杆秤，掂得出斤两。”

“怕的是这斤两称不起啊!”费正明唉叹道，“传耕，不是我泄气啊！你想嘛，前两回，出点事，刮阵风，上头有县委常书记、公社郝老虎，一人的肩膀担一分责任，他们在鼓我们的气，撑我们的腰！这回呢，常书记被扣在省里，郝老虎也顶不住何眼镜那几斧头。人家要拿三多大队开刀，这回是兵临城下了。”

景气闲赞同费正明的分析，点着头说：“是这么个事态。”

“事态再恶化，我们领头的也得稳住劲。”传耕脸色庄重地说，“不能睁大两只眼就光顾望着上头。上头领导说句话，讲过就算了；我们忙慌慌一变，就是一年挨饿。常书记不能在月光县当一辈子头头，他走了，我们就不吃饭了？……”

“传耕，话是这么讲啊……”

“费大伯，你莫担心。三多大队、嘎多寨的事，我负主要责任。”景传耕的腰挺直了，两眼射出炯亮的光，声气也粗了，“我偏不信，农民要求吃饱饭、过上好日子，就犯了弥天大罪。眼面前，最要紧的是满大队人团结起来，自家先不要乱。工作队来的人再多，总都是人吧，是人他就得讲理。只要摆事实讲道理，就不用怕他。他们来纠偏，我们倒要问问：为啥看到农民多了几颗粮食，就那么害怕？看到农民日子艰难，伸手向国家要返销，要救济，反倒心安理得？”讲着讲着，心头的火蹿腾起来，他那股一往无前的倔劲儿又上来了。

“唉，听你传耕这一说，刚才我费正明骨子里又虚火了。”费正明望着传耕，“笃笃笃”在板凳上磕掉烟锅巴灰，爽利地起身一站说：

“对头，先依你传耕侄儿的话，顶住！了不起不当我这官吧，芝麻大的官丢了也不可惜。都六十多的人了，不能再失信于民，让满大队人伸手向国家要救济粮。”

“费大伯，”传耕感激地一把抓住费正明的膀子，“有你这句话，我心头就踏实啦！”

“哥，哥！有人找你。”传芸光着一双脚板踢踢踏踏跑进屋来，把洗净的菜簸箕朝挨墙的板凳上一放，兴奋地说，“有好消息。”

“好消息？”传耕觉得莫名其妙，在这个紧急的当口上，还会有啥好消息。他和爹、费大伯面面相觑，不约而同地朝院坝望去。

院坝里站着屏源公社邮电所的乡邮员，一个四乡八寨的农民都认识的络腮胡子。他穿一件湿得透亮的胶布雨衣，站在台阶下头，鼓鼓囊囊的邮包被雨衣遮护着。他看清了传耕，隔着珠帘般的屋檐水喊道：“景传耕，喊你去公社邮电所打长途电话。”

“长途电话，干啥？”

“慧芸姐有了消息啦。”传芸插进来说。

“慧芸？”传耕、景气闲、费大伯异口同声地惊问。连在灶屋里涮洗潲桶的伯妈也跑了过来，问道：“啥子，慧芸找着了？”

“就是这件事，快去吧？”乡邮员显然忙着去送信送报，说完转过了身。

景传耕追出一步，大声问：“往哪里打电话呢?”

“到了邮电所，啥都晓得了。只喊我传这句话!”乡邮员并不了解详情，边说边拐出院坝，沿着寨路急匆匆走了。

景传耕站在台阶上，隔着屋檐水织起的珠帘，呆痴痴地望着乡邮员远去的背影。

“快走吧，哥，快到屏源镇去呀!”景传耘一步跨出门槛，催促着传耕。

“该去，该赶紧去!”费正明不住地点头，“去了公社，顺便会会郝老虎。”

传耕看到，爹和妈的眼里也闪烁着催他上路的意思。他瞅了费正明一眼：

“费大伯，那么寨上……”

“这个你放心!我们通了气，我一肩顶着。”费正明拍着胸脯，“你快走吧。”

传耕动作利索地披上棕蓑衣，戴上大大的竹篾斗笠，和家人、费正明招呼一声，急如星火地上路了。

啊，慧芸，慧芸!到底像久未露面的星星一样，又在遥远的地平线的一角无声无息地闪出来了。这几个月来，为慧芸的失踪，为慧芸的杳无信息，传耕心头是多么焦灼啊!那天晚上发现慧芸没有回家，他和全大良连夜跑到屏源镇去找她。第二天，有人发现慧芸丢下的手帕，才知道她遭了劫；差不多整个三多大队都被震动了。秋收之后活路清闲下来，满寨的人又出动到周围团转的山岭、峡谷、田坝、树林、山洞里寻觅慧芸的影踪，方圆十几里地都找遍、打听过了，一点没有线索。公社郝老虎专门为此事召开了全公社民兵连长会议，安排满公社的民兵查找慧芸，注意形迹可疑之人。县公安局的同志也在详细询问了实情之后，马上立案侦察。但是，折腾了足足有一场之久，丝毫没有多大的进展。

传耕嘴上再也不提慧芸了，他怕一提起又会惹得人们呼伴结群上坡去寻找。但在他心里，却像压着一块沉沉的麻石。慧芸刚一失踪那几天，他吃不下饭，睡不稳觉，两眼迅疾落眍下去，神情也有点呆滞了。他觉得，慧芸的遭劫他有一大半责任，他理该陪着她一起到屏源镇去的呀！他为啥不去呢？为啥不去呢？他对慧芸，从一开始不就有种责任感嘛，他也不是这么对喻慎讲过嘛！为啥偏偏在他们即将成亲之际，他会忘记了这一责任呢？随着日子的流逝，传耕对慧芸的思念，仿佛成了一种病症，只要稍一空闲下来，坐在屋头、躺在床上，摸着慧芸用过的用具，慧芸的一举一动、音容笑貌就会浮现在眼前，怎么驱赶也拂不去。在这时刻他就会变得动作迟缓，目光晦暗，神情也木呆呆的，引起全家人的焦灼。他自己也感到了这一点，便拼命劳动、工作，不让自己有丝毫闲暇。

如今，陡然之间，一点点预感也没有，慧芸有了消息，他怎能不欣喜若狂、心颤神抖呢。他真恨不能一步跨出三十里地，来到屏源镇上，打通长途电话，听到从那神秘的远方传来慧芸的声音啊！出了寨子，传耕健步如飞地沿着山道疾走，两眼直直地望着屏源镇方向，似乎是要透过那重重山峦，看到慧芸那张脸，那双深印在他心里的眼睛。

走到卡多寨山岭边时，他一眼看到慧芸的弟弟慧明，肩上扛着一棵湿漉漉的杉木下山，连忙扬手喊道：“慧明，慧明，你过来，快过来！”

丁慧明听清是传耕在喊他，略微迟疑了片刻，把杉木棒棒换了个肩，朝传耕走来。

“你晓得吗，慧芸有消息啦……”慧明还没到身旁，传耕就把乡邮员的话大声地转告了他。

慧明的脸闪过喜悦的光辉：“啊呀，这太好了！我同你一道到屏源镇去。”

“要得。”传耕一口答应，“那你这棵棒棒……”他这才看清是根未成材的杉木。

慧明朝前头瞅了一眼，脑壳一昂说：“没得关系，我让去寨上挑粪的于老善扛回去。”

“去寨上挑粪?”传耕有点奇怪，“干啥?”

慧明眨巴眨巴眼睛：“你还不晓得?”

“不晓得呀。”

“嗨，怪不得哩。”丁慧明扛着杉木棒棒，和传耕走个并肩，微喘着粗气道，“都在传，川马推磨走老路。从今春打田栽秧开始，又要像往年那样拖大帮干活了。说这回哪个也顶不住，常书记、郝老虎都要撤职查办、坐班房，你……你传耕哥也不会有好下场……唉，话传得多了。家家户户都在核计着，把寨上的粪担回自留地去，把承包后生下的牛崽、马崽拖出去卖，把自留山上的林木砍到家来放起……”

“那你这根杉木棒棒……”

“是爹催我砍回家的呀!”慧明显得有点不好意思，看来他完全晓得这事做得不对，“爹说了，砍回家，二天修房时架梁用。”后半截话，他说得轻多了。

雨点子打在传耕的竹篾斗笠上噗噗发响。多可惜呀，一棵好端端的杉木，再长几年就是通圆挺直、粗壮结实的成材木，值上千元呢！这下子好了，砍下来最多只能架个梁，几十块钱也不值。怪不得费大伯要说，风声一来，人心都吹散了。

这能怪他们吗？他们已经被翻来覆去变个不停的政策搞怕了呀!

传耕思忖着，于老善挑着粪担迎面走来了。

“传耕，去哪里?”于老善问道，扭动着肩膀，也有点不好意思。

“我姐有下落了，我们去屏源镇听消息。老善伯，请你代我把杉木扛回去吧!”慧明说。

“好啊!”于老善欢喜地叫起来，顺手卸下粪担，接过慧明肩上的杉木棒棒，叹息了一声说，“唉，可惜这棵棒棒了。”

“老善伯，莫光往自留地上挑粪吧!”传耕说话了，声气有点凝重，一字一句道，“不管外头吹啥风，三多大队责任制不变。”

于老善的两眼亮了一亮，旋即又熄灭下去：“传耕，要论你讲的话，我句句都信。只是，政策变起来怕你自身也保不住呀。那帮人……唉。”于老善摇摇头，扛起杉木棒棒匆匆走了。走出好几步，又转过半边脸说：“还是快去接慧芸回来，成亲拜天地吧！这是实在的。”

传耕张了张嘴，想说什么，结果没说出来。他沉闷地朝前迈着大步，慧明把脑壳上戴的麦草帽按按牢，紧紧同他并肩走着。

“传耕哥，老善伯讲的话，都是满寨人心里的话呀！我爹还不是这样说：去年，是常爽和郝老虎把你放回来的。这一次，常爽也被扣了，你……”

慧明没把话讲完，但传耕完全明白他的意思。看来，寨邻乡亲们的思想，远比他估计的要复杂。他该咋个办呢？像于老善说的，接回慧芸来，完婚了事；上头来的人愿怎么纠，就让他们怎么纠。这样倒是省心，也不会有麻烦。但是，联产联心的责任制，就这样试过一年，便算了吗？……

风把雨吹得偏斜偏斜的，灰蒙蒙的天空老让人想到阴沉的脸相。四周远近的一切，都让这一层冲不破的春天的雨雾遮得朦朦胧胧、混混沌沌的……

“传耕哥，你看，你看那个人！”

传耕沉浸在忧悒的思虑之中，不提防慧明手指着前方，失声喊了起来。

传耕顺着慧明手指的方向抬眼望去，远远那条往下倾斜的泥泞道上，一个人影在风雨中摇摇晃晃、跌跌撞撞地飞跑而下。哎呀，这是哪个啊？看他那东歪西倒，控制不住自己的样子，是喝醉了酒吗？他非要摔倒在泥浆里不可，看，看呀，看他那越跑越快的样子，怕是疯了。快收住脚、快收住脚吧……

没等传耕喊出声来，从坡上急冲直下的那个人影，终于身子一歪沉沉地跌倒在泥泞里，倒下以后喊也没喊一声就不动了。

“快，快跑！”传耕回头招呼了慧明一声，撒开腿就向那摔倒在地的人跑去。

两双脚溅起道上的泥浆水沫，拼命往前奔跑着。这时候，从那条拓宽到能过汽车的马车道上，一辆吉普车在风雨中颠簸着爬行而来，开到倒下的那人身旁便停下了。车门打开，下了两个穿着雨衣的人影。传耕和慧明相对望了一眼，放心地吁了一口气。总算有人赶在他俩前面扶救那个莽撞客。

怎么回事？一个人蹲下身去扶抱起了跌倒的人，另一个人却往吉普车上爬去，还连连摆手，好像反对蹲下那人管闲事似的。

传耕和慧明加快了步子，飞奔过去。

"我们的任务是去叫景传耕，到寨上联系住处！管这闲事干啥？"

传耕跑近了，清晰地听到公社民政助理蒋学谦黑脸哇哇的叫声。

"救人要紧，倒车，倒车，快倒车！"

啊，传耕也听出来了，这是曾来过三多大队的工作组成员艾振兴。

一定是传耕和慧明踢踏踢踏发响的脚步声引得他们抬起头来了。艾振兴喜出望外地喊了一声："景传耕！"

"喊你马上到公社去！"蒋学谦劈头对传耕冷冷地说。

传耕和慧明都没理睬他，俯身一看，哎呀，是个女的。再一细辨，竟是卡多寨上的寡妇华碧芳！只见她浑身泥污，蓬乱的头发披散在苍白的面颊上，两眼紧闭着，显然已昏过去了。

这是咋个回事呢？传耕心头猜测着，百思不得其解。

"好了，景传耕来了，上车吧，一起到屏源镇去！"艾振兴果决地说，由丁慧明和景传耕帮助把华碧芳抬上吉普车去。

"还要去寨上给苏书记安排住处哩！"蒋学谦嚷道。

"你去，你走着去！"艾振兴不客气地呵斥道，"你的腿就不能走两步了。我们走，倒车！"

"砰"的一声，艾振兴把蒋学谦关在车门外，北京吉普倒过车便往回开。传耕从后车窗外望去，在风雨中的山道上，蒋学谦孤零零的身影越变越小了。

艾振兴不屑地哼了一声："别去看他，没得心肝的家伙！人都昏死过去了，还在强调给书记找住处。"

"什么苏书记？"丁慧明好奇地打听。

"地委副书记，纠偏工作队长。"艾振兴瞅了传耕一眼，"要住到三多大队来。"

传耕从艾振兴的眼光中猜出了，这个苏副书记是专门冲着他来的。他表示领会了艾振兴的意思，点了点头。

"华碧芳是怎么回事？"艾振兴望了斜歪在车座上的华碧芳一眼，关切地问，"她怎么会倒在这里的？"

传耕和丁慧明摇了摇头，都表示不晓得。不过，这个生性懒惰的寡妇，好些举动确实让人费解。传耕记得，刚开始搞责任制时，阿全去帮她犁田，她竟勾扯阿全，惹得阿全直骂她是骚货。传耕总想不明白，阿全和费瑞娟好，满大队都晓得，她咋个会做出这种缺德事来？幸好传耕劝住了阿全，才没把这事给张扬出去。去年秋后何羽来纠偏，她在群众大会上睁着眼睛说瞎话，为什么她要那样说呢？是不是受到别人的教唆呢，又是谁教唆的呢？至今没有弄清楚。今天她倒在这山乡道上，又是怎么回事，更叫传耕捉摸不透了。

吉普车回到屏源镇，直接开进了区卫生院，医生护士们把华碧芳抬进急救室以后，传耕和丁慧明急匆匆到公社邮电所来了。

进了邮电所的二层小楼，传耕先把给喻慎的信交了，便问那卖邮票的姑娘：

"哪里打长途电话？"

长辫子的姑娘不答腔，光顾着看一本电影杂志，只把手指向左侧一间小屋。

小屋门口有块牌牌：电讯室。

传耕除下斗笠、蓑衣，一步跨进去，问耳朵上套着两只耳机的值班员："同志，给丁慧芸挂长途电话，是这儿吗？"

"噢，你总算赶来了，我还以为你不来了呢。景传耕，你是乡间大名鼎鼎的人物啊？"电讯值班员倒还客气，指着身旁一张长条椅，“坐吧，我马上给你挂。”

“往哪儿挂?”传耕并不坐，又追问。

“省城的市公安局。你坐吧。”

“要等吗?”

“打长途电话还有不等的，嗬，真是笑话！这会儿正是忙的时候呢。屏源镇通外头，只有一条线。”电讯值班员虽然还算客气，但他揶揄的声调，还是令传耕不快。公社的一个拿工资的职工，对乡间的农民就是这样老大瞧不起呢。

传耕舔舔嘴唇，又问：“要等多久?”

“这会儿啊，快嘛，个把小时，要是老占线，两三个小时也说不定。”值班员见他不断地问，有点不耐烦了。

传耕只当没听出他的懒声懒调，转过身子对慧明说：“艾振兴刚才催我去会何羽，你在这等吧，电话通了，你先和慧芸说几句话，然后去办公室喊我一声。”

丁慧明在长条椅上坐着，连连点头。

值班员又主动插进话来了：“你在公社书记办公室吗？电话真通我给你接过去吧，不用人喊。”

“多承了。”传耕诚恳地道谢一声，离开邮电所，直接去公社办找何羽。

刚在屏源镇街角上拐过弯，一个小心翼翼的嗓门在唤他：

“传耕，景传耕，呼呃呼呃……”

“郝老虎!”传耕一个箭步跨过去，抓住了郝老虎的膀子，激动地摇着。

“呼呃呼呃，这么快，把你招来了。”

“嗯。你……”

“要我回老家山寨去，呼呃呼呃，把刚搞的责任制纠回来，呼呃……”郝老虎的眼里闪过一道狡黠的光，“我去就是嘛，嘿嘿，呼呃。喊你来，也是这个事。”

“我晓得。”传耕答。

“记得常猴子的话吗，呼呃呼呃，”郝老虎的声音压得更低了，“自然界有风，社会上也有风，头脑要清醒，不能随风转。呼呃呼呃。”

“我懂，郝老虎。”

“传耕，呼呃呼呃，我看这回风来得陡，怕比以往哪一次都更搅，呼呃呼呃，要沉住气。”郝老虎伸过粗糙的大巴掌来，抓住传耕的手紧紧地握着，摇了几下，而后一放手，微弓着背拐进一条小巷。

十字街头，不便多讲，传耕心头是明白的。但和郝老虎的相遇，又给他平添了不少力量。他镇定了一下自己，朝公社大院坝里走去。

郝老虎和传耕都过虑了，事情不像他们估计得那么搅。看到传耕这么快应招而来，何羽和沈平除了稍露出点惊讶之外，马上便去请来了苏维山。

地委、县委、公社的三位副书记和传耕的谈话，是开门见山、直截了当的，只花了十多分钟就把事情全讲清楚了。归根结蒂，只是一句话：要传耕在三多大队带头纠偏。

沈平还补充了几句：“传耕同志，你现在是一个党员了，一切行动都要服从组织决定。这次纠偏，是省委第一书记的指示，地委、县委的决议，希望你起到一个共产党员的模范带头作用。”

传耕没有马上回答。他坐着，微偏着脑壳，像在倾听屋外的雨滴声。他很清楚，第一次见面的苏维山一直在细细地打量他，毫不掩饰地端详他。他思忖着，不管你是哪一位高级首长，只要肯下到乡间，到寨邻乡亲们中间走一走，看一看，听一听，哪怕像上回喻帆同志那样只来半天时间，也一定会从群众的呼声中明白的，也一定不会反对联产承包制的。但他没这么说出来，沉默了半晌，他只简单地说了一句：

“给我时间想想，认真想一想。”

66

晚饭后，喻帆步下楼梯，女儿朝他走过来，关切地问：“爸爸，晚上还去办公室吗？”

“嗯。周秘书在那里等我。”喻帆站在楼梯上，居高临下地端详着喻慎。

“有封信，想请你看看。”喻慎沉吟了一下，略微迟疑地说。

喻帆点点头，他总感到女儿对他的态度似乎太拘谨、客气了些，喻慎所说的那封信，他是知道的。今天他比女儿早回来，在客厅的茶几上，看到一封寄自月光县屏源公社三多大队的信，那字迹像是男人写的，多半是景传耕写的吧。非常想知道乡间实情的喻帆，真想拆开看看。在茶几旁的沙发上坐了几分钟，他终于抑制住了拆信的愿望，到自己屋里去了。这会儿，小慎要让他看的多半是那封信吧。他接过来瞥了一眼，果然不错。

女儿还堵在他身前，那意思是希望他及时把信看完。喻帆淡淡一笑，抽出信笺，往楼梯旁的壁灯跟前凑凑，展开信纸看起来。

信是景传耕写来的，他称呼女儿喻慎同志。信上写了两件事，失踪的丁慧芸至今尚无消息，字里行间透露出景传耕的忧虑和思念。看完这一段，喻帆抬起眼皮瞥了喻慎一眼。喻慎正大睁着眼睛期待地望着他。

对喻帆来说，无疑是第二段的内容更重要些。信中说，从省里传下去一系列消息之后，山寨上农民的情绪极不稳定了。怎么搞的，常爽明明是被抽去党校学习，在乡间传开时，却变成了被省里扣押下来、要进班房了。真荒唐！噢，马上要往农村派纠偏工作队的事，农民们也都传遍了，山寨上人心惶惶。看来，情况比喻帆料想的要严重得多。景传耕写信来询问，是势所必然的。

喻帆的眉头皱紧了。

喻慎轻轻问道：“是这样吗？爸爸，真的又不让农民们实行责任承包了？”

“有人这么提，要在春耕大忙前，恢复以往的经营方式……”

“你呢？你对这问题怎么看？”喻慎忍不住追问爸爸。

“我吗？”喻帆嘴角露出一丝笑纹，“喻慎，我们争取吧……”

大客厅里的电话铃声响了。喻慎没有再问什么，回身走进大客厅，拿起了话筒："喂，噢，爸爸，贡叔叔。"

喻帆几步进了大客厅，从女儿手里接过话筒："建湘吗？"

"喻书记，有件事——私人性质的，想向你请教。"

"说吧。"

"记得写《三十年来……》小说的那位作者吗？"

"记得。"

"他去年下乡，写了一篇《姓社不姓资》的报道，同时，还写出了一篇内容相同的报告文学。纪明洁原来计划发，后来听说省委批评了那篇报道，报告文学就压下了……"

"现在怎么样呢？"喻帆转过了半边身子，用左手堵住了另一只耳朵。喻坚在隔壁小客厅看电视，他把音量调得很大。喻帆示意女儿去关上了大客厅的门，贡建湘的声音才听得清楚了。

"是这样，是这样啊，喻书记。最近，纪明洁又要发这篇报告文学了，她跟我打招呼。我犹豫不决。省里召开的地、县书记会议，我多少风闻一些。你看……"

"我看暂缓吧。建湘，事态正在变化发展当中，缓些日子，不要来凑这份热闹。"

"好的，好的。"

贡建湘道过谢，把电话挂断了，喻帆转过身来眨了一下眼睛，瞅着女儿，仿佛在说，你听见这件事的处理了吗？

喻慎似乎也从他的神志中意识到了什么，给喻帆打开客厅的门，让爸爸走出去。

这次地、县书记会议的结果，对山区农村、对整个社会的影响多大啊！在漫步去办公楼的路上，喻帆愈加感到肩上有股无形的压力。

本来，这次会议快结束时，在慎重地考虑再三之后，喻帆找卓然同志交换过一次意见。他坦率地向第一书记提出，春耕大忙之前，全省范围内大规模地搞纠偏，一刀切，有所不妥。应该看到，联产承包的责任制是一个新生事物，对包工到组，包产到组，应当允许。即使个别地方，像屏源公社三多大队那样搞了划分责任田土，只要对发展生产有利，成效显著，也不妨让农民们摸索一条路子，这总比让国家背起包袱，年年贷款、拨救济粮强。现在需要稳定，让农民休养生息；变来变去，对发展全省的农业生产不利。还有些话他未明说，他对苏维山在会上的一些言论和行为，就是不以为然的。

卓然细心地听完了喻帆的话，有些愕然。他可能以为，喻帆在一系列问题上，和他的看法都是相同的呢，却没想到喻帆会说出这一番话来。他皱着眉头思忖了片刻，说：

“嗯，让我考虑考虑吧。”

考虑了好几天，卓然同志也没有主动和喻帆再次交换意见，他又感到身体不适了，好些急待他圈阅的文件不能及时处理，日常工作也受到阻滞。尽管他说了凡是可以移交的工作，尽可能移交给喻帆，但他对喻帆提出的意见，却没有回答。

这时，各专州、各地县，贯彻地、县书记会议的情况陆续汇报上来。不少地县反映，农民有抵触情绪，直接影响了备耕；有些工作队采取粗暴的办法强行纠偏，农民更加不服。这样僵下去，春耕生产肯定要受到影响。人误地一时，地误人一年嘛。

各地都来电请示省委：怎么办？

喻帆决定不再等待，召集了一次常委碰头会。正巧，去年来省里视察的那位副总理刚刚就经济问题讲了一次话，谈到了他跟喻帆、雷大同谈过的那些观点，强调要清除“左”的影响，尊重客观经济规律。接着，中央又发来了31号文件，指出：深山、偏僻地区的孤门独户，实行包产到户，也应当许可。

在常委碰头会上，喻帆结合中央的精神和省里已经出现的问题，详细阐述了他对卓然同志谈过的意见，提出改变农村工作队的任务，集中力量抓好春耕，对目前农村出现的各种经营管理形式，加以调查研究，总结经验，一律暂不变动，先稳定下来，以利群众搞好生产。

对喻帆的这个建议，常委中有赞成的，也有反对的，旗鼓相当，争论激烈，一时决定不下来。坚持要继续贯彻地、县书记会议精神的一方，希望卓然同志来作出决定。

喻帆给卓然挂了电话，谈了常委碰头会上的情况，又让周秘书把会议记录送了去。并且说了，只等他决定下来，立即召开全省的地、县农业书记电话会议，向下贯彻。

等了好几天，直到今天傍晚，卓然同志的秘书才来电话通知喻帆晚饭后在办公室等候，卓然同志要和他通话。

正因为如此，这顿晚饭喻帆没有吃好。如果卓然同志还是坚持地、县书记会议上的观点，那喻帆就将在电话会议上，违心地做一次讲话，要各地、县继续“纠偏”，继续“引导”，并且限时限刻。这么一来，全省农村势必造成混乱局面，很可能影响整个七九年的农业形势，完不成征购任务，减产、歉收也都是可能的。像已经走在前头探索的屏源公社、三多大队，更会出现一系列可以想象的整人现象，这该多么令人遗憾哪！

如若卓然同志赞成他的提议呢，那当然是另一回事了。但是，喻帆考虑问题，历来总爱往难处思索，总觉得卓然持这么慎重的态度，可能是有不同意见要直接同他谈。要不，他让秘书通知一声同意，不就完了嘛！

所以，喻慎给他看信，贡建湘给他来电话，喻帆都持一种谨慎的态度。他不愿给人一种印象，以为他和第一书记有路线之争。他比谁都清楚，身为第一书记也有他的种种考虑、种种难处。况且，这么一件大事，在一个省的范围内来实践，当然不仅仅是一个省的事情。它是要波及、影响到邻省甚至全国去的。

办公大楼的走廊里没全部开灯，拐弯处晦暗黝黑。白天每间办公室里的人声话语，打字机哒哒的响声，这会儿都寂然了。偶有一间屋子开着日光灯，亮得有点刺眼。

喻帆上了楼，来到自己的办公室内，周秘书已经静候在圈手椅上。见喻帆进门，他摇摇头，表示电话还没来。

喻帆向周秘书摆手，示意他不必起身。他在办公桌旁的椅子坐下，周秘书递过来一份资料的索引。喻帆低头一看，哦，这是他几个月前关照周秘书查阅整理的有关这个省农业发展的材料。

周秘书伸手过来，说："不查也忘了，一查，这些问题就比较明白。喻书记，你看，从一九五三年到五五年六月，全省加入合作社的农民占百分之七点四。而五五年六月到五五年七月，仅仅一个月，一下就跃升到百分之七十九点六。这个步子，现在看来是跨得太大了。"

是啊，从查阅的材料上可以一目了然地看到，本来该若干年干的事，往往在短时期内，一下子干完了。到了五八年，又提出"一区一社"的口号，提出"一切生产资料归人民公社"的口号。离五五、五六年，也仅仅是两三年时间。办人民公社，第一个文件县委还没发下去，第二个文件又来了。结果，全省实现公社化只花了两个月。这两个月时间里，农村的生产力、农村的物质生活水平、农民的思想，究竟有了多大的提高呢？

三年自然灾害期间，那就别提了。后来是靠"三包一奖①"来收拾残局的。刚有了点起色，六四年搞"四清"，把一系列比较正确的东西，都作为资本主义来批。闹开"文化大革命"以后，"左"的东西更被推向极端，大、公、平的浪潮席卷着整个农业战线。省里的农业遭到严重的破坏，使得好些地方成为历次"左"的运动的重灾区……

"叮铃铃铃——"

喻帆不及看完，电话铃声响了。他伸手抓过话筒，贴在耳朵上，话筒里传来卓然同志微带虚弱的声气：

"老喻吗？"

"卓然同志，你好！身体怎么样？"

---

① "三包一奖"最早是指20世纪50年代在实行人民公社化之后，部分地区对生产队实行的一种生产责任制，是包工、包产、包费用和超产奖励的简称。三年自然灾害时期，部分地区恢复"三包一奖"，但是内容有所改变，主要是：包口粮、包饲料、包上交商品粮和超额奖励。1962年9月受到批判后，不再实行。

"感觉欠佳。当然啰，医生的话，就更不中听啦!"

"你还是得保重哪!"

"老喻呀，你得多挑一点担子啊!"

喻帆看到，周秘书两眼瞪得老大，盯着他手里的话筒。看来，他也非常关心卓然的态度。

寒暄几句之后，卓然扯到正题上了："你送来的文件和有关材料，我都看了。你上一回和我谈及的意见，我也考虑了。看起来，我是操之过急了些……"

这是一个好的兆头。喻帆听得出，就是在电话上讲这些话，卓然同志也很累，声音一句比一句弱，看来，他的病情又重了。

"就说《人民日报》吧，三月三十日，又一次发表了读者来信。"卓然停歇了片刻，继续说，"也承认三月十五日有些提法不够准确，要注意改正①。老喻啊，我想，春耕时节，省里的农业就以你的意见为准吧。请常委再议一下，就开电话会议，以不引起波动为好。你看呢?"

"同意。"

卓然同志在电话里咳嗽了，他勉强道了声再见，挂断了电话。

喻帆慢吞吞地把话筒搁回电话机上。

"怎么样?"周秘书有些紧张地问。

喻帆瞥了他一眼，带点忧郁地说："同意不再纠偏。"

"太好了，明天就开常委办公会议。"

"事不宜迟，马上就开。"喻帆把手往桌角上一指，他想到的，是成千上万山寨里的农民们。

周秘书迟疑地瞅了喻帆一眼，喻帆一脸倦容，但是目光深邃，炯炯有神。他拿起一叠卷宗，说：

---

① 指《人民日报》1979 年 3 月 30 日发表的安徽省农委辛生、卢家丰的来信：《正确看待联系产量的责任制》，为包产到户正名。《人民日报》为此也加了编者按，承认 3 月 15 日发表的张浩来信和编者按"有的提法不正确，今后要注意改正"。

“好，我马上去打电话。”

周秘书走出了喻帆的办公室。喻帆离座而起，走到窗户边，“哗”一声扯开已经拉上了的平绒窗帘，透过窗玻璃，眺望着办公楼外面的夜景。

是的，一个棘手的问题解决了。轻松吗？喻帆奇怪，自己一点也没有轻松的感觉。他脑子里千头万绪，全涌了上来。是啊，还有好多好多工作要做。和卓然通电话前看的那份材料，那么深刻地印在他的脑子里。很明显，我们以往的农业政策中，是有生产关系脱离生产力发展水平的一面。要使农业有一个较大的发展，看来需要认真解决这个问题。而解决这个问题——谈何容易。光是这一次常委碰头会，喻帆就看出了，在省委领导这一层班子里，要取得统一，取得一致意见，也还需要做多少艰难细致的工作啊。

这便是他丝毫不觉轻松的症结所在。

从这面窗户望出去，看不到省城的万家灯火。只能看见流经省委大院明园路的柳河。春天来了，柳枝又冒芽了。柳条婀娜多姿地垂落到河面上。河岸上的灯光倒映在水里，随着河水的流动，晃悠悠晃悠悠的，像河面上泛着金片银片，波光粼粼，充满了诗情画意。

在这个办公室坐下有一年多了，喻帆第一次发现，从这扇窗户望出去，还有这么个幽雅别致的所在。真难得！

第十四章

67

挖开冷畈田的田缺，田头半尺深的蓄水，便顺着田缺蜂拥般冲出来，溅起雪白的水沫，在耀眼的阳光下闪烁。

割草时滚进草鞋的泥屑细砂，硌得脚底板痒痒的，景传耕脱了草鞋，绾起裤管，两脚一齐踏进田缺里，任凭温静的田水拂过脚背，落进田坎下的沟渠里，潺潺地流去。

传耕俯下身去，将就田水洗了洗手。紧挨着田埂的一蔸谷秧中间，杂生着一株毛稗草。传耕伸手去拨开谷叶，把叶片间有一条白线的稗草拔了出来，习惯地横咬在嘴上。

洗净了手脚，传耕在田埂的嫩草上抹干脚板，穿上草鞋，几步走到大杨树脚，在一大捆茅草上坐了下来，牙齿咬着稗草，微眯两眼眺望散布在山野田坝上的坡土和水田。

迎面拂来的微风，弥散着稻谷的清香。偏西的太阳照着田野，泛出一片耀眼的光。荆棘茨丛里，那一吊垂挂下来的紫泡檬檬，熟得简直马上要汪出甜汁来。

是啊，时令已到夏末秋初，又一个丰收季节——八十年代的第一个秋天来到了。稻谷的饱米，早米已勾头，包谷的果果一个个都胀鼓鼓的，黄豆的荚子一碰就落……眼望着满坡满坝的丰收景象，理该欢喜高兴呵，可传耕的心头为啥会有一种空泛感呢？近来，他为啥总喜欢坐下来静静地凝想呢？

“想啥子哪？传耕。”大杨树后走来了于老善。传耕应声转过脸去，于老善把一只巴掌摊到他跟前，嘴里一面咀嚼一面道：“尝尝吧，甜酸甜酸的，都退尽涩了，好吃呢。”

传耕低头一望，于老善满布疤痕的巴掌上，托着几颗黄莹莹的茨梨果。他掂了一颗丢进嘴里，咬口，真的，甜得清口。

“老善叔，今年的收成……”

“好啊！”不等传耕问出口，于老善就粗声地回答着，带着自豪伸手指向他承包的田土，“你看嘛，交了公余粮，兑现了合同，一家人一年的口粮是足够有余啦！哈哈，我于老善又过上了有余粮的日子。”

“约莫能余好多？”

“千多斤。”于老善竖起了一根食指。

“你准备用这些余粮干点啥？”

“交它三块钱酒税，烤二三百斤米酒，冬、腊、正三个月，每天喝个两大碗，舒舒筋骨活活血，也叫我这僵硬了的四肢舒服舒服，嘿嘿，传耕。”

“钱呢？”

“啥？”

“钱的收入？”

于老善脸上的自得神情倏然消失了，他一甩手，几颗没吃完的茨梨被扔进了草丛。

“庄稼人，饱了肚皮穿暖衣，就算是过上安生日子了。你说的钱嘛，只好指望老母鸡多下几个蛋，腊月间杀年猪换啰！”

传耕叹了一口气：“还是穷啊！”

“不！”于老善两眼睁得老大，盯着传耕的脸说，“传耕，比起前几年饿饭，央人家拨救济、回销，是强得多啦！你看我，吃饭囤里有粮，吃菜靠自留土，来个客人炒点鸡蛋、割点腊肉，推上一大盆豆腐。家中年年喂上三五头猪，一群鸡鸭，抽空上坡挖点山货特产，那玩意儿卖得出钱，一家人的衣着就足够了。像今年，还能烤上一桶酒。你说，我拖拉着八个娃崽，还指望啥呢？”

景传耕若有所思地点着脑壳：“是啊，多少农民一年到头勤扒苦挣，求的不就是‘温饱’二字嘛。”

“对、对头，就是这句话!”于老善见自己的话头和传耕的思路接上了榫，满心欢喜，咧开嘴呵呵地乐了，“传耕，嘎多寨、三多大队，不能家家像全大良那样种田搞新花样，块块田土都来个亩产一千五六，他有办法串到良种，光杆儿一个，胆大包天。也不能像丁根元、康文达、邹启春那样赚钱，丁根元有编篾那门绝手艺，康文达学过烧砖，邹启春那龟儿子生来是个做生意的料，你让我去学，我还学不会哩。对啵？传耕。”

传耕默默地点了一下头，喃喃自语说：“守着这块田土，靠着它的出产生存，栖息在这山旮旯里……”

“嗯，对头，就是这么回事!”不待传耕说完，于老善接道，“老百姓嘛，求的就是国泰民安，没得天灾人祸，年年五谷丰登。传耕，这几年你为三多人操够了心，也该过几天太平日子啦。听说，收了这季谷子，你就同慧芸姑娘办喜事，恭喜啊！嘀嘀，老叔子我，酒是要来喝它几大碗……”

“爹，该回家啰!”坎脚下的山坳坳里，传来于老善家三姑娘的催促。

“来啰!”于老善答应一声，向传耕一摆手，“传耕，你再歇一会儿，我先走啦。”

老善叔无意间的道贺，陡地提醒了传耕。今天上午，慧芸回卡多寨去捎口信，告诉屋头人，收了这季粮食，盖两间新厢房，他们就成亲。临走时说好，把话传到，她就赶回来。不晓得咋个搞的，到传耕下午上坡割草时，她也没回寨上。爹、妈和妹子传耘，都已经在念叨了。现在于老善一句话提醒，传耕慌忙站起身来，拿过靠着树干的扦担，杈起两大捆干透的茅草，顺着坡脚边的路匆匆往卡多寨上走去。

红红的落日，在远远的两山夹峙的垭口上露着半边脸。夕阳的余晖给连绵起伏的山峦，路边田埂的野草，涂上了炫目的金色。传耕担着茅草的身影，伸展到老远老远的田坎角。他闪悠着扦担，走几步就转过脸去瞅一眼，仿佛特别留恋这初秋的夕阳似的。

其实他是在向山阴里的卡多寨眺望，那里已升起了一片淡蓝色的暮霭。暮色似乎也在他脸上添了几分焦虑：慧芸咋个还不回来呢？

自从七八年冬初人贩子绑架了慧芸，好不容易被公安局的同志救出，送她回到嘎多寨之后，传耕一家人都不让她独个儿离寨出门了。即使在三多大队的地面上走动，一家人也是叮嘱了又叮嘱，非要她答应在太阳落坡前回来，才让她出去。这实在是因为人贩子太可恶，谁晓得他们会在啥时候拱出来，又把慧芸绑架走呢？为这事慧芸爹妈常常叹息：都怪那些年屋头穷，收了人家四百多块钱，人家没得到姑娘哪里会甘心？倒是她们找上门来要求还钱，宁愿贴上利息了结这桩事，也好叫人安心了。可婉芳和李婶行踪诡秘，公安部门设计查访，扑来扑去几个月没找到她们，弄得大家好不提心吊胆。

景传耕并不赞成慧芸爹妈那种息事宁人的态度。他知道婉芳和李婶这样的人贩子是很奸猾的，她们绝不会善罢甘休，只有抓住了她们才会为社会除掉一桩祸害，所以，不管他怎样忙碌，总是睁着双警惕的眼睛，关照爹妈、慧芸、传耘时时留神，决不要放过了这帮狐狸。

可是现在，慧芸去卡多寨家里，差不多一整天了，为啥还不回来呢？

传耕把扦担换了个肩，再次转过脸去。通往卡多寨的马车道上影影绰绰有几个人在用篾条捆扎茅草，往马车上堆。唯独不见慧芸走来的影子。他失望地收回了目光，踏上回嘎多寨的田埂路。

"东张西望，你是把金元宝丢失在路上了么?"

听到这声揶揄，传耕喜不自禁地抬起头来。嗬，慧芸正站在另一根田埂上，侧着半个身子，抿着嘴儿瞅着自己哩。金色的夕阳的余晖像在她丰润的脸庞上抹了一层胭脂。

"哈，原来你在这里!"传耕欢快地迎上去，"我还在怪你咋不回来呢。"

“我都瞅你好半天了，就是不见你回头。”慧芸半嗔怪地鼓嘴说，“你开会一回家就去割草啦？喊你歇息嘛……”

“冷畈田坡上的茅草都晒得枯脆了，不割回家，一场秋雨下来不可惜吗。”

“你呀……”慧芸含羞带娇地瞥了传耕一眼，走下了田埂。他们并行在青岗石级道上。离寨子只有三四十步路了，传耕问：“说句话，咋个去了那么久？爹都在念叨你了。”

慧芸脸上的喜色倏然消失了。她斜瞅了传耕一眼，轻轻地叹了口气，垂下了眼帘。

传耕立刻察觉了她的不悦：“你家出啥子事了？”

“没啥大事。”慧芸的声气低了好多，带着几分忧郁，“就是爹和妈尽在摆慧明。说他不争气，不干正事……”

“慧明近两年不是干得好欢嘛！”

“这两年，多亏爹那两手编篾手艺，日子过好了。爹说，金用火试，人用财试。慧明是经不得财试啊。他包包里有了钱，就撞鬼啰！”

“他拿钱去乱整？”

“迷上了赌钱。”慧芸的嘴巴不满地一撇，“爹妈说，这龟儿让牌九和骰子蒙了眼。翻山越岭地到外头寨子去赌，一赌就是连更宵夜，回到屋头就蒙起脑壳睡大觉。”

“输惨了？”

“还数他的运气好，回回都赢！所以劝也劝不转。爹忧心哪，说这好不容易红火起来的家，非毁在这败家子手头不可。爹说，早编网早打鱼，早挖祸根早安心。他让我告诉你，要你出头劝劝他呢！”

“劝，当然该劝啰！”传耕喃喃自语般应着，放慢了脚步。

“得把话说重一点。”

“我晓得。”传耕沉吟着仰起脸来。寨子里安宁沉静，树枝上雀鸟儿啁啾，哪家堂屋里传来推包谷面的磨子声，从一扇扇灶屋的门窗里，不时冒出一阵阵油香、辣角香。谷米快进屋了，嘎多寨上，随着庄稼的成熟，飘悠着香甜的、温暖的气息。哦，寨邻乡亲们用自己勤快的双手，摆脱了那不得温饱的窘境。他们身上是不是还有着无形的羁绊呢？怎样才能真正地同穷困和落后告别呢？

“想啥呢？”慧芸柔声问。

“你晓得吗，慧芸，今天郝老虎邀集我们这边几个干部开会，也点到了赌。看来，日子好过了，事还不少哩。”

“是啰，爹妈让我陪着慧明同去赶个场，替他相个对象。这事约好了。爹说，让慧明早早成家，收收他的心。”

“呷呷。”一个十二三的女娃儿，用根细竹竿赶着一群麻灰鸭，迎头挡住了去路。传耕和慧芸只得站停下来，紧贴着坝墙，让麻灰鸭走过去。快进秋天了，麻灰鸭一只只都吃得身重体胖，走起路来摇摇晃晃的，一股得意劲。

麻灰鸭走过去了，传耕继续说：“郝老虎讲啦，要防止有些人手头有了点点活路钱，就走邪门歪道。赌博之风要坚决刹住！”

“那你更该理直气壮地去管管慧明，他对你，还有几分怕惧。”正说着，前头景家院坝门口，传耘圆鼓鼓的脸上那双亮晶晶的眼睛一闪，脆脆的声音就传了过来：

“莫急了，莫急了！哥和慧云约起一路回来了！”

“死妹子！”慧芸的脸上一阵臊热，朝传耘扑了过去，传耘并不躲闪，一挺丰满的胸脯，俏皮地做着鬼脸，承受着慧芸举得高、落得轻的拳头。慧芸边捶边斥骂着：“鬼妹子，哪个约起一路啊？你是亲妹子，也要来取笑人……”

“噢——”传耘拖长了声调，尖脆脆地说，“你们一个去卡多寨，一个到冷畈田，走的是两个方向，不是你有情来他有意，一个等着一个，咋个会双双一路回来呀？”

“就数你的鬼舌条长！”慧芸伸手去拧传耘的脸。

传耘一闪躲开了，叫嚷着：“爹，打死人啰，打死人啰！慧芸姐想把我打死了，安安心心当新娘！”

两个姑娘打闹着，你追我逐地跑进了院坝。景气闲披件纳着补丁的短衫站在院子里，望着她们挥挥手笑道：

“算了吧。莫闹啰，你妈催着吃晚饭哩。”

传耕把两大捆茅草卸下来，拔出扦担，又抓起茅草，高高地举过头顶，放到牛圈高头的柴楼上去。

三合土院坝里，堆了好些砖瓦、木棒棒、石灰、细沙，还有十来根长长的钢筋。往常空落落的一个院坝，这会儿仿佛陡地变小了好多。一眼看得出，景家是准备在秋收以后，大兴土木，造房盖屋了。

一只大公鸡，雄赳赳地站在高高的砖垛上，昂着脑壳，神气活现地走来走去，一点不像要归窝的样子。直到传耕用扦担赶它，它才从砖垛上拍翅飞下来，往猪圈旁的鸡窝那儿钻去，嘴里还不满地咯咯叫着。

暮色由淡紫变成灰黑，堂屋里开了灯。四四方方的小桌上摆着拌豆芽、老粑菜、汤萝卜、泡海椒。传耘利索地从甑子里盛出一碗碗热气腾腾的米饭来。这两年，他们吃上白米饭了，可日常的菜肴还是很简单。

一家五口人，围着小方桌坐定来。景伯妈一边吃，一边转脸问慧芸：

“你家屋头答应了？”

慧芸连连点脑壳：“听说盖两间厢房办喜事，爹妈欢喜得直咧开嘴巴乐哩。”

“真是对不住人，这事早该办了。”景气闲端着饭碗，烟灰色的胡子一动一动地说，“无奈我们这一家人的能耐，就那么大。像是落在脸上的水珠，解不了渴。照理，也该给你们盖个三大间……”

“爹，你说到哪里去了。”慧芸打断了景气闲的话，急急地表白，“盖两间厢房，我都欢喜得梦中还在笑哩！”

“是嘛，慧芸比你们更清楚，我哥这人，是水推千斤石，不推四两铁。”传耘大有深意地斜了慧芸一眼，对爹和妈道，“莫非她不比你们了解我哥。”

“哎呀呀，又想遭打啦!”慧芸也在饭桌上还击开了，“哪个不晓得，你心目中的那个是要喝过大瓶墨水的，有大学问的，知书达理、晓得嘘寒问热呀。”

“莫鬼扯了!”传耘被慧芸点到心事，有点着慌地辩白，“你又不是我肠子里的蛔虫，咋个胡编乱说一通啊!”

“我胡编乱说?”慧芸一声反问，拿筷子点点传耘的额颅，“问你心头吧，当我看不出。你每天一大早，拿着书本读，黑更半夜了，还往本子上写啊算啊，那是要干啥啊?”

“考农校呀。不是哥说的嘛，责任制往前发展，偏僻山旮旯里的农民更需要知识。”

“知识，是该要的。不过，有人上门来说婚事，你咋听也不听，瞅也不愿瞅，就一个劲摆手回绝呢?”

“我……我是等你们呀!”传耘被慧芸的话头逼急了，说话也吞吞吐吐起来，“哥和你不办喜事，我咋可以抢在前头呀!”

“也没喊你今天和人家谈，明天就成亲啊!”慧芸的嘴也是一丁点不饶人。

“好了好了!”景伯妈乐呵呵地朝交战双方摆摆手说，“不要拌嘴了。说的是笑话，心头倒也该有面镜子，日子过得像点样了，姑娘的心气万不可随着大起来。自家是捏锄头把的农民，该相个般配合适的对象。对啵?传耘，你也不小啦。”

“妈——”传耘叫了一声，脸儿涨得绯红，一家人都乐开了。

“不说笑了。”景伯妈笑一阵，正色道，“田土头的活路做得差不多了，盖厢房的活路，也该铺排了。你们爷崽俩开声尊口呀，想请多少人来屋头帮忙?我好准备。”

景气闲把碗筷朝桌上一搁，用手背抹一抹嘴，扳着指头说：“干木工的，该请四个人，锯开棒棒，解板子，而后装门窗、安楼板，都靠他们。下地基、砌墙、拌灰浆，做小工的，也该有个七八个。加上我们一家人，干起来，两桌饭菜是要准备的。传耕，到底请哪些人还得你点。”

“我心头核计过了。”传耕一边起身添饭，一边点头说，“爹放心吧。”

“我爹说了，开工干活，把慧明算上，让他连头搭尾都帮着干。”慧芸仰着脸，又想起了什么似的说，“噢，爹还讲，等厢房盖起来了，真要办那件事，最好……最好择个好日子。”

景气闲笑了：“选个黄道吉日吧。”

“对啦，对啦！”慧芸笑着，偷偷瞥了传耕一眼，“爹说，这日子定在赶场后的头一天最好！”

传耘不解地问：“那天算个啥好日子？”

“我也不懂，反正是爹脑壳里的弯弯拐拐多。”慧芸含糊其辞地说着，又瞥了传耕一眼。她怕传耕看穿了自己在掩饰什么。

“既然是你爹的意思，”景伯妈一扬筷子说，“那就依了他吧。”

“也要得。”景气闲跟着点了点头。

一顿热闹闹的晚饭还没吃完，堂屋的台阶上就响起了重重的脚步声。两扇堂屋门被“哐当”一声推开，费瑞娟一步跨进门槛来，胸脯起伏着，气喘吁吁地说：

“传耕，快，快！麻烦你了，搁一下碗筷子，赶紧去劝劝他们……”

“出啥子事了？”传耕搁下碗筷，站起身来。

费瑞娟手捂着胸口，缓过了一口气，才吐出两个字：“吵架……”

“哪些人吵架了？”

“我爹和阿全。”

这倒是奇了，近两年来，全大良和他未来的老丈人之间，相处得很好呀。怎么又吵开了呢？传耕皱着眉头问：“他俩吵啥？”

“哎呀，我也扯不清楚。传耕，你去问他们吧，一问就晓得了。”

传耕不再询问了，转身就往外跑。费瑞娟追着他的身影跑出来，连声喊着：

“传耕，不是在我家，也不在阿全那里。在、在康文达家屋……”

68

挨着坝墙的那几棵杏树上，麻雀在叽喳啁啾，追逐扭打，显得悠闲自在。

夕阳的余晖从窗户里射进来，照着八仙桌面的一个角。桌上摆着几盘下酒菜，油炸花生米，清炸龙虾片，卤猪头肉，酸、辣、麻俱全的椒盐鸡，切开的煮鸡蛋，鲜灵灵的泡海椒。灶屋里飘来炒菜的清香。

“来来来，”带有几分文秀之气的康文达热情地邀道，“阿全，启春，都不是外人，坐下，我们先吃起来。瞅瞅顺瑛的手艺。”说着他举起了董酒瓶子，旋开盖，把芳香扑鼻的酒液，斟入全大良面前的酒盅。

如此隆重的接待，倒叫全大良有点不自在了。他伸出手遮盖身前的酒盅：

“行啰、行啰！康文达，不就是签个合同嘛，你看一遍，我看一遍，启春这个证人看一遍，三方各自签上名、盖上章就完事了。哪消你费这么多手脚。”

“嗳，你这是帮了我的大忙，我是一点点小意思。来吧，启春，你是能喝的，今天就多喝点。”康文达把董酒斟进邹启春的酒盅里，“敞开喝，喝完了我还有，反正都是人家交定钱时顺手提来的。”

“要得。”邹启春爽脆地答应一声，擎起酒盅，一仰脖子竟将满满一盅酒喝光了。他把杯底向康文达和全大良一亮，得意洋洋道：“好酒！道道地地的董公寺名酒，既有大曲酒的浓郁芳香，又有小曲酒的柔绵醇合。哈哈。这个证人我当定了。”

“笃落落”，康文达又笑吟吟地给邹启春斟满，同时拿起筷子，劝着二人：“来啊，吃菜、吃菜，先尝尝这椒盐鸡。”

邹启春拿起筷子，挟过一块鸡翅子，咀嚼着，连连称赞：“这味道，比我家田月桃整得好吃！顺瑛的手艺……嘿嘿嘿……”

“来了，这是油炒辣子鸡啊！”费瑞娟腰间扎一块围裙，端着盘热气腾腾的菜送上桌来。

“瑞娟姐，你也坐下吃呀，不要忙了。”康文达招手邀她。

费瑞娟淡淡一笑：“我一坐下，顺瑛忙得过来吗？算啰，说定下的，我今天给顺瑛打帮手。”说完，一扭身子转进灶屋去了。

上了四五只炒菜，满满一瓶董酒只剩下小半瓶了。康文达还要给全大良添，全大良抬手挡住他，郑重地说：“我就是三杯酒的量，今天还多喝了半杯，不行了。康文达，你看，天擦黑了，我们办正事吧。”

“对对对，办、办正事！”舌头有点僵的邹启春打着饱嗝赞同，“和你们这两个不会喝酒的人坐一桌，真不来劲。酒都让我一个人喝了。看，这会儿，嘻嘻……”

他的食指朝空中打着转转，醉眼惺忪地瞅着窗外，不知想说啥。

“也要得，我去把写好的合同拿出来，念给你两个听。”康文达不再勉强全大良，搁下酒瓶，转身走进屋里去了。

眨眼工夫，康文达手里拿了三张纸出来，重新坐下，说：“我先念一遍。你们再仔细看看，觉得可以，就签名、盖章。”

“要、要得！你，你念吧！”邹启春带着醉意，哼唱一般地应着。平时好说好笑的全大良，神情却显得格外庄重，只略点了一下脑壳。

灶屋门侧，费瑞娟和纤小伶俐的顺瑛并肩站着，也在那儿倾听。

屋里一片寂静。从牛栏里传来几声大牯牛粗重的鼻息。

康文达斜拿着纸，清了清嗓音，念道：“甲方康文达，由于近年来签订的烧窑合同过多，无力侍弄田土，自愿将其承包嘎多生产队的水田二亩九分，熟土二亩八分，共五亩七分田土移交给乙方全大良种植权。双方议定：全大良接种后，负责上交该项田土的公余粮和集体提留任务，并按国家牌价供应康文达一家三口全年口粮干谷子一千六百斤；其余经营收入，统归全大良所有。本合同有效期暂定两年（1980 年 9 月—1982 年 9 月）。在合同有效期内，甲方康文达对乙方全大良在该项田土上的种植事务，诸如投肥数量、下种日期等等，概不能干涉。甲方康文达，乙方全大良，证明人邹启春。”

念完之后，屋里又复归寂静。后院坝里，传来一群母鸡咯咯咯的叫声。

康文达仰起脸来，淡淡一笑说：“阿全，都是照我们商定的写的，你看看要得不?”

“就是这样啰，我看要得!”邹启春“砰”一声拍在桌子上，“你们快签上名字，捺上手印，捺完了拿给我来签名。”

“不忙，不忙！还是先各自看一遍，看完了再签也来得及。”康文达说着，把手中的合同分别递给全大良和邹启春。

邹启春接过合同，并不看，光是拿手搔着后脑勺说：“嗨，都怪我这一阵输惨了，要不啊，老子也拿屋头那几块田土移交给阿全哥，到了年终，付钱挑粮，多痛快!”

“你啊!”康文达点着邹启春说，“也该治治你那手痒的毛病了。这毛病不治，你赚回再多的钱，也得输到那几颗骰子上去!”

“老子不能输这口气啊，那些个龟儿子，串通起来整人……”

“看你嘛，明晓得人家合伙来整你，还要去钻烟筒，憨不憨?”康文达笑道。

“老子还要翻本……”

不等邹启春扯直嗓门喊完，全大良把合同往桌角上一搁说：“康文达，你的笔呢，拿给我把名字签了……”

康文达顿时眉开眼笑，拈过那张合同书来说：“笔在我这里，照规矩，甲方头一个签。还是我先签，我先……”

“不准签!”一声雷鸣般的怒吼陡地传进屋来，紧接着，虚掩的堂屋门被一脚踢开了。大队支书费正明怒冲冲地跨进门来。

费瑞娟低低地惊叫了一声：“爹!”

全大良和康文达也困惑地扶着桌沿站起来。全大良还用责备的目光掠了瑞娟一眼。唯独邹启春毫无所惧，他嘻嘻一笑，说：“嗬，费支书你也想来搭伙打牙祭吗？嘿嘿，欢迎、欢迎，我们几个求之不得。来来来，我借花献佛，敬你一杯。”说着，他嬉皮笑脸地抓过酒瓶，就要给费正明斟酒。

费正明把手打横里一挥：“少来这一套。我赶到这里，是来给你们讲，在河里摸到了鱼，莫再贪心想摸鸡了！这合同不能签。”

“嗬，硬是大支书管得宽哩，管到我们脑壳上来了。”邹启春讥讽地撇撇嘴说，“我也明起说，费支书，这事，你管不着!”

“胡扯!”费正明的脸色很难看，“我当大队支书的，鸡毛蒜皮的事可以不管。这种大是大非的问题，非管不可!”

全大良一挺胸要插话，被康文达摆摆手阻止了。康文达微微笑着，平心静气地问：

“费大伯，你倒说说，这田土为啥不能移交给阿全种呢?”

“这是责任田土，不是你康家的田土，你康文达没得随便处置的权力!”费正明的双手背在身后，理直气壮地说，“传耕领着大家搞责任制的时候，上对领导，下对群众都说过，农户承包田土只有种植，不能买卖，不能典当。你们当初都是跟传耕闹划分田土的，咋个忘了呢？我问你们，你康文达把田土转包给全大良，跟传耕讲过一声么?”

康文达摇摇头：“没有。”

“为啥不吭一声?”费正明的嗓门又陡地提高了，“这里头就是鬼!”

“大伯，”康文达谄媚地笑了，“有啥鬼呀？我们办移交，或者像你说的，把田土包给阿全，不是买卖，不是典当……”

“那是变相买卖，变相典当!”费正明不容他申辩，背转了身去。

康文达还是赔着笑脸：“你说到哪里去了，费大伯。我又没收阿全一分一厘的钱，谈啥子买卖、典当？我还不是……”

“还不是想当个甩手二流子！不干活路，到了年终挑谷子!”费正明倏地一个转身，点着康文达的鼻子骂完，又把手点到全大良身上，“你更好，干脆想当起地主来了！我问你，你自家有责任田土，为啥还要把康文达的田土拿过来呢?”

“为多收谷子。”

“你田头是谷子，坡土上栽的是旱谷子，胀都要胀死你！你还要那么多谷子干啥?”

“干‘四化’嘛!”

“看你那张嘴脸像不像嘛……”

“咋个了?”费正明的讥诮，使阿全的火气上来了，“就准你当支书的喊为‘四化’作贡献，不准我小百姓为‘四化’出点力啊!”

“就是啰！人家阿全哥会栽谷子，全三多第一，他多栽多贡献嘛!”邹启春插进话来，“康文达愿转包，阿全哥愿接，这叫两厢情愿。我从旁作证。旁人哪个也管不着。”

“哼!”费正明不屑地眩了全大良和邹启春一眼，又转问康文达，“我问你，两口子过得好好的，你为啥不愿种责任田土了!”

“不是不愿种，大伯。”康文达微笑着，语气仍然十分委婉，“是种不好……”

“哄鬼！你那么聪明机灵会种不好?”

“当真是种不好，没得时间啊，大伯。”康文达皱紧了眉头，双手朝费正明一摊，“你又不是不晓得，传耕同意我到四乡八邻寨接手烧砖窑，团团转转找我的人越来越多，合同订了一大叠，都要兑现，我哪里还有时间回到寨上来侍弄田土。唉，你不晓得，大伯，愁死我啰，我又没得分身术……”

“你不在家，顺瑛就不能干吗?”费正明扫了一眼倚在灶屋门口的顺瑛，“五亩七分田土有多少活路啊?节气到了，忙个三五天就过去了。”

“是的，是的。话是这么说……”

“那你就不要把田土转包给他!”

“听我讲完嘛！大伯，你来，来，我请你看点东西。”

“看啥?”费正明莫名其妙。

“来。你来嘛!”康文达朝费正明连连招手，领先向后门边走去。他那副挺神秘的样子，不禁把费正明逗起了兴趣，连全大良、邹启春、费瑞娟也跟着走来了。

顺瑛抿着嘴儿一笑，转进了灶屋。

康文达把后门一打开，费正明的两眼顿时一亮。真没想到，后门和园子土相连的一块空地，紧挨着三面坝墙用细竹枝扎起了高敞通风的鸡圈，上面盖着大片塑料瓦，下着扎着铁皮敲打成的食槽。靠近角落搁着一只半人高的木槽，槽里垫着厚厚一层干草。此刻，除了左侧那个小圈里喂鸡，另外两边的大圈里，还是空空的，啥也没有。

费正明随着康文达招呼走近了鸡圈旁，探着脑壳一看，好家伙，七八十只意大利种的来杭鸡，缩成几堆，都打算睡了呢。看到人走近来，有几只鸡咕咕叫着，站了起来。

"唷，你养的真不少哩!"费正明不由得喊出了声，"一天捡几只蛋?"

"四五十只是可靠的。"康文达说。

"那也不简单啊!"费正明眯缝起两眼，借着暮色微光又朝鸡圈里头望了望，昂起脑壳说，"一天就得四五块哩。"

康文达谦虚地一笑："不止四五块。"

"你卖黑市价?"费正明盯住了康文达。

"市场价格。"康文达含蓄地笑着道，"大伯，这七八十只鸡，都是种鸡，生的是种蛋。种蛋卖一块钱四只。顺瑛和我拿到场街上去卖，回回都是一抢而光，收钱也收不赢。人家都晓得，这种鸡下蛋比本地鸡凶。"

"啧啧，"费正明咂吧着嘴，"那你每天捡蛋得的就不是四五块钱，要投十块啰。"

"有这个数。"

"一天十块，一月三百，一年三千六。康文达，你要当老财主!"费正明半真半假地吼道，"看你这架势，还想多养点。是吗?"

"就是啊!"康文达转身回屋，"这七八十只鸡，我是分两批买回来的。头一批买回五十，养活了三十几。第二批买回五十，养活了四十四，顺瑛摸到点经验了。其他我们不怕，就是怕鸡瘟！像往年一样闹起鸡瘟来，满寨的鸡都得死光。那我们咋个办？”

“那活该你倒霉！”费正明跨进后门说。

康文达认真地说：“我也不愿倒这个霉呀！我把原先喂的那几只鸡，统统养在前头院坝，不让它们到后头去。只要我的种鸡和寨上的鸡隔离开，再加上给鸡打预防针，鸡圈搞得卫生些，就不易得。”

“康文达，你硬是想发财？”费正明又郑重其事地说，“好事都让你占先了！”

“那么好发财嘛，费大伯。”康文达眨了眨眼睛，“一天到黑光是侍候这群鸡，顺瑛就忙个手脚不停。备料、喂食、喂水、捡蛋、舂骨粉，她还要盯着小娃儿，还要煮饭吃，得空还要到园子里薅土、淋粪、下菜秧，哪里还腾得出手种责任田土。”

康文达说着说着，不知不觉把话题绕回来了。走回堂屋，他顺手把费正明拽到酒菜桌边，请他坐下。

费正明一眼看到桌上的四盘八碗，顿时想到了自己的来意，刚坐下的身子又站了起来，摆着手说：“哪个喊你一心想发家的？忙不转来，也是你自找的。责任田土，责任田土，就是你的责任，要把它种好。”

“费大伯，我实在是腾不开手脚……”

“那好办。你把田土交还给集体嘛。原先就说了的，集体有权抽回和调整责任田土。你交吧！”说着，费正明伸出手去，把搁在桌子上的三张合同书，一一拿到手中。

康文达道：“交当然也可以，可集体要按国家牌价供应我的粮。”

“六月天里喝甜水，你想得倒美！”费正明嘲弄地说，“不成。”

“那我就不交。”

“你不交，就得把它种好！不准你转包给全大良。”

“我没得三头六臂啊，费大伯。”耐性再好，康文达也沉不住气了，“阿全愿帮我这个忙，你、你为啥不准呢？”

“不准就是不准。”

“开始康文达提议，我还拿不定主意。”许久不曾吭气的全大良沉着脸，又说话了，“这回啊，他这五亩七分田土，我种定了。”

“你敢！”费正明眼一瞪，“嗬，这两年肚皮箍圆了，没得事情又要找些事来惹了。跟你明讲清楚，你全大良敢种，我就治你！”

“我偏要种，看你咋个治我！”全大良的脾气也上来了，“还想把我送进班房么？也跟你讲明白，这年头，和前头那些年不一样啰！你要整人，对不起，我没得那么乖！”

“你……”费正明的手指定了全大良，气得两片厚嘴唇直打抖，说不出话来。

全大良一顶费正明，急坏了旁边站的费瑞娟。她一会儿看看爹，一会儿转过脸对阿全使眼色，但两个人都像没感到她存在似的，连睨她一眼的工夫都没有。

“费大伯，”康文达又以说服的语气道，“实在的呀，这五亩七分田土，让阿全种比我们种好哪。”

“种，怕他啥子！”邹启春借着几分酒兴怂恿道，“啥破规矩烂章程，一拱还不是顶翻了。哪个不晓得你费老汉是个粑壳蛋……”

“嗤啦”一声，邹启春的话未及说完，费正明手里的三张合同被他一撕两半。

康文达急得跳起来：“哎呀，你咋把它撕烂了呢？”

“我……我看你们还敢不敢玩这一手！”费正明声气直颤地吼道。

全大良对着未来的老丈人一跺脚吼道：“你给我把合同粘起来！”费正明又是连撕几下，狠狠地将纸片扔在地上。费瑞娟一见这阵仗，悄悄踅出了屋。

“撕嘛，撕了我照样种！”全大良一屁股坐在板凳上。

“对！”邹启春竖起大拇指道，“就得有这点志气。”

费正明斜了邹启春一眼，不屑地哼了一声，又把脸转向全大良，拍拍巴掌说："你要朝这条黑道闷走到底，走你的！自有国法来治你。不过，你莫来牵累人，这辈子你也别想娶瑞娟。"

说完，费正明忿忿地扫了康文达、邹启春一眼，背起双手，往门外走去。

"哼，这事，只怕不是你说了不算！"全大良车转了脸，拖长了声气，冷冷地回了一句。

"你莫睡扁了脑壳，全大良！"费正明陡地一个转身，脸也气青了，唾沫飞溅地道，"费瑞娟是我的亲生骨肉，是我费家姑娘，你这个鬼牵不走她。"

"那也由不得你！"

"呸！全大良，你就是千般魔法娶成了她，我也不认你这个女婿！"

"我巴不得你不认哩，过年过节，省下我几块点心钱。"

"你、你……你这个……"费正明气得脸红筋胀，脑壳一偏，跨出了门槛。

"费大伯，为啥子事吵了？"

费正明刚要迈步下阶沿，康文达家精巧的小院坝门口，传耕在前、瑞娟在后，急急地赶来。康文达用石块垒砌得齐肩高的坝墙外，晃动着好些人影。这时候费正明才醒悟到，刚才扯了直嗓门争执，早已惊动了寨上的乡亲。他见传耕迎面走近来，把手朝屋内一指，道：

"传耕，康文达和全大良在那里朝你脸上抹灰哩，你、你去看看。"

"到底出了啥子事？"景传耕平和地问。

"你自家进去吧。"费正明说，"我、我是被全大良气寒心啰！"

"爹！"瑞娟走近要扶他。费正明把手臂一抬，不轻不重地一推，粗暴地说："你少管！"只顾埋着脑壳往院坝外头走去。

传耕瞅着他的背影出了院坝，一步跨上阶沿，走进了康文达家。

69

康文达家堂屋发生争吵的时候，卡多寨上来串门听消息的华碧芳，牵着娃崽小笋笋的手，也挤在人丛中仄起耳朵听了一阵。她来迟了一些，没听出个根由来。倒是人们你一言、我一语的议论，才使她晓得了事情的大概。

“那个全大良的心气硬是大，雀翅田的谷子长那么好，沙土坡的杂稻旱作引得满寨人眼红，他还嫌不够。还要康文达家五亩七分田土来种。”

“看他那架势，是想当老财主哩！”

“不是，听说这事，是康文达提议的。他要出外烧窑，婆娘顺瑛要侍候那一群鸡，没得空闲摆弄田土。”

“这年把，康文达怕赚进了好几千吧？”

“他把田土这一甩开，只怕赚进的还要多。人嘛，顾了东头顾不了西头，哪能处处都沾光哩。”

“他们这件事，是两头都得好处。”

“只可惜，费支书压着阵脚不同意！”

“唉，也难怪。我说啊，全大良这是拿舌头磨剃刀，到头来吃亏的是自己。”

“是啊！一步走错百步歪。他们能懂个啥？有碗饱饭吃啰，还不知足。”

“俗话道，人心不足蛇吞象，贪心不足还要吃月亮哩。没得个完。”

“都像你们几老汉说的，只图吃碗饱饭，做人还有啥意思？”

“看看，说鬼话的来了吧！就是不想想前两年肚皮也箍不圆的日子。”

“我说那几个毛崽崽呀，就是不替传耕想想，惹出事来，传到上面去，又要引那些工作队下来揪、揪、揪啥子呀……”

“揪阶级敌人，纠方向路线。”

……

小笋笋没得心思听这些喊喊喳喳的话，拉着华碧芳的衣襟直催她快回家，华碧芳拗不过顺从了他。蹒蹒跚跚出寨子走上一里路，就来到了自家的责任田土埂上。

“妈，妈！谷米快成熟了，我们要尝新了该是啊？”小笋笋嗅了嗅鼻子，喜滋滋地偏转了脑壳问华碧芳。

“是的，是的。”华碧芳随应着，“挞下谷子来，就打尝新粑给你吃。”

“哟，吃尝新粑了，快吃尝新粑啰！”小笋笋一蹦一跳，绕着田块拍起巴掌来。

华碧芳站停下来，不由得露出了一脸微笑。这一两年来，她的身架比前些年壮实多了，脸色白里泛红，双臂、肩膀都增了不少力气，显得健朗而又娉婷。于炳贵刚死那一年里的忧怨之色，很难在她眉眼里找到了。只有她心头清楚，这都是劳动使她变了模样，变了性情。

风从峡谷那边吹来，凉爽宜人。谷米那醉人而温馨的清香，在夜的田坝间飘散着，直送入华碧芳的肺腑。她深深地吸了一口清朗的空气，凝视着自家那块责任田头的庄稼。这一片快收割了的早米谷，在微风的轻摇轻荡下“哕啦啦、哕啦啦”地发响。沉甸甸的谷穗醉汉似的勾着腰，颗颗谷米都饱满、丰实。那模样儿，也像在对她夸耀啥似的。

朦胧清淡的月色里，各种各样稀奇古怪的小虫子在竞相鸣唱。一缕淡淡的薄雾从田土间升起，飘飘悠悠的雾霭中，恍恍惚惚浮出了一张青年男子的脸来，沉静、憨实地抿着嘴巴，两眼定定地望着她，望得她心都热起来了。这时，华碧芳耳畔响起了脆生生的声气。

“阿妈，妈，你看呀！”小笋笋欢跑过来了，团起的小手举得高高地喊，“我抓到一只蟋蟀，蟋蟀好大哟！妈，快带我回屋头，找只小瓶瓶装起来。”

“要得。”华碧芳几乎是被小笋笋拉扯着，放快了脚小跑回家里的。

“妈，给我找只小瓶瓶呀。”小笋笋又在催了。真该死，华碧芳一闩下门就往灶屋跑，想去替小笋笋倒洗脸水，竟然把儿子的话忘了，听着小笋笋的嚷嚷，她才赶紧踅进里屋，在床脚边翻找出一只罐头筒递给儿子。

“妈，这罐头筒筒，不是上回那个叔叔拿来的嘛……”

“是的是的。”华碧芳急忙截住了儿子的话，生怕被人听见了似的。她的心头，有什么东西在萌动着，不由朝窗户瞅了一眼。

瞅着小笋笋小心翼翼地把蟋蟀装进罐头筒筒，催促着替他洗了脸和脚，脱下他那身脏了的衣裤，华碧芳便哄着小笋笋睡觉。

小笋笋的两眼瞪得溜圆，问她：“阿妈，你咋还不睡呢？”

“妈要替你洗衣裳。”

“我等妈一起睡。”

“乖，你不是说，再过一年要读书了嘛！要读书的娃崽，就要早睡早起……”

“还要买书包。上回那个叔叔说的……”

“对对对，还要买书包。”

好容易把小笋笋哄睡了，华碧芳脱下身上的一件衣裳，和着小笋笋的脏衣服一起放在盆里。然后，打开后门，借着柔柔的月光，搓洗起衣服来。

她的眼睛并不看手里搓着的衣服，而是痴痴地盯着后园土头那几株泡桐。二三米高的泡桐大苗，挺挺地抖开了诱人的绿伞，在夏末秋初的夜风中，亭亭玉立着。

哦，这二十来株泡桐，都是他春天来卡多寨时栽下的。他说是路过，顺道拐进来看看小笋笋，给小笋笋带点吃的。刚才小笋笋装蟋蟀的那只罐头筒筒，就是他送的一罐桔子晶。小笋笋是多么爱吃啊。

喝过了一杯水，他就跑到后园土头，低头察看着，拿脚量着步子，向她要把锄头，挖松了土。从挎包里掏出包种子，撒到坑里。

“你栽的是啥？”她在边上瞅着，忍不住问。

“泡桐。”他细心地给种子浇上了水，像是替她做个样子。

“啥?”这一带没有这种树，她又问。

“一种经济树种。试着栽栽看吧。”他说，“苗苗出土的时候，你留神一下，两棵长在一起的，把小的那棵苗薅去，像薅头道包谷一样，愿意吗?”

“嗯。”她答应着，心里是一百个愿意。

栽完了泡桐，眼看他紧一紧挎包带子，要走了。她大着胆子问他:“还来吗?”

他仰起脸来，定定地瞅了她一眼，说:“等这树苗长得比人还高时，我会来看看。”

华碧芳当时好失望啊。一棵树，从种子到长得人那么高，要多少时间啊!几个月、几年……都不晓得。后来她才发现泡桐竟然长得那么快，二十来天，就出苗了。望着它一天天往上蹿，她简直说不出的欢欣。她精心培育着这些泡桐树苗，给它薅土，给它间苗，给它施肥。田土头的那些庄稼，她也没有这样尽心呀。

这会儿，泡桐还直往上蹿呢。有几株，都快蹿上天了，比量一下，怕有两个人那么高哩。可他并没来。

也许，他是信口说说的吧。也许，连他也不晓得，这泡桐苗苗蹿起来像包谷那么快吧。也许，他忙，他是县里面的干部呀。无数的猜测涌上她的心头，害得她觉也睡不踏实。

都快挞谷子、扳包谷了，是真正的秋天了。过去，一到秋天，总有工作干部下乡来，今年来不来呢?如果来，有没有他呢?她得去打听一下。怀着这个念头，她早早地吃过晚饭，牵着小笋笋的手来到嘎多寨。她串了两户寨邻，没有听到丝毫消息。倒是在康文达家墙院坝外头，她才听到人们议论，惹出事来，会把工作队引下乡。也许真的很快就会来呢……

想到哪去了呀，越想越玄乎了。

华碧芳这时才意识到，一件衣服在她手里搓得太久了。她换了一件衣服，又机械地搓洗着、搓洗着……

唉，这人要是不来，魂都要被他牵去的。真没想到，他文文静静一个人，说话都那么温和的，竟引起她那么大的震荡！那是从什么时候开始的呀。噢，是在她最不堪忍受的日子里，是在她险些昏死在屏源镇回卡多寨的山道上，是在那个风雨击打玻璃窗的区卫生院急救室里。

急救室里那股刺鼻的药味终于使她从小产后昏迷中醒过来了。睁开眼睛只见一个背影在她眼前晃动着。听到了床上的动静，他回转身来，俯首凝视着她。她吃了一惊，一时认不出他是哪个。瞅了半天，她想起来了，他是工作队的，和沈平在一起，想起沈平，一种厌恶的感觉、一种揪心的难受袭扰着她。她赶紧合上了眼帘，不愿搭理他。

她再度睁开眼时，急救室里静得可怕。听到屋外滴滴哒哒的雨声，终于回忆起她曾摔倒在泥泞道上，明白自己流产了。

走廊里仿佛有什么人在央求医生，依稀能听到医生不耐烦的声气：

“快点……”

“谢谢，谢谢！”随着道谢声，脚步又移到门前来了。门被推开了，他走进来，在掩上门时迟疑了片刻，就大步地走到她的床边，不等她闭上眼睛，他急切地问：

“告诉我，那个人是谁？”

她的脑壳枕在两只枕头上，一动不动地瞅着他。见他目不转睛地盯着自己，她的眼睛眨了眨，两颗泪珠溢出了眼眶。

他有点着慌，嗫嚅着解释：“那个人是要惩治的。你、你现在不说，就不好来问你了，你……你马上要搬到病房去……”

“不要问。”她衰弱地吐出三个字，脑壳一偏，把脸转开了。

他又在床前站了片刻，默默地走了。

经过疗养，华碧芳的身体逐渐恢复了。除了护士给她按时打来饭菜，她的床头柜上还放着水果罐头、麦乳精、橘子汁和糕点，听护士说，这都是那个救她来卫生院的人送的。她这时才晓得，是他救了她的命。要不，她倒卧在稀泥洼里任凭风刮雨洗，晓得还能不能活出来呀。她从心里感激他。

快出院了，他又来过一次，在床边上心神不宁地坐了半个多小时。

华碧芳指着床头柜上的食品，眼里透着温柔的光，细声细气道着谢：

“听护士说，是你救了我……这些东西，也是你拿来的，多、多承了……”

“是哪个害得你这样子的?”他又有些冲动地问，眼里烁烁地闪着忿然的光。

“我自己……”

“我不信。你……你得告诉我……”

“我、我同医生说了，请他们莫张扬。我、我也求你……”困难地说着这些话的时候，她羞得不敢望他，垂下了眼帘，“不要问了。哪个也不怪，怪我自己……”她泪水止不住地滚出来，糊满了一脸。

他走了。

是卡多寨上的邻居四娘坐着马车来接她的，马车上垫着厚厚一层谷草。

“嗬嗬，这马车，这谷草，都是那工作队同志安排的。”四娘笑眯眯地告诉华碧芳，“这人叫个啥名字我也弄不清，只晓得姓艾。他心好，说你孤苦伶仃的一个人，生病住了院，请我来接你……”

华碧芳听到这些话，心里热乎乎、热乎乎的。

回到卡多寨上，小笋笋并不像她担忧的那样瘦成皮包骨头，相反，他长得粗黑了些，更壮实了。不等华碧芳问，他就呱呱呱告诉阿妈：“我在四娘家吃饭，和小秋儿耍。那个工作队的叔叔，晚上来陪我。他、他还帮咱家做事情哩。”

果真的，家里房前屋后，收拾得干干净净，连责任田土上的活路，他也代她干了。

华碧芳的心头存了这个人，又有点疑惑，他当着那么多寨邻乡亲，来照顾我家，关心我……就不怕人家议论吗？哦，明白了，人家是真心帮助，光明磊落，不怕那些闲言碎语。不像那个挨千刀的沈平，一开头就鬼鬼祟祟使着心眼耍人。

华碧芳盼着他到她家来，可她的盼望落空了。他只是同传耕、全大良、康文达一伙人，牵了几头牛，替她把责任田土犁翻了，挑了肥料，糊了田埂，栽上秧子，从不单独进她家院坝。

华碧芳心灵深处的一星火苗熄灭了，她不想滋长那险些叫她走上绝路的欲望。她天天扛把锄头上坡去薅土，薅得仔细而精心，不放过一根杂草。她想用繁重的体力劳动来使自己忘却那令人感到羞耻的过去，忘却生活的寂寞。她宁愿用劳动的汗水来注满心田的空虚。

可是，真要忘却并不容易。

那天正是薅土的好时节，太阳大得晃人眼，杂草挖翻过来，一晒就死。华碧芳扛着锄头走进自家那块责任地，眼前忽然闪出了他的身影，微勾着腰，有力而轻巧地挥着锄头，慢慢挪动着步子。华碧芳的心“咚咚咚”地急跳起来。刚想转身离去，他抬起头来，笑着向她招呼：“来呀，趁这大太阳，一气把这几块土都薅了！”

他的额头上沁出汗珠，脸上笑盈盈的。她还能离去吗？人家在帮她干活路呀。她只得留下，薅起土来。火辣辣的太阳烤得人难耐，薅过几沟土，华碧芳就累得气喘吁吁了。

“到土坎下歇一会儿吧。”他提议道。

华碧芳走到土坎下，就着阴凉地，横放下锄头坐着，摘下草帽来扇风。

他的脚步声来近了。华碧芳一抬头，他已横下锄把，坐了下来：“唉，这鬼天气，说热就那么热。这会儿，要是有口水喝，多好哪！”

“我去给你提！”华碧芳感受到他身上热腾腾的气息，惊慌地跳起身来跑开了。

“听我说，华碧芳。”他喝着她提来的凉井水，看了她一眼，低柔地说，“你为啥不肯讲出那个人……那个道德败坏的人来呢?”

她躲开他的目光，脸涨得绯红绯红：“哦，你……你为啥非要晓得呢?”

“我要惩罚他!”

“那我更不敢讲了。”

“坏人不该惩罚吗?”

“该的。只是，只是一惩罚他，好些人就会晓得这件事，我、我……”

“那么，不揭发他，不惩罚他，”他的神色刹那间缓和下来，声音愈加低柔，“你能告诉我吗?”

华碧芳固执地摇摇头。

他难受地拧了眉毛：“保密还不行?”

华碧芳有些为难了。她惶惑地舔着嘴唇，想说点啥，可喉咙里像有啥东西梗住了。

“其实，你不讲，我也晓得是哪个。”

“哪个?”她顿时紧张起来。

“和我们一起下来的工作干部。”

华碧芳眼眶里的泪水再也憋不住，全涌了出来：“莫说了，莫说了！你晓得就行了，莫说，千万莫说……”她泣不成声了。

他一把拉住她的手，使劲摇了几下：“我不说，不说！那你也莫哭，莫哭了！华碧芳，经一事长一智，你应该懂得，靠依赖和祈求是得不到幸福的。幸福，应当靠劳动去争取。……”

这真像一个短暂的梦。几天之后，华碧芳才听说，工作队撤走了。

听到这消息的那一刻，她简直站不住，要瘫倒下去，幸得她及时地靠在坝墙上，勉强镇定住了自己。这会儿，直到这会儿，她才明白，原来他是趁临走前再一次来帮帮她，是来告别的。她呢，她竟有那么憨，啥也没看出来，连他在县头哪个单位也没有问。

是个好人哪，从直觉上也能感到，他比那个俊俏的、说话娓娓动听的沈平好得多、实在得多。他真正地懂得体贴人、关心人。

他走了，还会来吗?

华碧芳深深地念着他了。

在以后的生活中，华碧芳经常想到他对她说过的那些话。她要像他说的那样，在劳动中去争取幸福。不管他以后还到不到这山旮旯里来，她要等他。她相信他凝神瞅着她时的那双眼睛，这对眼睛里有好些话没有说出来，而她却已理解。

华碧芳变了，变得勤快、健朗，变得爱劳动，爱到责任田土旁去转悠了。

她多么盼望他来呀。他来了，她可以自豪地告诉他，她打了多少粮食，收了多少黄豆，她和小笋笋两个吃都吃不完，都是她劳动换得的！她还要对他讲，头一次下水田，遭了蚂蟥咬了，她是怎样惊吓得尖叫起来……她相信，他是爱听的。

今年春天，他突然来了，可是她却那样惊慌，平时攒起来的千言万语，竟一句也讲不出来。她慌里慌张地倒水给他喝，他喝完水从挎包里取出带给小笋笋的东西，就到后园栽下了泡桐种子，便又匆匆离去了。当她回过神来的时候，耳边只回响着他丢下的一句话：等泡桐长得比人还高时……

山墙那边响起的脚步声，打断了华碧芳冥冥的沉思。她抬头一看，不知什么时候云层已遮没了月光。这么晚了，是谁在走动呢?自从搞起了责任制，传耕当上了干部，寨子上流里流气的人少了，夜间也没有人再到她门前来纠缠了，可这时，脚步声却直接往她后门边响过来了。华碧芳警觉地直起腰来，凝神屏息地注视着昏暗的门外。

一个人影出现在门洞中，站着不动了。华碧芳看不清他的脸貌，刚要厉声喝问，陡地认出了那熟悉的身架子。

“碧芳!”那人轻轻唤了一声。

华碧芳像被人抽了一鞭似的跳了起来，惊骇地大叫着：“你来干啥？给我滚!”

她像受到了极大的侮辱似的，气得浑身发抖，真想端起洗衣盆朝着来人脑壳上扔过去。

来的不是她日思夜想的艾振兴，而是那个她痛恨的沈平。

70

背着双手，气冲冲地回到自家屋头，费正明皱纹满布的大脸庞上，满是阴云。

从康文达家出来，走到半路上，他就失悔不该在一气之下离开康家院坝，景传耕来了，他总该听一听传耕是咋个处理这件事的。要晓得，这个无法无天的全大良，和传耕是两个脑壳恨不能生到一处去的好朋友啊！万一传耕顾着面子，答应全大良转包康文达的田土，那咋个办？

不过，出都出来，再走回去，面上不好看。费明只好气咻咻地回到家里。

屋头没点灯，黑漆漆的。火封着，饭甑搁在锅里，大概还有点点热气吧。圈里的猪拱着栏板“通通”发响，可大锅里潲还没舀进潲桶哩！

费正明两腿发软，心里一阵辛酸。往天价，忙乎了一整天回到屋头，瑞娟会给他端来热水，先洗把脸，洗去尘土灰沙，洗去一半疲劳。洗过脸，不用他去倒水，瑞娟会递上那根足有四尺长的油黑油黑的烟杆，给他点上火，让他有滋有味地咂吧一阵子。喂猪的事更不需他操心了。待他过足了烟瘾，瑞娟摆好了饭菜，会亲亲切切地喊一声：“爹，吃饭啰！”他便趿着鞋走到小方桌边，饭已盛好搁在桌上，端起来就能吃，啥都不用他管。

可今天呢。今天就像一个信号，瑞娟一不在屋头，啥都乱套了。虽然瑞娟到康文达家当帮手前，已经把饭蒸好，把潲煮好，把水煨热，屋头也已收拾得停停当当的，但费正明还是觉得憋闷。

是啊，他老了，他得有个可依赖的小辈子。他忍受不了孤独和寂寞，他离不开瑞娟。虽说那一年瑞娟嫁给那个砍脑壳的蒋学久，他也孤孤单单地过了一年，可那时候他身子骨还壮实，走路、做事都很利索。这两年，他自己都已觉察到了，他的手劲、脚劲，他憋足劲使出的力气，都不如前头那些年了。

“哼，这事，只怕不是你说了算!”“那也由不得你!”全大良和他争执时，扔东西一样甩出的这两句话，又在他耳朵旁轰然响了起来，直落在他的心坎上。

啊，这个全大良，这个当年被他送进学习班，冤枉坐了几年班房的龟儿，他说得那样硬气，那样铮铮有声，那样子有把握。可见他晓得瑞娟是会听他的。不怪他傲啊，这家伙雀翅田上种出的稻谷，实在逗人眼红，逗得人心子痒啊！他搞的啥水路不通通旱路，又叫多少人眼馋馋地盯住他啊！听说他栽出的杂稻旱谷“一吨半”良种，人家要出十来斤谷子同他换一斤哩，墟场街上卖起来，二三块钱一斤还抢得好凶啊呢！只等这一季粮食收上来，他就能发财，少说可到手五六千。这样的好日子，他为啥不太太平平地过呢？为啥偏要去转包康文达那小子的五亩七分田土呢？那不是贪心不足，自惹麻烦上身嘛！他懂个啥呀，俗话道，风筝放得高，跌下一团糟。他咋个不思一思，想一想啊！看眼前这架势，这龟儿是铁下心要转包康文达的田土了。硬不准他包，非要闹翻不可。真闹翻了，还有安宁的日子吗？这会儿，唯一的指望是传耕能说服他。

可是传耕这小伙子心深似海，见不着底。这一阵，他老爱一个人沉思默想，也不晓得他在想些啥。问他呢，他总是抿紧嘴巴摇摇头。谁知道他究竟会反对还是支持全大良和康文达搞的这些名堂。要是他反对了，那就好了，他肯定能说服那两个家伙不要去跳岩；要是他支持呢，唉……

费正明闭上了眼睛。简直不敢往下想。他似乎已看到自己的凄凉晚景，独自躲在床上呛呛咳咳的，没得一个人来搭理他。啊，从心眼里讲，他是愿意跟瑞娟和全大良做成一家过日子的。一家人和和乐乐，得个温饱，不就很好了么？可他全大良偏偏鬼迷心窍，想转包人家的田土，真是莽撞！万一将来政策一变，不弄得家破人亡么！

“通哒”一声，饿慌了的猪把栏板拱落了。费正明听不得“咕咕”叫的声气，勉强站起身子，提上潲桶去舀猪食。勺子一搅，一股糊焦气直扑鼻孔。猪食煮糊了。他搅拌了一下，满一桶，提出去。

喂完了猪，上好栏板，费正明一点也无心思吃晚饭。他慢腾腾地回进屋头，倒在铺上就睡。

院坝里响起了轻快的脚步声，不用问，一听就晓得是瑞娟回来了。她嘴里还轻轻地哼着歌呢。费正明真想起身去问问她，传耕对转包田土的事咋个说。继而想到全大良一点不体恤老人的焦虑，又气得歪在铺上不作声了。

费正明听见瑞娟踏进门槛，“噫”了一声。接着又传来点灯、撬火的声音。随后，女儿喊起来了：

“爹，爹！”

喊声未落，瑞娟跑进了费正明的屋头，走近床边俯下身来问：

“爹，你早早回了家，咋个不吃饭呢？”

“不想吃。”

“起来吃饭吧。”瑞娟抻出手来一把拉住了爹的手臂，费正明顺势坐了起来。他懂，这架子不能搭得太厉害，他还得问女儿话呢。

瑞娟扶着爹走进堂屋，指着桌上的饭菜说：“吃吧，饿坏了才撞鬼哩。看，我都替你摆好了。”

果然，闪悠悠的油灯光下，菜摆齐了，饭盛好了。到底是瑞娟，手脚就是利索。费正明嘴角露出一缕不易察觉的笑，到桌边坐下吃起饭来。确实的，他离不开这个女儿。

“爹，还在怄气吗？”瑞娟坐在对面陪着他，“阿全的性子就是不好，我都怪他了。”

费正明咀嚼着说：“我敢怄他的气吗？只要你们不嫌我多嘴多

舌，那就好啰……”

“爹，你想到哪里去了呀!”瑞娟说，“其实啊，要依我说，阿全和康文达这件事，你完全可以闭起眼睛，装作不……”

“胡说八道!”费正明不等瑞娟讲完，就来火了，“他是我快上门的女婿，我能装作不晓得吗？我是大队支书，能不管管这样的大事吗?”

爹一发火，瑞娟就不吭气了。等费正明讲完了，瑞娟又轻声柔气地道：

“爹，该管的是要管。但也要管在道道上、点子上啊！像传耕兄弟……”

“传耕咋个说的?”费正明抓住机会，追问一句。

“他支持。”

“啥?”

“他支持阿全转包康文达的田土……”

“你鬼扯!”费正明大喝一声。由于声气太大，饭粒也喷了出来。

“是真的。传耕兄弟不止是支持，他还说，应该在三多大队兴办个砖瓦厂哩!”

“嘭!”一声，费正明将碗筷往桌上一搁，呼地站起来，转身就往门外走。

“爹，爹，你把饭吃完啊!”瑞娟追出来。

费正明把她往边上一搡：“你少管!”

“那、那你上哪去?”费瑞娟惶惑地问。

“我找传耕去。”

费正明独自出了院坝，急急匆匆直往传耕家走去。寨路七高八低，他脚底绊了一下，险些跌跤，仍不顾一切地走得那么急。

这些人真正是财迷心窍昏了头，刚才两天有饱饭吃的日子，就不安宁了。连传耕也想开啥子砖瓦厂当老板啦，这还了得!

一步跨进传耕家屋头，看清传耕在划篾条编箩筐，景气闲在铡马草，费正明也顾不得客套，提高嗓门质问道："传耕，你同意康文达把田土转包给全大良了？"

"同意啦。"

"你咋不同我打个商量呢？"

"我想明天就同你讲……"

"不用讲啦！我不同意。"

"凭啥不同意呢？"

"全大良是想当老财主。传耕，你那么聪明的人，咋个连这点也看不出呢？他俩这么干，是在往你的脸上抹黑，拆台！"

"没有那么严重吧？"

"还不严重？我问你，当初实行责任制的时候，你咋个说的？你说社员承包的田土所有权仍然属于集体，不许买卖、典当，对不对？"

"对。"

"那好。康文达把田土拿给全大良种算啥子？不是变相的典当么？你想，要是张三、李四都把田土拿给全大良种，几十亩田地落到他手头，他不成了老财主了吗！"

景传耕笑出声来了："费大伯，你说得好怕人哟！"

"不是我说得怕人，是你开的这个闸口怕人啊！传耕，你静心想想，三多大队搞这责任制，有好多双眼睛在盯着我们哪！你能肯定没得人在鸡蛋里挑骨头么？这样搞，不正好拿把柄递到人家手头去！再说，万一将来情况一变，我怕你有一千张嘴也说不清。"

"是啊，传耕，费大伯的话不是瞎扯，是有几分道理的。"景气闲铡完了马草，拿着叶子烟走了过来。他递了几匹烟叶给费正明，低头对儿子道："隔座坡有个姓狄的农民，在年轻的时候心气也大得吞人。互助合作前一年，他买了同寨一个农民三亩二分田土，买了人家一块屋基地。就为这事，一辈子挨整啊。'四清'时开他的批判会，到了‘文化大革命’，脚杆也被打断啰，现今还是个瘸子。哪个同情他？都说他是奔资本主义的急先锋，自发势力的典型代表。你刚才回家说起康文达转让田土的事，我估摸了半天，还是得劝你一句，轻易不得，不能出口就说同意。”

费正明见景气闲赞同自己的意见，更来劲了：“是嘛，我种了一辈子田土，从来没听说过正经农民会把田土扔一边，专门出外找工做的。传耕，你不能因为同他俩是好朋友，面子上抹不开，就点头答应他们呀。”

谈话间，慧芸、传耘从里屋出来了。传耕见大家都站着，招呼道：“坐，费大伯，坐呀。爹，你也坐。”慧芸听了，忙给两位老人去端板凳，自己挨着传耘坐了下来。

传耕反倒放下手中的篾活站起来了。他眉宇深锁，仿佛在掂量两位老人刚才说的那番话。过了好一会儿，他才缓缓地说：“费大伯，你不是常问我，这一阵子闷起脑壳在想啥子吗？想的就是咋个使农民更快地富起来。难啦！”

费正明说：“比起前几年饿饭、吃回销，三多大队总算跨了一大步嘛！”

“要不要再往前迈步呢？费大伯。”

“嘿嘿，”费正明被问住了，应付道，“按理说当然要啰。”

“这一步又咋个跨呢？费大伯，你是看到的，实行责任制，不用干部吆喝，庄稼活反而比以前做得好了，而且大家还有了许多空闲时间。”传耕顺手捧起那只编好大半的箩筐，“就说我吧，在队上管点事，都还有时间编这个，编多了拿到场上就能换成钱。”

“这样子赚点钱，是正道嘛。”

“对了。那我问你，我爹会喂马，这两年喂了四五匹川马，他要牵到市场去卖，算不算正道？于老善养母猪，一窝猪崽总有十一二只，他卖给社员算不算正道？还有慧芸他爹做竹器编篾活有一套绝技，供销社高价收购他的产品，赚的钱比哪个都多，又算不算正道？那么，康文达烧砖瓦，他婆娘养几十只良种鸡，也是发展生产，又哪里不对呢？”

“不不，他们两个不同。”费正明不以为然了，“他们连自己的庄稼都不想做，还能叫农民么？”

景传耕笑了起来：“费大伯，实话跟你说，我想的跟你不一样。康文达要转包土地给全大良这件事，倒打开了我的眼界。他们两个从各有所长，一个会烧砖，一个会种地。康文达不种地，可以更用心去烧窑子，砖瓦烧得多，社会得益，他自己就会更快地富起来。阿全多种几亩地，比起康文达种地会打更多的粮食，也是好事嘛。这两头都得益的好事，为啥不该支持呢？我看，农民要真正很快地富起来，就要八仙过海，各显神通。……”

费正明惊骇地睁大了眼睛，打断了他：“那不乱套了吗？”

“费大伯，你莫急。”传耕显得很耐心，“你认真地想一想，千百年来，我们农村是个啥样子呢？我们农民日出而作，日落而息，一年累到头，不过是求得点自给自足的温饱。当然，解放以后，情况有了变化，消灭了地主的剥削，实行了合作化，生产也确实发展了。可农民的生活到底有多大的改变呢？前些年搞穷过渡，越过渡，农民的日子越艰难。为什么？难道就我们农民生得笨吗？没有聪明才智吗？不是。是我们的手脚被那种自给、半自给的生产捆住了。八亿农民都被绑在田地上的苦头，我们吃得太多了。你费大伯当了这么多年干部，辛辛苦苦抓生产，到头来住的还是千年相传的草房子，要买盐巴、打酱油、扯布，还不是靠几个鸡屁股！这种状况，难道不应该来一个大改变吗？我们农民难道就只能注定住在茅草房吗？住了几千年了呀！我看到那些耍笔杆子的人，在他们文章里鼓吹茅草房的好处，啥冬暖夏凉，啥传统的、古老的生活方式充满诗情画意，我就有一肚子气。他们自己咋个不来住一辈子！”

“哥！”传耘忽然插进话来，“你这些想法，都是熬那么多灯油，读书读出来的吧？”

传耕笑道："读点书使人开窍。寨上的生活本身更使人开窍。阿全和康文达订合同这件事，使我觉得这很可能是一条新路子。你们看，我们家劳力比较强，实行责任制以后，根本不用全家人都去侍弄田地，只需两个人多花点精力到土地上就够了。多余的劳力完全可以腾出手来干别的事，比如爹就可以专心养马。这就是我们家庭的分工。阿全和康文达，不过是把这种分工扩大到社会罢了。这样才会大有搞头。你们说对吗?"

景气闲点了点头："是这个理。"

"是想到了这些，我才支持他俩签订转包田地的合同，同时，还让他们在合同上添了一条内容。"

"啥内容?"费正明关切地问。

"那就是除了证明人之外，这合同需得大队上备案……"

"那么大队就得负责啰!"

"是得负责任。"

"传耕，这要不得啊！将来追究起来，你我都逃不脱。"费正明郑重其事地道。

传耕微微一笑："费大伯，你刚才不是说，责任田土不准买卖、典当、转让嘛，在大队备下了案，就可以监督，保证田土的集体所有制。将来万一合同兑现不了，大队照样有权干涉、调整，这就有别于买卖、典当、转让了。"

"唉，"听着传耕这些话，费正明深深地叹了口气，满脸皱纹挤作一堆了，"传耕，你两豆塞耳，闻不着雷鸣，听不进我的话，我的脸子倒也不见得咋个过不去。反正，公社、县上的干部你都敢顶，连他们都不一定说得过你。你想的和我们这些老一辈人不一样，我也慢慢习惯了。我怕的是，那些耳朵灵、鼻子尖、心术不正的人，又把你玩的新花样传到上面去，惹出一场风波来呀!"

"不怕，费大伯，"传耕拉过一根竹子"嗞嗞"地划着篾片，坦然地说，"我倒真希望上头来些人，听听我们的新想法哩。"

费正明两眼愣怔地盯着传耕说："那，瑞娟说你想办个砖瓦厂的事，也是真的啰！"

"是啊！费大伯，我正说征得康文达同意之后和你扯这件事呢！"传耕把划下的篾片朝地上一扔，凑近道，"劳力有剩余，农民手头有点资金，让他们联合起来集资搞个砖瓦厂，请康文达指点指点，不也是一条致富的门路嘛！听康文达说，现在外头砖瓦供不应求，好些单位还找路子到外省去买呢。办起来，准定能赚钱。"

"赚钱，"费正明无声地叹了一口气，"传耕，我总觉得不踏实啊！"

"咋个不踏实，费大伯，砖有销路，我们寨子团转又有现成的黄土坡，只要集资买一台制砖机，拱起窑子来，砖瓦厂会有发展前途。"传耕充满信心地说。

"哪个来管这砖瓦厂呢？"

"暂时我来负责。"

"你不怕人家说你想当老板吗？"

"我在砖瓦厂，干多少活路评多少工分。不干活路，决不额外拿工分。不行吗？"

"传耕，好是好呀！只怕人家传起来，不这样讲啊！"

"那我就管不到这么多了。"传耕把手一劈说，"我不能怕人家说闲话，啥事也不干。费大伯，你说呀，这砖瓦厂能不能兴办？"

费正明把手中的两匹叶子烟卷拢了又展开，展开来又卷拢，斟酌着说：

"要照你这么讲，有点像重新箍拢来干活，倒也是件好事。你执意要干，干吧。"

传耕兴奋地一扬眉毛："有你这句话，我明天就让寨邻乡亲们自愿报名！"

"看你，干啥事都风风火火的，你就不能想仔细点！"费正明苦笑着道。

“你不晓得，费大伯，”景传耕诚恳地向费正明掏着知心话，“叫三多大队有点新起色，在我心头想了不是一天两天啦！”

始终咂吧着叶子烟，一口连一口吐着烟雾的景气闲从嘴里拔出烟杆，在板凳腿上磕落下烟头，说：“费大伯的话，不是没得道理。干啥事，得往深处想一想……”

话音未落，院坝里响起一个瓮声瓮气的大嗓门：“传耕在屋头吗？”

“在呀，”传耘应声站起来，招呼道，“老古伯，你进来坐啊！”

于老古脚步沉沉地走进屋来。费正明见他的脸上挂着笑，搭讪道：“你倒有脚杆劲。这么晚了，还能从扎多寨跑到这里来。”

“来是有好事啊！”于老古显然很兴奋，从衣袋里掏出一叠钞票来，蘸蘸口水，一张一张数着说，“上回我说的，眉光县畜禽交易所要议价收购我们大队的计划外生猪，承寨邻乡亲们答应下来，人家这回真要来运猪了，送来了定金二百四十元，每头六元。传耕，你家答应下的是一头，给你六元。正明，你家答应下的像是两头吧？”

“对头。”费正明记起了这回事。

“给你十二元。”于老古费劲地点出十二元票子，递到费正明手中，“你点一下，少了补你，多了还我。唉，喊我喂老母猪、护猪崽，我不当一回事，喊我分发这笔定金，真把我脑壳也整痛了。嗳，点清了吗？点清了在这张纸上盖个章、按个手印都行。你们自家找自家的名字按吧！”

费正明从一旁打量着于老古。说真的，六十五岁的于老古比起前些年来好像年轻了几岁，他原先那张干树皮似的脸，用刀子也难刮下肉来，现在饱满得两颊都鼓起来了，脸膛红黑红黑的，还泛着一层油光。瘦筋筋的身架子，这年把也变壮实了。费正明完全明白，于老古身上的变化，都是传耕领着闹起责任制后发生的。正是这类看得见摸得着的变化，使他逐渐信赖了传耕。尽管今晚传耕说的那些话，他感到不踏实，有种隐隐的不安，他还是没和传耕争论。他心头有个小九九，等赶场天去屏源公社，找郝老虎把寨上的事摆一摆，听听他的意见。要是郝老虎也赞同传耕的这么些新想法，那他就可以放心了。

“嗳，定金你们拿到手了。到赶场天，得按时交猪啊！”于老古叮嘱说，“把猪用鸡公车推到屏源镇上，眉光县的人派车到镇上接，一手交猪，一手交钱。千万莫误了事。”

“要得！误不了事。”费正明答得爽快极了。他心里说，这正是一举两得，既交了猪，又能去找郝老虎。嘿嘿，还真凑巧。

第十五章

71

星期天，喻慎起床后下楼吃早饭，就觉察爸爸好像要出门。娃娃脸的周秘书在走廊里按着小提箱的锁，不知怎么老关不好。喻慎在饭桌旁坐下，听到爸爸的脚步声走来了，就替爸爸盛好了稀饭。

“都准备好了吗？”爸爸在问周秘书。

“秘书长他们直接从办公厅门口坐车去，让我们不必等了。”周秘书在回答。

“一起吃点早饭吧。”爸爸邀着周秘书。

周秘书笑着说：“我吃过了。”

“不是让你来我这里吃嘛。”

“我爱人起得早。”

“那你先去客厅里坐一会儿。”

喻帆进屋来了，一眼看到喻慎，他笑着问：“小慎，昨天是很晚到家的吧？”

“不，爸爸。”喻慎替爸爸把凳子拖拢桌边，说，“从道安县乡下回来的长途客车路上抛了锚，耽搁了近三个小时。不过回到家里还不到九点，那时你开会还没回来。”

“昨晚睡好了吗？”

“睡得很沉。”

喻帆微微笑了，端起碗又蹙着眉头问：“喻坚怎么还没下楼？”

“老规矩，星期天他总要睡懒觉的。”

喻帆侧转脸朝楼上瞅了一眼，动筷吃起早饭来，一边吃一边放低了声音问："小慎，你个人的事，还没点眉目吗？"

"哦，爸爸，"喻慎的脸微微泛红，避开正面答复，"我在想，我们该有个协定……"

"协定？"

"是啊！父亲不要过问女儿这件事，至少不要经常问……"

"哦——"

"有点眉目，我不会瞒着爸爸的。"

"这就是说，目前还没有眉目。"

"嗯。"自从同陈喆断绝关系以后，快两年了，喻慎还没找到合适的对象，近两年时间里，她几乎没有同任何男子有过这方面的接触。内心的感情世界，可以说是封闭着的。远在北方的范诚忠，倒是经常有信来，他们之间每隔一两个月，有一封信件来往，也仅此而已。信上谈的，全是些可以公开的内容。每次拆他的来信时，喻慎总有些激动，期待着他会写些什么，但是读完他的信，喻慎免不了又是一番怅然……难怪爸爸只要一有机会就提起这个话题。其实岂止是爸爸啊，单位里的同事，新结识的朋友，以及爸爸从远方来的一些老战友，都很关心这件事哩，因为喻慎已三十岁了！可有谁晓得，一提起这话题，她心头有多烦啦。

喻帆慢慢地咀嚼着，入神地凝视着女儿。喻慎垂着眼帘，默默地喝着粥。她知道爸爸在注视自己，也猜得到爸爸注视久了便会慨叹一声：唉，太像了。是啊，喻慎长得愈来愈像已过世的妈妈了。回到省城这几年，她那在乡下被山风和烈日吹得红扑扑的脸庞，已被安谧的城市生活陶冶得白净而细腻了，使她具有像妈妈那样秀雅娴静的美；随着年岁增长，她下巴上那条特有的曲线，似乎也刻画出她的成熟，增添了几分柔媚。她有时打开相册，面对妈妈年轻时候的照片，也会忍不住惊问：为什么这样相像呢？我当真有妈妈这么漂亮吗？唉，妈妈能找到爸爸这样理想的丈夫；而我……一思忖到这儿，喻慎就总会黯然神伤。

吃完早饭，喻慎瞅着爸爸起身离座，忍不住问："爸爸，你要出远门吗?”

“嗯，去北京开会。”

“我送你，好吗?”

喻帆回眸瞅了女儿一眼：“你有事吗?”

“有些话，想同你谈谈。”

“那就一起去机场吧，时间不多了。”

“爸爸，等一等!”父女俩刚要走出餐室，喻坚咚咚咚地跑下楼来。他们站下了。

“我信息灵敏，正在还魂觉的好梦中，忽然感到爸爸要出门了，翻身下床跑来，嘿嘿，正好赶上。”喻坚眉飞色舞地说着，从衣袋里掏出个发皱的牛皮纸信封，恭恭敬敬地递给喻帆，“给，爸爸。”

喻帆接过一看，上面端端正正地写着：

呈

省委喻书记

喻帆一扬信封：“这是什么?”

“这是我们待业青年飞翔商店的规划，”喻坚神采飞扬地说，“关于建立省城地方工业品贸易中心的设想。”

“嗬，小坚，你们的野心可不小!”喻慎笑道，“刚说起筹备飞翔商店的事，眨眼工夫，又要搞什么贸易中心了。你懂做生意吗?”

“实践出真知嘛！建设‘四化’，也需要一大批有才华有魄力的企业家。”喻坚期待地望着父亲，“希望爸爸能给予支持。”

“小坚，你别给爸爸添麻烦了。”喻慎皱着眉头道，“第一书记卓然病重住院，爸爸主持省委工作，够忙的啦!”

喻帆也对儿子正色道：“你啊，安安心心在家温习功课，准备考试。其他事，不要你插进去!”

“要是今年仍然考不取呢!”喻坚大言不惭地说着，毫无惧色地盯着父亲，“也不让我到社会上闯荡闯荡?”

“不让。”

“为什么?”

“就因为你是省委书记的儿子!”

“爸爸，你这不是犯官僚主义嘛!”喻坚并不示弱，指着那信封说，“这里面的方案你还没看，就泼我们冷水，不让我们干。我们的贸易中心建成了，一年总成交额可达三千万元呢!”

“异想天开。”喻慎讥诮道，“小坚，我警告你，不许你出去东拱西钻的，败坏爸爸名誉。”

“要养活自己，那容易。市里面的饮食行业，正缺营业员，你准备着去吧。”喻帆严肃地对儿子道，“至少其他人要搞贸易中心，我不反对。这方案，我看看再说。周秘书，我们走吧。”

红旗牌轿车平稳地驶出了明园路。周秘书坐在驾驶员旁边，喻慎和爸爸坐在后座上。

“你想和我谈什么呢?”喻帆拆开儿子“呈”上的贸易中心方案浏览着，问喻慎。

喻慎把脸转向爸爸：“有件事我不理解。上个月，省妇联收到一封信，控告道安县长塘公社出动民兵，采取粗暴措施强迫计划生育，虽然达到了指标，群众却怨声载道。”

“哦，你去调查了吗？结果怎样?”

“情况和信上说的基本符合。”

“解决了吗?”

“我根据省妇联领导的指示，会同县妇联把情况向县委作了汇报。县委批评了这种错误做法，采取了补救性的措施，向受到粗暴对待的群众普遍进行了回访，赔礼道歉，对一些手术后有反应的群众实行免费治疗，有的还给予适当的补助，算是比较圆满地解决了。不少妇女对我说，如果一开始就做得这样细致，不是很好嘛！她们弄通了道理，绝大多数人也会自觉自愿去做手术的。”

“这话对。”

“爸爸，事情处理完以后，我一直在想，为什么一件于国于民都有益的事，到了偏僻山乡做起来，就会变成这样呢?”

喻帆朝车窗外瞅了一眼，轿车正在市郊的公路上疾驶着。车窗外，不时地掠过厂房、小河和农田里即将成熟的庄稼。他问：“你是怎么想的呢?”

“我想得很多，爸爸，真的想得很多。”喻慎轻叹着说，“我想到了偏僻山乡的贫穷、落后，想到了我们祖国广袤原野上的农民们，想到了我每逢下乡总会碰到农村儿童的入学率、巩固率和升学率，想到了我们真该为农民们干一点实实在在的事……”

“也想到了原来待过的河滩寨、嘎多寨，对吗?”喻帆转过脸来，满怀深情地看着她。

“那是免不了的。”

“我懂得，小慎。”喻帆伸手在她手背上轻轻拍了两下，“做人就该有这么一种情感，这么一种胸襟，经常想着和祖国的利益、人民的命运悠切相关的事。我理解你说这番话的含义。是啊，我们有些僻远山乡太贫穷了，太落后了，我们走的弯路太多，犯的错误太多，对不起老百姓呀！你还记得河滩寨上的谷果大爷吗？还记得那回我们一同去看他时的情形吗?”

“我忘不了，爸爸。”

“是啊，多好的老人。我也忘不了他那双失神的眼睛，忘不了他满头灰发……”

喻帆没再继续说下去，又把脸转向车窗外，久久地凝望着公路边的农田和延伸到天边去的岗峦。喻慎愕然地看见，爸爸的眼角闪着泪光。

喻慎的心别剥别剥跳得急了，她感到不安，又有点内疚。是她撩起了爸爸的心绪，使老人动情了。她没有想到，爸爸那么大年纪，有过那么丰富而复杂的经历，感情还会如此炽烈。她木然地坐着，不敢再说话了。

轿车在郊野的公路上疾驶。前面有一辆敞篷卡车，车上站满了男女青年，正在引吭高歌，一面团旗迎风猎猎作响。小轿车超越而过时，飘来他们欢快的笑声。

“不过，小慎，”喻帆又转过脸来。喻慎偷偷瞅了爸爸一眼，老人已恢复了平静，眼神炯亮，话音凝沉：“你想过没有，不管是我们这一辈，还是你这一辈，今天都不该感慨、叹息或抱怨，而应该脚踏实地地干，干些于国于民有益的事，对吗？”

“对的。爸爸，你那么忙，我惹得你心烦了……”

“那倒没有。”

“有的，我知道。”喻慎摆出深知爸爸脾性的姿势，固执地说，“其实，你到这里几年了，大家对你是有评价的。在省妇联，在省市一些单位，我听到不少关于你的议论……”

“那是人家知道你是喻帆的女儿，故意说给你听的。”

“不，有好些人并不知道。我下去的那些地区、县份，人家都不知道啊！”喻慎郑重其事地申辩着，“他们说……”

“瞧你，好固执。”喻帆淡淡一笑，伸出手指点点女儿，打断了她。

坐在前座的周秘书，也转过脸来笑了一下，他补了一句：“喻慎说的倒不是恭维话，我爱人单位上的同事，并不知我是喻书记的秘书，也有议论的。”

“我也不是圣人。”喻帆挥手道，“像很多老干部一样，有过一些功劳或是苦劳，在十年动乱中挨过整，受过气。可得承认，我也有过缺点、错误，甚至是参与决策中的一些失误。比如说，我也搞过农业学大寨……”

“那是特定的时代和历史造成的嘛！”周秘书转过脸来了，坦率地说，“至于你在我们省的所作所为，特别是你对农业生产责任制的态度，有目共睹嘛。”

“那是群众先自发地搞起来的。群众在将我们的军。”

“说真的，爸爸。这次我去道安县，对这一点感触也特别深。”喻慎说着，讲起下乡的见闻来，“不说群众了，道安县的县委书记就对我说过，今年，他们县搞责任制的生产队，已经达到了百分之三十几，要是秋后上面不说纠，他断言，今冬明春肯定会在全县范围内自发地铺开。那势头，县委想堵也堵不住。我到了长塘公社，那里的干部和群众对我说，啥百分之三十几，他们公社一大半生产队都搞起来了，肯定还有偷偷搞的。只是在上报材料的时候，故意把比例说小了。”

“哦？”

“我问他们，你们怎么不如实汇报呢？”喻慎继续说，“公社一个干部说，如实汇报要挨批。可这事又压不得，只需搞一年，群众就能饱肚皮，只好睁只眼闭只眼。”

“唔，”喻帆沉吟一声，“看来，该有一个明确的态度了。”公路两边的树木愈加整齐悦目，前面出现了一排排浓绿生翠的塔形松，柏油马路转了个弯，苗坪机场在望了。

喻慎情不自禁地说：“真没想到，景传耕当初在嘎多寨掀起的那场风波，会这么快涉及到全省各地。”

喻帆点了点头，瞥了女儿一眼，问：“你还是很怀恋那个地方对吗？”

“是的，爸爸。有机会我想下去看看。”喻慎平静地说，并不掩饰自己的感情，“今天是星期。村寨上正是赶场天，该很热闹吧？”

72

慧芸今天也到屏源镇赶场来了。她是随着传耕、景气闲和费大伯，随着寨邻乡亲们一道来的。

要办的事真不少：和传耕一起到民政办公室扯结婚证；去银行取款；陪慧明去相亲，看看那个野猫坪的姑娘；景大伯要卖牵来的一匹川马；传耕要卖编织的箩筐，还得把鸡公车推来的猪交给眉光县畜禽交易所的人。几个小时要办完这些事，真够紧张的。

照着在屋头商定的计划，一到屏源镇，慧芸就同传耕双双去公社找民政助理员蒋学谦。却不料，来到民政办公室那间小屋门前，“铁将军”把着门，一张写着歪七扭八毛笔字的白纸贴在门上。

安民告示：本民政助理员今天另有任务，不在此办公。有手续要办的同志，请在下一个赶场天来。

慧芸哭笑不得地瞅了传耕一眼，心里十二万分的懊恼。郑重其事地来办理结婚证，碰到的却是这么一张“安民告示”。

传耕像看透了她的心思，安慰她说：“算了吧。时间紧迫，我们先办其他的事，顺便打听一下蒋黑脸干啥去了。能找到他最好，拖他来办一下手续。找不到他，只好下一个赶场天再来了。”慧芸默默地点一下脑壳，跟着传耕走出公社大院坝。正巧丁慧明来到公社找慧芸，传耕便让他们姐弟俩一道去办事，自己径直赶到竹篾市上卖箩筐去了。

“姐，我们先干啥呢？”慧明问。

慧芸看看太阳已升到当空，时近中午，就说：“你要见面的那个姑娘，不是约定中午十二点在国营饭店碰头吗？我们先去那里吧。看那么多的人，挤也要挤半天呢。快走。”

“不用急，姐，来得及的。”

“相亲，要诚心点，我们最好先到。”慧芸挺认真地嘱咐兄弟。

“误不了事。无非是看个姑娘么……”

“啥？你咋个这样说！”慧芸正色道，“要不得呀，慧明。”

“好好，就依你。走吧，走吧。”慧明见慧芸认真了，把手摆了几摆。

姐弟俩迎着满街赶场的人流，挪动着脚步，往场街中挤去。明媚璀璨的秋阳下，到处是喜气洋洋的人群。屏源镇三四条窄窄的街道，活像沸腾拥滚的河流，只见斗笠、麦草帽、包头的布帕、汗涔涔红膛膛的脸，在四处涌动。放声的欢笑，亲昵的交谈，招徕顾客的吆喝，讨价还价的喧嚣，汇成了鼎沸的声浪，使人仿佛处在巨大的蜂房之中。

慧芸刚随着慧明在场街上挤过一截路，就感到浑身烘热，快挤不动了，她真想喊住兄弟，退到街边去歇一下，喘几口气。可是不成，后面有人挤她，侧边有人揉她，休想停下脚步来。在这种场合，牛高马大的慧明倒是如鱼得水。他伸出两条粗壮的手臂，搡着人家的背脊嚷叫道："嗳，让一让，让一让，马来啦!"人家赶忙给他让开了路，他还很得意哩。这样不讲理，也不知他是从哪儿学来的。

的确，这两年慧明变得很快。你看他的穿着，里头一件纯涤纶尖角领衬衣，外套一件灯夹呢加克衫，腰间还懒懒散散垂着条束腰的带子。听他说，这是城市里的时新样式，那模样哪像个山旮旯里的农民呀!

唉，慧芸不由得叹口气。这两年，爹挣钱也够劳累的，可他懂个啥呀！自从县委常书记牵线搭桥，爹又开始了制作笛子、玉箫的手艺活路，想不到一下子就增加了许多收入。爹为了感谢县乐器门市部的支援，特意用细篾条编了两件精巧玲珑的竹器，一只花篮，一只昂首啼鸣的公鸡，送给他们。不料让县外贸公司的人发现了，十分惊叹："真是精美的工艺品！想不到我们县里还有这样的高手哪!"县外贸公司打听到了爹，专程派人来接洽订货，出的价钱也高得吓人，一件就是十来块！听说，爹编的那些精巧的小玩意儿，连外国人也看上了，还给国家赚了不少外汇呢！爹一个瘸脚老汉，人人都以为不会有多大用途了，可是，你看，爹还有用！他老人家咋个不高兴？白天黑夜地编啊，编啊，那么细心，那么用心思，不断编出些新花样，很受称赞。家里从此再也不作难了，今年准备掀掉茅草屋盖起砖瓦大房呢!

日子好过了，啥都称心。唯有慧明让人担忧。你看他嘛，腰杆直了，出气也粗了，把爹辛辛苦苦挣回的钱，三文不值两文地乱花，还裹起人去赌博，真叫人焦碎了心!

"姐，跟上哩！一挤就挤散了，难得找!"

慧芸听到了慧明的招呼，抬头一看，慧明站在十几步外等她。她忙拨开人群挤了过去。

慧芸刚挤拢，慧明指着百货公司摆出的物资交流会货摊说："姐你看，那只红色的塑料脚盆，咋个样?"

“好看。”

“给你买下吧。”

“不用，慧明，我们已经有木盆了……”慧芸急忙阻止。

“木盆是木盆，你不是说好看嘛，买了！”慧明身子一斜，挤到摊前，手一招，“嗳，拿只盆过来，那种，红颜色的……”

慧芸跟着挤过去，扯住慧明的衣袖劝阻道：“慧明，跟你说不要买……”

“怕个啥？反正爹有的是钱。你莫管，这是爹关照了的。”

这是实情。那天晚上，慧芸对传耕一家人说，她爹主张办喜事要选在赶场之后，她并没说出爹的真实意思，是要让他们姐弟一同来赶这个交流场，一是要慧明替姐姐买点结婚需用的东西，二是从存折上取出四百三十块钱给慧芸，以防人贩子婉芳李婶来啰唆纠缠，就把当初拿的钱还她们。这事爹不让她告诉传耕，传耕今天只知她是陪慧明相亲。

“嗳，同志，你把那种脸盆拿来我看看！”慧明把买下的红塑料脚盆递给慧芸，又在喊营业员拿东西了。

“唷，你要这种脸盆嘛，好料子呢！”营业员顺手拿起一只印着三条鱼儿嬉戏的花脸盆，用手指弹了两下，“这是双料的，打落点点搪瓷也不会漏，耐用得很！价格也相因，三块零六分一只……”

“买两只！”慧明口气很大地打断了营业员的唠叨，一副颐指气使的样子。

慧芸急得叫起来：“慧明，我们有脸盆。”

“我晓得。算我的一份心意吧，送你的！”

“那你买一只算了。”

“嗳，结婚成家，成双成对，讨个吉利嘛！”慧明“哈哈哈”放声大笑起来。慧芸窘得涨红了脸。

买了脸盆，慧芸怕兄弟又生出啥花样来，扯紧了他的衣袖道：“走！该去国营饭店了，莫让人家等我们。”

“急啥，”慧明撩起手腕，瞅了一眼明光锃亮的上海牌日历手表，“时间还没到哩！”

“不是约定十二点嘛！你那表上，已经十一点五十了。”

“不碍事！让她们等一等也算不得啥。”

“慧明！”慧芸真想责备兄弟几句，咋个可以这样不尊重人家呢！想想三年前吧，为了你结婚，人贩子拿出四百三十块钱，我当姐姐的差点就被卖到外省去了。那时你那么急，那个矮小的姑娘还看不上你哩！这阵儿，屋头有了钱，不愁讨不到婆娘了，就那么心高气傲，咋个能这样做人呢！

可是，场街上太挤，慧芸有满肚子的话，也没法给慧明说。这会儿正是场旺的时候，整个屏源镇热闹极了。街沿两边，百货公司、农贸公司、供销社的售货摊一个挨着一个，各种商品琳琅满目。四乡八寨的农民带来上市的农副产品，摆满了街头巷尾，鸡蛋、腊肉、牛肉、菜油、果品，空前的丰富，甚至绝迹多少年的山珍果子狸、刺猬肉、锦鸡、鹌鹑，也出现在市面上了。靠近十字街口，镇上居民摆的小食摊子出售的食品更是五花八门，什么发糕、泡粑、油炸粑、烤豆腐、糯米糍粑、牛羊肉粉、脆哨面、抄手、汤圆……到处弥散着诱人食欲的香味。前些年赶场，人们多半是填饱肚皮来，饿着肚子回去，至多也不过是带几块包谷粑，到晌午时就着茶水打个尖。场街上既没有多少饮食出售，农民也没有几个闲钱。现在不同了，听听小食摊前的那些欢声笑语，就可以知道生活发生了多大的变化。

是的，变化太大了。尽管慧芸难得来赶场，可在她的记忆中，早先确实没留下过这样兴旺的景象。她说不清这变化是怎样发生的，但有一点她明白，这两年农村实行了生产责任制，田头地坳的出产多了，才会有这么多东西上市。可是真奇怪，想当初传耕领头闹责任制的时候冒了多少风险啊，游街、批斗，还差一点进班房，好像犯了弥天大罪！唉，要为大家办一件称心的事，多不容易……

一股浓烈的油腥味扑鼻而来，耳畔响起了一片闹哄哄的声音。慧明已带着慧芸来到国营饭店门口了。店堂里座无虚席，进进出出的人们挤得她正不知往哪儿站，忽然觉得脚背上痒酥酥的，低头一看，一条黑毛狗正在舔她的脚背，吓得她差点惊叫起来。

“姐，这边来坐！”慧明已在饭店角落找到座位了，正扬着手喊她。她侧着身子挤过去，慧明让出半截板凳给她坐下，殷勤地问：“姐，吃点啥？”

“我不饿。”

“回去要走三十里路，半路上要饿的。”

“那就买碗面条吧！”

“姐，国营饭店晌午不卖面条。只供应饭、菜、酒……”慧明说，对姐姐的无知露出谅解的笑容。

哦，慧明是在笑她的“土”气和拘谨吧。慧芸内心有点不悦了：“你随便买点吧。”

“好。”慧明站起来，“那就由我做主啰！”

慧明买饭菜去了。慧芸面对杯盘狼藉的桌面，直觉得烦躁。邻桌有两个喝酒的人，骂骂咧咧地不知在咕噜啥。慧芸抬眼望去，就碰见他们毫不掩饰的贪婪目光，慧芸连忙转过脸去。嗳，真别扭，要不是帮着慧明相亲，她才不愿到这种地方来呢！

慧明一手端着一盘菜走来了。他把两盘菜递给慧芸，就去收拾桌上的碗、筷，同时高声叫着：“喂喂，服务员，拿抹布来！”

慧芸接过慧明买来的菜一看，一盘韭菜肉丝，一盘辣子回锅肉，正想责备慧明浪费了，慧明却俯身凑近她耳朵说：“姐，你看，她们来了！呶，在饭店门口，我去端饭。”说着，转身走了。

慧芸忙站起来朝饭店门口望去，只见一位中年妇女陪着一个姑娘，正在朝店堂里东张西望。那中年妇女姓谌，是挨着三多大队的小寨子野猫坪人，慧明这事就是由她牵线的。慧芸曾见过她一面，便扬起手来朗声招呼：

“谌嫂，谌嫂！快到这里来坐。”

谌嫂一眼看到了慧芸，圆圆的脸上荡开了笑纹。她伸手扯了年轻姑娘一把，两人绕过一张张桌子，来到了慧芸跟前。

“这是慧芸。”谌嫂热忱地给双方介绍，“这是汪家细妹子。”

“慧芸姐。”汪家细妹子腼腆地朝慧芸勾了勾腰，客客气气唤了一声。

“坐呀，坐呀！”慧芸也是平生头一回经历这样的场合，连忙推出自己身后的板凳，请两个客人坐。

谌嫂摆摆手：“不坐了，我们就在这里站一站吧！”

“这咋个要得！一块儿吃顿饭。”慧芸热情相邀。

“不啰！挑街时，我们刚吃过东西。”谌嫂说，“再吃，肚皮要胀破啰！”她回头望了汪家细妹子一眼，姑娘含羞带娇地微微一笑，摇了摇头。

说话间，慧芸留神看了看姑娘，二十出头的年纪，中等偏高的身材，浓黑的头发光顺顺地梳成两条粗粗的辫子，没有刘海，露出光洁红润的额头。纤巧的鼻子直挺挺的，丰满的嘴唇微鼓鼓的，细眉秀眼，没有矫揉造作之态。穿着也朴素大方，深咖啡色的直条纹涤纶裤子，细格格的春秋衫。慧明还没来，慧芸心里已在替他点头了。

“我家那个幺兄弟没来吗？”谌嫂不见慧明，轻声问。

“他端饭去了，你们稍坐一坐……哦，他来了！”

慧明一手端一碗饭，笑吟吟地走过来，响亮地喊了一声：“谌嫂。”

“啃，慧明，看你这身打扮，多神气”！谌嫂也欢眉喜眼地叫着。

“都是托了爹的福！”慧明巧嘴利舌地答道，一双眼睛直往汪家细妹子脸上溜，直瞅得人家脸红扑扑的，低下了头。

谌嫂提高了嗓门，故意搭讪着：“真亏了你爹那门绝手艺啊！满家人的好日子，全在他编织的那些小玩意儿上。我见过他老人家编的那一对鸳鸯戏水，才逗人爱哩！”

“我说谌嫂，你们坐下一块吃饭吧！”慧芸扯一扯谌嫂的衣袖，“也没多买菜，就只添两碗饭。”

“啊，不吃啰！你们姐弟俩慢吃！”谌嫂瞅瞅慧明，又瞥了一眼汪家细妹子，笑着说，“我们还要去扯点花布，走啰，走啰！”

汪家细妹子朝慧芸甜甜地一笑，又朝慧明颌一下首，随着谌嫂走出饭堂。

一场简单的相亲仪式就这样结束了。在屏源山区，这算是新旧结合的方式。事先经双方的父母点头默许，然后在约定的场合见面，如果双方都满意，传个消息，男方就可以往女方跑动了；如果有一方不中意，只需让媒人捎一句话，事情也就完结，简单而又干脆。

姐弟俩目送着谌嫂和汪家细妹子走出饭堂，然后坐下来吃饭。

“你看咋个样？”慧芸问兄弟。

“你说呢，姐。”

“我看要得，慧明，朴朴实实的，手脚都大，干得活路。人也……”

“我看一般了点。”慧明心不在焉地打断了慧芸的话。

“你还要挑个啥样的神姑仙女呀？”慧芸不解地望着兄弟。

慧明将筷子伸到盘子里，拈起一片又薄又大的回锅肉片，笑了笑：“这样子的姑娘，我见过好几个了。”

慧芸哑言了，她能说啥呢。慧明确实已相过几次亲，都不中意。爹妈很不放心，所以今天才让她陪同来看个究竟。她对弟弟的这种高傲态度深感失望了。

一会儿工夫，慧明吃完了饭。他扔下碗筷，双手一摸衣袋，站起身来对慧芸道：“姐，你慢慢吃，看着脸盆、脚盆，我去买盒烟来。”他一抹嘴就离开了饭桌。

慧芸一望，桌面上还剩着许多菜。心想，不吃完多可惜，都是用爹辛辛苦苦挣的钱买的呀！她埋着头，慢慢地吃着，可一阵怪嗥怪叫的猜拳喝令声，夹杂着不断爆发出来的哄笑，震得她耳朵发聋。这饭店太闹杂，实在不是个吃饭的地方。好容易吃完了饭，慧明还没有回来。她又不敢离开，怕慧明转来找不到她，只得耐心等着。等了好一会儿，心里焦急起来，他到哪里去了呢？邻桌那两个喝酒的人又向她射来了放肆的目光，她觉得脸上火辣辣的，不由得起身离座，朝饭店门口张望。

哦，慧明早就回来了，正挤在那张靠近柜台的桌子边，同一帮喝得脸红筋胀的人在干杯呢。慧芸忙俯身拿起放在桌下的盆子，向那里走去。刚走出两步，紧挨慧明坐着的那个人举起酒杯转过了脸来，笑咧开的嘴巴露出一只金牙齿。

一阵烘热顿时袭遍全身，慧芸脑壳里轰一声响。是他，是那个家伙！慧芸永远忘不了那金牙齿，一点没得错。她再也待不住了，借着拥挤的人群掩护，避开柜台的那张桌子，挤出了饭店，急急地跑到了人流如潮的场街上。

她在人流里挤呀，挤呀，得尽快找到传耕，把刚才意外的发现告诉他，让他拿个主意，抓住那坏人！

73

哦，慧明咋个会跟那个家伙坐在一根板凳上呢？他知道那坏蛋曾经绑架过姐姐吗？

那件事，慧芸是一辈子也不会忘记的。那年，她在独自去屏源镇的小路上，就是这个嘴里镶着一颗金牙齿的家伙，还有另外两个坏蛋，用装谷子的大麻袋忽然套住了她的脑壳，打昏了她，用马车拖到了一个至今不知道地名的寨子上，把她关进一间黑屋子里，用针戳她的嘴唇，戳她的舌头、牙床，戳得她满嘴流血，说不成话，吃不得东西，只能喝一点豆浆。后来，他们又把她带到了省城。她想说话，嘴一动就钻心的痛；想喊，嘴巴根本张不开。好歹毒的人贩子啊！刚才，慧芸一看到那金牙齿，眼里真要喷出火来，恨不得扑上去咬他几口才解恨。在那一瞬间，她曾想冲过去，让慧明帮助当众揪住他。可一转念，不行，这些狡猾的家伙肯定不会认账，没有真凭实据反而会让他滑脱，弄得打草惊了蛇。这事得找传耕拿主意。

可是，传耕在哪里呢？在公社门口分手的时候，他是到竹篾市场上去的，她要到达那里还得转过一条街呢。

头顶上的太阳热辣辣的，人群里散发着一股难闻的汗臭。慧芸拿着盆子挤在人群中，简直气也喘不过来。她心头一急，汗濡濡的手抓不紧面盆，让人一挤，面盆“扑咚”一声滑落在地上。

“哎呀！我的盆盆！”慧芸慌忙弯腰捡拾，已经迟了。面盆已打落几块搪瓷，有一只还被人踩得盆底不平了。

慧芸捡起盆子退到街边，望着打坏的脸盆，心里升起一种不安。那年，也是为问扯结婚证的事，她孤身一人在路上遭人贩子绑了架。今天来扯结婚证，偏偏蒋学谦又不在；弟弟送她两只新脸盆，还没拿到家就打烂了，又碰上那个金牙齿。事情为啥老是不顺利呢？

她抬眼四顾，懊丧的心情很快被一个发现冲淡了。她发现街沿边行人很少，只有一些背篼、青筐靠着墙根，除了几个站着抽烟摆谈的汉子，几乎没有什么障碍。她重新拿起盆子，顺着街沿，很快就走到竹篾市场。

一股竹篾的清香拂面而来。这股清香气息慧芸是很熟悉的。爹是编篾的好手，传耕也喜欢编织各式各样篾器。市场上的篾器也真多，亮篾背篼，青篾提篮，细篾箩筐，稀眼的马草篮，穿在扁担上的粪篮，小巧玲珑的筷笼子、鸟笼子，圆溜溜的簸箕，蒸饭用的筲箕……有一双巧手，啥都能编织出来。

慧芸在不那么拥塞的市场上走了个来回，每个摊摊都仔细地看了，就是不见传耕。他会到哪里去了呢？莫非他已卖完箩筐，又办其他事去了？

慧芸找人打听：“看见嘎多寨上的景传耕了吗？”

传耕在屏源区是个出名的人物，马上有人告诉她，区粮管所的李老跰买了他的箩筐，传耕跟他取钱去了。

慧芸转身离开竹篾市，朝区粮管所走去。她想，在那里找不到传耕，就去牲畜市上找景大伯，把发现“金牙齿”的事跟他讲，大伯也一定能拿出主意来的。

慧芸来到粮管所，各处找了一圈，都没看见传耕。她逢人便问：

“你们见到嘎多寨的景传耕吗？”

“没有。”答话的人总瞅她一眼。

“那么，粮管所的李老跰呢？”

“好久没见他人影了。”

慧芸急得满脸汗津津的，找不到传耕，那“金牙齿”今天怕就抓不住了。她急急忙忙离开粮管所，穿街到了牲畜市。

一股浓烈的牲畜气息直钻进慧芸的鼻孔。她抬眼一看，牛市在市场的中央，猪市在左边，马市则在市场右边的树林里。人们三五成群地聚在一起议论牲畜，讨价还价。她直奔树林，在那些白的、黑的、棕色的、花肚皮的川马间穿来绕去转了两圈。奇怪了，怎么没见景大伯那匹健壮的白马呢，也没看见景大伯。

慧芸束手无策了，到哪里去找传耕、找景大伯呢？这会儿，屏源镇上怕有一两万人吧，要在这万头攒动的人流中去找两个人，怕是大海里捞针啊！慧芸急得要哭了。

好不容易认出了“金牙齿”，发现了破案的线索，却找不到一个可以商量的人，多叫人懊恼呀！这个案子拖了快两年了，为了抓获那一伙人贩子，她经受了多少折磨啊！

那年，她被绑架以后，嘴被狠心的婉芳戳伤。天没亮，他们又用黑布蒙了她的眼睛，在一阵阵狗吠声中把她拖出了那间小屋，离开了那个不知名的寨子。跌跌撞撞走了好久，天蒙蒙亮了，他们才给她取掉了黑布，她这才看见一条幽深的山壑，羊肠小道两边的峭壁上长满了荆棘、茅草。李婶和婉芳一前一后，押着她赶路，走了几个小时才来到一个偏僻的场街，她从长途客车站牌上知道那儿叫扁梁，是眉光县的一个墟场。原来，狡猾的婉芳和李婶不敢在月光县露面，是故意带着她绕了好些山路，到眉光县来坐车的。

慧芸被带到了省城，心头充满着忧愁和恐惧。她们既然能把她从月光县弄到省城来，当然更有办法把她从省城弄到沿海的省份去。听去过那里的宋秀玉讲，那里的人说话根本听不懂。如果她被送到那个省份的深山沟里，该咋个办啊？慧芸实在不敢往下想，急得哭了。

她被带到一个背静的叫玉柱路的小巷，在一间昏暗的屋子里，婉芳和李婶把她交给一个中年男子，说是还要带几个人来，她俩就匆匆走了。慧芸明白，她已落入了一个拐卖妇女的黑窝，陷入了绝望之中。

那中年男子送婉芳李婶出了门，回来把门关上，就直直地盯着慧芸。这人长得眉清目秀，脸皮白净细嫩。慧芸望着他那双大大的眼睛，害怕得浑身发颤，直往后退。

“不要怕。”不料，那人忽然说，“我晓得，她们把你的嘴都戳烂了，整得你不能说话。听着，你现在就跟我走，到公安局去。”

慧芸几乎不敢相信自己的耳朵。这是怎么回事？这个人难道跟婉芳她们不是一伙吗？他要是个好人，为啥不把婉芳李婶抓住呢？

慧芸满腹疑团地随他到了公安局，见到了去过嘎多寨的贡晓婷，她才晓得，这中年男子原先也是婉芳他们一伙的，不久前被抓住了，坦白交代了罪行，表示愿意戴罪立功，协助公安局破案。

事情发生了意想不到的变化，晓婷请玉柱路居委会的干部来同慧芸见了面，让她跟着那中年男子回去，依然住在那里，等候婉芳和李婶再次前来。一切都安排得很具体而又周密。可是，在那里住了差不多整整一冬，婉芳和李婶始终不曾露面。

当慧芸离开省城回嘎多寨的时候，贡晓婷一再向她道谢并表示歉意，一再叮嘱要是在乡间发现人贩子的线索，务必及时通知她。晓婷一定要把这个案子破了，心头才踏实。

时间过去近两年了，今天很意外地认出了“金牙齿”，能把他放过去吗？不，不能，决不能放他溜走。破这么个案子多难啊，好不容易抓到一条线索，得死死地抓住它，尽快地通知贡晓婷。眼下，最最要紧的，还是得找到传耕，快找到他。让他出主意、想办法。

她重又向场街上走去，顺着街沿一边走一边细细地察看熙来攘往的人群。她相信，人再多再挤，只要传耕走过，她还是能一眼认出他来的。

走出了百多米，街沿也堵塞了，站满了人，一步也不能往前挪了。

慧芸皱紧眉头停下来。这是咋个回事呢？噢，场街中央人们挤成一堆，像是出了啥子事。是马车压到人的腿了？是上年纪的人挤倒了？

慧芸正疑惑间，密集的人堆中央像落下一颗炸弹似的，人群“轰”一声四下散开来，慧芸前面的几个人慌忙往后一退，险些把她撞倒，幸好她及时闪让开了。当她站稳了脚跟，忽然看见挤在人丛中的费瑞娟，她欣喜得高喊一声：

“瑞娟!”

费瑞娟听到呼叫，挤了过来。她乌发蓬乱，满脸惊惶之色。

“出啥子事了?”慧芸问，“你看见传耕了吗?”

“你还不晓得啊!”瑞娟奇怪地盯着她，“传耕兄弟被人扣起来……”

“哐当”一声响，慧芸手里提着的三只盆一齐落在地上，脸色变得煞白。她好容易镇定住自己，顾不上捡盆，哆嗦着问：

“哪个扣的？为啥要扣他?”

瑞娟刚要答话，人群中陡地响起了蒋学谦的吆喝声：“让啊，借光，借光，让开路，车来了，鸡公车来了!”

人群散开，只见寨上的于老古领头，推着一辆“吱扭吱扭”作响的鸡公车，在蒋学谦的监押下走了过来。后面跟着费正明和三多大队的寨邻，一个个垂头丧气地推着的鸡公车上，都捆绑着头肥猪。唯有蒋学谦腰里扎着子弹夹子，肩上斜挎着钢枪，一副耀武扬威的样子。

“这是咋个了?”慧芸怔住了。

“都为的卖这些猪，”瑞娟努了努嘴，在慧芸的耳边轻轻地说，“和蒋学谦吵了起来，他就把猪全扣下了。”

“那传耕……”

“也是为的这件事。”

慧芸想起来了，前些天于老古挨家挨户送过定金，说定了卖猪给眉光县的畜禽交易所，今天交猪。她还是搞不懂，这件事咋个会招惹了蒋学谦呢？蒋学谦凭啥要扣人、扣猪呢？

“瑞娟姐，你倒是说啊！”慧芸心急如焚地道，“这……这到底咋个回事？”

“唉，晓得龟儿子们拨的是啥算盘！”瑞娟赌气地一跺脚，顺手一扯慧芸道，“现在要紧的是约齐三多大队来赶场的人，到公社去讲理。走，我们边走边说吧！你快把脸盆捡起呀，看，都打烂完了。”

74

多少年了呀，于老古从来没有像今天这样伸腰抖气，三多大队的三四十户寨邻乡亲听从他的招呼，推着三十多辆鸡公车，撵着一辆马车，浩浩荡荡地开往屏源镇。他说声“歇气”，大家一齐停在路边，卷烟的卷烟，咂烟杆的咂烟杆；他提议找点水喝，年轻小伙子跑得欢极了。连当了三十多年干部，现今还是大队支书的费正明，也眯眯含笑地瞅着他，由凭他说啥都照办。

于老古晓得，这都是寨邻乡亲们抱喂他的猪崽的缘故。不是吹啊，谁不知道他于老古喂老母猪有两手。人家喂一头，一年护出一窝猪崽，他喂一头能护出两窝，每窝十一二只，只只活蹦乱跳，逗人爱得很。

种庄稼承包之后，于老古孤身一人，像嘎多寨上的全大良一样，承包的田土有两亩出头。他虽不像全大良那样精强力壮，可为人勤快，侍弄这点土地，时间还是绰绰有余！前几年他饿饭饿怕了，决心要多栽点粮食，便打算去开荒。山上有的是荒坡坡，开出来栽点洋芋、番薯、包谷、荞子，啥不是粮食啊。扎多寨上的人担心他惹出麻烦来，劝他，他不听，还振振有词地说：“现今划分了田土，是各人找饭吃！你们少管。”他还真的扛起锄头上了坡呢。

幸得景传耕闻讯赶来了，细细地给他摆了好些道理：坡土上开荒，容易造成水土流失，大雨一下，山上的生土让水冲下来，把田坝里的好田好土都壅了，划得来吗？再说，允许他于老古上坡开荒土，允不允许其他人开呢？要是寨邻乡亲们都上坡来开荒，草坡没得了，牛、马、羊吃啥？毁林开荒，林子越来越少，大风来了，山洪来了，咋个抵挡？常常挂在嘴边的退坡还林还做不做？

于老古犯愁了："那你喊我干啥呢？传耕，二亩多田土的活路经得住我几天干哟。干完了，莫非要我清耍？要我闲起？"

"老古伯，干的事多着哪！"传耕含笑说。

"你给我出个点子看。"于老古说，"原先还可以去挖煤，现在不行了，老啦！干不起那重活路了。"

"你不要再去钻煤洞了，干点轻巧又能挣收入的吧。我听爹说，你有一手喂老母猪的本事，就喂老母猪吧！"

"这也干得？"

"咋个干不得？"传耕反问他。

"传耕侄儿，你听我说，喂养老母猪是要下崽的，一窝崽少说也有七八只，我一个人哪里喂得了，只有卖给人家……"

"我晓得。"

"卖就要得钱！"于老古说得一本正经。

"这不是好事嘛！钱咬你了？"

"得了钱，有些人就会不安逸。"

"哪些人？"

"当官官的。"

"我？"

"不。县头何眼镜何羽那种官官。一到时间，他就来个染坊里的抹布，不问个青红皂白，就断定我要走啥子资本道……"

"哈哈，你还在怕啊！"

"不是我怕呢，传耕，硬是何眼镜那类官官的德性，像……"

"像啥？"

"螺蛳屁股——"

“呃?”

“弯转多。他们那些紧箍咒厉害呀!”

“听我说，于老伯，你莫担这个心事。”传耕耐心地说，“前两年不是好些人说划分田土也走资本主义嘛，现在咋个样?”

“嗯，”于老古思忖着，默了默神，两道眉毛蹙在一起，咂吧着叶子烟，“不过，那是让肚皮逼的。肚皮挨饿逼着大家把田土划分开来种，求个温饱。这会儿，人家要说你有饭吃啦，还要奔资本道，是自发德性。”

“你过虑了，老古伯，事实会说服人的。”

“说服个鬼！有些人的脑壳，是说服得了的吗?”于老古忿然地打断了传耕的话，“眼下倒是看不出个啥，可到时候，说变还不是变了。你忘啦?”

传耕凝视着他：“我有思想准备。”

“你有准备顶个屁用!”于老古像在同传耕吵架，“你多大个官?大队长！人家常爽是县委书记，一县三十来万人的父母官，说出的话还不是被人一抹就抹去了。承他常书记看得起我，给我于老古发下一个大奖状来。可奖状还没到我手头，就被何眼镜那个龟儿子撕了。哼，老子把这账记在心头哩!”

传耕把手一挥说：“莫生气了，老古伯，那股风不是吹过去了嘛！你要相信现今这形势，不是有些人想方就方、要圆就圆那一阵了。我建议你喂母猪，其实还不只是希望你赚几个钱。你想想，现在猪肉好紧张，不但农民吃肉困难，省城里头凭票证买肉每个月不过半斤一斤。我们不喂猪，也问心有愧嘛！现在家家有余粮了，大家想喂猪了，愁的是没得好猪崽。老古伯，你就把你的本事拿出来吧，出了事我给你担着。”

“好！有你这句话，我硬要喂它两头老母猪了。妈的，我多交粮食得的奖状都给我撕了，我今后就拿余粮来喂猪，嘿嘿。”

就这样，于老古重操起了他喂养老母猪的营生。他接连赶了好几个场选定母猪，以后又四乡八寨地奔波，挑选优良的约克夏种猪来配种。配完种，他更是护理得精细，就像是护理刚出娘胎的小娃娃！他把猪圈清扫得干干净净，通风、透亮，猪睡觉的地方垫上一层厚厚的干草。他精心搭配饲料，有一套跟别人不同的喂法，人们看见他买来油枯、黄豆，将油枯拌在粗饲料里头喂，把黄豆推成浆，豆渣和豆浆分开喂，可是对怀孕的老母猪什么时候喂什么，却又是他的秘密。

总之，只不过短短的两年时间，三多大队寨邻乡亲们的猪圈里，哪家没有从他那里抱去猪崽喂大的肥猪啊！

渐渐的，于老古在寨邻乡亲们心目中的分量增加了。两个儿子和一个女儿常来拖他去屋头坐一坐，吃顿饭、喝口水，小孙子、小外孙们亲切地喊他时他也能往他们的手心里塞一颗两颗糖糖了。走在寨路上，不时地有人同他打招呼、问候他了。他完全晓得，这都是因为他繁养小猪崽带来的声誉，人们因为他的劳动贡献而尊重他。

不是嘛，这一回眉光县畜禽交易所来三多大队商定议价收购生猪，大家都公推他出面当代表，让他来牵这个头。难道人们不晓得他于老古不识字吗，难道人们看不到他已经皱皮老姜似的有六十五岁了吗？大伙儿都是晓得的，但大家还是推出他，那是寨邻乡亲们敬重他、信任他呀！人活在世上，一求温饱，二求日子过得顺畅，再不就是图个众人的敬重和好名声嘛。这些日子来，于老古做梦都常常笑醒。

忙碌了十几天，奔走联络了三四十户人家，收下了定金，和人家约好了今天赶场时交钱运猪，眼看一件好事要办成了，于老古的心咋个不兴奋得发颤呢？三十里山路，一路走来，他几次放开瓮声瓮气的嗓门，唱几句山歌哩！逗得同行的寨邻乡亲们不时发出一阵阵哄笑。看看来到屏源镇街口了，于老古先从肩上抹下鸡公车的背带，把车子停稳当，而后站直身子，高高举着粗砺的大巴掌朝众人挥了两挥，说道：

“就停在这里吧！说好了，眉光县的车到公路监理所门前来装猪的。”

人们在于老古的招呼下纷纷停下鸡公车，有的一屁股坐在车把上休息，有的从兜里摸出一只瓶子，到监理所院里的自来水龙头去灌水，也有的分开了叶子烟。

费正明除下脑壳上的青布帕子，抹拭着额头、颈项里的汗，慢慢走近于老古身旁问："老古，说好车啥时候来？"

"说定是十二点呀！"于老古昂起脑壳瞅了瞅天，"太阳都当顶了，快了吧！嗳，康文达，撩起你的手腕子看一下，几点了？"

康文达是夫妇俩一道来赶场的。他推着猪来卖，顺瑛背着娃娃，挽着满满一大提篮种蛋。这会儿，他刚把顺瑛送进场街去，听到于老古问，撩起衣袖瞅了一眼，说：

"差十分钟到十二点。"

"那车快来了，招呼众人莫走开，交了猪赶场，来得及。"费正明嘱咐着，走到公路车辆监理所的屋檐下歇气去了。

"好好。"于老古答应着，转过脸来对康文达说，"有你那手表硬是强！哪年等我于老古也去弄一块来戴上，风光风光……"

"照你这样子整，于老伯，只怕要不了几年就行啰！"康文达笑道，"现在手表便宜，要不了你一窝猪崽就能换一块好的来。"

"一窝猪崽？啧啧！"于老古的眼睛瞪得老大，"我是说着耍，这么大岁数还戴啥手表。看看太阳也能估时间。嗳，都给我听着，差几分钟就是十二点了，莫要走开！"

于老古和康文达正说着，看到有人走散，放声喊了起来。话刚出口，他觉得背脊上被人重重地拍了两下。是哪个龟儿子，毛手毛脚的，下手这么重。于老古迅即一个转身，正要厉声呵斥，嘴一张竟哑了。

晃人眼睛的太阳光下站着公社民政助理蒋学谦，黑长脸上挂着虚笑，神情诡谲，用带着点嘲弄的口吻道："啊哈，于老古，这把年纪，你脸上的气色不差呀！"

于老古一看见这个人，就有点戒备。今天，这龟儿子为啥不在办公室替难得赶一次场的老百姓办手续，却背着一支钢枪在场街上转悠？这不是个好兆头。前些年，“堵资本主义路”的时候，他就专门背着枪，查人家背篼、箩筐，不准老百姓来卖东西，如今又野鸡戴帽子——混充鹰了。得提防着点。于老古把腰杆一挺，脸上露出不卑不亢的笑容说：

“当然啰！有饭吃了嘛。只是你，蒋助理，咋个老是黄皮寡瘦的呢？你坐在办公室里划拉笔杆子，该长得胖一点吵吵！”

“你看着轻巧，我还得操心哪……”

“操心？你操啥子心？”

“全公社一万多两万人的大事，不要我操心吗？老憨包！”

“嗳，你嘴头上积点德嘛！”

“看得出，你于老古是景传耕的忠实拥护者，有了饱饭吃，就欢成这样子。”

“那还消你说。有饱饭吃不欢，莫非饿肚皮欢嘛。”于老古眨眨眼睛说，“一听你这话，就晓得你没有饿过肚皮！”

“好了好了，废话少讲！”蒋学谦被于老古刺了两句，不客气地一摆手，“我问你，这几十辆鸡公车上的猪，都是三多大队的吗？”

“是啊！”

“推来干啥？”

“卖。”

“卖给哪个？”

“噫，你问这干啥？”于老古不愿讲了，眨巴眨巴眼睛，警惕地望着对方。

“我一定要晓得！”蒋学谦陡地火了，“你给我照实说。”他习惯地一提枪带子，肩上那杆钢枪，被他横拿在手里了。

说话间，一辆车厢装的钢筋畜栏的卡车，鸣着喇叭，“嘀嘀”地驰到了监理所门前的院坝。驾驶室里，一个穿厚涤纶衬衣的胖子，吟吟地朝于老古招着手：

“老伯，你们真准时啊！”

于老古的两眼瞅着蒋学谦的枪，手朝卡车一指：“就是卖给他们。”

停下来的卡车打开了车门，车门上写着一行成弧形的字：“眉光县畜禽交易所。”

“这就对头啰！”蒋学谦瞥一眼卡车，转过脸来对于老古正色道，“听着，于老古，这猪不准卖。”

“为啥不准卖？”于老古大喝一声，指了指走近来的胖子，“人家已经付了定金。”

蒋学谦冷冷一笑：“那活该他倒霉，付了定金也不准卖。”

胖子笑容可掬地走上前来，摸出一包带过滤嘴的烟，抽出一支递给蒋学谦：“有话好商量。来来来，先抽根烟，我们……”

蒋学谦抬手一挡，瞪起眼说：“少来这一套！老子不稀罕。不准卖就是不准卖！”

胖子往后退了一步，脸上掠过几丝尴尬的神色。他微蹙了一下眉头，伸手从衣兜里摸出了两三张折叠起来的纸，往蒋学谦跟前一递说：“嘿嘿，你这位同志请看一下，收购三多大队这四十头生猪，我们在屏源区工商行政管理所登过记，按规定交付了四十五元手续费。瞧，这是登记单，这是手续费收据，这是贵区工商行政管理所开的介绍信，手续齐备，合理合法，请过目！”

蒋学谦根本不看胖子，横起胳膊一推：“区工商所的介绍信，不作数！”

“为啥！”胖子奇怪了，话音里也含了骨头，“那不是国家机构？”

“我奉的是月光县工商行政管理局的指示。”蒋学谦抬出了更大的牌子，“跟你们讲清楚，这事，区所根本未向县局汇报，更没得到县局批准。我们县好多农户还没完成生猪派购任务。三多大队的猪不能出境。”

这一番争执，早已引得三多大队的寨邻乡亲纷纷围了上来。过往赶场的人们也好奇地挤过来打听出了什么事，只一忽儿工夫一大堆人就把屏源镇的这个场口堵塞住了。

默默地在边上听了多时的费正明，站在蒋学谦身后，声气不高地问于老古：

“老古，你晓得吗，三多大队的生猪派购任务，完成没得?”

“都已超出头数了!”于老古还没回答，康文达就放声说，“这四十头猪是我们自家多喂的。”

“看看，”胖子也心领神会，接着道，“我说是合理合法的吧!”

蒋学谦慢悠悠地转过身子，乜斜了费正明一眼，像是才发现他的存在似的，说：

“噢，费支书你也在这里。听口气，你也有猪出售啰?”

“两头。”

“哈，都发起来了，一卖就是两头肥猪。我问你，这事经你们大队同意了吗?”

“同意了的。我和传耕他们商量定的。”

“景传耕，他人呢?”

“我喊瑞娟找他去了。”

“咋个，找他来同我讲理吗?”蒋学谦讥诮道，“好啊，喊他来吧，快点来，我正要找他哩。告诉你，费正明，不但县工商局指示扣你们生猪，公社书记郝老虎也晓得这事的。你乖乖地避到一边去，少来惹祸。”

“郝老虎在吗?”费正明问了一句。

“在啊，不信你可以去问他。”蒋学谦嘴角露出一缕得意的笑。

费正明环顾了一下三多大队的寨邻乡亲们，抬起手来安慰似的晃了晃说：“你们在这里静候一阵，莫同蒋助理吵。我去找郝老虎一会儿就打回转。”说罢，拨开人群，急急地朝公社走去。

蒋学谦眯缝起眼睛，瞅了一眼费正明微微伛偻的背影，幸灾乐祸道：“去吧，去搬出郝老虎这尊菩萨来。可这一回啊，只怕是郝老虎也救不了你哪，费老汉!”

“不让出售，我们不卖就是啊!”于老古的兄弟于老善在人群里不高不低地嘀咕了一句，“至多冤枉走这几十里山路，白费脚杆劲罢了。我们把猪拖回去。”

“没得那么撇脱吧，于老善。”蒋学谦揶揄道，“不用问也晓得，你这个富裕中农伙倒景传耕闹单干，又发起来了。对吧？今天，你卖几头猪啊？”

“不关你哪样事！”于老善没好气地顶了他一句。

“我偏要管呢！”

“老子懒得跟你说。”

“好，干脆！”蒋学谦伸出一个大拇指，“我就喜欢你这种脾气，于老善。你卖三头猪也好，卖五头猪也好……”

“我只卖一头！”

“卖一头算便宜了你！”蒋学谦脸一沉，陡地提高了声气，“跟你们讲明白，我是没得空等费正明回来。奉上级命令，三多大队非法出售的四十头肥猪，统统由公社肉食站扣下，看你们检查的态度，再听候……”

“滚你娘的蛋！你满嘴里喷蛆，又想白吃百姓的血汗了嘛！”在边上忍了又忍的于老古，终于忍不住咒骂起来了，“蒋黑脸，我于老古不是炽桃子，随你要咋个吃就咋个吃！老子不理你！寨邻乡亲们，”他猛一转身，面对跟他来的社员，高声说，“我于老古活这么大一把年纪了，做好事也得做到底。大伙儿听我的，要坐牢吃官司，我于老古一个人去！他蒋黑脸要耍恶手段，让他朝着我来，今天这事，我一肩担了。现在，大家把猪解下来，给我抬到眉光县的牲畜车上去，我们收了人家定金，做事要在理上。装完猪，你们把车开走。”

于老古朝着胖子点点头，胖子钦佩地望着他，眼里闪出欣慰的光。

“敢！”蒋学谦看人群涌动起来，纷纷动手解猪，他怒喝了一声，横起枪对准了于老古道，“嗬，于老古，你还真有一套哩！是跟景传耕学的吗？跟你说，我蒋学谦当公社干部这么多年，没少见过你这种人。你不是炽桃子，未必我是炽桃子！民兵们，都上来呀！

把这些生猪都给我没收了，看哪个敢跳。跳得凶的，就对他不客气！”

随着蒋学谦这一声喝叫，在路边厕所山墙后头歇息的一大帮民兵忽然围了上来，个个端着钢枪对准了鸡公车和马车上的一头头肥猪。这场面虽然滑稽，却吓退了那些怕事的围观者，纷纷返到四边去。

蒋学谦见这一着把众人镇住了，得意洋洋地一挥手嚷道：“监理所老李，把运猪司机的驾驶执照，也给我扣下！”

于老古满脸的碴碴胡子全在颤动，两眼喷出了火样的光。他一纵步扑上去，出其不意地抓住蒋学谦的枪管，把乌洞洞的枪口对着自己心口，咬紧牙迸声怒斥：“蒋黑脸，你扫我于老古脸面，你敢下毒手就放枪啊！你朝着我开枪啊，你不开枪，就是野牛烂马的崽！你吓唬哪个？拼上我于老古这条老命不要了，我同你见官去……”

“好啊，你个贼老汉，敢来夺我的枪！”蒋学谦猛地把枪往后一抽，斜过肩膀，朝于老古胸膛狠狠撞过去。于老古猝不及防，一屁股坐倒在地。蒋学谦调转枪头，朝于老古的肩头猛砸一枪托。于老古一声哀叫，双手撑地就要站起来，蒋学谦又举起了枪托……

“蒋黑脸，给我住手！”一声沉沉的怒吼喝住了蒋学谦。四周围观的人群跟着喊起来：“不准蒋学谦打人！”

“传耕！”于老古翻身站起来，一头朝蒋学谦撞过去，嘶声哭喊着：“这个龟儿子对我老汉下毒手啦！传耕，你替我打他啊，打啊……”

老人没有撞倒蒋学谦，自己倒踉踉跄跄地险些儿又跌倒。他好不容易站稳身子，情不自禁举起衣袖掩住脸，伤心地悲泣起来。

75

没扯到结婚证，和慧芸分手之后，景传耕把爹用白马驮来的细篾箩筐拿到竹篾市场上，找到一个角落搁下来，不一会儿，面前就站着一个人。这是区粮管所的仓库保管员李老跰，一个其貌不扬，身材瘦小，全屏源区的老百姓都认识的跛脚老汉。他拿着酸枣木手杖，笃笃地轻叩着传耕的箩帮，搭讪着问："你这米箩，卖好多钱一对?"

"喊价三块，二块八也卖。"传耕说。

"嗬，样式倒不错，价格也比供销社便宜几角，是不是有假呢?"

"李老跰，有假你到嘎多寨找我。"

"你不说我也晓得，鼎鼎大名的景传耕嘛。"李老跰笑呵呵地说，"不过，我这腿脚，走不动那三十里山道啊!"

传耕瞅着他的脸，猜不准他是真心要买米箩呢，还是在仓库里闷得慌，借这赶场天出来和人谈笑散心。他问了一句：

"你是真要米箩呢，还是来看个行市?"

"当然是真要啰！秋来了，马上就要收公余粮，仓库缺米箩哩！你这一共是几对呀！一对、二对……"

"不用数啦！六对，十二只。"

"二块八一对，六对，我都要了!"

"你都要?"传耕没想到今天这笔交易做得这么爽快，追问了句。

"都要了！俗话道，残花没人戴，自夸没人爱，就凭你实实在在，不自吹自夸，我把这六对米箩全买下了。"李老跰用手杖敲了敲箩帮道，"麻烦你，帮忙扛到仓库去。"

"要得!"传耕爽利地答应着，把米箩一只只叠起来，扛上了肩头，在好些编织匠羡慕的目光下，随李老跰离开了竹篾市场。

一路上，李老跰兴致勃勃，不时扬起手杖，指着热闹喧哗的场街，发着议论：

"瞅瞅吧，这两年的墟场，硬是一场比一场旺！你以为这些来赶场的人，都是有东西要买、要卖么？才不哩！有些人是图个热闹，打听点消息。人们衣兜兜里揣得有票子，心头高兴嘛，哈哈，哪像前些年……"

光顾听他闲扯，不知不觉间传耕跟着李老跰离了场街，拐进了一条僻静的小巷子。他突然发现这小巷不是往区粮管所仓库去的。

“李老跰，你走错道了吧?”

“没得错!”李老跰头也不回，只顾往前行，“你只管随我走就行了。”

传耕心头生了怀疑，这是咋个一回事呢？不由得放慢了脚步。

“走快点!”李老跰马上察觉他走慢了。

传耕愈发起疑了，他压低了声气问：“李老跰，到底是咋个回事?”

李老跰转过身来，警觉地看看前后左右，确信没人注意他俩，一手逮住传耕的衣袖，走到一户人家的山墙后头，悄悄地说：

“景传耕，扛着你的箩箩，快回嘎多寨去吧。有人在算计你呢!”

“算计我?”

“相信我的话，走吧!”

“不!”景传耕把肩上的米箩往地下一放，“你得给我把话讲个明白。就是要走，我心头也有个底。”

“详情我也不知。”李老跰又向左右瞅了两眼，几乎是耳语般道：“刚才有人特意来找我，要我上竹篾市场，把你卖的箩箩全部买下来，你说这事怪不怪?”

“嗯。”传耕拧着眉毛沉吟了一会儿，问，“哪个喊你来的?”

“这你就莫打听了。我估摸这里头有板眼，特来点你一下。”

“道谢了，李老跰。”景传耕真诚地谢过李老跰，又出其不意提了个问题，“这箩箩你到底要不要?”

“要倒是要。就是不能买你的……”

“当真要，我说你就买去吧。”

“你……你不怕人家候着机会整你?”

“怕个啥。六对箩箩，不就是十八块钱的事嘛!”

“也倒是啊，可人家说你家发得凶哩。”李老跰垂着眼，忖度着说，“走出粮管所时，我见你爹在牲畜市上，牵着一匹好惹人眼的白川马，是要卖么?”

“是的。挞完谷子，屋头要盖两间厢房，我要成亲。”

“只怕……”李老跰欲言又止。

“不怕，买卖大牲畜，纳税交款，不犯国法。”景传耕反而安慰起李老跰来。

李老跰那张被浓眉毛、络腮胡子遮掩得看不分明的脸开朗些了，他仰起脑壳说：

“好吧！你当事人都不怕，我还顾忌个啥呢！我就买下你的六对箩箩，照两块八付钱。你放心，景传耕，哪个要拿这作整你的材料，我都不会答应的!”他说着，就从衣兜里掏出一叠人民币，蘸点口水一张一张点起来。

传耕望着这个年近六十的跰老汉，心头起伏不平。他和李老跰几乎没啥交往，只是在年年交公余粮，替寨上拖救济、回销粮时，有过些短暂的接触。可李老跰对他却是那么关心，这是为啥呢？不就是他也相信，传耕这些年来领头干的联产联心的责任承包，是对路子、合老百姓心思的嘛。

李老跰把点清的钱交到传耕手里道：“十六块八，你点点。”

传耕瞅了一眼，随手揣进胸前的内衣兜。李老跰一把抓住他的手说：

“景传耕，你听我老汉一句话。怕虽是不怕，也得留点神。”

“我记住了!”传耕回握着李老跰的手说，“走吧，我替你把箩箩扛到仓库去!”

“不用啦，不用啦!”老李跰一口回绝，连连挥着手杖，“莫看我脚跰，扛个百把斤米不碍事，这几只箩箩，不在话下。”

说着，他就俯身去扛箩箩，传耕忙帮他扛上了肩。他一手扶住箩箩，一手持着酸枣木手杖，一跰一跰地走出了僻静的小巷子。

传耕目送李老跰拐出了小巷子，才独自转到喧嚷声不绝的场街上来。刚挤进场街，猛然听到一个熟悉的尖嗓门在惊呼锐叫：“我不去，我不去！我卖我的蛋，凭啥要随你去？”

这不是康文达家婆娘顺瑛的声气吗？传耕慌忙向一小堆人聚集的角落挤过去。他生怕时常出没于场街上的流氓调戏顺瑛。

推开几个人的肩头，传耕不由得一怔。只见三个扛枪的民兵围住了顺瑛。其中一个满头黑发活像个刺猬的人，正抓住顺瑛盛鸡蛋的提篮，死不松手。团转围着好些看稀奇的赶场客。

顺瑛急得额头上爬满豆大的汗珠，一绺乌发贴着她的脑门，只差哭出声来了。她背着的那个娃崽，吓得哇哇直哭。传耕一出现，顺瑛像遇见了救星一样，惊喜地喊道：

“传耕哥，你快救我！”

听她这么一喊，那“刺猬”松开了手。三个民兵一齐回过头来瞅着景传耕，并不让顺瑛走开。

景传耕打量着三个民兵，都不过二十来岁模样，衣着全是山寨人打扮，只是脸貌都很陌生，不像是本公社的人。

“你们是哪里的？”传耕心平气和地问。

“紫竹垭公社的。”一个人答。

“刺猬”马上说：“不要同他讲，他没得资格晓得我们的来历。”

传耕指着顺瑛：“她犯了啥子法吗？”

“没有。我们是来请她到公社办公室去的。”“刺猬”不卑不亢地说。

“有你们这种请法的吗？”围观的人群中有人放声问。

“请她，好好跟她说，她不听嘛！”“刺猬”申辩说，“我们莫法，只有拖了！”

“拖我也不去！”顺瑛一跺脚愤愤地说。

“刺猬”指着她对传耕说：“你看看……”

“你们请她去干啥？”传耕问。

“那我就不晓得了。我们只是奉命行事。”“刺猬”有点不情愿地回答。

传耕的双眉一挑：“奉哪个的命呢？”

“你们公社的两位书记呀！”

“好大的架子！公社书记算个啥官官，要找人，喊他们自家跑出来找嘛！”人群中有人嘲骂道。

传耕想的并不那么简单，他望着忧心忡忡的顺瑛，用商询的语气说：“顺瑛，既是郝老虎和沈平请，你去一趟吧。”

“我不去！”顺瑛的脸色当即变了。

“不会有啥事的。”传耕安慰道。

“是嘛！”“刺猬”放缓了语气道，“你去一趟，我们也好交差了。”

顺瑛两眼哀求地望着传耕：“传耕哥，要去，你得陪我一同去。”

“也要得。”传耕一口答应下来。

“刺猬”求之不得地一举手说：“那就快走吧！来啊，请大家让一让道。”

围观的人们散开来，簇拥着传耕、顺瑛和三个民兵，齐向公社走去。赶场的人们都惊奇地望着他们。

走出了二三十步，费瑞娟忽然从人群里挤出来，脸憋得通红，尖声拉气地叫着：

“传耕，传耕！你在这里啊，害得人好找！快，快到场口监理所院坝去。卖猪的事扯皮了，爹喊你快去！”

“这里也在扯皮呢！”传耕说，心里却分明感到，眼前发生的事情决非偶然。看来又有人在坐地使法了。好吧，那就看看到底要演一出什么戏吧。他沉静地转向顺瑛说：“顺瑛，你不用怕，先随他们去一下。我到场口看看，马上就来！”

顺瑛看到瑞娟焦急的神情，无可奈何地点点头：“那么，看到康文达喊他赶紧来。”

“你不讲我也要喊他来的。”传耕说着，推开人群，同费瑞娟一起赶往场口去了。

赶到场口，一眼看到蒋学谦在逞凶打人，传耕满腔的怒火顿时迸发出来，他沉沉地喝了一声，几步冲到蒋学谦跟前，质问道：“蒋黑脸，你搞啥名堂！咹？那次你在嘎多寨上打顺瑛，常书记咋个批评你的，忘了吗？”

“让你的常书记爬开点！”蒋学谦两片厚嘴唇一撇，“嗬嗬，景传耕，你硬是吃了豹子胆呀！我还以为你到了屏源镇，闻到气息不对脚底板上擦油，溜走了呢！你还在啊，正好，有请大驾，到公社去走一遭。”

景传耕把手一劈道：“少给我耍这一套！我不是没领教过。你先给我说清楚，凭啥在光天化日之下打老人，打得这样子狠毒！”

“叫他讲，凭啥打人？”康文达朝前站了过来，跟着怒吼。

于老古把手点到了蒋黑脸的鼻子尖前：“你说啊，凭啥这么蛮横地对我们老百姓？”

“对啊，喊这龟儿子说出个幺二三来！”邹启春脑壳一拱，从人群后头钻了出来，直奔蒋学谦跟前，“你这脓包，看到老子上茅厕解溲去了，就欺负于老古老汉啊，有种的，你找我来啊！蒋学谦，我们是不打不相识，今天又来交一盘手看。”他的婆娘田月桃在他身后连连扯他的衣襟，他只当没觉察。

“对，像传耕说的，叫他把打人的事说清楚！”站在稍后的于老善把话题拽了回去。

“说！”三多大队的寨邻乡亲齐声吼了起来。个个眼里都闪着一股怒火。

“啊哈，还真纠成了一团，有股歪气哩！”蒋学谦满不在乎地一仰脸，指点着传耕道，“景传耕，这又是你领的头，你记清了，到时候不要赖。”

“啥赖不赖的，问你，为啥打老姓！”邹启春不待传耕说话，趁众人往前拥的势头，重重地搡了蒋学谦一下，“你拿起这支枪，以为老百姓就怕你了吗？坏嗐，老子头一个就不怕你。”说着就伸手抓蒋学谦的枪。

蒋学谦被搡了一下，两只眼睛早红了，又听邹启春指手画脚训他，更气得眼珠子差点咕出了眼眶。他不等邹启春抓住枪管，顺手把枪头子往前一顶：“咋个，你想打人夺枪吗？跟你说，这是无产阶级专政的钢枪！”

“呸！你敢对老百姓专政！”邹启春肩膀上挨了一枪头子，怒不可遏，“大家看到了，是龟儿黑脸先打人的！人不犯我，我不犯人，你动手，我一定要还手！”话到手到，邹启春左手抓住了蒋学谦的枪管，右手抡起拳头就要朝蒋学谦打下去。

“邹启春，莫胡来！”突然一声猛喝，只见一个人扑上来抱住了邹启春的拳头，使劲往后一拽，他便在两人中间站定，一跺脚说，“有话好好说嘛，吵啥子呀！”

大家这才看清，原来是费正明回来了。于老古一步上前拉住他问：“费正明，你找到郝老虎了吗，他咋个讲？”

费正明紧皱着眉头，一眼看到了景传耕，叹口气说：“咋个说，听蒋助理的，猪，先都留在公社。传耕，你快到公社去吧！去吧，去找一下郝老虎。唉……”

“到底是咋个回事？”传耕狐疑地问。

“传耕，你去找到郝老虎，啥都明白了。”费正明显然不想当众多啰嗦，他把手一招说，“大家跟我来吧。蒋助理，你说，我们把猪推哪儿去？”

“公社肉食站！”蒋学谦一脸的得意，一挥手道，“眉光县来的人和汽车，不能放走！把驾驶员的执照扣下。景传耕，我说的话你不听，费正明的话你总信了吧？哈哈，乖乖地到公社去吧，顶头上司郝老虎等着你哪！”

传耕的眉头蹙了起来。从费正明难言的神色，从蒋学谦洋洋自得的样子，似乎都预示着事态不妙。究竟出了什么事呢？

传耕转过身来，对康文达招招手：“你和我一起去。顺瑛也被喊到公社去了。”

康文达清秀的脸上现出惊骇之色：“顺瑛，顺瑛她……她出啥事了？”

景传耕默默地摇了摇头，拉了康文达一把，两人急匆匆走了。身后，传来蒋学谦不耐烦的吆喝："走啊，还要我喊民兵逼着才走吗？费正明，郝老虎已经同你打了招呼，你就招呼一下这些寨邻嘛！"

传耕低头沉思着，和康文达走进公社大院坝。康文达陡地收住了脚步，一扯他衣袖，往前一指道："传耕，你看！"

传耕循声望去，不由得吃了一惊。大院坝角落里的一株乌柏树干上，拴着他爹景气闲喂的那匹雪白的川马。也许是拴在一个陌生的地方，也许是在埋怨主人走远了，白川马不耐烦地喷着响鼻，腾踢着四蹄，牵动乌柏树不住地摇晃，树叶子簌簌作响。

传耕疾步走过去，川马便昂起脑壳，亲热地嘶鸣了一声。他伸手轻轻抚摸着毛皮柔滑的马背，它才渐渐变得安静了。

康文达站在传耕身边，忧悒地打量着公社几个办公室的窗口，喃喃自语着："咋个不见顺瑛、你爹的人影呢？"

正说着，沈平出现在办公室大门口的台阶上。看见景传耕，他远远地一招手，满面春风地高声道："是传耕吗？哎唷唷，好久不见了。来，快来！"

传耕和康文达并肩向他走去。沈平一步跨下台阶，伸出手来握着传耕的手，热情地摇了摇："哈，你这家伙，越活越精神了呢！瞧，哪像三十出头的人呀。"

和传耕握过手，他又把手伸给康文达。康文达却没伸过手去，只是愁眉不展地问：

"我的婆娘顺瑛被你们喊来了吗？"

"噢，你是康文达！"沈平望了康文达一眼，脸上的笑容消失了，"没得啥事，郝老虎在同顺瑛和气闲大伯交谈。也找你呢，你去吧，就在靠里边的那间办公室。"

康文达转脸看看传耕，传耕点点头，他一步跃上三级台阶，独自去了。

沈平扳着传耕的肩膀，跨上台阶说："你到我办公室坐一坐吧。”

传耕受不了沈平这种硬装出来的亲热，他肩膀一斜，脱开了沈平搭上来的手，转过脸问：“找我来，有啥子事?”

“进屋谈吧，进屋马上就谈。”

走进沈平的办公室，两人分别在椅子上坐下。沈平朝传耕嘿嘿一笑，双手打开抽屉，拿出一份打印材料放在桌子上，两个手指点一点说：“你先看一看这个材料。看完之后，我们再慢慢交谈。”说着，又一笑，随手拿起一只茶杯去替传耕沏茶。

传耕拿过材料来，只瞅了一眼，就激动得站了起来，瞪大眼睛盯着材料的标题：

看！最先带头划分田土单干的三多大队出现严重的两极分化

传耕浑身的血液仿佛都在这一瞬间沸腾起来，直往脑壳汹涌。很显然，这是一份别有用心的材料。如今它用月光县《情况通报》的形式印发各地，可见搞这份材料的人是老谋深算的。一种压抑不住的愤怒，使传耕拿着材料的手微微颤抖着，以至几片纸在他的手里也嗤嗤有声了。

“你很惊讶吧?”沈平沏好一杯茶，递到传耕面前，偷窥着他说，“莫说你当大队长的惊讶，我这个公社副书记也大吃一惊哩！就在自己的鼻子底下，咋个会有这种事呢？遗憾的是，材料上写的好像也是事实……”

传耕目光移开纸面，盯了沈平一眼。

沈平朝他一摆手：“你别激动，耐心地把它看完。有话，看完了再讲。”

对，看完了再说。传耕极力抑制着愤怒的情绪，强迫自己耐心地看起材料来。

76

不是夸张，沈平第一次看到这份三多大队近况的材料时，确确实实大吃了一惊。他吃惊的，不是材料上所写的那些情况。他吃惊的是，在收到县里印发的《情况通报》之前，自己竟丝毫不知道有人搞了这份材料。

这一迹象，使得他疑神疑鬼猜测了好半天。是不是上级不信任他了？是不是县里的头头对他有啥怀疑了？是不是何羽何副书记听到关于他和三多大队寡妇华碧芳的什么流言了？想想，还不至于啊！

华碧芳怀了孕，跑三十里山路到公社来找他时，他是慌张的、惊骇的，生怕华碧芳哭哭啼啼当场闹开来。他对这件事几乎没有丝毫精神准备。在跟随何羽去三多大队当工作队员的那些日子里，实在太枯燥乏味了，和华碧芳偷情，只不过是寻找一点暂时的刺激罢了。这个温情的女人给了他很多的欢乐。回到屏源镇后，回味起她的柔情蜜意，他心里也还会翻起阵阵骚动，想偷偷跑到卡多寨去享受她的温存。可是，当华碧芳突然跑来告诉他，他们的关系已经结出了果子，他顿时产生了恐惧，并且恼怒了。

要晓得，他根本不曾打算同华碧芳结婚。如果要找个山寨女人结婚，他在岩寨当支部书记时就可以找了，肯定能找个年轻貌美的姑娘，哪里还会等到今天来同这个拖着崽崽的寡妇结合？他沈平是有自己的雄心壮志的。为了这雄心壮志，他不仅至今坚持独身，且放弃了在县机关的工作，主动要求下基层当干部，不过短短一年，他跨过了在岩寨任支部书记的阶梯，爬上了现在公社副书记的位置。照这个速度，要不了几年，他就会调区、调县，甚至还可能调石桥市、调省城呢！到那个时候，他要找一个如意的对象还不容易嘛！

但是，何曾料到，华碧芳的肚子里竟蠕动着一个跟他有关的小生命，很可能断送掉他向往追求的一切。他惶悚了，恼怒了，暴跳如雷地吓走了华碧芳，准确地说，是气走了她，而他自己也被恐惧击倒在椅子上。

华碧芳是惨叫了一声，双手捂着脸奔出他屋子的。她会上哪儿去呢？会不会去找郝老虎，会不会直接跑到县法院去？那一瞬间，他真想追出去，可他没有那个勇气。

半小时过去了，外面没有响动。一小时过去了，也没出现什么异常的情况。他渐渐镇定下来。他想，华碧芳一向是听话的，她大概会照他说的，随便找个理由去打胎。她毕竟也要顾自己的面子啊！

吃晚饭的时候，他若无其事地买了一份最贵的菜，正在有滋有味地咀嚼着，县里的干部艾振兴端着饭菜走到他桌边来。他招呼道："这么快就回来了，苏副书记的住处安排好了吗？"

"我在半路碰到个人。"艾振兴答非所问。

"什么人？"他停止了咀嚼。

艾振兴瞟他一眼："卡多寨的华碧芳。她昏倒在山路上，我救她到区卫生院来了。"

嘴里的饭险些喷了出来，他躲开艾振兴探究的目光，勉强"噢"了一声，再也没有说话。

那以后十几天里，沈平的神经一直处在高度的戒备之中，胆战心惊地担忧着事情会暴露。他夜间失眠，白天神思恍惚，走在屏源镇街上，远远地看到区卫生院那白色的门柱，就赶紧打回转。他想暗中打听华碧芳的治疗情况，却又不敢对人启口，真是如坐针毡。

直到一个月以后屏源镇上并未听到关于华碧芳的流言蜚语，沈平甚至不知道她是什么时候离开区卫生院的。沈平开始相信，这场将葬送他前程的危机总算过去了，自己只是白白虚惊了一番。哦，华碧芳是明智的，她啥也没有说，把一切都瞒下了。她也爱惜自己的名誉呀！欣慰之余，他内心深处并非没有一丝愧疚，倒是隐隐觉得自己是欠着华碧芳一笔债。

从那以后，又是一年半多的时间过去了。他和华碧芳再没见过面，彻底地割断了那一段关系。每回轮到公社干部该下乡检查工作了，他总是选择远离三多大队的寨子。而华碧芳呢，似乎也从来不赶场。赶场天，在场街上走，他经常碰到嘎多、卡多、扎多寨上的人，却一次也没遇见过她。

但负债之感仍使他常常想起华碧芳来。他知道，她是真心实意爱他的。唯其如此，他觉得，应该对她有所表示，表示他对她的感激，表示他对她的关切，给她送些什么她缺乏的能补身体的东西，或是钱。然后向她说明，他不是个坏人，决不是的，他只是怕他们之间的关系断送了他的前途。他比任何人都清楚，在某种时候，生活上有点闪失，往往比政治上站错队，经济上有点扯不清的账，还要损害人的形象。他想对华碧芳有所表示，但他总没有足够的勇气再去找她，也没有合适的机会，事情就这么拖下来了。

看到这份三多大队发生严重两极分化的材料，沈平自然而然地又想到了他和华碧芳的关系。他也不能不想到她，因为这材料上又提到了她的名字，把她作为贫困户的典型，列举出来同那些富裕的农户相对比。这就是说，整这份材料的人，又下到三多大队去找过华碧芳，向她了解过情况了。这份材料是哪个整的呢？反正决不会是郝老虎，也不大像是公社的其他干部，他们的行踪沈平都晓得，谁也没有比较长期地住进三多大队。那么，很有可能是区里或县里派了专人，绕过他下去调查的。要不，材料上的内容咋会如此丰富呢？

想到这点，沈平的心头惶惑了，区里和县里要绕开他，难道区、县的领导不那么信任他了，否则为啥不让他知道呢？

幸好没过几天，何羽就亲自给沈平挂来了电话。

“……小沈，你听着，这份材料是根据群众的反映整出来的。”何羽用一种亲昵的口气给他交了底，“你马上和蒋学谦一起到三多大队走一趟，务必把这份材料核实一下。去的时候长短都没得关系，关键是要整准确。准确，你懂了吗？”

“懂。”沈平终于放心了。

“那就好，抓紧办吧。越快越好！”

何羽的口气显得很急。他搁下话筒就去找蒋学谦，把何副书记的指示转告给他。奇怪的是，蒋学谦一点也不激动，仿佛这些事他都晓得似的。

何羽表露出来的信任，使沈平的兴致又高涨起来。他在公社副书记这个坎坎上已待了两年。按他心头计算的时间也该调换个工作，往区或县的某个领导岗位上提了。

沈平给郝老虎打了个招呼，当天下午，就同蒋学谦一起朝三多大队赶去。

起程的时间晚，到三多的时候天快擦黑了。他俩来到扎多寨，找了户普通的社员家，说是去野猫坪误了时间，要借宿一晚，明天一早就走。那社员信以为真，热情地为他俩腾了铺，拒绝收他俩拿出的伙食钱，说是现今三多大队没得一户人家是短缺粮食的。好像为了证实他说话不假，晚饭桌上，还摆出了几大碗米酒请他俩喝。

喝着米酒，东拉西扯地闲摆着，沈平和蒋学谦有意把话题拽到想核实的情况上去，康文达家是咋个发起来的？邹启春的生意是咋个做的？景气闲一共喂了几匹马……要核实的情况，在摆龙门阵似的闲扯中，差不多都得到了毫无戒心的、肯定的答复。

晚饭后，月色清朗，两人借故顺便去附近看看，出了社员家的院坝。

“沈副书记，你看是不是这样，”走到寨路上，蒋学谦满嘴的酒气朝沈平喷来，“为了抓紧时间，我们分头去户熟悉的社员屋头问问。争取明天早饭后就赶回公社去。你不是说何副书记很急嘛！”

“要得。”沈平说。他隐隐约约感到，蒋学谦似乎故意要避开他，又声色不露地问了一句：“你准备去哪个寨子呢？”

“嘎多寨。”蒋学谦轻飘飘地道，“我看你就去卡多寨吧。这么一来，一晚上，三个寨子我们都算转过了。”说着，他大有深意地朝沈平眨眨眼睛。

沈平讨厌他这副诡秘的样儿，仿佛他看穿了自己的心思似的。不过蒋学谦的提议，倒提供了他去看望华碧芳的机会。

要不要去看望华碧芳呢？沈平原只想着同蒋学谦一路，并没有私访华碧芳的计划。早知事情是这样，他真该带点什么来的，其他东西不便带，钱总可以多揣一点。这会儿，两手空空，咋个表示自己的歉意和对她的关切呢？

想是这么想，沈平还是情不由己朝华碧芳的屋头慢慢走去。一来固然是他牵念着华碧芳，想晓得她的近况，去向她表白自己的一分感激之情；二来他也实在想不出可以到哪户人家摸情况。过去在三多大队工作时，除了忙于完成何羽交给他的任务，一有机会他就往华碧芳屋头钻，根本没和啥群众交下朋友。再说，他们上回下来，和群众的关系是很紧张的。现在贸然上门去，谁知道人家会怎样对待他？就是华碧芳，会不会接待他呢？难说！他不禁又想到蒋学谦过去在三多大队又骂人又打人，最遭群众反感，可他今天居然敢去嘎多寨。这真是个谜。

预感到华碧芳不一定会接待他，沈平不敢进院坝走前门。他照老习惯，走小路绕过山墙来到华碧芳的后门。

清淡柔和的月色里，沈平简直怀疑自己的眼睛是不是看错了，华碧芳家的后门竟然敞开着。他喜出望外地加快了脚步来到后门口。门前光线晦暗，依稀可以辨认出华碧芳正坐在门里搓衣裳。

沈平舔了舔嘴唇，轻柔地唤着："碧芳！"

华碧芳像被人当头打了一拳似的跳了起来，惊叫一声："你、来干啥？给我滚！"

这声惊叫使得沈平心惊胆颤。她再尖声拉气地嚷嚷起来，引来寨邻咋个办？他忙俯下身，压低了声气，颤抖着说："碧芳，我、我晓得你恨我，我……"

"砰！"华碧芳抽了一下脚盆，把一扇后门重重地关上了。

"你给我快滚！少跟我耍这一手。"

"碧芳，你听我说呀！"沈平这才意识到，他来这儿是一个多么愚蠢之举。但他仍然往后门上一靠，哀求着："我对不起你，我不该……我在心里是非常感激你的……"

"再啰嗦，我打开前门喊寨邻啦！"华碧芳的话像砖头瓦片似的扔了出来。

沈平的心一紧，他晓得华碧芳再也不可能饶恕他了。他伸手到衣兜里一摸，摸出两张拾元的票子。这给华碧芳实在是太少了，但他只带了这么一点，反正表示个意思吧。

“我就走。”他嘴巴里应着，趸到窗户边，把二十块钱从方格格的窗棂里塞了进去，“这点点钱，太少了，你留下……”

窗户“通”一声打开了，沈平刚探首过去，两张票子被华碧芳扔了出来：

“收回你的臭钱，滚！”

“碧芳！”沈平慌急慌忙地接着从脸上往下落的票子，嘴里还可怜巴巴地唤着，探首到窗户里去。

“嘭！”的一声，两扇窗户猛地关上了。窗门打在沈平的额头上，痛得他直咧嘴。他摸着额颅，哀诉着：“碧芳，碧芳！我今天来，决没有其他意思，只是……只是来看你一眼。你不让我进，隔着窗户说几句话也好啊！”

“滚，骗子！你这个烂流氓……”华碧芳终于尖脆地骂了起来。

“好，我走，走……”沈平低低地答应了两声，离开了那窗口。

他灰溜溜地走出了卡多寨，怅惘而又失望。但他却并不难受。相反，他比来的时候心安多了。他明白，华碧芳可能恨他，却不会把他们之间的事告诉任何人，她把一切都埋葬了。而他呢，今晚也算补偿了欠她的感情债，他给她钱了，道了歉，表示了感激，该做的他都做了。是的，她不领他的情，也不收他的钱，那是她的事。作为他来说，他只能做到这个地步了。他是公社副书记呀，他还有自己的路要走啊！啊，他真该感谢华碧芳无情无义地赶跑了他，要不他咋个可能了解到她一直保守着那秘密呢！

他回到那个社员屋头时，蒋学谦还没回来，沈平闲着无聊，就同那个社员摆龙门阵。闲谈中，沈平了解到两桩令人吃惊的事：三多大队要卖给眉光县畜禽交易所计划外生猪四十头；康文达把自己承包的田土转让给了全大良，这都是在景传耕支持下干的。好家伙，非法出卖计划外生猪，非法转让田土，这还了得！

第二天，沈平和蒋学谦赶回公社，马上挂电话给何羽报告了这两个严重的情况。

赶场天还没到，县工商行政管理局来了命令，要屏源公社组织民兵拦截三多大队非法卖出县去的四十头肥猪。同时，何羽打来了电话，要郝老虎和沈平卡下三多大队社员出卖的农副产品，查证他们有多少不正当收入；通知景传耕到公社认真读一读《情况通报》，正视自己的问题，何羽本人也将在赶场天到达屏源镇，亲自和景传耕谈话。

沈平虽不晓得何羽这一切部署的意图，但他已敏感到风向变了，近几年来一直是出头椽子的三多大队要遭锯了！全县注目的人物景传耕的好运气也要结束了。

不是嘛，连一贯支持景传耕的郝老虎，也愁眉苦脸，唉声叹息了："这些情况要都是真的，景传耕是干得过火了。"

此刻，沈平正坐在椅子上，两手在椅把儿上轻轻地有节奏地叩击着，不时抬起眼皮瞟一眼拧着眉毛的景传耕，耐心地等待他把材料看完。

景传耕拿着材料的手微微抖动着，两条浓长的眉毛越皱越紧，最后在鼻梁上方拧成两条深深的竖纹。沈平窥视着景传耕的脸部表情，猜测着他的心理。他明明看到景传耕已经翻到最后一页了，一会儿，又翻回去从头读起来。显然，这小子慌神了。

沈平的嘴角露出了一缕笑纹。看吧，随你看多久，反正何羽一会儿要来，拖到那个时候，就由何副书记亲自来对付你，也省得我多费口舌，来抓你这个难剃的脑壳！

不料，景传耕只略略又看了看开头部分，就把材料放下了。他正眼望着沈平，问：

"你让我看这材料，是个啥意思呢？"

"啥意思，传耕，你如此聪明之人，会不晓得？哈哈！"沈平暗自惊愕景传耕的沉着镇定，从他脸上竟然找不出惊慌失措的表情。

"这份材料上写的，是实情吧？"

“都是实情。”

“没得冤枉吧？”

“没得。”

景传耕坦率的回答，倒使得沈平一时间找不到话讲了。照他的估计，景传耕看完材料，一定会对三多大队的真实情况遮遮掩掩，拒不承认，或者辩解一番，那他就有话好讲了。哪料到，景传耕仿佛没注意到那触目惊心的题目，若无其事地承认了。

“既然都是实情，你准备怎样来纠正这些偏向呢？”沈平踌躇片刻，拖长了声调问。

“我没想过。”

“那你好好考虑一下吧。”

“不用考虑。我觉得根本不必去纠正。”

“呃？”

“因为这并不是偏向。”

“哈哈，传耕，这才是你的本色，你的脾气。”沈平佯笑着，伸出食指点着景传耕道，“我晓得，你是不会痛痛快快认错的。幸好，这不是我给你扣的帽子，你自己也看到，这是县里的通报，你先莫跟我争，我觉得，眼下最当紧的，你应该冷静，冷静下来好好想一想。咋个样？”

传耕凝定一般瞅着沈平有半分钟，然后问：“你还有话讲吧？”

“我已经说了，希望你认真想一想。”沈平不想同景传耕争论。何羽在电话上交给他的任务，是要景传耕承认材料上所写的一切都是事实，这任务已轻而易举地完成了，他用不着再同景传耕纠缠。一来，景传耕的辩才他领教过多次，挑起争论他很难赚便宜；二来，这一切都是何羽部署的，何羽这一回的背景多深，准备搞到哪一步，他都不了解，贸然和景传耕交锋，万一搅乱了何副书记的预定计划，反而不妙。因此他采取了避让、拖拉的态度。

景传耕来得比他更干脆，站起身道：“你没话讲，那我走了。”

“慢着。”

“不让走?”

“哦。不。我没得话对你讲，有人会来同你谈话。”

“哪个?”

“何羽。”

“那请他出场啊。”

“那么急干啥，传耕。”沈平抱歉地一笑，“何副书记还在县城呢。他要我转告你，今天他要来屏源镇，你耐心等一会儿吧。”

“那好吧。”景传耕重新走回到椅子边，一屁股坐在椅子上，又拿起了那份材料。

把底牌摊给景传耕了，沈平吁了口气。现在只需耐心陪着景传耕，等何羽到来了。

办公室里很静，时而传来景传耕翻动材料的掀纸声。陡地，一阵脚步声从走廊里传来，接着，门上急促地被敲了两下。

沈平仰起脸，放声道：“进来。”

虚掩着的门被推开了，背着钢枪的蒋学谦站在门槛外，神色慌张地朝沈平招着手。

沈平瞥了景传耕一眼，离座走了过去。

蒋学谦一把抓住他的手臂，拉他离开房门口，凑近他耳朵说：“沈书记，不好啦！扣留了三多大队那帮社员的肥猪，他们呼嚷着朝公社拥来了！”

第十六章

77

屏源镇场街上一场新的摸不着底细的风波正骚扰着人们的时候，县委办公室干部艾振兴刚好踏进三多大队地界，他由衷地感到乡野里一种出奇的恬静。

山坡上阔长翠绿的包谷叶子，在阳光下闪烁摇曳，一个个包谷果果都长得筷子那么长，胀鼓鼓的拖着须须，有的还早早地龇出了一排排大白牙。田坝里、梯土上，沉甸甸的早谷勾垂着脑壳，微显出醉态。社员自留地、园子土里的向日葵，圆嘟嘟的一盘盘足有脸盆那么大。庄稼成熟的清香，山坡上野果的温馨，弥漫在微风习习的空气中，沁人肺腑。走进寨子，一只喜鹊正绕着耸立的大沙塘树盘旋翻飞。院坝里的屋檐下，有个缺了牙巴的老奶在逗着小孙孙牙牙学语。一条狗懒洋洋在趴在坝墙边打瞌睡，听到脚步声忽地蹿起来一阵汪汪地直吠，表示它在那里忠实地履行着职责。

哦，又有半年多没到这儿来了，贫穷闭塞的嘎多寨上，呈现着一种少有的富足和成熟，一种安居乐业的沉静景象。是啊，自从景传耕领头闹起了责任制，这已是第三个收获的秋天了。整个三多大队，以及一路所见的屏源公社的村村寨寨，不都在向以往的穷困动荡告别嘛！只不过，艾振兴走进这个熟悉的寨子，感觉更加强烈罢了。

寨邻乡亲们都去哪儿呢？莫非都赶场去了。何羽让他打前站，先到嘎多寨上来找定住处时，他兴奋得心儿直颤，马不停蹄地赶来了，没想到满寨上的人都会去赶场。早晓得这样，他搭乘的那辆拖砖的卡车开过屏源镇时，该下来找找他们哩！

也许，费正明和景传耕该有一个没去赶场吧。艾振兴这样想着，慢慢向前走去。

“嗨，这不是艾同志嘛！”

艾振兴听到一声快活的招呼，仰脸张望，只见全大良坐在自家台阶上，正编织着一只大囤箩，满脸带笑地瞅着他。

“阿全。”艾振兴在全大良的院坝门口站住了，“传耕和费正明在屋头吗？”

“都不在。赶场卖肥猪去了，瑞娟家还卖两头哩！”全大良的嗓门还是那么大，欢欢快快的，“我要不是忙着编这玩意儿，早替他们推着鸡公车走了。你进来坐一会儿啊！”

干部不在，住处一时无法落实，艾振兴应邀进了院坝。

院坝是用青石板铺砌的；齐齐整整，不比城里的水泥地面差。两年不见，全大良原先那幢泥墙上伸得进拳头去的茅草房已翻盖成了砖瓦房，一色的青砖白缝，小巧精致，惹人眼热。

“成家了吗？”艾振兴解下背包往石阶上一放，关切地问。

“今年收过粮食，就办喜事。到时间请过来喝一碗米酒。”全大良显出一副大局已定的沉稳劲，“你呢，伙计。”

“噢，还没得。”艾振兴笑了笑。

“得抓紧啊！这种事情，抓而不紧，等于不抓。”全大良腾出手，推过一张板凳来，“要喝水，自家进屋头去倒。嗳，这回下乡，又是来催收、催种，催征购吧？”

艾振兴含糊地应了一声：“嗯。”

“其实啊，我说你们是白操心了。实行了承包，大家都晓得抓紧安排，还用人来催收、催种吗！征购也不用你们来催啊，种田纳粮天经地义，田土头出产多了，哪个还在乎一二百斤征购粮。”全大良手不停编织，乐呵呵地说，“就拿生猪任务来说吧，过去，哪一年不是到了年终还差几头。现在呢，还没挞谷子，我们大队的生猪已超额完成了，家家圈头还喂得有过年猪哩！不信，你去各家转一下任务吧!”

“是的是的。”艾振兴很高兴全大良岔开了话题，不再问他的来意。问起来，他实在不好回答。他的衣兜里，还揣着一份指责三多大队两极分化的《情况通报》哩。这次何羽要亲自下乡，就是来抓这个“反面典型”的。可是看样子，嘎多寨人似乎以为日子过火红了，也就太平无事了。瞧，全大良还以为我们是来抓“三催”哩。艾振兴感到有些不安，但又说不出口。他迟疑片刻站起身说：“我去倒点水来喝。”

“你坐着，我去给你倒!”全大良忽然放下了正在编织的囤箩，离座进了屋头。不一会儿端出杯茶来，笑盈盈地道：“艾同志，你喝我这茶，道道地地的明前茶。嘿嘿。”

“多承。”艾振兴接过茶连连喝了几口，果然不错，色绿味醇，有一股沁人的清香。

“嗳，和你商量个事。”全大良瞅着艾振兴喝了几口茶，手在他膝盖上一拍，凑过脑壳来，有点神秘地悄声说，“你闲坐着没得事，愿替我跑一趟腿吗?”

“去哪里?”

“华碧芳家。”

“呃……”艾振兴像被茶水噎住了似的，随手把茶杯放在板凳上，“去干啥?”

“当一回说客。”

“说客? ……”艾振兴愈发糊涂了。

“是这样，”全大良怕他产生误会，索性把板凳往他跟前挪挪，“我有一块田，就在华碧芳承包的责任田边边上，挞完谷子，我想把这块田放满水泡冬田，那就得从华碧芳的田间过水。请你帮我去求得她同意……”

“你为啥不自己去呢?”

“嘿嘿，艾同志，她一个寡妇，我又没成家，去找她嘛，不合适。”

“那我就合适吗?”

“你是工作同志啊。你去访问农家，没得哪个会嚼舌条。多谢你啦，艾同志。”全大良说着，就去推艾振兴。他哪里知道，艾振兴其实是很愿意去的。

“你这家伙，倒会抓差。我连板凳还没坐热，你就……哈哈……”

“多谢，多谢啦！艾同志。”见艾振兴站起身，全大良高兴地叫起来，顺手提起他的背包说，“背包就放在我这里，我等你回来吃晚饭。今晚就住在我家里好了。”

艾振兴今天一大早离开县城的时候，就想到过要去看望华碧芳和小笋笋。刚才全大良的请求只不过为他提供了一个合适的借口罢了。他自己也说不清，为什么会对这母子俩产生一种眷念。他匆匆走出嘎多寨，离卡多寨近了，却又情不自禁地放慢了脚步。

那年，他发现华碧芳倒在风雨肆虐的山路上，救她到区卫生院，只是出于道义，一种对受难社员的关切。当时他对她了解不多，只知道何羽和沈平指使她在群众会上诉过苦，受到群众的嘲骂。得知她流产了，起初他感到厌恶。听到她在昏迷中哀声呼唤小笋笋时，他又升起了一种怜悯。接着，他发现她似乎受到很大的刺激，是谁给了她刺激呢？是谁把她推到这个境地呢？他问过她，她的回答是那样绝望而凄恻：“不要问。”这使他惊奇极了。事情的蹊跷引起他的思考。在吃晚饭的时候，他从沈平惊慌的神情里看出了端倪，在心里吐出了两个字：卑鄙！

善良的人们总愿意把同情投向弱者。在华碧芳住院期间，艾振兴把笋笋托付给华碧芳的邻居四娘。也许是四娘对华碧芳孤儿寡母的同情感染了他，也许是华碧芳自身的不幸和困难呼唤着他，使他决定扶助她重新站起来。他给她送去滋补食品，希望用这种无声的关怀引导她从绝望中走出来，他和传耕他们一道替她侍弄土地，为的是让她回来后看到一条往前走的路。尽管在三多大队提起华碧芳的时候，许多人总是摇头，但艾振兴从她遭受打击的痛苦中，从她不愿提起那个深深伤害了她的家伙，看出了她做人的自尊心并未泯灭，她是有可能站起来的。

华碧芳出院了，依旧孤苦伶仃地同小笋笋相依为命。她好像不愿惹起别人对她的注意，总是带着小笋笋独自在田间劳作。这偏偏被艾振兴注意到了。他鼓励她：要靠自己的劳动去争取幸福。她用感激的眼神回答了他。不知怎么，这眼神竟留在了他的心里。

艾振兴回到了县城，仍常常惦记着华碧芳和她可爱的儿子。他原本是个复员军人，复员后已在县委机关工作了好几年，虽然是个党员，却久久地未得提升。他的工资不高，但月月都要给在偏僻山乡的爹妈汇钱去，他自己的生活也就过得很简朴。经济的拮据加上他不善交际，也就没有成家。小县城里的姑娘多半是很会算计的，她们总巴望自己找的男人要么有一官半职，要么很会抓钱。工资低却又没啥实权的一般工作人员，她们是看不上眼的。好在艾振兴当了多年兵，对这种单身生活也习惯了。直到去年，爹妈所在的小山寨也兴起了联产承包，秋天，妹妹写信来向他报喜：家里有了余粮了；爹妈让他少汇点钱回家，自己积攒起来准备安家吧。县城里热心的朋友也给介绍过两三个对象，可是他却令人奇怪地挑剔起来。挑剔啥呢？他自己也说不清。

今年春天，他被派到屏源区了解情况，他悄悄带了二十几颗泡桐树种和给小笋笋的食品，绕道去了卡多寨。华碧芳惊喜地接待了他，甚至显得有些手脚失措。在他面前仿佛站着另外一个人，她收拾得整洁舒气，憔悴的面容消失，忧郁的眼神不见了，劳动甚至改变了她的体态。艾振兴很高兴，华碧芳开始站起来了。他在她的后园种下了泡桐树种，答应等树子长高以后再来看看。他不可能给她很多帮助，但他确实希望她和小笋笋得到幸福。

现在，那些泡桐树该长高了吧？华碧芳这半年过得怎样呢？他是有些疑惧的，怕她耐不住乡居的孤寂和劳累人的体力活，马马虎虎改嫁了，那对他会是个多大的遗憾和打击啊！刚才全大良讲起她还是个寡妇。他一下子宽了心，暗暗又责怪自己那些多余的担心。

其实，艾振兴知道，在偏僻的山乡，一个拖儿带崽的寡妇要改嫁是困难的。那不止是人们的旧意识作怪。生活的艰难也会使得许多人害怕去挑这重担。而现在山寨上的农民已开始得到温饱了，华碧芳要重新建立一个家，应当说并不是不能办的。那么，她在等待什么呢？

一想到这一点，艾振兴突然觉得心跳起来。其实，所谓说不清的事，是很清楚的。半年前，他来种下泡桐树那天，他们就已经互相传递过了信息，只是谁也没有把它挑明罢了。此刻当他很快就要见到她的时候，他的心跳咋个会不加快！

卡多寨和嘎多寨一样宁静。亮晃晃的阳光，乡间特有的澄净空气，高高低低的山墙，微翘的屋脊，以及飘散在寨子上空的缕缕炊烟，都使人感到一种心旷神怡的恬适。

阵阵雀鸟的叫声传来，几只喜鹊和一群麻雀，在挨近寨子的一块田埂上啄食。一个戴顶草帽、穿着色调明朗的碎花衫的妇女，正挥动着一根长竹竿，吆赶着那群欢乐的雀鸟。她的背影颀长苗条，碎花衫裹着浑圆的肩膀，看样子约莫二十六七岁。在挥动竹竿的时候她侧转了半边脸来。

艾振兴一眼就认出来了，那是华碧芳。他顿时感到血在往脸上涌，迟疑着要不要喊她。他们的距离还有点远，得提高了嗓门她才听得见。

华碧芳转过脸只一刹那，就又背过身去了。但她觉得刚才恍惚瞥见一个人影，那走路的姿势不像是山寨里的人。这会儿有谁来呢？她不觉又转过脸，想看个清楚，一下却愣住了，手头的竹竿也差点掉在地上。天啦，是他？果真是他来了么？

艾振兴望见她那痴呆的样子，不由得加快了脚步，扬手喊道："华碧芳！"

阳光是那样烁烁耀眼，空气中谷米成熟的味儿浓郁得醉人。华碧芳摘下草帽，微风拂动着她碎花衫的袖管，她那张妩媚的脸因欢喜和激动而显得凄婉动人。她听到了艾振兴的喊声，有点惶惑地一甩微显蓬乱的头发，两片嘴唇动了动，讷讷地问：“是你么？”

“是的，是我。”艾振兴疾步走近她的身旁，柔声应道，“你觉得很突然吧？”

“嗯。”华碧芳意识到自己感情外露了，掩饰地一笑，低头问，“你来寨上找哪个？”

“找你！”

“是吗？”她似乎不信，但眼里却闪出一道欣悦的光，“那……去屋头坐吧。”

“要得！”艾振兴高兴地应一声。看到华碧芳顶着骄阳吆雀子，他相信她真变了。

“你哪天到的？”华碧芳顺着田埂走在前面，头也不回地问。

“刚到。”

“刚到就来了？”

“唔。刚在全大良那儿落脚，他就托我来找你……”

“他托你找我？”她截断了他的话，语气中透出点疑惑，“啥子事？”

艾振兴以为她不信，解释说：“真的。他说，他有块田在你田块下头，他想挞了谷子整成泡冬田，请你同意从你田头过水。你答应吗？”

“都是寨邻，我会不答应嘛！”华碧芳似觉得人家小看了她，带着点不满说，“全大良不托你，你不会来的吧？”

“要来的。”

“怕是假话。”

“真的，是真话。真心话。”

听他说得很真诚，她轻叹了一声，不再说话，只是匆匆往前走。

艾振兴搞不懂她为啥叹气，有点不安。全大良拜托他的事已经顺利完成了，他本该转回去了，但他仍随她拐上了寨路，走进她家院坝。

华碧芳掏出钥匙开了门，艾振兴一步跨进门槛，没话找话地说：

“寨上好静呀!”

她给他端来板凳，顺手拿过一条围裙在板凳上抹了抹，说：“都赶场去了。”

“咋满寨人都去呢?”

“嗨，肚皮有了饱饭吃，手头多少找来了一些活路钱，屏源镇上的场街又是那么兴旺，还能不去凑个热闹。”她一边替他沏茶，一边解释，“再说，马上要挞谷子了，镰刀要买新的，煤油要备足，断了的箩索要新配，为这些也得跑一趟呀!”

艾振兴这才觉察到，她的话音发颤，胸脯微微起伏着，递茶给他的时候，两眼下垂，手有点抖，掩饰不住内心的惶悚和激动。

“你咋不去呢?”他接过茶问。

“我?”她惊讶地睁大了一双黑浸浸的眼睛，黯然说，“我去做啥!”

“你也坐吧。”艾振兴感到她心底的创伤并未平复，忙换了个话题，“小笋笋呢?”

“你没看见吗? 他和几个大娃儿在扎稻草人玩呢!”华碧芳坐下了，又轻轻叹了口气，“我现在啥也不想了，只想尽心种好责任田，再艰难也要把小笋笋带大……”她停住了，两颗晶莹的泪珠，溢出了眼眶。

艾振兴有些慌神了，不知道该怎样宽慰她。他喝了口茶，吃力地说：“我说，你应当看得远些。日子不会像过去那样艰难了。大家都会关心你们的。你看，今年春天我不是说过，等到秋天来……”

“你!”她忽然抬起了头，目光里闪烁着哀怨，“一去就跑没了影子，是想家了，急着回去吧?”她睁大一双泪莹莹的眼睛，声气颤巍巍地问，几乎听不出她是在有意识地试探啥。

艾振兴诚恳地点了点脑壳，说：

“是啊，常在乡间跑，有时候真想家……?”

“啊”！华碧芳掩饰不住内心失望地轻叹了一声，两眼里蓄满了泪水。闹半天，他是有家有口的人哪。

“我的家也在乡下，比三多大队还偏远，家里有爹妈，有兄弟妹子。”艾振兴喝过几口茶，细细地摆谈起来，“一个人过日子，自然会常常想到家里的人，想到乡间的难处。因而，也会想到你同小笋笋。想来看看你们。”

“哪个晓得你来不来。”华碧芳微噘起嘴，放声嗔怪起来，随着艾振兴娓娓而叙的摆谈，弄清了他确确实实还是单身一个，她的心情又豁然开朗了，率直地说，“也不想想，人家心头是个啥滋味!”

感情的闸门忽然打开了。艾振兴觉得心里一阵颤动，憨厚地笑了笑：“我……我以后争取常来……”

“哄人!”

“当真的。不骗你!”

“噗哧”一声，华碧芳破涕为笑了：“这回能住多久?”

艾振兴想到了此来的任务，轻叹一声：“怕要住一长段日子……”

“你嫌乡间苦吗?”听他叹气，华碧芳转过身盯住他问。

“哦不！那……”

“我只是有些担心天气要变，眼看又要秋收了。”艾振兴觉得有些话不好对她说，便撒了个谎，转而问，“哦，对了，春天我在后园栽下的泡桐种子都成活了吗?”

“活了，活了!”一听这话，华碧芳顿时兴奋得脸上放光，顺手扯了他一把，“走，去看一下，蹿得好高哟!”

艾振兴随着华碧芳走出后门，来到后园子里。果然，一株株高出坝墙的泡桐树苗，在微风中撑开一把把绿伞，亭亭玉立着。

“哎呀。太好，太好了!”艾振兴喜形于色的搓着双手，称赞道，“你把它们照料得真好。这说明，团转的田土完全适宜于泡桐的生长。”

艾振兴的情绪也感染了华碧芳，她跟着乐了：“适宜是适宜。你栽它有啥子用呢?”

“咋个没得用。跟你说，泡桐是优质速生树种，满身都是宝，育成大苗以后，可值钱啦！现在外国还刮起了一股泡桐热哩。你想，国家急需木材，个人又能很快得到收益，我们应该积极栽培发展。”艾振兴眉飞色舞地讲了起来，指着泡桐大苗说，“你育这二十几株大苗，不恼火吧？”

“恼火个啥，顺手一带就育起了。”

“要是育二百多株呢？”

“那也费不了好大事。”

“两千多株呢？”

“那怕要淘点神了。”

“两万多株呢？”

“我哪来这么多田土育呀？”华碧芳乐呵呵地笑起来，“莫开玩笑了。”

“不是开玩笑，三多大队团转不是有好多宜林的荒坡坡嘛。”

“那是集体的呀！”

“集体的坡荒着，不可惜嘛！现在，你育这二十几株大苗已有了些经验，明年，我给你再找点种子，先在你的自留地、自留坡和承包的坡上全育起泡桐苗，等育出大苗了，二天再去开发集体的宜林荒坡。”

“我疯了吗？要栽那多泡桐大苗。”

“不是疯。你晓得吗，这么一株泡桐大苗，卖好多钱？”

华碧芳茫无所知地摇着头。

“林业部门收购，二角出头点一株。市场上卖四五角钱一株，抢都抢不赢。”艾振兴一本正经地说，“现在我们月光县、眉光县，整个石桥地区，急需泡桐大苗，可以说是泡桐苗奇缺！有几万株，几十万株，几百万株都有人要。你这就做了一件大好事啦！”

“哎呀呀，真不晓得，真的不晓得！”华碧芳被艾振兴的一番话逗起了极大的兴趣，两眼闪烁着晶莹的光，似乎看到了一派灿烂的前景。她一把拉住了他：“走，回屋头去，你给我细细摆一下。今天，就在我这里吃晚饭……”

“我可以摆一下。我有个堂哥在地区科委工作，我听他讲得心都热了。这些泡桐种子，就是他给我的。”艾振兴一边随华碧芳进屋，一边说，“晚饭，我不在这里吃了……”

刚跨进后门的华碧芳呼地一个转身，两眼火辣辣地盯着艾振兴：“咋不吃呢？”

“我的铺盖还在全大良那里。他说好了，等我回去吃饭。”艾振兴站在后门口。

华碧芳闪闪发光的两眼翳暗下去，身子瘫靠在门框上，冲动地一把拉住他的手：“说，你说，是不是我出过那种事，你瞧不起我，是么?”

“不，不是。”艾振兴慌忙说。

华碧芳把他的手抓得那么紧，女性那股温存的气息也迅速地传递到了他的身上，她的脸上显出幽婉怨尤的表情。艾振兴的心热了。

“那你为啥不在我这里吃饭呀!”她竭力忍住啜泣，泪珠还是滴落在了他的手背上。

艾振兴浑身烘热起来，血液在这一瞬间齐往脑壳上涌。他瞅着两眼泪汪汪的华碧芳，双手抓住了她一只粗糙的巴掌，轻柔地抚摸着，声颤颤地唤道：

“碧芳……”

华碧芳仰起脸来，双眸凝定了似的久久望着他睫毛上挂着细碎的泪珠，像在答应他的低唤似的，两片微显干燥的嘴唇无声地嚅动了一下，身不由己地微颤着朝艾振兴靠过来。

“妈，阿妈!”门前院坝里，传来小笋笋清亮亮的喊声。

艾振兴委婉地扶住华碧芳的肩，轻轻抚慰了一下，柔情地在她耳边低声说：

“小笋笋回来了，我看看他去……”

78

“好啊，好啊，绝好的一份材料!”县委书记常爽精瘦的身子在木扶手沙发上直起来，连声叫好，随即从衣兜里摘下钢笔，把材料的题目刷刷划掉，仰起脸来说："除去这个吓人的标题，我看这份材料处处都要得。哈哈，真是踏破铁鞋无觅处，得来全不费工夫。毓秀，毓秀！"他转过脸，朝小小的厨房间欢声叫着。

"啥材料看得你这么欢啊！"县妇联主任尹毓秀腰间扎一块围裙，双手捧着灌满的暖瓶走进屋来，偏着脑壳，微眯起眼睛瞄了一下茶几上的《情况通报》。她一眼看到标题已被钢笔划掉，不觉一怔，轻轻地把暖瓶放下来，问："你是称道这份材料吗？"

"是啊！你看过吗？"常爽的食指轻轻敲击着茶几问。

"看过，都是一个星期前的事了。"尹毓秀在另一张沙发上坐下，端起常爽的杯子，喝了一小口茶。

"那你咋个不同我讲？你有什么想法？"常爽一迭连声地问，"是不是感到新鲜？"

尹毓秀笑道："你刚从省党校回来，不是已经看了很多材料吗，还需我啰唆啥呢。"

"这份材料不一样啊，很有意思，很值得重视。"常爽依然很兴奋。

"是啊，这在县里也引起许多议论呢。"

"什么议论？"

"说啥的都有。有同志认为，三多大队出现的这些新情况，不管怎么说，比前些年饿饭、出外去讨吃强多了。短短几年间，发展这么快，原因何在，值得冷静下来细致地调查研究……"

"对！说得对啊。同鄙人看法一致。"

"但是大多数同志读过以后，惊讶之余，都表示忧虑。"尹毓秀不觉皱起了眉头，"他们普遍认为，如此发展下去，贫富不均，两极分化，几年之内就会显出恶果，富者良田千顷，贫者无立锥之地，太危险了！好些同志觉得，应该及时弄几条硬性的规定，限制这种畸形发展。"

"杞人忧天。"

"这份《通报》之后，还有个补充材料，你看了吗？"

“讲景传耕要办砖瓦厂，同意转包田土，批准卖出计划外生猪这三件事的……”

“对对对！就是这一份。”

“读了读。你觉得怎么样？”

“坦白讲，我也有些困惑，这个景传耕，胆子也真大，他这些新花样，三十多年来谁敢？……”

“好就好在他胆子大嘛！”常爽一拍膝，赞赏地说，“要不是他胆子大，敢于抵制修烂提篮水库，提出联产承包，说不定我们还在瞎指挥蛮干哩！两年前，为收头季承包的庄稼，斗争何等激烈，不是他敢于坚持责任制，月光县能有今天这个局面吗？我说这小伙子的胸怀、心境、目光，都有些非凡哩。我看，他才是新一代农民。”

尹毓秀默然点着头，接着问道：“可是他搞这些新花样，不是走得太远了么？”

“这有什么值得担心的？”常爽把身子转向妻子。住了一年半党校，他的肤色白净多了，精神状态也比原先好。他抓起杯子，“咕嘟咕嘟”喝了两口，说：“实在话，让我去住党校，是有些人嫌我在月光县碍手碍脚，想把我挪开，好让他们来玩手脚。结果咋样呢，联产承包责任制不但没给挡住，相反迅猛发展起来了。这叫作大势所趋。我呢，在党校那优雅安静的学习环境里，倒认认真真读了点书，思考了些问题。我时常想，责任制使大家有了饭吃，往后咋个办呢？我们的现代化农业该是个什么样子呢？路子怎么走呢？毓秀，考人哪！我同其他学员讨论过这问题。有人说我想得太远，是浪漫主义，有人说我还会摔跟头……”

“很可能。”

“那又算什么！你得承认形势要发展，历史要前进！”常爽激动地挥着手说，“我们全县三十万人口，有二十几万拴在田土上用锄头镰刀搞饭吃，就那么单一，月光县的经济怎么会不落后！面对这种情况你难道不着急么？我翻书，看文件，渐渐明白了一点：既然责任制已经证明用不着那么多人搞饭吃，那就应当放手让农民去发展别的生产。刚才看到这份材料，我真高兴，景传耕居然已经干起来了。要前进，要发展，就得允许八仙过海，各显神通。我真坐不住了……”

“急性子又来了！”尹毓秀瞅着丈夫，温婉地说，“学习了一年半，一点进步也没得！”

“江山易改，本性难移嘛，哈哈！”

“常爽，我没有你想的那么多。听来，你也不是毫无道理。不过，你得听我劝。”尹毓秀轻轻地拍着常爽的手背，郑重地说，“你瞧，人家何羽何副书记都变得不那么冲动了。他反对景传耕搞的这一套，就很用心思，组织调查研究，整出了这么一份材料。你呢，你要支持景传耕，难道不需要深入地作些调查研究，不需要静心地思考？”

“坐在家里怎么调查研究呢？”

“不！我不是反对你下去，是希望你冷静地看一看，想一想。常爽，看来这份材料是确确实实的，并不需要你去核实。眼前的情况也跟两年前不同了，那时群众饿着肚皮，形势一触即发，需要及时赶下去。现在，你刚从党校回来，就有种种议论，有的说你不会任一把手了，要下，有的说你还要调走，多少双眼睛在盯着你。你呢，毕竟离开了一年半，好些情况生疏了，这就更需要冷静。”

“嗯。”常爽的身子朝沙发上一靠，思忖着应了一声。他被妻子说服了。

“再有，”尹毓秀抓住机会，把心里话全掏出来了，“那天在县直机关欢迎你回来的会上，你放了一炮，说要在月光全县推广责任制。你注意到了吗，何羽接着你发言，拐弯抹角地表示了异议。有人就在背后议论，说你又要挑起一场争论，激化矛盾。”

“事实证明，联产承包责任制见效快嘛！我不怕争论，也不想回避矛盾。”

“那也不能由你一个人说了算啊，得让大家弄通了思想，心情舒畅地去干哪，”尹毓秀把脸凑过来，亲切地望着常爽，“比如眼下三多大队发生的情况，好些同志，包括我，都感觉困惑、忧虑。总不能说都是抱着成见吧？认识有先有后嘛！”

常爽的眼睛使劲地眨了两眨，跳起来，在屋子里来回走着，搔着头皮道：“好，毓秀，你提醒得好！这是我没想到的。嗨，你没去住党校，进步也不小呢。哈哈哈。”

“瞧你，哪个和你开玩笑唷！”说着，尹毓秀清脆地笑了起来。

笑声未落，门上“砰砰砰”响了几下，是个很不礼貌的来访者。

夫妇俩相对瞅了一眼，常爽对着门高声道：“请进！”

虚掩着的门被重重地推开了，门板“砰”一声撞在墙壁上。平房门口低低的台阶上，站着个五十出头的瘦高汉子。

“嗬，金元盛。”常爽认出了来人，热情地邀请着，“快进屋坐。”

金元盛一步跨进门槛。他黄蜡蜡的脸上挂着不悦的表情，左手拎着四服包扎在一起的中药。

“胃气痛又犯了吗？”常爽关切地问着，又伸手指一指沙发，示意金元盛坐。

金元盛并不坐下，只生硬地点了一下脑壳，说：“来县城看病，听说你住党校回来了，特意来找你……”

“嗯。”常爽瞅着他不大自然的神态，估计他是在工作中碰到了啥难题。

“坐吧，金书记，在沙发上坐。”尹毓秀倒出一杯茶来搁在茶几上，再次请他入座。

金元盛瞅了眼人造革面子的简易沙发，拉过一张小靠背椅子，一屁股坐下去，直通通地说：“我是来找你辞职的。”

常爽不由得吃了一惊。金元盛是月光县城关区城北公社跃进大队的优秀支书，省劳动模范，全县最年轻的老土改根子。他领导的跃进大队几十年来都是月光县的一杆红旗。好好的一个基层干部，为啥要摔乌纱帽呢？

常爽淡淡地一笑，平心静气地问：“咋个不想干了呢?”

“干不下去了。”金元盛气冲冲地说。

“有人顶撞了你?”

“顶撞，哼，只差没有围攻了!”

常爽暗中疑讶，金元盛今天是怎么了？他是个稳得住劲的慢性子，说话从来都是慢条斯理、一板一眼的呀!

“说说，仔细说说你要辞职的理由。”

“我有啥理由好说，满寨人吵到我家院坝里头，说是你讲的，月光全县都要划分田土，跃进大队也不例外。他们就为这事找我闹。”金元盛说着话，十根手指都在打抖，“起先我不相信，问了县里有些干部，说你确实讲过这话。常书记，你讲过没得?”

“我讲过要推广生产责任制。”

“讲过，好！那么我问你，跃进大队的挞斗加工组，咋个划分法？我们大队有一辆大拖拉机，二辆手扶拖拉机，咋个划分到各家各户去，是打碎了分铁片片，还是拆散了分零件?”金元盛激忿地伸出了一只巴掌，两眼红红地瞪着常爽，“常书记，你身为共产党员，一个县的总头头，咋个可以随随便便地这么说呢？你支持屏源公社的三多大队闹单干，那是他们穷得饿肚皮，没有饭吃。你要跃进大队退回去那样干，是啥意思？我问你，社会主义的道还要不要走下去了？三十年来，我跟着党，一步一步走到今天，哪一步踩歪了脚印，你说啊？你这么干，是在拔跃进大队这杆红旗啊，常书记。我莫法干了，你让我辞职吧，我身体也不好，常犯胃气痛，你批准我吧！要划分田土，要闹单干，你另请高明！……”

“不，我不批准。”常爽摆了一下脑壳，“你还得干下去。”

“要我干，就只能按我们那一套，我不搞那些歪门邪道。”金元盛斩钉截铁地把手往下一劈。

“可以的。完全可以用你原先那套办法干下去。”常爽这会儿显得少见地冷静，“不过，我得向你申明，景传耕在三多大队搞的责任制，不是歪门邪道。”

“是啊，你是不会说他们搞邪门歪道的，我不同你争论。我是支书，只管得着跃进大队的事，你是县太爷，你管着月光县这一块天，我当然管不着！只要你答应我们不搞责任制，那就行了。”金元盛站了起来，冷冷地说，“说话要算数。”

“算数。金元盛同志。”

“那我走了。”金元盛一点脑壳，瞥了眼站在里屋门口的尹毓秀，转身走了。

屋里一片沉静。远远的，从县城赶场的大街上传来市井的喧嚣声。常爽心情沉郁地踱到沙发前坐下来，闭上了眼睛。金元盛的来访，太出人意料了，他得细细想一想。

尹毓秀轻轻走过来，重新掩上了门，隔断了隐隐传来的市声。她蹑手蹑脚在常爽身旁坐下，耳语般地说：“去党校学习一阵，还是有成效！你这个急性子，今天也沉得住气了。”

“不得不如此。”常爽睁开了眼，慨叹了一声。

“你得承认，金元盛是个好同志。”

“是的。”常爽的嗓音有点嘶哑。

“而且，也不能单纯地说他思想僵化。他有他自己的见解和思考。”

“对。”

“可他反对你。”

“嗯。”常爽像没有回答的勇气，声音低得只能让人感觉到。

“叮铃铃铃铃……”茶几上那架台式红壳电话机，带着点尖啸声响了起来。

尹毓秀抓起话筒：“你哪位？……噢，是何羽同志……他在……”

常爽从尹毓秀的手里接过话筒：“何羽吗？……嗯，你说吧，说吧！我听着……嗯，嗯，嗯，噢，请把两段批示再念一遍……听清了，行啊！再见。”

搁下话筒，常爽的脸色整个儿都变了。两条眉毛紧拧在一起，眼神严峻得吓人。

尹毓秀望着他步履沉重地来回走动，忍不住问了一声："出了什么事?"

"三多大队的这份材料，省委第一书记卓然同志和地委苏副书记都有批示。"

"说了些什么?"

"要纠偏。"

尹毓秀的两眼睁大了，那目光带着一种惊异，一种隐忧，又似乎在说，看吧，我让你谨慎些还是对的。

常爽却没注意妻子的神情，独自来回不停地踱着步子，喃喃自语着："卓然同志咋会有这个批示呢？在党校时，不是传说他的癌症进入了危险期，已住进六〇六医院了吗……唉……真捉摸不透……"

79

翠花宾馆的环境就是不一样，吉普车一驶进宾馆的大门，何羽就感觉出来了。人工湖边垂柳掩映，特意培植的菊花盛开在花圃里，周围的几株玉兰树枝繁叶茂，到处是一片浓荫，空气清新而凉爽。这里是禁止闲杂人进出的，故而又显得格外宁静、整洁。来自月光县的吉普车驾驶员偶然按一下喇叭，也觉得很刺耳。

停车场上的那两辆小车，何羽一眼就认出来了，其中一辆奶油色上海牌轿车，是地委苏维山副书记常坐的。

吉普车刚停下，宾馆主楼挂着印花薄纱的铜把手大门开了，走出一个清瘦的小青年来。他是苏维山的秘书小姚。

何羽见小姚站在台阶上招呼他，回头对驾驶员说了句什么，便提着拎包，匆匆跑上七级阶梯，向小姚伸出手去："上午的电话，是你挂的吧?"

"是的。苏书记正在等你。"小姚拉着何羽的手道。

何羽却不急于进门，把小姚拉到玉兰花状的灯柱旁，小声问："什么急事?"

“省委领导要召见。”

何羽抿了抿嘴，一双眼睛在镜片后面掠过一丝惊喜的光，但倏忽一闪便消失了。他又沉吟着对小姚说：

“下面有些风传，听说了吗?”

“哪一方面的?”

“石桥地委班子……一把手……?”

小姚眉头一耸，竖起食指放在嘴上，示意何羽说话注意。何羽瞅瞅左右无人，往小姚跟前又凑了凑：“你们没听到啥?”

“下面说些什么?”小姚反问。

“把你配备给苏书记，下面本来都认定苏书记是当然的一把手。可最近吹来一股风，说这靠不住……有这说法吗?”

“有这说法。”

“还说很可能是常爽……”

小姚的手搭在何羽的肩头，轻轻拍了几下：“说啥的都有……走吧走吧，苏书记可能在楼上窗口看到你来了。”

何羽听出小姚不想议论小道消息，自我解嘲地一笑，同他并肩走进楼房去。因为没听到确实消息，心里仍痒痒的。

深红色地毯一直铺设到苏维山的套间门口。套间里，也铺有一块本省出产的地毯。苏维山正背着手，站在长沙发边，观赏着地毯上那具有少数民族特色的花卉图案。他那结实宽厚的背，像堵墙似的立在何羽眼前，何羽在门口迟疑地站停下来。

“苏书记，何羽同志来了。”小姚高声替他通报着。

“噢，”苏维山一个敏捷的转身，线条明晰的脸上挂着笑，向何羽伸出一只手来，“你来得好快，不耽搁时间了，卓然同志要见我们。你……你这个样子，风尘仆仆的，先去盥洗间洗洗脸吧。”

何羽显然有些激动：“卓然同志？不是听说他病得很重吗?”

“是的。不过他仍然很关心我们的工作。”苏维山说，伸手示意何羽去盥洗间。

盥洗间里雪白的菱形瓷砖铺地，弥散着一股蜂花檀香皂的味儿。

何羽嗅嗅鼻子，朝明光锃亮的镜子里瞅了一眼，才发现自己满脸尘垢，乌黑的头发也是灰蒙蒙的。他抓过一条白毛巾，打开水龙头，擦洗起来。

省委第一书记要召见。这就是说，卓然同志在重病中还关心着月光县的情况。应当向他汇报些啥呢？对，得问一问苏书记。

当他容光焕发地走出盥洗间时，苏维山满意地打量了他几眼，硕大的头颅矜持地点了点，紧抿的嘴唇边透出了笑意。

“苏书记，”何羽见苏维山站着，自己也不便坐下，请示道，“卓然同志召见我们，可能谈什么呢？要不要准备一下……”

“嗯。”苏维山缓缓地转过身去，拿起写字台上的一份文件，递给何羽道：“多半是谈这个。你看看，没啥差错吧？”

何羽接过来一看，是石桥地委的《情况通报》，内容和他签发的月光县的通报一样，只是补充了后来搜集到的情况。

何羽匆匆浏览了一下，仰起脸说：“没得差错，苏书记。这些情况，都遵照你上回的指示，派人下去核实过。”

“我忘了，这份材料是哪个整理的？”

“哦，是屏源公社的民政助理蒋学谦，根据他平时和群众接触，听到的反映、搜集到的情况整理的。”

“可靠吗？也是他去核实的吗？”

“是公社副书记沈平带着他，一起去三多大队找社员群众核实的。可靠。”

“那好，我们走吧。”苏维山看了看表，“趁午饭前卓然同志精神最佳的一个小时，抓紧点，听听他的指示。”

两人一前一后走出了苏维山住的套间。小姚在隔壁客房里看到了，赶紧跟了出来。

一条平整的柏油马路连打几个弯，拐进一片郁郁葱葱的山谷。何羽坐在苏维山的小轿车里，无心观赏这一片幽深的景致，一心猜测卓然召见他们的意图。听苏维山的口气，好像第一书记是欣赏他们这份材料的。

在六〇六医院高干病房楼前下了车，何羽拘谨地跟在苏维山身后，随着卓然同志的秘书走进了病房。

卓然同志瘦削的脸微显黄肿，眼睛似乎失去了往昔的神采。他半躺在可以自动升降的床上，看到苏维山和何羽进屋，嘴角颤动了一下，微微抬起手来，算是打了招呼。

苏维山手指着何羽给他介绍："这位是月光县委副书记何羽。"

卓然抬眼看了看他。何羽颇受感动地笑着，正欲举步上前去和第一书记握手，秘书低声告诉他，遵照医嘱，不要同卓然同志握手。何羽惶惑地点了点头，瞥了卓然一眼。

秘书招呼他俩在离床不远的沙发上坐下，倒上茶，便退到隔壁屋去了。

病房里一片沉默，窗外传来几声鸣啭悦耳的鸟语。何羽目不转睛地望着卓然。

卓然微合眼睑，似在察看自己多皱的手背。约莫静寂了两三分钟，苏维山轻轻地干咳了一声，打破沉默：

"卓然同志，你今天感觉好些了吗？"

"嗯。"卓然的声音像是从喉管里迸出来的，很费劲，"一天比一天差劲。"

"还望你多多保重，早日康复哪！"苏维山语调柔和，满脸堆笑，谦恭地望着卓然。何羽平时看惯了这位地委领导那种矜持自信和长者风度，这时忽然发现，在省委书记面前他似乎变成了另外一个人。

卓然同志的手又抬了一下，猜不透他是什么意思。好像他要阻止苏维山说这些无用的话，又好像是表示他的时间不多。他眼皮动了动，说："讲一点下面的情况吧。"

"好的。"苏维山双手扶着膝盖，那姿势使他的高大身材显得矮小了，"典型材料我已给你送来了，那是够严重的。就石桥区来说，今年搞各种各样生产责任制的，达到了百分之五十五到六十，这里头包括定额包工，包工到组，包产到户，包干到户。绝大部分是包干到户，也就是月光县三多大队景传耕前些年最早搞起的那种形式。

集体经济几乎瓦解了，实在令人担心。”

苏维山转过脸来，笑着朝何羽点点脑壳，示意他介绍县里的情况。

何羽双手交叉在肚皮前头，前倾身子道：“月光县的比例已达到了百分之八十，绝大多数是包干到户，也即群众说的一包到底。像屏源区五个公社，除了紫竹垭公社，都是搞景传耕那一套的。全县只有一些交通便利，集体经济较巩固的大队、公社在顶这股风，可是也受到很大冲击。尤其这次常爽同志刚从省党校回来，就在县的各级干部会提倡全面推广责任制，把大家思想都搞乱了。”

“真是乱弹琴！”苏维山接着道，“我记得，去年夏天，卓书记有过指示，既然中央指出，深山、偏僻地区的孤门独户，实行包产到户也应当许可，那就适当放开一点，但比例最好在百分之十到二十之间，绝对不能超过百分之三十。可现在，嗨！”苏维山拍了一下膝盖，表示他的忿然。

卓然似在闭目养神，并不动容。他喘了一口道：“省里面，来信来访者很多，像你们，像常爽都知道吗？”

何羽不知卓书记指的是啥，茫然地瞅着苏维山。苏维山说：“我知道。责任制大规模推开，造成许多新矛盾。五保户、困难户、职工家属、军人家属有的不理解，有的忧心，有的反感，纷纷来信来访，地区也接待了不少。常爽在省党校学习，他应该晓得。”

“是啊！”卓然同志说话的声音突然低弱下来，喉结上下蠕动，每吐一个字，都显得很困难，“在省里面学习，中央的精神，他……他不会不晓得吧……”

苏维山接道：“可他偏偏爱出风头，闹点新花样。他也不认真考虑一下，全面铺开了，局面怎么控制？单一个三多大队就出了那么多纰漏，问题够严重了！……”他瞥见卓然嘴唇动了动，知道他要讲话，马上刹了车。

“喻帆同志到北京开会去了。据说在北京也有争论。”卓然一字一顿地说着，移过床头边的一份《情况通报》，递了过来，“三多大队出现的问题，我批了一下，你们看一看，办一办，作个处理。”说完，他大口地喘着气，合上了眼帘，显得十分疲乏。

苏维山赶紧离座接了过来，当即看了两遍，便转手递给何羽。何羽一看，在地委的《情况通报》上端，有一段简短的批语：

搞了责任制，要防止贫富不均，两极分化。像这份材料上的情况，已很严重。要及时纠正。

批语是用蓝色水笔写的，字迹清晰，只是卓然的签名有点潦草歪斜。

何羽拿着这份批示，手微微抖动了。最早收到蒋学谦搜集整理的那份材料时，何羽划掉了那些露骨攻击的话，让县里编发一期《情况通报》，只是想提请各级干部注意，还想让即将回县的常爽看一看，当初领头闹责任制的三多大队，已发展到多么危险的地步。他没有想到地委副书记苏维山会如此重视，让他派人下去认真核实；更没想到省委第一书记会看到这份材料，在重病中亲笔作了批示。他怎能不激动呢！这就是说，他的工作有了成效，领导上器重他呀！

“请你放心，安心养病。我们会及时地执行你的批示。”苏维山已经站了起来。

卓然眼帘微启，略略点了一下头。

第一书记的秘书又出现了，何羽随着苏维山向卓然同志告辞。卓然还是像他俩进来时一样，嘴角颤动了一下，稍稍一抬手，算是道别。

苏维山和何羽又钻进那辆奶油色的小轿车后座，两人都有点踌躇自得，眼里闪出凯旋的光。轿车驶出了一截路，苏维山那只宽大厚实的巴掌压在何羽的手上，问：“来省城之前，你有过什么布置吗?”

“我派了县委办公室的小艾先到三多大队去了，没交代具体任务。”何羽笑道，“你不让我来省城，我今天也要赶到屏源公社去。

公社已经接到县工商行政管理局的指示，扣下三多大队要卖出去的猪。”

“好，抓得及时。”苏维山在何羽的手背上拍了两下，赞赏道，“不过，何羽啊，我们应该吸取过去的一点教训，不要打无准备的仗，这一次甚至不要打准备不充分的仗。回到宾馆你在我这里吃饭，根据卓然同志的批示，我们再好好地研究部署一下。”

何羽爽朗地一口答应：“要得！”

午后两点半钟，何羽坐上吉普车，赶回月光县城去。

他怀抱着的那只提包里，藏着省委第一书记卓然和地委副书记苏维山的批示抄件。苏维山的批示带着一股火药味儿：

此件迅速复印三百份，送石桥地委处级以上干部和各县正副书记。为了及时贯彻执行卓然同志的重要指示，我意地委常委会先议一下，会后由地委、月光县及屏源区、公社抽调干部，组成精干的工作组，进驻三多大队纠偏。

是的，纠偏！得抓紧时机。何羽只觉得吉普车开得太慢，盘旋山路的弯拐太多。他真恨不得插翅飞回到月光县城。他有多少事要办啊！首先，是了解屏源公社的情况，同时告诉沈平，他今天不到屏源公社去了；然后，要把两位书记的批示尽快转给常爽，为了避免纠缠，打个电话转告他最合适；接下来，他得排除一切干扰，把所有的琐碎事往边上放一放，集中全副精力来贯彻执行省委第一书记的指示。像苏维山说的那样，不打准备得不充分的仗。这回啊，景传耕，你就等着吧，看看到底是谁对谁错。想到这儿，何羽不由得笑了。

80

听到蒋学谦报告，被扣了肥猪的三多大队社员，闹哄哄地吵到公社来了，沈平一下着了慌，俊俏的脸上也露出了不安的神色。

“你说吧，咋个办？”蒋学谦催问着。

“呃……”沈平撩起了白衬衣的长袖子，转过脸来。蒋学谦那对混浊的眼珠正乜斜地瞅着他，观察他的神情。他顿时觉得不能在这人面前显出自己的慌张和无能，得镇定着点。他双手抱着膀子，又朝着走廊处踱了两步，问：“你请来的那些民兵呢？”

“留下三个人在肉食站看守那群猪，其余的都随我来了。”

“在哪儿？”

“我让他们在公社礼堂里歇气。”

公社礼堂就挨着大院坝，沈平放心了。他想了想，吩咐蒋学谦：“你去跟他们打个招呼，随时听候命令，不要乱跑。”

“不用去讲，我都关照好了。”

“要他们注意，对群众不能太粗暴。”沈平又叮嘱，“尽量避免和群众正面冲突。”

“那咋个压得住这帮家伙啊？”蒋学谦不以为然地说，“沈书记，你倒心肠好。”

“依你说，该咋个办呢？”

“要依我说啊，对为首闹事的，绑他几个，啥事都不会有了。”

沈平摇摇手，还想说什么，只听得公社大院坝那边响起一阵喧嚷。他眼珠朝边上一转，忙说：“你快去把郝老虎喊出来。记着，顺便把我那扇门从外头锁上……”

“咋个了？”

“景传耕在我屋头，谨防他……”

“懂了。”蒋学谦搔搔头皮，“那你呢？”

“我去看看是咋个回事。”

沈平来到公社门前台阶上，只见一群人呼隆隆向公社拥来。费正明举起双手在高声呼喊：“嗳，乡亲们，听我说，有话慢慢讲，闹可不成啊！不可挤呀，不要挤呀！……”

人们的喧嚷淹没了他的话，他怎样也挡不住怒冲冲的人群。眨眼间，人们像山洪般漫进了公社大院坝，呼啸声，议论声，叫骂声，闹哄哄地响成一片。沈平没料到会出现这么大的阵势，想转身退走，避开这股锋芒，但已来不及了。

“看啊！当官的在那里，他是副书记，二把手，问他去!”喊话的是邹启春。

人们的注意力一下转向了沈平，拥到台阶前来。沈平只得站住，极力镇定着自己。

最先跑过来的是于老古。他一脚跨上石级，气喘吁吁地质问：“沈书记，你说，凭啥扣我们的肥猪?”

“他们眼红啦，”邹启春怒吼着，“想赚我们的便宜!”

“没得那么撇脱！猪是我们一桶一桶潲喂大的。要想吃便宜啊，休想!”

“喊他下命令，把猪还我们!”

“快下命令吧！沈书记。”

沈平不动声色地听着这些叫嚷，显得很坦然。他提醒自己千万不能动怒，更不能和这么多群众发生正面冲突，那样不仅本人很可能吃亏，还会在所有的赶场客面前留下一个恶劣的印象。他极力沉住气，笑眯眯地瞅瞅这个，望望那个，耐心听着农民们那些不中听的话。

众人吼过了一阵，声浪稍稍平息下去了。沈平的目光投向站在人群一侧的费正明脸上，嗓音不高不低地问：“费正明，闹闹哄哄的，是咋个回事啊?”

“唉，不就是为那四十头猪嘛!”费正明两只粗黑的巴掌一摊，溜了大家一眼。

“你刚才不是问过郝老虎了嘛。”沈平显得既庄重又沉着。

“是啊，我是去问过他……”

“你咋个不跟大家讲清楚呢?”

“我讲过啦！可他们……他们不服啊，你想想，沈副书记，你也是寨子上出来的，一个农民，喂头猪多么不容易。”费正明扳着指头数叨起来，声音越来越响，“上坡掏猪草，宰猪草，推包谷，煮潲，还要担忧生瘟、得病，一年累到头……”

“这我晓得。”沈平摆摆手打断了他。

“你晓得就好啊！眼下，说扣就扣下了，大伙儿咋个心服呢！”费正明吁了一口气，总算抓住这机会，为大家申诉了。

“你们的心情我完全理解，我也是农民出身嘛！”沈平漂亮的脸庞上浮着诚挚的笑，把目光移向群众，不急不慢地说，“大家也该晓得，我们这些公社干部，在群众面前，是官，是领导，可对区上和县里的领导来说，我们又是下级。贯彻上级的命令、指示，是我们的义务。扣你们猪这件事，是县工商行政管理局下的命令，我们能不执行吗？”

费正明连忙上前一步，央求说：“沈副书记，那就麻烦你，代我们三四十户农民向工商局反映一下，我们是不晓得规矩呀！”

“是嘛，不晓得不为过。”于老善也挤开两个人走上前来，混浊的眼里闪着泪光，“说不能卖，我们不卖就是了，还不行么？沈书记，我们这些人找钱不容易啊，不比你们当干部的，每月到时间领钱……”

“哎呀，不要低声下气求他了，这些人的心肠硬得狠！”邹启春眉毛一耸，跺着脚打断了于老善的话，“你们都莫信他的鬼话！啥上级的命令，这么大的事，工商局咋不派个人下来问问？明摆着是找岔子整人嘛，还吆来那么多民兵拿枪吓唬我们……”

“对啦！”在人群里挤作一堆的费瑞娟、景传耘、慧芸三个，窃窃私语了几句，费瑞娟脑壳一昂，嚷了起来，“他们岂止扣了猪，还扣了人，把康文达婆娘顺瑛也扣下了。”

“还有康文达、我爹、我哥，被他们喊进去，也都没放出来。”传耘跟着瑞娟喊起来，“硬是要胡乱整人！”

“叫他们放人！”

“放了人到肉食站把猪抢回来！”

“看这帮人敢把我们咋个样！”

“拿着枪，拿着枪也吓不倒我们。看哪个敢放一枪试试！”

“龟儿子们，硬是见不得老百姓过几天安生日子!”

前头这一闹，就像点燃了一堆火，四乡八寨来赶场的农民们也愤愤不平了。

“放人，不准公社私设公堂!”

“先去肉食站把猪抢出来再说!”

“这帮子当官的，就是不安逸景传耕那年顶了他们，想方设法找人家的刺儿!”

群声鼎沸，一双双眼睛喷射出怒火。沈平觉得压不住阵脚了。蒋学谦去喊郝老虎，不知为啥还不出来，弄得他脱不了身。他无不怨恨地望着费正明，“费支书，看看嘛，你不把话给群众说清楚，这会儿……”

“我口水都说干了，没得用啊！……”

“你莫怪费老汉，欺人家老实么!”邹启春不客气地拨开费正明大喝一声，“你以为农民就那么好欺吗？跟你说，哪个也不是烂桃子。现在只要你一句话，放人，让我们把猪推回去，你答应不答应?”说话间，他一跃上了台阶，手指直点到沈平的脸上。

“上啊!”不知哪个叫了一声，大院坝里人群齐往台阶上拥过来。

沈平不由自主地往后退了一步，脸一沉喝道：“邹启春，你个浪荡子，莫给我狗脑壳戴砂罐——乱碰乱撞，撞翻了你……”

“我还怕你！你算个啥子官？你还不是舔人家的屁股，才出去当工农兵学员的，你以为我不晓得。实话先说来摆起，我邹启春那头肥猪二百五十六斤，随便卖也值个三百块，你扣了我的猪，我就同你拼!”

一声“浪荡子”把邹启春惹火了，他拉下脸面，唾沫飞溅地骂起来。眼看他就要举起拳头，田月桃忙扑过去，抓住了他的胳膊：“启春，有话你好好说，莫乱来!”

邹启春使劲挣脱被婆娘扯住的手臂，暴跳着说：“不把猪还来，老子同他没得完！光天白日，抢老百姓……”

“邹启春！你想干啥？”沈平正不知咋个收场，身后猛然传来一声喝问。他如同得救一般转过脸去，只见郝老虎背着双手走了过来，身后跟着康文达、顺瑛和景气闲，蒋学谦背着钢枪站在走廊口子上。沈平忙闪身让开，郝老虎一步跨到邹启春面前站住了。

“我想干啥，嘿嘿，说得真新鲜。”邹启春并不害怕，“郝老虎，我来要猪。哪个扣了我的猪，我就向哪个要。”

“像你这样要吗？”郝老虎在夏秋不多发气喘病，说起话来也就顺畅了，“闹哄哄地挤满大院坝，算啥子呢？有理可以讲嘛。”

郝老虎一出场，院坝里就逐渐静下来了。沈平也松了口气。在这种场合，还是郝老虎有威信。幸而沈平没让蒋学谦把那几十个民兵调出来，否则那才是火上浇油。

“那好嘛，请把猪还我们，大家就散。”见郝老虎沉着个脸，邹启春滑稽地勾了勾腰，“你郝老虎为民做主，我给你打躬作揖。”

“少来这一套！”郝老虎把手一挥，“小丑我见得多啦！刚才不是有人说公社扣了人吗，你们可以问问康文达、景气闲，扣了他们没得？我不过找他们问点情况嘛……”

“那么猪呢？也是关在肉食站问情况吗？”邹启春嬉皮笑脸地问。

“猪是扣了。那不是公社要扣，是县工商行政管理局指示扣的。这不能怪公社，只能怪你们犯了章程。”

“我们算知错了，郝老虎！”于老古几步冲到郝老虎跟前，扯住他的衣袖说，“你晓得，我于老古承头给寨邻乡亲们卖猪，实指望替大家办件好事呀！哪晓得会犯啥子章程，要罚就罚我吧！我求你，把猪还给大家……”

“对啊！”于老善也跟着跑上来求道，“都说你郝老虎是农民的好书记，念我们不懂章程，你就高抬贵手吧！”

郝老虎也有些不忍了，他征询地望一眼沈平：“这事……”

于老善见只差一点火候了，忙说：“再说，这事我哥也是经过大队同意的呀！”

"责任当然不在于老古一个人身上，景传耕、工商所都有责任。咋个办呢？县里叫扣猪，我郝老虎也没有权说放就放啊。"郝老虎仰起头来，迟疑片刻说，"这样好不好，先把猪关在肉食站，我郝老虎保证替你们反映。等问题解决了，你们来把猪拖回去。"

"有你郝老虎担保，当然好啰！"费正明松了口气说。

"好个鬼！那会拖好久啊！爹，你不是不晓得，猪关在肉食站只会越关越瘦。"说着，费瑞娟转脸问郝老虎，"这四十头猪少了斤两，老虎叔你赔不赔？"

"呃……"郝老虎张着嘴答不上来了。

"看。他担不起这个肩来了吧！"邹启春趁机吼道，"我们还是要猪，不能等着挨整！"

于老古也忍不住，变得硬气起来，"郝老虎，好话说了几大箩了。我们认错，你放猪。你不放猪，我们只好心一横，不回去啦！"

"呜呜，"于老善干脆老泪纵横地哭号起来，"活该我们农民穷啊，喂大一口猪来卖也犯法，还要遭扣，呜呜，我也不要活了，活起是干受罪哪，我就死在这里算啰……"他用衣袖抹着泪，一屁股坐倒在台阶上。

于老善一哭，引得那些推猪来的婆娘媳妇，有的落眼泪，有的抽泣出声。

"不但要还猪，还有我哥呢！"传耘忽然喊起来，"我哥不是也让你们叫来了嘛！咋个不让他出来？"

郝老虎皱紧眉头，转问沈平："传耕也来了吗？"

沈平点点脑壳，既像是答复郝老虎，又像是回答传耘，放声道："传耕在我屋头，县领导要找他谈话。我们不会扣他……"

"不信！"站在传耘身旁的慧芸，声气不大却很坚决地说，"我们要他出来。"

"把传耕放出来！"邹启春一跺脚，陡地大喊一声。

"把传耕放出来！"大院坝里好几十个嗓门在应和他。

邹启春来了劲，又举臂高喊："把猪还我们！"

“把猪还我们!”人们的呼声更高了。

“这……”沈平的脸色变得煞白，不知所措地向郝老虎求援。郝老虎沉着脸，背着双手在台阶上来回踱着步子。

“好了好了，不要闹啦!”肩上歪挎一杆枪的蒋学谦突然笑吟吟地跑到台阶上，双手向满院坝群众摆动着，“县里来电话了，景传耕可以回寨子去，猪儿你们也可以领回去。只是要请你们等一下，等沈副书记接完电话，来同你们传达。”

沈平一听，转身就往公社办公室走去。一进办公室，抓起话筒就问：“喂，是哪位？哎呀，是何书记，何书记，你有啥指示，说吧，我听得很清楚。”

“情况我都听说了，蒋学谦刚才在电话上讲啦。”何羽踌躇满志的声音由话筒里传来，“听着，小沈，省、地两级领导对你们核实过的材料，都有具体批示。很重要！三多大队的人不是闹着要景传耕回去吗，让他回去吧。今天我不来，隔两三天再来。他们不是还闹着要把猪带回去吗……”

“是啊是啊，闹得很凶！我和郝老虎都有点顶不住了。”沈平急忙插嘴说。

“不要慌嘛，他们要拖猪回去，可以。不过有个条件，要让景传耕承认他参与并批准卖猪，是非法的，违反了县工商局的规定。不承认错误，猪就不能放回去，明白了吗?”

“明白，全明白了。”

“记着，这是县工商局的指示。”

“我懂了。”

搁下电话，沈平不由得使劲搓了搓双手。何羽的指示来得太及时、太妙了。这么一来，难题就摆在景传耕面前了。他要当众认错以后，就好制服他；他不认错，群众就会怨怪他。看你景传耕怎样来对付吧!

沈平兴冲冲地走出公社办公室，来到他自己那间办公室门口，门上的锁已经打开。推门一看，景传耕也不在屋里，想必是蒋学谦把他放出去了。沈平随即来到台阶上，景传耕果然已在那儿。他朝景传耕笑笑，便转向群众说：

“我长话短说吧，县工商局来指示了，可以考虑你们的要求。不过这次卖猪是非法的，违背有关规定的。因此，大队的有关领导费正明和景传耕两位同志要在这里承认错误，使大家受到一次教育，你们就可以把猪牵回去了。费支书，传耕，你俩看……”

“不须多说了，认错的话我起先已经说过多道了。”费正明就在台阶下头，转过半边脸大声道，“这回再说一遍，这件事我们错了，望领导原谅，我保证不再犯。”

沈平带头鼓起掌来，可是下面没有几个人响应。他又把脸转向景传耕，提醒般道：

“传耕……”

景传耕坦然一笑，朝中间移动了两步，扫视着众人，平静地说：“看来，不说是不行的，要我当众来说，我就说吧。”

院坝里静悄悄的。人们屏声屏气地望着景传耕。倏忽间，他脸色变得格外严峻了。

“我们三多大队已经完成了生猪交售任务，请问可不可以出售多喂的肥猪呢？卖给眉光县畜禽交易所有啥错误？我看没得错。”

“很遗憾，景传耕，”沈平大声打断了他，“你不认错，四十头猪就不能放回去。”

“我说了，这事没得错。”传耕朗声重复道，“而且我还要说，哪个硬要扣猪，哪个就得负责任。我们各家各户的猪都记得有斤两，以后缺少了斤两，就要找扣猪的人赔！这官司打到天边去，我景传耕奉陪到底。大家想想吧，农民种的粮食多，在完成公余粮之后，国家允许卖。喂鸡生下的蛋，也可以拿出来卖。我就不相信，完成了交售任务，多喂的猪就不能卖！难道要像前几年街上没得肉卖，大家都没得吃，那样才称心吗？乡亲们，我说的是不是个理？请大家放心，这官司我们一定能打赢。现在天色不早了，我们回寨去吧，走啊！”

景传耕说完，大步走下台阶，招呼着人们拥出了院坝。这时人们才注意到，原先还火辣辣的太阳，早已移到西边的峰峦间了。

81

火焰般燃烧的晚霞映照着半边云天，给山野田坝涂上一片灿烂的金黄色，树梢梢上、叶片上罩着圈圈光晕，遥远的山峦衔接处，像镶着一道银边似的耀眼眩目。

俗话说："晚烧半个月。"看到如此绚丽多彩的火烧云，庄稼人都知道，往后的十天半个月里多半是晴天。这对马上要开镰挞谷子的人们来说，是多么称心如意啊。

可零零落落散成一长队的三多大队寨邻们，哪个也没朝天色瞅一眼。这会儿，即使乌云翻滚、电闪雷鸣，他们也不会在意的。大伙的情绪低落极了。

"传耕啊，岩鹰再厉害还是鸟，山头再高还是在太阳底下。你为啥非要硬顶呢?"费正明紧挨着传耕，微躬身子推着一辆空落落的鸡公车，不无埋怨地说，"你不该嘴硬呀，嘴硬吃大亏。"

"是的嘛，传耕侄儿，"于老古一路上只顾埋着脑壳推鸡公车，听到费正明开了口，他也说开了，"肥猪要回来，那才是大事。要和他们争、和他们辩，猪要回来了，照样可以争、可以辩嘛！这会儿，你看看，叫我用啥子脸来对着三个寨的乡亲。"

让姑娘推着鸡公车、自己空手跟在后头的于老善两步颠上来，也叹口气说："多便宜的事，传耕侄儿，舌条上打个滚，四十头肥猪就回来了。你那么一顶，痛快倒是痛快，寨邻乡亲们的心却还悬在那里。"

"那为啥你们都跟着我哥走呢!"传耘在一旁听不下去了，噘着嘴赌气说，"你们尽可以让我哥一个人走啊，自己去给那些当官的磕头作揖呀，你们……"

"憨妹子，"瑞娟善意地一掐传耘的手臂，"你闹啥子呀，人家还不是念着传耕兄弟的心气硬，信赖他啊。”

“是的嘛，人再窝囊有时候也会赌口气呀！”于老善点着脑壳说，“那会儿，听传耕说话响当当，在理，一鼓气说走就走了。可现在心头又咋个不念那些肥猪呢？多好的猪啊，我哥护出的猪崽，喂大不容易呀！”

“好啰好啰，”邹启春不耐烦地打断了于老善的话，“要依我说啊，传耕哥也把这太当一回事啦！好汉不吃眼前亏嘛，四十头猪关在肉食站烂圈里头，当真蚀了秤，你以为他们会赔我们嘛！那才是撞鬼哩……”

田月桃没好气地截住了他的话：“你也少讲几句吧，没看到传耕哥心头也烦嘛。”

长夭夭身材的田月桃很少在众人面前说什么话，这么一讲，邹启春瞅了一眼传耕，不再吭气了，前前后后的寨邻们也跟着沉默下来。

天边的火烧云已退尽了它绚丽的色彩，山谷沟壑渐渐变得晦暗了。淡淡的雾岚在山脚游动，习习微风飘散着稻谷的清香，沁人心脾。人们一沉默下来，那一列鸡公车吱嘎吱嘎的声响就显得格外刺耳。景气闲牵着他那匹不曾卖脱的川马，蹄声得得，更仿佛敲在人们的心上。

“传耕，”景气闲靠近儿子，沉思着说，“我看大家不单是念着那些猪啊。不晓得你看出来没得，今天的事，怕不只是为卖那四十头猪。从郝老虎问我的那些话里，我总觉得还含着另外一层意思。”

“啥意思呢？”传耕望了父亲一眼。

景气闲仰起脸来，眼含忧虑，沉吟道：“好像……好像连郝老虎对三多大队近来的一些事，也不赞成哩。”

“这话对上榫了！”费正明推着鸡公车往传耕身边靠了靠说，“蒋黑脸要扣我们的猪，我跑去找郝老虎。你猜他咋样，脸子像抹了层霜，不等我把话讲完，就批评我说，三多大队干得是有点过分嘛……简直把我闹懵了。后来，他打开抽屉，扔出一份材料，我接过来一看，那是县里发的《情况通报》，题目好吓人呀……传耕，你在沈平那里看到了吗?”

传耕默默地点了点脑壳。

“那材料上写的啥?”康文达关切地问。

“点了你康文达不务田土，跑出去烧砖窑赚钱；屋头喂七八十只生种蛋的鸡，一只蛋卖两角五……”

“呸！这些烂笔杆子！专会来这一手!”康文达忿忿地骂起来。

费正明叹了口气：“唉，也不晓得是哪个龟儿背倒我们整的，他倒搞得那么清楚！丁根元家编篾发了财，于老古专门护猪崽卖，阿全育出的良种一斤换十斤，邹启春得空就跑出去搞转手买卖、眨眼时间赚个几十几百，统统写上了……”

“怕啥，老子还嫌得不到个好机会赚大钱哩!”邹启春满不在乎地说，“有了空，我还要去干……”

“你少说几句吧，”田月桃大概已感到事情严重，扯了丈夫一把，“听费大伯说呀!”

“你还要去干哩，跟你讲，邹启春，”费正明教训道，“人家说这是贫富不均、两极分化，有的人肥肉上添膘，有的人鸡脚杆上刮油，越来越穷，危险得很!”

“整这份材料是想干啥呢?”走在后头的一个中年汉子纳闷地问。

“还须问吗，”邹启春道，“明明白白的事，是准备整人!”

“怪不得，郝老虎翻来覆去问我，七八十只鸡下多少蛋，一只蛋卖好多钱。”纤巧的顺瑛，挎着一篮没卖完的种蛋，恍然大悟道，“他是在算我的收入账哩!”

“就是这回事。”康文达肯定说，“他也是盯着问，烧一窑砖我净得好多钱！他问得好细，一万块砖的小窑，得多少钱，四万一窑的七万一窑的，都问到了。”

“看这架势，是要准备整人，而且还想整得人没得话讲。”费瑞娟判断说。

山道上这支散乱的队伍又沉寂下来。天色更加晦暗，只听得杂沓的脚步声、吱嘎吱嘎的鸡公车轱辘声和单调的马蹄声，在暮色里机械地响着。

“大伙儿说的都不假。”约莫走出了半里路，景气闲打破了沉默，“传耕，郝老虎把我喊去，也问白川马是要卖么，准备卖好多钱，喂了多少日子，屋头还有几匹马、几头牛。问完了，他总还算客气，劝我莫卖了……我看得出，他对这事不赞同。”

“也怪我啊，传耕，按说我早该想到这点，给你讲一讲。”费正明显然有些懊悔，“有了饱饭吃，我们得安分点过日子，不能变着法子想多刨钱。要晓得，多少年来，我们好些官官是见不得农民富的呀，要富，得奔共同富裕的道，领着众人一块儿富……”

“听你们这么说，”于老古更后悔了，“传耕更不该一赌气就开跑！该趁沈平松了口，认个错就把四十头猪要回来。这会儿，一拖二拖不晓得又会拖出个啥结果哩……唉！”

“这能怪传耕嘛。”康文达维护着传耕，“不是早在传，允许一部分农民先富起来嘛！”

费正明咕哝着：“说是这么说，但还得看咋个富法。要不，为啥郝老虎以往都站在三多大队这边，这一回却……”

“不管咋个说，还得信一句老俗话，”于老善道，“而今眼目下，该‘人乖学得乌龟法，得缩头处且缩头’。”

又没得人说话了。人们拖着沉缓的步子，好像心上都压着块石头。

这一路上，丁慧芸一直跟在传耕后面不远，不紧不慢地走着。她一句话都没说，但人家讲的每一句话，她都听进去了。从表面上看去，她显得那么安宁、平静，像在数着自己的脚步一门心思赶路，急着在断黑之前赶回到嘎多寨去。其实。她的心头比不时发着议论的乡亲们还要焦虑、还要沉重得多。她比任何人都敏锐地感觉到，太太平平过了一两年日子的三多大队，又要掀起新的波澜了。传耕，即将成为她丈夫的传耕，他头顶上那块天又翻滚着乌云，这叫她多么忧心哪！

在烘热拥塞的场街上，慧芸听到费瑞娟说传耕被公社扣下了，心一下子提到嗓子眼上。那一瞬间，她眼前晃着重叠的阴影，把啥子都忘记了，忘了慧明，忘了该及时去抓那个“金牙齿”。她脑壳里只有一个念头，见到传耕，见到传耕……

她在人堆里拼命往前挤，挤得汗透衣衫也顾不得停下来喘口气。好不容易到了公社，跑进大院坝，她一下子又傻眼了。院坝里冷冷清清的，那些屋子都关着门。传耕关在哪里呢？她无处问，也正愣神间，她听到马嘶，原来气闲大伯的那匹白川马拴在院坝角落的乌柏树下。她跑了过去，白马对着她悲鸣起来。四下里见不到气闲大伯的影子，难道也被公社扣留了？她浑身紧张起来，转身就跑。现在她只有去找传耘了，得赶快把这一切告诉她，也许她还不晓得这些变故哩！

当她在嘈杂的场街上找到传耘的时候，三多大队被扣猪的事已传遍了屏源镇。那会儿，她俩是多么焦急啊！

幸好，事情总算顺利地解决了，传耕和乡亲们都平安地离开了屏源镇。只有四十头猪还留在那儿，因为传耕不愿认错。

传耕为啥不愿认错呢？就算自己没得错，也该为乡亲们想一想呀！一头猪就算二百块吧，四十头猪值八千块钱啊！扣在人家手头，哪个放得下心呢？在这件事上，传耕是不是要强得过了头啦？

一路上听着大家七嘴八舌的埋怨、议论，慧芸觉得好像是自己做了什么错事，抬不起头来。她甚至不敢偷眼去看传耕，她知道，他的心头也一定是不好过的。

暮色愈加朦胧了，远山坡上那苍苍郁郁的松、杉、柏树，已变成了影影绰绰的黑影。紧挨着山道的那些坟头草丛里，一群群蚊虫不时飞到人们脑壳顶上来，扎多寨上空的缕缕炊烟已依稀可见。再往前走，嘎多、卡多、扎多三个寨的人，就要沿着一条条窄窄的田埂分道回去了。

“歇一口气吧。”传耕提议着，先在路旁一块褐色的岩石上坐下来。

大伙儿都晓得，快拢家了，歇气是假，传耕有话要讲倒是真的，便纷纷围了过来。有的把背篼倒扣在地坐下了，有的干脆坐在爬地草上，有的两三个人一齐坐在横下的扁担上，也有人并不坐，站在那里划火柴点烟。

果然，传耕说话了，不知为啥，嗓音带点沙哑：“大伙儿的话，我都听见了。说实在的，不晓得上头有些人又想干啥，心头也烦乱得慌。但我要说，我们不能缩头，不能学那个乌龟法。该干啥我们照样干啥。如若遇点风吹草动。我们都歇下手不干了，那倒证实我们确是心虚，确是做了啥亏心事、错事。可我们没做亏心事，没做错事啊！对不对，寨邻乡亲们?”

传耕的发问，引起大家纷纷议论。

“错啥子唷，都凭劳动吃饭!”

“丁根元、康文达赚钱多，那是人家有门绝手艺，又勤快，该发嘛!”

“对，一不偷二不抢，我们怕啥?”

“传耕说得对，没做亏心事，不得错。”

“是嘛，没得错，”传耕淡淡地一笑说，“我就不能当众认错，我们卖多喂的生猪给眉光县畜禽交易所，双方情愿，手续齐备，对两头都有好处，错在哪里了？没得错处，为啥硬要逼人认错?”

“话是这么说啊，传耕，”费正明插话道，“但眼前亏还是我们吃了。”

“不，费大伯，于老伯，你们也莫太忧心了。”传耕劝慰道，“既认定了我们没得错，那么是谁错了呢？当然是扣猪的一方啰!”

“他错还要错到底哩，还弄来好多背钢枪的民兵整人哩!”于老善喊道，“传耕，他们当着官，你有啥办法?”

“我偏不信，这种胡乱整治老百姓的事没得人管。”传耕颇有自信地说。

康文达问道：“传耕哥，你有啥主意？”

“也不是今天才想到的了。”传耕见众人都盯着他。放缓语气说，“还记得嘛，当初大伙儿团起来不上烂提篮水库工地、闹责任制的时候，我说过要替这件事争出个理来。这会儿，我们想通过劳动赚更多的钱，掀翻千年相传的茅草房，让寨邻乡亲们都过更好的日子，也得争出个理来！”

费正明叹气道：“唉，只怕难呵……”

“当初不是也难么？”传耕委婉地反问着，又把脸转向大家，“请你们想想，既然承认农民不该饿肚皮，当然也应承认农民不该一辈子受穷。共产党不是讲为人民谋福利么？搬掉穷山，理所应当。大伙儿放宽心吧，我传耕一个农民看得到的问题，有见识的头头脑脑人物一定也会看到的。我相信那四十头猪会如数还给我们的，少了斤两也会给我们补足。”

“传耕，”费正明奇怪地问，“你凭啥这么自信呀？”

传耕笑了：“费大伯，你忘了吗，就凭我是个共产党员呀！就凭我自小在三多这块土地上，受了那么多年的穷啊！”

费正明显然仍不理解：“那……那我还是三十年的老党员哩，我、我心头咋还悬乎乎地没得底呢，还有郝老虎……”

“那是你同郝老虎让多少年来的老观念箍住了脑壳，对眼下实事求是的政策吃得不透。”传耕见天色擦黑了，站起身来道，“回吧，寨邻乡亲们，要是信得过我，就请回吧。四十头猪不是说声扣就扣下的。”

慧芸站在侧面，看得出好些人并没真正放心，但大伙儿还是窃窃私议着，慢慢散开，沿着去各自寨子的小路走了。

慧芸有点迟疑地走近传耕，手指翻弄着自己的衣角，等传耕身旁的人们走开去。

传耕瞥了她一眼：“走吧，肚皮叫了。”

“你留一留。”慧芸低声说。

景气闲、费正明和传耘，晓得她有话同传耕讲，便邀约着先朝前走去了。

从山岗上稀疏的林子里，传来一声两声雀儿盼归侣的啼鸣。传耕瞅了慧芸一眼，柔声问：“我讲得对吗？”

“没讲透。我心头，就不踏实。”慧芸直率地说，“我还有件事告诉你。”

“噢，”传耕沉思着点了点脑壳，“啥事？”

“一件紧要的事。”慧芸急促地说，“你想得到吗，传耕，晌午时我在场街上的饭堂里，认出了那个绑架过我的‘金牙齿’。”

“嗯？”传耕的两条眉毛倏地聚拢了，“你没认错？”

“准定是他，不会错，不会！”

“打听清楚了吗，是哪个寨子的？”

“还不晓得……不过，慧明认识他。”

“慧明？”

“是的。”慧芸和传耕的脚步放得很慢，踏着浓重的暮色向嘎多寨走去。一路上，慧芸把认出“金牙齿”的详细过程，给传耕讲了。传耕低头听着，直到慧芸讲完了，也没吭声。

“你看咋个办？传耕。”

“吃过晚饭，马上到卡多寨找慧明。”

“还不晓得他回家没得呢？”

“那不碍事，他总要回家来的。”

他俩回到屋头，伯妈已经在小四方桌上摆好饭菜了。

由于场街上出了事，晚饭桌上的气氛很有点沉闷。吃了半碗饭，传耕才打破了沉默：“爹，你看我今天说的话，有哪里不对劲？”

景气闲没马上答腔，咀嚼着，默想了片刻道：“话倒没得啥错。我只是觉着……觉着今天场街上的势头，才是个开始。”

“不怕，爹，”传耘道，“这几年，嘎多寨、三多大队人，经的风浪还少吗！”

景气闲瞅了传耕一眼，眼角闪出几条深深的皱纹，一字一顿地说："怕的倒不是河里的风浪，是那骇人的漩涡啊！"

传耕凝视着爹。老人已垂下了眼帘，正细细地嚼着饭。

屋里一静下来，屋外寨子上的声音就断断续续传进来了。哪家堂屋里的推磨声，唤娃儿回家洗脚的呼喊声，踢踢踏踏的脚步声，疏疏落落的狗咬声，汇成了一股山寨秋夜的鸣奏曲。这时，掩上的堂屋门"吱嘎"一声轻响，一屋的人不由自主转脸望去。

门口台阶上，堂屋射出去的昏黄光影里，隐隐约约站着一个怀抱娃娃的女子。

"田月桃！"传耘的眼尖，一跃跳到门边，伸出手把田月桃拖进屋头来，"进屋坐呀！你咋个忸忸怩怩的哩！"

田月桃一进门，大家都看清了，她两眼泪汪汪的，勉强抑制着哭泣。

慧芸忙迎上去搀扶她："快坐。出啥子事了？是邹启春欺负你吗？"

"这两年，人家两口子过得热乎乎的，抱上了小娃崽，咋会呢！"景伯妈收拾着碗筷，插进话头说。

这一说不要紧，田月桃鹅蛋形的脸揪成一团，"哇"一声哭开了。她一哭，怀里抱着的娃娃受了惊，也跟着哭了起来。

"不哭。"慧芸安慰着她，心想，两口子赶场刚一路回家，会出啥事呢？她摇一摇田月桃的手臂道："有话，你说吧！"

"传耕哥，你，"田月桃胡乱抹着眼角的泪水，哭求道，"你救救邹启春吧！他、他这半多年撞了鬼，学坏啊，要……把这好不容易安顿下来的家全毁了，毁了呀……"

景伯妈离座替田月桃端来一瓷杯茶水，抚着她肩膀劝道："月桃，喝口水，慢慢说。看，娃儿都让你吓哭了，我来抱。"

"嗳，"田月桃把娃娃递到景伯妈手头，接过茶杯来，喝了一口，把杯子往桌角上一搁，耸动着的双肩抖了一下，克制住了自己的悲泣，抬眼望着传耕说，"传耕哥，我、我想好几天了，实在莫法，才来找你。我想，这嘎多寨上，怕只有你才劝得住他呀……”

“邹启春到底干啥缺德事了？”传耘听得有点急了，催问道。

景传耕瞥了妹子一眼：“你让她说嘛。”

“我说，我说。”田月桃又抓起瓷杯，一口喝光了茶水，默默神，细细地讲了起来。

第十七章

82

两年前“浪子”邹启春感于景传耕无私的援助，收敛了出外闲逛流浪的野性，和已经有了身孕的姑娘田月桃安了家，过起了男耕女勤的农家生活。

安家后的第一件事，是把田月桃户口迁到三多大队来。在传耕的帮助下，大队出具证明，他俩去公社补领了结婚证。没费多大的劲，田月桃终于成了嘎多寨的人，同样划到了责任田土。

第二件事，在传耕的建议之下，邹启春两口子补行了婚礼。这事也是传耕操办的，他和全大良、康文达几个，从屋头拿出了二十多斤葵花籽和花生，凑钱买了十几斤水果糖，在嘎多寨上挨家挨户发了一包瓜子一包糖，乡亲们纷纷来祝贺一番，简陋而又张扬的婚礼就算补行过了。

莫小看传耕这两步棋啊，这可对邹启春迈开步子奔新生活，起了鸣锣开道的作用。邹启春自家也说：“传耕哥，就冲你对我的这番心意，我也要干出个人样来给你看看！”

这“浪荡子”聪明，又有劳力，真下决心走正道了，也有一股劲哩。看到全大良出外去换良种来撒秧，他也去换。

全大良换的是老农都信不过的“一吨半”，他却换来抗倒伏、产量高的“矮脚南特”。秋后打下谷子虽赶不上全大良，却也达到了一千一，亩产比全大队的平均数高出三百多斤。人家称赞他，他故作谦虚道：“我咋个好同吞了豹子胆的全大良比，他光棍一条，一人吃饱了全家不饿。我拖家带口的人，串换良种只能选稳能到手的……”其实他心头很羡慕全大良，私底下跑去央求阿全哥把“一吨半”良种给他留下二三十斤。阿全告诉他，“一吨半”还得再试验一年才能推广，他还颇不高兴哩！

不过，他这个人兴趣不大专一，眨眼间又被康文达走的路子吸引住了。那时候，康文达还没重新拾起烧砖手艺，只因把房前屋后的杏子运到省城去卖了大价钱，回来以后便盘算在划给他的坡上搞个果园，认为这是一条找钱的门路。邹启春也就学着他把自家园子里的杏子全摘下来背到了省城。这一去，他发现个新大陆啦，省城的樱桃竟卖到一块钱一斤，屏源镇一带才卖二角五哩。他灵机一动，觉得康文达想办果园太不现实了，回去以后他就另辟蹊径，在赶场天出三角一斤的高价一家伙收购了场街上的樱桃，又找到当年东流西浪时结识的一个驾驶员，帮他把樱桃运进了省城，以八九角一斤的价格出售。货色新鲜，价格又低，出手快极了。凭他的聪明，他还采取了与众不同的经营方式，他在省城发现柳河边明园路一带，是省委、省直机关干部宿舍区，那儿又没啥水果店，而且见不到那些气势汹汹的市场管理人员，他就专门到那里去出售。出售了两次，他又发现那些买主们多半是机关干部、知识分子，都颇讲究卫生。他又特地去扯了一丈雪白的的确良，让田月桃仿着公社卫生院医生护士穿的白大褂，照样给缝了一件。卖樱桃的时候，他穿起白大褂来，就更加吸引顾客了。再加上他脸盘子俊俏，态度和蔼，异想天开地胡诌些什么樱桃可以防癌之类，使得那些本来只想尝尝鲜的顾客，也情不自禁要多买上一斤半斤了。

一来二去，从樱桃上市到落市，邹启春竟赚了一千多块钱！

寨上有人说他：“邹启春，你这不是投机嘛！”

“啥投机?”他哗啦一声抖开半张《人民日报》，驳斥道，“你看看，《人民日报》上登的，允许长途贩运哩！我到场街上、远近寨子里把樱桃买来，运到省城再一斤一斤卖给人家，不淘神费力吗?还要除损耗，花运费，你以为赚几个钱，不是汗水换来的么！”

那半张《人民日报》是邹启春买废报纸来糊纸袋偶然看到，特意留下的，就是为了防止有人来质问他，他有个依据。他这么一说，果然堵住了好些人的口。尽管也有人不以为然，团转寨子的一些年轻小伙还是用羡慕的眼光盯住他，佩服他有远见、有魄力。

赚了钱，邹启春走路的姿势、脸上的神色也不一样了。他丢给田月桃二百块，让她给一家人扯几丈布，缝几件新衣裳，还喊她添点屋头必备的家件。然后，备了一桌酒席，把景传耕、全大良、康文达一帮人全请到家里，答谢众人在他危难时的无私帮助。在酒席上，当着大伙的面，他掏出一叠人民币，数出五张十元币，“啪”一声放在传耕面前，声高气粗地说：“传耕哥，得你五十元金子样的钱帮我安下一个家，兄弟终身难忘！往后，只要你传耕哥有用得着我的地方，上刀山、下火海，我都没得二话！”

说完，环顾着满桌一张张喝得红通通的脸，他那目光，那脸色充满了自豪和得意。倚着一股酒兴，他还当众宣布，为了往后做生意跑运输，他要自己置一辆胶轮马车，先请木匠打一个车厢，再买上两只胶皮车轮，还得请景大伯、费正明大支书帮他选购一匹健壮会跑的马。有了胶轮马车呀，哪怕只是帮国家建筑工地拖石头、拖砖瓦、拖沙子、拖煤，每天一二十块钱是能揣进腰包的……

当时人人都信他的话。这龟儿子聪明、灵气、脚杆勤呀！“浪子回头金不换”，又碰上这么个思想解放、政策开放的好时期，他的小日子理该热热火火过得像个样子。

结果呢，胶轮马车的轱辘也没见他扛回过一只。

一大叠钞票揣在兜兜里“沙啦沙啦”响。响得他心子痒，晚上睡觉不安宁；响得他巴掌心直出粘乎乎的汗，老毛病又犯了。

原先在外头浪荡，干临时工、合同工，或是跟着包工头干小工时，住在油毛毡工棚里，一到晚上，闲极无聊，一帮人就会凑在马灯下聚赌。输赢虽是不大，那刺激却实在是很大的。就在那样的日子里，邹启春沾染上了赌习。这回，兜兜里揣下好几百块，他又想寻寻这种刺激了。

先是偷偷摸摸地，在三多大队团转和一些人打打牌九，赌注是很小的，规定一股不少于五分，不大于二角。时间一长，打牌九耗时间，数目又小，已经不够刺激了，就改用掷骰子，赌注也增加了，一股不得少于二角，不大于五角。赌友的范围也扩大了，不止是三多大队团转那些相识的寨邻了，不相识的人也有。他一卷进这种场合，就好像卷进一个巨大的漩涡，睡梦中也梦见那小小骰子在骨碌碌滚动。

沉迷在赌博中，责任田土自然就懒得经营了。该薅秧的时候没薅秧，该放水的时候又没放水，田土团转的杂草、刺芭笼掩没了庄稼。月桃和寨邻们以为邹启春在外跑正经生意，都没加过问。反正田土里蚀去，从生意中可以赚回来。事实上，他一回到家，确实也常是喜滋滋地告诉月桃："这回又赚了一笔……"

但是，半年过去了，事情终于露了馅。

那伙外来的赌友一步一步不动声色地鼓励大家增加赌注。随着赌注的逐渐增加，邹启春赢钱的次数却跟着减少。不过一个月时间，他做樱桃生意赚来的钱，就落进了笑眯眯的"金牙齿"那一伙人的腰包。邹启春怎么服气呢？他偷偷把田月桃给他新织的毛衣、新添的衣裳卖了去翻梢，仍旧输了；他向相熟的寨邻赌友借钱押注，又输了。这不是说他一次也没有赢过，有时他也会一家伙赢几十块。但赌钱有个规矩，赢家是不能随意退出赌局的，除非输家认输，你赢了钱就得奉陪到底。结果，下一回他必定输得更惨。这不是怪事么？他有些怀疑自己被"金牙齿"一帮人"烫了肥猪"。恰逢丁慧明刚卷入这漩涡不久，他跟丁慧明讲起自己的猜疑，丁慧明也一下醒悟过来："难怪，这一向我也是输的比赢的多呢！"他俩商量好了，决计联合起来制服对方。

有天晚上，睡得烂熟的邹启春被田月桃推醒了："你在喊啥子？"

"啥子嘛？"邹启春睡意朦胧地应道。

"啥叫'放单'？"月桃问得很严厉。

"啊！"邹启春一下惊醒了，才意识到自己在梦中喊出了同赌博的行话。他睁眼一看，发现月桃披件衣裳站在床沿边，忙掩饰说："噫，你咋个起来了？说句梦话也大惊小怪……"

"哼！当我不晓得。"月桃一撇嘴，"我问你，你的毛线衣呢？还有，那件涤卡上衣、尼龙衫呢？"

"呃……"邹启春涨红了脸，偷看着新打的那只放衣裳的五屉柜，几个抽屉已被拉了出来，他答不上话了。

"输，都赌输了，是不是？"月桃忽然伤心地哭了，"你天天往外跑，还以为你是干正经事，哪晓得你，你……你还有脸见人吗？你咋个不想想，安下这个家，我们欠了嘎多寨乡亲多少情分！人家传耕哥咋个关心你的？你太对不住人了……呜呜……"

就从这晚上起，田月桃得空就在他耳边唠叨，劝他不要再上赌台，还死死地盯住他白天黑夜都不让他离开寨子，下田干活路也陪着他，万不得已要出门，月桃总是找个寨上的正经汉子跟他作伴，憋得邹启春喘不过气来。

去屏源镇卖猪这一天，邹启春满以为有机会见到那帮赌友，约个时间赌一盘。哪晓得整天被小娃娃拖累着的田月桃，宁愿把娃崽托付给邻居三幺婆，也要跟他一路去。邹启春莫可奈何了，只好把约赌的事悄悄托付给了丁慧明。他俩本来约定散场后一路回家的，不料扣猪的事一闹起来，他就把丁慧明忘了。等他跟大队人马返回寨上时，他才想起丁慧明还没有给他回信，便暗中盘算吃过晚饭往卡多寨跑一趟。

一回到屋，邹启春就特别殷勤，主动去撬开煤火，烫好月桃从街上买回来的米粉，辣椒油红红的，一顿晚饭虽然吃得简单倒也欢快。等月桃喂过了猪，一切收拾停当，从他手里接过小娃娃的时候，他才满脸堆笑，讨好地说："月桃，我想去慧明家一趟……"

田月桃眉毛一挑，问："去干啥？"

"去看看丁家老伯。这些年，他那门绝手艺可是赚了大钱。我想……"

"当他的徒弟？"

“嗳，对头对头。”

“鬼扯！你的赌劲又上来了，当我不晓得吗！好久没见到你帮狐朋狗友又手痒了是不是？扯啥子去慧明家，出了院坝，晓得你又往哪个寨子外的岩洞头、黑屋子里一钻，一赌一通宵……”

被田月桃抢白了这几句，邹启春老大的不舒服，但他只得强忍着，摊开双手说：“我确实要去丁老伯家嘛，不信，你……”

“哄鬼去吧！”田月桃并不让步，“任你说得石头上开花，我也不许你走。”

“你看嘛，看嘛！”邹启春把裤袋、衣袋一个接一个翻过来，让婆娘检查，“穷得一文不巴身，我咋个去和人赌钱？月桃，今晚上我真是去丁老伯家……”

“一文不巴身，你不会借啊！”田月桃看着他那副狼狈样，又好气又好笑，“借了债，一家子给你背。这种罪更难受。”

“反正我今晚不是去赌钱。”邹启春来气了，呼地一下站起身来，沉着脸说，“你不让走，我偏要走！”说着，就向门口迈步。

田月桃也不迟疑，慌忙放下孩子，三脚并作两步冲到邹启春前面，把茅屋门“砰”一声关上，背脊抵住门板说：“不许你脚杆野！你要敢出去，我就抱起娃娃回娘家。这日子莫法过了！”

受到婆娘的恫吓威胁，让婆娘管头管脚，邹启春心头直来火。今天只是到卡多寨和丁慧明说几句话，都脱不开身，当真和人家约好了开赌，还能出寨子嘛！想到这儿，他心一横，手指着婆娘喝道：

“你给我乖乖地让开。”

“偏不！”田月桃长夭夭的身子朝前一挺，丝毫不肯让步。

“你，你就忍心让人家把老子好几百块钱赢去啊！那几百块钱，也是我辛辛苦苦做生意赚下的呀……”

“哎呀，你当真是要去赌啊！你赌得还不死心啊！”田月桃一听邹启春这两句话，扯开嗓门，又哭又闹地喊了起来，“这样子苦口婆心地劝你，你都把话当耳边风哪！你真不让我们娘崽俩有好日子过哪！你、你是要把我们往火坑里推呀……”她嚎哭着，张开双手，埋起脑壳往邹启春身上撞来。

邹启春听她那么一嚷嚷，脑壳都要炸开了。这些话，让左邻右舍的乡亲听去，不是在揭他的短，扫他的面子嘛！他跺着脚怒吼起来："你给我住口！你这泼妇，小心老子捶死你！你懂个啥……"

话还没吼完，田月桃已经一头撞了过来，撞得他踉踉跄跄，连连往后退了三四步。他抓住了她的肩膀，使劲往旁边一搡。田月桃站立不稳，"啪哒"一声跌倒在地，娃娃顿时被吓得嚎哭起来。

"你个没良心的，丧尽天良！你……"

婆娘跌倒的那一刹那，邹启春还愣怔了一下。待田月桃又哭骂起来，他干脆双手一甩，冲到门边，抽开门闩，头也不回地往外跑了。母子俩的嚎哭，全被他甩到了脑后。

83

"这个邹启春，硬是不学好！现在这日子过起哪里不舒服，偏要犯那老毛病，真不像个话！哥，你得管一管！"听了田月桃讲完他们小家庭的风波，传耘气愤地站了起来。

传耕向妹子笑了笑，转脸问月桃："启春是说他去丁老伯家吗?"

"他是这么讲的。"月桃拭着眼角的泪，"传耕哥，他的话信不得。哪个晓得他拱到啥旮旯里去了啊!"

传耕沉思着，征询地望了望慧芸，当机立断地站起身说："走，我们去卡多看看。"

"传耕哥，只要你答应劝他，啥时候都行。"田月桃感激地说，"今天你都那么累了，不去了吧，去了也多半找不到他。"

"走吧。"传耕毫不犹豫，又招呼慧芸道，"慧芸，你也一块去。"

慧芸显然晓得传耕执意要去的理由。他晚饭前就说过要去找慧明，现在肯定是把邹启春和丁慧明的赌博连在一起来考虑了。

景伯妈不解地说："赶场回来都那么累了，慧芸就不去了吧。"

“伯妈，要去，还有要紧的事。”慧芸解释了一句，也站起来跟着传耕、月桃出了院坝。

三个人刚在寨路上拐过一个小弯，田月桃忽然看见自家屋头的窗户亮着灯光，站下说：“传耕哥，等一等，邹启春像是回来了。我记得，去你家时我是吹熄了灯的。”

“那好，看看去。”传耕说。他让田月桃在前，踏上了去邹启春家的小路。

还没跨上台阶，槛子门一声响，传出了邹启春的声音：“月桃，我该没骗你吧。你看，说去卡多寨转一下就转来，这不回来了嘛，你呀……”他来到台阶上迎月桃，一看后面还有人，改口问，“是哪个？”

“我呀，启春。”

“啊，是传耕。”邹启春意识到田月桃告了他的状，热情的嗓音有点不自然：“快进屋头坐，快……”

传耕一大步跃上了三级台阶，直截了当地问：“你去找慧明？”

“呃……啊……是的……是的……”

“和他商量赌钱的事？”传耕压低了声音。

“没有，传耕，你莫听月桃瞎扯！”

“我不冤枉你！”田月桃忿然说，“你快同传耕说实话。”

“不急，”传耕抓着邹启春的手臂，心平气和地说，“进屋去慢慢说吧。”

“真的，传耕哥，你该相信我。”进屋坐定，不待田月桃倒茶来，邹启春急切地表白说，“我找慧明，不是商量赌博的事。”

“那商量啥？”传耕微微一笑。

“这……”

“莫哄人了。”传耕指了一下慧芸，口气特别平和，“慧明近来的事，他爹妈都同慧芸讲过，我们全晓得。”

“我不晓得。”

“启春，一个人不怕犯过失，犯了过失知错改过没得人嫌弃你！”传耕正色道，“就像前些年，你不再浪荡了，安了家，认认真真劳动，哪个厌恶过你吗？怕的是知错不改，执迷不悟，人家问你、劝你，你还要捂着、盖着，那就不好了。”

“传耕哥，我……”

“你该对我讲实话。”

“快把耳朵扯长了，好好听清！”田月桃又在一旁敲打着说。

传耕将手放在邹启春膝盖上：“赌钱害人呀！你自己清楚，你那些钱，真像人家传说那样容易赚来的么？不是啊。我晓得那也辛苦，要两头来回跑，要联系车辆运输，要担蚀本的风险，风里雨里，白天黑夜得守着自家的货……多不易赚的汗水钱啊，你输个精光，就那么高兴？撒手吧，启春，跟我讲实话，你要真够朋友……”

“我就恨那几个串通起来坑人的龟儿！”邹启春忽然咬咬牙切齿地激骂了起来，“要叫他们也晓得老子不是好欺的……”

“传耕哥，你听听，听他说些啥嘛！”田月桃这回抓住了把柄，一屁股坐在板凳上奶着娃崽，不满地乜斜着邹启春。

邹启春呵斥着妻子：“你少管！”

“我偏要管！”田月桃针锋相对顶着他。

传耕盯着邹启春，沉沉地喝了一声：“启春，今天我同你讲的是正经话。你不讲实话，一会儿，我同慧芸还要去卡多寨问慧明，他会讲的。老实告诉你，这关系到一件更紧要的事……”

“更紧要的事？”邹启春反问了一句。田月桃也大睁着一双泪眼，感到惊讶。

“不是哄你。启春，你跟我讲实话。”传耕趋前靠近邹启春，声音更沉了，“你找慧明，讲了啥子？”

邹启春摸着后颈窝嘿嘿一笑：“我嘛，我就是不甘心他们赢了我的钱，想翻梢……”

“还在耍奸哩，”田月桃眉毛一挑，大声说，“我的先人，问你同慧明讲了啥子！”

“他会讲的。”景传耕转脸提醒说，“不要像吵架似的，轻点声。

说吧，启春。”

“传耕哥，我真神面前不敢烧假香。”邹启春陡地在膝盖上一拍，“今天逢场……”

“嘘！”传耕提醒他小声。

“今天逢场，我同慧明讲定了，由他去约赌友……”

“你们听，听呀！”田月桃忿然叫起来。

“你少打岔！”邹启春喝道。

传耕向田月桃摆手，示意她耐心听下去，她才不作声了。

邹启春继续道：“我去找慧明，就是问他，约定在哪天赌，地方定在哪里。”

“都定下吗？”慧芸插问了一句。

“定下了。”

“在哪里赌？”传耕问。

“野猫坪寨边的一个洞子里。”

“哪天呢？”

“三天以后的晚上。”

田月桃又喊起来：“不许你去！”

邹启春伸了一个懒腰：“我啥都说了，我还会去吗？”

传耕不说话了，在屋里踱起步来。慧芸瞟了他一眼，怯生生地问邹启春：“跟你们一起赌钱的，有个嘴里长颗金牙齿的人吗？”

“有呀！”邹启春很奇怪地瞅瞅慧芸又望望传耕说，“这人蛮得很，大家都喊他‘油嘴壶’。下回赌，慧明说就是跟他约定的。”

“啊，”传耕站下了，出人意外地说，“启春，我看，你们还是去，不要失约。”

“啥呀？”田月桃蓦地叫了起来。

邹启春更加不解，嗫嚅地探问：“传耕哥，你不是开玩笑吧？”

“不是。”传耕肯定地说，“这事你们哪个也不能传出去。启春你跟我再到慧明那儿去一趟。田月桃，你放心吗？”

田月桃尽管满脸惊诧，还是点了点头：“只要他听你传耕哥的话，我就不担心。”

慧芸在月桃耳边讲了几句啥悄悄话，田月桃便让邹启春随着传耕他们走了。

月色朦胧，山野里飘飘悠悠地弥散着轻纱般的薄雾，空气里有股秋夜透肤的凉爽。

三个人默默地走了一段路，传耕问：“启春，你说的那个‘油嘴壶’是哪个寨子的？”

“不晓得。赌博打听这个犯忌。”

“犯忌？”

“嘿嘿，”邹启春轻笑一声，“传耕哥，这你就是外行了。往常约几个熟人赌钱，场合小，输赢都不会伤筋动骨，影响人家过日子，那多半是耍玩意儿。我们现在这场合可不一样，下的注大，票子像流水一样进出，那真是要赌出命来的。为了避免惹出麻烦，不兴打听人家的姓名、住址。每次先约定了就带钱去，赌完之后屁股一拍就散了。赢家欢喜，输家倒霉，没得二话讲，以后也没得皮绊扯。你想嘛，要是打听到人家的姓名住处，输红了眼的人拿起刀子去拼命，那还有个完吗？这是赌博道德。”

“嗬，还讲道德哩！”传耕讥诮一声，“那么，慧明晓不晓得他的住处呢？”

“我这个老手都不晓得，慧明是新手，多半也不会晓得。不过。‘油嘴壶’那一伙经常有人在场街上转，慧明说，他今天在场街上碰到其中一个，才找到‘油嘴壶’的。”

邹启春倒没有说谎。在丁根元家新盖起的砖瓦屋旁边的偏梢小屋内，传耕反复问了好久，壮实高大的慧明也说不出‘油嘴壶’叫什么名字，住在哪个寨子。

传耕不禁有点失望，想了想问：“那么，三天后你们赌钱，‘油嘴壶’来不来呢？”

“难说，‘油嘴壶’这人，行踪不定。”慧明懒洋洋地答道。

“他参加了约赌，多半是要来的。”邹启春满有把握地说。

“他要不来，还能见到他吗?”传耕问。

“能!”慧明吐了一口烟道，“每月赶四次场，他总有一次两次在场街的饭馆里露面。”

传耕“嗯”了一声，凝望着油灯的火焰出神，不再吭气了。这间刷着雪白粉墙的小屋里，空气顿时变得沉闷起来。

“传耕哥,”邹启春把慧明递给他的烟闷闷地抽了两口，打破了沉默,“你盯住‘油嘴壶’打听，究竟为啥呢?”

“要抓他!”传耕沉沉地迸出三个字。

邹启春和慧明都面面相觑，愣了。

邹启春讷讷地重复着:“抓他?”

“抓他干啥?”慧明问得更直接。

“亏你好意思问!”慧芸冷笑着说。

“不是我要抓他，是我们的公安部门要抓他。”经过郑重的思考，传耕向他俩摊牌了，“原因很简单，这个嘴里镶着颗金牙齿的‘油嘴壶’，就是那次绑架慧芸的暴徒之一……”

邹启春“腾”地一跳，惊叫起来:“真的?你咋晓得的?”

慧明那张大脸盘涨成了紫色，有些狐疑地问:“传耕哥，你、认错人了吗?”

“还认错人!”慧芸倏地站了起来，沉着脸道，“慧明，跟你说吧，我亲眼看见你和他坐在一条板凳上，是我把他认出来的……”

“哎呀，姐，你、你为啥不早说呢?”慧明像烫着嘴唇似的，把半截烟卷朝地上一扔。

“我当场说了，你会咋个样呢?”

“我马上就抓住他……”

“我还以为你会喊他快逃哩……”

“姐，你咋这样说呢!我、我是那种人吗?”慧明感到委屈极了。

慧芸还想说句什么，传耕向她摆了摆手，神色严峻地说:“慧芸是不会看错的。看来你两个还没和‘油嘴壶’合穿一条裤子，我就放心了。我相信那家伙是跑不掉的……”

“传耕哥，你是说，三天后在赌钱的洞子里抓他！”邹启春一下子猜出来了，打断了传耕的话。

传耕默默地一点脑壳。

慧明摩拳擦掌地一捋袖子问：“咋个干？”

传耕说：“抓他的目的，是要查到那两个人贩子的行踪。听说那翁婉芳和李婶至今还没抓住哩！所以，我们抓‘油嘴壶’，不能打草惊了蛇，走漏了风声……”他招招手，把慧明和邹启春喊得更近些，在他俩耳边轻声细语地说出了自己的打算。

“好啊！”刚听传耕讲完，邹启春就一拍膝盖，欢眉笑眼地站起身来道，“我就来扮一回这样的角色。”

慧明也咯咯地笑道：“我就当个大憨包，迷住这个龟儿强盗！”

“传耕，传耕！”慧明的话刚落音，偏梢屋门外传来丁根元的呼唤，“你们几个商量事，讲完没得？”

“讲完了，爹。”慧芸跑到门边，抽开门闩，拉开了门，只见十七岁的妹子搀扶着爹在门口，她忙伸出手扶住，“快进屋呀，小心绊着门槛。”

丁根元颤巍巍地跨进屋来，先是严厉地瞪了慧明一眼，而后向传耕笑道：“早在盼你来了，传耕，盼你来好好训这浪荡子一顿。你训他了吗？给我狠狠训。”他以为传耕是应他之邀，特意上门来劝败家子慧明的。

传耕眼里闪出笑意，迎着未来的老丈人。丁根元近年来气色好多了，清瘦的脸上泛着健朗的红光，身架子似也壮实了些。只因整天坐在板凳上，埋着脑壳编织竹篾工艺品，一双眼睛瞅人时显得有点呆滞，两只手上也巴满了窄条的、宽条的、长方的橡皮胶，护着被篾刀、篾片拉开的小口子伤疤。

在两个女儿的搀扶下，丁根元坐下了。他见几个都不做声，摇摇手道：“我不打搅你们说笑，我只来问一句话，传耕，我这编篾手艺是不是该停一停？”

“停它干啥?”传耕诧异了。

“莫看我脚跰不出门啊，传耕,”丁根元吁了口气说，“今天屏源镇上发生的事，我都晓得了。扣了大家四十头猪，还讲我们几家发得快的，都是……都是啥呀，我学不来那些话，反正是不安逸我们……”

“你莫管那些，自家照样干。”传耕道。

“还能照样干?”丁根元望着他。

传耕没料到，屏源镇发生的风波，这么快就引起了人们情绪的波动。他双手抓住丁根元一只骨节凸突的大手，晃了晃说：“能，根元叔，你靠自己的双手编篾器来挣钱，又为国家赚外汇、争了光，怕啥呢，照干。莫听那些闲言碎语。”

“不是说，把我家写进啥材料了吗?”丁根元眼里还是带着疑惑的神情。

“那没啥，根元叔，你相信我的话吧!”传耕认真地说。

“我还听说，这回连郝老虎也翻了脸……”丁根元一边朝传耕点头，表示相信他的话，一边仍自言自语地唠叨着，“不听到这些话，我倒也想学康文达把田土转包给全大良，让全家人都来摸我这手编篾活路哩。这会儿，唉……只好等过一阵子再说了。”

传耕听了丁根元的话，心里又一动，赶紧道：“你要真有这个意思，我可以跟阿全讲。”

“要不得，要不得!”丁根元连连摆手，“传耕，这风头上，我不给你添麻烦，不给你添麻烦啦……”

传耕沉默了，在返回嘎多寨的路上，和邹启春分了手，他一直默默考虑着啥。

慧芸跟在他身旁，留神注视着他。这会儿，终于忍不住小心翼翼地细声问：“传耕，抓那个‘金牙齿’的事，要不要写封信告诉省城公安局的贡晓婷呢?”

“要写。”传耕转过脸来瞅着慧芸，那眼神里透露出赞赏，“不但要给贡晓婷写信，我还要给在报社的盛雍写信。把这里的事告诉他，我要问为啥扣我们农民的猪，为啥整三多大队的材料……”

“报社的人会支持你么?”慧芸关切地问。

“我想盛雍会理解我心意的。”

慧芸轻轻叹息了一声，近乎无声地说：“但愿啊，但愿……”

“你说啥?”传耕没听清她的话。

“哦，没说啥，没得。”慧芸掩饰着自己的情绪，催促着，“不早了，快走!”山寨上，好些茅屋的灯光已经熄灭了。月光透过云层依稀照着寨路，山村显得深沉而静谧。两人加快了脚步，顺着寨路走进了自家院坝。

“传耕回来了，我一听脚步声就晓得是他!”全大良粗大的嗓门从堂屋传了出来。

跟着，堂屋门“吱呀”一声打开，探出一个脑壳来：“当真的，当真是他们!”

一听这脆生生的声音，传耕和慧芸都知道，这是阿全的未婚妻费瑞娟。

84

这一二年来，瑞娟对全大良的感情，已经到了愈加依恋、难以割舍的地步。白天，她的眼睛里要看到阿全，心头才踏实；夜里，睡梦中她也仿佛依偎在他身边。

她离婚好些年了。也许正因为她曾经嫁过蒋学久，有过那么一段短暂而不幸的婚姻吧，也许还因为爹对她和阿全之间的事，总有点疙疙瘩瘩的看法，她对全大良的感情反而更为急切、更为奔放。爱情这东西，在遇到挫折和障碍的时候，是会以一股更加旺炽的势头燃烧起来的。

在堰塘边洗衣裳，和伯妈婆娘们嘻嘻哈哈闲扯中，妇女们常会说起一句流传了无数年的俗话：“男子三十一枝花，女子三十老伯妈。”人家说过这话，一甩脑壳就忘了，瑞娟心头却总要“咯噔”一下，情不由已地愣怔一会儿。

她已三十岁了啊。

天天早晨起床之后，面对亮晃晃明铿铿的镜子梳头，看见镜子里映出脸庞不如先前那样姣好丰润了，眼角出现了细细的皱纹，她心里就会泛起一股说不出的辛酸。她比任何人都强烈地意识到岁月的脚步迈得有多快，她的青春在消逝。在婚姻上，再不能由着爹的意志而迟迟疑疑了。爹是个老年人，从他的眼睛里看来，女儿也许永远是年轻的。其实，哪里是那样呀！

特别是全大良育种初获成功，今年又眼看丰收在望，四乡八寨有那么多人要来串换良种，这多引人注目啊！瑞娟就更加迫切地感到不能再拖了。再拖下去，会是个啥局面呢？乡间有那么多未婚的姑娘，她们年轻、健朗、秀美，都在用羡慕的眼睛盯着阿全，期待着他的青睐……

正是这种微妙而复杂的感情，使她焦躁不安。今天去屏源镇卖猪，只一天没见到阿全，就像丢了魂似的。回到屋头，要不是爹颓然靠在屋角落的板凳上唉声叹气，苦着一张脸喊腰酸腿疼，她吃过晚饭，早就一趟跑去找阿全了。

爹痛苦地哼着，瑞娟不忍心在这当儿离去，只得拖一条板凳过来，隔一盏油灯坐着陪爹。心里却直在想，阿全没去赶场，一整天留在寨上干啥呢？他说是为挞谷子作些准备，准备停当了么？……

“瑞娟，你不去找阿全吗？”想不到爹倒仰起脸来主动问她了。

瑞娟心里一颤，却掩饰说：“噢，我……我陪爹坐一坐……”

“陪我干啥子，找他去吧，去吧！”

瑞娟疑惑地望着爹，老人眼睛有点红肿，爹今天咋个了？他从来不曾主动让她去找阿全的呀！

“去啊，去跟他摆一摆今天屏源镇发生的事，劝劝他，莫转包康文达那些田土了，挞谷子那天也不要串换种子，不要议价卖种子给人家了。”爹顿了一下，脑壳一垂说，“风声紧啊。去吧。”

“那……”瑞娟这才晓得爹喊她去找阿全的原因，爹实际是关心着阿全的，他也怕阿全有个三长两短啊！瑞娟离座站了起来：

“爹这么说，那我就去了。”

费正明扬起手挥了挥，瑞娟转过身走出了自屋头。一走到寨路上，她就甩起双手，急急地小跑着向阿全家赶去。

远远地就看见阿全那幢精巧别致的砖瓦房亮着灯光。瑞娟一阵风般扑进了青石板院坝，脚一跨上台阶，便颤声唤着：“阿全!”只听得屋里应了一声，她推门进屋，正好撞在迎出来的阿全胸口上。瑞娟吃吃地一笑，转过身子，背向阿全嗔怪道：“晓得我们回来了，你也不来找我。”

“出啥事了?”

“大事。你没听人说吗?”

“我一直在屋头，没听说呀!”

瑞娟随阿全走进屋里，一眼看到搁板上的油灯，噘起嘴“扑”一声吹熄了，顺势依偎在阿全的怀里，柔声道：“真出大事了。大家卖的四十头猪全给扣了，我家那两头也在里面……”

她想像往常那样，与阿全相偎相依地坐在幽黑幽黑的屋头，倾心倾意地说一番悄悄话。不料阿全轻轻抚摸了一下她的肩膀，说：“瑞娟，得把灯点起来。”说着就去搁板上摸索火柴。

“咋个了?”瑞娟感到奇怪。

“嚓”一声，阿全点亮了油灯，转过脸来说：“县头的工作干部艾振兴来了，铺盖在我这里，一会儿要转来。”

瑞娟吁了一口气：“他去哪儿了?”

“串寨去了。”阿全扔了手里的火柴梗，走到小方桌边去收拾桌上的碗筷，“他是下午来的。我请他去帮我说通华碧芳，答应我在她田头过水，晚饭前他回来说华碧芳答应了。晚饭也没在我这里吃，又串寨去了，这会儿大概就要回来了吧。瑞娟，你坐呀!”

费瑞娟并没坐，走过来帮阿全抹着桌子，心里不免有些疑惑，这会儿，艾同志下乡来干啥呢?便问：“艾同志说啥了吗?”

“没有。瑞娟，你刚才说扣猪，到底是咋个回事?”

“又惹起麻烦了。”瑞娟抢过阿全手里的碗筷，轻叹一声，在桌边的板凳上坐下，把屏源镇场街上发生的事，简简短短地给阿全说了。

“嗨!”全大良的右拳使劲砸在左掌心里，忿忿地道，“又扯拐了，又扯拐了！这帮子人就是见不得农民过几天好日子。那现在咋个办呢，四十头猪就让他们扣了?”

“你莫管猪。”瑞娟一扬筷子说，“爹让我来劝你得留些神，转包康文达的田土、串换种子，都莫搞啰。”

全大良皱紧了眉头，在屋里转来转去，喃喃自语着：“莫搞啰，说得倒轻巧。我和康文达合同都签订了，他甩手一出去烧砖瓦，田土没得人管，荒芜下来，哪个负责……

“莫担心了，阿全，康文达这么个细心人，在这风头上，不会出寨子的。”

“那串换谷种的事，我都答应四乡八寨的农民了，三天后一开镰挞谷子，他们几十里、上百里地赶了来，谷种串换不到，喊我这脸，往哪儿搁?”

“那也不要紧，明天我就把话传到团转寨子上去，喊他们不要来了。”

全大良站定在瑞娟跟前，目不转睛地盯着她说：“你想过没得瑞娟，这么一来我要少收入好些钱哪!”

“风头上，就避一避吧，阿全，莫去管钱不钱了……”

“你不是说，一收过粮食，我们就办亲事嘛！没得几文钱，办鬼的亲事!”

瑞娟也语塞了，低头沉默了片刻，叹了一口气，佯笑道：“阿全，有饭吃，亲事就从简吧。想想前头那些年……”不知怎的，一股辛酸涌上心来，瑞娟泪汪汪地说不下去了。

全大良狠狠地一跺脚道：“我真搞不懂，凭啥就不让农民赚点钱把日子过得好些！我们是靠劳动赚钱，不是抢、不是哄骗得来的呀……走，瑞娟，找传耕去!”

“不等艾同志回来了?”瑞娟站起来问。

“不等他了!”全大良不悦地一挥手道，“这个时候下乡来，多半是同场街上发生的事有关。晓得他存的是啥心眼哩，走吧!”

“那也得把碗筷洗洗啊!”

瑞娟说着，匆匆走进灶屋里，舀水洗碗，全大良从旁相帮。不一会儿就收拾停当，两人熄了灯，锁上门，并肩朝传耕家走去。

不巧传耕和慧芸到卡多寨去了。阿全急着要去找他，可听景大伯说他俩去了已有一阵，又怕追来追去的扑空，只好和瑞娟耐着心肠坐在堂屋里等候。

各人心头有事，便没得心思扯闲话，堂屋里的气氛闷闷沉沉的。传耘拿着本书，在油灯前懒心无肠地翻着，掀动书页的气流把油灯火苗扇得一悠一闪的。景大伯咂吧着叶子烟，发出吧嗒吧嗒的声音，伯妈在灶屋里不知还在忙乎些啥子。这沉闷的气氛使瑞娟和阿全简直坐立不安。幸好传耕和慧芸终于回来了。

“传耕，你说说，我该咋个办?”

传耕刚进堂屋坐下，急不可耐的全大良就抓住他的膀子，问了起来。

瑞娟见他问得没头没脑，提醒道：“你说清楚啊，传耕又不晓得爹的意思。”

“他咋会不晓得，”全大良不以为然地说，“你们赶场出了事，你爹就让我取消同康文达订的合同，还不要我同外寨人换种……”

“这又是咋个了?”传耕打断了他，“听到风就是雨，都慌了?”

瑞娟忙解释：“爹是怕阿全吃亏。”

“莫打岔!”全大良制止住瑞娟，“传耕，你支持我?”

“支持。你这两件事做得对嘛！阿全，怕个啥呀，你得稳住。”

“传耕，不是怕哪一个，是怕这股风吹起来，把人往死里整啊!”瑞娟忧心忡忡地说，“县里又派人到寨子上来了，你晓得吗?”

“哪个来了?”传耕眉头一耸。景家的人都吃惊地盯着瑞娟。

“上回工作组的那个艾同志。”全大良说，“下午来的，住在我那里。他说串寨去了，你没有见到他吗?”

“啊——”传耕摇了摇头，不做声了。

“哥，我看还是提防点好。”传耘插进话来，“你未必看不出来？今天的情形就很不一般。我看那些民兵就是专门调来对付我们的。”

“是啊！传耕兄弟，整起人来还是叫人害怕啊！”瑞娟说，“我一想起前些年，阿全遭冤枉抓进班房，一关就是好几年……”

“瑞娟，我们应该相信，现在不是那些年了。”望者眼泪汪汪的瑞娟，传耕既是安慰又是鼓励地说，“哪个想胡作非为，群众不答应，党也不会答应。我们现在做的事，说到底，就是用我们自己的双手和劳动，为社会创造更多的财富，同时也改善我们自己的生活。拿阿全育雀翅田的良种来说吧，他流了多少汗水，你比我清楚。他创造了我们大队从来没有过的高产，他把这良种换给乡亲，让大家都获得丰收，这难道错了？他自己多得点收入难道不应该？那么，我们怕啥？有理走遍天下！”

“要是人家不讲理呢，你咋个办？”传耘反问她的哥哥，“县里那个何羽，哪回和你认真讲过理？一来就摆架子，拿他那个官牌牌吓唬众人。”

“要是怕吓唬，我们就啥也不用干了。”传耕坦然地说，“前年收粮食，他不是也很吓唬人吗？结果咋样呢？再说，道理是越辩越明的，当初要是我们害怕，不敢辩，我们这联产联心的责任制搞得起来吗？能有今天吗？”

“要讲道理，传耕你行，阿全就不行。”瑞娟斜了全大良一眼道。

全大良笑道：“你莫小看人了。”

“不是小看你，当真的。”瑞娟顶认真地说，“一来你脾气暴，二来这回你的事太显眼。转包田土，哪个都没听说过，人家还会说你栽出良种来卖高价。”

传耕转问全大良：“你那个杂稻种子和‘一吨半’良种，赶场天的议价卖好多？”

“二块八到三块。”阿全竖起几根拇指说，“串换的标准是十斤普通谷子换一斤还贴个三五角钱。”

“你用啥价格卖给人家呢？”传耕问。

“我吗，”全大良瞅了瑞娟一眼说，“做生意我是外行，背一背篼蔬菜出去，人家卖一角，我只能卖八分。来买我谷种的，我也依着这个葫芦画瓢。市场上议价卖二块八，我卖二块五。拿着谷子来串换的，我只换谷子不收钱。我也只有这点觉悟了。钱这个东西，又不咬人的手，议价我是要卖的。我这么一把年纪了，还没成亲呢，也等着钱花。对啵？”

“既是这样，怕啥呢？”传耕赞许道。

“哈，阿全哥，就是你要价不高，还要发大财啊！”传耘拍手喊起来，“只等挞斗一响，好几千块的票子就进包包啰！瑞娟姐，二天你的钱用不完多裁几件新衣穿啊！”

费瑞娟嗔怪地斜了传耘一眼：“你啥时候也学会作弄人了？”

“哈哈哈，瑞娟姐，你脸皮真薄，看啊，脸都涨红了。”传耘毫不让步。

“好啦，我看，胆子大，硬着头皮顶一家伙，这都不难。”始终没吭气的景气闲，从嘴里拔出烟杆，插话道，“只怕周围团转有些寨邻瞧你收入那么高，会馋得直往肚里咽口水，眼红得鼓出眼珠子来。上头再下来人一纠，群众中就有人赞同啰。前些年，上头不总是说不准新地主、新富农冒头嘛！”

景气闲这话一说。堂屋里顿时沉寂下来。瑞娟心想，爹忧心的不也是这个嘛。要真那样，倒不如不冒头平安。

“爹这话说得好，及时提醒了我们。当然不能准许出现新富农、新地主！”传耕慢腾腾地搓着手说，“可是，原先那种一提富就怕，最好大家都不要富，反正拖着赖着把日子混下来就行了。只要一看到哪个的日子红火起来了，心里总会疙疙瘩瘩的。老实说，这实在害人不浅！要不得！其实，只要看看实际情况，阿全育良种也好，康文达烧砖瓦也好、屋头养鸡也好，慧芸爹编篾器活也好，他们通过辛勤劳动，自家富起来了，同时也在带动寨邻乡亲们富起来，还能为国家作贡献，这为啥不可以的呢！我在想，郝老虎这回变了态度，也觉得我们干过了火，怕就是思想上没翻过这个坎子。情况是这个样子，我们该咋个办呢？是迁就这些人的情绪，向这种时时处处都要平均的思想妥协，缩手缩脚不干了，还是不管他，照我们选定的路子走下去呢？我看山寨要奔好日子，也得像当初搞责任制那样，要争一争哩！眼下阿全一个，康文达一个，还有慧芸爹一个，是三多大队好些人盯着的目标。在这节骨眼上，更要挺得住。阿全，你要问我，我就是这个意思，到时间，你照样干你的，挞谷子，串换种子，还要种好转包的田土，用你自身的行动，来证实靠辛勤劳动奔好日子，带动促进大伙儿富起来的积极性，是光明正大的事。你敢不敢？阿全。”

“只要你传耕这么说，我还有啥不敢的！”全大良一拍膝盖站起来，精神振奋地说，“一年了，我起早贪黑辛苦一场，总不能让别人的几句闲话，说得连正事也不干了。干，三天后，我就开镰挞谷，要串换谷种的，到时候来多少我换多少！哪个要眼红，鼓起眼睛看我，我就跟他说，你快把我这良种换回去，保证你明年的日子比今年好过！”

他最后这句话，把满屋人都说笑了。

85

下班时间到了，端庄俏丽的贡晓婷，已经把办公桌上的一切卷宗、材料收进了抽屉，笔架、黑水瓶子也按她的习惯摆正在桌面的左侧。她刚同盛雍结婚不久，急于赶回家去。偏巧，信访接待科长这时带进一位女同志，在她耳边低声说，是来提供有关人贩子线索的。晓婷一听，忍住了急于回家的心情，忙请来访者坐下，又给她倒了杯开水，然后在办公桌上摊开了一个记录本子。

“不耽误你回家吗？”来访者端详着晓婷，用明显的外省口音小心翼翼地问。

“哦不。”晓婷微微一笑，看了看接待科长留下的接待登记表。

“我叫牟凤英，是清真熟食工场的干部。”来访者自我介绍说，掏出工作证递过来。

晓婷摆摆手，表示不用看了。她望着对方，约莫五十来岁年纪，一副式样比较陈旧的眼镜，架在她微胖的脸庞上显得过紧，样子有些滑稽。

“牟凤英同志，你有什么情况请讲吧。”

“半个月前的一天傍晚，我十五岁的女儿小兰，到吃晚饭的时候还没回家，我急了。正想出去找她，一个在市郊北站货场工作的邻居跑来告诉我，说她在北站碰见了小兰，由两个中年妇女带着，还有几个比小兰大点的姑娘，好像在等火车。邻居觉得奇怪，问小兰去哪儿，小兰说她不读书了，要到远方去耍。邻居问她，爸爸妈妈晓得吗，有人替她回答说我们同意的。邻居不放心，便跑来告诉了我……”

牟凤英的叙述，一下子吸引了晓婷。她开头还记了几行，但牟凤英的外省话讲得太快，便干脆搁下笔专心地听着她讲。

“听了邻居的话，我急坏了。我们单位离北站不远，我晓得有列快车下午六点四十二分要在北站过，可那会儿已六点零五分了。我慌忙跑出去挤公共汽车，偏偏遇到下班，人多车挤，等我赶到站已六点五十分了……”

“小兰没追回来?”

牟凤英笑了笑：“那天真巧，快车晚点半小时。我在候车室到处找不见小兰，真把我急疯了。直到火车快进站时，我才发现小兰随着四五个姑娘，跟在两个女人后面，从车站斜对面一家饭店里走了出来。我忙追上去，她们已经在检票口排队了。我跑上去一把抓住小兰，她还硬挣着要进站去。气得我狠狠打了她几巴掌，又有人来帮忙劝说，总算把她拖住了。”

牟凤英讲完这经过，重重地吁了口气。晓婷拿起笔来，追忆着记下了事情发生的时间和经过。她一面记一面想，这案子跟发生在月光县嘎多寨的那案有什么关系呢？牟凤英讲的那两个中年妇女是什么人呢？……

晓婷仰起脸问：“你说那几个姑娘是跟着两个中年妇女的。这两个女人是啥模样？”

“唉，我懊悔的就是没把这两个女人的面貌看清楚。当时我只顾拦阻小兰，那两个女人一晃眼就不见了。”牟凤英抱歉地叹了口气，“事后，单位的同事们对我讲，那两个女人一定是人贩子，要我来公安局报告。我想，连这两个人的脸貌也没看清，报告啥呢，但大家还是劝我来。大伙儿都说，不把这种坏人抓住，还有像小兰那样的姑娘要受骗。我想到当时自己那种焦急的心情，今天下了班，就来了。”

晓婷点了点头说：“这是对的。牟凤英同志，这线索对我们太重要了。你没看清那两个女人的面貌，你问过小兰吗？”

“问过。她说，她们都喊这两个阿姨。一个姓李，四十多岁；另一个三十多岁，长得胖胖的，她啥都不晓得。”

姓李的那个会不会是李婶呢？晓婷无法作出判断。她俯首记下了一笔，淡淡一笑问：“我有点不懂，你女儿十五岁了，还在念中学，怎么会乖乖地跟着陌生人走呢？”

“这也是我做梦也没想到的。”牟凤英凄然一笑说，“别说小兰了，那些比她大的姑娘不是一个个都受骗了嘛！”

“咋个受骗的呢？”

“那两个女人对姑娘们说，她们是专做生意的。东南沿海那些省份，梅花牌手表可便宜了。她们在那边买了好几百块，只是一路上怕被搜，不敢一次全都带来。她们想请这些姑娘陪她们先去一趟，玩一玩，由她们负担来回的一切费用，只是回来的时候每人要帮她们带上几十块手表，万一被搜去，不用她们赔。这些姑娘一听，不花钱，白白地得玩一次，开了眼界，游了码头，多舒服啊！一个个就乖乖地跟着那两个女人走了。我问过小兰，另外几个姑娘，她认识吗，她说原先不认识，是见了面才认识的。”

“这些姑娘都是干啥的？”

“小兰说，一个是乡下来的，两个是待业青年，还有一个眼神直勾勾的总不讲话，不晓得是干啥的。”

“可小兰毕竟还在读书啊！她怎么不想想，即使真是携带手表也是犯法的呀。”

“唉，这也难怪她。要怪，只有怪我了……”牟凤英的眼角闪烁着点点泪光。

“怪你?”

“是啊！怪我年轻的时候，嫁了一个回族丈夫，却没料到后来生活中会出现许多事情。”牟凤英又用带点急促的声音讲了起来，“他是个好人，结婚前对我讲明了自己的民族，希望我们互相尊重各自的民族习惯，我要吃猪肉可在外面吃，回家不要吃。我当时想，感情那么好，这也不是什么不能克服的困难，毫不犹豫地嫁给了他。哪晓得，生下两个孩子以后，姐妹俩长大了偏喜欢吃猪肉，我也只能一个月带她俩上一两次饭馆。姐姐比小兰大，懂事，还能克制自己。小兰是幺女儿，从小我又惯她，便常常闹着要买猪肉回家吃，这就弄得她父亲不高兴，总是呵斥她。时间长了，小兰对家庭的感情愈来愈淡漠。恰恰在那时候，她不知怎么认识了那两个女人，她们带她进饭店，尽买小兰在家里吃不到的菜给她吃。小兰自然而然就觉得她们心好，她们提出让小兰去外省耍，还说可以顿顿给她买好吃的，她就一口答应了。”

“噢。”晓婷恍然地应了一声。社会之大，真是什么稀奇的事都有啊！

现在，事情算是清楚了，但还应当去访问一下小兰。晓婷看了一眼接待登记表，那上面写着牟凤英家的地址。她站起身来，向牟凤英表示感谢，送她到市公安局大门口。

牟凤英的背影消失在马路上的人流中，晓婷正想朝相反方向的公共汽车站走去，门房里有人喊道：“贡晓婷，有你的信！”

谁来的信呢？自从和盛雍结婚以来，她很少收到信。她匆匆走近门房，接过信一看落款，眼睛陡地睁大了。这是月光县屏源公社三多大队嘎多寨发出的信，莫不是慧芸写来的？莫不是她发现人贩子的行踪？

晓婷慌忙撕开信封，展开了信笺，借着黄昏时淡弱的光线，匆匆看了一遍。

信是丁慧芸写来的，报告她在屏源镇发现了曾绑架过她的“油嘴壶”，以及景传耕做的布置。虽然没有提到翁婉芳和李婶的行踪，这也是很重要的线索。这两年来，为了捕捉李婶和翁婉芳这两个人贩子，晓婷用了多少心思啊！市公安局往沿海那个省份去了多次函，还特地派了刑侦人员，到翁婉芳婆家所在的县里去调查了解，等了半个多月，得到的答复却是令人失望的：李婶和翁婉芳常年在外，一年中难得有几天回来。

可以说晓婷为此伤透了脑筋。这一下有了线索，她还能不抓紧吗？

看完慧芸的来信，晓婷撩起衣袖瞅了一眼表，六点三十五分了，几个领导肯定都已下班，是搁到明天再说呢，还是马上去找他们？她只迟疑了片刻，就拎着提包转身穿过大院坝朝局领导家里走去……

当晓婷回到自己家所在的大杂院时，天色已黑尽了。大杂院里正在盖煤棚，除了家家户户堆放在院子里的煤，几乎所有空地都堆着空心砖、石灰和砂子，只有越过这些障碍，才能走到家门口。

晓婷正小心翼翼踏上一堆煤顶时，家里亮着灯的窗口传来了她继母纪明洁的惊呼：

“哎呀，晓婷，你留神些。”

接着，门“嘭”的一声打开，盛雍忙慌慌地跑出来伸手迎接她。

“怎么才回来？”爸爸也站在门口，迎着她道，“我们都等急了。盛雍给你们局里挂了两次电话，都没人接。”

晓婷故作神秘地一笑：“有好事。”

"啥好事?"盛雍站在她身后问。

"你猜嘛!"

"猜不出来。"

"好了好了，都饿坏了，吃饭吧!"纪明洁招呼着。晓婷一看桌上摆好的饭菜，道:"你们还没吃饭啊!"

"等你这位贵人嘛!"贡建湘乐呵呵地一指纪明洁道，"我催了几次，说我们先吃吧，她硬是不肯。哈哈，大家只好跟着挨饿。"

"晓婷，"一家人坐定下来后，纪明洁顶认真地说，"你以后不能这样。怀了孕，要按时休息，按时吃饭，生活要有规律。"

晓婷一伸舌头，做了个鬼脸，一家人又都乐开了。

晓婷和盛雍，是同贡建湘和纪明洁同时在今年五一结婚的。父亲和女儿同时结婚，在省城干部圈子里几乎成了一则新闻。婚后两对夫妇住在三间平房里，有一种少见的融洽和睦，每天晚上就是他们最欢乐的时刻。

端起饭碗以后，贡建湘瞅着晓婷喜滋滋的神色问:"说说，遇到了啥好事?"

"我要出差了。"晓婷一扬筷子眨眼说。

纪明洁连连摆手:"要不得，要不得!晓婷，你刚怀孕，不能去出差。"

"已经定了!"

"去哪儿?"贡建湘问。

"他插队落户的地方。"晓婷望着盛雍。

盛雍急切地问:"去干啥?"

"我收到一封信，你们自己看吧。"晓婷从衣袋里拿出信来往上一掏。

盛雍睨了一眼信封:"是景传耕写的?"

"不，是丁慧芸写来的。"晓婷道。

盛雍抽出信笺展开，兴奋地叫了起来:"没得错，没得错，署的是丁慧芸的名字，却是景传耕的笔迹。晓婷，我可以陪你一道去，我们二返嘎多寨……”

“我可不用你陪！”

“不单是陪你，我也要出差。”

“你也出差?”晓婷不相信地一瞪眼，“去嘎多寨?”

“对啊！”盛雍离座走到挂在衣钩上的拎包前，摸出一封信递了过来，“我也收到景传耕一封信，他向报社反映屏源公社奉县里之命，把他们卖给眉光县畜禽交易所的四十头猪扣下了，还整了三多大队好几户人家的材料印发通报，硬说人家劳动致富造成贫富不均、两极分化。看势头又像要整人了。景传耕在信上提出好些问题，很有意思。你们看看吧。”

贡建湘展开信看完，递给了纪明洁。

“确实很有意思。盛雍，他问社会主义是不是只允许贫穷，不允许劳动致富，你们准备怎么答复呢?”

“下午收到信，我就向部主任汇报了，我们又一道去找了总编辑雷大同……”

“总编辑让你下乡调查?”晓婷问。

“雷大同看了信，马上写了个条子，让报社复印十份，报送省委有关部门和卓然、喻帆两位书记。他还让我明天就下去，专程了解景传耕反映的有关问题。”

纪明洁赞赏地扬了扬信纸说：“雷大同办事就是果断利索，干脆脆。”

“雷总编对景传耕这封信评价可高啦！”

贡建湘若有所思地问：“他怎么评价?”

“雷总编说，景传耕这封信，反映了实行生产责任制以后，农民在干什么，想什么，需要帮助他们解决些什么问题。他认为三多大队是最早闹责任制的地方，那里发生的事有一定的典型意义，值得重视。”

“雷大同是省委常委，说的话顶用。”纪明洁说，“嗳，盛雍，下乡去别忘了给我们刊物写点东西啊！”

“我看不用慌。”贡建湘挟了一筷菜，咀嚼着说，“盛雍，你下乡后说话最好谨慎。”

“怎么啦？”晓婷和纪明洁几乎同时问。

贡建湘停了筷子，道：“我听说，好像就是这一两天里的事，卓然同志对当前农村的一些情况，有个批示。”

“批些啥？”盛雍问。

“还没看到批件。不过传说大意是要注意在放宽农业政策时，防止走得太远。”

屋里的四个人都不吭气了，各自闷闷地吃着饭。晓婷却搁下碗筷，拿过景传耕的信看起来。看着看着，陡地喊道：“我倒有个主意，吃过晚饭，我们到喻慎家去，探探喻伯伯的口气。吃过饭我和盛雍就走……”

“你喻伯伯到北京开会去了，不知道回来没有。”贡建湘没把握地说。

“那没关系。”贡晓婷一扬信道。

“好，那你快吃。”盛雍放下了碗筷。

晓婷嘴里塞着一口饭，连连点头。

“你呀，精力真充沛，怪不得会在公安战线工作。”纪明洁添了饭回到桌上，嗔怪晓婷道，“有了身孕，晚饭后还要去串门！”

“那算啥呀！”晓婷不以为然地道，“我听医生说，也不能老是坐着，动也不动。必要的活动还是要的嘛。”

“那么去乡下出差呢，也是必要的活动？要坐长途车，要受颠簸。你们单位就不能另外派个同志去？”

“这是我主动要求、力争的……”

“你咋个不想想自己的实际情况。”

“纪阿姨，”晓婷还是依婚前的称呼喊纪明洁，她觉得这样更自然些，“你不晓得，这个拐卖妇女的案子，两年以前我就接手了，后接手的几个案子都破了，唯有这案子悬着，我能安心吗？你放心吧，这次领导，派蒙姗和我同行。我们这位刑侦队的副队长，两个身强力壮的小伙子近不了她的身，是个呱呱叫的人物。”

贡建湘沉吟道：“让她去吧，还有当地公安部门、派出所协助呢。不会出啥事的。”

“还是爸爸理解我。”晓婷得意地笑了，“盛雍，你眼睛睁那么大在想啥?”

盛雍两眼一眨一眨地说：“我呀，我在巴望喻伯伯今晚在家……”

第十八章

86

关心喻慎恋爱婚姻的人问起她来，她总是显得十分淡漠和厌倦，不屑多言，仿佛她对这件事，提不起多大兴趣似的。其实呢，究其心理，她是常常在思忖这件事的。只不过年龄大了，一些比较成熟的看法渐渐形成，她不便当众说出来罢了。

拖也拖到这种时候了，没有感情，勉勉强强凑合一个家庭，只是为了不让那些不负责任的议论四处蔓延，只是为了完成人类繁衍子孙的义务，喻慎实在不愿意。要找就得找个能在感情上互相交流，能在精神上互相依赖的人。说实在话，自从认识了范诚忠，和他保持着不那么频繁的通信关系以来，喻慎是有所期待的。闲暇时，她会情不自禁地盼着他的信来，在盼信时，她又会忍不住暗暗忖度，在下一封信里，他会不会有所表示。

脑子里经常浮现这样的念头，盼信的心情也便无形之中显得一次比一次急迫了。

奇怪的是，今天下午他的信来了，还附有一张包裹单。手中拿着他的来信，喻慎却又不急于把信拆开了。

在这封信里，他又将说些什么呢？在以往的通信中，他们互相之间把能谈的话题都谈了，人生、未来、理想，双方各自的经历和家庭的简况，还有工作中不时产生的一些烦恼和矛盾。唯独没有谈到的，就是涉及感情的那一领域，甚至一点点暗示也不曾有过。有几次写信，喻慎都想要有所表示了，一行行字写在信笺上，又把它划掉、撕了。她怕他会认为自己轻佻和自作多情，她怕他将来为此而不尊重自己，她怕……哦，他们的接触毕竟有限啊，仅仅是一次共同下乡的经历，那能证明啥呢？他有没有对象，他希望找个什么样的女朋友，这一切她都不晓得。于是她给他寄去的信，又变得干巴巴的四平八稳的了，好像是在回复公函。

到了一定的年纪，再要经历浪漫的、大起大落的爱情，恐怕是很难的了。年龄渐大，理智的成分越来越大，而感情这东西，在理智的窥视下，往往是疯癫的、傻呵呵的，不近情理的。

喻慎叹了一口气，拆开了范诚忠的来信。一大张信笺，他却只写了三分之一，比以往的来信写得更短。是啊，感情上没有交流，他们之间还能有多少可谈的呢。

字数不多，他给她带来的消息却有点意外，他告诉喻慎，他即将出国深造，学习作曲和指挥，顺便还说到他创作的《青春组曲》已告完成，寄信的同时给她寄上一盘磁带。

包裹单上也明明白白地写着，的确是一盒磁带。

即将去到异国他乡，远离祖国远离亲人他啥都没谈，更别说将和喻慎离得遥远之类了。他只简简单单地写下了两个字：再见，倒是轻巧和爽快。

要是喻慎感觉到颓丧和失望，要是喻慎感觉到痛苦和不堪忍受，那又当别论了。奇怪的是，除却心灵上掠过一丝遗憾之外，喻慎并没啥难受的感觉，仿佛范诚忠即将出国的消息，早在她预料之中，仿佛远走高飞的只是一个普通朋友。

这种冷漠，连喻慎也为之惊愕。

省妇联机关的电铃响了，那是下午做工间操、打乒乓球、散散步，各自休息十分钟的铃声。

邮局离此不远，喻慎趁这十分钟休息时间，去领取录有范诚忠组曲的磁带了。

步下楼梯时，信访接待处的“胖大姐”喊住了她。

“喻慎、喻慎！”慈眉善目的胖大姐追上来挽住喻慎的手臂并肩往楼下走去，“那天跟你讲的事情人家愿意啦！”

喻慎疑惑地瞅着胖大姐咪咪含笑的脸，她说什么事，喻慎全忘了：“你讲的啥？”

“哎呀，你真是贵人多忘事，替你介绍朋友的事啊！”

喻慎苦笑了一下，想起来了。还是一个多月前，胖大姐有事到她的办公室里来，问及她还没对象，自告奋勇地表示，要替她介绍一个“各方面都很不错”的男子。当时，喻慎也像现在这样苦笑着，她无法谢绝人家的热心相助，但也确实没把它当回事，不料胖大姐倒真的张罗着给她介绍了。

她能说些啥呢。

“嗳，当真的呢。”胖大姐的脸色严肃极了，一点也没开玩笑的意思，“见个面吧！我同对方讲好了，他召之即来。”“召之即来”这个词被胖大姐用在这儿，险些把喻慎逗得笑出声来。她勉强抑制着自己，沉吟了片刻。在介绍对象时，见面个是最起码的了。不见面，连回绝对方的借口都找不到。喻慎问：

“什么时候呢？”

“今晚上，好吗？下班后你有事吗？”

下班后，没什么事。回家后，吃过晚饭，也不过是看一阵电视新闻，读几页书。但是胖大姐显得如此急迫，使喻慎觉得，好像对方是早有准备的。而她呢，却是憨乎乎地照着人家安排好的时间登场罢了。这让喻慎的内心深处有些不悦，可转念一想，盛情难却，早见个面早了结，省得搁在那儿又是个事。于是，她便不动声色地应下来。

下班铃声还没响，胖大姐拎着个提包，笑吟吟地走进喻慎办公室来了。

喻慎仅把桌面稍稍整理了一下，既没梳理一下头发，又没整整衣衫，更没说要赶回家去换一身会客服装，就随胖大姐一道走出了省妇联办公大楼。

公共汽车站上等着好些候车的人，胖大姐只顾往前走，并没坐车的意思。

“去哪儿啊？”喻慎忍不住问。

“百灵鸟影剧院。”富丽堂皇的百灵鸟影剧院是八十年代的新建筑，离开省妇联机关只不过一站半路，自然不用坐车啰！喻慎伴着胖大姐，随着下班时分省城马路上熙来攘往的人流，拐过一个弯，信步走去。

“百灵鸟影剧院”门前的停车场上，停着一长溜闪闪放光的自行车和五颜六色的摩托，马路边、人行道上、宽阔的楼梯两旁、高高的厅前台阶，到处站满了即将进场看第三场电影的人群。对对情侣的谈笑，小贩的吆喝，招呼人的叫喊，影剧院喇叭里播放的音乐，形成了一股嘈杂的声浪。平时，喻慎是很少来这儿的。她已经不习惯这种公共场合的喧嚣了。胖大姐也真是的，介绍对象，怎么选了个这样的地方。

“走，上楼厅去。”胖大姐一点也没看出喻慎的厌倦情绪，扯扯她的袖管，往楼梯上一指，便带头往上走去。这个电影院还有楼厅，喻慎是头一次听说。拾级而上的时候，看到身前左右一对对挽着手臂、相偎相依着进场的男女，喻慎头一次发觉，他们都还是那么年轻，处在青春最美好的年华。瞧，那位个头高挑、脸庞细长、衣着时髦的姑娘，袅袅娜娜地走过时，逗来身旁多少钦羡的目光啊。到了喧哗热闹的场所，见到那么多年轻貌美的姑娘，喻慎真正意识到，自己的青春年华竟然那么快地消逝了。是的，她在这样的场合，是不会引起什么人注意的了。在人们眼里，她已经是个三十岁的女子了啊。仅仅只是在几年以前，哪怕她在人行道上疾步而过，也会逗不少人向她投来赞赏或是羡慕的目光。如今，人生最美好的年华，对她来说是一去不复返了。她的双颊已经不再永远泛出玫瑰红的霞彩，她的两眼里很少还有神采飞扬的灵光，她成了一个大龄女子。或者换个更难听的说法：老处女……

“嗳，喻慎你咋走得这么慢啊！”高高的厅前台阶上，胖大姐兴高采烈地朝她招着手，“快，快上来呀！瞧你，走得比我这个胖人还慢。”

喻慎放快了脚步，向上走去。她本来想说句什么，可是一抬头，看到胖大姐身旁站着一个男子，个头高得吓人，足有一米九〇，还留着连鬓的络腮胡子，乍一眼看去，有几分怕人，定睛一瞅呢，他那张隐在漆黑的络腮胡子中的脸，挂着亲切的笑容。

喻慎刚走上去，胖大姐就介绍开了："这是我的同事喻慎，这是蓝天机器厂的工程师王景达，小王。"

喻慎大方地伸出手去，王景达拘谨地瞅了瞅胖大姐，直到胖大姐瞪了他一眼，他才把手伸出来。

他的手很结实，很大，不像是工程师的手。

"请……请进去坐一会儿吧。"王景达从衣袋里摸出三张电影票，征询地望了望胖大姐和喻慎，胖大姐挽起喻慎的手臂，三个人一齐走向楼厅里面。

嗬哟，偌大的楼厅里布置得金碧辉煌，十三种颜色的彩条闪金烁眼地环绕着盏盏宫灯，天还没完全黑尽，楼厅里所有的灯已经都开了，给人一种堂皇豪华的感觉。乐坛上，一支小乐队正在吹奏着一首流行歌曲，彩壁上的几个烫金艺术字醒目地凸现着：轻音乐茶座。厅堂四周中的一张张小圆桌，井然有序地置放在墙边，时间早，不少座位都空着。

三个人不约而同地走向角落上的那张空桌子，王景达彬彬有礼地俯身对领头坐下的胖大姐道：

"表姐，你同喻慎先坐一会儿，我去买点吃的来。"

"嗳，买点能填饱肚皮的，我们都还没吃晚饭呢。"胖大姐俨然是一副姐姐的腔调。

"好的好的。"王景达谦恭地答应着，朝喻慎羞怯地一笑，转身走了。

"怎么选了这个地方见面？"喻慎扫了场子里零零落落的几对舞伴一眼，问胖大姐。

"都说你特别挑剔，啥样的男子都瞧不上眼。我就想，在这热闹场合见一面，比较自然些。怎么样，喻慎，我这个表弟你讨厌吗？”

倒没有讨厌的感觉，无论是王景达的相貌，是他的身份，还是他那与个头身材都不相称的性格，全是喻慎事先料想不到的。也许正因为如此，王景达给她的头一个印象，相当深刻。喻慎摇了摇头，淡淡一笑说：

“我真给人一种那么挑剔的感觉吗？胖大姐，实际上，今天我完全是被动地随你摆布的，事前，你甚至连他是你的表弟这一点，也没同我讲。”

“噢，那真该怪我，你可千万别介意。我这个表弟，十足一个书呆子，你别看他相貌骇人，心肠倒是挺好的。他是工程师，是蓝天机器厂唯一一个没有大学文凭的工程师，自学成才的。你随便找蓝天厂任何人打听‘巨人’王景达，都知道……”

胖大姐喋喋不休地夸起自己的表弟来。所有这些情况，喻慎听来都觉得合心意。她的内心深处，已决定同这位“巨人”接触接触。头一次见面，就做出这样的决定，对喻慎来说算是个好兆头了。胖大姐还在介绍，喻慎一面听，一面把目光投向舞厅中。

一阵悠扬的乐曲声中，有十来对舞伴在场子里悠然地旋转着旋转着……

喻慎第一次发现，跳得好的舞姿，真有几分美感。她的目光随着一对舞伴移动着。

陡地，胖大姐的说话声听不到了，乐队的舞曲也似乎停奏了，所有的灯光和彩条化作万千颗金星，在喻慎眼前飞迸起来。

她几乎不相信自己的眼睛。刚才，就是刚才，自己用赞赏的目光瞅着的那对舞伴，那对舞伴中的男人，竟然会是饶余能，会是这个曾经欺骗过她，愚弄过她的感情的家伙。瞧，他显得多么风流倜傥啊，舞步轻盈而又熟练，满脸是自得欢愉的笑容，穿一身惹人注目的白西装，潇洒飘逸。和他对舞的那个姑娘，至多只有二十五岁，打扮得妖媚时髦，一边踩着舞步，一边微努着嘴笑眯眯地瞅着饶余能。

喻慎恶心得直想呕吐，脑神经陡然骤跳起来，疼得难忍，她一手撑住了太阳穴，把脸转到一旁去。

王景达双手端着三盘奶油蛋糕，笑容可掬地走近桌边，说：

“还有些饮料，我去拿……”

“对不起！”喻慎突然离座而起，紧皱着眉头说，“我……我身体不舒服，告辞了。”

王景达和胖大姐的脸上，掠过既尴尬又惊愕的神情。喻慎不等他们问出什么话来，转过身去，疾步走出了楼厅。

她好像听到胖大姐在身后喊啥，但她被饶余能的出现刺激得疼痛的神经，再也顾不得其他了，她像逃遁般地跑下了楼梯。

天黑了，马路上的盏盏路灯好像都在偷觑喻慎眼角的泪光。

喻慎不晓得自己是怎么坐上车的，她也讲不清自己是怎么小跑一般回到幽静的庭院里的家中的。受过刺激之后的心灵和神经直到晚饭后，还平静不下来。爸爸在北京开会，弟弟扔下碗筷后就不见了影子，喻慎无心看电视，也坐不住，在属于她个人的卧室里，来回地踱着步子，不间歇地缓缓地走动着。好半天，她才想起了范诚忠寄来的那盘磁带，那盘《青春组曲》，她把它塞进了录放机，按了键盘。

一阵细微的沙沙声过后，乐曲热闹地喧响起来，哄嚷声中夹杂着锣声、鼓声，甚至口号声，气势庞大，却总让人觉得有几分嘈杂……这是不是表现的“文化大革命”初期？是不是表现当时那代青年人的虔诚、狂热？喻慎在猜测着，仍然在屋子里来回踱步。

听着音乐，她的心绪稍显平静了一些。她那么唐突地离开了百灵鸟影剧院，胖大姐该是多么难堪，那位自学成才的“巨人”又会怎样想？喻慎感到自己的失礼了。遇到饶余能又怎么样呢？他能寻欢作乐，她为啥就不能当着他的面找个对象呢，反而要逃走，真憨，真荒唐！

陡地，喧哗嘈嚷的乐曲整个儿低沉下去，低沉下去，一支小号孤寂地响着。这有点像是我们这一代人的憧憬和向往……小号声融进了缓缓流荡的琴声里，琴音微颤着，带着一股凄清和悲怆的气息，一直飘荡到远方去……

喻慎不再猜测，不再想刚才那些不愉快的事情。她的整个身心都沉浸在牵魂动魄的音乐声中。

电铃响了，这就是说，有客人来。哦，她真不愿意去会客人。不过，爸爸不在家，万一来的客人很重要……喻慎无奈地关了录放机下楼去会客人。

她没想到来的会是自己的朋友，更没想到贡晓婷和盛雍会一齐来。她那沉郁的心情由于见到了两位朋友，变得好些了。

听说了他俩的来意，细阅了景传耕写给盛雍的信，喻慎抱歉地说：

“爸爸在北京开会，还没回来，真有点遗憾。这么说，嘎多寨上又出事了？……”

喻慎的口气透出一种忧虑。晓婷一听就知道，她仍然牵挂着那个地方。

“那没关系，反正我先下去调查了解，以后还可以向喻书记汇报的。”盛雍好像也看出了喻慎的心思，似乎想宽慰她。

“马上就下去吗？”喻慎抬起眼来问。

“我和他一起去。”晓婷补充道，“真是巧合，那个拐卖丁慧芸的案子，又有了线索。”

喻慎羡慕地望着这一对新婚夫妇说：“我们省妇联也准备让我下去作抽样调查，可惜现在不能同你们一路。到了乡下，代我向那些乡亲们问好。”

晓婷和盛雍不约而同地答应着。谈话至此似乎也就无话可说了，偌大的客厅顿时显得格外宁静。晓婷不禁想到喻慎夜间独自在这幽深的小楼里怎样消磨时光呢，忍不住问：“喻慎姐，你不看电视吗？”

“这得问他们搞创作的人了，”喻慎指一指盛雍，“尽拿些什么样的电视剧来哄观众。”

盛雍不无窘迫地一笑："我不是编剧，是记者，是业余作者。"

"也逃不脱职责。"晓婷拍了盛雍一掌，又转过脸来，"喻慎姐，那，你的对象……"

"哦，有了。"喻慎爽朗地答道。

晓婷惊奇得瞪大了眼睛："这么快啊！上个月遇见你，你还说没踪影呢！"

喻慎脸上露出一缕苦涩的微笑："问的人太多了，省得又惹出热心的介绍人来，我都这样回答……"

"这么说……"晓婷讷讷地试探着。

"谈何容易啊，年龄，经历，喜好，理想，都是可遇不可求。"喻慎叹了一口气，"我现在也只好用这么句话来处理这事了：听之任之吧。"

晓婷听出她有股言说不清的苦恼情绪，同情地说："喻慎姐，你完全不必烦愁。像你这样的姑娘，准定找得到个理想的人。"

盛雍也微笑着表示他的祝愿。

喻慎脑里浮现出胖大姐今天给她介绍的那位"巨人"来，看来，明天得给胖大姐好好作一番解释，以消除他俩的误会。她解嘲般道："哈哈，真希望你们的祝愿是我的福音。"

三个人齐声笑了。

说笑了那么半个小时，晓婷拽着盛雍的胳膊肘，向喻慎告辞。喻慎送他俩出小楼，握手道别时，郑重其事地道：

"等爸爸从北京开会回来，我一定通知你们。欢迎你们来玩。"

87

北京的初秋，天蓝云白，爽洁明媚。空气中仿佛有股温馨舒适的感觉。宽阔笔直的长安街上，各种大小车辆络绎不绝地往来穿梭。中共中央研究农业问题的工作会议在京西宾馆会议楼里，已经进行好几天了。会议讨论得很热烈，不时发生一些争论，而气氛却又很和谐。喻帆已经汇报过了省内农业战线上出现的新情况，正捧着温热的茶杯，左手指缝间夹着一支烟，微偏着头，留神倾听一位边疆省份第一书记的发言。

这位第一书记谈到，去年以来，他那个省里放宽了偏远山区的农业政策，允许一部分散居深山的孤家独户实行包产到户，效果显著，去年普遍由缺粮户一跃而为略有余粮的农户，即使干得差的，也达到粮食基本自给，不用国家救济、回销粮食了。

“好呀！”曾经去喻帆省里视察过的副总理插话道，“这就减轻了国家负担嘛！”

“这么一来，问题也来了。”边疆省份的第一书记喝了口茶道，“其他地区的农民就问我们，为啥偏远地区能放宽政策，别的地区就不行？工作队下去碰到这种质问，也很难回答。因为粮食紧张还是比较普遍，能达到吃饱饭的并不多。有的地区也不管你同不同意，农民自己明里暗里就搞起来了，很难控制。据不完全统计，我省三千六百万农民，今年搞包产到户的就近一千万。看势头还会继续发展。怎么办呢？我们许多同志觉得不宜任其自流，请中央研究一下，是否可以发个指导性文件，从政策上作些明确的规定，因势利导，以调动广大农民的积极性。”

这个发言，无异于是喻帆发言的补充，有些要求提得更明确。喻帆听了很高兴，不禁吸了口烟说：“他那个省不到三分之一，我们省里已经超过三分之一了。据我看，这还是保守的估计。因为，没有红头文件，有些地方搞了也不敢说真话。这个问题，在我们省里颇有些争论。有相当一部分同志认为，搞包产到户——我们省还有包干到户的——冲击了‘三级所有，队为基础’的体制，简直是洪水猛兽，必须坚决纠正。可是一纠正，就会同群众发生冲突……”

“总不能当群众的尾巴嘛！”有人声音洪亮地打断了喻帆的话，原来是喻帆在北方工作那个省的省委书记，他的老战友，“我看纠正还是必要的，蔓延开来还了得！当然，老喻那个省的确太穷，适当搞一搞也情有可原。”

“是啊，”主持会议的中央领导同志插道，“那个省的确很穷。”

“确实如此，去年我还亲自去看过。”一位德高望重的老将军感慨地说，“有些地方比我们长征过路时好不了多少，真叫人难过。”

去过喻帆省里的副总理接着道：“根据一九七六、一九七七年统计，全国有二百来个县生产水平跟解放初期差不多，少数县甚至还低于解放初期。老喻那个省就有不少这样的县。前不久，还有一个不很精确但大致可靠的统计，全国农村核算单位人均收入一百元以上的，不到百分之二十五；五十元以下的约占百分之二十七点三；其余在五十元到一百元之间。有些最穷的生产队过着‘吃粮靠返销，生产靠贷款，生活靠救济’的日子，俗称‘三靠队’，连简单的再生产都无法维持，群众的积极性很难调动起来。”

“同志们，我们问心有愧呀！”老将军激动地敲着桌子，“这种状况不改变怎么行呢！”

会场一下沉默了。喻帆感到心里沉甸甸的，闷头抽着烟。

“我还是继续说下去。”喻帆那个老战友打破沉默说，“改变这种贫穷落后的现状，的确很有必要。问题是沿着什么方向去改变。包产到户作为一种权宜措施，在某些鞭长莫及、特别困难的地区，可能效果显著，要是全面推广，势必会带来许多矛盾。首先，不利于统一指挥，集中力量抗旱、抗涝、抗灾；其次，不利于统一规划，调配劳动力进行农田基本建设；第三，不利于统一管水，合理用水；第四，不利于集体保护耕牛；第五，不利于加强领导，防病灭虫；第六，不利于有计划地试验和推广科学种田；第七，不利于有组织地搞好水土保持；第八，不利于大型农机具的购置、管理、使用、维修；第九，不利于发展社队企业，有计划地发展多种经营；最后，也是决不可忽视的一点，不利于开展政治思想工作，削弱对农民的集体主义教育，农村很可能出现两极分化，四属户、五保户会更加困难……”

他一口气说了十大不利，随后还举出了许多具体的例子，引起了所有在场的高级干部们的注意。当他说完的时候，主持会议的中央领导同志爽朗地笑道："很好。欢迎各抒己见。我看争论一下也未尝不可。休息一会儿吧。……"

人们纷纷离座走出了会议室。喻帆靠在沙发椅上，沉思一会儿，才站起来。他刚走出会议室，那位边疆省份的第一书记走近他问："老喻，你以为如何？……"

喻帆还没有答话，他那位老战友也走过来了，哈哈地笑着说："老喻，农业问题是件大事，不能不慎重啊！"

喻帆也笑道："老伙计，你那十大不利可真有点吓人。不过，我要同你辩论。"

"辩论？"老战友爽朗地一仰首道，"实话跟你说，你要搞包产到户，我还要搞向大队过渡哩！"

"老喻，他点着名向你挑战，你不能饶他，你得反击啊！"边疆的第一书记笑道。

"我要发言，要说你走你的阳关道，我走我的独木桥。我们各自走着瞧吧！"

"应该发这个言！"边疆省的第一书记拍着巴掌说，"早该发了。"

老战友缓缓地一摇头道："老喻啊，你还真固执。我看有点危险哩！"

"那就请你听听我的理由吧！"

果然，会议重新开始，喻帆就第一个讲开了。

"包产到户是生产责任制的一种形式，是个新事物。新事物刚出现当然不会那么完善，带来一些矛盾是可以理解的。如果认真加以研究，总结，采取适当的措施，并不难解决。因为，有些矛盾实际上是我们认识不一致、工作跟不上造成的。所以，我觉得，我们首先应当想一想，为什么农民那么欢迎这个新事物？我们那里，有一个两年前就带头搞责任制的青年农民曾经对我说，实行责任制，联产又联心，比起吃大锅饭、一窝蜂出工强得多。吃大锅饭，再加上瞎指挥，把农民的心都搞凉了。过去，我们常对农民说，锅里有碗里才有，可是搞了三十年，锅里不多，到农民碗里的更少了。现在，实行责任制，农民碗里有了，锅里也在不断增加，不是很好吗？尽管各种责任制形式还不成熟，但它适合我国目前生产力发展的水平，这就是它的生产力之所在。不成熟也可以通过工作来完善和提高嘛。不然，我们的出路在哪里？”

“说得对！”华东一位省委书记附和道，“比如，我们省有个公社在搞包产到户时，一部分生产队私分储备粮二十多万斤，造成耕牛死亡事故三起，公社党委及时作了处理，进一步建立和健全各项制度，情况很快就改善了。今年的发展也比较健康，全公社各大队和生产队新购买耕牛二十七头，拖拉机一台，汽车一部，榨油机一部，还有各种大小型农具一百几十件。农副业生产都出现了一个新局面。全公社原计划上交积累四万元，现已实际完成五万二千九百元；计划偿还历年贷款一万二千四百元，实际还了二万三千元；各生产队存款总额达到四万三千元，社员存款总额达二万三千元。这给农村经济增添了很大的活力。”

“你这个例子很有说服力。”喻帆一扬手说，“我们那里还没有达到你这样水平的公社。目前大家的注意力还是解决吃饱饭的问题。找钱的门路还不多，农村的经济也不够活……”

“老喻，还要怎么活呢？”喻帆的那位老战友问，“现在有些地方什么投机倒把，弃农经商，各种怪现象都冒出来了！”

“我承认，确实有些消极现象，是需要加以引导和加强管理的。总不能因噎废食嘛！泼脏水不能把娃娃一起泼掉。至于有些现象则需要加以研究。比如所谓弃农经商，历来都认为是不可取的，是‘走资本主义道路’。这很束缚人的头脑，却又还不能提供大量的农副产品。实行责任制的实践证明，只要把农民的生产积极性调动起来，其实用不着把那么多的劳动力拴在土地上，生产的发展引出各种社会劳动的分工，是不可避免的趋势，那样，农村经济就活了。今年六七月间，国家农委组织有关部门的理论工作者和实际工作者到我们省调查研究，我同他们交换过意见，后来同书记处农村政策研究室的同志也讨论过，我们都认为生产责任制在农村的勃然兴起，实在不是一个偶然现象，它实际是对我国二十多年农业集体化所走过的曲折道路的扬弃，特别是冲破‘左’倾思想束缚的结果。这是一股不可阻挡的历史潮流。”

“老喻，在你这个思想指导下，”喻帆的老战友笑道，“难怪你们省包产到户的比例会那样大！”

“当然，不能否认领导是个重要因素。领导的支持或者反对，结果可能大不相同。这就需要省委有决断能力。责任制刚冒起的时候，省委作出了放手的决定，有的同志说，中央红头文件上没有的东西，还是要阻止，至少不能提倡。要及时报告中央。我说过，我们应该坚持真理，服从组织。有意见可以向中央提出，红头文件上的东西如果不适合我们省的情况，你照搬，责任也是中央的？不按本省实际情况办事，你就没有责任？什么责任都往中央推，那还要你省委这一级干什么？不如设个广播站，把中央的精神往下灌就行了嘛！”喻帆坦然地说，“我是相信，实行生产责任制，会为我国社会主义农业现代化闯出一条独特的路子来的。不过，我承认，我们省里刚刚有农民提出划分田土、责任到人头耕种的时候，我也是忧心忡忡啊！”说到这里，会场发出了一片轻快的笑声。笑声过后，喻帆接着说：“现在呢，也不是全无忧虑。我讲一件事：有个县的社员普遍要求搞包产到户，说可以提高产量，吃饱肚皮；县里有些干部坚决反对，认为方向不对，没有红头文件，怕挨批判，结果顶了牛。群众就写了副对联，上联说：层层设卡，节节败退，干部越搞越被动；下联说：项项增产，年年丰收，群众越干越欢欣……”

边疆省份那位书记插话道：“我们省里也有类似的民谚，说，中央的思想很解放，下边的群众很盼望，中间的干部……喻帆，那话就不好听啰。”

“的确，关键是干部的思想要解放。”去过喻帆省里的副总理说，“我上次到老喻他们省里就谈过这个问题，凡是符合客观经济规律的尝试、实践，都应当欢迎，得到鼓励。红头文件从哪里来？还不是从群众的实践中来。干部的思想不解放，缺乏实事求是的精神，就像《西游记》里的唐僧，紧箍咒一念，孙悟空就头痛了。”

“老喻的话很有意思，”一位还未发言的省委书记道，“他敢于从自己的省情出发，就很有实事求是的精神。”

“正因为各省的情况不同，所以我们还需要看一看。”喻帆的老战友不急不慢地说，“当然，如果中央作出决策，我们坚决执行。”

主持会议的中央领导同志接道：“中央作出决策，要靠大家集思广益，实行民主集中制嘛。的确，全面实行生产责任制，是农村生产关系的一次重大调整，也可以说是一次重大的改革，有许多矛盾和问题亟待研究处理。对待矛盾和问题，要取积极的态度。现在很重要的还是要清除‘左’的影响，不然就无法站在第一线来加强领导。面对农村出现的新形势，干部肩上的担子不是轻了。我们一定要带领群众走出一条适合我国国情的农业现代化的路子。”

“要是允许普遍实行生产责任制，形势一定会发展得很快的。”喻帆说，“这一新生事物也势必会越过长江，渡过黄河，那将会犹如烂漫山花开遍神州大地，给广大农民带来摆脱贫困的希望。中国农村会到处出现一派蓬勃生机。”他的眼里闪射出灼灼的光芒，仿佛突然变得年轻了许多。

又有一位省委书记开始发言了。会议展开的讨论越来越活泼而热烈。

88

“砰”一声，蒋学谦关上民政办公室的木板门，悠哉游哉地顺着场街逛过来。他衣袋里的烟抽完了，想去买包烟，顺便消磨消磨乏味的上班时间。

他一路走，一路上都在哼着不成腔的小调：

红萝卜，蜜蜜甜，
看着看着要过年；
肥猪叫，鞭炮响，

老子高兴得心子痒。

……

不怪他走路还要唱啊，这几天来，他的情绪特别好。县里头已经打了招呼，只等何羽副书记大驾光临，纠偏工作队就要开进三多大队。

多少年来，蒋学谦好像早已形成了条件反射，只要上面一喊搞运动，他就浑身来劲。四乡八寨的农民，在他眼里都只是随着风向便可捏弄的泥巴团。赶场那天，一家伙拦下了三多大队四十头肥猪，给了景传耕他们一个下马威，蒋学谦心头的那股舒服劲啊，别提了！虽说最后收场时，忤逆不驯的景传耕没照着何副书记画好的谱子认错，有些不是个味，可蒋学谦却觉得对景传耕来说，这又是一个把柄，真到了工作队开进三多大队时，愁的只是找不到把柄哩！等着瞧吧，到时候，硬是要叫你们这些泥脚杆子有好受的！

哼着小调，蒋学谦转到场街的十字路口上来了。烟酒铺子盘点不开门，蒋学谦转身往翁老汉摆的小摊摊上走来。

生过肺病的翁老汉手里拿着一把蝇刷，架着二郎腿，有气无力地拂动着蝇刷的须须，驱赶围着他的小摊嘤嗡翻飞的苍蝇。

蒋学谦来到小摊摊跟前，扔下一张五元的票子，说：

"翁老汉，来包烟。"

说着，伸手就抓起一包杜仲烟。

翁老汉捡起五元的钞票，瘦筋筋的手在票面上摸来摸去，像在怀疑这是张假票子。蒋学谦正要催他退钱，他却懒无神气地说：

"今天，还没做成一笔生意哩。你拿这么大一张票子，只买一包烟，我这摊摊上没钱退你。随我进屋头来吧。"

这是从来不曾有过的事情。蒋学谦眨了眨眼睛，正在猜翁老汉的话是真是假，只见翁老汉陷进眼窝深处的两只眼珠向他眨了几下，他看出蹊跷了，左右环顾了一下，放声道：

"行啊，就跟你进屋去吧。"

翁老汉拿起五元的钞票，佝偻着背脊，领先向屋内走去，蒋学谦一摇一晃地跟在他背后。

走进临街的那间屋，屋里啥动静也没得。翁老汉头也不回地只顾朝里走，蒋学谦也照直跟进去。

跨进里间屋的门槛，翁老汉站在卧室门口，向他招招手：

“蒋助理，请进这间屋坐。”

蒋学谦满腹狐疑地走到卧室门口，朝里一望，他一下子变憨了，脑壳里头陡地激起几个急漩。

卧室里，一身城市干部打扮的李婶，端坐在床沿上，细嫩白皙的脸上浮起点淡笑，正向他招手：

“进屋来啊！咋个，你不认识我？”

“认……认识。”蒋学谦的黑长脸上勉强露出一丝干笑，一步跨进了卧室。

卧室里，并没见到胖胖的翁婉芳。

“没想到吧，蒋助理……”

“你吃了豹子胆啦？”蒋学谦顾不上同李婶寒暄，确信翁老汉已退回到门口去替他们望风，他直通通地对李婶道，“莫非忘了，你同婉芳在这场街上翻过船？”

李婶哭丧着脸，无可奈何地摊开双手：“哪里会忘啊，实在……实在也莫法了，硬着头皮跑这儿来避一避……”

“哎呀呀，避风头避到刀尖上来了，真是女人见识！”蒋学谦责备地道，“你们就不会跑回沿海老家去？”

“你晓得啥呀，就是那边待不住了，才跑出来的。”

“那边也待不住？”

“对啦。县公安局在我老家村庄里守窝子，莫想回家了。”李婶叹了口气，说，“还有好几个出钱买了婆娘的汉子，自己管不住人，让老婆都像宋秀玉一样逃掉了，也在四处找我们，要我们退钱，弄得我们连个落脚处也难找。这边的省城里，公安局也安好了套子专等我们去钻。实在走投无路了，婉芳才硬着头皮回到这里来了！”

“婉芳呢？”蒋学谦的两眼又在屋内扫来扫去。

“躲在乡下亲戚家里。”李婶解释道，“她自小在屏源镇上长大，认识她的人太多，不敢来。连我也是化了装来的。”

无事不登三宝殿。蒋学谦皱紧了眉头，压低嗓门问：

“你……你们准备咋个办呢？”

“看来乡下还安全，婉芳那些翁家的亲戚，不会走漏风声的。”

“那你来这儿……”

“专门来找你。”

“要办啥子事情？”

“婉芳说，要在乡下住一阵子，怕有些好事的干部上门来纠缠，请你给我们两个人开几张证明，随身揣着，也好……”

李婶的话还没讲完，两眼探询地盯着蒋学谦。

蒋学谦连连摆手：“说得倒轻巧，我咋可以随便给你们开证明啊！”

“当然，不会要你随便开，老规矩了。”李婶笑了，“你开声尊口吧，一张证明要多少？”

“一文也不要，证明我也不开。”蒋学谦脸一沉，一副公事公办的模样。他心里想，这两个女人，也真是昏了头，万一从她俩身上查到我的证明，那还能说得清吗？

屋里沉寂下来，气氛有些尴尬。

蒋学谦在寻思，用个什么借口来抽身离去。

李婶从鼻腔里发出两声笑：“这么说，蒋助理是见死不救啰？”

语气虽然柔和，却透出了几分威胁、要挟的意思。

“不是我不肯帮忙，李婶。”蒋学谦的声调放缓和了些，“老实讲吧，这也叫形势所逼。这种时候，你们在屏源区抛头露面，无疑是自投罗网……”

“蒋助理是唯愿我们跌落进网吗？”

“不是那意思……”

“你想过没得，”李婶的声音这当儿已变得冷冰冰的了，她打断了蒋学谦的解释，一字一顿地说，“一旦我们被抓，你还能有今天的安生日子过吗？”

“呃……”

“蒋助理，从什么时候起，你同婉芳就已经是一根绳上的两只蚂蚱，咋个蹦达，都无法挣断那根绳的呀，哈哈！”

蒋学谦心头着实一惊，站定在屋中央，乜斜着一对混浊的眼睛，骨碌碌转了几下。这时候，对李婶，对翁婉芳，他是既恐惧又仇恨。要晓得她在眼下来找他，恰恰是在关键时刻给他捅纰漏啊！事情败露出去不但会破了他的升官梦，而且还会步他兄弟蒋白脸蒋学久的后尘，去坐班房哪。

“咋个样，蒋助理，你还是不愿意帮忙吗？”李婶的声音，好像是从很远的地方传来似的。

蒋学谦从衣兜里掏出那包杜仲烟，拆开来，抽出一支叼在嘴上。每当他心神不安的时候，就用这个举动来掩饰内心的慌乱。他又伸手在衣袋里摸火柴，摸来摸去也没摸出来。

“嚓”的一声，一根擦燃的火柴递到他的烟头边。李婶不知啥时候已走到他的身旁，给他划燃了火柴。

蒋学谦凑上去点烟时，清楚地感觉到李婶的另一只手在他的肩膀上摩挲着。

他深深地吸了口烟，呼的一声把满嘴烟气朝李婶脸上徐徐吹过去，李婶故作媚态地避让着，连连地摆手，娇嗔道：

“你这个鬼助理！”

“晚上，我把证明送来。记住，待在乡下千万千万别到处去窜了。”

从翁老汉家出来，蒋学谦只觉得自己像做了一场噩梦，神思恍惚地沿着场街，走回公社办公室去。他真懊悔不该到翁老汉的小摊摊上去买烟，不买这包烟，也就碰不到李婶了。隔个两三天，随着工作队下了乡，她还能到哪里去找他啊！”

“找了你半天，都不见影子，跑哪里去了呀？”蒋学谦刚转回公社大院坝，副书记沈平就从台阶上向他走来，不无责备地说。

“买包烟，顺便到税务所闲扯了几句。”蒋学谦掏出杜仲烟一扬，“有事么?”

“何副书记来电话了。”

“咋个说?”

“明天一早，何副书记就陪苏副书记来公社……”

“要准备饭?”

“不。让我们作好准备，随同他们直接下到三多大队。”

蒋学谦一面在衣袋里掏钥匙，一面问：“要准备些啥呢?”

“最难办的是要喊民兵，郝老虎的意思，随便喊几个就行了。这时节，愿去的人怕不多……”

“包在我身上好了。”蒋学谦大包大揽地说着，摸出钥匙开了民政办公室的门，“还有要办的吗？你进屋来坐一会儿吧。”

沈平随着蒋学谦进了屋，接过他递过来的烟，未点燃便叹了口气：“地委书记和县委书记一起下来，这一回的来势算得凶了。”

“公社去几个人?”

“都下去，郝老虎和我都下，连个看家的人也不留。”

蒋学谦打量着沈平郁郁寡欢的脸，眼角斜了他一下，半真半假地说：“你老弟，这一次像是劲头不大哩。咋个搞的呀？往几回，你不都是信心十足的嘛。一听说下三多大队，我看你是浑身都来劲，就好似有啥东西吸引着你。”

“不要胡打乱说了……”

“哪里乱说你了？有几回，不是你还给我打气嘛!”

“唉，此一时彼一时啊。”

“是不是碰了壁，就灰心丧气了!”

“没这回事，老蒋。三多大队的这个脑壳，难得剃。你又不是不晓得。我是怕县、地的两级领导下去以后，同样是猫抓糍粑——脱不了爪爪啊!”

“你这种情绪，让何副书记听见了，不批评才见鬼呢！哈哈哈，老弟，怪不得，怪不得外面有人传得纷纷扬扬哩。”

沈平俊俏的脸陡地抬了起来，警觉地问：“传了些啥子?”

“不敢说，我不敢说。”蒋学谦连连摆手，安安稳稳地坐在椅子上，跷起二郎腿，笑容满面地说，“你想嘛，沈副书记，背后私底下传的那些话，能有好听的?”

沈平的心头虚火，不由得正色道：“说吧，听听这些议论，对我也有好处，不会怪罪你。”

“我倒不是怕你怪罪。”蒋学谦愈发故弄玄虚了，暗中整了三多大队的材料，意外地受到县、地区甚至省委领导的重视，蒋学谦隐藏内心的权欲早在萌动了。公社书记，郝老虎年龄已大，退休离职只是个时间问题。而沈平呢，这小子早有把柄让他抓在掌心里。沈平同卡多寨华碧芳不干不净的关系，蒋学谦远在三多大队时就有所察觉，有好几回，沈平借故去社员屋头了解情况，蒋学谦都曾悄悄尾随其后，看准他几回都是钻进了那有几分姿色的小寡妇屋头，蒋学谦心头已全明白了。等到华碧芳在公社卫生院做人工流产，蒋学谦私下摸到了底细，就更把这件事认定了。卫生院遵照华碧芳的要求，也可怜她的处境，没有张扬这件事。蒋学谦呢，更不愿让此事权作桃色新闻流传一阵就烟消火熄。他把这一把柄抓在手里，随时都预备在关键时刻端出来。到那时，卫生院有诊断记录和病历作证，山寨上的华碧芳面对权力，不怕她不如实招供，沈平的下台或调离就势所必然。这些天里，蒋学谦已经觉得，时机逐渐成熟，把屏源公社的大权抓在自己巴掌心里的时刻，正在到来。特别是刚才晓得了翁婉芳和李婶潜逃到了这一带，蒋学谦更感到有必要尽快地抓到权力。有了权力，便能有效地掩护那两个女人。要不，翁婉芳和李婶一翻船，他蒋学谦的一切也都跟着完了。遇见了沈平，蒋学谦觉得机不可失，邀他进屋，该给他透点风声，让他心头着慌一阵，不要小看了自己。说话间，见沈平眼巴巴地等待自己的下文，蒋学廉慢悠悠地吐出一口烟，诡秘地笑道：“我是替你担心啊，沈副书记那些流言蜚语，对你的前途很不利啊!”

“到底说了些啥啊?”沈平有些不耐烦了。

蒋学谦看到他的眼里掠过一丝不安的神色，佯作不觉道：

“事情有好长一段时间了，公社卫生院曾经给三多大队那个姓华的妇女做过一次手术。我记得，这人还配合我们工作组，在群众会上发过言，表现不错的。”

蒋学谦故意说得特别慢，一边说一边透过烟雾窥探沈平的神色。

沈平垂下了眼睑，一口接一口地抽烟，漂亮的脸盘子上不动点点声色。

真沉得住气，好小子。蒋学谦把脸往沈平跟前一凑说：

“你猜得到那寡妇做的啥手术吗？”

沈平的眉梢一挑：“我咋猜得出来？你开玩笑了。”

“人工流产。”

“啊，她男人死了，还会怀娃娃？”沈平装作惊愕地反问道。

“对啰！场街上的一些流言蜚语，就是由此引出来的，并且还涉及到了你……”

“真是开大玩笑了。老蒋，蒋助理，工作组在三多大队时，你是天天同我在一起的，我俩干啥事都在一起……”

“对对对，在一起，都在一起。”

“你心头该清楚我的一举一动。”

“我清楚，我是很清楚的。所以，一听那些传言，我当场就驳斥，说是造谣，是有意中伤你这个新干部，决不允许。”蒋学谦觉得，话点到这里，已足够了，就让沈平你去好好地琢磨琢磨吧，“我跟你提起这些话，无非是要你注意，不要流露刚才那样的消极情绪。否则，又会惹出些闲话来，你说呢？”

沈平把抽剩的烟屁股一扔，站起身说：“老蒋，感谢你的及时提醒，我会注意的，会注意的。咋个样，召集民兵的事，你不感到时间紧吗？”

“不是说了嘛，包在我身上，你尽可以放心去安排其他的事。”蒋学谦拍拍胸脯说，“到时间，你只管问我要人就行了。”

沈平满意地点点头，又赞扬了他几句，然后告辞离去。

蒋学谦瞅着这小子的背影拐进了书记办公室，嘴角上不由得露出了一丝奸笑。

第十九章

89

三天以后。全大良要开镰挞谷了。

吃过头顿饭，他就拿着两把已经磨得亮的镰刀，在院坝侧边的磨刀石上“嚓嚓嚓”地磨着，似乎还嫌那锋利的刀刃不够快。

含着笑意似的秋阳洒满了他的青石板院坝，扑进朝南的方格格窗棂，敞着门的堂屋里也是光灿灿的一片。透过寨路上闪光耀眼的枝叶望出去，寨外岭巅山腰间的雾岚，正在明丽的秋阳照射下渐渐消逝。老天也像晓得阿全要挞谷子了一样，格外晴明。

费瑞娟步子急促地跑进院坝来，神色紧张：“阿全，还不去割谷子吗？走吧！”

“急啥呀！你不晓得割早了反而不好吗？这么好的太阳，让它多晒去一些露水湿气，不更省事？”全大良依旧埋着脑壳用拇指蘸了点水，试着镰刀的锋刃，“你来了，正好，去帮我看一眼锅里煨的水开了没得。没开，抓把柴塞进灶膛里去。”

没听到瑞娟的答应，也没听到她走进灶屋的脚步声。全大良诧异了，仰起脸一看，不由吃了一惊。瑞娟正满脸焦虑地站在院坝中央，噘着嘴，冷眼瞅着他。

“咋个了？”全大良直起腰杆，离开磨刀石，提着两把镰刀走近瑞娟。

“跟你说，公社郝老虎在我家屋头坐着。”瑞娟一甩手，转身走进了灶屋。

全大良紧跟着走了进去：“郝老虎到寨上来干啥？”

“为你。”

“为我？”

“是啊！”瑞娟走到灶前，掇过一条矮凳坐下，伸手把灶膛口飘散着青烟的几枝柴往灶孔里一塞，随着“砰”一声响，灶孔里的火燃大了，猩红的火苗把她丰腴的脸映得红扑扑的。她赌气似的说：“郝老虎不知咋个听说你今天要开镰挞谷，特意跑到我家对爹关照，谷子可以挞，挞了以后不要高价出卖，也不要一斤调十斤的串换，各人阴悄悄地挑回屋头来，莫惹事。”

“他这是啥意思？”

“那还不明白！他是怕你当两极分化的富典型挨整。”

“他咋不跑来对我讲？”

“你是真憨呀还是装出来的？他跟爹讲都是悄悄的，不想让外人晓得。”

“爹咋个说呢？”

“爹拍着桌子催我快来劝你趁这当儿，串换谷种的人还没上门，赶紧把谷子割下挞完挑回来。快走吧，阿全。”

“我还要等康文达哩，说好了他来帮我挞谷子的。”

“你看，你看，康文达是忙着帮人烧砖才把田土转包给你的，可他从那天赶场到现在，一直没离开寨子。你说是为啥？”

“他得把这一季庄稼收回屋头啊！”

“鬼！他是听到风声紧了，不敢在风头上出去。唯独你，憨乎乎的，硬要埋起脑壳瞎闯。阿全，听爹和郝老虎的话吧，他们也是为你好啊！扯起藤藤叶子动，你真出点啥事，我、我咋个办呢……”说着说着，瑞娟两眼噙满了泪，忧郁地瞅着阿全。

“你怕啥呀，瑞娟。”全大良有点急躁地在灶屋里来回打着转转，“那天，不是你同我一起找的传耕嘛，他说的话……”

“哎呀，阿全，”瑞娟打断了他，“你要真为传耕好，就莫要替他惹出麻烦来。”

全大良唉叹一声：“你不了解传耕……”

“我只希望安安心心过太平日子，阿全。”瑞娟泪汪汪地说。

“那……”全大良迟疑地说，“我们割谷子的时候，换种的人赶来了，咋个办呢？”

“呃……”瑞娟张了张嘴，没讲出话来。这是她没想到的。愣怔片刻，她勉强找出了个理由：“和人家讲清楚嘛，不换……”

“咋个讲呀，那么多的人。”

“你不好意思，我来讲。”

全大良还想说什么，但是忍下了。想到他马上要同瑞娟成亲，想到瑞娟往常对他的关心体贴和一片深情，他不愿意伤她的心。

锅里的水沸腾了，“扑落扑落”作响。瑞娟抽出灶膛里未燃尽的柴枝，踩熄了火。

全大良拿过两只竹壳热水瓶，放了两把茶叶，拿起水瓢，舀开水灌进瓶里。

院坝里传来康文达的喊声：“阿全，走不走啊？”

“走！”全大良答应一声，提起两把镰刀，对瑞娟道，“你提上温瓶，带条毛巾，随后就来，我同康文达先走了。”不待瑞娟吱声，他一步跨出了灶屋。

只一忽儿工夫，康文达手里提根扁担，肩上挑着两副空箩筐，全大良弓腰扛着一张梓木挞斗，瑞娟颈脖里挂一条白毛巾，一手提一只热水瓶，三个人成一字单行，在石阶寨路上走过。

不晓得哪个姑娘尖声拉气地喊起来：“全大良挞谷子去啰！阿全挞谷子去啰。”

一刹那间，寨邻乡亲们你吆我喊，呼群结伴地纷纷从朝门口、院坝里跑上寨路，有的拿着磨得雪亮的镰刀，有的背着细竹篾背篼，有的挑着小巧的箩筐，跟在瑞娟身后，组成了一支热热闹闹的出工队伍。

全大良心头明白，这些人都是跟来干啥的，但他扛着大而重的挞斗，无法同人招呼、讲话。他只听到后面瑞娟诧异地惊呼：“哎呀呀，你们这是干啥呀？”

一句问话，引来了嘁嘁喳喳的回答：

“帮阿全割谷子呀！”

“看看阿全哥今年亩产到底收好多！”

“挞下谷子来，我们顺便也换点！”

“不成啊，寨邻乡亲们，”瑞娟委婉地推卸着，“刚打下的谷子，露水湿气重，咋个换啊，等晒干再换吧。”

“不怕，吃点亏，就算我们的！”

“真要算，也好算嘛！一斤算七两。”

“算那些干啥，阿全为育栽这些良种，耗去多少心血、精力啊！”

“大家来看哩，瑞娟还没过门，就当起阿全的家来啰！”有人干脆打趣起来。

“呸！”瑞娟啐道，“少来嚼蛆呀！”

“瑞娟，当真的，寨邻乡亲们挨得近，今天不换没得啥，”全大良听到于老善在劝瑞娟，“外方来的人可不行呢！你看看，那么多人一大早赶几里、几十里山路跑了来，让人家双手空空转回去，好意思吗？”

嘻嘻哈哈的喧嚷声中，再也听不到瑞娟的声气了。全大良心里说，是啊，这么多人，咋个好意思回绝人家呢。

全大良扛着挞斗，还没走出寨子，陡地感到背上的重量减轻了，他转脸瞅了瞅，原来有几个小伙子一人伸出一双手，在帮着他使力啊！

“阿全，阿全！”全大良刚松了一口气，背后就传来邹启春急乎乎的嚷叫，“你咋个不招呼一声就出寨了呢？不是跟你讲好了嘛，来和你换谷种的人多，我来帮你接待外方来客，让大家按顺序办手续。……嗳，听着，到了雀翅田埂上，哪个也不能往自家的背篼、箩筐里撮谷子。要串换谷种的，先到我这儿来登记，不在我这里上账，一颗谷种也不能拿。”不等阿全答话，邹启春扯起嗓门，宣布开了。

“这办法好！”

“是该有个人招呼着。”

邹启春的行动，马上得到不少人的赞同。

全大良心头道，瑞娟，你有啥办法阻止大伙儿啊！

出了寨子，喧哗嘈杂的声浪伴着朗朗的笑语，响彻在偌大的山野田坝间。

众人簇拥着全大良来到和卡多寨挨邻的雀翅田边。一卸下挞斗，就听到男女老幼发出一片唏嘘之声。人们眼里情不自禁地闪烁出了惊喜而羡慕的神色。

不怪他们啧啧连声地感叹啊！三多大队的人都知道，这块形状像雀儿翅膀的雀翅田，和传耕家承包下的那块冷畈田一样，是出名的干鱼脑壳——老瘦田。年年投肥比同样大小的田块多一倍，秋天挞下来的谷子，却比嘎多寨水田的平均亩产六百斤少三分之一。划分责任田土的时候，这一亩七分田按一亩算产量，也没得人愿承包。全大良是看传耕主动承包了冷畈田，才把这块田接过手的。当时，好些人背地里说，全大良劳力再强，也要被这块田缠得趴下来。翻犁要比别的田犁得深，田埂更比别的田糊得厚，肥料要比别的田多投一倍，漏水又凶，一年累到头，能挞下六百五到七百，算顶破天了。

这会儿，嘎多寨、三多大队还有哪个敢这么说啊！人都长着眼睛哪，看看阳光下雀翅田头那沉甸甸的谷穗吧，全都像害羞似的勾了脑壳。那一颗颗谷米，圆溜溜、胀鼓鼓的，逗人爱极了。凭肉眼也看得出来，全大良引进的良种要比本地的谷种强好多倍。

康文达微俯下身子，熟练地捋下一穗谷子，摊在手板心里，举了起来：“寨邻乡亲们，外方来客们，都睁大眼看看吧，不是我替阿全吹嘘啊，这谷子硬是好！论侍弄庄稼，我不是外行生手，精心做起田来，也不会比哪个差，不过，我还是承认，和阿全种的这块田比起来，我差着一大截哩！”

“啧啧，”于老善羡慕得勾下腰，直把鼻子伸到谷穗上去嗅着，

"我活这么大年纪，还没见过这么好的谷子哩！看来，这，这科学……这话咋个说啊，对了，这科学种田法，是有点道道呀！阿全，我算服你啦。"

"也不是阿全一个人的功劳。"邹启春一本正经地板着脸道，"人家瑞娟姐人没过门，阿全哥煮饭、洗衣裳的事，她全包下了。论功劳，她……"

"嗨，你个浪荡客，没喝酒也尽说疯话！"费瑞娟正不知咋个应付眼下这局面，听到邹启春逗起她来，脸一沉道，"快闭嘴！"

景气闲从后边走近全大良，望着围在雀翅田四周的人说："来换种的人真不少哩！"

"是啊，"全大良答道，"我在担心，临到头来，怕连种子也留不下哩。"

景气闲眉开眼笑道："好事嘛！听说现在划分田土搞包产、包干的地方多起来了，只要稍稍听到点增产的消息，晓得点赚钱的门路，找上来的人一涌就是一大帮……"

"简直像潮水。"康文达重重地一点头，"你们不晓得，有时候几个寨子的人同来请我当窑师，争执起来，真恨不得把我一撕两半哩！还有，每回顺瑛拿种蛋上街去卖，也是一抢而光。唯独这个赶场天……"

景气闲的眼角扫了康文达一眼，康文达一缩脑壳，伸伸舌条，把话咽下去了。

邹启春却像没看见，放高了嗓门道："就是这么回事嘛！哪个农民都想早点摆脱穷日子，过得舒心一些。只是，这也需要胆量和魄力，像阿全那样看得准，敢作敢为。妈的，这叫胆大能抓龙揪虎，胆小只好摸猫儿屁股。干啥子多动点脑筋，舍得下力气，准保一干就成。"他的话虽说得粗俗，却把众人引笑了。

是啊，三多大队哪个不晓得，全大良这两年简直是豁出去搞试验的呢！

七九年春天，三多大队实行责任制刚刚获得了第一个好收成，正在欢天喜地地准备春耕，阿全跑到外头去换来了“一吨半”良种，一心要打一个更大的翻身仗，忽然刮起了股冷风。先是传说县委书记常爽在省城被扣了，接着县委副书记何羽陪同石桥地委副书记苏维山到了屏源镇。景传耕被叫到镇上去谈话。蒋学谦奉命到大队为地委工作队安排住处，公开扬言，这一回一定要纠偏刹住“单干风”了。一时间，春寒料峭，人心惶惶，所有的备耕工作都停顿下来了。全大良气得浑身发抖，要不是瑞娟再三阻拦，把他关在屋子里终日守候着，他早已跑到屏源镇上去大闹一场了。在传耕没有回寨那两天，这个硬汉子竟然捧着换来的良种哭了，弄得瑞娟惊惶失措地陪着他掉泪。

正在这个时候，传耕安然无恙地回到了寨上，同时带回来省委的紧急指示，通知各地，在春耕时节，应以抓好生产、促进春耕为主。对各地农民自发地调整生产关系，创造的各种经营管理方式和生产责任制，目前不宜变动，以稳定群众情绪，做到满栽满插。

这样，三多大队总算又躲过了一场冰凌雪冻的袭击。在传耕的支持下，阿全换来的良种总算插撒到了田里。当初，知道他换了种的人不多，直到翻犁栽插时节，人们才看出了点异样。历来当地栽插秧子，行距株距多在六寸到八寸之间，栽得稀的也不过相距一尺至一尺二寸。可全大良与众不同，竟稀植到相距二尺至二尺半。

“嗨，阿全，你是在戏耍闹玩意吧！间距隔得那么远，插起来倒是快，挞谷子时可要吃大亏哪！”有人从雀翅田边路过，好心好意劝他。他只眨巴着眼睛笑一笑，照样栽他的秧。

“全大良在拿他的肚皮开玩笑，搞新式偷懒插秧法啰！”

消息在寨子上传开来。三多大队的男女老幼，全都围到雀翅边看稀奇来了。

“嗬，这样栽秧好轻松，一天哪里只能栽七八分呢，翻倍，一亩半也能栽！”

“照这么栽，我栽两亩也不喊歇气！”

“只怕是撞到鬼脑壳上，栽得轻松，到秋后，只割得几把谷草喂老牛。”

“阿全，你这是干啥？老辈子栽了几千年秧，哪有你这种栽法？你换了啥子种？”

“怕是饿肚皮种。反正他光棍一个，怕啥？”

“看嘛！人家也是尖的，这块雀翅田他只栽了雀翅尖尖那五挑，多半还是照老法子干，饿不倒他。”

议论归议论。谷子生长过程中，寨子上那些庄稼把式，有事无事都喜欢到雀翅田边来转一转，看一看。大家都没想到，阿全引进的谷种发蔸那么多，蹿得那么快。眼看分蘖的每株谷杆，结着饱满的谷粒，几乎是转眼间就把稀疏的间距封得严严实实，哪个不啧啧赞叹。待到谷子挞下来，五挑田竟收了一千零三十五斤，大大超过了一般的亩产量，就有人羡慕得眼红，提出要同他换谷种了。

但是，阿全说他还要试种一年再推广。今年，他不但把整块雀翅田全栽上了“一吨半”，还在包谷土上试种了杂稻旱作，也获得了初步成功。现在，大家望着丰收的稻田，望着大片稀稀拉拉的包谷土中间那块惹人注目的旱谷地，咋个不爆发出阵阵欢声笑语？大家是为阿全高兴，也为自己高兴啊！

邹启春故作大惊小怪地叫起来，指着那片旱谷地说：“阿全哥我真佩服你了，这点子你是咋个想出来的呀？我要是个女的，一定从瑞娟姐手里把你抢过来。”他这一句话，引起了众人的哄笑。

笑声过后，景气闲说：“我们这些老庄稼汉只晓得在那片沙子坡上栽包谷，亩产从来没超出二百斤。你这回算是闯出新路子了。”

“我这也是形势逼的。”全大良道，“划给我的这块土，说是一亩半只算一亩产量。我想，栽包谷充其量不过收三百斤。人家外地有种旱谷的经验，我有了雀翅田的谷子垫底，干脆把三百斤包谷赔进去也来作个试验。一试，还真灵哩！这办法啊，叫做水路不通通旱路。”

“我估计这一亩半地，八九百斤干谷子是能到手的。”康文达满有把握地说。

外方来客中有人提出问题来了：“你搞这杂稻旱作，有啥子窍门没得?”

“也不叫窍门,”全大良谦逊地说,“就四条。一要沙土,二要海拔在千米之下,三在扬花、抽穗期要浇灌两次,四要好的杂稻种子。”

有人说:“照你这么讲,也不难啰。”

“是不难。”全大良应道,“就是要多动脑筋,舍得干。”他闪烁的目光落到站在人丛中的瑞娟脸上。哦,只有瑞娟最清楚,为了这些试验,他曾流了多少咸涩的汗水,跑过多少路向人求救,再加上她连天连日对他生活上的照料,才争得今天啊!

全大良不想多耽搁时间了,他把镰刀高高地举过头顶晃了晃:“请大家到大树脚、田埂边歇一阵气,我要下田开镰了……”

话还没落音,就被众人打断了:

“哪消你动手呢,我们一人割一把,就把这片谷割倒了!”

“都带了镰刀来的,不费啥事!”

“早收完挞净,我们早换种子回去!”

全大良和瑞娟交换了一下目光,拱手向大伙儿道:“那就道谢了……”

不待他多说感谢的话,只见人们把带来的箩筐、背篼往身后土坎坎上一扔,从各自站着的田埂上,纷纷下到雀翅田头,动手割起稻来。一刹那间,把把银镰挥动,黄灿灿的稻谷便一片片地倒下了。全大良想插身下去,却找不到落脚的地方,只好拿着镰刀,莫可奈何地站在窄溜溜的田埂上。

忽然,瑞娟惊惶地喊了起来:“阿全,你看呀……”

全大良望着瑞娟煞白的脸,转身一看,只见刺眼的阳光下,一拨人正朝雀翅由走来。走在前头的是公社民政助理蒋学谦。他那张黑长脸显得油浸浸的,肩上背支钢枪斜斜地刺着晴朗的天空。后面相隔两步的是步态潇洒而又自信的何羽。何羽端端正正戴着的那副眼镜,老远地就闪烁着寒凛凛的光。

眨眼间,喧哗欢乐的声浪沉寂下来,山野田坝里,啥声音也听不到了。唯有两只黑色的乌鸦从林子里窜出来，掠空而去。

90

连着晴了几天，山道呈现出灰白色，好走得多了。

何羽一边向雀翅田走去，一边问蒋学谦：“苏副书记的话，你领会精神实质了吗?”

“懂了，懂了。”

“懂了啥呀？你说说看。”

“说尽口水就是一句话，要稳、准、狠地打击暴发户!”蒋学谦脑壳一昂说。

何羽愣怔了一下。要说他讲的不对嘛，苏维山的话里，确乎含了这么一层意思。可这个蒋学谦，怎么老把前几年的惯常用语挂在口头上？也不看看现在是什么时候!

思忖了片刻，何羽缓缓地道：“这几年和嘎多寨、三多大队的人打交道，这是第三回了。前两回，公社、县里，甚至省里都有人同情支持他们，政策一放松就让他们占了便宜。这一回啊，苏副书记一拿出省委第一书记的批示来，常爽没得话讲，郝老虎也不敢叫了。哈哈……”

“这回新账老账一起跟他们算!”蒋学谦接过话头得意洋洋地说。

何羽赞赏地瞅他一眼，调头问后面的沈平：“小沈，你干啥闷闷不乐，有信心吗?”

“有。”埋着脑壳走路的沈平抬起头说，“有了省委第一书记的批示，我们就好办多了。只不过……”

何羽询问似的哼了一声：“嗯?”

“嘎多寨、三多大队的人，也不是那么好惹的。”沈平显然觉察到了何羽审视的目光，坦然地说，“这些年间，他们经历得也多了，荤的素的都尝过。”

何羽听到沈平这长他人之气的话，微显愠怒地问：“依你说，这次行动，会是个啥结果呢?”

“我倒没考虑结果。”沈平语气不那么肯定了，“我是说，这回我们得吸取上次的教训，不要做过头事……”

“这你就放心吧!”何羽没听完，就不耐烦地打断了他的话头，“有苏副书记坐镇指挥，不会有啥差池的。他亲自到寨子上来，让费正明陪着他，喊艾振兴和郝老虎去找景传耕，要我们带着民兵来请全大良，真是成竹在胸，何等高明。小沈，你是不是担心我们这几个人对付不了全大良?”

“那是沈副书记多虑啦，哈哈!”蒋学谦情绪甚好地抹了一把脸上的汗，顺手往后一指，“看看我特意从老家寨子挑来的这些民兵，个个觉悟高、本质好、身强力壮，指他们往东保证他们不会朝西。”

“不，我不是这个意思。”沈平已感觉到何羽对他的不满了，急忙申辩道，“不是这个意思嘛……”

“那你是啥意思呢?唼!”何羽的语气更严厉。他觉得有必要敲打敲打沈平了。

“我的意思……我是想这回要么不干，要干就得来个兜底翻。彻底解决问题!”

“哪个说不是这样啊，沈副书记，哈哈哈。”蒋学谦又大笑起来。

何羽见离雀翅田已很近了，只得长话短说地压低了嗓门道：“遗憾的是，小沈，你的行动和你说的话，还差着点距离哩!我看你最近啊……”他故意说到这里刹了车，让一心盼望调离公社副书记职位的沈平自己去领会没说出的话吧。

“何主任，”蒋学谦手搭凉棚朝雀翅田瞅了一眼，指着田坝说，“你看，帮全大良割谷子的人还真不少哩。”

“好嘛!”何羽早看见雀翅田头影影绰绰的人了，吩咐道，“我们先莫打搅他们，让他们趁兴割完……”

“不喊全大良了?”

“要喊。到时听我的就行了。”

蒋学谦手一招，二十来个从紫竹垭公社请来的民兵，随他踅到离雀翅田不远的半坡上，散乱地坐在一颗高高的光皮桦树脚。何羽看那地势不错，既有枝叶遮荫，又能居高临下看到雀翅田头人们的活动。他对沈平使了个眼色，也朝光皮桦树走去。

“何主任，沈副书记，你们坐。”两人一来到树荫下，蒋学谦挪了挪屁股，腾出一块薄薄的青石板，让他们并肩坐下。

沈平刚一坐下，就轻吁了一声。

何羽转过脸去，满腹狐疑地盯着沈平。他发现，这次一提要下三多大队，沈平的情绪就不高，到了嘎多寨，更是阴沉着脸，显得心事重重。这个原先在他看来年轻有为的干部，究竟是咋个了？他不便当着众人斥责沈平，只好锁着眉问：“你哪里不舒服吗？”

“哦不。”沈平连忙否认。他不敢正视何羽，茫然地望着卡多寨方向。

何羽从侧面乜斜了沈平一眼，忽然有所发现了。沈平快三十岁了，还没成家，也没听说他找了啥对象，该不是为这事愁眉不展吧？嗨，其实大可不必嘛！只要好好地干，将来提拔到县里，不难解决嘛。这么想着，何羽顿觉轻松了。看看雀翅田还有点稻谷没割完，他亲切地拍拍沈平的肩膀，低声问：“小沈，你的个人问题，考虑得怎么样了呀？我一向忙，也没来得及关心。”

“我？”沈平陡地转过脸来，脸色刹那间涨得通红，“我还没有朝这上头想过哩。”

他那窘迫的神态，愈发使何羽认定，小伙子是在为此烦恼。

“哈哈，我们沈副书记是标准的晚婚晚恋模范！”蒋学谦一点也不顾忌周围的人会听到，粗嗓大门地道，“他呀！对这问题，是有自己独到见解的。”

“莫鬼扯！”沈平听出了蒋黑脸话中有话，愤然瞪了他一眼。

蒋学谦黑长脸上的笑容倏地消失了，正经地说：“啥鬼扯呀，沈副书记，我还是看得出点眉目的哩！哈哈。”

沈平更恼了，呵斥着：“你看得出个鬼！我的私事，要你管！”

“好，我不管，不管!”蒋学谦拖长了声调，神秘地一笑，转身去不说话了。

这不由让何羽觉得奇怪，说几句笑话，何以那么认真？蒋学谦显然是话里有音，但他没工夫深究了，只是轻言细语地泛泛劝道：“小沈，这类事是急不来的，还得慢慢地观察。选一个人不容易啊!对你来说，眼下更重要的，是工作……”

沈平不断地点着头，嘴里嗯嗯地答应着。何羽听得出来，他纯粹是在敷衍。这种不痛不痒的规劝，何羽自己也觉得乏味，说到一半就停了下来。晃眼间，他又看到蒋学谦嘴角挤出了一缕讥诮的笑纹。

“看，何主任，他们割完了!”何羽正在猜测那缕笑纹的含义，蒋学谦抬手往雀翅田一指，一拱身子站了起来。

何羽朝他一摆手道：“慢着，再看看他们还想干啥。”

“要得。”蒋学谦叉脚站着，得意洋洋地睨视着田间的农民们。

自从他们在山道上出现以后，农民们的欢声笑语就停止了，后来见他们踅到了坡上，大家迟疑片刻，又才各自埋头去割稻。田间的空气沉闷得让人窒息。现在稻子割完了，大家纷纷直起腰来，都不约而同地朝光皮桦树这边瞥了一眼，有的人不知如何是好地呆站着，有的人干脆把背脊对着坡上，还有人故意粗声叹息，一屁股坐在田埂上。一种紧张的气氛笼罩在雀翅田上下，静得令人难堪。

“憨乎乎站着干啥呀，阿全哥，把挞斗拖过来，挞谷子呀!”一个粗大的嗓门突然吼叫起来。

“要得!”马上有几个小伙子，像被提醒了似的，一齐动手把四四方方的梓木挞斗推进濡湿的田里。

何羽认得，那放开嗓门叫的人，正是自己组织批斗过的浪荡客邹启春，也是这次要揪的重点人物。眼下，邹启春一招呼，挞斗转瞬安顿好了，篾席张了起来，接着，“砰呼！砰咚!”闷沉的挞谷声便直落在何羽心上。

这不是示威嘛，不是把他们的存在不当回事嘛！何羽忍住心头升起的怒火，挥手道：

“把全大良叫上来。”

蒋学谦一点头，右手紧一紧肩上的钢枪，一步一跃地下了坡，来到雀翅田边，对侧身站着的全大良道：“全大良，县里何副书记请你！”

全大良转过身来，上下打量了蒋学谦一眼，嘲弄般笑道：“原来还是有事呀！我以为你们是过路的，在那边歇气呢！”

“是专为请你来的。”蒋学谦回敬道。

“那该早点说呀！我这里有茶可以招待你们哪！”全大良依旧爽朗地放声笑道，“你们坐那么久，是拨的啥子算盘呀？”

“是想等你割完了谷子……”

“到底有啥事找阿全？”费瑞娟一步跃过来，打断了蒋学谦的话，直截了当地问，“莫拐弯抹角的了。”

“当然是有事啰！”蒋学谦拖长了声气答道，转脸望了一眼正从坡上走下来的何羽。

“有事就快说呀！”费瑞娟皱紧了眉头催促道。

“要说也简单，嘿嘿，”蒋学谦皮笑肉不笑地说，“何副书记要请全大良回寨子去。有话对他讲。”

“讲啥机密话，非要回寨子？”费瑞娟不安地扬起两条眉毛问。

全大良呵呵一笑说：“有话在这里当着众人讲，好多呢！”

蒋学谦一紧肩上的钢枪，拖长了声调说：“我看还是走吧！”

“要是我不愿走呢？”全大良反问。

“不愿意走嘛，”蒋学谦脸上的笑容收敛了，似不经意地回头望了光皮桦树下一眼，“我想总有办法请得动你的……”

何羽走近了，斯文地举起手朝蒋学谦连连摆了摆说：“全大良是个爽快人，他要在这里讲，我们就在这里讲吧。在讲之前，我先问一句，这里那么多人，都是来干啥的？有的不像是三多大队的人啊！”说着，装模作样地扫视着一些外方来客。

“大家是来找我串换良种的。”全大良道，“有什么事，和他们一律无关。要扯皮，你尽管找我好了。”

“那就对了，要讲的就是这件事。不准你串换或是变卖谷种……”

“为啥?”全大良雷鸣般打断了何羽的话，“农民间串换买卖谷种天经地义。”

“莫来诓我啦，全大良，我也不是憨包。”何羽显出一副深谙内情的模样，“你这谷种，高价出售，卖到二块几一斤，和人串换也是一斤换十斤的诈人家。”

“我诈人家了吗?”全大良忿激地一个转身，指着雀翅田头的人群道，“你问问他们吧，这么多人一齐来，我诈了他们哪个？我哄了他们啥子?”

“阿全没有骗我们，”于老善道，“我们是自家跑来的。”

“都长着眼睛嘛，哪个不想要几斤阿全的谷种。”景气闲跟着说。

“我们只怕来迟了，串换不到哩!”

“我们是闻讯赶来的，和阿全无关。”

“全大良的谷种价，开得并不高。”

两个老人一开口，大家都你一言我一语地帮全大良说起话来。

何羽瞅瞅这个，又盯着那个，听到众人都在维护全大良，他愤愤地把手往下一劈：“莫闹了！你一定要串换，就按一斤换一斤换给人家；要卖，照普通的市价卖……”

全大良哈哈哈放声笑起来：“跟你直说了吧，何眼镜，我提出的串换标准，恰恰就是市场价格！你要不是从月亮上跳下来的，赶场天，你跑到随便哪个墟场上去问一问，看杂稻种是不是比我要的高……”

“这话不假。”马上有好几个人异口同声地证实。

不等更多的人开腔，何羽朝全大良逼近一步道：“这么说，你是不听劝，一定要当这个暴发户啰!”

“什么?”全大良一听“暴发户”三个字，不由得也吃了一惊。多少年来，暴发户都是打击对象啊！

何羽看出这一着有效了，手往雀翅田和条播的旱谷一指，说："你把这田土的几千斤谷子高价售出去，不成个暴发户成啥呢？咹！我是晓得你的，全大良，你早存心当老肥虫、土佬财了！还没挞谷子，你已经把康文达家的田土接过手了……"

"那是我心甘情愿……"

康文达站在人群里，想说明事实真相。不料话刚出口，何羽指着他道："不许你插嘴，你烧砖瓦得的钱也不少，你也算一个对象！"

这一声喝，镇住了其他想说话的人，气得全大良张开两只大巴掌道："我只晓得，田也好，土地好，田土头的收成，都是靠我这双手刨泥巴刨出来的。"

"但你拿去卖高价，就是不准许！"

"人人都说，我这价格公道！"

"少给我鬼扯了，全大良，不准卖就是不准卖。"何羽索性摊了牌，"实话跟你说了吧，今天这事，是省委第一书记批示的。地委苏副书记正在嘎多寨上等你呢。你是自己走呢，还是要我们帮助一下？"

全大良凝然站着，一动不动。秋天亮晃晃的太阳照在他黝黑黝黑的脸上，却像挂了一层霜。雀翅田头，静得令人难耐。

何羽的恼怒上了脸，镜片后面的一对眼珠充了血一般瞪着众人，嘶声吼道："和这事无关的人各自走开！哪个再提串换、买谷种的事，蒋助理，你都给我记清楚。"

"要得！"

看到众人脸上露出惶恐的神色，何羽又把目光移向全大良："咋个样啊，全大良，你走还是不走？"

阿全的牙床骨咬紧了，眼神直瞪瞪的有些阴沉。

费瑞娟一步跨到全大良跟前，对何羽说："你说不准串换，我们不串换就是！再说，我们这也是经过大队长传耕同意的。"

"哪个同意的？"何羽故意问。

“传耕兄弟同意的呀!”

“哈哈哈，景传耕，”蒋学谦在一旁放肆地插话道，“他这回怕也脱不倒手啦!”

又是片刻的沉寂。

费瑞娟浑身一震，她怕全大良固执起来吃亏，扯扯他衣袖央求道：“阿全，你就去吧。这儿，我来张罗。”

“不，把割下的稻谷通通挑回去。”何羽一挥手，朝站在四周的寨邻们吆喝道，“你们不都是来帮忙的嘛！那就出点力吧，帮着把这些稻谷弄回嘎多寨。”

91

听说地委苏维山副书记在嘎多寨上等他，景传耕不由得满腹疑云地瞅了瞅站在身前的艾振兴和郝老虎。

这消息毕竟来得太突然了。

去年早春时节，苏维山说要下嘎多寨来，后来终究没来成，今天，一点预兆也没得，堂堂的地委副书记却悄没声息地到了寨子上，传耕咋能不警觉呢。

岂止是传耕警觉啊，离他不几步远的慧芸一听到艾振兴说出这消息，也马上停下了手中的锄头，猛地直起了腰，眼里闪出疑惑的光，留神着这边的对话。

“郝老虎，你来得正好!”传耕支着锄头道，“于老古刚才还来找我，要我打个条子给你，让他去看看那些被扣下的猪……”

“是啊!”于老古从半坡上一蓬刺丛边站起身，拖着锄头走了过来，“郝老虎，那些猪照料得咋个样，一天喂他们几顿潲，喂些啥，有生病的吗……”

“少讲你的猪了!”郝老虎用少有的粗暴喝了一声，“管好你们自家这些人吧！传耕，我问你，你吆了这些人在黄土坡上干啥?”

“揭盖山呀!”传耕指指被锄头翻了的树疙蔸、草根根，坦然地说。

“揭了做什么?”

“办砖场，打砖烧窑啊!”

“哎呀，你还干啊，传耕，”郝老虎一跺脚，虚胖多皱的脸揪成了一团，“那天，费正明来探我的口气，我不是跟他说了嘛，甩手、甩手，快甩手莫干！他没对你说?”

“说了呀!”

“说了你还干?”

“为啥不能干呢？责任田土种好了，肚皮有了饭吃，有手艺、有门道、有办法的人出外找钱。那些既没一技之长，又丢不下屋头的人，总不能闲起，坐在屋檐下望山景呀！也得帮他们找点钱花……”

“你就为这要办砖瓦场?”

“嗯。”郝老虎扫了景传耕一眼，从脑壳上除下那顶显示他干部身份的布帽子，无意识地拍打着，紧皱眉头环顾着四周团转。

这里是离嘎多寨半里多路的黄土坡，坡并不高，斜斜地延伸过去，同远处的青㭎、毛栗林连在一起。坡上除了长着稀稀拉拉的茅草、稀疏的几蓬荆棘、刺丛外，啥都不长。薄薄的一层盖山揭去，满坡都是拌和煤巴的黄泥。打砖倒确是好材料。

景传耕注视着郝老虎的神情，想窥探他的内心活动。无奈郝老虎眯起眼睛一声不响，难以猜透他在思虑什么。传耕只得以申述来争取他的支持了。

“郝老虎，你看一这片坡，包括连接起来的那片谷地，全是黄土，栽啥都不长，连种泡桐、育牲畜爱吃的嫩草，都育不起来。这种荒坡坡，荒起来还不是白费了。开办个砖场，嗨，那效益就大啰……”

“少在我耳朵边来嚼牛筋!”郝老虎冷淡地打断了他的话，“我问你，你邀来的这些人，不都是三多大队的吧?”

“有几个是挨邻寨子的，都是……”

“好啊，景传耕，你当真吃了豹子胆!”郝老虎气呼呼地说，“我笨嘴拙舌，辩不过你。你有理找苏书记讲去。走吧!”

传耕看出来，自己没听他招呼，这老汉有点怄气了。望着他背起双手耸着肩只顾往嘎多寨走去的背影，传耕苦笑了一下，跟着追了上去。走出几步，听到背后有脚步声，他以为是艾振兴，回头一看，艾振兴正在俯身帮华碧芳起一棵树疙蔸，跟上来的是慧芸。

“你在这里招呼着嘛！”传耕晓得她不放心，安慰般说。

“还干得下去吗？”慧芸满脸忧郁，“要依我说，让其他人也散了吧。”

“倒也是的。”传耕点点头。听到地委的大书记下了乡，又加前几天屏源镇上闹了场风波，哪个还有心思干活路啊！他转过身去，对坡上那些寨邻们挥手喊道：“今天就算了吧！大伙儿各自回家去，再要干活的时候，我会招呼大家的。”

好些人早已支着锄头，坐在草坡上歇下了。听他这一喊，“呼啦”一声都提着锄头、撮箕、扁担、十字镐跑下坡来。只有华碧芳和艾振兴慢慢地走在后面。

“艾同志，苏书记下乡来找我谈啥子，你晓得吗？”传耕见艾振兴帮华碧芳挑着一对空撮箕，态度也和善，便试探地问。

艾振兴仰起脸，瞥了走在前面的郝老虎一眼，压低声音说：“大概跟最近一些事有关，留神着点吧。”说完，又添了一句，“不会是啥好事。”

传耕一转脸，看到慧芸脸色发白。他正想说句什么，慧芸却故意扯起衣袖抹了抹额头上的汗，嘴角浮起一缕掩饰辛涩的笑。

一拨人走回嘎多寨，几个怕惹是非的各自转回家去了。更多想晓得地委书记来意的人，都跟在景传耕身后，随着郝老虎、艾振兴来到了寨子中央的大院坝。

高大壮实的苏维山左手挺有气势地扠在腰间，正半仰着硕大的头颅，瞅着大院坝侧边新旧两幢保管房想什么心事。听到脚步声，他在腰间的手放下了，缓缓地转过身，微眯眼睛望着走来的农民们。

明丽的阳光下，传耕看得十分清楚，苏副书记五官端正的脸上挂着点忧戚，眉宇间更有一种痛惜的神情，但仍不失他的威严和庄重。看到他严峻的模样，走进大院坝的几个农民都抿紧了嘴。

“你找我么？苏副书记。”

“嗯。”苏维山矜持地略略颔首，挟着小半截烟的右手微微抬起来，指着保管房喉音很重地道，“你看看，看看！”

传耕茫然地瞧瞧新旧两幢管保房，不知所以地回望了苏维山一眼。自从实行了责任制，嘎多寨上的这两幢保管房就没多大使用了。砖瓦新盖的那幢，里头置了几张铺，放着几架集体的风车、几张大晒席和十来条板凳，平时锁着，除了几个大队干部开个碰头会，要是上面有干部下乡来在寨上过夜，也安排在这里睡。这次，艾振兴先来联系工作队的住处，传耕请了几个社员，搬走了风车、晒席，总算腾出了这保管房大小五间屋子。至于旁边那幢茅草盖的干打垒保管房，新保管房修起后就已弃置，一搞责任制更没有用处。早些年就已朽烂的茅草、剥落的泥墙，自然更加颓朽。原想干脆拆掉，就是还没有安排出时间来做这件事。现在，苏副书记叫他看这两幢房子，是啥意思呢？传耕费神地猜测着，眉毛也拧紧了。

“这是保管房吧？”苏副书记问。

“原先是保管房。”

“集体财产啊，”苏维山仰头长叹一声，“看看，今天成了什么样子！”

哦，原来是这个意思。传耕不置可否地笑了笑。

“集体的保管房如此破败，不痛心吗？”苏维山显得很愤慨地质问，“可我一路走进寨子，倒看见好几幢崭新的农家砖瓦房。景传耕同志，你怎么看这个现象呢？”

“这不值得大惊小怪。”传耕心里想着，嘴上也就脱口而出了，“县城、石桥市、省城里头，到处盖了不少山一样高的楼房。所有的中国人都巴望住得好一些，山旮旯里的农民住上了砖瓦房，不是很好吗？”

“那么集体呢？”苏维山的语气稍稍有些严厉了，“景传耕同志，集体就该名存实亡，集体就该在私人发起来的时候破败下去吗？依你这逻辑，社会主义还要不要呢？”

“苏副书记，社会主义不是一句空话。”传耕平和地说，“对我们农民来说，社会主义应该是实实在在的，能吃饱肚皮，能让日子一天比一天过得好！要没有特殊灾害，今年该比去年生活得好，来年又要比今年过得好，这一辈农民还要比上一辈农民过得好！推翻三座大山，不就是为了让老百姓过得美好幸福吗？”

“嗯——”这一声哼，苏维山几乎完全是从鼻腔里发出来的。过去只听何羽说过景传耕善辩，果然能说会道。他冷眼瞅着景传耕说：“好家伙，景传耕，你原来还有这一套一套‘理论’，难怪集体事业让你搞成这个样子。要按你这么讲，私人发了，集体破败了，倒是理所当然的事了？当暴发户，也是很光彩的事了？”

“哪个是暴发户啊？”传耕单刀直入地问。

“哈哈哈，景传耕，你以为我是个官僚主义者，不晓得实际情况吗！”苏维山的笑声响亮得有点震耳，他双手一拍道，“在三多大队，在嘎多寨，全大良算一个吧，康文达算一个吧，丁根元家算一户吧，你家也可以算一户吧？还有一个专搞投机买卖发财的邹启春，也没冤枉他吧！咹？”

传耕也笑了：“苏副书记，光听你扣个暴发户的帽子，我还吓了一大跳，你一点出这些人来，我又有话讲啰！”

传耕的讥诮口吻，像一把无形的芒刺撒到苏维山的脸庞上，他不由得愣怔地瞪着景传耕：“莫非……你不认账？”

“你了解得非常清楚。是的，这几户人家近两年确实增加些收入。”

“比全大队几十、上百户人家都富。”

“一点不错。在全大队几十、上百户人家富起来的基础上，这几户富得更快些！”

“那不是暴发户是啥？”

“即使你用这个不中听的称呼，也应该尊重一个事实：我们都是用自家的劳动、用自家双手去挣得合法收入的。”

“劳动？哼，景传耕，我搞土改的时候，有些地主还强词夺理说他参加劳动哩！”苏维山像抓住把柄，反唇相讥道，“是的，有些奸猾的地主也下田土劳动。可他劳动是假，督促长工、佃户们干活是真！”

传耕的脸倏地沉下来了，不客气地道：“苏副书记，请你不要这样不恰当地比喻！老实说，这也吓不倒人。”

“你这是威胁我吗？你们这几户发展下去，我看比地富还凶险……”

“苏副书记，请你拿出证据来！”传耕的脸色也变得严峻了。

苏维山不屑地一转脸：“哼，还须我一件一件给你细摆嘛。好啊，你跟我进屋去！”他一扬手，便朝砖瓦盖的保管房走去。

“不！苏副书记，你得当着众人把话讲清楚！”

苏维山猛然一个转身，满脸是火地道：“好啊，你要挟起我来了景传耕……”

“不是要挟你，苏副书记，你是大官，说话要负责任！我们山旮旯里的老百姓，平时见到公社书记，已经是诚惶诚恐的了。”

“放肆！景传耕，你们这几个暴发户，难道在邪路上走得还不够远嘛……”苏维山火冒三丈，扯直喉咙吼了起来。可转眼瞥见大院坝边不知何时站满了人，他才省悟到自己的身份，勉强克制下去。

传耕也觉得自己的语调过激了，当下放缓了声气说：“你说我们走的是邪路，不对！恰恰相反，我们走的是堂堂正正的正道！”

“正道，哼，啥正道？我倒想听听。”

“实行责任制之后，温饱问题一般解决得比预料的要快，农民们自然而然地要想着找点活路钱，想过得富裕一些。苏副书记，这不是罪过吧？”

“那得看他们怎么干，坚持什么方向，走什么道路。我们提倡的，我们共产党人要引导农民群众走的，是共同富裕的道路。”

“对极了！”

“那就得纠正你在三多大队搞的这一套，纠正已经出现的两极分化、贫富不均！”

“苏副书记，共同富裕的道路怎么走？让大家排成一排齐步走吗？俗话道，百人百口。满寨子的农民相貌不一样，性情不一样，每个农民的文化程度、科技知识水平、经验、能力，乃至每个家庭劳力的强弱，都不是等同的。这种实际存在的差别，就决定了富裕有先有后。于老古会喂养老母猪、护小猪崽，康文达就不会；康文达会烧砖，丁根元就不会；丁根元的那一手编织技艺，好些人也都不会；全大良大胆引进良种，寨上一百人中九十九个都不敢冒这个险。能让大家排成一排齐步走吗？难道因为其他人都不会编织手艺，就该禁止丁根元为国家、为他自己赚钱吗？要照你这个理，把脑壳都推得一般平，农民仍然只有一条路：受穷！”

“景传耕，”苏维山的手点到了传耕的鼻尖上，“你这些话，是道道地地为你们这般人诡辩。我要揪的就是你！”

“为这，你要揪我，”传耕像是不信，又像是表白似的道，“我不怕。”

“传耕，不要不知天高地厚啊！”费正明一手提着开水壶，一手拿着几只白瓷茶杯，从窄弄里走出来，息事宁人地劝道，“苏书记也是为我们好。你静下心来，先好好听听。”

“对啊！”陪着景传耕到来后一直未曾讲话的郝老虎，也背着手走近来，“传耕，你是不晓得，多少年来我们领导农业的经验，就是引导农民们走苏副书记说的那条路子，防止出现新地主、新富农。”

“说得好吓人！”传耕不以为然地说，“这条路子走了多少年，结果并没有富裕，还是穷。这还不值得想一想吗？难道穷了才是走社会主义道！穷究竟有啥好？穷了受气，穷了要伸手向国家要粮食，穷了还得老提心吊胆地看干部的脸色，生怕得罪了他得不到救济。穷了，像慧芸这样的姑娘就会让人贩子拐卖！老虎叔，穷了到底有啥好处？”

郝老虎也冒火了：“可我们历来宣传的，是人穷志不短，穷要穷得有志气……”

传耕不知不觉又忿激起来了：“人穷志不短。对！我们的志气就是要改变穷。甘愿受穷，那就算有志气了？费正明这个大队干部问你公社书记要回销、要救济粮，不是年年都要低声下气来央求你吗？你这个公社书记年年到区里、县上去要回销、救济，不也一样吗？那叫人穷志不短吗？农民穿一身补疤衣裳去挤车，进城买东西，人家要给你白眼，要离你远点，那不明摆着告诉你，是嫌你穷、脏，看不起你吗？”

郝老虎粗声吼道：“那是这种人思想意识有问题！”

“我一说你又要跳啰！你是不是认为，社会主义的农民只有穿上补疤衣裳才很光荣？我看并不光荣。我们要通过辛勤的劳动，改变了贫穷落后的面貌，让大家都不穿补疤衣裳，那才真正是光荣的。”景传耕这些大胆的话，使得费正明、郝老虎、苏维山都惊愕得睁大了眼睛，一时竟不知怎么驳斥他了。

大院坝里的群众也震惊了。传耕当着那么大的官说出这番话，大家都替他捏着一把汗。大院坝里静悄悄的，使人感到紧张、压抑。

“嗬，他们当真把传耕哥喊来了！”邹启春的一声故意张扬的惊呼，冲淡了窒息人的气氛，“看样子，这里也顶上牛了。”

人们不约而同地转脸望去，只见何羽、沈平、蒋学谦带着一拨民兵，把在雀翅田挞谷的全大良他们喊来了。

传耕一看就明白了是咋个回事，他默一默神，陡地提高嗓门喝问邹启春：“你来干啥？”

“是他们‘请’我来的呀！”邹启春一时没领会传耕的意思，带点俏皮地回答。

“要你来干啥！还不快转去，慧明找你有事呢。”

邹启春一下醒悟了，他摸摸脑壳，眼珠一转说：“噢，对对对，我还有事要干呢！我该转去了。”说着，转身就走。

“慢着！”蒋学谦的黑长脸一沉，钢枪横在邹启春跟前，“你不能走！”

邹启春不服气地一挺胸脯：“为啥？”

“你也是个对象！”蒋学谦冷冷地说。

“放他走吧，关照他这些天不要离寨，我们要开大会！”苏维山出乎意外地一扬手，宽容地说。

蒋学谦睨了邹启春一眼：“听见了吗？”

“我不是聋子！”邹启春脑壳一缩，扮个鬼脸，朝人群一钻，不见影了。逗得一些寨邻嘻嘻笑出声来。

苏维山又转向众人，放声道：“其他无关的人也都回家吧。我们工作队的同志，算同大家见过面了。有话，大会上再说。”

蒋学谦和他带来的那帮民兵，这回起作用了。他们横起枪，驱赶着围观的群众：

“去去去，有啥好看的，回屋头去吧！”

“散开点，散开！”

人们见这阵仗，便渐渐地四散开了。有的人一边退一边射出忿忿的目光，有的回到了自家屋前，仍探出脑壳朝大院坝里张望。唯独被喊来的传耕和阿全的亲人，景气闲、传耘、慧芸、费瑞娟几个还站在保管房前面不肯离去。

何羽朝他们挥了挥手道：“你们也回去吧。我们只是约景传耕和全大良谈谈话，郝老虎和费正明都在这里，你们尽管放心。回家吧，回家忙屋头的活去。”

费瑞娟瞅了瞅全大良，又望了爹一眼，无奈地和景气闲先转过身去。传耘扯了扯慧芸的袖管，示意她离去，慧芸却凝然不动地站着。

蒋学谦一摇一晃地踅到她跟前，“嘿嘿”一笑道：“唷，独有你，特别一点，硬是不肯走，是不是啊？”

“你管不着！”慧芸不屑正眼瞧他，厌恶地说。

“嗬，还真够坚贞的哩！可惜啊……”

“蒋学谦，你少在这里嚼蛆！”传耕一步跃上前来，正气凛然地说，“跟你讲清楚，这里是嘎多寨，收起你那一套。”

蒋学谦撇了撇嘴道：“我还不是为她好，劝她回去……”

传耕不再搭理他，转望着慧芸，柔声说："回吧，慧芸，这里不会咋个样的。回去后，你还有事啊，嗯!"

传耕的眉梢一挑，慧芸领会了传耕话里的意思，微微点了一下头，嗯了一声。传耘又一扯她的衣衫，她眼里闪着泪光，依恋地望了望传耕，才不舍地转身去了。

何羽见这最后几个人也打发走了，双手一摊，对传耕和全大良说："有话我们进屋头去说吧，平心静气地坐下好好说。"

传耕和阿全相对望了一眼，走进打扫干净了的保管室。

苏维山缓缓地走到保管室中央，站停下来，慢慢转过他那高大粗壮的身躯，眼角也不看景传耕和全大良，扬手指着通里间的门，问道："这里还有两小间屋吗?"

"有啊!"费正明接道，"你们工作队的铺位全安在右边这两间屋内。当中这间嘛，你们开个会，约人谈个话啥的。左侧那两小间，都还空着。"

"里头有板凳吗?"苏维山又问。

"有啊!"费正明应道。

"有锁吗?"

"有有，保管室每间屋当初都有锁。搞了责任制，保管室不大用了，传耕把钥匙都交给了我……"

"好啊，钥匙在你身上吗?"

"在。"费正明说着就伸手往裤腰带上取钥匙圈。

苏维山伸出手来："借我暂用几天。"

"好好。"费正明拿起钥匙圈辨认了一下，随即取下四把钥匙递给苏维山。

"谢谢。"苏维山接过钥匙，这才抬起头来扫视着众人，严厉地命令，"叫景传耕和全大良到屋里去，先在那里好好想一想再说。"

这一决定，使所有的人都吃了一惊。全大良满脸燃起了怒火正要举步向前，传耕抬手挡住了他。何羽、沈平、艾振兴都疑惑地望着苏维山，那意思似在说，原先不是这么定的呀！苏维山却无视一切地说：“请他俩进去吧!”

“走啊，吓憨了吗?”蒋学谦兴奋起来，跑过去推搡景传耕。

传耕挡开了他，上前一步对苏维山说：“苏书记，你要对这事负责任!”又回头招呼全大良道，“阿全，不怕!”

全大良上前狠狠瞪了苏维山一眼，跟着传耕各自进了一间小屋。郝老虎两眼瞪得溜圆，忍不住问：“不是说喊他俩来谈话吗?”

苏维山没好气地道：“现在还有这个必要吗?刚才景传耕简直是在向我们挑战，你没看到?”

郝老虎还想说什么，瞥见费正明像遭人打了一棒似的颓丧，他也说不出话了。

听到门上落锁的声音，景传耕的心好像也给锁住了。他倒不是为自己担心。他忧虑的是，三天前计划好去野猫坪抓“油嘴壶”的事，很可能要落空了。刚才，慧芸是不是领会到他那些话的暗示呢?她能不能约齐人去抓“油嘴壶”呢?邹启春和慧明会沉得住气，按照预定的计划把那个坏蛋抓住吗?

啊，那坏蛋还没有落入法网，他景传耕却被关进了这间小屋。真是阴差阳错，乱了套。唉，为什么会出现这样不公平的事?

92

景传耕的一句话，陡地提醒了邹启春。

三天以前就商定，今夜他同丁慧明去野猫坪寨外山洞和“油嘴壶”赌钱，趁机里应外合抓住“油嘴壶”，送往区派出所查清另外两个绑架慧芸的暴徒的下落。接受这个任务以后，邹启春脑壳里还拨拉了一阵子小算盘。他实在舍不得上几回输掉的钱，要抓“油嘴壶”，也得在赢回了钱之后再下手。他把这主意同丁慧明一说，慧明满口赞同。传耕曾分析，那另外两个暴徒很可能和“油嘴壶”是一个寨子的，特别关照要利用赌钱时话来言去打听“油嘴壶”是哪个寨子的人，弄清楚了才发信号，让埋伏在外面的人往里头冲。邹启春离开大院坝以后，脑壳头转的，就是如何赢回钱后再发信号。

可是，工作队一来，把传耕和阿全找去了，今夜还去不去呢？直到晚饭前，传耘趁挑水的时候，担着一挑空水桶拐进邹启春家院坝，通知他计划照旧，他才高兴地问：

“传耕哥回来了吗？”

传耘摇摇头：“还没回来。”

邹启春急了：“那准领人去设埋伏呢？”

“我和慧芸姐都去……”

“你们不行，都是女的。”

“还有我爹！爹说了，你和慧明放心去，他会约身强力壮的人来。”

“莫尽喊些老汉、姑娘去啊！”

话是这么说，邹启春对景大伯出头还是放心的。匆匆吃过晚饭，田月桃一再叮咛着送他出了门。踏着暮色，他兴冲冲地喊丁慧明去了。

两人碰了头，一踏上去野猫坪的山路，邹启春就急不可待地问：“东西准备好了吗？”

“没得错，在这儿呢！”牛高马大的丁慧明笑道。他得意洋洋地从衣袋里掏出一块扁平扁平的吸铁石，递给邹启春。

邹启春接过吸铁石，抚摩着，端详着，连声道好：“好极了，好极了，又小巧，又合适，藏在巴掌心里，哪个都看不出。你就交给我吧！跟你说，慧明，今晚上我们赌这一盘，包赢！记住了，你要装得若无其事的，该咋赌就咋个赌，莫轻易下大注，一下大注，就连下它几家伙。”

“要得！”慧明应道，但他免不了有点心虚，“启春，不会让人看出来吗？”

“放心吧！”邹启春拍拍慧明的肩膀说，“这一套我是老手啦，万无一失！”

两人嘻嘻哈哈说笑道，趁着擦黑之前的些微亮光，急急地往猫坪寨上走去。

野猫坪是个地地道道的小寨子。十七八户人家的茅草房、石板屋，东一家、西一户地坐落在一个稀疏的桦树、青枫林里，几条纵横交错、七弯八拐的寨路像灰带子散落在地上，把一家一户人家的院坝连接了起来。这会儿，正是晚饭时分，从各家各户屋顶上飘散出淡蓝色的炊烟，和山岭、峡谷里弥漫开来的雾气融在一起，笼罩在稀疏的杂木林上空，显得深沉、静寂。

邹启春和丁慧明没有踏上寨路，而是顺着一条砂砾小道，拐进几座大山耸峙的山槽里。

“唷。这不是卡多寨的慧明哥吗?”路边林子里传来甜脆脆的嗓音。一个身材中等偏高的姑娘，手里挽只细篾提篮从树林里走出来。

忽然被人喊出名字，慧明不由一愣怔。定睛一看，这姑娘两条粗辫子搭在隆起的前胸上，光洁的额头，纤巧的鼻梁，丰满的嘴唇，细长的弯眉，秀气的微带羞怯的两只大眼睛，脸貌好熟悉。慧明陡然想起来了，这是汪家细妹子，赶场那天在饭堂里见过一面的。这意外的撞见，使他有点不好意思，干笑了一下。

“哦，你，你在忙呀……”

“采几朵香蕈，回屋头去放汤。你们两个去屋头坐嘛。”

“哦，不了，我们还有事。”慧明连忙摆手。赶场天以后，他还没给汪家细妹子回话呢。

汪家细妹子瞅了他俩一眼，弯眉一扬问：“都快天黑了，你们还要去哪里?”

慧明撒了个谎：“我们去眉光县……”

汪家细妹子满腹狐疑地一皱眉：“往这里头走，尽是大山林子，没得路。去眉光县得走坡脚那一条路。”

“啊……啊……”撒谎被当面点穿了，慧明脸红得说不出话来，后颈脖里冒汗。

“哎呀，那我们走错道了。”邹启春连忙接上话来道谢，“多亏了这位妹子，要不，今晚上准定要迷路。多承、多承！走呀，慧明。”说着，邹启春一扯慧明的袖子。

“嗳，嗳，要得，要得!”慧明这才醒过神来，尴尬地朝汪家细妹子笑了笑，跟着邹启春急急转身走了。

望着他俩慌张的背影，汪家细妹子疑惑地扑闪着眼睛。可他俩谁也没敢回头看看。

“你咋认识这位妹子的?”两人一走远，邹启春就好奇地打听。

“野猫坪谌嫂替我相的亲，嘿嘿。”

“要得呢！慧明，这妹子满灵气的。我要没成家也愿要她!”

“你这龟儿，娃娃都有了，心还那么野!”

“说真的，你去过她家么?”

“连话都没回呢!”

“你不想同她……”

“我还想挑挑……”

“莫挑花了眼，慧明，依我的眼力，这妹子可以。”

“是啊，人的眼睛也真是怪。”慧明有点纳闷地说，“赶场天在饭堂里看她，也不咋样。今天乍一见，嗨，倒反觉得好顺眼。”

“哈，你有意了，哈哈!”

“嘿嘿嘿!”慧明也憨痴痴地笑了。

说话间，天色黑下来了。山野里的一切变得迷迷糊糊的，要费点劲才能看清脚下的路。

邹启春四面环顾了一下，嘀咕道：“‘油嘴壶’，那龟儿子，咋个还不来呀，妈的!”

“会不会听到啥风声了?”慧明猜测道。

“不会。走吧，我们先到山洞边去。”

“再遇到人咋个办?”慧明有点迟疑。

“哪里又会出来个细妹子。走吧，我们先到洞口去。”

邹启春拉了慧明一把，两人急匆匆穿过山槽，来到那个山洞口，在一块裸突的山石上坐下来，抽着烟等候约定的赌伴到来。

约莫等了半个多小时，便看到一支电筒光朝这边晃了两下，慧明急忙打了一声口哨，过了片刻，就传来一阵杂沓的脚步声。

“让你们久等了。”来的几个人刚到跟前，邹启春就听到“油嘴壶”的声音，“屋头来了几个客，吃饭搞晚了。扔下筷子就往这里赶，走到半路天就黑了。”

“好远的路啊，”邹启春脑壳里一转，顺势打听着，“要跑这么长时间?”

“咋个不远，翁家寨，离这十几里路哩!”“油嘴壶”答道，嘴里喷出一口酒气。

“怪不得!”邹启春放大声音道。他心里憋不住一阵兴奋，传耕让他使心计打听的事，没料到不费吹灰之力就弄清楚了。原来，这龟儿子是翁家寨上的人!他在脑壳里头过了一过，从三多大队翻过后头坡背约是三四里路，从后头坡背走小路到翁家寨有六七里，而野猫坪离三多大队又是个三四里，怪不得这几个汉子赶得气喘吁吁哩!

“进洞子吧!”“油嘴壶”提议。

邹启春朗声答应：“要得!”

一帮赌徒按亮随身带来的电筒，钻进了山洞。跟“油嘴壶”同来的人，还提着一盏玻璃罩子的马灯。他们点燃了马灯，淡弱的光线便照射在一张张兴奋的脸上。

“油嘴壶”带来了四个人。两个还很年轻，不过二十来岁，比慧明还小，身子骨也单薄，不像有多大力气。另外两个，一个矮壮粗实，圆脸庞，络腮胡，有四十来岁；一个一对眼珠骨碌骨碌转，一副精明样子，看去就晓得是会耍心眼的。

他们是用包谷子子摇单双。开赌以后，起先一个多小时，七个赌徒都冷静得出奇，互相窥探着脸色，小心翼翼地下着注。下的注也都很小，摇出来是单是双似乎都不甚在意，仅仅只用眼角瞟一下赢家拢钱，输家一摆手，便算完事。

随着时间的推移，纸烟和呛人的叶子烟味把这低矮的洞子搅得乌烟瘴气。赌徒们的眼睛也逐渐瞪大了，射出贪婪的光，似乎要把眼珠子弹出来，下赌注的手指也颤抖了。

这整个过程当中，邹启春和丁慧明稍稍赢了十多块钱。“油嘴壶”他们五个人，有赢的，也有输的，也不过三四十块上下，不算啥名堂。

但是随后，丁慧明的手气不行了，接连十几盘回回都输，输得他来了火，从衣兜里拿出一叠五元的票子，往石头上一扔：

“这回，老子押单！”

“油嘴壶”嘴角挤出一缕淡笑，斜眼瞅了瞅邹启春。邹启春扔出十块钱：

“我押双，十块！”

其他几个赌徒，有的放三块，有的放五块，数目都不大，押的也是单。

“油嘴壶”把两颗包谷子子扔进小铁罐，用手捂住“嘀唧唧”摇了几下，双手一放，两颗包谷子子还在罐罐里响。

邹启春指着罐罐叫：“来双，来双！”

“放单，放单！”丁慧明声嘶力竭嚷着。

“油嘴壶”把铁罐罐往地上一搁，七颗脑壳一同凑过去往罐子瞧。

“是双，是双！”邹启春拍了一下巴掌。

丁慧明颓丧地缩回脑壳，咕哝道：“妈的，霉气来了。”

其他几个赌徒，也跟着叹了气。

“油嘴壶”从丁慧明扔出的那堆钱里，捡出两张五元的票子扔给邹启春，把其余的票子统统拢到自己跟前。

“妈的，输光了算屎，回家睡大觉！”丁慧明伸手到衣兜里边掏边咒骂着。

轮到邹启春摇铁罐罐了。

“老子就此一盘，全押在这儿了，这回押双！”丁慧明把衣兜里的零钱、整票全掏出来，堆成一座小山，往邹启春跟前一推。

邹启春惊叫起来：“哎呀，慧明，你这一家伙，要我把裤儿也脱下输给你！”

“赢了翻本，输光了算他娘的×！”丁慧明骂开了。

邹启春连连摆手：“你冷静点嘛！”

“油嘴壶”伸过手来，轻轻在邹启春肩膀上拍了几下，说：“你怕，我不怕！今晚我同他拼上了。”说着，他把拢在面前的钱全数推了出来，“我押单！”

另外几个赌徒盯着丁慧明和“油嘴壶”两人下的大注，发出一阵“嗬嗬”的稀嘘声，也十块、八块的地下了注。

邹启春暗暗生喜，今晚上等的就是这一遭。他从衣兜里掏出包香烟，抽出几支往身前一扔，又抽出一支叼在自己嘴角上，随即掏出火柴给大家点燃烟。火柴揣回衣兜的时候，慧明事先准备好的吸铁石，已被他抓在手心里了。

“都下完注啦！”邹启春嚷着，拿起铁罐罐，将那只握着吸铁石的手紧贴在罐底，一阵猛摇。

几个赌徒兴奋地喊道：“放单！”

“出双！”慧明的嗓门最大，“出双！他妈的，这回给我出双！”

刹那间，嚷嚷声吵成了一片。唯独“油嘴壶”一副成竹在胸的模样，徐徐地从鼻孔里喷出两股烟来：“是单是双，这是天意。你们吼就吼出来了？”

说时迟，那时快，邹启春把铁罐罐往地上一放，高声喝道：

“全是天意，看各人运气吧！”

七颗脑壳又全凑在一起，死死盯着铁罐罐里头的两颗包谷子子。

两颗中间嵌着小粒铁砂的包谷子子，镶嵌铁砂的那一面被吸铁石一吸，都朝着下头。罐罐里的包谷子子现出的是“双”。

“老子运气来了！”慧明高呼一声，连忙低头清数自己下的注。邹启春做出一副满不在乎的样子，眼角一扫“油嘴壶”和跟他来的几个人，这帮人面面相觑地沉下了脸。邹启春装作没看出他们的震惊，眼睛盯着那盏玻璃罩的马灯，俯身去清点那小额赌注。

“一百四十六元七角！”丁慧明点完了自家那堆钱，对邹启春道。

邹启春直着腰杆，手朝“油嘴壶”那堆钱一指：“你自家拿吧，剩下的归我。”

“要得!”慧明双手利索地把“油嘴壶”那堆钱拢到跟前，先拣大票子数着，“一五，一十，二十，三十四十……”

“慢着!”“油嘴壶”厉喝一声，对邹启春道，“你小子玩啥花招?”

“我能玩啥花招啊，铁罐罐、包谷子子都是你带来的。”邹启春轻飘飘地回答着，反唇相讥，“要玩花招我玩得过你吗?”

“把你的手伸出来!”“油嘴壶”一撇嘴吼着，露出了那颗金牙齿，“呼”的一声，他抓住了邹启春的右手。

“何必动手动脚。”邹启春不动声色地说，那块吸铁石，趁大家注意开罐的时候，早被他放进衣兜了，“伸手就伸手。‘油嘴壶’，这只能证明，你在包谷子子上耍了鬼！为啥你要放单，包谷子子就放单呢……”

“废话少说!”“油嘴壶”粗声吼着，脑壳朝那几个同来的人一歪，“搜他的衣袋!”

话音刚落，邹启春大喝一声“老子同你们拼了!”，挣脱“油嘴壶”的手，一脚踢翻了那盏马灯，洞内刹时一片黑暗。

这一招，动作太迅速，那五个赌徒给弄懵了，一时不晓得往哪儿扑好。片刻才听“油嘴壶”喊：“快！堵住洞子!”

在邹启春踢翻马灯之前，慧明早把两堆钱胡乱塞进衣兜，一见踢翻马灯，他忙从腰里抽出事先准备好的短铁棍，朝洞外边跑边喊：“抓‘油嘴壶’啊！抓‘油嘴壶’啊……”

刚跑两步，有人一拳打在他脸上，疼得他鼻根发酸。他抡起棍横扫过去，那人“哎呀”一声惨叫，倒下去了。慧明又往洞外跑去，扯直嗓门喊道：“抓‘油嘴壶’啊，抓……”

第二声没喊完，什么东西重重地击在他脑壳上，他哀叫一声，倒了下去……

等慧明醒过来时，他觉得背脊上透凉透凉，脸上痒痒的像是虫子在爬。他费劲地睁开了眼睛，淡弱的光影里映出一张脸来，光洁的额头，纤巧的鼻梁，一对亮闪闪含羞带怯的眼睛。哦，是汪家细妹子在用手帕拭着他的面颊。汪家细妹子发现他醒了，两片丰满的嘴唇赌气一样鼓了起来，慧明不好意思了，又微合上了眼睑。

"邹启春，快说，快说！'油嘴壶'是哪个寨子的人？"刚合上眼的慧明听到一声问。

没听到邹启春的回答。

意识回到了慧明脑子里，启春大概也被打昏了。他陡地睁开两眼，放声叫了起来："翁家寨！"

一阵脚步声传了过来，顷刻工夫，一圈人围到了慧明身边，不晓得哪个又问了一声："是翁家寨吗，不会错吗？"

慧明认出来了，围着他的人有费正明大伯，有姐姐慧芸，有景气闲、景传耘，还有康文达，还有几个穿公安制服的，其中一个女的似曾相识。在哪儿见过呢，慧明记不起来了。

"问你呢，没搞错吗，那坏蛋是翁家寨人吗？"汪家细妹子的嘴一动一动，柔柔的甜脆脆的声音仿佛是从遥远的地方传来的，"那坏蛋死也不吭声。"

"没得错！"慧明挣扎着轻轻吐出一句，脑壳一歪，又啥都不晓得了。

93

贡晓婷一点也不曾料到，刚踏进景传耕的家，就听到寨上发生的变故。她望着慧芸忧伤的眼神，完全能体会她内心的焦灼和烦恼。

晓婷能说什么呢？

临行前，爸爸叮嘱她要谨慎。她的身份也不允许她对眼前的纠葛发任何议论。她急匆匆赶来，本来要了解绑架慧芸的暴徒的行踪，却碰上景传耕被关，景家又笼罩着那么沉郁的气氛。真是太叫她难了。

她转过脸来。征询地望了盛雍一眼，旋又看了看同来的刑侦队胖姑娘蒙姗、月光县公安局和屏源区派出所分别派来的一位同志。正因为路上同县公安局、区派出所联系，耽误了时间，他们这一行人在天擦黑时才到达三多大队。幸而盛雍在这里插过队，熟门熟路，便径直来到了景传耕家。现在，屋子里的空气实在沉闷得叫人喘不过气来。

“慧芸说的都是实情。”正好在场的大队支书费正明打破了沉默说，“原先只说喊传耕、阿全去谈话。不料一进屋就变了卦，把他俩关起来了，也不知他们葫芦里卖的是啥子药！”

“那么，”盛雍终于开口问，“丁慧芸信上说的那件事……”

“哦，那事传耕早安排好了。”慧芸接过话道，“刚才，费大伯正在同我们商量呢。”

“唉，传耕这人心头就是沉得住气。自己被关了，还跑到窗户边提醒我莫忘了野猫坪的事。”费正明慨叹着说，“我已经约几个人正准备动身哩，你们来了就更好了。”

原来是这样！晓婷欣慰地思忖着，问：“约了几个人？”

“有十来个，都在屋后头。”

“那就行了。”晓婷和蒙姗交换了一下目光，“这会儿抓那个暴徒要紧。我看其他的事就先搁一下，马上到野猫坪去吧。”经过一番商议，四个公安人员和盛雍便带着十几个农民，在夜色朦朦中，直往野猫坪奔去。

还没走拢野猫坪，就被寨上的狗察觉了。一户人家的狗先叫了两声，跟着家家院坝里的狗都叫了起来。寨子里也像有准备似的，涌出好些人来拦住了他们。区派出所的同志走上前去答话，迎面碰见野猫坪的队长，低声向他说明了情况。不料那队长听完就笑了，原来他也是刚听寨子上的汪家细妹子报告，有人在寨外的山洞里赌博，正集合了寨子上二三十个民兵，要去抓赌哩！两拨人随即集合在一起，直扑山洞。

分散在山洞团转设下埋伏之后，晓婷便隐隐约约听到洞子里不时传出“放单”“出双”的嚷叫声，直听得她心痒痒的，恨不得立即冲进去抓住那个曾经绑架过慧芸的暴徒，审讯出其他线索，顺藤摸瓜，破了那个悬在她心头足有两年的拐卖妇女案。无奈景传耕布置好，要等里头发信号才能抓人，她只得耐心等着。

这时间真难熬啊！晓婷又不晓得洞子里究竟是个啥情况，心头更是焦灼不宁。而初秋夜里的蚊虫，又“嗡嗡嗡”飞鸣着，叮在她脸上、手上，那滋味儿真不好受。

“饿吗?”紧挨在她身旁的盛雍，凑近她悄声问。

“不饿。”话一出口，她才想起一到嘎多寨，光顾着布置抓“油嘴壶”，竟忘了吃晚饭。此刻心思全在山洞口，倒也不觉饿。

盛雍递过一块蛋糕来，她虽不想吃，还是接下了。盛雍对她的关切很使她感动。她细嚼慢咽地吃完了蛋糕，山洞里还在赌。

恰在她等得极不耐烦时，山洞里传出了吵闹声，跟着就有人高喊:“抓‘油嘴壶’啊!”

晓婷倏地拧亮了电筒。眨眼间，十几支电筒光直射洞口。只见又胖又高的蒙姗和县公安局、区派出所的两个同志，敏捷地跃上前去，农民们随即点燃了马灯、亮蒿，吵吵嚷嚷蜂拥着把山洞口围了个水泄不通。洞子里出来的人，哪里还逃得脱啊，出来一个被农民们绑一个，一忽儿工夫，跑出了五个人，全被绑了起来。随后，好几个农民紧跟在持枪的蒙姗后面进了山洞。

晓婷来到被绑的五个赌徒面前，跟在背后的丁慧芸扯了扯她的衣袖，愤愤地指着“油嘴壶”道:“就是他!”

“油嘴壶”先是满不在乎地仰起了脸，当他在火光中瞥见丁慧芸的时候，不由得一惊。他盯了慧芸一眼，又把头低下去了。

“抬起头来。”晓婷轻蔑地俯视着他。

“油嘴壶”无所谓地昂起了脑壳，冷然地望着晓婷。晓婷从他短短的时间里倏忽变换的脸色，意识到这是一个老手。

“你叫啥名字?”她沉静地问。

“……”

“问你呢!”

“……”

“家住在哪个寨子?”

“……”

晓婷连问了三声,“油嘴壶”都拒不作答,反而把脸转到一边去,这就把旁边的农民们惹火了。一个年轻小伙子伸手揪住“油嘴壶”耳朵,使劲地一扯道:“喊你回话,畜牲!”

“油嘴壶”脑壳一横,“呸”地吐出一泡口水,狠狠地盯那青年农民一眼,仍不作声。青年农民抡起巴掌就要打,晓婷做了个手势,阻止了他。

“整吧!”人堆里一个中年农民愤怒了,“看架势,这龟儿是个老奸客,不整是不会讲话的。整,先赏他老拳,再抽他篾片,还不说就吊起来……”

“我们不怕他不说话,”晓婷朗声对众人道,“到时候,他不说也得说的……”

“哎呀,”山洞里有人惊叫起来,“快来看啊,邹启春和丁慧明给他们打伤啰!”

晓婷听见,示意人们看住“油嘴壶”,然后招呼盛雍一道进了洞。

邹启春的眼睛张开一条缝,好像已经被人喊醒了,晓婷急忙走近去,急切地问“油嘴壶”是哪个寨子的人。

好几个人重复着她的话,邹启春的嘴唇费劲地嚅动了几下,啥也没说出来。倒是昏迷着的丁慧明忽然醒过来,肯定地说出“油嘴壶”是翁家寨人,又昏过去了。

晓婷默默地忖度了一番,据调查人贩子婉芳姓翁,她的老家就在翁家寨。而出面绑架慧芸的又偏偏是这个“油嘴壶”,他很可能知道婉芳的下落。

勾着腰走出山洞，晓婷同蒙姗和县、区的公安人员稍作商议，便作出了决定。

“马上赶到翁家寨去！把‘油嘴壶’押到那里，当场核实。其他同志……”

“我不是翁家寨的，不是翁家寨人啊！”死不吭气的“油嘴壶”听到晓婷的宣布，突然嘶声嚷了起来。

“你不是翁家寨人。”晓婷冷笑一声，几步走到他跟前，铮铮有声地问，“那你是什么地方人？刚才问你，你为啥不开腔？”

“我……我是……我……”“油嘴壶”的额头上爬满了汗珠，脸上那蛮横的神情早消失了，上下牙齿也嗑嗑地直打架。

“他是不是翁家寨人，问问这几个就晓得了！”费正明手一摆。指着另外四个赌徒道，“你们说，‘油嘴壶’是哪个寨上的？”

眼珠骨碌骨碌转的家伙勾下了脑壳装憨。矮壮粗实的那个眨眨眼睛不吭气。两个年轻人互相瞅了一眼，舔舔嘴唇要开口了，脑壳刚一仰起来，却又抿紧了嘴。大家转脸看，“油嘴壶”正恶狠狠地瞪着他俩。

“不说？好呀，不说老子自有办法！”野猫坪一个农民跃过来，将火把一下子伸到两个青年赌徒脸前，火焰直燎着他俩的脸，“说不说？”

晓婷刚要阻止那农民的做法，一个赌徒喊起来了：“他是翁家寨人。是翁家寨……”

话没说完，被绑住双手的“油嘴壶”，像头野兽一样，埋起脑壳猛然向那年轻的赌徒撞去。两个人同时摔倒了。

“拉起来！”费正明大喝一声。

好几个人一拥而上，从地上拖起“油嘴壶”，免不了又是一阵拳打脚踢。

晓婷好不容易才劝住他们。那个年轻赌徒被这一撞似乎撞醒了，他被人一扶起来，就哭诉着：“都是他，都是这个‘油嘴壶’喊我们来赌钱的，他说来赢嘎多寨人的钱……”

晓婷瞅着“油嘴壶”，冷笑了一声：“你还有啥话讲吗?”

“油嘴壶”哼了一声，转过脸去。

晓婷一挥手道：“带走，去翁家寨!”

农民们的兴致比几个公安人员还大，只一忽儿工夫，就安排停当了。被打伤的邹启春和丁慧明先送去野猫坪，就近请卫生员来查看他俩的伤情。那四个赌徒也暂时留在野猫坪，由县局的同志讯问处理。另外选几个民兵，押着“油嘴壶”到翁家寨去。

“逮住了‘油嘴壶’，为啥不马上押到区派出所去审讯，还要去翁家寨呢?”走出野猫坪的山槽，盛雍悄悄问晓婷。

“他不肯说出自己是翁家寨的人。肯定那里有啥名堂。”晓婷把自己的判断告诉丈夫，“你看他那么蛮横，闭紧了嘴不吭气，就是认定我们对他并不了解，这时候审讯不会有多大收获的。还不如把他押到翁家寨去，就地把他的底细摸清楚。”

“嗯。”盛雍点了点头，同意晓婷的判断，但仍忍不住道，“不能在明天去吗?”

“不！我心急如火哪，盛雍。”

“白天你走了那么多路，又没吃晚饭，这会儿还要在山道上赶……”

“我知道。”

“那……”

“盛雍，你放心，不会出啥事的。”

“但愿吧……”有人走近来了，盛雍把还想说的话咽了下去。

晓婷完全理解盛雍的心。但她有一种预感，“油嘴壶”那样害怕提到翁家寨，一定有什么秘密。很可能这是一次破案的机会，她怎么能因有身孕而延误战机呢！她也想再说几句啥，刚刚赶上来的费正明已在喊她了：“小贡同志，我有句话说。”

“啥事?”晓婷把脸转向老汉。

“我想，那次绑架慧芸的是三个人。”费正明压低嗓门说，“万一那两个人也是翁家寨的，我们这么多人涌进寨子去，一定会惊动不小。这一惊动，那两个家伙听到风声，不是会跑掉嘛！”

“那依你说，该咋个办呢？”晓婷觉得费正明讲得很有道理。

“依我说啊，让区派出所的同志和两个脚快一点的年轻人先走一步，把寨上的干部找出来，问明了情况，我们再进寨子。”费正明说，“还得关照大家，进寨时把电筒熄了，不要弄出声响来。”

“要得！”晓婷觉得这建议好极了。

一切都照着费正明说的办。当晓婷他们押着“油嘴壶”走拢翁家寨时，区派出所的同志已把翁家寨的支书找出来了。

支书手里的电筒朝“油嘴壶”的脸上射了一下，就给晓婷介绍道：“他叫于志林。惯偷、惯赌，是我们翁家寨下寨人。外面的人都不大晓得，我们这翁家寨分为上寨和下寨。上寨有五十多户人家，一半姓翁，一半是杂姓。下寨呢，二十来户人家大都姓翁，离我们这上寨有三里地，要拐过一座大山，地势僻静，难管得很！偷林场的木料，偷人家货场的钢筋，聚赌，啥怪事都出在下寨。前些年，民兵去下寨抓赌，不知咋个走漏了风声，就是这于志林为首的一帮家伙，设下了圈套，反而怂恿起满寨的人围攻起抓赌的民兵来，说他们是私入民宅，欺压贫下中农……嗨，真难缠呀。从那以后，我们这些当干部的，一听下寨有啥事，都懒得管啰。多一事不如少一事嘛。这下子好了，你们公安局出面，抓了他的赌，看他还敢咋个跳。”

翁家寨的支书很善谈，一讲开来，晓婷简直插不上话，只得耐心地听他介绍。介绍完了，晓婷问：“能去他家看看吗？”

“行啊！我陪你们去，噢，你们不提，我倒忘了，他家来了两个女客……”

“女客？”晓婷顿时眼睛一亮，急促地问，“哪儿来的？叫啥名字？”

“经常来的。就是屏源镇上那个嫁到外省去的翁婉芳……”

“翁婉芳?”

“是啊！还有一个叫啥李婶的，说是来买杜仲皮。我们这里出产杜仲，价钱便宜。她们说沿海省份的人，最相信这个……”

晓婷急于弄清情况，又插问道：“翁婉芳和他于志林是啥关系?”

“沾一点亲。是姨表。出五服了。”

“跟你说，这个翁婉芳和李婶，正是我们要抓的两个犯人。她俩是人贩子，要尽快逮捕归案!”晓婷说话的语气都有点颤抖了。她为今晚抓住了战机格外兴奋。

支书显然愣怔了一下，停顿片刻，才急促地回答道：

“那、那好，我马上带你们去，马上!”

第廿章

94

天晴了一天，小笋笋在寨子上耍了一天。吃过晚饭，给他洗过脸和脚，刚让他上床就歪在枕头边睡熟了。华碧芳把他的小手从脑壳下抽出来，扳顺蹺起的脚，又给他盖好被子，便陪着小笋笋睡下。

时间还早，心里头颤悠悠的她一点也没得睡意，和衣躺在床上大睁着一对眼睛，呆痴痴地想着啥。

想啥呢？她似乎是若有所思，可真要捕捉那游移不定的思绪时，又似乎啥也没想。只是觉得心里沉沉的，不是个滋味。

月光从对着床的那扇窗户射进来，窗口像挂着一片蓝幽幽的幕。田坝里那种被唤作弹琴蛙的鸣唱好听极了。墙根脚蟋蟀的低吟声虽有些凄恻，却也十分入耳。微风轻拂着后园土里的泡桐树苗，发出像低诉着什么的声响。哦，这是初秋天里爽人的月夜，是撩动人心绪的月夜。要是艾振兴这会儿在她的身边，该有多好啊！可他不在这里。华碧芳忧郁地想起了黄昏前的一幕，为备晚饭菜，她去园子里砍了几棵菜，拿到井台边去洗净，洗完回屋头的时候，她一眼看到艾振兴从她家院坝里走出来，她怕他在寨路上拐弯，看不见她已经回来了，故意拉起尖嗓门，连声喊小笋笋。她相信他是肯定听见了喊声的，可不知为啥，他只回了一头，并不向她走来。那么，他去她家是干啥呢？华碧芳想不通，他会不会是有意不理她呢？

华碧芳轻吁了一口气。她有点莫名的愁闷，心头像塞着一团破絮。为艾振兴对她的不明不白的态度，也为沈平趁她不在家时，给她留下的那张纸条。白天，听说工作队到了三多大队。她虽没在嘎多寨上见到那些干部的影踪，却待在屋头不愿出门了。

她怕遇见沈平。这个人留给她的，是苦涩的回忆，是受骗和遭凌辱的愤恨。是一种生理上的厌恶。眼前一浮现出这个人的脸庞，她就有股吞食了蛆虫样的恶心感。

他又到嘎多寨来了，又来了。

华碧芳已经听说，工作队一到，就把景传耕和全大良关进了保管室。晓得他们又要干些啥啊，这些工作干部，为啥一下乡总不让人安宁呢？沈平留下的那张纸条上说，他来未遇见她，晚上还准备来，让她等着，不要出去串门。这个人，这个像蛆一样讨厌的人，他还要来缠着自己干啥呀？他的脸皮咋个这样厚？上次那么凶地斥骂了他，他还敢上门来。这帮上头下来的干部，存的啥心肠啊？只有艾振兴不这样，他当着县里的干部不整人，他有一颗善良的心。

上过一次当、受过一骗之后，华碧芳比哪个人都深切地懂得，一颗善良的心有多么重要。这要比相貌、比地位珍贵得多啊！像这样的夜晚，他明晓得自己对他有意，却是不会来的。换了沈平啊，早梭起来了。

隔邻四娘家的狗“汪汪”地吠了起来。跟着，寨路上响起了脚步声，不间歇的狗叫紧随着脚步声愈来愈近。

是哪个在夜间到四娘家串门呢？不对！脚步声直接响进她家的院坝，那条狗越发吠得猛了。

华碧芳忽然警觉地坐起身子。是哪个会在这时来找她呢？莫非是……看样子，沈平这龟儿子，说得出做得到，他真的来了。

“嗬，灯都熄了！”从门前台阶上传来蒋学谦的声音，门被咚咚擂得山响。蒋学谦像故意要让人听见似的喊着：“华碧芳，在屋头吗？工作队找你有事。”

会有啥事呢？听清蒋学谦的嗓门和两个人的脚步声，华碧芳稍安了点心，她惊骇地下了床，慌慌张张奔到外屋，一下用肩膀抵住门，放胆问道：“都天黑半天了，找我干啥？有话儿明天说！”

“有紧要的事！”蒋学谦这会儿把嗓门放低了，“你把门开开吧。”

“不！”华碧芳眼前浮现出蒋学谦讨厌的黑长脸，一口回绝，“要说，你在外头说。”

“嗨，这孤寡婆娘，倒还懂得守贞节哩！”蒋学谦半嘲笑半抱怨地道，“你怕啥呀，我又不是一个人，是两个人一路来的。快开门吧，误了事，我给大书记一汇报，你、你孤儿寡母的，担待得起吗，咹！”

听蒋学谦这一说，华碧芳犹豫了，也许真有啥事哩。她回身进屋，点了一盏油灯出来，才去拉开门闩。猛地扑进一股风，把油灯的光焰吹得剧烈摇晃着。门槛外头，站着偏起脑壳的蒋黑脸和默不作声的沈平。

“找我干啥？”华碧芳脸一沉问。

“嗬，好大的脾气啊！华碧芳，堵在门口不让客进，哪有这种规矩啊！跟你说，我们无事不登三宝殿，是有事专门来找你的。”蒋学谦嬉皮笑脸地说着，一步跨进门来。

华碧芳只得让开身子，退进屋头。

蒋学谦进了屋，扫视着昏暗的屋子，一眼看到靠着墙的板凳，几步踅过去，一屁股坐下，跷起二郎腿道：“就坐这儿吧。沈副书记，你也来坐呀，这儿！”

沈平跟在蒋学谦后面，跨进门槛顺手就把门掩上了。他拘谨地站在门边打量着屋头的陈设，听到蒋学谦的招呼，才点点头，走过去和他并肩坐在板凳上。

华碧芳把油灯放在搁板上，从火柴梗里拿出一根火柴硬拨了拨灯芯，光焰顿时亮了不少。她转过脸不耐烦地催道：

“有话就快说吧！”

“无怪乎人家说，守寡婆娘是会把脾气守坏的。瞧瞧，你原先就不是这个样子，华碧芳，以前你的脾气好得很、逗人怜爱得很嘛。”蒋学谦从衣袋里掏出一盒烟来，抽出一支，在烟盒上扑笃扑笃地弹着，“我记得，上次你和我们工作队，是合作得很不错的嘛！

对啵，沈副书记，你咋个变成哑巴了?”

“是的，是的，合作得不错。”沈平机械地应着，抬起眼皮瞥了华碧芳一眼。

蒋黑脸不提还罢了，一提到两年前她顺从沈平的安排，在群众大会上说了那一番亏心的话，华碧芳既羞且怒。遭到欺骗和侮辱的悔恨，对不起寨邻乡亲们的内疚，几种情感交织在一起，只觉一股火直往上冒。她忿忿地说：“少提那件鬼事了。快说你们要干啥吧!”

“啊，要说事嘛，也不是啥大事。”今晚全由蒋黑脸唱主角了，他把烟叼在嘴角上，掏出一盒火柴来，一边说一边点烟，“我们是想来问问你，这年把过得咋样?”

“我还能过得咋个样，孤儿寡母的，能和你们的逍遥日子比吗!”华碧芳的话里，明显地带着讥讽。

“当然不能和我们比啰！哈哈，我们是拿工资的干部，你是农民咋个比?”不晓得是蒋学谦没听出华碧芳嘲弄的语气呢，还是他听出来了，故意装糊涂，“我们是问你，和寨上农民们比起来，日子过得咋样?”

“莫法比!”华碧芳不悦地道。

“咋个无法比?”蒋学谦的脑壳探到前头来了，“你说详细点!”

“这还不清楚嘛！比劳力，比不过人家；比抓钱的本事，更差得远……”

“日子过得很清苦啰?”

“你们常往乡间跑，还看不到吗?”

“当然，当然。”蒋学谦点着脑壳，“今晚找你，就是特地来听你摆摆这个。”

华碧芳两眼眨动了一下，警惕起来了：“为啥呢?”

“是这样的。”蒋学谦伸出一只巴掌来，正要往下说，一掉脸看到沈平默坐在旁边不作声，随即改变了主意，一推沈平道，“嗳，咋个由我唱独角戏呢！沈副书记，你莫梭边边，你说、你说！你比我说得清楚。”

华碧芳在同蒋学谦讲话时，始终没去看沈平。这会儿，见蒋学谦把沈平推了出来，她不觉鼻子里哼了一声。

屋里沉默了片刻，沈平干巴巴的声音响起来了："要说嘛，其实也很简单。县里何副书记和地委苏书记到了三多大队，决定明天召开群众大会，这也是老规矩了。我们的领导同志从百忙中抽出时间下乡来，总要体察民情，访贫问苦，向来对五保户、四属户、孤寡家庭都特别关心，想倾听大家的意见。经领导提议，经研究，我们想请你、想麻烦你……"

起先沈平的话说得很顺畅，一点也不打顿，可是越说到后来，越有点结结巴巴了，半天也没把意思讲出来。

华碧芳瞪了他一眼："干脆点嘛!"

"是的，是的。"这回轮到沈平田避华碧芳灼灼的目光了，他把脸转向蒋学谦，勉强浮起笑容道，"蒋助理，领导的意思是不是请华碧芳发个言……"

"对对对!"蒋学谦连忙替沈平敲边鼓。

"请你讲讲你的生活，你过的清苦日子。把你的情况，实事求是地和寨上发起来的富裕户比较一下。行吗?"

沈平一讲完，华碧芳就像浑身着了火一样，用了多大的毅力才克制住自己没有扯直了喉咙吼起来！她两条腿在发颤，血液在血管里奔突，真想抓起什么东西朝这两个家伙扔过去。她这副一反往日温顺的神情，使沈平和蒋学谦都震骇了，紧张地直盯着她。不一会儿她眼里闪烁的目光逐渐回复了温静平和的模样，身子靠着桌子在一条板凳上慢慢坐了下来，以出奇的平静道："要得!我……我说……"

"哈哈，我说嘛，原先我们就是合作得很好的嘛，哈哈!"蒋学谦不待她讲完，就洋洋得意地站起身来，在屋内来回打着转转，"好，好，你这态度好！我们回去就向两位书记汇报，一定在秋后扶贫补助时，给你评一等补助。当然啰，希望你的发言，能像两年前那样精彩。"

华碧芳没吭声，只是点了点头。

“好，好!”蒋学谦满意地摇头晃脑，“沈副书记，你看，我们是不是就走啊……”

门被拉开了。四娘家那条狗又叫了起来，脚步声渐渐远去。最后，一切都又变得像他俩没来前那样平静、安宁。

可华碧芳却仍像一只挨了打的猫，缩着肩膀坐在板凳上。她的心绪全被这两个人的来访搅乱了。

她想到了自己的命。她有多可怜哪，在这偏远闭塞、举目无亲的山寨上，她没有一个人可以依赖、信任，可以让她尽情地倾吐肺腑之言。随便什么人到她的屋头来，用个啥名义就可以支使她，要她这样、要她那样，就像刚才蒋学谦和沈平那样。而她倾心的人，在她感觉最孤寂无援的时候，却是不会来找她，甚至不会晓得她此时此刻的心境的。只因为……只因为她是个寡妇，是个拖着小笋笋过日子的弱女子……

想到这儿，一阵悲恸袭上来，她哭了。

她不敢放声大哭，那样会吵醒娃儿，惊动寨邻，要是四娘听见了，准定要来劝她，要来问她、安慰她，那是她不情愿的。她只能低声啜泣，可她淌的泪，却决不比放声大哭时流得少。

她精神上的孤独，得不到大胆的爱的委屈，一个人作田薅土的辛苦，全在这一瞬间爆发出来了，深深的哀愁裹着她。

风从半开的门洞里吹进来，她勉强支撑起像被人打了一顿似的身子，走近门边去关门，抬起头来的一瞬间，她陡地看见，黑黝黝的院坝里，伫立着一个人影。她惊骇地正要嘶喊，借着屋内油灯的光焰，却又一眼认出来，站着的这人不是别人，恰恰就是她的心上人艾振兴。她微张开嘴，轻柔、低弱地说：

“你……你咋个一声不响地站着，咋个不进屋啊?”

95

工作队的大批人马来到嘎多寨，当下就采取了一系列措施，作为工作队一员的艾振兴，却是极为不安和反感的。

但他有什么办法呢，他是普通队员，是县委一个跑腿的干部，他连提出异议的资格都没有。工作队由地委苏副书记亲自带队，由县委副书记何书羽督阵。调来的那批民兵，又都是不明真情的，只晓得奉命行事。

艾振兴只能冷眼看着事态的发展，只能像个旁观者，尽可能不去参与行动。

直至苏维山下令监押了景传耕和全大良，把他俩关进了集体的保管房，艾振兴才觉得忍无可忍了。

这不又是要搞逼供信那一套嘛，这不又要私自关押基层干部和普通农民了嘛！艾振兴毕竟是在县委机关工作，毕竟更多地接受了近年来的法制宣传，他晓得这么整农民要不得，既不合情理，更不合法律。

依他的个性，他还没有勇气能直接对县委副书记和地委书记提出批评。但他觉得，他有责任有义务把嘎多寨、三多大队正在发生的一切，给县委书记常爽报告。如果常爽不可能阻止地委副书记的所作所为，他相信这个被称为常猴子的书记，也会像他一样，把情况及时向更高一级报告的。

心里萌生这一念头时，何羽根据苏维山的指示，正在召集工作队员们布置任务。艾振兴亲眼见何羽给工作队员们强调，要把贫富不均的文章大做特做，要趁为首闹单干的景传耕和全大良反省的机会，充分发动群众，让那些孤寡户、贫困户、劳力不足的人，站出来说话。

艾振兴敏感地想到了华碧芳。上头这么要求，工作队员们势必是要去找她的。联想到华碧芳以往的表现，想到她的不谙世事，艾振兴觉得自己有必要先去给她透点风，让她思想上有个准备，再不要像前年那样稀里糊涂地上当受骗了。

碰头会结束时，太阳快落坡了，天已近黄昏。心头惦着还要抓紧时间去借马赶到屏源镇，给常爽挂电话，艾振兴顾不得平时的拘谨和怕人议论的面子观念，直接由嘎多寨来到卡多寨上，跑进了华碧芳家院坝。

那半是草房、半是砖瓦的屋门敞开着，屋内晦暗晦暗的，看不很分明。下了台阶，站在门槛边，艾振兴轻轻喊了两声：

“华碧芳，华碧芳！”屋头没人答应。

门开着，艾振兴猜华碧芳母子俩也许会在后园土里，熟门熟路的，于是便进了屋。

后门关着，屋头不见人影，艾振兴这才察觉自己估计错了。他转过身来，正要退出屋去，屋中央长板凳上用石头压着的一张白纸条，吸引了他的注意。

他俯身拿起白纸条，借着门外射进来的光线，看着那上面草草写下的几行字：

华碧芳：

真不巧到你家来，你偏偏不在，只好留下此条。今晚上我还要来，请不要出去串门，务必在屋头等候。

沈平于即日

看头一遍，艾振兴并没觉得有啥弦外之音，这只是一张普普通通的留条罢了。是什么原因促使他读第二遍的呢？艾振兴讲不清楚，总之他是读了，读完第二遍，他觉得这里面有什么不对头的地方。一种火灼般的感觉袭遍了他的全身，他不自在了。这么说，沈平和华碧芳还有联系；这么说，他们之间并没割断关系；这么说，华碧芳并没痛彻地告别过去；这么说，他在他们中间，扮演了一个很可悲的“小憨包”的角色。看嘛看嘛，看沈平留下的这张条嘛，写得多随便，如同在对她轻声叮嘱，他晚上到她家来，她还在接待他……

艾振兴抑制着自己陡然暴怒起来的情绪，才没把手上的这张纸条撕得粉碎，扔在墙角落里去。他不屑这么做，既然她自甘堕落，她把他的一片良苦用心都当作驴肝肺，他这么干又有啥意思呢。

艾振兴把纸条留在板凳上，仍用石头压好，悻悻然地退出了华碧芳家，他发誓永远也不再踏这个寡廉鲜耻的女人家里。唉，他怎么这样笨，他咋个这样憨啊！屏源镇离三多大队要比县城近得多，他怎么就没想到，沈平和她之间联系起来，要比他从县城来一次方便多了。况且，他们原先还有旧情……

一股酸溜溜的滋味儿从他的心中升上来，直升到他的喉管，升到他的上鼻尖上。他为嫉妒和恼怒真正地动了情。

走出院坝，拐上寨路，快转弯的时候，他是听到华碧芳尖声拉气的嚷道：

“小笋笋，小笋笋，小笋笋在哪里呀？四娘，四娘，小笋笋在你家屋头吗？小笋笋，妈回家来了，你快回来啊！”

那声音，简直不像是在呼喊小笋笋，而是在冲着艾振兴的背影喊，在告诉他，我回来了，你刚才是不是找我呀？这会儿我回来了啊！

艾振兴起先是只当作不听见，喊你的去吧，随你咋个喊，我都装聋子。是她恳切的声气，是她有点急促的嗓音牵动了他的心，在即将拐过弯去的时候，他还是回过头去瞅了一眼。他看到了，在薄暮时分的寨路上，在石块垒起的坝墙旁边，她一手端只小木盆，盆上的撮箕里放着洗净的蔬菜。她另一只手像支撑不住似的扶着坝墙，身子微有些前倾，两眼疑惑不解地盯着他。看到他转过脸了，她的嘴微启了一下，两条弯眉扬了起来。

但他只当作啥也不曾看见，拐过弯，疾步离开了卡多寨。

就像老天同他故意过不去似的，一切事都办得不顺利。出了寨子，开口向老乡借一匹马，说有急事要赶到屏源镇去。明明牵着马回寨子的农民们，却像约好了似的，一个也不愿借给他。不是说马的脚掌才钉两三天，还跑不得，就是说马刚请兽医动过手术，自己都不忍心骑。艾振兴从农民们满腹狐疑的目光中，看得出他们对他存有戒心，他是工作队的呀。工作队对三多大队采取高压政策，满大队都传遍了，哪个愿意同这种人打交道啊！

幸好他遇见了传耕的父亲景气闲，吆着四五匹马回嘎多寨去，其中有一匹雪白的川马，矫健壮实，逗人爱极了。

听说他要借匹马用，老人问了一问："忙慌慌赶去干啥？天都快黑了。"

"不瞒你讲，气闲大伯。"艾振兴环顾了一下四周，压低声音道，"我要去挂电话，把三多大队发生的一切，向常爽常书记报告。"

"常爽进党校回县了？"

"回来有十多天了。"

"那你去吧，骑这匹白马去，它跑得快。"景气闲牵过白马来，把缰绳递到艾振兴手里。

道过谢，艾振兴翻身上马，朝屏源镇上疾驰而去。

赶到屏源场街上，天擦黑了。区邮电所几个职工，关紧门在屋里打牙祭，猜拳喝令。艾振兴足足打了十多分钟门，才把门叫开。一个喝得醉醺醺的职工，对他说不论有啥急事，都得等到明天再来，今天他们早已下班了。不是艾振兴抬出县委的牌子，他非给关在门外头！幸好那个长话接线员没完全喝醉，他磨磨蹭蹭的，总算把长途挂通了。

挂通了也不顺利，办公室值班的同志说，常书记这两天赶到跃进大队去了，还不知道回家没有。艾振兴又把电话转到常书记家里，接电话的尹毓秀，听说艾振兴有急事要报告，尹毓秀让他过一阵子再打来，她马上从县城往跃进大队挂电话找常爽。

艾振兴只好耐心等着。在邮电所职工一片猜拳喝令声中，好不容易熬过了四十分钟，他再次把电话要到常书记家里，这回总算是常书记本人接电话了。艾振兴把三多大队的情况和自己的担忧给常爽说了，心头才稍稍安定下来。

离开区邮电所，找了家小铺子，吃了一碗面和一碗粉，填饱了肚子，艾振兴骑上白马，回三多大队来了。照理，他该先回嘎多寨，去景家还白马。然后，美美地倒在床上睡一觉。赶这一趟路，来回在马背上颠簸，他累坏了。

也不晓得是咋个搞的，鬼使神差一般，踏上三多大队地界，远远地看到卡多寨上稀疏的灯火，艾振兴会拨转马头，往华碧芳所在的这个寨子走来。内心中，一直存着某种欲望，想把事实的真相弄清楚吧。眷恋着华碧芳的感情，在他脑子里，毕竟不是一朝一夕的事了呀。

白马未踏进卡多寨，艾振兴就下了马，把缰绳拉在手上，在疏疏落落的马蹄声中，朝华碧芳家走来。

时间不算太晚，寨上好些人家，或是在厢房、或是在灶屋里，都还亮着灯。顺着寨路望去，华碧芳屋头，似还有着昏黄昏黄的光亮。她还没睡，是不是在等待沈平呢？或者，沈平已在她屋了？

怕马蹄的叩击声惊动了华碧芳，走过四娘家的时候，艾振兴把马牵进四娘家院坝，拴在坝墙边的一棵树上。

轻手轻脚绕出院坝，朝华碧芳家墙边走过去时，艾振兴的心“怦怦”地狂跳起来。

他将听到些啥呢？喁喁细语，缠绵的情话，还是、还是……屋内确实点着油灯，借着那晃悠的光亮，他将觊觎到什么呢，沈平和华碧芳偎依在一起的倩影，还是、还是……

艾振兴只觉得喉咙里发烧，一团苦涩味涌上来。他这是在干啥啊，偷觑人家的私情。他的头皮在发麻，脚杆上在颤抖。他不能走近去，他不能上这步台阶。

他在幽暗的院里转过了身子，准备悄没声息地退出去。

恰在这时，他听到了蒋学谦的干笑声，跟着是蒋黑脸居高临下、颐指气使的说话声。笼罩在艾振兴心上的阴影刹那间消失了，事情不像是他猜测的那样，看来，是蒋学谦同沈平一道来的。他俩双双跑来找华碧芳，当然为的是落实何羽布置的任务！这倒要听一听了，看他俩是怎么说的，华碧芳又是如何答复的了。静谧的卡多寨，笼罩在夜的帷幕之中。风吹来，能清晰地听到梓木树叶的簌簌之声。

寨子外头的田坝、坡上，远处像几条浓线勾勒出的山峦的剪影，依稀可辨。从寨子的两头，不时传来声声犬吠。

艾振兴的身子隐在台阶下墙边浓重的阴影里，仄起耳朵倾听着屋内的对话。当听清华碧芳几乎未加思索，就答应了沈平和蒋学谦的要求，艾振兴真恨不得要跺脚捶胸了。糊涂女人，她咋个如此不分是非呢？上过了一回当，她还觉不够吗？继而，原先虫子啃噬心灵般的疑惑又浮现在他脑际，是啊，她同沈平有那么层关系，对他们提出的要求，当然是不加思索就会答应的。

沈平和蒋学谦要离去了，艾振兴赶紧避到墙后的黑暗中去。他听到门“吱呀”一声拉开来，听到两个人的脚步声走下台阶，一先一后走出院坝去了。

“嘿嘿，沈副书记，华碧芳这步棋，算是走活了！”走到寨路上的时候，蒋学谦放低嗓音洋洋自得地说。

“比预计的要顺利。”沈平不露声色地说。

“哈哈哈！”蒋学谦粗声笑着，“那还不是你沈副书记的面子大啊！我看，这小寡妇，只要你一出场，让她干啥就会干啥，哈哈！”

“莫胡打乱说。”沈平低沉地喝斥着。

“哈哈哈，哈哈哈！”走老远了，蒋学谦的笑声还在隐隐传来。这些话，都像刺一样直往艾振兴的心头扎去。看来，他的猜疑没错，沈平和华碧芳暗中……

事情都明白了，也没有必要隐蔽，更没必要去追问她了。走吧，从今以后，和这个女人一刀两断，山路管山路，水路归水路！

艾振兴从隐身的墙后头走出来，随便地朝台阶那头瞥了一眼，华碧芳屋头的门半开着，油灯的光焰把她孤独的身影投射在墙壁上，从那巨大的影子上，一眼就看得出，她低垂着脑壳在哭。

她咋个又在哭呢？

艾振兴迟疑地在院坝中间站停下来。

恰在这时，她走到门边来关门了。门没关上，她一眼认出了他带着哭腔招呼：“你…你咋个一声不响地站着，咋个不进屋啊？”

听到她可怜的声气，联想到她又答应了沈平和蒋学谦的事实，艾振兴不知怎么竟觉得，她这副模样是装出来的。以往，她就是以自己的孤苦凄切激起了他的怜悯，他不能再上当了。他冷冷地说：

“我还能进你的屋吗？”

“咋不能进啊！”她的声音里透出极大的疑讶。

“算了吧。你还是等着接待其他人吧。”艾振兴话中含刺地说。

“你……你这话是啥意思啊？”她的嗓音里带着惊慌和不安。

“你还能不明白吗？”

“我、我明白啥呀？”

“你心头应该清楚。吃亏是你，上当是你，失悔的也是你。说得好好的，要同以往一刀两断的也是你。可你……你究竟又干了些啥呀？”

“我干了些啥呀？振兴……艾……振兴……”

“你嘴上说的是一套，实际做的又是一套。”

“这……这话从何说起呢？”

“从你说起！你同沈平那样的人，还在藕断丝连、还在勾扯。”

“没、没得……没得啊！”

“不要抵赖了。”从看到那张纸条后积蓄起来的猜疑、妒忌、失望和愤怒，全在这一瞬间汇成了一股恼恨爆发出来了。艾振兴一讲起来，就为自己愤怒的情绪所支配，只觉得需要发泄，需要把郁积在心头的不快一一向华碧芳倒出来，他的声音虽然不高，可每一字每一句，都浸透了醋意和不悦。华碧芳愈是显得茫然无知，愈是否认，他说得愈是来劲。甚至，带带着点尖刻：“要是说我原来还蒙在鼓里的话，现在我全清楚了。我不要听你的表白，不要听你的解释，就像我们互不相识时那样吧，只当你不曾见过我，我也不曾认识过你。至于过去的那些事，就当我瞎了眼，一片好心全喂了狗吧。”

说完，艾振兴转身就要走。

华碧芳扑出门来，站在台阶上，失声嘶喊起来：

“振兴，艾振兴，你莫走，莫走！听我说，听我说呀！你要咋个说我、贬我，我都可以忍受。但你总得把事情的根根由由讲清楚，要不、要不……你、你……你叫我咋个活下去啊！”

说着，她泪如雨下地哭泣起来。

“说清楚就说清楚。”

艾振兴又把身子转过来，冷静地说道：“明晓得沈平和蒋学谦要利用你去整人，你为啥还要答应他们？你得罪三多大队人的地方，你不嫌多吗？”

“噢，你说的是这个。”华碧芳吁一口气，“你莫急躁，听我讲呀！”

“我不愿听你讲。我已经听得清清楚楚了。哼，即便你能圆说清楚。还有沈平留给你的那张纸条，你咋个解释？”说到这儿，艾振兴几乎要吼起来，他把手愤愤地一甩，疾步走出了院坝。

“振兴……振兴，你、你回来，听、听我讲啊！”

华碧芳在他身后唤着，艾振兴却像聋子似的，大步走出了院坝，头也不回地离去了。

夜，把人的一切悲欢都掩盖起来了。

96

经过专家会诊卓然同志病已垂危。

喻帆坐在病榻边，望着卓然蜡黄浮肿的脸庞、散漫无神的目光和紧迫短促的喘息，他相信了六〇六医院报给省委的卓然同志病危报告。

可是，卓然同志厚重的眼睑在蝉翼般地微颤着，眼角上还凝着不由自主溢出的泪光，他那双和脸色一样蜡黄多皱的手，不时在软缎被面上来回划动，痉挛的手指像要捕抓啥物件。他显然不愿就此离去。

经过秘书提醒，他总算认出了来探望的喻帆，他示意秘书把高低床摇起来。喻帆只觉得，他连靠紧枕头的那点力量也没有了。

卓然的嘴唇一阵嚅动，费劲地迸出低弱无力的声音："哦……不要来看我，不要……请同志们都不要来看我。大家都忙，你……你更忙了。喻、喻，老喻呵，你不要再来了……忙啊……"他想笑一笑，可没有笑成，嘴角那两条唇边纹裂开来，弯曲成两缕令人心酸的褶皱，"我……我还很自信哩，以为、以为前一阵是恢复了，现……现在你看……快完了……这些天来，我，我我……"卓然同志的脸憋红了，发出了一阵急促的轻咳。

喻帆做了个手势，示意他不必说话。

"不，"卓然同志看懂了他的意思，固执地摇了一下手，"我，我想得最多的，是啥呢？你，你猜……猜得出吗？"

喻帆的两眼闪烁出询问的亮光。

"是晚……是晚节……"他显然说累了，大口地喘着气。眼神仿佛在凝聚，又好像茫然地瞅着喻帆。歇息了那么一阵，他的双手无目的地动了动："老喻啊，我们这……这年纪的人，不得不想想晚节啰。哦，你……你赞同我、我的看法。跟你讲呀，有件事，农业上的，我、我……我批了一下……还，还是不要走得太远……"

粗重的喘息又把卓然微弱的声气淹没了。他垂下了眼睑，两只满是褶皱的手平放在被面上。喻帆正想说点什么，把他的思路引开，不料他又断断续续地说了起来："思想，是该、该解放，但……也不要过了头。真理多……多多走一步，就成了谬误，是，是吗……你回来了，就好了。好些事情，你、你可以亲手抓，抓一抓……"

卓然终于没有力气了，停顿下来，脑壳仰靠在枕头上，两眼定定地瞅着喻帆。

喻帆国字形脸上微露笑容，真挚地望着他，点了头："我明白，你安心治疗吧。"

他这么说，只是为了安慰卓然。还在卓然困难地讲到一半的时候，喻帆就猜到了他讲的是哪一件事。

开完中央工作会议，由北京飞回省城，喻帆看到的第一份《情况通报》，就是有关三多大队的那个材料，上面有卓然在重病中笔力不逮地写下的一段话，还附有石桥地委和月光县委的意见。

喻帆去过三多大队、嘎多寨。由于这个偏僻山乡是省里最先实行联产承包责任制的地方，近年来他也特别关注这个大队的情况，一考虑起农村问题来，总要想到它。现在看到这份材料，引起他浓厚的兴趣。

本来，这次去中央开会之前，为了准备有说服力的汇报材料，他曾让一个省委副秘书长带着农工部的两位处级干部，本省新华分社的记者和省报记者，去月光县扁梁区作典型调查。这位副秘书长对农村实行联产承包责任制，原来是持怀疑态度的，可以说是个摇头派。但他回来以后却拿出了两个让许多人哑口无言的数据。在搞生产责任制前的十几年，国家几乎年年要贴补扁梁区各种救济、救灾、扶贫款三十万元左右。一九七九年，扁梁区受了田土接壤的三多大队的影响，也在全区范围内搞起各种形式的责任制，仅仅一年工夫，扁梁的救济款就陡降到了一万五千元。年年要闹粮食返销的事，也几乎没有了。其他几路下去解剖“麻雀”的同志也带回了同样振奋人心的消息。全省将近三分之一实行责任制的村寨，生产发展的速度超过了其余的三分之二。要是全省都推广责任制，那将会出现怎样一个局面啊！当时，喻帆十分兴奋，但因为卓然正在重病之中，没有来得及同他讨论这个问题，便到北京去了。

中央工作会议结束以后，喻帆更加坚定了在要在全省推广责任制的决心。一回来看到三多大队的这份材料，他从心里感叹：群众中确实蕴藏着极其丰富的创造力。别的地方还待起步，三多大队的群众又迈出新步子了。他从材料中获得的印象跟卓然同志绝然相反，认为三多大队的做法，是完全符合中央所提倡“让一部分农民，先富起来”的精神的。不但不应当“纠偏”，拿“两极分化”去指责和吓唬群众，相反应当放手，让群众大胆地实践。去向他们看齐，奔共同富裕的路。实践出真知。千百万群众的伟大实践将揭开崭新的历史，怕什么呢！

在读到这个材料的同时，喻帆还读到了省报总编辑雷大同叫复印上报的景传耕的那封来信。他想起那个曾见过一面的青年农民来了，想起了两年多前他们之间的那次谈话。这是一个有胆识的农民，他所反映的扣猪事件无疑是挫伤农民发展商品生产的积极性的。喻帆提起笔来写了明确的批语，要月光县工商行政管理局立即还猪，检讨自己的错误。

所有这一切，此时此刻，喻帆当然不必同卓然同志多讲了。何必增添他的烦恼呢？

还有一件事，喻帆也很惊奇。早在两个月前，经中央点头，卓然本人同意，省委常委作出决议，在卓然同志病重期间，办公厅和常委办公室不再给他送文件、材料。可是那份《情况通报》是怎样送到卓然同志手里，并得到他批示的呢？喻帆一了解，才知道原来是石桥地委副书记苏维山又耍了一点小动作，借探病的机会，拿了那份材料去惊扰卓然同志，使他误认为农村出现严重的偏差，从而写下了那一段批示。连卓然同志的秘书也认为这种做法是很不妥当的。

就连这个，喻帆也不想同卓然交换意见了。让他安安心心地过完这最后几天吧。

见卓然同志合下眼睑不吭气已有良久，喻帆起身告辞了。他俯近病榻轻轻呼唤了一声，卓然的眼皮弹跳了一下，睁开了，略显愕然地望着喻帆。喻帆凑向前去说道：“常委扩大会等着我去讲话，我走了。你放心吧，安心养病。”

“噢，噢！”刚才说了那么多话，显然耗去了卓然不少的体力，这会儿，他的嘴巴微启，只能发出点哼哼之声了。

喻帆朝他挥了挥手，不忍心再瞧他那副衰弱的模样，转身走出了病房。

坐进小车，喻帆仰靠在椅背上，微闭着眼睛，默默地沉思起来。

卓然同志处于弥留之际的病情，影响了他的情绪。是啊，生老病死本是人生的必然规律，无需过多地感慨和忧伤的。但眼见一位和自己年龄相仿的老同志即将撒手离去，喻帆还是情不自禁地浮起许多联想。卓然同志是想继续活下去的，他还有未竟的事业，还有许多事情要做；他心灵深处也可能会有某些遗憾，但他的健康状况，使得所有一切他想做、他抱憾而意欲改正的事，都不可能进行了。那么，我们活着的尚在领导岗位上的老同志，该怎么样呢？当然要竭尽全力把我们共同的事业进行下去，以不负党的重托，为人民的利益鞠躬尽瘁，那样才能死而后已啊！

坐在驾驶员旁边的周秘书，把他那张娃娃脸转过来，轻轻地说："常委扩大会安排你讲话的时间，是下午三点。"

喻帆微一颌首，撩起衣袖瞅了一眼手表，已经是两点半了，那就是说，车一到省委会议室，他就得讲话了。周秘书是在有意识提醒他做好准备。

从北京回来以后，喻帆就在常委扩大会上传达了中央会议的精神，谈了在全省范围内放宽政策，推广联产承包责任制的设想。两三天来，辩论十分激烈。有人担心，这么大刀阔斧地干，会不会在政策又变时造成被动。有人怀疑，全省推广是否必要。最好等待中央文件正式下达以后再作研究。有几个地委书记断定，这样干，相当大一批县、区、社干部思想上会产生混乱，甚至可能会有抵触情绪。因为现在要推广的，正是当年他们向群众表示过反对或纠正过的"偏向"。要是农民问起，他们该作何回答。还有人指出，责任制的形式五花八门，没有个统一的章程，很难管理，最好先立个章程，才好照章办事，一些好心的人主张，饭要一口一口吃，不要全面铺开，最好今冬明春先订个规划，由目前的百分之三十几，逐渐增到百分之四十几、或五十几。要不，干脆先在山区、边远地方推广，比较富裕的平坝、大中城市近郊维持现状，可缓一步。还有些持不同观点和反对意见的人，忿忿地责问：全面搞单干，社会主义、集体经济还要不要？已经实行责任制的一些地方，虽然有一定的效果，但也暴露出不少问题，这些新问题不及时解决，将酿成不良后果，再加推广势必更为严重……

常委扩大会上的争论，在工作秩序井然的省委机关内引起了一场“地震”，各部门的干部议论纷纷，甚至在省委机关车队的司机们中间，也激起了强烈的反响。

喻帆仔细地倾听了各种各样的发言和来自办公厅的汇报，看了每期简报。好些同志要求主持省委工作的喻帆谈谈自己的看法，他同意了。由于讨论的问题涉及到全省农业战线上的决策，因此，这天下午的会议扩大到省委机关处级以上的干部参加。

谈些什么呢？

喻帆当然是有所考虑的，他想从刚到这个省不久第一次下乡谈起。那次他去了三多大队的嘎多寨，还去河滩寨探望过四十多年前曾救他性命的谷果大爷。他看到了偏僻山寨的贫困，很是震惊，也引起深思……这样讲很带感情色彩容易打动人，但他还是打消了这么开始的念头。和女儿喻慎这么谈谈还可以……不，甚至对喻慎他也只是偶尔流露过这样的感情。在这样的会议上带着感情讲话最容易激动，一激动就难免偏颇，那是不恰当的。还是像以往千百次会议上那样讲吧。唉，要打破一种习惯，也真难啊！……

小车从市郊回明园路，似乎一忽儿就到了。车子在省委机关那个最大的会议室前停下下来。喻帆刚跨上台阶，就见省委常委、组织部长从休息室里迎出来了。

“喻帆同志，卓然同志的病情……”

喻帆摇了摇头，沉下了脸。

胖胖的满脸憨厚的组织部长似乎明白了，也垂下了眼睑，不吭声。

喻帆瞅了一眼手表，两点五十五分，做出一个请的手势：“开会吧。”

组织部长“嗯”了一声，却又扯了扯喻帆的衣袖，往前凑凑，放低了声音说：

“石桥地区的苏维山，搞的什么名堂！”

喻帆听出他话里有话，便站在原地，望着他询问似的“咹”了一声。

“我们对月光县委书记常爽进行了考察，苏维山像听到了啥风声，活动得很厉害!”

喻帆默默地一点头，没有说话，只同组织部长交换了一下会意的目光，就转身向会议室走去。

话虽是短短一句，却猛地撞击着喻帆的心。我们的一些干部有的还是像苏维山这样担负了一定重任的干部，为啥偏偏要这么干呢！也许是受了这一情绪的影响，坐在会议室的麦克风前，喻帆开始讲话的声调有些低沉。

“我们现在讨论的问题，直接关系着今后全省经济的发展。这几天，大家议论纷纷，这很好，有利于我们充分发扬民主，集思广益，作出决策。有的同志想听听我的意见，我现有就来讲一点个人的看法，也算是同大家一起讨论。我们一定要改变那种某个人说了算的作风，不然我就不好讲话了。反正，我希望七嘴八舌，评头品脚也可以，不要让我唱独角戏。”说到这里，引起一片轻松的笑声。等嗡嗡声停歇下来，他继续说：“我的看法其实很简单。请问同志们，综观全局，我省农业生产发展情况如何？不错，打倒‘四人帮’以后这几年，确实有所恢复和发展。但是，不妨拿一九七九年同一九四九年比较一下，三十年间全国粮食总产量增长二点一二倍，我省呢，只增一点二一倍，不是落后许多么？加上人口猛增，现在我们人均四百五十斤，比一九五七年还少一百八十多斤，我们几乎每年都要靠中央调进十亿斤粮食，还要从外省换购、议购一部分，才能解决全省老百姓的吃饭问题。这种状况，我们能够问心无愧吗?”

会议室里的空气变得凝重了。尽管门窗都敞开着，但入秋以后的气温并未降低，加上烟雾腾腾，更使人感到闷热。

喻帆清了清嗓子，接着说：“民以食为天，吃饭是头等大事。这是摆在我们面前的最尖锐的矛盾，无法绕开的矛盾。如何解决？看来出路就在推广生产责任制。全省三分之一的村寨实行生产责任制的经验证明，它是能够调动广大农民的社会主义积极性的。有同志总结说，生产责任制有几个适合，什么适合农业生产‘露天工厂’的特点，适合我省人多地少的情况，适合农民居住分散、作息不一的劳动习惯，等等。我看最重要的是这种经营管理形式，适合当前农村生产力发展的水平，把劳动成果同农民的切身利益紧密联系起来，贯彻了按劳分配的原则，能够为我们提供大量的粮食和其他农副产品。我们既然看清楚了这一点，为什么要裹足不前呢？同志们，在这个问题上，要吃敬酒不要吃罚酒啊！”

“随你咋个讲，喻帆同志，”省委一位副书记笑了两声道，“我要是个农民，不得温饱，也愿意搞包产到户。可是十个手指还不一般齐呢，要在全省范围内干，大家都会举手吗？”

“是啊，”一位地委书记说，“有些社队的集体生产本来也是搞得不错的，何必动它。再说，放宽政策，宽到什么程度？也难掌握。”

有人接道：“这好办，明确规定它几条就行了。”

“说得那么轻巧。中央文件拿到下头还要走样呢！”

“那就莫法说了。”

在一片笑声中，大家议论纷纷。喻帆倾听着各种议论，捕捉那些活跃的思想。直到组织部长招呼大家，“还是请喻书记继续讲吧”，喻帆才又讲了起来。

“目前的情况确实复杂。有些问题也需要作深入的研究。现在有一种误解，以为实行生产责任制是对我国农业集体化运动的否定，搞包产到户就是倒退到小农经济的轨道上去，因此有这样那样的疑虑、担心。我们吃‘左’的苦头太多了，要把思想解放出来的确不容易。大家也被各种各样的运动搞怕了，凡事都要求拿红头文件，好保个险。都要等红头文件，还要我们这一级省委干啥？设个有中等文化水平的广播站就行了。其实，给你一个红头文件，你照搬、照套，不结合实际情况办事，错了还怪中央？也不行，这也不叫解放思想。中央号召我们解放思想，归根到底四个字：实事求是。拿农业问题来说，农民有句顺口溜：上面思想很解放，下面群众很盼望，区社干部顶门杠。说句公道话，这也不能完全怪县区社干部。我们地委、省委如何？有没有‘顶门杠’？有些同志发明了‘都对’论，说过去批判包产到户是对的，现在要放宽政策也是对的。真要他放宽政策又顾虑重重。老实讲，我到省里来第一次下乡，听到一个青年农民提出划分田土包到人头上去种，也吓了一跳，觉得跟我们长期以来形成的观念格格不入。但实践证明他是对的。我们共产党人要尊重客观事实嘛。有了错误，脑子里的东西不符合客观实际的，都改过来。不然我们还要吃罚酒。苦头不好吃啊！有人说，农业是农民的事业，这话不全面，但不无道理，因为他们是农业生产的主体。我们的农村政策和工作，都必须照顾农民的经济利益，尊重农民的民主权利，同时又对他们加以正确的引导，我们用不着划框框，定什么比例啊，人均五十元以下允许，五十元以上不允许啊，什么边远山区允许，平坝和中心地区不动啊，都不必要。当然，提出这些建议和设想的同志都是出于好意。但是，我们必须确定一条原则：坚持群众自愿，允许群众选择、试验。决不强迫命令，包办代替。”

“喻书记，那出现了问题咋个办?”有人插问，“我们该怎么处理呢?”

“对，应该估计到这一点，估计到会出现一些问题。”喻帆说，“但我们思想上要有准备，切不要惊惶失措，动辄就扣大帽子，纠偏，揪斗人，批判人。这一点一定要注意。过去，我们在这方面的教训实在太深刻了。造成的恶果也是有目共睹的。可惜，至今还有同志不接受教训啊！还在搞‘左’的那一套呢！我们碰到问题，要作深入的调查研究，找到产生问题的原因，实事求是地处理。要及时反映情况。总之一句话，我们的思想、行动，要统一到三中全会以来所确定的路线、方针和政策上来。只要我们做到稳定大局，把农业搞好，农村经济搞活，我们就好办了。”

喻帆停顿了一下，环顾着整个会议室。抽烟的人少了一些，不再有人插话了，大家都凝神听着他的讲话。弥漫在整个会议室内的烟雾，逐渐向敞开着的窗外飘散。

“我不隐瞒我的观点。”喻帆停了片刻，站起来说，“尽管我省的农业过去发展缓慢，我对未来的发展是充满信心的。我认为，一个农业发展的新的高潮很快就会到来。如果我们认真加强和完善了生产责任制，使之健康地发展起来，那会是个什么局面呢？可能会出现什么新的趋势呢？会不会来个专业大分工，有的种田土，有的搞砖瓦，有的搞运输，有的搞农副产品加工，有的甚至还可能脱离田土而从事其他事业……哈哈，完全是可能的事！那时候，农村的科学、文化、教育……又会是什么样子呢？又会对我们这些干部提出什么要求呢？……同志们，要看远一点啊！要有思想准备啊！”

会议室内已变得格外的静。喻帆的声音通过扩音机，传到敞着的门窗外去。喻帆看到，他最后这番话，引起了许多人的沉思。是啊，新情况，新问题，正在像潮水一样涌来，能不思考吗？

这时候，正是在这时候，一个念头在喻帆的脑子里掠过，为了准确及时地把握责任制朝前发展的脉搏，研究新情况，解决新问题，有必要到最先搞起责任制的三多大队去走一走，看一看。

97

路灯的光把县城马路两旁的楼房映照得清清楚楚。大白天，路上行人熙熙攘攘，络绎不绝，不感觉到这条路有多长。这会儿，正是晚饭后的休息时间，县里的居民，不是钻进了电影院，就是在家里看电视，马路上人影稀少，路也显得好长。县委书记常爽头一次觉得，从县城外走回县委大院，竟有这么累。他是怀着极其复杂的心情回家来的。越是离家近，他越是慢吞吞地移动着两条腿，蹒跚地拖着疲惫不堪的身子，好不容易走进县委大院。以往那风风火火的性子，这会儿全然不见了。

推开家门，尹毓秀已经下班回来了，正拿着电话的话筒在拨号哩。听到门响，她转过脸来，一眼看到他，便把话筒重重地一搁，以少有的敏捷跳起来说：“正说打电话找你哪！你倒回来了，你……”

一定是常爽沉郁的脸色引起了毓秀的注意，她兴冲冲的话头戛然而止，疑讶地瞪着他。常爽身子一歪，倒在木扶手沙发上。

“你不舒服?”毓秀关切地问。

常爽摆了摆手，唉声叹了口气。

“那跃进大队出什么事啦?”毓秀紧接着问，“金元盛要你去解决的问题，棘手吗?”。

“没啥，解决了。”

“咋个解决的?”

“我同意了金元盛的要求。”

“他提的啥要求?”

“辞职。”

“你同意啦?”尹毓秀无疑有些吃惊。

“嗯。”

“常爽，”尹毓秀几步走到他跟前，俯身说，“这样妥吗？金元盛是个好同志，工作是很出色的。你为啥同意他辞职呢？赶场天，你不是答应得好好的，允许他的跃进大队不搞责任制，维持原来的情况不变吗？你为啥又变卦了呢？你说话呀，常爽。”

常爽仰起脸来，凝望着妻子。敏秀白皙的额头上推出几条皱纹，眼里闪烁着忧郁的光。看得出，她是为常爽这一决定气恼了。难道连毓秀也不能理解他了吗?

“你知道吗，就在你被金元盛拖到跃进大队去以后，苏维山和何羽下屏源公社去了，好像是下了决心要直插到三多大队。”

“这我知道。”

“知道就好！省委第一书记有批示，地委主持工作的苏维山亲自压阵下乡纠偏，你不陪着下去不说，反而跑到全县的先进大队，在全省出名的金元盛身上开刀……”

“不是我开刀，是他主动要求的，毓秀!”

“人家不会相信的，会说你向他开刀。人家还会说，你这么干是故意和苏维山、何羽他们唱对台戏。”

“事实，可还有个事实呢!”常爽双手在沙发上一撑，腾地站了起来，焦躁地在屋里来回踱着，“同意他辞职，我心头也不好受啊!毓秀，再怎么说，金元盛在跃进大队苦心经营了三十来年，这个大队的每一寸土地上都有着他的心血、他的脚迹。这个大队今天能有这么大成绩，搞得比其他大队好，多亏了他！他现在落下的那一身病，不也都是在为全大队操劳中得的嘛……”

“你都清楚嘛!”毓秀听常爽这么说，稍稍冷静地坐了下来，“那你为何不挽留他?”

“不行啊，毓秀。跟着金元盛跑到跃进大队，我一看就晓得不行啦!”常爽咽了一口唾沫，坐下来说，“那里闹翻了天。群众一看到金元盛，就把他团团围住，要他答应划分田土搞责任制，要他把集体猪圈里的猪崽平分了，要他眼光放远点。金元盛是个啥态度，你是晓得的，杀他的脑壳也不会答应。”毓秀倒了一杯凉开水递过去：“你喝口水，慢慢地说。”

常爽接过杯子“咕嘟咕嘟”喝了个光，把杯子重重地往茶几上一放，说道：

“我到了跃进大队，也像被关进了蒸笼，群众把我给蒸上了。我刚开口说了一句：经金元盛同志要求，我们考虑，跃进大队还是照原来的方式搞……嗬，群众轰一声就把我围在中央，推搡着，质问着。其中有个二十四岁的小伙子，比景传耕还年轻，貌不惊人却有威信。他招呼住了大家，心平气和地对我们说，元盛叔——嘿，最好笑的就是这一点，金元盛恨得他咬牙，他还一口一个元盛叔——他说，元盛叔领着跃进大队干了三十年，有进步，有变化，大家维持了温饱，全大队乡亲都感激他。可是现在一看，人家搞责任制，一年就赶上了我们，再不变就要吆鸭子了。金元盛就同他吵起来：你小子要走资本主义路来叫跃进大队变！小伙子也不示弱，说：元盛叔，你莫吓唬人。都是共产党在领导人家，咋个一年半载就把你赶上了？你还得意什么！金元盛气得浑身发抖，要拿出老辈子架势揍他。他不理金元盛了，只是盯住了我追问：凭啥允许其他地方搞责任制，偏不让他们搞呢？这不公平。他要求一视同仁，公平合理，他还愿意立下军令状，只要许他们实行责任制，管保跃进大队能利用原有的基础和交通便利等等条件，一年跨大步，二年建新寨，三年大变样。一帮子年轻小伙子，跟着他喳喳地吼着，呐喊助威……"

"不是在故意起哄吧?"尹毓秀蹙着眉头插了一句。

"你这话和金元盛讲的一模一样，他发脾气说，这帮毛猴子在瞎起哄，统统得送进学习班去住两个月。我当时为难了，"常爽脸上浮起一丝苦笑，"只好决定住下来，听听满寨上的人咋个说。"

"大家怎么说呢?"

"跃进大队各种各样的人物，对这件事都讲了两个肯定。一个肯定是说，金元盛多少年来一心扑在集体上，为满大队人操劳，有功劳，有苦劳，也有疲劳……"

"这算什么话呢?"

"功劳当然不用解释了。苦劳和疲劳嘛，是说他在贯彻执行上级指示时，免不了也干过一些收效甚微、或者不见效果的事。人家为啥又肯定他呢，就是因为即使不见成效的事，当初他也是干得最卖劲、最累的一个。另一个肯定是说，要是像有些地方已经搞起的那样干，凭跃进大队现有的财力、劳力和能力，肯定会出现真正的跃进!"

"是这样么?"

"情况就是这个样子。我思考再三，试图劝一劝金元盛，可他听不进去，大发雷霆，于是……我只好同意他辞职。"

"你就不能找个借口，拖延一下?"

"那就要挡跃进大队广大社员的道。"

"你呀，你呀，你就只会感情用事。告诉你，同意金元盛辞职，肯定要闹得全县满城风雨，也正好给何羽、苏维山提供新的把柄。人家气势汹汹下乡去，就是要纠偏。你却在这里又开绿灯。这不是自惹麻烦嘛。去三多大队的工作队员艾振兴，刚才还打来电话找你，说那儿的形势紧张。”

“他还说些啥?”

“他只说要尽快同你通电话，情况紧急。你回来的时候，我正往城北公社打电话，想请他们尽快找到你。”

“小艾现在哪里?”

“你不用急，我让他过一会儿再打电话来。”

“好。”常爽的急躁性子又犯了，他坐不住，又走动起来，“这两天还有什么事吗?”

尹毓秀离座走进里屋，拿出一张纸来递给常爽说：“这倒是个好消息，你看看，是县委机要秘书送来的。”

常爽接过纸来一看，是县委机要秘书的电话记录抄件。省委办公厅打来长途电话，传达省委领导同志最近指示，批评了月光县工商行政管理局扣压农民出售计划外生猪事件，要扣猪单位，立即把猪退还给农民，并赔礼道歉。根据这一批示，省委办公厅秘书长指出：三中全会以来，党中央一再指示搞活农村经济，搞活流通渠道以利于发展生产，提高农民生活水平。月光县工商行政管理局这一做法，损害了农民群众的经济利益，挫伤了农民发展生产的积极性。月光县委要认真查处，把处理结果上报办公厅。

常爽像不相信似的接连看了两遍，仿佛突然呼吸到一股清新的空气，整个心胸都舒展开了。他捧着电话记录抄件，两眼闪烁出惊喜的光，坐到木扶手沙发上沉思起来。

自从赶场天听说了卓然、苏维山关于三多大队的两段批示，常爽一直处在焦躁不安之中，烦恼得简直无法静下心来工作。特别是被迫同意了金元盛辞职这件事，更使他的情绪落入了最低潮。他原是希望说服金元盛倾听群众的呼声，继续带领众前进的，但这个老头子太固执了，迁就了他势必会挫伤群众。尽管常爽并不认为自己对这件事处理失当，但他却怎样也摆脱不了一种压抑感，一种仿佛被捆住了手脚般的痛苦。现在读到了这个电话抄件，他眼前又展现了一股澎湃的春潮，他满腔热血又遏止不住地奔腾汹涌了。

常爽左手拿着抄件，右手抓起了茶几上的话筒，听到总机回答立即高声说：“给我接工商行政管理局。”

几秒钟便接通了，可对方的电话铃声响了五六遍也没人来接。常爽不由得焦躁起来：“怎么搞的！”

“人家都下班了。”尹毓秀说。

“就没个值班的人？”常爽咕哝了一句，正要搁下话筒，对方有人回答了。

“哪里？”答话声调显得很不耐烦。

“我常爽……”

对方的语气顿时变了：“哦，常书记啊，你好，你好，你有什么指示？”

“你们尚局长呢？”

“他……他呀……”

“在不在？”

“哦，他下班回家了，要我去叫他吗？他就住在办公楼后头。要不，你有什么指示，我转告他也行。”答话人越来越殷勤。

“我问你，你们下令扣压了三多大队农民的猪这件事，你晓得吗？”

“晓得，晓得呀！咋个了，常书记。”

“是哪个下的命令？”

“这个……这个嘛……”可能是常爽的语气过于严厉了，对方支支吾吾起来，“这我就不清楚了，我去喊尚局长来吧。”

“嗯。”常爽带几分不悦地应着。只听得“咯笃”一声，话筒里不再有声气了。

尹毓秀在厨房里淘米，探出脑壳来说：“瞧你，打个电话都那么气冲冲的，人家都被你吓坏了。”

常爽皱了皱眉头，没有回话。

不一会儿，话筒里传来了工商局尚胖子的声音：“常书记吗？你问扣猪的事吗？”

“是啊，你们凭啥扣农民的猪?”

“按规定呀！全县今年还有好些农户没有完成生猪派购任务，本县农户的猪就不准出口。再说，这也没经我们批准。”

“区工商所不是同意了吗？据我所知，卖猪的三多大队已经超额完成了生猪派购任务，他们已办了手续，你们凭什么又给人家扣下了?”

“是啊，是这样，可按规定……”

“什么规定?”

“噢，不，是按历来的规矩，这种事要经县局批准……”

“你搞的什么土政策!”

“这咋个怪我呢？常书记，也是上级指示办的嘛!”尚胖子的口气反而强硬起来。

“哪个上级?”

“县委副书记何羽嘛。前几天他打电话来，说屏源公社有农民卖给外县畜禽交易所计划外生猪，要我们把这些猪扣压下来。我能不办吗?”

原来如此。常爽咬紧了牙齿，紧握住话筒，两眼睁得溜圆，一句话也没说出来。

“常书记，你还有什么指示吗?”隔一会儿，尚胖子反来催问他了。

“好啦，我通知你，现在必须立即把扣压下的猪还给农民，向农民赔礼道歉!”

“可我咋个向何副书记……”

“这是省委领导同志的指示，省委办公厅让马上办。听清楚了吗?”

“这……要得，要得嘛!”尚胖子语气软了下来，连声答应着。

常爽“砰”一声把电话挂断了，激忿地刚要离座而起，电话铃声又刺耳地响了起来。他只得抓起话筒“喂”了一声。

总机的嗓音又飘了过来：“是屏源公社打来的电话。”

“常书记吗？我是艾振兴，小艾！”艾振兴脆生生的嗓音清晰地从电话里传来，“我刚到公社。常书记，这里的情况不妙啊！”

“什么？”常爽大声问。

“何羽他们决定明天批斗景传耕、全大良，顺便还要点几个人。地委苏副书记说了，看景传耕的态度，他要顽固不化，马上给公局送材料逮捕。这……这不把事情闹瞎了嘛！其他且不说，我只怕三多大队群众不服，当场和工作队顶起来，很可能会发生冲突……”

艾振兴的话音里透着一片忧心。常爽听了十分震惊，好容易才抑制往自己的火气：

“就这件事吗？”

“就这件事。常书记，你得设法……”

“我知道了。谢谢你。”

常爽搁下话筒，在屋子里急冲冲地转着圈子。忽然，他又猛地抓起话筒，吼道：

“给我接省委办公厅！”

尹毓秀慌慌张张从厨房里跑出来了，湿漉漉的手一下卡断了电话：“你要干啥？”

“我要问一问，卓然的批示是不是代表省委的指示？”

“怪啦，省委第一书记的批示，不代表省委代表什么？”

“有时候某些事并没经常委会研究，是个人批的。”

“你冷静点！常爽，要是办公厅回答，代表了省委指示，你怎么办？”

“我就要他们亲自下来看看！”

“你口气好大，省委领导你也想指挥了！你是变糊涂了还是咋个的？”

“你咋个这样想呢！我要求领导下来，恳切地要求他们下来看看还不行吗？”

“要是下来的领导，同苏维山看法一致，你又咋个办？”

“不，我和你想的不同，毓秀，”常爽缓缓地说，“不管是哪位高级首长，只要肯到实际生活中来走走、看看，认真听听群众的声音，就一定会看到推行责任制出现的新气象、新局面。会满腔热情地支持这一新生事物的。我有这个信念!”

尹毓秀定睛瞅了常爽一会儿，眼里交织着同情和忧虑的目光。但她还是压着电话机，摇摇头说：

“不，常爽，我不能让你打这个电话。”

常爽索性把话筒往茶几上一搁：“你真阻止得了我吗!”说着，就要往外走。

尹毓秀颤声喊道：“常爽……你，你就非要我让步吗?”

“这电话我一定要打!”常爽的脸色极为严峻，“你难道不明白，即使景传耕有什么缺点，真犯了什么错误，也不该批斗、关押以至准备送公安局嘛！凭啥一下乡就押人、批斗，用高压手段逼着农民屈服呢？什么年头了，还用如此办法对付劳动农民！不，我要打这个电话，非打不可!”常爽激动得声音发颤。

尹毓秀望着他不安地走来走去的身影，低叹一声，捡起常爽搁下的话筒，轻轻地对总机说：“接省委办公厅吧。”

常爽站定下来了，感激地俯身瞅着坐在沙发上的妻子。

尹毓秀的手掌盖着话筒，用请求的语气道：“答应我，不管听到对方回答什么，你都不能发脾气!”

常爽一个立正，敬礼：“遵命!”

尹毓秀噙着泪笑了，把话筒递给了常爽。厨房里飘出来饭烧煳了的焦臭味，尹毓秀仍一动不动坐着，静候电话接通。

出乎意料地，电话接通之后，常爽的话还没讲完，对方就把他的话打断了，告诉了他什么消息。常爽听着听着，两条眉毛扬了起来，眼里闪出惊喜的光彩，连连叫着：

“……啊，好，好的！我一定陪同他下去，下三多大队、嘎多寨，太好了……”

虽然不知道是哪个要下来，但看到常爽这副神态，尹毓秀悬着的一颗心落下来了。她嗅嗅鼻子，才意识到饭煮煳了，不由得轻叫一声，急急地跑回厨房去。

98

于老古扯开了他那瓮声瓮气的大嗓门，在寨路上连奔带跑吼出的声音，连关在保管室屋头的传耕也听到了。

“好消息，好——消——息啊！寨邻乡亲们，还猪啰！肉食站答应还我们肥猪啰！”

传耕连忙扑到装了钢筋栅栏的窗户边，只见那条熟悉的青岗石寨路上，于老古欢喜得像个娃崽一样，高举双手狂喜地乱晃着，好些寨邻们簇拥着他，后面还跟着一帮小娃崽，一边跑一边叽叽喳喳叫唤着。

于老古一路跑来，一路还在喊：“好消息，好消息啊……”

“于老古！”保管室门前何羽一声厉喝，吼住了于老古，“闹啥子闹？你给我过来！”

于老古停下来，眨巴眨巴眼睛，看清是何羽在喊他，有点不自然地抹了抹下巴，说：“过来就过来。咋个了？在自家住的寨子上，喊也喊不得吗？”

一帮围观的群众，跟在于老古身后，不急不慢地走过来了。

“你不晓得，刚吹过哨子，喊开群众大会吗？”何羽只顾冷冷地问。

于老古说话的声气照样很粗：“咋个不晓得我就是听到吹哨子才跑来的。”

“那你为啥乱吼乱叫，想破坏大会吗？”

“我敢破坏你的大会吗？何眼镜，我吓都吓坏了！”于老古也不大恭敬了，“我是心头高兴，在给寨邻乡亲们报好消息！”

“啥好消息？”

“嘿嘿，何眼镜，我喊那么大声，你都没听得清楚，那我还得一路喊过去……”

“我是问你，啥好消息？”

“还猪啊，肉食站要把猪还给我们啦!”

“哪个说的?”

“费正明，费支书啊!”

“他啥时候说的?”

“刚才，就是我进寨路过他家门前时，他喊住我说的!”

何羽脸一沉：“你胡编些啥!”

“我敢么?何副书记，不怪你不信，我开初听了也不信哩!可费正明手头扬起一张条子，说是送报的邮递员捎来的。公社肉食站和区工商所要我们去把扣压下来的猪领出来，随我们愿卖、愿往家拖都可以。你说，这不是好消息吗?哈哈!”

“呃。”何羽愣了一下，低低地哼出一声，不再追问于老古，也不理睬他了。

景传耕在窗户后头听完了这场对话，心头一阵振奋。扣寨邻们的猪算是最凶的一招棋了，现在成了败着。他相信，区工商所和公社肉食站都是不敢擅自决定还猪的，那么，是谁决定的呢?……看来，事情有转机了。

“没得事了吧!没得事我就走了，费支书还交我办一件事哩!”于老古说着，朝众人挤挤眼睛，偷偷睃了眼站在窗户边的传耕，而后转过身子，又喊开了，“好消息，好——消——息啊!还肥猪!”围观的寨邻乡亲和娃崽们发出阵阵欢笑和喧闹，跟着于老古远去了。

何羽正狠狠地瞪着欢乐的人群发愣，苏维山从里面走了出来，问：“怎么回事?”

何羽报告了刚才听到的消息，不那么有把握地说：“我在想，是不是肉食站嫌关着四十头肥猪，要照料、要喂潲，是个累赘。不想找这个麻烦了。”

“岂有此理!”苏维山显然震怒了，但很快冷静下来，吩咐道，“开过会，派人去查一下。现在，不要让这事分散了精力，集中力量把这个会开好吧。”

何羽答应着，转过身来了。传耕闪身离开了窗户边。他心里感到更踏实了，还猪的事无疑是违反苏维山和何羽的意愿的。且看这场戏怎样演下去吧！

一阵脚步声响，分别去扎多寨、卡多寨、嘎多寨吆喝群众开会的艾振兴、蒋学谦、沈平先后回来了。沈平回来时还说，郝老虎已把一切安排停当，已有好些社员都在大祠堂里坐下了。

“那我们也走吧！”何羽请示苏维山道。

“不忙。”苏维山道，“蒋学谦，重点发言的社员来了没得？”

“来啦！”蒋学谦答道，“我亲自督促她牵着娃儿去了大祠堂。”

“那好，我们走吧。”苏维山表示满意，“把景传耕和全大良带去。”

景传耕早已准备好了。自从昨天他被关进保管室的这间小屋，工作队没有一个人找他谈过话，他就预感到，苏维山和何羽会故伎重演。他盼望着这个会快点开，一来可以在会上当着众人畅畅快快说一说憋闷已久的话，二来他也想晓得，除了开大会批他，地委副书记亲自下来纠偏，还会有啥更新的花招。

上了锁的门打开了，蒋学谦的黑长脸出现在门口，声调拖得长长的：

“景传耕，嘎多寨的英雄，请吧！”

传耕大步地迎着他走过去。是他严峻的脸色吓住了蒋学谦吧，那张黑长脸上露出点慌张，连忙催着带枪的民兵：“跟上、跟上啊！”

“给我离得远点！”比传耕先出来的全大良，正在吼着紧跟在他身后的两个民兵，“老子又不是啥大官，不要你们保镖，滚远点！”

一个民兵用枪托推了他一下，他干脆转过身来，抡起一对拳头说：“要打吗？要打我也不怕，把你们的枪放下，两个一起上都行。”

两个民兵你看我，我看你，答不上话。

“全大良，你少给我鬼扯筋！”蒋学谦一步跳过去呵斥道，“等着吧，有你好受的！”

全大良刚要回话，一眼看到传耕在向他使眼色，又转过身，朝大门口边走边道：

“你蒋黑脸除了一骂二打三捆绑，有啥本事？也配来我的面前逞凶霸道，哼！”

蒋学谦只装作没听见，手一挥，两个民兵连忙跟了上去。

传耕走出了保管室，便看见苏维山、何羽，领着沈平、艾振兴和一些工作队干部，已经走出一截路了。他和全大良身前身后全是从外公社调来的民兵，不下三十个。就冲这，也能看出苏维山他们这回是下了大决心，要来惩治嘎多寨了。

在一大拨民兵前呼后拥下，传耕和全大良走进大祠堂时，引得满座的寨邻乡亲们全都转过脸来。人们的眼光里，有的透出愤懑，有的露出明显的担忧。传耕感觉得到，所有人的目光都在追随着他和阿全。他俩微笑着穿过人们让开的一条路，在郝老虎指定的板凳上坐了下来。

“哈，比当年抓我那回文明多了，”全大良放声说，“还有板凳坐。咋个我们这板凳比他们坐的矮一截呢？噢，还是有差别。”

听到他满不在乎说话的乡亲，都拘谨地轻声笑了。

“开会啦！”何羽的嗓子眼里像被卡住了啥，说话的时候嘴张得大，发出的声音却短促而微显嘶哑，“今天这个会，是主持石桥地委工作的苏副书记亲自下来召开的。上级为啥对这个会那么重视呢？不讲大家也猜得到，是你们三多大队这两年来出现了偏差。啥偏差呢，两极分化！发财的成了老肥虫，穷的只能眼巴巴地站一边看。用你们常说的话讲，就是富的人肉上添膘，还嫌不肥；穷的人好比鸡脚杆，刮不出一点油来。如此发展下去，不得了啊！才年把两年时间，有人嫌他那块责任田太小太少，要想兼并人家的田土了；有人票子满了包包，瞧不起他那块田土，要想甩脱了；有人公然还想办砖瓦厂，当老板了！十年八年之后，会是个什么局面呢？很可能会出现富者良田千顷，贫者无立锥之地的局面。我们能允许吗？能答应吗？不能！郝老虎，费正明，你们都是老土改根子了，晓得新旧社会的对比，应该晓得两极分化造成啥恶果。我们共产党历来是反对两极分化，坚持走社会主义的康庄大道，共同富裕，人人有饭吃，人人有好日子过。而对那些通过种种手段只顾个人发家的暴发户，我们是要敲打敲打的，是要从根本上纠正过来的。你们三多大队这样的暴发户还少了吗？全大良、康文达、丁根元、邹启春、于老古，还有领头的景传耕，他们哪一个不是肥肉上添膘啊！不来端正一下方向，那还得了吗？当然，我们要讲道理，一不揪，二不斗，三不搞体罚。你们都看到了，发得最凶的景传耕、全大良，我们还让他俩坐着嘛……"

"那昨天你们为啥搞突然袭击，关我们一晚上？"何羽正讲得津津有味，冷不防全大良转过脑壳来问。

"呃……这个嘛，为了大会的顺利召开，采取的一点措施……"

全大良冷笑一声："哼，措施！措施就是关人，私设'牢房'？"

"你不要跳。我们不能不预防你们听到风声逃跑……"

全大良忿忿地说："笑话，我田土头那么多谷子没收，你赶我走，我还不走哩！"

"少废话了！"何羽不耐烦地挥挥手道，"总之，我们抱定的宗旨是和风细雨，治病救人。希望通过教育帮助，把三多大队的偏向纠正。几个暴发户，几个想兼并土地，当老板、老肥虫的人，只要承认错误，改过来，既往不咎。我们不希望见到不听打招呼的人，那样就不好啦，就会激化矛盾了。景传耕，你说对不对啊？你是党员，是大队长，该有个明确态度啊！你说说吧。"

在何羽点到他名时，传耕已经站起来了。他侧身站着，大半边身子对着群众，小半边身子朝着坐在方桌边的苏维山、何羽和工作队干部们。何羽话一讲完，传耕就说：

"要我说，可以。我想先问一个问题。"

"问嘛！"何羽警惕地望着他。

"我想问的是，城里开大会是咋个通知的？"

"什么意思！"何羽脸一沉道。"景传耕，这是开会，不是开玩笑的场合！"

传耕把手一摊，镇定地道："我也是郑重其事地提问题。你不回答，我来说吧。省城也好，石桥市也好，县城里头也好，不少单位开大会都是用广播喇叭通知，广播员说一下，到时间人都到会场上了。我们这山旮旯里呢，开会兴吆喝，兴吹哨子，敲锣！今天是这样，三十年前，我爹他们那辈人开会，也是这样。为啥不能用大喇叭通知呢？没有钱买大喇叭，也没有电送进这偏僻山旮旯里来。为啥又没钱又没电呢？就因为我们太穷。我们不是像你何书记讲的那样，奔了三十年共同富裕的路了吗？到头来咋个还是穷啊！前些年穷得恼火，肚皮也箍不圆。闹起了责任田土，肚皮有饱饭吃了，身上也有件像样的衣裳穿了。我们三多大队人可以挺起腰杆说，这几年来，我们没拿国家一分钱贷款，没要国家一斤救济粮，比前些年好多了。不过，我们还是穷！还没点起电灯，开会也用不上电喇叭。你何书记说对了，我们想富。这有啥错呢？这方面到底偏在哪里呢？是不是要纠正到像往年那样穷得年年向国家伸手，你们才舒服？"

"你不要诡辩！"何羽悻悻地吼道。

"让他说吧！"苏维山拖长了声调补充一句，"你景传耕到底想干什么？"

"干什么？你问了，我就说点吧！不错，何书记刚才说到的几户人，确实比一般农户富一些，也富得快一点，可他们是靠劳动富起来的……"

"邹启春做买卖，当二贩子，也是劳动吗？"何羽冷冷地问。

"咋不是劳动呢！他得注意市场行情，要东奔西跑……"

"那是搞投机！"何羽又打断了他。

"那是你的看法。反正客观事实那也是劳动，还很辛苦。我不想争论这个问题，我只想说他们才不过开始富起来，富得远远不够，还应该往前发展……"

"请大家注意啦！"苏维山颇有风度地竖起一根食指，"注意景传耕这句话……"

“寨邻乡亲们都亲眼看见，阿全搞科学种田尝到的甜头。”景传耕瞥了苏维山一眼，反而提高了声气，整个身子转向大祠堂的群众说，“这说明啥呢？说明光靠体力劳动致富还不够，我们以后还要靠科学致富！致富的路子宽得很。康文达有一手烧砖窑的技术，到处请他烧砖，他当烧窑师收入就比一般的人多。他家里还养了种鸡，收入就更多了，所以比我们富得快。有人说他是‘住新房、有余粮，还有存款在银行；吃细粮，外加烟酒糖；穿棉布，外加涤纶涤确良’。这有啥稀奇，有啥可以眼红的呢？城里哪家不是过的这种日子，可没得人眼红，说他们方向有问题。为啥农民靠自己的劳动过上了这种日子，就有问题了？这才是撞鬼哩！依我说，有些人就是长着偏视眼，只看到人家手头有几个钱，就看不到他们为社会增加的财富做出的贡献！阿全种的稻谷产量比我们高出那么多，他的良种推广开来，提高全大队、全公社的产量不是贡献吗？硬说人家是暴发户，不公平嘛，大家都长得有眼睛，今天三多大队哪个穷得饿饭了，没有衣裳穿了？硬说啥子两极分化，不是故意吓唬人嘛！……”

“你不要嘴头上硬，找些理由来搅！”何羽扶了扶眼镜，自得地说，“我马上找出个人来，跟你们几家暴发户比一比。华碧芳，华碧芳，来了没得？……”

大祠堂你挤我挨坐着的人堆动了起来，好些人转着脑壳找寻华碧芳。

“来了。”从挨着墙的妇女堆里，传出华碧芳不高的声气。

“你上来讲讲吧！讲讲你的穷日子，同那几户比一下。让大家看看，是不是出现了两极分化。”何羽的声音一下子提高了。

传耕微显愣怔地望着华碧芳坐的地方，不知这个捉摸不透的寡妇又要说出些啥子来。

大祠堂里响起了一片嗡嗡的议论声：

“这个婆娘，歪嘴里吐不出好话！……”

“又像前年那样，怕是先就说好了的。……”

“真不要脸，这婆娘！……”

何羽拍了拍巴掌，要求会场肃静。他朝华碧芳招了招手：“来吧，到前头来讲……”

“不，我就在这里说。”华碧芳站起来了。各式各样的目光盯着她，有鄙夷的，有气恼的，也有不解的。她全然不顾，舔舔嘴唇带点不自然地说：“我命苦，过着拖娃带崽的寡妇日子。俗话说，寡妇门前是非多，硬是是非多哩！工作队喊我讲话，这是第二回了。要我讲，我就讲实话吧，前年划分责任田土，开初我忧心，我怕啊，我死了丈夫，又没得多大劳力，还要顾娃娃小笋笋，我是想也不敢往以后想哪，只晓得叹气：这份穷日子只怕是更难过了！那回我当着众人讲的话，大家都怕还记得的。事实咋个样呢？这两年，我得到传耕他们的很多照顾，自己也学着下田土干活路，粮食一年比一年收得多，屋头喂着鸡婆、鸭婆下的蛋，除去自家吃，也能卖些钱来。我的日子过得顺心不顺心，只消看小笋笋穿的衣裳就行啰！不是我一家这样啊，过去年年喊锅儿吊起的卡多寨上，现在家家都有饱饭吃，家家多少添了新衣裳，家家手头都有了点零花钱。虽说比不上找钱多的那几家，比前几年的穷日子强多了……”

“哪个喊你说这些！”蒋学谦突然跳了起来，粗暴地朝着华碧芳吼道。

景传耕的身子往蒋学谦跟前一站，也来火了：“蒋黑脸，你这是要干啥？不是何书记点着名让她说的嘛！……”

“传耕兄弟，你莫同他争啦！”华碧芳息事宁人地说，“他不让说我不说就是啰！不过有一句话，我是非说不可的，两年前，在群众会上我讲的那些话，是，是照着人家画好的谱说的。我对不起大家。”

“你给我坐下，少扯啥两年前的事！”蒋学谦对华碧芳又吼一声，随即转过脸来，朝景传耕龇牙一笑说，“你嘛，莫在人前逞英雄啦！有你酸萝卜吃的时候……”

“这酸萝卜怕该你先尝尝罗！”蒋学谦的话刚落音，大祠堂门口传来一声嘲笑。

蒋学谦一看，叫道：“好啊，你小子！我到处找不到，自己倒跳出来了。实话跟你说，这回你也溜不脱……”

话没讲完，蒋学谦忽然惊愕失态地瞪起一对混浊的眼珠子，泥塑木雕一般傻了。

一些人不明白是咋个回事，瞅着他这副样儿讪笑起来。另一些人急忙回头张望。

大祠堂门口的台阶上，站着脸子漂亮的邹启春，颈脖上套一条白纱布，吊着右手臂。他的身旁站着牛高马大的丁慧明，脑壳上包着白纱布，额颅上还贴着橡皮膏。他俩身后是几个穿公安制服的人。

景传耕觉得为首那个女公安人员有点面熟，细细一辨，想起来了，这人是贡晓婷，前几天慧芸给她写过信的。挨她站着的那人是……哈，是盛雍！传耕的眼里掠过惊喜之色，刚想举手招呼，贡晓婷已走进祠堂来，直走到蒋学谦面前，声气朗朗地说出一句让满堂惊讶的话来：

“蒋学谦，由于你参与了拐卖妇女和绑架丁慧芸的犯罪活动，现已被依法拘留。还有一位叫景仁清的，也有牵连。一起跟我们走吧！”

99

华碧芳眼见凶神恶煞的蒋黑脸被当场拘留，光顾着和寨邻乡亲们踮起脚看，忘了坐回到小板凳上来了。看到这个一贯欺压百姓的家伙被抓，她心里实在快活！

直到蒋黑脸在一片唾骂声中出了祠堂，她才又在一堆年轻的媳妇们中间坐下来。

“来，嗑一把葵花子！……”

身子还没坐稳，挨着她坐的一个小媳妇，就朝她怀里塞过一把瓜子来。

华碧芳转脸瞅了小媳妇一眼，小媳妇连连朝她眨眨眼睛，还甜甜地一笑。华碧芳把一颗瓜子送进嘴里，低声道谢：

“多谢了！……”

“哎呀，一把瓜子，你都那么客气。……”

“真是的。”另一侧那个搓着麻线的中年妇女说：“要说谢，大伙儿都要谢你！……”

华碧芳大惑不解：“谢我？……”

“是啊，谢你说的那几句真心话！”一个正在奶娃崽的年轻媳妇从她们背后插进话来。

“当真的。”还有人在附和。

酷暑天，上坡顶着烈日薅包谷，出了一身透汗。回到家，华碧芳爱把甜酒水和放了糖的凉井水拌在一起喝，清凉爽口，沁人肺腑，满身舒适。这会儿，听到身边几个普普通通的小媳妇称道，华碧芳就仿佛在大热天里喝到了清爽甜人的凉水般快活。她带着股羞涩回顾着人们向她投来的钦佩的目光。

这当儿，她忽然觉得，从大祠堂的边边上，向她射来一道执拗的、专注的目光。她挺自然地朝那边望去，艾振兴站在不引人注意的墙边，正目不转睛地、久久地凝望着自己。华碧芳的脸刚向他转过去，他便朝她呶了呶嘴，两眼里迸射出灵光来。

想到他昨晚上对自己的训斥，想到他那种不让人申辩的恶劣态度，华碧芳冷冷地沉着脸，故意转过脑壳去，装作并没有看到他的样子。

但是，晓得了他站在那头望着她，华碧芳坐着就不安心了。他朝自己呶嘴，是啥意思呢？是向她表示和解，是要向她道歉，还是……

大祠堂里那么多人在说话，在叽叽唆喳的发议论，她一句也听不进去了。她的脑子里只有一个念头：他在望着她。

华碧芳终于忍不住，又朝那边望去。这一次，艾振兴干脆朝她做了一个手势，手向祠堂外头指了一指。那意思再明白也没有了，他在示意她出去一会儿。

哎呀，他咋个如此胆大，当着众人就敢朝她做手势。他就不怕尖刻的何羽看出来？不，我不理他，哪有这么便宜的事，你要喝斥我就喝斥我，要训我就训我，要我随你走就随你走，没得这样简单的事！

华碧芳是在赌气了，不理，偏不理。这么想着，也不知咋个搞的，一阵悲恸袭来，眼泪全涌到了眼眶里，华碧芳掉了几颗泪。她怕身旁的人看着奇怪，连忙把脑壳垂得低低的，低低的。

待她稍稍平静了一下心绪，再次朝那面墙瞅了一眼，艾振兴的脸上已是一派焦灼不宁的神情，这回他没做手势，只是两眼哀怜地瞅着她。

华碧芳的心灵一阵颤栗。不理，就是不理他！也让你晓得一下受委屈的滋味，你为啥要那样子对待我。我要报复，报复……

怪得很，脑子里直转这样的念头，她趁着众人全在兴奋地议论蒋学谦的被抓，悄悄地离开了小板凳，站了起来，微弯着腰，哪个也不望地朝祠堂外走去。小板凳也不拿了。

她晓得，他是马上就会跟出来的。

出了祠堂，她沿着清静的寨路，慢腾腾地朝自家屋头方向走去。

渐渐地，她把大祠堂里那股嘈杂和喧哗丢在了身后，快要在寨路上转弯了。

他出来了没有呢？他晓不晓得她已经往家走去了呢？

她又惶惑地不安起来。但她又不好意思回头张望，她只得在转弯的那一瞬间，尽可能地放慢脚步，尽量地侧转身子，用眼角朝走过的寨路瞥一眼。

他跟来了。

华碧芳连忙拐过弯去，像被人追赶一般，朝自家屋头小跑着。幸好，满寨的人都聚在大祠堂里开会，只是几条狗、几只在寨路上啄食的鸡受了惊，纷纷向两边避开了。

华碧芳气喘吁吁地跑进了自家小院坝，身子隐在坝墙后头，朝寨路上望去。

他来了，正在那头拐弯。

华碧芳又敏捷地跃上自家台阶，迅速地掏出钥匙打开了门，跑进屋头，躲到窗后往外窥视。

艾振兴出现在小院坝的门口，朝寨路两边环顾了一下，走进院坝。

华碧芳赶紧躲到门后面，紧张地等待着。

艾振兴的脚步声响到台阶上了，来到门前了，他似乎是迟疑了片刻，然后才在门上轻轻敲了两下。

“哪个？”华碧芳等待就是他的叩门声，询问的嗓门又尖又脆。

“是我，碧芳。”

华碧芳把身子猛地一下抵在门上，响亮地抽上门闩，不客气问：

“你是哪个？”

“我是艾振兴呀，碧芳，你连我的声音也听不出了？”艾振兴急了。

“听不出。你走吧。”

忿忿地说出这话，华碧芳期待着艾振兴向她道歉、向她认错而后，她就……可是，她等来的却是一阵沉默。华碧芳的心提到了嗓子眼上，他还在磨蹭啥呀。华碧芳凝神屏息地倾听着，没有他的说话声，没有他的告饶声，这个憨包。她听到的是他的脚步声，离开了门前，步下了台阶。

哎呀，他受不了啦，受不了被人关在门外的待遇了。可他为啥不想想，昨晚上他给人惹来多少烦恼和忧愁啊！为此她整整一夜未睡好。

华碧芳真想拉开门闩喊住他，可自尊心逼得她一动不动地靠在门上，靠在门上。

脚步声听不见了，远去了，他一定是灰溜溜地走了。

几滴泪溢出了华碧芳的眼角，她真想放声哭一场啊！她抽开了门闩，把门打开来，院坝里几只鸡在坝墙那头刨着干泥巴，他的身影早不见了。

猛地，她的心一下收紧了，她听到后门上有响动，再一细听当真的，后头有人叩门。华碧芳猜定了是他，三脚两步跃到后门边问：“哪个呀?”

“我啊，碧芳。”果然是他，这个冤家!

华碧芳的手已经抓住了门闩，嘴里还在说：“不是让你走嘛!”

“碧芳，都怪我，我……我错了，来……特意来向你赔礼……”

“你还晓得来赔礼!”她的话虽说得很生硬，却只仅是怨意，而没有起先的气恼了。

“我知道，我伤了你的心。我不该……”他在后门外连声道歉，“碧芳，开门吧。”

一声接一声碧芳，喊得她心肠全软了。她的双手抓着那块长方形的门闩，责怪道：

“你想想，还没在一起，你就这样凶恶地待人。真在一起了，我、我……我还要受多少气啊……”

华碧芳哭泣起来……

“我再不耍性子了，再不了。碧芳，你……你就把门打开吧……”

是过于激动了吧，华碧芳忙乱地抽门闩，竟抽了两三下才把门打开。

艾振兴一步跨进来，站在华碧芳的跟前，满脸的愧色。

华碧芳的呼吸急促了，丰满的胸脯剧烈地起伏着，她同艾振兴面对面地站得如此之近，她瞪着他那对表示歉意的眼睛，仿佛从他的眼睛，可以一直望到他的灵魂。

艾振兴也显得十分紧张，他舔了舔嘴唇，一双手下了很大的决心，才抬起来搭在她的肩头上。他怀着真诚忏悔道：

“碧芳，我……我痛苦极了。要晓得，不是从心里那么爱你，我……我也不会……”

华碧芳所有的决心，所有积蓄起来要向他发泄的幽怨，全在艾振兴的注视下消失了。她简直像要不顾一切地扑进了他怀里。哦，她的委屈，她的愁绪，她多少个不眠之夜的思念和昨晚上辗转难寝的憔悴，只需他的一丝温情就能抚平。她似有些担忧地偎依在他的身上。

艾振兴在开初的一瞬间，慌乱得不知所措，他简直有点不敢相信眼前的事实。是真的吗，这幸福、这向往已久的幸福，就这样闯来了吗？当确信华碧芳散发着女性温馨气息的脑壳枕在他肩头上时，他像触电般颤抖了一刹那，继而，便张开有力的双臂紧紧地拥抱着她，直抱得她柔软的腰肢像被铁条箍紧了似的，喘不过气来。

一阵从心底深处透出的狂喜冲撞着华碧芳的心房，顷刻间，袭遍了她的全身。她羞怯地微翕眼睑，悠悠地把脑壳挨近了艾振兴的脸，贪婪地吮吸着从他身上散发出来的男性的气息，她感觉到他短髭在她的额上轻轻地移动，痒痒的，痒痒的，一阵比一阵幸福愉悦。她闭上了眼睛，柔顺地仰起脸来，承受着他滚烫的嘴唇。哦，她从来不曾让一个男子这样深情地吻过。小笋笋的爹活着的时候，总是那么粗率地爱抚她。而那个沈平，往往是迫不及待、迫不及待地要把她吞噬……今天艾振兴的吻，充满了真诚和温情，体贴而又蓄满了力量，仿佛渗透了她浑身的每一条血脉之中。

一阵甜醉使得华碧芳觉得自己被融解了，她哀怨地低哼了一声软瘫在艾振兴的怀抱里……

后园里拂过一阵徐徐的风，拂动着泡桐树的叶子，发出轻微的响声。几只点水雀儿，在后园的坝墙上蹦跳啁啾着，鸣声细碎而又急促。时间似乎凝固了，华碧芳感觉得到，艾振兴的手轻柔地、轻柔地抚慰着她的颈项，抚慰着她的双肩，抚慰着……哦，惬意得就如同明丽的春风拂过她舒爽的全身。不，比和煦的春风还要温柔……

不知过了多久，华碧芳才像睡梦方苏地睁开眼来，一眼看到敞开的后门泻进的光亮，不禁惊骇地叫了起来：

“哎呀，门，后门……”

“咋个了？”

“后门没得关。哎呀！连前门也开着。”

“开着又怎样呢？”

“你看嘛，有人走过，会看见的。”

艾振兴坦然地笑了：“随他去吧……”

“你倒好大胆。”

“让人看见就看见嘛。”

“你不怕？”

“我怕啥！我本来就想好了，收了这季庄稼，要，要……”

“要干啥呀？”

“向你求婚。”

“真的？”华碧芳狂喜地睁大了双眼。

“碧芳，我从不会哄人。”

“你……”华碧芳嘟起嘴道，“你再对我说一遍。”

“我要向你求婚！”

“振兴，”华碧芳的两眼闪烁着幸福的泪花，张开双臂，紧紧地拥抱着他，依偎在他的怀里，“你不是诓人吗？”

“不是。”

“不要笑话我，振兴，你……你晓得，我受过骗……”

“我知道。”

“我会珍惜，一定会珍惜的……”华碧芳深深地沉浸在喜悦之中，既像表白，又似自言自语般道，“只是……只是你一个县里的干部，娶一个乡旮旯里的女子，还……还是个寡妇，人家会咋个说呢，你、你想过吗？”

艾振兴的脸色也变得严肃了，他晓得这话的分量，他晓得这是碧芳忧郁的原因，他庄重地说：

“听我说，碧芳，我是当真的，认认真真的，不是盲目的。我想这个问题不是一天两天了，我想过好久，我不管其他人会咋个说。”

“我……”华碧芳深受感动地把脸埋在他怀里，“我是说，你的家里会咋个说呢？”

“碧芳，你真好。”

“是真的，你要想到啊!”

“我想家里的人都会高兴的，爹妈、弟妹，都会高兴。”

“你就这么有把握?”

“他们本来都是农民嘛，农民是不会瞧不起农民的。”

“不见得啊，你还是该先回一趟家，给家里说一声。”

“来不及了。”

“时间还长得很，工作队不是刚下来吗!”

“你错了。今天这个会一开，你看着吧，不管结果如何，工作队成员被逮捕，苏维山、何羽的意图贯彻不下去，农民们又都抵制得凶，工作队两三天里就要撤回去。”

“这么说，”华碧芳惊慌地睁大一对眼睛，“你两三天里就要回去。”

“可能的。”

一团阴云遮住了华碧芳的脸，她喃喃地说：“那么……那么你、你就要离去了……”

“也许，比我估计的还要快。”艾振兴沉吟道，“所以，我才那么焦急地让你赶紧出来啊!”

“你说，会上的人会察觉我俩走开了吗?”

“那么热闹的会，一时是散不了的。就是有人觉察我们走了，也不会跑到这儿来的。”华碧芳紧紧地搂着艾振兴，依恋地说，“我真舍不得你走，真的。你一走，你……晓得你又啥时来啊!”

“你在哭?”艾振兴惊愕地捧起华碧芳的脸庞，定定地凝视着她，她的两边眼角上，溢出了两颗清泪。他俯脸轻轻地吻着她的眼角，低声而决断地说：“碧芳，我心上的亲人，看到你的脸色，我改变主意了……”

“改变了?”她大为惊慌。

“是的，碧芳。”他思忖着说：“我不想等到收完庄稼了。我想我们应该在明天，就去扯结婚证。”

华碧芳的整个脸庞都泛起了光："明天？在……在哪里扯啊？"

"公社嘛！"

"你忘啦，民政助理蒋学谦被抓去关班房了。"

"噢，那也没关系，我们还可以到县城去扯，对。就到县城去扯结婚证。"

华碧芳把涨得绯红绯红的脸颊，轻柔柔地贴上了艾振兴的脸，她显得超乎异常的温顺和热情，她显得格外的妩媚和娇美。她的心撞击胸部，不停地骤跳着，双眼露出娇弱无力的、水灵灵的光。她微启着双唇，热烈而轻轻地说：

"振兴，振兴，你听见了么？"

"嗯。"

"我……我要告诉你，我爱你！"说着，她一头埋进了他的怀抱，双手捧住了滚烫的、羞红的脸……

他俩沉浸在晚来的、如火般的爱情里，把大祠堂里的会全忘了。

噢，让我们原谅他俩的疏忽吧。

100

突如其来的，蒋学谦被依法拘留，垂头丧气地跟着贡晓婷走出祠堂以后，祠堂里顿时掀起了一阵喧闹，人们嘁嘁喳喳的说话声越来越响亮。有人说这个龟儿子原本就不是好人；有人懊悔没趁这时候扑上去捶他几拳，唾他几口；有人说也应该把他五花大绑捆起来，批斗过后再押走；还有人的眼睛不时溜到台前去，互相咬着耳朵。群众的热烈和亢奋情绪，愈加衬出了坐在方桌边那几个人的尴尬和难堪。尤其是何羽，镜片后面的一对眼睛，简直不敢朝苏维山那边瞅，显得狼狈透了。苏维山呢，面对着群众讥诮询问的目光，更气愤窘迫得快要坐不住了。

还是景传耕打破了僵局。他平静地说：

"何副书记刚才让华碧芳讲话，蒋黑脸不让她讲。我倒觉得，华碧芳今天说出了一个普遍而又无可辩驳的事实，那就是，我们三多大队搞责任制之后，寨邻乡亲们的生活水平都在或快或慢地提高。他们之间有没有差距呢，有的。这种差距只是相同方向上富裕程度的差别，根本不是什么两极分化。我们不是经常在要求大伙儿富帮穷嘛。在大家的努力下，各家各户的日子都有了改变，有了好转，你们说，对不对呢？”

没得人吭声，甚至在这种场合经常出现的面面相觑的情形也没发生。方桌边的几个官官，依旧纹丝不动。

“哑巴啦！”全大良陡地高叫了一声。几个小伙被他逗笑了，但好些人都没笑，反而抿紧了嘴。

费正明感叹道：“蒋黑脸那龟儿子的事，出得太叫人想不到了。”

“是叫人想不到啊！”郝老虎这次来三多大队，不像以往几回那样爱说话，总是闷起脑壳沉着脸，这会儿脸色也开朗了一点，说，“该往深处想想，该往深处想想了。我是晓得的，跟着工作队下来的这拨子民兵，是蒋学谦从他老家紫竹垭公社调来的，每天都给开了工分钱，外加补贴和点心费。沈副书记，条子是不是你批的啊？”

“啊，嗯，是的，是的。”沈平猛一抬头，碰到了许多犀利的目光，说话也慌张了，“不过，这……嗯，都是、都是照上级……哦不，都是工作需要……”

社员中间又起了一片营营扰扰的响声。景传耕回过头来，摆了摆手，嘈杂的响声才又静下来。只一忽儿工夫，整个祠堂就被一种令人不安的静寂罩住了，只要哪里冒出一点火星，就会爆炸。

何羽明显地感觉到了这一点，他偷偷地看着苏维山。苏维山不知啥时候点燃了一支烟，紧蹙眉头抽着，对谁也不看。何羽越发感到紧张。

忽然一阵爽朗的笑声从祠堂外传了进来：“嗬，我说人到哪儿去了，都闷倒脑壳在这里打集体瞌睡啊！”

艾振兴第一个跳起来：“常书记！”

“常书记！”“常猴子！”人们纷纷站起来招呼着，欢声嚷成一片。常爽站在台阶上，举起两只手，朝众人笑呵呵地道：

“我是晓得你们为啥开哑巴会的。有些人看不惯三多大队出现的新气象，带着纠偏目的下乡来，碰壁了吧？这是八十年代的农民，用原先那套办法不行啰！还有好些人，明晓得这两年形势好，但脑壳里没全搞通，吃了三中全会以来正确政策结出的‘甜果果’，又总怕这个甜果果带有资本主义的味道，站在十字路口，不晓得咋个办好了！”

“哎呀，常猴子。你这话说到我的心里头去了！”郝老虎一声雷轰似的喊道，“这些天里，我就是陷在这个坑里爬不起来。快，快到前头来给我们细细摆一摆！”

“对啊！对啊！”费正明也跟着嚷道，“常书记，这几天我的脑壳都转晕啦！明晓得传耕主张干的事，对大伙儿有益处，可就是怀疑是不是偏了向……”

“不，不不！”常爽摆摆手说，“我讲的话不管事。我给你们请个人讲讲，他说的话比我更顶事！来啊，请进来呀，喻帆同志。”

大祠堂里所有的人听到这句话，都惊愣了，方桌边的苏维山和何羽更不知所措。人们欢笑、推搡着，争先恐后拥到祠堂门口。

在常爽的招呼声中，两年半前到过嘎多寨的省委书记喻帆出现在门洞里了，他微笑着，举手向众人招了招：“我们又见面了！”

人们见他还是那模样，都拘谨而又欢快地笑了。

当喻慎也同时出现在喻帆身旁时，马上被传耘、慧芸和几个姑娘媳妇拉扯过去，包围在一片热情的问询和感叹中。

“哎呀呀，你也来了，喻慎！”

“瞧你，好白净唷！”

“愈加漂亮啰！”

“也当上官了吧？”

“这回来，住几天？”

喻慎不知该回答谁好，微笑着道：“我爸爸只能待半天。我有自己的任务，要住几天哩！”

她的答话马上又引得姑娘媳妇们一阵阵欢欣喜悦的尖叫，只眨个眼工夫，就被拖进妇女堆里去了。

喻帆笑眯眯地瞅着女儿和乡间妇女们亲昵的交谈，而后仰起脸来环顾着众人说：

“常爽同志性格开朗，出口成章，一说话就受人欢迎。他自己讲了不算，还要我下车伊始，哇啦哇啦发议论，真会将我的军呀！”

“你没有一下车就发议论嘛，”常爽辩驳道，“我们不是在寨里寨外转了一圈嘛。”

喻帆放声笑开了：“看来不讲几句是不行啰！三多大队最近发生的一些事情，有一份材料写得很详尽。反映情况嘛，这是应该的，怎样看待这些情况，就要慎重。我看了这份材料，想起了一句老话，叫做‘庄户纳了粮，就是自在王’。搞了责任制后的农民交了公余粮，完了农业税之后，该自在了吧？不自在，他们不仅成了‘不自在王’，要发展经济，要为国家多作贡献，反而困难重重。三多大队卖猪的事，就是一个证明。过去穷，有钱割不到肉吃，发愁；现在猪喂多了，完成了国家任务和手续，要卖出去，还要遭扣压。这算什么名堂？这说明了，在党内，在干部队伍中，我们有些同志的头脑还停留在党的十一届三中全会以前，还抱着老皇历不放。你们说是不是这样呀？大家坐下吧，坐下听自在一些，这样站着太挤、太累了。”

没有人听喻帆同志的招呼，都踮起脚，探起颈子，贪婪地听他讲话。

喻帆淡淡一笑，接着道：“应当把老皇历丢掉了。事情总是在变化发展嘛。农业生产责任制的出现，就是为我国农业生产的发展开辟一条崭新的道路。可是我们有的同志看不惯，用‘左’的眼光看待这件事，总是担心会出现资本主义复辟。你们有几家人勤劳致富了，不是就大惊小怪了吗？什么‘两极分化’呀，什么‘暴发户’呀，哪里是这么回事呢！人民要我们共产党干什么？第一是要跟着共产党，翻身求解放，这经过民主革命，我们已经实现了。第二就是要跟着党奔共产主义，要过幸福、美满、富裕的生活。这我们才开头，而且走了一段弯路，以至于人民还没有很快富裕起来，国家也没有达到富强的地步。为什么呢？主要就是因为我们过去犯了‘左’的错误，如果说要纠偏，主要就是要纠正这种‘左’的偏向，‘左’的错误。我看你们勤劳致富走在前头的几户人家，是应当受到称赞的。比如，全大良种田取得了突破，不保留自己的技术，把良种串换给人家，让大家都能普遍提高生产水平，富裕起来，这种精神不是应当称赞吗？我们本来是应当鼓励这种精神，总结推广你们的经验的，可却让大家受了委屈，真是对不起！同志们，我们国家要实现四个现代化，人民要过上丰富多彩、美满、富裕的生活，要做的事情还多得很，要走的路也还长得很啦！我希望你们要不断完善和提高你们的生产责任制，发挥你们自己的优势，不断前进！”讲到这里，喻帆停顿了一下，“好吧，我就讲这几句。我今天来，主要不是来讲话，是来向你们学习的。景传耕，听说你又想到些新点子，是不是啊？给我们介绍一下吧！苏维山同志，月光县的两位书记，一同陪我转转，咋个样啊？景传耕，费支书，你们当向导，好不好啊？”

“好！”

“要得！”

赞同的声音参差不齐地响起来，寨邻乡亲们满脸喜色，簇拥着喻帆和干部们出了大祠堂。外面，金灿灿的阳光洒满了山野。

干部们陪同省委喻书记走了康文达家、丁根元家、景传耕家，特地去看了全大良的杂稻旱作、良种谷子和景传耕选定的砖瓦厂址。喻帆一路看一路问，不时回头让跟随前来的周秘书记下一点什么。最后又在卡多、扎多两个寨子转了转，喻帆同地、县两级领导离去的时候，已是日头偏西了。嘎多寨上一大帮人簇拥着传耕、阿全、慧芸、瑞娟、传耘、喻慎嘻哈哈地走回寨子，西天边正放射着万道金光，寨路两旁田野里饱米的谷穗在微风中摇曳，田土的庄稼也仿佛被一阵欢乐陶醉了。

“这会儿，吃上一颗定心丸啰！”费正明走在年轻人的后面，放开嗓门喊着，“阿全，你这下放手干吧！你那些谷子没收完，我明天来给你当帮手。”

“哎呀，费大伯费支书，”邹启春的脑壳忽然从费正明腋边拱出来，挤眉弄眼地说，“你不是不让瑞娟姐嫁给他嘛！咋个又甘愿去当阿全哥的下手呢？”

“哈哈哈！”众人都齐声大笑起来。

“嘿嘿嘿，”费正明也憨乎乎地笑着，自我解嘲地说，“你个龟娃儿懂啥！人是跟着形势走的嘛！”

他的话，又招来人们一声声哄笑。

人群中央，喻慎顶真地问费瑞娟：“当真的，你们的事咋也尽拖尽拖的？”

“这回再不拖了。”费瑞娟爽快地答道，不知是让偏西的太阳照的，还是泛上了热潮，她的脸涨得绯红绯红的，“挞完谷子收完粮，马上就办！跟传耕和慧芸一齐办！”

喻慎瞅瞅瑞娟，又望一眼慧芸，拍了一下巴掌说：“祝贺你们，衷心祝贺你们！”

“那你呢，相中对象了吗？”慧芸也关心地转过脸来问。

人们都放慢了脚步，从不同角度窥觑着喻慎的脸。喻慎笑得自在而又坦率：“晓得你们都要问的。我呀，也相中了一个……不过嘛操办大事，还得过些日子。”

她装得那么像，几乎没有一个人看出她说的是虚情。婆娘媳妇们都连声赞同：

“好呀！”

“也该找人啰！”

“拖的时间也太长了。”人们刚想更详细地打听一下，诸如那个男的是干啥的，个儿是高是矮，一阵惊风扯火的粗喊声，把大伙儿的兴致都冲没了：

“传耕，传耕侄儿在吗？”

传耕挤出人堆，看见于老古正朝他们跑来，扬扬手问："出啥子事了，于老伯!"

于老古满脸满脑壳都是汗，钮扣敞开的青布衫肩头也湿漉漉地紧巴在皮肉上。一看到景传耕和费正明都在场，他加快步子跑到他们跟前，气喘吁吁地说："你们……你们都听着，我、我……我今早晨……"

他气喘得实在太急，喘息声比说话声更响，传耕只好抓住他一只大手，摇了摇说："老伯，你歇息歇息再说，天塌不下来。"

于老古点点头，呼哧呼哧地直喘气儿。满寨乡亲们纷纷围了上来，关注地望着他。

"是这样的，传耕，"喘过了气，于老古环顾着众人说，"早晨听到好消息，费支书让我到屏源镇跟公社肉食站交涉把猪领回的事，你们猜咋个着，我们那四十头肥猪，有三头病了，其他的全都掉了膘，少说，一头猪也瘦去三五斤。我一问，他们说这里被扣压的猪没那么多潲喂，催我们快领回去，要不病死、饿死都不管。我要他们赔蚀去的秤，他们说，哪个喊扣的去找哪个，就把我轰出来了。你们看咋个办?"

这消息，如同阵突如其来的冰雹砸烂了成熟的庄稼，刚才大家还喜滋滋乐呵呵的，一下沉默下来，都愁眉苦脸了。

"唉，我说认命了吧。"于老古在人堆后头嘀咕道，"能把猪领回来，已经是好事啰！蚀个三五斤，喂它十来天就补上膘了。莫闹事了，哪个喊我们是农民呢!"

"不!"邹启春首先不答应，怒冲冲吼着"蚀去的肉，要他们赔钱，病了的猪，要他们医，农民就那么好欺啊！同他们吵去!"

"咋个吵啊?"于老古摊着一只手说，"他肉食站不认账哩！这些菩萨也得罪不起!"

"嗳，于老古，你要早半个小时赶回来就好了。"费正明咂巴着嘴说，"那时候省委书记在，一句话，就把事全解决了。这会儿，啥官官都坐上车走了!"

“那不碍事!”传耕轻轻地拍拍于老古的手说，“我们不能啥事都找大官解决。只要占着理，我们自家同公社去交涉。”

“说得对!”报社记者盛雍一整天都跟在众人身后转，没说啥话，这时候挤到前头来说，“公社肉食站和下令扣压猪的人，如果再损害农民利益，不愿赔偿损失，我把这事写成文章，在报纸上登出来!”

“听见了么，寨邻乡亲们。”传耕清脆地拍了一下巴掌，神情振奋地道，“我们不是找不到说理的地方，只要有理，总会得到支持。说走就走，我们去的人不要多，有十来个就行了。愿跟我走的，举一下手。”

只一忽儿工夫，去屏源镇说理的人就定下来了。他们和传耕一起，穿过纵横交错的田埂，重又踏上了砂石铺的山道，向远处的山垭口上走去。

夕阳偏到峰巅边去了，它倾泻不尽的光辉斜斜地洒落在山野里。三多大队的寨邻乡亲们，零零落落地站在寨外的山道、田埂上，注视着那十几个人渐渐远去、远去。起先还能辨认出他们各自的背影，到后来，他们快走拢垭口了，就只能模模糊糊地看到一些影子，一些活动着的影子。最后，等他们翻过了重重山岭间的垭口，便啥也看不见了。

苍茫的暮色里，只剩下一片悠然如画的景致，一种期待秋收的寂静，一种可以听到人们深沉呼吸的寂静。

我写《巨澜》

《巨澜》总算写完了。搁笔的时候，我长长地吁了一口气，感到一种还清了债务之后的轻松和坦然。

小说在写作以前，在创作过程中，在上卷和中卷陆续发表以后我不断地听到一些议论，就是在下卷刊出以后，仍然还有比较亲近的同学问我：你为啥要写这本书啊？这可是个吃力不讨好的题材。这过程中，我也拜读了一些关于它的评论。作为一个年轻的作者，对于评论界给予的关心，读者给予的爱护，我是十分珍视的。同时也产生了一些想法。我愿意借此机会。谈一谈创作这本书前前后的一些情况，以求正于广大读者和评论界。

从提笔写作这本书的一九八一年开始，到此书脱稿的八四年为止，前后用了将近四年的时间。但脑子里想写这么一本书朦朦胧胧地产生一种创作的冲动，则要追溯到很久很久以前，追溯到我对于祖国农村，对于生于斯、长于斯的广袤大地，对于这块大地上“日出而作、日入而息”的勤劳农民们的认识，对于祖国农村的历史和现状比较长时间的观察和思考。

我出生在上海。

对于十九岁之前从未离开过这个东方大都市的我来说，农村意味着什么呢？意味着那是一个出产粮食和蔬菜的地方，意味着淙淙的小溪流和清新宜人的空气，意味着广阔无垠的田野上，四季变幻无穷的景色，意味着“河网密布”“鸟语花香”，充满了诗情画意。后来，进入了中学，每年要有那么两三个星期或者一个月的时间，到上海市郊参加“三秋”劳动。但就是在那里，我看到的农村，也还是“炊烟袅袅地升起在村落上空”，是“高压电线杆伸展到遥远的地平线上”。在作文中，我写着：通过下乡劳动，我由衷地感到，社会主义农村到处都在胜利地前进。这是出自肺腑的真切感受。

上山下乡运动掀起来了，坐着火车到贵州来的时候，我对云贵高原上的如画山水和乡村生活牧歌般的诗意，还是充满了学生气的憧憬和向往。

初到贵州，我简直被偏僻山寨上的一切迷住了。壮丽的山川河谷，山乡的风土人情，勤劳纯朴的老乡，这一切有多美啊！我给上海的一个同学，写去了一封散文诗样的长信，喜鹊停落在大牯牛的背脊上休憩，岭腰峰巅徐徐飘散的雾岚，纯朴的乡风民俗……总之，把我看到的，感受到的一切新鲜印象，统统告诉了他，足足写了十五页信纸。

但是，插队落户的生活是严峻的。随着岁月的流逝，我逐渐逐渐感到了困惑，感到了迷茫和不解。

记得，那是我们知识青年带着新鲜感头一次赶场，偶然了解到，一斤包谷竟售价三角二分，这使我们大吃一惊。回到寨子上，我们向熟悉的农民打听，证实了这个价格并不是敲竹杠，还了解到：一斤米也要五六角，而我们一个劳动日的工值，还不到这么个价格哩！赶场天的上午，常有农民到我们知青点来，掏出三只鸡蛋放在桌上说：“我拿这三只鸡蛋，换你们一斤粮票，赶场时可以吃一顿晌午。”

三斤粮票换十只鸡蛋，就是在墟场上私下交易的时候，也成了公平的兑换标准。

有一回，赶场回寨路上，我走进隔邻大队一位支部书记家找水喝。他家正在吃饭，我看见饭桌上摆着包谷羹羹，连颗米星星也没得，小方桌中央，放着一碗辣椒水，一大碗煮南瓜。我问他：“你咋吃这个?”他用竹筷习惯地击打着碗沿，声气大大地说：“有这个吃都不容易啦！有些人家户，包谷中间还掺洋芋哩!”“那你们去年不是向公社报的是丰收嘛!”我不由顶了他一句。“哪个大队不是这么报的。嗯?”支书显然有些不悦了，“你们这些学生娃娃，真不晓事！”

是不晓事啊！刚下乡那几年里，我们怎么也无法理解，为啥要一边向上报粮食增产百分之几，一边却还要愁粮食。日子久了，听多了、看多了，我们才慢慢地习惯过来。习惯日复一日的繁重体力劳动，习惯计算低得令人难以相信的劳动日工值，习惯于看待山乡的贫困，粗砺的食物，破旧褴褛的衣裳……寨子上这么穷，是不是因为农民懒惰，不勤快呢？非也。

我曾借住在一户农民家里，这户农民没有钟，更没有表，每天一早，他蹑手蹑脚摸索起床，喊醒自己的小儿子随他一路上坡去割草时，我也总醒了。醒来一看表，是清晨四点。天天清晨四点起床，除了吃三顿饭时坐下歇息，他总是一刻不停地在干活，忙了坡上忙田头，忙了屋里忙院里，即使出工为集体干活，他也本着良心从不偷闲，天天如此，月月如此，年年如此。可他的家里还是穷。我经常听他给我算家里的粮食账、现金账、人情账，每回听过之后，唯一可以做的事情就是陪着他叹气。

啊，偏僻山寨上为什么这样穷呢？我百思不得其解。常常，有农民和我摆龙门阵，摆谈解放前的农村，摆谈他们怀念的五十年代的日子，摆谈三年自然灾害时遭的难，摆谈他们的生活和命运。听着听着，我常常是越听越糊涂，越听越觉得农村今后的路，不知该咋个走。

是啊，在我长居乡间的十年岁月里，有多少生活小事，镂骨铭心地留在我记忆的仓库里啊。那些不为正史所传的，渴求着过吃饱穿暖的生活然而恰恰温饱又不得解决的普通农民，给我这颗年轻的心上，添加了多少沉甸甸的分量啊。我不就在他们中间，经受了磨炼、认识到生活的真谛的嘛。是印象太强烈、太深刻、太难了，不须翻日记，我随手还能写下多少关于乡间的事啊。可以说，写不完……

我们寨子里有个铁匠铺子，叮叮咚咚地打铁，声音是寨上人天天都听惯了的。忽然连着好几天，打铁声听不到了，寨子里显得分外沉寂。去堰塘洗衣服的时候，我碰到了挑石灰的铁匠，问他怎么不打铁了，他摇了摇头说：“打不动了……”他像有些不好意思地苦笑了一下，满脸显出辛酸的神情，一双大眼睛里闪出寒凛凛的两股青光，有气无力地说：“天天吃洋芋，连吃十一天了。没得气力打铁。”

望着他那种目光，我一句话也讲不出来。这天中午我陡然发现，铁匠的婆娘脸肿得老高，脸色就像一只熟过头了的苹果，红润中透出苍黑色，说话声音发颤。这件事发生在一九七三年。

我们寨上有一户姓陈的人家，连续一整个春天吃蕨芥拌包谷，吃得脸泡脚肿，不到天黑就睡觉，太阳升起老高才起床。他们用睡觉来驱赶饥饿、消磨时间哪。这事发生在一九七一年。

在我们集体户对面，一个三十多岁的壮汉，赶场天一早就挟条米袋，吆喝着去街上买米来吃。到了下午，又垂头丧气地挟着空米袋回来了。我好奇地问他：“没得米卖么？”

“米是有的，七角钱一斤，太贵吃不起。”他回答时那绝望的声气，这一辈子我也不可能忘记。这件事发生在大旱的一九七二年。

年年大好的春天总是伴随着愁粮的日子一起来到偏远的山寨。久而久之，我清楚地意识到了，这就是我生活在其中的乡间的现实，必须正视的现实。

后来我提起笔来学习写一点东西，想写写这些生活，但我没有写，我有一个很现成的认识在脑子里：我所见所闻的这一切，所有这些小事，都是生活的支流，而我们的文学，应该表现的，是生活的本质和主流，是奔腾向前的现实生活。所有那些小事，只好蓄存在我印象的仓库里。

但是，有一点我是认识得相当清楚的，那就是即使是支流，这样的农村现实，也必须变革不可，不变革，中国的农业就没有出路。

是什么时候，我又觉得所有的那些往事，可以写了呢？

说起来也是一件极小的小事，牵动了我的文思。

一九七九年的十月份，我抱着在乡间完成的《风凛冽》和《磋跎岁月》两部长篇小说草稿，离开猫跳河畔三县交界的深山老沟时，在那条短短的场街上，包谷的价格仍然是三角钱一斤这个价，从六九年我初来插队时算起，徘徊也足足十年了。山寨的形势好不好，农民的口粮标准，我都是用这个尺子来衡量的。在乡下住久了，我觉得没有其他的标准能替代它。

一九八〇年的十月份，离开一年之后，我重又回到了那里。在同一条场街上，包谷只卖到一角二三一斤了。

为啥偏偏在我离去的一年中，生活发生了那么大的变化呢？我无须去打听，人家就主动同我讲了，村寨上实行了责任制，一年，仅仅一年，面貌就大不一样了！

责任制，当地农民们直呼为包产到户。近几年来拉锯似的地想搞而不让搞的一种生产方式。

听了这话，我惊愕得愣住了，我脑壳里还拐不过弯来，简直还有点不相信。

插队落户的时候，我所在的那个寨子，瞒着上头的干部，把生产队的田土划分成六大片，分给六个作业组定产包种。农民们热热闹闹、欢欢喜喜地干了一个多星期，把往常需要一个来月干完的活都干完了……一个星期之后，有人偷偷地跑去汇报，上头派人下来纠偏了：解散作业组，田土仍旧连成片，出工照样搞大呼隆。

我脑子里很自然地浮现出一九七五年秋末冬初的一件往事。

那时节，多雾多雨的山乡已经下凌毛毛了，我插队的寨子上又冷又潮湿，我和几个老农在收割后的田块上犁泡冬田。冰冷刺骨的田水浸到膝盖，冷得我直打寒颤。在田坝里干两三个小时的活，就得跑回屋头烤一阵火。除了冷和累，我精神上还直感别扭和压抑，那么苦地干，寨上的农民还老缺粮，就连我这个单身汉，那年也仅仅分到一百九十斤湿谷子啊，我也在愁来年的口粮哩！这一块土地实在太穷了，是莫法富起来的。烤火时，我憋不住了，忧郁地问一个相处很不错的老农：“这地方，有没有法子富起来呀？这样子下去，咋个活得出来哪?”

大约是我忧虑的语调打动了老农，他双手扶着膝，两眼茫然地望小窗外雨蒙蒙、雾沉沉的山野，直率地答复我：“咋个没得法子，有!”我问：“啥办法?”他答道：“把田土划分到各家各户头上来种；一年工夫，都能富。只是，不成啊，政策不许可。”我哑了。

我晓得，这老农是把我当知心人，才掏真心话的。不过，当初我心头却不觉得他的话对。多年来形成的一个观念使我觉得，眼前这个老农，集体化都搞了快二十年了，他还在想着闹单干，搞自发哩!

万万没想到，五年之后的现实，竟真被老农说中了，生活本身的变化，在我心头引起了震惊。我看到街场上的粮价跌下来了，菜油比上海还便宜，猪肉吊起卖，肥的人家还不要，农民屋头顿顿吃起了白米饭……这景象，不都是好些农民怀念的五十年代的喜人情景嘛!可农民们跟我说，就这样干几年，比五十年代还要强!哦，要真这样，该有多好啦!

喜悦之余，我到寨上去了，我要晓得，这么大的变化，究竟是咋个来的啊!

农民们端出米酒、摆出满桌菜和我连夜连夜地摆开了……啊，原来这变化也不是那么简单地得来的，在这过程中，普普通通的农民也好，生产队、大队、公社一级的基层干部也好，区、县的干部也好，都有过苦恼，有过犹豫，有过“顶牛”状态。人们曾经度过了多少个激烈争论的夜晚，在你拉过来、我纠过去的“拔河”过程中，多少人有过痛苦，有过欢乐，有过忧心如焚的时刻呀。不说基层了，就是上层领导中间，也有他们的痛苦、迟疑、不解和欢乐呀。拿我们省委第一书记的话来说，那就是：“回顾省委在放宽农业政策上的经历，我们不得不承认，这是一个被动的、痛苦的过程。”

多少人的命运在这么一场大的变革当中发生了变化哪。上亿的农民在这么一场变革中开始解决了温饱问题，开始摆脱了贫困，开始在社会主义的康庄大道上豪迈地迈出了坚实喜人的步子。难道这不值得写一本书吗。

是在这时候，我想到了，要写一本小说，写一写乡间这场变革的始末。

可以说，这就是我写作《巨澜》最初的契因。从产生这个念头的那一瞬间起，我就意识到了，在这么大的背景上，原先储存在我记忆仓库里的很多感受，很多自以为不能落笔的东西，是能写出来的。并且，我满怀信心地感到，我要写好它。

那么，我又是怎么把农民们温饱问题不得解决，偏僻村寨上的拐卖妇女的现实写进这样一部小说里的呢？

是一九八一年的冬天，我趁回上海改稿的空隙，开始写作《巨澜》上卷《基石》的草稿。从产生写它的念头起始，过去一年多了。在这一年时间里，我尽可能地作了创作前的准备：写作人物分析，初步写出三卷的大纲，确定着上、中、下三卷里先后登场的人物，把每一个人物的命运尽可能地揉进小说的主线中去……头绪繁多，笔记本上涂写得东一个箭头，西一个括号，但总算有了一个初步的架子，至于开头嘛，差不多从产生写这本书的念头时我就想好了，就从一年一度愁粮的春天写起，写山寨下农民们的情绪和笼罩整个寨子的气氛。

上海的冬天是寒冷的，不过我写得倒还顺手，一个多星期，已经写下八十几页，四万多字了。这天下午，有人敲门，原来是我的一个同学来请我去喝他的结婚喜酒。我问及他这次从贵州来沪途中的见闻，他同我讲着讲着，就骂了起来，骂硬席车厢的拥挤，骂火车上没水供应，骂车上拐卖妇女的人贩子。

“啥，还有人贩子？”我惊异极了。

他见我有兴趣，又比较详尽地讲了起来。

我一言不发地坐在那儿。插队落户的年月里，秋末冬初回上海去探亲，我在火车上见过这样的人，带着几个穿戴入时，但一眼就能看出是来自农村的姑娘，她们在火车上不声不响，从不主动和人搭讪，被人推来搡去，也不吭声。眼神呆滞，脸上的表情漠然。当时我曾有过一种感觉，她们都是出于无奈，才走上这条路的。打倒“四人帮”后的一两年里，我还遇见过一次。后来，在贵州到上海的旅途上，我每次都坐卧铺，再没见过这种现象。我也想当然地认为随着形势的逐渐好转，这种现象肯定也绝迹了。却不料，我这个同学说，他在八〇年、八一年两次回沪途中，都见到这样的事。

同学离去了，我顺当地写下来的小说，写不下去了。我在思考着，这是什么原因呢？具体的原因可能是多种多样的，我在法院的布告上看到，有的姑娘是年幼无知受了骗，在《中国妇女》杂志上看到，有的妇女是因家庭不和，愤然出走时被拐骗；还了解到，甚至城市的待业青年中，也有被骗的。在我住的那幢楼里，有一位在公安局预审科工作的同志，就多次和我谈到他亲手处理的拐卖妇女案。即使如此也不能否认，其中有些人，晓得自己远行的目的，她们的身上还揣有出外相亲的证明……这些姑娘是咋个回事呢？

个人的具体原因，可以说人人都有一本难念的经，不尽一致。但有一点，仍可以认定，她们都嫌偏僻的山乡穷，想到好一点的沿海的省份去，能过上吃饱穿好的生活，把日子过得舒坦些。

经过一番思考，一番调查了解，我发现，原先写好的那四万字开头部分，显然是表现得一般了些，穷……愁惨的气氛……吃包谷糊糊……这谁都知道，谁在动乱年头下过乡都曾见过或听说过。而拐卖妇女这件事和“穷”联系在一起，就算抓准了特殊性和一般性的关系，我应该抓住这一点来落笔，抓住山区的寨邻乡亲们渴望改变“穷”的命运的心理来开头。

春天快来了，二月间我回到贵州，把已经写好的四万字草稿留在了上海。不要它了！四月份，当我重新拿起笔来写上卷的时候，我已经决定了，重起炉灶，就从我的主人翁在火车上，撞见拐卖妇女这件事写起。

这便是后来发表出来的《巨澜》上卷《基石》的第一章。

相对地讲，我比较熟悉青年人的命运和遭际，比较熟悉生活了多年的农村生活。可是在《巨澜》这部书里，我除了写到山寨写到普普通通的农民和基层干部，写到农村和城市里的年轻人之外，还写到了和农村直接有关的县委的干部、地委的干部，写到省城里的干部，写到省委书记和工作人员，这是为啥呢？

有人说，这是我试图开拓自己的题材面，写出生活的广度来。

凭心而说，我不是这样想的。在前面谈到的例子中，我已经讲到了一点，即便是在十年动乱那样的年代里，农民们的心头，也是想搞划分田土、责任种地的，甚至可以说，他们因为六十年代初曾经尝到点甜头，想得很厉害，相信这是一剂良方。但是，正像我们寨子上曾经搞过一个星期的包工到组那样，多少年来，他们也不曾搞起来过。为啥偏偏在一九八〇年，一搞就搞起来了呢？

我说过，在八〇年回到山沟里，产生写作这么一本书的愿望以后，我做了一多年的准备工作。我在乡下走村串寨和各种农民交谈，我和对责任制有不同看法的县、区、社干部聊天，我甚至还听一两个这样的干部骂过娘；我剪贴报纸，杂志上有关农业生产责任制的种种报道、通讯、理论文章，我还阅读了一些有关的材料。在这个过程中，我在学习着、思索着，加深对这件事的认识。在我的笔记本上，自然而然地写下了一句话：农业生产责任制，之所以能迅疾地搞起来，这是上上下下的有心人，想到一处去了。

要没有党的十一届三中全会，没有从中央到省委、到地方各级领导同志扭转农村工作中存在的“左”的倾向，下面的农民再怎样想搞，政策不许可还是搞不成的。

相反，不是广大农民群众有这么迫切的愿望，不是广大农民群众深感变革的需要，光靠几个领导干部吼，农业责任制也决不可能犹如烂漫山花，迅速地开遍神州原野的。

我是从自身的经历中，从深有感触的体会里，由衷地感到，这一事实本身，给广大农民带来了摆脱贫困的希望，它的气势，犹如大河长江，奔腾向前，给祖国农村，带来了历史性的变化。它不仅在国内，而且在国际上，必将产生深远的影响，它还为我们国家各行各业各部门的改革，提供了带根本性的宝贵启示。

要表现这样一个伟大变革的潮流，显然，仅仅只写一个偏僻山寨或公社是不够的，远远不够的。基于这一认识，我调动了其他生活积累，写了从省委到地委以及县、社的各级干部形象。

小说的上卷、中卷发表以后，有几位好心的同志曾跟我提出，小说中要表现党的领导，有一个县委书记的形象就足够了，无须写到地委、省委，这么写，有点画蛇添足了。

我怎么对这些同志讲呢？我只能说，只要这些同志到生活里来走一走，看一看，和各级领导干部交谈一下，就不会提出这样的意见了。

在我为写作《巨澜》做准备的日子里，在《基石》《拔河》陆续发表以后，有些同志，甚至是很有见地的老编辑，曾经劝过我：不要去搞这一题材，搞出来，不又是一个图解政策的东西嘛。

我不这样认为。如果这些同志知道我和农民们一起在乡下挨过饿、愁过春粮，忧心地在大旱之年的深更半夜还在徘徊于田土头边，如果他们知道我因为营养不良一颗挨一颗地掉了十几颗牙齿，如果他们也曾像我一样久居过僻远的山寨，他们决不会说这种话的。当然，我也不想图解农业政策的变化，我关注的，要描绘的，是这一场变革过程中，各种各样人物的心理、情绪和命运。但我也不回避政策，我们生活在祖国的大地上，生活在社会主义的大家庭里，十亿人民中好多事情的变化，哪一件不是来自政策呢？拨乱反正，改正错划右派，经济体制改革，对外开放，工资调级……都和政策相关哪！尤其是一个政策关乎八亿人的生活和命运，关系到祖国的前途，它是绝对回避不了的。况且，这一政策将为振兴我国农业开辟一条切实的康庄大道哩！

另外，我还注意到，我们的涉及农村题材的文学，在七十年代末到八十年代初的几年中，有一个陡然的变化。起先，我们的农村题材，总是写以阶级斗争为纲，写两条道路、两条路线的斗争，写学大寨，写老队长、老支书、老贫农，写改天换地……到了拨乱反正的年头，这一切眼看全不行了。于是农村题材的文学陷进了泥坑，进入了低潮，有一阵子，农村题材的作品少得可怜（当然是有几篇好作品的），以致报纸上在呼吁，要加强这方面的创作。突然地，随着责任制的推行，农村题材的作品以一个崭新的面貌出现了，掀起了一股新的潮头；搞了责任制，农民伸腰出气了，农村富裕了，农业战线出现了新气象，懒汉变勤快了，穷汉娶上老婆了，盖上房子了，偏僻村庄买上电视机了。至于这变化是怎么来的，这变迁的过程中有过些怎样的矛盾和斗争，几乎不曾触及，或有些触及仅轻轻一笔带过或用一两句话交待过去：党的十一届三中全会以后……党的富民政策……自从实行责任制……，缺乏的恰恰就是农业生产责任制推行的三年五载间乡村的面貌。如果把前后两个阶段的文学放在一起比较，明显地会觉得变化得太突兀，会觉得中间少了一段什么。

自然文学史决不是逐年逐月的编年史，我也无意想在其间填补啥空白，但恰好在这三五年间，我生活在农村，我目睹了这一变革前前后后的很多现实，我深感到这一变革来之不易。我觉得，生活本身在呼唤着我、催促着我，把这一阶段的感受和理解写出来，把这一阶段的生活真实记录下来，我又为何要回避呢，我当然应该写。

遗憾的是我毕竟年轻，不能更好地从艺术上反映这段生活。而所写的题材和生活确实又离得太近了一些，有些东西难免看得不准、不深。我愿意在今后的岁月中，在不断深入生活的基础上，把小说修改得更圆满一些。